Patricia Shaw

Sonnenfeuer

Leuchtendes Land

Patricia Shaw wuchs in Melbourne auf. Sie arbeitete viele Jahre als Assistentin des Gouverneurs von Queensland und war Leiterin des Archivs für Oral History. Sie veröffentlichte mehrere Sachbücher über die Besiedlung Australiens, und auch in ihren Australiensagas findet Shaws Begeisterung für diesen Kontinent ihren Niederschlag.

PATRICIA SHAW

SONNENFEUER

LEUCHTENDES LAND

Zwei Romane in einem Band

Weltbild

Die Originalausgaben erschienen unter den Titeln
River of the Sun und *Glittering Fields.*

Besuchen Sie uns im Internet:
www.weltbild.de

Genehmigte Lizenzausgabe für Verlagsgruppe Weltbild GmbH,
Steinerne Furt, 86167 Augsburg
Sonnenfeuer

Leuchtendes Land
Übersetzung: Heide Horn, Barbara Steckhan und Robert Weiß

Übersetzung: Susanne Goga-Klinkenberg
Umschlaggestaltung: Jarzina Kommunikationsdesign, Köln
Umschlagmotiv: LOOK, Hamburg/Mauritius Images, Mittenwald
Gesamtherstellung: Oldenbourg Taschenbuch GmbH,
Hürderstraße 4, 85551 Kirchheim
ISBN 3-8289-7663-8

2007 2006 2005
Die letzte Jahreszahl gibt die aktuelle Lizenzausgabe an.

PATRICIA SHAW

SONNENFEUER

Roman

Aus dem Englischen
von Heide Horn, Barbara Steckhan und Robert Weiß

Weltbild

PROLOG

Der große Fluß brauste und glitzerte im Sonnenlicht. Über gewaltige Granitfelsen stürzte er von den geheimnisvollen Höhen des Irukandji-Territoriums und ergoß sich in die ausgedörrten Weiten des Landesinneren. Dort floß er gen Westen durch das Gebiet des grausamen Stammes der Merkin.

Die Eingeborenen waren stolz auf diesen Fluß. Sie nannten ihn den Goldenen Fluß, denn wenn er nach den Wolkenbrüchen im Sommer wieder ruhig dahinfloß, war er wunderschön anzusehen: Überall entlang des Flußbettes und auf dem Grund der Gesteinsbecken, der tiefen Schluchten, der Felsspalten und der ausgetrockneten Flußläufe und Wasserlöcher in der Ebene funkelten die gelben Kiesel im Sonnenlicht. Sie glitzerten und schimmerten, als habe jemand ein Schmuckstück ins Wasser geworfen, lagen verstreut an den sandigen Ufern und blinkten aus der kristallklaren Tiefe empor. Hoch droben in ihrer felsenbewehrten Festung, im Quellgebiet des Flusses, konnten die Sippen der Irukandji das sich gen Westen endlos dehnende Land überblicken. Doch der Westen bedeutete ihnen nichts. Sie wandten sich lieber nach Osten zur Morgensonne und bewunderten das tiefe Blau des Ozeans und die Wellen, die sich weit draußen am Korallenriff brachen. Die Bergbäche speisten einen zweiten Fluß, der sich direkt ins Meer ergoß. Man nannte ihn den Grünen Fluß, da ihm das Dickicht, das seine Ufer säumte, eine grünliche Färbung verlieh, bevor er in die geschützte Bucht mündete. Die Irukandji wußten nicht, daß ein weißer Seefahrer bereits ein Jahrhundert vor der Zeit, in der unsere Geschichte spielt, die Bucht nach seinem Schiff benannt hatte: *Endeavour.* Die Irukandji stiegen neben den Wasserfällen herab, um im flachen Wasser des Meeres zu fischen, denn dort war es weniger gefährlich als am Grünen Fluß, in dem es von Krokodilen wimmelte. Damals mußten die Irukandji niemanden fürchten außer den Krokodilen. Seit vielen Jahrhunderten waren sie für ihre Grausamkeit bekannt, und niemand wagte es, ohne Erlaubnis in ihr Gebiet einzudringen.

Doch nun drohte Gefahr. Von Zeit zu Zeit hatten sie seltsame Wesen von großen Schiffen aus an Land kommen sehen, die Wasser von ihren Quellen schöpften. Bis jetzt hatten sie diese Wesen nur heimlich beobachtet und ungehindert ziehen lassen, so sicher waren sie sich, ihr Stammesgebiet, wenn nötig, verteidigen zu können. Jedoch hatten Boten und Händler von anderen mächtigen Stämmen die beunruhigende Nachricht überbracht, daß diese Fremden durch Stammesgebiete nach Süden vordrangen und, obwohl sie nicht wie Krieger aussahen, böse und gefährlich waren.

Häuptling Tajatella beriet sich mit den Ältesten, und dem Volk der Irukandji wurde verkündet, daß die stolzen Bergstämme diese Bedrohung nicht hinnehmen würden.

»Unsere Geduld ist am Ende!« rief Tajatella aus, und seine Krieger stampften zum Zeichen ihrer Zustimmung mit den Füßen, während ihr Kriegsgesang über die Hügel hallte. »Tötet die bösen Wesen! Treibt sie zurück ins Meer!«

Teil 1

1

Als der Schoner *White Rose* gemächlich südwärts durch die Whitsunday Passage glitt, konnte Kapitän Otto Beckmann den Rauch der Eingeborenenfeuer über den Hügeln sehen, doch er machte sich keine weiteren Gedanken darüber. Für die Schiffe stellten die Aborigines, die überall an der Küste von Queensland lebten, keine Bedrohung dar.

Der deutsche Seemann wunderte sich, warum sich die Engländer ausgerechnet in solch einer Wildnis wie Somerset niedergelassen hatten; an der Spitze von Cape York und umgeben von undurchdringlichem Dschungel, wo es von Horden schwarzer Wilder wimmelte. Handelskähne und andere vorbeifahrende Schiffe stellten die einzige Verbindung zwischen den Siedlern und der Außenwelt dar – Schiffe wie die *White Rose.*

Beim bloßen Gedanken an die Eingeborenen schauderte er und bekreuzigte sich. Im Meer zu ertrinken war ein sauberer Tod, aber bei der Vorstellung, von blutrünstigen Wilden in Stükke gehackt zu werden, lief es ihm kalt den Rücken hinunter! Bei Gott! Diese Leute mußten verrückt sein dortzubleiben. Allerdings schien sich John Jardine, der frühere Friedensrichter von Rockhampton und jetzige Vertreter der Krone in Somerset, an alledem nicht weiter zu stören.

Er hatte sich in den Kopf gesetzt, seine Siedlung in ein zweites Singapur zu verwandeln. Unterstützt von einigen mürrischen Marinesoldaten, einem Militärarzt und einem Häuflein unerschrockener Siedler, baute er gerade eine Stadt auf. Er hatte bereits eine Kaserne, ein Krankenhaus und einen herrlichen Amtssitz errichten lassen, von dem aus man eine liebliche Meerenge überblicken konnte, die als Albany Pass bekannt war. Im Augenblick markierte er Straßen auf dem gerodeten Gebiet und überwachte die Landzuteilung an seine künftigen Bürger.

»Sie sollten ein Stück Land kaufen, Beckmann«, hatte Jardine gesagt. »Ein hervorragendes Stück Land mit einer hübschen Aussicht würde Sie nur zwanzig Pfund kosten. Das ist doch fast geschenkt!«

Fast geschenkt? Beckmann glaubte trotz der Zuversicht dieses zähen und findigen Mannes nicht daran, daß diese winzige Siedlung überleben würde, aber er konnte es sich nicht leisten, Jardine vor den Kopf zu stoßen. Somerset war ein günstig gelegener Hafen. Die Handelsschiffahrt zwischen Batavia und Brisbane warf zwar viel Geld ab, war aber gefährlich, vor allem in der Gegend der Meerenge von Torres. Mordende asiatische Piraten lauerten den Schiffen auf, die zwischen den Riffen nur langsam vorwärtskamen, und die schiffbrüchigen Seeleute auf einsamen Inseln waren den wilden Schwarzen auf Gedeih und Verderb ausgeliefert, wenn sie nicht auf den glühend heißen Korallenatollen verdursteten. Jardine hatte schon vielen Seeleuten das Leben gerettet, indem er mit seinem eigenen Schiff in See gestochen war, um mit seinen Soldaten die Angreifer zurückzuschlagen. Er war wirklich ein außergewöhnlicher Zeitgenosse. Das Wichtigste war jedoch, daß es in Somerset frisches, sauberes Wasser gab.

»Vielen Dank, Sir, es ist in der Tat fast geschenkt«, hatte Beckmann erwidert, »aber ich besitze ein Haus in Brisbane.«

»Es drängt nicht. Sie haben ja genug Zeit, darüber nachzudenken. Übrigens habe ich gehört, daß Ihre Frau dieses Mal auch an Bord der *White Rose* ist. Sie müssen sie heute zum Abendessen mit zu uns an Land bringen.«

»Leider ist das nicht möglich. Mrs. Beckmann ist in Batavia erkrankt.«

»Batavia? Ein schmutziges Nest. Möchten Sie, daß unser Arzt nach ihr sieht?«

»Nein, vielen Dank. Sie ist bereits über den Berg, fühlt sich allerdings immer noch nicht ganz wohl und möchte das Schiff nicht verlassen.«

Jardine sah ihn eine Zeitlang verständnislos an und grinste schließlich. »Ich verstehe. Durchfall, nicht wahr? Sehr peinlich für eine Dame. Ist für jeden von uns peinlich. Mehl und Wasser, ein Geheimrezept. Das stopft. Aber dieses verdammte Wasser aus Batavia sollten Sie ins Meer kippen. Tierkadaver in den Brunnen sind dort nichts Ungewöhnliches. Sie sollten trotzdem zum Abendessen kommen, Käpt'n. Sie können in meinem Haus übernachten. Wir bekommen nicht oft Besuch, also lassen Sie uns feiern.«

Feiern! Beckmann hatte jetzt noch Kopfschmerzen, wenn er an Jardines Gelage in der letzten Woche dachte. Gussie war enttäuscht gewesen, hatte aber nicht gewagt, an Land zu gehen. Arme Gussie, diese Seereise war schrecklich für sie. Da ihr Ehemann soviel Zeit auf See verbrachte, war es ihr in Brisbane zu einsam geworden. Sie war gutmütig und eine ausgezeichnete Hausfrau, der es allerdings nicht leichtfiel, Freundschaften zu schließen. Die ungehobelten Nachbarn, unter ihnen viele entlassene Sträflinge, jagten ihr Angst ein. Außerdem vermißte sie ihren Sohn. Frederick hatte vorgehabt, mit ihnen nach Australien auszuwandern, aber seine Frau hatte in letzter Minute ihre Meinung geändert. Gussie vermißte ihre Familie und ihr Leben in Hamburg, das in geruhsamen Bahnen verlaufen war. Sie war so teilnahmslos und verzagt geworden, daß Otto ihr schließlich erlaubt hatte, ihn auf dieser Reise zu begleiten. Zwar hatte er zu bedenken gegeben, daß sie leicht seekrank wurde, aber in ihrer Freude hatte sie alle Einwände in den Wind geschlagen.

Nun litt sie schon seit Beginn der Fahrt an Seekrankheit, und als sie in Batavia an Land gingen, machte ihr das feuchtheiße Klima zu schaffen; ihre Nase rebellierte gegen den Gestank der Abfälle im Hafenbecken, der sich mit dem widerwärtig süßlichen Duft exotischer Pflanzen vermischte, und schließlich war sie von einer Tropenkrankheit befallen worden, die sie so geschwächt hatte, daß sie zurück an Bord getragen werden mußte. Beckmann seufzte. Und dann die Abendeinladung bei diesem Engländer! Nach Jardines Geschichten über zahllose Überfälle der Aborigines auf die Siedlung – Yardigans und Goomokodeens, wie er ohne erkennbare Gemütsregung feststellte – hatte Otto schlecht geschlafen. Die Eingeborenen tanzten wie grimmige Kobolde vor seinem inneren Auge, und die Schreie der Nachttiere im Busch klangen ihm unheilverkündend in den Ohren. Er wünschte sich zurück auf sein Schiff. Rum, Wein, Portwein – seit Jahren hatte er nicht mehr so viel getrunken. Bei Morgengrauen, er lag immer noch schweißgebadet auf seinem Bett, sah er auf einmal, daß sich in einer dunklen Zimmerecke etwas regte. Angestrengt versuchte er etwas zu erkennen und sprang dann plötzlich auf. Als die riesige Schlange ihren Schlafplatz verließ, packte Otto seine Kleider und floh nackt ins Freie.

Am nächsten Morgen war er schlecht gelaunt, befahl der an Land gegangenen Mannschaft mürrisch, sich sofort an Bord zu begeben, und rief dem ersten Maat, Bart Swallow, zu, daß sie mit der ersten Flut auslaufen würden. Eilig verabschiedete er sich von seinem Gastgeber und jagte die *White Rose* erleichtert gen Süden. Der frische Wind kühlte sein gerötetes, erhitztes Gesicht.

Und nun, eine Woche später, stand er am Steuerruder und wußte, daß er übereilt abgereist war, obwohl er das niemals zugegeben hätte.

»Sagen Sie das noch einmal, Mr. Swallow!« brüllte er. »Wir haben fast kein Wasser mehr, Sir.«

»Und warum haben wir fast kein Wasser mehr?« Vor Wut wollte ihm die Zunge kaum gehorchen.

»In Somerset hat es eine Verwechslung gegeben, Sir. Die Männer haben die Fässer mit dem Wasser aus Batavia ausgeleert und nur eines neu gefüllt. Sie wollten die restlichen Fässer am nächsten Morgen auffüllen, aber das wurde übersehen.«

»Übersehen! Was für ein ausgemachter Unsinn! Übersehen! Übersehen wir das Ablegen? Das Segelsetzen? Ich wette, Sie haben noch niemals den Rum übersehen, oder?«

»Es tut mir leid, Sir.«

Um sie herum auf dem Deck hatten die Männer ihre Arbeit liegenlassen, um zuzuhören; sie warfen sich Blicke zu und grinsten hämisch, als der Kapitän den ersten Maat zusammenstauchte. Doch auch sie bekamen ihr Fett ab.

»Hört mir jetzt gut zu, ihr faulen Säcke. Ihr lacht. Ihr denkt, mit einem Wasserfaß kommen wir leicht bis zum nächsten Hafen. Was seid ihr bloß für Idioten!« Verärgert deutete Beckmann auf das glatte, saphirblaue Wasser. »Ihr denkt, das hier sei ein ungefährlicher, sicherer Seeweg, aber unter uns lauern Riffe, die meinem Schiff den Bauch aufschlitzen könnten. Gott verhüte, daß so etwas geschieht, aber wenn wir auf ein Riff laufen, verdursten wir. Ich werde nicht weitersegeln, wenn wir nicht genug Wasser haben. Habt ihr mich verstanden?«

»Ja, Käpt'n«, raunten die Männer.

»Ich sollte Sie auspeitschen lassen, Mr. Swallow, aber stattdessen werden Sie sich auf die Suche nach Wasser machen. Sie nehmen die für das Wasser verantwortlichen Männer mit. Wer war das? Wer hat noch seine Pflicht vernachlässigt?«

Swallow fuhr sich mit der Zunge über die Lippen. »Ich übernehme die volle Verantwortung, Sir.«

»Können Sie etwa das Beiboot rudern und die Fässer allein tragen?«

»Nein, Sir.«

»Dann nennen Sie mir die Namen.«

Es entstand Unruhe. Die Männer blickten sich neugierig um und versuchten festzustellen, wer von ihnen an Land gehen mußte. »Billy Kemp«, begann Swallow, »George Salter und Dutchy Baar.«

»Gut. Am Morgen werden wir an der Mündung des Endeavour River vor Anker gehen. In meinen Karten ist dort in Küstennähe Quellwasser verzeichnet. Sie werden zu viert das Wasser holen.« Er schnüffelte und rümpfte die Nase. »Was ist denn das für ein Gestank?« Gleich darauf schüttelte er verzweifelt den Kopf. »Du schon wieder, Gaunt!«

Der Kajütenjunge stand da und glotzte. Er hielt einen Eimer mit einer übelriechenden Flüssigkeit in der Hand. Man brauchte gar nicht erst zu raten, was es war: Gussie hatte sich wieder übergeben.

»Bring das weg«, brüllte Beckmann, »oder ich werfe dich mitsamt dem Eimer über Bord! Und scheuere den Eimer aus!« Voller Ekel wandte er sich ab. Wie ihn der alte Halunke Willy Gaunt dazu überreden konnte, seinen schwachsinnigen Sohn anzuheuern, würde er nie verstehen. »Der glotzende Gaunt« war ein verdammt guter Name für ihn, so wie er ständig herumstand und wartete, daß ihm jemand zum hundertsten Mal erklärte, was er tun solle. Er schien nichts zu behalten. Doch glücklicherweise hatte er auch eine gute Seite: Er war nett zu Augusta. Es machte ihm offenbar nichts aus, sie zu pflegen, hinter ihr herzuwischen, treppauf, treppab zu rennen und ihr Kaffee und Kekse zu bringen. Die Wäsche besorgte er ebenso gut wie jede chinesische Wäscherei. Gussie mochte ihn, und das war wenigstens etwas.

Beckmann beugte sich wieder über seine Karten und musterte die Küstenlinie um die Mündung des Endeavour River. Er konnte es sich nicht leisten, daran vorbeizufahren.

2

Will Gaunt hatte sich ganz genau ausgemalt, wie die Zukunft seines Sohnes aussehen sollte. Edmund würde als Kajütenjunge anfangen, einige Jahre als Matrose fahren, Befehle befolgen, sich mutig und tüchtig zeigen, Geld sparen und mit zunehmender Erfahrung Schritt für Schritt befördert werden. Auf diese Weise konnte er sich allmählich zur Spitze hocharbeiten und schließlich das kostbare Kapitänspatent erwerben.

Dieser Einfall war ihm in einem lichten Augenblick gekommen – der erste Einfall, den Willy je gehabt hatte – und er konnte sich vor Aufregung kaum fassen, so genial fand er ihn. Bis zu jenem Tag hatte sich Willy vom Schicksal treiben lassen, hatte nicht mehr Gewalt über sein Leben gehabt als ein Stein, der eine gepflasterte Straße hinunterrollt. In den düsteren Elendsvierteln von Liverpool, die sein Zuhause gewesen waren, mußten die Einheimischen mit den Horden hungernder irischer Einwanderer um das tägliche Stückchen Brot kämpfen. Diebstahl war eine Lebensnotwendigkeit, und ein geschickter Dieb wurde von allen bewundert. Willy war weder ein guter noch ein schlechter Dieb. Er arbeitete einfach in diesem Beruf, und eigentlich wurde ihm niemals bewußt, daß er ums Überleben kämpfte.

Als der klirrende Frost des Winters über die ausgemergelten Menschen hereinbrach, schlossen sich hinter Willy und seinen Kameraden die Gefängnistore. Verächtlich grinsend stapften die Sträflinge über den Gefängnishof, wo Magistratsbeamte ihren Preis ausriefen wie auf einer Auktion; die einzigen Bieter waren die Kolonien.

Willy war es gleichgültig, daß er nun ein Weltreisender geworden war. Als er von Sydney aus zum Moreton-Bay-Gefängnis geführt wurde, sah er die Gräber anderer Sträflinge. Mit einem Dokument in der Tasche, das ihn als Freigänger auswies, schlug er sich nach Brisbane durch, um zu arbeiten. Er verlor jegliches Zeitgefühl, bis ihn ein gelangweilter Büroangestellter darauf aufmerksam machte, daß er nun schon seit mehr als einem Jahr ein freier Mann war.

Seine Frau Jane Bird, ebenfalls eine ehemalige Strafgefangene, kratzte die zehn Guineen zusammen, die zum Kauf eines eigenen Hauses nötig waren. Dort sollte ihr Sohn aufwachsen. Zu diesem Zeitpunkt hatte sich Willy schon so an die schwere Arbeit gewöhnt, daß er weiter seinem Tagwerk nachging und sich in mehreren Berufen versuchte, nur gelegentlich, aus alter Gewohnheit, handelte er noch mit gestohlenen Waren.

Ein freier Mann zu sein bedeutete Willy sehr viel. Als junger Bursche hatte er sich keine Gedanken darüber gemacht, was das Wort »frei« eigentlich bedeutete, aber nun besaß er ein Stück Papier, das ihm diese Freiheit garantierte. Außerdem hatte er einen Sohn, dem die Möglichkeit offenstand, einmal eine wichtige Persönlichkeit zu werden, ein Mann, der anderen Leuten Befehle gab.

Durch seine guten Beziehungen zu den Hafenarbeitern von Brisbane machte Willy Gaunt die Bekanntschaft des deutschen Kapitäns Beckmann. Beckmann besaß einen Küstenklipper, die *White Rose.*

Der scharfsichtige Willy hatte sich schnell ein Urteil gebildet: Beckmann war ein guter Kerl, ein Mann, dem man vertrauen konnte. Es erforderte ein wenig Überredungskunst, aber schließlich war der Kapitän bereit, seinem Jungen eine Chance zu geben, und so heuerte Edmund als Kajütenjunge auf der *White Rose* an.

Jane war gestorben, als der Junge zehn Jahre alt war. Sie hatte ihren Mann inständig gebeten, für den Jungen zu sorgen, und Willy hatte Wort gehalten. Er liebte seinen Sohn und war stolz darauf, daß er so gut lesen und schreiben konnte wie ein großer Herr. Und nun sollte Edmunds Leben als Seemann beginnen.

Drei Nächte in der Woche mußte Edmund Wache halten, auf Abruf bereit sein, Botschaften überbringen, mußte die Laternen überprüfen und einfach die Augen offenhalten.

»Deine Augen sind noch jung«, hatte Kapitän Beckmann gesagt. »Meistens wissen sie zwar nicht, wonach sie Ausschau halten sollen, aber wenigstens sind sie noch nicht von gestohlenem Rum vernebelt.«

Edmund saß hoch droben auf einer Spiere und beobachtete dienstbeflissen das ruhige, mondbeschienene Wasser der Whitsunday Passage. Endlich fühlte er sich einmal wohl, denn hier war der Seegang nicht so stark wie auf dem offenen Meer. Während alle anderen an Bord den eintausendsechshundert Kilometer langen Streifen voller Korallenriffe entlang der Küste von Queensland fürchteten, war Edmund dankbar. Die *White Rose* segelte gemächlich dahin, und so konnte sich sein Magen endlich beruhigen.

Sobald das Schiff vom Brisbane River in die Moreton Bay und Richtung Norden aufs offene Meer gefahren war, war Edmund schrecklich seekrank geworden. Sein Entsetzen darüber und das Gefühl, sich lächerlich zu machen, hatten sein Leiden noch verschlimmert. Ihm wäre zuvor nicht im Traum eingefallen, daß ihm übel werden könnte, und schon gar nicht, daß er sich dabei so sterbenselend fühlen würde. Er hatte Mr. Swallow angefleht, sich in seinen Verschlag aus Segeltuch unter dem Beiboot verkriechen zu dürfen, aber der wollte nichts davon hören. »Reiß dich zusammen, Junge. Wenn du dich oft genug auskotzt, dann kann irgendwann nichts mehr hochkommen. Mach weiter mit deiner Arbeit, aber kotz nicht aufs Deck, sonst zieh ich dir das Fell über die Ohren.«

Nur Mrs. Beckmann, die Frau des Kapitäns, hatte Mitleid mit ihm, denn auch sie war seekrank gewesen. Edmund mußte die Eimer ausleeren, in die sie sich übergab, während sie sich wortreich bei ihrem Leidensgenossen entschuldigte. Sobald sie die Whitsundays erreicht hatten, waren sie beide aufgelebt, und die Reise gen Norden zu der kleinen Siedlung an der Spitze von Cape York war ohne Zwischenfälle verlaufen. Aber nun, auf der Rückfahrt, war die Frau des Kapitäns wieder krank geworden.

Die Mannschaft, die wußte, daß Mrs. Beckmann nicht seefest war, lachte und machte sich über sie lustig. In Edmunds Augen war das grausam, aber die Männer wollten Mrs. Beckmann einen Denkzettel verpassen, damit sie künftig zu Hause blieb. Sie wollten keine Frau an Bord, und schon gar keine Deutsche. Es sei ein böses Omen, sagten sie. Ständig redeten sie über böse Omen, jedes zweite Ereignis trug irgendein Vorzeichen. Edmund war beileibe kein Ungläubiger, o nein. Vielmehr erschreckten ihn ihre Geschichten zu Tode, und er wollte unbedingt wissen, wie er sich schützen konnte. Er tauschte seine täglichen Rumrationen bei Billy Kemp gegen einen Haifischzahn ein, den er nun um den Hals trug. Ein guter Tausch. Wenn er über Bord fiel oder Schiffbruch erlitt und einen Haifischzahn bei sich trug, würde sich kein Hai in seine Nähe wagen. »Die sind schneller weg als das Höschen einer Hure!« hatte Billy gesagt, und Edmund war beruhigt. Er hatte nämlich furchtbare Angst vor Haien.

Eine Bewegung auf Deck unterbrach ihn in seinen Gedanken. Er ließ sich heruntergleiten und spürte die willkommene Kühle der Morgenbrise. Das Meer war bis zum Horizont in rosarotes Licht getaucht; immer wieder erstaunte es ihn aufs neue, daß der Ozean eine solche Farbe annehmen konnte. Dort, wo gleich die Sonne aufgehen würde, zeichneten sich graue und rosafarbene Streifen auf dem Himmel ab. Edmund fragte sich, was wohl jenseits des Horizonts liegen mochte.

»Steh hier nicht rum, du alter Kakadu, hilf uns lieber!« Billy Kemp schob Edmund zum Beiboot. »Mach es los. Die Jungs bringen die Fässer.«

Billy war ein Typ, der immer Befehle geben mußte. Man könnte denken, er sei Offizier und nicht bloß ein einfacher

Matrose. Edmund nestelte an den Seilen herum, aber andere Hände waren schneller, und so wurde das Beiboot bald über Bord gehievt. Auf dem Schiff ging es plötzlich geschäftig zu, jeder wollte dabeisein und zusehen, wie die Fässer im Boot verstaut wurden und die Gruppe aufbrach. Edmund betete, daß sie Wasser finden würden. Er wollte nicht mit einer riesenhaft angeschwollenen Zunge sterben, die kaum noch in den Mund paßte, wie es den Erzählungen nach beim Verdursten der Fall war.

Der Kapitän stand da und schaute mit unbewegter Miene zu. Da ein dichter Bart sein Gesicht verhüllte, war nur schwer zu erraten, was er dachte. Wenn er den Mund geschlossen hielt, konnte man nur die stahlgrauen Augen sehen. Eines Tages, sagte sich Edmund, würde er auch einen Bart tragen.

Mr. Swallow trug einen Revolver. Edmund erschauderte. Er war froh, daß er nicht an Land gehen mußte. Sie lagen zwar weit vor der Küste, aber selbst von hier aus wirkte das Land unheimlich auf ihn.

Mrs. Beckmann kam mit gerafften Röcken schnaufend an Deck, um dem Aufbruch der Wassersucher zu dem winzigen Streifen weißen Strandes zuzusehen.

»Können wir nicht näher ran?« hörte er sie den Kapitän fragen.

»Das ist zu gefährlich. Wir müssen hier in der Fahrrinne bleiben. Du siehst gut aus heute morgen, meine Liebe.«

»Ich fühle mich auch besser. Um diese Tageszeit ist es noch nicht so mörderisch heiß.«

»Du solltest hier oben an der frischen Luft bleiben. Das ist viel besser für dich. Der Junge soll es dir bequem machen und deinen Morgentee bringen.«

Zu spät. Sie hatten ihn schon entdeckt. Unglücklich trottete Edmund in die Kombüse hinunter. Da er die halbe Nacht Wache geschoben hatte, hätte er sich jetzt eigentlich in seine Koje legen dürfen, aber sobald ihn der Koch in die Finger bekäme, würde er ihm beim Frühstück für die Mannschaft helfen müssen. Dann würde er wohl die Kajüten putzen müssen oder irgendeine andere Knochenarbeit aufgehalst bekommen. Er konnte von Glück sagen, wenn er vor der Dämmerung noch ein paar Stunden Schlaf abbekam.

Die Landgänger starrten ängstlich auf die grünen Berge, die bedrohlich hinter der Küstenlinie aufragten. Der Nebel, der vom feuchten Dschungel aufstieg, verhüllte ihre Gipfel wie ein riesiger grauer Schal. An der Mündung des Flusses hingen dunkelgrüne Mangroven ins Wasser, aber südlich davon hatte sich ein Streifen blendend weißen Strandes in das unbarmherzige Grün gedrängt.

Billy Kemp saß als erster im Boot. Er war durstig. Beckmann hatte den Schuldigen jeden Tropfen Wasser verweigert, seit man festgestellt hatte, daß die Fässer leer waren. Billy hatte es eilig wegzukommen. Er hängte schon sein Ruder ein, während die anderen erst an Bord sprangen. »Beeilt euch gefälligst«, knurrte er. »Je eher wir wieder zurück sind, desto besser.«

»Nimm du ein Ruder, Dutchy«, befahl Bart Swallow.

Dutchy grinste Billy an. »Leg dich in die Riemen, Junge. Wenn wir am Wasser sind, wollen wir uns erst mal ordentlich den Bauch füllen.«

George Salter machte sich Sorgen. »Was ist, wenn wir kein Wasser finden?«

»Ach, halt's Maul, du britischer Bastard«, fuhr Billy ihn an. »Mr. Swallow weiß, wo es Wasser gibt, nicht wahr?« Swallow nickte unbestimmt. »Ich denke schon. Kapitän Cook hat hier drei Monate lang vor Anker gelegen.«

»Mein Gott«, entfuhr es George. »Verdammt noch mal, das ist doch schon hundert Jahre her!«

»Das weiß ich«, herrschte Swallow ihn an. »Er war der erste, der hier Wasser fand, aber seitdem waren auch noch andere

Leute da. Es heißt, daß der Weg zu den Quellen durch Zeichen an Bäumen markiert ist.«

»Inzwischen sind die Pfade todsicher wieder zugewachsen«, wandte Billy ein. »In diesem Klima wuchert der Busch schneller als Unkraut. Egal, die Regenzeit ist gerade vorbei, und die Wasserläufe an diesen verdammten Hügeln müßten eigentlich überfließen.«

»Woher willst du das so genau wissen?« fragte George. Billy beachtete ihn nicht. Er genoß die Herausforderung, mit dem großen, bärenstarken Holländer mitzuhalten. Scheinbar mühelos führte dieser mit seinen braungebrannten, sehnigen Armen kräftige Ruderschläge aus, die das schwere Boot pfeilschnell auf die Küste zutrieben.

Woher er das wissen wollte? Er kannte sich aus mit Wasser, vor allem hatte er Erfahrung damit, was es bedeutete, wenn kein Wasser da war. Auf dieser verdammten, gottverlassenen Farm, die sein alter Herr gekauft hatte, hatte er oft genug Dürrezeiten erlebt. Seine Eltern waren freie Siedler gewesen, denen alle Möglichkeiten offenstanden. In der Familie Kemp hatte es keine Verbrecher gegeben, niemand trug die Narben von Peitschen oder Ketten. Voller Hoffnung waren seine Eltern mit ihren beiden kleinen Söhnen in dem fremden Land angekommen, und dann hatte man sie hereingelegt und ihnen dieses briefmarkengroße Stück Farmland hinter Bathurst angedreht. Wahnsinn! Jetzt, da es zu spät war, hätte Billy ihnen erklären können, daß man in diesem Land groß einkaufen mußte oder es besser ganz bleiben ließ. Aber seine Eltern hatten immer davon geträumt, eine Farm zu besitzen, sich zu vergrößern und eines Tages zu den Großgrundbesitzern zu gehören. Doch sie hatten Pech gehabt.

Für die ärmliche kleine Schafzucht hatte es eigentlich von Anfang an keine Hoffnung gegeben, denn dort draußen brauchte man ungeheuer viel Land und eine wahre Armee von Schafen. Dennoch hatten sie tapfer weitergekämpft. Dingos schlugen die Schafe. Krähen hackten ihnen die Augen aus. Und Billy hatte die Eltern auf ihrer kleinen, abgelegenen Farm langsam zugrundegehen sehen. Als sein jüngerer Bruder an einem Schlangenbiß starb, hatte die Mutter den Verstand verloren. Ruhelos lief sie umher und suchte nach dem toten Jungen; sie rief so oft nach ihrem Harry, daß die Papageien, diese unverbesserlichen Spaßvögel, ihren Ruf nachahmten. Kleine Wellensittiche kreischten mit ihren komisch piepsenden Stimmen: »Harry! Wobisduharry.« Auch die Kakadus hatten es schnell gelernt und machten ihre Sache noch besser. Sie waren zahm wie Hühner und äußerst neugierig, und so saßen sie in den Bäumen oder wühlten vor dem Haus im Staub und riefen dabei glockenrein im Chor: »Harry! Hallo Harry! Komm heim, Harry!« Das allein schon hätte jeden in den Wahnsinn getrieben. Und Regen? Sie wußten gar nicht mehr, was das war. Sie vergaßen, wie Gras aussah, denn überall gab es nur Staub, Staub und noch einmal Staub. Und als das letzte Schaf gestorben war, ging sein alter Herr hinunter zu dem ausgetrockneten Flußlauf und erschoß sich.

»Sachte jetzt«, sagte Bart Swallow, »haltet die Augen offen. Die Gegend sieht zwar verlassen aus, aber man weiß ja nie. Die Flut kommt, also bleibt diesen Felsen fern und steuert auf den Strand zu. Vorsichtig, das Boot nur langsam aufsetzen.«

»Glaubst du, daß es hier Schwarze gibt?« fragte George. »Wir bleiben nicht lange genug, um das herauszufinden«, erwiderte Swallow kurz angebunden.

Sie zogen das Boot an den Strand und warfen die drei Fässer an Land. »Ich passe auf das Boot auf«, sagte Billy schnell. Er hatte keine Lust auf einen Spaziergang durch den Dschungel; dort wimmelte es von Schlangen. »Hier gebe ich die Befehle, Kemp«, wies ihn Swallow zurecht. »Du kommst mit, Dutchy, ich brauche dich zum Fässerschleppen. Und ihr zwei bewacht das Boot.« Er nahm zwei Macheten und gab Dutchy eine davon. »Wie's aussieht, müssen wir uns erst einen Weg bahnen.«

»He, wie sollen wir denn das Boot bewachen, wenn wir gar keine Waffe haben?« fragte Billy. »Sollen wir vielleicht mit Sand werfen, wenn wir angegriffen werden? Gib mir den Revolver.«

»Er hat recht«, bemerkte George. »Wir hätten mehr Waffen mitnehmen sollen.«

»Die brauchen wir nicht.« Swallow legte sein Pistolenhalfter ab. »Gut, ich lasse euch den Revolver da. Nimm du ihn, George. Hier ist die Munition. Wenn ihr uns braucht, feuert einen Schuß ab, und wir kommen dann, so schnell wir können.«

Billy lachte abfällig, als sie im Busch verschwanden. »Dieser Swallow ist doch einfach zu nichts zu gebrauchen. Erst hat er das Wasser vergessen, und jetzt vergißt er die Gewehre. Komm, gehen wir in den Schatten, hier wird man bei lebendigem Leib geröstet. Der Sand glüht ja.«

Sie folgten den anderen ein Stück am Strand entlang und ließen sich auf einem Büschel Seegras nieder. Swallow und Dutchy waren in dem undurchdringlichen Buschwerk, durch das sich gewaltige Schlingpflanzen zogen, verschwunden, aber Billy und George hörten, wie sich die beiden einen Weg landeinwärts bahnten. Billy hoffte, sie würden nicht zu lange brauchen, schließlich war das hier kein Picknick. Er sah zu, wie George sich das Halfter umschnallte und den Revolver untersuchte. »Ist er geladen?«

»Natürlich.«

»Dann paß auf, daß du dir nicht deinen verdammten Fuß abschießt! Gib ihn mir!«

»Halt den Mund! Ich kann schießen. Du denkst, du weißt alles, Kemp, aber ich wette, du könntest nicht mal 'ne Krähe treffen.«

»Ich wette gegen eine goldene Uhr, daß du keine Krähe triffst«, sagte Billy träge. »Diese Vögel haben mehr Hirn als du, Kumpel.«

Er lehnte sich gegen einen Baum und beobachtete mit einem

Auge das Boot. Schießen? Jeder konnte schießen. Außer seinem alten Herrn. Der hatte nicht mal das hingekriegt. Billy – er war damals zehn – hatte geschrien und geweint, als er zum Flußlauf kam und seinen Vater dort liegen sah: das halbe Gesicht weggeschossen und überall Blut. Er hatte sich neben seinen Vater in die Blutlache gekniet und ihn umarmt. Da hatte er bemerkt, daß das eine Auge flehentlich zu ihm hinaufstarrte! Er lebte noch! Was für eine verdammte Scheiße! Es war schrecklich, sich immer wieder daran zu erinnern. Billy hatte sein Gewehr genommen und dem Ganzen ein Ende gemacht. Er mußte es tun. Man erschoß ja auch sterbende, kranke und blinde Schafe.

Mein Gott, war er durstig! Sein Mund war staubtrocken. Er stand auf, ging im Schatten am Strand entlang und hielt Ausschau nach einer Kokospalme. Ein Schluck Kokosmilch wäre jetzt genau das Richtige, aber weit und breit war keine Palme zu sehen. »Tja, wer hätte das gedacht?« murmelte er vor sich hin. »Vom Schiff sieht es so aus, als wäre die ganze Küste voller Palmen, und wenn man wirklich eine braucht, findet man keine.«

Als er zurückkam, war George eingedöst. Der Kopf war ihm auf die Brust gesunken. Billy spuckte aus und trat ihn kräftig in die Rippen. »Du bist mir vielleicht ein toller Wachposten!«

»Was soll das?« brüllte George und sprang auf. »Ich hab mich nur 'n bißchen ausgeruht.«

Ein Schwarm Loris stob in einer rotblauen Wolke aus dem Dschungel und flog kreischend hinaus aufs Meer. Billy stieß einen bewundernden Pfiff aus. Junge, waren die schnell! Alle machten gleichzeitig wieder kehrt und schossen in einem ausgedehnten Bogen zurück ans Land. Billy nickte anerkennend. Irgendwo mußte ein Habicht lauern, aber dem waren sie entkommen.

An dem dicken Ende eines Schraubenpalmzweiges zog sich

Billy in die Höhe und seufzte. Er wünschte, die anderen würden sich ein bißchen beeilen. Allmählich sollten sie jetzt Trinkwasser gefunden haben. Als er seinen Blick über die weiße Sandfläche gleiten ließ, entdeckte er am anderen Ende des Strandes eine Gestalt, die gerade aus dem Dschungel hervorgetreten war. Anscheinend ein Schwarzer, der da so sorglos dahinschritt. Gott sei Dank war er allein. Billy sagte George vorerst noch nichts von seiner Entdeckung. Statt dessen beobachtete er den Eingeborenen, der jetzt fischte. Er war hinaus ins Meer gewatet und reglos stehengeblieben. Wie eine glänzende schwarze Statue hob er sich gegen das blaue Wasser ab. Irgendwann stieß er dann blitzschnell mit dem Speer zu und steckte seinen Fang in einen mitgeführten Beutel. Als er weiter den Strand hinaufkam, erkannte Billy, daß er noch sehr jung war. Doch dann bückte er sich über den gefüllten Beutel, und ganz deutlich sah Billy die Umrisse kleiner Brüste. Ein Mädchen! So nackt wie Eva im Paradies, und selbst das Feigenblatt fehlte!

Grinsend fuhr Billy mit der Zunge über die Lippen, dann ließ er sich von seinem Hochsitz heruntergleiten. Währenddessen hatte sich das schwarze Mädchen aufgerichtet und starrte auf das verlassene Beiboot. Schließlich siegte die Neugier. Das Mädchen kam näher, um das Boot zu untersuchen.

Billy packte George. »Pssst! Ganz leise. Schau mal, was wir da haben.« Er zog George ins Gebüsch. »Ein toller Leckerbissen, mein Junge.«

George, der wie gebannt auf das Mädchen starrte, brachte ein Nicken zustande.

»Die holen wir uns«, sagte Billy. »Aber wir müssen fix sein. Wir nehmen sie mit ins Gebüsch.«

Zitternd vor Aufregung nickte George erneut.

»Außerdem«, gab Billy zu bedenken, »kann sie uns vielleicht zu einer Quelle führen, das wäre ein weiterer Vorteil.«

Die zwei Männer trennten sich und pirschten sich im Schutz

des Dickichts so nah an das Mädchen heran, daß es sich zwischen ihnen befand. Dann rannten sie urplötzlich auf ihr Opfer zu.

Billy erhaschte einen Blick auf das zu Tode erschrockene Gesicht des Mädchens, bevor sie sich umdrehte und dabei fast mit George zusammenstieß. Doch behende wich sie ihm aus und warf sich ins Meer.

»Ihr nach!« brüllte Billy und lief durch die Wellen. Sie mußten bis zur Hüfte ins Wasser waten, bevor sie das Mädchen erwischten, das sich mit Händen und Füßen wehrte. Es war, als wollte man einen Barramundi mit der bloßen Hand fangen, und ihre Zähne waren messerscharf. George bekam einen Fußtritt gegen das Kinn, worauf er rücklings ins Wasser fiel, aber Billy stürzte sich lachend auf das Mädchen und schlang einen Arm um ihre Brust. Er spürte ihre seidige Haut und streifte die kleinen Brustwarzen.

»Halt sie fest, Mann!« stieß George hervor und tauchte nach ihren Füßen. Billy gab sich alle Mühe, aber das Mädchen kämpfte verbissen. Sie zog ihn in tieferes Wasser, und bald schlugen die Wellen über ihnen zusammen. Billy spürte keinen Boden mehr unter den Füßen. Einige Meter weiter draußen schrie George bereits in Todesangst: »Hilfe! Billy, hilf mir!« Er versank und tauchte prustend wieder auf. »Ich kann doch nicht schwimmen!« Hilflos ruderte er mit den Armen.

Durch George abgelenkt, lockerte Billy seinen Griff, und plötzlich war ihm das Mädchen entschlüpft. Suchend blickte er sich um, aber sie war nirgends zu sehen. Das Sonnenlicht, das auf dem schimmernden Wasser tanzte, blendete ihn. »Verdammter Mist!« murmelte er, eher belustigt als verärgert, daß ihnen ihre Beute entwischt war. Er schwamm zu George hinaus und zog ihn zurück ins seichte Wasser. »Du verdammter Idiot. Du wirst noch mal in der Badewanne ertrinken.«

»Wo ist sie hin?« gluckste George.

»Wenn ich das bloß wüßte.«

»Geschieht ihr recht, wenn sie ertrunken ist«, jammerte George. »Sie hat mir beinahe den Kiefer gebrochen. Als ob mich ein Esel getreten hätte.«

Billy trottete schwerfällig ans Ufer. »Die ist nicht ertrunken. Die schwimmt wie ein Fisch. Sie ist irgendwo da draußen und wartet ab.«

Plötzlich rannte George den Strand entlang.

»Wo willst du hin?« rief Billy.

»Wir haben noch ihren Fang!« schrie George über die Schulter zurück. »Die Fische!«

Billy zuckte die Schultern. Sollte er den Fisch ruhig haben. Aber wo hatte dieser Trottel den Revolver fallenlassen? Wahrscheinlich an dem schattigen Plätzchen in der Nähe des Bootes. Doch es war Georges Problem, den Verlust des Revolvers zu erklären.

Er steuerte gerade auf das Boot zu, als Dutchy brüllend aus dem Gebüsch gelaufen kam. »Schnell!« schrie er im Laufen, und Billy brauchte keine zweite Aufforderung. Er rannte über den nassen Sand und stieß das Boot mit aller Kraft vom Ufer ab. Einige Sekunden später hatte Dutchy ihn erreicht. »Ins Boot, schnell!«

»George!« rief Billy. »Komm zurück!« Er sah sich nach Swallow um, aber Dutchy hatte bereits eines der Ruder gepackt.

Billy war in seinem bisherigen Leben schon oft genug in der Zwickmühle gewesen, um zu wissen, daß man in einem solchen Augenblick erst handelte und dann nach dem Grund fragte; der Holländer hatte das Boot auch schon aufs offene Meer manövriert.

»He, warte auf die anderen, du Bastard!« schrie Billy. Er verstummte jedoch, als eine Meute von bedrohlich aussehenden, weißbemalten Wilden auf den Strand gelaufen kam. »Renn, um Gottes willen, so renn doch!« rief er George zu.

George rannte, als wäre der Teufel hinter ihm her. Durch

das seichte Wasser preschte er auf das Boot zu, während Dutchy es mit nur einem Arm weiter nach draußen ruderte.

»Er kann nicht schwimmen!« rief Billy Dutchy zu, aber es war schon zu spät. Billy sah, wie einer der Aborigines weit ausholte, und beobachtete wie hypnotisiert den Flug des Speers, bis er George in den Rücken drang. George schrie auf, warf die Arme hoch und fiel mit dem Gesicht nach unten ins Wasser. Nur der Speer ragte wie ein winziger Mast aus dem Meer.

Mit hastigen Ruderschlägen trieben sie das Boot aufs offene Meer hinaus. Brüllend kamen die Schwarzen näher. Speere flogen durch die Luft. Schweißüberströmt zog Billy an dem schweren Ruder. Er hatte den Eindruck, daß sie sich nur im Schneckentempo vorwärtsbewegten. Sicher würden die Schwarzen, die ihnen mittlerweile nachschwammen, sie einholen und das Boot umkippen. Aber das Boot war nun leichter, da die Holzfässer noch am Ufer lagen und sie nur zu zweit darin saßen. Wo aber war Bart Swallow?

Mit jedem Ruderschlag vergrößerten sie den Abstand zwischen sich und den Angreifern, doch ihr Schiff lag weit draußen an einer Landzunge, und Billy fürchtete, die Schwarzen könnten ihnen in Kanus dorthin folgen. Ihn schauderte, wenn er an Swallow dachte, den sie allein an Land zurückgelassen hatten, andererseits war er froh, daß gerade Dutchy davongekommen war, denn ohne seine Muskelkraft hätten sie es niemals geschafft. »Was ist mit Swallow passiert?« fragte Billy schließlich, als das Schiff allmählich in Sicht kam.

»Sie haben ihn erwischt«, knurrte Dutchy mit zusammengebissenen Zähnen.

»Ist er tot?«

Dutchy drehte sich wütend zu ihm um. »Ihr zwei solltet eigentlich Wache halten. Ich dachte, wenn ich aus dem Dschungel komme, gibt mir jemand Feuerschutz, und dann ist niemand beim Boot. Durch eure Schuld hätten sie mich beinahe auch noch erwischt, ihr verdammten Idioten.«

»Um Gottes willen! Du kannst doch nicht mir die Schuld geben! Mr. Swallow hätte den Revolver nicht George, sondern mir geben sollen. Ich war nicht weit weg, mir kannst du nichts vorwerfen.«

Einige Gesichter spähten über die Reling, als Dutchy die Taue packte. »Um dich wär's auch nicht schade gewesen«, bemerkte er grimmig.

Der Zorn des Kapitäns war ebenso vorhersehbar gewesen wie Ebbe und Flut. Der Verlust der beiden Männer entsetzte ihn, besonders, als er von den Umständen ihres Todes hörte. Außerdem war er wütend, daß sie ohne ausreichende Bewaffnung an Land gegangen waren. Bei dem Gedanken, daß der diensthabende Offizier zu den Opfern gehörte, empfand er allerdings eine gewisse mit Schuldbewußtsein gepaarte Erleichterung. Anderenfalls hätte er nämlich dessen Auspeitschung anordnen müssen, und er verabscheute Gewalt.

Im Beisein des zweiten Maats Henry Tucker und seiner Frau Augusta, die ängstlich in einer Ecke des Tagesraums saß, unterzog er Dutchy und Kemp einem ausführlichen Verhör.

»Wir fanden den Flußlauf«, erklärte Dutchy, »indem wir uns einfach geradeaus einen Weg bahnten. In dem dichten Busch hätte es sowieso keinen Sinn gehabt, nach markierten Bäumen zu suchen. Ich dachte, es wäre ganz einfach. Wir fanden eine Quelle, tief genug, um die Fässer einzutauchen. Eins hatten wir gerade gefüllt, und Mr. Swallow stand auf. Ich schwör's, Käpt'n, ich hab nichts gehört und nichts gesehen, und wumm! Dieser verdammte Speer ist aus dem Nichts gekommen und ging mitten durch seinen Hals. Also bin ich, so schnell ich konnte, den Pfad wieder zurückgerannt.«

»Ihr habt ihn einfach dort liegenlassen?« fragte Tucker.

»Hätten wir ihn erst begraben sollen?« knurrte Dutchy wütend. »Wenn man hier sitzt, kann man leicht mutig sein.

Und dumm. Natürlich bin ich weggerannt, ich hab nicht mal mehr die Machete mitgenommen.«

»Warum war George nicht beim Boot?« fragte der Kapitän. Schon wieder.

»Er schlenderte gerade ein bißchen am Strand entlang«, erwiderte Billy. »Es ist nicht meine Aufgabe, ihm zu sagen, was er tun soll. Außerdem hatte er den Revolver.«

»Warum hat er ihn dann nicht benutzt?«

»Er war zu sehr damit beschäftigt wegzulaufen, Käpt'n.«

Beckmann war überzeugt, daß irgend etwas an Billy Kemps Geschichte nicht stimmte; der Kerl wich seinem Blick aus. Andererseits war er wahrscheinlich noch immer ganz verstört, denn es mußte ein schreckliches Erlebnis gewesen sein.

Tucker kratzte sich an seinem roten Bart und beugte sich vor. »Wenn er auch nur einen Schuß auf diese Wilden abgegeben und einen von ihnen getroffen hätte, wären sie in die Flucht geschlagen worden.«

»Stimmt, aber erklären Sie das mal George«, murmelte Billy. Beckmann war besorgt. Es erschien ihm feige, einfach davonzusegeln und keinen Versuch zu unternehmen, die Leichen zu bergen und den beiden Männern ein angemessenes Begräbnis zukommen zu lassen, aber durfte er dafür das Leben der übrigen Männer aufs Spiel setzen?

»Ich werde einen genauen Bericht verfassen«, sagte er, »und ihr beiden werdet ihn vor Zeugen unterschreiben.«

In dem anschließenden Gottesdienst, den Beckmann für die Seelen der beiden tapferen Kameraden abhielt, die am Endeavour River heimtückisch ermordet worden waren, bat er den Herrn um Gnade für sie, da man ihnen in diesem Leben keine Gnade erwiesen hatte. Dann dankte er Gott dafür, daß er die beiden anderen Matrosen geschont hatte. Augusta stimmte einige Kirchenlieder an. Vor versammelter Mannschaft ordnete der Kapitän an, das letzte Trinkwasser rund um die Uhr zu bewachen. »Gott helfe uns«, sagte er. »Wir haben kaum noch Wasser; uns steht also eine schwere Zeit bevor. Segel setzen, Mr. Tucker.«

Als Tucker seine Befehle brüllte, machte sich die Mannschaft eifrig ans Werk. Keinem von ihnen tat es leid, diesen schrecklichen Ort zu verlassen, deshalb brauchten sie für das Losmachen der Segel auch nur die Hälfte der sonst üblichen Zeit. Als Beckmann jedoch das Steuer ergriff, ertönte plötzlich der Ruf: »Mann über Bord!«

»Was, in Gottes Namen, ist denn jetzt schon wieder los?« rief der Kapitän.

Tucker eilte herbei.

»Kein Mann über Bord«, keuchte er. »Da treibt jemand vor uns im Wasser. Vielleicht konnten Bart oder George doch noch abhauen.«

»Unmöglich!« erwiderte Beckmann, aber er mußte auf Nummer Sicher gehen. »Stehen Sie hier nicht rum, Mann, holen Sie ihn raus!«

Wieder wurde das Beiboot herabgelassen. Sie zogen aber nicht die Leiche von Swallow oder George aus dem Wasser, sondern ein Aborigine-Mädchen, ein kleines, schmächtiges Wesen.

3

Kagari sah das fremde Kanu und lief darauf zu, als die beiden Männer sich plötzlich auf sie stürzten; sie schienen aus dem Nichts aufgetaucht zu sein.

Vor Schrecken war Kagari wie geblendet. So, als wäre die Sonne vom Himmel gerissen worden; nur ein klaffendes Loch blieb zurück, das sie zu verschlingen drohte, während sie in der plötzlichen Finsternis mit den bösen Geistern kämpfte.

Dämonische Hände griffen nach ihr, wanden sich wie Schlangen um ihre Arme und Beine, zerrten an ihren Haaren, rissen sie hin und her und versuchten sie festzuhalten.

Doch auch sie war in der Kunst der Schlangen bewandert. War sie denn nicht Kagari, benannt nach dem Kookaburra, dem lachenden Vogel, dem Schlangentöter, dem Schlangenfresser? Er war ein mächtiges Totem, sehr viel mächtiger als diese an das Land gebundenen Schlangen. Sie verwandelte sich in eine Seeschlange, und ihr schlanker Körper schnellte nach vorne, entschlüpfte ihnen und floh ins flache Wasser. Eine Welle glitt über sie hin; sie sammelte ihre Kräfte, streckte sich und schoß wie ein Speer in die Tiefe.

Das blausilberne Wasser in der Bucht des großen Flusses verbarg sie, als sie untertauchte. Geschmeidig glitt sie über das Korallenriff, bis ihre Lungen zu bersten drohten und sie zwangen, wieder an die Wasseroberfläche zu steigen.

Die plötzliche Wärme beim Auftauchen sagte ihr, daß die Sonne immer noch am Himmel stehen mußte, aber ihre Augen sahen das Licht nicht. Neues Entsetzen packte sie. Die bösen Geister hatten ihr die Kraft der Augen genommen! Würde sie nun für immer im Finstern wandeln müssen? So wie ihr Bruder Meebal, den man führen und füttern mußte, weil seine Augen von dem Giftbaum zerstört worden waren, als er noch ein kleiner Junge war, und der nun hinter abscheulich weißen, leeren und immer tränenden Augen lebte.

Die Furcht ließ ihr keine Zeit, sich lange über ihre Blindheit zu bekümmern. An der Bewegung der Wellen erkannte sie, daß sie ihr Gesicht der Küste zugewandt hatte. Der Wind trug schauerliche Stimmen an ihr Ohr, die ihr zuflüsterten, daß die bösen Geister immer noch da waren und im Meer nach ihrer Beute suchten. Sie tauchte wieder hinab in eine Spalte zwischen den Korallen. Die Tiefseeschlangen brauchten nicht sehen zu können, um dem scharfkantigen Fels auszuweichen, an denen sie sich verletzen konnten, und das galt auch für Kagari.

Fische schwammen ganz dicht an ihr vorbei; das warme Wasser und die Stille beruhigten sie. Als ein gewaltiger Fisch sie leicht mit dem Maul anstieß, wurde sie einen Augenblick von Furcht ergriffen. War es etwa ein Hai? Doch dann erkannte sie, daß es sich um einen dicken Mutterfisch handelte, größer als sie selbst, der nur Gesellschaft suchte.

Kagari ließ die Hände über den Rücken des Fisches gleiten, um sicherzugehen, daß sie wirklich keinen Hai vor sich hatte – die Rückenflosse hätte es ihr verraten. Ihr Leichtsinn ließ sie übermütig werden. Wenn es tatsächlich ein Hai gewesen wäre, hätte er keine Zeit mit solchen Spielereien verschwendet – seine gewaltigen Zähne hätten sie schon längst in Stücke gerissen. Nein, dies hier war eine Seekuh, das zahmste Meerestier, abgesehen von den langnasigen, quietschenden und lächelnden Delphinen, die stets im Schwarm umherschwammen. Sie klammerte sich an die Seekuh und ließ sich von ihr in Richtung Wasseroberfläche ziehen. Wo waren die Leute ihres Stammes? Sicher würde man sie vermissen und nach ihr suchen. Man würde ihren Korb mit Fischen am Strand finden und wissen, daß sie ihren Fang niemals der Sonnenglut oder den Seevögeln überlassen hätte.

Kagari schüttelte den Kopf, daß die Wassertropfen flogen, und rieb sich die Augen. Verzweifelt versuchte sie zu sehen. War dies ein Alptraum? Ein finsterer Traum, in dem sogar ein Schreckensschrei unhörbar blieb? Aber ihre Füße traten doch Wasser, und sie atmete die Luft ein! Nein, das war kein Traum, sondern Wirklichkeit, und sie trieb weit draußen vor der Küste. Sie war noch zu verängstigt, um sich von den Wellen ans Ufer tragen zu lassen. Zuerst mußte sie sich wieder beruhigen, diese schreckliche Furcht vertreiben und abwarten. Kagari war stark. Ihr Vater Wogaburra hatte viele Kinder, aber sie war sein Liebling, denn er wußte, daß die Götter der Traumzeit ihr einige seiner magischen Fähigkeiten verliehen hatten, nicht alle selbstverständlich, das wäre nicht schicklich gewesen, aber jedenfalls genug, so daß sie sich von den anderen Kindern unterschied, wie es auch ihm als Knabe ergangen war.

Wogaburra war von höherem Wuchs als die übrigen seines Stammes, und ein kühner Krieger und Jäger. Doch die Ältesten hatten bald erkannt, daß er auch ein weiser Mann war. Sie führten ihn in die Welt der Geheimnisse ein. Bald konnten sie die Augen nicht mehr davor verschließen, daß Wogaburra wirklich ein Zauberer war. Er besaß Kräfte, die über ihren Verstand hinausgingen, war ein Mann, dem die Achtung aller Irukandji gebührte. Inzwischen wurde er im ganzen Land gefürchtet, denn sein Zauber konnte heilen oder töten, Glück oder Unglück bringen und Unheil vorhersagen, um sein Volk zu schützen. Kagari lächelte. Die Zauberkräfte ihres Vaters waren so mächtig; die bösen Geister sollten sich besser vorsehen. Sogar Tajatella, der Häuptling der Irukandji, hielt sich am liebsten in Wogaburras Nähe auf, damit ihn kein Unheil befallen konnte.

Kagari fragte sich, was für böse Geister sie wohl am Strand überfallen hatten. Gewiß mußten es Geister sein, denn die Irukandji hatten ja keine Feinde; nicht mehr. Ihr Land war das schönste und üppigste auf der Welt. Sie hatten von den kalten und trockenen Ländern, den kargen Ländern gehört, denn in alter Zeit waren von dort die meisten ihrer Feinde gekommen. Manchmal waren furchterregende Männer aus dem Norden über sie hergefallen und hatten ihre Frauen geraubt, aber die Irukandji hatten sich tapfer verteidigt. Angeführt von ihren Häuptlingen hatten sie den Eindringlingen Lektionen erteilt, die diese niemals vergessen würden. Die Irukandji waren stolz auf ihre Krieger; sie waren die gefürchtetsten im ganzen Land. Auf der Welt gab es keinen Stamm, der es wagen würde, ihre Grenzen ohne Erlaubnis zu überschreiten. Gelegentlich brachten Kundschafter Händler mit, die dann an ihren Feuern saßen. Es war lustig, sie zu beobachten, sie waren aufgeregt wie junge Vögel.

Ihre Mutter Luka, diese schüchterne, immer lächelnde Frau,

die beste Sängerin der Familie, würde sich Sorgen machen und Todesängste ausstehen, weil Kagari verschwunden war. Inzwischen hatte sie bestimmt schon den ganzen Stamm aufgescheucht.

Das Salz auf ihrem Gesicht brannte in der Sonne, deswegen tauchte Kagari wieder unter. Sie fühlte sich einsam und verloren, wie sie so durchs Wasser glitt; sie wußte nicht, wohin sie sich wenden sollte. Plötzlich fröstelte sie, so als ob die Sonne kurz hinter einer Wolke verschwunden wäre, aber Wolken bewegten sich nicht so schnell. Als sie weiterschwamm und den Zwischenfall schon fast vergessen hatte, ging ihr auf einmal ein Licht auf. Es war ein Kanu! Ihr Vater war auf der Suche nach ihr! Sie schoß an die Oberfläche, winkte mit den Armen und rief, er möge zurückkommen.

Als aber die Hände nach ihr griffen, um sie in das Kanu zu ziehen, wußte sie, daß es aus mit ihr war. Der Geruch genügte. Die Geistermänner rochen ekelhaft, und ihre brummenden Stimmen waren ohrenbetäubend. Sie kämpfte wieder, biß und trat nach allen Seiten, aber sie waren zu stark. Als sie sie an Bord zogen, fühlte sie einen lähmenden Schlag auf den Hinterkopf. Kraftlos fiel sie zwischen ihnen zu Boden, ein kleines Mädchen, umgeben von Ungeheuern.

Auch wenn die Mannschaft über die Anwesenheit der Kapitänsgattin an Bord schimpfte und murrte, so zollte sie ihr dennoch Respekt. Eigentlich paßte ein solches Verhalten gar nicht in diese rauhe Männerwelt, aber besonders in der Kolonie, wo Frauen Mangelware waren, brüstete sich jeder gerne damit, ein vollkommener Kavalier zu sein. Jeder durchwühlte sein Gedächtnis nach rührseligen Geschichten über seine gute alte Mutter oder Großmutter, die nicht nur eine bemerkenswerte Köchin, sondern auch der Inbegriff von Anstand und Sitte gewesen sein mußte.

Augusta Beckmann genoß dank ihres Mannes einiges Ansehen, und als sie mit den Armen fuchtelnd und von einem halb aufgelösten blonden Zopf umweht an Deck geeilt kam, teilten sich die Reihen der Männer, damit die Kapitänsgattin einen Blick auf ihren Fang werfen konnte: ein Mädchen, das naß und glänzend wie eine schlanke schwarze Schildkröte auf den Planken lag.

»Gott im Himmel!« kreischte sie, entsetzt darüber, daß all die Männer sich über das Mädchen beugten und ihre Nacktheit begafften, ihre kleinen straffen Brüste und das nur im Ansatz vorhandene Schamhaar. »Bringt eine Decke!« rief sie und ließ sich aufs Deck fallen, um das Mädchen mit ihren Röcken zu bedecken. Sie wartete mit fordernd ausgestreckter Hand, bis einer der Seeleute endlich gehorchte.

Sie hielt ihr Gesicht nah an das des Mädchens, stellte fest, daß sie regelmäßig atmete, und wickelte sie in die Decke. »Die Kleine ist halb ertrunken«, teilte sie der Mannschaft mit.

»Keine Angst, Missus«, meldete sich eine Stimme. »Der geht's nicht schlecht. Die hat sich gewehrt wie eine Katze, Taffy hat genug Kratzer abbekommen, um das zu beweisen. Wir haben doch nur versucht, sie zu retten, also mußten wir ihr 'nen Klaps auf den Kopf geben, nur 'nen leichten Klaps, um sie ruhigzustellen.«

»Ihr hättet sie umbringen können«, empörte sich Mrs. Beckmann. Sie überprüfte, ob die Decke auch an Ort und Stelle war, und wandte sich dann an ihren Mann. »Otto, du und ich, wir werden das Mädchen hinunter in unsere Kabine tragen.«

»Ja, natürlich«, entgegnete er, aber er konnte das Mädchen auch ohne ihre Hilfe aufheben.

Als der Kapitän außer Hörweite war, knurrte einer der Männer: »Wozu die Mühe? Sie ist eine von diesen verfluchten Wilden, die unsere Kameraden umgebracht haben. Ich meine, wir sollten sie wieder ins Wasser werfen. Verfüttern wir sie doch an die Haie.«

Edmund war entsetzt. »Sie ist doch nur ein Mädchen. Das kannst du nicht machen.«

»Kleine Kätzchen können sich in menschenfressende Bestien verwandeln. Sie gehört zu diesen Mördern. Was sagst du, Billy? Dich hätten sie ja auch beinahe erwischt.«

Billy Kemp hatte sich bewußt im Hintergrund gehalten. An diesem Tag jagte ein entsetzliches Ereignis das andere. Er hatte in ihr das Mädchen wiedererkannt, das er und George zu fangen versucht hatten, er wollte sie nicht an Bord haben. Sie hatte die ganze Zeit im Wasser überlebt, also sollte man sie doch dort lassen. »Ich sage, wir wollen dieses Weibsstück nicht! Auge um Auge! Werfen wir sie doch über Bord.« Jesus, wenn sie auf ihn zukommen und auf ihn zeigen würde, säße er ganz schön in der Patsche. Aber wahrscheinlich sprach sie sowieso kein Englisch. Hoffte er wenigstens. Einige dieser verfluchten Schwarzen konnten Pidgin.

Dutchy baute sich vor ihm auf. »Sie hat dir doch überhaupt nichts getan.« Er wandte sich an die anderen. »Ihr würdet sie kaltblütig ertränken, ihr seid nicht besser als diese Wilden. Der Käpt'n weiß schon, was er tut.« Er nahm Billy am Arm und zog ihn von den anderen weg. »Du schaust das kleine Mädchen an, als hättest du ein Gespenst gesehen, Kemp.«

»Ach was.« Billy versuchte zu grinsen. »Ist doch ein tolles Weibsstück, oder, Kumpel?«

»Sag nicht Kumpel zu mir«, knurrte Dutchy. »Was hat George eigentlich bei sich getragen, als er den Strand heraufgekommen ist? Ich habe gesehen, wie er etwas weggeworfen hat.«

O Gott. Dieser Bastard hatte wirklich Adleraugen. »Woher soll ich das wissen?«

»Warum solltest du das eigentlich nicht wissen? Es gab doch sonst nichts zu sehen, oder? Ich zum Beispiel beobachte die ganze Zeit. Beim Rudern hab ich die Kratzer an deinen Armen und deinem Nacken gesehen. Auf dem Weg hin hattest du die noch nicht.« Er packte Billys Arm und drehte die Innenseite nach außen. »Frische Kratzer, genau wie bei Taffy.«

»Das ist nichts«, winselte Billy. »Hör auf, du tust mir weh.«

»Dann hör mir gut zu, du Mistkerl. Wenn du das Mädchen anrührst oder noch ein Wort sagst …«

»Was willst du machen?« Billy spuckte vor ihm aus. »Zum Käpt'n gehn und ihm eine neue Geschichte erzählen?«

»O nein. Das wäre zu einfach. Wenn du dich nicht zurückhältst, gehst du eines Nachts über Bord. Verstanden?«

Er stieß Billy beiseite und schritt davon.

»Du bist verrückt, Dutchy, weißt du das?« rief Billy ihm nach.

»Hey, Billy.« Gaunt, der Kajütenjunge, war zu ihm getreten. »Ich hab sie zuerst gesehen, da im Wasser. Ich hab sie entdeckt.«

»Schön für dich«, erwiderte Billy bissig.

Das Mädchen schlug die Augen auf und stieß einen gequälten Schrei aus, der in der Kabine widerhallte.

Gussie drückte sie fest in die Koje zurück und legte ihr zwei Finger auf die Lippen. »Schsch. Ruhig.« Und sogleich war das Mädchen still.

Otto reichte seiner Frau einen Wasserkrug, und Gussie versuchte das Mädchen zum Trinken zu bewegen. »Komm, Kleine, hier ist Wasser. Du mußt was trinken.«

Aber ihre Patientin wehrte sich und verschüttete dabei alles. Gelassen nahm Gussie ein kleines Handtuch, tauchte es ins Wasser, preßte es gegen die trockenen Lippen des Mädchens und ließ ein paar Tropfen in ihren Mund rinnen. Erfreut sah sie, daß das Mädchen an dem Tuch zu saugen begann.

Während Gussie leise und beruhigend auf das Mädchen einredete, badete sie ihr Gesicht und legte ein feuchtes, kühlendes Tuch auf ihre Stirn.

»Sieh dir die Haare an«, sagte sie und schob die schwarzen verfilzten Locken beiseite. »Die sind noch nie mit einem Kamm in Berührung gekommen.«

Beckmann lachte. »Was erwartest du denn, Mutter? Sie ist

eine Wilde. Genauso wenig gezähmt wie ihr Haar, also paß besser auf. Wenn sie wieder zu sich kommt, schlägt sie vielleicht nach dir.«

Gussie ließ ihre Muskeln spielen und grinste. »Ich werde mich gegen so ein Fliegengewicht schon zu behaupten wissen.«

»Du hältst sie besser fest. Wenn sie dir entkommt, springt sie vielleicht über Bord, und wir können sie nicht aufhalten.« Das Mädchen rieb sich krampfhaft die Augen. »Sie müssen vom Salz brennen«, bemerkte er.

»Was hat sie so weit da draußen gemacht?« fragte Gussie beinahe entrüstet, so als ob die Eltern ihre Pflicht vernachlässigt hätten. »Vielleicht war sie schwimmen und ist mit der Flut hinausgetrieben worden. Der Fluß ist ja ziemlich groß. Sobald sie sich erholt hat, muß ich einen sicheren Platz finden, um sie wieder an Land zu bringen.«

»Wie wird sie wieder nach Hause finden?«

»Die Eingeborenen kennen ihr Land, ich will sie ja nicht mitten in Sydney absetzen.«

Gussie betrachtete das ebenmäßige, dunkle Gesicht. »Sie ist wahrscheinlich nicht älter als elf oder zwölf. Es könnte gefährlich für sie sein.«

»Aber das ist alles, was ich tun kann«, sagte Otto. »Sie kann von Glück sagen, daß wir sie aufgelesen haben. Gaunt soll ihr etwas Suppe bringen.«

»Ja, Suppe ist gut«, antwortete Gussie. Das Mädchen zitterte wie ein ängstlicher junger Hund, und so streichelte sie die Kleine und versuchte, ihr Haar zu trocknen, wurde jedoch erneut zurückgestoßen.

Die ganze Nacht saß Augusta bei dem Mädchen und bemühte sich, sie im Bett zu halten. Es machte ihr nichts aus, daß die Kleine in ihrer Angst das Bett naßmachte. Sie ersetzte die nassen Decken durch frische und bewachte ihre Patientin, die sich im Schlaf unruhig hin und her warf und in einer fremden, kehligen Sprache aufschrie.

Augusta war froh, sich in diesem schwimmenden Haushalt doch noch nützlich machen zu können. Sie hatte bald herausgefunden, daß die Mannschaft gegen ihre Anwesenheit an Bord war, obwohl sie es Otto gegenüber nicht erwähnt hatte, und durch ihre Seekrankheit war sie keine Hilfe, sondern nur eine Last gewesen. Gussie hatte gehofft, in der Küche helfen zu können, denn sie war eine ausgezeichnete Köchin, aber sogar das war ihr verwehrt worden. An den wenigen Tagen, an denen sie sich wohl gefühlt hatte, war sie zur Kombüse gegangen, um ihre Hilfe anzubieten, war jedoch auf den erbitterten Widerstand des Kochs gestoßen. Und dann hatte Otto sie freundlich aber bestimmt gebeten, sich nicht einzumischen. Auf der *White Rose* war kein Platz für sie, das wußte sie nun, aber sie fürchtete sich davor, in das einsame Haus in Brisbane zurückzukehren. Otto hatte ein hübsches Häuschen in der Charlotte Street gekauft, nicht weit vom Fluß entfernt, und Augusta hatte sich auf ihr neues Zuhause gefreut, aber nichts war so gewesen, wie sie es sich vorgestellt hatte. Ihre Nachbarn waren, gelinde gesagt, Trunkenbolde und ziemlich gewöhnlich. Aber die Frauen waren mit Abstand am schlimmsten. Es machte ihnen nichts aus, im Schmutz zu leben, und sie beschimpften die deutsche Frau, die so stolz auf ihren Haushalt war. Gerne hätte Gussie Gemüse und Blumen auf dem mit Gestrüpp überwachsenen Gelände hinter dem Haus angepflanzt, aber auch diese Hoffnung war zunichte gemacht worden.

Augusta war an harte Arbeit gewöhnt, und so hatte sie eines Tages die Ärmel hochgekrempelt und sich mit Hacke und Schaufel darangemacht, das dichte Unterholz zu lichten. Zufrieden blickte sie am Ende des ersten Tages auf ihre Arbeit. Nach ungefähr einer Woche würde sie es geschafft haben, dann würde sie den Abfall verbrennen und die Asche unter die ausgelaugte Erde mischen.

Am zweiten Tag rannten auf ihre Schreie die Nachbarn herbei, wenn auch nur aus Neugier. Als Augusta gerade einem hartnäckigen Farnbüschel zuleibe gerückt war, hatte sie zwei riesige Schlangen aufgeschreckt. Eine hatte sich sogar mit drohendem Zischen bis in Taillenhöhe aufgerichtet; sie züngelte mit ihrer kleinen bösen Zunge und stieß den Kopf zum Angriff nach vorne. Entsetzt war Augusta geflohen.

Keiner der Nachbarn hatte Lust, nach den Schlangen zu suchen. »Man weiß nie, wie viele da noch drin sind!« sagten sie und empfahlen sich.

»Sie verschließen besser die Hintertür«, sagte eine Frau lachend. »Die kommen auch ins Haus.«

Augusta wußte, daß die Frau sie nur quälen wollte, aber sie konnte die Möglichkeit auch nicht ausschließen. Schlangen machten ihr Angst, verursachten ihr Alpträume. Sie konnte bis zu einem gewissen Maß mit den Taranteln auskommen, seit ihr jemand erzählt hatte, daß sich diese großen, haarigen Spinnen von Moskitos ernährten, und auch mit den Ameisen, Kakerlaken und winzigen Echsen konnte sie leben. Aber mit Schlangen? Niemals.

Im Lauf der Zeit hatte sie das Haus immer seltener verlassen, lebte einsam und ohne Freunde; es gab niemanden, den sie bekochen konnte, es gab kaum etwas zu tun in einem Haus, in dem alles blitzblank gewienert war. Verzweifelt wartete sie auf Ottos Rückkehr.

Doch jetzt, als sie die ganze Nacht am Bett ihrer Patientin Wache hielt, hatte sie Zeit zum Nachdenken. Aus der Entfernung erschienen ihre Nachbarn gar nicht mehr so schlimm. Was bildeten sich diese Leute überhaupt ein? Sie waren doch nichts weiter als armer englischer Abschaum. Da sie nun ihr früheres Verhalten mit ein wenig mehr Abstand betrachten konnte, wunderte sie sich, wie sie sich in solch einen Zustand hatte hineinsteigern können. Daheim in Hamburg war sie eine fidele, geschäftige Frau gewesen, die Familie und Freunde mit hausgemachten eingelegten Gurken, Kuchen und Würsten versorgt hatte. Mit ihren Würsten hatte sie auf dem jährlich stattfindenden Jahrmarkt sogar einen Preis gewonnen. Und nur zwei Jahre in Brisbane hatten ausgereicht, sie zu einem Häuflein Elend zu machen. Wenn sie recht darüber nachdachte: keiner der Nachbarn war ihr je lästig geworden oder hatte ohne Erlaubnis das Grundstück betreten. Da sie auf ihr deutsches Erbe stolz war, war sie tief getroffen, daß die Engländer (für sie waren sie alle Engländer, obwohl manche betonten, in Australien geboren zu sein) die Gattin eines geachteten deutschen Kapitäns mit Geringschätzung behandelten. Otto selbst war nicht den Schmähungen ausgesetzt, die sie ertragen mußte. Feiglinge waren sie alle! Aber war sie denn besser, wie sie hinter ihrer Gardine lauerte und fast jede Woche das gute Leinen wusch und bügelte, um die Zeit totzuschlagen, und wie sie sich bei ihrem Ehemann über die Einsamkeit beklagte?

Wenn sie nach Hause zurückkam, so beschloß Augusta, würde sich einiges ändern. Sie würde nach Belieben kommen und gehen und dabei den Blick nicht senken. Sie würde mehr einkochen und den Nachbarn davon abgeben. Das würde sie überraschen. Sie war eine gute Köchin, das würden die Nachbarn schon herausfinden. Und sie würde Käse machen, wie früher zu Hause in Deutschland, und ihn verkaufen.

Im Rückblick schien es erstaunlich, daß sie ihr wahres Ich so lange hatte verleugnen können; eine beinahe fünfzigjährige Frau hatte sich in ein schüchternes Mäuschen verwandelt und das Haus nur noch zum Kirchgang verlassen. Manchmal, wenn ihr die Lebensmittel ausgegangen waren, hatte sie eher auf ihre Mahlzeiten verzichtet als sich auf die Straße zu wagen. Selbst wenn sie ihren breitrandigen Hut tief ins Gesicht drückte, saß ihr die Angst im Nacken ... Angst wovor?

Nachdem Augusta all dies erkannt hatte, stand sie vor einer weiteren Schwierigkeit. Wie sollte sie Otto klarmachen, daß sie sich schließlich doch entschieden hatte, zu Hause zu bleiben? Er hatte sie mit all ihren dummen Sorgen nicht ernstgenommen, hatte sie schließlich für unfähig gehalten, alleine zurechtzukommen. Nun würde er sie für noch dümmer halten, wenn sie schon wieder ihre Meinung änderte. Denn hatte sie ihn nicht immer wieder bekniet, bis er ihr endlich nachgab und sie auf der *White Rose* mitfahren ließ?

Das Mädchen erwachte plötzlich, stieß wieder einen gequälten Schrei aus und begann, um sich zu schlagen. Augusta hielt sie fest. Es war, als ob man einen vor sich hin strampelnden Irren zu besänftigen versuchte, aber Gussie wußte, daß die Kleine nicht verrückt war. Sie fürchtete sich nur entsetzlich, weil die Sonne aufging und sie sich noch immer an diesem seltsamen Ort befand.

Edmund brachte das Frühstück herein und nutzte jede Gelegenheit, um das Mädchen anzustarren. Gussie spürte, daß sie wieder Appetit hatte. Die Seekrankheit war vorüber, und sie war nun wirklich hungrig. »Reich mir die Wurstpastete und den Schinken«, sagte sie.

»Das ist für den Käpt'n«, erklärte Edmund und stellte ihr Tee und die üblichen Kekse hin.

»Dann bring noch einmal etwas für den Käpt'n, Edmund. Heute werde ich richtig essen.«

Er grinste und eilte davon. Gussie aß etwas von der Pastete und achtete dabei darauf, daß das Mädchen sie riechen konnte. Daraufhin hielt sie ihm die warmen Schinkenscheiben unter die Nase. Zu ihrer Freude bewegte sich das Mädchen und kaute hungrig auf dem Stück Schinken herum, das Gussie ihm in den Mund steckte, dann setzte es sich auf und tastete nach mehr. Sie tastete danach! Gussie war wie gelähmt. Fast automatisch steckte sie dem Mädchen mehr Schinken und Pastetenstückchen in den Mund, so als ob sie ein hilfloses Vogeljunges fütterte. Die Kleine war blind!

Sie begann mit ihr zu reden. »Bist ein gutes Mädchen. Nimm das Stück in deine Hand. Hier in deine Hand. Nimm es. Gut so. Iß selbst. Jetzt noch ein bißchen Brot, da hast du.« Sie wiederholte diese Prozedur immer wieder. So war sie beschäftigt, bis Otto hereinkam.

»Du kannst dieses Kind nicht einfach irgendwo absetzen«, sagte sie. »Es ist blind.«

»Sie kann unmöglich blind sein. Laß sehen.« Er bewegte eine Hand vor dem Gesicht des Mädchens auf und ab, und obwohl sie mit den Augen zwinkerte, deutete nichts darauf hin, daß sie etwas gesehen hatte. Er nahm einen Handspiegel und hielt ihn so, daß sie hineinschauen mußte. »Wahrscheinlich hat sie sich noch nie so gesehen, Mutter. Der Spiegel wird uns Klarheit verschaffen.«

Doch bald schüttelte er traurig den Kopf. »Gott hilf uns, sie ist wirklich blind. Vielleicht hat sie zu lange in die Sonne gesehen. Am besten verbindest du ihr die Augen.«

»Ich glaube nicht, daß ihr das gefallen wird, es würde sie nur noch mehr verängstigen, und dabei habe ich sie gerade erst ein bißchen beruhigt. Es geht doch nichts über einen Happen zu essen.« Sie grinste. »Ich will den Raum verdunkeln; mehr können wir im Augenblick nicht für sie tun. Werden ihre Augen wieder in Ordnung kommen?«

»Das kann nur ein Arzt sagen. Wir müssen sie bis nach Rockhampton mitnehmen und dort absetzen.«

»Bei wem?«

»Ich habe nicht die geringste Ahnung, und ich kann mich nicht auch noch damit beschäftigen. Wir setzen sie dort an Land, und damit basta. Viel wichtiger ist die Frage, woher wir Wasser bekommen. Du darfst auf keinen Fall Wasser verschwenden. Inzwischen gibt es für jeden nur noch eine Tasse pro Tag. Wenn du durstig bist, trink Wein. Aber sparsam, denn davon haben wir auch nicht mehr viel.«

Im Laufe der nächsten Tage stellte Gussie fest, daß das Augenlicht des Mädchens allmählich zurückkehrte. Sie tat ihr Bestes, damit die Kleine sich nicht die Augen rieb. Inzwischen war die Patientin auch wieder ein wenig zu Kräften gekommen und wagte ein paar vorsichtige Schritte in der Kabine.

Gussie hatte sie bereits ins Herz geschlossen und wartete nur noch auf einen günstigen Zeitpunkt, um Otto ihren Entschluß mitzuteilen.

Es war eigentlich ihre Christenpflicht, für dieses verlassene Heidenkind zu sorgen. Unmöglich konnten sie die Kleine einfach mutterseelenallein in Rockhampton zurücklassen. Gussie würde sie mit zu sich nach Hause nehmen, ihr Englisch beibringen, sie im Geiste des Christentums erziehen und ihr ein richtiges Heim bieten. Auf diese Weise würde sie auch etwas Gesellschaft haben. Sicher würde Otto ihr diesen Wunsch nicht abschlagen, wenn sie erst einmal zugab, daß sie für ein Leben auf See nicht geschaffen war.

»Du hast beschlossen, von jetzt an zu Hause zu bleiben?« fragte er leicht belustigt, als sie schließlich mit ihrer Entscheidung herausrückte.

»Richtig, mein Lieber. Und ich habe jemanden, um den ich mich kümmern kann.«

»Den du zähmen kannst, meinst du. Sie ist immer noch halb blind, kann nicht mit dir sprechen und benimmt sich wie eine kleine Wilde. Bis jetzt müssen wir sie noch in der Kabine einsperren. Ebensogut könntest du versuchen, eine Schlange zu zähmen.«

Er fragte sich, warum ihm ausgerechnet eine Schlange eingefallen war. Das Mädchen hatte mit seinen straffen Brüsten und wohlgeformten Hüften wenig Ähnlichkeit mit einem Reptil. Gut, daß Gussie an Bord gewesen war. Welchem dieser Lüstlinge in der Mannschaft hätte man ein heranreifendes Mädchen anvertrauen können? Vielleicht war es ja gar nicht so schlecht, wenn Gussie sich um das Mädchen kümmerte. In Rockhampton wäre die Kleine verloren, und Otto sah keine Möglichkeit, sie an den Endeavour River zurückzubringen. Genausowenig wollte er, daß sie ihr Glück auf einem anderen

Schiff versuchte, wo sie die Reise ganz sicherlich nicht ohne Belästigung überstehen würde.

»Ich werde es mir überlegen«, sagte er.

4

Reglos lag Kagari da. Sie betastete den schwankenden Rumpf des riesigen Geisterschiffes, spürte das Holz unter ihren Fingern und preßte die Wange fest an die ungewöhnlich glatte Oberfläche. Der süßliche Geruch nach menschlichen Füßen, der in dem trockenen Holz hing, stieg ihr in die Nase. Überhaupt waren die Gerüche um sie herum so stark, daß ihr eines immer klarer wurde: Sie war nicht in die Hände böser Geister gefallen, sondern in die eines feindlichen Stammes. Über ihr schwoll das Gemurmel zu einem Gewirr harter, schnarrender Stimmen an; sie hörte schrilles Gelächter, bis eine Frau, die in einer seltsamen Sprache etwas rief, die Stimmen zum Verstummen brachte.

Kagari wurde in weiche Felle gewickelt; sie hörte auf zu zittern. Dann wurde sie wie ein Baby hochgenommen und fortgetragen.

Als sie erwachte, war sie immer noch blind, das wußte sie, und widerliche Hände berührten sie. So laut sie konnte, rief sie um Hilfe, mit einem lauten Dingoschrei, den der Wind zu ihrem Vater tragen würde. Tränen rannen ihr über die Wangen, und sie zitterte wieder, nicht vor Kälte, sondern aus Furcht vor diesen Wesen. Als sie Wassertropfen in ihrem Mund spürte, kein Salzwasser, sondern reines, süßes Wasser, begann sie zu saugen, obwohl ihre aufgesprungenen Lippen wie Feuer brannten.

Sie konnte nicht sagen, wieviele Tage und Nächte sie auf diesem riesigen Schiff verbracht hatte. Es wurde nun von Regenwinden gepeitscht, die von der Ankunft des großen teuflischen Windes sangen. Dieser Wind war stark genug, um den Ozean aufzuwühlen, ihn bis weit ins Land hinein zu tragen. Er peitschte den Dschungel, riß Bäume mitsamt den Wurzeln aus und warf sie umher, als wären sie Grashalme. Wahrscheinlich war ihr Stamm schon geflohen und versteckte sich in den schützenden Berghöhlen. Kagari kämpfte gegen die Tränen an. Sie durfte nicht verzweifeln. Sobald die Feinde nahe genug an der Küste vorbeifuhren, würde sie fliehen und sich auf den Weg nach Hause machen.

Als ihre Augen klarer wurden und sie ihre Umgebung wahrzunehmen begann, wich die Angst. Meist hielt sie die Augen geschlossen, aber wenn sie glaubte, daß die seltsame Frau sie nicht beobachtete, blickte sie sich verstohlen um und versuchte, sich ein Bild von diesem Ort und ihrer Lage zu machen.

Diese Leute hatten sie gefüttert. Niemand hatte sie geschlagen oder angegriffen. Doch die Ereignisse hatten sie mehr verwirrt, als Schläge das je vermocht hätten. Männer waren gekommen, hatten sie angestarrt und waren wieder gegangen, aber die Frau war bei ihr geblieben. Sie hatte sie gefüttert, seltsame Geräusche gemacht, wie man es sonst bei kleinen Kindern tut, sie hatte ihr das Gesicht mit feuchten Tüchern abgetupft und dabei die ganze Zeit auf Kagari eingeredet, als ob diese sie verstehen würde. Bestimmt war diese Frau auch eine Gefangene, und außerdem war sie offenbar nicht ganz bei Trost. Die Frau war von Kopf bis Fuß in viele Schichten Stoff eingehüllt, obwohl sie in der drückenden Hitze ihres düsteren Gefängnisses ständig schwitzte. Und dann deckte sie Kagari mit immer mehr Decken zu, wenn diese versuchte, sie abzuwerfen. Dennoch fühlte sie sich hier mit dieser verrückten Frau sicher; draußen konnte sie die Rufe der Männer hören, die sie gefangen hatten.

Und immer noch prasselte der Regen gegen das Schiff, doch

kein Tropfen drang hinein, nicht einmal am Boden, was Kagari sehr verwunderte. Die See wurde rauher, als der Wind auffrischte. Sie spürte, wie das große Schiff geschwind dahinglitt, und empfand eine kindische Freude. Eine solche Geschwindigkeit hatte sie noch nie erlebt, fast fühlte sie, wie das Wasser unter ihr hinwegraste. Wenigstens wußte dieser fremde Stamm, daß es das beste war, vor den drohenden Teufelswinden zu fliehen.

Seufzend drückte sie sich in eine Ecke der Koje, betrachtete ihr Gefängnis genau und versuchte herauszufinden, woraus die einzelnen Gegenstände gemacht waren und wozu sie benutzt wurden. Sie wagte nicht, etwas anzufassen, alles konnte ein böses Totem sein.

Die Frau hatte ihren Haarknoten gelöst und bürstete ihr Haar, das so eigenartig und sandfarben war. Sie tat dies jeden Tag und verknotete es dann wieder. Kagari schaute gern bei diesem Ritual zu, das auf sie beruhigend wirkte.

Ihr Blick glitt über die Ansammlung fremder Dinge und ließ nichts aus. Sie musterte die dunklen Höcker und Rillen auf dem flachen Tisch in der Zimmermitte und die glatten geschnitzten Stühle, die diese Menschen benutzten. Staunend betrachtete sie die soliden Wände, in die große Schachteln eingelassen waren, die sich mühelos öffnen und schließen ließen und alle Arten von Schätzen bargen. Schließlich blieb ihr Blick an einem Gemälde an der Wand hängen. Der Künstler mußte der beste auf der ganzen Welt sein, entschied sie. Ihre Leute bemalten Rinde und Höhlenwände; manche Höhlen waren so heilig, daß die Frauen sie nicht betreten durften, aber alle wußten, daß die Bilder wunderschön waren und die Heldentaten der Ahnen darstellten. Doch dieses Gemälde war vollkommen. Jeder konnte sehen, daß es das Bild eines riesigen Schiffes auf einem winzigen Meer war. Vielleicht war es ein Gemälde genau dieses Schiffes. Dieser kluge Einfall versetzte sie in helle Aufregung, und sie kicherte selbstzufrieden.

Die verwirrte Frau hörte sie und stürzte herbei. Ihr Gesichtsausdruck verriet Freude darüber, daß Kagari lachen konnte. Sie umarmte sie, eilte zu einer ihrer Schachteln, kam mit einem kleinen Geschenk zurück und drängte Kagari, es zu essen. Da die anderen Nahrungsmittel nicht vergiftet gewesen waren, steckte Kagari das Geschenk ohne zu zögern in den Mund. Erfreut nahm sie den vertrauten Geschmack von Nüssen und Honig wahr. Es war gut. Budgeri.

Sie lachte begeistert. »Budgeri«, sagte sie und streckte die Hand nach mehr aus.

Kapitän Beckmann fühlte sich unwohl bei dem Gedanken, das Mädchen mit zu sich nach Hause zu nehmen. Nicht, daß die Behörden etwas dagegen gehabt hätten. Niemand scherte sich um Schwarze. Wenn eine Frau wie Gussie einer Eingeborenen Schutz gewähren wollte, dann tat sie nichts anderes als ein Missionar. Nein, es war etwas anderes. Dieses Mädchen hatte einen Hochmut an sich, den man bei Schwarzen selten antraf, auch bei einem weißen Mädchen wäre solch ein Stolz undenkbar gewesen. Gussie und er waren sich einig, daß sie um die zwölf Jahre alt sein mußte. Zwar war sie groß für ihr Alter, aber noch nicht ausgewachsen. Als Mann konnte er auch nicht übersehen, daß ihr Körper erblühte und äußerst begehrenswerte Formen entwickelte. Ihr kleines Kinn war gebieterisch gereckt und die Augen glitzerten schon wieder unternehmungslustig. Das Glitzern in diesen großen braunen Augen kam Kapitän Beckmann bekannt vor. Sie hatten einen goldenen Schimmer, zu feucht, um hart zu wirken, und blickten ruhig und fast feierlich. Oder war es ihre Art, den Kopf zu halten? Ja, das war es. Ihr Kopf, bedeckt mit dicken, verfilzten Locken, die Gussie allmählich entwirrte, ruhte auf einem langen zierlichen Hals. Ja, er ruhte wirklich, denn anders als andere kleine Mädchen drehte, hob und senkte sie nicht ständig den Kopf. Sie hielt den Kopf vollkommen ruhig, wenn sie einen ansah. Otto versuchte es selbst, es war gar nicht so einfach. Es mußte etwas mit den Muskeln zu tun haben, wahrscheinlich war das für das Überleben in der Wildnis lebensnotwendig und wurde ihnen von klein auf beigebracht. Auf jeden Fall machte die Kleine durch diese Kopfhaltung einen vollkommen gelassenen Eindruck, der allerdings mit der Wirklichkeit nicht übereinstimmte – das Mädchen war völlig verwirrt.

Kapitän Beckmann runzelte die Stirn. Augusta stand an der Reling, beobachtete das geschäftige Treiben am Kai und wartete geduldig darauf, daß er sie an Land begleiten würde. Er war erleichtert, daß sie in Zukunft zu Hause bleiben wollte. Wenn sie nur diese fixe Idee aufgeben würde, das Mädchen bei sich behalten zu wollen.

Er ging hinaus, um mit ihr zu reden. Vielleicht würde sie jetzt, nach der Rückkehr in die Zivilisation, die Dinge anders sehen. »Ich habe nachgedacht«, sagte er leise, »wir sollten das Kind den Schwarzen in Brisbane übergeben, und die könnten sie zurück in den Busch bringen, wo sie auch hingehört.«

Gussie drehte sich verärgert um. »Betrachtest du sie als eine Art Tier? Als ein Eichhörnchen, das man irgendwo findet und dann einfach wieder im Wald aussetzt?«

»Nein, nein, so habe ich das nicht gemeint. Ich denke nur, daß sie bei ihren Leuten besser aufgehoben wäre.«

»Das sind nicht ihre Leute. Du hast es selbst gesagt. Sie gehören zu einem anderen Stamm. Du könntest sie genausogut nach Hamburg bringen. Niemand würde sich für sie verantwortlich fühlen.«

»Wo ist sie jetzt?« fragte Otto hintergründig.

»In der Kabine eingesperrt.«

»Genau. Und du wirst sie immer einsperren müssen, damit sie nicht wegläuft.«

»Nein, das wird sie nicht. Ich kümmere mich um sie. Außerdem ist sie nicht die erste Schwarze, die in der Welt der Weißen lebt.« Sie deutete auf eine Gruppe eingeborener Jungen, die in schäbiger europäischer Kleidung am Kai entlangliefen. Sie alberten mit einem Lasso herum. »Schau sie dir an. Es gibt viele Eingeborene in Brisbane, und alle sprechen sie Englisch.«

»Schon, aber was wird aus diesen armen Geschöpfen? Tu nicht so, als wüßtest du es nicht. Diese Schwarzen sind verloren.«

»Das wird meinem Mädchen nicht passieren. Dafür werde ich sorgen. Ich habe sie übrigens nach Gouverneur Bowens Gattin benannt. Sie ist so eine schöne Frau.«

»Du hast ihr den Namen Diamentina gegeben?«

»Nein, nur Diamond.«

Otto nickte. Das gefiel ihm. Gräfin Diamentina beeindruckte auch ihn. Brisbane war eine wilde, rauhe Siedlerstadt, und er hatte lange darüber nachgedacht, ob er seine eigene Frau dorthin mitnehmen sollte. Doch all diese Bedenken hatten die Frau des ersten Gouverneurs von Queensland nicht abschrekken können. Inzwischen schrieb man das Jahr 1862, und sie hatte es nun schon drei Jahre lang ausgehalten. Lady Bowen war vom Scheitel bis zur Sohle Aristokratin und lief selbst in dieser ungehobelten Stadt in Kleidern herum, mit denen sie sogar in Paris Aufsehen erregt hätte. Zudem war sie für ihren Charme und ihre Schönheit bekannt. Und das Erstaunlichste war, daß ihr alle zu Füßen lagen! Was Bowen selbst anbelangte, ging er still seiner Aufgabe nach, diesen neuen Staat aufzubauen, während seine liebreizende Gattin Besuche machte und jedem die Hand in Freundschaft reichte.

Ja, er stimmte zu. Diamond war ein hübscher Name. Und wenn er sich alles so überlegte, gab es eigentlich keine andere Lösung, als das Mädchen zu behalten. Seine Gussie war eine kluge Frau; dieses Mädchen, Diamond, war in guten Händen.

Der Rest der Reise verlief für alle ziemlich beschwerlich. Weil das Wasser knapp war, litten Besatzung und Passagiere an quälendem Durst, und zu allem Überfluß mußten sie sich jetzt auch noch nach Süden wenden, um den Hurrikans auszuweichen. Doch trotz alledem konnte sich Edmund Gaunt wenigstens in der Rolle des Hahns im Korb sonnen. Im Gegensatz zu Mrs. Beckmann, die sich nur einmal übergeben mußte, fühlte er sich ständig flau im Magen. Aber abgesehen von dieser Unpäßlichkeit war er der einzige in der Mannschaft, der das schwarze Mädchen täglich zu Gesicht bekam. Deswegen wurde er jetzt von allen Seiten mit Fragen bestürmt, besonders von Billy Kemp.

»Geht es ihr besser?«

»O ja. Mrs. Beckmann hat sie dazu gebracht, etwas zu essen.«

»Was sagt sie? Das Mädchen, meine ich.«

»Sie sagt gar nichts, Billy. Sie kann kein Englisch.«

»Nicht mal Pidgin?«

Die anderen Männer wollten wissen, ob sie schon Kleider trug, und er antwortete, daß Mrs. Beckmann sie noch nicht aus dem Bett aufstehen ließ. Als er schließlich zu berichten hatte, daß sie aufgestanden sei, waren sie gleich wieder beim alten Thema. »Läuft sie da drin splitternackt herum?«

»Nein. Sie hat ein Hemd an, das ihr Mrs. Beckmann genäht hat.«

»Aber was ist mit Unterhosen? Hat sie irgendwas drunter?« Sogar Edmund mußte lachen, wenn er sich das dünne Mädchen in Mrs. Beckmanns riesigen Unterhosen vorstellte. Aber im Stillen dachte er, was für schreckliche, alte Männer sie doch waren, die über ein Kind schmutzige Bemerkungen machten, bloß weil sie die Kleine nackt gesehen hatten und sie schwarz war! Wenn diese Kerle mal ein wirklich hübsches Mädchen sehen wollten, sollten sie erstmal die Tochter seiner Nachbarn, der Middletons, erleben. Sie war zwölf, drei Jahre jünger als Edmund, und sie hatte ihm schon immer gefallen. Mit jedem Tag wurde sie hübscher, und außerdem hatte sie langes, blondes Haar, das dick wie Flachs war.

Oft hatte er sie beobachtet, wie sie im Hof ihr Haar in einem Eimer gewaschen hatte. Immer die sorgfältigen Handgriffe, die Flut nassen Haars, das Trocknen der golden glänzenden Strähnen, das Kämmen, der Kampf mit den verfilzten Stellen, die Grimassen und das Stirnrunzeln. Wäre es nach ihm gegangen, hätte sie aufhören sollen, wenn das Haar sie wie ein weicher Mantel umfloß, aber schließlich flocht sie ihre Zöpfe, und das so gleichmäßig, daß es aussah wie Zauberei. Und dann rief ihre Mutter nach ihr: »Perfy!«

Edmunds alter Herr mochte die Middletons nicht. Er mochte keine Soldaten. Perfys Vater war Sergeant in der Armee, und Willy Gaunt hielt ihn für einen Verräter. Wie die anderen auch war er in Ketten hier angekommen und hatte sich wie Willy seine Frau unter den Strafgefangenen gesucht. Nach seiner Freilassung war er zur Armee gegangen. »Ein Wendehals«, hatte Willy ihn genannt. »Hat sich auf die richtige Seite geschlagen.« Edmund hatte sich darüber gewundert.

»Aber er hat doch gar nichts zu sagen, Pa. Er ist nur Soldat.«

»Diese Kerle!« Willy spuckte aus. »Das sind doch keine richtigen Soldaten. Wo ist denn ihr verdammter Krieg? Sie sind doch nur Marionetten ihrer Herren. Was tut denn die Armee für uns? Gar nichts. Die Soldaten arbeiten für die Großgrundbesitzer, bewachen ihr Land und verlangen keinen Pfennig dafür. Wenn sie einen Funken Ehrgefühl im Leibe hätten, würden sie zur Polizei gehen.«

»Ich dachte, du magst keine Greifer.«

»Niemand mag Greifer, mein Sohn. Du hörst nicht richtig zu. Aber wenigstens wissen wir, wofür sie da sind.« Edmund tat es leid, daß sein alter Herr nicht mit den Middletons reden wollte und umgekehrt. Pa lachte jedesmal, wenn er den Namen der Tochter hörte. »Perfection! Verrückt, einem Kind einen solchen Namen zu geben. Die sind nicht ganz bei Trost, die beiden, das sag ich dir. Die halten sich für feine Herrschaften.«

Edmund mußte zu seiner Schande gestehen, daß er immer mitlachte, aber insgeheim hielt er Perfection Middleton für einen wunderschönen Namen. Er paßte zu ihr. Sie war das schönste Mädchen der Welt. Da wohnte sie Tür an Tür mit ihm, und er hatte noch nie ein Wort mit ihr gewechselt. Sie würdigte ihn keines Blickes.

Als er Billy Kemp eines Nachts von ihr erzählte, hatte Billy auch gelacht.

»Warte, bis du sie siehst«, hatte Edmund gesagt, doch Billy konnte seine Begeisterung nicht teilen. Aber Billy war ja auch schon alt, er war mindestens zwanzig und fuhr schon jahrelang zur See.

Sie hatten die Farm einfach verlassen. Billy hatte die alte Mähre vor den Wagen gespannt, ihr Hab und Gut und die paar Möbelstücke, die der Mühe wert waren, aufgeladen und das Haus, das sein Vater gebaut hatte, angezündet. Wenn diese Dreckskerle sich schon das Land unter den Nagel rissen, sollten sie sich gefälligst ihr eigenes Haus bauen. Er war fünfzehn gewesen, ungefähr so alt wie der Kajütenjunge, dieser Grünschnabel. War er jemals so jung gewesen? Und so dumm? Er bezweifelte es.

Seine Mutter hatte nicht begriffen, was geschah. Sie hatte einfach im Wagen gesessen, nicht gefragt, wo es hinging, und sich nicht ein einziges Mal umgedreht.

Er brachte sie nach Sydney und fand eine Wohnung in den Rocks, der übelsten, aber billigsten Gegend in ganz Australien. Dann verkaufte er Pferd und Wagen und machte sich daran, etwas Geld zu verdienen. Es war schwer. Er durchwühlte Abfälle, stahl, versuchte sich als Taschendieb und schnorrte sich durch, aber zumindest konnte er sich und seine Mutter ernähren. Unter den Papieren seines Vaters fand er eine Quittung über zweihundert Pfund für den Kauf dieses wertlosen Stückes Land. Was für ein Betrug! Die Welt war voll von Leuten, die andere einfach übers Ohr hauten. Verkauft hatte das

Land ein Mr. J. A. Ganderton, Grundstücksmakler, in Paddington.

Billy durchquerte die Stadt, um sich diesen Gauner einmal anzusehen, und fand das einstöckige, auffällig gestrichene Bürogebäude mit Schildern entlang der Veranda, auf denen große Grundstücke billig zum Verkauf angeboten wurden. Er lächelte boshaft. »Was dem einen recht ist, ist dem anderen billig«, hatte sein Vater immer gesagt. Nun gut. Warum nicht?

In dieser Nacht brannte das Büro von J. A. Ganderton, Grundstücksmakler.

Teil 2

1

Inzwischen hatte sich Kagari an ihre Pflegemutter gewöhnt, doch ihre Familie und der Wald fehlten ihr noch immer sehr. Eines Tages würde sie dieses häßliche Dorf verlassen und nach Hause zurückkehren. Wieviele Geschichten würde sie zu erzählen haben! Alle würden ihr gebannt zuhören. Von nah und fern würden die Leute kommen, um ihren Abenteuern zu lauschen. Wogaburra wäre stolz auf seine Tochter, das Mädchen, das so viel gesehen hatte und so tapfer in den Dörfern der weißen Stämme ausgeharrt hatte. Seit sie klein war, hatte sie Berichte über die Tapferkeit und den Wagemut der Irukandji gehört; sie kannte die Namen der kühnen Krieger und unerschrockenen Frauen aus den Sagen und hatte immer darauf gebrannt dazuzugehören.

Selbstverständlich würde sie verschweigen, wie sehr sie sich gefürchtet hatte, als sie gefangengenommen wurde. Auch daß sie bei der Ankunft in diesem Haus so verängstigt gewesen war, daß sie sich in einer Ecke des Holzschuppens verkrochen und sich geweigert hatte herauszukommen, brauchte niemand zu erfahren. Nach einigen Tagen hatte der große Herr versucht, sie gewaltsam herauszuzerren, aber sie hatte gekratzt und gebissen, bis er blutete, und seine Frau hatte sich zwischen sie geworfen. Diese Frau war sehr stark. Zwar sah sie fett und träge aus, aber sie hatte die Kraft eines Mannes. Kagari gefiel das. Sie bewunderte die Missus, die alle möglichen klugen Dinge tat und Essen kochte, das man selbst den Göttern der Geisterwelt hätte vorsetzen können.

Und man nannte sie Diamond. Das war seltsam, aber sie gewöhnte sich daran, wie sie sich auch an alles andere gewöhnte. Eines Tages hatte die Missus einige kichernde schwarze Mädchen als Besuch mitgebracht, aber sie gehörten zu einem anderen Stamm, und so konnte Diamond ihre Sprache nicht verstehen. Es war viel leichter, neue Wörter von der Missus zu lernen, die sie ihr spielerisch beibrachte. Später hatte sie dieselben schwarzen Mädchen am Tor stehen sehen, und sie hatten ihr bedeutet, daß sie hier sicher sei und sich nicht grämen solle. Diamond war zu dem Schluß gekommen, man habe sie als Braut für einen weißen Mann geraubt. Wenn es zu Hause nicht genug junge Frauen gab, unter denen man wählen konnte, gingen die Irukandji-Männer lieber auf Jagd nach jungen Mädchen von anderen Stämmen, als daß sie ältere Frauen heirateten. Oft hatte sie miterlebt, wie sie stolz heimkamen und ihre hübschen, schüchternen Trophäen herumzeigten. Die neuen Mädchen wurden in die Familien aufgenommen und fügten sich in ihr Schicksal. Daß einmal eine von ihnen floh, war selten. Und gefährlich. So verstrich die Zeit. Diamond lernte die neue Sprache recht gut, aber von einem weißen Bräutigam keine Spur. Augusta Beckmann hatte nicht die Absicht, irgendeinen Mann, sei er nun schwarz oder weiß, in Diamonds Nähe zu lassen. Sie hatte ein Gewehr und fuchtelte damit herum, wenn Fremde am Haus entlangschlichen oder sich im Hinterhof herumtrieben. »Nimm dich vor diesen Männern in acht«, warnte sie Diamond. »Sie machen dir Kinder und schlagen dich. Das sind böse Menschen!«

Ihr Ehemann aber war gut. Der Käpt'n war oft lange auf seinem großen Schiff unterwegs, und wenn er wieder zurückkam, baute und schnitzte er Möbel und polierte das Holz, daß es Farben annahm, die Diamond begeisterten. Nur einmal hatte es Aufregung gegeben. Der Käpt'n und ein anderer Mann befreiten gerade den Garten von Dornenbüschen und hohem Gras, als sie eine hübsche Schlange entdeckten. Der Käpt'n ergriff ein Beil, um sie zu töten, aber Diamond hatte sich auf ihn gestürzt und ihn beiseitegestoßen, um diese schreckliche Tat zu verhindern. Sie brauchten das Fleisch nicht, und die hübsche Schlange war harmlos. Sie war lang und schlank, hatte glänzend schwarze Schuppen und leuchtende, kluge Augen. Die Männer liefen schreiend davon, während sich Diamond die verschreckte Schlange zärtlich um Hals und Arme legte und sie beruhigte. Niemand hielt sie auf, als sie wegging, um im Busch ein neues Heim für die Schlange zu finden. Mit diesem Zwischenfall begann für Diamond ein ganz neuer Lebensabschnitt. Sie merkte, daß niemand etwas gegen kleine Spaziergänge hatte, solange die Missus wußte, wo sie hinging. Bald lernte sie, die großen Hütten voneinander zu unterscheiden, und verlief sich nicht mehr. Morgens brachte ihr die Missus richtiges Englisch bei, nicht das Pidgin, das die Schwarzen sonst sprachen. Sie zeigte ihr die Buchstaben und lehrte sie das Schreiben. Außerdem kaufte sie Bilderbücher, die Diamond stundenlang ansehen konnte. Sie war sicher, der alten Frau machten die Stunden mehr Spaß als ihr selbst; die Missus brannte so darauf, mit dem Unterricht zu beginnen, daß sogar die Wäsche warten konnte. Wenn dann der Käpt'n von seinem Schiff heimkam, mußte Diamond ihm zeigen, was sie gelernt hatte, und hübsche Verse aufsagen. Ihr Lieblingsvers war »Bäuerchen, Bäuerchen Tick, Tick, Tack«. Sie fand es sehr lustig, aber der Käpt'n lachte nicht, sondern klatschte begeistert in die Hände. Das freute die Missus.

»Schau«, sagte sie zu ihm. »Es heißt, die Schwarzen sind zu dumm zum Lernen, aber meine Diamond kann das. Diamond ist klug.«

Der Käpt'n war glücklich. »Ach, sie hat einfach eine ausgezeichnete Lehrmeisterin, Gussie. Du hättest Lehrerin werden sollen.«

Die Missus war stolz auf dieses Lob.

Sie hatten es schön zusammen in ihrer kleinen Familie. Diamond half im Haushalt und im Garten und hatte ihren eigenen Schlafplatz auf der Veranda.

Den anderen Schwarzen in Brisbane ging es sehr viel schlechter als ihr; viele waren krank oder halb verhungert. Zu ihrer Enttäuschung hatte noch niemand von den Irukandji und dem Land im Norden gehört. Trotz ihrer erbärmlichen Lage waren sie sehr nett zu Diamond, aber diese war entsetzt, daß sie solch ein elendes Dasein fristeten. »Warum geht ihr nicht zurück in euer eigenes Land?« fragte sie.

»Das sein unser Land«, erwiderten sie und zuckten die Achseln. »Weiße Mann haben Land genommen.«

Eine alte Frau riet ihr genau dasselbe wie die Missus. »Du gute saubere Mädchen, Diamond. Nun du Frau sein, wegbleiben von schwarze und weiße Mann. Du sagen, scher dich zum Teufel.« Als die Missus wieder einmal ihre Warnung aussprach, verkündete Diamond: »Ich weiß. Ich sage ihm, er soll sich zum Teufel scheren.«

Die Missus war zunächst sprachlos, aber dann hatte sie gelacht, wobei ihr Doppelkinn fröhlich hin und her wackelte. Bei der Rückkehr des Käpt'ns hatte die Missus natürlich darauf gedrängt, Diamond solle ihre Antwort vor ihm wiederholen. Er hörte gerne zu, wenn sie ihm in allen Einzelheiten erzählten, was sie während seiner Abwesenheit erlebt hatten. Auch er lachte über ihre Bemerkung. »Eines Tages werden wir für Diamond einen netten Mann finden«, stellte er fest, aber das freute die Missus überhaupt nicht.

Für die nächste Heimkehr des Käpt'ns plante die Missus eine besondere Willkommensfeier. Sie backte einen Obstkuchen, den sie erst am Tage seiner Ankunft glasieren wollte, und kaufte Kerzen und Bonbons. Sie und Diamond freuten sich beide sehr darauf. Da sich das Datum seiner Rückkehr nicht genau festlegen ließ, hatte die Missus bereits einige ihrer Freunde von der Kirchengemeinde vorgewarnt, daß ihre Einladungen oft sehr kurzfristig seien, aber das machte niemandem etwas aus. Gussies »kleine Teegesellschaften« waren festlicher als die der Engländer, und ihr köstlicher hausgemachter Apfelwein war für die ausgelassene Stimmung der Gäste mitverantwortlich.

Alles war vorbereitet. Die Missus hatte sogar Zeit gefunden, ein Damasttischtuch zu besticken und Diamonds Anfangsbuchstaben auf zwei mit Spitze besetzte Kissen zu nähen. Unendlich langsam verstrich die Zeit. Diamond erinnerte sich, daß es immer so war, manchmal wurde die *White Rose* durch Unwetter aufgehalten oder durch das außerplanmäßige Anlaufen eines Hafens, um weitere Ladung aufzunehmen, und so waren sie niemals sicher, wann sie mit dem Käpt'n rechnen konnten. Während dieser Zeit ließen sie sich treiben wie zwei Wolken am Sommerhimmel.

Und dann hatte Diamond einen Traum. Der Kookaburra holte sie, und sie flog mit ihm weit in die Berge und tief in den stillen Regenwald hinein. Auch ihr Stamm mußte dort irgendwo sein. Die Stille zerriß, als sie laut ihren eigenen Namen rief. »Kagari! Kagari!« Sie fühlte die Nähe der anderen, erhielt jedoch keine Antwort. Eine Biene ließ sich zum Ausruhen auf den geöffneten Kelch einer fleischfressenden Pflanze nieder. In Sekundenschnelle schloß sich das moosgrüne Maul, und die Biene saß in der Falle. Diese Bewegung erschreckte Kagari; sie drehte sich um und sah plötzlich den Käpt'n auf sich zukommen. Er ging an ihr vorbei, eine graue Geistergestalt. Sie hatte Angst, ihn zu berühren, ganz im Gegensatz zu der Missus, die mit gerafften Röcken laut schnaufend hinter ihm herpolterte. In dieser Umgebung war sie fehl am Platz; ihre bunten Kleider wirkten grell in diesem grünen Dom.

Auf einmal schrillten die Zikaden, Vögel flatterten auf, und Kagari rief. »Missus, hier bin ich. Missus!«

Die Frau drehte sich um und sah sie an, schüttelte jedoch den Kopf und rannte weiter. Schon hatte sie der feuchte Nebel verschluckt. Und dann verschwand auch der Wald, und Kagari stand mutterseelenallein in einer Wüste; wo sie hinsah, nur ödes, steiniges Land.

Als Diamond noch schlaftrunken und traurig erwachte, stahl sie sich in das Schlafzimmer und setzte sich im Schneidersitz in eine Ecke, um über die Missus zu wachen und andere böse Geister zu vertreiben, denn sie wußte nun, daß der Käpt'n tot war.

Die Männer, die die Nachricht überbrachten, standen mit gesenktem Kopf da. Sie umklammerten ihre Hüte, scharrten mit den Füßen und murmelten Beileidsbezeugungen.

»Sie ist gesunken, Madam. Die *White Rose.*«

»Ein schönes Schiff. War ein feiner Mann, der Kapitän Beckmann. Ja, auf See geblieben.«

»Auf Riff gelaufen. Es heißt, daß es ein Hurrikan war.«

»Woher wir das wissen? Da sind zwei Überlebende, Madam. Zwei Männer haben sich an die Küste gerettet.«

»Es soll vor Cape Manifold gewesen sein. Schlimm. Sehr schlimm.«

»Woher wir das wissen? Ein Telegramm, Madam. Vom Hafenmeister in Rockhampton. Ein schrecklicher Sturm.«

Mrs. Beckmann wollte es nicht glauben. Sie fragte und fragte, sank in dem großen Sessel immer mehr in sich zusammen und rang die Hände auf dem Schoß, bis sie schließlich der Wahrheit ins Auge sehen mußte.

Es schien nichts zu geben, womit Diamond sie trösten konnte. Die Missus lag weinend auf dem Bett, wanderte ruhelos durchs Haus und brach in lautes Klagen aus, wenn Freunde kamen, um ihr Beileid zu bekunden. Nachts rief sie seinen Namen und betrauerte sein Schicksal.

Diamond konnte sich nicht vorstellen, daß sich ihr Leben nun sehr verändern würde. So etwas paßte nicht zu ihrem Bild von der Welt des weißen Mannes, genausowenig wie es zur Welt ihres eigenen Volkes paßte. Als sich die Missus jedoch wieder ein wenig gefaßt hatte, war sie gezwungen, sich Klarheit über ihre Lage zu verschaffen. Tagsüber war sie nun meist außer Haus. »Geschäfte«, erklärte sie Diamond. »Ich muß mich mit Dingen befassen, die für mich neu sind, ich muß mit der Bank und der Reederei reden.« Sie schrieb lange, traurige Briefe nach Deutschland.

In der Stille ihres Zimmers weinte auch Diamond um den Käpt'n. Es war schwer, sich das Leben ohne ihn vorzustellen. Sie würden einsam sein. Und dann fiel ihr auf, daß die Missus seit einiger Zeit wieder mehr weinte. Jede Kleinigkeit schien sie aus der Fassung zu bringen, und Diamond nahm an, es würde lange dauern, bis sie über den Verlust ihres geliebten Gatten hinweggekommen war.

»Ich muß das Haus verkaufen«, sagte Mrs. Beckmann mit zitternder Stimme zu Diamond. Es klang so, als habe sie Angst, diese Worte auszusprechen.

»Wohin werden wir gehen?«

»Das ist die Schwierigkeit. Ich habe kein Geld, von dem ich leben könnte. Otto hat das Schiff gekauft und dadurch Schulden bei der Bank.« Sie schniefte und putzte sich die Nase mit einem riesigen Taschentuch, dann holte sie tief Luft. »Diamond, dies ist ein trauriger Tag. Ich hätte nie gedacht, daß so etwas geschehen würde. Ich muß zurück nach Deutschland gehen und bei meinem Sohn und seiner Frau wohnen.«

Diamond war erstaunt. »Du willst bei dieser Frau wohnen, die so gemein ist? In ihrem Haus?«

»Das ist im Moment die einzige Möglichkeit. Das Leben ist hart.« Sie nahm Diamonds Hand. »Ich muß es dir jetzt sagen: Ich kann dich nicht mitnehmen.«

War dies die Bedeutung des Traums? Diamond hatte die Missus in eine andere, fremdartige Welt davoneilen sehen; sie war dem Käpt'n gefolgt.

»Verstehst du das, Diamond?«

»Ja«, erwiderte sie, um der Missus eine Freude zu machen.

»Ich habe versucht, ein Zimmer für dich zu finden, hatte aber kein Glück. Allerdings habe ich Arbeit für dich gefunden, und dort kannst du auch wohnen. Dort bist du gut aufgehoben.« Sie lächelte grimmig. »Du könntest nirgends besser aufgehoben sein.«

»Wo ist das?« fragte Diamond. Ihr wurde das Herz schwer.

»Im Haus des Gouverneurs. Gott sei Dank hatte der Käpt'n viele einflußreiche Freunde in Brisbane, und so konnte ich dich im Haus des Gouverneurs unterbringen. Das ist eine große Ehre für dich.«

»Aber die Arbeit. Ich habe noch nie gearbeitet. Was soll ich dort machen?«

»Du arbeitest in der Wäscherei. Wenn du ihnen in der Wäscherei zur Hand gehst und dich gut benimmst, werden sie bald merken ...« Sie brach ab und schlang die Arme um Diamond. »Es tut mir so leid. Ich will dich nicht hier alleinlassen, aber was soll ich denn sonst tun?«

Allein! Diamond bekam Angst. Sie würde ganz allein sein. Ohne Familie. Und was wäre, wenn sie mit dieser Arbeit nicht zurechtkam? Was sollte dann aus ihr werden? Die Missus weinte schon wieder, und Diamond dachte daran, daß sie tapfer sein mußte; sie durfte die Missus nicht noch unglücklicher machen. »Es ist schon gut«, sagte sie. »Weine nicht, Missus. Ich komme schon zurecht.«

2

»Ich habe Durst.«

»Pst, Laura Stibbs. Sei ruhig«, mahnte Perfy.

»Warum? Sie können uns doch gar nicht hören.«

Perfection Middleton setzte sich aufrecht hin, wie ihr Vater es ihr beigebracht hatte, Knie und Füße zusammen. Ihre Mutter sagte, nur Schlampen machten die Knie breit, so daß man ihre Unterhosen sehen konnte, wenn man sich bückte. Daraus hatte Perfy geschlossen, daß es in Brisbane Unmengen von Schlampen geben mußte. Man sah Unterhosen in allen Farben, Formen und Größen, wenn Frauen vor den Hütten saßen und sich Luft zufächelten oder auf den Märkten arbeiteten und die Röcke gerafft hatten, damit sie nicht in den Staub hingen, oder wenn Frauen auf kräftigen, halbwilden Pferden vorbeiritten. Ständig machte sich ihre Mutter Sorgen um sie, stopfte ihr Watte in die Ohren, wenn sie an Schenken oder anderen schmutzigen Orten vorbeikamen, damit sie kein anrüchiges Gerede hörte. Ihre Mutter mochte Brisbane nicht. Als Perfys Vater in diese Stadt geschickt wurde, hatte seine Frau nicht gewußt, daß dies früher die berüchtigte Sträflingskolonie Moreton Bay gewesen war. Obwohl dies längst der Vergangenheit angehörte – die Straflager waren zehn Jahre vor Jack und Alice Middletons Ankunft geschlossen worden – behauptete ihre Mutter, sie könne die Gegenwart dieser armen gepeinigten Seelen spüren; ihre Geister, so sagte sie, würden nie zur Ruhe kommen. Natürlich erzählte man sich Geschichten, daß manche Leute in den mitternächtlichen Straßen von Brisbane das Rasseln von Ketten oder grausige Schreie vernommen hätten, aber ihr Vater meinte, das sei alles Unsinn, und Perfy war bereit, eher ihm zu glauben. Sie hatte sich immer gefragt, warum Geister ausgerechnet um Mitternacht erscheinen und mit ihren Ketten rasseln mußten, und das hatte ihren Verdacht bestärkt, daß alles nur Humbug war. So hoffte sie jedenfalls.

Nun belastete es ihre Mutter aber noch immer, daß sie als Verbrecherin nach Sydney deportiert worden war. Auch Perfys Vater war ein Sträfling, das wußte sie. Freunde dieses ständig schniefenden Edmund Gaunt von nebenan hatten Perfy eines Tages in der Schule damit verhöhnt. Sie hatte kein Wort geglaubt und war wütend nach Hause gerannt. »Die Kinder sagen, ihr seid Verbrecher. Ihr wart doch keine Sträflinge, oder?«

»Wir sind Exilanten, Liebes«, war der einzige Kommentar ihrer Mutter gewesen, den sie jemals zu diesem Thema abgegeben hatte. Ihr Vater dagegen hatte sich klarer ausgedrückt: »Es gibt nichts, worüber du dir Sorgen machen müßtest, mein Mädchen. Die meisten von uns sind auf diesen Sträflingsschiffen aus England deportiert worden, also reg deine Mutter nicht auf. Es waren schlimme Zeiten, die wir am besten vergessen sollten. Wir sind niemandem etwas schuldig und haben keinen Grund, uns zu verstecken.«

Perfy machte große Augen. Sie war entsetzt und neugierig zugleich. »Aber was habt ihr denn verbrochen?«

»Wir wollten überleben, Kleines, das ist alles.«

Da ihre Mutter Brisbane verabscheute, sparte ihr Vater, um eine kleine Farm zu kaufen. Nun sollte auch Perfy das ihre dazu beitragen und sich eine Arbeit suchen. Es würde ihre erste Stelle sein, deshalb wollte sie heute mit tadellosem Benehmen glänzen. Perfy war fest entschlossen, diese Stelle zu bekommen. Ihre Mutter würde begeistert sein, wenn sie im Haus des Gouverneurs arbeiten und die wunderschöne Gräfin Diamentina, Lady Bowen, kennenlernen würde.

Perfy blickte hinunter auf ihre Stiefel. Sie waren nicht neu, aber hübsch poliert und mit neuen Schuhbändern versehen. Laura trug neue Stiefel, die sie extra für diese Gelegenheit bekommen hatte; ihr Vater war Schmied und konnte es sich leisten. Und Amy Campbell, die dritte im Bunde der drei Mädchen, die zusammen in ihren Sonntagskleidern auf einer Bank unter einem Mangobaum saßen, hatte sogar Halbschuhe an. Richtige Damenschuhe. Perfy warf einen neiderfüllten Blick darauf. Noch nie hatte sie Damenschuhe besessen; die meisten Leute trugen Stiefel, weil man sich die Halbschuhe auf den harten staubigen Straßen nur ruinierte und sie für die nasse Jahreszeit nicht taugten. Aber die Campbells kümmerte das nicht; der alte Jock Campbell besaß den größten Laden in der Stadt.

»Es ist gemein, uns hier die ganze Zeit warten zu lassen«, beschwerte sich Laura.

Amy stimmte zu. »Wetten, wir sitzen jetzt schon eine geschlagene Stunde hier. Ich komme um vor Hitze. Außerdem will ich die Stelle sowieso nicht.«

»Die Frau hat gesagt, wir sollen hier sitzenbleiben und warten«, schaltete sich Perfy ein. »Ich glaube, das war die Haushälterin. Sie sieht sehr elegant aus.«

»Pah!« schnaubte Amy. »Ich finde, sie sieht eher aus wie eine alte Krähe, und das Gesicht paßt zu ihrer scheußlichen Nase!« Sie hob ihre Arme. »Ich schwitze fürchterlich!«

»Du willst doch nicht, daß man dich so reden hört, wenn du dort in Dienst gehen willst«, wisperte Perfy.

»Die hören uns nicht«, antwortete Amy. »Bis zum Haus sind's doch mindestens fünfzig Meter. Ich frage mich, warum wir ausgerechnet hier warten müssen. Sie hätten uns wenigstens erlauben können, uns auf die hintere Veranda zu setzen. Vielleicht haben sie uns vergessen. Wir sollten nach Hause gehen und erzählen, wie schäbig man uns behandelt hat.«

Perfy war entsetzt. »Wir werden doch die Gräfin sehen! Du kannst ja heimgehen, Amy Campbell. Ich bleibe, und wenn ich den lieben langen Tag hier sitzen muß.« Sie hoffte insgeheim sogar, daß Amy nach Hause gehen würde, dann hätte sie eine Mitbewerberin weniger.

Laura stieß sie an. »Schau mal, wer da kommt!«

Alle drei drehten sich um und sahen, wie die Witwe Beckmann durch den Lieferanteneingang hereinkam. Einem dunklen Schatten gleich glitt sie durch einen üppigen Tunnel von Frangipanibüschen; ihr Gesicht war durch einen schwarzen Schleier verdeckt. Die Haushälterin hatte in ihrem schwarzen Kleid groß und knochig ausgesehen. Mrs. Beckmann in einer altmodischen weiten Krinoline war das genaue Gegenteil. Unsicher sah sie sich um und ging dann auf Zehenspitzen auf die Mädchen zu. Ein hochgewachsenes schwarzes Mädchen folgte ihr. Aufmerksam betrachteten die Wartenden das schwarze Mädchen, das besser gekleidet war als die anderen Eingeborenen. Sie trug eine gestärkte weiße Bluse, einen langen schwarzen Rock mit hübschem Gürtel und hatte sogar Schuhe und schwarze Strümpfe an! Eingeborene Frauen liefen sonst immer barfuß. »Guten Morgen, Mädchen.« Mrs. Beckmann lüftete den Schleier. »Wo kann ich Mrs. Porter, die Haushälterin, finden?«

»Ich meine, sie ist dort oben.« Amy deutete auf das Haus.

Mrs. Beckmann zögerte. Ihr Gesicht unter dem schwarzen Schleier war rot und verschwitzt, und sie tat Perfy leid.

»Möchten Sie sich gerne setzen?«

»Nein danke, Liebes.« Mrs. Beckmann blickte hinauf zur Sonne, deren Strahlen sich erbarmungslos auf die Bank zubewegten, auf der die Mädchen saßen. »Ich warte lieber dort im Schatten.« Sie ging hinüber zu einem Gartenstuhl, der unter dem Dach eines kleinen Schuppens stand. Das schwarze Mädchen folgte ihr und stellte sich dann wie ein Wachposten neben sie, nicht wie die meisten Schwarzen, die mit hängendem Kopf und nach innen gedrehten Füßen herumlungerten, sondern aufrecht und mit erhobenem Kopf wie eine Statue; ihr kurzes, dichtes Haar lag wie ein Kappe über ihrem Kopf. Sie war etwa so alt wie die anderen Mädchen, sah aber so stark und selbstsicher aus, daß Perfy sich unwohl zu fühlen begann.

»Sie hat diese Schwarze doch wohl nicht mitgebracht, damit sie sich auch um die Stelle bewirbt?« flüsterte Amy. »Man wird sie doch nicht einem Niggerweib geben.«

»Sieht aber ganz so aus«, bemerkte Laura, und dann saßen sie wieder still da. Sogar die Vögel schwiegen jetzt und suchten in den Bäumen Zuflucht vor der brennenden Mittagssonne, aber die drei Mädchen harrten tapfer an dem ihnen zugewiesenen Platz aus. Verzweifelt spürte Perfy, wie ihr unter den

Achseln der Schweiß ausbrach, wie er ihren Nacken entlanglief und ihr frischgestärktes Kleid durchnäßte. Sie hoffte, daß es den beiden anderen genauso erging.

Endlich kam diese Frau, in der sie Mrs. Porter vermuteten, die Hintertreppe herunter. Sie nickte der Deutschen zu.

»Sind Sie Mrs. Beckmann?«

»Ja, die bin ich.«

»Und sie fragten nach einer Stelle für Ihren Schützling? Ist sie das dort drüben?«

»Ja, ein braves Mädchen, das gut arbeiten kann.«

Die Haushälterin starrte Diamond an. »Ich habe nicht gern schwarze Mädchen im Personal. Sie sind dumm wie Bohnenstroh.«

»Dieses hier nicht.« Gussie mochte dieses böse Weib nicht, aber sie wollte höflich bleiben. »Es wäre nur ein Akt der christlichen Nächstenliebe, wenn Lady Bowen sie einstellen würde ...«

»Schön und gut, von der Gräfin zu erwarten, daß sie eine praktizierende Christin ist, aber wie steht's mit dem Mädchen?«

»Sie ist getauft und kennt die Bibel.« Gussie lächelte. »Wir haben das Mädchen Diamond getauft, nach der Gräfin, so sehr verehren wir sie.«

Mrs. Porter grunzte. »Nun, das würde ich erst einmal nicht erzählen. Ihre Hoheit wäre eher peinlich berührt als erfreut.«

Gussies Augen verengten sich. »Ihr Name ist Diamond, und das merken Sie sich bitte.«

»Ach, wirklich? Wenn ich sie überhaupt nehme.«

Mit klopfendem Herzen widerstand Gussie dem Drang, diese Frau beiseite zu schieben und sich selbst auf die Suche nach Lady Bowen zu begeben. »Mein verstorbener Mann«, sagte sie, »war ein Freund des Premiers, Mr. Herbert. Mr. Herbert hat mit der gnädigen Frau über Diamond gesprochen, und mir wurde versichert, daß sie eingestellt würde. Wenn Sie mit dem

Premier darüber streiten möchten, dann wenden Sie sich an ihn.« Sie sah, wie die Frau zusammenzuckte.

»Sie muß in der Wäscherei arbeiten, wir beschäftigen keine Schwarzen im Haus.«

»So hatte ich das auch verstanden«, sagte Gussie ruhig. Die Haushälterin wollte sich nur wichtig machen. Nun, zu diesem Spiel gehörten zwei. »Würden Sie mir nun bitte zeigen, wo sie schlafen kann.«

»Madam, nur zwei Angehörige des Personals wohnen hier. Ich selbst und die Köchin. Wir besitzen ein eigenes Zimmer und haben nicht die Absicht, es mit einem Niggerweib zu teilen.« Ärgerlich zog Gussie den Schleier von ihrem Gesicht. »Ich mag dieses Wort nicht. Es klingt so, als wäre Diamond nichts wert.«

»Ach du meine Güte, die Schwarzen nennen sich manchmal selbst so.«

»Ja, aber aus Ihrem Mund klingt es abfällig.«

»Nun, darüber mache ich mir keine Gedanken. Es geht darum, daß das Mädchen nicht im Haus schlafen kann.«

»Sie muß aber. Ich gehe zurück nach Deutschland, und sie hat hier sonst niemanden.«

»Und ihre Familie? Woher kommt sie?«

»Aus dem Norden, von weit her.«

»Wahrscheinlich ist das ein Segen, so wird wenigstens nicht der Rest ihres Stammes hier herumlungern und um Almosen betteln. Sie können eine schreckliche Plage sein. Ich denke, daß sich etwas für sie finden läßt.«

Gussie wußte, daß sie gewonnen hatte, und entschloß sich zu gehen, bevor diese Frau ihre Meinung änderte. Sie hatte ihr erzählen wollen, daß Diamond nicht nur gut englisch sprach, sondern auch lesen und schreiben konnte, aber eine innere Stimme warnte sie, daß die Erwähnung von Diamonds Fähigkeiten im Moment äußerst unklug wäre. Möglicherweise würde das Mrs. Porter nur noch mehr gegen Diamond aufbringen. »Ich bringe das Mädchen morgen mit ihren Sachen hierher«, verkündete sie, »und ich werde einen Brief an Lady Bowen schreiben und ihr für ihre Freundlichkeit danken. Ich werde sie in meine Gebete einschließen.« Als sie mit Diamond den Heimweg antrat, nickte sie den drei Mädchen zu. Was für nette Mädchen. Die Haushälterin mochte eine mürrische Person sein, aber Diamond würde sich dort in guter Gesellschaft befinden und behütet sein. Wo würde es einem jungen Mädchen besser ergehen als unter dem Dach des Gouverneurs selbst?

Verärgert durch das Gespräch machte Mrs. Porter kurzen Prozeß mit den drei Mädchen, die sich um eine Stellung als Hausmädchen bewarben. Es gab kaum Unterschiede. Alle drei waren auf dieselbe Schule gegangen und auf Empfehlung derselben Lehrerin hierhergeschickt worden. Sie hieß die Mädchen, sich nebeneinander unter dem Mangobaum aufzustellen, und fragte sie ein paar Minuten aus.

Sie entschied sich für das Middleton-Mädchen. Seine Exzellenz würde es schätzen, daß sie der Tochter eines britischen Soldaten den Vorzug gegeben hatte, auch wenn es sich nur um einen Sergeant handelte. Seine Exzellenz wünschte, daß die Familien von Armeeangehörigen gefördert wurden, die so weit von zu Hause entfernt stationiert waren. Ja, es war besser, sie einzustellen als die Tochter eines Schmieds oder eines Händlers.

»Das ist alles« sagte sie kurz angebunden. »Danke, daß Sie gekommen sind. Miss Middleton, Sie können morgen mit der Arbeit beginnen. Seien Sie pünktlich um sechs Uhr hier.«

Perfy war aufgebracht. Eine mußte doch die Stelle bekommen, die anderen beiden brauchten gar nicht so beleidigt zu tun. Sie liefen einfach davon und ließen Perfy alleine stehen.

Langsam ging sie die Queen Street entlang und zählte die Schritte. Tausend Meter ergaben einen Kilometer – sie würde durch das Zählen der Schritte den schnellsten Weg zur Arbeit herausfinden. Es wäre vielleicht kürzer, am Botanischen Garten vorbeizulaufen. Sie hatte die Stelle! Wenn sie jetzt daran dachte, daß ihre Mutter sich Sorgen gemacht hatte und gar nicht sicher war, ob sie sich überhaupt bewerben sollte; sie hatte geglaubt, daß die hohen Herren keine Tochter von Sträflingen einstellen würden. Arme Mutter, über so viele Dinge machte sie sich Sorgen, sie überlegte immer, was andere Leute von ihr dachten. Wer kümmerte sich schon darum, was andere dachten? Und wer waren denn diese »anderen« schon?

»Miss! Miss!«

Perfy drehte sich um und sah, daß ihr Mrs. Beckmann und das schwarze Mädchen nacheilten.

»Miss! Arbeiten Sie im Haus des Gouverneurs?«

»Ja.« Perfy war stolz darauf, das sagen zu können. »Ich fange morgen an.«

»Oh, das freut mich. Wie ist Ihr Name?«

»Perfy. Perfy Middleton.«

Die Witwe strahlte und ergriff Perfys Hand. Ihre Hände waren heiß und schweißnaß, aber Perfy wollte ihre Hand nicht wegziehen.

»Ich bin Mrs. Beckmann, und das ist Diamond. Sie wird ebenfalls morgen anfangen.«

Da Perfy Mrs. Beckmann bereits kannte, nickte sie dem schwarzen Mädchen zu. »Guten Tag.«

»Guten Tag, Miss«, erwiderte Diamond ohne die übliche Schüchternheit der Aborigines. »Ich werde in der Wäscherei arbeiten.«

»Wie nett«, murmelte Perfy.

»Ihr beiden könnt doch Freundinnen sein«, sagte Mrs. Beckmann. Wie eine ältere Schwester lächelte Diamond auf Perfy herab, was diese verwirrte, weil es ihrem Gefühl nach umgekehrt hätte sein müssen. Außerdem war niemand, den sie kannte, mit einem schwarzen Mädchen befreundet.

»Wo wohnen Sie?« fragte Mrs. Beckmann.

»Im Fortitude Valley.«

»Oh, wir müssen auch in diese Richtung gehen. Wir begleiten dich. Komm.«

Perfy hatte keine Wahl, sie mußte mit ihnen gehen. Sie wünschte, sie hätte eine andere Adresse genannt, oder gesagt, sie müsse jemanden besuchen, aber nun war es zu spät. Mrs. Beckmann redete fast ununterbrochen. Während sie den Hügel hinabgingen, erzählte sie Perfy vom Tod ihres geliebten Mannes, des Kapitäns, und dem tragischen Verlust der *White Rose.* »Nur zwei der Männer haben überlebt.«

»Ja, ich weiß«, sagte Perfy. »Edmund Gaunt wohnt im Haus neben uns.«

»Edmund? Ich erinnere mich an ihn. Vor Jahren hat er auf der *White Rose* als Kajütenjunge angefangen. Man hat mir erzählt, auch ein anderer Matrose sei gerettet worden.«

»Das war Billy Kemp. Er hat Edmund zwei Tage lang auf einer Art Floß über Wasser gehalten, und dann wurden sie von Schwarzen entdeckt, die in ihren Kanus hinausfuhren und sie an Land brachten. Sie hatten Glück«, fügte Perfy hinzu. Sie wollte gerade sagen, sie habe aufgeschnappt, daß Edmund und Billy vor den Eingeborenen mindestens genausoviel Angst gehabt hätten wie vor dem Ertrinken, aber gerade noch rechtzeitig wurde sie sich Diamonds Anwesenheit bewußt.

»Die Schwarzen waren sehr freundlich zu ihnen«, sagte sie und wartete auf eine Entgegnung von Diamond, die jedoch keine Miene verzog.

Mrs. Beckmann hatte Tränen in den Augen. »Wenn sie nur meinen lieben Otto gerettet hätten.«

»Es muß ein furchtbarer Sturm gewesen sein«, bemerkte Perfy. »Edmund hat nun Angst und will nicht mehr zur See fahren. Er und Billy wollen Gold schürfen, aber Mr. Gaunt, Edmunds Vater, ist strikt dagegen. Er sagt, Edmund müsse Seemann bleiben.«

»Ich hätte gedacht, die beiden würden mir vielleicht einen Besuch abstatten«, murmelte Mrs. Beckmann traurig.

»Sie sind gerade erst nach Hause gekommen«, erklärte Perfy. »Mit den Gaunts haben wir nicht so viel zu tun, aber Billy Kemp wohnt bei ihnen, und ich finde, er ist recht zuvorkommend.«

Das war stark untertrieben. Perfy war beeindruckt von Billy Kemp, dem Helden, der sie oft über den Zaun hinweg grüßte. Er machte einen äußerst verwegenen Eindruck und nannte sie »Perfy«, als ob er sie schon ewig kennen würde. Außerdem sah er gut aus, irgendwie unbekümmert, mit seinem sonnengebleichten Haar, das ihm in das gebräunte Gesicht fiel. Dunkles Haar würde auf diese Weise nur unordentlich wirken, aber Billys Haar, das fast weiß war, gefiel ihr sehr; es paßte so gut zu seinem schelmischen Grinsen.

Laura und Amy waren hinter dem Vorhang gestanden und hatten ihn heimlich beobachtet. In ihren Augen war Billy ein Draufgänger und ein ungehobelter Klotz obendrein.

Inzwischen waren sie am Tor eines hübschen Häuschens angekommen. »Hier wohnen wir«, sagte Mrs. Beckmann. »Möchten Sie noch auf eine Tasse Tee hereinkommen?«

»Vielen Dank, aber ich kann nicht. Meine Mutter wird wissen wollen, ob ich die Stelle bekommen habe.«

»Selbstverständlich. Ich gebe Ihnen noch ein paar Rosen für Ihre Mutter mit. Diamond, würdest du bitte ein paar Rosen für Miss Perfy schneiden?«

Das schwarze Mädchen nickte und eilte ins Haus. Mrs. Beckmann wandte sich an Perfy. »Seien Sie bitte nett zu Diamond«, sagte sie, »Gott wird es Ihnen lohnen. Ich werde bald nach Deutschland zurückkehren, und ich bringe es kaum übers Herz, sie hier zurückzulassen. Sie ist ein kluges Mädchen, sie kann lesen und schreiben und rechnen wie ihr. Im Grunde ist sie zu gut für die Wäscherei, aber das war alles, was ich für sie finden konnte.«

Sie sahen Diamond zu, die mit einer Schere einige aufgeblühte rote und rosa Rosen schnitt und in buntes Papier wickelte. Perfy bedankte sich, als Diamond ihr die Blumen reichte. Um noch etwas zu sagen, fügte sie hinzu: »Mrs. Beckmann hat mir erzählt, daß du in der Schule warst.«

Diamond grinste. »Nicht in der Schule. Die Missus hat mich unterrichtet. Schwarze Mädchen dürfen nicht zur Schule gehen, nicht wahr, Miss Perfy?«

Perfy starrte sie an. Zum ersten Mal hatte sich Diamond direkt an sie gewandt, und obwohl ihre Stimme höflich klang, meinte Perfy eine Spitze herausgehört zu haben, die sie dazu veranlaßte, sich zu verteidigen. »Ich glaube nicht«, antwortete sie. »Aber die meisten sind nicht wie du, Diamond. Sie würden nicht in die Schule passen. Ich will damit sagen, daß sie nicht wie Weiße erzogen wurden.«

»Ich glaube trotzdem nicht, daß sie mich zulassen würden«, widersprach Diamond. »Aber das macht nichts. Es würde mir in der Schule gar nicht gefallen. Sie schlagen euch, nicht wahr?«

»Mein Wort darauf, daß sie es tun. Ich weiß gar nicht, wie oft ich den Rohrstock zu spüren bekommen habe.«

»Mich hat nie jemand geschlagen. Ich hatte eine gute Lehrerin. Der Käpt'n sagte immer, die Missus sei die beste«, erwiderte Diamond fröhlich. Mrs. Beckmann seufzte. »Wir haben noch so viel zu packen. Ihr jungen Mädchen wißt ja gar nicht, wie hart das Leben sein kann. Ihr werdet lernen müssen, stark zu sein und für eure Rechte zu kämpfen.«

3

Perfy erinnerte sich an Mrs. Beckmanns Bemerkung, als sie ihre Stellung im Haus des Gouverneurs antrat. Daß man für seine Rechte kämpfen mußte, war leicht gesagt, aber wenn man das gegenüber Mrs. Porter versuchte, wurde man auf die Straße gesetzt.

Perfy trug das schwarze Kleid, das ihre Mutter genäht hatte, dazu eine gestärkte weiße Schürze und ein Häubchen. Es war nicht leicht, die dicken Zöpfe unter der kleinen Haube hochzustecken. Mrs. Porter löste dieses Problem im Handumdrehen. Sie packte Perfy, verdrehte ihre Zöpfe und steckte sie dann mit Haarnadeln so fest, daß sie Perfy dabei die Kopfhaut aufkratzte. Die Haushälterin war streng mit den Mädchen. Ständig trieb sie zur Eile an, knuffte sie in den Rücken und gab dem kleinen Küchenmädchen eine Ohrfeige, wenn das Geschirr nicht glänzte. Und Perfy hatte auch gehört, daß das schwarze Mädchen in der Wäscherei eine Tracht Prügel bezogen hatte.

Nach Perfys Meinung war das Lady Bowens Schuld. Das Haus war wunderschön, eine prunkvolle, zweistöckige Villa aus Sandstein. Aus den Fenstern und von den beiden Balkonen aus konnte man den Fluß sehen. Die Gräfin legte Wert darauf, daß Haus und Garten einen gepflegten Eindruck machten. Deswegen hatte sie diesen Alptraum von einer Haushälterin auf die Dienstboten losgelassen. Mrs. Porter wagte jedoch nicht, die männlichen Dienstboten zu schikanieren; der Butler und die lächerlich ausstaffierten Lakaien, die eine geschmacklose Livree aus Satin tragen mußten, waren vor ihr sicher. Die Mädchen und die Köchin machten sich oft über die Livree lustig, doch die Gräfin war nicht davon abzubringen. Schließlich hatte sie die Uniform selbst entworfen. Außenstehenden mochte sie als der Liebreiz und die Mildtätigkeit in Person erscheinen, die sich hingebungsvoll um die Armen kümmerte. Zu Hause allerdings war davon nicht viel zu bemerken. Dort hielt sie Hof wie eine Königin. Nie richtete sie selbst ein Wort an die Dienstboten; Befehle erteilte sie nur über Mrs. Porter.

Perfy hätte eigentlich Sonntagnachmittag Ausgang haben

sollen, aber für gewöhnlich hatte die Haushälterin andere Pläne. Meistens beschloß sie, daß die Fußböden gebohnert werden mußten, und der Sonntag, an dem im Haus Ruhe herrschte, am besten dazu geeignet war, um sich die Räume im Erdgeschoß vorzunehmen. Also verbrachten Perfy und Anna, das andere Hausmädchen, den Sonntag auf ihren Knien und kratzten die alte Wachsschicht mit kleinen Messern ab, um dann eine neue Lage aufzutragen.

Manchmal erhaschte Perfy draußen einen Blick auf Diamond, aber sie bekam erst Gelegenheit, ein paar Worte mit ihr zu wechseln, als sie die schmutzige Wäsche in die Waschküche tragen mußte. Da Diamond eine Schwarze war, aß sie nicht mit dem übrigen Hauspersonal, sondern bekam ihre Mahlzeiten in die Wäscherei gebracht. In Perfys Augen war das gar nicht einmal so schlimm; so konnte sie wenigstens Mrs. Porters Adlerblick entgehen.

»Wie geht es dir, Diamond?« fragte sie und legte die Wäschebündel auf den Boden.

»Ganz gut«, antwortete Diamond und rührte dabei die Wäsche in dem dampfenden Kupferkessel um. Sie trug einen langen grauen Kittel aus Baumwolle, in dem sie wie eine Vogelscheuche aussah.

»Wo schläfst du?«

»Hier draußen. Sie haben mir den Schuppen beim Waschhaus überlassen. Es ist nicht schlecht, ich habe ihn saubergemacht und ein paar Vorhänge aufgehängt. Mrs. Porter hat sie heruntergerissen, aber ich habe sie wieder festgemacht, und deswegen hat sie mir meine Bücher weggenommen. Hättest du vielleicht Bücher, die du mir leihen könntest, ganz gleich, welche?«

»Ja, natürlich. Ich bringe dir ein paar mit.«

Die Waschfrau kam zurück in die Waschküche. Sie hatte die Ärmel hochgekrempelt, und Schweiß lief ihr in Strömen in den tiefen Ausschnitt ihres Mieders. »Mein Gott, diese verdammte Hitze bringt einen noch um den Verstand. Nimm die Wäsche aus dem Kessel, Mary, sie müßte jetzt fertig sein.«

»Sie heißt nicht Mary«, sagte Perfy.

»Doch, jetzt heißt sie so«, gab die Waschfrau ungerührt zurück. »Mrs. Porter gibt sich hier nicht mit Phantasienamen ab. Sie sollte froh sein, daß sie eine Stelle hat. Und du gehörst nicht hierher, also geh ins Haus zurück und kümmere dich um deine Angelegenheiten.«

Einige Tage später flüsterte Anna ihr zu, daß »Mary« draußen sei und sie sprechen wolle. Perfy ging durch die Küche zum Hintereingang, wo Diamond wartete.

»Das ist für dich«, sagte Diamond und überreichte ihr ein hübsch eingewickeltes Päckchen. »Mrs. Beckmann hat es für dich dagelassen. Ich hatte nur noch keine Gelegenheit, es dir zu geben.«

»Vielen Dank«, sagte Perfy überrascht. Sie öffnete das Päckchen, und vor Begeisterung verschlug es ihr fast den Atem. »Aber ... Diamond, das ist wunderschön!« Mrs. Beckmann hatte ihr eine hübsche cremefarbene Seidenbluse genäht, mit doppeltem Spitzenkragen und Perlenknöpfen. »Ach, ist die schön!« rief sie aus.

Mrs. Porter kam aus der Küche geeilt. »Was geht hier vor?«

»Diamond hat mir ein Geschenk von Mrs. Beckmann gebracht«, entgegnete Perfy und zeigte ihr die Bluse. »Ist sie nicht herrlich?«

»Pack sie weg!« befahl Mrs. Porter. »Außerdem heißt das Mädchen Mary. Ich werde es nicht noch einmal sagen.« Sie wandte sich an Diamond. »Wo warst du heute nachmittag?«

»Ich mußte die Schlüssel von Mrs. Beckmanns Haus abgeben.«

»Wer hat dir erlaubt, das Grundstück zu verlassen?«

»Es war meine freie Zeit. Ich war nur eine Stunde weg.« Plötzlich holte Mrs. Porter aus und schlug Diamond ins Gesicht. »Werde nicht frech, du Früchtchen. Und verlaß nie mehr das Grundstück ohne meine Erlaubnis. Ich weiß schon, auf was ihr undankbaren Schwarzen aus seid.«

Perfy war entsetzt und wußte nicht, wie sie sich verhalten sollte, als die Haushälterin weitertobte. Diamond stand kerzengerade. Ihre dunklen Augen brannten vor Wut. Perfy wunderte sich, daß Mrs. Porter es nicht bemerkte. Sie erinnerte sich, daß Diamond erzählt hatte, sie sei noch nie geschlagen worden. Nun gut, die Zeiten hatten sich geändert.

Sie sah, wie Diamond mit der Zungenspitze über die Lippen fuhr, aber ansonsten ließ sie die Tirade über sich ergehen, ohne auch nur mit der Wimper zu zucken. »Was stehst du hier immer noch herum?« schrie Mrs. Porter Perfy an. »Geh wieder an die Arbeit!«

Perfy holte tief Luft. »Sie hatten kein Recht, sie zu schlagen«, sagte sie.

Die Haushälterin starrte sie an. »Was hast du eben gesagt?«

»Sie haben mich verstanden.«

»Du unverschämte Göre! Wie kannst du es wagen, so mit mir zu reden! Du entschuldigst dich auf der Stelle, oder ich werfe dich hinaus!«

Perfy blickte Diamond an, die fast unmerklich nickte. »Es tut mir leid.« Es kostete sie große Überwindung, das zu sagen.

»Das will ich auch meinen. Zur Strafe wirst du am Sonntagnachmittag die Speisekammer schrubben.«

Perfy fragte sich, ob sie jemals Ausgang haben würde.

An diesem Abend gab es nebenan bei den Gaunts einen fürchterlichen Streit. Der alte Gaunt brüllte aus Leibeskräften. Und was für Schimpfworte! Alice Middleton schloß eilig die Fenster und kehrte zu ihrer Näharbeit zurück. »Schade, daß dein Vater nicht zu Hause ist!«

»Was könnte er denn schon unternehmen?«

»Er könnte hinübergehen und Willy Gaunt daran erinnern, daß hier Damen anwesend sind.«

Perfy lächelte. Der alte Gaunt hatte ständig mit jemandem Streit, aber ihr Vater kümmerte sich nicht darum. Mutter versuchte nur wieder einmal hervorzuheben, was für ein guter Mann Vater war.

»Einen besseren Mann als deinen Vater gibt es nicht«, fügte die Mutter fast als Verteidigung hinzu, »und es gibt keinen Grund, so ein Gesicht zu ziehen, selbst wenn ich es vielleicht schon einmal gesagt habe.«

Schon einmal? Mindestens einmal pro Woche, als ob sie sich selbst und auch die ganze Welt davon überzeugen mußte, daß die Zeit als Sträfling ein für allemal vorbei war.

»Wenn du jemals einen Ehemann wie deinen Vater findest, kannst du dich glücklich schätzen.«

Perfy seufzte. Sie liebte ihren Vater, aber ihre Mutter mußte es immer übertreiben. »Amy Campbell sagt, sie wird einen Großgrundbesitzer heiraten.«

Alice setzte sich auf. »Wen?«

»Sie hat noch keinen gefunden.«

Alice entspannte sich wieder. »Pah! Was für eine dumme Gans. Sie sollte nicht vergessen, wo sie hingehört. Diese reichen Herren heiraten nur ihresgleichen.«

Perfy vermutete das auch. Schließlich hatte sie oft genug gesehen, wie die älteren Viehzüchter mit Frau und Töchtern in ihren Kutschen in die Stadt kamen. Sie logierten in den besten Hotels und stolzierten hoch erhobenen Hauptes die Queen Street entlang. Aber die jungen Männer! Mein Gott, das waren wirklich stattliche Burschen! Mit viel Hallo kamen sie auf ihren edlen Pferden vorbeigeritten, um sich in der »Stadt« zu amüsieren. Und dann waren da noch die Männer von den Rinderfarmen im Hinterland, schwer bewaffnete Viehzüchter, die an der Spitze ihrer Leute die Queen Street entlangtrabten; mit müden Gesichtern, aber immer noch aufrecht im Sattel. Sie taten, als würden sie nicht bemerken, daß alle Augen auf sie gerichtet waren.

»Manchmal übernachten die Großgrundbesitzer im Haus des Gouverneurs«, bemerkte Perfy.

»Das ist auch nicht anders zu erwarten. Sie verkehren eben nur in ihren Kreisen«, erwiderte Alice. »Wie sind sie denn so?«

»Sie scheinen ganz nett zu sein, aber wir dürfen nicht mit ihnen sprechen. Ich sehe sie kaum, wir putzen nur ihre Zimmer, wenn sie gerade nicht da sind.«

Im Haus nebenan war der Lärm verstummt. Perfy ging hinaus und setzte sich auf die Hintertreppe. Drinnen war es zu heiß. Außerdem hätte sie dann bei der verhaßten Näharbeit helfen müssen.

Fliegende Hunde zeterten und kreischten in dem alten Eukalyptusbaum. Gegen den Nachthimmel sahen ihre Flügel wie dunkle Segel aus. Mutter hatte Angst vor ihnen, aber sie waren harmlos, und Perfy konnte sie stundenlang beobachten.

Vor ein paar Jahren hatte sie im Garten Mangos gefunden, die bis auf den Stein abgenagt waren, und sich sehr darüber gewundert. Bald allerdings fand sie heraus, daß die Fledermäuse oder Fliegenden Hunde, wie manche Leute sie nannten, die Mangos von den umliegenden Bäumen stibitzt hatten, um sie in ihrem Baum zu fressen.

Im Gebüsch entlang des Zaunes raschelte es. Perfy horchte auf – wahrscheinlich nur eine Katze. Oder war es etwa doch etwas Größeres?

»Wer ist da?« rief Perfy, bereit, aufzuspringen.

Aus dem Schatten tauchte ein Mann auf. »Alles in Ordnung, Perfy. Ich bin's nur.«

Sie erkannte ihn an der Stimme, bevor sie ihn sah. »Billy Kemp! Was machst du denn hier?«

Er lachte. »Warte einen Augenblick.« Er schien nach etwas zu suchen. »Ha! Da ist es ja!«

Perfy stand auf. »Was?«

»Eddies Reisebündel.« Er hob einen unförmigen Gegenstand auf und kam auf sie zu.

»Was macht es in unserem Garten?«

»Ich habe es dort hingeworfen. Eddie und ich wollen zu den Goldfeldern, aber der Alte läßt Eddie nicht gehen. Er will, daß er wieder anheuert, aber nach unserem letzten Abenteuer haben wir genug von der Seefahrt.«

»Es muß grauenvoll gewesen sein. Es heißt, du hast Eddie das Leben gerettet.«

»Und mein eigenes dazu.« Er warf sich das Bündel über die Schulter. »Ich mußte aus dem Haus schleichen, damit der Alte nicht merkt, daß wir wegwollen. Sobald Willy schläft, schleicht sich Eddie vorne raus. Übrigens, es tut mir leid, wenn ich dich erschreckt habe.«

»Das ist schon in Ordnung.« Er stand nun dicht vor ihr; eine Matrosenmütze saß keck auf seinem Hinterkopf. Sie spürte ein angenehmes Kribbeln im Magen.

»Ich geh jetzt besser«, sagte er und setzte sein typisches freches Grinsen auf. »Wünschst du uns Glück?«

»O ja. Ich hoffe, es wird alles gutgehen.«

Sanft hob er mit einer Hand ihr Kinn und küßte sie auf den Mund. Seine Lippen fühlten sich erstaunlich weich und kühl an, und er küßte sie ohne Hast, so als hätten sie alle Zeit der Welt. Dann trat er mit einem spitzbübischen Lächeln zurück. »So ein Glück braucht man als Mann.« Im nächsten Augenblick war er bereits lautlos um die Ecke verschwunden. Perfy blieb wie angewurzelt stehen. Eigentlich hätte sie ja entrüstet sein sollen, und gewissermaßen war sie das auch. Wie konnte er es wagen? Gott sei Dank hatte Mutter nichts bemerkt. Aber als sie später in ihrem Bett lag, träumte sie von dem Kuß und davon, wie Billy Kemp sie in die Arme nahm. Sie war durcheinander. Keiner Menschenseele würde sie erzählen, daß Billy Kemp sie geküßt hatte. Eine innere Stimme warnte sie, daß Billy Kemp ihr Kummer bereiten würde.

Diamond kochte vor Wut. Sie hätte nie gedacht, daß sie so zornig werden könnte. Es war ihr gelungen, den Schmerz, den ihr der Abschied von der Missus bereitet hatte, zu unterdrükken. Sie hatte sich einfach bemüht, nicht daran zu denken. Doch so sehr sie es auch jetzt versuchte, die Haushälterin konnte sie nicht vergessen. Sie haßte diese böse Person. Sogar Hannah, die Waschfrau, der Diamond gehorchen mußte, war im Vergleich dazu noch erträglich. Zwar war sie mürrisch und kam jeden Morgen in die Waschküche gestürmt, als zöge sie in die Schlacht, aber Diamond hatte schließlich festgestellt, daß die weiße Frau nur schreckliche Angst vor Mrs. Porter hatte. Sie befürchtete, ihre Arbeit zu verlieren, denn ihr Mann hatte sie mit sechs Kindern sitzenlassen. Wenn sie allein waren, benahm sich Hannah ganz vernünftig und wurde sogar fast gesprächig. So erfuhr Diamond, was für eine Tyrannin Mrs. Porter war; vor allem die kleine Annie, das Küchenmädchen, hatte unter ihr zu leiden. »Wir müssen aufpassen«, sagte Hannah. »Sie schiebt immer uns Dienstboten die Schuld in die Schuhe. Davon könnte die Köchin ein Lied singen. Du bügelst wirklich gut, Mary, das muß ich zugeben, aber paß beim Stärken auf. Wenn nicht alles schön sauber gestärkt ist, geht's mir an den Kragen. Jedesmal, wenn jemand von uns aus der Reihe tanzt, kürzt sie uns den Lohn. Die Köchin hat den Verdacht, daß die Porter das Geld in die eigene Tasche steckt. Aber das soll nicht deine Sorge sein.«

Damit hatte Hannah recht, denn Diamond bekam keinen Lohn. Es war üblich, daß Schwarze für Kost und Logis arbeiteten. Das war ungerecht, aber im Augenblick gab es nichts, was Diamond dagegen tun konnte. Wenigstens besaß sie immer noch die zehn Pfund von der Missus, die Diamond in ihrer Seemannskiste versteckt hatte.

Das Haus stand inmitten einer wunderschönen Gartenanlage, wo Diamond gern ihre freie Zeit verbrachte. Meistens saß sie in der hintersten Ecke am Zaun und hörte den Vögeln zu. Sonst wirkte deren geschäftiges Treiben beruhigend auf sie, aber heute war es anders.

Mrs. Porter hatte ihr ins Gesicht geschlagen, und nicht nur Perfy hatte das gesehen, auch die Köchin hatte es beobachtet. Diamond fühlte sich gedemütigt. Würde man sie wie all die anderen schwarzen Hausangestellten bis an ihr Lebensende ausbeuten? Also mußte sie weg von hier. Aber wohin sollte sie gehen? Wenn Mrs. Porter noch einmal die Hand gegen sie erheben sollte, würde Diamond zurückschlagen. Sie war stark, sie würde mit der Krähe, wie die anderen sie nannten, schon fertigwerden. Dieser Spitzname war eine Beleidigung für alle Krähen. Mrs. Beckmann hatte sie ermahnt, sehr vorsichtig und bescheiden zu sein. Schwarze Frauen, die in Schwierigkeiten gerieten, landeten schnell im Gefängnis.

Eine gelbbraune Schlange glitt auf der Suche nach ihrem Nest an ihr vorbei. Diamond hatte die Schlange oft gesehen, sie war die größte Schlange, die hier lebte, und sehr gefährlich. Sie ernährte sich von den Mäusen und Ratten, die sich vom Flußufer hierher verirrten. Diamond beneidete sie. Sie selbst hatte das Gefühl, in der Falle zu sitzen.

Dann ereignete sich der Zwischenfall mit den Tischtüchern. Hannah war schon nach Hause gegangen, und Diamond beendete in der Dämmerung gerade ihre Bügelarbeit, als Mrs. Porter mit drei großen Tischtüchern hereingestürzt kam. »Schau dir das an! Deine schlampige Bügelei lasse ich nicht länger durchgehen! Bügle sie noch einmal, und diesmal ordentlich!«

Diamond wußte, daß Hannah die Tücher gebügelt hatte, aber es wäre zwecklos gewesen, das zu erwähnen. Sie nickte und nahm die kleine Schaufel, um Kohlen für das Bügeleisen aus den verglühenden Kohleresten unter dem Kessel zu holen. Als sie sich vorbeugte, schlug ihr Mrs. Porter auf den Rücken. »Dreh mir nicht den Rücken zu, du unverschämtes Ding!«

Ein glühendes Stück Kohle fiel von der Schaufel auf Diamonds nackten Fuß, und der jähe Schmerz war viel schlimmer als der Schlag auf den Rücken. Sie machte einen Satz und schleuderte das Kohlestück vom Fuß. Dabei verstreute sie den Rest Kohle auf dem Holzboden.

»Feg das auf!« kreischte Mrs. Porter. »Willst du alles in Brand setzen?«

Diamond griff nach dem Besen und kehrte, während Mrs. Porter zusah.

»Ich möchte diese Tischtücher ordentlich gebügelt haben, bevor die Hausmädchen morgens anfangen, also wirst du dich gleich morgen früh an die Arbeit machen. Hast du mich verstanden?«

»Ja, Madam«, sagte Diamond leise.

Als der Mond am Himmel stand, ging sie in den Garten und setzte sich unter den Baum, wo die gelbbraune Schlange wohnte. Sie hatte ihr Nest unter einer ausladenden Wurzel einer großen Moreton-Bay-Feige und jagte in der Nacht. Als eine Ratte auf der Suche nach Nahrung raschelnd durchs Unterholz huschte, erschien der Kopf der gelbbraunen Schlange. Diamond packte sie am Genick und hielt sie fest. Die Schlange spuckte und geiferte, aber es nützte ihr nichts. Während Diamond leise zurück zum Haus und bis zu einem offenen Fenster schlich, schüttelte sie die Schlange heftig, bis diese so gereizt und angriffslustig war, daß sie sich auch in ein Holzscheit verbissen hätte. Dann warf Diamond die Schlange durch das offene Fenster.

Als Perfy zur Arbeit erschien, befand sich das ganze Haus in Aufruhr. Nachts waren der Gouverneur und Lady Bowen von lauten Schreien aus dem Schlaf geweckt worden und sofort herbeigeeilt. Auch die Köchin, die das Zimmer neben Mrs. Porter bewohnte, wurde von den Hilferufen aus dem Schlaf gerissen. Mit einer Laterne bewaffnet stürzte sie in Mrs. Porters Zimmer. Doch als sie die Haushälterin etwas von einer Schlange kreischen hörte, hatte die Köchin das Weite gesucht.

Ein Diener wurde nach einem Arzt geschickt. Der Gouverneur konnte keine Aderpresse anlegen, da die Unglückliche in den Hals gebissen worden war, und so verordnete Lady Bowen einen Umschlag aus Seifenflocken.

Inzwischen hatte man der Patientin, deren gequälte Schreie im ganzen Haus widerhallten, den besten Brandy eingeflößt, um ihre Schmerzen zu lindern. Aber alle Mühe war vergebens. Mrs. Porter verlor das Bewußtsein, und als der Doktor auf seinem Pferd die Auffahrt heraufsprengte, war sie bereits tot.

»Gott schenke ihrer armen Seele ewigen Frieden«, sagte die Köchin, als sie am Morgen den anderen Hausangestellten von dem Unglück berichtete. »Sie war eine gütige Frau; ich will nicht hören, daß jemand schlecht von der Toten spricht.«

Aus der Sicht der neuen Haushälterin war Mrs. Porters Tod ein außerordentlicher Glücksfall. Der Mann, mit dem sie vier Jahre verlobt gewesen war, hatte sie verlassen, und um dieser peinlichen Situation ein Ende zu bereiten, war sie nach Australien aufgebrochen. In ihrem Gepäck befand sich eine Empfehlung an den Gouverneur von Queensland, die ihr eine entfernte Verwandte mitgegeben hatte, und, wie der Zufall wollte, hatte sie gerade zur rechten Zeit an die Pforte des Gouverneurs geklopft. Nie hätte sie in diesem schäbigen Städtchen am Ende der Welt einen solchen Luxus erwartet. Von der Gräfin war sie entzückt, und die Dienstboten schienen ein munterer Haufen zu sein; auch das schwarze Mädchen, die erste Eingeborene, die ihr je begegnet war, war sehr aufgeweckt. Sie sprach fließend Englisch und stellte sich als Diamond vor. »Glauben Sie, daß es Ihnen hier gefallen wird?« fragte die Köchin.

»O ja. Sie sind alle so nett hier.« Und der Adjutant des Gouverneurs, ein Marineoffizier, war noch ledig.

Teil 3

1

Als die beiden Buchanans und ihre Viehtreiber bei der knapp hundertfünfzig Kilometer nördlich von Brisbane gelegenen Sherwood Farm eintrafen, hatten sie den größten Teil ihres weiten Weges bereits hinter sich gebracht. Rund eineinhalbtausend Kilometer hatten sie mit ihrer Herde zurückgelegt, doch sie hatten sich Zeit dabei gelassen, damit die Rinder unterwegs dann und wann grasen konnten. Und so hatten sie bei ihrer Ankunft an den Viehhöfen auch nur den Verlust einiger Stiere zu beklagen; alle anderen Tiere waren in bestem Zustand.

Auf der ganzen Reise nach Süden hatten sie sich gefragt, ob das Vieh auch einen angemessenen Preis einbringen würde. Schließlich waren es siebenhundert Rinder, und der jährliche Verkauf konnte über die Zukunft einer Farm entscheiden. Caravale war zwar eines der ertragreichsten Güter im Norden, doch da die Nachfrage in der Umgebung gering war, mußten die Züchter ihre Rinder bis nach Brisbane treiben. Dabei konnten sie sich noch glücklich schätzen: In früheren Zeiten hatte man die Tiere noch bis nach Sydney oder sogar bis nach Melbourne treiben müssen.

Darcy und Ben waren fest dazu entschlossen, mindestens sieben Pfund pro Rind zu verlangen. Sie hatten eine Reiseroute gewählt, die sie an den Goldfeldern bei Gympie vorbeiführen würde. Dort wollten sie so viele Rinder wie möglich abstoßen und den Rest dann nach Brisbane treiben. Sieben Pfund pro Stück! Der Erfolg übertraf ihre kühnsten Erwartungen. Die Fleischer hatten ihnen die Herde praktisch aus den Händen gerissen, denn überall wimmelte es von Goldgräbern, deren hungrige Mäuler gestopft werden wollten. Ihre Parzellen waren kreuz und quer in der gesamten Umgebung verstreut, und es herrschte ein geschäftiges Treiben. Für zehn Pfund pro Stück hatten sie ihre gesamte Herde verkauft. Und so war ihr Viehtrieb schon bei Gympie beendet. Mit drei Viehtreibern als bewaffnete Eskorte – schließlich waren ihre Satteltaschen nun vollgestopft mit Gold und Geld – kehrten sie Gympie mit seinen goldgierigen Einwohnern möglichst schnell den Rücken. Auf ihrem hastigen Ritt zur fünfundsiebzig Kilometer entfernten Sherwood Farm machten sie nur Rast, um die Pferde zu tränken. Dazu wählten sie immer übersichtliche Stellen am Flußufer, wo ihnen niemand aus dem Hinterhalt auflauern konnte, denn auf den Straßen zwischen den Goldminen und den größeren Städten trieb sich allerlei lichtscheues Gesindel herum.

Jim Kendall empfing seine Besucher mit offenen Armen. Er war ein guter Freund des verstorbenen Teddy Buchanan gewesen. Nun freute er sich, dessen Söhne aufnehmen zu können, die, wie er wußte, alles taten, um die Farm des Vaters erfolgreich weiterzuführen. »Wie steht's in Caravale?« erkundigte er sich.

»Könnte nicht besser laufen«, antwortete Darcy. »Das Wetter meint es gut mit uns.«

»Das höre ich gern. Du siehst prächtig aus, Darcy. Hast dir ein paar Muskeln auf dein Klappergestell zugelegt. Und du bist wohl Ben?« Er schüttelte Ben die Hand. »Du meine Güte! Als ich dich das letzte Mal gesehen habe, warst du noch ein Dreikäsehoch. Und jetzt könntest du es glatt mit einem ausgewachsenen Bullen aufnehmen. Mein Gott, wie die Zeit vergeht! Wie alt bist du jetzt, Ben?«

»Zweiundzwanzig, Sir.«

»Tatsächlich? Dann ist Darcy also fündundzwanzig. Hast du dir schon eine Frau angelacht, Darcy?«

Darcy schmunzelte. »Nein, keine Zeit. Mich würde sowieso keine nehmen.«

»Erzähl das bloß nicht meiner Frau, sonst hat sie dich im Handumdrehen verkuppelt. Besonders jetzt, wo bei euch das Geld auf der Straße liegt.«

Darcy blickte ihn erstaunt an. »Welches Geld?«

Doch Jim grinste nur und ließ die beiden zappeln. »Kümmern wir uns erst einmal um eure Männer.«

Nachdem sie die Viehtreiber von Caravale vorgestellt und sich die Kollegen von Sherwood ihrer angenommen hatten, fragte Jim: »Und was kann ich euch anbieten? Einen Rum oder eine Dusche?«

»Beides«, erklärte Ben.

»Ist wohl auch nicht zu viel verlangt«, meinte ihr Gastgeber und führte sie zum hinteren Teil des Hauses, wo sich die Duschen befanden. Sherwood war einer der wohlhabendsten Besitze der Gegend, und Mrs. Kendall achtete darauf, daß keiner der Männer, einschließlich ihres Gatten, nach der Arbeit schmutzig und verstaubt im Haus herumlief. Hier zog man sich zum Abendessen um, und da man von Männern wie den Buchanans nicht erwartete, daß sie einen guten Anzug in der Satteltasche bei sich hatten, hingen immer einige Kleidungsstücke für Gäste im Schrank.

»Was meinen Sie mit dem Geld, das auf der Straße liegt?« hakte Darcy jetzt nach.

»Ach so, ja.« Jim gab sich gleichgültig. »Am Cape River wurde Gold gefunden.«

»Was?« Klatschnaß und voller Seife stürzte Darcy aus dem Duschraum.

»Tatsache! Direkt vor eurer Haustür, mein Sohn, keine hundertfünfzig Kilometer von Caravale entfernt.«

»Mist. Dann haben wir die Herde ja ganz umsonst so weit getrieben!«

»Mach dir mal darüber keine Gedanken. Ihr habt schließlich euren Schnitt gemacht. Und es wird noch eine Weile dauern, bis die meisten Goldsucher den Weg bis zum Fluß gefunden haben. Bis dahin seid ihr längst wieder zu Hause und könnt euch auf sie vorbereiten.«

Darcy schüttelte den Kopf. »Kaum zu glauben.« Schließlich kehrte er in den Duschraum zurück. »Wir reiten wohl am besten gleich zurück«, erklärte er Ben.

»Du bist wohl nicht ganz bei Trost? In der Regenzeit können wir sowieso nichts tun, und du hast mir versprochen, wir würden in Brisbane ein bißchen ausspannen. Jeder fährt im Januar in die Stadt, warum sollen wir uns das also entgehen lassen?«

Um neun versammelte man sich zum Abendessen, und Jim Kendall öffnete zu Ehren der Buchanans eine Flasche Champagner. Katherine Kendall hatte Teddy immer sehr gern gemocht. Er war ein guter Viehzüchter gewesen und außerdem ein höflicher und fröhlicher Mensch. Zu schade, daß er so jung hatte sterben müssen.

Damals war Darcy gerade vierzehn Jahre alt, und Ben ... ja, er muß zehn gewesen sein. Cornelia Buchanan hatte nicht aufgegeben, und allgemein hieß es, der junge Darcy hätte ihr unermüdlich zur Seite gestanden, geschuftet wie ein Stier und was noch wichtiger war, offensichtlich gewußt, worauf es ankam. Katherine hatte Cornelia persönlich nie kennengelernt, doch Jim und seine Freunde sprachen von ihr, der Schottin, immer nur mit großem Respekt. Sie habe viel Schneid, hieß es. Katherine hatte schon von jeher die Frauen bewundert, die sich nicht scheuten, ihre Männer auf einsame abgelegene Farmen zu begleiten, und allen Widrigkeiten trotzten, zu denen nicht zuletzt die plündernden Schwarzen gehörten. In ihren Briefen hatte sie Mrs. Buchanan schon mehrmals eingeladen, sie auf Sherwood zu besuchen, doch daraus war nie etwas geworden. Katherine konnte das verstehen. Der Weg war weit, und ihres Wissens war

Cornelia in den letzten Jahren nicht ein einziges Mal nach Brisbane gefahren. Katherine blickte in die Tischrunde. Neben den beiden Buchanans saß Ginger Butterfield von der BliBli-Farm, und außerdem war John-Henry Champion anwesend, der örtliche Parlamentsabgeordnete, der auf sie den Eindruck machte, ständig angetrunken zu sein. Und dann war da noch ihre eigene Familie, also Tochter Fiona samt Ehemann Jack und ihre noch unverheiratete jüngere Tochter Kitty. Erleichtert bemerkte Katherine, daß Kitty ihre ganze Aufmerksamkeit Darcy zuwandte. Früher hatte sie nämlich lange Zeit für Ginger geschwärmt, doch leider verehrte Ginger nun mal Fiona. Als diese wiederum ihre Verlobung mit Jack, dem Verwalter von Sherwood, bekanntgab, war Ginger am Boden zerstört gewesen. Katherine seufzte.

Auch sie und Jim waren von der Wahl ihrer Tochter nicht besonders angetan gewesen. Sie hätten sich lieber Ginger als Schwiegersohn gewünscht, der keine Geschwister hatte und einmal das riesige Anwesen der Butterfields erben würde. Aber die Mädchen von heute wollten ja keinen Rat mehr annehmen. Darcy machte wirklich einen guten Eindruck, groß, stattlich und ein bißchen schüchtern. Dagegen hatte sie nichts einzuwenden. Sein Bruder Ben wiederum wirkte eher zu großspurig und überheblich für sein Alter.

Das Hausmädchen brachte den Rinderbraten herein, und Jim erhob sich, um ihn aufzuschneiden. »Das sieht lecker aus. Reich mir die Teller rüber, Kitty. Und schenkt euch Wein ein, Jungs. Den Rotwein kann ich wirklich empfehlen.« Schwungvoll wetzte er das Fleischmesser an dem passenden Schleifstahl mit Elfenbeingriff. Davon wurde das Messer zwar nicht schärfer, aber es machte Eindruck.

»Kitty hat bald Geburtstag, Darcy. Ich fände es nett, wenn ihr auf dem Heimweg ein paar Tage einschieben könntet, um mit uns zu feiern«, sagte Katherine.

»Vielen Dank, Mrs. Kendall«, erwiderte Darcy, »aber wir

nehmen das Schiff. Wir segeln bis Bowen und reiten von dort aus nach Hause.«

»Wie schade!« bedauerte Katherine.

»Ja, aber ich mache mir allmählich Sorgen um Mutter. Die Goldgräber, die ich in Gympie gesehen habe, wirkten nicht besonders vertrauenerweckend, und der Gedanke, diese Gestalten könnten auf unserem Land herumlungern, gefällt mir ganz und gar nicht.«

Ben lachte. »Aber der Verwalter ist ja schließlich auch noch da. Um Ma brauchst du dir sicher keine Sorgen zu machen. Jeder Goldgräber, der sich in der Nähe der Farm herumtreibt, riskiert, daß er von Ma eine Kugel verpaßt bekommt.«

Kittys Augen funkelten. »Ich habe gehört, eure Mutter hätte mal einen Mann erschossen. Ist das wahr?«

»Kitty!« fuhr Katherine scharf dazwischen, aber Ben ließ sich nicht aus der Ruhe bringen.

»Das stimmt«, sagte er. »Wir waren damals noch klein. Dad hatte gerade im Busch zu tun. Einer der Viehtreiber ist durchgedreht, kam ins Haus gestürmt und hat Ma angefallen. Sie hat ihn auf der Stelle erschossen, direkt in unserer Eingangshalle.«

»Du meine Güte«, murmelte Katherine. »Wie schrecklich!« Derartige Vorfälle waren im Westen keine Seltenheit, und notgedrungen trugen die Frauen immer Waffen. Doch sie mochte es nicht, wenn blutrünstige Geschichten beim Abendessen erzählt wurden.

Bereits nach zwei Tagen setzten Darcy und Ben ihre Reise nach Brisbane fort, jetzt allerdings in Begleitung von Jim Kendall, Ginger und einem halben Dutzend Viehtreiber von Sherwood. Darcy war froh, daß sie nicht mehr allein waren, denn er würde erst Ruhe finden, wenn er das Geld sicher auf der Bank deponiert hatte.

»Wo wollen Sie in der Stadt wohnen?« erkundigte sich Ginger bei Darcy.

»Im besten Gasthaus, das es gibt.«

»Also im Victoria«, erklärte Ginger. »Sie können aber auch mit mir kommen. Ich wohne nämlich im Haus des Gouverneurs. Jetzt, wo die Festtage vorüber sind, ist es dort ziemlich ruhig. Lady Bowen hätte bestimmt nichts dagegen; sie ist eine wunderbare Frau.«

»Nein, vielen Dank«, erwiderte Darcy. »Ich nehme mir lieber ein Zimmer in einem Gasthaus, dann kann ich tun und lassen, was ich will.«

»Das ist deine Sache«, warf Ben ein. »Aber ich hätte gegen einen Besuch im Haus des Gouverneurs nichts einzuwenden. Können Sie das wirklich deichseln?«

»Natürlich. Der Gouverneur und seine Mitarbeiter sind auch oft auf BliBli zu Gast, wenn sie eine Rundreise machen. Vergessen Sie nicht, mein Junge, daß man bei uns die Gastfreundschaft erwidert. Vielleicht ist er eines Tages auch mal auf ein Bett in Caravale angewiesen.«

Ben schob sich mit seinem Pferd neben Darcy. »So eine Einladung solltest du nicht ausschlagen«, gab er zu bedenken. »Es kostet uns keinen Cent. Das ist der Regierungssitz, und dort ...«

»Du meinst, dort lernt man all die wichtigen Leute kennen.« Darcy lachte.

»Was paßt dir denn daran nicht?«

»Das wäre mir alles zu förmlich.«

»Aber Kitty Kendall ist auch oft dort zu Besuch«, sagte Ben mit einem anzüglichen Grinsen.

»Und was hat das damit zu tun?«

»Bist du blind, Darcy? Sie hat ein Auge auf dich geworfen. Und deshalb wäre es ihr sicher nicht unrecht, wenn auch du in die Kreise des Gouverneurs eingeführt würdest.«

»Kitty ist ja ganz nett, aber für meinen Geschmack viel zu vornehm. Solch ein Mädchen kann man nicht nach Caravale verpflanzen.«

»Warum denn nicht? Unser Haus ist doch ganz ansehnlich. Jede Frau wäre stolz, dort zu wohnen.«

»Ein Mädchen wie Kitty ist an Gesellschaft gewöhnt. Sie mag zwar auf einer Farm aufgewachsen sein, aber sie hat immer eine Menge Frauen um sich herum gehabt.«

»Das ist doch Unsinn«, entgegnete Ben. »Mit Kitty machst du einen guten Fang, du Holzkopf. Und Ma würde sich freuen.« Darcy drehte sich um und blickte seinen Bruder an, als sähe er ihn zum erstenmal. »Ma? Ich glaube, du machst Witze! Ma wäre entsetzt, wenn wir ihr eine Prinzessin ins Haus bringen würden.«

Ben grinste. »Möglicherweise. Aber früher oder später müßte sie sich damit abfinden. Außerdem glaube ich, daß du dich täuschst. Kitty würde ihr gefallen.«

»Dann heirate du sie doch! Und ich suche mir irgendwann ein nettes, einfaches Mädchen.«

Jetzt stieß auch Ginger zu ihnen. »Sind Sie auf Brautschau, Darcy?«

»Ja.« Ben antwortete für seinen Bruder. »Aber sie muß häßlich sein.«

»Das habe ich nicht gesagt«, widersprach Darcy, und Ginger schmunzelte.

»Dann sind Sie in Brisbane ja richtig, Darcy. Dort herrscht kein Mangel an häßlichen Mädchen, die einen reichen und jungen Großgrundbesitzer vom Fleck weg heiraten würden.«

Darcy hatte keine Lust mehr, das Wortgeplänkel fortzusetzen. Er zündete sich eine Zigarette an und blieb ein wenig zurück, bis er allein hinter den anderen hertrabte. Er konnte seinen Unmut nur schwer erklären. Daß es wichtig war, auf den abgelegenen Farmen einen gewissen Lebensstandard aufrechtzuerhalten, war ihm klar. Doch es wollte ihm nicht in den Kopf, warum man jeden Abend in gestärkten Oberhemden herumlaufen mußte und sich als Farmbesitzer zum Abendessen auftakelte, als ginge man in die Oper. Daß man Wert auf ein sauberes und gepflegtes Heim legte, war nur recht und billig, und Darcy fühlte sich auch wohler, wenn er gewaschen und in sauberer Kleidung zum Essen erschien. Doch auf die Kinkerlitzchen konnte er gut und gern verzichten. Hier, wo es sogar noch heißer war als im Norden, bedeuteten ein gestärktes Hemd, ein steifer Kragen und ein Smoking eine Strafe, die er freiwillig nicht auf sich nehmen wollte. Ben allerdings hatte seinen Spaß daran. Darcy kam zu dem Ergebnis, daß er auf Caravale ein neues Haus bauen mußte. Platz war ja genug vorhanden. Sein Haus sollte auf den Hügeln am Fluß stehen. Dort wollte er dann leben, wie es ihm gefiel, während Ben und seine zukünftige Frau auf Caravale so vornehm herrschen konnten, wie sie wollten. Amüsiert fragte er sich, wie Ben es wohl anstellen wollte, die linkischen schwarzen Dienstboten in adrette Hausmädchen mit Rüschenschürze und weißen Handschuhen zu verwandeln. Der Norden würde immer eine andere Welt bleiben, und je eher Ben das erkannte, um so besser für ihn.

Als sie die Hauptstraße nach Brisbane erreichten, fing es auf einmal zu regnen an. Regen war gut, und er hoffte, daß auch Caravale seinen Anteil davon abbekommen würde. Seine Begleiter sahen in ihren grauen Umhängen aus Ölzeug und den durchweichten Hüten wie Gespenster aus. Die meisten Männer trugen die sogenannten amerikanischen Filzhüte, die mit ihrer breiten Krempe bei Sonnenschein zwar recht nützlich waren, den Regen jedoch nicht so gut abhielten wie ihre selbstgemachten Lederhüte.

Brisbane war ein Schock. Seit vier Jahren war Darcy nicht mehr in der Stadt gewesen – normalerweise machten sich die Treiber mit den Herden allein auf den Weg –, und jetzt erkannte er den Ort kaum wieder, so sehr hatte er sich verändert. Trotz des Regens tummelten sich Hunderte von Menschen auf der verschlammten Hauptstraße; sie torkelten aus den Kneipen, standen unter Vordächern herum und zogen Handwagen durch den Morast. Und dann erst der Lärm! Scheppernde Pianoklänge versuchten Gebrüll und Gelächter zu übertönen, das aus den hell erleuchteten Kneipen und Tavernen drang, und von den Balkonen riefen ihnen wüst aussehende Frauen anzügliche Bemerkungen nach.

»Mein Gott!« wunderte sich Darcy. »Was für ein Radau! Was ist denn bloß los hier?«

»Gold«, antwortete Ginger, als sie die Pferde zügelten, um ein paar herumstolpernden Trunkenbolden auszuweichen. »Das Gold von Gympie. Inzwischen platzt die Stadt wegen der Goldgräber aus allen Nähten. Natürlich gibt es auch ein paar vernünftige, die sich zurückhalten, doch die meisten kommen mit ihrem Fund in die Stadt, lassen ihr Geld in den Kneipen und Bordellen und fangen dann wieder ganz von vorn an.«

»So was habe ich noch nie gesehen«, meinte Darcy staunend. »Man könnte glatt meinen, es wäre Silvester.«

»Für diese Burschen ist es das wohl auch«, bestätigte Ginger lachend, »und zwar jeden Abend. Ja, in Brisbane geht's rund. Sie kommen besser mit uns, Darcy, denn so, wie es hier zugeht, finden Sie nie ein Zimmer.«

»Nein, ich komme schon zurecht. Ich bin froh, wenn ich ihnen Ben und unser Geld anvertrauen kann, denn allem Anschein nach ist es im Haus des Gouverneurs sicherer als sonst irgendwo in diesem Hexenkessel.«

Als es ans Abschiednehmen ging, wurde Ben plötzlich unschlüssig. »Ich kann mich doch nicht in diesem Aufzug beim Gouverneur vorstellen, Ginger.«

»Doch, das können Sie. Lady Bowen wird es schon verstehen. Und morgen früh besorgen wir Ihnen gleich was Anständiges zum Anziehen. So, dort ist das Hotel Victoria, Darcy. Ich fürchte nur, Ihre Chancen stehen schlecht.«

Als er seinen Blick über das zweistöckige Gebäude und die vor der Tür wartende Menschenmenge gleiten ließ, mußte Darcy ihm wohl oder übel zustimmen. »Ich komme schon zurecht«, wiederholte er trotzdem. »Wir treffen uns dann morgen früh auf der Bank, Ben. Punkt zehn.«

Auf einem schmalen Weg ritt er zum Hinterhof des Hotels und bekam für eine Pfundnote einen Platz für sein Pferd. »Wie heißt denn der Besitzer?« erkundigte er sich beim Stallknecht.

»Brian Flynn.«

Darcy nahm seine Satteltaschen, hängte sich das Gewehr über die Schulter und ging zum Hintereingang des Hotels. Er steckte seinen Kopf durch die Tür und blickte in die Küche. »Wo kann ich Mr. Flynn finden?«

In der riesigen Küche waren mehrere Frauen mit Feuereifer dabei, auf Unmengen von weißen Tellern Mahlzeiten anzurichten, während andere die Arme bis zu den Ellenbogen in die Spülbecken getaucht hatten und die geputzten Teller, Töpfe und Pfannen scheppernd auf den Bänken abstellten. Kellnerinnen mit großen Tabletts stürmten herein. Eine der Frauen blickte auf und meinte: »Er steht hinter Ihnen.«

»Mädchen, wie oft habe ich euch schon gesagt, ihr sollt die Hintertür abschließen!« Ein stämmiger, kahlköpfiger Mann schob sich an Darcy vorbei und drehte den Schlüssel um. »Rein oder raus?« fragte er.

»Rein«, antwortete Darcy schnell. »Sind Sie Mr. Flynn?«

»Ja, und in meinem Hotel sind Feuerwaffen verboten.« Darcy steckte die Daumen unter den Gewehrriemen. »Was soll ich Ihrer Meinung nach damit tun? Draußen bei meinem Pferd lassen?«

»Es ist mir egal, was Sie damit tun. Bringen Sie es bloß nicht mit rein.«

»Können Sie es in Ihrem Büro für mich aufbewahren?«

»Allmächtiger, mein Büro ist doch keine Lagerhalle!« Dann wurde seine Miene weicher. »Na gut, geben Sie es her. Sie können es morgen früh wieder abholen. Zur Bar geht's dort lang.«

»Ich hätte lieber erst ein Zimmer.«

»Das hätten andere auch gern«, entgegnete Flynn und ließ

seinen Blick abschätzend über Darcy gleiten. »Gehen Sie zum Wattle Boarding House. Die Besitzerin mag keine Goldgräber, sie nimmt nur Cowboys.«

»Ich zahle gut«, wandte Darcy ein, doch Flynn schüttelte den Kopf.

»Das tut heutzutage jeder.«

Darcy rührte sich nicht vom Fleck. »Ich hatte mich so darauf gefreut, hier zu wohnen. Man hat mir gesagt, dies sei das beste Hotel der Stadt. Ich habe nämlich eine verdammt weite Reise hinter mir.«

»Da haben Sie Pech gehabt, mein Sohn. Ich spendiere Ihnen einen Drink, das ist alles, was ich für Sie tun kann. Von wo kommen Sie denn?«

»So ungefähr tausendfünfhundert Kilometer geradewegs aus dem Norden.«

»Gütiger Himmel!« staunte Flynn. »Das ist eine rauhe Gegend dort oben. Von wo genau kommen Sie?«

»Caravale Station«, erklärte Darcy. Zumindest hatte er das Interesse des Hotelbesitzers geweckt.

»Caravale? Gehörte das nicht früher Teddy Buchanan?«

»Ja, genau. Ich bin sein Sohn Darcy.«

Flynn wandte sich um und starrte ihn an. »Also, das haut mich um! Teddys Sohn! Irgendwas an Ihnen kam mir gleich bekannt vor. Ich überlege schon die ganze Zeit, wo ich Sie schon mal gesehen haben könnte. Also so was! Teddys Sohn! Teddy, Gott sei seiner Seele gnädig, war in den alten Tagen ein guter Kumpel von mir. Der dreht sich ja im Grabe um, wenn ich jetzt kein Zimmer für seinen Sohn auftreibe.«

Wie verabredet, trafen sie sich am kommenden Morgen in der Bank. Darcy litt allerdings unter dem schlimmsten Kater seines Lebens, der durch die brütende Hitze auch nicht gerade besser wurde.

»Hast du ein Hotelzimmer gefunden?« fragte Ben.

»Ja, im Victoria.«

»Alle Achtung!« meinte Ginger. »Wie haben Sie das denn fertiggebracht?«

»Anscheinend mochten sie mich leiden«, erklärte Darcy. »Und wie war's bei Lady Bowen?«

»Ich habe sie nicht kennengelernt«, erläuterte Ben. »Sie ist mit Freunden ans Meer gefahren.«

»Das kann ich ihr nicht verdenken«, meinte Darcy. »Weiß der Himmel, warum die Leute ausgerechnet in diesem Tal eine Stadt gebaut haben, wo nie auch nur der kleinste Windhauch zu spüren ist.«

»Sie sehen ein bißchen blaß aus, alter Knabe«, Ginger schmunzelte. »War wohl eine lange Nacht?«

»Ja, soweit ich mich erinnern kann«, sagte Darcy. »Aber jetzt wollen wir mal das Geschäftliche hinter uns bringen.« Sie zahlten das Geld ein und gingen dann zu Campbells Laden, der sich seit Darcys letztem Besuch in Brisbane zu einem richtigen kleinen Kaufhaus entwickelt hatte.

Unter Gingers Anleitung kauften sich die Buchanans ihre »Stadtanzüge« und anschließend Hosen und Stiefel für die Arbeit zu Hause.

»Da wir unsere Aufgaben jetzt erledigt haben, laßt uns in meinen Club gehen und ein Gläschen trinken«, schlug Ginger vor. »Außerdem kann man dort ausgezeichnet essen.«

»Geht nur allein«, sagte Darcy. »Ich muß mich noch um die Bestellungen kümmern.« Er machte sich auf die Suche nach Jock Campbell, der Caravale schon seit vielen Jahren mit Vorräten belieferte.

»Schön, Sie zu sehen, Darcy«, begrüßte ihn Jock. »Wie geht's Ihrer Mutter?«

»Danke, gut.« Darcy griff in seine Tasche. »Hier ist ihre Bestellung. Sie braucht Bettlaken, Handtücher, Moskitonetze und noch einen ganzen Haufen anderer Sachen. Und ich habe hier eine Liste mit den Dingen, die wir für die Farm benötigen, Werkzeug und auch Lebensmittel. Haben Sie das alles überhaupt noch im Angebot?«

Jock nickte. »Alles klar, wird erledigt. Allerdings stecke ich bis zum Hals in Arbeit, denn meine Angestellten haben sich alle zu den Goldfeldern aufgemacht. Können Sie am Montag wiederkommen?«

Darcy schüttelte den Kopf. »Morgen fährt ein Schiff nach Bowen, und das soll die ganze Bestellung mitnehmen. Je eher die Sachen unterwegs sind, desto früher kommen sie auf der Farm an. Ich habe sogar schon einen Mann mit einem Pferdegespann nach Bowen geschickt, der auf die Lieferung wartet.«

»Ach so. Gut, dann mache ich alles fertig. Kommen Sie morgen früh vorbei, wir gehen die Lieferung durch und kümmern uns um das, was Sie sonst noch brauchen. Ich habe viele neue Waren auf Lager, die Ihrer Mutter sicher gefallen würden, und die können wir uns dann in aller Ruhe ansehen.«

»Aber morgen ist Sonntag.«

»Um so besser, dann stört uns niemand. Ich kann meine Kunden vom Lande doch nicht im Stich lassen!«

»Das ist nett von Ihnen, Mr. Campbell.«

»Nicht der Rede wert. Aber was ist mit Ihnen, Darcy? Immer noch keine Frau gefunden?«

»Wenn ich eine Frau hätte, dann würde sie einkaufen und nicht ich.« Darcy lachte. »Wir sehen uns also morgen früh.«

In Gingers Club, dem Treffpunkt der Viehzüchtervereinigung, begegneten sie alten Freunden und schlossen neue Bekanntschaften. Am Nachmittag sahen sie sich die Pferderennen an und genossen den Tag in vollen Zügen.

Am kommenden Morgen erwachte Darcy wieder mit dem Gefühl, als sei sein Schädel unter die Hufe einer Rinderherde geraten. Dann stöhnte er auf – Jock Campbell! Er mußte in den Laden gehen und die Lieferung für Caravale überprüfen. Am vernünftigsten wäre es wohl, wenn er gleich aufs Schiff gehen und zusammen mit den Waren nach Bowen segeln würde. Denn erholen würde er sich wohl kaum, wenn er jeden Morgen mit einem Kater aufwachte.

2

Hester Campbell stürzte ins Eßzimmer, wo ihre Tochter Amy damit beschäftigt war, den Tisch zu decken. »Ist das Silber auch geputzt? Zieh noch einmal das Tischtuch glatt und stell die Lilien in die Mitte. Mein Gott, Mädchen, was machst du denn da? Die Suppenlöffel gehören nach außen, wie oft soll ich dir das noch sagen? Was hat dein Vater sich bloß dabei gedacht, in der letzten Minute noch einen Gast zum Essen einzuladen! Was soll der nur von uns denken? Wenn ich das früher gewußt hätte, hätte ich ein anständiges Sonntagsessen vorbereitet. Aber wo wir nun gerade erst aus der Kirche zurückgekommen sind, kann ich es auch nicht mehr ändern. Jock meint ja, es würde Mr. Buchanan nichts ausmachen, wenn wir nur kalte Platten anbieten. Hol noch ein paar Tomaten. Nein, ich schneide diese hier ein wenig dünner; kümmere du dich um die Zwiebeln. Und sag deinem Bruder, ihr beide dürft nichts vom Schweinefleisch nehmen. Es reicht gerade für die Männer. Diese Viehzüchter sind sicher an ein üppiges Sonntagsessen und an Dienstmädchen gewöhnt. Ob er wohl Wein zum Essen trinkt? Oh, mein Gott, der Kuchen verbrennt ...«

Der Redeschwall ihrer Mutter regte Amy auf. Auch ihr tat es leid, daß sie Darcy Buchanan nicht mit einem richtigen warmen Essen beeindrucken konnten, aber wenigstens kam er als Gast in ihr Haus. Amy hatte ihn, seinen Bruder und Ginger Butterfield im Laden beobachtet. Auch Ginger war ein wohlhabender Junggeselle und galt als gute Partie, aber Darcy sah besser aus. Er war stattlicher und vor allem männlicher als seine beiden Begleiter. Wie gut, daß Dad die Geistesgegenwart besessen hatte, Darcy einzuladen. So bekam sie endlich einmal die Gelegenheit, einen feinen Herrn kennenzulernen. Einen reichen noch dazu.

Amy half im Laden ihres Vaters aus, seit sie denken konnte. Eine Zeitlang hatte sie sich um andere Stellen beworben, aber nichts Anständiges finden können. Sie kannte natürlich alle Kunden, besonders die Farmer. Besser gesagt, sie hatte von ihnen gehört, denn die meisten kamen nur selten in die Stadt und sandten lediglich Listen mit Bestellungen. Die Caravale-Farm führten sie seit vielen Jahren in ihren Büchern, und immer hatten die Buchanans pünktlich gezahlt. Amy wußte, daß viele der Viehzüchter wie Könige lebten und auch erwarteten, so behandelt zu werden, besonders wenn es um offene Rechnungen ging. »In schlechten Zeiten können sie nicht zahlen, und in guten wollen sie nicht«, pflegte ihr Vater zu sagen. Aus diesem Grunde war er dazu übergegangen, eine zweite Lieferung immer erst dann loszuschicken, wenn die erste bezahlt worden war. Wechselten die Kunden daraufhin zu einem anderen Händler, lachte er nur. »Soll der sich mit ihnen herumärgern.« Darcy Buchanan! Ihre Freundinnen würden staunen und vor Neid platzen! Amy hatte ein Kleid aus beigefarbenem Taft mit einem Besatz aus braunen Seidenbändchen auf Kragen und Ärmeln und einem engen Leibchen mit baskischer Stickerei angezogen. Eigentlich hätte sie bei diesem heißen Wetter ja ein helles Musselinkleid vorgezogen, doch ihre Mutter meinte, Taft sei vornehmer.

»Hast du dich so herausgeputzt, um dir einen Verehrer zu angeln?« So eine freche Bemerkung konnte nur von ihrem Bruder Ross stammen.

»Ma, sorg dafür, daß er den Mund hält. Muß er wirklich mit uns essen? Steck ihn doch lieber ins Nebenzimmer!«

Auch Hester hatte sich für diesen Anlaß feingemacht. Allerdings trug sie im Augenblick noch ein Geschirrhandtuch um den Hals, damit die Schweißperlen, die ihr bei der Arbeit am heißen Ofen in den Nacken rannen, nicht auf das dunkelbraune Sonntagskleid tropften. »Wenn du dich nicht benimmst, Ross, dann sorge ich dafür, daß dein Vater dir den Hintern versohlt.«

»Hier darf man aber auch gar nichts sagen! Ich wollte doch nur wissen, ob sie diesen Knaben vom Lande heiraten will.«

»Zieh dir ein sauberes Hemd an«, schimpfte Hester. »So kannst du jedenfalls nicht zu Tisch kommen. Und mach dir die Fingernägel sauber!«

»Ma, bist du Mrs. Buchanan schon mal begegnet?« wollte Amy wissen.

»Nein. Vor vielen Jahren hat dein Vater sie kennengelernt, aber jetzt kommt sie nicht mehr in die Stadt. Er sagt, sie sei eine richtige Lady, und ihr Mann war auch sehr vornehm und in Brisbane sehr beliebt. Hol mir die Erdbeermarmelade aus der Speisekammer. Und achte auf deine Manieren! Wenn du einen Mann wie Darcy Buchanan heiratest, kommst du in die beste Gesellschaft. Dann mußt du dich nicht so abplagen wie dein Vater und ich ...« Aber Amy hörte schon nicht mehr zu. Sie war zum Garderobenspiegel geschlendert und betrachtete darin prüfend ihre Erscheinung. In mühevoller Kleinarbeit hatte ihr die Mutter die Haare über einen »Dutt«, wie sie es nannte, geschlagen, und jetzt sah ihre Frisur richtig prächtig aus. So wollte sie die Haare nun immer tragen; schließlich war sie schon siebzehn. An diesem wichtigen Tag fühlte sie sich zum erstenmal in ihrem Leben wie eine Dame.

Es war ihm nicht gelungen, sich zu drücken. Jock Campbell hatte hartnäckig darauf bestanden, daß er zum Essen blieb, und Darcy war einfach keine Ausrede eingefallen. Ohnehin hatte er für diesen Tag noch keine Pläne, und er konnte noch nie gut lügen.

»Das ist ja wohl das mindeste, was ich tun kann, wenn Sie schon meinetwegen am Sonntag kommen müssen«, hatte Jock

Campbell erklärt, nachdem sie die für Caravale gedachten Lebensmittel und Ausrüstungsgegenstände auf den Wagen geladen hatten, damit sie zu der im Hafen wartenden *Samson* gebracht wurden.

Also entschloß sich Darcy, die Einladung anzunehmen. »Wenn ich Sie wirklich nicht störe, dann nehme ich dankend an.«

»Aber nicht doch! Für einen guten Kunden wie Sie tue ich alles.«

Er führte Darcy ins Haus und stellte ihm zuerst Amy vor, die er schon im Laden gesehen hatte, und dann seinen Sohn Ross und seine Frau. Mrs. Campbell eilte geschäftig herum und bat ihn, Platz zu nehmen.

»Ich dachte, Darcy und ich trinken erst einmal ein schönes kühles Bier«, meinte Jock mit einem fragenden Blick auf Darcy. Dieser nickte zustimmend. Ein Bier war jetzt genau das richtige.

»Dann trinkt es doch beim Essen«, schlug Mrs. Campbell vor.

»Es tut mir leid, Mr. Buchanan, aber heute gibt es bei uns nur einen kalten Imbiß.«

»Aber das macht doch nichts«, entgegnete Darcy. Er ließ seinen Blick über den Tisch schweifen. Beim Anblick der Platten mit kaltem Fleisch, der Tomatenscheiben auf Salatblättchen, garniert mit Zwiebelringen und Radieschen, der Schüsseln mit Eingemachtem, der Teller mit Brot, Butter und frischem Gebäck lief ihm das Wasser im Munde zusammen. »Das sieht verlockend aus.«

Nach einem Schluck von dem eiskalten Bier fühlte Darcy sich gleich erfrischt. Er würde sich die Mahlzeit schmecken lassen. Zu allem Überfluß entdeckte er auf der Anrichte noch eine reich garnierte Sahnetorte und mußte lächeln. Sahnetorte aß er am allerliebsten.

»Ich hole die Suppe«, sagte Hester Campbell. »Wenigstens ist die heiß. Ein guter schottischer Eintopf.«

Unschlüssig schob Amy ihren Stuhl zurück, doch Hester winkte ab. »Bleib du ruhig hier, mein Liebes. Wir sind nur fünf, da kann ich allein servieren.«

Als sie die Suppe ausgeteilt hatte und gerade wieder ihren Platz am Kopf des Tisches einnahm, klingelte es an der Haustür. Hester ging nachsehen.

»Ach, Perfy!« sagte sie. »Was machst du denn hier? Wir haben dich ja eine Ewigkeit nicht mehr gesehen!«

»Ich weiß«, lautete die Antwort. »Irgendwie kommt mir an meinem freien Nachmittag immer was dazwischen. Ist Amy da?«

»Ja.« Angesichts des Tons, in dem Mrs. Campbell dies sagte, fragte sich Darcy, warum die Besucherin nicht willkommen war.

»Kann ich sie sehen?«

Schweigen. Gespannt warteten die um den Eßtisch Versammelten auf eine Antwort. Schließlich sprang Ross in die Bresche. »Sie ist hier, Perfy«, rief er.

Das Mädchen trat ins Eßzimmer und blieb peinlich berührt stehen. »Oh, tut mir leid! Ich wußte nicht, daß Sie Besuch haben.« Darcy erhob sich höflich, doch Jock blieb ungerührt am Tisch sitzen. Währenddessen schob Hester sich vorsichtig an der Hinzugekommenen vorbei, als hätte sie Angst, sie zu berühren. Dennoch war offensichtlich, daß das Mädchen daran gewöhnt war, hier unangemeldet vorbeizukommen.

»Wie geht's dir, Perfy?« erkundigte sich Ross, der die allgemeine Verlegenheit überhaupt nicht zu bemerken schien, fröhlich.

»Danke, Ross, gut. Aber ich gehe gleich wieder. Ich kann ja später noch mal vorbeikommen.«

Mit einem durchtriebenen Grinsen wandte Ross sich seiner Schwester zu. »Willst du deiner Freundin keinen Platz anbieten?«

Amy wurde rot. »Aber natürlich. Komm, setz dich hierhin, Perfy.«

»Ich werde hier neben Mr. Buchanan noch ein Gedeck auflegen«, sagte Hester mit zusammengekniffenen Lippen.

Ross zog ihr einen Stuhl heran, und Jock übernahm die Vorstellung. »Das ist Mr. Buchanan, ein Geschäftsfreund. Miss Perfy Middleton.«

»Anscheinend störe ich«, entschuldigte sich Perfy. »Ich sollte wohl besser gehen ...«

»Setz dich«, fuhr Hester dazwischen, »unsere Suppe wird kalt.« Darcy hatte seinen Blick nicht von Perfy gewandt, seit sie ins Zimmer gekommen war. Das verlegene Zaudern der Campbells gab ihm die unverhoffte Möglichkeit, sie die ganze Zeit über anzusehen, all ihre Bewegungen zu verfolgen, ihr leuchtendes Gesicht zu betrachten, das lange, blonde Haar, das ihr, nur von einem blauen Band gehalten, ungebändigt in den Nacken fiel, und ihre Augen ... Augen, so blau wie Saphire!

Kurze Zeit später saß sie neben ihm – und er hatte ihren Namen vergessen. Wie konnte ihm das nur passieren? Betrübt saß er da und verfolgte ihr Gespräch mit Amy. Die beiden waren Freundinnen aus der Schulzeit. Hester erkundigte sich mittlerweile nach der Farm, und Jock erwog das Für und Wider des Goldrauschs. Als sie bei Tee und Kuchen angelangt waren, stieß Darcy die Zuckerdose um. Sofort sprang Hester auf und kam mit einer kleinen Schaufel und einem Tischbesen herbeigeeilt. Sie machte solch ein Aufhebens um das Mißgeschick, daß Darcy sich nicht verkneifen konnte zu murmeln: »Zum Glück macht Zucker keine Flecken.« Und neben sich hörte er ein Kichern.

Jock, der einen Großteil der Unterhaltung bestritt, sang ein Loblied auf Schottland, und Darcy hörte ihm interessiert zu. Seine Mutter war zwar dort geboren, doch sie verriet nie, aus welchem Ort sie stammte, so wie sie überhaupt selten über dieses Land sprach. Sie hatte lediglich erklärt, es sei dort so kalt, daß man sich zu Tode frieren würde. Außerdem seien die Schotten verlogene Puritaner. Schmunzelnd mußte Darcy dabei über seine eigene Beobachtung nachdenken, daß sich nämlich ihre Landsleute offensichtlich von Grund auf veränderten, sobald sie ihre Heimat verließen. Denn die meisten Schotten, die er kannte, sprachen dem Whisky nur zu gern zu. Dem jungen Ross Campbell hingegen waren die Geschichten über das schottische Hochland und die Heide nur allzugut bekannt. Eine Zeitlang rutschte er unruhig auf seinem Stuhl herum und unterbrach seinen Vater schließlich mit der Frage: »Wie geht's dem Gouverneur, Perfy?« Erleichtert atmete Darcy auf. Perfy war ihr Name.

»Soweit ich weiß, ist er bei bester Gesundheit«, antwortete sie. »Perfy arbeitet im Haus des Gouverneurs«, erklärte Hester. Die Betonung lag dabei auf »arbeitet«, denn der Gast sollte gleich wissen, mit wem er es zu tun hatte.

»Dann müssen Sie meinen Bruder Ben kennengelernt haben, der zur Zeit dort wohnt.«

Endlich hatte er eine Gelegenheit, sie anzusprechen.

Erstaunt sah sie ihn an, doch dann erinnerte sie sich. »Mr. Buchanan, natürlich! Er ist zusammen mit Mr. Butterfield gekommen. Das ist Ihr Bruder?«

»Ja.«

»Kennengelernt habe ich ihn eigentlich nicht, denn wir dürfen nicht mit den Gästen sprechen. Aber ich habe ihn gesehen.« Hester gab dem Gespräch eine neue Wendung. »Wo wohnen Sie, Darcy?«

»Im Hotel Victoria.«

»Übrigens, Mr. Campbell«, schaltete sich Perfy dazwischen. »Im Haus des Gouverneurs ist die Bettwäsche knapp geworden. Sie sollten mal vorbeischauen und sich mit der Haushälterin unterhalten.«

»Tatsächlich? Dann komme ich am besten gleich morgen.

Ich habe ausgezeichnete Ware aus Manchester auf Lager, und einen besseren Preis als ich kann ihr niemand bieten.«

»Sie ißt übrigens gern Schokolade«, fügte Perfy hinzu. Jock lachte auf. Perfys unangemeldetes Erscheinen war vergeben, denn die Geschäfte gingen immer vor.

»Möchten Sie noch Tee, Darcy?« fragte Amy.

»Nein, danke, Amy. Aber die Torte war wirklich gut.«

»Amy hat sie gebacken«, sagte Hester bedeutungsvoll. Darcy mußte ein Grinsen unterdrücken, als Ross mit einer fragend hochgezogenen Augenbraue ihre Worte Lügen strafte. »Möchten Sie noch ein Stück?«

»Nein, danke. Ich muß jetzt gehen. So gut habe ich schon lange nicht mehr zu Mittag gegessen.«

Im Stillen hoffte Darcy, daß Perfy ebenfalls aufbrechen würde, so daß er sie nach Hause begleiten könnte. Aber er hatte Pech.

Enttäuscht schlenderte er zum Haus des Gouverneurs. Dort hockte er sich auf einen Zaun und sah zu, wie eine ganze Reihe von Kutschen abfuhr. Dann gesellte er sich zu Ginger und Ben auf die Veranda. »Das sieht ja ganz so aus, als hätte hier heute ein Fest stattgefunden«, meinte er.

»Ja, großer Bahnhof«, bestätigte Ginger. »Nur die beste Gesellschaft. Da siehst du mal, was du dir entgehen läßt.«

»Ich mußte mich um unsere Bestellung kümmern«, erklärte Darcy. »Damit ich das ein für allemal hinter mir habe. Wo ist der Gouverneur?«

»Beim Mittagsschläfchen«, sagte Ben. »Morgen ist hier noch einmal ein Essensempfang, und zwar, um dem Premier die neuen Besucher der Kolonien vorzustellen. Da solltest du eigentlich auch dabeisein. Man muß schließlich die richtigen Leute kennenlernen.«

»Das ist eine gute Idee«, meinte Darcy.

Ben hatte eigentlich eine ablehnende Antwort erwartet. »Du willst wirklich kommen?«

»Das würde ich mir um nichts in der Welt entgehen lassen«, erwiderte sein Bruder.

Darcy verfluchte sein Pech, das ihn dazu verdammte, während des prächtigen Empfangs ausgerechnet Clive Jenkins als Tischnachbarn zu haben, einen jungen Schnösel von der Southbend Station, die an Caravale angrenzte. Mit Ben war Clive dick befreundet, und die beiden hatten immer irgendeinen Unsinn im Sinn. Schon oft hatte Darcy Clive davongejagt, nachdem das Gespann mit seinen dummen Streichen wieder einmal ein heilloses Durcheinander angerichtet, Farmarbeiter geärgert und Schwarze schikaniert hatte. Zu allem Überfluß saß Darcy auch noch mit dem Rücken zur breiten Tür, so daß er immer wieder den Kopf verdrehen mußte, um nicht zu verpassen, falls Perfy tatsächlich vorbeikommen sollte. Zwar wußte er, daß sie keine Kellnerin, sondern nur ein Hausmädchen war, aber er hoffte, daß sie vielleicht im Speisesaal aushalf. Doch das war offensichtlich nicht der Fall. Der Empfang war eine reine Männergesellschaft. Zahlreiche Politiker nutzten diese Gelegenheit, um bei den Farmern, die in ihrer Heimatgegend über einen gewissen Einfluß verfügten, um Stimmen zu werben und ihnen ihre Ansichten darzulegen.

»Ich habe Ihren Vater gekannt«, sagte der ehrenwerte Gentleman, der an Darcys anderer Seite saß.

»Ach ja?« Es handelte sich um den streitbaren Charles Lilley, Parlamentsabgeordneter für den Distrikt Fortitude Valley.

»Ich wollte schon immer mal mit Ihnen reden, Mr. Buchanan«, fuhr Lilley fort. »Dafür, daß Herbert unser erster Premierminister ist, schlägt er sich ganz tapfer, aber offensichtlich kann er keine Sache ganz zu Ende bringen. Für meinen Geschmack ist er zu unentschlossen. Glauben Sie mir, eines Tages bin ich Premierminister, und dann brauche ich frisches Blut im Parlament. In nächster Zeit wird der neue Wahlkreis

Bowen eingerichtet, und ich finde, Sie sind genau der richtige Mann für diese Aufgabe.«

»Das ist nichts für mich, Mr. Lilley. Ich habe mit Caravale alle Hände voll zu tun.«

Clive hatte das Gespräch mitverfolgt. »Darcy können Sie vom Land niemals loseisen, Mr. Lilley, aber ich kann mir vorstellen, daß sein Bruder Ben interessiert wäre.«

»Dann will ich mich mal mit ihm unterhalten«, meinte Lilley, und Darcy war erleichtert. Ben war zwar sehr jung für diese Aufgabe und hatte von Politik keine Ahnung, doch wer hatte das schon? Schließlich war das Parlament von Queensland neu eingerichtet und bis jetzt kannte sich noch niemand so richtig damit aus. Ben hatte sich in letzter Zeit immer öfter darüber beschwert, daß er von seinem älteren Bruder Anweisungen entgegennehmen mußte. Wenn er sich der Politik widmete, würde er vielleicht einmal auf andere Gedanken kommen und wäre gezwungen, sich verantwortungsvoller zu verhalten als bisher. Bei der Aussicht, öfter nach Brisbane zu reiten und sich unter seine so hochgeschätzte vornehme Gesellschaft mischen zu können, würde er ohnehin Freudensprünge machen. Ja, die Buchanans könnten sich eigentlich einen Politiker leisten.

Daß ein Mittagessen so lange dauern könnte, hätte Darcy nie gedacht. Um Viertel nach vier versammelten sich die Teilnehmer schließlich auf der kühleren Ostveranda, wo ihnen aufgetakelte Lakaien Portwein und Zigarren anboten. Darcy konnte sich die Bemerkung nicht verkneifen, warum sich erwachsene Männer nur derartig albern ausstaffieren ließen.

»Sei endlich still, Darcy«, flüsterte Ben ihm zu. »Oder willst du, daß die Leute dich für einen Hinterwäldler halten? Übrigens, ich habe Neuigkeiten für dich. Lilley will mich als Kandidaten für Bowen vorschlagen. Ich werde Politiker.«

»Oder Alkoholiker, wenn du auf zu vielen von diesen Veranstaltungen auftreten mußt.«

»Spiel dich nicht auf. Diese Leute sind wichtig, und wir müssen einen guten Eindruck machen. Es wird dich nicht umbringen, wenn du dich ein bißchen mit Lilleys Freunden unterhältst und ein gutes Wort für mich einlegst.«

Darcy tat ihm den Gefallen, schlenderte über die Veranda und plauderte mit alten und neuen Bekannten. Schließlich stieß er auf den Gouverneur, den er höflich begrüßte und dem er seinen Dank für das ausgezeichnete Essen aussprach. Dann nutzte er die Gelegenheit, um sich unbeachtet fortzustehlen.

Über einen Fußweg an der Seite des Hauses erreichte er den Dienstboteneingang. Im Hof sah er ein schwarzes Mädchen, das Wäsche von der Leine nahm. Kurz entschlossen trat er auf sie zu. »Entschuldigen Sie bitte, ich suche eine gewisse Perfy. Kennen Sie sie vielleicht?«

Die Schwarze wandte sich um und grinste. »Ja, sie arbeitet hier.«

»Wie heißt sie richtig? Ich kenne sie nur als Perfy.«

»Middleton. Miss Perfy Middleton. Aber jetzt können Sie nicht mit ihr sprechen, denn sie arbeitet, und Besuch ist nicht erlaubt.«

»Wann ist sie mit der Arbeit fertig?«

»Normalerweise um sechs.«

»Um sechs? Das ist ja gar nicht mehr lange hin. Sagen Sie ihr doch bitte, daß Darcy Buchanan auf sie wartet.«

»Natürlich. Wo kann sie Sie finden?«

»Gleich da vorn neben dem Weg.«

Er setzte sich unter einen Baum in der Nähe der Pforte und zündete sich eine Zigarette an. Dabei dachte er an das schwarze Mädchen. Da es im Haus des Gouverneurs dermaßen albern herausgeputzte Lakaien gab, war es eigentlich auch nicht weiter verwunderlich, daß ihm dort ein schwarzes Mädchen über den Weg lief, das ihn wie einen Gleichgestellten behandelte und ohne eine Spur von Pidgin sprach. Wenn überhaupt, dann hatte sie einen leichten deutschen Akzent. Nach dem vielen

Wein, den er getrunken hatte, verspürte er Durst auf frisches, klares Wasser, doch er wagte nicht, seinen Platz zu verlassen, damit er Perfy Middleton nicht verfehlte. Miss Middleton. Hoffentlich hatte sie nichts dagegen, daß er sie einfach abholte. Er mußte sie einfach wiedersehen, mußte mit ihr sprechen. Doch dann kam ihm ein unangenehmer Gedanke: Worüber wollte er eigentlich mit ihr reden?

Wie sich herausstellte, hatte sie nichts dagegen, daß er sie abholte, vielmehr schien sie bekümmert, daß er sie in ihrer Arbeitskleidung sah, einem schwarzen Rock und einer weißen Bluse. Bevor sie auf die Straße trat, hatte sie noch einen breitkrempigen Strohhut mit einem roten Band aufgesetzt.

»Sie sehen wunderschön aus«, versicherte er ihr. »So frisch und kühl. Ich dagegen bin vor Hitze fast zerlaufen.«

»Dann ziehen Sie doch Ihre Jacke aus!«

Er war versucht, ihrem Rat zu folgen, doch dann entschied er sich anders. »Ich kann eine Dame doch nicht in Hemdsärmeln begleiten.«

Sie lachte. »Wohin begleiten Sie mich überhaupt?«

»Wohin Sie wollen.«

»Nach Hause. Ich bin müde.«

»Gut, also nach Hause. Zeigen Sie mir den Weg.«

»Der Weg durch die Gärten ist kühler«, meinte sie, »wenn es Ihnen recht ist, Mr. Buchanan.«

»Nennen Sie mich Darcy. Wie kommen Sie eigentlich zu dem Namen Perfy?«

»Das ist die Kurzform von Perfection. Meine guten Eltern haben den Namen in der Zeitung gesehen und ihren Nachwuchs damit beglückt.«

»Mir gefällt er. Er paßt zu Ihnen.«

Sie nahm seinen Arm, als sie die staubige, verkrustete Straße überquerten und den Weg durch die Gärten einschlugen. »Ich wußte, daß Sie da drinnen waren«, sagte sie. »Irgend jemand in der Küche hat erwähnt, der Bruder von Mr.

Buchanan sei gekommen. Ich habe dann versucht, mit einer der Kellnerinnen zu tauschen, aber sie war nicht einverstanden.«

»Und warum wollten Sie das tun?« In seiner Stimme schwang eine leichte Unsicherheit mit.

»Ich weiß nicht. Vielleicht, um dabeizusein, wenn Sie die Zuckerdose umstoßen.«

Darcy lachte laut auf. »Wußten Sie denn, daß ich Sie suchen würde?«

»Ich habe es gehofft.«

Er liebte sie. Er liebte dieses Mädchen, das ihm offen in die Augen sah, wenn es mit ihm sprach. Bei ihr gab es keine affektierte Ziererei. Und sie brachte ihn zum Lachen. Wie schön sie war, selbst wenn sie ihr wundervolles Haar unter dem Strohhut verbarg! »Wie lange arbeiten Sie schon im Haus des Gouverneurs?« erkundigte er sich.

»Schon gut ein paar Jahre.«

»Und gefällt Ihnen die Arbeit?«

»Nicht besonders.«

»Warum nicht?«

»Würde es Ihnen gefallen, wenn Sie sieben Tage in der Woche als Hausmädchen arbeiten müßten?«

Er schmunzelte. »Ich glaube, mich würden sie gar nicht erst nehmen. Aber ich habe gedacht ... mit den ganzen anderen Mädchen ... ich meine, das müßte ganz nett sein.«

»Es ist langweilig«, erklärte sie. »Und die Hausmädchen in den Hotels verdienen mehr als wir. Im Haus des Gouverneurs denkt man, wir müßten froh sein, daß wir für sie arbeiten dürfen.«

»Ich habe immer gedacht, diese Leute würden ihr Geld mit vollen Händen ausgeben.«

»Unser Geld«, verbesserte sie ihn.

»Wie bitte?«

Perfy blieb stehen. »Glauben Sie wirklich, Ihre Exzellenz

würde die Kosten für den ganzen Aufwand aus der eigenen Tasche bestreiten?«

»Nein, wahrscheinlich nicht. Aber Sie müssen bedenken, Perfy, daß der Gouverneur Repräsentationspflichten hat.« Sie stand ganz dicht vor ihm, und er wünschte, er hätte den Mut, sie zu küssen. Doch dann war dieser Moment vorüber.

»Also, ich finde es furchtbar. Es gibt so viel Armut in der Stadt. All die Einwanderer und Goldgräber, die mit leeren Taschen hier ankommen, Familien, die ohne einen Penny dastehen. Außerdem ist bei uns durch den Goldrausch alles so teuer geworden. Und trotzdem leben sie im Haus des Gouverneurs wie die Könige und veranstalten große Banketts für die reichen Leute!«

»Aber sie tun doch nur, was man von ihnen erwartet. Wenn sie den Regierungssitz mit ›unserem Geld‹ in eine Suppenküche umwandelten, würde sich auch nicht viel ändern.«

»Sie machen sich doch über mich lustig!« Sie strebte mit schnellem Schritt von ihm fort, doch er holte sie rasch wieder ein.

»Nein, das mache ich nicht.«

»Ach, das hat doch alles keinen Sinn«, seufzte sie. »Reiche Landbesitzer wie Sie haben einfach keine Ahnung, mit welchen Problemen sich die kleinen Leute herumschlagen müssen.«

Darcy dachte daran, wie er sich fühlte, wenn er durch die ausgedörrte Landschaft ritt und die verdurstenden und sterbenden Rinder sah. Dann mußte er die armen Tiere mit einem Schuß von ihren Leiden erlösen, für Hunderte von Kadavern riesige Gruben schaufeln.

»Wir alle haben unsere Sorgen, Perfy«, gab er zu bedenken. »Ich hatte zuerst den Eindruck, Sie seien ein fröhlicher Mensch. Und jetzt wirken Sie so unglücklich. Was ist los?« Sie ging auf eine Parkbank zu. »Ich weiß nicht. Ich glaube, diese Stadt geht mir auf die Nerven. Ich möchte noch nicht nach Hause. Können wir noch eine Weile hier sitzen bleiben?«

»Aber sicher doch.« Er setzte sich neben sie, streckte seine langen Beine aus, machte jedoch keinen Versuch, das Gespräch fortzusetzen. Es war wichtig, daß sie sich in seiner Gesellschaft wohlfühlte, sie sollte die stillen Minuten an seiner Seite genießen. Dabei fühlte er sich an den Augenblick erinnert, wenn ein Wildpferd seinen Widerstand aufgibt und man sich ihm nähern kann. Wenn man es streicheln kann, ohne daß es austritt.

Schließlich nahm er sanft ihre Hand. »Wissen Sie was?« sagte er. »Eines Tages besorge ich Ihnen ein hübsches weißes Pferd, mit dem Sie schneller reiten können als der Wind. Würde Ihnen das Spaß machen?«

Sie kicherte. »O ja, ein weißes Turnierpferd mit Kopfputz, wie es früher die Ritter hatten. Nur keine Rüstung, dazu ist es bei uns zu heiß!«

»Abgemacht«, sagte er.

»Versprochen?«

»Versprochen!«

»O je, jetzt fängt es schon wieder an zu regnen. Ich halte diesen ewigen Regen nicht mehr aus!«

Er nahm seinen Mantel und legte ihn ihr über die Schultern. »Meine Liebe, wenn wir Freunde sein wollen, dürfen Sie über den Gouverneur jammern, soviel Sie wollen. Aber beklagen Sie sich niemals über den Regen. So, und jetzt gehen wir!«

Ganz Brisbane schien plötzlich gut gelaunt zu sein. Der Regen trommelte eine muntere Melodie auf Blech- und Holzdächer, Männer und Frauen rannten kichernd los, um sich irgendwo unterzustellen, Pferde wieherten und schüttelten sich vor Lebenslust, und aus den Zimmern hinter den beschlagenen Fensterscheiben drang fröhliches Lachen. Nach seinem Bad zog Darcy sich sorgfältig an. Er hatte fast den ganzen Tag im Viehhof zugebracht und die Gelegenheit genutzt, mit anderen Züchtern zu sprechen und sich die angebotenen Rinder anzusehen. Schließlich hatte er einen Preisbullen erworben sowie ein paar prächtige Pferde, kräftige Tiere mit wachen Augen. Über diesen Kauf freute er sich besonders, und er hatte die Tiere seinen Männern von Caravale nur mit der ausdrücklichen Warnung anvertraut, gut auf sie aufzupassen.

Als es Zeit war, zu seiner Verabredung mit Perfy aufzubrechen, trat er auf die Straße und winkte eine Mietkutsche heran. Er konnte ihr wohl kaum zumuten, im strömenden Regen in der Stadt spazierenzugehen.

Ausgerüstet mit einem Regenschirm holte er sie vom Tor ab und geleitete sie zu der wartenden Kutsche.

»Darcy, wie umsichtig von Ihnen«, sagte sie, während sie einstieg. »Ich dachte schon, wir müßten durch den Regen laufen. Warum wohnen Sie eigentlich nicht auch im Haus des Gouverneurs wie Ihr Bruder?«

Er klopfte gegen die Fensterscheibe, um dem Kutscher das Zeichen zum Abfahren zu geben. »Lassen Sie mich mal nachdenken! Vielleicht hatte ich Angst, dieses Haus würde mir auf die Nerven gehen.«

Perfy ließ sich lachend zurückfallen. »Sie wollen mich auf den Arm nehmen.«

»Da wir nun schon einmal die Kutsche haben, könnten wir doch eigentlich einen kleinen Ausflug machen. Ich habe die Gegend schon seit Jahren nicht mehr gesehen. Sind Sie einverstanden?«

»Natürlich, das würde mir Spaß machen.« Sie setzte sich bequemer hin, und Darcy wünschte, es würde Eiseskälte herrschen, so daß er näher an sie heranrutschen und vielleicht sogar den Arm um sie legen könnte. Einem Mädchen den Hof zu machen, war nicht weiter schwer, doch nun, wo er es ernst meinte, hatte er plötzlich Angst. Und so gab er vor, die Straße zu betrachten, als sie durch die George Street fuhren. Vielleicht sollte er die Sache besser auf morgen verschieben. Andererseits waren sie hier unter sich. Allein der Gedanke an seinen Antrag brachte ihn zum Schwitzen. Womöglich stieß er sie damit vor den Kopf. Ach, zum Teufel, es gab etwas, was er ihr sagen mußte, und er würde sich leichter fühlen, wenn er es hinter sich gebracht hatte. »Perfy, darf ich Sie etwas fragen?«

»Ja. Was?«

»Also, ich bleibe nur ein paar Wochen in der Stadt und muß dann zurück nach Caravale, auf die Farm. Der Himmel allein weiß, wann ich einmal wiederkomme. Und deshalb ... ich möchte, daß wir Freunde sind.«

»Aber das sind wir doch schon!«

»Gut, da sind wir also einer Meinung. Aber ich denke noch weiter. Ich würde mich geehrt fühlen, wenn Sie meine Frau werden würden.«

Das überraschte sie nun doch. Ihre blauen Augen starrten ihn ungläubig an. »Das kommt ein bißchen plötzlich. Sie kennen mich doch kaum!«

»Da haben Sie recht, und es tut mir leid. Ich hoffe, ich habe Sie nicht in Verlegenheit gebracht.« Dann schüttelte er den Kopf. »Falsch. Ich meine es ganz anders, ich will Ihnen sagen: Ich liebe Sie, und ich möchte nicht ohne Sie von hier weggehen.«

Schweigend glättete sie den Rock und studierte ihre Handflächen. »Sie machen es mir nicht leicht, Darcy. Normalerweise muß eine Dame darauf antworten: ›Ich werde darüber nachdenken‹ und sich mit der Antwort schon etwas Zeit lassen. Aber dann sind Sie ja schon längst auf dem Heimweg.«

»Stimmt. Bei mir ist das alles ein bißchen anders.«

»Ja, sieht ganz so aus.« Sie schob sich näher an ihn heran. »Sie würden mich doch nicht wirklich hier zurücklassen, oder?«

Einen Moment lang verstand er nicht, was sie meinte, doch dann lachte er. »Niemals!« Er gab ihr einen langen Kuß.

3

Als Perfy ihren Eltern eröffnete, sie wolle einen Mann heiraten, den sie erst seit einem Tag kannte, trauten sie ihren Ohren nicht. Aber Perfy beschloß, ihnen die Geschichte auch gleich bis zum bitteren Ende zu erzählen: Die Hochzeit würde in wenigen Wochen stattfinden, sobald Darcy alle Formalitäten erledigt hatte.

»Was sollen bloß die Leute denken?« warf Alice ihr vor. »Jeder wird glauben, daß ihr heiraten müßt.«

»Da wir uns erst einen Tag kennen, ist das ja wohl kaum möglich«, entgegnete Perfy.

»Allmächtiger!« schimpfte Jack. »Ist dir eigentlich klar, was du da sagst? Du weißt ja gar nicht, was dieser Kerl für ein Mensch ist!«

»Doch, das weiß ich sehr wohl. Er ist groß und stattlich und einfach wunderbar!«

»So wunderbar, daß er sich mit dir in dunklen Gassen herumtreibt«, jammerte ihre Mutter.

»Wir haben uns nicht herumgetrieben. Er hat mich nur von der Arbeit abgeholt.«

»Er ist Farmer, hast du gesagt? Woher kommt er überhaupt?« forschte ihr Vater nach.

»Seine Farm heißt Caravale Station und liegt in der Gegend von Bowen. Außerdem ist er kein Farmer, sondern Viehzüchter.«

»Das kommt ja wohl aufs gleiche raus! Er hat dir den Kopf verdreht. Hast du überhaupt eine Vorstellung, wie es auf diesen abgelegenen Farmen zugeht? Ein paar primitive Hütten in der Einöde, und drumherum hausen wilde Eingeborene.«

Alice war mittlerweile nachdenklich geworden. »Nicht unbedingt, Jack. Angeblich sind einige dieser Farmen riesige Anwesen und die Besitzer vornehme Leute.«

»Für die großen mag das schon stimmen. Aber diese Leute tragen dann auch die Nase oben, das kannst du mir glauben. Die bleiben unter sich. Das kommt alles davon, daß Perfy bei den feinen Leuten arbeitet! Es ist ihr zu Kopfe gestiegen. Hochmut kommt vor dem Fall, und ich sage dir, mein Kind, du wirst noch tief fallen!« Die Auseinandersetzung wurde so heftig, daß Perfy schließlich ausrief: »Mir ist ganz gleich, was ihr sagt! Ich heirate ihn. Außerdem will er vorbeikommen und um meine Hand anhalten.«

»So, will er das? Was wir davon halten, zählt doch sowieso nicht. Du hast ihm deine Antwort ja schon gegeben!«

»Ja, und es tut mir leid. Aber wenn du ihn kennenlernst, Dad, magst du ihn bestimmt leiden.«

»Und hast du ihm auch erzählt, wie deine Mutter und ich in dieses Land gekommen sind?«

»Nein, das finde ich auch nicht so wichtig.«

»Vielleicht sind seine Eltern ja auch Sträflinge gewesen«, meinte Alice leise. »Perfy hat recht, Jack. Warum über die Vergangenheit noch viele Worte verlieren?«

»Ich weiß gar nicht, warum ihr euch so aufregt«, sagte Perfy. »Natürlich werde ich ihm alles erzählen.«

»Das wäre nicht besonders klug, Perfy. Was ist überhaupt mit seinen Eltern? Sind sie hier in der Stadt? Hast du sie schon kennengelernt?«

»Sein Vater ist tot, und seine Mutter ist auf der Farm geblieben.«

»Hast du eine Ahnung, wie groß ihre Farm ist«, erkundigte sich Jack, »und was genau sie dort züchten? Känguruhs vielleicht?«

»Nein, Rinder. Wie groß sie ist, weiß ich allerdings nicht.«

»Ha, nur weiter so! Diese Kleinigkeit hat er wohl lieber unter den Tisch fallen lassen!«

Es wurde Perfy zuviel. »Ich gehe schlafen. Ihr könnt ihn das alles selbst fragen, wenn er morgen abend vorbeikommt.«

»Ich bin dann nicht zu Hause«, brummte Sergeant Middleton unwirsch.

»Doch, mein Lieber, natürlich bist du da!« ordnete seine Frau an.

Ben Buchanan tobte. Es durfte ja wohl nicht wahr sein, daß Darcy sich mit einem Hausmädchen verlobt hatte! Zu allem Überfluß mit einem, das im Haus des Gouverneurs arbeitete. »Bist du verrückt geworden? Das hast du nur getan, um mir eins auszuwischen. Du bist neidisch, weil Lilley mich als Parlamentskandidaten aufstellen will.«

»Ach ja, Lilley. Ich habe da so einiges läuten hören. Besonders beliebt ist er nicht, er hat nämlich reichlich radikale Vorstellungen. Er will die Großgrundbesitzer zwingen, einen ordentlichen Teil von ihrem Land an die neuen Einwanderer abzugeben.«

»Wer hat dir denn diesen Schwachsinn erzählt?«

»Das habe ich im Viehhof aufgeschnappt. Als Rechtsanwalt ist Lilley ja vielleicht ganz gut, aber vom gesunden Menschenverstand hat er wohl nicht allzu viel abbekommen.«

»Das mußt du gerade sagen! Du machst dich doch selbst zum Narren, wenn du dieses Mädchen heiratest. Wo hast du sie überhaupt kennengelernt? Vielleicht in einer Bar?«

Darcy wurde wütend. »Paß gut auf, was du sagst, oder du riskierst ein blaues Auge. Gestern abend habe ich ihre Eltern besucht. Ihr Vater ist Sergeant in der Armee.« Bei der Erinnerung an das Gespräch mußte Darcy grinsen. »Zuerst war er auch nicht gerade begeistert. Er fand das alles ein bißchen zu plötzlich. Erst als ich ihm erklärt habe, warum wir so schnell nach Caravale zurückkehren müssen, hat er uns seinen Segen gegeben.«

»Das kann ich mir vorstellen! Was hast du ihm von Caravale erzählt? Vielleicht: ›Wir haben da eine kleine Rinderfarm. Nur ungefähr eineinhalbtausend Quadratkilometer groß‹? Da wundert mich nur noch, daß er dich nicht mit Handschellen an den Stuhl gefesselt hat und losgerannt ist, um einen Priester zu holen. Für diese Leute sind wir doch die reinsten Goldesel.«

»Bist du endlich fertig?«

»Nein, noch nicht. Du solltest dir das besser noch mal genau überlegen. Sie kann nicht mal im Haus des Gouverneurs empfangen werden.« Ben grinste höhnisch. »Oder soll sie etwa den Dienstboteneingang benutzen?«

»Der Regierungssitz ist mir ganz egal. Und was du denkst, auch. Wenn du nicht mein Brautführer sein willst, dann nehme ich eben Ginger.« Erleichtert stellte Darcy fest, daß Ginger ins Zimmer gekommen war. Eigentlich hatte er die beiden zum Essen ins Hotel Victoria eingeladen, um ihnen von seinem Glück zu berichten. Aber daß Ben sich so aufregen würde, hatte er nicht erwartet. Ginger würde allerdings nicht wagen, so ausfallend zu werden wie Ben.

Während Darcy Ginger einweihte, starrte Ben schmollend zum Fenster hinaus.

»Ben ist wohl nicht besonders begeistert«, vermutete Ginger.

»Der soll sich gefälligst um seine eigenen Angelegenheiten kümmern«, erwiderte Darcy.

»Dann will ich Ihnen mal einen Vorschlag machen, Darcy. Sie haben Miss Middleton einen Antrag gemacht, und sie hat ihn angenommen. Das heißt, Sie sind offiziell verlobt. Warum wollen Sie es nicht erst einmal dabei belassen? Eine Verlobungszeit von einem Jahr ist erstens ganz vernünftig und außerdem beileibe nichts Ungewöhnliches. Sie sollten das Mädchen nicht drängen. Sie können die Hochzeit ja für nächstes Jahr festsetzen.«

Darcy hörte ihm geduldig zu, denn er wußte, daß Ginger es gut meinte. »Darüber haben wir natürlich auch gesprochen, aber wir beide könnten es nicht aushalten, so lange getrennt zu sein. Wir wollen uns überhaupt nie mehr trennen. Perfy ist einverstanden, daß wir hier heiraten und sie mich dann begleitet, und genau das ist auch mein Wunsch. Sie ist ein warmherziges, hübsches Mädchen, und wir lieben uns sehr.«

»Hören Sie das?« spottete Ben. »Das ist die rührendste Geschichte, die mir je untergekommen ist. Warte nur ab, bis Ma erfährt, daß du ein billiges Hausmädchen geheiratet hast. Dann spuckt sie Gift und Galle.«

Darcy sprang auf und schlug Ben ins Gesicht. »Das war das letzte Mal, daß du so respektlos von Perfy geredet hast«, schrie er seinen Bruder an. »Entweder lernst du ein für allemal, dich zu benehmen, oder es setzt das nächstemal eine richtige Tracht Prügel.« Dann wandte er sich an ihren Freund. »Tut mir leid, Ginger. Eßt ihr beide allein und laßt es auf meine Rechnung setzen. Ich muß mich erst mal beruhigen. Vielleicht nimmt dieser Holzkopf ja Vernunft an, wenn Sie mit ihm reden. Ich brauche Perfy nicht zu verteidigen; wenn Sie sie kennenlernen, werden Sie zugeben müssen, daß ich ein Glückspilz bin.«

Ohne die Blicke der anderen Gäste zu beachten, verließ er das Lokal. Draußen fielen ihm Gingers Worte wieder ein. Natürlich, er war offiziell verlobt, und es gehörte sich, daß er seiner Verlobten einen Ring schenkte. Eigentlich hätte er das schon gestern abend tun müssen, als ihm Jack Middleton mit einem Händedruck seine Einwilligung gab. Perfys Eltern gefielen ihm, besonders ihr Vater, während die Mutter noch etwas schüchtern wirkte. Was würden sie jetzt bloß von ihm denken? Er spazierte die Queen Street entlang, bis er ein Juweliergeschäft fand, und stand kurze Zeit später unschlüssig vor den Schmuckstücken, die der Besitzer ihm vorlegte. »Ich nehme den hier«, sagte er schließlich. »Können Sie ihn ändern, wenn er nicht passen sollte?«

»Natürlich, Sir«, antwortete der Juwelier.

»Kann sie ihn umtauschen, falls er ihr nicht gefällt?«

»Gewiß, Sir, aber ich glaube, jede junge Dame wäre über diesen prächtigen Ring hocherfreut.«

Um ganz sicherzugehen, betrachtete Darcy das Schmuckstück noch einmal ganz genau. »Sind die Steine auch wirklich echt?«

»Bei meiner Ehre, Sir, sie sind lupenrein.« Der Juwelier hielt den Ring ans Licht, so daß der große Saphir in seinem Bett aus glitzernden Diamanten auffunkelte.

»Er ist wirklich schön«, sagte Darcy. »Ich nehme ihn.«

Perfy konnte ihr Glück kaum fassen. Als sie zum Wochenende ihre Arbeitsstelle kündigte, hatte sie ihren prächtigen Verlobungsring herumgezeigt.

Ihre Mutter hatte sich derweilen an die Arbeit gemacht, das Brautkleid sowie Wäsche, Nachthemden und Kleider für Perfys Aussteuer zu nähen, wobei ihre Freundinnen sie eifrig unterstützten. Da die Geschäfte bereits geschlossen waren, wenn Perfy von der Arbeit kam, hatte sie in diesen Dingen nicht viel mitzureden. Zu dumm, daß sie sich von der Haushälterin hatte überreden lassen, noch eine Woche zu bleiben, und nicht darauf bestanden hatte, sofort die Arbeitsstelle zu verlassen. So mußte sie nun ihre Abende damit verbringen, stillzustehen wie eine Schneiderbüste, während ihr die Kleider angepaßt wurden. Die Frauen freuten sich fast noch mehr als Perfy selbst. Der Ring hatte all ihre Bedenken zerstreut, besonders nachdem sie herausgefunden hatten, daß die Buchanans wohlhabende Viehzüchter waren und ihre Farm zu den größten des Nordens gehörte.

»Sie hat eine gute Partie gemacht, Alice«, betonten sie immer wieder, bis Perfy es nicht mehr hören konnte.

»Wir wollten schon immer eine Farm haben«, sagte Alice. »Und jetzt hat Perfy es geschafft und kann auf einem großen Gut wohnen. Darcy, ihr Verlobter, ist ein lieber Junge, und er hat uns gesagt, wir könnten sie jederzeit besuchen und bleiben, solange es uns gefällt.«

Jack Middleton hatte für das Gerede der Frauen nur ein

Grinsen übrig. »Du bist selbst schuld daran, Perfy. Laß den Frauen doch ihren Spaß.«

Darcy schlug vor, den Hochzeitsempfang im Hotel Victoria auszurichten, doch Jack Middleton nahm ihn beiseite. »Das kann ich mir nicht leisten, mein Sohn. Deshalb habe ich gedacht, wir feiern nach der Trauung bei uns zu Hause, und Alice kümmert sich ums Essen.«

»Nein, Jack, für die Feier bin ich zuständig. Wenn ich euch schon die Tochter wegnehme, dann kann ich wohl zumindest für ein ordentliches Fest sorgen. Mrs. Middleton hat sowieso schon genug zu tun.«

»Wenn du das so siehst, bin ich einverstanden.«

»Gut. Meine Freunde wollen übrigens am Samstagabend vor der Hochzeit den Junggesellenabschied in Carmody's Pub ausrichten. Du bist natürlich auch eingeladen.«

Jack schüttelte den Kopf. »Sei mir nicht böse, Darcy, aber ich bin schon ein bißchen zu alt für solche Gelage. Macht ihr jungen Leute euch nur einen schönen Abend.«

Nach all dem, was da auf dem Junggesellenabschied geschah, bereute Jack bitterlich, daß er die Einladung nicht angenommen hatte. Doch er hatte sich nicht aufdrängen wollen.

Perfys letzte Arbeitswoche zog sich hin, doch schließlich war auch sie vorüber. Jetzt endlich hatte sie Zeit und Muße, sich darauf zu besinnen, was geschehen war und was auf sie zukommen würde. Sie konnte sich sogar gelegentlich zum Flußufer stehlen, wo sie sich unter eine Weide setzte und die ungewohnte Freiheit genoß, einfach in den Tag hineinzuträumen. Allerdings beschlich sie dabei des öfteren das Gefühl, daß sie diese Zeit gestohlen hatte. Eines Morgens konnte der Traum vorbei sein, und sie würde bei Tagesanbruch wieder ins Haus des Gouverneurs eilen, um dort ihre eintönigen Pflichten zu erfüllen.

Darcy stattete ihr einen Besuch ab. »Ich habe jetzt alles erledigt. Nun wird es allmählich Zeit, daß wir dich ausstaffieren«, sagte er.

»Was meinst du damit? Mutter richtet doch schon alles für mich her.«

»Ich weiß, in der Nähstube geht es zu wie im Bienenkorb, aber Reitstiefel und Hüte kann Alice wohl kaum selbst anfertigen. Außerdem brauchst du ein Reitkostüm, denn von Bowen aus müssen wir mit dem Pferd weiter bis nach Caravale. Mit dem Wagen wäre es viel zu langsam und umständlich. Kannst du überhaupt reiten?«

»Natürlich.«

»Im Damensitz?«

Perfy zögerte. Das Reiten im Damensattel war ihr verhaßt, aber es gehörte sich wohl so für Damen.

»Reitest du etwa lieber im Herrensitz?«

»Wenn es geht.«

»Natürlich geht das. Viele Frauen tun das mittlerweile und tragen zu diesem Zweck diese praktischen Hosenröcke. Damit ist das Problem gelöst. Man kann sie in Harveys Geschäft kaufen. Wollen wir mal sehen, was er anzubieten hat?«

»Darcy, das kann ich mir nicht leisten.«

»Das können wir uns leisten, mein Liebling! Im Norden gibt es diese Röcke nicht zu kaufen, und deshalb müssen wir das hier erledigen. Einverstanden?«

Sie war noch unsicher, doch Darcy ließ sich von seinem Vorhaben nicht abbringen. Er ging mit ihr zu Harveys Laden, und als sie dann unter seiner Anleitung ihre »Landkluft« auswählte, machte es ihr doch Spaß. Anstatt zu zahlen, unterzeichnete Darcy einfach eine Rechnung, und sie trugen ihre Einkäufe nicht selbst nach Hause, sondern ließen die Sachen durch einen Boten liefern.

Ihr nächster Besuch galt der Kanzlei eines Rechtsanwalts. In den kühlen Räumen der Herren Jauncy und Bascombe wurde Perfy mit Henry Jauncy bekanntgemacht, einem würdigen Herrn mit dichtem, schneeweißem Schnauzbart. Lächelnd nahm er Perfys Hand. »Ich bin sehr erfreut, Sie kennenzulernen, Miss Middleton. Herzlichen Glückwunsch, Darcy. Zu einer so hübschen Frau kann man Ihnen nur gratulieren.«

Darcys Strahlen machte jede Antwort überflüssig. An Perfy gewandt meinte er: »Könntest du bitte einen Moment warten? Ich muß nur ein paar Papiere unterzeichnen, das dauert nicht lange.« Sie nahm auf einer glattpolierten Holzbank Platz, die sie an Kirchengestühl erinnerte. Während sie den Büroangestellten zusah, die unter der großen Standuhr emsig ihrer Arbeit nachgingen, fragte sie sich, was es um alles in der Welt so viel zu schreiben gab. Schrieben sie einen Bericht über irgendwelche Verbrecher oder Buschräuber? Oder plagten sie sich lediglich mit den Prozeduren der Landvergabe herum, von denen Darcy ihr erzählt hatte?

Wie versprochen, kehrte Darcy nach kurzer Zeit zurück, und Mr. Jauncy geleitete sie zur Tür. »Ich freue mich schon auf die Hochzeit«, sagte er, »und meine Frau erst recht, denn Hochzeitsfeste sind für sie das Höchste.«

»Und nun, meine Liebe«, meinte Darcy, »wo wir das Amtliche erledigt haben, können wir essen gehen. Ich habe Ben und Ginger Butterfield eingeladen, damit du sie kennenlernst. Ginger wird unser Brautführer. Es wird Zeit, daß ihr einander richtig vorgestellt werdet.« Im stillen fragte sich Perfy, warum Ben, Darcys Bruder, nicht der Brautführer war, doch dann beruhigte sie sich mit der Erklärung, daß Darcy es wohl so gewollt hatte. Als ihre Brautjungfer hatte sie eigentlich Amy Campbell ausgesucht, doch Amy hatte ihr kurz angebunden erklärt, sie sei an dem besagten Wochenende nicht zu Hause. Daraufhin hatte sie sich an Laura Stibbs, die jetzige Mrs. Gooding, gewandt, die begeistert zusagte.

Perfy war noch nie zuvor in einem dieser großen Hotels gewesen. Das Victoria kam ihr mit all den goldgesäumten roten

Samtvorhängen und den breiten roten Läufern reichlich überladen vor. Als sie eine der Teppichspuren entlangschritt, war sie sehr nervös. So ungefähr mußte man sich fühlen, wenn man zum Empfang bei der Königin eingeladen worden war. Sie freute sich ganz und gar nicht auf das Treffen mit Ben und Ginger; plötzlich kam sie sich minderwertig vor, so als würde sie sich für ein Mädchen ihrer Herkunft zu viel herausnehmen.

In dem vollbesetzten Raum entdeckten sie Ginger an einem der hinteren Tische. Sogleich erhob er sich, um sie zu begrüßen. Trotz seiner vornehm näselnden Aussprache mochte Perfy ihn auf Anhieb leiden. Und bald verlor sie auch ihre Schüchternheit, denn er war charmant und ließ sich keine Gelegenheit zu einem Kompliment entgehen. Er hatte auch schon eine Flasche Champagner kaltstellen lassen, um auf das glückliche Paar anzustoßen.

»Ich habe noch nie Champagner getrunken«, gab Perfy zu.

»Um so besser«, meinte Ginger, »es freut mich, daß ich bei der Premiere dabei sein darf. Und, wie schmeckt er Ihnen?«

Sie nahm einen Schluck aus dem zierlichen Kristallkelch. »Oh, das schmeckt ja herrlich!«

»Prima!« jubelte Ginger. »Dann können wir ja loslegen, Darcy, alter Kumpel. Wär doch auch zu schade gewesen, wenn wir die Flasche hätten zurückgehen lassen müssen.«

Als der Champagner zur Neige ging, war Ben noch immer nicht aufgetaucht, und sie wollten mit dem Essen nicht länger warten.

»Daß Ben auch immer zu spät kommen muß«, beschwerte sich Darcy.

»So ist Ben nun mal«, beschwichtigte ihn Ginger. »Der hat nur noch seine Politik im Kopf. Wahrscheinlich hat er darüber die Zeit vergessen.«

Die Suppe, die Austern und das Brathuhn wurden serviert, und von Ben noch immer keine Spur. Obwohl sich die beiden Männer betont fröhlich gaben, konnte Perfy die Spannung, die sich allmählich aufbaute, deutlich spüren. »Was ist denn los?« fragte sie schließlich.

»Nichts«, antwortete Darcy, doch sie sah ihm an, daß das nicht stimmte.

»Bestimmt nichts«, versicherte ihr Ginger. »Ben hat uns wahrscheinlich vergessen. Der soll bloß nicht glauben, daß ich mich jetzt auf die Suche nach ihm mache. Die Nachspeisen sind hier nämlich besonders gut.«

Perfy runzelte zweifelnd die Stirn. Darcy und sie waren jetzt seit zehn Tagen verlobt, und bisher hatte sich Ben noch nicht die Mühe gemacht, sie kennenzulernen. Allmählich drängte sich ihr der Verdacht auf, er wolle ihr aus dem Weg gehen. Womöglich war er mit Darcys Wahl nicht einverstanden. Wenn Ben seine Abneigung schon so deutlich zeigte, was würde dann erst Darcys Mutter sagen?

Trotzdem unterhielten sie sich glänzend. Ginger sprühte vor Witz und Charme, Darcys Bekannte, die ihn im Speisesaal entdeckten, kamen an ihren Tisch und gratulierten Darcy zu seiner hübschen Verlobten, umschmeichelten Perfy und luden das Paar ein, sie zu besuchen. Darcy hatte schon früher bemerkt, daß Perfy offensichtlich nicht wußte, wie schön sie war und wie ihre dunkelblauen Augen funkelten, wenn sie lachte.

In gewissem Sinne war er sogar froh, daß Ben fortgeblieben war und ihnen nicht die Laune verdarb. Trotzdem hätte er wenigstens ein Verlobungsgeschenk besorgen können, um Perfy seinen guten Willen zu zeigen. Darcy war fest entschlossen, seinem Bruder den Hals umzudrehen, wenn er seine Verlobte auch nur ein einziges Mal beleidigte.

»Du bist so schweigsam«, bemerkte Perfy auf dem Heimweg.

»Die Wirkung des Weins läßt nach«, meinte er lachend. »Ach ja? Darcy, ich muß dir was sagen.«

»Hast du etwa deine Meinung geändert?« neckte er sie. »Nein. Ich meine es ernst. Wußtest du eigentlich, daß meine

Eltern deportiert wurden? Sie kamen als Sträflinge nach Sydney.«

»Nein, das wußte ich nicht«, log er. Ben hatte diese Information schon längst ausgegraben, und sie war Anlaß zu einem weiteren Streit gewesen. »Machst du dir deshalb Gedanken?«

»Ich? Nein. Ich dachte nur, du solltest es wissen.«

»Gut, nun weiß ich Bescheid. Und da ich deine Eltern mag, brauchst du dir auch keine anderen zu suchen. Ich habe gehört, mein Urgroßvater war ein blutrünstiger Pirat, der vor Tasmanien die Schiffe ausgeplündert hat.«

»Das klingt ja aufregend!«

»Stimmt, aber mit meiner Mutter darfst du über dieses Thema nicht sprechen. Sie findet das gar nicht lustig.«

»Woher kommt sie überhaupt?«

»Aus Schottland. Aber darüber spricht sie auch nicht gern. Sie kam wohl als junges Mädchen mit einer älteren Tante in dieses Land. Hier hat sie dann meinen Vater kennengelernt. Sie stammt anscheinend aus besseren Kreisen, denn sie war eleganter gekleidet, als man es damals in Sydney gewohnt war. Was ihr die Familie angetan hat, habe ich nie herausgefunden, aber sie hat ihnen nie vergeben. Für sie hat Schottland aufgehört zu existieren.«

Eine Gänsehaut kroch ihm über den Rücken. Ma konnte manchmal zur Furie werden, und wenn auch Ben weiterhin seine Vorbehalte gegenüber Perfy nährte, hatte seine zukünftige Frau zu Hause einen schweren Stand. Schließlich konnte er nicht immer daheimbleiben und aufpassen, daß sich die beiden nicht gegen sie verschworen. Auf einer Farm von der Größe Caravales mußten Ben und er gelegentlich eine ganze Woche über die Weiden reiten und nach dem Vieh und den Zäunen sehen. Arbeit gab es mehr als genug. Wie oft hatten sie schon in dem sechzig Kilometer vom Wohnhaus entfernt gelegenen Stützpunkt des Verwalters übernachtet! Es war wirklich besser, wenn er mit dem Bau ihres neuen Hauses sofort begann und sich hier in Brisbane schon einmal Gedanken dazu machte.

»Woran denkst du?« fragte sie ihn.

»Ich entwerfe gerade unser Haus«, antwortete er. »Ich finde es besser, wenn wir allein wohnen und ungestört sind. Den Platz dafür habe ich schon ausgesucht, und du wirst sehen, es gibt nichts Schöneres, als ein Haus nach eigenen Vorstellungen zu bauen. Wenn wir heimkommen, fangen wir gleich damit an.«

Er sah, wie sich ihre Gesichtszüge entspannten, und legte zärtlich den Arm um sie. »Es wird schon gutgehen, Liebes. Du brauchst dir keine Sorgen zu machen.«

Zunächst hatte Ben mit seinen Freunden im Hinterzimmer von Carmodys Hotel Karten gespielt, doch als der Abend fortschritt und die Whiskyflaschen die Runde machten, beschäftigten sich die jungen Männer mit Bens Plan: dem Streich, den sie dem Bräutigam auf seinem Junggesellenabschied spielen wollten. Eine tolle Sache!

Nur David Crane hatte noch Bedenken. »Willst du es dir nicht nochmal überlegen?«

»So einen guten Streich hat die Welt noch nie gesehen.«

»Meinst du nicht, das geht ein bißchen zu weit?«

»Du hast gut reden«, wandte Clive Jenkins ein. »Wer hat denn Craig Bottomly am Abend vor seiner Hochzeit einen Eimer Kalkfarbe über den Kopf geschüttet?«

»Ich war betrunken. Wenn wir Darcy entführen, zerreißt er uns in der Luft. Da lasse ich lieber die Finger davon.« David nahm seinen Mantel und schlurfte unschlüssig zur Tür. »Ohne mich.«

»Dann halte wenigstens den Mund«, rief Clive ihm nach. »Und erzähle Ginger Butterfield nichts davon, denn mit dem ist im Augenblick nicht gut Kirschen essen.«

»Bei meiner Ehre«, versicherte David. »Ich werde schweigen wie ein Grab.«

Clive rülpste vernehmlich. »Bitte um Entschuldigung, meine Herren. Ich möchte noch mal dran erinnern, daß es Ginger und seine Freunde waren, die Fiona Kendalls Bräutigam – wie heißt er doch gleich? – splitterfasernackt an einen Baum im Busch gebunden haben. Wenn nicht zufällig ein paar Schwarze vorbeigekommen wären, würde er dort immer noch stehen.«

Neville Roberts lachte. »Ja, Ginger war sauer. Er hatte sich selbst Hoffnungen auf Fiona gemacht.« Er griff nach einer neuen Flasche. »Sie hätte wirklich Clive nehmen sollen. Die Kendalls haben sich noch immer nicht damit abgefunden, daß der Verwalter jetzt ihr Schwiegersohn ist.«

»Was meint ihr, was meine Mutter sagt, wenn Darcy dieses Hausmädchen anschleppt«, meinte Ben, »und ihr dann noch eröffnet, daß ihre Eltern ehemalige Strafgefangene sind! Er muß den Verstand verloren haben.«

Der fünfte Mann in der Runde war Les Stohr von der Tambaroona Station in der Gegend von Rockhampton. Er amüsierte sich in Brisbane so gut wie nie zuvor in seinem Leben, besonders seit er auf Ben Buchanan gestoßen war. Ben hatte ihn allen wichtigen Leuten vorgestellt, zu Festen bei den Russells mitgenommen und sogar im Haus des Gouverneurs eingeführt. Für ihn stand außer Frage, daß es ohne den Freund, der anscheinend Gott und die Welt kannte, in Brisbane nicht so lustig geworden wäre. Les schüttelte den Kopf. »Ich verstehe Darcy nicht. Wie ich gehört habe, hat Kitty Kendall ein Auge auf ihn geworfen.«

Clive pfiff anerkennend durch die Zähne. »Soso, Kitty Kendall. Ja, mit Kitty hätte er einen guten Fang gemacht.«

»Erinnere mich nicht daran«, stöhnte Ben. »Aber was macht Darcy? Schon beim ersten Rendezvous verspricht er diesem Flittchen die Ehe. Da hat er sich was Schönes eingebrockt.« Neville zwinkerte, weil er plötzlich alles doppelt sah. »Beim ersten Rendezvous?«

»Genau«, bestätigte Ben. »Und jetzt weiß er nicht mehr, wie er sich herauswinden soll. Die Hochzeit wird ein Alptraum. Er hat dieses Hausmädchen am Hals, und die Brautjungfer ist die Tochter von Stibbs – ja, die vom Pferdeschmied. Weiß der Teufel, welche komischen Gestalten sonst noch eingeladen sind. Ich bin nur froh, daß Mutter nicht in der Stadt ist.«

»Meinst du nicht, das wäre besser gewesen?« wandte Les ein. »Sie hätte ihn sicher sofort zur Vernunft gebracht.«

»Vielleicht hast du recht«, gab Ben zu. »Ein Grund mehr, daß wir was unternehmen! Mit unserem Streich geben wir ihm die Möglichkeit, sich noch mal davonzuschleichen.«

Neville hatte Schwierigkeiten, die Zusammenhänge zu begreifen. »Warum erklärt er nicht einfach, daß die Pferde mit ihm durchgegangen sind, und löst die Verlobung? Er kann ihr ja was zahlen. Ich meine, er hat ihr doch noch nichts angehängt, oder?«

»Nein, darum geht es nicht«, erklärte Ben. »Er hat sich einfach verrannt und will sich jetzt wie ein Ehrenmann benehmen.«

Ben strich sich über die schweißnasse Stirn. »Mein Gott, ist es heiß hier drinnen!«

»Trink zur Abwechslung mal Wein«, schlug Neville vor. »Von dem Whisky kriegt man nur Kopfschmerzen. Also, Ben, wie sieht der Plan aus? Erklär das Ganze noch mal!«

»Ganz einfach, wenn Darcy einen sitzen hat, wird er gefesselt. Dann bringen wir ihn auf die *Louisa*, einen Küstendampfer, der im Hafen liegt und am frühen Sonntagmorgen ablegt. Mit dem Kapitän ist alles abgesprochen. Der setzt ihn in Rockhampton wieder an Land ...«

»Moment mal«, unterbrach ihn Neville. »Darcy läßt sich nicht so ohne weiteres überwältigen.«

»Meine Güte, Neville, ihr seid drei, und Les ist stark wie ein Bulle.«

Les grinste. »Ja, das ist kein Problem. Aber wo bist du, Ben?«

»Ich erwarte euch auf dem Schiff. Wir werfen Darcy einfach in die Kabine, die ich für ihn gebucht habe.«

»Und wenn die Hochzeitsglocken läuten, ist er auf hoher See.« Neville lachte amüsiert.

»Genau, darum geht es ja gerade«, bestätigte Ben. »Nur ein kleiner Scherz. Wenn er wirklich so scharf auf dieses Mädchen ist, kann er ja immer noch zurückkommen und sie heiraten. Wir haben dann unser Möglichstes getan. So hat er noch einmal die Gelegenheit, über alles nachzudenken, ohne daß sie ihn unter Druck setzt. Wenn er dann immer noch meint, er könne ohne sie nicht leben, bitte, dann soll er sie haben.«

»Also ich finde die Idee großartig«, erklärte Clive. »Eigentlich tun wir ihm doch einen Gefallen.«

Je länger sie über den Plan sprachen, umso besser gefiel er ihnen.

4

Der Junggesellenabend in Carmodys Hotel stand von Anfang an unter einem schlechten Stern. Dabei hatte sich Tom Carmody alle Mühe gegeben, es den dreißig jungen Männern, die sich in seinem Herrenzimmer versammelt hatten, recht zu machen. Er hatte ein üppiges Buffet angerichtet, die besten Whiskys und Brandys bereitgestellt und mehrere Fässer Bier herangeschafft. Außerdem hatte er aber auch dafür gesorgt, daß er sein Geld bekam, indem er sich von Ben Buchanan im voraus bezahlen ließ. Carmody hatte nämlich schon genügend dieser Feste ausgerichtet, um zu wissen, daß er seinem Geld hinterherlaufen mußte, wenn die jungen Männer erst einmal betrunken waren.

Kaum hatte Ben den Raum betreten, wurde er von Darcy zur Rede gestellt: »Wo hast du dich bloß versteckt gehalten?«

»Ich habe mich nicht versteckt, ich hatte zu tun. Während du vor dich hinträumst, habe ich mich mit wichtigen Leuten getroffen. Von dir konnte ich ja offensichtlich keine Hilfe erwarten.«

»Red dich nicht raus. Du hast Perfy vor den Kopf gestoßen. Ich sollte dich übers Knie legen, du Rotzbengel.«

Ginger versuchte zu vermitteln. »Miss Middleton ist eine reizende junge Dame. Sie würde Ihnen auch gefallen, Ben. Es ist wirklich schade, daß Sie sich nicht die Zeit nehmen konnten, sie kennenzulernen.«

»Ich kenne sie bereits«, entgegnete Ben. »Sie hat im Haus des Gouverneurs unsere Betten gemacht. Haben Sie das vergessen?«

»Meine Güte, kannst du eklig sein!« schimpfte Darcy.

»Was erwartest du eigentlich? Soll ich so tun, als hätte ich sie dort nie gesehen? Sei nicht so empfindlich, Darcy. Du bist selbst schuld an dem ganzen Streit. Erst stellst du uns mit deinen Heiratsplänen vor vollendete Tatsachen und dann verlangst du auch noch, daß wir alles stehen- und liegenlassen und uns nur noch um dein junges Glück kümmern. Und jetzt bringt dich jede Kleinigkeit auf die Palme. Ich bin lediglich bei meiner Ansicht geblieben, daß du mit der Hochzeit noch warten solltest. Wenn du das eklig findest, nun gut, dann kann ich dir auch nicht helfen.«

Doch in diesem Augenblick kamen andere Gäste, die Darcy die Hand schüttelten und ihm ihre Glückwünsche aussprachen. Darcy beschäftigte sich allerdings noch immer mit der Frage, ob er tatsächlich zu empfindlich war. Möglicherweise hatte Ben in diesem Punkt recht, aber den Rest seiner kleinen Ansprache hätte er sich sparen können. Er liebte Perfy, und daran würde auch die Zeit nichts ändern. Selbst in dieser Minute tat es ihm leid, daß er nicht mit ihr zusammensein konnte. Nun, er würde den Abend schon überstehen. Immerhin hatte Ben einen Schritt auf ihn zugetan und für all ihre

Freunde dieses Fest veranstaltet. Er seufzte. »Wer möchte Champagner?« rief er laut in den Raum.

Nach dem Essen stimmte ein Klavierspieler fröhliche Lieder an, und etwas später erschienen drei Tänzerinnen vom Theâtre Royale in arabischen Kostümen und unterhielten die Gäste mit einem Bauchtanz. Das Fest wurde immer lärmender und ausgelassener, und auch Darcy fand allmählich Spaß daran. Er bekam langsam einen Schwips, aber das kümmerte ihn nicht.

Während der endlosen Trinksprüche bemerkte er an den Rippenstößen und dem albernen Kichern, daß seine Gäste irgend etwas im Schilde führen mußten. Was mochten sie wohl ausgeheckt haben? Der Bräutigam mußte bei derartigen Anlässen in der Regel einen dummen Streich über sich ergehen lassen; ihm wurden die Hosen ausgezogen, oder man tauchte ihn in ein Bad aus scharfer Seifenlauge, aus dem er rot wie ein Krebs wieder herausgezogen wurde, und ähnlicher Unfug mehr. Aber nicht mit ihm! Er wollte die Augen offenhalten, nicht mehr so viel trinken und auf der Hut sein.

In den frühen Morgenstunden machten sich die ersten Gäste auf den Heimweg. Einer übergab sich und wurde mit Gewalt auf die Straße befördert. Ginger und einer seiner Freunde lagen unter dem Tisch, und der betrunkene Pianist hatte sich schnarchend auf dem Klavier ausgebreitet. Die Tänzerinnen waren nicht mehr zu sehen, und als Darcy sich suchend umblickte, stellte er fest, daß auch Ben aufgebrochen war.

»Das war's dann wohl«, sagte Darcy zu den drei letzten Gästen, Clive, Neville und dem stämmigen Les Stohr. »Zeit, schlafen zu gehen, oder was meint ihr?«

Gemeinsam mit dem Trio torkelte er in den Hinterhof, um sich zu erleichtern, und erklärte sich dann bereit, Clive beim Satteln seines Pferdes zu helfen.

Das war der Moment, wo sie sich wie die Wilden kreischend auf ihn stürzten. Und Darcy erkannte, daß jetzt wohl der Zeitpunkt für den Streich gekommen war.

»Nein, nein, laßt mich los«, rief er und schob die Männer beiseite. Da sah er das Seil in Clives Händen. »Was ihr auch vorhabt«, schimpfte er, während er um sich schlug, »bei mir werdet ihr euch die Zähne ausbeißen. Also, Schluß jetzt!«

Doch ihre Gesichter spiegelten wilde Entschlossenheit wider, und die Schläge, die sie austeilten, wurden immer heftiger. Darcy, der sich kräftig wehrte, wurde allmählich wütend. Gleichzeitig kriegte er Clive an den Haaren zu fassen. Clive schlug ihm dafür in den Magen. Der dicke Les umschlang ihn von hinten, doch mit einem gewaltigen Stoß kämpfte Darcy sich wieder frei. Dann schickte er Neville zu Boden, der mit einem Schmerzensschrei zusammenbrach. Plötzlich wurde Darcy von einem Schlag seitlich am Kopf getroffen. Der Kampf war gefährlich geworden und hatte mit einem Streich nichts mehr zu tun. Hastig wirbelte er herum um und ging auf Les los. Die kleine Balgerei wuchs sich zu einer unbarmherzigen Schlägerei aus, und Darcy blieb keine andere Wahl mehr, als seine Angreifer ächzend und fluchend und nach besten Kräften abzuwehren.

Er schlug Clive zu Boden und stieß Neville in die Leisten, doch sie stürzten sich immer wieder auf ihn. Der dicke Les ließ die Schläge ohnehin an sich abprallen, als trüge er eine Ritterrüstung. Spuren an Darcys Händen deuteten darauf hin, daß jemand aus der Nase blutete. Gerade hatte Darcy das Gefühl, als hätte er es geschafft, als könne er sich im nächsten Moment freimachen und davonlaufen, als krachend ein schwerer Gegenstand auf seinem Hinterkopf zersplitterte. Neben der Hotelwand brach er zusammen, und sein Kopf schlug auf einen aufgestellten Gullydeckel aus Stein. Für eine Sekunde lag er still da und fühlte, wie das Blut ihm übers Gesicht strömte. Wenn er erst wieder Kräfte gesammelt hätte, würde er es diesen Kerlen schon zeigen. Doch der Atemzug, den er dann tat, war sein letzter.

Jack Middleton erfuhr noch während seiner Nachtschicht in den Armeebaracken von der Rauferei in Carmody's Hotel. Normalerweise regte sich niemand sonderlich darüber auf, denn Prügeleien gab es jede Nacht in der Stadt. Doch da Darcys Junggesellenabschied bei Carmody stattfinden sollte, wollte er sich doch lieber mal ansehen, wen die Polizei festgenommen hatte. Möglicherweise saß jetzt auch Darcy hinter Schloß und Riegel. Ich kann meinen zukünftigen Schwiegersohn doch nicht im Knast schmoren lassen, sagte er zu sich selbst. Ein paar Worte mit dem zuständigen Polizisten, und er ist wieder draußen, noch bevor der Untersuchungsrichter Wind davon bekommt.

Als er durch die verlassenen Straßen ging, drang aus den hohen Eukalyptusbäumen bereits das Gegacker und Pfeifen der Kookaburras, der Rieseneisvögel. Den Wecker der Buschmänner nannte man sie, und wenn man Nachtschicht hatte, war man froh, ihren Ruf zu hören. Mit der Pünktlichkeit eines Uhrwerks stimmten sie ihren Ruf eine halbe Stunde vor Sonnenaufgang an und waren damit den Haushähnen einen guten Schritt voraus. Als nächstes meldeten sich die Krähen, und dann waren die Honigfresser mit ihrem typischen Rasseln an der Reihe. Die großen Singvögel wie die Elstern und die Würger warteten bis zum Tagesanbruch, vielleicht weil sie ein Publikum brauchten. Jack lächelte. Einer der Vorzüge in diesem Tollhaus von Stadt waren seine gefiederten Freunde. Aber sicher war das noch kein Vergleich zu den zahllosen Vögeln, die es auf Darcys Farm gab. Auf den Ausflug in den richtigen Busch freute er sich mehr, als er seiner Familie gegenüber zugegeben hatte.

Seltsam, wie die Dinge sich entwickelt hatten. Dieser Darcy war ein lieber Junge, und er hoffte nur, daß Perfy ihr Glück auch zu schätzen wußte. Oft genug gesagt hatte er es ihr ja. Wenn er so zurückblickte und sich all die günstigen Entwicklungen ansah, konnte er dem Richter in England nur von ganzem Herzen danken, daß er ihn in dieses Land geschickt hatte. Sicher wußte er gar nicht, welch großen Gefallen er den Middletons damit erwiesen hatte.

Der Polizist vom Dienst war diese Nacht Gunner Haig. »Du hast letzte Nacht bei Carmody ein paar Rüpel festgenommen«, sagte Jack. »Bei einer Prügelei, hab ich gehört.«

»Ja, zur Abwechslung mal junge Viehzüchter. Im Augenblick hat sie ihr Schneid allerdings verlassen, und es herrschen Heulen und Zähneklappern.«

»Hast du ihre Namen?«

Haig schob ihm das Buch zu, und Jack las die Zeilen, auf die der Polizist mit seinem Stummelfinger deutete. Mit einem erleichterten Grinsen blickte Jack auf. »Der Bräutigam meiner Tochter war auch dort. Für ihn ist das Fest nämlich veranstaltet worden, und deshalb wollte ich auf Nummer sicher gehen, daß mit ihm auch alles in Ordnung ist.«

Hellhörig geworden sah Haig ihn an.

»Wie heißt er denn?«

»Buchanan«, erwiderte Jack stolz. »Darcy Buchanan.«

Haig schluckte. »Ach ja? Wie wär's mit einer Tasse Tee, Jack? Komm doch mit nach hinten.« Mit einer Bestimmtheit, die lange Berufserfahrung verriet, schob Gunner Jack in ein unaufgeräumtes Hinterzimmer, wo auf dem Ofen ein Teekessel summte. »Ich sag immer wieder, es geht doch nichts über eine gute Tasse Tee«, fuhr er fort. »Diese Kerle haben sich anscheinend ganz schön vollaufen lassen und dann das Raufen angefangen. Du weißt ja selbst, wie das immer geht.« Währenddessen goß er den schwarzen Tee in einen Becher und gab ihn Jack. »Aber dann ist der Kampf wohl außer Kontrolle geraten. Der Chef ist gerade unterwegs, um die anderen Gäste herzuholen, und Carmody war auch schon da und hat gedroht, die Kerle, die wir festgenommen haben, umzulegen. Wirklich, es war eine schlimme Prügelei ...«

»Ist jemand verletzt?« fragte Jack, während ihn eine dunkle

Vorahnung packte. Er stellte den Becher ab, ohne den Tee angerührt zu haben. Gunners Gesicht war inzwischen fahl geworden.

»Ja, Jack, und es heißt, es war ein Unfall. Er ist wohl so unglücklich gefallen, daß er sich den Schädel gebrochen hat.«

»Tot?«

Gunner nickte traurig.

»Und es ist Darcy? Darcy Buchanan?«

Der Polizist seufzte. »Tut mir leid, mein Freund, so heißt er. Tut mir verdammt leid, Jack.«

Sergeant Middleton stand in Habachtstellung da, als ob er einen Urteilspruch entgegennehmen würde. Kein Wort kam ihm über die Lippen. Reglos stand er da und wartete, bis der erste Schrecken vorüber war. Für einen alten Soldaten war der Tod kein Unbekannter. Und gegen den Angriff der Trauer mußte man sich nur im richtigen Augenblick wappnen. In ein paar Minuten würde seine Stimme ihm wieder gehorchen.

5

Jack Middleton und der Ire Tom Carmody saßen mit versteinertem Gesicht auf der Zuhörerbank des Gerichtssaals und verfolgten die Verhandlung. Carmody war während seiner Zeugenaussage immer wieder vom Richter unterbrochen worden. Der Gastwirt solle bitte sachlich bleiben, ermahnte er ihn. Hier sei weder seine persönliche Meinung gefragt, noch sei dies der rechte Ort für Kraftausdrücke. Was die Ereignisse betraf, war man sich hingegen schnell einig: Carmody hatte den Beginn der Schlägerei gehört.

Sobald die Raufbolde das Haus verlassen hatten, hatte er die Tür versperrt, damit sie auch draußen blieben, und war zu

Bett gegangen. Die Kerle wurden jedoch immer lauter und benutzten »Kraftausdrücke«. Aus diesem Grunde schickte seine Frau ihn hinunter, um sie fortzujagen. Er kramte noch nach seinem Schlüsselbund, als einer der Männer gegen die Hintertür hämmerte und um Hilfe rief. Im Hof fand er zwei hilflos torkelnde Kerle neben einem, der auf dem Boden lag und, wie sich bei seiner sofortigen Untersuchung herausstellte, kein Lebenszeichen mehr von sich gab. Ja, genau, das war der verschiedene Mr. Darcy Buchanan gewesen.

Daraufhin hatte der Gastwirt sein Gewehr geholt, die drei Männer in seinen Keller gesperrt und jemanden nach der Polizei geschickt. Daß er den Männern bei seiner eigenmächtigen Festnahme zahlreiche Verletzungen zugefügt hatte, sei unter den gegebenen Umständen unvermeidlich gewesen.

Ohne auf ihren erbarmungswürdigen Zustand und ihre gelegentlichen Tränenausbrüche Rücksicht zu nehmen, wurden anschließend die drei am Kampf beteiligten Männer verhört. Man befragte auch die anderen Gäste der Feier, doch sie konnten ebensowenig zur Erhellung der Vorgänge beitragen wie Ben Buchanan. Dieser betonte lediglich, daß es sich bei den Festgenommenen um angesehene, rechtschaffene Bürger mit einwandfreiem Leumund handele, denen man keine bösen Absichten unterstellen dürfe.

Als ein weiterer Zeuge diese Aussage wiederholte, konnte Tom Carmody nicht mehr an sich halten. »Verdammt noch mal, ist das etwa keine persönliche Meinung?« rief er und wurde daraufhin aus dem Gerichtssaal verwiesen.

Jack Middleton wartete gemeinsam mit dem Iren auf dem Flur. Schließlich trat Gunner Haig zu ihnen und berichtete, der Richter habe auf »Tod durch Unfall« erkannt.

»Werden diese drei Kerle jetzt unter Anklage gestellt?« erkundigte sich Jack, während er Darcys Freunden nachblickte, die mit bedrückter Miene den Gerichtssaal verließen und sich unter die Menge auf der Straße mischten. »Schließlich haben sie einen Menschen umgebracht, ob es nun Absicht war oder nicht.«

»Nein«, antwortete Gunner. »Dafür sind diese Herren zu reich.«

»Aber was ist mit Darcys Bruder? Der müßte doch eigentlich Himmel und Hölle in Bewegung setzen.«

»Der ist angeblich viel zu verstört, um sich darum zu kümmern. Die drei stammen aus den besten Kreisen, und es heißt, der Gouverneur mag sich nicht mit den Viehzüchtern anlegen, weil sie sich sonst gegen ihn zusammentun. Außerdem war es ein Unfall.«

»Ein schöner Unfall!« Carmody spuckte aus. »Wenn Jack oder ich oder auch du, Gunner, dafür verantwortlich gewesen wären, dann hätte man uns durch die Mangel gedreht. Wir wären unser Lebtag nicht mehr froh geworden.«

Jack nickte. Er hatte den Schock über Darcys Tod noch nicht verwunden. Außerdem hatte ihn dieser Besuch im Gerichtssaal an alte Zeiten erinnert. Anscheinend saß einem die Angst, irgendwann doch noch einmal hinter Schloß und Riegel zu enden, ein Leben lang in den Knochen. Dabei war er schon in die Armee eingetreten, um in der Masse der gemeinen Soldaten unterzutauchen. Jack hätte es nie gewagt, wie Carmody die Verhandlung mit einem Zwischenruf zu stören, auch wenn dieser noch so berechtigt gewesen wäre. Aber die Iren waren ein anderer Schlag, ihnen lag die Rebellion im Blut. Auch Carmody war ein Deportierter, nur hatte er es weitaus schwerer gehabt als Jack. Gegen die Zwangsarbeit in Ketten, die Carmody abgeleistet hatte, war seine Zeit bei einem Steinmetz geradezu ein Zuckerschlecken gewesen.

»Du siehst reichlich mitgenommen aus«, sagte Carmody. »Komm mit zu mir, Jack, wir genehmigen uns eine Flasche Whisky.«

»Das ist gut gemeint«, entgegnete Jack, »aber machen wir das lieber ein andermal. Ich muß nach Hause und mich um meine Tochter kümmern. Sie nimmt es nämlich wirklich schwer.«

»Ja, das arme Mädchen! Ich lasse für sie eine Messe lesen.«

Die Frauen waren von ihrem Schmerz so überwältigt, daß Jack keine tröstenden Worte mehr einfallen wollten. Allerdings hatte er darauf bestanden, daß Perfy zu Darcys Beerdigung ging. Ihre Tränen machten ihn nicht wieder lebendig, und er wollte ihr durch das Begräbnis vor Augen führen, daß der Tod ihres Bräutigams etwas Endgültiges war. Denn wenn Perfy überhaupt etwas sagte, sprach sie nur von ihm, und das klang jedesmal so, als sei er noch am Leben.

Perfy war dann doch nicht dabei, als Darcys Sarg in die Erde gelassen wurde. Gleich zu Beginn des Gottesdienstes wurde sie ohnmächtig, so daß Jack sie nach Hause bringen mußte.

An einem der nächsten Tage machte ihr einer von Darcys Freunden, ein gewisser Mr. Ginger Butterfield, mit einem Strauß weißer Rosen seine Aufwartung. Perfy weigerte sich, ihn zu sehen, weil sie meinte, ein Gespräch mit ihm nicht ertragen zu können.

»Natürlich empfängst du ihn«, schalt Jack. »Es ist ganz normal, wenn du heulst, und er hat sicher Verständnis dafür. Wenn er sich schon die Mühe macht, dich zu besuchen, kannst du dich auch zusammenreißen und mit ihm sprechen.«

Vom Gouverneur war ein Beileidsschreiben gekommen, doch von Ben hatten sie nichts gehört.

»Ich kann mir vorstellen, dem armen Mann geht es nicht anders als Perfy«, vermutete Alice. »Aber versetzt euch erstmal in die Lage der armen Mutter! Es muß einfach furchtbar sein, den Sohn an einem fernen Ort begraben zu wissen, ohne daß man an seinem Grab ein Gebet sprechen kann.« Alice traten wieder einmal Tränen in die Augen.

Mehrere Wochen zogen ins Land, und viele Bekannte kamen vorbei, um Perfy ihr Beileid auszusprechen. Doch ihr ging es immer schlechter. Sie konnte kaum einen Bissen hinunterbringen und hatte keine Lust mehr, sich zurechtzumachen. Statt dessen verbrachte sie Tage in ihrem Zimmer, wo sie an die Wand starrte und träumte. Des Nachts fand sie keinen Schlaf.

Aber eines Tages stand Diamond vor der Tür und fragte nach Perfy. Alice hatte sich mittlerweile angewöhnt, Besucher abzuweisen, da Perfy immer wieder von Weinkrämpfen geschüttelt wurde und nur schwer wieder zu beruhigen war.

»Tut mir leid, aber sie ist zu durcheinander, um jemanden zu sprechen«, sagte Alice deshalb zu Diamond.

»Das habe ich gehört«, entgegnete Diamond. »Und ich dachte, ich könnte vielleicht helfen. Miss Perfy war immer so nett zu mir.«

»Ich wüßte nicht, was du für sie tun könntest«, erwiderte Alice, doch Jack zog sie zur Seite.

»Um Himmels Willen, wenn sie glaubt, sie kann helfen, dann laß sie nur machen.«

Später hörten sie, wie das schwarze Mädchen mit leiser Stimme eintönige Melodien summte. Dann redete sie, wie es schien, endlos auf Perfy ein, doch sie sprach so leise und sanft, daß die Eltern ihre Worte nicht verstehen konnten. Perfy antwortete nicht.

»Das klingt ganz wie ein heidnischer Ritus«, sorgte sich Alice. »Und wenn es ein hinduistischer wäre, würde mich das auch nicht stören«, entgegnete Jack.

»Was soll das alles bezwecken?«

»Du meine Güte, das weiß ich nicht! Vielleicht will sie Perfy nur von ihrer Trauer ablenken.«

Von nun an kam Diamond jeden Abend vorbei, und ihr war es zu verdanken, daß Perfy wieder das Haus verließ. Gemeinsam machten die Mädchen lange Spaziergänge durch die Stille der Nacht. Zwar hatte Jack keine Ahnung, worüber die beiden sprachen, doch Perfy erholte sich zusehends.

Dann kam ein Brief, in dem Perfy gebeten wurde, die Kanzlei der Anwälte Jauncy und Bascombe aufzusuchen. Jack entschloß sich, seine Tochter zu begleiten. Seit einiger Zeit schon machte er sich Sorgen wegen der teuren Kleider, die Darcy für Perfy gekauft hatte und die noch immer unausgepackt in ihren Kartons in ihrem Zimmer lagen. Er wußte noch, wie Perfy ihm staunend erzählt hatte, daß Darcy nur mit seiner Unterschrift dafür bezahlt hatte. Man mußte den Dingen ins Auge sehen. Wenn Darcy vor seinem Tod nicht mehr dazu gekommen war, die Rechnung zu begleichen, mußte ein anderer dafür aufkommen, und dieser Jemand war ganz sicher nicht Jack Middleton. In diesem Fall würde Perfy die Sachen einfach zurückgeben. Die Reitausrüstung brauchte sie ohnehin nicht mehr, aber um den Ring wäre es wirklich schade gewesen.

Punkt zwei Uhr nachmittags schob er Perfy in Mr. Jauncys Büro. Der Rechtsanwalt sprach Perfy sein Beileid aus, was bei ihr zu einem Tränenausbruch führte. Nachdem die beiden Männer sie beruhigt hatten, wollte Mr. Jauncy zunächst nicht so recht zur Sache kommen. Lang und breit erklärte er, Darcy sei nicht nur sein Mandant, sondern auch ein guter Freund gewesen. Er selbst habe bereits die Angelegenheiten des verstorbenen Teddy Buchanan geregelt. Dann kam er tatsächlich noch aufs Wetter zu sprechen. So unwohl Jack sich auch in seiner steifen Uniform fühlte, deren enger Kragen ihm in den Hals schnitt, so gab er sich doch größte Mühe, ruhig und gelassen abzuwarten, was Jauncy eigentlich zu sagen hatte. Doch als sie das Büro verließen, überstürzten sich seine Gedanken, und Perfy zitterte am ganzen Leibe. Sie traten auf die Straße, und Perfy nahm Jacks Arm. »Was er gesagt hat … ist das auch wirklich wahr?«

»Daran besteht wohl kein Zweifel mehr«, antwortete Jack. »Laß uns nach Hause gehen. Ich brauche jetzt erst mal eine Tasse Tee.«

»Daran besteht wohl kein Zweifel mehr«, wiederholte er später seiner Frau gegenüber. »Darcy hat sein Testament geändert und bestätigen lassen. Perfy ist reich. Er hat ihr alles hinterlassen, was er besaß, also das Geld auf der Bank und die Hälfte von Caravale. Er wollte sichergehen, daß sie versorgt ist.«

»Und wem gehört die andere Hälfte der Farm?«

»Seinem Bruder Ben.«

»Und ihre Mutter? Gehört ihr etwa nichts?«

»Nun ja«, erklärte Jack, »Mr. Jauncy hat uns anvertraut, daß der alte Buchanan in den letzten Jahren nicht mehr so gut mit seiner Frau zurechtkam und deshalb die Farm seinen Söhnen hinterlassen hat. Mrs. Buchanan hat lediglich Wohnrecht auf Lebenszeit.«

»Gütiger Himmel«, stieß Alice aus, während sie den Teekessel aufs Feuer stellte. »Und was fangen wir jetzt damit an?«

»Ich möchte mir die Farm ansehen«, murmelte Perfy traurig. »Aber sie liegt anderthalbtausend Kilometer entfernt!« erwiderte Alice und warf Jack zugleich einen warnenden Blick zu. »Solch eine weite Reise kannst du nicht allein unternehmen. Außerdem würdest du dich nur wieder aufregen.«

»Deine Mutter hat recht, Perfy«, bestätigte Jack mit sanfter Stimme. »Es ist doch jetzt schon hart genug für dich. Wenn du siehst, wo Darcy gelebt hat, machst du es dir nur noch schwerer.«

»Trotzdem will ich hinfahren«, beharrte sie.

Jack ging nicht auf ihre Bemerkung ein. »Am besten verkauft Perfy ihren Anteil an der Farm. Vielleicht hat der Anwalt recht gehabt und die Buchanans möchten ihn wirklich gern zurückkaufen. Ihr bleibt dann ein Haufen Geld auf der Bank, und sie kann sich später mal überlegen, was sie damit anfängt.«

»Vielleicht kaufst du dir eine andere Farm«, meinte Alice. Doch Perfy antwortete nicht. Statt dessen blickte sie unverwandt auf den Ring, jenen Ring, von dem Jack befürchtet hatte, daß sie ihn würde zurückgeben müssen. All die Rechnungen waren gar nicht erst zur Sprache gekommen. Jetzt fielen sie ohnehin nicht mehr ins Gewicht, denn die Zeiten der Armut waren für Perfy vorbei.

»Ich glaube, ich trinke lieber einen Brandy statt Tee, Alice«, sagte Jack. »Nach dieser ganzen Aufregung tut er mir sicher gut.«

Als allmählich wieder etwas Ruhe eingekehrt war, stattete Will Gaunt, ihr wunderlicher Nachbar, den Middletons einen Besuch ab. Um Perfy seine Anteilnahme zu beweisen, brachte er ihr sogar eine große Wassermelone mit.

»Die Wege des Herrn sind wundersam«, stöhnte Alice leise, und Jack fühlte sich verpflichtet, dem Mann wenigstens einen Drink anzubieten.

»Hätte nichts dagegen«, meinte Will, »ich wollte nämlich mal ein bißchen mit Ihnen plaudern.« Mit einem Krug Rum verzogen sich die beiden Männer in den Garten. Jack hatte allerdings nicht die Absicht, mit dem alten Kauz den ganzen Krug zu leeren.

»Der Regen hat sich ja endlich verzogen«, sagte Jack, nur um das Gespräch zu eröffnen.

»Ja, aber hier macht mir der Regen nichts aus. Ist nicht so wie zu Hause, wo man sich vor lauter Kälte den Tod holt.«

»Da haben Sie recht. Haben Sie was von Ihrem Sohn Eddie gehört?«

»O ja«, antwortete Will. »Er kann wirklich gut schreiben, müssen Sie wissen.«

»Und wie macht er sich?«

»Stellt sich an wie ein Vollidiot. Hab ich ihm aber schon immer vorhergesagt. Er und dieser verrückte Billy Kemp hab'n sich bei Gympie schwergetan, und deshalb haben sie ihre Sachen gepackt und sind zu den Schürfstellen am Cape River weitergezogen. Und ich hab immer alles drangesetzt, daß mein Eddie mal Seemann wird! Diese verdammten Kinder!« Er besann sich und klopfte Jack aufs Knie. »Hab natürlich nicht

Ihre Tochter gemeint. Das Mädchen ist Gold wert. Der Tod ihres Bräutigams muß ein schwerer Schlag für sie gewesen sein.«

Jack nickte.

»Ist ja auch verständlich«, fuhr Will fort. »Wenn man bedenkt, daß er in der Blüte seines Lebens dahingerafft wurde, wie man so sagt.« Aus dem Augenwinkel warf er Jack einen prüfenden Blick zu. »Konnten Sie ihn leiden?«

»Ja.«

»Ich meine, war er nicht auch einer von diesen hochnäsigen Viehzüchterschnöseln?«

»Darcy nicht«, erklärte Jack. »Er hat uns so genommen, wie wir sind. Er war ein herzensguter Kerl.«

Will zündete seine verkrustete alte Tonpfeife an.

»Gelegentlich habe ich am Hafen zu tun«, bemerkte er, und Jack nickte. Jeder wußte, daß Will alles mitgehen ließ, was nicht niet- und nagelfest war.

»Und da kommt mir so manches zu Ohren«, sagte Will bedeutungsvoll. Dann wechselte er scheinbar das Thema. »Die Untersuchung ist ja verdammt schnell wieder eingestellt worden, wie ich gehört habe. Und all diese Kerle, die ihn rein zufällig umgebracht haben, haben sich heim zu Muttern getrollt.«

»Das stimmt.«

»Und daß es ein Unfall war, daran ist nicht mehr zu rütteln«, spann Will den Faden weiter. »Eine Prügelei, aus der plötzlich Ernst geworden ist. Aber haben Sie auch rausgekriegt, worum es dabei überhaupt gegangen ist?«

Jack schüttelte den Kopf. »Das konnte keiner mehr sagen, dazu waren sie viel zu besoffen. Ich weiß nur, daß es irgendwie mit dem Satteln eines Pferdes zu tun hatte.«

»Das hat die Polizei gesagt«, stellte Will richtig. »Aber ich habe da eine ganz andere Sache gehört. Dieser Buchanan hatte auf der *Louisa* eine Kabine gebucht. Und das Schiff sollte am Morgen nach Rockhampton aufbrechen.«

Jack packte Will am Kragen. »Das will ich nicht noch einmal hören. Darcy hätte Perfy niemals sitzenlassen.«

»He, nun mal langsam, mein Freund«, protestierte Will. »Nicht Darcy, sondern sein Bruder. Wie ich gehört habe, hat er mit seinen Kumpeln abgemacht, daß sie Darcy aufs Schiff verschleppen, damit er die Hochzeit verpaßt.«

»Das verstehe ich nicht. Warum?«

»Strengen Sie doch mal Ihren Grips an, Mann. Dieser Bruder ist einer von der ganz gerissenen Sorte. Er wollte Darcy an der Heirat hindern. Es heißt, er hat auf dem Schiff gewartet, daß die anderen seinen Bruder bringen. Verstehen Sie, er hat auf dem Schiff gewartet!«

Will hielt Jack sein Glas zum Nachfüllen hin, und Jack schenkte ihm ohne Zögern ein. Er wußte nicht, was er von der Sache halten sollte.

»Nehmen Sie sich's nicht so zu Herzen«, wandte Will ein. »Ich gebe nur weiter, was man mir erzählt hat.« Er hielt inne, weil er nicht wußte, wie Jack seine Worte aufnehmen würde. Dieser forderte ihn jedoch mit einem Nicken auf weiterzureden. Er konnte sich schon denken, was jetzt kommen würde, aber er wollte es noch einmal hören. »Ben Buchanan hat dem Käpt'n erzählt, die Heirat wäre nicht standesgemäß.«

»Nicht standesgemäß«, wiederholte Jack dumpf.

»Genau. Verstehen Sie jetzt? Sie wollten Darcy an der Heirat hindern, also von Ihrem Mädchen fortschaffen. Ich hab natürlich meine Ohren aufgestellt, als sie über den Kerl geredet haben, der umgebracht worden ist. Hab keine Ahnung gehabt, wie er heißt, ich hab nur gewußt, daß es Perfys Bräutigam war. Aber dann braucht man eigentlich nur noch zwei und zwei zusammenzählen. Eine Bitte noch, mein Guter: Von mir haben Sie nichts gehört!«

»Ist doch klar«, versicherte ihm Jack. »Ben Buchanan also!«

Will Gaunt befeuchtete die Lippen und grinste. »Sie haben's erfaßt. Kann nicht schaden, wenn man die Wahrheit kennt!«

Als sie sich zum Abendessen an den Tisch setzten, blickte Jack seine Tochter an. Sie hatte ihren unschuldigen Ausdruck verloren, und die Züge um den Mund verrieten Anspannung. »Willst du dir immer noch die Farm ansehen?« fragte er.

»Ja, natürlich«, antwortete sie bestimmt.

»Oh, Liebes, fang nicht wieder davon an«, seufzte Alice. »Ich habe darüber nachgedacht«, erklärte Jack den Frauen. »Perfy sollte nichts überstürzen. Vielleicht ist es besser, wenn sie ihren Anteil nicht verkauft. Durch den Goldrausch in der Gegend steigt der Wert der Farm möglicherweise auf das Doppelte. Darcy hat selbst gesagt, das Vieh ist Gold wert, weil die vielen tausend Glücksritter was zu essen brauchen.«

»Stimmt«, bemerkte Perfy. »Genau das hat Darcy gesagt.«

»Würdest du deinen Anteil an der Farm lieber behalten, Liebes?« erkundigte sich ihr Vater.

»Das muß ich. Darcy hat es so gewollt.«

»Dann sollten wir uns wirklich mit der Entscheidung Zeit lassen«, murmelte er.

»Bist du verrückt geworden, Jack«, rief Alice bestürzt. »Perfy kann doch nicht allein dorthin reisen.«

Jack schob den Stuhl vom Tisch zurück. »Das soll sie auch gar nicht. Was hältst du davon, wenn ich meinen Dienst quittiere und wir erst einmal nach Bowen ziehen und uns anschauen, wie es dort aussieht?«

»Nach Bowen?« fragte seine Frau. »Wo sollen wir dort wohnen?« Er wandte sich an Perfy. »Du kannst es dir jetzt leisten, ein Haus in Bowen zu kaufen, und wenn wir dort sind, sehen wir weiter. Es soll eine hübsche kleine Küstenstadt sein, und deine Mutter wollte ja schon immer aus Brisbane fort. Wie findest du das?«

Zum erstenmal seit vielen Wochen lächelte Perfy wieder. »Ich würde auch gern fortziehen. Wäre es nicht wunderbar, wenn wir ein eigenes Haus hätten?«

Alice war da anderer Meinung. »Ich habe nichts dagegen,

wenn du ein Haus kaufst, Perfy. Aber mit der Farm ist das eine andere Sache. Ich glaube, du nimmst dir zuviel vor. Du kannst jetzt nicht mehr auf Darcy zählen. Was glaubst du, was diese Leute davon halten, daß die Hälfte ihrer Farm plötzlich einer Wildfremden gehört? Sie werden dich zum Teufel schicken, und ich finde, das kann man ihnen nicht einmal verdenken. Ich hätte dich eigentlich für klüger gehalten, Jack.«

»Laß uns erstmal drüber schlafen«, schlug er vor, um einen Streit zu vermeiden.

Er trat hinaus in die Abenddämmerung und beobachtete einen Schwarm Pelikane auf ihrem Weg zu den Inseln, wo sich ihre Nester befanden. Eindrucksvoll hob sich ihr weißes Gefieder vor dem purpurroten Himmel ab. Unter normalen Umständen hätte er Alice ja rechtgeben müssen, doch wenn Perfy jetzt nicht ihren Anspruch geltend machte, hätte Ben Buchanan mit dem Tod seines Bruders alles erreicht, was er wollte. Die »nicht standesgemäße« Beziehung wäre aus dem Weg geschafft. Solange Perfy noch trauerte, wollte Jack ihr von Ben Buchanans Machenschaften nichts erzählen, und später sollte sie auch nur einen Teil der Wahrheit erfahren. Noch immer stand sie oft verträumt im Hausflur oder im Garten. Wenn man sie dann ansprach und überhaupt zu ihr durchdringen konnte, wußte sie oft nicht mehr, was sie eben noch vorgehabt hatte. Die Genesung dauerte lange, doch sie würde eines Tages schon über alles hinwegkommen – vorausgesetzt, sie erfuhr nichts von den wahren Hintergründen der Ereignisse.

Für Jack war der Anschlag auf Darcy ein Anschlag gegen seine Familie. Anscheinend waren die Middletons nicht gut genug für die Buchanans. Darum würde er sich nun kümmern. »So einfach wirst du uns nicht los, du Schuft«, flüsterte er. »Wir sind jetzt deine Partner.« In seiner ersten Wut hätte er Ben Buchanan am liebsten umgebracht, doch es dauerte nicht lange, und dann siegte die Vernunft. Er würde diesen Ben Buchanan mit Samthandschuhen anfassen. Aber von jetzt an würden die Middletons die Regeln bestimmen, ob es Ben nun gefiel oder nicht. Mr. Buchanan würde sich dem Willen von Miss Middleton unterwerfen müssen – ja, unterwerfen, das war das richtige Wort. Und bis zu dem Augenblick, wo Perfy sich entschloß zu verkaufen, würden fünfzig Prozent des Gewinns ihr gehören.

6

Die Wäscherei war Diamonds Zuhause geworden. Seit einem Jahr, seit die Wäscherin ihre Arbeit aufgegeben hatte, um einen Farmer zu heiraten, war sie für den reibungslosen Ablauf verantwortlich. Jetzt hatte sie selbst eine Helferin, oder besser gesagt, eine ganze Reihe von Helferinnen, allesamt Eingeborenenmädchen. Eigentlich waren sie nur zwei oder drei Jahre jünger als Diamond, doch im Verständnis von dem, was die Arbeit verlangte, lagen Welten zwischen ihnen und ihr.

Manchmal trieben die armen Mädchen Diamond zur Verzweiflung. Um ihre Fehler zu vertuschen, übernahm sie die meiste Arbeit ohnehin schon selbst. Doch sie tat noch mehr. Sie bemühte sich nicht nur, sie in ihre Aufgabe einzuweisen, sondern ihnen auch etwas Schulwissen zu vermitteln. Während der Arbeit übte sie mit ihnen außerdem Englisch. Umso mehr erstaunte sie, daß sie von den Mädchen abgelehnt wurde.

Sie hatte jetzt größere Freiheiten, denn nach der Arbeit konnte sie tun und lassen, was sie wollte. Mit Ausflügen in die Stadt hielt sie sich allerdings zurück. Einer schwarzen Frau drohten in Brisbane Gefahren, und zwar von Schwarz und Weiß. Nachdem sie nur mit Mühe ein paar Weiße hatte abwehren können, die sich aus einem Hoteleingang auf sie stürzten, trug sie, verborgen unter den langen Röcken, immer ein Messer bei sich. In der Sicherheit ihrer Kammer, wo die Nachtfalter um die Petroleumlampe tanzten, mußte sie lächeln, als sie an den darauffolgenden Angriff dachte. Wieder hatten sich Männer in einer dunklen, unbeleuchteten Straße auf sie gestürzt, doch sich dann Hals über Kopf aus dem Staub gemacht, als Diamond ihr Messer gezogen und mit aller Kraft auf sie eingestochen hatte.

Seit neuestem besuchte sie hin und wieder das Lager der Schwarzen, eine elende Ansammlung schmutziger heruntergekommener Hütten, verrottender Zelte und verrosteter Wellblechbaracken. Das Johlen und Pfeifen der Männer und die mißtrauischen Blicke der Frauen machten ihren Gang durch das Lager zu einem Spießrutenlauf, aber sie ließ sich dadurch nicht beirren. Die Mütter und die Angehörigen ihrer Waschmädchen sollten ihr helfen und den Mädchen klarmachen, wie wichtig es war, daß sie sauber zur Arbeit erschienen und nicht einfach fortblieben, wann es ihnen paßte. Allerdings war den Waschmädchen mit ihren kläglichen, fast in Vergessenheit geratenen alten Stammestugenden einfach nicht begreiflich zu machen, worauf es bei einer Stellung ankam. Sie wurden in Naturalien bezahlt – Mehl, Tee und Zucker, die sie auch pflichtbewußt unter ihren Leuten verteilten. Und zumeist ließen sie sich erst dann wieder am Arbeitsplatz blicken, wenn alles aufgebraucht war.

Doch Diamond wollte sie nicht so ohne weiteres aufgeben. Die Eingeborenen mußten sich früher oder später an die verwirrenden Gesetze der Weißen gewöhnen, um überhaupt überleben zu können. Sie selbst bot allerdings nicht gerade das beste Beispiel. Zwar war sie ordentlich gekleidet und konnte flüssig englisch sprechen, doch noch immer erhielt sie keinen Lohn. Sie arbeitete lediglich für Unterkunft und Verpflegung und, wie sie sehr wohl wußte, für die Sicherheit, die ihr Arbeitsplatz ihr bot. Niemand würde es wagen, auf dem Grundstück des Gouverneurs herumzulungern. Andererseits besaß sie weder Geld noch ein eigenes Heim, und da es keinen Ort gab, an den sie sich zurückziehen konnte, war sie eigentlich nichts anderes als eine Gefangene, wenn auch ohne Ketten.

In der letzten Zeit hatte sie viel über ihr Volk nachgedacht. Zumindest lebten die Schwarzen in Brisbane im Kreise ihrer Familien und hatten trotz ihres Elends das Lachen nicht verlernt. Vor allem aber sorgten sie füreinander. Sie hingegen war ganz allein. Keiner der hiesigen Eingeborenen hatte je von ihrem Stamm, den Irukandji, gehört. Daß sie von ihnen wegen ihrer Einsamkeit bemitleidet wurde, war für sie eine erschrekkende Erkenntnis.

Sie mußte jetzt ungefähr achtzehn Jahre alt sein. Angesichts der düsteren Aussicht, den Rest ihres Lebens hier angebunden zu sein, sehnte sie sich nach ihrer eigenen Familie. Ob man sie wohl vergessen hatte? Nach und nach ergriff die Vorstellung von ihr Besitz, wie sie heimkehrte und von Vater, Mutter, ihrem Bruder Meebal und all den anderen in die Arme geschlossen wurde, wie sie ein großes Fest feierten und wie sie ihnen von ihren Erlebnissen erzählte. Eines Tages würde sie in den Norden gehen und ihre Leute suchen. Kapitän Beckmann hatte ihr nie gesagt, wo er sie gefunden hatte, und die Missus hatte vorgegeben, es nicht zu wissen. Diamond hatte nie gewagt, danach zu fragen. Wie selbstverständlich hatte sie sich mit all den neuen Dingen beschäftigt, die die Missus ihr zeigte. Kagari, ihren richtigen Namen, hatte sie allerdings nie vergessen. Als Diamond in der Küche die Gerüchte über Miss Perfy hörte, war sie bestürzt. Es hieß, Perfy habe aus Trauer über den Tod ihres Bräutigams nahezu den Verstand verloren. Das geschah nicht selten, sagte man, und die meisten erholten sich davon nie mehr. Dann wanderten sie entweder als Verrückte durch die Straßen oder mußten gar in eine Irrenanstalt gebracht werden, den schrecklichsten Ort, den Diamond sich überhaupt vorstellen konnte.

Da hatte sie all ihren Mut zusammengenommen, das Haus

von Perfys Eltern gesucht und an die Tür geklopft. Auf den ersten Blick sah sie, daß Perfy tatsächlich auf bestem Weg war, in die Schattenwelt überzuwechseln, denn sie erkannte Diamond nicht einmal mehr. Ihr Zimmer war kalt und leer; Liebe und Wärme waren mit einem Schlag fortgerissen worden und hatten Perfy im Nichts zurückgelassen, allein vor einem blinden Spiegel, in dem sie sich nicht mehr erkennen konnte.

Daraufhin hockte sich Diamond im Schneidersitz unter das Fenster, wo sie den süßen Duft des Jasmins und der letzten Blüten des Geißblatts riechen konnte. Davon erzählte sie und von all den Blumen, die noch kommen würden, daß sie Geschenke der Geister zum Trost für traurige Herzen waren. Ihre Stimme verfiel in ein Summen und erinnerte an das leise Dröhnen eines entfernten Didgeridoo. Sie sprach vom Nebel, der tiefgrün wie ein Mantel über dem Wald hängt, von seinem Zauber, den nur Auserwählte sehen, die für immer gesegnet sind, sobald sie in ihn hineintreten.

Abend für Abend fand sie sich bei Perfy ein. Sie erwähnte zwar niemals Darcys Namen, doch sie sprach von seinem unerschütterlichen Platz in der Natur und von der Aufgabe, die er im Plan von Mutter Erde erfüllte. »Vielleicht ist er jetzt ein grauer Adler oder ein hoher Baum oder vielleicht sogar der Geist eines Blitzes.«

»Nein, das ist er nicht«, entgegnete Perfy leise, und Diamond fiel ein Stein vom Herzen. »Ich glaube, er ist ein Fels. Nein, er ist eine Landzunge, die eine zauberhafte Bucht beschützt. Bestimmt ist er das. Ach, Diamond, ich habe solche Angst! Immer, wenn ich an ihn denke, sehe ich ihn im Grabe liegen mit all den Würmern, die an ihm fressen. Das ist schrecklich.«

»Ruhig jetzt, ruhig«, flüsterte Diamond.

»Man sagt, ihre Haare wachsen weiter«, schluchzte Perfy.

Diamond nahm sie in den Arm, damit sie sich wieder beruhigte. »Dort ist er nicht mehr. Er ist wiedergeboren. Die

Geister haben ihn mitgenommen, und jetzt steht er stolz an dem Platz, den sie für ihn ausgesucht haben, der Landzunge beispielsweise – die Geister wissen schon, was gut für ihn ist.«

»Erzähl mir nochmal«, bat Perfy, »wie die Schwestern von Oonji für eine Quelle gesorgt haben.«

»Nach einer Trockenzeit, die kein Ende nehmen wollte, taten sie sich zusammen und sammelten in einer Quelle Tau. Die Geister sahen es mit Wohlgefallen, und mit der Zeit floß die Quelle über und wurde ein Wasserfall. Und aus dem Wasserfall wurde ein Fluß und später ein großer Strom. Und ihr Volk mußte nie wieder Durst leiden. Die Schwestern sind immer noch dort. Sie sind drei glatte, schimmernde Felsen geworden. Und jedes Jahr bringt ihnen das Volk zum Dank Blumen.«

Diamond erzählte ihr viele aufregende Geschichten aus der Vergangenheit, der Traumzeit. Sie handelten von Helden, die zu Geistern wurden und Mutter Erde dienten und gegen Blitz und Donner und andere Feinde aus dem Jenseits kämpften. Zum Dank machte Mutter Erde sie zu Wesen, die ihr geliebtes Volk nie wieder verlassen mußten. »Da ist zum Beispiel Burrumgillie«, sagte Diamond, »das weite Tal mit den grünen Flüssen. Er war ein großer Krieger.« Als Diamond so die Namen von Felsen, Flüssen, Berggipfeln, Felsengebilden, alten Bäumen und Schlingpflanzen aufzählte, beschrieb sie, ohne es zu wissen, Orte im Land der Irukandji, der Gegend oberhalb der Mündung des Endeavour, dem Oberlauf jenes Flusses, der später Palmer genannt wurde.

Diamond zeigte ihr Vögel und beschrieb, was sie taten: Wie die Schwalbe ihre Flügel ins Wasser taucht, um mit den Tröpfchen den Lehm zu befeuchten, den sie für den Nestbau braucht. Mit einem Ruf begrüßte sie heimkehrende Riesen-eisvögel, und zu Perfys Entzücken antworteten sie. Perfy lachte und klatschte in die Hände, denn allmählich kam sie wieder zu Kräften.

Eines Abends klopfte einer der Lakaien an Diamonds Tür. »Hab 'ne Nachricht für dich«, brummte er. »Ist ja eigentlich nicht meine Aufgabe, aber sie stammt von Perfy. Sie geht aus Brisbane fort und möchte dich vorher noch mal sehen.«

Diamond hatte ihre Besuche bei Perfy schon vor einigen Monaten eingestellt, denn ihre Hilfe wurde nun nicht mehr gebraucht. Als Mrs. Middleton berichtete, daß Perfy Darcys Tod allmählich überwand, wußte Diamond, daß die Zeit die restlichen Wunden heilen würde. Wie Mrs. Beckmann mußte Perfy nun lernen, auf eigenen Füßen zu stehen. Daß die Middletons die Stadt verlassen wollten, wunderte sie nicht, denn so etwas schien bei den Weißen nichts Ungewöhnliches zu sein. Selbst über den Gouverneur und Lady Bowen wurde erzählt, daß sie demnächst über das Meer in ihre Heimat zurückkehren würden.

»Sie fahren nach Hause«, sagte man. Dabei hatte Diamond immer gedacht, ihr Zuhause sei hier, in Brisbane. Da niemand wußte, wer der neue Gouverneur sein würde, machten sich die Angestellten im Regierungssitz Sorgen. Besonders die Haushälterin hatte Angst vor der Zukunft, denn sie fürchtete, die Frau des Gouverneurs könnte ihre eigene Wirtschafterin mitbringen. Anscheinend besaß jeder noch eine eigene Heimat. Wo aber war ihre, Diamonds Heimat?

»Wir ziehen nach Bowen«, erklärte Perfy Diamond.

»Wo liegt das?«

Perfy durchstöberte das Wirrwarr von Kartons und Kisten und aufgestapelten Möbeln. Schließlich fand sie in einer kleinen Metalltruhe, die die Familiendokumente enthielt, eine Landkarte. »Hier«, sagte sie. »Es ist eine kleine Stadt an der Küste im Norden.«

»Im Norden.« Dieses Wort versetzte Diamond einen Stich. »Im Norden.« Das war Musik in ihren Ohren. Und so nahm sie kaum wahr, wie Perfy ihr erklärte, daß Darcy ihr viel Geld hinterlassen hatte und sich die Middletons in Bowen ein Haus gekauft hatten.

»Wie habt ihr es gefunden?« Diamond gab sich Mühe, auf das Gespräch einzugehen.

»Vater hat sich mit einem Makler, einem gewissen Mr. Watlington, in Verbindung gesetzt und sich Angebote schicken lassen. Dieser Mr. Watlington hat uns geantwortet, es sei schwer, etwas Geeignetes zu finden, denn Bowen ist zur Zeit von Goldsuchern überlaufen. Zum Glück war gerade ein hübsches Haus frei geworden, und er hat uns geraten, es sofort zu kaufen. In absehbarer Zeit würde es nämlich kein passendes Heim für eine anständige Familie mehr geben.«

»Oh, das ist ja schön«, sagte Diamond gedankenverloren. Bowen lag im Norden.

»Daddy ist dann gleich zur Bank gegangen und hat dafür gesorgt, daß sie das Geld überweisen. Und jetzt besitzen wir ein eigenes Haus! Mutter freut sich so sehr, daß sie zu nichts mehr zu gebrauchen ist.«

»Ich habe gedacht, dieses Haus gehört euch.«

»Nein, das haben wir nur gemietet. Ich bin froh, daß ich jetzt endlich was für meine Eltern tun kann. Sie waren immer so gut zu mir, und dabei hatten sie wirklich kein leichtes Leben.«

»Ja, das stimmt«, meinte Diamond matt.

Wie immer war Diamond gleich zur Hilfe bereit. Mrs. Middleton hatte sich vorgenommen, das ganze Haus blitzblank zu hinterlassen, damit die neuen Mieter keinen Anlaß zu Klagen hatten. So griff Diamond nach einer Drahtbürste und putzte den Ofen innen und außen. Als sie fertig war, polierte Perfy ihn mit Ofenschwärze, bis er blitzte.

»Später fahre ich auf die Farm«, sagte Perfy.

»Auf welche Farm?«

»Darcy hat mir seinen Anteil an der Rinderfarm hinterlassen.«

Mrs. Middleton, die das Gespräch mit anhörte, spitzte die Ohren.

»Nicht, daß ich gleich losreite! Die Farm liegt Hunderte von Meilen von Bowen entfernt, und es gibt noch keine richtige Straße dorthin. Zuerst will ich mich ums Haus kümmern.«

»Könnt ihr mich nicht mitnehmen?« fragte Diamond schnell.

»Wohin?« Perfy war überrascht.

»Dort, wo ihr hinwollt. Du weißt doch, reiche Damen haben eine Kammerzofe. Die, die ins Haus des Gouverneurs kommen, haben doch auch immer ein Mädchen dabei.«

Perfy wandte sich an ihre Mutter. »Was hältst du davon?« Alice Middleton war stehengeblieben und blickte Diamond unschlüssig an. »Einfache Leute wie wir sind an Dienstboten nicht gewöhnt.«

»Das macht doch nichts«, wandte Diamond ein. »Bitte! Ich möchte nicht bis ans Ende meiner Tage in der Wäscherei bleiben.«

Alice, die damit beschäftigt war, Töpfe und Pfannen in eine Holzkiste zu packen, schaute Diamond an. »Vielleicht ist das gar keine schlechte Idee. Wenn du mit deinem Vater nach Caravale reitest, bist du womöglich die einzige Frau unter Männern, Perfy. Mir wäre wohler, wenn du ein Mädchen dabeihättest. Außerdem ist es ein Zeichen für Vornehmheit, und sicher wird dort draußen erwartet, daß du deine Kammerzofe mitbringst. Ganz bestimmt sogar.« Sie lächelte. »Wenn Jack nichts dagegen hat, kannst du uns begleiten, Diamond.«

Als Diamond aufbrach, flüsterte Perfy ihr zu: »Daddy hat sicher nichts dagegen. Aber kannst du überhaupt reiten, Diamond?«

»Nein.«

»Dann mußt du es eben lernen. Doch damit warten wir, bis wir in Bowen sind.«

Teil 4

1

Herbert Watlington schlenderte fröhlich die Hauptstraße von Bowen entlang. Jetzt, gegen Ende der Regenzeit, bestand sie nur noch aus eingetrocknetem Schlamm, der von Fahrspuren zerfurcht war. Solange der Regen anhielt, mußte man durch knietiefen Matsch waten, den die rutschenden Wagenräder und die unentwegt stampfenden Pferdehufe aufwirbelten. Wenn sich jedoch die Monsunwolken auflösten und die unbarmherzigen Sonnenstrahlen vom Himmel brannten, trocknete der Lehm und wurde hart wie Stein. Was für ein Zufall, daß diese Straße ausgerechnet Herbert Street hieß – ein gutes Omen. Endlich hatten sich die Regenwolken aufgelöst. Und ihn hatte man weggeschickt! Bei diesem Gedanken mußte er lächeln, und ein entgegenkommender Herr, der sich angesprochen fühlte, tippte sich leicht an den Hut. Doch Herberts Lächeln hatte nicht ihm, sondern seinem Vater gegolten, der ihn in die Kolonien geschickt hatte, um für seine Taten zu büßen. Nach Auffassung des Colonels war dieses Land ein riesiges Armenhaus, wo Sträflinge und ihre etwas vornehmeren Zeitgenossen die schlimmsten Erniedrigungen ertrugen und gesenkten Hauptes auf den Freudentag warteten, an dem die Skandale vergessen, die Sünden vergeben waren und sie in den Schoß von Mutter England zurückkehren durften. Da hatte er sich gründlich geirrt. Zwar hatte Herbert Rückschläge einstecken müssen, doch im großen und ganzen erging es ihm großartig in Queensland. Er hatte allerdings festgestellt, daß es von Schurken und Gaunern nur so wimmelte und im

Vergleich zu ihren tollen Streichen seine Vergehen harmlos wirkten.

Die Hauptstraße sah aus wie eine umgepflügte Pferdekoppel. Herbert setzte vorsichtig einen Fuß vor den anderen, denn er wollte sich nicht schon wieder den Knöchel verstauchen oder hinfallen und den Tropenanzug verderben, der ihn in diesem wilden Goldgräberstädtchen als Gentleman auswies.

Drei bärtige Reiter trabten an ihm vorbei. »Wie geht's dir so, Herbie?« rief einer ihm zu.

Übertrieben höflich lüftete der Angesprochene seinen breitkrempigen Hut. »Ausgezeichnet, meine Herren, vielen Dank«, und sie grinsten zufrieden.

»Bringt mir eine Probe mit«, rief er ihnen nach. Dies war der übliche Scherz in Bowen, und die drei Männer winkten lachend zurück.

Mit ihren für die Wildnis ausgerüsteten Pferden, all den sorgsam befestigten Seilen, Gewehren und Pistolen, den hinter den Sätteln zusammengerollten Decken und dem Packpferd im Gefolge war unschwer zu erraten, wohin die Reise gehen sollte. Bowen lebte zum einen von den Goldsuchern, die zu den Schürfstellen am Cape River aufbrachen, doch in weitaus stärkerem Maße von denen, die reich von den Goldfeldern zurückkehrten und das Geld mit vollen Händen ausgaben. Herbert mochte Bowen, diese kleine Stadt am Meer mit einer Hauptstraße so breit wie ein Fußballplatz. Er fragte sich, wie es hier wohl ausgesehen hatte, bevor die Goldgräber wie ein Schwarm Heuschrecken eingefallen waren.

Er versuchte sich vorzustellen, was mit seinem Heimatörtchen Lyme Bay geschehen wäre, wenn man urplötzlich fünfzig Kilometer landeinwärts reiche Goldadern entdeckt hätte – daheim waren fünfzig Kilometer etwa soviel wie ein paar hundert in diesem unglaublich weiten Land. Die Leute von Lyme Bay hielten nicht viel von Fremden. Wäre das ein Spaß, dort Horden von Goldgräbern und Glücksrittern herumlaufen zu sehen, die schmutzige Spelunken eröffneten, ganz zu schweigen von den zahllosen Bordellen, wo die Mädchen aus dem Fenster hingen, um Kunden anzulocken! Das erinnerte ihn daran, daß er Glory Molloy besuchen wollte.

»Aha, der gute Jung ist wieder da!« rief sie und zog ihn an ihren ihm wohl vertrauten Busen. »Komm nur herein, mein Liebling.«

Glory zwinkerte ihm verschwörerisch zu, als sie ihn in ihr privates Wohnzimmer führte. Laut sagte sie: »Kommen Sie, ich will Sie mit Barney O'Day bekannt machen. Barney, darf ich Ihnen Mr. Watlington vorstellen?«

Ein Ire mit ausdruckslosen Augen und dem dümmlichen Grinsen eines Mannes, der zum ersten Mal einen Haufen Gold in der Tasche hat, erhob sich schwerfällig vom Sofa und streckte ihm seine dreckverkrustete Pranke entgegen. »Nett, Sie kennenzulernen, Sir.«

Herbert ergriff die dargebotene Hand so kurz, wie es die Höflichkeit zuließ, und zog sich dann in einen Sessel am Fenster zurück. Der Kerl stank.

»Möchten Sie auch einen Kaffee und Cognac?« fragte Glory. »Barney ist gerade erst zu Pferd hier angekommen; der Arme ist furchtbar müde, und die Hotels sind alle ausgebucht.«

Glory trug ihren irischen Akzent dick auf, und so paßte sich Herbert mit seinem besten Upper-Class-Britisch an. »Kaffee und Cognac wären jetzt köstlich, meine Liebe. Aber Mr. O'Day, es wird sich doch wohl irgendwo ein Zimmer für Sie finden lassen?«

»Nicht mal 'ne Matratze ist frei«, stöhnte Barney. »Dabei will ich nach den Monaten auf den Goldfeldern nichts weiter als ein anständiges Bett und ein Bad.«

Glory brachte den Kaffee und goß drei Gläser vom besten Cognac ein. Herbert verstand das Zeichen; sie hatten diese Szene schon viele Male durchgespielt. Er schüttelte sich. »Die Goldfelder! Davon brauchen Sie mir nichts zu erzählen!«

»O ja«, warf Glory ein. »Mr. Watlington hat sich auch mal als Goldgräber versucht, aber leider kein Glück dabei gehabt.«

»War verdammt nahe am Verhungern«, ergänzte Herbert, an Barney gewandt. »Kein Stäubchen Gold gefunden, das Essen nicht vertragen, und bald war ich zu krank, um noch die Spitzhacke zu halten.«

»Ach, das ist kein Ort für feine Herren«, bestätigte Barney. »Harte Arbeit, das ist nicht zu leugnen. Mir sind noch nie so viele Schmarotzer und Halunken auf einem Fleck begegnet, außerhalb der Gefängnismauern, versteht sich.«

»Und Sie sind nur auf der Durchreise?« fragte Herbert.

»Nun, ein paar Tage will ich schon bleiben. Mal 'n bißchen feiern, bevor es wieder zurückgeht. Ich kann nicht klagen; wahrscheinlich bin ich ein reicher Mann, bevor ich die ganze Ader ausgebeutet habe.«

»Da haben Sie mehr Glück als ich«, sagte Herbert. »Ich war völlig abgebrannt, als ich nach Bowen kam, aber dann habe ich Glory kennengelernt, die mich liebevoll aufgenommen hat.« Das entsprach sogar beinahe der Wahrheit. Sein Aufenthalt auf den Goldfeldern war eine einzige Katastrophe gewesen. Bis er dann auf einen Mann namens Flash Jack gestoßen war, der einen reichen Fund gemacht und Herbert als Leibwächter für den Ritt nach Bowen angeworben hatte. Dabei war Herbert beileibe nicht der richtige Mann für diese Aufgabe, denn er hätte sich eher aus dem Staub gemacht als sich auf einen Kampf einzulassen. Glücklicherweise waren die Buschklepper offensichtlich gerade anderswo beschäftigt.

In diesen Wochen, in denen er Jack nach Kräften geholfen hatte, sein Geld durchzubringen, machte Herbert auch die Bekanntschaft von Glory Molloy – oder besser gesagt, sie hatte ihn sich geschnappt. Sie besaß ein verwaistes Klavier, und dieser Engländer im Gefolge von Jack Flash riß mit seinem Spiel die Gäste zu wahren Begeisterungsstürmen hin. Also bot

Glory ihm die Stelle als Barpianist an, und da Herbert gerade wieder mal auf dem Trockenen saß und nicht die Absicht hatte, noch einmal nach Gold zu suchen, willigte er ein. Oft schlief er bei ihr in dem großen Daunenbett. Für eine Frau um die Vierzig, rund fünfzehn Jahre älter als er, war Glory immer noch sehr begehrenswert. Jetzt war Herbert zum wiederholten Mal Zeuge, wie sie einem neuen Kunden um den Bart ging. Die Konkurrenz zwischen den Bordellen war hart, und in der Regel ließ Glory einen möglichen Kunden nicht mehr aus ihren Fängen. Dann kam Herberts Stichwort.

»Sie können doch sicher ein Bett für Barney finden?« fragte er unschuldig. »Es muß doch einen Platz geben, wo er ein wenig ausruhen kann.«

Sie schüttelte den Kopf. »O nein, Mr. Watlington, ich habe meine Regeln, das wissen Sie. Ich kann es mir nicht leisten, ein Zimmer herzugeben, mein lieber Barney. Zur Zeit sind wir rund um die Uhr belegt, denn mein Haus ist schließlich als das beste bekannt.«

»Ach, kommen Sie, Glory«, bat Herbert. »Ich bin sicher, Barney würde Ihnen den entsprechenden Verlust ersetzen. Was hat das Geld denn überhaupt für einen Nutzen, wenn man nicht das kaufen kann, was man braucht?«

»Er hat absolut recht«, stimmte Barney eifrig zu, holte einen kleinen Beutel aus seiner zerschlissenen Weste und warf ihn auf den Tisch. »Wie wär's damit für den Anfang? Behalten Sie es, Mrs. Molloy, und lassen Sie mich wissen, wenn es aufgebraucht ist.«

Glory griff nach dem Gold. »Nun, ich könnte vielleicht eine Ausnahme machen ...«

Barney sprang auf. »Sie werden es nicht bereuen, meine Liebe.«

»Charlene!« rief Glory, und der strahlende Barney wurde von einem drallen blondgelockten Mädchen mit wogendem Hinterteil hinausgeleitet.

»Ich wollte dich sprechen«, wandte sich Glory nun an Herbert. »Das Giesler-Haus steht zum Verkauf.«

Sie hatte Herbert seinerzeit neue Kleider besorgt und ein kleines Büro neben dem Palace Hotel für ihn angemietet. »Ich finde, mit deinem guten Aussehen und deiner feinen englischen Stimme mußt du einfach ins Geschäftsleben einsteigen«, hatte sie ihm erklärt.

»Und in was für Geschäfte?«

»So genau weiß ich das nicht, aber klingt es nicht äußerst ehrbar? Ich möchte, daß du Landwirtschaftsmakler wirst.«

»Ein was? Ich habe keine blasse Ahnung von Landwirtschaft, und außerdem hasse ich Kühe.«

Glory überlegte. »Geschäfte sind dazu da, daß man den Leuten das Geld abnimmt, Herbie. Im Augenblick kommen ganze Wagenladungen neuer Kunden nach Bowen. Wie wär's dann mit Haus- und Grundstücksmakler?«

»Und wie stelle ich das an?«

Wenn Glory sich etwas in den Kopf gesetzt hatte, gab es kein Entkommen. So war Herbert nun schon seit einigen Monaten »Geschäftsmann«. Da Glory über alles Bescheid wußte, was in der Stadt vorging, war sie ihm als stiller Teilhaber von großem Nutzen.

Nun ging es also um das Giesler-Haus, das schönste Gebäude der Stadt. Giesler selbst hatte es im britischen Kolonialstil erbaut. Noch in England hatte Herbert bei seinen Freunden und seiner Familie Zeichnungen und Photographien ähnlicher Gebäude gesehen, angenehm kühl wirkende Häuser mit geräumigen Veranden und Fenstertüren, die nach außen zu öffnen waren, um die kühle Brise einzulassen.

»Warum will Giesler verkaufen?«

»Weil er auf den Goldfeldern ein Vermögen gemacht hat. Er hat so viel Geld, daß er jetzt mit seiner Familie zurück nach Deutschland geht und dort glücklich bis an sein Ende leben kann.«

Herbert war überrascht. »Davon habe ich ja noch gar nichts gehört.«

»Natürlich hast du das nicht, denn Giesler ist schlau und hat keiner Menschenseele etwas davon erzählt«, sie grinste, »außer meinem Freund Mr. Tolley, meinem liebsten Bankdirektor. Also hör zu, Herbie, du gehst jetzt zu ihm hin und jammerst ein bißchen darüber, wie schwer es heutzutage bei all dem Kommen und Gehen ist, ein Haus zu verkaufen, und kaufst es für mich. Ich biete einhundert Pfund. Aber kauf es auf deinen Namen, denn von mir würde er mehr verlangen.«

»Ich kann es versuchen, aber es ist weit mehr wert.«

»Das stimmt, aber Giesler sitzt auf gepackten Koffern.«

»Gut, ich versuch's. Willst du dort einziehen?«

»Um Himmels willen, ich doch nicht. Wenn er weg ist, verdreifachen wir den Preis und verkaufen es weiter. Du verdienst zweimal, also sei brav und zieh los.«

Es war ein einfaches Geschäft; für zusätzliche zehn Pfund gab Giesler sogar noch die Möbel mit dazu. Glory hatte recht gehabt, der Deutsche freute sich so auf die Rückkehr, daß er sich um den Verkaufspreis keine Gedanken gemacht hatte; er wollte das Haus nur möglichst schnell loswerden. Als Herbert es besichtigte, ließ er den Deutschen allerdings nicht merken, daß ihn dieses Haus beeindruckte, dessen hohe Decken und große, luftige Räume für das Klima im tropischen Queensland geradezu wie geschaffen waren. Die importierten Möbel waren geschmackvoll und solide, und es gab sogar ein Klavier.

Herbert spielte eine chromatische Tonleiter und seufzte. Es war gestimmt, ganz anders als Glorys fürchterlicher Klimperkasten.

»Sie können spielen?« fragte Giesler erfreut. »Schade, daß wir das erst jetzt erfahren.«

Herbert wanderte durch die Räume. Er würde das Haus gerne selbst behalten, aber das konnte er sich nicht leisten, nicht mit seinen Spielschulden. Außerdem wagte er nicht, Glory Molloy vor den Kopf zu stoßen.

Sobald die Familie Giesler Bowen verlassen hatte, berichtete Tolley Glory von Interessenten aus Brisbane, die ein Haus in Bowen suchten, einer Familie mit Namen Middleton. Herbert arrangierte den Verkauf über die Anwaltsfirma Jauncy und Bascombe, und zwar zum Preis von zweihundertneunundachtzig Pfund zuzüglich sechzig Pfund für die Einrichtung.

Glory wollte alles genau wissen. »Was können diese Middletons bloß hier wollen?«

»Wir haben hier einen Goldrausch, meine Liebe, hast du das noch nicht bemerkt?« fragte Herbert.

»Wenn es ihnen ums Gold geht, bringen sie kein Geld mit und kaufen auch keine teuren Häuser.«

»Vielleicht ist er Regierungsbeamter oder ein neuer Zollrat oder Landvermesser.«

»Das paßt alles nicht.« Glory grübelte. »Diese Leute haben nicht so viel Geld.«

Wenige Wochen später kam sie in sein kleines Büro gestürmt, in einem rosa Taftkleid und einem großen Blumenhut auf dem dichten schwarzen Haar. »Du solltest draußen auf deiner Veranda Schilder aufstellen«, mahnte sie.

»Was für Schilder?«

»Mein Gott, Herbert, du kannst doch nicht einfach nur dasitzen und träumen. Besorg dir ein paar Tafeln und schreib was drauf. ›Land zu verkaufen‹, ›Haus günstig zu verkaufen‹.«

»Ich habe keine Häuser zu verkaufen, es werden keine angeboten.«

»O doch, wenn du den Leuten Bargeld unter die Nase hältst. Die Leute verkaufen alles, wenn sie Geld riechen. Aber deswegen bin ich nicht gekommen. Ich habe alles über die Middletons herausgefunden. Kennst du die Farm Caravale Station?«

»Ich habe davon gehört.«

»Gut. Sie gehört zwei Brüdern, reichen Viehzüchtern, aber

einer der beiden kam in Brisbane ums Leben. Und was macht er? Hinterläßt er doch glatt all seine irdischen Güter seinem Liebchen, einschließlich der Hälfte einer Farm, die größer ist als Irland. Und rate, wer die Glückliche ist?« fuhr Glory fort. »Miss Middleton. Darum kommen sie nach Bowen«, schloß sie triumphierend.

»Ach ja?«

Enttäuscht zuckte sie die Achseln. »Ich dachte, du würdest das gern wissen. Und sieh zu, daß du draußen endlich die Schilder anbringst!«

Während er ihr nachsah, beneidete er diese Frau. Wenn sie so dahinschritt und ihren zusammengerollten roten Regenschirm hin- und herschwenkte, drehten sich die Leute nach ihr um. Sie war eine beherzte Frau. Sobald aber ein wohlgekleideter Gentleman erschien, stolperte die arme Glory und brauchte dringend einen männlichen Beistand, damit sie nicht hinfiel. Glory Molloy wußte, wer und was sie war, und sie war damit zufrieden. Herbert reizte das maßlos. Auch er wußte, wer er war, nämlich ein englischer Gentleman, dem das Schicksal übel mitgespielt hatte, aber leider kümmerte sich hier niemand darum. Bei Leuten, mit denen er in England niemals verkehren würde, galt er als Glorys Freund, und das nagte an ihm. Wie gerne wäre er ein angesehener Bürger gewesen; er wollte den Platz in der Gesellschaft einnehmen, der ihm eigentlich zustand, so wie er es von seiner Heimat her kannte. Aber dazu brauchte man Geld. Und das Schlimme war, daß Glory ihn verstand und bemitleidete; ein weiterer Grund, warum sie ihn in dieses zwielichtige Maklergeschäft gedrängt hatte. So konnten sie beide mehr Geld verdienen. Er wünschte sich nur, sie würde nicht dauernd ihre Unwissenheit unter Beweis stellen, indem sie überall herumerzählte, er sei »Geschäftsmann«.

Übermannt von Selbstmitleid zog Herbert ein Kartenspiel heraus, mischte fachmännisch und legte die Karten vor sich auf den Tisch. Dabei fragte er sich, wo er so etwas wie Anschlagtafeln herbekommen sollte.

2

Cornelia Buchanan lief die Veranda entlang und schwang ihren Spazierstock. »Die Pferde sind im Obstgarten«, rief sie. »Schafft sie raus, ihr Faulpelze!« Sie sah den beiden schwarzen Gärtnern Jumbo und Lazarus zu, wie sie über den Zaun sprangen und den Pferden hinterherjagten.

»Wer hat denn wieder das Tor offengelassen?« schimpfte sie. »Ich werde euch das Fell über die Ohren ziehen!« Die drei Pferde witterten den Tumult. Wohl wissend, daß sie im Obstgarten nichts zu suchen hatten, liefen sie in verschiedene Richtungen davon. Sie verschwanden zwischen den Bäumen, schnappten nach Zweigen und zertrampelten die jungen Pflanzen.

»Macht sie nicht nervös!« rief Cornelia von der Veranda aus, von der sie die Reihen der Obstbäume überblicken konnte. »Habt ihr denn überhaupt keinen Verstand? Geh ruhig weiter, Jumbo, und treib sie in die Enge, bevor sie mir alles ruinieren.« Angewidert drehte sie sich zu Mae, der Haushälterin, um. »Diese Schwarzen werden sich auch in einer Million Jahren nicht ändern. Ich habe ihnen ausdrücklich gesagt, daß sie niemals das Tor offenlassen dürfen.«

»Machen Sie sich keine Sorgen, Mrs. Buchanan« erwiderte Mae. »Sie holen die Pferde schon raus.«

»Aber wie lange sie wohl schon da drin sind? Darcys Pferd Clipper ist auch dabei. Es bekommt Koliken, wenn es zuviel Äpfel frißt.«

»Clipper ist ein ganz durchtriebener Gauner.« Mae lachte. »Er kann die Pforte selbst öffnen.«

»Das ist keine Entschuldigung, die Schwarzen sollten schon lange eine Kette anbringen. Sag Jumbo, wenn die Pferde noch einmal im Obstgarten sind, wird er bestraft. Streng bestraft.«

»Schon gut«, sagte Mae und schürzte die Lippen in einer Weise, die Cornelia verärgerte. Mae war zu nachsichtig mit den Schwarzen. Gut, sie war erst seit einigen Jahren auf Caravale, sie wußte nicht, wie es früher gewesen war, als sie versucht hatten, der Wildnis dieses Stück Erde abzutrotzen. Damals waren die Schwarzen noch gefährlich gewesen. So manche Nacht hatte sie mit dem Gewehr Wache gehalten, während Teddy draußen bei den Rindern geblieben war. Sie hatte sowohl die Schwarzen verflucht, die ums Haus herumlungerten, als auch Teddy, der sie an diesen gottverlassenen Ort gebracht hatte. Doch Teddy hatte Recht behalten. Die Farm warf nach kurzer Zeit Gewinne ab, und nun besaß sie ein prächtiges Haus. Niemals jedoch würde sie jene ersten Jahre vergessen, als sie in einer Hütte wohnten, draußen auf dem offenen Feuer kochten und monatelang nur von schwarzen Gesichtern umgeben waren.

Vorsichtig ließ sie sich in einen bequemen Sessel gleiten. Ihr Rücken machte ihr wieder zu schaffen, eine böse Erinnerung an einen Sturz vom Pferd. »Sie haben einen Hexenschuß«, hatte ihr der Doktor erklärt. »Wenn Sie älter werden, wird es ein bißchen zwicken.« Was wußte der schon! In letzter Zeit trieben sie die Schmerzen zur Verzweiflung. In der Ferne erblickte sie Tom Mansfield, der die Auffahrt heraufritt.

Anders als viele Frauen, die ihre Rückenschmerzen als Zeichen für den herannahenden Regen nahmen, war Cornelia überzeugt, daß ihre Schmerzen sie vor drohendem Unheil warnten. Was wollte Mansfield? Er war für die Außenposten verantwortlich, die überall auf dem mehrere Tagesritte großen Gelände der Farm verteilt waren. Doch während Bens und Darcys Abwesenheit hatte er die Verwaltung von ganz Caravale übernommen. Im Augenblick gab es für ihn nicht viel zu tun, da bald die Regenzeit einsetzen würde. Lediglich die neueste Plage, die Goldgräber, die vom Besitz gejagt werden mußten, hielten ihn auf Trab. Ihr fiel auf, daß er endlich gelernt hatte, sich die Stiefel abzustreifen, bevor er ihre Veranda betrat.

»Guten Tag, Madam«, sagte er. »Hab die Post gebracht. Hab einen Mann mit einem Ochsenkarren auf der Straße getroffen. Er war auf dem Weg nach Charters Towers und freute sich, uns zu sehen. Hat ihm den Umweg erspart.« Er reichte Cornelia eine prall gefüllte Segeltuchtasche.

»Es wird Zeit, daß wir hier einen richtigen Postdienst bekommen, statt immer nur darauf zu warten, daß einer unserer Besucher die Post mitbringt.«

»Man spricht davon«, sagte Tom.

»Man spricht ständig davon.«

»Immer noch ganz schön heiß«, bemerkte er und blickte auf den Sack. Sie hatte jedoch nicht die Absicht, ihn in seiner Gegenwart zu öffnen. Irgendwie mußte sie schließlich ihre Autorität wahren.

»Wir haben einen toten Ochsen in der Nähe der westlichen Grenze gefunden. Diese verflixten Goldgräber müssen ihn geschlachtet haben. Sie haben es nicht mal für nötig gehalten, den Kadaver zu verscharren. Würde mich nicht wundern, wenn sie auch einige Rinder gestohlen hätten. Der Mann hat gesagt, es wird schlimmer, die Goldsucher strömen in Scharen zum Cape River. Sie bringen ihre Familien und ihre Siebensachen mit und haben keine Ahnung vom Leben im Busch. Viele von ihnen haben nicht mal Vorräte dabei.«

Cornelia trommelte ungeduldig mit den Fingern gegen die Lehne. »Es hat keinen Sinn, sich bei mir zu beklagen. Sie wissen, was zu tun ist. Wenn sie unser Vieh stehlen, schießen Sie.«

»Das ist nicht so einfach. Wie ich gehört habe, scheren sich die Fleischer am Cape einen Dreck um Brandzeichen, und ich habe nicht genug Männer, um ständig unsere Grenzen abzureiten.«

»Dann nehmen Sie Schwarze. Sie würden ihre Mutter verkaufen, nur um auf einem Pferd sitzen zu dürfen.«

»Aber ich kann sie nicht bewaffnen, das ist gegen das Gesetz.« Cornelia lachte. »Dann geben Sie ihnen Speere. Möglicherweise hat das faule Pack, das hier auf unsere Kosten lebt, vergessen, wozu die gut sind. Wie dem auch sei, demnächst ist es mit dem Gold sicher vorbei, und dann müssen sich all diese Dummköpfe auf den Heimweg machen.«

»Es klingt aber gar nicht so. Im Gegenteil. In den Nebenflüssen des Cape River wird angeblich immer mehr Gold gefunden. Einige glauben, daß diese Goldfelder an die von Ballarat 'rankommen.«

»Das wird sich zeigen«, beendete Cornelia das Gespräch. Mansfield mußte immer jammern.

Teddy hatte bei der Wahl seines Grundstücks keine glückliche Hand bewiesen. Er hatte zweitausendfünfhundert Quadratkilometer markiert; von Ost nach West maß Caravale fünfundfünfzig Kilometer. Hätte Teddy ein etwas größeres Gebiet abgesteckt, würden sich die Goldfelder auf dem Besitz der Buchanans befinden – sie lagen nur etwa hundertfünfzig Kilometer weiter westlich. Dann wären sie jetzt schon mehrfache Millionäre. Wieder etwas, was sie Teddy nie verzeihen würde.

Sie öffnete den Postbeutel und warf Zeitungen, Kataloge, Post für das Farmpersonal und Rechnungen achtlos beiseite. Um Rechnungen kümmerte sie sich nicht, nicht mehr seit dem Tag, an dem sie erfahren hatte, daß Teddy sie aus seinem Testament gestrichen und die Jungen als alleinige Erben eingesetzt hatte. Er hinterließ ihnen alles, die Farm, das Haus, ihr Heim! Nach all den Jahren gab es nichts, was sie ihr eigen nennen konnte ... Zum Glück hatte sie gute Söhne, die ihre Mutter liebten und ihr nichts verweigerten; sie war immer noch die Herrin von Caravale und konnte stilvolle Einladungen geben, wenn sie Lust dazu hatte. Aber wie lange noch? Was würde geschehen, wenn sie eine Braut nach Haus brächten?

Da war ein Brief von Ben, geschrieben auf feinem Büttenpapier. Als Cornelia ihn las, stand ihr vor Staunen der Mund offen. Die Sätze schienen nur so aus Ben herauszusprudeln. Sie hatten die ganze Herde zu einem Spitzenpreis verkauft, waren auf der Sherwood-Farm gewesen, und man hatte ihn eingeladen, in Brisbane im Haus des Gouverneurs zu wohnen! Du meine Güte! Beinahe hätte sie Mae gerufen, um ihr die Neuigkeiten mitzuteilen, aber dann las sie weiter. Ben war für das Parlament von Queensland nominiert worden. Vielleicht würde ihr Sohn Abgeordneter werden!

Hocherfreut lehnte sie sich zurück. Möglicherweise zählte er eines Tages zu den bedeutendsten Männern des Staates. Vielleicht würde sogar der Gouverneur einmal nach Caravale kommen, Gouverneur Bowen und die Gräfin, um Himmels willen! Sie mußte dafür sorgen, daß das Wohnhaus renoviert wurde. Mit der Tischglocke klingelte sie nach Mae. »Du kannst alles wegräumen. Laß mir nur die Kataloge da. Ich glaube, es ist auch ein Brief für dich dabei. Heute nachmittag trinke ich keinen Tee. Bring mir Gin, kaltes Wasser und Zitronenscheiben.«

»Aha, Nachricht von Ben«, stellte Mae mit Blick auf den Brief fest. »Sie sind also sicher in Brisbane angekommen?«

»O ja.« Sie würde die Neuigkeiten zu einem geeigneten Zeitpunkt verlauten lassen. Mae konnte damit nichts anfangen, würde es aber noch vor der Rückkehr ihrer Söhne im ganzen Distrikt herumtratschen. »Mein Rücken ist so schlimm heute, daß ich Gin brauche, um die Schmerzen zu lindern.«

Sie wartete, bis Mae mit dem silbernen Tablett zurückkam, auf dem eine kristallene Karaffe und ein Kristallglas standen. Dann schenkte sie sich ein Glas puren Gin ein, um die guten Nachrichten zu begießen.

Ben schrieb weiter, Darcy habe sich mit irgendeinem Mädchen angefreundet, aber er bezweifle, daß es etwas Ernstes sei.

Cornelia runzelte die Stirn. Sie wünschte, Ben hätte den Brief nicht mit dieser unheilvollen Bemerkung verdorben. Die Jungen trafen in Brisbane zwangsläufig mit Frauen zusammen, sie waren ja schließlich keine Heiligen.

Cornelia griff nach ihrem Glas. Der Gin war der beste, den es zu kaufen gab, und sie trank ihn mit Genuß. Dabei dachte sie an die Zeiten, in denen sie sich nur den billigsten Gin leisten konnten, der einem fast die Kehle verbrannte.

»Du hast einiges geschafft, Nellie«, triumphierte sie. Sie genoß die Vorstellung, daß Teddy dies nicht mehr erleben konnte. Es geschah ihm recht. Jetzt gab es niemanden mehr, der mit dem Finger auf Cornelia Buchanan zeigen konnte …

Sie liebte besonders den Winter auf Caravale mit seinen milden Tagen und kühlen Nächten, wenn sie die schwüle Hitze und den Regen des Sommers hinter sich hatten. Dieser Nachmittag war etwas Besonderes für sie. Die Männer waren draußen und trieben das Vieh zusammen, der Hauslehrer hatte die Jungen auf einen Spaziergang zu den Wasserfällen mitgenommen, und Wunder über Wunder, die schwarzen Hausmädchen hatten es geschafft, ihre Arbeit ohne das übliche Durcheinander zu beenden. Sie hatte das ganze Haus für sich. Endlich war es fertig und gehörte ihr, das Wohnhaus von Caravale! Sie war stolz darauf, und stolz auf sich selbst.

Langsam schlenderte sie durch die Räume, strich über die polierten Möbel, die glitzernden Lampen, die vergoldeten Spiegel und die ausladenden Sofas. Als sie vor einem Spiegel einen Blick auf ihr Gesicht erhaschte, mußte sie lächeln. Sie erinnerte sich an das dumme Bauernmädchen von einst, das mit vierzehn von zu Hause weggelaufen war, um die große Welt zu sehen, das über die Grenze nach England geflohen und bis nach London gekommen war, wo sie Clem Bunn getroffen hatte.

Cornelia runzelte die Stirn. Warum mußte sie ausgerechnet jetzt an ihn denken? Noch immer hatte sie Alpträume, in denen sie in die Zeit in London zurückversetzt wurde, fürchterliche Träume von den düsteren Straßen, in denen sie sich hungrig herumtrieb, vom Stehlen und den Überfällen und von dem Keller, in dem sie wohnten und wo die Ratten ihr übers Gesicht liefen. Sie schüttelte den Kopf, ging zu den Bücherregalen und suchte nach einem heiteren Roman, der ihr helfen sollte, die finsteren Gedanken zu vertreiben. Diese Zeit war jetzt vorbei; seit vierzehn Jahren war sie die Gattin von Teddy Buchanan, einem angesehenen Rinderzüchter von Neusüdwales, und Mutter zweier stattlicher Söhne. Meine Güte, wie die Zeit verging! Meist bestellte die Familie Buchanan ihre Bücher gleich dutzendweise aus Katalogen, und es machte ihnen immer großen Spaß, die neuangekommenen Pakete durchzusehen. Einige Bücher hatte sie noch nicht gelesen. Sie wählte ein schmales Bändchen mit dem Titel *Perlen des Herzens,* ließ sich in Teddys großen Ohrensessel sinken und legte die Füße hoch. Entspannen konnte sie sich allerdings nicht. Wieder einmal wurde sie von den Schatten der Erinnerung eingeholt. Warum mußte man überhaupt ständig in der Vergangenheit herumwühlen? Teddy und seine Freunde schwelgten fortwährend in den Erinnerungen an die alten Tage. Als sie einmal Walter MeKenzie erwähnten, war ihr allerdings der Schrecken in die Glieder gefahren. Zum Glück war Walter vor vier Jahren an Herzschwäche gestorben, was angesichts seines Lebenswandels niemanden wunderte. Walter war derjenige gewesen, der sie auf dem Schiff vor einer Fahrt im Zwischendeck bewahrt hatte, indem er sie für die lange Fahrt von London nach Sydney in seine Kabine holte. Bis zu einem gewissen Punkt hatte sie es gut bei ihm gehabt, zum Beispiel hatte er ihr eine hinreißende Garderobe gekauft. Da er verheiratet war, hatte er sie als seine Geliebte in seinem Haus in Potts Point untergebracht. Sie hätte sich keinen besseren Anfang in Sydney wünschen können, mit dem Geld, das er ihr gab, und der Möglichkeit, als Lady aufzutreten, worin er sie auf der viermonatigen Fahrt unterwiesen hatte. Aber dann tauchten Walters Freunde auf, die Walter selbst ermuntert hatte, sich ebenfalls an seiner

Geliebten zu erfreuen. Cornelia hatte sie alle rausgeworfen. Für diese Kerle war sie, Cornelia Crabtree – so ihr Mädchenname –, für alles Geld der Welt nicht zu haben. Denn jeder Narr wußte, wenn ein Mann erst einmal seine Freunde an die Geliebte heranließ, waren ihre Tage gezählt. Glücklicherweise hatte sie ungefähr zu dieser Zeit bei einem Pferderennen Teddy Buchanan kennengelernt. Ihn hatte sie glauben lassen, sie wohne bei einer alten Tante. Teddy war ganz hingerissen von dieser gutgekleideten rothaarigen Schottin, und so bat er um ihre Hand. Sie sollte ihn nach Brisbane begleiten, wo er über einen Landkauf im Norden verhandelte. Mit Teddy, diesem großen, lässigen und immer fröhlichen Mann, war gut auszukommen. Nachdem sie in Brisbane geheiratet hatten, waren sie hinaus auf seinen Besitz gezogen. Schön war der Anfang nicht, doch es war unglaublich, was ein Mann alles schaffen konnte. Teddy hatte diese Wildnis doch tatsächlich in eine riesige Rinderfarm mit beinahe zwanzigtausend Stück Vieh verwandelt. Sie liebte ihr Haus und war glücklich mit Teddy. Nichts schien ihm wirklich Sorgen zu bereiten, und deshalb mußte man ihn einfach mögen. Nur zu gern hätte sie allerdings gewußt, was Walter gesagt hatte, als er in das Haus in Potts Point kam. Sie hatte sich nicht von ihm verabschiedet. Das Haus hatte sie vom Boden bis zur Decke geschrubbt und gewienert – aber die ganze Einrichtung in seinem Namen verkauft. Damit wollte sie ihm heimzahlen, daß er seine Saufkumpane auf sie losgelassen hatte.

War es nicht eine Schande, daß der arme Walter nun tot und begraben war und sie als die Herrin von Caravale lebte?

Cornelia schlug das Buch auf, die Heldin Gwendoline war ein armes Waisenkind, dessen Eltern gerade im Armenhaus gestorben waren und das nun ganz allein in der Welt stand … Cornelia warf einen kurzen Blick auf die letzten Seiten. Gut, ein Happy End, das gefiel ihr. Endlich konnte sie sich dem Buch widmen.

Da klopfte es an der Vordertür. Verärgert legte Cornelia das Buch beiseite und ging in die Halle. Mit einem Blick vergewisserte sie sich, daß Teddys geladenes Gewehr an seinem Haken an der Garderobe hing. Auf einer abgelegenen Farm wie dieser mußte man immer auf der Hut sein; jeder Fremde, ob schwarz oder weiß, konnte gefährlich werden.

Der Besucher war ein bärtiger Viehtreiber, doch mehr als einen schwarzen Schatten vor dem grellen Sonnenlicht konnte sie nicht erkennen.

»Haben Sie nicht das Schild am Tor gesehen?« fragte sie ärgerlich. »Darauf steht, daß der Zutritt verboten ist. Die Unterkünfte der Viehtreiber sind hinter dem Haus.«

Aber dieser Kerl machte keinerlei Anstalten, ihre Anweisung zu befolgen. »Sachte, Missus, ich wollte mich eigentlich mit Ihnen unterhalten.«

»An Unterhaltung wird es Ihnen kaum fehlen, wenn mein Mann herausfindet, daß Sie hier am Haus herumlungern.« Dafür würde sie schon sorgen.

»Kein Grund, unhöflich zu werden. Ein paar nette Worte tun niemandem weh.«

Sie wollte die Tür zuknallen, aber er stemmte sich mit der Hand dagegen. »Komm schon, Nellie, du wirst doch einen alten Freund nicht vor der Tür stehen lassen.«

»Ich kenne Sie nicht«, keuchte sie. Niemand in diesem Land hatte sie je Nellie genannt. Niemand.

»Was, du erinnerst dich nicht an deinen Alten, Nellie Bunn? Ich bin's, Clem. Erkennst du mich nicht?«

»Ich habe noch nie von Ihnen gehört«, log sie, während ihr das Herz bis zum Hals klopfte.

»Na, na! Versuch bloß nicht, mir hier was vorzuspielen. Ich habe lange genug gebraucht, um dich aufzuspüren, und jetzt wirst du mich nicht so schnell wieder los. Du läßt mich also besser rein.«

»Nein.«

»Dann muß ich wohl mit Teddy sprechen. Ich hätte ein paar Neuigkeiten für ihn.«

Sie trat einige Schritte zurück und gab ihm den Weg in die Halle frei, ohne ihn davon abhalten zu können, die Vordertür zu schließen. »Was willst du?«

»Also«, begann er und lehnte sich gegen die Tür, als ob er verhindern wollte, daß sie gestört wurden. »Wir haben da noch eine Rechnung zu begleichen. Du hast mich verpfiffen, Nellie, und dich mit meinem Geld davongemacht.«

»Das stimmt nicht. Ich bin gegangen, weil du nur noch getrunken hast. Verschwinde hier.«

»Nicht so hastig. Ich weiß, du bist schuld, daß sie mich geschnappt haben. Ich war fünf Jahre in Newgate; Zeit genug, dich dünn zu machen. Aber ich bin bereit, die Vergangenheit ruhen zu lassen. Hast du mich in den zwei Wochen, die ich jetzt hier bin, tatsächlich noch nicht bemerkt, Nellie?«

»Warum sollte ich?«

»Gut. Aber jetzt nimmst du mich besser zur Kenntnis, es sei denn, dein Alter soll erfahren, daß es auf dieser Farm noch einen zweiten Ehemann von dir gibt.«

Cornelia bewahrte Haltung, obwohl sich ihr vor Angst der Magen zusammenkrampfte. »Ich habe dich gefragt, was du willst.«

»Richtig. Ich werd es dir sagen. Du bist jetzt eine reiche Frau, Nellie. Wenn du mir fünfhundert Pfund gibst, bist du mich wieder los.«

Sie wurde von Angst geschüttelt. »Ich habe keine fünfhundert Pfund, ich muß erst meinen Mann fragen.«

»Du bist schlau, Nellie. Immer eine Ausrede parat.«

»Falls ich das Geld bekomme, versprichst du mir dann, dich hier nie wieder blicken zu lassen?«

»Bei meiner Ehre als Gentleman.«

Nachdenklich starrte sie den Fremden an, bei dem nur die hellen wässrigen Augen an Clem erinnerten.

»Du lügst, in einem Monat bist du wieder hier.«

Clem lachte. »Dir kann man nichts vormachen, Nellie. Ja, das ist möglich. Natürlich könnte ich auch zum Cape gehen und einen Eimer voller Gold finden. Dann hätte ich das nicht mehr nötig. Aber ich meine, du schuldest mir was. Immerhin tu ich dir den Gefallen, daß ich mein Maul halte. Keiner hier ahnt, daß ich mit der Missus verheiratet bin. Und jetzt laß uns Freunde sein. Wirklich ein hübsches Plätzchen hier; du könntest mich wenigstens auf einen Drink einladen. Sind nun wirklich keine guten Manieren, einen Besucher so in der Halle stehenzulassen.«

Cornelia trat ein paar weitere Schritte zurück, und dann noch ein paar. Während sie sich bestürzt gab und flehend die Hände ausgestreckt hielt, betrachtete sie sein triumphierendes Grinsen. Was hatte er gerade gesagt? Er hatte niemandem etwas erzählt? Gut. Dazu sollte er auch keine weitere Gelegenheit mehr haben.

Blitzschnell griff sie nach dem Gewehr und legte auf ihn an; sie freute sich, als sie sein erschrockenes Gesicht sah. »Warte doch, Nellie! Mach keine Dummheiten, Mädchen! Ich gehe ja schon.« Er wollte nach dem Türknopf greifen.

»Das wirst du nicht«, zischte sie. »Weg von der Tür!«

Vorsichtig ging sie Schritt für Schritt rückwärts den Gang entlang. »Komm mit, aber ganz langsam.«

Argwöhnisch machte er Anstalten, ihr zu folgen. Einen Schritt in seinen schweren Stiefeln gab sie ihm noch, und dann schoß sie ihn genau zwischen die Augen. Kaum lag er mit zertrümmertem Schädel am Boden, als sie auch schon das Gewehr fallenließ, ihr Haar zerwühlte und sich Rock und Bluse zerriß. Sie stieß eine Vase mit Lilien von einem Podest, riß Photografien von der Wand, wobei das Glas zerbrach, verschob den Hallenläufer und rannte schreiend aus der Hintertür, zum Lager der Schwarzen. Daß jemand die Missus angegriffen hatte, würde mehr Aufregung verursachen, als wenn man eine Herde von Wildpferden durch das Haus gejagt hätte.

Zehn Jahre später, beim Lesen von Bens Brief, fühlte sie sich mehr im Recht denn je. Es war nicht umsonst gewesen, daß sie den Skandal verhindert hatte. Mrs. Buchanan war von einem Eindringling angegriffen worden, als die Männer das Vieh zusammentrieben, und so hatte sie sich selbst zur Wehr setzen müssen. Nur daß Teddy mit seinem ausgeprägten Gerechtigkeitssinn Nachforschungen über Clem Bunns Identität angestrengt und sie ein Jahr darauf zur Rede gestellt hatte. »Dieser Bursche war dein Ehemann. Du hast dich nicht scheiden lassen. Also sind wir auch nicht verheiratet.« Aber Buchanan wußte, wie man den Namen der Familie um seiner Söhne willen in Ehren hielt. Er zog in ein anderes Schlafzimmer, war höflich, wenn auch distanziert, und verlor nie wieder ein Wort über diese Angelegenheit. Cornelia machte das nicht viel aus, diese Strafe traf sie nicht hart.

Als sie sich noch einen großzügigen Schluck Gin eingoß, dachte sie voller Zorn an sein Testament. Ihre wahre Strafe war gewesen, daß Teddy ihr nichts hinterlassen hatte. Sie besaß keinen Pfennig und wurde im Grunde von ihren gutmütigen Söhnen nur geduldet. Welch ein Glück, daß ausgerechnet Ben für das Parlament nominiert werden sollte, denn mit ihm war manchmal schwer auskommen. Sie würde darauf drängen, daß er ein Haus in Brisbane kaufte und sich dort niederließ. Darcy hingegen geriet mehr nach seinem Vater. Sie würde ein nettes, ruhiges Bauernmädchen für ihn finden, eine, die tat, was man ihr sagte. Mit Gin sah alles gleich viel leichter aus. Für jedes Problem gab es schließlich eine Lösung.

3

Ein Sandsturm schnitt die Farm von der Außenwelt ab. Der rote Staub aus dem Landesinneren nahm einem den Atem; wie eine dichte Wolke hing er am Himmel, verdunkelte die Sonne und verwandelte das Tageslicht in einen unheimlichen orangefarbenen Dunst. Die Vögel verstummten, die Buschtiere hatten sich verkrochen, und die Rinder drängten sich mit gesenkten Köpfen zusammen und suchten Schutz in der Herde. Das Farmhaus war befestigt wie ein Fort.

Cornelia haßte diese Stürme. Manchmal dauerten sie Tage – Tage, in denen sie das Haus nicht mehr verlassen konnte. Trotz der Vorsichtsmaßnahmen drang der Sand ins Innere des Hauses. Sie stützte sich auf ihren Stock und wanderte ruhelos durch die Zimmer. Die Rückenschmerzen trieben sie fast in den Wahnsinn. Der Staub klebte in ihren Haaren, im Mund und in der Nase und brachte wie immer den muffigen Geruch wie nach alten Knochen mit sich.

Es gab jetzt weiter im Westen noch mehr Farmen, viel größer als Caravale, zehnmal größer, hieß es. Na und? Cornelia fuhr mit dem Finger über den Staub auf dem Büffet. »Ich will sie gar nicht sehen, die Farmen im Westen«, sagte sie zu Mae, »wenn die ihren Ackerboden derart bei uns abladen.«

»Der Staub ist so grob, daß man glauben könnte, es wäre Sand«, meinte Mae.

»Unsinn, es ist einfach nur Staub. Es dauert sicher eine Woche, bis wir hier alles wieder saubergemacht haben.«

Mae zog den Vorhang beiseite und spähte hinaus. »Ich glaube, es wird ein wenig heller.« Dann starrte sie angestrengt nach draußen. Obwohl man kaum etwas erkennen konnte, meinte sie vier Reiter zu sehen. Durch die Lichtverhältnisse schienen sie in der Ferne aufzuleuchten und wieder zu verschwinden, fast wie eine Fata Morgana. Ihr schauderte. Auf dem Pfad, der von der Hauptstraße zum Haus führte, wirkten die Reiter wie geisterhafte Schatten, deren Umrisse sie nur verschwommen wahrnehmen konnte. In gleichmäßigem Tempo bewegten sie sich auf das Haus zu. »Da kommen Männer zu uns«, flüsterte sie Cornelia zu, als ob sie Angst hätte, die Reiter könnten es hören.

»Was für Männer? Wer ist an solch einem Tag schon unterwegs?« Mit einem Ruck zog Cornelia den Vorhang zurück und starrte durch den Schleier aus Staub. »Die gefallen mir gar nicht. Hol mein Gewehr.«

»Welches?«

Cornelia besaß zwar einen neuen Colt-Revolver, aber mit ihrem Gewehr fühlte sie sich sicherer. Darcy hatte es ihr erst vor kurzem gekauft. Die Jungen waren stolz auf ihre Mutter, die eine ausgezeichnete Schützin war und sich mit den Männern beim Schießen auf die Scheibe durchaus messen konnte. Während sie beobachtete, wie sich die Fremden dem Haus näherten, lud sie das Gewehr. Die Köpfe ihrer Pferde waren eingebunden, damit sie keinen Sand in die Augen bekamen, und die Männer selbst hatten sich in Decken gewickelt, den Hut tief ins Gesicht gedrückt und die Halstücher wie Masken bis über die Nase gezogen. So konnte man unmöglich erkennen, wer sie waren. »Es könnten Buschklepper sein«, sagte sie zu Mae. »Lauf hinten raus und alarmiere die Männer! Steh hier nicht so untätig rum, beweg dich!«

Cornelia ließ den Vorhang fallen und sah durch die Tüllgardinen zu, wie die Männer am Tor abstiegen. Mit gebeugtem Haupt, die Hände schützend vor die Augen gehalten, gingen sie langsam bis zur Vordertür. Zu langsam, dachte Cornelia. Als sie die Stufen zur Veranda heraufkletterten, öffnete sie leise eine Fenstertür und trat mit erhobenem Gewehr heraus. »Keine Bewegung!«

Überrascht drehten sie den Kopf und schauten sich nach ihr um. Cornelia stand etwa drei Meter von ihnen entfernt.

Keiner der Männer, die sich nicht mehr von der Stelle rührten, war ihr bekannt.

»Mrs. Buchanan«, begann einer, aber Cornelia wollte sich nicht durch ein Gespräch ablenken lassen.

»Halt's Maul!« sagte sie deshalb und packte das Gewehr fester. »Bleibt stehen oder ich schieße!«

Von allen Seiten eilten ihr mittlerweile die bewaffneten Farmarbeiter zur Hilfe, um festzustellen, wer die Fremden waren.

Einer der Männer war der Polizeisergeant von Bowen. Ihn begleiteten zwei der Connor-Söhne, Freunde von Ben von der South-Bowen-Farm, und schließlich Hochwürden Charlie Croft.

Als sich die Farmarbeiter verstreuten und Mae davongeeilt war, um Erfrischungen vorzubereiten, führte Cornelia die Besucher ins Haus und entschuldigte sich.

»Sie brauchen sich nicht zu entschuldigen, meine Dame«, murmelte der Geistliche. »Das ist doch verständlich. Sie haben ganz richtig gehandelt.«

Verlegen scharrten sie mit den Füßen, drehten die Hüte in den Händen und weigerten sich, Platz zu nehmen. Cornelia glaubte so etwas wie Furcht auf den staubbedeckten Gesichtern zu lesen. »Von wo kommen Sie?« fragte sie. »Kein guter Tag für einen weiten Ritt.«

»Wir kommen direkt von Bowen«, platzte Dicky Connor heraus.

»Wir sind geritten so schnell wir konnten.«

»Bowen?« Cornelia wunderte sich; von dort bis nach Caravale brauchte man mindestens drei Tage. »Weswegen? Was ist denn passiert?«

Der Geistliche nahm sanft ihren Arm. »Sie sollten sich hinsetzen, Mrs. Buchanan.«

Cornelia machte sich los. »Nein, lassen Sie mich. Was ist passiert?«

Nun war der Sergeant an der Reihe. »Wir haben schlechte Nachrichten für Sie, Madam. Schlimme Nachrichten. Drunten in Brisbane hat es einen Unfall gegeben.«

Ihr wurde eiskalt. »Wer? Wer hatte einen Unfall?«

»Darcy«, antwortete er. »Bei einer Rauferei.«

Sie atmete auf. Eine Rauferei. Darcy hatte sich auch früher schon geprügelt, die Männer hier draußen ... Die Stille lastete im Raum. »Wie schlimm ist es?« Charlie Croft hatte Tränen in den Augen.

Der Sergeant stieß einen Seufzer aus. »Es tut mir leid, Madam, sehr schlimm. Darcy ist tot.«

Darcy? Das konnte nicht wahr sein! Er war doch gerade erst fünfundzwanzig. »Wer sagt das?« begehrte sie auf. Sie wollte diese Geschichte einfach nicht glauben. »Woher wissen Sie das?«

»Man hat uns telegraphiert, Madam, damit sie es so schnell wie möglich erfahren.«

»Wo ist Ben?« Noch immer trotzte sie der Wahrheit.

»In Brisbane, Madam. Ihm geht es gut. Er ist noch geblieben, um alles zu regeln. Das Begräbnis und so. Hochwürden ist mit uns gekommen, um hier einen Gottesdienst abzuhalten ...«

»Wenn Sie möchten«, unterbrach ihn der Geistliche. »Nur, wenn Sie es wünschen.«

Cornelia starrte ihn an. Die anderen schienen zurückgewichen zu sein. Mit gebeugten Köpfen waren sie aus ihrem Gesichtskreis verschwunden und wirkten plötzlich meilenweit entfernt. »Darcy ist tot?« fragte sie ihn mit kläglicher, flehender Stimme. »Mein Darcy?«

Irgend jemand stützte sie, Mae weinte, die Männer flüsterten miteinander und die Decke begann sich zu drehen. Der Schmerz dröhnte in ihrem Kopf, doch sie versuchte, sich zu beherrschen. »Würden Sie mich jetzt bitte entschuldigen?« sagte sie und wandte sich zur Tür. Verzweifelt spielte sie die Rolle, die man von ihr erwartete und für die man sie noch Jahre später rühmen sollte. Ihre Augen waren von Tränen verschleiert. »Mae, du kümmerst dich bitte darum, daß die Männer untergebracht werden.« Mit hoch erhobenem Kopf drehte sie sich noch einmal um. »Ich bin Ihnen außerordentlich dankbar für Ihre Freundlichkeit, meine Herren.«

Mae eilte hinter ihr her. »Mrs. Buchanan, es tut mir so leid! Brauchen Sie wirklich keine Hilfe? Kann ich etwas für Sie tun?«

»Ja, biete den Herren etwas zu trinken an. Sie sollen alles haben, was sie brauchen. Und serviere ihnen eine anständige Mahlzeit.«

»Aber was ist mit Ihnen?«

»Brandy«, sagte Cornelia mit zusammengebissenen Zähnen. »Und dann laß mich allein.«

Mit dem Taschentuch in der Hand wanderte sie von einem Ende des Zimmers zum anderen, sie starrte aus dem Fenster, setzte sich aufs Bett und trat erneut ans Fenster. Immer wieder wurde sie von heftigem Schluchzen geschüttelt. Darcy war nicht mehr am Leben! Er und Ben waren die einzigen Menschen auf der Welt, die ihr etwas bedeuteten. Was war nur geschehen? Sie wollte alle Einzelheiten wissen, aber noch war der Schock zu groß, als daß sie es im Augenblick verkraftet hätte, mehr zu hören.

Aus der Ferne hörte sie ein Wehklagen und dann das regelmäßige Trommeln auf hohlen Baumstämmen, gefolgt von dem fordernden Dröhnen des Didgeridoo. Die Schwarzen hatten mit ihrer Trauerzeremonie für Darcy begonnen. Bald wurden die Klagen lauter, eindringlicher. Die Trauerrituale der Schwarzen hatten zu anderen Gelegenheiten an Cornelias Nerven gezerrt, aber heute empfand sie sie als tröstlich. Am liebsten hätte sie laut geschrien, aber sie konnte es nicht.

Die schwarzen Frauen würden es für sie tun, die würden schreien und weinen und sich geißeln, denn auch sie hatten Darcy geliebt. Cornelia ließ den beruhigenden Klang des Didgeridoo über sich hinwegströmen und horchte auf die eintönige Melodie. Das dumpfe Dröhnen verhallte in der dämmerigen Landschaft. Auf einmal fühlte sie sich taub und leer.

4

Ben hatte gewußt, daß ihn bei seiner Heimkehr keine leichte Aufgabe erwarten würde, aber auf so etwas war er dann doch nicht gefaßt gewesen. Er wünschte, Darcy wäre bei ihm, so verrückt und widersprüchlich das auch klang. Darcy konnte mit Mutters Gefühlsausbrüchen umgehen, er behandelte sie so, als wäre er ihr großer Bruder, und beruhigte sie, indem er sich liebevoll über sie lustig machte. Ben hingegen fühlte sich angesichts ihres schrecklichen Zorns völlig hilflos.

Er mußte nun mit dieser übermächtigen Schuld leben, und mit dem großen Schmerz über den Verlust seines Bruders obendrein. Wenn er doch nur ... Ach, zum Teufel noch mal, es hatte keinen Sinn, alles zum tausendsten Mal durchzugehen. Erschüttert von Trauer hatten die anderen den schlechten Streich, der so tragisch ausgegangen war, mit keinem Wort erwähnt. Außerdem hätte das alles nur noch schlimmer gemacht. Es ging nicht nur darum, daß sie gegen das Gesetz verstoßen hatten, schließlich war Darcys Tod ein Unfall gewesen. Doch wie sollten sie nun jemals ihren Mitmenschen wieder gegenübertreten, ihnen in die Augen schauen? Und Cornelia! Mein Gott, wenn sie jemals etwas herausfand! Es war so schon schlimm genug.

Nach dem Begräbnis war er in Brisbane aufgehalten worden. Er war am Ende seiner Kräfte und suchte in seiner Verzweiflung einen Rechtsanwalt auf. Seine ganze Welt lag in Trümmern. Er wünschte, er könnte die Zeit zurückdrehen und seine Fehler wiedergutmachen. Seine Trauer um Darcy war grenzenlos, und die Schuld lastete schwer auf ihm. Hinzu kam, daß er bereits für sein Vergehen bezahlte. Er wurde bestraft. Die politische Laufbahn war dahin, denn Caravale hatte jetzt Vorrang. Obwohl er nun schon seit einer Woche zu Hause war, hatte er Cornelia immer noch nicht über den Ernst der Lage aufklären können. Sie steckten in einer entsetzlichen Zwickmühle, und er versuchte, eine Lösung zu finden und gleichzeitig seine Mutter zu trösten.

Sie hatte Zeit zum Trauern gehabt. Auf Caravale war ein Gottesdienst abgehalten worden, und ihre Freunde waren viele hundert Kilometer weit gereist, um Darcy die letzte Ehre zu erweisen. Auch viele Schwarze hatten sich, wie Mae ihm erzählt hatte, eingefunden.

»Alle haben Darcy geliebt«, hatte sie geschluchzt, und Ben hatte einen Stich gespürt. Bestimmt würde man ihn jetzt mit Darcy vergleichen, und dabei mußte er einfach schlechter abschneiden.

Nur wenige Stunden nach seiner Ankunft auf Caravale, Stunden, die er mit seiner Mutter in gemeinsamer Trauer verbracht hatte, begann Cornelia ihn auszufragen.

»Wer war es? Wer hat meinen Sohn getötet?«

»Mutter, du weißt, was passiert ist. Ich habe dir doch den Bericht des Leichenbeschauers gezeigt.«

»Und was hast du getan?«

»Was hätte ich tun sollen?«

»Du hättest diese Schweine erschießen sollen!«

»Natürlich! Damit ich am Galgen ende!«

»Du läßt sie also einfach so laufen.«

»Sie haben es nicht mit Absicht getan. Es war ein Unfall. Glaubst du, sie machen sich keine Vorwürfe?«

»Natürlich. Sie haben mir geschrieben. Was für eine Frechheit! Bringen meinen Sohn um und schicken mir ein Kondolenzschreiben! Und ihre Eltern! Wenn auch nur einer von ihnen den Fuß auf unser Land setzt, werde ich ihn eigenhändig erschießen. Du hast ja nicht den Mumm dazu.«

»Oh, Mutter, bitte!«

»Nein, du würdest nie selbst zur Waffe greifen. Aber du hättest vielleicht jemanden anheuern können, der das für dich erledigt. Du hast immer noch die Möglichkeit dazu.«

Nacht für Nacht mußte er sich nun ihre Haßtiraden anhören. Zwar hatte Ginger Butterfield Ben freundlicherweise angeboten, ihn bis nach Caravale zu begleiten, aber jetzt war er froh, daß er abgelehnt hatte. Nur als allerletzte Ausflucht hätte er Ginger in diese Angelegenheit mit hineinziehen dürfen. Außerdem hatte er es damals vorgezogen, allein zu reisen, denn er hatte befürchtet, er würde auf dem langen Ritt von Bowen nach Caravale zusammenbrechen und Ginger die ganze Wahrheit erzählen. Ein Gespräch am Lagerfeuer, die Stille einer Nacht im Busch ... Die schweigsame Landschaft formt den Menschen, ergreift von ihm Besitz und läßt ihn Geheimnisse preisgeben, als sei er mit seinem Gott allein.

Ben war ein guter Buschmann. Wie die Schwarzen zog er auf kürzestem Wege quer durchs Land und mied die kurvigen Wagenstrecken. Auf diese Weise sparte er sich einen Umweg und wich der langsam dahintrottenden Meute der Goldsucher aus, die mit ihren Familien auf dem Weg zum Cape River waren. Also war er allein gereist, nur mit dem zutraulichen, verspielten Vollblut, das er in Bowen gekauft hatte, und einem klugen gefleckten Hirtenhund, den er blutend und mit zerrissenen Pfoten hinter einer Schenke gefunden hatte, als Gesellschaft.

Die Hündin, die er Blue getauft hatte, war schnell wieder zu Kräften gekommen und ritt stolz hinter ihm auf dem Pferd. »Schaff mir diesen Hund aus dem Haus«, fuhr Cornelia ihn eines Abends an. »Ein Hund gehört nach draußen.«

»Blue nicht, sie bleibt bei mir. Ich möchte nicht, daß sie bei den anderen Hunden ist, bis sie sich an ihr neues Zuhause gewöhnt hat.«

»Sie hat etwas von einem Dingo, das kannst du an ihren Augen sehen.«

»Ja, sie ist klug.«

»Darcy hat niemals Hunde ins Haus gebracht.«

»Nein, denn sie wurden ja auch auf der Farm geboren.«

»Er war vernünftiger als du.«

Ben zog es vor, diese Bemerkung zu überhören. »Von der Merri-Creek-Farm ist ein Viehtrieb unterwegs. Sie halten sich zwar an die vorgeschriebene Route, aber ich will morgen früh trotzdem mal mit den Viehtreibern dort vorbeischauen und aufpassen, daß sich unsere Rinder nicht unter diese Herde mischen. Die neue Viehroute zum Cape River führt direkt an unserer nördlichen Grenze vorbei.«

Cornelia hatte sich zum Abendessen umgezogen. Sorgfältig gebürstetes kastanienrotes Haar mit grauen Strähnen umrahmte ihr Gesicht. Ben dachte bei sich, daß Schwarz ihr gut stand, aber er verkniff sich eine entsprechende Bemerkung, um sie nicht wieder an ihren Kummer zu erinnern. Da sie getrunken hatte, war sie in reizbarer Stimmung, doch das empfand er schon beinahe als Fortschritt gegenüber ihren Ausbrüchen der letzten Tage.

»Wenn du nicht so wild darauf gewesen wärst, mit deinen feinen Freunden nach Brisbane zu gehen, hättest du die Rinder am Cape verkaufen können, und Darcy wäre noch am Leben.«

»Kannst du nicht endlich damit aufhören? Du weißt doch genau, daß man dort erst lange nach unserer Abreise Gold gefunden hat.«

Sie stocherte in ihrem Essen herum. »Warum hast du im Haus des Gouverneurs übernachtet, während dein Bruder mit einem schäbigen Wirtshaus vorlieb nehmen mußte?«

Ben beachtete sie nicht. Den Grund hatte er ihr schon oft genug erklärt.

»Ich habe nachgedacht«, sagte sie mit seidenglatter Stimme.

»Was wäre passiert, wenn nicht Darcy, sondern du getötet worden wärst?«

»Tut mir leid, damit kann ich nicht dienen.«

»Nein, versteh mich nicht falsch, Ben. Ich will damit sagen, daß Darcy diese Bande niemals hätte so davonkommen lassen. Du weißt ja, wie treu Darcy seiner Familie ergeben war.« Ben schob wütend seinen Stuhl zurück. »Jetzt reicht's mir«, knurrte er. »Ich will dir mal erzählen, wie treu ergeben Darcy war. Über ein gewisses Mädchen habe ich nämlich noch nie gesprochen …«

»Doch, du hast sie in deinem Brief erwähnt. Ich habe ihn aufgehoben.«

»Meinetwegen, erinnere dich, an was du willst. Aber du weißt nicht, daß er sie heiraten wollte. Die beiden hatten schon den Hochzeitstag festgesetzt. Das Aufgebot war bereits bestellt.«

»Was? Ich glaube dir kein Wort.«

»Dieses Fest war sein Junggesellenabschied.«

»Darcy hätte niemals ohne mein Wissen geheiratet.«

»Da irrst du dich gewaltig. Er wollte sie nach Caravale mitnehmen.«

»Wer ist diese Person überhaupt? Kenne ich sie?«

»Natürlich nicht, er hatte sie nämlich selbst erst eine Woche zuvor kennengelernt. Sie ist Hausmädchen.«

Cornelia starrte ihn an. Dann schüttelte sie den Kopf, als wollte sie die letzten Worte ungesagt machen. »Nun gut, Darcy wird schon gewußt haben, was er tat, er war schließlich kein Dummkopf. Aber das ist jetzt nicht mehr wichtig.«

»Hast du eine Ahnung! Ich wollte zwar eigentlich einen besseren Zeitpunkt abwarten, um es dir zu sagen, aber da du anscheinend entschlossen bist, für den Rest meines Lebens an mir herumzunörgeln, solltest du dir mal genau überlegen, wie treu Darcy wirklich war. Sein ganzes Hab und Gut hat er nämlich diesem Mädchen hinterlassen.«

Cornelia wurde leichenblaß. »Was sagst du da?«

»Damit du's weißt, diesem dahergelaufenen Hausmädchen gehört jetzt die Hälfte von Caravale!«

5

Als Jack Middleton mit Alice, Perfy und ihrem Hausmädchen Diamond in Bowen, dem früheren Port Denison, an Land ging, war er angenehm überrascht.

Vom Schiff aus hatte der Ort auf den ersten Blick gewirkt, als ob es dort drunter und drüber ginge. Im Hafen herrschte ein Durcheinander von Schiffen, wie Jack es in seinem ganzen Leben noch nicht gesehen hatte. Da waren Lugger und Schoner, kleine Segelboote, Schleppnetzfischer, Barkassen und sogar ein paar alte asiatische Schaluppen. Daneben lagen einige Klipper, deren Masten vor dem Meer aufragten, und über allem thronte erhaben der Passagierdampfer *Duke of Roxburgh.* Sie hatten sich glücklich gewähnt, auf dem *Duke* reisen zu können, doch als sie an Bord gingen, trafen sie auf Hunderte von Zwischendeckpassagieren und Goldsuchern. Der Kapitän hatte den Passagieren in der Ersten Klasse eilig versichert, später würde die Reise ohne Unannehmlichkeiten verlaufen, aber da die Middletons gemeinsam mit dem Pöbel in Bowen von Bord gehen würden, hatten sie nichts mehr davon.

Eine lange Landungsbrücke erstreckte sich vom Ufer in die Bucht hinein. Dort hatten jedoch so viele Boote angelegt, daß sie das Beiboot des *Duke* direkt am Strand absetzte. Die Matrosen versprachen ihnen, das Gepäck später an Land zu bringen, und so führte Jack seine Familie auf einem von Palmen gesäumten Pfad über den Strand. Von dort aus gelangten sie auf die breite Hauptstraße, die an diesem heißen Nachmittag wie ausgestorben dalag. Die schmucke kleine Stadt schien alle Goldgräber, die angeblich hier eingedrungen waren, verschluckt zu haben.

Ein junger Mann in einem adretten weißen Tropenanzug und einem Sonnenhut trat vor. »Entschuldigen Sie Sir, sind Sie vielleicht Mr. Middleton?«

»Genau.«

»Ach, dem Himmel sei Dank. Ich habe schon nach Ihnen Ausschau gehalten. Darf ich mich vorstellen? Mein Name ist Herbert Watlington. Der Grundstücksmakler.«

»Guten Tag«, erwiderte Jack. »Nett von Ihnen, uns hier abzuholen. Sie könnten uns zeigen, wo das Haus liegt.«

»Aber natürlich, Sir. Vielleicht sollte ich Ihnen eine Droschke beschaffen; es ist ein ziemlich weiter Weg.«

Jack wandte sich an seine Frau. »Was meinst du, Mutter? Willst du auf eine Droschke warten, oder sollen wir laufen?«

»Ich würde lieber zu Fuß gehen«, antwortete Alice. »Wir brauchen etwas Bewegung. Mir zittern immer noch die Knie von der Seereise.«

Jack stellte seine Familie vor, und gemeinsam machten sie sich auf den Weg. »Ich habe noch nie solch eine breite Straße gesehen«, meinte Jack. »Man kann ja kaum die andere Seite erkennen.«

»Ja, komisch, nicht wahr?« pflichtete ihm Watlington bei. »Aber es ist sehr nützlich, wenn sich morgens die Goldgräber mit ihren Pferden und Geräten hier versammeln, um zu den Goldfeldern zu reiten. Jeden Morgen bricht eine Kolonne auf, und sie bleiben zusammen, weil das sicherer ist.«

»Wie weit sind die Goldfelder entfernt?«

»Ungefähr fünfhundert Kilometer Luftlinie, aber dazwischen liegen viele Flüsse und Berge.«

Jack nickte und drehte sich nach den Frauen um, die ihnen in einigem Abstand folgten und sich die Auslagen der Geschäfte ansahen, die zwischen Gasthäusern und Banken eingezwängt waren. Allem Anschein nach war dieser junge Mann noch nicht sehr lange in der Kolonie; sein Akzent war zu wenig abgeschliffen, und er benahm sich, als sei er etwas Besseres. Aber Ehre, wem Ehre gebührt; das Haus war bezahlt und seine Aufgabe erfüllt, er hätte also nicht die Umstände auf sich nehmen müssen, sie abzuholen.

»Ich lebe schon lange in Australien«, begann Jack, »und ich kann immer noch nicht begreifen, wie groß dieses Land eigentlich ist. Der Kapitän hat gesagt, wir wären auf unserer Reise von Brisbane nach Bowen an einer Küste von zweitausendvierhundert Kilometern Länge vorbeigefahren.«

»Ja, das ist wirklich wahr«, stimmte Herbert ihm begeistert zu. »Ich mußte auch erst die Karten studieren, um es zu glauben. Und von dieser Stadt ist es noch einmal so weit bis zum anderen Ende von Queensland, zum Cape York.« Er lachte. »Ich glaube nicht, daß unsere verehrte Queen eine Ahnung hat, wie riesig der Staat ist, der ihren Namen trägt.«

»Wie weit ist es zur nächsten Stadt?« fragte Jack.

»Die nächste Stadt?« Herbert blickte ihn erstaunt an. »Nun, ich nehme an, das ist Townsville. Dreihundert Kilometer die Küste rauf nach Norden, würde ich sagen, an der Cleveland Bay.«

»Nein, ich meinte im Landesinneren.«

»Mein lieber Mr. Middleton, im Landesinneren gibt es keine Städte. Da ist ein Dorf auf dem Weg zu den Cape-Goldfeldern mit Namen Charters Towers, aber ich glaube nicht, daß es mehr ist als eine Art Nachschublager für die großen Rinderfarmen, die dort liegen.«

»Wirklich?« Jack war verblüfft. Keine einzige Stadt? Durfte er Perfy in so eine gottverlassene Wildnis bringen?

»O ja«, erwiderte Herbert. »Man könnte sagen, wir leben am Rand der Zivilisation. Die Goldfelder kann man nicht zählen; ich war auch mal draußen, und dort herrschen ziemlich rauhe Sitten. Nun, Ihr Haus liegt gleich hier, das ist die Carter Street.« Sie bogen um die Ecke und ihr Führer wartete, bis die Damen aufgeschlossen hatten. »Hier entlang, meine Damen; ich weiß, es ist sehr heiß, aber es sind nur noch ein paar Meter.« Er führte sie die Straße entlang und streckte dann den Arm aus. »Voilà!«

»Wo?« fragte Alice.

»Direkt vor uns, auf der anderen Straßenseite«, erklärte Herbert. »Ich wollte gerne, daß sie von hier aus den ersten Blick darauf werfen.«

»Gütiger Himmel!« rief Alice aus, und Perfy packte ihre Mutter am Arm. »Nein, wie schön! Was für ein hübsches Haus!« Jack stand nur da und schaute. Das Haus, ihr Haus, war weitläufig, besaß einen hohen Giebel und auf jeder Seite eine Veranda. Es war großzügig geschnitten und lag auf einem Grundstück von wenigstens einem halben Morgen mit saftigem grünem Rasen, schattenspendenden Bäumen und blühenden Sträuchern. Statt durch einen Gartenzaun wurde es von einer sauber gestutzten Hibiskushecke von der Straße abgeschirmt. Ein mit Steinplatten ausgelegter Weg führte vom Eingang zur vorderen Veranda.

»Es wurde von einem Preußen gebaut«, sagte Herbert, »und dieser Mann war sehr genau.«

Bei der Führung durch das Haus fragte sich Jack, was wohl sein verstorbener Vater von dem Besitz gehalten hätte. Seine Augen wurden feucht, als er an den sturen alten Kerl dachte, der seine Familie mit dem Lohn eines Bergmannes ernähren mußte und seine Söhne mit Fußtritten und Prügel zur Raison brachte. Wie weit diese Zeit doch zurücklag!

Jack seufzte und zog den Mantel aus. Er besaß nur wenige anständige Kleidungsstücke, aber in diesem Klima brauchte man auch nicht mehr als Hemden und Hosen. Mein Gott, war das eine Hitze! Ein seltsames Gefühl übermannte ihn, eine Sehnsucht nach der frischen Kühle Englands, nach dem Wechsel der Jahreszeiten. Wie sehnte er sich danach, wieder einmal das Herbstlaub unter seinen Füßen rascheln zu hören und Nebel, Schnee und verschneite Bäume zu sehen! Aber hier, in der immerwährenden Hitze, bestand die einzige Abwechslung darin, daß die Luft entweder feucht oder trokken war und das allgegenwärtige Grün in der Sonne glänzte oder vor Nässe triefte. Er erschauderte, als würde jemand über sein Grab gehen, wie Alice immer zu sagen pflegte. Aber dann schüttelte er seine Wehmut ab und wandte sich wieder der Gegenwart zu. »Ich muß mich hier erst einmal zurechtfinden«, sagte er zu Herbert. »Wo kann ich eine Landkarte bekommen?«

»Die sind hier nur schwer zu haben«, entgegnete dieser, »die Goldgräber haben sie alle aufgekauft. Aber überlassen Sie das nur mir, Mr. Middleton. Ich werde schon eine für sie auftreiben.«

»Mir kommt es darauf an, daß sie auch das Hinterland zeigt, und nicht nur die Gegend um Bowen.«

»In Ordnung. Wollen Sie dort Land kaufen?«

»Vielleicht«, erwiderte Jack unbestimmt.

»Ich muß jetzt gehen«, verabschiedete sich Herbert. »Ich freue mich, daß Ihnen Ihr Haus gefällt, Sir.«

»Es ist nicht mein Haus«, stellte Jack richtig. »Es gehört meiner Tochter.« In diesem Augenblick sah er drei Frauen mit Körben unter dem Arm den Gartenweg heraufkommen. »Wer ist denn das?«

»Das sind Damen aus dem Ort, Sir. Wir, die Einheimischen, fühlen uns unter all den Goldsuchern und ihren Familien oft in der Minderheit, und diese Damen möchten Sie wohl willkommen heißen.«

»Das hätte ich ja niemals erwartet!« rief Jack erstaunt aus. Er trat zurück und sah zu, wie seine Frau und Perfy die Gäste begrüßten. Alice war selig, in dieser Stadt als anerkanntes Mitglied der Gesellschaft willkommen geheißen zu werden, und diese Freude stand ihr ins Gesicht geschrieben. Später würde er sie damit aufziehen, doch jetzt sollte sie diesen Tag, den wohl glücklichsten ihres Lebens, in aller Ruhe auskosten.

Diamond huschte leise durchs Haus und half, wo sie konnte. Sie fühlte sich wohl hier. Noch immer spürte sie die Gegenwart der Familie, die früher hier gelebt hatte, hörte den Gesang der Töchter und die wohlmeinenden Worte des Vaters, eines herzensguten Mannes, der sie an Kapitän Beckmann erinnerte. Dazwischen mischte sich Töpfeklappern aus der blitzblanken Küche, dem Reich der deutschen Hausfrau. Zwar erfuhren Miss Perfy und ihre Eltern von den Besucherinnen viel über die vorigen Besitzer, doch Diamond brauchte gar nicht hinzuhören, denn überall trug das Haus Spuren ihrer liebevollen Fürsorge. Daß Geld diese Familie dazu verleitet hatte, ihr friedliches Heim zu verlassen, tat ihr leid, und der Gedanke, daß sie die Gegenwart zu schnell für eine ungewisse Zukunft aufgegeben hatten, bereitete ihr Sorge.

Aber vielleicht fühlte sie sich auch einfach nur an die Missus erinnert, die ihr ein paar traurige Briefe aus Deutschland geschrieben hatte. Die Kälte ihrer Heimat drang der Missus bis in die Knochen; nach wie vor litt sie unter dem Umstand, daß sie kein eigenes Heim mehr besaß. Zwar lebte die Missus bei ihrer Familie, doch die Schwiegertochter machte ihr das Leben schwer. Diamond fand das sehr seltsam und antwortete mit möglichst fröhlichen Briefen. Während ihrer Zeit als Wäscherin hatte es leider nicht viel zu erzählen gegeben, aber nun konnte sie jede Menge interessanter Neuigkeiten berichten.

Miss Perfy hatte ihr Blusen und Röcke gekauft, und so konnte sie die häßlichen Hemden aus der Wäscherei vergessen. Mit dem Hut hatte es allerdings Probleme gegeben. Mrs. Middleton war hartnäckig bei ihrer Meinung geblieben, eine Frau dürfe nicht ohne Kopfbedeckung reisen, aber jeder Hut, den Diamond aufprobierte, hatte auf ihrem dichten krausen Haar lächerlich ausgesehen. Schließlich hatte sie sich mit Mrs. Middleton auf einen Schal geeinigt, den Diamond wie einen Turban um den Kopf wand. Das sah sogar so hübsch aus, daß Mrs. Middleton sie gleich mit mehreren farbigen Baumwollschals ausgestattet hatte. Als Diamond an einem Spiegel vorbeikam, überprüfte sie noch einmal ihr Aussehen. Ja, ein Turban stand ihr gut; er unterstrich ihre kupferfarbene Haut und die hohen Wangenknochen. Da alles Haar versteckt war, wirkte ihr Gesicht sehr schmal. Außerdem brachte dieser hübsche Turban sie dazu, trotz ihrer Größe den Kopf hoch zu tragen. Und so waren erst einmal alle zufrieden. Als das Gepäck ankam und auf die Schlafzimmer verteilt wurde, waren alle so aufgeregt, daß niemand Diamonds Enttäuschung bemerkte. Es gab vier große Schlafzimmer und einen kleinen Anbau neben der Waschküche. Der Makler, der ihre Stellung sogleich erraten hatte, hatte darauf gezeigt und gesagt: »Dort schläft das Hausmädchen.« Diamond zuckte die Achseln. Warum auch sollte diese Familie anders sein als der Rest? Schwarze schliefen eben nicht in den Häusern der Weißen. Dabei dachte Diamond niemals an sich selbst als Schwarze oder als jemand mit irgendeiner bestimmten Hautfarbe.

Immerhin wohnte sie nun auf der Nordseite, und da der verhältnismäßig große Raum mit Leinenrouleaus anstelle von Glasfenstern ausgestattet war, würde er nachts sicher angenehm kühl sein.

In letzter Zeit hatte sie viel über ihren Stamm nachgedacht, und irgendwann war ihr klargeworden, was damals passiert war. Man hatte sie entführt. Zwar hegte sie keinen Groll gegen die Beckmanns, die meinten, sie gerettet zu haben, aber gelegentlich meldete sich doch ein kleiner Stachel des Zorns in ihrem Herzen. Sie war ihrer Heimat beraubt, und dies war um so schlimmer, als ihr Volk auf seine Art die Welt viel besser verstand als die Weißen. Dieses Wissen schlummerte noch in ihr, und manchmal hatte sie den Eindruck, sie könnte es fassen, wußte aber nicht wie. »Diamond!« rief Alice. »Komm her, wir haben keine Zeit zum Träumen, es gibt noch eine Menge zu tun!«

6

Auf der Farm herrschte geschäftiges Treiben. In der letzten Zeit traf man überall auf Fremde. Vor allem Rinderkäufer, die es nicht abwarten konnten, bis die Herden zu den Goldfeldern getrieben wurden, kamen selbst auf die Farmen und feilschten um die Preise. Damit bissen sie bei Ben allerdings auf Granit, er war ein zäher Verhandlungspartner. Cornelia hatte ihn noch nie so hart arbeiten sehen, aber es blieb ihm wohl gar keine andere Wahl. Und der Goldrausch flaute nicht etwa ab. Mittlerweile dehnten sich die Schürfstellen fünfzig Kilometer entlang des Cape River aus, und in der Nähe von Charters Towers entdeckte man weitere Felder.

Überall stieß man auf Gold, doch gerade jetzt, wo Caravale auf dem besten Weg war, fette Gewinne abzuwerfen, hatten sie die Hälfte der Farm verloren. Cornelia wollte immer noch nicht glauben, daß Darcy ihnen das angetan hatte. Mr. Jauncy, Darcys Testamentsvollstrecker, hatte ihnen jedoch in einem Brief bestätigt, daß die Eigentumsurkunde beim Grundbuchamt eingereicht worden war, um die Miteigentümerschaft eintragen zu lassen: Caravale war im Besitz von Perfection Middleton und Ben Buchanan.

Wie Cornelia dieses Flittchen haßte! Sie hatte Tage gebraucht, um den Schlag zu überwinden, daß sie Caravale mit einer Fremden teilen mußten. Nach Darcys Tod war das mehr, als eine Frau ertragen konnte. Immer wenn sie sich gerade etwas gefangen hatte, ging irgend etwas schief. Nun gut, sie war auch schon früher mit Schwierigkeiten fertiggeworden und würde sie auch in Zukunft bewältigen. Ben hatte einen anderen Rechtsanwalt damit beauftragt, Darcys Testament anzufechten, aber dann mußte er erfahren, daß man daran nichts mehr ändern konnte. Dieser Versager gab Ben nur den Rat, er solle den anderen Teil der Farm zurückkaufen. Schön und gut. Natürlich ging es der Farm besser als je zuvor, aber das bedeutete auch eine Wertsteigerung. Aus diesem Grunde hatte Jauncy einen Assessor geschickt, der den Wert des Besitzes und des Viehbestandes schätzen sollte. Dem Flittchen gehörte auch die Hälfte der Rinderherde, und Ben war angewiesen worden, ab jetzt sorgfältig Buch zu führen. Die Unterlagen mußten dem prüfenden Blick dieses Verräters Jauncy standhalten. Cornelia hatte den Mann noch nie leiden können; von ihm hatte sie damals auch erfahren, daß Teddy sie aus seinem Testament gestrichen hatte.

Wie sollten sie die Hälfte der Farm und des Viehbestands zurückkaufen? Zwar hatten sie Geld auf der Bank, aber das war für schlechte Zeiten gedacht, die in diesem Land genauso unausweichlich kamen wie der Tod. Außerdem brauchte man immer etwas Kapital, um eine Farm zu leiten. Nacht für Nacht zerbrach sie sich gemeinsam mit Ben den Kopf. Er hatte einfach nicht genug Geld, um das Mädchen auszuzahlen, es sei denn, er nahm einen Kredit bei der Bank auf. Aber davor hatte Ben eine Heidenangst. »Wenn du einmal in die Klauen der Bank gerätst«, hatte Teddy immer gesagt, »bist du verloren. Am Ende gehört ihnen alles, was du hast.« Womit er recht hatte.

Auch Ben hatte letzte Nacht verzweifelt gestöhnt: »Wenn wir eine Hypothek aufnehmen, um ihren Teil zu kaufen, und dann auch noch Zinsen zahlen, müssen wir jahrelang für etwas zahlen, das uns eigentlich gehört. Falls wir mit dem Wetter Pech haben oder die Rinder krank werden, können wir nichts zurückzahlen und sitzen in der Patsche.« Nein, sie mußten sich eine bessere Lösung einfallen lassen.

In den nächsten Tagen hatte Cornelia keine Gelegenheit, etwas mit Ben zu besprechen. Auf den Weiden im Südwesten gab es Ärger mit Eindringlingen. Fremde hatten sich einen Pfad durch den Busch geschlagen, um auf direktem Weg zu den Goldfeldern am Cape zu gelangen und ihren Karren und Wagen die Durchfahrt zu erleichtern. Unvermeidlich folgten ihnen weitere Reiter und Fußvolk, was zu einem Zusammenstoß mit Tom Mansfield und den Viehtreibern von Caravale führte. Es gab einen Schußwechsel, in dessen Verlauf ein Goldsucher verwundet und Toms Pferd getötet wurde. Als Vergeltung hatten die Schwarzen auf Caravale, die vielleicht nichts unternommen hätten, wäre ein Weißer anstelle eines Pferdes gestorben, einen der Wagen umgekippt. Cornelia erfuhr das von den schwarzen Hausmädchen, die über alles Bescheid wußten, was im Umkreis von hundert Kilometern geschah. Daraufhin war Ben mit Verstärkung zum Ort des Geschehens hinausgeritten, um die Sache in Ordnung zu bringen.

»Was hat Ben denn unternommen?«

»Die Mädchen sagen, er schleppt gefällte Bäume zur Grenze und blockiert den Pfad.«

»Wozu soll das denn gut sein? Er sollte lieber ein paar von diesen Kerlen erschießen.«

»Es sind zu viele, Mrs. Buchanan«, sagte Mae. »Die anderen Farmen haben dieselben Schwierigkeiten. Sie kommen zu Tausenden. Man sagt, wenn das so weitergeht, wird Charters Towers noch eine große Stadt.«

Cornelia lachte. Charters Towers. Dieses Kuhdorf! Das letzte Mal war sie dort gewesen, um mit Darcy und Ben das Dreitagerennen zu besuchen … schon wieder Darcy. Immer noch verwirrten sich ihre Gefühle, wenn sie an ihn dachte. Sie trauerte um ihn, vermißte seine Gesellschaft, seine umgängliche Art. Er war ein lieber Kerl gewesen, wie sein Vater. Ben war härter als die beiden, verbissener, und sie hatte erkannt, daß ihr jüngerer Sohn wie sie die Fähigkeit besaß zurückzuschlagen. Mit seinem dunklen rötlichen Haar und dem stämmigen Körperbau glich er ihr auch äußerlich. Darcy hingegen war das Ebenbild seines Vaters gewesen, groß, gutaussehend, schlank und großzügig, zu großzügig, zu sehr Gentleman. Ben, das wußte sie, war trotz seines Auftretens alles andere als ein Gentleman.

Es war schon spät, und Ben war hundemüde. Mae zog ihm die Stiefel aus.

»Du brauchst dich nicht umzuziehen«, sagte seine Mutter. »Wir haben ein Steak und Nierenpastete für dich warmgehalten. Setzen wir uns doch einfach in die Küche. Mae, du kannst zu Bett gehen.«

Cornelia servierte ihm die Nierenpastete mit Kartoffelpüree, einer großen Portion Blumenkohl in weißer Soße und frischen Erbsen. Als sie eine Scheibe von dem frischgebackenen Brot abschnitt, unterdrückte sie die mütterliche Bemerkung, daß dies immer sein Leibgericht gewesen war. Ben berichtete derweilen von den Schwierigkeiten mit den Goldgräbern, die ihre Rinder geschlachtet und die Kadaver einfach liegengelassen hatten, und von dem streunenden Vieh, das durch die Eindringlinge aufgeschreckt worden war. Schweigend goß sie sich beiden ein Glas Rotwein ein. Sie fühlte sich nun besser und sah, wie die Müdigkeit von ihm wich. Er erzählte ihr, daß er Clipper, Darcys Pferd, an Tom Mansfield verkauft hatte, da dessen Pferd getötet worden war.

»Das ist die beste Lösung«, meinte Ben. »Clipper war traurig, und außerdem hat er uns zu sehr an Darcy erinnert.«

»Du hast recht«, stimmte sie zu. Darcy hätte Tom das Pferd einfach geschenkt, aber Ben war eben anders.

»Wie alt ist diese Miss Middleton eigentlich?« fragte sie.

»Ich weiß es nicht genau, neunzehn oder zwanzig, würde ich sagen.«

»Das habe ich mir schon gedacht. In den Papieren, die Jauncy uns geschickt hat, steht, daß ihr Vater als Treuhänder fungiert, bis sie volljährig wird.«

»Das stimmt.«

»Was ist er von Beruf?«

»Er war Sergeant bei der Armee, hat aber seinen Abschied genommen, als seine Tochter so plötzlich reich wurde. Davor war er Sträfling. Wegen Diebstahls zu sieben Jahren Zwangsarbeit verurteilt.«

»Und was hat er gestohlen?«

»Er ist in eine Bäckerei eingebrochen und hat entweder Brot oder Geld mitgehen lassen. Aber was genau, spielt ja wohl keine Rolle? Der Mann ist ein Dieb und vorbestraft.«

Cornelia verspürte den Drang, laut hinauszulachen. Ein Anfänger! Nellie Bunn hätte sich niemals mit solchem Kleinkram abgegeben; außerdem wäre Nellie Bunn nicht so dumm gewesen, sich erwischen zu lassen.

»Wußte Darcy davon?« fragte sie ernst.

»O ja. Aber ihn hat es überhaupt nicht gekümmert.« Bens Gesichtsausdruck verriet Ärger. »Mutter, ich möchte nicht mehr über Darcy sprechen.«

»Du hast recht, reden wir von etwas anderem. Aber sag, dieser Jack Middleton – in welchen Verhältnissen lebt er?«

»Was meinst du damit?«

»Ist er verheiratet oder vielleicht Witwer?«

Ben lehnte sich im Stuhl zurück und lachte. »Tut mir leid, da muß ich dich enttäuschen. Der Mann ist verheiratet und seine Frau ist gesund und munter.«

Cornelia grinste und strich sich eine Locke aus der Stirn. »Nun gut, dann scheidet diese Möglichkeit aus.« Ben starrte sie an. »Du würdest dir ernsthaft überlegen, ihn zu heiraten, falls er alleinstehend wäre?«

»Es war ja nur ein Gedanke. Dann hätten wir immerhin die Möglichkeit, Caravale wieder in unseren Besitz zu bringen.« Im Grunde war es mehr als nur ein Gedanke. Mit ihren Fragen wollte sie Ben zum eigentlichen Ziel der Unterhaltung hinführen. Immer noch lachend schenkte sich Ben noch ein Glas Rotwein ein. »Ma, du hast wirklich Humor.«

»Ich habe dir gesagt, du sollst mich nicht Ma nennen.«

»Gut, Mutter. Du würdest also tatsächlich diesen Tölpel nur wegen Caravale heiraten?«

»Warum nicht?«

»Das ist Wahnsinn!«

»Nicht unbedingt. Aber wenn er verheiratet ist, können wir's vergessen.«

»Das glaube ich auch.«

»Und was ist mit der Tochter? Hast du sie näher kennengelernt?«

»Nein, ich habe sie nur ein paarmal gesehen. Du weißt doch, sie war Hausmädchen beim Gouverneur.«

»Wie sieht sie aus? Das muß ich wissen, Ben, denn früher oder später werden wir mit diesen Leuten zu tun haben.«

»Um ehrlich zu sein, sieht sie ganz gut aus.«

»Heller oder dunkler Typ?«

»Sie ist blond, und wenn ich so darüber nachdenke, hat sie eigentlich eine ganz gute Figur.«

Cornelia nickte. »Wir haben also ein junges Mädchen, das nett aussieht und sicherlich heiratswillig ist. In etwa einem Jahr besitzt sie die Hälfte unserer Farm, ohne daß ihr Vater ihr noch dreinreden kann.«

»Ja, und?«

»Ich glaube, es ist an der Zeit, daß du über deinen Schatten springst und dir mal überlegst, ob du sie nicht heiraten willst.«

»Du bist verrückt!«

»Denk mal darüber nach. Wenn du sie nicht heiratest, tut es ein anderer, denn sie ist eine gute Partie. Dann müssen wir uns auch mit ihrem Ehemann herumschlagen. Aber wenn du sie heiratest, fällt Caravale an dich zurück, und es kostet dich keinen Pfennig.«

»Nein, das kommt überhaupt nicht in Frage.«

Sie brachte ihm eine Schüssel Pudding und reichte ihm den Sahnekrug. »Tu was du willst. Ich mische mich da nicht ein, das mußt du selbst entscheiden. Wie es klingt, ist sie wenigstens nicht häßlich, und, mein lieber Sohn, welches Mädchen hat schon solch eine Mitgift?«

»Das ist einfach lächerlich. Was erwartest du von mir? Soll ich einen Brief schreiben und um die Hand einer völlig Fremden anhalten?«

»Selbstverständlich nicht. Warte erst mal ab. Jauncy hat gesagt, daß sich Mr. Middleton zu gegebener Zeit mit uns in Verbindung setzen wird. Ich wette, die Middletons können es kaum erwarten, einen Blick auf ihr neuerworbenes Eigentum zu werfen. Wir hören sicher noch früh genug von ihnen. Du bist ihr Partner, warte also ab, bis sie den ersten Schritt tun.«

Teil 5

1

Chin Ying verließ die Wohnung seiner Familie und ging mit gesenktem Kopf über den Platz. Er wußte, daß alle Blicke auf ihn gerichtet waren. Es war eine Ehre, vom Großfürsten Cheong eingeladen zu werden, und sicher hatten alle, die in seinen Herrschaftshäusern wohnten, schon davon gehört – angefangen bei den hochrangigen Familienmitgliedern über die Höflinge, die geschwätzigen Konkubinen und Eunuchen bis hinunter zum niedrigsten Diener.

Er war geziemend gekleidet mit einem Mantel aus königsblauer wattierter Seide, der mit goldenen und roten Drachen bestickt war, und einer breiten orangefarbenen Schärpe. Der Mantel hatte lange, spitz zulaufende Ärmel mit einem cremefarbenen Seidensaum und war, wie es der Anstand gebot, knöchellang. Sein bestes, himmelblaues Gewand mit dem kostbaren orangefarbenen Saum schleifte über den Boden und verbarg seine unwürdigen Füße, die in weichen Seidenpantoffeln steckten. Auf dem Kopf trug er einen runden schwarzen Hut, verziert mit goldenen und silbernen Perlen. Mit einem einfachen schwarzen Seidenhut hätte er mehr Geschmack bewiesen, fand Ying, aber seine Mutter war anderer Ansicht gewesen. Der Großfürst Cheong und seine Fürstin bevorzugten farbenprächtige Kleidung. Ying marschierte über den Roten Platz des Glücks zum Duftenden Garten und dann weiter zum Pavillon des Knospenden Lotus. Die jungen Damen, die die Fische in den Teichen betrachteten und sich nach dem Vorübergehenden umdrehten, würdigte er keines Blickes, obwohl sie über ihn tuschelten, und zwar ziemlich unverhohlen, wie er fand. Auf dem Weg des Singenden Bambus kam er schließlich zum Purpurnen Perlentor, dem Eingang, der hohen Beamten vorbehalten war. Natürlich war er nicht so reich geschmückt wie der Eingang zu Fürst Cheongs Hof, der nur von Familienmitgliedern benutzt wurde, aber er war trotzdem prächtig. Beim bloßen Gedanken an die fürstliche Familie beugte Ying ehrfürchtig das Haupt.

Er hatte oft draußen auf der Straße gestanden und den Prozessionen zugesehen, die durch die Haupttore von Fürst Cheongs von Mauern umgebenem Anwesen zogen. Beeindruckt hatte er beobachtet, mit welchem Pomp und welchen Zeremonien bedeutende Gäste empfangen wurden, und er war stolz darauf, daß er innerhalb dieser Mauern leben und wohnen durfte, ein junger Edelmann von hohem gesellschaftlichen Rang. Der Torweg selbst war über und über mit kunstfertigen Steinmetzarbeiten verziert, und das reichgeschmückte Pförtnerhaus prangte in Rot und Gold. Wie bei den anderen Gebäuden waren auch seine Dachenden nach oben geschwungen und lenkten das Auge des Betrachters von den schweren Metalltoren und den bewaffneten Wächtern ab.

Chin Ying lebte seit seiner Geburt vor sechsundzwanzig Jahren im Haushalt des Fürsten. Schon sein Vater, sein Großvater und sein Urgroßvater hatten dem Fürsten als Oberste Kornbeauftragte gedient, und bald würde er an der Reihe sein, diese überaus ehrenhafte Aufgabe zu übernehmen. Zwar bedeutete es eine große Verantwortung für einen so jungen Edelmann wie ihn, doch er glaubte, daß er dieses Amt gut versehen würde. Nach dem plötzlichen Tod seines Vaters war er der nächste in der Erbfolge, und außerdem verfügte er über eine gute Ausbildung. Er war nicht nur in Philosophie, Literatur, den bildenden Künsten und der Musik bewandert, wie es sich für einen gebildeten Adligen geziemte, seine Lehrer hatten ihn auch in Mathematik und der fremdartigen englischen Sprache unterrichtet. Zur Zeit befanden sich viele Engländer in China, und obwohl Ying noch keinen Ausländer kennengelernt hatte, würden seine Sprachkenntnisse ihm sicher von Vorteil sein, wenn er in die Provinz hinauszog. Sein Vater hatte ihn mehrmals zur Kornernte mitgenommen und ihm nicht nur die Abholung und Lagerung des Getreides bis in alle Einzelheiten erklärt, sondern auch alles über den Zehnten und die Steuern, die die Bauern für das Gemeinwohl abgeben mußten. Jetzt war er dankbar für die Weitsicht seines Vaters. Chin Ying würde ein tüchtiger Oberster Kornbeauftragter werden, und weil er noch so jung war, konnte er irgendwann vielleicht sogar in eine höhere Stellung aufsteigen. Der Tod seines Vaters war ein schwerer Schlag gewesen, aber Li-wen, Yings Frau, war hocherfreut über ihren neuen Stand. Nachdem Yings Mutter – wie es sich für eine Witwe geziemte – ihrem ältesten Sohn den Platz geräumt und sich mit Nanny Tan in den hinteren Flügel zurückgezogen hatte, war das Paar nämlich in den Hauptraum der Villa umgezogen. Chin Ying war nun Vorstand des Haushalts.

Zwei Diener geleiteten ihn über die Bogenbrücke, die den Stillen See mit seinen kleinen Trauerweiden überspannte, zum Pavillon der Purpurinsel. Hier war er noch nie zuvor gewesen. Durch ein Mondtor, das Glückssymbol der Liebenden, betraten sie schließlich den Hof des Großfürsten Cheong. Hier ließ man Ying warten. Seine Füße versanken in dem dicken Teppich, und aus den Augenwinkeln sah er die prächtigen Seidenstoffe, die die Wände schmückten. Sein Herr hatte in der Tat einen sehr erlesenen Geschmack.

Windglockenspiele erklangen, als sich die Türen öffneten und den Blick auf den Thronsaal freigaben. Am anderen Ende des Saals saß Fürst Cheong auf seinem hohen, prunkvollen Baldachinthron. Ehe Ying sich ehrerbietig auf die Knie warf, konnte er noch einen Blick auf die Reihen der Höflinge und Beamten werfen, deren Staatsroben in den herrlichsten Farben leuchteten.

Zu Füßen des Fürsten saß der Schatzmeister an einem kleinen, niedrigen Tisch, auf dem seine Schriftrollen und Pinsel lagen. Yings Vater hatte gesagt, er sei ein seniler Greis, doch seine Mutter war anderer Meinung gewesen; sie hielt ihn für einen gerissenen Beamten, der seine Informanten im ganzen Land hatte.

Auf das Zeichen eines Höflings trat Chin Ying vor bis zu einem kleinen vergoldeten Geländer, das ihn vom Schatzmeister und dem geheiligten Raum des Fürsten dahinter trennte. Ying kniete nieder und senkte den Kopf bis auf den Boden.

»Erhebe dich, Chin Ying«, sagte der Schatzmeister mit seiner brüchigen Stimme, und ein Diener eilte mit einem winzigen gepolsterten Schemel herbei, auf dem der zukünftige Oberste Kornbeauftragte Platz nehmen durfte. Ying verbeugte sich anmutig und ohne im mindesten tölpelhaft zu erscheinen. Bald würde er seine goldene Amtskette empfangen.

Ying sah jetzt erstmals auch den Fürsten selbst. Er war ihm noch nie so nahe gewesen, und er stellte fest, daß das Gesicht des Fürsten Cheong ungewöhnlich weiß war, wahrscheinlich gepudert oder gesalbt. Seine Augenbrauen waren geschwärzt, damit sie zu dem dünnen schwarzen Schnurrbart paßten, der zu beiden Seiten des karminrot bemalten Mundes herabhing. Seine hohe, halbmondförmige Kopfbedeckung war mit orangefarbener Seide überzogen, mit Goldfäden bestickt und mit kostbaren Steinen besetzt. Er trug ein Gewand aus weißem, wattiertem Satin, das mit einem dunklen schimmernden Pelz besetzt war, sowie eine breite, purpurrote Schärpe. An seinen feinen Händen mit den verlängerten Fingernägeln blitzten goldene Ringe.

»Das ist Chin Ying, Eure Majestät«, verkündete der Schatzmeister, »der erste Sohn des verstorbenen Obersten Kornbeauftragten.«

Träge fächelte sich der Fürst Luft zu, und der Schatzmeister fuhr fort: »Eure Majestät, anläßlich des plötzlichen Todes

des Obersten Kornbeauftragten wurde festgestellt, daß seine Eintragungen und Berichte nicht ordnungsgemäß sind.«

Chin Ying zuckte zusammen. Möglicherweise fehlten die letzten Eintragungen, das war verständlich. War es das, was der Schatzmeister meinte? Leider hatte Ying nicht die Erlaubnis zu sprechen, außer wenn man ihn unmittelbar anredete. Aufgeregt rang er die in den Ärmeln verborgenen Hände.

Der Schatzmeister sprach weiter. »Eine sorgfältige Überprüfung der Eintragungen aus den Amtsjahren des Verstorbenen hat erhebliche Unstimmigkeiten an den Tag gebracht. Daraufhin wurden in der letzten Woche Kornbauern und ihre Familien befragt, und wir sind zu dem Schluß gekommen, daß der verstorbene Beamte sich am Eigentum Eurer Majestät bereichert hat, indem er Bestechungsgelder nahm, Korn auf eigene Rechnung verkaufte und mittels gefälschter Berichte Gelder einbehielt, die Eurer Majestät gehören.«

Das war zuviel für Ying. »Das ist nicht wahr, Eure Majestät«, rief er. »Mein Vater war ein ehrbarer Mann.«

Der Schatzmeister seufzte. »Ich wünschte, es wäre nicht wahr. Dein Vater hat meine Nichte geheiratet, und ich habe dieser Ehe meinen Segen gegeben. Jetzt gehört sie zu einer Familie, die Schande über sich gebracht hat.«

Ying war entsetzt, und ihm war peinlich, daß er vor all diesen hochrangigen Persönlichkeiten so erniedrigt wurde. Er spürte, wie ihm das Blut in den Kopf schoß, und am liebsten wäre er davongelaufen. In einem neuerlichen Verstoß gegen das Protokoll fragte er flüsternd den Schatzmeister: »Herr, seid Ihr sicher, daß das stimmt?«

»Deine Familie lebte außergewöhnlich vornehm«, erwiderte er, »und bisher führte man dies auf die Geschicklichkeit deines Vaters zurück. Deine Schwester hat über ihren Stand geheiratet. Ihr Schwiegervater ist verhört worden, und wir haben erfahren, daß er sich mit zwei Mitgiften bestechen ließ, um deine Schwester in seinen Haushalt aufzunehmen. Mit der ersten sollte der Leiter der Verwaltung bezahlt werden. Bei der zweiten, die gesetzwidrig ist, handelte es sich um einen viel größeren Betrag. Der Komplize deines Vaters hat das verbrecherische Geschäft heute morgen gegenüber Eurer Majestät gestanden und wurde unverzüglich hingerichtet.«

Hingerichtet! Der Schwiegervater seiner Schwester! Ying dachte, er würde in Ohnmacht fallen.

»Hast du von dem Diebstahl und dem Betrug gewußt?«

»Nein, Herr, nein«, stammelte Ying. »Ich hatte keine Ahnung. Und ich bin zutiefst zerknirscht.« Er fiel auf die Knie. »Um meiner Familie willen flehe ich um Vergebung.«

Jetzt ergriff der Fürst selbst das Wort; er hatte eine hohe Stimme, in der ein leises Trillern mitschwang. »Vergebung kommt nicht in Frage. Es geht um Wiedergutmachung.«

»Eure Majestät, ich zahle gern alles zurück, was Ihr verlangt«, erwiderte Ying, das Gesicht im Teppich vergraben.

»Ja, du wirst alles zurückzahlen. Wir haben über deinen Fall bereits gesprochen.«

Ying wagte aufzusehen. Das weiße Gesicht sah ihn grimmig an. Das Haar des Fürsten hing in langen geflochtenen Zöpfen herab, die so dünn wie sein Schnurrbart waren. Der Fürst wirkte bedrohlich. Ying war zu Tode erschrocken. Sollte er etwa auch geköpft werden? Er fragte sich, ob er sich ausgestreckt auf den Boden werfen und um Gnade flehen sollte, doch er fürchtete, seinen Fürsten damit nur auf falsche Gedanken zu bringen. Inzwischen schmerzten seine Knie, und sein Rückgrat schien brechen zu wollen.

»In Seiner großen Güte«, verkündete der Schatzmeister, »hat Seine Majestät eine Entscheidung getroffen.« Ying hörte die Höflinge aufgeregt tuscheln, als der Schatzmeister fortfuhr: »Deine Villa mit allem, was sich darin befindet, ist beschlagnahmt worden. Deine Mutter, deine Frau und eure Diener werden in diesem Augenblick zum Braunen Flügel gebracht.«

Ein entsetztes Raunen ging durch die Zuhörer, und Ying

gelang es nur mit Mühe, sich auf den Beinen zu halten. Der Platz am Braunen Flügel war ein scheußliches Viertel, es lag zwischen den Kanalisationsmauern und dem Gefängnis. Dort hausten die niedrigsten Bürger, die nur einen Rang über den Dienern standen. »Deine Schwester wird Konkubine, deine Brüder werden ein Bauerndasein fristen und in den Kornkammern arbeiten.«

Die dünnen Lippen des Fürsten Cheong verzogen sich zu einem Grinsen. »Kornkammern. Wie passend.« Er kicherte, und mit ihm kicherte der ganze Hof. Dann nickte er dem Hofkanzler zu, der daraufhin vortrat.

»Die Versammlung des Hofes ist beendet.«

Ying machte Anstalten aufzustehen, doch der Schatzmeister schüttelte den Kopf. »Bleib sitzen.«

Der Thronsaal leerte sich rasch. Der vor Angst zitternde Chin Ying saß allein seinem Herrn gegenüber, nur der Hofkanzler und der Schatzmeister waren noch da, um seinen Urteilsspruch zu hören. Jeder kannte die Gerüchte von den Folterkammern, in denen es qualvollere Todesarten gab als die öffentliche Hinrichtung durch Enthauptung. War ihm ein so grauenvolles, schreckliches Schicksal bestimmt, daß die vornehmen Höflinge es nicht hören durften, weil sie sich darüber entsetzen würden? Da sprach Fürst Cheong: »Wie willst du die Gelder zurückzahlen und Wiedergutmachung leisten für die abscheulichen Verbrechen deines Vaters?«

Ying antwortete mit schwacher, zittriger Stimme: »Majestät, im Augenblick weiß ich es noch nicht. All dies kommt sehr überraschend für mich, doch ich werde sicher einen Weg finden.«

»Wir glauben, daß du dir etwas vormachst, du nichtsnutziger Schweineschwanz. Ohne Unsere Führung wird es dir nie gelingen, den Schaden wiedergutzumachen.«

»Ich will mich gern von Euch führen lassen, Majestät, glaubt mir.«

»Unter Unserer Führung bekommst du vielleicht die Gelegenheit, deine Mutter und deine Frau wieder in einen höheren Stand zu erheben, und deine Brüder könnten gemeine Soldaten werden.«

»Vielen Dank, Majestät. Und meine Wenigkeit?«

»Deine Zukunft hängt von deinen Leistungen ab«, erwiderte der Fürst.

Was immer es bedeutete, dachte Ying, es klang zumindest so, als würde sein Kopf auf den Schultern bleiben. Er haßte diesen Mann. »Eure Majestät, Ihr seid unendlich weise.«

»Und du bist jung und kräftig«, sagte Cheong. »Du wirst in die Welt hinausziehen und mit Gold zurückkommen. Nicht nur mit einer Handvoll, sondern mit prall gefüllten Truhen. Was deine Familie betrifft, werden wir einen Vertrag abschließen, den du innerhalb einer gewissen Frist erfüllen mußt.«

Ying blickte verwirrt um sich. War Cheong verrückt, oder wollte er ihn nur quälen? »Majestät, ich würde gerne Eurem Befehl gehorchen, doch wo finde ich solche Reichtümer?«

»Siehst du«, entgegnete Cheong, »schon jetzt brauchst du Unsere Führung. Es gibt dieses Gold, und du wirst es Uns bringen.« Ja, dachte Ying bitter. Es gingen Gerüchte um, daß die wilden Mongolen weit weg, jenseits der Grenzen, Gold besaßen. Aber was erwartete der Fürst von ihm? Sollte er etwa in das Land der Barbaren eindringen und ihnen das Gold aus den Zelten stehlen? »Weg mit ihm«, sagte Cheong plötzlich, und unter zahlreichen Verbeugungen ging Ying in Begleitung des Schatzmeisters rückwärts hinaus.

Ying bekam weder Gelegenheit, seine Familie aufzusuchen, noch hatte er Zeit, sich über das ganze Ausmaß seines Unglücks bewußt zu werden oder sich mit Freunden zu beraten. Man brachte ihn zur Bibliothek des Lehrers Wang-tse.

Eigentlich war er der Hauslehrer der Familie des Fürsten Cheong, aber da es deren Mitgliedern sowohl an der nötigen Klugheit als auch am Wissensdurst gebrach, konnte sich Wang-tse ungestört seinen Studien, insbesondere der Naturwissenschaft, widmen.

Als sie mit dem Lehrer Tee tranken, lüftete der Schatzmeister endlich das Geheimnis. »Du wirst hier bei Wang-tse bleiben, bis du dir ausreichende Kenntnisse in drei wichtigen Fächern angeeignet hast – in Geographie, Geologie, und was war das dritte?«

»Metallurgie«, seufzte Wang, der offensichtlich von dem neuen Schüler, den man ihm zugewiesen hatte, nicht sehr begeistert war.

»Dein ehrenwerter Lehrer wird dir zeigen, wo man Gold findet«, fuhr der Schatzmeister fort, »und er wird dir alles erklären, was du darüber wissen mußt, einschließlich der Art und Weise der Gewinnung. Ist das richtig?«

»Das ist richtig«, bestätigte Wang-tse.

»Vergeude keine Zeit«, warnte der Schatzmeister. »Du wirst in Wang-tses Obhut bleiben, bis ich nach dir schicke.«

Zwei Tage darauf – Ying hatte außer seinem Lehrer keine Menschenseele zu Gesicht bekommen – wurde er zu einer Audienz ins Haus des Schatzmeisters gebracht. Der Kopf brummte ihm von all den neuen Kenntnissen über Gold, diesen unveränderlichen, trägen und unzerstörbaren Stoff, die er sich in den letzten Tagen angeeignet hatte. Dazu kamen noch die vielen Begriffe: Karat, Legierung, Adern, Gänge, Flöze, Alluvialgold und Nuggets. Mit Sicherheit konnte er sich nur noch daran erinnern, daß pures Gold 24 Karat hatte. Wangtse hatte sich schließlich für dieses Thema erwärmt und Ying eine Truhe mit Schriftrollen gegeben, die sich mit Gold und dessen Gewinnung befaßten und die er auf der langen Reise studieren sollte. Außerdem hatte er ihm auf einer Karte sein Reiseziel gezeigt: das Land, in dem es Gold gab.

Während er auf den Schatzmeister wartete, versuchte Ying, Haltung zu bewahren, doch er fühlte sich elend. Jetzt schickte man ihn also in ein Land, wo es so wild zuging wie bei den

Mongolen; zum fernen Kontinent Terra Australis, auf eine lange Seereise über den Äquator durch sturmgepeitschte Meere. Wang-tse lachte sicher in seinen langen weißen Bart hinein, wenn er daran dachte, was seinem Schüler bevorstand. Denn Ying war der verschmitzte Blick des Lehrers nicht entgangen, als dieser seine Schriftrollen durchsah, den Globus betrachtete und Ying dann genaue Karten von jener Provinz namens Queensland aushändigte. Ein winziger goldener Stern markierte die Goldfelder, die am Lauf eines Flusses mit dem schlichten Namen Cape lagen.

»Ich finde diesen Ort nie«, jammerte Ying.

»Aber natürlich. Fürst Cheong wird sich darum kümmern«, erwiderte Wang-tse.

»Aber es ist ein rauhes, noch kaum erforschtes Land, wie Ihr mir gesagt habt, und es leben dort wilde Schwarze.«

»Ich würde sagen, daß es für jemanden in deiner Lage dort sicherer ist als hier.«

»Da habt Ihr wohl recht. Ich sollte unserem Fürsten dankbar sein, daß er mich mit einer so großen Aufgabe ehrt.«

»Ehrt?« fragte der Lehrer. »Er hat genügend Männer, die er auf diese Expedition schicken könnte. Hunderte, vielleicht sogar Tausende unserer Landsleute sind bereits unterwegs zu diesen Goldfeldern, viele davon unfreiwillig und ebenso verpflichtet wie du, ihren Herren Gold zu bringen. Einzig und allein deine Kenntnis der englischen Sprache hat dir das demütigende Schicksal deiner Brüder erspart. Terra Australis ist eine englische Kolonie.«

Ying fand das alles sehr verwirrend. Er hatte die Provinz Hunan noch nie verlassen. Doch es fiel ihm ein, daß Wang-tse von einer Expedition gesprochen hatte. Vielleicht mußte er ja nicht alleine gehen.

Er betrachtete seine fein manikürten Fingernägel. Schließlich empfing ihn der Schatzmeister und gab ihm weitere Anweisungen. »Heute in drei Tagen, ganz gleich, wie die Sterne stehen, wirst du das Haus des Fürsten Cheong verlassen und zu den Goldfeldern abreisen. Zwei Diener werden dich begleiten, Yuang Pan und sein Bruder Yuang Lu. Du wirst zu Pferde reisen, wie es einem Vertreter des Fürsten Cheong zusteht, und fünfzig Kulis mitnehmen, die an dem bezeichneten Ort unter deiner Aufsicht nach Gold graben werden.«

»Aber wie komme ich an diesen Ort, Herr?«

»Unterbrich mich nicht. Du begibst dich nach Macao und gehst dort an Bord eines Schiffes, das dem Fürsten Cheong gehört. Der Kapitän des Schiffes wird dich zu dem Land bringen, in dem sich das Gold befindet.«

»Es ist in Terra Australis in der Provinz Queensland, und der nächste Hafen heißt Bowen«, prahlte Ying mit seinem neuen Wissen. »Ich vermute, das Schiff wird mich in diesen Hafen bringen.«

»Spare dir deine Vermutungen. Der Kapitän hat seine Anweisungen. Sorge dafür, daß er sie befolgt, dann begib dich zu den Goldfeldern und sammle das Gold, bring es zum Schiff zurück und kehre nach Hause zurück.«

Ying schöpfte plötzlich wieder Hoffnung. Jetzt hatte er nicht nur die Gelegenheit, seiner Familie wieder zu Ansehen und Reichtum zu verhelfen. Vielleicht würde er sogar heldenhafte Abenteuer bestehen müssen. Auf jeden Fall wollte er ein Tagebuch führen, das in seiner Familie von Generation zu Generation weitergereicht werden würde.

»Du kannst jetzt gehen und deine Familie besuchen«, befahl der Schatzmeister. »Aber du darfst mit niemandem über diese Expedition sprechen. Sag einfach nur, daß du für eine Weile fortgehst. Das Goldfieber verwirrt nur den Geist. Andere Männer könnten versucht sein, dir zu folgen. Habgier ist ein Laster, wie dein verstorbener Vater ja hinlänglich bewiesen hat.«

Yings Mutter und Li-wen warteten auf ihn im verlassenen Langen Pavillon, und er weinte, als er sie in den billigen bunten Jacken und den schwarzen Hosen der niederen Klassen sah. »Meine Lieben«, rief er und umarmte sie beide, »glaubt mir, ich werde euch aus dieser Schande befreien.«

Doch seine Mutter war mißtrauisch. »Man hat uns unser Zuhause und unseren Besitz weggenommen, aber sieh dich selbst an, du bist immer noch wie ein Edelmann gekleidet.«

Auch Li-wen war aufgebracht. »Wir haben gehört, daß man dir zwei Diener zugeteilt hat. Wie kommt das? Es heißt, die Yuang-Brüder seien in unsere Villa gekommen und hätten auf dein Geheiß hin all deine Sachen mitgenommen, deine schönen Kleider und Kunstwerke und Bücher, alles, was ein Edelmann braucht, sogar deine Parfüms.«

»Davon weiß ich nichts«, erwiderte Ying.

»Du lügst«, stieß seine Mutter unter Tränen hervor. »Sag, daß das nicht wahr ist.«

»Ich darf nicht darüber sprechen.«

»Sind dir die Yuang-Brüder zugeteilt worden oder nicht?« bohrte Li-wen. »Ich will es wissen.«

»Ja«, antwortete er.

»Weißt du, wer sie sind?« fragte seine Mutter vorwurfsvoll. »Sie waren die persönlichen Diener von Hsueh Ko, der enthauptet worden ist. Und jetzt sind sie deine Diener. Was für finstere Dinge gehen hier vor?«

Ying schüttelte unglücklich den Kopf. »Ich darf euch nur sagen, daß ich fort muß, doch ich werde zurückkehren und unseren guten Namen von der Schande reinwaschen.«

»Warum später und nicht sofort?« kreischte Li-wen. »Schließlich war dein Vater ein Dieb, nicht meiner, und trotzdem werde ich dafür bestraft. Ich hasse dich!«

Seine Mutter nahm ihn am Arm. »Man sagt, du stehst in der Gunst des ehrwürdigen Schatzmeisters, eines mächtigen Mannes. Warum setzt du dich nicht für uns, deine Familie, bei ihm ein? Warum läßt du zu, daß dieses Unglück über uns hereinbricht?«

»Glaubt mir, ich versuche mein Bestes.«

»Er hat uns verraten und verkauft. Er versucht, nur sich selbst zu retten«, fiel Li-wen ein. »Er wird uns nicht helfen, es hat keinen Sinn, ihn darum zu bitten.« Sie spuckte ihm auf den Saum seines Gewandes. »Deine Mutter hat recht. Du bist heimtückisch, du hast uns betrogen.«

Verächtlich wandten sich die beiden Frauen von ihm ab.

2

Das Haus des Bischofs schien geschrumpft zu sein. Die Decke war niedrig, die Zimmer klein, und erst die Treppe! Lew konnte den Blick nicht von der Treppe abwenden, die er früher wie ein olympischer Athlet hinaufgesprungen war, um mit genau dreieinhalb Sätzen den Treppenabsatz zu erreichen. Jetzt sah sie eher winzig aus. Aus dem kleinen Jungen war ein hochgewachsener Mann geworden.

»Es heißt, er habe nicht gelitten, Lewis«, sagte der Bischof. »Er ist als Märtyrer für die Kirche gestorben.«

»Danke.«

»Laß uns niederknien und für ihn beten, und auch für deine liebe Mutter. Sie haben beide ihr Leben für den Herrn gegeben.« Lew kniete sich hin. Warum nur brachte er vor diesem alten Mann kaum einen Ton heraus? Aus Ehrfurcht vor dem Alter, wie sie bei den Chinesen üblich war? Nein, diese Erklärung galt nicht, denn schließlich hatte er sich, schon seit er denken konnte, vor dem Bischof gefürchtet. Als Kind hatte man ihn ständig ermahnt, in Anwesenheit des Bischofs ruhig zu sein und stillzusitzen. Gelegentlich hatte der alte Mann wie ein Schulmeister seine Bibelverse abgehört. Schließlich erwartete man vom Sohn eines Missionarsehepaars, daß er alle Gebete vorwärts und rückwärts aufsagen konnte, alle Hymnen kannte und die Bibel auswendig gelernt hatte. Wenigstens war es ihm so vorgekommen. Früher hatte Lewis immer angenommen, daß man im Himmel eine Art Punktekonto ansparen konnte, das um so schneller anwuchs, je länger die Gebete waren. Bei diesem Gedanken mußte er lächeln. Einmal hatte er absichtlich die Gebete durcheinandergebracht, die er aufsagen sollte, hatte sie falsch aufgesagt, den Bischof verärgert und seine Eltern blamiert und war daraufhin hart bestraft worden. Sein Vater hatte ihn geschlagen, und dann war er von seiner Mutter hungrig zu Bett geschickt worden. Aber das war die Sache ihm wert gewesen – viel lustiger als Feuerwerkskörper loszulassen.

»Wir beten für die Seele von Elizabeth Cavour«, fuhr der Bischof eintönig fort, »die ihr Leben opferte, um heidnische Seelen durch das Wort Gottes zu erretten.« Die in einem dreckigen chinesischen Dorf an Typhus gestorben ist, ergänzte Lew bei sich, und einen zehnjährigen Sohn und einen Mann zurückließ, der für seinen Herrn, den Bischof, und die Kirche wie ein Kuli schuftete.

»Und für die Seele von Joseph Cavour, der in Armut lebte wie unser Herr Jesus Christus und der seine Heimat England verließ, um sich unserer Mission anzuschließen.« Seine Stimme hob sich. »Joseph Cavour hat einen Platz an Deiner Seite verdient, o Herr. Blicke gnädig herab auf Deinen Diener, der von den Feinden Jesu niedergestreckt wurde.«

Der bei einem der blutigen Chinesenaufstände am Stadtrand von Xiangtan umgebracht wurde, nur weil er zufällig gerade dort war. Und wenn du es »niederstrecken« nennst, daß sie ihn mit ihren Schwertern in Stücke gehauen haben, dann bist du noch verrückter als sie, dachte Lew.

Diener brachten Tee und stellten ihn auf einem lackierten Tischchen ab. Lew hatte das Haus des Bischofs immer für einen Palast gehalten; es war so großartig im Vergleich zu dem steinernen Bauernhaus, in dem die Cavours gelebt hatten, als sie ihre kleine Gemeinde bekehrter Chinesen betreuten. Doch jetzt sah er das Haus des Bischofs nüchterner: ein gewöhnliches zweistöckiges Gebäude mit dem hier üblichen nach oben geschwungenen Dach und zweckmäßiger Einrichtung. Es war enttäuschend. Schon seit Jahren verabscheute Lew den Bischof und alles, was er darstellte. Er hatte ihn verachtet, weil er in Saus und Braus lebte, während seine Eltern sich bei den Bauern abrackerten und um jede Seele rangen. Sie hatten ihr Leben damit vergeudet, gegen eine Flut anzuschwimmen, Menschen für ihren Glauben zu gewinnen, die längst ihre eigenen Götter hatten. Wenn auch einige, aus Neugier oder einer Laune heraus, das Christentum angenommen hatten – die winzige Insel versank nach Josephs Tod in den Fluten, er war vergessen, die Mission hinweggespült.

»Bist du nach Xiangtan zurückgekehrt, Lewis?«

»Ja, Sir. Ich habe sein Grab gefunden. Freunde haben ihn da begraben, wo früher die Kirche war.«

»War?«

Mit Genugtuung nahm Lewis zur Kenntnis, wie sehr den Bischof diese Nachricht verblüffte. »Aber ja, sie haben die Kirche bis zu den Grundmauern niedergebrannt. Und das Bauernhaus auch.«

Er wußte, die Angreifer hatten es nicht persönlich gemeint; sie hatten das ganze Dorf niedergebrannt, aber daß die Kirche abgebrannt war, würde dem Bischof nahegehen.

»Blasphemie! Gott wird sie strafen. Nach all der harten Arbeit deines lieben Vaters!«

Lew nickte.

»Wir dachten, du würdest die Mission einmal übernehmen, Lewis«, fuhr der Bischof fort. »Dein Vater hatte immer gehofft, du würdest in seine Fußstapfen treten, sozusagen sein Werk fortsetzen. Schließlich bist du in China aufgewachsen, sprichst die Sprache fließend und dazu, soviel ich weiß, noch ein paar Dialekte. Du hast einen großen Vorteil gegenüber den Leuten, die aus der alten Heimat kommen. Ich für meinen Teil war ziemlich enttäuscht, als ich hörte, daß du zur See gegangen bist.«

Mich zur See geflüchtet habe, meinst du wohl. »Ich habe inzwischen mein Kapitänspatent«, sagte Lew. »Und in Macao wartet ein Schiff auf mich.« Er verschwieg, daß es sich nicht etwa um einen schnellen Klipper handelte, sondern um eine chinesische Dschunke; es hatte ihn schon zu viele Jahre gekostet, es wenigstens so weit zu bringen.

»Sehr löblich, Lewis. Kapitän eines eigenen Schiffs, beachtlich. Und geht die Reise nach England?«

England. Lew war noch nie in England gewesen. Er kannte jeden Hafen in Fernost, wie dieser Teil der Welt in Europa genannt wurde, doch sein Heimatland hatte er noch nie gesehen. Dem Bischof und Leuten seines Schlages hatte er es zu verdanken, daß er sein Leben lang heimatlos gewesen war. Ihretwegen hatte er keine englische Erziehung genossen, war seines Geburtsrechts beraubt worden. Doch wenn seine Eltern in einem gelegentlichen Anfall von Heimweh von England sprachen, hatten sie auch in ihm die Sehnsucht nach jenem grünen, freundlichen und friedlichen Lande geweckt.

»Nein«, antwortete er. Man hatte ihm das Ziel seiner Reise zwar noch nicht genannt, aber die Fahrt würde mit ziemlicher Sicherheit nicht nach England gehen. Die Vorstellung, in einer Dschunke die Themse hinaufzufahren, kam ihm reichlich komisch vor.

»Ich möchte dir das hier geben«, sagte der Bischof. »Es ist die Ansprache, die ich bei einem Gedenkgottesdienst für deinen lieben Vater gehalten habe. Es geht darin um das Leben deiner Eltern und ihre großartigen Leistungen für die Kirche in China.«

»Vielen Dank«, sagte Lew, als er die chinesische Schriftrolle entgegennahm und den Inhalt überflog. Zumindest war sie in Englisch geschrieben.

»Na, du stehst ja nun auf eigenen Füßen«, meinte der Bischof lächelnd und reichte ihm die Hand. »Aber vergiß die Kirche nicht, mein Lieber. Ihre Türen stehen dir immer offen. Ich werde für dich beten.«

Als Lew auf dem Weg vom Bischofssitz eine Brücke überquerte, warf er die Schriftrolle in den träge dahinplätschernden Fluß. Am Hafen von Macao drängte er sich durch das lebhafte Getümmel an den Piers und suchte nach der Dschunke, die dem Fürsten Cheong gehörte, einem reichen Feudalherrn aus dem Hinterland von Hunan. Man mußte äußerst vorsichtig sein, wenn man es mit dieser Sorte Halsabschneider zu tun hatte. Man bekam sie nie selbst zu Gesicht, sondern verhandelte nach chinesischer Sitte nur mit ihren Vertretern, höflichen, ständig grinsenden Geschäftsleuten aus Macao, die einem ohne Zögern die Kehle durchschneiden würden.

Er hatte versprochen, sich den Vorschlag durch den Kopf gehen zu lassen, aber er würde nur zu seinen Bedingungen annehmen. Erst einmal mußte er die Dschunke sehen. Daß Cheongs Schiff ein Juwel sei, wie man ihm versichert hatte, bedeutete überhaupt nichts; sollte sich sein Schiff als zu groß geratenes Hausboot entpuppen, war es zu spät, wenn er erst einmal den Vertrag unterschrieben hatte. Zweitens würde er sich strikt weigern, Schmuggelware oder Frauen, die für ein Bordell bestimmt waren, oder Sträflinge zu fahren. Sein Kapitänspatent war zu wichtig, um es wegen eines Auftrags aufs Spiel zu setzen.

Der Mittelsmann, der zuerst auf ihn zugetreten war, hieß Lien; inzwischen ließ er sich als »Mister« anreden und war stolz auf die Englischkenntnisse, die er sich in Joseph Cavours Unterricht angeeignet hatte.

»Seien Sie nicht so mißtrauisch, Lew. Ich selbst habe Sie empfohlen, und meine Vorgesetzten sind überaus erfreut, daß Sie annehmen wollen. Enttäuschen Sie mich nicht. Fürst Cheong ist ein sehr mächtiger Mann, und er wird Sie gut bezahlen.«

»Ich danke Ihnen für Ihre Aufmerksamkeit, Mr. Lien, und

ich weiß Ihr Vertrauen zu schätzen, aber ich muß noch mehr wissen, ehe ich annehme.«

»Ich darf Ihnen versichern, daß es sich um eine rechtlich einwandfreie und völlig ehrenwerte Aufgabe handelt.«

»Warum sagen Sie es mir dann nicht, wohin ich fahren soll?«

»Weil nicht einmal ich in dieses Geheimnis eingeweiht bin.«

»Und da wundern Sie sich über mein Mißtrauen.«

Er entdeckte Mr. Lien am vereinbarten Treffpunkt. Die stinkende Ware eines Fischverkäufers neben ihm schien ihn ebensowenig zu kümmern wie das geschäftige Treiben um ihn herum. »Ich kann Cheongs Schiff nicht finden«, sagte Lew. »Offenbar hat kein Mensch je davon gehört.«

»Folgen Sie mir«, erwiderte Mr. Lien und schlüpfte behende durch die Menschenmenge, wobei sein dünner Zopf unter dem Mandarinhut hin und her baumelte. Der größere und kräftigere Lew hingegen mußte immer wieder einem Hindernis ausweichen, um mit ihm Schritt halten zu können.

Sie stiegen in einen Sampan, eines dieser chinesischen Hausboote, und wurden in den Hafen hinausgebracht. »Da ist es.« Mr. Lien deutete auf ein Schiff, und Lew war überrascht.

»Das da?«

»Ganz recht.«

»Herr im Himmel!« Es war ein riesiger Dreimaster. Lew pochte gegen das Holz, als sie an der Längsseite vorbeifuhren. Zweifellos in gutem Zustand. Diese Dschunken hatten ein äußerst solides Spant und konnten praktisch nicht sinken, da sich unter Deck wasserdichte Kammern befanden. Lew wußte, daß viele Konstrukteure heutzutage versuchten, die Sicherheitsvorkehrungen der alten Dschunken nachzubauen, allerdings mit wenig Erfolg.

Bewaffnete Männer bewachten das Schiff, und das mit gutem Grund, denn ein solches Schiff war ziemlich wertvoll. Die Wächter traten beiseite und verbeugten sich, als Mr. Lien und Lew an Bord kamen.

»Das ist Kapitän Cavour«, verkündete Mr. Lien, und die Mannschaft klatschte zum Zeichen ihrer Ehrerbietung. »Das hier«, Mr. Lien deutete auf einen stämmigen chinesischen Matrosen mit dem abgezehrten Gesicht eines Mannes, der sich zu oft in Hafenspelunken herumtrieb, »ist Ihr Erster Maat, Hong.« Der Mann starrte Lew mit kaltem, stählernen Blick an, und Lew erkannte, daß die Mannschaft einen englischen Kapitän als Zumutung empfand. Er verbeugte sich vor Hong und sagte auf chinesisch: »Was macht ein alter Seebär wie Ihr auf diesem netten Schiffchen?«

Hongs breites Gesicht verzog sich langsam zu einem Grinsen, was ein schrecklicher Anblick war, da ihm mehrere Zähne fehlten und die restlichen aus Gold bestanden. Als die Mannschaft sein Lächeln bemerkte, klatschte sie wieder, diesmal aber begeistert.

»Diese Dschunke ist ja völlig neu!« rief Lew aus und bewunderte das polierte Holz und das glänzende Messing.

Hong nickte lebhaft. »Ja, Herr, gibt kein schöneres Schiff.«

Lew bemerkte Mr. Liens offensichtliches Mißfallen darüber, daß ein Besatzungsmitglied den Kapitän anzureden wagte; doch er für seinen Teil war froh darüber. Ganz gleich, wohin die Reise auch gehen mochte, er brauchte fähige Männer für dieses herrliche Schiff. In diesem Augenblick war ihm sogar das Reiseziel gleichgültig. Wenn alles mit rechten Dingen zuging, würde er dieses Schiff steuern, in das er sich schon jetzt verliebt hatte. Er deutete auf die übrige Mannschaft und wandte sich wieder an Hong: »Sind diese Leute gute Matrosen?«

Es herrschte Totenstille, als die Männer auf Hongs Antwort warteten. Er wandte sich zu ihnen um und musterte einen nach dem anderen. »Kann sein«, sagte er zögernd, und Lews chinesische Besatzung atmete erleichtert auf.

Mr. Lien geleitete Lew unter Deck und zeigte ihm stolz die Kapitänskajüte, seinen Tagesraum und die beiden Schlafräume, in denen eine eigenartige Mischung aus östlichen und westlichen Einrichtungsgegenständen herrschte. Reich verzierte chinesische Laternen hingen über einem langen, robusten Tisch, an dem man bequem sitzen konnte, wie Lew zufrieden feststellte – ganz im Gegensatz zu den niedrigen Tischchen, die sonst bei Chinesen üblich waren. An jedem Ende waren lackierte Stühle mit hohen Lehnen am Boden festgeschraubt. Vor den Bullaugen hingen Vorhänge aus rotem Samt, die Kojen waren mit frischer Bettwäsche bezogen. An den Schotten standen lackierte Schränke und Bänke.

Er besichtigte den Rest des Schiffes und überprüfte das Steuerreep. Es gab kein Steuerhaus, was bei stürmischer See etwas unangenehm werden konnte; aber er hatte Vertrauen zu diesem Schiff. Dann sprang er die Stufen zu dem hohen Achterdeck hinauf, und mit Stolz ließ er den Blick über das Schiff gleiten. Seine ehemaligen Schiffskameraden würden sich halb totlachen, wenn sie wüßten, daß er eine Dschunke befehligte – na, wenn schon!

»Gefällt es Ihnen?« fragte Mr. Lien.

»Wirklich ein prächtiges Schiff«, erwiderte Lew auf chinesisch. »Dann wollen wir keine Zeit mehr verlieren. Meine Auftraggeber haben Ihren Bedingungen zugestimmt und erwarten nun Ihre bescheidene Zusage.«

»Wir werden sehen«, sagte Lew, und er wußte, daß er sich gerade wie sein Vater anhörte. Ein plötzliches Gefühl der Trauer überkam ihn. Jener letzte Besuch in Xiangtan hätte sein Triumph sein sollen. Er hätte seinem Vater das Kapitänspatent gezeigt.

Er wollte, daß sein Vater stolz auf ihn war. Zu spät. Lew wußte nicht, warum ihn das so schmerzte. Und was machte es für einen Unterschied? Die Erlösung war Pater Cavours Lebensziel gewesen, nicht weltliche Dinge. Sein Gesicht verzog sich zu einem bitteren Lächeln. Immerhin hatte sein Vater sein Ziel erreicht. Wenn Gott sich an seinen Teil der Abmachung hielt, dann war die Seele von Pater Cavour wirklich von dieser sündigen Welt erlöst.

3

Lew beobachtete, wie sich der Sampan der Dschunke näherte. Er schüttelte sich immer noch vor Lachen: Gold! Und er hatte schon befürchtet, etwas könne am Angebot dieser Halunken faul sein, so daß er ausschlagen mußte. Aber es handelte sich nur um eine ganz gewöhnliche Expedition. Die Verträge waren unterzeichnet und die Dschunke voll versichert, denn die Reise durch die südlichen Meere konnte gefährlich werden. Die Launen der Natur waren schon schlimm genug, doch die eigentliche Gefahr stellten Piraten dar. Er hatte darauf bestanden, genügend moderne Waffen zur Verteidigung des Schiffs zu bekommen, und man gewährte ihm diesen Wunsch. Gerade wurden die Kisten mit Gewehren, Revolvern und Munition verstaut, und es waren sogar mehr, als er angefordert hatte. Es wäre schon schlimm genug, wenn er das Schiff auf der Hinfahrt verlor – kam ihm auf dem Rückweg jedoch die Schiffsladung Gold abhanden, wären die Folgen nicht auszudenken.

Eigentlich hätte Lew sich denken können, wohin die Reise ging; Hunderte von Schiffen segelten von hier aus zu den Goldfeldern Australiens. Allerdings hatte er sich von der Dschunke täuschen lassen. Die meisten Goldsucher benutzten nämlich schnellere Schiffe. Cheongs Berater waren klug; eine Dschunke, die gemächlich durch südliche Gewässer kreuzte, würde nicht sonderlich auffallen, nicht einmal ein Schiff von dieser Größe, denn es gab einfach zu viele davon im Südchinesischen Meer. Erst wenn sie Sumatra hinter sich gelassen hatten und das englische Hoheitsgebiet vor der Küste von Queensland erreichten, würden ihre Absichten klarer werden.

Was Lew an dieser Reise am meisten freute, war das Ziel. Zum ersten Mal in seinem Leben würde er ein englischsprachiges Land besuchen. Zwar sprachen auch in den asiatischen Hafenstädten viele Leute Englisch, aber in Australien würde er kein Fremder sein, der allein schon durch seine Körpergröße auffiel.

In all den Jahren, die er sich als Seemann hochgedient hatte, war er so versessen darauf gewesen, einmal nach England zu fahren, daß er gar nicht mehr an die englischen Kolonien südlich des Äquators gedacht hatte. Aber das war verständlich. Bis zum Ausbruch des Goldrausches hatte niemand genau gewußt, wo sie eigentlich lagen; sie waren nichts weiter als Sträflingskolonien, die man besser mied. Doch wie Lew erst kürzlich in Erfahrung gebracht hatte, waren die Sträflingsdeportationen mittlerweile fast eingestellt worden, die Straflager hatte man geschlossen, und einige Kolonien auf diesem Inselkontinent waren inzwischen wirtschaftlich unabhängig und standen gar nicht so schlecht da. Die großen Goldfunde trugen natürlich das ihre dazu bei, und so würden die Kolonien bald keine weißen Flecken auf der Landkarte mehr sein. Die Hauptkolonie, hatte Lew sich sagen lassen, war New South Wales, doch er hatte Anweisung, nach Queensland, einem neu gegründeten Staat, zu segeln, der weiter nördlich und von daher auch näher am asiatischen Festland lag.

»Mr. Chin, willkommen an Bord«, sagte Lew und verbeugte sich höflich, aber unbeeindruckt, vor diesem jungen geschniegelten Lackaffen, der von zwei Dienern begleitet wurde. Es war zwar ein kalter Tag, aber dieser Bursche mit seinem pelzbesetzten wattierten Mantel aus blauer Seide, unter dem er ein dunkelrotes Gewand mit roten und goldenen Stickereien trug, sah aus, als wolle er zum Nordpol reisen. Sogar sein runder Hut war mit Pelz besetzt.

Chin machte eine kleine, graziöse Verbeugung und erwiderte auf Englisch:

»Guten Morgen, Kapitän. Führen Sie mich zu meinem Quartier.«

Die Diener eilten ihm nach und traten zurück, während Mr. Chin seine Kabine begutachtete. »Ja, das ist in Ordnung. Ich möchte mich jetzt ausruhen.«

»Wie Sie wollen«, sagte Lew und ging zurück an Deck, um das restliche Gefolge, nämlich die fünfzig Kulis, die diesem Herrn unterstanden, in Augenschein zu nehmen. Schließlich drehte ein ganzer Schwarm von Sampans an der Dschunke bei, und Lew sah zu seinem Erstaunen, wie die Kulis schwere Kisten und Truhen, die alle sorgsam beschriftet waren, auf das Deck hievten. In den Kisten befand sich die Goldgräberausrüstung, und Lew ließ sie in den Frachtraum transportieren. Einer der Diener teilte ihm jedoch mit, die letzten zweiundzwanzig Truhen seien Mr. Chins persönliches Gepäck und müßten deshalb in seine Kabine.

»Sie haben gar nicht alle Platz in seiner Kabine«, entgegnete Lew. »Verstaut sie unten.«

Mr. Chin stand am Eingang zu den Privaträumen. »Bringt sie hierher«, befahl er.

»Ich habe gerade erklärt, daß in Ihrer Kabine nicht genug Platz ist«, wandte Lew ein.

»Das sehe ich selbst, aber im mittleren Abteil ist genug Platz.«

»Dieser Bereich dient uns als Wohn- und Eßraum, Mr. Chin. Wir können ihn nicht mit Kisten und Truhen vollstellen.«

Chin sah ihn herablassend an. »Diese Entscheidung müssen Sie schon mir überlassen.«

Lew richtete sich zu voller Größe auf. »Ich bin Kapitän dieses Schiffs, und ich treffe die Entscheidungen, nicht Sie.«

»Ich glaube, Sie haben nicht begriffen, Sir. Ich bin der persönliche Repräsentant des Fürsten Cheong, dem dieses Schiff gehört. Sie sind nur angestellt, um damit nach Bowen zu fahren.«

»Der soll mir mal den Buckel runterrutschen!« schimpfte Lew auf englisch. Ob sein Passagier das verstanden hatte oder nicht, war ihm ziemlich gleichgültig. Dieser Fatzke wußte schon, was er meinte. »Was ist denn in den Kisten?«

»Der Inhalt ist persönlicher Natur«, erwiderte Chin, doch Lew beachtete ihn nicht weiter. Er öffnete die erstbeste der geschnitzten Truhen und wühlte darin herum. »Was zum Teufel ist das alles?« Roben und Jacken aus Seide und Satin, Steppmäntel, aufwendig bestickte Hemden und Brokatpantoffeln kamen zum Vorschein. »Was haben Sie da, Kostüme für die Oper?«

In seiner Ehre gekränkt trat Mr. Chin einen Schritt vor. Er hatte den Mantel abgelegt und trug nun eine weite wattierte Jacke, die mit großen goldenen Flügelschultern prächtig paspeliert war, dazu schwarze Satinhosen. In dem mit Druckprägungen verzierten Ledergürtel steckte ein mit Quasten geschmücktes Schwert.

Mit starrem Blick verfolgte Lew, wie Chins Hand nach dem Schwert griff und sich seine Diener bedrohlich hinter ihn stellten. Er stieß die Kleidertruhe beiseite und trat Chin gegenüber. »Ein Mann, der sein Leben wegen ein paar Kleidern aufs Spiel setzt, muß ein ausgemachter Narr sein. Wenn Sie die Finger nicht vom Schwert lassen, werfe ich Sie über Bord.«

»Das stellen Sie sich ein wenig zu einfach vor, Kapitän«, erwiderte Chin, und Lew schüttelte ungläubig den Kopf. Sie hatten noch nicht einmal den Hafen verlassen, und schon hatte er eine Meuterei an Bord.

»Kommen Sie mit runter«, sagte er. Außerhalb der Hörweite der anderen wandte er sich dann an Chin. »Was ist in diesen Kisten außer Kleidern?«

»Persönliches Eigentum, meine eigenen Schüsseln und Teller aus erlesenem Porzellan, meine Bücher, meine Nachtgewänder und Wäsche ...«

»Schön«, sagte Lew, »aber wir können die Sachen hier unten nicht gebrauchen. Schließlich will ich nicht auf Schritt und Tritt darüber stolpern, und außerdem stellen sie bei Sturm eine Gefahr dar. Sagen Sie Ihren Dienern, sie sollen das auspacken, was Sie während der Reise brauchen, der Rest kommt nach unten.« Allmählich sah der Chinese ein, daß Lew recht hatte, und dieser fuhr fort: »Und dann gebe ich Ihnen noch einen guten Rat. Dort, wo wir hinfahren, brauchen Sie sich nicht so aufzutakeln. Damit fallen Sie auf wie ein Hai im Seerosenteich.«

»Ein Edelmann von meinem Rang muß sich geschmackvoll kleiden«, entgegnete Chin und musterte unverhohlen Lews abgenutzte Arbeitskleidung und seine verwaschene schwarze Weste.

»Es gibt dort auch niemanden, den Sie beeindrucken könnten«, erklärte Lew. »Es geht nur darum zu überleben. Außerdem fahren wir in die Tropen, nicht zum Nordpol. Ich wäre Ihnen sehr verbunden, Mr. Chin, wenn Sie Ihre Sachen gleich aussortieren könnten. Ich habe keine Zeit, mich mit solchen Dingen abzugeben.« Er wandte sich zur Treppe. »Wenn Sie hier Kisten herumstehen lassen, dann gehen die Dinger über Bord, darauf können Sie Gift nehmen.«

Chin Ying ließ sich Wein und Kuchen bringen und setzte sich mit seinen Büchern und Landkarten an den Tisch. Er versuchte zu lesen, doch er war zu aufgebracht. Wie konnte dieser Barbar es wagen, ihn so zu demütigen! Dieser hochmütige Klotz von einem Engländer, der Chinesisch wie ein Bauer redete! Eigentlich hätte die Ehre ihm geboten, das Schwert gegen den Kapitän zu ziehen. Seine Diener, die Yuang-Brüder, trugen Dolche in ihren Ärmeln und waren geübte Kämpfer. Wenn Cavour es gewagt hätte, die Hand gegen ihn zu erheben, hätte er schon einen Dolch im Hals gehabt, ehe er wußte, wie ihm geschah. Und dann hätte sich ja herausgestellt, wer auf dem Schiff das Sagen hatte. Doch die Vernunft sagte ihm, daß Fürst Cheongs Beauftragte in Macao ihre Gründe gehabt haben mußten, so einen Burschen auszuwählen. Sein Tod hätte Chin nur noch mehr Schwierigkeiten eingebracht und außerdem seine eigene unsichere Lage noch verschlimmert. Er war niedergeschlagen und fühlte sich einsam. Wie gerne hätte er nach einer Frau schicken lassen, die ihn bediente und seine Qualen änderte. Schon von Anfang an schien sich alles gegen ihn verschworen zu haben, und wenn er an die vielen Monate dachte, die er in der Gesellschaft dieses überheblichen Engländers würde verbringen müssen, wurde er nur um so bedrückter. Womöglich würde es ihm nicht gelingen, dieses Gold zu finden, geschweige denn ganze Truhen voll, wie Cheong von ihm verlangte. Was dann? Er wagte nicht, so weit zu denken. Seine Diener hatten ausgepackt, was er sofort brauchte, und auf sein Geheiß hin die übrigen Kisten entfernt. Düstere Gedanken plagten Ying. Hatte Cavour recht? Hatten sie wirklich unpassende Kleidung eingepackt? Wenn ja, würde er seine Diener bestrafen und am nächsten Hafen an Land schicken, um alles Notwendige einzukaufen. Aber den Kapitän ging das trotzdem nichts an. Ying seufzte erleichtert auf, als er das Ächzen und Knarren des Holzes hörte und die sanften Wellenbewegungen spürte; die Dschunke setzte sich in Bewegung. Der verhaßte Kapitän streckte seinen Kopf zur Tür herein. Er sah zufrieden aus; die heftige Auseinandersetzung von vorhin schien er vergessen zu haben. »Wir haben abgelegt, Mr. Chin. Beten Sie, daß wir einen günstigen Wind haben und die Piraten die Pocken kriegen.«

Yings Herz schien für ein oder zwei Schläge auszusetzen. Piraten! Niemand hatte ihm etwas von Piraten gesagt! Er hatte von ihren furchtbaren Greueltaten gehört, aber sie waren für ihn nicht wirklicher gewesen als die lang vergangenen Schrecken des Kublai Khan. Hunderttausende Chinesen hatten sich lieber ertränkt, als den Mongolen lebend in die Hände zu fallen. Vielleicht sollte er jetzt über Bord springen, dann wäre alles ausgestanden. Ach, aber seine Familie ...

Cavour war nur knapp über dreißig, nicht viel älter als er. Konnte dieser junge Mann sie auf diesem großen, schwerfälligen Schiff sicher zur anderen Hemisphäre bringen? Ying hatte im Hafen von Macao wunderbare Schiffe gesehen – schnittige Schiffe mit Segeln wie Vogelflügel, riesige, unerschütterliche Linienschiffe, englische und portugiesische Schlachtschiffe –, doch er saß hier auf diesem altertümlichen Kahn mit Segeln, die wie geöffnete Schmetterlingskokons aussahen. Da fiel ihm etwas ein, was ihn tröstete: Als Kind hatte er oft versucht, Schmetterlingskokons aufzureißen, und hatte feststellen müssen, daß die Hülle zäh wie Leder war. Vielleicht wußte Cheong doch, was er tat.

Er rief nach mehr Wein. Er würde auf dieser Reise für sich bleiben, schweigen, sich vom Kapitän fernhalten und nur mit ihm sprechen, wenn es nötig war. Der Kerl würde schon begreifen, daß er im Rang eines Untergebenen stand, auch wenn er ein Schiff lenken konnte.

Bedauerlicherweise brauchte sein Magen eine Weile, ehe er sich an das ständige Auf und Ab des Schiffes gewöhnt hatte. Die erste Woche mußte er in einem unwürdigen Zustand in seiner Kabine verbringen. Yuang Lu und Yuang Pan kümmerten sich zwar um ihn und versuchten, das Leiden ihres Herrn mit verschiedenen Kräutertränken zu kurieren, doch keiner davon linderte die Krämpfe in seinen Eingeweiden.

Schließlich besuchte ihn der Kapitän. »Mr. Chin, entschuldigen Sie die Störung, aber ich empfehle Ihnen die frische Luft an Deck. Wir haben heute einen schönen Tag und eine kräftige Brise.«

»Ich fürchte, das geht nicht, Sir«, stöhnte Ying. »Ich fühle mich äußerst unwohl.«

»Dagegen hilft nur Seeluft«, erwiderte Cavour. »Kommen

Sie, ich helfe Ihnen.« Noch ehe Ying widersprechen konnte, hatte ihn der Kapitän schon aus dem Bett gehoben und brachte ihn mit schwankenden Schritten zum Unterdeck. Ying war erleichtert, als er sich in einer sonnigen, windgeschützten Ecke auf ein behelfsmäßiges Bett aus Segeltuch legen konnte.

»Sie müssen den Kopf hochhalten«, riet der Kapitän, als Yings Diener dicke Kissen und einen Teppich brachten.

Bald ließ die quälende Übelkeit etwas nach, er fühlte sich ein wenig wohler und imstande, den Brechreiz zu unterdrükken; allmählich glaubte er wieder daran, daß er vielleicht doch überleben würde. Jeden Tag nahm er nun seinen Platz an Deck ein und stellte mit Erstaunen fest, daß er sich auf diese Stunden im Freien freute. Er kam langsam wieder zu Kräften, konnte an Deck auf und ab gehen, ja sogar unter dem Sonnendach sitzen, wo er las, der Mannschaft bei der Arbeit zusah und die Schönheit des Meeres betrachtete. Er fing auch an, den Kapitän zu beobachten. Dem Mann fehlte es an Vornehmheit, er trug verwaschene Kleider und sogar Zehensandalen, wie sie sonst nur Kulis hatten. Das schwarze Haar war nicht zurechtgemacht und wahrscheinlich kaum jemals gekämmt worden, dachte Ying verächtlich und betrachtete die unordentlichen Locken, die sich in unterschiedlicher Länge in Cavours Nacken kräuselten. Doch er mußte zugeben, daß ihn dieser große Engländer beeindruckte. Er strahlte nicht nur Autorität aus, wie man es von einem Kapitän erwartete, sondern schien auch ein rechtschaffener Mann zu sein, auch wenn er sich manchmal ungehobelt benahm. Seine kalten blauen Augen blickten herausfordernd, als fürchte er sich vor nichts und niemandem auf der Welt. Cavour hat eine Art von Macht, überlegte Ying, die aus Selbstvertrauen und angeborener Klugheit erwächst. Welcher Rang würde solch einem Mann unter Fürst Cheong zugewiesen werden? Er war kein Bauer, aber auch kein Edelmann. Als Höfling wäre er ein erbärmlicher Versager, denn mit seinem Blick würde er nie imstande sein, schmeichlerische Verleumdungen auszusprechen und Intrigen zu spinnen, wie es in diesen Kreisen erforderlich war. Auch unter den Gelehrten und Dichtern hätte er keinen Platz, und ebensowenig konnte Ying sich Cavour als einen hohen Beamten wie seinen Vater vorstellen, der vor dem Schatzmeister und seinen Schreibern einen Kotau machte.

Ying krümmte sich noch immer vor Scham, wenn er an die Ehrlosigkeit seines Vaters dachte, doch dann überlegte er, was es tatsächlich bedeutete, Oberster Kornbeauftragter zu sein: Ständig war man von der Gunst des Schatzmeisters abhängig, mußte über jedes Saatkorn und den Zehnten, der von jedem kleinen Dorf erhoben wurde, Rechenschaft ablegen und über Zahlen brüten, die wöchentlich vorgelegt werden mußten; dazu die Beschwerden, die Beschimpfungen, die Forderungen nach mehr Ertrag, die Angst vor Bestrafung ... Ehrenhaft oder nicht ehrenhaft, Ying fragte sich inzwischen, ob diese Stellung all die Sorgen und die Langeweile wert war.

Solche Überlegungen waren schon beinahe ketzerisch, aber sie ließen ihn nicht mehr los. Die Ernennung bedeutete hohes Ansehen und ein angenehmes Leben, aber man war trotzdem dem eisernen Griff des Schatzmeisters und des allmächtigen Fürsten Cheong ausgeliefert. Ying stellte fest, daß er schon einen Teil seines kindlichen Glaubens an das schöne Leben unter Fürst Cheong verlor. Er fühlte sich wie ein Vogel, der über der Erde schwebt und das Treiben der Menschen unter sich beobachtet. Aber was für ein Vogel war er? Sicherlich kein Adler oder Falke, doch er konnte weiter blicken als die Spatzen und Lerchen, die zwitschernd in den Gärten herumhüpften. Er mußte über diese Frage meditieren. Und er würde ein philosophisches Traktat über seine neue Sicht der Beamtenlaufbahn verfassen. Die Ehrlosigkeit seines Vaters war keine spaßige Angelegenheit, doch Ying gestattete sich ein dünnes Lächeln. Welche Kühnheit! Den Schatzmeister und somit den Fürsten höchstpersönlich übers Ohr zu hauen! So etwas würde er selbst nie wagen.

Ying vertiefte sich wieder in die Betrachtung des Kapitäns. Auch für einen Mann von seinem Schlag hätte es im Reich des Fürsten einen Platz gegeben: Offizier in der Armee. An die Soldaten hatte Ying gar nicht mehr gedacht, sie führten ihr eigenes Leben in den Kasernen, die über Cheongs Reich verstreut lagen. Die Generäle trafen sich regelmäßig mit Fürst Cheong und seinen militärischen Beratern, doch in der Gesellschaft waren sie Außenseiter. Sie standen im Rang kaum höher als Banditen, ein lästiges Anhängsel des Gemeinwesens, weiter nichts.

Ying sah zu, wie Cavour an den Seilen stand und die wogende Dschunke durch die Wellen steuerte. Als er den muskelbepackten Rücken des Kapitäns sah, überkam ihn beinahe ein Lustgefühl, was ihn nicht weiter überraschte. Schon in seiner Jugend hatte er – im Rahmen des Schicklichen – umfassende sexuelle Erfahrungen gemacht, und in dieser Zeit hatten sich seine Neigungen ausgeprägt. Cavour, urteilte er, war ein anziehender Mann, doch ungebildet, unerfahren in den feinen Abstufungen der Lust. Er bewunderte den Körper dieses Mannes schlicht als vollendete menschliche Gestalt, doch er verspürte selbst kein Verlangen nach diesen angeschwollenen Muskeln und gedrungenen Körpern, die die europäischen Maler und Bildhauer so gerne darstellten.

Er lächelte milde. Ja, der Kapitän entsprach einem General in Fürst Cheongs Armee.

Wie ein Dieb in der Nacht stahl sich ein Funke Ehrgeiz in Yings Seele; und Ying, der stets gern in sich selbst hineinlauschte, empfing den Eindringling mit großer Vorsicht. Er lauschte seinen heimtückischen Verlockungen, dachte darüber nach, welche Wirkung sie auf ihn hatten, und wägte seinen Mut gegen die Möglichkeiten ab, die sich vielleicht noch eröffnen würden. Zu Hause sprach niemand über die offenkundige Unredlichkeit von Cheongs Generälen, es war gefährlich, solche Ansichten zu äußern, denn sie warfen ein schlechtes Licht auf die Familie des Fürsten. Doch nun hatte Ying die Freiheit, solchen Gedanken nachzuhängen.

Nachdenklich schritt er zum Bug des Schiffes und blickte zurück über das Meer, wo jenseits des Horizonts Macao lag. »So, Eure Majestät«, murmelte er zufrieden, »ich habe jetzt auch einen General, doch meiner ist ein ehrenwerter Mann. Für den Anfang ist das zwar nicht viel, aber ein kluger Mann kann viel daraus machen.«

Während die große Dschunke mühelos durch das saphirblaue Gewässer der Whitsunday Passage glitt und sich nahe an der Küste Queenslands hielt, wunderte sich Ying wieder, wie schnell und mühelos er und Lew Cavour Freunde geworden waren. Dem gewinnenden Wesen und der Begeisterungsfähigkeit des Kapitäns konnte Ying sich nicht verschließen, und über dem gemeinsamen abendlichen Studium der Karten waren die beiden Männer einander nähergekommen.

Lew freute sich darüber, daß Ying mit dieser Gegend vertraut war, und hatte ihm schon am zweiten Abend angeboten, bei der Berechnung des Kurses zuzusehen. »Es kann Ihnen nur von Nutzen sein, Mr. Chin, etwas über Navigation zu lernen, wenn Sie sich die Mühe machen wollen. Der Erste Maat ist zwar ein erfahrener Seemann, aber einer muß das Kommando führen. Nehmen wir nur einmal an, mir stößt etwas zu, dann liegt das Leben all dieser Männer in Ihrer Hand.«

»Oh, diese Verantwortung will ich gar nicht übernehmen«, erwiderte Ying zögernd. Er machte sich mehr Sorgen um seine eigene Sicherheit als um die der Kulis.

»Sie sind doch ein gebildeter Mensch, und Sie haben genügend Zeit zu lernen«, meinte Lew. »Ich habe nicht vor zu sterben, aber ich neige zu Fieberanfällen, seit ich mir in Singapur eine Krankheit zugezogen habe. Und wenn ich schwitzend in der Koje liege, möchte ich nicht, daß das Schiff vom Kurs abkommt.«

Ying nahm sich vor, seine Medikamententruhe durchzusehen, die voller Kräuter und Arzneimittel war. Er wollte sich darum kümmern, daß der Kapitän gesund blieb. Aber dann hatten sie sich trotzdem in die Karten vertieft, die auf dem langen Tisch vor ihnen ausgebreitet lagen. Ihre Route führte vom Chinesischen Reich an Indochina vorbei durch das Südchinesische Meer, dann östlich von Sumatra durch die Javasee, südlich vorbei an Celebes weiter nach Osten, südlich von Neuguinea durch die Torresstraße in australisches Gewässer.

Als diese ungeheure Strecke so offen vor ihm lag, überkam Ying ein flaues Gefühl. »Wo müssen wir mit Piraten rechnen?«

»Überall. Wir müssen bis zu den Whitsundays auf der Hut sein, erst dann sind wir in Sicherheit.«

»Ein schwacher Trost«, meinte Ying, und Lew lachte.

»Ja, diese Riffe dort sind zu gefährlich. Die Piraten werden nicht riskieren, auf das Barriereriff aufzulaufen.«

»Ich fürchte, ich werde die ganze weitere Fahrt über kein Auge zutun«, sagte Ying.

»Na, so schlimm ist es auch wieder nicht. Trinken Sie einen Schluck Wein.« Lew stellte ein Fäßchen auf den Tisch, doch Ying schüttelte den Kopf.

»Ich habe exzellenten Wein mitgebracht, den Sie allerdings in den Frachtraum verbannt haben. Wenn Sie gestatten, lasse ich etwas davon holen.«

»Nur zu«, antwortete Lew lachend.

Es war eine herrliche Nacht da draußen auf hoher See. Ying trank sich einen kleinen Rausch an, der ihn seine Sorgen vergessen ließ. Unbekümmert freute er sich statt dessen auf die bevorstehenden Abenteuer.

»Meinen Sie wirklich, Sie finden Gold?« fragte Lew.

»Wen kümmert das?«, erwiderte Ying fröhlich und offenbarte dabei eine ganz neue Seite.

Ying stand nun an Deck der Dschunke und bewunderte die verschiedenen Blautöne um ihn herum, den wolkenlosen, azurblauen Himmel und das Meer, dessen Blau sogar noch kräftiger war. Nur das tropische Grün der Küste durchbrach dieses blaue Reich. Ying hatte während der Reise die verschiedensten Farbschattierungen des Wassers gesehen, doch diese Landschaft war eine Herausforderung für ihn. Zu Hause galt er als hervorragender Maler, doch diese Welt konnte er nicht in Farben festhalten. Man brauchte Mut, um mit Farben, die schillerten wie Edelsteine, auf ein Stück Pergament zu malen; das Ergebnis konnte hart und kalt wirken. Er sah sich um und überlegte, wie er diese Frage angehen sollte. Trotz ihrer lebhaften Farben wirkte diese Umgebung nicht grell, sondern ruhig.

Dabei fiel ihm der Kapitän ein, den er inzwischen Lew nannte. Ein interessanter Vergleich. Der Mann war keineswegs so schroff, wie Ying anfangs gedacht hatte. Er hatte eine Persönlichkeit, die diesem Blau nicht unähnlich war, er besaß eine überwältigende Ausstrahlung. Ob er schimpfte oder lachte, arbeitete oder ausruhte, man konnte nicht umhin, seine Gegenwart zu spüren. In ihm lauerte aber auch Gefahr, wie an dieser grünen, freundlichen Küste, an der, wie Ying wußte, gefährliche wilde Aborigines-Stämme lauerten.

Sie waren dreimal angegriffen worden, zweimal von Piraten auf dem Meer. Lew hatte rund um die Uhr Wachen aufgestellt, und als harmlos aussehende Fischerboote allzu nahe herankamen, hatte die Mannschaft so unvermittelt das Feuer eröffnet, daß die Piraten beide Male schleunigst das Weite gesucht hatten. Der Überfall an Land war allerdings beängstigender gewesen. Er ereignete sich in einem javanischen Fischerdorf, wo sie von den Bewohnern überaus freundlich empfangen worden waren, als sie an Land kamen, um Lebensmittel zu kaufen und die Wasserfässer aufzufüllen. Kaum hatten Lew und Ying mit seinen beiden Dienern das Dorf betreten, wurden sie von bis an die Zähne bewaffneten Männern umringt. Zum Glück hatte Lew bewaffnete Kulis und Matrosen zur Verstärkung mitgenommen, und so mußten sich die Banditen bald zurückziehen.

Lew hatte den Anführer erschossen und zur Strafe dafür, daß die Javaner arglose Seefahrer anlockten und dann überfielen, das ganze Dorf niedergebrannt. In den Hütten fanden sie grausige menschliche Schädel nebeneinander aufgereiht. Anschließend hatte Lew erklärt, daß die Strafe zwar hart, aber unvermeidlich sei, und Ying mußte darüber lächeln. Fürst Cheong hätte jeden einzelnen in diesem Dorf abgeschlachtet, Männer, Frauen und Kinder.

Eigenartigerweise sprach keiner der beiden Männer von seinen Eltern. Lew erwähnte seinen Vater mit keinem Wort; unter dem Vorwand der Höflichkeit fragte Ying auch nie nach und vermied so zugleich, daß das Gespräch auf seinen verstorbenen und in Ungnade gefallenen Vater kam.

Lew schlenderte über das Deck. »Jetzt ist es nicht mehr weit«, meinte er. »Pack schon mal die Wanderstiefel aus.«

»Mußt du mir denn diesen herrlichen Tag mit so etwas verderben«, erwiderte Ying finster. Er freute sich nicht im geringsten auf den nächsten Teil seiner Reise. »Aber weißt du, was ich mich frage? Wo ist die Wüste? Meine Lehrer haben mir erzählt, daß dieses Land nur aus riesigen unfruchtbaren Wüsten besteht.«

»Hinter den Bergen, nehme ich an.«

»Und diese Berge muß ich überqueren, um zu den Goldfeldern zu gelangen«, sagte Ying bedrückt.

»Mach dir keine Sorgen, du wirst genug Gesellschaft bekommen. All die Schiffe, die wir gesehen haben, sind unterwegs zu dieser Küste und voll von Goldgräbern. Es soll ein größerer Goldrausch sein als in Kalifornien. Morgen laufen wir in Bowen ein, und ich wünsche mir schon, ich könnte mit dir kommen. Das Goldschürfen könnte mir vielleicht Spaß machen.«

»Nein! Das darfst du nicht!« rief Ying entsetzt aus. »Niemals! Du mußt hierbleiben und das Schiff bewachen. Du mußt in Bowen bleiben und mich dann mit dem Gold wieder nach China zurückbringen. So lauten die Befehle!«

»Keine Sorge«, beruhigte ihn Lew. »Ich werde hier sein. Ich bringe dich schon wieder nach Hause.«

4

Wie immer hatte Glory Molloy recht gehabt. »Halt dich ran«, hatte sie gesagt, »Middletons haben hier ja sonst keine Bekannten, und da würde es mich nicht wundern, wenn du bei ihnen demnächst fast zur Familie gehörst.«

So war es auch gekommen. Zum vierten Mal in diesem Monat war Herbert nun von den Middletons zum Essen eingeladen worden. Herbert war ihre Verbindung zur Stadt und zu den Einheimischen; beispielsweise hatte er sich nützlich gemacht, indem er Jack beim Kauf von drei Pferden für die Familie begleitet und ihm geholfen hatte, einen Stall in der Nähe anzumieten. Darin hatte sich Herbert, der auf seine Reitkünste sehr stolz war, erboten, Perfy und ihrem schwarzen Dienstmädchen das Reiten beizubringen. Allerdings hatte er sich damit einiges vorgenommen.

Zu Beginn des Unterrichts behauptete Perfy noch steif und fest, sie komme mit Pferden durchaus zurecht. Herbert hatte so seine Zweifel, und wie sich dann herausstellte, wußte Perfy nicht einmal, wie man richtig im Sattel sitzt. Diamond dagegen war überzeugt, sie würde niemals reiten lernen, doch nachdem sie ihre Scheu vor Pferden erst einmal überwunden hatte, machte sie sich gar nicht so schlecht.

Zu Herberts stillem Vergnügen behandelten Mrs. Middletons neue Freundinnen ihn, den berühmten Haus- und Grundstücksmakler, mit großem Respekt. Sie hatten keine Ahnung, daß er früher einmal Glory Molloys Pianospieler gewesen war. Wie sollten sie auch? Ihre Ehemänner, allesamt Stammkunden in Glorys Haus, konnten wohl schlecht vor ihren Frauen zugeben, daß sie Herbert schon in einem Bordell begegnet waren. Die Verschwörung der Männer bewährte sich in dieser neugegründeten Stadt ebensogut wie in England. Aber zum Glück verspürte Jack Middleton keine Neigung, die Stadt von ihrer anrüchigen Seite kennenzulernen; er lebte für seine Familie. Als sie die Landkarten der Umgebung studierten, hatte Jack schließlich doch erwähnt, seine Tochter sei Teilhaberin der Caravale-Farm und müsse nur noch auf die Ausstellung der Besitzurkunde warten. Natürlich wußte auch Herbert, daß diese Angelegenheiten lange dauerten, da die Dokumente in Brisbane ausgefertigt wurden. Doch im Grunde genommen hatte Herbert auch ein ganz eigennütziges Interesse. Wenn Perfy ihren Anteil an Caravale verkaufen würde, wovon er überzeugt war, hoffte er, den Verkauf für sie abwickeln zu können; bei einem Geschäft in dieser Größenordnung müßte eigentlich eine ordentliche Provision für ihn herausspringen. Außerdem hatte er nun die Bestätigung, daß Perfy tatsächlich eine wohlhabende junge Dame und somit keine schlechte Partie war.

Sie war ein sehr hübsches Mädchen, natürlich und ungezwungen, aber leider auch ziemlich launisch. Manchmal zeigte sie sich recht gesprächig, verfiel dann aber zuweilen in langes, trübsinniges Schweigen. Wenn sie aber etwas sagte, war sie erstaunlich unverblümt. Herbert hatte beschlossen, ihr den Hof zu machen, wenn er erst einmal besser mit ihr bekannt geworden war, aber er wußte nicht, wie er es am besten anfangen sollte. »Versuch einfach nur, ihr Freund zu sein, mein lieber Herbert«, riet Glory. »Jedes Mädchen braucht einen Freund, und wenn er noch dazu ein gutaussehender Gentleman ist, der mit ihren Eltern auf gutem Fuße steht ...«

»Du hast gut reden. Sie hat zwei völlig gegensätzliche Seiten, und ich weiß bei ihr nie, woran ich gerade bin.«

»Ach, das ist bei den jungen Damen ein beliebtes Spiel. Denk dir nichts dabei.«

Herbert war sich da allerdings nicht so sicher. Und er dachte nicht im Traum daran, Glory zu sagen, daß Perfy Middleton mit ihrer einfachen Herkunft in seinen Augen kaum als feine Dame gelten konnte. Für einen ehemaligen Sergeant bei der Armee war Jack Middleton ja ein ganz annehmlicher Bursche, aber Herberts Vater hatte als Oberst bei den Coldstream Guards gedient, und seine beiden Brüder waren jetzt ebenfalls Offiziere in diesem Regiment. Das würde Jack sicherlich beeindrucken und konnte ihm, Herbert, von Nutzen sein, wenn die Zeit gekommen war.

Er verließ sein Büro, und während er die Straße hinunterging, überlegte er, ob er sich eine Pistole kaufen sollte. Bowen hatte sich verändert. Man mußte damit rechnen, daß es hier durch den Zustrom von Goldgräbern aus aller Herren Länder bald noch rauher zugehen würde, denn schon jetzt tummelten sich jede Menge Betrunkene und Raufbolde in der Stadt. Die beiden Polizisten des Ortes hatten die Lage zwar noch im Griff, aber in letzter Zeit drängten zusätzlich Hunderte von Chinesen in die Stadt. Überall stieß man inzwischen auf die Schlitzaugen mit ihren Zöpfen und ihren hohen, leiernden Stimmen, und es war schon zu häßlichen Auseinandersetzungen gekommen. Manch ein Raufbold machte sich einen Spaß daraus, die »Söhne des Himmels«, wie sie sich selbst nannten, zu verprügeln, und diese setzten sich mit Messern zur Wehr, was allgemein als unfair galt. Die Diebstähle und Raubüberfälle nahmen überhand, und man konnte sich nachts auf der Straße kaum noch sicher fühlen.

Die Viehtreiber kamen grundsätzlich nur bewaffnet in die Stadt. Daran hatte bislang niemand Anstoß genommen, denn sie brauchten die Waffen, um sich im Busch gegen Angreifer zu verteidigen. Doch inzwischen traf man auch immer mehr Einheimische mit einem Pistolengürtel. Dafür gab es gute Gründe; so mancher war schon beraubt worden, und ob es nun berechtigt war oder nicht, immer schob man den Chinesen die Schuld in die Schuhe. Da den beiden Polizisten die Schwierigkeiten langsam über den Kopf wuchsen, hatten sie von der berittenen Polizei, die weiter nördlich in Townsville stationiert war, Hilfe angefordert. Dort hatte man allerdings selbst alle Hände voll zu tun. Kürzlich war ein neuer und schnellerer Weg von Townsville zu den Goldfeldern am Cape River entdeckt worden, und jetzt wuchs diese Stadt mit rasender Geschwindigkeit. Erfolgreiche Goldgräber brachten ihre Ausbeute nun nach Townsville anstatt nach Bowen, gingen dabei aber ein größeres Risiko ein, überfallen und ausgeraubt zu werden.

»Ah, Herbert, zu Ihnen wollte ich gerade.« Sam Tolley war an seine Seite getreten.

»Was kann ich für Sie tun?« fragte Herbert leutselig. Am Stadtrand von Bowen war neues Land abgesteckt worden, und zu Herberts Freude riß man ihm die Grundstücke förmlich aus der Hand. Seine Spielschulden hatte er zwar noch nicht begleichen können, aber er hatte es geschafft, mehrere hundert Pfund bei Tolleys Bank einzuzahlen.

»Es betrifft die Middletons«, sagte Sam. »Es heißt, sie wollen ihren Anteil an Caravale verkaufen, sobald sie die Besitzurkunde haben.«

»Das höre ich zum ersten Mal«, erwiderte Herbert. »Mir gegenüber haben sie nie etwas Derartiges erwähnt.«

»Ach, kommen Sie, Herbert. Die verkaufen bestimmt, und das wissen Sie ganz genau. Glory und Sie haben doch auch schon vorgefühlt, ob sich nicht ein finanzkräftiger Käufer finden läßt.«

»Das ist mir neu«, beharrte Herbert.

Tolley hakte die Daumen in den Westentaschen ein und grinste hinterhältig. »Hoffentlich, Herbert. Kennen Sie eigentlich Ben Buchanan?«

»Ich hatte noch nicht das Vergnügen.«

»Mag sein, aber dafür weiß Ben Buchanan um so besser,

wer Sie sind. Und lassen Sie sich gewarnt sein. Mr. Buchanan will nicht, daß Sie die Hälfte seines Besitzes verscherbeln.«

»Das ist Sache der Middletons.«

»Nein, keineswegs, mein Freund. Sie sind noch neu hier, deshalb will ich Ihnen sagen, wie die Dinge bei uns laufen. Die Viehzüchter haben hier ziemlich viel Macht. Wenn einer von denen Ihnen zu verstehen gibt, daß Sie besser die Finger von einer Sache lassen, dann sollten Sie's auch besser tun.«

»Warum kommt er denn gerade auf mich? Vielleicht sehen sich die Middletons ja auch selbst nach einem Käufer um.«

»Das können sie ja versuchen«, antwortete Tolley lachend. »Also seien Sie vernünftig, Junge, und kommen Sie Ben Buchanan nicht in die Quere.«

Herbert ging wieder seiner Wege. Das Letzte, was er wollte, waren Scherereien mit einem dieser Rinderbarone. Der Verkauf war ihm nicht so wichtig wie sein Werben um Perfy Middletons Hand, aber so ohne weiteres wollte er die Sache auch nicht aufgeben.

Als er sich dem Haus näherte, sah er Perfy und ihre Mutter draußen im Garten arbeiten. Ein Großteil der Hecke an der Straßenseite war niedergetrampelt.

»Sehen Sie sich mal diese Bescherung an!« klagte Alice Middleton. »Die letzte Nacht war einfach schrecklich! Es hat eine Rauferei gegeben, und ein paar von diesen Halunken sind hier durchgebrochen und haben die ganze Hecke ruiniert. Jack hat die abgebrochenen Zweige schon weggeschafft. Ist das nicht eine Schande?«

»Ja, es ist wirklich eine Schande. Sie hätten mich holen lassen sollen, damit ich Jack beim Aufräumen helfe.«

»Inzwischen ist das meiste schon getan«, sagte Perfy. »Jetzt müssen wir eben neu anpflanzen. Aber Daddy war furchtbar wütend. Er ist zum Büchsenmacher gegangen, um sich Patronen zu besorgen. Er sagt, das wird kein zweites Mal passieren.«

»Es ist so heiß«, meinte Alice und band ihren Hut los. »Ich hole uns erst einmal Limonade.«

Herbert nahm Perfy den Schubkarren ab. »Ich mache das schon.« Sie begleitete ihn hinter das Haus, wo er Blätter und Zweige auskippte und anschließend Perfy beobachtete, wie sie sich am Wasserbecken die Hände wusch. »Sie sehen heute hübsch aus, meine Liebe.«

»Ich finde mich schrecklich«, entgegnete sie. »Ich hasse Gartenarbeit.«

»Wirklich, nicht gerade die angenehmste Beschäftigung, wenn es so heiß ist«, pflichtete er ihr bei. »Aber bei kühlerem Wetter habe ich es offen gestanden auch noch nicht probiert«, fügte er lachend hinzu.

»Was haben Sie eigentlich in England gemacht?« fragte Perfy.

»So ziemlich dasselbe wie hier«, log er. »Häuser verkauft.«

»Ach so.« Damit schien sie zufrieden. Dann drehte sie sich zu ihm um. »Meine Mutter meint, Sie seien ein Remittance-Man. Was ist denn das?«

Herbert war erst verblüfft, dann verärgert. Doch er tat so, als belustige ihn dieser Gedanke. »Mein liebes Mädchen, ich wünschte, es wäre wahr. Ein Remittance-Man ist jemand, der von seiner Familie in die Kolonien geschickt wird und regelmäßig Geld geschickt bekommt, also gewissermaßen dafür bezahlt wird, daß er sich zu Hause nicht mehr blicken läßt. So großzügig wäre mein Vater nie.« Er konnte nicht umhin, in beleidigtem Ton hinzuzufügen: »Es tut mir leid, daß ich Ihre Mutter enttäuschen muß.«

»Sie hat das nicht abwertend gemeint«, erklärte Perfy, als sie mit ihm ums Haus zur vorderen Veranda ging, wo die Familie sich abends gerne zusammenfand. »Wirklich nicht. Ich meine, es würde ihr nichts ausmachen, wenn es so wäre. Wer sind wir schon, daß wir auf andere herabsehen könnten? Warum sind Sie denn nach Queensland gekommen?«

Er schluckte, als er an die gefälschten Wechsel dachte, die sein Vater hatte bezahlen müssen, damit man seinen Sohn nicht ins Gefängnis steckte. »Gold, meine Liebe. Ich dachte, mit Goldschürfen käme ich leichter zu Wohlstand.« Tatsächlich hatte er noch nie von so etwas wie einem Goldrausch gehört, bevor er nach Brisbane kam. »Aber leider habe ich dabei völlig versagt. Und so habe ich meinen ursprünglichen Beruf wieder aufgenommen, die Grundstücksmakelei.« Er war stolz auf seine überzeugende Erklärung, aber daß Perfy glaubte, seine Familie habe ihn in die Verbannung geschickt, nagte immer noch an ihm. »Weil wir gerade davon sprechen, warum sind Sie nach Bowen gekommen?« In seiner Stimme schwang eine für ihn untypische Gereiztheit mit. Er hatte sich so daran gewöhnt, den liebenswürdigen, geistreichen Gentleman zu spielen, daß er über seinen Tonfall selbst erstaunt war.

»Tut mir leid, Herbert«, sagte sie. »Ich wollte Sie nicht kränken.«

»Das haben Sie auch nicht. Nur manchmal, wissen Sie, werde ich etwas ungehalten. Die Leute neigen dazu, es einem als Schwäche auszulegen, wenn man ein umgängliches Auftreten und gute Manieren hat. Und ich bin keineswegs ein schwacher Mensch.« Das war zwar wieder halb gelogen, aber ihm war viel daran gelegen, Stärke und Entschlossenheit auszustrahlen. Der Schwarze Ritter war ihm immer schon lieber gewesen als der verweichlichte Lancelot.

»Nein, bestimmt nicht«, versuchte sie ihn aufzumuntern. »Ich finde Sie sehr nett. Nach Bowen sind wir übrigens gekommen, weil ich westlich von hier Land besitze.« Das sagte sie so beiläufig, als spräche sie von einem Hutladen. »Und zwar eine Farm namens Caravale Station. Haben Sie davon gehört?«

»Ihr Vater hat sie mal erwähnt, aber ich kenne die Gegend nicht.«

»Sie liegt weit draußen, in Richtung der Goldfelder.«

»Aha, also ziemlich weitab vom Schuß. Ich verstehe nicht, wie die Leute dort leben können.«

»Wieso?«

Da war wieder diese Spannung in ihr. Für ein nettes Mädchen konnten ihre blauen Augen ganz schön böse funkeln. »Na ja, allein schon die Abgeschiedenheit ...«

»Mir gefällt das«, erwiderte sie. »Wenn die Papiere fertig sind, reisen wir dorthin.«

»Wohin?« fragte er, obwohl er sich die Antwort hätte denken können.

»Meine Güte, nach Caravale natürlich! Mutter kann nicht mitkommen, weil die Reise sie zu sehr anstrengen würde. Außerdem ist sie glücklich hier. Aber Dad und ich wollen uns die Farm auf jeden Fall ansehen. Kommen Sie doch mit!«

Alice Middleton erschien mit der Limonade auf der Veranda und bewahrte ihn vor einer Antwort. Caravale! Sam Tolleys Warnung hallte in seiner Erinnerung nach wie eine Totenglokke. Ben Buchanan, der Unbekannte aus dem Hinterland, wurde plötzlich sehr wirklich für ihn. Ein Feind. Verdammt! Sicher mochte Perfy ihn leiden, sonst hätte sie ihm nicht angeboten, sie auf der Reise zu begleiten, aber schnurstracks zu den Buchanans marschieren, sich in die Höhle des Löwen wagen? Das kam gar nicht in Frage! Er mußte sich eine gute Ausrede einfallen lassen. »Warum wollen Sie sich überhaupt die Mühe machen?« fragte er. »Sie können den Grund doch ebensogut verkaufen und ersparen sich diese beschwerliche Reise.«

»Wer hat gesagt, daß ich verkaufen will?«

»Oh, ich weiß nicht. Ich bin einfach davon ausgegangen.«

»Nun, jedenfalls habe ich nicht die Absicht. Die Hälfte der Farm gehört mir, und ich will sie behalten.«

Herbert fragte sich, warum ihn diese Erklärung in noch mehr Unruhe versetzte.

Jack Middleton hielt es für seine Bürgerpflicht, an einer Versammlung teilzunehmen, bei der die Stadtbewohner über die zunehmende Gesetzlosigkeit in Bowen beraten wollten. Er fand es einfach schade, daß diese hübsche Stadt so mit Problemen zu kämpfen hatte, auch wenn diese nur vorübergehend sein mochten.

Allerdings begrüßte ihn der städtische Richter Arnold Fletcher in seinem Büro mit der Ankündigung, die Versammlung habe vertagt werden müssen, weil der Polizeisergeant und sein Stellvertreter zu einer Schießerei außerhalb der Stadt aufgebrochen seien. Ein Goldtransport sei von entflohenen Sträflingen überfallen worden, und ein Suchtrupp durchkämme nun auf der Suche nach den Verbrechern und dem Gold die Hügel. »Kommen Sie, trinken Sie einen Schluck«, meinte Fletcher, und schenkte, ohne die Antwort abzuwarten, zwei Gläser Rum ein. »Die Versammlung wäre sowieso reine Zeitverschwendung gewesen.«

»Das glaube ich nicht«, erwiderte Jack.

»Jedenfalls müssen wir vorsichtig sein, denn solche Versammlungen und Gerüchte über Bürgerwehren können eine Stadt leicht in Verruf bringen.«

Jack lachte. »In Verruf? Die Stadt platzt aus allen Nähten, die Vorräte werden knapp, Tag und Nacht gibt es Aufruhr in den Straßen. Das Kittchen platzt aus allen Nähten, das Krankenhaus ist voll von den Opfern der Messerstechereien und Schießereien. Vom Friedhof ganz zu schweigen.«

»Das muß man eben in Kauf nehmen. Draußen bei den Schürfstellen ist's noch viel schlimmer.«

»Wir sind hier aber nicht bei den Schürfstellen, Mr. Fletcher. In dieser Stadt sollte eigentlich Recht und Ordnung herrschen. Eine anständige Frau kann sich ohne Begleitung ja kaum noch auf die Straße wagen.«

Fletcher kippte seinen Rum hinunter und schenkte sich nach. »Was sollen wir tun? Am Hafen ein Schild aufstellen: ›Eintritt verboten‹? Die Geschäftsleute der Stadt würden uns am nächsten Baum aufknüpfen.«

Jack betrachtete durch die offene Tür das lebhafte Treiben auf der Straße. »Es liegt nicht nur daran, daß immer mehr üble Gestalten in die Stadt drängen. Es sind die ständigen Auseinandersetzungen zwischen Weißen und Chinesen.« Fletcher strich sich über den Schnurrbart. »Ja, das kann schon sein. Allerdings habe ich mit den Chinesen bei Gericht selten zu tun. Sie verschwinden plötzlich im Dunklen, und auf einmal heißt es: ›Nix velstehen‹. Schwer, mit ihnen zurechtzukommen.«

»Ich habe mir mal ihre Lager angesehen. Es scheinen ordentliche und saubere Leute zu sein.«

»Jack, das beste ist, man beachtet sie gar nicht. Bevor sie gekommen sind, waren es die Aborigines, die die Prügel bezogen haben, und jetzt sind eben die Schlitzaugen dran. Sie wissen ja, wie sich dieser Pöbel aufführt, wenn er sich vollaufen läßt. Dann ist diesen Leuten jeder Anlaß recht – ein kleiner Streit, ein verschwundenes Pferd, ein Diebstahl, und schon ist der Teufel los. Nur um ihre Wut an jemandem auszulassen, ziehen sie zu den Camps, verdreschen einige Chinesen und stecken ein paar Zelte an. Danach klopfen sie sich gegenseitig auf die Schulter und gehen zurück in die Schenken.«

»Und wenn die Chinesen beschließen, sich zu wehren?«

»Das passiert nicht.« Fletcher lächelte milde. »Sie kämpfen nicht gegen Weiße. Sie sind aalglatt und lassen sich nicht auf eine ehrliche Schlägerei ein. Wenn es dunkel wird, sind sie sowieso alle viel zu benebelt von ihrem Opium. China muß wirklich ein verrücktes Land sein, ein jeder liegt rum und hängt seinen Opiumträumen nach. Für die Briten wäre das nichts.«

»Nein«, erwiderte Jack, »wir verkaufen es ihnen nur. Die Chinesen haben verzweifelt versucht, das Opium von ihrem Land fernzuhalten.«

»Unsinn! Ich weiß nicht, wo Sie das herhaben, aber da hat Ihnen einer einen Bären aufgebunden. China ist ein einziges großes Opiumfeld.«

»Das Zeug kommt aus Indien«, sagte Jack mißmutig. Er blickte hinaus auf die Straße. »Was zum Teufel ist denn das?«

Die beiden Männer traten vor die Tür und sahen einen prächtig ausstaffierten Chinesen, der, flankiert von zwei bezopften Chinesen in schwarzen Schlafanzügen, die Hauptstraße entlang stolzierte. Ihnen folgte ein langer Zug von Gepäckkulis mit spitz zulaufenden Strohhüten.

Hastig eilte Fletcher auf die Straße, um den Zug anzuhalten. »Was soll denn das darstellen?«

Der chinesische Anführer blieb stehen. Sein Gefolge schien wie ein Vogelschwarm einem unausgesprochenen Befehl zu gehorchen und hielt plötzlich an. Nur die Körbe an den Bambusstangen schaukelten sanft hin und her. »Guten Tag, Sir«, sagte der Anführer und verbeugte sich.

»Haben Sie so was schon mal gesehen?« rief Fletcher Jack zu.

»Ist etwas nicht in Ordnung, Sir?«, fragte der Chinese. Fletcher klappte den weitaufgerissenen Mund zu und versuchte, sich auf die Schnelle eine Antwort einfallen zu lassen. »Wer sind Sie?«

»Mr. Chin, Sir.« Wieder verbeugte er sich, die Hände in den weiten Falten seines aufsehenerregenden rotgoldenen Seidenmantels mit den hohen gepolsterten Schultern verborgen. »Aus Hunan. Ich bin auf dem Weg zu den Goldfeldern, und das sind meine Schürfer.«

Jack gesellte sich zu der Gruppe. Lachend nickte er dem Chinesen zu. »So ist Goldgraben natürlich eine bequeme Sache.«

»Zum Teufel damit!« rief Fletcher aus. »Das sind doch keine anständigen Goldgräber, das sind Kulis. Mindestens fünfzig zählt dieser verdammte Haufen. Wenn das einreißt, daß jeder von den gelben feineren Herren mit fünfzig Kulis anrückt, dann gibt es hier bald nur noch Schlitzaugen.«

»Kein Gesetz verbietet es ihm«, wandte Jack ein. »Lassen

Sie ihn ziehen.« Immer mehr Neugierige drängten sich heran. Fletcher hatte einen Fehler gemacht, als er die Chinesen anhielt; Jack konnte die gereizte Stimmung, die sie umgab, deutlich spüren.

»Schickt sie dahin zurück, wo sie hergekommen sind«, schrie jemand.

»Gehen Sie rasch weiter«, sagte Jack mit drängender Stimme zu dem chinesischen Anführer. Im gleichen Augenblick löste sich jedoch ein Mann aus der Menge, griff in den feuchten Pferdemist, der auf der Straße lag, und warf eine Handvoll auf den Chinesen. Klatschend traf der Dung die Vorderseite seines feinen Seidenmantels.

Ohne zu zögern, griff sich ein Seemann den Übeltäter und streckte ihn mit einem harten Faustschlag zu Boden.

»Hier lang, schnell«, sagte Jack und deutete auf eine kleine Seitenstraße. Schon flogen weitere Wurfgeschosse in Form von Pferdemist, Erdklumpen und sogar Gläsern durch die Luft, so daß Jack nichts anderes übrig blieb, als mitzulaufen.

In der kleinen Straße angelangt, rief Jack den Chinesen zu weiterzulaufen, während er selbst stehen blieb. Sofort sah er sich einem Haufen Verfolger gegenüber. »Ihr habt euren Spaß gehabt«, rief er ihnen zu, »kümmert euch jetzt wieder um eure eigenen Angelegenheiten.«

»Wir sind in einem freien Land, und da können wir hingehen, wohin wir wollen«, schrie ihm jemand entgegen.

»Aus dem Weg, du Trottel!« war eine andere Stimme zu hören, und die Männer schoben sich voran. Jack wurde in der Enge der kleinen Straße geschubst und angerempelt, doch als er schon fürchtete hinzufallen, ergriff ihn ein Paar starker Hände. Ein Fremder bugsierte ihn an der aufgebrachten Meute vorbei zu einem Torweg und damit in Sicherheit.

Keuchend lehnte sich Jack an eine Steinmauer. Die Menge war bis zum Ende der Straße gerannt und schrie den fliehenden Chinesen Beleidigungen nach, wagte aber am helllichten Tag doch nicht, dem Asiatenlager zu nahe zu kommen.

»Eine hübsche Stadt haben Sie hier«, meinte der Fremde, und Jack erkannte, daß es der Seemann war, der den dungwerfenden Bergarbeiter niedergeschlagen hatte.

»Das nächste Mal sagen Sie Ihrem Freund, er soll hier nicht wie der Kaiser von China durch die Stadt stolzieren.«

Lew Cavour lachte. »Das hab ich schon, aber er mag es gar nicht, wenn ich ihm mit Vorhaltungen komme. Ich glaube, ich sehe besser nach, ob mit ihm alles in Ordnung ist. Der Tumult scheint sich ja gelegt zu haben.«

»Ich komme mit«, sagte Jack und stopfte sein zerrissenes Hemd wieder in die Hose. »Und vielen Dank, daß Sie mich vor dieser trampelnden Horde bewahrt haben. Ich heiße Jack Middleton.«

Er streckte ihm die Hand entgegen. »Sind Sie auch Goldsucher?«

»Ich? Um Himmels willen, nein, ich bin Seemann. Lew Cavour.« Sie schüttelten sich die Hände. »Ich habe ein Schiff in der Bucht liegen.«

»Tatsächlich? Welches?«

»Es hat keinen Namen, für mich ist es einfach die Dschunke. Wir sind heute früh angekommen.«

»Die große Dschunke? Das Mordsding ist mir schon aufgefallen. Und Sie sind der Kapitän?«

»Ja.«

Jack war neugierig geworden. »Ich habe gar nicht gewußt, daß Engländer mit Dschunken fahren.«

»Tja, als britischer Matrose kommt man eben ganz schön rum in der Welt«, erwiderte Lew grinsend. »Und dieser chinesische Edelmann und sein Gefolge waren meine Passagiere.«

»Sie machen sich ja offenbar keine allzu großen Sorgen um ihre Leute. Mögen Sie die Chinesen nicht?«

Sie verließen die Seitenstraße und gingen auf ein offenes Gatter zu, hinter dem die verschiedenartigsten Zelte aufgebaut waren. Den immer noch finster dreinschauenden Goldgräbern schenkten sie keine Beachtung.

»Doch, ich mag sie, die Chinesen«, sagte Cavour, »aber ich weiß, daß ich mir keine Sorgen um sie machen muß. Sie können nämlich ganz gut auf sich selbst aufpassen. In der Haut von dem Dummkopf, der den Dreck auf Chin Ying geworfen hat, möchte ich nicht stecken. Den finden sie bestimmt, darauf können Sie Gift nehmen. Das Gesicht zu verlieren ist für einen Chinesen das Allerschlimmste.«

Sie sahen Ying reglos auf einem niedrigen Zaun neben dem steinernen Mondtor sitzen, das die Chinesen als Glücksbringer für ihr Lager gebaut hatten. Der Mantel lag neben ihm auf dem Boden, und er trug jetzt ein langes, bis zum Hals zugeknöpftes Gewand.

»Gräßliche Leute«, schnaubte er wütend. »Ich muß diesen Mantel wohl verbrennen.«

»Natürlich«, meinte Lew.

»Ich bedauere diesen Zwischenfall sehr«, sagte Jack. »Ich bin ein Einwohner von Bowen, und für Raufbolde haben wir hier eigentlich nichts übrig.«

Als Lew ihn mit Jack bekannt machte, stand Ying auf und verbeugte sich tief. »Ich nehme Ihre Entschuldigung wohlwollend an, Sir«, antwortete er feierlich.

»Was hast du nun vor?« erkundigte sich Lew.

»Meine Diener bereiten mein Zeltlager vor. Ich werde in dieser Stadt nur so lange bleiben, bis wir uns mit Proviant ausgerüstet und einen Führer gefunden haben. Dann begebe ich mich ins Landesinnere.«

»Soll ich dir jetzt bei irgend etwas behilflich sein?« fragte Lew.

»Nein. Ich werde mich heute abend mit dem Studium der Metallurgie befassen. Das ist unumgänglich.«

Lew begleitete Jack in die Stadt zurück. »Es war gut, daß

Sie sich entschuldigt haben«, meinte Lew. »Er weiß zwar, daß Sie nicht dafür verantwortlich sind, aber es beruhigt ihn sicherlich trotzdem.«

»Er kam mir aber doch jetzt schon ganz ruhig vor.«

»Wie bitte? Er hat gekocht vor Wut!«

»Müssen Sie gleich zu Ihrem Schiff zurück?«

»Nein. Ich bin sofort nach der Ankunft an Land gegangen, um mir die Stadt anzusehen, aber mir scheint, sie hat nicht viel zu bieten.«

»Da haben Sie recht. Eigentlich ist es nur ein kleiner Ort, zur Zeit zwar überbevölkert, aber ...«

»Überbevölkert? Nach den Menschenmassen in China kommt es mir hier ziemlich leer vor.«

»Wie viele Einwohner hat China denn?«

»Na, man schätzt, es sind rund dreihundertdreißig Millionen Menschen.«

»Lieber Himmel, und ich habe neulich erfahren, daß die weiße Bevölkerung dieses riesigen Kontinents nur zwölftausend ausmacht!«

Lew starrte ihn ungläubig an. »Das kann nicht sein.«

»Na, dann erkundigen Sie sich mal, mein Freund. Aber ich muß jetzt nach Hause. Kommen Sie doch mit und essen Sie mit uns zu Abend!«

Lews sonnengebräuntes Gesicht strahlte. »Es wäre mir eine Ehre«, erwiderte er, was Jack für eine etwas komische und altmodische Floskel hielt. Aber er mochte diesen jungen Mann, und als Seemann hatte er sicher einiges zu erzählen. Jack hörte nichts lieber als gutes Seemannsgarn.

Alice Middleton entschuldigte sich für die einfache Hausmannskost, doch Lew genoß jeden Bissen. Seine Eltern hatten nur chinesisch gekocht, weil sie so wie ihre Gemeindemitglieder leben wollten, aber bei Freunden oder in europäischen Hotels hatte er die englische Küche kennengelernt, wenngleich die Gerichte immer von chinesischen Köchen zubereitet worden waren.

Er selbst kannte zwar den Unterschied nicht, doch er hörte immer wieder die Beschwerde, es sei »eben doch ein bißchen anders«. Jetzt wußte er, was damit gemeint war. Jacks Frau servierte in dicke Scheiben geschnittenen Rinderbraten mit Yorkshire-Pudding und dicker Soße, dazu ganze Karotten, Kartoffeln und Zwiebeln, die zusammen mit dem Fleisch gekocht worden waren, sowie gekochten Kohl. Es war in der Tat einfache Hausmannskost, ganz ohne Kräuter und Gewürze, aber ihm schmeckte es, und Mrs. Middleton häufte so große Portionen auf seinen Teller, als sollte er den Rest der Woche nichts mehr zu essen bekommen.

»Haben Sie schon mal chinesisches Essen probiert?« fragte er sie.

»Nein, ganz bestimmt nicht«, antwortete sie. »Ich habe gehört, die essen lauter widerliche Sachen.«

»Haifischflossen und Nachtigallaugen«, sagte ihre Tochter Perfy, das anziehendste englische Mädchen, das ihm je begegnet war.

»Sei nicht so ungezogen«, wies Alice sie zurecht. »Da vergeht einem ja der Appetit.«

»Hätten Sie Lust, sich meine Dschunke anzusehen?« schlug Lew vor.

»Gern«, erwiderte Jack. »Ich bin noch nie auf solch einem Schiff gewesen.«

»Wie wär's, wenn Sie mit Ihrer Familie zum Abendessen als meine Gäste an Bord kommen? Ich leihe mir Chin Yings Diener aus, sie sind glänzende Köche. An Ihre Kochkünste, Mrs. Middleton, kommen sie natürlich nicht heran, aber vielleicht schmecken Ihnen die chinesischen Gerichte ja doch.«

»Ach, ich weiß nicht«, antwortete sie verlegen.

»Komm schon, Mutter«, meinte Jack. »Trau dich doch. Wir könnten es doch mal probieren.«

»Keine Haifischflossen?« erkundigte sich Perfy.

Lew lächelte sie an. »Das verspreche ich Ihnen.«

Es gelang Lew, auch Chin Ying zum Kommen zu überreden. »Sie sind sehr nette Leute. Von der anderen Sorte lernst du noch genug kennen, es wird eine gute Erfahrung für dich sein.«

Die Dschunke versetzte die Gäste in Staunen. Mrs. Middleton hatte offensichtlich einen schmuddeligen alten Kahn erwartet, wo sie von finsteren Chinesen angeglotzt werden würde. Um so überraschter war sie, als sie sah, daß alles an Bord blitzte und glänzte. Die Nacht war mild und sternenklar, und so hatte man die Tafel an Deck aufgebaut. Lew zeigte Jack und Perfy das Schiff, während Chin Ying sich mit Alice in ein höfliches Gespräch vertiefte.

Lew erklärte währenddessen, daß der Rumpf mit dickem Spantenwerk in mehrere wasserdichte Kammern unterteilt war. Dann zeigte er seinen Gästen die Becken, in denen lebende Fische gehalten wurden, den Raum mit dem gepökelten Fleisch, die besonderen Wasserbehälter, die beiden Kombüsen und die komfortablen Einzelkabinen. Jack und seine Tochter waren sehr beeindruckt.

Das Bankett gestaltete sich vergnüglicher, als Lew gedacht hätte. Ying erklärte jeden einzelnen Gang des Menüs aus zahlreichen verschiedenen Rindfleisch-, Enten- und Schweinefleischgerichten mit kleinen Klößen und gewürztem Gemüse, und der Familie machte es Spaß, die kleinen Portionen aus den Schälchen zu essen.

»Meine Güte«, rief Alice aus, »wie viele Gänge gibt es denn bei Ihnen zu Hause?«

»Das hier sind nicht besonders viele«, erwiderte Ying lächelnd.

»Sie lassen es sich ja ganz schön gutgehen«, meinte Jack. »Ich hätte nie gedacht, daß mir Reis in etwas anderem als Pudding schmecken würde.«

»Dabei heißt es, die Chinesen leben fast nur vom Reis«, sagte Perfy.

Ying schüttelte den Kopf. »Keineswegs, Miss. Wir legen großen Wert auf gutes Essen.«

Dabei ließ Ying allerdings außer acht, daß die chinesischen Bauern und Kulis mit sehr kärglichen Rationen Reis und Fisch auskommen mußten, und Lew wagte es nicht, ihn darauf aufmerksam zu machen.

Nach dem gelungenen Abend wurde die Familie mit einem Boot an Land zurückgebracht. Chin Ying dagegen beschloß, an Bord zu bleiben.

»Du hast also schon eine Dame für dich gefunden«, stellte er fest, als die Gäste aufgebrochen waren. »Darauf sollten wir noch einen Becher Wein trinken.«

»Dir entgeht aber auch gar nichts«, meinte Lew. »War das denn so offensichtlich? Und wie findest du sie?«

»Eine Jungfrau. Recht gutaussehend für eine Engländerin, denke ich.«

»Aber Ying! Sie ist eine Schönheit! Bleib du nur bei deinen Goldfeldern, solange du willst. Ich glaube, hier läßt's sich gut aushalten.«

Perfy, ihr Hausmädchen Diamond und Lew verabschiedeten sich von Chin Ying, als dieser sich auf den langen Weg zu den Goldfeldern machte. Ying und ein ortsansässiger Führer reisten zu Pferde, Yings Diener Yuang Lu und Yuang Pan gingen zu Fuß. Sie hatten große Leinensäcke auf dem Rücken festgeschnallt und trugen Bambusstöcke, um die Kulis anzutreiben. Ying überreichte Perfy feierlich eine kleine Katze aus Jade, einen Glücksbringer, über den sie sich sehr freute. Von der Art und Weise, wie die Kulis behandelt wurden, gewann sie jedoch keinen so guten Eindruck.

»Die armen Kerle«, sagte sie zu Lew. »Sie sind ja bepackt wie Esel.«

»Das sind sie gewöhnt«, erwiderte er ungerührt. Wie er feststellte, fing Ying nun an, sich seiner Umgebung anzupassen. Statt der farbenprächtigen und unpraktischen Gewänder, die er sonst trug, hatte er einen dunklen Rock und Hosen angezogen, in denen er sehr geschäftsmäßig wirkte.

»Auf Wiedersehen und viel Glück«, rief Lew, als sich der Zug auf der staubigen Straße in Bewegung setzte. »Ich bin gespannt, wie er vorankommt«, sagte er zu Perfy.

»Weiß er nicht, daß sie durch die Berge müssen?«

»Doch, warum?«

»Weil es für all diese Männer furchtbar anstrengend wird, wenn sie soviel schleppen müssen.«

»Nein, das glaube ich nicht. Es sind zähe Burschen. Ein Kuli kann bis zu siebzig Kilo tragen.«

»Wie die Tiere.«

Er faßte sie am Arm. »Perfy, jeder weiß, daß die Versorgung da draußen schlecht ist. Sie müssen gut ausgerüstet sein und genug Proviant haben. Außerdem geht es mit Kulis schneller als mit den Wagen, die ständig steckenbleiben.«

»Ja, aber die werden auch von Pferden gezogen.«

»Und von Menschen. Wie ich gehört habe, brauchen auch die Europäer kräftige Muskeln für diese Reise.«

»Welchen Lohn erhalten sie?« Diese Frage kam von Diamond. Lew war verblüfft, und zwar weniger über die Frage als darüber, daß ein Hausmädchen sie stellte. Er war nicht daran gewöhnt, daß Dienstboten so große Freiheiten genossen. Es kam ihm alles sehr merkwürdig vor. Nicht, daß er sie nicht mochte, sie war klug und schlagfertig. »Sie bekommen wohl denselben Lohn wie du«, entgegnete er. Ihre dunklen Augen blitzten ihn zornig an.

Aus den Wipfeln der Eukalyptusbäume, die das gerodete Land säumten, hörte er Vogeltrillern, wunderbar klare Töne, die einem Sopran zur Ehre gereicht hätten. »Die Vögel dort oben, sie singen herrlich. Wie heißen sie?« fragte er, um das Thema zu wechseln.

»Elstern«, erwiderte Perfy.

»Und Würger«, ergänzte Diamond.

»Sie ahmen sich gegenseitig nach«, meinte Perfy.

»Und manchmal wetteifern sie miteinander«, fügte Diamond hinzu.

»Wie sehen sie aus?« wollte Lew wissen. Er war froh, daß sie auf etwas anderes als die Kulis zu sprechen kamen.

Diesmal antwortete Diamond. »Elstern sind große, auffällig schwarzweiß gemusterte Vögel, und ausgesprochen selbstsicher. Die Würger haben ein glanzloses braunes Gefieder, sie sind sehr scheu, und man sieht sie kaum, aber sie verfügen über große Kräfte.« Lew hatte das Gefühl, daß hinter ihren Worten eine Bedeutung verborgen war, die er nicht zu deuten wußte.

Perfy betrachtete unterdessen die kleine Jadekatze. »Sie ist wirklich schön. Das war sehr nett von Mr. Chin.«

»Er hat Sie wohl recht gern«, teilte Lew ihr erfreut mit. »Jade ist in China äußerst wertvoll.«

»Ist es teuer?« erkundigte sich Perfy.

»Dieses Stück? Ja, ich denke schon.«

»Oje, ich hätte mich dafür richtig bedanken sollen. War es unhöflich, daß ich nur gesagt habe, es gefällt mir?«

»Ying hat nicht erwartet, daß Sie sich groß bedanken. Er hat sich gefreut, daß er Ihnen ein Geschenk machen konnte.«

In einer rauhen Stadt wie Bowen konnte man nicht viel unternehmen, und so war Perfy recht angetan, wenn Lew sie zu Ausflügen einlud. Für ihn war es ein Urlaub, ein glücklicher Urlaub. Ihm graute bereits vor dem Tag, an dem er wieder abreisen mußte. Jeden Morgen schwamm er in der Bucht, ging angeln und besuchte die Middletons so oft, wie es möglich war, ohne aufdringlich zu wirken. Manchmal ging er in eine der Schenken, und wenn er sich mit jemandem unterhielt oder

Gespräche belauschte, ging es stets nur um ein Thema: Gold. Das Land war ihm noch immer fremd. Perfy fand es hochinteressant, einen Engländer kennenzulernen, der noch nie englischen Boden betreten hatte. Er nahm es für ein gutes Zeichen, daß sie alles mögliche von ihm wissen wollte, erklärte sie zu seiner Fremdenführerin und ließ sich von ihr das Land mit seinen Känguruhs, Koalabären, Wombats und all den anderen sanftmütigen Tieren zeigen. Beide genossen sie, daß es so vieles gab, worüber sie reden konnten.

Eines Tages luden ihn die Middletons zu einem gemeinsamen Picknick unter den schattigen Bäumen an der Küste ein, einem typisch englischen Picknick, wie Lew vermutete.

»Nein, nein«, erklärte Alice ihm. »Zu Hause haben wir nie ein Picknick gehabt, dazu waren wir viel zu arm. Das ist nur was für die feineren Leute. Und ich glaube auch nicht, daß man in England Fleisch und Koteletts im Freien grillt, wie es hier üblich ist. Nein, das ist wohl schon etwas anderes.«

Mit Mr. Herbert Watlington, einem aalglatten englischen Gentleman, der wie eine Klette an Perfy hing, hatte sich ihnen ein weiterer Herr angeschlossen. Als Lew endlich einmal mit Perfy unter vier Augen reden konnte, meinte er: »Ich habe gar nicht gewußt, daß Sie noch einen Verehrer haben.«

Sie sah ihn gelassen an und erwiderte: »Ich habe keinen Verehrer.«

»Aber gewiß«, sagte er lachend. »Sie haben einen, verlassen Sie sich darauf.« Er meinte sich selbst, aber Perfy ging nicht auf seine Anspielung ein; es war, als hätte er nichts gesagt.

Später ließ er sich diese Unterhaltung immer wieder durch den Kopf gehen. Ruhelos schritt er nachts auf dem Deck der Dschunke auf und ab, weil die Gedanken an sie ihn nicht schlafen ließen. Er überlegte, ob er vielleicht ein Bordell in Bowen aufsuchen sollte, aber dann siegte doch die Vernunft. Jetzt hätte er die Yuang-Brüder gebraucht. Auf der Reise in den Süden hatte die Dschunke mehrmals in verschiedenen Häfen angelegt, woraufhin Ying seine Diener an Land schickte, um ihm »saubere« Mädchen zu holen. Auf welche Weise die Brüder die »sauberen« Mädchen aus aller Herren Länder aussuchten, blieb Lew ein Rätsel, aber er wußte, daß ihr Herr sie bei einer schlechten Wahl mit dem Tod bestraft hätte. Ying hatte Lew großmütig »erlaubt«, die zarten Schönheiten mit ihm zu teilen.

Lew langweilte sich allmählich in Bowen, es war ihm zu klein und zu eng. Er hatte ein Pferd gekauft, um mit Perfy auszureiten, aber sie kamen nie sehr weit. Kaum ein oder zwei Kilometer außerhalb der Stadt erhob sich vor ihnen der Busch mit seinen Tausenden von grauen, kahlen Baumstämmen, die einer geäderten Felswand glichen. Nur ganz oben in den Wipfeln konnte man grüne Blätter erkennen. Mit Perfy tiefer in die Wildnis vorzudringen, wagte er nicht, und so war er ein andermal alleine losgeritten. In diesem fremdartigen, scheinbar grenzenlosen Wald führte ihn der unebene Pfad vorbei an riesigen Ameisenhügeln und abgestorbenen Bäumen, die wie ausgebleichte Knochen im hohen Gras lagen. Ein großes braunrotes Känguruh graste im trüben Licht unter den Bäumen. Erst sah es auf und starrte den Eindringling an, ließ sich dann jedoch nicht weiter von ihm stören. Lew, der sich über diese Begegnung freute, stieg ab, um das Tier näher zu betrachten, und entdeckte ein kleines Junges, das neugierig aus seinem Beutel hervorlugte. Daß die beiden keinen Anstoß an seiner Anwesenheit nahmen, machte ihm bewußt, daß er sich in diesem Land keineswegs als Fremder fühlte, weil er so bereitwillig aufgenommen worden war. Lew ritt noch tiefer in den Urwald hinein, doch die ewig gleiche Umgebung verlor allmählich ihren Reiz, und er merkte erst jetzt, daß er auf seinem stundenlangen Ritt keiner Menschenseele begegnet war. Bedrückt von dieser ungewohnten Einsamkeit machte er sich auf den Rückweg nach Bowen. Doch in Bowen kam er sich immer mehr wie ein Gefangener vor. Und so suchte er eines

Tages Jack Middleton auf. »Ich muß die Dschunke hinausfahren, damit sich die Segel mal wieder spannen und die Mannschaft nicht auf der faulen Haut liegt«, sagte er. »Wäre es ihnen recht, wenn ich Perfy mitnehme? Bis zum Abend sind wir bestimmt wieder zurück und ich verspreche Ihnen, daß ich mich wie ein Gentleman benehmen werde.«

Jack grinste. »Na klar. Wenn sie will. Sie mögen sie recht gern, was?«

»Das ist untertrieben. Ich finde sie hinreißend.«

»Ja, das finden wir auch, mein Sohn, also passen Sie gut auf sie auf. Und gehen Sie behutsam mit ihr um. Unsere Kleine hat einige Höhen und Tiefen hinter sich. Wir wollen nicht, daß sie noch mal aus dem Gleichgewicht gerät.«

»Was für Höhen und Tiefen?«

»Ich schätze, Perfy wird darüber reden, wenn ihr danach ist. Und es ist sicherlich besser, wenn sie es Ihnen selbst sagt.«

Perfy saß Lew gegenüber, als er sie zur Dschunke hinausruderte. Sie freute sich auf den Ausflug an Bord des Schiffes, doch ihr war auch ein wenig bange. Lew beunruhigte sie, er war so ... ja, so männlich. So ganz anders als der sanfte, schüchterne Darcy. Wenn Lew sie berührte, hatte sie den Eindruck, er würde sie am liebsten bei der erstbesten Gelegenheit ins nächste Bett zerren. Und sie wußte auch ohne Worte, daß er in weitaus mehr Dingen erfahren war als nur im Steuern von Schiffen.

»Wenn du lieber nicht allein gehen magst«, hatte ihr Vater ihr gesagt, »dann macht es Lew bestimmt nichts aus, wenn du jemanden mitnimmst. Herbert zum Beispiel.«

Perfy lachte. »Er kann Herbert nicht ausstehen.«

»Dann eben Diamond.«

»Nein, das ist schon in Ordnung.« Sie hatte Diamond absichtlich nicht mitgenommen, denn Lew hätte das sofort durchschaut. Bei ihrer ersten Begegnung hatte er sich gewundert, daß die jungen Damen in der Kolonie ohne Begleitung ausgehen konnten, außer wenn sich Betrunkene in den Straßen herumtrieben. Hätte sie Diamond mitgebracht, wäre das dem Eingeständnis gleichgekommen, daß sie sich vor ihm fürchtete. Und Perfy hatte schließlich ihren Stolz. Es stand außer Frage, daß Lew sie wie ein Gentleman behandeln würde, es war nur seine Nähe, die sie beunruhigte. Sie vermißte Darcy noch immer, und sie bezweifelte, ob sie je über seinen Tod hinwegkommen würde. Außerdem wollte sie ihn auch gar nicht vergessen. Warum sollte sie? Die Matrosen standen an der Reling und sahen zu, wie sich das Boot der Dschunke näherte. Ein breites Grinsen lag auf ihren Gesichtern, als warteten sie auf ein großes Ereignis.

»Sie sehen so zufrieden aus«, stellte Perfy fest.

»Ja«, sagte er, »sie freuen sich.«

»Wieso?«

»Weil wir die Dschunke getauft haben. Schauen Sie!« Auf dem Rumpf des Schiffes direkt hinter dem Bug prangten große, noch feuchte chinesische Schriftzeichen.

»Was bedeutet das?«

»*Perfection.* Die Mannschaft ist begeistert von diesem Namen.«

»Oh«, murmelte sie geschmeichelt. »Das ist aber nett.«

»Ich habe meinen Leuten ein Fest anläßlich der Bootstaufe versprochen, wenn Sie an Bord kommen. Was sagen Sie dazu?«

»Eine wunderbare Idee«, erwiderte sie fröhlich. »Sagen Sie ihnen, ich fühle mich sehr geehrt.«

Durch das tiefblaue Wasser der Whitsundays fuhren sie nach Süden, die großen Segel über ihnen blähten sich im Wind. Perfy schlenderte über das Deck und genoß die Aussicht. Den Alltag hatte sie am Ufer zurückgelassen, und sie war froh, mit ihren Gedanken allein zu sein, während Lew die Arbeit seiner Mannschaft überprüfte. Seit Darcys Tod hatte sie unter ständiger Aufsicht gelebt. Ihre Eltern hatten sich Sorgen um sie gemacht und sich viel zu große Mühe gegeben, sie aufzuheitern und abzulenken. Deshalb war es ihnen auch recht, wenn ihre Verehrer wie Herbert, Lew und andere junge Männer aus der Stadt um ihre Gunst wetteiferten.

Es war erstaunlich, wie gut ihre Mutter sich eingelebt hatte. Sie war jetzt selbstbewußter und verbrachte ihre Zeit nicht nur mit ihren vielen Freunden, sondern auch in gleich zwei Damenzirkeln, einer Nähgruppe und einem Verein wohltätiger Frauen, die es sich zur Aufgabe gemacht hatten, den unzähligen menschlichen Wracks, die von den Goldfeldern zurückkamen, wieder auf die Beine zu helfen. Ohne Darcy, dachte Perfy wieder einmal, wäre das alles nicht möglich gewesen.

»Wollen wir zu Mittag essen?«

»Ist es denn schon so spät?«

»Doch, eigentlich wäre es an der Zeit. Ich habe für heute einen Koch angestellt. Seit Ying weg ist, muß ich mich mit dem zufriedengeben, was unser Schiffskoch zubereitet, und das sind vor allem Reisgerichte.«

»Wie kann ein Mann von Ihrer Statur nur mit Reis auskommen?«

»Ganz gut«, erwiderte er lachend, »wenn es sein muß.«

»Was ist denn das für eine Insel dort drüben?« fragte Perfy. »Sie sieht so unberührt aus.«

»Gloucester Island.«

»Könnten wir nicht dort hinfahren und sie erkunden?«

»Keinesfalls, Verehrteste. Ich habe Ihrem Vater versprochen, daß ich Sie wohlbehalten zurückbringe. Möglicherweise hausen auf diesen Inseln wilde Schwarze, und auf ein solches Wagnis lasse ich mich nicht ein.«

Das Essen für den Kapitän und seine Begleitung wurde unter einem Sonnendach auf dem Deck aufgetragen. Perfy fühlte sich wohl, es war so einfach, mit Lew zu reden und ihm zuzuhören. Zu ihrer Überraschung erfuhr sie, daß seine Eltern Missionare gewesen waren, die von England nach China gereist und später dort gestorben waren. Doch als sie mehr über sie erfahren wollte, wurde Lew ziemlich einsilbig und wechselte rasch das Thema. Also erzählte sie ihm von Brisbane, von den Umständen, die ihre Eltern nach Australien verschlagen hatten, von Jacks langjährigem Dienst bei der Armee und von ihrer Arbeit im Haus des Gouverneurs. Lew hörte aufmerksam zu. Und ehe sie sich versah, redete sie über Darcy, bis sie mit Schrekken feststellte, daß sie die Tränen nicht mehr zurückhalten konnte. So weinte sie sich an seiner Schulter aus, ließ sich von ihm in den Armen halten und schämte sich, daß sie sich so gehenließ und diesen wunderbaren Tag verdarb. Ihm schien es jedoch nichts auszumachen.

»Man muß sich mal ausweinen«, meinte er. »Es wird erst vorüber sein, wenn Sie Ihren ganzen Kummer herausgelassen haben.«

Später umfuhren sie Gloucester Island, wo sie ankerten, um in das ruhige, kristallklare Wasser mit den farbenprächtigen Fischen hinabzuspähen und einen Blick auf die Korallenbänke zu erhaschen. Bei Sonnenuntergang segelte die Dschunke, die sich wie ein großes glänzendes Goldstück von den dunkler werdenden Hügeln abhob, in die Edgecumb Bay und seinen belebten Hafen zurück.

Perfy lachte wieder fröhlich, als Lew sie an Land ruderte, und ihr peinlicher Gefühlsausbruch war vergessen. »Es war ein herrlicher Tag, Lew. Herzlichen Dank. Nehmen Sie mich mal wieder mit?«

»Wann immer Sie wollen«, antwortete er.

Als sie den Sandstrand überquerten, legte er einen Arm um sie. »Auf dem Schiff waren mir die Hände gebunden«, sagte er. »Aber jetzt sind wir an Land, und Sie können davonlaufen, wenn Sie wollen.«

Perfy riß sich los. »Nein, Lew, lassen Sie das. Zerstören Sie jetzt nicht alles.«

»Entschuldigen Sie, ich wollte Sie nicht in Verlegenheit bringen. Sie gefallen mir sehr, und wir haben so einen schönen Tag zusammen verbracht ...«

»Sie brauchen sich nicht zu entschuldigen. Ich bin selbst schuld, weil ich mich bei Ihnen ausgeweint habe. Können wir nicht einfach Freunde sein?«

»Natürlich können wir das. Aber ich muß Sie warnen. Lew Cavour, der Kapitän dieses netten Schiffes da drüben, hat vor, Ihnen den Hof zu machen. Er muß nur noch die Regeln dieses neuen Landes lernen.«

»Verschwenden Sie doch nicht Ihre wertvolle Zeit«, erwiderte sie. »Ich möchte nämlich gar nicht, daß mir jemand den Hof macht. Es gibt doch noch viele andere nette Mädchen hier.«

»Ja, aber nur eine Perfy. Vielleicht läßt sie sich ja doch einmal erweichen, wer weiß?«

»Ach, kommen Sie, Lew«, sagte sie ungeduldig und marschierte durch das Gestrüpp. »Die Moskitos hier sind furchtbar. Wenn es dunkel wird, fallen sie in Schwärmen über einen her.«

Alice und Jack saßen auf der Veranda und erwarteten sie.

»Da seid ihr ja«, rief Jack. »Kommen Sie und trinken Sie ein Bier mit mir, Lew.«

»Mit Vergnügen«, erwiderte er.

»Perfy, du hast ja einen Sonnenbrand«, bemerkte Alice. »Komm rein, ich gebe dir eine Salbe fürs Gesicht.«

»Moskitos haben uns auch gestochen«, sagte Perfy lachend und folgte ihrer Mutter ins Haus.

»Hat er dich angefaßt?« flüsterte sie neugierig.

»Ach, Mutter, stell doch nicht solche Fragen. Nein, hat er nicht.«

Alice lächelte. »Dein Vater ist ein guter Menschenkenner. Er hat gesagt, wir müßten uns keine Sorgen machen. Salb dir jetzt das Gesicht damit ein und kämme dich, dein Haar ist ja ganz zerzaust. Jack hat eine gute Nachricht für dich.«

Perfy eilte wieder hinaus. »Was gibt's?«

»Heute ist deine Besitzurkunde gekommen. Jetzt ist es amtlich, daß dir die Hälfte von Caravale gehört.«

Perfy strahlte. »Das ist ja wunderbar. Ich habe schon gedacht, die kommt nie.«

»Was ist Caravale?« erkundigte sich Lew.

»Eine Farm, auf der Vieh gezüchtet wird, draußen im Westen«, antwortete Jack.

»Darcy hat sie mir vermacht«, erklärte Perfy, und ihr von Sonnenbrand und Salbe ohnehin schon gerötetes Gesicht wurde noch röter. Ärgerlich stellte sie fest, daß ihre Eltern Blicke tauschten. »Es soll eine sehr große und schöne Farm sein«, fügte sie hinzu.

»So etwas wie eine Ranch?« fragte Lew.

»Ja.«

»Aha«, sagte er unverbindlich, als sei er lediglich an der Größe von Caravale interessiert.

Nachdem sie noch eine Weile miteinander geplaudert hatten, erhob sich Lew. Er war freundlich wie immer und froh, daß Perfy so einen schönen Tag erlebt hatte, dann verabschiedete er sich lächelnd. Doch sie wünschte, er wäre noch geblieben; zu gern hätte sie ihm erklärt, was es mit Caravale auf sich hatte, und ihm alles darüber erzählt.

Weit draußen über dem Meer erhellte von Zeit zu Zeit ein Blitz die Nacht, auf den eine bedrückende, unheilschwangere Stille folgte, denn es war kein Donner zu hören.

In den folgenden Monaten würde Perfy dieser Tag als der letzte wirklich friedliche in Erinnerung bleiben. Denn danach begannen die Sorgen. Wenn sie an diesen Tag zurückdachte, richtete sie sich an der Erinnerung auf, und sie wurde ihr kostbar wie die kleine Jadekatze, die Glück bringen sollte.

5

Die Schwarzen in Bowen waren vom Stamm der Bindal, und Diamond suchte sie auf, sobald sie die Zeit fand. Es gab hier zahlreiche Aborigines, die die übliche bunt zusammengewürfelte Kleidung der Weißen trugen, denn innerhalb der Stadtgrenzen durften sie nicht »unbekleidet« herumlaufen. Sie wirkten gesünder und weniger unterwürfig als die eingeschüchterten Eingeborenen in Brisbane, doch Diamond stellte bedauernd fest, daß manche von ihnen dem Alkohol verfallen waren. Den durchreisenden Goldsuchern waren diese Stadt und ihre Einwohner völlig gleichgültig. Wenn der Goldrausch vorüber war, würden die ortsansässigen Aborigines vielleicht besser behandelt werden, aber das war nur eine schwache Hoffnung.

In unauffälliger Kleidung hatte Diamond die Gegend erkundet. Zwar trug sie noch immer ihr Messer, doch hier brauchte sie nicht allzu ängstlich sein. Trotzdem ging sie abends nur in Begleitung der Familie spazieren oder zu Kirchenkonzerten. Voller Stolz hatte Mrs. Middleton ihren neuen Freundinnen unbedingt erzählen müssen, daß Diamond ausgezeichnet lesen konnte. Das schien die Damen anfangs zu erstaunen, aber schon bald schenkten sie ihr Bücher. Gebetbücher. Jedes Buch, das sie bekam, hatte irgendwas mit Religion zu tun! Dabei bevorzugte sie eigentlich Zeitungen, die sie mit größter Aufmerksamkeit las, weil man viel daraus lernen konnte. Wenn sie Meldungen über die »notwendige Erschießung wilder Schwarzer« las, wurde sie allerdings rasend vor Wut. Die Zeitungen sprachen oft von »zahmen« Schwarzen, und mit Entsetzen erkannte sie, daß auch sie dazu gehörte. Aber damit mußte sie sich wohl abfinden. Seit sie nicht mehr in der Wäscherei arbeiten mußte, war sie wacher und neugieriger geworden.

Als sie das Lager der Bindal gefunden hatte, setzte sie sich zu den Schwarzen und hörte sich ihre Geschichten an. In der Vergangenheit hatte es das Schicksal immer gut mit diesem Stamm gemeint. Die Menschen waren keine Krieger, sondern freundlich und freigiebig. Und warum auch nicht? Das Land, das sie bewohnten, versorgte sie mit Nahrung im Überfluß, und es gab zahlreiche Quellen. Die Bergvölker wie auch die Völker aus dem Landesinnern besuchten gern die Bindal, erfuhr Diamond, und sie schloß daraus, daß dies ein Ort der Erholung sein mußte. Die Gräfin und ihre Freunde verließen Brisbane oft für Wochen, um an die Meeresküste zu fahren. »Gut für die Gesundheit«, hatte der Koch gesagt. Die Stammesleute taten offenbar dasselbe.

Diamond fragte nach den Irukandji, doch niemand konnte ihr Auskunft geben. Immerhin verwies man sie unter viel Kichern an eine Frau namens Barrungulla.

»Wo kann ich sie finden?«

Sie deuteten auf die andere Seite der Bucht, und so marschierte Diamond mit ihren Schuhen in der Hand den Strand entlang, watete durch das seichte Wasser und dachte dabei an einen anderen Strand, der zwar irgendwo in weiter Ferne lag, aber diesem dennoch ähnelte. Sie war verwirrter als zuvor und ihrem Ziel noch keinen Schritt näher gekommen. Die Reise von Brisbane nach Bowen entlang der Küste hatte über eine Woche gedauert. Es sah ganz so aus, als sei sie zu weit nach Norden gekommen. Die Nachricht, daß viele Stammesleute aus anderen Gegenden die Küste aufsuchten, hatte ihr den Mut genommen. Vielleicht stammte sie ja aus einer Familie von Nomaden oder Händlern. Sie konnte sich kaum daran erinnern. Ihr Kopf schmerzte, wenn sie Bilder aus der Vergangenheit ins Gedächtnis zurückrufen wollte. Von Zeit zu Zeit kamen ihr flüchtige Worte in den Sinn, und sie versuchte sie festzuhalten, doch sie zerrannen ihr wie Sand zwischen den Fingern.

Diamond mußte weit gehen. Ihr Kleid war durchnäßt, aber

es kühlte die Knöchel, und da sie unter ihrem Turban schwitzte, nahm sie ihn ab und steckte ihn in den Gürtel. In nicht allzu weiter Ferne erkannte sie die Umrisse einer menschlichen Gestalt. Beim Näherkommen stellte sie fest, daß es sich um eine Frau handelte. Sie stand am Strand, die Hände in die Hüften gestemmt. Wie eine pechschwarze Statue ragte sie vor dem glitzernden Meer auf. An ihrem großen, mächtigen Körper trug sie nichts weiter als einen Lendenschurz und eine Perlmutthalskette. Zerzaustes graues Haare umrahmte ihr zerfurchtes Gesicht. »Was du wollen?« rief sie, und Diamond blieb stehen. »Reden«, erwiderte sie.

Der rechte Arm der Frau schoß vor wie ein Speer, den Zeigefinger hatte sie anklagend auf Diamond gerichtet. Sie zuckte zusammen. Für einen Augenblick dachte sie, die Frau hätte etwas nach ihr geworfen.

»Du zurück!« befahl die Frau.

Diamond wurde ängstlich. Auf einmal kam ihr dieser Küstenstreifen gespenstisch vor, und sie glaubte das Gemurmel von Stimmen aus der Vergangenheit zu hören. Möglicherweise war sie versehentlich einer heiligen Stätte zu nahe gekommen, von der sich Frauen für gewöhnlich fernhalten mußten. Aber warum war dann diese Frau hier? »Nein«, rief sie. »Ich will mit dir reden.«

»Du weiße Hure!« kreischte die Frau und schritt auf sie zu. Die dunklen Augen blitzten sie feindselig an.

Diamond war so starr vor Schreck, daß sie wie gelähmt dastand. Aus dem dichten Grün hinter dem Strand spürte sie die Blicke, die auf sie gerichtet waren, und einen verzweifelten Moment lang starrte sie hinaus aufs Meer, ihren einzigen Fluchtweg. Hatte sie sich nicht irgendwo, irgendwann, schon einmal auf diese Weise gerettet? Doch mit diesem dicken Kleid und all den anderen »weißen« Sachen am Leib kam das nicht in Frage. »Nein«, rief sie, als die Frau auf sie zukam. Sie streckte die Arme aus und schrie: »Kagari!«

Plötzlich nahm ein Kookaburra, ein Rieseneisvogel, ihren Ruf auf, ließ seinen Warnschrei ertönen, und andere fielen schreiend und schnatternd ein. Im Nu zerriß ein ohrenbetäubender Lärm von schrillen Pfiffen die Stille und warnte den Feind, daß jetzt die ganze Sippschaft auf der Hut war.

Die Frau blieb erst stehen und sprang dann mit einem Satz auf die Bäume zu. Im gleichen Augenblick schoß ein einzelner Rieseneisvogel aus dem Busch hervor und kreiste niedrig über den beiden Frauen.

Diamond wußte ebensogut wie diese Frau, daß das laute Gekreische der Vögel einen Angriff ankündigen konnte. In dieser Gegend mußte man damit rechnen, daß sich bis zu zwanzig ausgewachsene Kookaburras zusammengerottet hatten. Diamond hatte schon erlebt, wie sie im Sturzflug auf Leguane losgingen, um ihre Nester zu verteidigen, ja sogar ihr Leben aufs Spiel setzten, um die Echsen vom Baum zu schütteln. Daß die Kookaburras ihr Totem waren, hatte Diamond niemals vergessen. Diese Vögel waren überall, und sie gehörten zu den treuesten Tieren überhaupt. Nicht einmal vor dem großen Keilschwanzadler schreckten sie zurück, und auch den Menschen fürchteten sie nicht.

Unvermittelt setzte sich die Frau im Schneidersitz in den Sand, und höflich nahm Diamond neben ihr Platz. Von einem Augenblick auf den anderen waren die Vögel verstummt.

»Du welcher Stamm?« fragte die Frau.

»Irukandji«, sagte Diamond. Doch auch nachdem sie den Namen langsam und deutlich wiederholt hatte, schüttelte die Frau den Kopf.

»Bist du Barrungulla?« fragte Diamond.

Die Frau blickte zu den Bäumen auf. Offenbar befürchtete sie, die Vögel könnten wieder aufgeschreckt werden, und Diamond entdeckte eine teilweise verheilte Narbe an ihrem Hals über der hübschen Kette. »Warum du wollen sprechen mit mir?«

»Ich brauche deine Hilfe. Ich suche meine Familie.«

»Familie«, wiederholte die Frau, und ihre Züge wurden weicher. Diamond wußte, daß das Wort Familie für einen Eingeborenen, ganz gleich welchen Stammes und welcher Sprache, immer Liebe und Fürsorge bedeutete. Sie fing an, ihre Lage zu erklären, doch Barrungulla wurde unruhig. Sie nahm Diamonds Hände und drehte sie um. »Du wirklich schwarz. Aber schwarz jetzt alles fort von dir. Du besser aufhören wandern, du verloren.«

»Nein«, widersprach Diamond. »Ich darf nicht. Deine Leute, die Brindal, sind gute Leute.«

Barrungulla schnitt eine Grimasse. »Gute Leute bald nix mehr. Jetzt sterben jeden Tag.«

Diamond deutete mit dem Finger in den Sand. »Wir sind hier. Hier lebt dein Stamm. Welcher Stamm ist dahinter?«

»Boorgaman-Stamm leben dort.«

»Und hier?«

Sie zuckte die Achseln. »Cogoon. Vielleicht Cullinaringo. Hier«, sie deutete weiter in den Westen, »kommen Ilba.«

»Und dann?«

Barrungulla fuhr mit der Hand über ein Küstengebiet weiter nördlich. »Land von böse Stamm dort.«

»Welcher?«

»Nicht gut du gehen da. Schneiden ab Kopf.«

»Wie heißen sie?«

»Newegi«, flüsterte die Frau, und Diamond seufzte. Sie hätte nie gedacht, daß es so viele Stämme gab, die alle ihr eigenes Gebiet bewohnten. Für die Weißen dagegen galt dieses Land als unbesiedelt. Dabei hatte Diamond sich nur nach einem kleinen Gebiet erkundigt.

»Danke«, sagte sie und fragte dann freundlich: »Was ist mit deinem Hals geschehen, Barrungulla?«

Die Frau sah sie herausfordernd an. »Du wissen, was Hängen sein?«

»Ja.« Diamond erbebte.

»Weißer Mann diese Frau hängen.«

»O mein Gott. Wie hast du überlebt?«

»Totem zu stark«, erwiderte sie lachend. »Baum zornig, macht krach!« Mit ihren großen Händen machte sie vor, wie ein Ast vom Baum knickte. »Fallen herunter, nicht tot.«

Als Barrungulla von den Mordzügen und Racheakten im Gebiet der Bindal hinter der kleinen Bucht erzählte, wurde Diamond klar, daß hier ein heimlicher Krieg zwischen Schwarzen und Weißen herrschte, daß nicht alle Menschen ihrer Rasse »zahm« geworden waren, daß die Mehrzahl der Aborigines nicht aufgegeben hatten und bereit waren, im Kampf für ihre Heimat zu sterben.

»Du jetzt gehen«, sagte Barrungulla. »Gehen heim.«

»Wo bin ich daheim?« Das, was Diamond erfahren hatte, betrübte sie, sie fühlte sich einsam und sehnte sich nach ihrer Familie.

Doch Barrungulla schüttelte ungeduldig den Kopf. Sie hatte ihre eigenen Sorgen. Das Gespräch war beendet.

6

Lew hatte Perfy bestimmt schon ein dutzendmal seine Liebe erklärt und zugleich seine Hoffnung ausgedrückt, daß sie seine Gefühle eines Tages erwidern würde, wenn es ihr erst einmal gelungen war, Darcy Buchanan zu vergessen. Mit einem Toten, der in Perfys Augen zu einem Heiligen geworden war, konnte er sich nicht messen. Und er hatte auch nicht die Absicht, in Darcys Fußstapfen zu treten, ganz im Gegensatz zu Perfy, die nach wie vor den verrückten Plan hatte, die Farm zu übernehmen.

»Ich habe an Mrs. Buchanan geschrieben«, erzählte Perfy Lew, »um ihr der Höflichkeit halber mitzuteilen, daß wir zu Besuch nach Caravale kommen.«

»Warum hast du nicht an deinen Teilhaber Ben Buchanan geschrieben?«

»Daddy meint, es sei besser, sich an die Dame des Hauses zu wenden.«

»Und hast du der Dame des Hauses auch gesagt, daß du bei ihr einziehen willst?« fragte Lew gereizt.

»Lew, begreif doch endlich! Sie wissen ganz genau, daß ich einen Anspruch auf die Farm habe, deshalb brauche ich ihnen das nicht groß zu erklären.«

»Das ist doch verrückt! Was würdest du dazu sagen, wenn irgendwelche wildfremden Leute in euer Haus einziehen? Auch wenn ihnen die Hälfte davon gehört.«

Sie lächelte ihn an. »Bei einer so riesigen Farm ist das etwas anderes. Wir haben uns überlegt, daß es eine Lösung wäre, die Farm aufzuteilen und ein zweites Wohnhaus zu bauen. Dann hätten wir unsere eigene Farm. Wir wollen all das mit den Buchanans besprechen.«

Er machte einen erneuten Versuch. »Mit dir kann man über nichts mehr reden, Perfy. Du hast nur noch diese Farm im Kopf.«

»Nein«, fuhr sie ihn an. »Du nimmst überhaupt keinen Anteil an dem, was mich beschäftigt. Verstehst du denn nicht, was für ein wunderbares Geschenk Darcy mir da gemacht hat? Für mich ist es nicht irgendeine Farm, es ist ein neues Leben. Darcy hat gesagt, es sei herrlich gewesen, auf einer Farm aufzuwachsen. Sie hatten einen Riesenspaß mit ihren Pferden, Hunden und all den anderen Haustieren, und gleichzeitig haben sie gelernt, das Familienunternehmen zu leiten.«

»Klingt wie beim König von England. Seine Jugend war so ähnlich.«

»Spar dir deine spöttischen Bemerkungen! Ich habe langsam das Gefühl, du bist eifersüchtig.«

»Um Himmels willen, ich bin nicht eifersüchtig. Begreifst du denn nicht, welche Schwierigkeiten auf dich zukommen? Du hast doch nicht die leiseste Ahnung, wie man eine Farm leitet.«

»Das muß ich auch nicht. Viele Farmen werden von Verwaltern und Vorarbeitern geleitet. Das könntest du dir ruhig auch mal überlegen. In diesem Staat kannst du immer noch einen ganzen Landstrich für ein Butterbrot bekommen. Wenn du wirklich ehrgeizig wärst, würdest du auch in die Viehzucht einsteigen. Manche verdienen dabei ein Vermögen.«

»Du machst wohl Witze!« fuhr Lew sie wütend an.

»Keineswegs. Du solltest mal darüber nachdenken.«

»Ich habe nicht die geringste Lust dazu. Ich bin Seemann und kein Farmer.« Er wußte, daß er im Begriff war, sie zu verlieren, doch er konnte dem Streit nicht aus dem Weg gehen, auch wenn er sie mit seinen Einwänden nur verärgerte. »Hat dein lieber Darcy dir auch erzählt, wie gefährlich das wunderbare Leben im Hinterland sein kann?«

»Nein, hat er nicht«, fauchte sie, »ebensowenig wie du von den Gefahren auf See erzählt hast, die wahrscheinlich noch zehnmal größer sind.« Mit einer brüsken Bewegung wandte sie sich ab und eilte ins Haus.

Einzig Alice Middleton schien Lews Meinung zu teilen, aber sie wollte ihrem Mann nicht widersprechen, der darauf beharrte, Perfy solle ihren Besitz bewirtschaften.

»Was ist an dieser Farm denn so besonders?« fragte Lew Perfy. »Warum wollt ihr unbedingt Farmbesitzer sein? Wollt ihr zu den feineren Herrschaften gehören? Steckt das dahinter?«

»Natürlich nicht. Ich bin nur zufälligerweise der Ansicht, daß eine Farm eine angenehme und gesunde Umgebung ist, um Kinder großzuziehen. Und stell dir mal vor, was sie eines Tages erben würden.«

Lew trat enttäuscht einen Schritt zurück. »Das glaube ich dir nicht. Wenn du Darcy geheiratet hättest und zu ihm gezogen wärst, dann könnte ich es ja verstehen. Aber er ist tot. Du kannst nicht alleine das Leben führen, das ihr euch gemeinsam ausgemalt habt. Das ist schlichtweg unmöglich.«

»Laß mich doch!«

»Aber es geht nicht! Ich glaube, du willst nur deshalb Farmbesitzerin werden, um zu vertuschen, daß deine Eltern Sträflinge waren!«

»Eins sage ich dir, Lew Cavour«, stieß Perfy wütend hervor. »Deine Eltern mögen vielleicht gute Missionare gewesen sein, während meine Eltern als Sträflinge in die Verbannung geschickt worden sind, aber wenigstens schäme ich mich nicht für sie!«

Lew konnte es nicht fassen, daß jemand ihm vorzuwerfen wagte, er schäme sich seiner Eltern. Wortlos ließ er sie im Garten stehen und eilte durch die Stadt zur Dschunke zurück. Er konnte auf ihren Vorwurf nichts erwidern, denn er wußte, daß sie recht hatte. Bisher hatte er der Wahrheit nicht ins Gesicht sehen wollen. Immer hatte er sich geschämt, weil seine Eltern arm waren und in blindem Gehorsam alles taten, was der Bischof verlangte; am meisten aber deshalb, weil sie sich vor ihren chinesischen Zeitgenossen lächerlich gemacht hatten. Das ganze Dorf hatte über sie gespottet, während sie versuchten, einer mißtrauischen Bevölkerung einen fremden Gott nahezubringen. Zwar verehrten die Chinesen ihre Ahnen und brachten ihren Göttern täglich Opfer dar, aber ihnen war das Hier und Jetzt wichtiger als das Jenseits. Lew goß sich ein Glas Rum ein. Die Matrosen vergnügten sich auf dem Achterdeck mit ihren endlosen Glücksspielen. Von einem finnischen Lugger in der Nähe drang der fröhliche Lärm einer Feier herüber. Lew überlegte, ob er hinüberrudern sollte, aber eigentlich war er dazu nicht in der Stimmung. Die Finnen waren nicht nur gute Matrosen, sondern auch herzliche, leutselige und trinkfeste Leute, doch an diesem Abend konnte er nicht mit ihnen mithalten. Eine unendliche Traurigkeit überkam ihn, als er an seine Mutter dachte, die ihren Sohn nie erwachsen gesehen hatte, und an seinen Vater, der seine Mission nie aufgegeben hatte.

Nach Lews ersten Eindrücken von dieser Kolonie wären Elizabeth und Joseph Cavour besser beraten gewesen, wenn sie ihren weniger glücklichen Landsleuten hierher gefolgt wären. Die Sträflingsdeportation war vor dreißig Jahren eingestellt worden, aber überall war noch Bitterkeit zu spüren. Die Missionare hätten sich ebensogut um das Seelenheil der Gefangenen kümmern können. Doch wahrscheinlich hatte sich das heidnische, fremdartige China viel verlockender und abenteuerlicher angehört als eine Kolonie voller armseliger, ausgestoßener Engländer.

Auf der Suche nach sich selbst hatte Lew sich lieber an die in den Kolonien ansässigen Goldgräber gehalten, die sich inzwischen Australier nannten, als an die amerikanischen und europäischen. Seinem Gefühl nach hatte er mit den Australiern mehr gemeinsam, da sie ebenfalls britischer Abstammung waren. Allerdings waren sie recht streitsüchtig, erwarteten von ihren Mitmenschen nichts Gutes und hegten eine tiefsitzende Abneigung gegen Polizisten und alle anderen Gesetzeshüter; wahrscheinlich ein Überbleibsel aus ihrer Zeit als Sträflinge. Andererseits kämpften sie genau wie die Polizisten gegen Buschräuber, vor denen sie gleichzeitig eine gewisse Achtung hatten. Das alles war für Lew ebenso unerklärlich wie Perfys Entschlossenheit, diesen riesigen Landstrich im Westen in Besitz zu nehmen und zu bewirtschaften, worin ihr Vater sie auch noch bestärkte. Die beiden hatten keine Ahnung, auf was sie sich da einließen, aber offensichtlich hatten sie sich nun einmal in den Kopf gesetzt, zu den Viehbaronen zu gehören; das stand für Lew außer Zweifel.

Perfy hatte ihm ganz unverhohlen den Spiegel vorgehalten,

und die Wahrheiten, die sie ihm an den Kopf geworfen hatte, hatten ihre Wirkung nicht verfehlt. Jetzt bereute er, daß er mit seinen Eltern so hart ins Gericht gegangen war, aber vielleicht hätte sein Vater das verstanden. Er hatte seinem Sohn nie einen Vorwurf daraus gemacht, daß er ohne ein Wort fortgegangen war, und ihn in einem Brief sogar ermutigt, seine Seemannslaufbahn fortzusetzen. Lew schenkte sich noch einen Rum ein und griff nach einem von Yings Büchern. Er vermißte Ying, diesen geistreichen chinesischen Edelmann, und er fragte sich, wie es ihm wohl im unwirtlichen Westen ergehen mochte. Er mußte lachen, wenn er sich Ying in dieser Wildnis vorstellte, und als er die Seiten des Buches überflog, entdeckte er die Schriftzeichen für »Frau«: ein Besen und ein Sturm.

»Ja, das ist mein Mädchen«, murmelte er grinsend, »das ist Perfy.«

Er blätterte weiter in dem Gedichtband und stieß auf ein paar Zeilen von Fu Hsuan: »Wie traurig ist es, eine Frau zu sein!/Nichts auf Erden wird so gering geachtet.«

Lew betrachtete sich in Yings Spiegel. »Das mag für Chinesen stimmen«, sagte er zu sich. »Aber nicht in diesem Land. Hier machen sie ihre eigenen Gesetze.« Morgen, beschloß er, würde er Perfy wieder besuchen und ihr ein Geschenk mitbringen. Ying hatte eine Kiste voller herrlicher Seide zurückgelassen; eine Bahn Seide wäre sicher kein schlechtes Geschenk. Und er würde mit ihr ruhig und vernünftig reden, ohne daß das Gespräch wieder auf einen Streit hinauslief. Dann wollte er ganz förmlich um ihre Hand anhalten. Wenn Ying zurückgekehrt war, konnten sie nach China segeln und von dort aus mit einem der großen Linienschiffe nach England reisen. Wie wunderbar würde es sein, mit ihr England zu entdecken, das sie beide noch nie gesehen hatten! Danach konnten sie, wenn Perfy wollte, nach Bowen zurückkehren ... nach Hause. Ja, dies sollte sein Heimathafen sein. Als Lew zu

Bett ging, war er glücklich, doch aus einem unerfindlichen Grund träumte er von Feuer.

7

Liebe Miss Middleton,

ich habe mich sehr über Ihren Brief gefreut, in dem Sie mir Ihr Beileid über den Tod meines lieben Sohnes Darcy aussprachen. Daß ich nicht darauf geantwortet habe, tut mir leid, aber Darcys Tod war ein schwerer Schlag für mich, und ich fürchte, ich werde niemals darüber hinwegkommen. In Antwort auf Ihren letzten Brief möchte ich Sie und Ihren Vater herzlich zu uns nach Caravale einladen. Heutzutage sind die Straßen nicht besonders sicher, da sich viele Goldgräber und unangenehme Zeitgenossen in dieser Gegend herumtreiben, deshalb wird mein Sohn Ben nach Bowen kommen, um sie zur Farm zu begleiten.

Augenblicklich ist er noch mit der Viehzählung in den Flußebenen beschäftigt, doch danach wird er sich bei Ihnen in Bowen einfinden.

Mein Sohn kennt die Strecke sehr gut und kann Sie auf ruhigeren und weniger stark befahrenen Wegen nach Caravale bringen. Ich verbleibe mit freundlichen Grüßen,

Cornelia Buchanan

»Schau doch, Lew!« rief Perfy. »Sie hat uns eingeladen! Sie möchte, daß wir sie besuchen.«

»Das ist doch klar«, erwiderte Lew. »Damit sie euch überreden kann, die Finger von der Farm zu lassen.«

»Du vergißt«, wandte sie ein, »daß Mrs. Buchanan und mich die Trauer um Darcy verbindet.«

»Wie könnte ich das vergessen?« sagte er leise.

Perfy war von seinem Geschenk hingerissen gewesen, mehrere Meter feinster blauer Seide, aber der Brief von Mrs. Buchanan hatte eine weitaus größere Wirkung gehabt. Die Middletons konnten über nichts anderes mehr reden.

Er wandte sich an Perfys Vater. »Vielleicht bilde ich mir das ein, Jack, aber ich habe das Gefühl, daß hier etwas faul ist. Glauben Sie wirklich, daß Sie da draußen willkommen sind?«

»Nein«, antwortete Jack, und Lew starrte ihn verblüfft an.

»Warum dann das alles?«

»Es ist unser Recht. Und ich möchte mich von niemandem mehr herumschubsen lassen.«

»Wer in Gottes Namen schubst Sie herum?«

»Niemand«, wich Jack aus. »Aber das sind wir uns selbst schuldig. Wir gehen dorthin und pochen auf unser Recht. Diese Leute sollen wissen, daß wir mehr sind als nur Namen auf dem Papier. Dann kann Perfy entscheiden, was mit ihrem Erbe geschehen soll.«

»Aber sie kann doch keine Farm leiten.«

»Sie kann einen Verwalter einsetzen«, erwiderte Jack. »Das machen viele. Warum finden Sie sich nicht damit ab, Lew?«

»Weil ich Perfy heiraten möchte.«

Jack lächelte. »Das habe ich mir gedacht. Aber zuerst müssen wir diese Angelegenheit regeln.«

Nach diesem Gespräch hielt Lew sich zurück, wenn es um Caravale ging. Er verbrachte möglichst viel Zeit mit Perfy, doch ihr Verhältnis kühlte ab, und er bemerkte mit Bestürzung, daß sie ihn mied.

Chin Ying hatte ihm einen zurückhaltenden Brief von den Goldfeldern am Cape geschickt: Er sei einigermaßen zufrieden, was Lew so verstand, daß sein Freund tatsächlich fündig geworden war. Am liebsten wäre Lew bei ihm gewesen und hätte das Wunder miterlebt, aber Ying berichtete auch, daß Lew in Kürze mit Besuchern rechnen müsse. Das bedeutete, daß Ying entweder Gold zurückschickte, um es in einer örtlichen Bank in Verwahrung zu geben, oder gar selbst zurückkam. Lew wußte ebensogut wie Ying, daß es gefährlich war, einen Goldtransport in einem Brief anzukündigen, auch wenn er auf Chinesisch geschrieben war. Immerhin hatte man auch schon Postboten überfallen. Und einen Monat, nachdem die Middletons den Brief von Mrs. Buchanan erhalten hatten, traf Ben Buchanan in Bowen ein.

Teil 6

1

Perfy saß lässig im Sattel, drehte sich noch einmal um und blickte zurück aufs Meer, das sich wie ein blaues Band hinter Bowen ausbreitete. Anders als in Bowen spürte man hier oben die angenehme Kühle der Meeresbrise. Die Stadt sah aus der Entfernung viel hübscher aus. Bis jetzt hatte Perfy den Bäumen in Bowen nie besondere Aufmerksamkeit geschenkt; Palmen, dicht belaubte Eukalyptus- und Mangobäume und riesige Feigenbäume, die überall in der Stadt wuchsen. Nun aber erkannte sie, daß ihre grünen Wipfel das Bild der Bucht prägten. Daneben wirkten die weißen Häuser zwergenhaft, und die Herbert Street war nur noch ein kahler gelbgefleckter Streifen, bedeckt mit Sand und rotem Staub.

»Komm weiter, Perfy«, rief ihr Vater.

Sie gab ihrem Pferd die Sporen und warf einen letzten Blick aufs Meer, bevor sie der Wegbiegung folgte, die sie tiefer in das Hügelland hineinführte. Lew war in Bowen zurückgeblieben und bestimmt noch böse auf sie. Was für altmodische Ansichten er doch hatte! Perfy mußte lachen; dieses Abenteuer machte ihr Spaß, und nichts sollte ihr heute die Laune verderben. Schon oft war er über ihre Auffassung vom Leben entsetzt gewesen, aber wenn er in diesem Land bleiben wollte, mußte er einsehen, daß die Frauen hier ihre Entscheidungen selbst trafen. Wenigstens hatte er versprochen, sich um ihre Mutter zu kümmern. Auch Herbert wollte Alice oft besuchen, um ihr und ihren Freunden etwas auf dem Klavier vorzuspielen. Sie würde also bestimmt nicht einsam sein.

Bisher war die Reise angenehm verlaufen, auch wenn die Männer sie wie eine Dreijährige behandelten. Sie schienen zu erwarten, daß Perfy auf den holprigen Wegen abgeworfen werden würde, und beharrten darauf, ihr Pferd durch die steinigen Bäche zu führen. Aber Herbert war ein guter Lehrmeister gewesen; Perfy und Diamond bewältigten die Reise ohne Schwierigkeiten. In letzter Minute hatte Herbert beschlossen, sie nicht zu begleiten. Perfy nahm es ihm jedoch nicht weiter übel, denn er war schließlich ein vielbeschäftigter Mann. Vor dem Aufbruch hatte Ben Buchanan darauf bestanden, ihre Pferde, die Ausrüstung und die Sättel zu überprüfen, ungeachtet Herberts Versicherung, alles sei in bester Ordnung. Als Ben ein zustimmendes Brummen vernehmen ließ, hatte Herbert gegrinst und Perfy zugeflüstert: »Wenn es um Pferde geht, glauben diese Buschleute immer, sie hätten die Weisheit gepachtet. Dabei könnte er von mir bestimmt noch einiges lernen.«

Ben Buchanan. Perfy beobachtete ihn, wie er den anderen vorausritt. Ben war kräftig gebaut und kleiner als Darcy, aber seine Gesichtszüge ähnelten so sehr denen seines Bruders, daß Perfy bei ihrer ersten Begegnung einen schmerzhaften Stich verspürt hatte. Doch da hörten die Gemeinsamkeiten auch schon auf. Während Darcy herzlich und gesprächig gewesen war, gab sich Ben launisch und einsilbig, und seinen Augen fehlte der wache Ausdruck, der Darcy von allen anderen unterschieden hatte. Mit wachem Blick hatte er seine Umgebung wahrgenommen, die Menschen und die Natur. Bei diesem Gedanken fiel ihr plötzlich auf, daß Lew ihm in dieser Hinsicht ähnlich war. Noch nie war sie einem Mann begegnet, der so viele Fragen stellte, denn alles in der Kolonie war neu für ihn. Mit seinem Interesse an allem und jedem war er fast wie ein Kind. Obwohl ihr Vater nichts gesagt hatte, wußte Perfy, daß er Ben Buchanan von Anfang an nicht hatte leiden können. In Perfys Augen war das ungerecht und lag nur daran, daß Ben seiner Meinung nach nicht an Darcy herankam. Die

Middletons hatten Ben nicht in ihr Haus eingeladen, sondern ihre Gespräche hatten im Great Northern Hotel stattgefunden, wo er abgestiegen war.

Die erste Begegnung war sehr steif und ungemütlich verlaufen. Perfy hatte die Unterhaltung fast alleine bestritten; ihre Eltern hatten schweigend dagesessen, als ob sie das alles nichts anginge. Aber Ben war sehr nett gewesen. Gleich zu Beginn war er auf Darcy zu sprechen gekommen. Sein Tod sei ein großer Verlust für Familie und Freunde gewesen, zu denen sich auch die Middletons zählen könnten. Ohne Groll hatte er Perfy als Miteigentümerin von Caravale anerkannt. »Ich bin sicher, daß Caravale Ihnen gefallen wird«, hatte er gesagt. »Im Moment ist es nur ein wenig trocken, und das Vieh findet wenig zu fressen.«

»Und was tun die Rinder, wenn die Weiden vertrocknen?« fragte Perfy, die sich bemühte, Konversation zu machen.

»Sie wandern herum. Oder sie fressen alles, was ihnen in die Quere kommt. Bäume, Disteln, Rinde und alles, was herumliegt und sie umbringen kann. Die einheimischen Tiere haben mehr Verstand.«

»Wieviel Stück Vieh haben Sie auf der Farm?«

»Das ist schwer zu sagen«, erwiderte Ben. »Vielleicht dreißigtausend.«

Auf dem Heimweg knurrte Jack Middleton aufgebracht: »Schwer zu sagen, wieviel Stück Vieh sie haben! Für wie dumm hält er uns eigentlich? Hat nicht seine Mutter gesagt, daß er kürzlich draußen beim Viehzählen war? Ich wette, dieser Gauner weiß genau, wieviele Rinder zur Farm gehören. Ich würde die Zahl, die er uns genannt hat, verdoppeln.«

»Sieh doch nicht alles so schwarz«, bat Perfy, die Angst hatte, aus ihrem Besuch auf der Farm könne nichts werden. »Warum hast du ihn denn nicht zu uns nach Hause eingeladen?«

»Wir müssen etwas Abstand wahren.«

»Wenn ihr sie besucht, hat das mit Abstand aber nicht mehr viel zu tun, Jack«, meldete sich Alice zu Wort.

»Das ist lediglich eine Notwendigkeit«, entgegnete er. »Wir besichtigen schließlich Perfys Besitz und machen keinen Freundschaftsbesuch, und das wissen sie so gut wie wir. Sie haben keine andere Wahl als höflich zu bleiben, bis sie herausfinden, was wir vorhaben.«

»Und was haben wir vor?« fragte Alice. »Das wüßte ich nämlich auch ganz gern.«

»Das sehen wir, wenn wir erst dort sind«, antwortete Jack. »Ich habe dir doch schon hundertmal gesagt, daß die Entscheidung letzten Endes bei Perfy liegt.«

Ihr Ritt führte sie weiter durch die mit dichtem Gestrüpp bewachsenen Hügel. Die Führung hatte Ben übernommen, dann folgten Jack, Perfy und Diamond. Den Schluß bildeten zwei Viehtreiber von Caravale mit zwei Packpferden.

Letzte Nacht hatten sie am Fuße der Hügel ihr Lager aufgeschlagen, und die Viehtreiber hatten Fleisch und Kartoffeln gebraten. Dazu gab es Tee aus dem Kessel, wie bei einem ganz gewöhnlichen Picknick. Danach hatten sie im Nu ein Zelt für Perfy und Diamond aufgebaut. Die Männer selbst schliefen, nur in ihre Decken gewickelt, unter freiem Himmel.

Vor dem Schlafengehen hatte Perfy Angst gehabt, weil sie fürchtete, wieder an Darcy denken zu müssen. Eigentlich hatten sie diese Reise gemeinsam machen wollen. Aber nach einem Tag im Sattel war sie so müde, daß sie sofort einschlief, und Diamond mußte sie am nächsten Morgen wachrütteln. Perfy war froh, daß Diamond sie begleitete; es wäre ihr unangenehm gewesen, in dieser Runde die einzige Frau zu sein.

»Mein Hinterteil ist vollkommen gefühllos«, flüsterte Diamond ihr zu.

Perfy nickte. »Mir geht's genauso. Aber wir müssen die Zähne zusammenbeißen, auch wenn Ben uns angeboten hat, von einer der Farmen einen Wagen zu leihen, falls der Ritt zu anstrengend für uns wird.«

»Dann lassen Sie uns doch einen Wagen nehmen«, meinte Diamond, aber Perfy schüttelte den Kopf.

»Alle jungen Frauen im Busch reiten; nur die älteren fahren mit dem Wagen. Ich will nicht, daß man uns für Schwächlinge hält. Außerdem hat er gesagt, daß wir rasten, sobald wir die Hügel überquert haben.«

»Je eher, desto besser«, meinte Diamond. In diesem Moment zügelte Ben sein Pferd und ritt auf sie zu.

»Jetzt wird's ein bißchen steil. Die Pferde machen das schon, aber wenn wir oben sind, sollten Sie besser absteigen und die Pferde von den Jungs den Berg hinunterführen lassen. Es geht jäh bergab, und ich möchte vermeiden, daß noch ein Unfall passiert.«

Als sie die Kuppe des Berges erreichten – die Pferde strauchelten beinahe bei den letzten Schritten –, war Perfy erleichtert, daß sie keine patzige Antwort gegeben hatte, denn der Abhang war wirklich sehr steil. In der Ferne konnte sie einen breiten, von Grün gesäumten Fluß sehen, der sich durch die Ebene wand. Aber das war auch die einzige Abwechslung, die diese öde Steppenlandschaft bot. Nur vereinzelt wuchsen Bäume.

»Gehört dieses Land jemandem?« fragte sie einen der Viehtreiber, als sie ihm ihr Pferd überließ.

»Aber sicher, Madam. Dort unten liegt die Glendale-Farm, und auf der anderen Seite des Flusses ist die Strathaird-Farm.«

»Wie heißt der Fluß?«

»Das ist der Bogie, Madam. Wir überqueren ihn und halten auf den Burdekin zu. Dann folgen wir dem Tal in Richtung Süden. Wenn Sie Richtung Nordwesten schauen, können Sie eine Wagenkolonne erkennen. Haben Sie sie gesehen?«

»Ja. Sind das Goldgräber auf dem Weg zu den Goldfeldern am Cape?«

»Richtig. Goldsucher und Viehtreiber, mit Pferden oder auf Schusters Rappen unterwegs. Man könnte sagen, daß wir parallel zu ihnen reiten, aber in ein oder zwei Tagen biegen wir nach Süden ab.«

Perfy und Diamond kletterten an der Seite des Berges zu Tal, während die Männer mit den Pferden geradeaus bergab ritten. Perfy war froh über den Hosenrock, den Darcy ihr gekauft hatte; mit einem langen Rock hätte sie sich bestimmt schon längst irgendwo im Gestrüpp verfangen. Den zweiten Hosenrock hatte sie Diamond gegeben, denn Alice war der Ansicht gewesen, es schicke sich weder für weiße noch für schwarze Frauen, mit gerafftem Rock auf einem Pferd zu sitzen. Amüsiert hatte Perfy die überraschten Blicke bemerkt, die Ben und die beiden Viehtreiber sich zuwarfen, als sie Diamond im Sattel sahen.

»Miss Perfy«, hatte Diamond fröhlich gesagt, »ich glaube, die haben noch niemals vorher eine Aborigine auf einem Pferd sitzen sehen.«

»Nun, dann sehen sie es jetzt«, hatte Perfy lachend erwidert. Das kam ihr wieder in den Sinn, als sie den Abhang hinabrutschte. Sie hielt sich an Büschen fest und schürfte sich die Handflächen auf und wunderte sich, daß Diamond diesen Weg offenbar mit Leichtigkeit zurücklegte.

Anschließend führte sie ihre Route über offenes Grasland, wo die Rinder friedlich weideten und beim Vorbeiziehen der kleinen Gruppe nicht einmal den Kopf hoben. Die Känguruhs hingegen waren vorsichtiger und machten sich mit großen Sprüngen davon. Auch die scheuen Emus flohen beim Anblick der Menschen, blieben dann jedoch plötzlich stehen und wagten sich neugierig wieder in ihre Nähe. Ein Schwarm schwarzer Kakadus schwirrte kreischend über ihre Köpfe hinweg. Perfy beobachtete ihren Vater, der die Reise genoß und hingerissen war von der herrlichen Tierwelt, vor allem aber von den Vögeln. Schon immer waren Vögel seine Lieblingstiere gewesen, und nun hatten er und Diamond den größten Spaß daran, die vielen verschiedenen Arten zu bestimmen. Sie rasteten an einem Wasserloch, wo es von Papageien, Kakadus und Wellensittichen nur so wimmelte. Zu Hunderten saßen sie auf den Ästen der Bäume, während sich die hübschen rosafarbenen Brolgakraniche abseits hielten und auf einem Bein im seichten, schlammigen Wasser standen. Doch dann liefen sie auf einmal durch das spröde, trockene Gras zurück ins Unterholz, dankbar für den spärlichen Schatten der hohen Eukalyptusbäume mit ihren knorrigen Stämmen.

Perfys Pferd, ein Fuchs namens Goldie, verhielt sich tadellos. Perfy mochte ihn sehr und hielt ihn für das beste Reittier der Gruppe, aber sie bemerkte, daß die Viehtreiber mit Bens Pferd besonders sorgsam umgingen. Es war ein großes schwarzes Tier namens Smoke; laut Aussage der Viehtreiber war es aber nur ein Spitzname, denn das Pferd hatte einen Stammbaum. Man warnte Perfy, ihm nicht zu nahe zu kommen. Smoke schien sich jedoch nur für Ben und den Hirtenhund zu interessieren, der die beiden abgöttisch liebte. Sicher hätte Ben auf diesem Pferd und ohne ihre hinderliche Begleitung die Reise in der halben Zeit zurückgelegt. Bestimmt wäre er lieber allein geritten. Oft beobachtete sie ihn, wie er in seinem karierten Hemd, den engen Arbeitshosen und dem breitkrempigen Lederhut unbeirrt voranritt, und sie fragte sich, woran er wohl dachte. Er mußte hier schon viele Male mit Darcy entlanggeritten sein. Ob er ihn vermißte? Und was er wohl von ihr hielt? In Brisbane war er sehr zurückhaltend gewesen. Sie wußte, daß sich Darcy darüber geärgert hatte, aber sie erinnerte sich auch, daß Ben sich sehr für Politik interessierte. Wahrscheinlich war er auf diesem Gebiet recht erfolgreich. Es war schwer, den gutgekleideten Gentleman, den sie im Haus des Gouverneurs gesehen hatte und der in der feinen Gesellschaft verkehrte, mit diesem Buschmann in Verbindung zu bringen, der sie durch unbekanntes Gebiet führte.

Am dritten Nachmittag ihrer Reise legte Ben um vier Uhr eine Rast ein. »Wir schlagen hier unser Lager auf«, teilte er Jack mit, »und reiten morgen nach Caravale. Die Jungs verlassen uns jetzt.«

»Sind Sie sicher, daß Sie uns nicht noch brauchen, Boß?« fragte George, der jüngere der beiden Viehtreiber.

»Wenn ich jetzt nein sage, brichst du bestimmt in Tränen aus«, lachte Ben. »Sie gehen zu einem Tanz auf der Merri-Creek-Farm«, erklärte er Perfy. »Das Farmhaus liegt allerdings fünfzig Kilometer abseits von unserer Route.«

»Ist das der große Fluß?« fragte Perfy. Sie waren am Rande eines undurchdringlichen Dickichts abgestiegen, und sie vermutete, daß dahinter ein Fluß verlief.

»Nein, das ist nur ein Seitenarm«, erwiderte Ben. »Man nennt ihn den Sonderbaren Fluß.«

»Warum?«

»Schauen Sie sich das Laub der Bäume an. Dort unten befindet sich eine Schlucht. Sie fängt die warme Luft auf und hält die Feuchtigkeit, so daß hier andere Bäume wachsen als in der Umgebung. Die Vegetation ist tropisch ...«

George unterbrach ihn. »Sollen wir eins der Packpferde mitnehmen, Boß?«

»Nein, das schaffen wir schon. Sie würden euch nur aufhalten. Aber vergeßt die Post nicht.«

Diamond gefiel der Platz nicht. Unruhig sah sie den Viehtreibern nach, die mit einem lauten Juchzer davonsprengten. Zum Abschied schwenkten sie noch einmal den Hut, dann gaben sie den Pferden die Sporen und galoppierten in einer Staubwolke davon. Diamond war erleichtert, daß Ben Buchanan ihr Lager außerhalb dieses kleinen Dschungels aufgeschlagen hatte, denn es roch dort irgendwie modrig. Die alten, naßglänzenden Bäume waren von Schlingpflanzen überwuchert, die Stämme mit Moos bedeckt, und das Unterholz wirkte verfault.

Ben zündete ein Lagerfeuer an und hängte den Teekessel darüber auf. Diamond hatte das Gefühl, sie sollte ihre Hilfe anbieten, andererseits wollte sie sich auch nicht aufdrängen. Ihm gegenüber fühlte sie sich unsicher; er war ein gutaussehender Mann mit starken Schultern und feinen, von der Sonne gebräunten Gesichtszügen, aber bisher hatte er kaum ein Wort mit ihr gewechselt. Gelegentlich hatte er sie mit einem Blick gestreift, als wäre sie irgendein seltenes Tier. Ihr war auch nicht entgangen, daß sich die Viehtreiber zuzwinkerten, wenn sie an ihnen vorbeiritt, aber da ihr Arbeitgeber und Mr. Middleton dabei waren, brauchte sie wohl nichts zu fürchten. Oder etwa doch? Sie war ängstlich und konnte sich ihr flaues Gefühl im Magen nicht erklären.

Perfy ruhte sich im Schatten aus. Da es von Fliegen wimmelte, mußte sie den Schleier übers Gesicht ziehen.

Ben füllte den Teekessel mit Wasser aus einem Wasserbeutel, hängte ihn übers Feuer und packte den Tee aus. Während er darauf wartete, daß das Wasser kochte, hockte er sich auf den Boden und steckte sich die Pfeife an. Dabei verlagerte er das Gewicht auf das angezogene Bein, und hielt das andere ausgestreckt. Diamond mußte lächeln. Er erinnerte sie an die Vögel, die die Lagunen bewohnten, die Störche und Brolgas, die auf einem Bein standen, und an die Legende, die die Bindal ihr erzählt hatten: Eines Tages, vor langer Zeit, hatte ein Storch im Kampf mit einem Flußungeheuer eines seiner Beine eingebüßt. Die anderen Tiere hatten so großes Mitleid mit dem Storch, daß sie ihm Futter brachten. Doch manche Störche erkannten, daß man auf diese Weise gut leben konnte, ohne auf die Jagd zu gehen, und so standen sie immer auf nur einem Bein im Wasser und versteckten das andere Bein. Bald …

»Wo ist Ihr Vater?« wandte sich Ben an Perfy.

»Er macht einen kleinen Spaziergang«, sagte sie und befestigte den Schleier unter ihrem Kinn. Währenddessen schlug sie unentwegt nach den lästigen Fliegen.

Ben antwortete nicht. Aber Diamond sah, wie er die Muskeln anspannte und sich unruhig umblickte. Wahrscheinlich fürchtete er, Jack Middleton könne von einer Schlange gebissen werden. Auch sie machte sich jetzt Sorgen, denn das dichte Unterholz war sicher von Unmengen von Schlangen bevölkert.

»Und – er wollte ein bißchen schwimmen, falls er einen schönen Platz am Fluß findet«, fügte Perfy hinzu.

»Was?« schrie Ben. »Er ist schwimmen gegangen?« Im selben Moment war er auch schon aufgesprungen und hatte sein Gewehr ergriffen. Er lud es im Laufen und war im Busch verschwunden.

Diamond wußte nicht, warum, aber sie rannte hinterher, rutschte auf den nassen Farnen aus und schlitterte die Wasserrinne hinab Richtung Fluß.

Und dann vernahm sie den Schrei. Es war der schlimmste, herzzerreißendste Schrei, den sie je gehört hatte.

Ben machte sofort kehrt und stürzte nach rechts. »Da lang«, rief er Diamond zu. Die furchtbaren Schreie wurden lauter. Jack Middleton stand im Fluß und schlug wild um sich. Das Wasser war blutrot. Diamond erreichte als erste das Ufer und streckte ihre Hand nach Jack aus. Sie stand schon bis zur Hüfte im Wasser, als Ben sie einholte und beiseitestieß. Dann feuerte er.

In diesem Augenblick sah Diamond das riesenhafte Reptil. Wild schlug es mit dem Schwanz, bäumte sich auf und riß dabei Jacks Körper mit seinem gewaltigen Maul in die Höhe. Ben warf das Gewehr weg und sprang ins Wasser, um Jack zu retten, während sich Diamond auf den ungeschützten Bauch des Krokodils warf. Die Kugel hatte es in den Kopf getroffen; es rollte sich auf die Seite, öffnete den furchterregenden Kiefer und ließ seine Beute fahren. Die mächtigen Klauen jedoch hatten ihren Zugriff nicht gelockert. Diamond stürzte sich todesmutig auf das Krokodil und schlitzte ihm mit dem Messer den weißen Bauch auf.

Endlich zog Ben Jack aus dem blutigen Wasser. Plötzlich schien sich ein gewaltiges Getöse um Diamond zu erheben. Jack schrie vor Schmerzen, Ben brüllte einen Befehl. Sie packte Jack bei den Knien, und so trugen sie ihn ans Ufer.

»O Gott!« klagte Ben. »O mein Gott!« Er riß sich das Hemd vom Leib und legte es vorsichtig unter Jacks Kopf. Dann zog er sein Unterhemd aus, um damit die Blutung zu stillen.

Auch Diamond weinte leise. Jacks Arm war beinahe vollständig von der Schulter getrennt, und sein ganzer Oberkörper blutüberströmt. Um nicht laut zu schreien, kniff sie die Lippen zusammen. Dann zog sie ihre durchnäßte Bluse aus und reichte sie Ben.

»Den Rock auch«, drängte er. »Zerreiß ihn. Ich brauche was zum Verbinden.«

Sie tat wie geheißen und zog heftig an dem schweren, nassen Stoff, der nicht nachgeben wollte. Schließlich stellte sie einen Fuß auf den Rock und riß mit aller Kraft an dem Gewebe. Hastig reichte sie die Streifen an Ben weiter.

Als Ben die Stoffetzen verknüpfte und den verletzten Arm eng an Jacks Körper band, wurde Jack bewußtlos. Ben schluchzte und schüttelte immer wieder den Kopf, während er den behelfsmäßigen Verband um Jacks Körper wickelte. Fordernd streckte er Diamond die Hand entgegen, weil er noch mehr Verbandsstoff brauchte, aber Diamond schüttelte den Kopf. »Mehr habe ich nicht.«

Dann zog Diamond aber auch ihr nasses Baumwollhemd aus. Ben, der es wortlos in Empfang nahm, betupfte und kühlte damit Jacks Gesicht. »Halten Sie durch, mein Guter«, sagte er beschwörend. »Das wird schon wieder. Sie müssen nur durchhalten.«

»Hol das Gewehr«, rief er Diamond zu, die zum Ufer lief und es aufhob. Voller Furcht blickte sie auf das Getümmel im Wasser, wo sich andere Krokodile geräuschvoll über die tote Bestie hermachten, die Jack angegriffen hatte.

In der Ferne hörte Diamond, wie Perfy nach ihnen rief, aber sie war wie gelähmt und unfähig zu antworten.

Mit dem Gewehr kehrte sie zu Ben zurück. »Wie geht es ihm?«

»Ich weiß es nicht«, sagte Ben. »Es hat ihn schlimm erwischt. Wir müssen ihn hier wegbringen. Wenn ich doch nur die Jungs dabehalten hätte!« Er fühlte den Puls an Jacks Hals und strich ihm das Haar aus der Stirn. »Mein ganzes Leben scheint nur von ›Was wäre, wenn‹ bestimmt zu werden«, murmelte er, und diese Bemerkung war so seltsam, daß Diamond fürchtete, er stehe wie Jack unter Schock. Da öffnete Jack die Augen, wandte den Kopf und blickte Ben an. »Du ... Darcy ...« begann er. Dann mußte er jedoch husten und verzog schmerzerfüllt das Gesicht. Er brach ab.

»Verwechselt er Sie mit Darcy?«

»Nein«, erwiderte Ben kurz angebunden. »Du hältst hier Wache. Ich hole ein paar Decken und was sonst noch fehlt. Das dauert nicht lang. Wir können ihn in diesem Zustand nicht auf dem Rücken durch den Busch schleppen. Ich muß eine Trage bauen.«

Er sah, wie Diamond auf das Gewehr blickte. »Es ist noch geladen«, erklärte er. »Wenn sich auch nur eines von diesen Biestern blicken läßt, drück einfach ab. O Gott«, fügte er hinzu, »da kommt sie schon.«

Perfy hatte sich einen Weg durch den Busch gebahnt und kam auf sie zugestolpert. »Was ist geschehen?« schrie sie. »Was ist mit Daddy geschehen?« Völlig verstört stürzte sie auf Jack zu und starrte entsetzt auf die blutgetränkten Verbände.

Sie sah Diamond an, die vergessen hatte, daß sie nun barbusig dastand und nur ihre schlammverkrusteten Unterhosen trug. »Wo sind deine Kleider?« kreischte Perfy. Sie begriff nicht, was vor sich ging. Dann beugte sie sich über ihren Vater. »Daddy, was hat man dir angetan?«

»Er hatte einen Unfall, Perfy«, sagte Ben ruhig. »Halten Sie ihn warm, bis ich zurückkomme. Das ist wichtig, haben Sie mich verstanden?«

Geistesabwesend nickte sie. Ihr Gesicht war inzwischen aschfahl wie das ihres Vaters. Da er nun vor Kälte zitterte, schmiegte sie sich an ihn und murmelte einige tröstende Worte. Dann fragte sie noch einmal: »Was ist passiert?«

Diamond fürchtete sich. Sie erinnerte sich an einen anderen Fluß, in dem viele dieser urzeitlichen Ungeheuer lebten. Zwar hatte sie diese schrecklichen Bestien beobachtet, wie sie langen Baumstämmen gleich mit grinsenden Mäulern am Ufer lagen, aber sie war ihnen nie so nahe gekommen wie heute. Sie erbebte, blieb aber weiterhin wachsam. Den Finger hielt sie am Abzug, bereit, beim Anblick der gelben Augen oder auch nur der kleinsten Bewegung am Ufer zu schießen. Sie wagte nicht, Perfys Fragen zu beantworten; zu schrecklich stand ihr das eben Geschehene noch vor Augen. Statt dessen wiederholte sie Bens Worte. »Halten Sie ihn warm, das ist das Beste. Ben holt Decken.«

»Mir ist ein wenig kalt, Liebes«, sagte Jack plötzlich. Perfy stieß einen erleichterten Seufzer aus.

»Ben braucht bestimmt nicht lange, Daddy. Können wir ein Feuer anzünden, Diamond?«

»Ja«, log diese, »wir müssen nur warten, bis Mr. Buchanan zurück ist.«

»Aber er fühlt sich so kalt an. Und er blutet immer noch hier an der Seite. Ist er gestürzt?« Zum Glück wartete sie die Antwort nicht ab. »Hast du große Schmerzen?« fragte sie ihren Vater. Er hob seinen gesunden Arm und strich ihr übers Gesicht.

»Nein«, sagte er. »Die sind jetzt vorbei.« Er seufzte und schien überrascht, aber seine Stimme wurde klarer. »Kümmere dich um meine Tochter, Diamond.«

Perfy traten Tränen in die Augen. »Um Gottes willen, Daddy, mir geht's doch gut. Was kann ich für dich tun? Diamond, gib ihm etwas zu trinken!«

»Ben bringt frisches Wasser«, erwiderte Diamond und hoffte, daß das der Wahrheit entsprach. Vorwurfsvoll starrte Perfy sie an, weil sie sich nicht von der Stelle rührte.

»Alice ...« murmelte Jack und versuchte zu sprechen, aber Perfy legte ihm sanft die Hand auf die Lippen.

»Ruh dich aus, Daddy. Du brauchst jetzt einfach Ruhe.« Wieder schloß er die Augen, und Perfy strich ihm übers Gesicht. Endlich kam Ben zurück und brachte Decken, Wasser, Lampen, eine Axt und noch einige andere notwendige Dinge. Während sich die beiden Frauen um Jack kümmerten, begann er junge Bäume für den Bau einer Trage zu fällen. »Hier«, rief er Diamond zu und reichte ihr einige kräftige Äste. »Mach die Rinde ab.«

Er hatte Seile und Segeltuch mitgebracht, und bald nahm der Rahmen einer Trage Form an. Doch als er Diamond das Segeltuch zuwarf, hörte sie mitten in ihrer Arbeit auf, streckte die Hand nach Ben aus und berührte ihn leicht. Verärgert, daß sie wertvolle Zeit verschwendete, blickte er auf.

»Was ist los?« fragte er. »Mach das Segeltuch fest, schnell!«

Sie schüttelte den Kopf. Schweigend stand er auf und ging zu Jack und Perfy hinüber.

»Er ist eingeschlafen, Gott sei Dank«, sagte Perfy.

Ben kniete sich neben sie. Er berührte Jacks Gesicht und seinen Hals, untersuchte ihn sorgfältig und lehnte sich dann mutlos zurück. Jack Middleton war tot.

Völlig durchgefroren von den rauhen Westwinden, die nach Sonnenuntergang übers Land fegten, trafen sie mitten in der Nacht in Caravale ein. Hoch über ihnen rauschten die Blätter, doch es hörte sich eher an wie die Dünung des Meeres als trokkenes Laub von Präriebäumen. Die Geisterbäume machten ihrem Namen alle Ehre und leuchteten unheimlich in der Dunkelheit, als die kleine Gruppe langsam vorbeizog.

Beim Anblick des Farmhauses fühlte sich Diamond noch elender. Sie konnte nur einen düsteren Schatten an einem Berghang erkennen, mit gelborangen Lichtpunkten, die sie wie böse Augen lauernd anstarrten. Als sich irgendwo in den Hügeln das klagende Heulen der Dingos erhob, lief ihr ein Schauder über den Rücken.

Perfy und Diamond reisten nun in einem Wagen, den ihnen die Besitzer der Merri-Creek-Farm zur Verfügung gestellt hatten. George, der Viehtreiber von Caravale, saß auf dem Kutschbock. Ein zweiter Wagen, der als Leichenwagen diente, folgte ihnen. Perfy kuschelte sich, in eine Decke gewickelt, an Diamond und schwieg. Der Schock war so groß, daß sie ihre Umgebung kaum wahrnahm und die holprige Wagenfahrt wie betäubt über sich ergehen ließ. Sechs Reiter in dunklen Umhängen, die mit gesenktem Kopf gegen den Wind ankämpften, bildeten die Eskorte. Diamond war froh über die Begleitung. Fast die ganze Nacht hatte sie allein mit Perfy an diesem grauenvollen Lagerplatz Wache gehalten, während Ben zur Merri-Creek-Farm geritten war, um Hilfe zu holen.

Bei der Aussicht, mit Perfy und dem Toten in der Dunkelheit allein bleiben zu müssen, hatte sie sich gefürchtet und Ben gebeten, den Ritt auf den nächsten Morgen zu verschieben.

»Nein, ich muß mich sofort auf den Weg machen«, hatte dieser erwidert. »In ein paar Stunden bin ich zurück. Bleibt am besten am Feuer. Ihr Frauen könnt in dieser Gegend nachts nicht reiten, und schließlich können wir ihn schlecht hier begraben.« Er deutete auf Jacks Leiche, die er in ein festes Segeltuch gewickelt hatte. »Ich reite nach Merri Creek, das ist die nächste Farm, denn wir brauchen einen Wagen.«

Diamond versuchte, Perfy zu trösten, obwohl auch sie an diesem einsamen Ort Angst hatte. Auf Perfys hartnäckige Fragen hatte sie schließlich zugegeben, daß Jack von einem Krokodil angegriffen worden war. Und nun mußte sie wie befürchtet eine völlig entsetzte Perfy beruhigen, deren Schreie durch die Stille der Nacht gellten. Perfy weigerte sich, den Tod ihres Vaters hinzunehmen, und gab Ben Buchanan die Schuld daran. Er habe sie mit Absicht hierher gebracht, wolle sie alle umbringen und würde niemals zurückkommen. Auch sie beide würden hier sterben. Er habe sie in der Wildnis zurückgelassen, sie hilflos den Krokodilen und anderen wilden Tieren ausgeliefert!

Doch Diamond wußte, daß Ben sein Leben aufs Spiel gesetzt hatte, um Jack zu retten, denn er hatte sich in einen Fluß gewagt, in dem es von Krokodilen wimmelte. Hätte sie gewußt, was dort lauerte, hätte sie sich nicht in das schlammige Wasser gestürzt. Wie leicht hätte das wütende Krokodil auch sie angreifen können, aber Ben hatte sie beiseitegestoßen.

Es war eine grauenvolle Nacht. Diamond legte das Gewehr nicht aus der Hand und hielt das Feuer mit dem Holz, das Ben für sie geschnitten hatte, am Lodern. Verstohlen hatte sie immer wieder auf die etwas abseits liegende, eingewickelte Gestalt geblickt. Ben hatte sie angewiesen, die Leiche gegen möglicherweise umherstreifende Dingos zu verteidigen. Diamond bat Perfy zu beten, da sie sich keine der Geschichten und Legenden ins Gedächtnis rufen konnte, die ihr in der Sicherheit des Middleton'schen Hauses in Brisbane noch so leicht über die Lippen gekommen waren. Auch Diamond betete. Sie betete darum, daß jemand vorbeikommen möge, Leute von ihrem Stamm, Goldsucher, Banditen, egal wer. Irgend jemand, der sie aus dieser gespenstischen Einsamkeit befreien und sie vor den bösen Geistern beschützen würde, die sicherlich im Busch lauerten.

Als Diamond das Hufgetrappel galoppierender Pferde hörte, lange bevor sie in Sicht kamen, brach sie vor Erleichterung in Tränen aus. Nun stellte sie fest, daß auch sie in den endlosen Stunden des Wartens den Verdacht gehabt hatte, Ben würde nicht zurückkommen. Er wurde von drei Männern der Merri-Creek-Farm begleitet. Im Schein des Lagerfeuers sprachen sie Perfy ihr Beileid aus und hielten sich respektvoll abseits, während man auf die Morgendämmerung und die Ankunft des Wagens wartete.

Die Reiter, die ihnen entgegenkamen, eilten nach kurzer Beratung mit Ben nach Caravale voraus. Und so standen dort schon Männer mit Laternen zu ihrem Empfang bereit, als sie um die Rückseite des Hauses bogen und an einigen Nebengebäuden vorbei in einen großen Hof fuhren. Es herrschte allgemeine Aufregung. Als jemand Befehle brüllte, bäumten sich die Pferde, erschreckt durch den Lärm, auf. Dann half man Perfy und Diamond aus dem Wagen.

Bevor Diamond zum Haus geleitet wurde, sah sie eine Anzahl von Schwarzen, die ängstlich abseits standen und dieses seltsame Schauspiel beobachteten. Eine rothaarige Frau, in Schwarz gekleidet, stand im Schein der Lampen an der Treppe. Bei ihrem Anblick überkam Diamond ein Gefühl, als sei sie geradewegs gegen eine Mauer gerannt. Die Frau wirkte streng und herrschsüchtig, und obwohl sie steif zur Seite trat, um die Ankömmlinge vorbeizulassen, hatte Diamond den Eindruck, sie betrachte das Unglück als persönliche Beleidigung. Dies, so erfuhr Diamond, war Mrs. Buchanan.

»Seit Darcys Tod haben wir nichts als Ärger«, tobte Cornelia Buchanan. »Warum hast du den Toten nicht einfach am Morgen begraben? Dann wärst du ihn ein für alle Mal losgewesen!«

Ben überprüfte, ob die Wohnzimmertür auch wirklich geschlossen war. »Weil alles seine Ordnung haben muß. Der Doktor ist schon unterwegs; er kann dann den Totenschein ausstellen. Sobald das geschehen ist, schicke ich eine Mitteilung an die Polizei in Bowen, die dann ihrerseits Mrs. Middleton benachrichtigt. Es ist bestimmt ein furchtbarer Schock für sie.«

»Wie leid sie mir tut! Gottes Wege sind unerforschlich. Er bestraft diese Leute dafür, daß sie unser Eigentum zu stehlen versuchen. Hast du die Männer untergebracht?«

»Ja. Wie geht es Miss Middleton?« Es wäre unklug gewesen, seiner Mutter gegenüber von »Perfy« zu sprechen.

»Das Mädchen war vollkommen außer sich vor Schmerz. Wir haben ihr eine Dosis Laudanum verabreicht und sie ins Bett verfrachtet. Diese Mädchen aus der Stadt haben einfach keinen Mumm in den Knochen. Ich weiß nicht, was Darcy an ihr gefunden hat, so saft- und kraftlos wie sie ist.«

Ben stand am Fenster. Er war so müde, daß ihn nichts mehr aus der Ruhe bringen konnte. »Unterschätz sie nicht, Mutter. Ich habe mir in den letzten Wochen ein Bild von ihr machen können, sie hat einen starken Willen. Eine sehr entschlossene Frau.«

»Natürlich, nur so konnte sie es überhaupt schaffen, Darcy einzufangen.«

»Nein, es ist nicht nur das. Sie ist unheimlich verwöhnt. In den Augen ihrer Eltern ist sie unfehlbar, daher auch der Name Perfection. Sie bekommt alles, was sie will, und setzt immer ihren Kopf durch.«

»Das werden wir schon noch sehen«, erwiderte Cornelia. »Ich schreibe selbst an die Witwe und versichere sie meiner Anteilnahme.«

»Das ist eine gute Idee. Du kannst ihr auch erklären, wie es geschehen ist. Ich möchte nicht, daß jemand mich dafür verantwortlich macht.«

Mae klopfte an die Tür und spähte herein. »Die junge Dame schläft jetzt, Mrs. Buchanan. Wo soll ich das Hausmädchen unterbringen?«

»Die Schwarze? Du schickst sie natürlich zu unseren Schwarzen.«

Mae sog nervös die Luft ein. »Das habe ich getan, aber sie will nicht.«

»Was soll das heißen, sie will nicht?«

»Sie sagt, sie würde nicht im Lager der Schwarzen schlafen. Sie sagt, sie gehöre da nicht hin.«

»Wo, zum Teufel, glaubt sie denn, daß sie hingehört? Soll ich ihr vielleicht mein Zimmer anbieten? Schmeiß sie raus! Wenn es ihr Spaß macht, kann sie ja auf einem Baum schlafen.«

»Warte« schaltete sich Ben ein. »Wir dürfen uns Miss Middleton nicht zur Feindin machen. Diese Schwarze, Diamond, ist offensichtlich an bessere Behandlung gewöhnt. Sie ist sauber und gut gekleidet. Steht nicht in der alten Molkerei noch ein Bett, Mae?«

»Ja.«

»Dann gib ihr eine Laterne und quartiere sie dort ein.« Mae schloß die Türe.

»Hat sie etwa erwartet, im Haus zu schlafen?« knurrte Cornelia.

»Ich weiß es nicht«, erwiderte Ben. »Und es ist mir im Augenblick auch völlig gleichgültig. Die Jungs haben mir erzählt, daß sich während meiner Abwesenheit zwei von unseren Viehtreibern zu den Goldfeldern abgesetzt haben.«

»Undankbares Pack«, war Cornelias einziger Kommentar. »Was wissen die denn schon vom Goldsuchen?«

»Was wissen die überhaupt?« murmelte Ben. »Schreib du deinen Brief an Mrs. Middleton, dann können wir ihn zusammen mit der Nachricht an die Polizei in Bowen schicken.«

2

Die Finnen beschlossen, sich nach Townsville aufzumachen, da die Goldfelder von dort aus bequemer zu erreichen waren. Eigentlich hatten sie sich nur so lange in der Bucht von Bowen aufgehalten, weil man hier mit dem Fischfang eine Menge Geld verdienen konnte, doch nun fanden sie, es sei an der Zeit, sich ernsthaft auf Goldsuche zu begeben. In der Nacht vor ihrer Abreise luden sie alle Freunde zu einem Abschiedsgelage im Hafen ein, wo Bier, Schnaps und Gin in Strömen flossen. Es wurde ein rauschendes Fest. In der Morgendämmerung stolperte Lew zurück auf die Dschunke und konnte sich gerade noch so lange aufrecht halten, bis er seinen Freunden zum Abschied zugewunken hatte. Dann fiel er wie ein Stein in seine Koje, um seinen Rausch auszuschlafen.

Um vier Uhr nachmittags stand er wieder auf und nahm ein Bad im Meer. Als er erfrischt zurück an Bord kletterte, wartete Hong schon mit besorgter Miene auf ihn.

»Was ist los?« fragte Lew auf chinesisch, denn Hongs Englisch war noch immer erbärmlich.

»Letzte Nacht hat es in der Stadt Ärger gegeben, Herr Kapitän. Die weißen Männer sind wild geworden und haben einen Aufruhr angezettelt. Sie haben Jagd auf Chinesen gemacht und sie verprügelt!« Plötzlich grinste Hong. »Aber diesmal waren die Chinesen vorbereitet. Sie haben beim Holzplatz gewartet, und als die weißen Teufel gekommen sind, haben ihnen die ehrenwerten Chinesen etwas von ihrer eigenen Medizin verabreicht. Ein schöner Kampf. Sie haben ein paar der Angreifer ein bißchen aufgeschlitzt.«

»O mein Gott!« stöhnte Lew. »Sag der Mannschaft, sie soll an Bord bleiben. Die Männer dürfen auf keinen Fall an Land gehen. Dieser Streit geht uns nichts an, wir halten uns da raus, hast du mich verstanden?«

Lew zog sich an und begab sich in die Stadt. Er freute sich schon auf ein gutes Essen. Inzwischen hatte er sich an die Mahlzeiten der Koloniebewohner gewöhnt. Sogar zum Frühstück vertilgten sie schon Steaks, dazu Spiegeleier, Soße und fingerdicke Brotscheiben. Sie aßen gerne Fleisch und bevorzugten statt Reis Kartoffeln. Gemüse stand kaum auf ihrer Speisekarte, und wenn, war es verkocht und schmeckte fade. Ihm war aufgefallen, daß einige Chinesen auf einem Stück Land außerhalb der Stadt Gemüse anpflanzten. Sie würden keine Schwierigkeiten haben, ihre Ernte zu verkaufen; vielleicht würden diese Kleinbauern sogar hier seßhaft werden. Die Chinesen ließen sich von den Schmähungen der Weißen nicht aus der Ruhe bringen. Außerdem hatten sie sehr wohl erkannt, daß sie hier, wo es Ackerland im Überfluß und keine Schwierigkeiten bei der Bewässerung gab, als Marktbauern ein gutes Auskommen haben konnten.

In den Schenken traf er auf wütende Goldsucher, die sich über diese angriffslustigen Schlitzaugen ausließen. Die Goldsucher behaupteten, diese bösartigen, verschlagenen »Gelben« hätten mit dem Dolch in der Hand – einer Waffe, die nur Feiglinge benutzten – harmlose Burschen überfallen, die bloß ein bißchen Spaß haben wollten. Lew mußte sich anhören, daß die Schlitzaugen an allen Verbrechen die Schuld trugen, daß sie die übelsten Laster in die Stadt gebracht hatten und keine weiße Frau vor ihnen sicher war. Bald wurde Lew der Gesellschaft dieser langweiligen Aufschneider überdrüssig und beschloß, Mrs. Middleton zu besuchen. Aus diesem Gerede konnte man schwerlich schließen, wie ernst die Vorfälle waren, und da Jack Middleton nicht in Bowen weilte, würde seine Frau sich so allein im Haus vielleicht ängstigen.

Allein? Als Lew den Gartenweg schon halb heraufgegangen und es zum Umkehren zu spät war, hörte er Klaviermusik. Herbert Watlington war da! Dieser Herbert gehörte ja schon fast zum Haushalt!

»Lew, wie nett, daß Sie vorbeischauen«, sagte Alice erfreut. »Kommen Sie doch herein. Haben Sie schon zu Abend gegessen? Ja? Aber dann trinken Sie doch sicher noch einen Kaffee mit uns. Spielt Herbert nicht gut? Mrs. Tolley kennen Sie ja schon, nicht wahr? Ja, natürlich. Setzen Sie sich doch ...«

»Ich habe mir Sorgen gemacht«, begann er. »Letzte Nacht hat es in der Stadt Unruhen gegeben.«

»Ja, es muß schrecklich gewesen sein«, bemerkte Mrs. Tolley. »Aber diesmal haben sich die Raufbolde am anderen Ende der Stadt herumgetrieben. Es heißt, diese Chinesen sind wirklich finstere Gestalten.«

Herbert drehte sich auf seinem Klavierstuhl um. »Meine liebe Mrs. Tolley, sagen Sie das nicht in Gegenwart von Lew. Er ist schließlich ein halber Chinese.«

»Bin ich nicht«, knurrte Lew und fühlte sich dabei als Verräter, obwohl er wußte, daß Herbert ihn mit dieser Bemerkung nur reizen wollte.

»Jedenfalls sieht er nicht wie ein Chinese aus«, stellte Mrs. Tolley fest. Dabei ordnete sie ihre dichten Locken. »Ich spreche Chinesisch«, entgegnete Lew und ärgerte sich, daß er überhaupt eine Erklärung abgab; er haßte es, Rechenschaft ablegen zu müssen.

»Meine Güte, die jungen Männer von heute sind vielleicht klug«, rief Mrs. Tolley daraufhin aus. »Alice, Ihre Perfy kann von Glück sagen, daß sie zwei so stattliche Verehrer hat.«

»Seien Sie nicht albern«, erwiderte Alice peinlich berührt. Wie taktlos diese Frau war. »Könnten Sie noch ein paar Walzer spielen, Herbert?«

Lew mochte Alice. Sie besaß das hagere, abgezehrte Gesicht einer Frau, die zeitlebens hart gearbeitet hatte, ein Gesicht, das niemals schwammig werden würde. Ihre blauen Augen hatten ein wenig von ihrem Strahlen eingebüßt, ließen jedoch immer noch etwas von ihrem jugendlichen Glanz erahnen. Perfy hatte dieselben großen blauen Augen, aber bei ihr würden sie ihre ganze Schönheit erst noch entfalten. Der Anblick dieser wunderbaren Augen fesselte ihn jedesmal aufs neue.

Bei diesem Gedanken spürte er einen Stich im Herzen. Perfy fehlte ihm. Er hatte ihr nicht verziehen, daß sie auf dieser lächerlichen Wallfahrt nach Caravale bestanden hatte. Schließlich war das Ganze doch nichts anderes als eine Wallfahrt zum Schrein ihres verstorbenen Verlobten. Und Jack hatte sie auch noch bestärkt. Vielleicht fühlte er sich dem verstorbenen Darcy Buchanan gegenüber verpflichtet, weil er seine Tochter so großzügig bedacht hatte. Dieser verfluchte Darcy Buchanan! Warum war er nicht einfach aus dem Leben geschieden, ohne Perfys Leben in Unordnung zu bringen? Lew war Darcys Bruder Ben absichtlich aus dem Weg gegangen. Er kam nicht umhin, diesen Kerl ein wenig zu bedauern. Es mußte merkwürdig sein, wenn wildfremde Menschen plötzlich die Hälfte seines Besitzes für sich beanspruchten. In einem zivilisierterem Land wie China wäre das nicht möglich. Eine derartige Erbschaft wäre überdies gegen das Gesetz. Und wenn jemand so hartnäckig wie Perfy seinen Anspruch geltend machte, konnte es in den Familien Mord und Totschlag geben.

Bei diesem Gedanken erstarrte er. O Gott, würde Perfy denn dort überhaupt sicher sein? Hier in Bowen hatte er gehört, daß die Großgrundbesitzer ihren eigenen Gesetzen folgten. Sie waren mächtige Leute und führten ihr eigenes Leben. Aber glücklicherweise wurde Perfy von Jack begleitet.

Versonnen lauschte Lew dem Klavierspiel. Das mußte man Herbert lassen, spielen konnte er, auch wenn er ein eingebildeter Mensch war. Lew hatte in seinem bisherigen Leben genug Leute von Herberts Schlag kennengelernt, die im Fernen Osten herumschwirrten, aber keinen Umgang mit den Einheimischen pflegten. Diese Lebemänner erhofften sich das schnelle Geld durch den Opiumhandel oder – was natürlich noch besser war – eine reiche englische Braut. Er betrachtete Herbert nicht als Rivalen, sondern schlichtweg als Ärgernis. Wenn sich die Gelegenheit ergab, würde er Herbert auf irgendeine elegante Art loswerden, aber in diesem Augenblick würde er nur Alice vor den Kopf stoßen, wenn er ihren Pianisten vergraulte.

Tolley, der Direktor der Bank, und einige andere Gäste fanden sich ein. Lew fühlte sich verpflichtet, den Gentleman zu spielen. Wenn er Perfy heiratete, würden sie wahrscheinlich ein Heim wie dieses haben und mit solchen Leuten verkehren. Für die Briten gehörte sich das.

Diese Aussicht behagte ihm gar nicht, aber wenigstens würden sie Leute ihres Alters um sich haben, Leute, die sie mochten und in deren Gesellschaft sie sich wohlfühlten.

Als er sich kurz nach zehn Uhr verabschiedete, hämmerte plötzlich jemand laut gegen die Tür.

»Ich mache auf«, erbot sich Tolley. »Sie bleiben lieber im Salon, Alice. Heutzutage weiß man nie.«

Im Zimmer herrschte erwartungsvolle Stille, als er zurückkam. »Für Sie«, wandte er sich an Lew. »Ein Chinese möchte Sie sprechen.«

Es war Hong, in Tränen aufgelöst und völlig durchnäßt. Verzweifelt rang er die Hände und verbeugte und entschuldigte sich ununterbrochen.

»Was zum Teufel ist denn los?« fragte Lew barsch.

»Herr Kapitän, ein großes Unglück ist über uns hereingebrochen. Vergebt mir diese schlimme Nachricht, Sir. Wir haben alles versucht, aber sie waren in der Überzahl.«

»Was ist passiert?«

Statt zu antworten weinte Hong nur noch heftiger. Lew schüttelte ihn. »So rede doch! Was ist passiert?«

»Die Dschunke! Unsere *Perfection,* Herr Kapitän. Sie haben sie in Brand gesteckt! Die weißen Teufel sind gekommen und haben Fackeln und brennende Lumpen auf das Deck geworfen. Sie haben unser Schiff verbrannt!«

Lew konnte nicht glauben, was er da hörte. »Sie haben die Dschunke in Brand gesteckt? Wie groß ist der Schaden?«

»Es ist alles verbrannt, Herr Kapitän. Unsere schöne *Perfection!*« Wieder fing Hong an zu schluchzen.

Lew zitterte vor Wut.

Hongs Kleider waren angesengt, und er hatte schwere Verbrennungen an den Armen. Dennoch wollte Lew es nicht glauben, bis er es mit eigenen Augen gesehen hatte. »Laß uns gehen«, sagte er knapp und rannte auch schon los.

Hong war peinlich berührt, daß sein ehrenwerter Kapitän sich durch Entschuldigungen demütigte, und erduldete die Hilfeleistung des englischen Arztes mit solch jämmerlicher Miene, daß Lew beinahe gelacht hätte, wäre es nicht solch ein trauriger Anlaß gewesen. Die Goldgräber hatten ihren Angriff sorgfältig geplant; sie hatten sich das auffälligste chinesische Schiff im Hafen ausgesucht, und obwohl die Mannschaft sich nach Kräften bemüht hatte, das Feuer in den Griff zu bekommen, hatten sich die Männer schließlich nur noch durch einen Sprung über Bord retten können.

»Ist Ihre Mannschaft in Sicherheit?« fragte der Arzt.

»Ja«, erwiderte Lew abwesend. Er hatte es so eilig gehabt, zum Schiff zu kommen, daß er Hongs Verletzungen keine Beachtung geschenkt hatte, und das erschreckte ihn. Der arme Kerl hatte wirklich schlimme Verbrennungen erlitten und sah nun mit seinen vielen Verbänden wie eine Mumie aus.

»Er müßte ins Krankenhaus«, meinte der Arzt, »aber ich fürchte, das geht nicht.«

Lew nickte; sie würden dort keinen Chinesen aufnehmen. »Ich werde ihn zu seinen Leuten bringen, sie werden sich um ihn kümmern. Aber was ist mit den anderen?« Die Mitglieder der Mannschaft standen zusammengedrängt an der Landungsbrücke und boten einen jämmerlichen Anblick.

»Leichte Verbrennungen, nichts Tragisches. Das mit Ihrem Schiff tut mir leid. Ich habe es oft in der Bucht vor Anker liegen sehen, ein wirklich stattliches Schiff.«

»Nun nicht mehr«, entgegnete Lew. »Es ist zerstört. Ich werde es auf der anderen Seite der Bucht auf den Strand ziehen lassen.«

»Und was dann?«

»Es ist sicher nicht schwer, die Mannschaft auf anderen Schiffen unterzubringen.«

»Und was ist mit Ihnen?«

»Ich könnte mich eigentlich zu den Goldfeldern am Cape aufmachen und dem Eigentümer selbst die Nachricht überbringen.« Es war einfacher, sich an Chin Ying zu wenden als an Lord Cheong selbst. Die Dschunke war hoch versichert gewesen, also entstanden für Lord Cheong keine Nachteile. Ying brauchte nur ein anderes Schiff zu nehmen, das seine Männer und das Gold zurück nach China brachte, aber Lew war in einer mißlichen Lage. Man hatte ihm nur die Hälfte seines Lohnes ausbezahlt, und nun würde ihm der Rest vorenthalten werden, weil er versagt hatte. Der örtliche Polizeisergeant, ein gewisser Ron Donnelly, war gerufen worden, um den schwelenden Schiffsrumpf zu begutachten, aber er hielt es für reichlich unwahrscheinlich, daß die Brandstifter zu ermitteln seien.

»Und selbst wenn«, warnte er ihn, »haben sie sich Alibis verschafft, darauf können Sie wetten. Es tut mir sehr leid, Käpt'n, aber solange dieser Goldrausch andauert, schaffen mein Gehilfe und ich es kaum, Recht und Ordnung aufrechtzuerhalten.«

»Könnten Sie mir einen beglaubigten Bericht über die Geschehnisse mitgeben? Der Eigentümer braucht ihn für seine Versicherung.«

»Natürlich, kein Problem.« Ein Lichtstreifen am Horizont kündigte den Sonnenaufgang an; es sah aus, als züngelten winzige Flammen über dem Meer. »Wird wieder ein heißer Tag heute, Käpt'n«, bemerkte Donnelly. »Wir freuen uns schon auf den Regen, und draußen auf den Goldfeldern werden sie jetzt um Wasser beten.«

Lew war erstaunt. »Warum das denn? Sind die Goldfelder nicht an einem Fluß?«

»Nicht alle. Eine ganze Menge von Flußarmen sind auch voller Gold, aber sie trocknen aus. Ohne ausreichend Wasser kann man aber kein angeschwemmtes Gold waschen, und so decken sich die Goldsucher mit Vorräten ein und warten auf Regen.«

Er lachte, ein ansteckendes, dröhnendes Lachen. »Aber dann, Käpt'n, werden die sich wundern, wie ihnen geschieht. Wenn es in diesen Wäldern regnet, dann glaubt man, die Sintflut ist losgebrochen. So etwas hab ich mein Lebtag nicht gesehen. Haben Sie nicht gesagt, sie wollen auch dorthin?«

»Ja.«

»Dann will ich Ihnen einen Rat geben. Nehmen Sie ein Schiff nach Townsville und reiten Sie von dort aus zu den Goldfeldern. Das ist einfacher. Wenn das die Idioten begreifen, haben wir Bowen wieder für uns. Die Läden und Gasthäuser machen dann zwar nicht mehr so viel Gewinn, aber ich kann mich zur Ruhe setzen.« Pfeifend marschierte er davon.

Lew starrte niedergeschlagen auf die Überreste der Dschunke. »Diese Hunde!« machte er seinem Zorn noch einmal Luft. Jetzt besaß er nur noch ein paar lumpige Pfund und die Kleider, die er auf dem Leibe trug. Bis Townsville konnte er sich mit Arbeit durchschlagen, aber dann würde er ein Pferd und Ausrüstung kaufen müssen, um zum Cape zu gelangen. Irgendwie mußte er Geld auftreiben. Zwar gab es chinesische Geldverleiher, aber sie berechneten hohe Zinsen und saugten einen aus wie die Blutegel.

Am Ende des Tages hatte er seine Mannschaft untergebracht, seinen Bericht über den Zustand der Dschunke zusammen mit dem Polizeibericht nach Macao geschickt und sich ein Zimmer im Customs House genommen. Er ließ das Schiff wegschleppen und aß im Grand View Hotel zu Abend. Dann schlenderte er ziellos die Herbert Street entlang, und der Straßenname erinnerte ihn an Herbert Watlington. Der prahlte doch immer damit, wieviel Geld ihm der Grundstücksverkauf einbrachte. Vielleicht könnte Herbert ihm etwas Geld leihen. Er empfand es zwar als ziemlich erniedrigend, ausgerechnet

Herbert um einen Gefallen bitten zu müssen, aber in diesem Fall konnte Lew es sich nicht leisten, wählerisch zu sein.

Er traf Herbert in seinem Büro an, wo dieser gerade einen älteren Chinesen zu überzeugen versuchte, sein winziges Stück Land gegen ein größeres Grundstück einzutauschen. Das kam Lew gerade recht.

Höflich richtete er ein paar Worte auf chinesisch an den Kunden.

»Was haben Sie ihm erzählt?« fragte Herbert.

»Ich habe ihm geraten, erst zu kaufen, wenn ich dieses Geschäft für ihn überprüft habe.«

»Das ist dreist!«

»So ist das Geschäftsleben, Herbie. Ich brauche hundert Pfund.« Lew fragte sich, wieviel Englisch der Chinese wohl verstand, wahrscheinlich sehr viel mehr, als er sich anmerken ließ. Aber das spielte keine Rolle, er würde nicht erwarten, daß Lew seinen Einfluß geltend machte, ohne etwas dafür zu verlangen.

»Gut, aber dann wenden Sie sich nicht an mich«, gab Herbert zurück. »Ich habe gehört, daß die Goldgräber Ihre Dschunke verbrannt haben. Man sollte meinen, die Mannschaft wäre darauf vorbereitet, das Schiff zu verteidigen.«

»Vielleicht mit Gewehren? Hier in Bowen?«

»Natürlich.«

»Und wenn sie einen Weißen erschossen hätten, egal, was er getan hat, hätte man sie aufgeknüpft.«

»Aber immerhin hätten sie dann das Schiff gerettet.«

»Vergessen Sie's, Herbert. Das verflixte Ding ist gesunken, also was soll's. Was ist nun mit Ihrem Freund da?«

»Von mir bekommen Sie keine hundert Pfund, auf Wiedersehen.«

Lew wechselte wieder ein paar Worte mit dem Chinesen und sagte dann zu Herbert: »Sie sind ein Dummkopf. Dieser Mann hat vor, sich hier niederzulassen. Er ist wohlhabend, hat viele

Söhne und kann mehrere Besitztümer erwerben, nicht bloß eine kleine Farm. Aber ohne meine Zustimmung wird er keinen einzigen Quadratmeter kaufen, Kumpel.«

»Zehn Pfund«, lenkte Herbert ein.

»Geben Sie mir zehn und leihen Sie mir den Rest, oder ich erzähle ihm, daß Sie ein Betrüger sind, und dann werden Sie keinen einzigen Chinesen mehr zu Gesicht bekommen.«

»Warum brauchen Sie so viel?«

»Weil ich die Stadt verlasse.«

»Normalerweise wäre das keine schlechte Neuigkeit, aber wie bekomme ich dann mein Geld zurück?«

»Dafür sorge ich schon. Sie haben mein Wort.«

»Das ist nicht viel wert.« Herbert zuckte die Achseln. »Aber sprechen Sie jetzt für mich mit dem Chinesen.«

Lew wandte sich an den Mann. »Ihren Söhnen winkt großer Reichtum, wenn sie hier Land erwerben. Auf diese Weise Geld anzulegen zeugt von großer Weisheit, denn anders als die Jagd nach dem Gold bringt dies langwährenden Wohlstand. Ihre Familie wird durch die Erzeugnisse ihres Anbaus hohes Ansehen bei den Weißen genießen und somit nicht den Nachstellungen verbrecherischer Elemente in der Stadt ausgesetzt sein.«

»Ihr sprecht wahre Worte«, erwiderte der alte Mann. »Unsere Heimat wird von Hungersnöten und Banditen heimgesucht. Dies ist in der Tat ein Land, in dem Milch und Honig fließen. Ich werde meine Söhne hier ansiedeln und dann nach China zurückkehren, um dort in Ruhe zu sterben.«

Lew wandte sich an Herbert. »Dieser Herr ist zum Kauf entschlossen.«

»Gut. Sagen Sie ihm, ich werde ihm das Land morgen selbst zeigen.«

Lew übersetzte und der Chinese verneigte sich zustimmend. Als er davonschlurfte, verbeugte er sich noch einmal vor Lew. »Vielen Dank für Ihren Rat, Sir.« Sein Gesicht verriet keine

Regung, als er hinzufügte: »Ich wäre gern bereit, einem ehrenwerten Herrn wie Ihnen ein Darlehen von einhundert Pfund zu gewähren, wenn Sie es wünschen.«

Lew grinste. »Ich werde auf Ihr Angebot zurückkommen.«

Auf dem Weg zur Bank stritten sich Herbert und Lew immer noch über die Höhe des Darlehens. Schließlich war Herbert einverstanden, fünfzig Pfund für Lew abzuheben, aber als sie in der Bank angelangt waren, schien es unerwartete Schwierigkeiten zu geben.

Mr. Tolley persönlich eilte aus seinem Büro. »Herbert, Sie können kein Geld mehr von diesem Konto abheben. Es ist aufgelöst worden.«

»Was meinen Sie mit aufgelöst? Es kann nicht aufgelöst sein! Das ist mein Geschäftskonto!«

»Richtig, das Konto, das sie mit Mrs. Molloy zusammen eröffnet haben.«

»Im Moment sind an die eintausend Pfund drauf, und die Hälfte davon gehört mir.«

»Darüber müssen Sie mit Mrs. Molloy sprechen, Herbert. Sie hat gestern alles abgehoben. Außerdem hat sie das Maklerbüro verkauft.«

»Was hat sie getan?« Herbert starrte den Bankdirektor entsetzt an.

»Das werde ich sofort klären!«

»Wenn Sie sie finden. Sie hat ihr Etablissement ebenfalls verkauft und Bowen gestern verlassen.« Tolley blickte Lew an und schüttelte den Kopf. »Wenn die Bordelle schließen, Kapitän, dann kann man sagen, daß die goldenen Tage vorbei sind. Sehr traurig für Bowen. Dabei haben wir uns Hoffnungen gemacht, die Hauptstadt von Nord-Queensland zu werden.«

Herbert packte Tolley am Arm. »Und Sie haben das zugelassen! Man sollte Sie auspeitschen! Diese Hure hat mir alles gestohlen, was ich besitze. Dieses Weibsstück!«

Mit vereinten Kräften mußten Tolley und Lew den wütenden Herbert aus der Bank zerren. Als die Tür hinter ihnen zuknallte, brach Lew in lautes Gelächter aus. »Willkommen im Klub, Herbie, alter Kumpel«, sagte er. »Kommen Sie, wir besuchen Ihren chinesischen Kunden, wir brauchen ihn nun beide.«

»Was soll ich jetzt nur tun?« jammerte Herbert.

»Keine Ahnung«, erwiderte Lew. »Morgen geht ein Schiff nach Townsville, und ich bin an Bord.«

»Ich muß hier weg«, murmelte Herbert. »Die Hotelrechnung für diesen Monat ist noch nicht bezahlt, und ich habe Spielschulden. Gütiger Himmel, gerade jetzt, wo alles so gut lief.« Er hielt inne und sah Lew an. »Sie sagen, morgen geht ein Schiff? Ich bin dabei.«

»Nein, mit mir kommen Sie nicht.«

»Wenn ich mit einem bestimmten Schiff reisen will, können Sie mich nicht davon abhalten«, meinte Herbert überheblich, aber Lew schüttelte sich noch immer vor Lachen.

»Herbert, alter Kumpel, Sie haben uns nie erzählt, daß Sie so eine vornehme Geschäftspartnerin haben. Keine geringere als Glory Molloy! Die Rose von Tralee! Man sagt, sie knöpft einem beim Kommen und beim Gehen Geld ab! Und jetzt hat sie Sie einfach so übers Ohr gehauen und ist auf und davon! Ich möchte bloß wissen, wem sie das Maklerbüro verkauft hat.«

»Was weiß ich! Hören Sie zu, Cavour. Sie werden diesem Chinesen auf jeden Fall erzählen, daß der neue Eigentümer ein Betrüger ist.«

»Aber natürlich. Für einen Freund tu ich das glatt. Die Middletons werden sicher entzückt sein, wenn sie von Ihrer vornehmen Teilhaberin Glory Molloy erfahren.«

»Sie werden es nicht wagen!«

»Vielleicht doch.«

»Sie sind kein Gentleman, Cavour.«

»Stimmt.«

Mr. Fung Wu gewährte Lew sein Darlehen, Herbert jedoch mußte ihm erst seine neue goldene Taschenuhr als Sicherheit übergeben.

Gemeinsam besuchten sie Alice Middleton, um sich zu verabschieden.

»Ich habe gehört, was mit Ihrem Schiff geschehen ist, Lew. Es tut mir sehr leid«, sagte sie. »Es ist furchtbar, wenn Unschuldige zu leiden haben. Mr. Chin wird am Boden zerstört sein.«

»Ja, das glaube ich auch«, antwortete Lew. »Fast all seine Sachen waren noch an Bord, seine Bücher und Kisten mit Kleidung und kostbarem Porzellan. Alles zerstört.«

»Sie verlassen Bowen?«

»Nur für eine Weile. Ich warte ab, was Ying vorhat, und dann komme ich zurück. Dann sollten Jack und Perfy eigentlich wieder zu Hause sein.«

»Ich hoffe es.« Sie lächelte. »Ich glaube, Perfy macht nur große Worte. Dieser ganze Besuch auf Caravale ist für sie nur ein schönes Abenteuer. Sie hat nie etwas anderes als Brisbane kennengelernt, aber wenn sie sich einmal ein bißchen umgesehen hat, wird sie froh sein, wieder nach Hause zu kommen.«

Lew fühlte sich mutlos. Was hatte er Perfy schon zu bieten? Sie war eine wohlhabende Frau, und er ein Habenichts. Wenn er von den Goldfeldern zurückkam, sollte er sich vielleicht nach Sydney aufmachen, angeblich war das inzwischen der größte Hafen im südlichen Pazifik. Vielleicht könnte er dort ein Schiff übernehmen. Aber das waren nur Hirngespinste. Nein, es war erfolgversprechender, sich an die Chinesen zu halten. Ihre Art, Geschäfte zu machen, war ihm vertraut, und außerdem waren die Grundbesitzer, Bankiers und Kaufleute unermeßlich reich. Die Australier sahen hier nur die Lakaien, sie hatten keine Ahnung von dem märchenhaften Reichtum und dem Luxus, der für den vornehmen Chinesen selbstverständlich war. Seit Perfys Abreise hatte er sich in Bowen etwas genauer umgesehen. Es würde ein Jahrhundert oder länger dauern, bis dieses Land den Wohlstand erreichte, den viele Chinesen genossen, und dennoch bezeichneten die Bewohner der Kolonie die Chinesen verächtlich als »Schlitzaugen«. Vor Jahren hatte er davon geträumt, irgendwann in Hongkong seßhaft zu werden und dort ein Haus zu erwerben, von dem aus er den Hafen überblicken konnte; für Lew war dies der schönste Ort der Welt. Nun verspürte er wieder die alte Sehnsucht nach Hongkong. Er hätte mit Perfy reden sollen, denn er haßte dieses Land und konnte es nicht ertragen, fernab vom Meer zu leben. Es gab Seemenschen und Landmenschen; in China wurde dies wichtig genommen wie Geburtsdatum und Abstammung. War Perfy ein Landmensch? Wenn ja, dann war ihre Beziehung von vornherein zum Scheitern verurteilt.

Herbert hatte sich für Alice eine glänzende Geschichte zusammengesponnen, warum er Bowen verlassen mußte. Townsville erlebe einen Aufschwung; ein Geschäftsmann müsse den Markt beobachten, und Immobilien in neuen, aufstrebenden Städten böten immer ein einträgliches Geschäft.

»Gehen Sie alleine, oder haben Sie einen Geschäftspartner, Herbert?« fragte Lew mit hinterhältigem Lächeln. Herbert wand sich vor Verlegenheit.

»Partner sind nicht unbedingt notwendig«, erwiderte er hochmütig.

»Sagen Sie das noch mal.« Lew mußte lachen.

Daß er beschlossen hatte, sich in Hongkong niederzulassen, erwähnte er nicht. Er hatte sogar den Plan, nach England zu gehen, fallengelassen. Er vermißte die geistige Regsamkeit und den Humor der Chinesen und die Herausforderung, die die vielschichtige chinesische Gesellschaft für ihn darstellte.

Teil 7

1

Caravale lag wie verlassen in der sengenden Nachmittagssonne. Nur das beharrliche Summen der Schmeißfliegen war in der Stille zu hören. Ungeduldig schlug Diamond nach den Fliegen, bis sie schließlich ein Stück Stoff in das Loch im feinen Maschendraht stopfte. Ihre kleine Baracke aus Stein, die frühere Molkerei, war zwar kühl, doch sie kam sich darin wie eine Gefangene vor. Auf der Rinderfarm galten für die Schwarzen so viele Regeln und Vorschriften, daß sie kaum noch wußte, was ihr erlaubt war. Und so blieb sie letzten Endes meistens in ihrem Zimmer sitzen und wartete auf Anweisungen, die nie kamen. Wenn Mrs. Buchanan zwischen zwei und vier Uhr ihren Mittagsschlaf hielt, durfte in der Umgebung des Hauses kein Laut mehr zu hören sein. Bestimmt hätte sie sogar die Krähen erschossen, wenn diese es gewagt hätten, sie beim Schlafen zu stören. Doch an diesem Tag hatten sich selbst die Krähen verzogen. Diamond hätte gerne an Perfys Bett gesessen, aber das war auch verboten.

»Mach dir um Miss Middleton keine Sorgen«, hatte Mae ihr versichert. »Ich werde mich schon um sie kümmern. Es tut mir leid, Diamond, aber Mrs. Buchanan wünscht, daß die Mädchen das Haus verlassen, wenn sie mit ihrer Arbeit fertig sind. Erst nach dem Tee dürfen sie wiederkommen. Sie mag es nicht, wenn jemand im Haus herumschleicht, solange sie sich ausruht.«

»Ich schleiche nicht herum. Ich möchte nur bei Miss Perfy sein, falls sie etwas braucht.«

»Nein«, entgegnete Mae entschieden. »Mrs. Buchanan hat

ausdrücklich gesagt, für dich gibt es keinen Grund mehr, ins Haus zu kommen. Wir haben genügend Angestellte und brauchen dich nicht.«

»Aber ich kann mich doch um Miss Perfy und ihre Sachen kümmern!«

»Hör zu, Kleine«, sagte Mae eindringlich. »Du darfst nicht ins Haus kommen, und damit hat sich's. Mir würde es ja nichts ausmachen, anscheinend bist du ein kluges Mädchen und weißt, was du zu tun hast. Aber wegen dir setze ich doch nicht meine Stellung aufs Spiel! Wenn meine Herrin mir etwas aufträgt, gehorche ich. Diese Stellung war für mich ein Geschenk des Himmels. Also, ich bin die Haushälterin, ich tu, was man mir sagt, und kümmere mich um meine eigenen Angelegenheiten. Tu du das gleiche und mach das Beste draus. Du kannst spazierengehen und dir die Zeit vertreiben. Wenn du ständig versuchst, hier alles auf den Kopf zu stellen, bekommst du nur Schwierigkeiten.«

Perfy, die sich um ihre Mutter sorgte, wollte so schnell wie möglich nach Bowen zurückkehren. Doch Ben versicherte ihr, daß das Ehepaar Tolley Mrs. Middleton so schonend wie möglich die Nachricht vom Unfall ihres Mannes überbracht habe. Die arme Mrs. Middleton, sie muß vor Schmerz außer sich sein, dachte Diamond. Wie damals Mrs. Beckmann. Aber wenigstens hatte sie keine Geldsorgen.

Nach einem Gottesdienst, den Dr. Palfreyman abhielt, wurde Jack auf Caravale begraben. Natürlich war Perfy noch immer wie gelähmt vor Trauer, aber tapfer bewahrte sie während der ganzen Zeremonie ihre Fassung.

In ihrem von Diamond aufgebügelten besten Tageskleid aus dunkelblauem Taft mit einem engen Mieder und einem weiten, bauschigen Rock sah sie richtig hübsch aus. Unter dem schwarzen Schleier, den Mae beigesteuert hatte, damit Perfy ihr langes blondes Haar verhüllen konnte, war nur ein Schimmer ihres Gesichts zu erkennen.

Es war ein einsamer kleiner Friedhof auf dem Hügel am Fluß, bewacht von zwei mächtigen Buchen und geschützt von einem weißen Lattenzaun. Hier lag auch das Grab von Edward Buchanan, Bens Vater. Unter den zahlreichen anderen Gräbern entdeckte Diamond eines, das nur mit einem einfachen Kreuz markiert war und keinen Namen trug.

Zu Diamonds Erleichterung war Perfy der neue Grabstein aus Marmor links neben dem Eingang nicht aufgefallen. Es war der Gedenkstein für Darcy, der in Brisbane zur letzten Ruhe gebettet worden war.

Nach der Beerdigung war Perfy allerdings zusammengebrochen, und man hatte Diamond erlaubt, sie auf ihr Zimmer zu bringen.

Dr. Palfreyman war ein freundlicher und fürsorglicher Arzt. Er erklärte Perfy, daß er zwar in Charters Towers wohne, doch eigentlich nur sehr selten zu Hause sei. Gewöhnlich fuhr er von einer Farm zur anderen, und durch den sogenannten »Buschtelegraphen« wußte man immer, wo er sich gerade aufhielt. »Sie sieht nicht besonders gut aus«, sagte er anschließend in Diamonds Beisein zu Mrs. Buchanan.

»Wie sollte sie auch?« entgegnete die Frau. »Diese Dinge brauchen nun mal ihre Zeit.«

»In ein paar Tagen komme ich wieder und sehe nach ihr. Behalten Sie sie da. Ich weiß, daß sie sich um ihre Mutter sorgt, aber eine Reise würde sie jetzt nicht verkraften.«

»Es gibt für sie keinen besseren Platz, um sich zu erholen, als Caravale«, meinte Mrs. Buchanan hochmütig.

»Ganz recht«, murmelte der Arzt.

Diamond war anderer Meinung. Im Haus herrschte eine allgegenwärtige Spannung, die nur durch die Anwesenheit der Viehhüter ein wenig gelockert wurde. Am frühen Morgen, wenn die Männer sich lachend und scherzend zum Frühstück anstellten, ihre Sachen zusammenpackten und die Pferde sattelten, um zu ihrer Arbeit aufzubrechen, konnte Diamond ein wenig aufatmen. Und jeden Abend erwartete sie sehnsüchtig das Hufgetrappel, das ihre Rückkehr ankündigte. Ihr war, als ob Perfy und sie sich nur in Gegenwart all dieser Fremden sicher fühlen konnten.

Perfys Zustand verbesserte sich nicht, und als der Arzt zurückkehrte, stellte er fest, daß sie an einem Fieber litt, möglicherweise sogar an Gelbfieber. Was auch immer, Perfy war sehr krank, wurde von schrecklichen Kopfschmerzen geplagt und verlor zusehends an Gewicht. Und ausgerechnet jetzt, wo Perfy sie wirklich brauchte, wurde Diamond aus dem Haus verbannt.

»Das wollen wir mal sehen«, murmelte Diamond grimmig. Sie trat aus ihrem Zimmer und huschte barfuß durch den staubigen Garten. Nach einem kurzen Lauf quer durch den Obstgarten erreichte sie das Haus und eilte auf Zehenspitzen die Veranda entlang, bis sie vor Perfys Zimmer stand. Die Flügeltüren vor den schlaff herabhängenden Gardinen standen offen. Perfy lag reglos auf dem Bett, nur mit einem Laken zugedeckt. »Mir ist so heiß«, sagte sie so leise, als ob das Sprechen ihr größte Anstrengung bereiten würde.

Diamond legte ihr die Hand auf die Stirn. »Ja, das glaube ich Ihnen. Es ist heute auch wirklich sehr heiß draußen.« Sie befeuchtete ein Tuch und tupfte Perfy das Gesicht ab. Dann entdeckte sie eine Flasche Essig auf dem Tisch. Diamond hatte schon gehört, daß die Weißen ihre Fieberpatienten mit Essigwasser wuschen, um ihnen Kühlung zu verschaffen. Deshalb goß sie den halben Flascheninhalt in die Waschschüssel und benetzte Perfy von Kopf bis Fuß mit der Flüssigkeit. Ihr fiel ein, daß Mrs. Beckmann sie auch einmal auf diese Weise behandelt hatte. Als sie Perfy jetzt vorsichtig abtrocknete, schien es ihr besser zu gehen.

»Leg das Tuch bitte über meine Augen, Diamond«, bat Perfy. »Ich habe entsetzliche Kopfschmerzen. Arme Mutter!« fuhr sie leise fort. »So ganz allein! Glaubst du, sie weiß inzwischen, was mit Daddy geschehen ist?«

»Sie ist nicht allein, Miss Perfy. All die Freunde und Nachbarn kümmern sich bestimmt um sie. Mrs. Tolley ist sicher bei ihr, und Herbert und Kapitän Lew sind ja auch noch da.«

»Wenn ich nicht so hartnäckig darauf bestanden hätte, hierher zu kommen, wäre Daddy noch am Leben«, schluchzte Perfy. »Aber nein, nein! Ihr Vater wollte die Farm doch unbedingt selbst sehen, vergessen Sie das nicht. Es ist nicht Ihre Schuld; es war Gottes Wille.«

Diamond wiederholte die Worte, die sie schon bei weißen Frauen gehört hatte, obwohl sie nicht einsehen konnte, was Gott mit Jack Middletons Tod zu tun hatte. Eher waren es böse Geister, und von denen gab es auf Caravale wirklich genügend. Als Perfy in einen ruhigen Schlummer sank, trat Diamond wieder auf die Veranda. Plötzlich spürte sie einen harten Griff am Arm und zuckte erschrocken zusammen. Neben ihr stand Mrs. Buchanan.

»Was hast du hier zu suchen, du schwarze Schlampe?« Schon holte sie zu einem Schlag aus, wie sie es gewöhnlich tat, wenn die schwarzen Hausmädchen ihr nicht gehorchen wollten. Doch Diamond trat zur Seite und richtete sich auf. Sie war ein ganzes Stück größer als Mrs. Buchanan.

»Rühren Sie mich nicht an«, sagte sie leise, um Perfy nicht aufzuwecken. »Wagen Sie es bloß nicht!«

Unwillkürlich trat Mrs. Buchanan einen Schritt zurück, doch im nächsten Moment hatte sie sich wieder gefangen. »Verschwinde von dieser Veranda! Raus aus meinem Haus! Von einem Niggermädchen muß ich mir so etwas nicht bieten lassen, und ich werde nicht dulden, daß du dich hier aufspielst. Verschwinde, oder ich lasse dich von der Farm jagen.«

»Ich bin die Zofe von Miss Middleton«, widersprach Diamond, während sie sich vor Augen hielt, daß Perfy die Hälfte der Farm gehörte. »Und sie will, daß ich mich um sie kümmere.«

Anstatt eine Antwort abzuwarten, wandte sich Diamond der Treppe zu. Doch Mrs. Buchanan eilte ihr nach. »Du wirst tun, was ich dir sage«, schnaubte sie, »oder ich jage euch beide davon! Wie gefällt dir das? Dies ist ein Wohnhaus und keine Krankenstation!«

Ohne ein Wort lief Diamond davon. Was war diese Frau bloß für ein Mensch? Bestimmt würde sie Perfy das nicht antun; dazu war sie doch viel zu krank.

Als sie endlich wieder in ihrem Zimmer war, zitterte sie am ganzen Leibe. Was war geschehen? Hatte sie Perfy durch ihr Benehmen in Schwierigkeiten gebracht? Würden sie ihr vielleicht erlauben, sich um Perfy zu kümmern, wenn sie sich noch einmal entschuldigte? Eigentlich konnte sie sich das nicht vorstellen. Besser, sie ging ins Lager der Eingeborenen und fragte dort um Rat.

Bis jetzt hatte sie mit den Aborigines, die für die Buchanans arbeiteten, mit den Hausmädchen, Gärtnern, Melkern und all den anderen nur wenige Worte gewechselt, wenn sie sich zum Essen in einem Schuppen auf den Boden setzten. Diese Art, die Mahlzeiten einzunehmen, machte ihr nichts aus; wenigstens hatte sie so die Gelegenheit, die anderen Schwarzen kennenzulernen. Doch das Essen, das ihnen vorgesetzt wurde, widerte sie an. Alle erdenklichen Reste waren einfach nur in riesigen Töpfen zusammengekippt worden: Suppe, Knochen, Saucen, Fleischstückchen und Pudding. Auf Tabletts brachte man ihnen außerdem altes Brot, und daß schon stundenlang Fliegen darauf herumkrabbelten, schien niemanden zu stören. Was nach diesen Mahlzeiten immer noch übrigblieb, nahmen die Schwarzen mit in ihr Lager. Zwar hatte Diamond schon gesehen, wie Rationen von Mehl, Tee und Zucker an die Familien verteilt wurden, doch die Küchenreste aus dem Haus schienen als wahre Leckerbissen zu gelten. Zum Glück hatte

Mae ihr erlaubt, sich abends noch eine richtige Mahlzeit in ihr Zimmer zu holen, und diese mußte dann für den ganzen Tag genügen. In der Runde der Eingeborenen aß Diamond nur ein paar Brotkrümel, um ihre neuen Freunde nicht zu verprellen.

Sie waren vom Stamm der Ilba und unterhielten sich wieder in einer ganz anderen fremden Sprache. Auch sie hatten noch nie von den Irukandji gehört. Wenigstens sprachen zumindest die Dienstboten so viel Englisch, daß Diamond sich mit ihnen verständigen konnte. Ob dies auch für die Männer und die anderen Bewohner des Lagers galt, konnte Diamond nicht sagen, denn sie richteten nie ein Wort an sie, offensichtlich, weil sie nicht wußten, was sie von ihr halten sollten. Auch die Hausmädchen waren ihr zunächst wegen ihrer schönen Kleider und ihrer guten englischen Aussprache aus dem Weg gegangen. Doch nachdem sie sich erst einmal an sie gewöhnt hatten, erwiesen sie sich als weniger mißtrauisch als die Aborigines in Brisbane. Allerdings schwiegen sie hartnäckig auf Diamonds Fragen über die Farm und die Buchanans. Sie redeten lieber über Dinge, die ihnen nahestanden, über ihre Kinder und Männer, über Tiere und Proviantbeutel. Dabei lachten und kicherten sie, knufften einander in die Seite und wollten sich ihre gute Stimmung nicht von dieser fremden Frau verderben lassen.

Diamond wartete, bis sie die Küchenmädchen auf dem Weg hörte. Wie gewöhnlich schnatterten sie wie eine ganze Horde Gänse. Sobald sie das Haus betraten, war ihnen jede Unterhaltung verboten.

»Mary«, rief Diamond der ältesten zu. Wo Diamond auch hinkam, trugen die Aborigines immer die gleichen Namen. Die anderen beiden Mädchen hießen Daisy und Poppy. Männliche Eingeborene waren mit lächerlichen Namen wie Jumbo, Tinker und Rags sogar noch schlechter dran.

»Was wünschen Missus?« rief Mary, und Diamond seufzte. Sie konnte ihnen einfach nicht abgewöhnen, sie Missus zu nennen. »Glaubst du, ich kann einen kleinen Ausflug ins Lager machen?«

Mary zuckte die Achseln.

»Ich möchte deiner Mummy guten Tag sagen«, erklärte Diamond.

Mary kicherte. »Weiße Sprache zu schwer für meine Mummy.«

Poppy drängte sich stolz in den Vordergrund. »Meine Mummy sprechen gut.«

»Wunderbar. Und wie heißt deine Mummy?«

»Jannali. Du geben ihr Geschenk?«

»Natürlich.«

»Welches Geschenk?«

Diamond lächelte. »Das ist eine Überraschung. Später wirst du es schon sehen.« Sie kehrte in ihr Zimmer zurück und holte einen hübschen roten Schal. Hoffentlich gefiel er Jannali auch. Man wurde im Lager freundlicher aufgenommen, wenn man zuvor schon jemanden kannte und nicht uneingeladen hereinplatzte.

Diamond folgte fast eine Viertelstunde einem von trockenem, rauhem Gestrüpp überwachsenen Weg. Der glühende Boden brannte unter ihren Füßen, doch im November, dem Monat der größten Hitze, wäre es Unsinn gewesen, Schuhe und Strümpfe anzuziehen. Schließlich stieß Diamond auf einige Kinder, die am Flußufer herumtobten. Sie schloß sich ihnen an und tauchte ihre Füße ins kühle Wasser. »Wißt ihr, wo Jannali ist?« fragte sie die Rangen.

Zwei kleine Jungen boten eifrig ihre Hilfe an und geleiteten sie vorbei an Eingeborenen, die sich in kleinen Grüppchen im Schatten dürrer Bäume ausruhten oder an verkohlten Feuerstellen mit Töpfen hantierten.

Einige Frauen saßen im Schneidersitz auf dem Boden und flochten mit geübten Handgriffen Tragebeutel aus Pandanuszweigen. Während sie Diamond mit neugierigen Blicken verfolgten, hielten ihre fleißigen Finger keinen Augenblick inne. Mutig krabbelte ein nacktes Baby von seiner Mutter fort, um ein neues Stück der Welt zu erkunden; Hunde bellten, und ein kleines Känguruh, ein Spielkamerad der Kinder, huschte verängstigt ins Dickicht. Plötzlich sprangen Diamonds Begleiter auf eine barbrüstige Frau zu. »Jannali!« Sie schlangen die Arme um den Hals der Frau im mittleren Alter. Diese blickte auf und grinste Diamond an. »Du neues Hausmädchen?«

»Ja, so was Ähnliches. Ich möchte dich besuchen.«

»Ah! Besuchen!« Es schien, als kläre dieses Wort alle offenen Fragen.

»Darf ich mich setzen?« erkundigte sich Diamond höflich. Die Frau zuckte lediglich die Schultern, und so hockte sich Diamond im Schneidersitz neben sie hin und reichte ihr den Schal. Jannali war entzückt. Andere Frauen kamen hinzu und bewunderten das Geschenk mit begeisterten Seufzern, bis Jannali sich den Schal um den Hals wickelte. »Gut, eh?« fragte sie die anderen, die mit einem Lächeln ihre Zustimmung gaben.

»Was du wollen?« wandte sie sich an Diamond mit einer Spur von Mißtrauen in der Stimme.

»Nichts«, antwortet diese. »Ich wollte Poppys Mutter ein Geschenk bringen.«

Jannali lächelte. »Poppy gutes Mädchen. Wie dein Name?«

»Diamond.«

Verächtlich spuckte Jannali einen Brocken Kautabak aus. »Das ist Name von weiße Mann. Wie dein schwarzer Name?«

»Kagari.«

»Oh, schön.«

Inzwischen hatten sich die anderen Frauen um sie geschart. Sie reichten der Fremden ihre Babys und redeten sie freundlich in ihrer Sprache an, da sie davon ausgingen, Diamond würde sie verstehen. Mit Steinen zerdrückten sie große runde Nüsse und gaben Diamond das wohlschmeckende Innere zu essen.

»Ist dies das Land der Ilba?« fragte Diamond.

»Alles Land der Ilba«, sagte Jannali und beschrieb mit dem Arm einen weiten Bogen.

»Lebst du gern auf der Farm?«

Jannali zuckte die Achseln. »Manchmal machen Wanderung.«

»Aber warum kommt ihr wieder zurück?«

»Dies unser Platz. Hier wir sterben. Heiliger Platz.« Diamond wußte, wie wichtig es für ihr Volk war, an ihrem Heimatort zu sterben, so daß der Geist seinen angestammten Platz in der Traumzeit finden konnte. Beim Gedanken an ihre eigene Erlösung überlief sie ein Schaudern.

»Wir viel Hunger«, fügte Jannali erklärend hinzu. »Weißer Mann überall, töten Schwarze. Jagen nicht mehr gut. Hier sicher.«

Diamond hielt nun den Augenblick für gekommen, sich nach Mrs. Buchanan zu erkundigen. »Erinnert ihr euch an Darcy?«

»Ahhh!« stöhnten die Frauen wie aus einer Kehle auf. »Weiß Mann ihn töten auch«, seufzte Jannali. »Jetzt Mr. Ben Boß hier.«

Über Jannalis Gesicht huschte ein Grinsen. Verschwörerisch kniff sie Diamond in die Brust. »Du passen auf. Mr. Ben gern haben Niggermädchen wie du.«

Peinlich berührt richtete Diamond sich auf. Seit dem Begräbnis war sie Ben nur einige Male begegnet, und er hatte sie kaum zur Kenntnis genommen. Er war ein gutaussehender Mann, und sie hatte schon bemerkt, daß sie oft an ihn dachte. Aber was wollte diese Frau jetzt sagen? Hatte er ein Verhältnis mit einem dieser Mädchen? Oder vielleicht sogar mit mehreren?

Die Frauen kicherten verschämt. »Du mögen Mr. Ben?« Jannali knuffte sie lachend in die Seite. »Er dir machen gut fühlen.«

Diamond bemühte sich, das Thema zu wechseln. »Was ist mit Mrs. Buchanan? Der Missus?«

Abrupt brach das Kichern ab. Alle hatten sie den Namen erkannt und blickten einander erschrocken an.

»Ich glaube«, sagte Diamond vorsichtig, »sie ist keine gute Frau.«

Die anderen nickten schweigend. »Sie mag mich nicht leiden.«

Die Frauen verdrehten die Augen. »Du besser laufen fort. Du suchen Versteck bei deine Leute«, riet Jannali. »Aber ich weiß nicht, wo meine Leute sind«, rief Diamond aus. Entsetzt blickten die Frauen sie bei dieser Eröffnung an und schüttelten ungläubig den Kopf.

Auf dem gegenüberliegenden Flußufer graste ein Känguruh. Diamond wies auf das Tier und sagte in ihrer Stammessprache: »Gengarru.« Die Frauen, die dachten, sie spreche Englisch, lächelten geduldig. Erst jetzt erkannte Diamond, wie ähnlich das Wort der Weißen und die Bezeichnung in Irukandji klangen. Plötzlich hätte sie zu gern gewußt, woher die Engländer den Begriff ihres Volkes kannten. »Wie heißt das Tier bei euch?«

»Er sein Bundarra.«

Das klingt ganz anders als Gengarru, dachte Diamond. Jannali streckte sich und stand auf. Außer dem roten Schal trug sie lediglich ein Lendentuch, das sie mit einem Band an der Taille befestigt hatte. Ihre schwarze Haut war über und über staubverschmiert. Sie ging ein Stück am Flußufer entlang, und Diamond folgte ihr. »Wie dein Totem?«

»Kookaburra«, antwortet Diamond. Jannali war zufrieden.

»Er große Eisvogelmann. Jetzt hören gut. Du gehen Platz, wo weiße Mann begraben Toten.« Bei dem unangenehmen Gedanken an den Friedhof schüttelte sie sich. »Dort niemand tun weh für dich.«

»Aber was soll ich dort?«

»Du einfach hören, immer nur hören.«

Obwohl es ihr nicht einleuchten wollte, versprach Diamond, ihrem Rat zu folgen.

Weit entfernt, hinter der Biegung des Flusses, vernahm Diamond ein Rauschen. Es klang wie die Brandung des Meeres. Wieder einmal dachte sie mit Wehmut an ihre Heimat. »Was ist das?« fragte sie.

»Große Wasser fallen«, erklärte Jannali. »Du nicht gehen dort. Nicht gut für Schwarze.«

»Warum? Ist der Ort heilig?«

»Nein, gute Platz. Aber Missus sagen, der Ort zu gut für Schwarze. Nur Weiße gehen dort, für Schwimmen und Pickernicken.« Stolz warf sie sich in die Brust. »Du kennen diese Wort? Pickernicken?«

»Ja, natürlich. Du sprichst sehr gut Englisch.«

»Ja.« Jannali winkte Diamond näher heran. »Missus böse Frau. Schlagen Schwarze mit Peitsche. Du dich halten weg von diese Hexe.«

»Aber unternimmt denn Mr. Ben nichts dagegen?«

Jannali zuckte die Schultern, als halte sie es für überflüssig, auf eine derartig dumme Frage zu antworten.

Als Diamond sich dem Wohnhaus näherte, fühlte sie sich unversehens in ein Dorf versetzt. Eine kleine Herde Milchkühe trottete vor Diamond in ihren Pferch. Gelassen warteten die Tiere, daß die Melkerinnen sie von ihren wenigen Litern Milch befreiten. Auf den ersten Blick konnte man erkennen, daß dieses Land für Milchwirtschaft nicht sonderlich geeignet war, denn die Euter der Kühe waren nicht prall und voll wie die der Milchkühe an der Küste, sondern hingen schlaff und verschrumpelt herab. Niemand schien sich sonderlich um diese zahmen Tiere zu kümmern; dieses Land wurde von den ungestümen, böse blickenden Rindern beherrscht, die über die Prärie donnerten.

Die Viehtreiber starrten Diamond neugierig nach, als sie an den Pferdegattern vorbeikam. Zwei Männer mit geschulterten Satteln schlossen sich ihr auf dem Weg zum Haupthaus an. »Wie heißt du, Kleine?«

»Diamond«, antwortete sie freundlich.

»Für eine Schwarze bist du aber ganz schön helle«, bemerkte einer der beiden, während er seinen Hut aus der Stirn schob und sie mit weißen Zähnen durch seinen Bart hindurch anblitzte. »Vielen Dank«, entgegnete Diamond, die sich entschlossen hatte, die Beleidigung nicht zu verstehen.

»Wo hast du denn gelernt, so gut zu sprechen und dich so fein anzuziehen?«

»In Brisbane«, antwortete sie einfach. Sie mußte dem Gespräch eine neue Wendung geben. »Waren Sie den ganzen Tag unterwegs?«

»Seit Sonnenaufgang«, kam es wie ein Schuß aus der Pistole. »Ist die Arbeit schwer?«

»Schwer? Was heißt das schon? Wir kennen's nicht anders, und deshalb läßt's sich ertragen.«

Der jüngere Mann blickte sie von der Seite an. »Wir haben streunende Rinder zusammengetrieben. Ein paar von diesen Teufeln sind ganz schön gerissen, und du mußt dir den Hintern wundreiten, um sie wieder einzufangen. Sie verstecken sich im Gebüsch und gehen dann aus heiterem Himmel auf dich los. Wenn du nicht aufpaßt, brechen sie dir den Hals.«

»So'n Schwachsinn.« Der andere spuckte eine Ladung Tabaksaft aus dem Mundwinkel.

»Du hast leicht reden, Paddy. Dein Pferd kann sich auf 'ner Silbermünze umdrehen. Aber mein Gaul ist steif wie 'ne alte Oma. Da kann ich mich noch so anstrengen, und der rennt trotzdem auf die Biester los.«

Diamond war froh. Die Männer schienen sie vergessen zu haben. »Dann spar deine Kröten und kauf dir'n anständiges Pferd. Tom Mansfield hat doch welche, die er verkaufen will. Und du beeilst dich besser. Ich glaube nämlich, wir fangen bald mit dem Viehzählen an. Der Regen kommt früh dieses Jahr.«

»Wer sagt das?«

»Ich sage das. Ich fühle es in meinen Knochen. Jetzt haben

wir November. Zwei Zehner, daß die Regenzeit im Dezember beginnt!«

»Du hast sie wohl nicht alle? Dezember! Du meinst wohl Februar?«

»Zwei Zehner«, beharrte Paddy.

Sie näherten sich den Ställen. »Entschuldigt bitte«, sagte Diamond. »Ich habe ein Pferd. Glaubt ihr, ich könnte morgen ein bißchen ausreiten und mir mal die Gegend ansehen?«

»Warum nicht?« Der jüngere Mann lachte, doch Paddy blickte sie nachdenklich an.

»Das würde ich lieber bleibenlassen«, sagte er schließlich.

»Ich verlaufe mich nicht«, wandte sie ein, aber er schüttelte den Kopf.

»Das meine ich nicht. Es wär einfach nicht gut.« Damit war für ihn das Thema abgeschlossen. »Von welchem Stamm bist du überhaupt?«

»Irukandji«, sagte sie erwartungsvoll.

»Erzähl mir keine Märchen. Ich bin in diesem Land verdammt weit herumgekommen, aber von so 'nem Stamm habe ich noch nie was gehört.«

Sie gingen in eine Scheune, ohne sich mit dem üblichen »Bis später« zu verabschieden. Diamond fühlte sich trotzdem besser. Zumindest hatten sie mit ihr gesprochen.

Vorbei an dem Schmied, dessen klingender Hammer die anerkennenden Pfiffe der Cowboys vor seiner Werkstatt beinahe übertönte, erreichte sie die Küche.

»Wo bist du gewesen«, überfiel Mae sie sogleich. »Miss Perfy hat nach dir gefragt.«

»Ich darf doch nicht zu ihr«, erklärte Diamond.

»Ich weiß, aber im Augenblick ist die Luft rein. Mrs. Buchanan ist mit ihrem Einspänner unterwegs. Sie schnüffelt herum, damit ihr auch ja nichts entgeht. Aber jetzt erwarte ich sie jeden Augenblick zurück, also sieh zu, daß du zu Miss Middleton kommst.«

Perfy ging es offensichtlich besser, obwohl sie noch immer gelb im Gesicht und nicht so recht bei Kräften war. »Ich fühle mich schrecklich«, seufzte sie. »Und es ist mir peinlich, daß ich allen zur Last falle.«

»Es macht niemandem was aus«, sagte Diamond leise. »Ich weiß«, antwortet Perfy. »Mrs. Buchanan war so nett zu mir!«

Diamond riß erstaunt die Augen auf. Mrs. Buchanan und nett? »Sie liest mir vor«, fuhr Perfy fort, »und bringt mir Suppe, Gebäck und Tee ans Bett, obwohl ich nicht viel essen kann. Und geht es dir gut, Diamond? Mrs. Buchanan meint, du ruhst dich hier am besten ein bißchen aus, denn die schwarzen Mädchen wären eifersüchtig, wenn du ihnen die Arbeit fortnimmst.«

»Mir geht es gut«, erwiderte Diamond.

»Ben hat mir Orchideen gebracht«, erklärte Perfy und wies auf ein Gesteck aus rosafarbenen und purpurroten Blüten, die sich um einen Ast wanden. »Aber mir ist es peinlich, wenn er mich so sieht, mit meinem gelben Gesicht. Ich sehe bestimmt aus wie ein Kürbis.«

»Aber nein, das Gelb ist schon fast verschwunden. Das bringt die Krankheit so mit sich. Ihre Augen sind jetzt auch wieder viel klarer. Bald sind Sie wieder auf den Beinen, und wir können nach Hause fahren.«

»Genau darüber wollte ich mit dir sprechen. Ich habe einen Brief von Mutter bekommen. Es bricht ihr zwar das Herz, daß Daddy tot ist, aber ich soll trotzdem hierbleiben, bis ich wieder ganz gesund bin. Die Nachbarn kümmern sich um sie, doch jetzt kann sie aus Sorge um mich nicht mehr schlafen. Arme Mutter! Mrs. Buchanan hat an meiner Stelle geantwortet und sie wissen lassen, daß ich bestimmt erst dann losreite, wenn ich wieder ganz gesund bin.«

Diamond nickte benommen. Am liebsten wäre sie sofort aufgebrochen. Noch nie in ihrem Leben war sie sich so nutzlos vorgekommen. Und sie haßte es, in ihrer leeren Zelle herumzusitzen, die einmal als Lagerraum für stinkende Käselaibe gedient hatte, deren Geruch sie noch immer nicht hatte vertreiben können.

Nach dem Abendessen wanderte Diamond über die mondbeschienen Wiesen zu dem kleinen Friedhof. Hinter dem Lattenzaun schimmerten die weißen Grabsteine, und der Wind rauschte in den Bäumen. Jetzt, nach seiner Beerdigung, konnte Jack Middleton seinen Frieden finden, und tatsächlich fand auch sie an seinem Grab Trost. Dann blieb sie ein Zeitlang vor dem Kreuz ohne Namen stehen. Sie hätte gern gewußt, wer hier begraben war. Plötzlich merkte sie, daß es kalt geworden war. Hatte sie schon so lange hier gestanden? Eine kühle nächtliche Brise strich über die Hügelkuppe. Sie wandte sich schon zum Gehen um, da meinte sie, im Wind, – oder auch nur in ihrem Innern – Stimmen zu hören. Diamond blickte unschlüssig auf das weiße Holzkreuz. Die Stimme hatte keinen Klang, hörte sich aber trotzdem an, als ob sie schrie; eine körperlose Stimme, weder die eines Mannes noch die einer Frau. Sie brüllte Diamond zornig etwas zu, etwas, was so schrecklich war, daß sie sich die Ohren zuhielt, um es nicht hören zu müssen. Doch die böse Stimme sprach ständig weiter, stieß zischend gräßliche Drohungen aus, denen Diamond keinen Sinn entnehmen konnte, erzählte von einer entsetzlichen Begebenheit, die nach Rache schrie.

In heller Angst ergriff sie die Flucht, stürzte kopflos den Hügel hinunter und kletterte über Zäune, um schnell in ihr Zimmer zu kommen, wo die Stimme immer leiser wurde und schließlich ganz verstummte. Um diesen Friedhof gab es ein Geheimnis, und Jannali wußte davon. Doch ganz gleich, was es auch sein mochte, Diamond spürte nicht den Drang, es zu ergründen. Trotzdem konnte sie in der Nacht ruhig schlafen und wurde erst am frühen Morgen durch das Gezwitscher der Buschvögel geweckt.

Der Sonntag war der schlimmste Tag der Woche. Die Männer hatten frei, und so versuchten sie ihr Glück beim Hufeisenwerfen oder dem Kartenspiel. Manche schlenderten auch mit tief in die Stirn gezogenen Hüten auf dem vor Hitze glühenden Hof zwischen den einzelnen Wirtschaftsgebäuden umher. Nur drei der schwarzen Mädchen ließen sich gelegentlich kichernd vor der Küchentür blicken. Unter Maes wachsamen Augen kehrten sie mit Wasser und Milch oder frischem Gemüse aus dem Garten zurück, alles gedacht für das Sonntagsessen der »Familie«: Mrs. Buchanan und Ben – und vielleicht auch für ihren Gast. Diamond wurde, wohin sie auch kam, mit Blicken verfolgt. Aus diesem Grund verließ sie sonntags nur ungern ihr Zimmer; sie wußte, daß sie nur geduldet war. Allein der Hunger trieb sie gegen Abend zur Hintertür, wo sie von Mae ein mit einem Netz bedecktes Tablett ausgehändigt bekam, so daß es ihr freistand, wo sie aß.

Da der Versammlungsort der Schwarzen verlassen war, kehrte Diamond zur Molkerei zurück und setzte sich auf die Eingangsstufen. Sie hätte nach dem gebratenen Fleisch und der Süßspeise gern noch eine Tasse Tee getrunken, aber dann hätte sie noch einmal zum Haus zurückgehen müssen. Lieber blieb sie auf der Treppe sitzen. Traurig starrte sie auf den Obstgarten und die Reihe der Bienenkörbe zwischen den Bäumen.

Die Hitze war fast unerträglich, und Diamond hätte sich gern den Leuten vom Ilba-Stamm angeschlossen, die sich bei einem Bad im Fluß Abkühlung verschaffen konnten. Doch sie wagte nicht, ins Lager zu gehen. Sich vor fremden Schwarzen auszuziehen, wäre für sie nichts anderes gewesen, als nackt vor Weißen herumzulaufen. Und so entschloß sie sich zu einem Spaziergang zum Wasserfall. Daß er den Schwarzen verboten war, kümmerte sie nicht.

Der Pfad war in letzter Zeit offensichtlich kaum benutzt worden, und das wuchernde Gestrüpp kündete vom Sieg der Natur über den Menschen. Diamond dachte daran, daß die Buchanans, besonders Ben, in der letzten Zeit sicher wenig

Muße gehabt hatten, sich zu zerstreuen – angesichts von Darcys Tod und der Tatsache, daß Perfy nun die Hälfte der Farm gehörte. Dazu kam noch der tragische Tod von Jack Middleton. Vielleicht hatte Ben, der merkwürdigerweise nichts gegen Perfy zu haben schien, mittlerweile das Gefühl, daß ein Fluch auf ihm lastete. An den ausgefahrenen Furchen konnte sie erkennen, daß der Pfad früher von Einspännern und Kutschen befahren worden sein mußte, und Diamond stellte sich junge Damen mit großen Sonnenhüten vor, die Picknickkörbe bei sich trugen, und junge Männer in Hemdsärmeln und Flanellhosen.

Rotschwänzige Wespen umschwirrten sie – sie, die Schwarze, wie sie grinsend dachte, mit den zarten Füßen einer Weißen. Durch Schlurfen versuchte sie den kleinen, scharfen Dornen auszuweichen, die im struppigen Gras verborgen waren, und unablässig mußte sie kratzend und wischend den Ansturm der winzigen Sandfliegen abwehren, durch deren Stiche ihre Knöchel schon angeschwollen waren. In Zukunft würde sie hier draußen Schuhe und Strümpfe anziehen. Sie hatte sich etwas vorgemacht, als sie dachte, sie könnte weiterhin beiden Welten angehören. Schon im Lager der Ilba war sie gnadenlos von den Moskitos gestochen worden, weil sie es nicht fertiggebracht hatte, wie die anderen Schwarzen schmutziges, ranziges Fett auf die ungeschützten Hautstellen zu reiben.

Was würde wohl die Missus zu all dem sagen? »Du dummes Mädchen«, würde sie ihr vorhalten. »Mein Gott, es wird Zeit, daß du nach Hause kommst.« Aber wo war Diamond zu Hause? Sie wußte genau, ohne Perfy konnte sie auf keinen Fall zu Mrs. Middleton zurückkehren.

Mrs. Beckmann war allerdings auch nicht zu beneiden. Von ihrer neuen Adresse in Bowen aus hatte Diamond ihr geschrieben. Daraufhin hatte ihr Mrs. Beckmann in einem langen traurigen Brief aus dem nebligen Hamburg das Herz ausgeschüttet. Sie hatte den Tod ihres geliebten Otto noch nicht verwunden. Von ihrer Schwiegertochter Helga war sie auf ihre alten Tage in ein Hinterzimmer im Haus ihres Sohnes verbannt worden. Niemand brachte ihr Achtung entgegen. Zwar hatte Lloyds ihr die Versicherungssumme für die *White Rose* ausgezahlt, doch ihre finanziellen Angelegenheiten wurden jetzt von ihrem Sohn verwaltet. Die Summe, die der Verkauf des Hauses erbracht hatte, hatte gerade für ihre Überfahrt und den Transport der guten Möbelstücke gereicht, die Otto eigenhändig geschreinert hatte. Das, was übrigblieb, wurde aufgezehrt von ihrem Kostgeld im Haus einer anderen Frau.

Das Tosen des Wasserfalls wurde lauter, und Diamond legte die letzten Meter bis zu einem felsigen Überhang im Laufschritt zurück. Dort blieb sie staunend stehen. Sie stand auf gleicher Höhe mit dem Fluß, der über den Rand einer Klippe wie ein silbernes Band in die Tiefe stürzte. Der Wasserfall ergoß sich nur knapp hundert Meter über zerfurchten Granit und Findlinge in die Tiefe bis zu einem smaragdgrünen Teich. Auf den Klippen unter dem Vorsprung wuchs Moos, und in kleinen Nischen, die vom tobenden Wasser verschont blieben, mischten sich unter das tapfere Grün vereinzelte Orchideen.

Als Diamond sich an den Abstieg machte, entdeckte sie zwischen den gewaltigen Bäumen, auf deren mächtigen Stämmen Farne wuchsen, von Menschenhand angelegte Steinstufen. Staunend kletterte sie den Weg hinab und stand dann beeindruckt vor dem Teich. Das kristallklare Wasser hatte eine tiefe Mulde ausgehöhlt, in der es sprudelnd aufschäumte, bevor es seinen Weg durch den Flußlauf fortsetzte. Einen Moment lang hielt Diamond ängstlich nach den gelben Augen der Krokodile Ausschau, doch sie wußte, daß die Bestien den Teich meiden würden. Dieser Ort war ein kleines Paradies, und Diamonds Herz floß über vor Freude über Mutter Natur und die Schönheit, die sie geschaffen hatte. Fische sprangen übermütig in die Höhe, Vögel zwitscherten, und unten am Flußlauf sah sie ein Schnabeltier mit seidigem Fell durchs schattige

Unterholz huschen. Sie sah ihm zu, wie es mit seinem Entenschnabel den Schlamm aufwühlte und an Zweigen zerrte. Es besserte sein Nest direkt über dem Wasserspiegel aus, ein Beweis, daß Paddy mit seiner Voraussage recht gehabt hatte, der Regen würde in diesem Jahr zeitig einsetzen.

Mit aller Wucht brannte die Nachmittagssonne auf die Felsen, und Diamond war es heiß geworden. Sie nahm den Turban ab, wischte sich mit dem Tuch den Schweiß von der Stirn und blickte sich um. Es war kein Mensch zu sehen. Hastig streifte sie ihre Kleider ab. Dann ließ sie sich in das prickelnd kalte Wasser des runden, tiefen Beckens gleiten. Direkt unterhalb des Wasserfalls hielt sie sich eine Weile wassertretend im Gleichgewicht und ließ ihr langes Haar vom Strahl umfließen, der ihr kraftvoll aufs Gesicht prasselte.

Mit der Geschmeidigkeit einer Seeschlange glitt sie in die Tiefe und wieder empor. Und plötzlich fühlte sich Diamond wieder eins mit der Natur.

Er sah ihr nach, wie sie fortging. Als sie von der Molkerei den Weg durch den Obstgarten einschlug, dachte er noch, sie würde wieder ins Lager der Schwarzen wandern. Natürlich hatte man ihm von ihrem Besuch im Lager berichtet. Jetzt trat er auf die Veranda, um sie besser beobachten zu können, und entdeckte ihren leuchtend blauen Turban auf einem anderen Weg, als er vermutet hatte. Sie kletterte über einen Zaun und wandte sich dem Pfad zu, der im Nichts endete – oder lediglich am Wasserfall. Dann lachte er auf. Es paßte zu ihr, daß sie es wagte, diesen Ort aufzusuchen. Sie war wirklich eine ganz besondere Schwarze!

Er dachte an die mutige und unvermittelte Hilfe, die sie ihm bei Jack Middletons Unfall geleistet hatte, und mit einem Stich des Bedauerns fiel ihm ein, daß er sich nie dafür bedankt hatte. Wenn er es jetzt nachholte, würde er sich ungeschickt vorkommen. Ebenso wie alle anderen auf der Farm war er zu dem

Ergebnis gekommen, daß ihm ein Mädchen wie dieses noch nie begegnet war. Schwarz oder Weiß mochten sie gleichermaßen leiden, und das aus gutem Grund. Darüber hinaus gebührte ihr, wenn überhaupt jemanden, der Titel einer klassischen Schönheit – mit ihrem großen, schlanken Körper und dem ebenso stolzen wie herausfordernden Blick. Die Viehtreiber hatten sie »Schwarzer Samt« getauft, doch Ben hatte eine Parole ausgegeben: »Hände weg!« Diese Frau war zu schade für ein Abenteuer. Sie gehörte nicht zu den flatterhaften kleinen Aborigines, die sich bereitwillig im Heuhaufen ausstreckten, wenn man ihnen nur ein wenig den Bauch tätschelte. Bei ihr müsse man eher befürchten, daß sie einem einen derartigen Versuch mit einem Messerstich heimzahle, hatte er die Männer gewarnt. Das Messer, das sie am Bein trug, hatte er schließlich schon selbst gesehen. Nach seinem Schuß auf das Krokodil hatte sie das Messer hervorgezogen und der Bestie blitzschnell den Bauch aufgeschlitzt. Eigentlich hätte er sich die Erklärung für seine Männer auch sparen können. Wenn der Boß sagte: »Hände weg!«, dann galt dieser Befehl – jedenfalls bis zu einem gewissen Punkt. Paddy hatte recht daran getan, Diamond das Ausreiten zu verbieten. Denn wenn sich einer von diesen schmutzigen Kerlen das Mädchen Meilen vom Wohnhaus entfernt schnappte, würde er ihr keine Möglichkeit mehr lassen, zurückzukehren und zu berichten, was ihr widerfahren war. Als ob er nicht schon genug Sorgen hätte! Ma ließ keine Gelegenheit aus, Perfy zu verwöhnen, damit sie Wachs in ihren Händen war, wenn es ihr wieder besser ging und die Entscheidung über die Farm anstand. Eines Tages hatte sie sogar ein paar Orchideen gepflückt und ihn damit auf Perfys Zimmer geschickt.

»Ich muß zugeben«, hatte sie gemeint, »das Mädchen sieht nicht schlecht aus. Darcy war schließlich kein Kostverächter. Tja, die gute alte englische Rasse schlägt immer wieder durch, auch wenn ihr Vater ein Sträfling war.« Cornelia hatte die untröstliche Herrin von Caravale gespielt, als sie Jacks Leichnam ins Haus brachten, doch im Grunde genommen sah sie seinen Tod als unerwarteten Glücksfall. Es gab Zeiten, da haßte Ben seine Mutter, ihn machte ihre kalte Gefühllosigkeit wütend. Nun hatten sie es nur noch mit Perfy allein zu tun. Miss Perfy Middleton. Bei ihrer Begegnung in Bowen war er von Reue über seine Schuld an Darcys Tod überwältigt gewesen, daß er sich größte Mühe hatte geben müssen, um überhaupt mit ihrer Familie zu sprechen. Perfy hatte die Unterhaltung allein in Gang gehalten. Doch Jack Middleton hatte ihm gelegentlich dermaßen haßerfüllte Blicke zugeworfen, daß Ben dem Gespräch kaum noch folgen konnte.

Auf ihrer Reise hatte Jack sich hingegen als väterlicher, interessierter und freundlicher Begleiter gezeigt, dem der Ausflug nach Caravale offensichtlich großen Spaß machte. Ben, der sein ganzes Leben im Busch verbracht hatte, saß entspannt am Lagerfeuer, ohne in seiner Aufmerksamkeit für mögliche Gefahren – Schlangen, Schwarze, Wegelagerer – nur eine Minute nachzulassen. Doch in solchen Momenten, wenn Ben in aller Ruhe den Blick schweifen ließ, sah er auch wieder den Haß in Jacks Augen. Und so bekam er immer mehr Angst vor diesem Engländer und behielt sein Gewehr ständig in Reichweite. Ein Schuß in den Rücken, und nach Darcy wäre auch Ben ausgelöscht. Wem würde Caravale dann gehören? Im Gegensatz zu Darcy hatte er bisher noch kein Testament aufgesetzt. Na, und wenn schon! Wenn er ins Gras biß, würde Ma seinen Anteil bekommen, und dann könnten Perfy und sie sich gegenseitig die Haare ausreißen. Was für ein Paar! Bei diesem Gedanken mußte er unwillkürlich lachen.

Inzwischen mochte er Perfy richtig gern, was jedoch mit sich brachte, daß er nur noch mehr unter Schuldgefühlen litt.

Als sie am ersten Abend ihrer Reise das Lager aufschlugen, hatte er sich noch gefragt, was er mit ihr anfangen sollte. Doch dann stellte sich heraus, daß er sich in ihrer Gesellschaft wohlfühlte. Obwohl sie sich wundgeritten hatte, wie er sehr wohl wußte, beklagte sie sich nicht. Ohne sich verschämt zu verstellen, rieb sie vor den Augen der Männer ihr schmerzendes Hinterteil, als sei dies die natürlichste Sache der Welt.

Nun hoffte er nur noch, gemeinsam mit ihr die Aufteilung der Farm besprechen zu können. Allerdings mußte er dazu erst eine Gelegenheit finden, unter vier Augen und ohne Ma mit ihr zu reden.

Einer plötzlichen Eingebung folgend schwang er sich vom Geländer der Veranda und ging auf die Ställe zu. Er wollte den Pfad entlangreiten und mit eigenen Augen sehen, welches Ziel Diamond ansteuerte. Womöglich trat diese Schwarze aus der Stadt noch auf eine Schlange! Und das fehlte ihm gerade noch! Erst der Vater und dann das Hausmädchen! Perfy würde ihm nie abnehmen, daß es sich dabei um Unfälle handelte. Während er sich den Schweiß von der Stirn wischte, holte er Sattel und Zaumzeug vom Haken und sattelte sein Pferd.

In diesem Augenblick betrat sein Verwalter Tom Mansfield den Stall. »Gut, daß ich Sie hier treffe«, sagte er. Er fragte erst gar nicht, was Ben vorhatte, denn der Boß brauchte keine Erklärung abzugeben, wenn er ausreiten wollte.

Ausgerechnet Mansfield! »Was treibt Sie denn an einem Sonntag zu uns?« erkundigte sich Ben.

»Ein paar Meilen von hier kommt ein Offizier mit drei von diesen schwarzen Soldaten auf das Haus zu.«

Ben nickte. Irgendein Neunmalkluger hatte einen Verband mit einer schwarzen Miliz gegründet, um die Aborigines in Schach zu halten. Doch die freiwilligen Soldaten stifteten oft mehr Unruhe, als sie verhinderten. Sobald sie mit einem Gewehr bewaffnet und in eine häßliche Uniform gesteckt wurden, verhielten sich diese abtrünnigen Schwarzen, die ihren oft weit entfernt lebenden Stämmen den Rücken gekehrt hatten, meist weitaus grausamer als jeder weiße Soldat. Hinzu kam, daß ihre weißen Offiziere ihnen freie Hand ließen, wenn es darum ging, einen »Bezirk zu säubern«, Gruppen von Eingeborenen aufzulauern und sie zu ermorden, ganz gleich, ob sie nun eine Straftat begangen hatten oder nicht. Darcy und andere Viehzüchter hatten eine Petition an den Gouverneur geschickt, in der sie darum baten, diese unrühmliche Einheit aufzulösen, doch bisher war nichts geschehen.

»Jag sie zum Teufel«, sagte Ben zu Tom. »Und gib ihnen keine Verpflegung mit. Mir ist es gleich, ob sie verhungern.«

»So einfach ist das nicht«, entgegnete Tom ruhig. »Sie haben gut ein Dutzend Gefangene dabei.«

»Was für Gefangene?« fuhr Ben auf, in dessen Stimme jetzt Sorge mitschwang.

»Schwarze.«

»Oh, verdammt.«

»Solch ein Gesindel haben Sie Ihr Lebtag noch nicht gesehen. Es sind nämlich wilde Schwarze. Gott allein weiß, von welchem Stamm die kommen. Die armen Hunde haben Hände und Füße in Ketten. Ich vermute, man hat ihnen die Seele aus dem Leib geprügelt, und hungern lassen hat man sie sicher auch. Wenn die Schwarzen auf Caravale Wind davon bekommen, haben wir hier den schönsten Aufstand.«

Damit hatte er nur zu recht. Ungefähr hundert Ilba lebten im Lager am Flußufer. Zwar verhielten sie sich im Augenblick ruhig, doch der kleinste Anlaß genügte, um sie aufzubringen. Eine gelegentliche Auspeitschung als Strafe für Stehlen oder Aufsässigkeit schien sie nicht weiter zu stören, doch die schwarze Miliz war ihnen verhaßt.

»Die Gefangenen sehen aus wie die Wilden auf Borneo, mit langen Haaren und dreckverkrusteten Bärten. Und ein paar von ihnen sind fast noch Kinder«, fuhr Tom fort. »Was sollen wir nur machen?«

»Wenn wir die Gruppe dort draußen anhalten, sind im Handumdrehen unsere Ilba da. Mich wundert, daß sie nicht schon längst davon gehört haben.«

»Was sollen wir also tun?«

Ben blieb zunächst unschlüssig stehen, doch dann hatte er seine Entscheidung getroffen. »Ruf die Männer zusammen, gib ihnen Gewehre und hol den Schmied.«

Tom grinste. »Wir befreien die Gefangenen?«

»Wir haben wohl keine andere Wahl.«

»In Ordnung«, sagte Tom.

Als Ben mit seinen zwanzig Männern aufbrach, blickte er zum Pfad, der zum Wasserfall führte, und verspürte plötzlich eine seltsame Sehnsucht. Er erkannte, daß er sich etwas vorgemacht hatte. Denn eigentlich wollte er Diamond sehen, mit ihr sprechen, sie berühren, die samtige Haut spüren und sie lieben. Der Teufel hole die Miliz!

Eilig ritten sie über das Land, bis sie auf die Einheit stießen. Ihre geladenen Gewehren hielten sie im Anschlag auf den weißen Offizier. Sogleich kauerten sich die bemitleidenswerten Schwarzen auf den Boden.

»Was soll das?« rief ihnen der Offizier entgegen.

»Lassen Sie die Waffen fallen«, befahl Ben. »Wir haben von euch Schurken die Nase voll.« Seine Männer brummten zustimmend. Sie wußten ebenso gut wie ihr Arbeitgeber, daß es Wochen, ja Monate dauern konnte, bis nach einem Aufstand unter den Schwarzen auf Caravale wieder Frieden eingekehrt war.

»Ihr auch«, brüllte Ben die schwarzen Soldaten an, die hastig ihre Gewehre fortwarfen.

»Ich denke nicht daran«, protestierte der Offizier. Doch Tom Mansfield ritt in aller Seelenruhe auf ihn zu und nahm ihm Pistole und Gewehr ab.

»Gebt ihnen Wasser«, ordnete Ben mit einer Kopfbewegung in Richtung auf die Gefangenen an. Gierig griffen diese nach den dargebotenen Wasserflaschen. Dann machte sich der Schmied an die Arbeit.

Nachdem sie von ihren Ketten befreit worden waren, drängten sich die abgemagerten Aborigines schüchtern und verängstigt zusammen. Offensichtlich fragten sie sich, was ihnen das Schicksal als nächstes bringen würde. »Ihr könnt gehen«, rief Ben ihnen zu. Doch sie starrten ihn lediglich ungläubig an. Lachend wiederholten die Männer von Caravale Bens Worte: »Geht, und macht euch aus dem Staub, solange ihr die Möglichkeit dazu habt.« Schließlich stoben die Eingeborenen in Richtung Busch davon.

»Das werde ich melden«, rief der Offizier erbost.

»Tun Sie, was Sie nicht lassen können«, entgegnete Ben.

»Sie hätten uns niemals entwaffnen dürfen!«

»Das haben wir aber getan«, fuhr Tom dazwischen. »Und wir werden Ihre Waffen noch ein paar Tage aufbewahren, damit diese armen Teufel einen gehörigen Vorsprung kriegen.«

»Aber das sind Verbrecher«, erwiderte der Offizier. »Sie sollten ordnungsgemäß vor Gericht gestellt werden.«

»Die können ja nicht einmal Englisch«, wandte Tom ein. »Die, mit denen Sie hier durch die Gegend reiten, sind die wahren Verbrecher. Und jetzt sehen Sie zu, daß Sie mit diesem Pack von unserem Grund und Boden verschwinden.«

»Sie haben es gehört«, ergänzte Ben. Dann wandte er sich an die schwarzen Soldaten, grimmig wirkende Gestalten mit harten, grausamen Augen. »Euch will ich hier nie wieder sehen, ist das klar? Ansonsten knüpfen wir euch am nächsten Baum auf.«

»Ja, Boß, wir verschwinden hier.« Ein paar Schüsse in die Luft setzten ihre Pferde in Trab, und ohne weiteren Widerspruch stoben sie nach Osten davon. »Holen Sie Ihre Kameraden ein, solange das noch möglich ist«, sagte Ben zu dem weißen Offizier. »Ich habe mir überlegt, daß Sie Ihre Waffen nicht bei uns abzuholen brauchen. Ich schicke sie nach Bowen. Sie finden sie auf der Polizeiwache.« Dann wandte er sein Pferd um und ritt zum Wohnhaus zurück. »Gib den Jungs was zu trinken«, wies er Tom an. »Wir sehen uns später.«

Diamond ließ sich im Wasser treiben und blickte in den leuchtend blauen Himmel. Es wurde Zeit, zum Haus zurückzukehren. Sie schwamm zu einer Akazie, die ihre Zweige wie einen prächtigen Vorhang bis zum Wasserspiegel ausgebreitet hatte. Dort kletterte sie ans Ufer. Während sie ihren Körper in der Sonne trocknen ließ, sammelte sie die Kleider zusammen. Dann setzte sie sich hin, um ihr Haar auszuschütteln.

»Hierhin bist du also gegangen.«

Als sie erschreckt auffuhr, sah sie Ben, der auf sie herabblickte. Verlegen fragte sie sich, wie lange er dort wohl schon stehen mochte. Auf einem nahegelegenen Felsen verzog sich eine blauzüngige Eidechse in ihren Schlupfwinkel.

»Ich bin nur ein wenig geschwommen«, stammelte sie. »Mir war so heiß.«

»Ja, ein guter Tag zum Schwimmen«, sagte er und trat neben sie ans Ufer.

»Es war wunderbar«, bestätigte sie. Wie er so unverwandt auf den Teich starrte, hatte sie das Gefühl, als würde er sich im nächsten Moment mit all seinen Kleidern ins Wasser stürzen. Doch dann wandte er sich zu ihr um.

»Ich hab dir noch nie für deine Hilfe gedankt«, murmelte er.

»Das ist schon gut.«

»Es muß schrecklich gewesen sein, das mitanzusehen.«

»Ja.« Aus ihrem Haar fielen Wassertropfen auf den Rock, doch sie war unfähig, sich zu rühren.

»Heute sehe ich dich zum erstenmal ohne deinen Turban«, meinte er jetzt. »Ich hätte nicht gedacht, daß dein Haar so lang ist.« Er hob die Hand, strich ihr über den Kopf, ließ seine Finger dann über ihre Wange gleiten und streichelte sie so zärtlich, als wäre ihre Haut aus Seide. »Du bist etwas Besonderes, Diamond«, sagte er. »Ganz anders als alle Frauen, die ich kenne.«

Wie benommen nickte sie. Wenn sie jetzt etwas sagte, wäre

der Zauber gebrochen. Am liebsten hätte sie die Arme ausgestreckt und ihn berührt, doch das wagte sie nicht. Bens Hände lagen auf ihrem Nacken, sie fuhren in ihr dichtes Haar, zeichneten den Ansatz nach, und als er seinen Mund auf den ihren legte, war sie bereit für ihn mit aller Liebe, die eine Seele geben konnte. Er zog sie auf das dichte Moos unter der Akazie, und während er sie sanft und liebevoll küßte, nestelte er an ihrer Bluse. Dabei ging er so langsam vor, als warte er jeden Moment auf ihren Widerspruch. Doch das brachte sie nicht fertig. Als er ihr den Rock abstreifte, bog sie erwartungsvoll den Rücken durch …

»Du bist so kühl«, sagte er. »Dein Körper ist so kühl, daß ich auch größte Lust hätte zu schwimmen.« Dabei hörte er nicht auf, sie zu küssen. Schließlich hatte auch er seine Kleider ausgezogen und legte sich neben sie. Lächelnd schaute er ihr in die Augen. »Später?«

»Ja«, sagte sie und schlang ihm die Arme um den Hals. »Später.«

Als sie dann zusammen ins Wasser stiegen, tobten sie ungehemmt. Sie tauchten in die kristallklaren Tiefen, neckten sich, lachten und ließen sich von den herabstürzenden Wassermassen umreißen. Dann blieben sie aneinandergeschmiegt auf einem Stein im Wasser sitzen und ließen den Fluß an sich vorbeigleiten.

»Ich muß jetzt los«, sagte er schließlich. »Hier können wir nicht wieder zusammenkommen. Aber ich könnte dich morgen nacht in deinem Zimmer besuchen.«

Sie nickte. Während sie zuschaute, wie er von ihr forttrat und sich anzog, staunte sie über seinen kräftigen Körper, den braungebrannten Rücken und den weißen Unterleib. Wie sie ihn liebte!

»Bleib nicht mehr zu lange hier«, warnte er noch. Dann war er fort.

Sobald sie hörte, wie er davonritt, stieg auch sie wieder aus dem Teich. Am liebsten hätte sie sich einfach nur auf ihren Platz gelegt und von ihm geträumt. Die Geister der Ilba waren heute freundlich zu ihr; sie hatten sie angenommen.

Nach diesem Ereignis verging die Zeit wie im Fluge. Perfy erholte sich rasch, und Diamond fürchtete nun den Tag, an dem sie aufbrechen würden. Oft betete sie, Ben möge sie zum Bleiben auffordern. Fast jede Nacht kam er zu ihr und liebte sie. Seine Besuche hatten ihr Zimmer verwandelt, jetzt war es ihr Zufluchtsort, ihr gemeinsames Paradies. Und wenn ihn die Arbeit so weit fortrief, daß er nicht zum Schlafen nach Hause kam, wurde sie von Sehnsucht überwältigt. Dann blieb sie lange Zeit auf den Stufen sitzen, blickte in den unermeßlichen Sternenhimmel und stellte sich vor, wie er sich unter diesen Sternen neben dem Lagerfeuer ausstreckte. Ob er wohl auch an sie dachte?

2

Vor seinem Aufbruch aus Bowen hatte Lew an Ying einen Brief geschrieben und berichtet, was mit der Dschunke geschehen war. Er wußte, daß der Chinese sein Gold unter keinen Umständen den Weißen in Bowen anvertrauen würde. Wenn Ying nicht selbst reisen konnte, würde er die vertrauenswürdigen Yuang-Brüder als Boten entsenden, die das Gold mit ihrem Leben verteidigen würden. Falls der Brief Ying nicht erreichen sollte, würden sie von den Chinesen am Ort sowieso vom Schicksal der Dschunke erfahren. Herr Fung Wu, Lews neuer Geldgeber, hatte versprochen, nach den Brüdern Ausschau zu halten. In Bowen konnte Lew nicht mehr für Ying tun. Jetzt blieb ihm nur noch die Hoffnung, Ying auf den Goldfeldern anzutreffen.

Im Gegensatz zu Bowen erwies sich Townsville als ausgesprochen schäbige Ortschaft auf einem einsamen, bedrohlich wirkenden Berg namens Castle-Hill. Zwar erstreckten sich Mangrovensümpfe entlang der Küste, aber die Straße vor den hastig errichteten Gasthäusern und Schenken war so staubig, als wäre dort schon seit Jahren kein Regen mehr gefallen. Die wenigen Bäume, die hier noch standen, sahen so erbärmlich aus, als warteten sie nur noch auf den erlösenden Axthieb. Vom Hafen aus konnte man die große, grüne Insel erkennen, die Captain Cook einst Magnetic Island genannt hatte. Verglichen mit dem trockenen Festland wirkte sie wie das Paradies.

»Die Gegend gefällt mir aber gar nicht«, lautete Herberts erster Kommentar. »Ich dachte, hier herrscht ein tropisches Klima wie in Bowen.«

Aber Lew hatte nicht das geringste Mitleid mit ihm. »Sie waren derjenige, der hierher kommen wollte.« Die unmittelbare Veränderung der Landschaft hatte seine Neugier geweckt. Abgesehen von dem einsamen Berg war das Land hier weitaus flacher und die Luft viel trockener als in Bowen. Schon jetzt stellte er fest, daß sie von hier die Goldfelder viel leichter erreichen konnten.

»Ist Ihnen klar, daß wir tausendfünfhundert Kilometer von Brisbane entfernt sind?« bemerkte Herbert.

»Was wollen Sie damit sagen?«

»Tja, mein Lieber, ich hatte eigentlich nicht damit gerechnet, an einem derart gottverlassenen Ort zu landen. Was soll ich hier nur anfangen?«

»Wieder Land verkaufen.« Lew blickte lachend auf die schäbige Straße. »Weit und breit kein Schild von einem Grundstücksmakler!«

»Aber das Land hier würde niemand geschenkt haben wollen.« Bei den anderen Passagieren auf dem Küstenschiff handelte es sich ausnahmslos um Goldgräber oder solche, die es werden wollten. Jetzt schoben sie sich vom überfüllten Schiff an Land und waren schon bald auf dem Pfad zu den Goldfeldern verschwunden.

Lew und Herbert steuerten die nächstbeste Schenke an. Wie erwartet, drängten sich darin die Goldgräber und die Prostituierten, die unweigerlich zu ihrem Gefolge gehörten.

»Kein Klavier in Sicht«, stellte Lew grinsend fest, als sie sich ihr Bier kauften. Durch die Schwingtüren traten sie auf die Veranda und setzten sich auf eine der rauhen Holzstufen.

Herbert ging auf Lews Bemerkung nicht ein. »Die Vorstellung, in einem dieser Rattenlöcher zu übernachten, gefällt mir nicht«, sagte er statt dessen. »Lieber schlafe ich am Strand.«

»Und lassen sich von den Moskitos auffressen. Hier gibt es keinen Strand, sondern nur Sumpf.«

»O mein Gott!«

Da baute sich ein großer hagerer Mann mit einer dichten weißen Mähne und buschigen Koteletten vor ihnen auf.

»Entschuldigen Sie, meine Herren, ich suche Kapitän Cavour.« Der schwarzen Taftweste und dem karierten Hemd nach zu urteilen, hielt Lew ihn für einen Büroangestellten.

»Das bin ich«, sagte er.

»Gott sei Dank, habe ich Sie endlich gefunden.« Der Mann atmete auf. Er zog eine Nickelbrille aus der Tasche, um sein Gegenüber besser betrachten zu können. »Mein Name ist Weller, und ich komme vom Zollbüro. Wir haben ein Problem, bei dem Sie uns helfen können, wie ich gehört habe.«

»Worum geht es denn?«

»Im Hafen liegt ein Schoner ohne Kapitän. Der hatte nämlich heute morgen einen Herzanfall und ist gestorben. Und jetzt sitzt das Schiff hier fest.«

»Das ist Pech«, meinte Lew.

»Wie ich erfahren habe, sind Sie gerade mit der *Lady Belle* angekommen.«

»Ganz richtig.«

Weller rückte seine Brille zurecht und wischte sich mit einem

Taschentuch über die schweißglänzende Stirn. »Ja, das hat uns der Kapitän der *Lady Belle* erzählt. Wir möchten Ihnen das Kommando über den Schoner anbieten. Die *Pacific Star* ist ein schönes Schiff mit Zielhafen Brisbane. Sie gehört Captain Towns.«

»Und wer ist das?«

»Oh, jeder hier kennt ihn; ein hohes Tier beim Militär. Dieser Hafen ist nach ihm benannt.«

»Was Sie nicht sagen«, murmelte Lew unbeeindruckt.

»Ich kann Ihnen versichern, Kapitän Cavour, wenn Sie das Schiff nach Brisbane bringen, wäre Ihnen Captain Towns sehr verbunden und würde sich entsprechend erkenntlich zeigen. Damit will ich sagen, die Bedingungen stellen Sie.«

»Keine Sorge«, meldete sich Herbert zu Wort, dessen Miene sich aufgehellt hatte. »Betrachten Sie es schon als abgemacht.«

»Ich werde drüber nachdenken«, stellte Lew richtig. Er wollte sich nicht überfahren lassen. Zudem mußte er Ying ausfindig machen. Noch immer mußte er lachen, wenn er sich vorstellte, wie sich der chinesische Edelmann in diesem Durcheinander zurechtfinden wollte. Außerdem reizte es Lew inzwischen, sein Glück auf den Goldfeldern zu versuchen, wenn er das auch nur ungern zugeben mochte.

»Morgen früh«, sagte der Zollbeamte, »können Sie sich die *Pacific Star* ansehen. Wir haben alle Papiere vorbereitet.«

»Wo ist ihr Heimathafen?« erkundigte sich Lew.

»Auf den Salomoninseln, Sir. Sie ist ein feines Hochseeschiff.«

»Und die Mannschaft ist komplett?«

»Vollständig, Sir. Abgesehen davon, daß der Käpt'n fehlt, ist alles in Ordnung. Ich erwarte Sie also morgen früh. Fragen Sie einfach nach Mr. Weller. Unser Büro besteht augenblicklich zwar nur aus einer Holzhütte, aber das wird sich demnächst ändern. Die großen Zeiten dieses Hafens kommen erst noch.«

»Davon bin ich überzeugt«, meinte Herbert begeistert.

»Also dann bis morgen«, sagte Lew und nahm den letzten Zug aus seiner Bierflasche. Die Salomoninseln! So weit draußen im Pazifik war er noch nie gewesen. Er könnte neue Erfahrungen sammeln, wenn er all diese Kolonialhäfen anlief. Er würde sich Tahiti ansehen und Neuseeland und alles über den Handel zwischen den einzelnen Pazifikinseln lernen. Eines Tages, so hoffte er, würde er mit seinem eigenen Schiff Handelsgüter von Hafen zu Hafen bringen. Mit seinem eigenen Schiff!

Doch schnell fand er auf den Boden der Wirklichkeit zurück. Woher das Geld nehmen? Mit seinem Kapitänsgehalt würde es eine Ewigkeit dauern, bis er den Kaufpreis für ein Schiff zusammengespart hatte. Und dann war da noch Perfy, obwohl seine Träume von einer gemeinsamen Zukunft mit ihr allmählich verblaßten. Sollte er einem Mädchen nachlaufen, das unentwegt nach Westen blickte, während er sein Glück im Osten auf dem Meer suchte? Was sie jetzt wohl machte? Vielleicht spielte sie sich schon als Dame des Hauses auf. Abends schlürfte sie wahrscheinlich Sherry mit anderen Großgrundbesitzern und ihren Gattinnen und sonnte sich im Glanz der feinen Gesellschaft.

»Einen Augenblick bitte, Kapitän Cavour«, sagte da plötzlich eine Stimme hinter ihm. Als Lew sich umdrehte, entdeckte er einen gutgekleideten Herrn in hohen Stiefeln, der sich gegen die Hauswand lehnte. Ein Viehzüchter, wie er leibte und lebte.

Lew hatte gelernt, diese Leute auf Anhieb zu erkennen: die gepflegte, britische Aussprache, die wohlgenährte, braungebrannte Erscheinung, die sich vom Aussehen der Goldgräber mit ihrer schmutzigweißen Gesichtsfarbe deutlich unterschied. An seinem lose sitzenden Patronengürtel baumelte ein schwerer Revolver.

»Drängen Sie sich jedem Fremden auf, der in dieses Nest kommt?« fragte Lew verärgert.

»Nur wenn ich Grund dazu habe«, meinte der Unbekannte. »Ich habe zufällig Ihr Gespräch mitangehört.«

»Und was geht Sie das an?«

»Eigentlich nichts. Mein Name ist Jardine, und ich bin auf dem Rückweg zu unserer Rinderfarm bei Somerset am Cape York.«

»Bei Somerset?« fragte Lew nach. Er hatte den in der Hitze dampfenden Hafen auf seiner Reise nach Süden angelaufen. »Wie haben Sie es bloß fertiggebracht, Rinder in diese Wildnis zu treiben?«

»Mit einem Treck«, antwortete Jardine stolz. »Ich würde Ihnen die Route aber nicht empfehlen. Mein Bruder und ich hatten großes Glück, daß wir mit heiler Haut durchgekommen sind, ganz zu schweigen von der Herde. Von Rockhampton bis zum Top End haben wir beinahe ein Jahr gebraucht.«

Lew war beeindruckt. Er hatte schon vom Wagemut dieser Pioniere gehört, aber nicht erwartet, daß er einem leibhaftig begegnen würde. Also stand er auf und schüttelte Jardine die Hand. »Erfreut, Sie kennenzulernen«, sagte er. »Und bitte entschuldigen Sie meinen Ton von vorhin.«

»Das will schon was heißen, wenn der sich entschuldigt«, fügte Herbert hinzu, bevor er sich selbst vorstellte. Aber Jardine lachte nur.

»Sie haben ja recht, normalerweise kümmern sich die Leute hier um ihre eigenen Angelegenheiten und stellen keine Fragen. Aber ich möchte Sie warnen, Kapitän. Die *Pacific Star* ist eine Schwarzdrossel.«

»Was ist das?«

»Eine freundliche Bezeichnung für ein Sklavenschiff.«

»Gütiger Himmel! Das ist doch verboten!«

»Irgendwie schaffen die es, das Gesetz zu umgehen«, erklärte Jardine. »Sie entführen auf den Salomoninseln Männer und Knaben, zwingen sie, ihren Daumenabdruck unter einen Vertrag zu setzen, und bringen sie ins südliche Queensland auf die Zuckerrohr- und Baumwollplantagen. Ihr weiteres Schicksal hängt davon ab, welchen Herrn sie bekommen. Einige behandeln diese sogenannten Kanaken ja noch einigermaßen anständig, doch die meisten enden als Sklaven. Und jetzt wissen Sie, warum die *Pacific Star* den Hafen so schnell wieder verlassen soll. Der ganz Rumpf steckt voll von diesen armen Teufeln.«

»Solch ein Schiff würde ich nicht mal mit der Feuerzange anfassen!«

»Eine kluge Entscheidung«, meinte Jardine. Herbert hingegen war enttäuscht.

»Wenn Sie schon Kulis transportiert haben, warum dann nicht auch diese Bande?« fragte er bissig.

»Die Kulis bleiben unter ihren Landsleuten«, entgegnete Lew gereizt. »Sie wissen, was auf sie zukommt.«

»Glauben Sie?« fragte da Jardine. »Vor kurzem ist vor Somerset ein Schiff gekentert, das bis an den Rand mit Kulis vollgestopft war. Die Männer hatten nicht die geringste Chance und sind mit Mann und Maus untergegangen.«

»Daran ist der Kapitän schuld«, schimpfte Lew.

»Jedenfalls ist das nicht die feine englische Art«, warf Herbert sich in die Brust. »Ich verstehe allerdings nicht, warum sie die Schwarzen von den Salomoninseln herschaffen, wo es hier doch Eingeborene im Überfluß gibt.«

Jardine blickte die beiden verwundert an. »Man mcrkt, daß Sie neu sind.« Dann wandte er sich an Herbert. »Haben die Amerikaner es fertiggebracht, ihre Rothäute für sich arbeiten zu lassen? Nicht ums Verrecken! Mit unseren Aborigines ist es ähnlich. Sie würden uns am liebsten die Kehle durchschneiden, und das ist ihnen nicht mal zu verdenken. Sie sind tapfere Krieger.« Er wies auf das Gasthaus. »Kommen Sie, ich gebe einen aus!«

Die Begegnung mit Jardine erwies sich als ausgesprochener

Glücksfall. Er vermittelte ihnen zwei Schlafstellen in einer zur Hälfte fertiggebauten Pension. Zwar war die Außenmauer ihres Zimmers noch nicht ganz hochgezogen, und vor der Öffnung hing lediglich ein Stück Sacktuch, aber angesichts der drückenden Hitze beschwerte sich weder Herbert noch Lew. Am folgenden Morgen begleitete Jardine sie zu einem Pferdehändler. »Ich brauche ein gutes Reitpferd und eins fürs Gepäck«, sagte Lew.

»Nein, wir brauchen drei Pferde«, verbesserte ihn Herbert. »Ich komme mit.«

»Seit wann das denn?« Lew ärgerte sich. Er wollte nicht, daß Herbert sich an seine Fersen heftete. »Ich dachte, Sie hätten was gegen's Goldgraben.«

»Hab ich auch, aber hier kann ich auf keinen Fall bleiben. Und vielleicht habe ich diesmal ja Glück!«

Wie Jardine ihnen geraten hatte, kauften sie sich Vorräte, die Ausrüstung und Waffen. Dann verabschiedeten sie sich von ihrem neuen Freund.

»Besuchen Sie mich in Somerset, wenn Sie in der Gegend sind«, sagte er.

»Ich nehme Sie beim Wort«, antwortete Lew.

»Ich werde es wohl nicht tun«, meinte Herbert. »Mir ist es hier schon tropisch genug. Weiter nach Norden bringen mich keine zehn Pferde mehr. Ich habe schon immer gesagt, für einen Engländer ist das nichts.«

Ihre Reise durch die karge Landschaft mit den vertrockneten Bäumen und Ameisenhaufen, die wie Zahnstummel aus dem struppigen, verfilzten Gras aufragten, war eine Erfahrung für sich.

Sie schlossen sich einer Gruppe Goldgräber an, und trotz der sengenden Hitze waren alle frohen Mutes. Hoch zu Roß überholten sie Hunderte von Glücksrittern, die die Strecke zu Fuß zurücklegten, Familien auf Planwagen, mit Vorräten vollgepackte Ochsengespanne, Paare in windigen Einspännern und ganze Pferdefuhrwerke voll mit geschminkten Frauen unter Sonnenschirmen, die ebenfalls hofften, auf den Goldfeldern ein Vermögen zu verdienen.

Die Reisenden in der Gegenrichtung wichen in der Regel ihren Blicken aus; sie zeigten weder ihre Entmutigung noch ihre Freude über einen Fund. An der Furt am Ross River patrouillierte berittene Polizei, die die Reisenden vor Krokodilen warnte. Ihre Aufgabe war es, die schwerbewaffneten Goldtransporte das letzte Stück des Weges bis Townsville zu begleiten, denn auf dieser Strecke wimmelte es von Straßenräubern. Die beiden Engländer wurden an allen Lagerfeuern entlang des Weges freundlich empfangen.

Lew gefielen der Kameradschaftsgeist und die fröhliche Zuversicht der Leute. Die Stimmung war wie auf einem Schiff, das den Heimathafen ansteuert. Man teilte sich das Essen und gab Geschichten zum besten, und während man darauf wartete, daß das Wasser im Teekessel kochte, wurden ausgelassene Lieder angestimmt. Die Melodien kannte Lew schon von den britischen Seeleuten, doch die Texte waren ihm neu. In ihnen kam ein Widerstandsgeist zum Ausdruck wie in den trotzigen irischen Balladen, der Lew mitriß und dem er sich nicht entziehen konnte. Er merkte, daß ihn die ersten Regungen von Patriotismus ausgerechnet an diesem wilden, rauhen Ort am Ende der Welt überkamen.

»Die Kerle sind schwer in Ordnung«, bemerkte er zu Herbert. Doch der schnaubte nur verächtlich durch die Nase.

»Jetzt vielleicht noch. Aber warten Sie erst mal ab, bis der Kampf ums Gold losgeht. Ich habe gesehen, wie sie vor einer dieser dreckigen Tavernen am Kap einen Mann zu Tode getrampelt haben. Und niemand hat auch nur mit der Wimper gezuckt.«

»Und weshalb?«

»Das habe ich lieber nicht gefragt.«

In dieser vom Zufall zusammengewürfelten Gruppe rief man sich lediglich beim Spitznamen. Lew war der Käpt'n, und Herbert hieß bald nur noch »Hans im Glück«, was ihn nicht besonders freute. Außerdem gab es noch einen »Lulatsch«, eine »Spitzmaus«, den »Apotheker«, den »Bankier« und den »Farmer.«

Alleinreisende Männer wurden allgemein bedauert. Eine Expedition wie diese ohne einen Freund antreten zu müssen, galt als tragisches Schicksal. Eine ganze Anzahl der Schürfer hatte bereits Erfahrung, und von ihnen erfuhr Lew, daß man auf sich selbst gestellt nur wenig Aussichten auf Erfolg hatte. Man brauchte jemanden, der bei der Arbeit half und die Schürfstelle bewachte. Möglicherweise hatte Herbert das ja bereits am eigenen Leibe erfahren und wollte Lew nun für seine eigenen Zwecke ausnutzen.

»Wir müssen uns nur eine Lizenz besorgen«, erklärte Herbert, »und dann unseren Claim abstecken. Wenn ein Mann seine Schürfstelle länger als vierundzwanzig Stunden verläßt, ist sein Recht verfallen.«

»Ich suche Ying«, wandte Lew ein. »Ich habe nie gesagt, daß ich Gold schürfen will.«

»Aber das werden Sie«, entgegnete Herbert lachend. »Das Goldfieber hat Sie doch schon längst gepackt. Wie sind Sie überhaupt Kapitän geworden? In meinen Augen sind Sie alles andere als ein Seemann.«

»In der englischen Marine hätte ich keine Aufstiegsmöglichkeiten gehabt, und deshalb bin ich bei Meridian und Company in Kanton unter Vertrag gegangen. Aber ich spreche mehrere verschiedene chinesische Dialekte und wurde dann auch gelegentlich als Dolmetscher eingesetzt. Dabei habe ich Offiziere kennengelernt, die mir ein wenig auf die Sprünge halfen. In der Handelsschiffahrt kann man es als Seemann weit bringen.«

»Mir hat nie jemand auf die Sprünge geholfen«, murrte Herbert und fischte sich ein Zigarillo aus Lews Paket.

»Pech«, sagte Lew ungerührt. »Trotzdem will ich Ihnen einen Rat geben. Lassen Sie hier draußen die Finger von den Karten. Ich habe Sie auf dem Schiff beobachtet, und Sie sind ein lausiger Falschspieler. Wenn Sie das auf den Goldfeldern versuchen, dann rühre ich keinen Finger, wenn man Ihnen den Schädel einschlägt.«

Obwohl Lew es nicht gern zugeben wollte, erwies Herbert sich auf den Goldfeldern doch als recht nützlich. Bei ihrer Ankunft traute er seinen Augen nicht, als er das Durcheinander, den Lärm und die geschäftige Betriebsamkeit bemerkte, die überall herrschten. Zwischen kleinen Barackensiedlungen, die mitten im Busch aus dem Boden gestampft worden waren, breiteten sich fächerförmig die Schürfstellen aus. In jedem Bachlauf, an jedem Flußufer und in jedem Rinnsal wurde gewühlt und gegraben. Kilometerweit kehrte ein Goldsucher neben dem anderen das Unterste zuoberst, und die Erdhaufen, die sich um ihre Schürfstellen ansammelten, verliehen der Landschaft das Aussehen, als sei eine Horde Landarbeiter mit ihren Pflügen darüber hergefallen. Ein jeder kauerte gebückt vor seinem Arbeitsplatz, Pfannen schepperten, Zeltbahnen flatterten im Wind, Männer schrien und mühten sich, Pferde schnaubten unter der Last ihrer mit Geröll beladenen Schlitten, und es wimmelte von fliegenden Händlern. Chinesen mit wehenden Zöpfen unter ihren Strohhüten liefen geschäftig umher, Kulis schwitzten unter den Seilwinden, Frauen mit geschürzten Röcken stemmten Körbe. Wo man auch hinsah, nur Schweiß und Plackerei. Über allem hing der stechende Geruch menschlicher Exkremente, und die Luft war schwarz von Fliegen.

»Ach du meine Güte!«, sagte Lew zu Herbert. »Hier kann ich nicht bleiben.«

»Das müssen Sie auch nicht«, entgegnete Herbert. »Wir können uns ja ein bißchen in die Büsche schlagen.«

»Und wohin gehen wir?«

»Das überlasse ich Ihnen. Angeblich wurde noch im Umkreis von dreißig Kilometern Gold gefunden. Also machen Sie jetzt nicht schlapp.«

»Zuerst muß ich aber Ying suchen«, beharrte Lew.

Vorbei an den von Menschenhand geschaffenen Kratern, die bis auf ein paar klägliche Bäume kahl waren wie eine Mondlandschaft, führten sie ihre Pferde um eine Biegung nach der anderen. Lew fragte jeden Chinesen, auf den sie stießen, nach seinem Freund. Schließlich schickte man sie zu einer Schürfstelle am Shamrock Gully, die als »Die Goldene Sonne« eingetragen worden war.

Yings Kulis, die mit fieberhaftem Eifer am Flußufer arbeiteten, begrüßten Lew wie einen Verwandten, den sie lange nicht mehr gesehen hatten. Sofort war er von den hageren Männern umringt, und alle redeten gleichzeitig auf ihn ein.

»Herr Chin ist nicht da. Herr Chin ist nach Charters Towers geritten. Er hat drei Schürfstellen, die guten Gewinn abwerfen.«

»Wann kommt er zurück?«

»Unser Herr berichtet uns nicht von seinen Absichten.« Nein, natürlich nicht. Lew schickte einen der Kulis mit einem Brief nach Charters Towers, in dem er noch einmal die schlechten Nachrichten von der Dschunke wiederholte. Außerdem teilte er Ying mit, daß er ihn auf den Goldfeldern am Cape erwarte.

Sie steckten sich ihre Schürfstelle am Unterlauf des Bracken Creek ab und ließen sie auf Herberts Wunsch als »Waterloo« eintragen. Dann machten sie sich unverzüglich an die Arbeit. Yings Kulis hatten ihnen die Stelle empfohlen, weil der Fluß noch immer Wasser führte. Außerdem zeigten sie Lew, wie man mit der Pfanne umging, wie man goldhaltiges Gestein erkannte und wie man beim Graben dem Verlauf einer Goldader folgte. Schon bald mußten sie einen Flaschenzug und Förderkörbe bauen, mit denen sie den Abraum am Ufer abluden.

Sie schürften und wuschen unermüdlich und fanden tatsächlich Gold. Ihre Suche wurde immer fiebriger. Bei Morgengrauen begannen sie mit der Arbeit, und obwohl Kleider, Haare und Bart bald von gelbem Lehm verkrustet waren, war Lew zufrieden wie nie zuvor in seinem Leben.

Eigentlich hatte er erwartet, er würde sofort Gold finden, einen Freudensprung machen und als reicher Mann die Heimreise antreten. Statt dessen ging es recht langsam voran. Zudem entwickelte sich die Goldsuche zu einer schleichenden Sucht, einer Sucht, die die Leidenschaft für Alkohol oder Glücksspiel weit in den Schatten stellte. Auf diesem wildgewordenen Rummelplatz konnte man gutes Geld verdienen, und auf keinen Fall würde man aufbrechen, solange noch etwas zu holen war. Während sich ihre Ledersäckchen allmählich füllten, wurde auch Herbert von der Begeisterung angesteckt und schlug vor, einen neuen Claim am weiteren Verlauf des Bracken Creek abzustecken. Lew war gleich Feuer und Flamme. Zwar hatten sie im Gegensatz zu anderen noch keine reiche Ader entdeckt, doch auch so verdienten sie durchschnittlich fünfzehn Pfund am Tag, was angesichts ihrer augenblicklichen angespannten Finanzlage ein Vermögen darstellte.

Ihr Zelt hatten sie neben dem Planwagen eines Farmers aus New South Wales namens Jim Bourke aufgeschlagen. Dieser Mann hatte auch seine Frau Marjorie und seine Tochter Marie mitgebracht. Die beiden Frauen, die tagaus tagein nur in Männerhemden, Drillichhosen und Baumwollhauben als Schutz vor der Sonne herumliefen, ertrugen die harten Lebensumstände ohne Murren und arbeiteten ebenso schwer wie die Männer. Jim bot Lew und Herbert an, sie könnten sich doch als gute Nachbarn die Mahlzeiten teilen, die die Frauen zubereiteten. Und so saßen sie jeden Abend bei Eintopf und Fladenbrot und mit Sirup begossenem Kuchen am Lagerfeuer der Familie.

Nachts wirkten die unzähligen Laternen wie eine irdische Verlängerung des Sternenhimmels. Glücklicherweise war ihr Lagerplatz von den Schenken mit den gröhlenden Trunkenbolden weit genug entfernt, so daß sie nicht gestört wurden. Sie suchten auch keine Gesellschaft, denn nach ihrer mühseligen Plackerei vom Morgengrauen bis zur Abenddämmerung waren sie froh, wenn sie dem schmerzenden Körper einige Stunden Ruhe gönnen konnten.

Eines Tages stand Chin Ying vor ihrem Zelt. Er trug ein dunkles Hemd und wattierte weite Hosen und statt seiner eleganten bestickten Kappen einen breitkrempigen Strohhut.

Lew starrte ihn ungläubig an. »Ich hätte dich ohne deinen Kopfputz kaum erkannt«, meinte er, während er Ying von einer hübschen braunen Stute half.

Ying musterte ihn von oben bis unten. »Kapitän, vielleicht ähnele ich im Augenblick einem gewöhnlichen Sterblichen, aber du siehst wie ein Kuli aus.«

»Tut mir leid«, entgegnete Lew, »aber das Wasser ist knapp. Zum Waschen muß man eigens zum großen Fluß gehen.« Da entdeckte er einen der Yuang-Brüder, der hoch zu Roß an der Wegbiegung wartete. »Der Himmel steh mir bei. Haben deine Diener etwa Reiten gelernt?«

»Das war unerläßlich«, antwortete Ying.

»Komm mit ins Zelt. Ich koche uns eine Tasse Tee.«

»Ich habe selbst Tee dabei, denn das Gebräu, das hier verkauft wird, ist ja ungenießbar. Außerdem habe ich anständigen Wein mitgebracht.«

»Das ist prima. Ich bin ja so froh, dich zu sehen.«

Lew kochte Tee, den er Ying am grobgeschreinerten Tisch in seinem Zelt servierte. »Das mit der Dschunke tut mir leid, Ying.«

»Zerbrich dir darüber nicht den Kopf. Schließlich hat sie Herrn Cheong gehört, und nicht mir. Das geschieht ihm recht.«

Lew war erstaunt. »Höre ich richtig? Klingt da vielleicht

Abneigung gegen deinen ehrwürdigen Herrn und Meister durch? Den Herrn ohne Fehl und Tadel?«

»Über diese Angelegenheit solltest du nicht spotten. Er hat zwei Spione hergeschickt, die herausfinden sollten, ob ich ihn betrüge.«

Lew zuckte die Achseln. »Das wundert mich nicht. Nach allem, was ich von ihm gehört habe, hätte er sogar Buddha mißtraut.«

»Du verstehst nicht, was das bedeutet. Er hat bereits meine Familie zu Schmach und Schande verdammt, um sicherzustellen, daß ich ihm Gold schicke. Weshalb sollte er mich also überwachen? Ich bin schließlich ein Mann von Ehre!«

»Ein unehrenhafter Mann erwartet, daß alle so sind wie er.« Ying nickte. »Ich fürchte, du hast den Nagel auf den Kopf getroffen. Aber höre, Kapitän. Ich kann nicht lange hierbleiben. Cheongs Spione kamen mir gerade recht, und ich habe sie mit sehr viel Gold nach China zurückgeschickt. Als ich meine Heimat verlassen habe, war ich ein Unwissender. Man hatte mich beauftragt, mit Kisten voller Gold zurückzukehren. Doch inzwischen kenne ich den wahren Wert des Goldes und bin der Meinung, daß ich Herrn Cheong ausreichend bezahlt habe.«

»Deine Männer hatten also Erfolg?«

»Ja, großen Erfolg. Meine Kenntnis von der Metallurgie und Geologie hat mich in die Lage versetzt, die richtige Schürfstelle auszuwählen.«

»Und mit fünfzig Kulis war das Weitere dann ein Kinderspiel. Ich wünschte, so viele Leute stünden mir auch zur Verfügung.«

»Das werden sie auch«, sagte Ying bedeutungsvoll. »Meine einzige Sorge hat immer nur meiner Frau und meiner Mutter gegolten. Jetzt hat mir ein Freund Neuigkeiten überbracht, die Herr Cheong aus gutem Grund vor mir verborgen gehalten hatte. Meine Mutter konnte die Schande nicht ertragen und hat sich das Leben genommen. Meine Frau hingegen, die mir die Schuld an ihrem Schicksal gibt, hat das Konkubinat gewählt. So bleiben nur noch meine Brüder. Ich habe sie durch einen Boten angewiesen, Herrn Cheongs Hof so schnell wie möglich zu verlassen.«

»Sehr vernünftig.«

»Mit der letzten Goldlieferung habe ich Herrn Cheong erklärt, daß ich meine Verpflichtungen als beglichen betrachte. Das vorhandene Gold wird seine Gier befriedigen. Sicher hat er mich bald vergessen.«

»Das hoffe ich für dich.«

»Deshalb kann ich im Augenblick auch noch nicht nach China zurückkehren.«

»Aber wohin willst du gehen?«

»Ha! Jetzt kommen wir zum Kern der Sache. Durch meine Freunde, zu denen auch Weiße gehören, habe ich so einiges aufgeschnappt. Ich möchte mit dir in Verbindung bleiben, und wenn du diesem Ort eines Tages den Rücken kehrst, findest du mich in meinem Haus in Charters Towers.«

»Also hast du doch nicht das gesamte Gold nach China geschickt!«

Ying grinste verschmitzt. Sein Schnurrbart war inzwischen so lang, daß er ihm in einer langen, mit Bienenwachs verstärkten Strähne in beiden Mundfalten bis über das Kinn herabhing. Außerdem hatte Ying sich die Stirn am Haaransatz nach Sitte der chinesischen Oberklasse mehr als sechs Zentimeter ausrasiert. »Stimmt das nicht?« hakte Lew nach.

»Ich bin jetzt ein Herr«, sagte Ying stolz. »Cheong hat für die Zerstörung meiner Familie bezahlen müssen.«

Lew unterdrückte ein Lächeln. »Ich hoffe, du hast eine ehrbare Lösung gefunden.«

»Ja, das habe ich. Gemessen an den Maßstäben meiner Familie bin ich jetzt schon reich, aber ich beabsichtige, reicher zu werden. Was diese Sache betrifft, gebe ich dir den guten Rat, nicht hier nach Gold zu suchen. Wie ich gehört habe, mußtest du nach dem Verlust der Dschunke Herrn Fung Wu um ein Darlehen bitten.«

Daß Ying von seinem Kredit wußte, überraschte Lew nicht weiter. Es gab so viele Chinesen im Land, und es war allgemein bekannt, daß sowohl Männer als auch Frauen dieses Volkes den Klatsch heiß und innig liebten. »Die Schuld ist beglichen«, fuhr Ying fort, »und wir wollen nicht weiter über diese Angelegenheit sprechen. Kürzlich habe ich einen feinen Herrn, einen gewissen Mr. Mulligan, kennengelernt ...«

Lew lachte. »Erzähl mir nicht, du bist einem süßholzraspelnden Iren auf den Leim gegangen, Ying. Die würden dir glatt die chinesische Mauer verkaufen.«

»Dieser ist anders. Die verschiedenen Dialekte kann ich ja nicht unterscheiden, aber ich glaube, er ist ein Kolonist, ein Siedler. Dieser Gentleman hat mir erzählt, er wandelt als Entdecker auf den Spuren der Schwarzen, in der Wildnis, wo noch kein Weißer den Fuß hingesetzt hat. Verstehst du?«

Lew verstand zwar nicht, was Ying andeutete, nickte aber höflich.

»Mr. Mulligan hat mir mitgeteilt«, fuhr Ying nun flüsternd fort, »daß seiner Überzeugung nach in diesem Staat noch weitaus größere Goldschätze verborgen sein müssen als in Ballarat.« Lew hatte von den Funden in Ballarat gehört; schließlich hatte ihm schon jeder Goldgräber von den größten Nuggets der Welt erzählt, von Goldklumpen, die bis zu zweihundert Pfund wogen. Mochte dies auch übertrieben sein, der ungeheure Reichtum der Schürfstellen bei Ballarat war jedenfalls wahr. »Und wo befinden sich diese legendären Goldadern?«

»Kennst du eine Stadt namens Georgetown.«

»Nein«, antwortete Lew, und Ying schnalzte angesichts dieses Unwissens mit der Zunge.

»Wie willst du Erfolg haben, Lew, wenn du nicht alles genau kennenlernst, was dir begegnet?«

»Ich bin eben kein Gelehrter wie du«, antwortete Lew scherzend.

»Du brauchst dich doch nicht zu entschuldigen. Unsere Fähigkeiten ergänzen sich gut«, erklärte Ying mit ernster Miene.

»Georgetown ist im Zuge eines Goldrauschs vor ein oder zwei Jahren entstanden und heute der nördlichste Außenposten der Zivilisation. Es liegt ein paar hundert Meilen nördlich von Charters Towers. Mr. Mulligan ist mit einem Buschläufer nach Norden gezogen, um die Gegend nach möglichen Goldadern abzusuchen. Und auf ihrer Rückkehr kommen sie durch Georgetown.«

Lew zündete sich eine Zigarette an. »Wenn sie überhaupt zurückkehren. Und wer sagt, daß sie Gold finden?«

»Ich sage das«, entgegnete Ying voller Stolz. »Es gibt Dinge jenseits unseres Verstandes, die du als jemand, der in China aufgewachsen ist, eigentlich kennen solltest. Ich habe es gesehen! Ich habe es in seinen Augen gelesen und bereite jetzt die Expedition vor. Sobald Mr. Mulligan in Georgetown eintrifft, benachrichtigt mich ein schneller Bote in Charters Towers, und wir schreiten zur Tat.«

»Wie soll das vor sich gehen?«

»Meine erste Expedition zu den Goldfeldern am Cape wurde von Problemen überschattet, auf die ich nicht weiter eingehen möchte. Doch meine neue Expedition zu Mr. Mulligans Fundstellen wird ein Paradebeispiel für exzellente Organisation. Und dann« – er flüsterte wieder, obwohl sie nun Chinesisch sprachen – »sind wir unter den ersten. Es sind die ersten, die die reichste Ernte einbringen.«

Damit hatte er recht. Die ersten Goldsucher am Cape hatten ihr Glück schnell gemacht, während ihre Nachfolger, von gelegentlichen Zufallstreffern abgesehen, hart arbeiten mußten, um auf ihre Kosten zu kommen. »Wann ist es soweit«, fragte Lew.

»Geduld, mein Freund, nur Geduld. Du kannst hier in aller

Ruhe weiter herumgraben, bis du von mir hörst. Wenn es Zeit ist, gebe ich auf der Stelle meine hiesigen Schürfstellen auf, ziehe die Kulis ab und schlage mich nach Norden durch.«

»Wie du willst. Wenn mir das Schürfen zum Halse heraushängt, komme ich nach Charters Towers. Und vielen Dank, daß du meine Schulden bei Herrn Fung bezahlt hast.« Lew wußte, es wäre ein Zeichen der Unhöflichkeit, seinem Freund die Summe zu erstatten. Die Schulden waren bezahlt, und damit war die Angelegenheit vom Tisch.

Er führte Yings Pferd den Pfad entlang und begrüßte den Yuang-Bruder, der sich mit einer Wickeljacke, einem Schwert und einem Gewehr wie ein mongolischer Krieger ausstaffiert hatte. Schon vorher war Lew aufgefallen, daß auch Ying jetzt einen glänzenden Revolver in einem Holster unter der Jacke trug.

Es beruhigte Lew, daß sie begriffen hatten, welche Gefahren hier lauerten. In diesem erbarmungslosen Kampf kam es unvermeidlich zu Zusammenstößen, und die Rassenunterschiede trugen das ihre dazu bei. Ein Chinese mußte immer auf der Hut sein.

»Übrigens«, sagte Ying, während er auf sein Pferd sprang, »in Charters Towers begegnet man vielen angesehenen Großgrundbesitzern und ihren Viehtreibern.«

»Das kann ich mir vorstellen.«

»Und kürzlich habe ich gehört, daß deine junge Angebetete mit dem schönen Namen augenblicklich auf einer Farm namens Caravale residiert, die ihr …«

»Ich kenne die ganze Geschichte«, fiel Lew ihm ins Wort. Sie war also immer noch auf dem Außenposten und spielte die vornehme Farmerswitwe.

Yings Augen schlossen sich bei dieser Abfuhr zu zwei schmalen Schlitzen. »Ach so. Dann weißt du ja sicher auch, daß Miss Perfection mit dem jungen Besitzer der Farm, einem Mr. Ben Buchanan, den Bund der Ehe eingehen will.«

Lew wurde heiß und kalt zugleich. Zwar brachte er noch ein bestätigendes Nicken zustande und winkte Ying mit vorgegebener Gleichgültigkeit zum Abschied nach, doch er hatte das Gefühl, als würde ihm die Seele aus dem Leib gerissen. Seinen ersten Impuls, auf der Stelle nach Caravale zu reiten, verwarf er wieder. Dort würde er nichts ausrichten können und sich lediglich zum Narren machen – ein abgewiesener Verehrer, der die Dame seines Herzens allen Widrigkeiten zum Trotz sein eigen nennen möchte. Ben Buchanan hingegen hatte alle Trümpfe in der Hand. Hatte Perfy ihre erste große Liebe in Gestalt seines Bruders wiedergefunden? Vielleicht hatte er Perfys Absichten auch falsch eingeschätzt und sich von ihrem Charme blenden lassen. Von Anfang an hatte sie keinen Hehl daraus gemacht, daß sie sich Caravale ansehen und möglicherweise als Teilhaberin behalten wollte. Doch nie wäre ihm in den Sinn gekommen, sie könnte ihren Partner heiraten, ein Schritt, der sie nur noch reicher machte.

Lew war von Jack Middleton enttäuscht, wenn er auch verstehen konnte, daß ihm das Schicksal seiner Tochter am Herzen lag. Und was den Wohlstand betraf, da konnte ein Seemann wie Lew Cavour mit den Buchanans nicht konkurrieren.

Herbert kehrte vom Wasserlauf zurück. »Was hat das Schlitzauge von Ihnen gewollt?« fragte er.

»Nichts«, sagte Lew abwehrend. »Und wenn Sie ihn noch mal Schlitzauge nennen, dann prügel ich Sie windelweich!«

3

Perfy hätte sich gern dafür erkenntlich gezeigt, daß Mrs. Buchanan so nett zu ihr gewesen war. Doch Cornelia, wie sie sich von Perfy nennen ließ, hatte nur gelacht. »Machen Sie sich doch darüber keine Gedanken, meine Liebe. Sie haben einiges hinter sich, und bei uns hier draußen ist es üblich, daß wir uns um einander kümmern. Hauptsache, es geht Ihnen jetzt besser!«

Und es ging ihr tatsächlich besser. Als sie das Bett verlassen konnte, saß sie jeden Tag auf der Veranda, wo es kühler war als in ihrem Zimmer. Mae brachte ihr das Essen hinaus, und Cornelia kümmerte sich darum, daß sie stets etwas zu lesen hatte. In dieser angenehmen Umgebung wurde Perfy rasch gesund.

Als sie wieder zu Kräften gekommen war, spazierte sie auf der Veranda auf und ab und betrachtete neugierig das Kommen und Gehen der Viehhüter und das geschäftige Treiben auf der Farm. Oft leistete Cornelia ihr Gesellschaft und erklärte ihr, welche Arbeiten bei der Viehzucht anfielen, oder zeigte ihr von einer Anhöhe aus, wie weit sich der Grundbesitz in allen Richtungen erstreckte.

Wenn Ben abends nach Hause kam, setzte er sich zu ihr, und bei einem Aperitif plauderten die beiden über die Ereignisse des Tages. Zu Perfys Entzücken wurde das Abendessen, für das sich Cornelia und Ben eigens umkleideten, bei Kerzenlicht auf der Veranda eingenommen. Perfy wünschte sich, ihr Vater hätte all dies miterleben können.

Bald unternahm Perfy in Cornelias Begleitung Spaziergänge im Garten und setzte sich zur Rast gern unter einen der Bäume. Von dort aus fiel ihr bewundernder Blick auf das große Sandsteinhaus mit seinen roten Zedernholzschindeln, die Darcys Vater eigenhändig angefertigt hatte. Doch als sie das Haus so betrachtete, kam ihr der Gedanke, daß sie bald würde abreisen müssen. Sie konnte sich Cornelia ja nicht ewig aufdrängen. Darcy hatte gewußt, warum er mit der Planung eines eigenen Hauses begonnen hatte. Denn dieses Haus gehörte zweifellos Cornelia. Andererseits ... Perfy seufzte. Nach dem Tod ihres Vaters gab es für sie hier draußen keine Zukunft mehr.

Er fehlte ihr sehr. Ursprünglich hatten sie die Entscheidung über die Farm gemeinsam treffen wollen; doch jetzt lag sie ganz allein bei ihr.

Um einen Anfang zu machen, versuchte Perfy zuerst mit Cornelia über diese Frage zu sprechen. »Ich finde, wir sollten uns über die Farm unterhalten und darüber, was ich tun soll.«

»Meine Güte, Perfy, Sie sind doch noch gar nicht in der Verfassung, sich darüber Gedanken zu machen. Außerdem haben Sie noch kaum etwas von der Farm gesehen. Wie wär's, wenn wir morgen mit meiner Kutsche hinausfahren, dann können Sie sich mal umsehen?«

»Ja, gern.«

Die Tage vergingen, und Perfy und Cornelia unternahmen mehrere Ausflüge am Fluß entlang bis zur Grenzstraße, wobei sie zur Sicherheit immer von einem berittenen Viehhüter begleitet wurden. Perfy war überrascht, daß von den Rindern kaum etwas zu sehen war; sie hatte sich vorgestellt, sie würde überall auf Viehherden stoßen, aber die Farm war so riesig, daß die Tiere in alle Winde verstreut schienen.

Ben lachte, als sie ihm davon erzählte. »Sie werden die Tiere noch früh genug sehen, wir müssen sie jetzt wieder zählen, bevor der Regen kommt.«

Perfy begann sich allmählich auf Caravale einzuleben. Diamond hatte es anfangs hier nicht gefallen, aber inzwischen hatte sie sich damit abgefunden und genoß die Zeit auf dem Lande; ihretwegen brauchte Perfy sich also keine Sorgen zu machen. Cornelia nahm Perfy zu ihrem morgendlichen Rundgang mit, bei dem sie die Arbeit der Eingeborenen in der Molkerei und der Speisekammer überwachte und in den Ställen und Scheunen nach dem Rechten sah. Nichts entging ihrem strengen Blick. Danach nahmen sie ihr Frühstück ein: Es gab Tee, der in erlesenem Porzellan serviert wurde, und feinen Kuchen und Gebäck.

Perfy fand die Ausflüge immer noch ermüdend, was sie

jedoch nicht eingestand, denn sie wollte vor ihrer Abreise soviel wie möglich sehen.

Die Frage nach dem Farmbesitz war aber nach wie vor nicht zur Sprache gekommen.

An Bens Geburtstag, dem vierten Dezember, aßen sie im Haus gemeinsam zu Abend. Der große polierte Tisch war feierlich gedeckt, und Cornelia schenkte Champagner ein.

»So still wie heute ist es sonst nicht«, erklärte Cornelia. »Normalerweise laden wir zu besonderen Anlässen unsere Nachbarn ein, und sie bleiben dann meist ein paar Tage. Aber da Sie noch in Trauer sind, Perfy, habe ich gedacht, das wäre unschicklich, und Ben macht es auch nichts aus.«

»Ach, das tut mir aber leid«, erwiderte Perfy und fragte sich, ob dies ein taktvoller Hinweis war, Perfy solle ihnen nicht länger zur Last fallen.

»Machen Sie sich bitte deshalb keine Gedanken«, meinte Ben. »Zu dieser Jahreszeit sind wir sowieso immer sehr beschäftigt.«

»Wenn wir schon alle zusammensitzen, könnten wir uns einmal überlegen, wie es mit der Farm weitergehen soll«, versuchte Perfy das Thema anzuschneiden.

»Was schlagen Sie vor?« fragte Ben und lächelte sie an, als ginge es darum, eine Schachtel Pralinen aufzuteilen.

»Ich glaube, daß es eigentlich am besten wäre, wenn ich meinen Anteil verkaufe. Caravale gefällt mir, aber ich brauche ein eigenes Zuhause.«

»Da haben Sie recht, meine Liebe«, pflichtete Cornelia ihr bei. »Die Erfahrung hat mich gelehrt, daß zwei Frauen nicht einen Haushalt führen können, auch wenn sie noch so gut miteinander auskommen. Ich bin froh, daß Sie ebenso darüber denken. Aber es wäre schwierig für uns, wenn Sie Ihren Anteil an irgendeinen Fremden verkaufen würden. Der nächste Teilhaber ist vielleicht nicht so verständnisvoll wie Sie.«

»Das sehe ich ein«, sagte Perfy. »Es gibt also nur zwei Möglichkeiten. Entweder ich verkaufe an Sie oder wir halbieren den Grund, dann können Sie Ihr Haus behalten, und ich verkaufe meine Hälfte.«

»Mutter«, sagte Ben nachdenklich, »Perfy hat recht. Ich glaube, es wäre das beste, sie auszuzahlen.«

Cornelia war wütend. Sie hatte sich mit ihrem Sohn ins Arbeitszimmer am anderen Ende des großen Hauses zurückgezogen.

»Hast du gehört, was diese dumme Person gesagt hat?« fragte sie empört. »Die Farm halbieren! Eher bringe ich sie eigenhändig um!«

»Beruhige dich«, sagte Ben. »Wir werden Sie auszahlen müssen.«

»Womit denn? So viel Geld können wir nicht auftreiben, ohne eine Hypothek aufzunehmen.«

»Bloß keine Hypothek«, erwiderte Ben entschieden.

»Und was sollen wir dann tun?« Cornelias Stimme wurde schrill. »Die Sache muß erledigt werden, bevor sie abreist.«

»Wir könnten eine Anzahlung leisten und sie mit dem Rest noch hinhalten.«

»Und was meinst du, wie lang es dauert, bis Jauncy Wind davon bekommt? Der betreibt dann durch Tolley die Zwangsvollstreckung, und wir müssen doch noch eine Hypothek aufnehmen. Du mußt mit diesem Mädchen reden, und zwar jetzt. Sie ist noch nicht so gesund, wie sie glaubt, es dauert Monate, bis man das Gelbfieber überwunden hat.«

»Worüber in Gottes Namen soll ich denn mit ihr reden?«

Cornelia trat ans Fenster und verschränkte die Arme. »Du mußt sie heiraten.«

»Um Himmels willen, fang nicht schon wieder damit an.«

»Ich bitte dich! Das ist die einzige Möglichkeit. Solange sie verwöhnt wird, glaubt sie, hier ist das Paradies auf Erden. Die Heirat mit Darcy wäre für sie ein gesellschaftlicher Aufstieg gewesen, nur darauf hat sie es abgesehen.«

Ben ließ sich in einen Sessel fallen. »Ich will sie aber nicht heiraten.«

»O doch, du wirst sie heiraten!« Cornelia war aufgebracht. »Streng doch mal dein Hirn an. Sie träumt von einem romantischen Leben auf dem Land, es ist unsere einzige Möglichkeit. Und wenn sie für Darcy gut genug war, dann ja wohl auch für dich!«

»Mutter, du vergißt offenbar, daß wir Darcy diesen ganzen Schlamassel verdanken.«

Cornelia stellte sich vor ihn hin. »Nein. Ich mache dich dafür verantwortlich. Du hättest besser auf deinen Bruder aufpassen sollen, anstatt dich mit diesen feinen Leuten herumzutreiben. Dann hätte er sich gar nicht erst mit diesem Mädchen eingelassen.«

Sie war überrascht, daß Ben ihr nicht widersprach. Jetzt hatte sie ihn soweit, und er würde tun, was sie von ihm verlangte. Schließlich hatte er auch keine andere Wahl. Und falls er später doch noch Schwierigkeiten machen sollte, würde sie ihm einfach erklären, daß er sich ja auch von Perfy scheiden lassen konnte. War er erst einmal ihr Ehemann, würde ihr ganzer Anteil in seinen Besitz übergehen. Caravale gehörte dann wieder ihm.

»Ich werde morgen so tun, als ob ich mich nicht wohlfühle, dann unternimmst statt dessen du mit ihr eine Spazierfahrt. Mae wird euch einen Picknickkorb zurechtmachen.«

»Ich habe keine Zeit«, wandte Ben ein.

»Du wirst dir die Zeit einfach nehmen.«

Früh am nächsten Morgen schickte Cornelia die Gärtner los, um den Weg zu den Wasserfällen für die Kutsche passierbar zu machen. Unterdessen stellte Mae ein reichhaltiges Picknick zusammen mit kaltem Brathuhn, Schinken, warmen Brötchen, Käse, Kartoffel- und Maisgebäck, glasiertem Orangenkuchen und verschiedenen frischen Früchten. Auch ein paar Flaschen guten Weißweins wurden eingepackt.

»Eigentlich wollte ich Sie heute mit einem Picknick überraschen, meine Liebe«, sagte Cornelia zu Perfy. »Aber mir ist nicht ganz wohl, und so habe ich Ben gebeten, für mich einzuspringen.«

»Ach, das wäre doch nicht nötig gewesen«, meinte Perfy. »Ich kann ebensogut den Tag hier verbringen.«

»Nein, ich habe das Picknick schon vorbereitet, also fahren Sie ruhig. Ben wird Sie begleiten, ein freier Tag wird ihm guttun.«

»Und es macht ihm bestimmt nichts aus?«

»Nein, keine Sorge. Er liebt Picknicks. Die Wasserfälle sind das beliebteste Ausflugsziel.«

»Wasserfälle?«

»Aber ja. Caravale besteht nicht nur aus Staub und Dornengestrüpp. Die Gegend bei den Wasserfällen ist sehr malerisch.«

Und das war sie in der Tat. Perfy staunte über den Wasserfall, der sich in drei Strömen in das darunter liegende Felsbekken ergoß.

»Wenn der Regen kommt, verwandeln sie sich in einen einzigen großen Wasserfall«, erklärte Ben. »Es sieht dann sehr beeindruckend aus.«

»Ich finde es jetzt schon beeindruckend«, erwiderte Perfy. Sie zog Schuhe und Strümpfe aus, setzte sich auf einen Felsen und ließ ihre Füße ins Wasser baumeln. »Schauen Sie«, rief sie Ben zu, »da springen Fische im Wasser!«

Ben war ein sehr zuvorkommender Gastgeber. Er bestand darauf, das Picknick selbst auszupacken, und vor dem Essen setzte er sich mit einer Flasche Wein und zwei Gläsern zu Perfy.

»Ich komme mir richtig verwegen vor, hier im Grünen zu sitzen und Wein zu trinken«, meinte Perfy fröhlich.

»Na, dann lassen Sie uns mal verwegen sein«, erwiderte er. »Ich bin eigentlich ganz froh, daß Mutter nicht mitkommen konnte. Das hier ist mein Lieblingsplatz, und ich bin eine Ewigkeit nicht mehr dagewesen. Als Jungen waren Darcy und ich hier oft schwimmen.«

Perfy schwieg und beobachtete die Fische, die durch das tiefe klare Wasser huschten.

»Entschuldigen Sie, ich hätte besser nicht von Darcy gesprochen«, sagte Ben.

»Nein, das macht nichts«, antwortete sie. »Und hier schon gar nicht. Es ist so schön hier ... das Rauschen des Wasserfalls, die singenden Vögel, die zirpenden Zikaden ...«

»Es freut mich, daß es Ihnen hier gefällt. Sie sind viel zu hübsch, um zu trauern. Es tut mir leid, daß ich in Brisbane nicht dazu gekommen bin, mit Ihnen zu reden, Perfy, ich bedauere das wirklich, aber ich habe nur noch die Politik im Kopf gehabt, die Aussicht, einen Sitz im Parlament zu bekommen. Wissen Sie, ich war ganz aufgeregt, es kam so überraschend.«

»Ja, das verstehe ich«, sagte Perfy. Sie hatte seine Bemerkung, daß sie hübsch sei, nicht überhört. Er war wirklich reizend. Aber warum auch nicht, schließlich war er Darcys Bruder. »Wann kommen Sie denn ins Parlament?« fragte sie ihn.

»Dieser Traum ist ausgeträumt«, erwiderte er bekümmert. »Ursprünglich war es so gedacht, daß Darcy die Farm leitet, damit ich in die Politik gehen kann. Aber jetzt kann ich Caravale nicht verlassen.«

»Das tut mir leid«, sagte Perfy.

»Halb so schlimm. Es war nur ein Traum, der nicht Wirklichkeit werden konnte. Und inzwischen habe ich erkannt, wie sehr ich dieses Land liebe. Ich glaube, so weit weg von Caravale wäre ich nicht glücklich geworden.«

Ja, dachte Perfy, auch Darcy war ein Traum, der nicht Wirklichkeit werden konnte.

Ben schien ihre Gedanken erraten zu haben. »Manches bleibt einfach nur ein Traum. Aber ich glaube, Darcy wollte, daß Sie nach Caravale kommen, so oder so. Caravale ist die Wirklichkeit. Wir sind die Wirklichkeit.« Ehe Perfy über diese letzten Worte nachsinnen konnte, half Ben ihr aufstehen. »Mademoiselle, das Mahl ist angerichtet«, sagte er lächelnd.

Im Schatten einer großen Weide hatte Ben das Essen vorbereitet und mit einem Baumwolltuch abgedeckt. »Das ist die beste Stelle«, erklärte er. »Aber geben Sie auf die großen Ameisen acht, die beißen.«

Es war ein vergnügter Nachmittag. Sie griffen beide herzhaft zu, und Ben holte bald die zweite Flasche Wein, die er zum Kühlen in eine kleine Bucht gestellt hatte. Fröhlich und ein wenig beschwipst plauschten sie über Brisbane und Caravale. Perfy fühlte sich in Bens Gesellschaft außerordentlich wohl.

»Was mit Ihrem Vater passiert ist, tut mir aufrichtig leid«, sagte er schließlich. »Das wollte ich Ihnen schon lange sagen. Aber Sie müssen wissen, daß ich alles getan habe, was in meiner Macht stand.«

»Ich weiß«, antwortete Perfy, denn er sah sehr zerknirscht aus. »Nicht Sie, ich sollte mich entschuldigen. Ich war nicht mehr ganz bei Sinnen. Diamond hat mir dann alles erklärt, nachdem ich mich etwas beruhigt hatte.«

»Ich verstehe«, sagte er leise, wirkte jedoch immer noch niedergeschlagen. Dann wechselte er plötzlich das Thema: »Offen gestanden, mir graut vor dem Tag, an dem Sie abreisen.«

»Tatsächlich?« Bens Nähe und der Wein machten sie auf angenehme Weise schwindelig.

Er nickte. »Wenn Sie weggehen, sind nur noch ich und Ma da. Sie mag es nicht, wenn ich sie Ma nenne. Sie wissen ja gar nicht, wie herrlich es ist, wenn ich abends nach Hause komme und Sie auf mich warten. Sie sind so aufgeweckt, so hübsch und immer fröhlich. Wenn ich über Nacht draußen auf den Weiden bleiben mußte, haben Sie mir sehr gefehlt. Und Sie werden mir fehlen, wenn Sie von hier fortgehen.«

»Es ist nett, daß Sie das sagen«, murmelte sie. Sie fühlte sich geschmeichelt und war angetan von seiner Offenheit. Er hatte ein so angenehmes Wesen, war nicht streitsüchtig, und auch nicht so fordernd wie Lew. Sie erkannte, daß Ben vieles mit ihr gemeinsam hatte.

Wo steckte eigentlich Lew? Mutter hatte geschrieben, daß seine Dschunke zerstört worden war und er die Stadt verlassen hatte, aber er hatte sich nicht die Mühe gemacht, sie davon in Kenntnis zu setzen.

»Lassen Sie uns den Wein austrinken, dann können wir uns allmählich auf den Rückweg machen«, meinte Ben. Er spannte das Pferd vor die Kutsche, und sie half ihm, den Picknickkorb einzupacken. Während sie unter dem Baum gesessen hatten, war Perfys Hut die Uferböschung hinuntergerollt. Ben holte ihn und band ihn ihr unter dem Kinn fest. »Sie sehen heute so hübsch aus«, sagte er, »ganz wie früher.«

»Danke. Ich habe schon befürchtet, ich müßte mein Leben lang mit einem gelben Gesicht herumlaufen.«

»Aber nein.«

Das Pferd war unruhig, und so nahm er Perfys Arm und half ihr die erste der Eisenstufen zum Kutschbock hinauf. »Hat es Ihnen hier gefallen?«

»Es war wunderbar, Ben.«

Er lächelte. »Genau wie Sie. Überrascht es Sie, daß sich auch der andere Buchanan in Sie verliebt hat?«

Perfy hielt auf der Stufe inne. »Ja, ich glaube schon.«

Er zuckte mit den Achseln. »Na gut. Ich habe mir gedacht, ich sage es Ihnen einfach, obwohl ich weiß, daß ich dem Vergleich nicht standhalten kann. Ich liebe Sie, Perfy. Und, bei Gott, Sie werden mir fehlen.«

Perfy sah in seine traurigen, sanften Augen, und sie empfand Zuneigung zu diesem Mann. Bei ihm fühlte sie sich geborgen. Er band die Zügel fest und legte den Arm um ihre Schultern. »Sie gehören hierher«, sagte er, »zu Caravale, zu mir.«

»Ja«, flüsterte sie, und er küßte sie mit einer Leidenschaft, die sie noch nie erlebt hatte. Ungestüm preßten sich seine Lippen auf die ihren. Seine Hände streichelten ihre Brüste durch das dünne Gewebe ihres Baumwollkleids. Während er sie fest an sich drückte, küßte er sie immer und immer wieder. Noch nie hatte sie einen Mann so begehrt wie ihn, und es kostete sie große Überwindung, sich von ihm loszumachen.

»Wir sollten besser fahren«, sagte sie und strich ihr Kleid glatt.

»Ja«, erwiderte er lachend und gab ihr einen letzten Kuß auf die Wange.

Als die Kutsche über den Buschpfad holperte, legte er einen Arm um sie. »Sag, daß du mich liebst, Perfy.«

Sie schmiegte sich an ihn. »Ja, ich glaube schon, Ben. Und ich bin mir sicher, Darcy wäre damit einverstanden.«

Um vier Uhr nachmittags ließ sich im Westen ein tiefes Donnergrollen vernehmen, und das Blau des Himmels verblaßte zu einem hellen Grau. Es waren keine Gewitterwolken zu sehen; der Himmel schien einfach seine Farbe zu verlieren. Wieder grollte der Donner, diesmal schon viel näher, und das Grau verwandelte sich in Schwarz, das sich wie ein riesiger Tintenfleck ausbreitete. Ein vielfach verästelter Blitz zuckte über das Firmament und schlug mit einem ohrenbetäubenden Krachen ein – eine Buche oben am Friedhof, schien erschrokken ihre Zweige in die Luft zu recken, ehe sie zu Boden stürzte und ihre dürren Äste lichterloh zu brennen anfingen.

Die Pferde wieherten und tobten in ihren Koppeln, während in ständigem Wechsel Blitze den Himmel zerrissen und der Donner das Land erbeben ließ, als wollten die Naturgewalten einen schaurigen Wettstreit austragen. Diamond genoß das Schauspiel, denn sie wußte nicht, daß in diesem trockenen Land ein Gewitter, auf das kein Regen folgte, vernichtende Buschfeuer auslösen konnte.

Als das Gewitter sich verzog und einen dunstigen grauen Himmel zurückließ, kamen die Hausmädchen vom Camp herübergelaufen.

»Viel bum-bum, he?« rief Poppy ihr zu. »Bald große Fest feiern«, fügte sie fröhlich hinzu. »Regenmann kommen.«

Diamond wußte, daß sich mit solchen Gewittern die Regenzeit ankündigte, doch sie konnten sich über Monate hinziehen, ohne ihr Versprechen auf Regen einzulösen, ohne die ausgetrockneten Flüsse und Bäche mit ihrem lebenspendenden Naß zu speisen. Auf der Farm wurde dauernd über Regen gesprochen, denn hier draußen waren die Winter noch trokkener als in Brisbane. Diamond fragte sich allmählich, wann sie und Perfy abreisen würden.

Wie sie wußte, hatte Perfy ihrer Mutter geschrieben, sie würde noch vor Weihnachten nach Hause kommen, doch wenn die schweren Regenfälle einsetzten, waren die Flüsse unpassierbar, hatte man ihr gesagt. Nicht, daß Diamond die Abreise herbeisehnte, im Gegenteil. Ihr wäre es viel lieber, wenn Perfy niemals nach Hause gehen würde, denn der Gedanke, Ben zu verlassen, war ihr unerträglich.

Die Leute vom Stamm der Ilba wußten, daß sie und Ben ein Liebespaar waren. Diamond brauchte nicht zu fragen, woher, denn den Ilba blieb nichts verborgen. Wenn Diamond in ihr Lager ging, lächelten die Leute. Wenn Diamond sich bei ihnen befand, war sie stolz auf ihre Liebe, doch wenn sie in der Nähe des Hauses war, fühlte sie sich schlecht. Sie wollte nicht, daß Ben ihretwegen in Schwierigkeiten geriet. Wenn seine Mutter von ihrem Verhältnis erfuhr, würde es einen furchtbaren Streit geben. Diamond wollte gar nicht erst daran denken.

Mittlerweile war sie im Haus geduldet und durfte in der Küche nach Belieben ein und aus gehen, solange sie Mrs. Buchanan nicht in die Quere kam. Irgendwann konnte Diamond den Anblick der schäbigen, halb offenen Hütte, in der die Bediensteten aßen, nicht mehr ertragen. Sie machte sie gründlich sauber und stellte mit Maes Erlaubnis einige behelfsmäßige Bänke aus Brettern sowie Tische aus umgestülpten Teekisten auf. Mae überließ ihr sogar einige Fliegennetze, die sie an den offenen Seiten aufhängte und am Boden mit Steinen beschwerte. Jetzt war die Hütte wenigstens bewohnbar.

Die Nacht war heiß und schwül nach dem Gewitter, und als Ben herauskam und zu ihrem Zimmer ging, erwartete sie ihn auf der Türschwelle. »Drinnen ist es zu heiß«, sagte er. »Komm mit.«

Er nahm eine Decke und führte sie leise zum Obstgarten, wo sie sich unter freiem Himmel einander hingaben. Er blieb viel länger als sonst, fast bis zur Morgendämmerung, und sie liebten sich mit äußerster Leidenschaft. Das Leben konnte so wunderbar sein, dachte Diamond, mit diesem Mann, den sie so innig liebte, der Nacht für Nacht an ihrer Seite lag. Doch ihr Traum würde bald zu Ende sein.

»Hast du Kummer, Ben?« fragte sie.

»Nein«, murmelte er, doch dann besann er sich anders. »Ja, ich habe Kummer. Ich weiß nicht, wie ich es dir sagen soll, Diamond, aber du mußt von hier fortgehen.«

Natürlich hatte dies einmal kommen müssen. Wenn Perfy fortging, welchen Vorwand konnte Diamond dann anbringen, um hierzubleiben? Doch sie mußte es wenigstens versuchen. »Ich will nicht fortgehen, Ben. Ohne dich ist das Leben für mich leer.«

»Hast du nicht einmal gesagt, daß du deinen Stamm, die Irukandji, suchen willst?«

»Das war, bevor ich dich kennengelernt habe«, antwortete sie lächelnd. »Könntest du mir nicht hier irgendeine Arbeit besorgen?«

»Nein, das geht nicht.«

Für eine Weile schwiegen sie beide. Diamond sah den Schatten eines kleinen Opossums, das leise an ihnen vorbeihuschte.

»Wann gehen wir fort?«

»Diamond, du verstehst nicht. Du kannst hier einfach nicht mehr bleiben, du mußt gehen. Es gibt keine Zukunft für uns. Wir können ebensogut gleich Schluß machen.«

Sie zuckte zusammen. Er hatte »gleich« gesagt. War dies das Ende ihrer Liebe? Das konnte doch nicht sein. Zwar hatte Ben nie gesagt, daß er sie liebe, das mußte sie sich eingestehen, aber es war doch so! Es mußte so sein!

»Du ... du kommst nicht mehr zu mir?« fragte sie mit zittriger Stimme.

»Ein paar von meinen Leuten reiten am Morgen nach Charters Towers. Ich möchte, daß du mitgehst, sie bringen dich zur Kutsche nach Townsville. Dann kannst du mit dem Schiff nach Bowen zu Mrs. Middleton zurückfahren. Ich bezahle dir die Fahrt. Seit es diese großen Kutschen gibt, ist es für Frauen einfacher, so zu reisen, als den Landweg nach Bowen zu nehmen.«

»Wovon redest du eigentlich?« fuhr sie ihn an. »Es ist mir einerlei, welcher Weg einfacher ist. Warum soll ich weggehen? Was ist mit Miss Perfy?«

Er seufzte. »Sie braucht dich hier nicht, Diamond, und das weißt du. Außerdem fährt sie mit Mutter für ein paar Tage auf die Merri-Creek-Farm. Dort findet das jährliche Pferderennen statt.«

»Und ich kann nicht mitkommen?«

»Das geht nicht, dort hättest du dieselben Schwierigkeiten wie hier. Es gibt da keine Unterkünfte für ...«, er zögerte, »... Hausmädchen.«

»Schwarze, meinst du wohl?«

»Meinetwegen Schwarze! Jedenfalls würden sie das nicht verstehen.«

»Fährst du auch hin?«

»Ja, ich bin jedes Jahr dort.«

»Schön«, sagte sie. »Ich warte hier solange. Ich arbeite für Miss Perfy, und ich reise erst ab, wenn sie es mir sagt.«

»Du fährst morgen«, beharrte er, während er aufstand und sein Hemd in die Hose stopfte.

»Nein«, entgegnete sie.

Er sah sie einen Augenblick lang an, wandte sich dann ab und ging wortlos davon. In ihren Träumen hatte sie sich den Augenblick der Trennung so oft ausgemalt – wie sie zärtlich voneinander Abschied nahmen. Wie Ben sich in letzter Minute entschloß, sie für immer bei sich zu behalten. Doch mit dieser kalten Zurückweisung hätte sie niemals gerechnet. Niemals.

Diamonds Gefühle waren ein einziger Scherbenhaufen, als sie am nächsten Morgen Perfy beim Packen für ihren dreitägigen Aufenthalt auf der Merri-Creek-Farm half. Sie hörte kaum zu, als Perfy voller Vorfreude schwärmte: »Es gibt Pferderennen und Tanz und Rodeo-Reiten, und einen Krocketplatz haben sie auch. Die Leute aus der ganzen Gegend kommen hin, es wird bestimmt ein Heidenspaß. Es tut mir leid, daß du nicht mitkommen kannst, Diamond, aber du weißt ja, was das für Leute sind. Und hier geht es dir doch auch ganz gut, nicht wahr?«

Diamond horchte auf. Perfy wollte also gar nicht, daß sie abreiste. »Ja«, antwortete sie, »mir geht es gut.« Sie hatte am Morgen vier Männer mit Reisebündeln am Sattel wegreiten sehen; das hätten wohl ihre Begleiter sein sollen, aber Diamond hatte sie nicht beachtet.

Ben würde schon wieder zur Besinnung kommen, sagte sie sich. Es konnte nicht schaden, wenn er ein paar Tage fort war. Er würde sie vermissen, und wenn er zurückkam, hatte er vielleicht seine Meinung geändert und würde sie zumindest nicht fortschicken, solange Perfy noch da war. Doch dann, das wußte sie, mußte auch sie Caravale verlassen. Es blieb ihr nur die schwache Hoffnung, daß sie Ben in den nächsten Tagen fehlen würde. Dann würde er sie hierbehalten wollen.

Sie blieben vier Tage aus, nicht drei. Diamond ging jeden Tag bei den Wasserfällen schwimmen und lieh sich Bücher von Mae aus, die während Mrs. Buchanans Abwesenheit viel umgänglicher war. Gelegentlich pflückte sie Mangos, die Mae einlegte oder zu Marmelade verarbeitete.

»Es war wunderbar!« rief Perfy nach ihrer Rückkehr begeistert. »Ich habe mich selten so vergnügt. Die Leute waren alle so fröhlich. Ständig haben sie sich gegenseitig aufgezogen, und es gab dauernd was zu lachen. Wir haben jeden Abend getanzt! Einmal sind wir die ganze Nacht aufgeblieben, und dann haben wir alle noch in Abendkleidern draußen auf dem Rasen im Garten zusammen gefrühstückt.«

»Schön, daß es Ihnen gefallen hat«, sagte Diamond, und sie meinte es auch so. Perfy hatte genug gelitten, sie sollte sich endlich wieder etwas Spaß gönnen. »Die Abwechslung hat Ihnen gutgetan«, stellte Diamond fest. »Sie sehen prächtig aus.«

»Kein Wunder«, flüsterte Perfy. »Denn das Beste habe ich dir noch gar nicht erzählt. Ben und ich sind verlobt. Am Samstagabend haben wir unsere Verlobung bekanntgegeben. Deshalb sind wir auch noch eine Nacht geblieben, weil es uns zu Ehren ein großes Festessen gab ...«

Diamond hörte nicht mehr zu. Was Perfy aufgeregt von den Leuten und den Festlichkeiten erzählte, klang in ihren Ohren nur wie ein Rauschen, das von Minute zu Minute lauter wurde, bis sie es nicht mehr aushielt. Sie packte einige Kleider, die gewaschen werden mußten, und stürzte hinaus.

Ben hielt es offenbar nicht für nötig, mit Diamond zu sprechen. Die anderen schwarzen Frauen bedachten sie mit mitleidigen Blicken, wenn sie sie vorübergehen sahen. Aber die nächsten drei Tage fühlte sich Diamond so elend, daß sie kaum ihr Zimmer verließ. Jeden Nachmittag setzte wie auf Befehl ein Unwetter ein, das mit Blitz und Donner über das Land hinwegfegte, doch der Regen blieb aus. Es lag eine unerträgliche Spannung in der Luft, die an Diamonds Nerven zerrte.

Mae brachte ihr zur Stärkung ein Getränk aus Gerstenauszügen, denn sie dachte, Diamond sei krank. »Dieses verdammte Wetter ist schuld«, meinte sie. »Wir sind im Moment alle nicht so ganz auf der Höhe. Die Männer arbeiten gerade unter großem Zeitdruck, um die Kälber mit Brandzeichen zu versehen und die marktfähigen Rinder auszusuchen. Wir haben auch schon weitere Vorräte bestellt, falls der große Regen doch noch mal kommen sollte.«

Eines Nachmittags besuchte Jannali sie. Schüchtern stand sie in der Tür. »Heute nacht großes Fest«, sagte sie. »Viel Essen und Tanzen. Du wollen kommen?«

»Danke, Jannali, aber ich glaube nicht.«

Die Frau spähte ins dunkle Zimmer. »Du haben geweint sehr, sehr lange. Nicht gut. Du besser gehen fort, Kagari. Besser für dich!«

»Ja«, erwiderte Diamond teilnahmslos.

»Warten nicht gut«, beharrte Jannali. »Weiße nie heiraten schwarze Mädchen.«

Diamond blickte zu ihr hoch. »Aber sie schlafen mit ihnen.«

Jannali klopfte ungeduldig an den Türpfosten, als wollte sie Diamond aus ihren trüben Gedanken reißen. »Nichts Liebe. Immer nehmen schwarze Mädchen. Weinen keinen Sinn.«

Mit der Abenddämmerung begann das große Fest der Schwarzen. Diamond hörte aus der Ferne die Melodien der Didgeridoos, der einfachen Blasinstrumente der Aborigines. Doch sie konnte sich nicht überwinden, hinzugehen und zuzusehen. Sie fühlte sich gedemütigt und zutiefst verletzt. Tränen traten ihr in die Augen, bis sie die Einsamkeit und Erniedrigung nicht länger ertrug.

Sie wusch sich, zog ihre beste Bluse, einen Rock und Strümpfe und Schuhe an und wand sich einen mit Blumen bestickten Schal um den Kopf. Dann ging sie in die Küche, doch vor dem langen Durchgang zum Haus blieb sie stehen. Wenn sie sonst zu Perfys Zimmer gegangen war, hatte sie immer den Weg über die Veranda genommen, ohne sich etwas dabei zu denken. Doch jetzt erkannte sie, daß sie schon genauso eingeschüchtert war wie die anderen Schwarzen; sie wagte es nicht, unaufgefordert das Haus zu betreten. Dies stachelte ihre Wut nur noch mehr an.

Als sie so unschlüssig dastand, erschien Mrs. Buchanan im Gang. »Wer ist da?« rief sie und spähte in die dunkle, verlassene Küche.

»Ich bin's, Diamond.«

»Was willst du?«

»Ich würde gern Mr. Ben sprechen.« Wie kam sie nur dazu, ihn, ihren Liebhaber, »Mister« zu nennen!

»Er ist nicht zu Hause, er ist auf einem der Außenposten. Was willst du von ihm?«

»Es ist nicht so wichtig.« Sie wollte sich schon umdrehen, da merkte sie, daß diese Frau sie wieder einzuschüchtern versuchte, und sie hielt inne. »Kann ich dann bitte Miss Perfy sprechen?«

»Sie hat zu tun, du kannst sie morgen früh sprechen.«

Hat zu tun? Im Wohnzimmer und in der Vorhalle brannte noch Licht. Was Perfy zu tun hatte, konnte höchstens Nähen oder Lesen sein, vielleicht auch Plaudern mit Mrs. Buchanan, ihrer künftigen Schwiegermutter. »Ich will sie aber jetzt sprechen«, sagte Diamond mit fester Stimme.

»Verschwinde!« befahl Mrs. Buchanan und wandte sich ab.

Doch Diamond folgte ihr. »Reden Sie nicht so mit mir! Ich wünsche, Miss Perfy zu sprechen.«

»Du wirst mit überhaupt niemandem sprechen!« herrschte Mrs. Buchanan sie an. »Und jetzt verlaß auf der Stelle mein Haus!«

Da trat Perfy aus der Wohnzimmertür. »Was ist denn los? Ach, du bist's, Diamond. Ich dachte, du wärst beim Fest der Schwarzen.«

»Ich möchte Sie sprechen«, sagte Diamond.

»Also, so was!« Mrs. Buchanan schüttelte mißbilligend den Kopf. »Tut mir leid, Perfy. Ich habe ihr gesagt, sie soll morgen früh wieder kommen.«

»Ist schon in Ordnung. Was gibt es denn, Diamond?«

»Es ist vertraulich«, erklärte diese trotzig.

Perfy nickte und folgte Diamond ahnungslos durch die Küche auf die beleuchtete Veranda hinaus. »Was ist denn mit dir los? Du bist ja ganz durcheinander.«

Ehe Diamond wußte, wie ihr geschah, brach sie in Tränen aus. Vielleicht war es ganz gut, daß Ben nicht hier war. Vor ihm hätte sie sicherlich auch geweint.

»Komm, Diamond«, suchte Perfy sie zu trösten, »so schlimm kann es doch gar nicht sein. Gefällt es dir hier draußen nicht mehr? Das Wetter kann einem aber auch arg zusetzen.«

»Das ist es nicht. Ich muß Ihnen etwas sagen.« Sie hielt inne. Perfy wirkte so ausgeglichen und zufrieden. Und so unschuldig. Durfte sie dem Mädchen, das ihre Freundin geworden war, so einen schweren Schlag versetzen? Wie hätte Jack Middleton sich verhalten, wenn er noch am Leben gewesen wäre? Als sie darüber nachdachte, fühlte sie sich in ihrem Entschluß bestärkt. Jack Middleton hätte Krach geschlagen. Er hätte seiner Tochter die Wahrheit ins Gesicht gesagt und sich dann Ben Buchanan vorgeknöpft – genau das, was sie auch vorhatte.

»Was hast du denn, Diamond? Mir kannst du es doch sagen.«

Diamond atmete tief durch. »Es tut mir leid, Miss Perfy, wirklich, aber ich muß es Ihnen sagen. Ben ist mein Liebhaber. Schon seit einiger Zeit.« Die letzten Worte kamen nur noch flüsternd über ihre Lippen.

Perfy starrte sie entsetzt an. Sie wollte sprechen, brachte jedoch nur ein Keuchen hervor. Dann faßte sie sich wieder. »Diamond, wie kannst du nur so etwas sagen! Das ist eine unverschämte Lüge, und ich finde das sehr gemein von dir.«

»Es ist die Wahrheit. Sie dürfen ihn nicht heiraten, das können Sie nicht tun. Er hat schon die ganze Zeit mit mir geschlafen.«

Perfy hielt sich die Ohren zu. »Ich glaube dir nicht! Ich weiß nicht, was in letzter Zeit in dich gefahren ist, aber ich lasse nicht zu, daß du so von Ben sprichst.«

Einige dicke Regentropfen klatschten auf die Stufen der Veranda. Diamond betrachtete sie, während sie stumm vor Perfy stand. Was konnte sie jetzt noch sagen?

»Du mußt von hier fort, Diamond. Ben wäre außer sich, wenn er das erfahren würde.«

»O ja, ich gehe. Das hat er mir auch schon gesagt. Er wollte mich loswerden, damit ...« Ehe sie zu Ende sprechen konnte, stürzte Mrs. Buchanan wutentbrannt heraus. Offenbar hatte sie an der Tür gelauscht.

»Hab ich's Ihnen nicht gesagt, Perfy, daß diese Eingeborene nur Schwierigkeiten macht? Aber Sie wollten ja nicht auf mich hören«, rief sie, dann wandte sie sich an Diamond. »Und du, mach, daß du wegkommst! Dein unflätiges Gerede will ich hier nicht hören! Diese Niggerweiber sind doch alle gleich! Ständig sind sie hinter den weißen Männern her und träumen sich die wildesten Sachen zusammen! Kommen Sie lieber sofort herein, Perfy.«

»Sie sind ein Scheusal!« schrie Diamond Mrs. Buchanan an, und jetzt, da sie an jemandem ihre Wut auslassen konnte, wurde ihr leichter ums Herz. »Perfy ist viel zu gut für diese Familie, und je eher sie das erkennt, desto besser. Nicht ich, sie macht sich etwas vor!«

Mrs. Buchanan zerrte die leichenblasse und völlig verstörte Perfy ins Haus, doch Diamond ergriff ihren Arm. »Nein, vielleicht habe auch ich mir etwas vorgemacht. Es tut mir leid.«

Sie stapfte die Stufen hinunter und genoß die ersten Regentropfen auf ihrem Gesicht wie ein erfrischendes, reinigendes Bad. Bis sie die Molkerei erreicht hatte, goß es in Strömen. Ein wunderbarer, dunkler Regen, der sie tröstete und vor aller Unbill der Welt beschützte.

Schon bei Morgengrauen stand Perfy vor ihrer Tür. Das nasse Haar hing ihr in Strähnen herab, die Kleider trieften.

»Kommen Sie rein, Sie sind ja ganz naß«, sagte Diamond, doch Perfy rührte sich nicht vom Fleck.

»Nein, danke. Ich wollte dich nur eines fragen. Ich bitte dich, Diamond, sei ehrlich. Ist es wahr?«

»Ja.«

Perfy nickte. »Ja, das habe ich mir schon gedacht. Nun, ich reise heute ab. Du kannst mitkommen oder dableiben, ganz wie du willst. Ich möchte ihn nicht mehr sehen, und ich werde keinem von euch beiden jemals verzeihen.«

»Auch mir nicht? Denken Sie etwa, ich habe keine Gefühle?«

»Deine Gefühle sind mir gleichgültig. Wenn du mir wenigstens angedeutet hättest, was zwischen euch ist, dann wäre ich jetzt nicht in dieser schrecklichen Lage.«

»Tatsächlich?« entgegnete Diamond bissig. »Und was wäre gewesen, wenn ich es Ihnen gesagt hätte? Sie wären bestimmt nicht damit einverstanden gewesen.«

»Nein, natürlich nicht, aber ich hätte dir vorhergesagt, daß er dir den Laufpaß gibt, so oder so.« Ihre Worte trafen Diamond mitten ins Herz, doch sie ließ sich nichts anmerken. »Soll ich Ihnen beim Packen helfen?« fragte sie verdrossen.

»Nein, danke, das mache ich selbst. Ich gehe jetzt zu Mrs. Buchanan und teile ihr mit, daß ich abreise. Was hast du vor?«

»Ich gehe mit Ihnen. Wir können nach Charters Towers reiten, von dort kommen wir zur Küste.«

»Das weiß ich«, erwiderte Perfy ärgerlich. »Wir reisen zusammen nach Charters Towers, dann trennen sich unsere Wege. Wohin du dann gehst, ist deine Sache.«

Diamond hatte geahnt, daß es so kommen würde. Zwar verband sie mit Perfy der Zorn auf Ben Buchanan, doch das genügte nicht, um den Abgrund zu überwinden, der sich zwischen ihnen aufgetan hatte. Außerdem liebte sie Ben noch immer. Und sie fragte sich, ob es Perfy ebenso ging.

Cornelia saß nachdenklich in ihrem Zimmer am Schreibtisch und trommelte mit den Fingern auf die Tischplatte. Gott sei Dank arbeitete Ben mit Tom auf der westlichen Weide. Mit ein bißchen Glück war dieses Ärgernis aus der Welt geschafft, bevor er nach Hause kam.

Diese schwarze Hure! Ein Mann wie Ben konnte leicht auf so ein Weibsstück hereinfallen. Aber Perfy hatte von derlei Dingen einfach keine Ahnung, und so mußte sie, Cornelia, alles rundweg abstreiten. Schließlich stand nur die Aussage einer Schwarzen gegen die von Ben. Cornelia war es unbegreiflich, warum sie dieses Verhältnis nie bemerkt hatte. Offenbar war Ben äußerst vorsichtig gewesen. Sie fragte sich, ob Diamond schwanger war. Nein, das konnte nicht sein, das hätte Diamond bestimmt nicht verschwiegen, als sie vorhin so aufgebraust war.

Cornelia starrte in den Regen hinaus. Vielleicht war es nur ein Sommergewitter, aber es kam äußerst gelegen. Sie brauchten dringend Wasser, die Brunnen trockneten langsam aus. Ben hatte das Vieh schon zu den wenigen Bächen und Tümpeln treiben müssen, die noch nicht versiegt waren. Manchmal hörten diese frühen Regenfälle aber auch einfach auf, und der große Regen im Februar und März kam nicht. Dann konnte es problematisch werden. Cornelia widmete ihre Aufmerksamkeit wieder den Schwierigkeiten, die es sofort zu überwinden galt. Als erstes mußte dieses schwarze Ärgernis aus dem Weg geräumt werden. Sie würde ein paar Männer beauftragen, Diamond ohne großes Aufsehen zur Grenzstraße zu bringen; sollte sie selbst sehen, wie sie dann weiterkam. Es war nicht das erste Mal, daß sie aufsässige Schwarze loswerden mußten.

Cornelia fuhr herum, als es an der Tür klopfte. Wer konnte das sein? Es war doch erst fünf Uhr morgens. »Herein«, rief sie. In der Tür stand Perfy, durchnäßt bis auf die Haut.

»Aber meine Liebe«, rief Cornelia aus, »was haben Sie denn gemacht? Sie sind ja ganz naß.« Sie sprang auf und reichte Perfy ein Handtuch. »Um Himmels willen, trocknen Sie sich erst einmal ab. Gut, daß es so heiß ist, Sie könnten sich ja sonst den Tod holen.«

Perfy nahm das Handtuch und legte es sich um die Schultern. »Cornelia, ich bin gekommen, um Ihnen für Ihre Gastfreundschaft zu danken, und dafür, daß Sie sich so um mich gekümmert haben. Aber ich reise heute von Caravale ab. Ich bin froh, daß ich Sie nicht aufwecken mußte, ich will nämlich in aller Frühe aufbrechen.«

»Aber, aber, liebes Mädchen! Sie können doch nicht einfach so fortgehen. Lassen Sie uns erst zusammen frühstücken und darüber reden.«

»Nein, mein Entschluß steht fest. Ich werde so früh wie möglich abreisen. Ich wäre Ihnen sehr verbunden, wenn Sie mir jemanden zur Begleitung nach Charters Towers mitgeben würden.«

»Aber Perfy, was ist mit Ihren Kleidern?«

»Meine Kleidertruhe ist mit einem Wagen hierhergekommen, Sie können Sie auf demselben Weg nach Bowen zurückschicken.«

Cornelia lächelte. »Das habe ich nicht gemeint, Perfy. Ich meine, Sie können doch nicht einfach so losreiten. Sie müssen sich doch für die Reise vorbereiten. Aber sagen Sie, Sie gehen doch nicht etwa wegen des Geredes Ihres Hausmädchens?«

»Doch, genau deshalb«, antwortete Perfy.

Cornelia nahm Perfy am Arm und führte sie zu einem Sessel, obwohl sie wußte, daß die nassen Kleider des Mädchens den Brokatbezug ruinieren würden. »Jetzt hören Sie mir mal zu. Sie kennen die Schwarzen nicht. Ein ziemlich eigenartiger Schlag, und ständig verlieben sie sich in weiße Männer.« Cornelia lachte. »Sie werden doch nicht etwa das wirre Zeug glauben, das Diamond daherschwatzt?«

»Doch. Und es tut mir schrecklich leid, Cornelia, daß ich Ihnen diese Enttäuschung nicht ersparen kann, aber Sie haben im Lauf der Jahre sicher schon Schlimmeres durchgestanden.«

Cornelia war erstaunt über Perfys Entschlossenheit und Unbeugsamkeit. Von ihrer ersten Begegnung an hatte sie Perfy für geziert und etwas nervenschwach gehalten, doch nun erkannte sie, welche Willenskraft in dem Mädchen steckte. Sie hatte sich von ihrem Fieber erholt; ein paar Schluck Mohnauszüge hätten sie ruhiggestellt. Einmal hatte Cornelia tatsächlich mit diesem Gedanken gespielt, war aber zu dem Schluß gekommen, daß es nicht notwendig sei. Wie närrisch von ihr, dieses Mädchen so zu unterschätzen! Und Ben war ein noch viel größerer Narr. Sie würde ihm die Hölle heißmachen, wenn er heimkam!

»Ich würde das alles etwas leichter nehmen«, meinte sie. »Zumindest sollten Sie aber warten, bis Ben zurückkommt, und ihn anhören.«

»Lieber nicht.«

»Finden Sie das nicht ein wenig ungerecht? Ich bin schließlich seine Mutter, und ich kenne meine Söhne. Weder Ben noch Darcy haben sich jemals mit schwarzen Mädchen eingelassen.«

»Mit Ausnahme von Diamond«, erwiderte Perfy ungerührt. »Sie ist anders. Ich kann durchaus verstehen, daß er sie anziehend fand.«

»Unsinn! Sie ist keineswegs anziehend. Das Mädchen gehört doch zu einer ganz anderen Rasse.«

So ging das Gespräch hin und her, aber Perfy ließ sich nicht von ihrem Entschluß abbringen. Schließlich schien Cornelia nachzugeben. »Na schön, ich sehe, was ich tun kann. Aber vergessen Sie nicht, Perfy, daß nicht ich hier das Sagen habe, sondern Ben. Die Männer haben eine Menge Arbeit zu erledigen, und es sind rauhe, ungehobelte Burschen. Ich kann Sie ja nicht mit irgend jemandem losschicken.«

»Ich will noch heute abreisen.«

»Ihre Mutter würde es mir nie verzeihen, wenn ich Sie ohne anständige Begleitung in den Busch schicken würde. Ich will gar nicht daran denken, was Ihnen alles zustoßen könnte. Jetzt ruhen Sie sich heute noch mal aus, und ich sehe zu, was sich machen läßt.«

Der Vormittag ging in einen trüben, dunstigen Nachmittag über. Als Diamond noch immer nichts von Perfy gehört hatte, besuchte sie sie in ihrem Zimmer.

»Mrs. Buchanan bereitet unsere Abreise nach Charters Towers vor«, erklärte Perfy ihr.

»Wann?«

»Sobald es geht«, erwiderte Perfy unverbindlich.

»Miss Perfy, ich will Sie nicht noch mehr beunruhigen, aber ich glaube nicht, daß sie Sie gehen lassen wird. Sie möchte nur mich loswerden.«

»Das kann ich ihr nicht verübeln! Aber ich für meine Person kann gehen, wann ich will.«

Schweigend und mit gesenktem Kopf blieb Diamond im Zimmer stehen. Sie wollte nicht streiten, obwohl sie davon überzeugt war, daß sie recht hatte. Schließlich legte Perfy, die in einem Rohrstuhl saß und zu lesen vorgab, ihr Buch beiseite. »Na gut«, meinte sie und stand auf. »Das werde ich gleich herausfinden.« Cornelia war nicht zum Mittagessen erschienen, und Mae hatte nur gesagt, Mrs. Buchanan wolle sich heute etwas Ruhe gönnen. Perfy fand diese Untätigkeit beunruhigend, aber da Mrs. Buchanan oft Mae damit beauftragte, ihre Anweisungen weiterzugeben, hatte sie vielleicht doch schon etwas erreicht. »Sind Sie da, Mrs. Buchanan?« fragte Perfy, nachdem sie an die Tür von Mrs. Buchanans Zimmer geklopft hatte.

»Ja, meine Liebe. Kommen Sie nur herein.«

»Ich hoffe, ich störe nicht, aber ich wollte mich erkundigen ...«

Cornelia lag in ihrem rosafarbenen Baumwollschlafrock im Bett, den Kopf mit mehreren Kissen hochgelagert und einem feuchten Waschlappen über den Augen. »Ich weiß, Sie überlegen sich immer noch, ob Sie nach Charters Towers reisen sollen«, sagte sie, ohne den Waschlappen vom Gesicht zu nehmen. »Aber denken Sie doch mal nach; das ist die Sache wirklich nicht wert. Ich stehe bald auf, dann trinken wir zusammen Tee. Ich habe Mae gesagt, sie soll heute etwas Leichtes kochen. Danach spielen wir eine Partie Whist, das wird uns ein bißchen aufheitern.«

»Sie haben mich offenbar nicht verstanden, Cornelia. Ich möchte Caravale verlassen.«

Cornelia seufzte. »Das sagen Sie jetzt. Aber in ein paar Tagen haben Sie die schmutzigen Lügen dieses Mädchens vergessen. Gehen Sie nur. Ich kann Sie nun mal nicht davon abhalten, etwas zu tun, was Sie Ihr Leben lang bereuen werden.«

Trotz Cornelias besorgtem Tonfall nahm Perfy eine gewisse Gereiztheit in ihrer Stimme wahr. Es war die Stimme der Herrin von Caravale, die keinen Widerspruch duldete, und das ärgerte sie.

Als sie in ihr Zimmer zurückkehrte, war Diamond verschwunden. Perfy war darüber ganz froh, denn sie war nicht in der Stimmung, Diamond über den Stand der Dinge zu unterrichten. Und so suchte sie Mae auf.

»Wie weit ist es eigentlich nach Charters Towers?« fragte sie. Mae sah sie erstaunt an. »Nach Charters? Na, lassen Sie mich mal überlegen. Die Männer schaffen es in ein paar Tagen. Wollen Sie dort einkaufen gehen? Es soll mittlerweile eine recht betriebsame Stadt geworden sein.«

»Ja.«

»Na, für Damen ist wohl am einfachsten, über die Twin-Hills-Farm zur Ironbark-Farm zu reiten, und am nächsten Tag sind es dann noch mal an die dreißig Kilometer. Mrs. Buchanan war schon seit einer Ewigkeit nicht mehr dort. Ich bin froh, daß sie mal wieder ein bißchen rauskommt. Sie hat Caravale kaum verlassen, seit Darcy ...« Unvermittelt hielt Mae inne. »Entschuldigen Sie, ich wollte Sie nicht ...«

»Schon gut, Mae. Sagen Sie Mrs. Buchanan nichts von Charters Towers, ich werde selbst fragen, was sie davon hält.«

»In Ordnung. Sie wird wahrscheinlich sowieso mit dem Wagen fahren wollen, mit dem dauert es etwas länger.« Perfy hatte das Gefühl, in einer Falle zu sitzen. Zurück auf ihrem Zimmer zermarterte sie sich den Kopf, wie sie von Caravale wegkommen konnte. Für sie gab es nun keinen Zweifel mehr, daß jede Anweisung, die sie den Stallburschen oder den Viehhütern gab, von Mrs. Buchanan widerrufen werden würde. Ohne ihre Hilfe kam sie hier nicht weg. Der Gedanke, mit Ben diese Auseinandersetzung noch einmal führen zu müssen, war ihr ebenso widerwärtig wie die Vorstellung, daß er sie womöglich nach Charters Towers begleiten würde. Sie haßte ihn. Sie wünschte, sie könnte aufhören, ständig an ihn zu denken, daran, wie jeder ihn auf der Merri-Creek-Farm bewundert hatte, wie selbstbewußt er war, welch feine Manieren er hatte. »Ein Gentleman, genau wie sein Vater«, hatte eine Frau gesagt.

Sie hielt die Tränen zurück. Im Gegensatz zu den beiden Männern, die sie aufrichtig geliebt und die der Tod ihr so unwiderbringlich entrissen hatte, war Ben Buchanan keine Träne wert. Sie fühlte sich zutiefst gekränkt und ertappte sich dabei, wie sie mit ihrem Schicksal haderte, doch dann schob sie diese Gedanken beiseite – Selbstmitleid half ihr nicht weiter.

Und dann war da noch Lew Cavour. Auch gegen ihn hegte sie nun einen Groll. Nicht einen Schritt war er ihr entgegengekommen. Außerdem begab er sich nicht gern in Gesellschaft, besaß nur ein einziges ordentliches Hemd und konnte nicht einmal tanzen. In seiner Starrköpfigkeit hatte er sich sogar geweigert, ihre Vorschläge und Überlegungen zu Caravale mit ihr zu besprechen. Ben war zumindest unterhaltsamer, das würde sie Lew sagen. Vielleicht auch lieber nicht, besann sie sich. Der flüchtige Gedanke an Ben und Diamond trieb ihr die Schamröte ins Gesicht. Mutter hatte von Lew nichts mehr gehört, seit er Bowen verlassen hatte, vielleicht wußte er also gar nichts von ihrer Verlobung. Er brauchte es auch nie zu erfahren. Mein Gott, wie sehr sie Ben Buchanan haßte! Sie würde ihm nie verzeihen, und es sollte ihm noch leid tun, daß er sie so gedemütigt hatte. Wie wohltuend es doch sein konnte, Rachepläne zu schmieden!

Sie stand auf, kämmte sich und band das Haar im Nacken zusammen. »Sie wollen mich wohl für dumm verkaufen«, sagte sie, als sie in den Spiegel blickte.

Mae klopfte an die Tür. »Der Tee ist fertig. Wollen Sie Mrs. Buchanan Gesellschaft leisten?«

»Ja, Mae«, erwiderte sie. »Ich komme gleich.« Es hatte keinen Sinn, sich im Zimmer zu verkriechen. Und ob es Cornelia nun gefiel oder nicht, sie würde sich damit abfinden müssen, daß die Verlobung aufgelöst war.

Jannali kam atemlos zu Diamond gerannt. »Schnell, du kommen mit. Du müssen verstecken.«

»Warum?«

»Weiße Männer dich suchen.«

Sie schlichen durch den Obstgarten, und Diamond sah, daß neben der Molkerei zwei Pferde angebunden waren. »Ich verstehe das nicht.«

»Zwei Männer drin sitzen. Wollen dich fangen. Missus zu ihnen sagen, sie dich bringen fort, du machen Ärger.«

Diamond starrte sie an. »Sie sind da drinnen? In meinem Zimmer? Was tun sie da?«

»Haben Stricke, warten auf dich.«

»Das ist doch Unsinn«, meinte Diamond. »Selbst wenn sie mich fangen, was können sie schon tun? Mich zur Grenzstraße bringen? Ich würde einfach zurücklaufen, und dann würden sie Schwierigkeiten bekommen.«

Jannali riß die Augen auf. »Nein! Männer dich bringen in Busch, halten dich fest, bestimmt schlagen dich. Du wehren, sie dich verprügeln.«

»Das würden sie niemals wagen!«

Jannali zuckte nur mit den Achseln. »Missus sich nicht kümmern. Sie sagen, Männer loswerden nichtsnutzige Neger. Jumbo hören Männer lachen.«

»Aber Mr. Ben«, beharrte Diamond, »er wäre außer sich, wenn sie mir etwas antun würden.« Doch als sie sah, wie Jannali den Kopf schüttelte, wußte sie, daß die Frau recht hatte. Wie Ben sich nach seiner Rückkehr verhalten würde, war nicht von Bedeutung; jetzt war sie in Gefahr. »Ich gehe ins Haus«, beschloß sie, »zu Miss Perfy.«

»Du besser verstecken«, riet Jannali. »Missus sagen, du lügen, dann Männer dich fangen.«

»Aber ich kann mich doch nicht ewig verstecken.«

»Du warten, bis Sonne gehen auf. Pitaja, Bruder von mir, dich bringen weit weg in Sicherheit.«

Diamond war verwirrt. Sie hatte Pitaja kennengelernt, er war ein großer, griesgrämiger Stammesmann, der die Weißen verachtete und keine Arbeit auf der Farm annehmen wollte. Er hatte zwei Frauen und mehrere Kinder und lebte ärmlich und zurückgezogen im Camp. Mae hatte einmal gesagt, sie sei etwas mißtrauisch, keiner wisse so recht, was von ihm zu halten sei. Obwohl Diamond es nicht zuzugeben wagte, hatte sie ein wenig Angst vor ihm. Er schien in ihr so etwas wie eine Verräterin zu sehen. »Pitaja gute Kerl«, sagte Jannali. »Er sagen, er mögen dich, du nicht wie Weiße. Er dich bringen in große Stadt von Weiße.«

»Wohin? Nach Charters Towers?«

»Ja. Pitaja beste Führer«, erklärte sie stolz.

Im Augenblick wollte Diamond auf diesen Vorschlag nicht näher eingehen. »Kann ich mich nicht in eurem Lager verstekken?« fragte sie, doch Jannali verneinte.

»Missus grausam bestrafen Ilba-Leute. Weiße erst suchen dich hier, bringen Waffen, machen Leute Angst. Du gehen mit mir.« Die Dämmerung brach bereits herein, und ein blauvioletter Dunst legte sich über das Land, als die beiden Frauen den Hügel hinauf zum Friedhof eilten. Diamond erinnerte sich, daß eine der Buchen vom Blitz getroffen worden war. Eigentlich hatte sie sich den Baum einmal ansehen wollen, aber dann nicht mehr daran gedacht. Wie sie jetzt feststellte, bot der riesige Stamm mit seinen abgebrochenen Ästen ein gutes Versteck. Jannali folgte ihr durch das angesengte Baumgestrüpp und kauerte sich neben sie. »Du bleiben hier?«

»Ja«, erwiderte Diamond und gab Jannali einen Kuß auf die Wange. »Du bist so nett zu mir. Danke.«

»Du gute Mädchen«, meinte Jannali. »Kluge Mädchen.« Sie seufzte tief und rang nach Worten. »Heute alle Schwarze traurig. Du nicht dürfen vergessen deine Leute.«

Diamond umarmte die Frau und brach in Tränen aus.

Ein bleicher Mond schob sich zwischen den Wolkenfetzen hindurch, tauchte die Grabsteine in ein trübes Licht und verzerrte ihre Umrisse, die sich vor einem dunklen Hintergrund abhoben. Sie kamen Diamond jetzt größer und bedrohlicher vor, und sie versuchte, nicht in diese Richtung zu sehen. Ein kalter Schauer lief ihr über den Rücken. Ständig drehte sie sich um, weil sie meinte, daß sich ihr irgend jemand oder irgend etwas von hinten näherte. Um sich abzulenken, dachte sie an Essen, denn sie war hungrig. Sie wünschte, Jannali wäre bei ihr geblieben. Unten im Haus brannten Lichter, und sie fragte sich, ob die Männer noch immer nach ihr suchten.

Der Schrei einer Eule zerriß die Stille. Diamond zuckte zusammen, das Herz klopfte ihr bis zum Hals. Dann lehnte sie sich mit einem Seufzer zurück und legte den Kopf auf den Baumstamm. Eigentlich wollte sie ein wenig schlafen, doch immer wieder riß sie die Augen auf und sah sich um. Wenn diese Männer nun auf die Idee kamen, hier oben nach ihr zu suchen? Sie durfte nicht schlafen.

Der weiße Lattenzaun, der den Friedhof säumte, zog Diamonds Blicke magisch an. Die Latten sahen aus, als bewegten sie sich, als liefen lange, dürre Gestalten im Dunkeln hin und her. Diamond glaubte, auch wieder diese seltsamen Stimmen zu hören. Ängstlich lauschte sie in die Nacht, und tatsächlich, da war es wieder, ein dunkles Stimmengewirr. Es klang, als redeten sie miteinander, als klagten sie und riefen Namen. Deutlich vernahm sie die Stimme eines Mannes: »Clem.« Und noch einmal, diesmal lauter: »Clem.«

Diamond wußte nicht, was das zu bedeuten hatte, doch die Stimme war so nahe, daß sie den Hauch des Atems an ihrer Wange zu spüren meinte. »Clem«, tönte es wieder, dann hob sich die Stimme zu einem markerschütternden Schrei: »Clem!«

Zu Tode erschrocken sprang Diamond auf. Was immer ihr im Haus geschehen mochte, so schlimm wie hier konnte es nicht sein. Sie hatte kein Recht, hier unter diesen Geistern zu sein, sie wollten sie von diesem Ort vertreiben. Leise trat sie aus dem Geäst hervor und schlich am Zaun entlang.

Eine weiße Gestalt schien auf sie zuzuspringen, und beinahe hätte sie entsetzt aufgeschrien, doch da erkannte sie, daß es nur ein Strauch mit weißen Blumen war, die großen weißen Engelstrompeten mit ihren trichterförmigen, herabhängenden Blüten. Diamond blieb stehen und starrte den Busch an. Im selben Augenblick waren die Stimmen verstummt. Alles um sie herum schien gespannt den Atem anzuhalten und zu warten, was sie nun tun würde ...

Eine Weile betrachtete Diamond den Strauch mit seinen leuchtenden weißen Blüten. Sie dachte an Mrs. Buchanan, die ihr von Anfang an nur Haß entgegengebracht hatte, die Perfy um jeden Preis hierbehalten wollte und die schließlich auch die Männer auf sie gehetzt hatte. Sie ist ein böser Mensch, kam es Diamond in den Sinn, und dabei fühlte sie sich auf sonderbare Weise im Einklang mit den Geistern. Sie schob die Blumen beiseite und brach ein paar von den langen, dünnen Blättern ab, die wie grüne, glänzende Messer hinter der falschen Süße der prachtvollen Blüten zu lauern schienen.

Auf dem felsigen Boden suchte sie nach einigen flachen Steinen, zwischen denen sie die Blätter zerrieb. Es war kaum ein Teelöffel voll, doch das genügte. Sie wickelte das Häufchen in ihren Schal und verknotete ihn.

Vor dem Haus brannte noch immer Licht, als Diamond durch den Garten schlich und in die Küche schlüpfte. Das Tablett mit Mrs. Buchanans Schlaftrunk stand an der gewohnten Stelle. Mae hatte ihr in einer Porzellantasse bereits den Kakao mit Milch und Zucker hergerichtet. Jetzt mußte die Dame des Hauses die Tasse nur noch mit dem Wasser auffüllen, das in dem großen schwarzen Kessel über dem niedergebrannten Feuer warmgehalten wurde. Diamond nahm ein paar Fingerspitzen von den feuchten, zerriebenen Blättern und rührte sie in die Tasse. Dann wischte sie den Löffel an ihrem Schal ab. Geräuschlos verschwand sie wieder im Dunklen. Draußen wusch sie sich die Hände in einem Wassereimer und trocknete sie an ihrem Kleid ab. Den Schal, an dem noch Reste der giftigen Blätter klebten, verbarg sie in einer Tasche ihres Kleids. Danach ging sie zur Veranda vor Perfys Zimmer und kauerte sich, verborgen von einer großen Polsterbank, an die Wand. Perfy war noch wach, wie Diamond aus dem Geräusch ihrer unruhigen Schritte schließen konnte. Das durch die Spitzenvorhänge aus ihrem Zimmer fallende Licht warf hübsche Schatten auf den polierten Verandaboden. Diamond zog die Knie an und betrachtete das gleichmäßige Muster, bis sie in einen leichten Schlummer fiel.

Cornelia träumte. In der Ferne erblickte sie ein prächtiges Schloß, das silbern in der Sonne glänzte. Über den hohen goldenen Türmen wehten Wimpel in allen Farben. Cornelia lief darauf zu. Wunderbare Harmonien drangen ihr entgegen, und verheißungsvoll senkte sich die Zugbrücke für Cornelia herab. Doch je schneller sie rannte, desto weiter schien sich das Schloß zu entfernen, und die Türme begannen sich zu absonderlichen Formen zu dehnen und zu verzerren.

Dann hatte sie es plötzlich geschafft; sie lief über die Zugbrücke, die ihr endlos lang erschien, versengte sich die Füße auf weißglühendem Eisen, doch sie kümmerte sich nicht darum; sie mußte ins Schloß gelangen, koste es, was es wolle. Zu spät erkannte sie, daß sich anstelle des Tors ein riesiges, übelriechendes Maul mit haifischartigen Zähnen hinter ihr schloß. Sie schrie, doch es war kein Ton zu hören, und schmerzgepeinigt rannte sie weiter.

Die Leute, denen sie zurief, sie sollten ihr doch helfen, kamen mit ausgestreckten Händen auf sie zu. Als ein Mann sie mit seinen Klauenhänden packte, erkannte sie, daß es Clem Bunn war.

»Laß mich los!« kreischte sie vor Angst und rannte zu einem anderen, doch es war wieder Clem, und der nächste wieder, immer und immer wieder Clem oder Männer in Masken, die wie Clem aussahen. Sie mußte ihn finden und töten. Wenn sie ihn umgebracht hatte, würden die Doppelgänger sie zufrieden lassen. Sie alle griffen mit Katzenklauen nach ihr, zogen sie an den Haaren, rissen und zerrten an ihren Kleidern. Wohin sie auch blickte, sah sie nichts als verhüllte, von gelbem Schleim bedeckte Gesichter. Dann rannte sie weiter über lange Gänge und von Zimmer zu Zimmer auf der Suche nach Clem, auf der Suche nach ihrem Gewehr. Doch im Schloß war es so dunkel wie in einer Gruft, pechschwarze Wände umgaben sie. Durch die Ritzen der verschlossenen Türen drangen schwache Lichtstrahlen hervor. Sie stürzte darauf zu, hämmerte gegen die

Türen und schrie: »Komm heraus, du Teufel! Ich weiß, daß du da drinnen bist. Du wirst mir nicht mein Schloß wegnehmen, hörst du!« Clem war an allem schuld, er hatte das wunderschöne silberne Schloß versteckt. Wenn sie ihn loswürde, würde sie es wiederfinden …

Perfy hatte ihre Sachen gepackt. Jetzt saß sie auf dem Bettrand und blätterte gedankenverloren in alten Zeitungen. Jeder Versuch, mit Cornelia über ihre Abreise zu sprechen, war vergeblich gewesen, sie hatte sich schlichtweg geweigert, darüber zu reden.

»An Weihnachten reisen wir alle zusammen nach Bowen. Darüber wird sich Ihre Mutter sicherlich freuen. Die meisten Leute von den Farmen verbringen den Sommer an der Küste, denn hier ist es dann so naß, daß man nicht viel unternehmen kann. Ihr könnt ja dann dort heiraten. Ihre Mutter vermißt Sie bestimmt, meine Liebe. Aber jetzt sind es ja nur noch ein paar Wochen. Ist das nicht aufregend? Gibt es inzwischen mehr Geschäfte in Bowen, wo man gut einkaufen kann?«

Die Frau war einfach unmöglich. Perfy hielt es für verständlich, daß sie an diese Geschichte von einer Affäre zwischen ihrem Sohn und Diamond nicht glauben wollte. Auch Perfy selbst wollte nicht weiter darüber nachdenken. Und Ben würde sicherlich alles abstreiten. Ihr graute vor der peinlichen Auseinandersetzung, die sie dann mit beiden führen mußte. Wo war eigentlich Diamond? Perfy machte sich Sorgen. Mae hatte sehr unruhig gewirkt, als sie sagte, Diamond sei nicht in ihrem Zimmer. Wußte sie etwas? Hatte Cornelia ihr von Diamonds Anschuldigungen erzählt? Und wenn Diamond gelogen hatte? Nein, bestimmt nicht. Und doch quälten sie Zweifel.

Der Lärm brach wie eine Naturgewalt über das stille Haus herein. Jemand schrie und tobte, hämmerte gegen die Wände, stieß wüste Schimpfworte hervor. Ängstlich saß Perfy da; sie wollte die Tür öffnen und nachsehen, doch sie wagte nicht, sich zu rühren. Der ohrenbetäubende Krach mußte im ganzen Haus zu hören sein. Perfy vermutete, ein Schwarzer habe den Verstand verloren und sei ins Haus eingebrochen. Schon überlegte sie, ob sie möglicherweise durch die offenen Verandatüren flüchten konnte. Sie hörte das Klirren von Glas ... Da wurden die Vorhänge beiseite geschoben, und Diamond trat ins Zimmer.

»Gott im Himmel!« keuchte Perfy. »Du hast mich ja zu Tode erschreckt. Was ist denn los?«

»Pst!« machte Diamond und schob sie beiseite. »Seien Sie still.«

Doch ehe Diamond weitersprechen konnte, wurde die Tür aufgestoßen, und Cornelia stürzte herein. Cornelia! Mit weit aufgerissenen Augen stand sie da, das Nachthemd zerfetzt, das sonst so gepflegte rote Haar hing zerzaust herab. Ihr Gesicht war zu einer Grimasse verzerrt. »Wo ist er?« schrie sie in ihrem Wahn.

»Er ist nicht da«, erwiderte Diamond ruhig. Cornelia versuchte sich an ihr vorbeizudrängen, doch das große schwarze Mädchen stellte sich ihr in den Weg. »Er ist nicht da«, wiederholte sie. »Gehen Sie.«

»Doch, er ist da, du lügst!« Cornelia versuchte Diamond aus dem Weg zu schieben, doch diese ließ sie nicht vorbei. Da deutete die Tobende auf Perfy, die am anderen Ende des Betts kauerte. »Da ist er! Das ist Clem! Töte ihn! Wir müssen ihn umbringen, schnell!« Sie wich zur Seite und warf dabei die Lampe auf der Kommode zu Boden. Im Nu fingen die Spitzengardinen Feuer. Perfy sprang über das Bett und versuchte die Flammen mit einem Kissen zu ersticken, während Diamond sich nach besten Kräften bemühte, Cornelia aus dem Zimmer zu drängen.

»Laufen Sie raus«, rief Diamond Perfy zu.

»Nimm deine Hände weg!« kreischte Cornelia. »Du bist

nicht Clem.« Sie sah, wie Perfy auf die Veranda hinausrannte. »Fangt den Hundesohn! Ich muß ihn aufhalten!«

Sie hatte Diamond an den Haaren gepackt und zerrte mit solcher Gewalt daran, daß Diamond glaubte, sie würde ihr das Haar büschelweise ausreißen. Die andere Hand krallte sich in Diamonds Gesicht. »Runter mit der Maske!« schrie sie. »Das ist doch nur eine dreckige schwarze Maske!« Diamond versetzte ihr einen so heftigen Schlag, daß Cornelia losließ, nach hinten durch die Tür taumelte und zu Boden stürzte. Diamond blieb schwankend neben ihr stehen.

Cornelia sah erschreckt zu ihr auf, ihre Stimmung schien umzuschwingen. Händeringend wimmerte sie: »Er ist mein Ehemann. Wir müssen ihn finden. Verstehst du denn nicht?« Ihre Stimme steigerte sich wieder. »Es ist Clem!«

»Ich weiß«, sagte Diamond. »Es ist Clem, Ihr Ehemann.«

»Hilfst du mir, ihn zu suchen?« flüsterte Cornelia. »Sie dürfen nichts davon erfahren.« Sie kicherte irre. »Keiner darf was davon erfahren.«

Diamond glaubte, wieder den Baum zu riechen, die verkohlten Überreste der vom Blitz gefällten Buche am Friedhof. Doch da bemerkte sie den Qualm um sich herum. Die Eingangshalle, die sie niemals hatte betreten dürfen, hatte sich in ein prasselndes, funkensprühendes Flammenmeer verwandelt.

Erst stürzte Mae an ihr vorbei, dann der Vorarbeiter Paddy und andere Männer, und gleich darauf vernahm sie aufgeregte Schreie, daß das ganze Haus in Flammen stehe, das Schlafzimmer, der Flur, das Wohnzimmer und auch schon der Seitenflügel. In ihrem Wahn hatte Cornelia mehrere brennende Lampen umgestoßen, ohne sich weiter darum zu kümmern. Einige Männer hoben die Frau nun auf, und mit Mühe gelang es ihnen, die fluchende und wild um sich schlagende Tobsüchtige ins Freie zu schaffen.

Inzwischen kamen auch die Schwarzen vom Lager herbeigerannt, um den Farmarbeitern beim Löschen zu helfen. Mit

Hilfe einer Menschenkette wurden Eimer von den Wassertanks weitergereicht, und Diamond hörte einen Mann sagen: »Warum zum Teufel regnet es nicht jetzt, wo wir's brauchen könnten?«

Der Mond stand hoch am Himmel und verlieh den vorüberziehenden Wolken ein fahles Leuchten, während aus dem Wohnhaus der Caravale Station riesige Flammen emporzüngelten, die noch viele Kilometer weiter zu sehen waren.

Diamond empfand nichts beim Anblick der Feuersbrunst. Holz splitterte und krachte, die Männer sprangen beiseite, um herunterstürzenden brennenden Balken auszuweichen. Nasse Säcke wurden in die Flammen geschleudert, und verzweifelt versuchte man, das Feuer einzudämmen. Das Haus war nicht mehr zu retten, aber es mußte verhindert werden, daß die Flammen auf die kostbaren Wirtschaftsgebäude übergriffen. Das war zum Glück nicht allzu schwierig, denn die Nacht war feuchtkalt und beinahe windstill, so daß keine Funken herübergetragen wurden.

Schwarze Kinder rannten aufgeregt herum und versuchten zu helfen, indem sie mit den Händen Sand auf vereinzelte brennende Holzstücke schaufelten. Diamond versammelte die Kinder um sich und ermahnte sie, dem Feuer nicht zu nahe zu kommen. Zu Diamonds Erstaunen war das Haus im Nu abgebrannt, und als der Rauch aus der zischenden Glut aufstieg, bemerkte sie neben sich Pitaja. Mit seinem bärtigen schwarzen Antlitz, in dem sich die rote Glut spiegelte, blickte er zu ihr hinab. »Du jetzt gehen nach Hause«, sagte er.

Diamond zuckte mit den Achseln. »Ich weiß nicht, wo mein Zuhause ist.«

»Doch, du wissen.« Er tippte sich an die Stirn. »Da drinnen du wissen.«

»Bringst du mich in die Stadt?« fragte sie ihn, doch er schüttelte den Kopf und deutete auf Perfy, die betrübt neben Mae stand.

»Nicht nötig. Sie jetzt bringen dich. Die weiße Miss.«

4

Als Perfy in Charters Towers zu den vier anderen Fahrgästen in die Kutsche stieg, hellte sich ihre Stimmung auf. Sie freute sich auf diese Reise. Wie aufregend, einmal auf eigene Faust unterwegs zu sein! Und endlich allein! Jetzt brauchte sie keine lästigen Fragen mehr zu beantworten, auf niemanden Rücksicht zu nehmen. Von der Twin-Hills-Farm waren berittene Männer zu Hilfe geeilt, doch sie kamen zu spät. Sie hatten den Feuerschein in der Ferne gesehen und befürchtet, Caravale sei von Schwarzen oder Buschräubern angegriffen worden. Müßig standen sie dann in ihren hohen Reitstiefeln und mit den tiefhängenden Revolvern herum. Alles, was sie tun konnten, war, Paddy ihr Bedauern auszusprechen und auf die Rückkehr von Ben und Tom Mansfield zu warten.

Alle Augen waren auf Ben gerichtet, als er und sein Begleiter ankamen. Er blieb auf seinem Pferd sitzen, starrte ungläubig auf die Ruinen und brachte kein Wort über die Lippen. Schweigend umkreiste er die Überreste seines Zuhauses, ehe er sein Pferd neben Paddy zügelte.

»Was ist geschehen?« fragte Ben ihn barsch.

»Die Lampen, Boß. Haben Feuer gefangen«, erwiderte Paddy ausweichend.

»Wo ist meine Mutter?« Er ließ den Blick über die verzagte Menschenmenge gleiten.

Mae trat auf ihn zu und gab eine ebenso ausweichende Antwort: »Sie ruht sich aus, Mr. Ben, in der Küche.«

Er nickte und wandte sich an Perfy. »Ist alles in Ordnung?«

»Ja, danke. Es ist niemand verletzt worden.«

Man kam überein, daß Perfy und Diamond zur Twin Hills Station gebracht werden sollten. »Gehen Sie nur«, sagte Mae zu Perfy. »Ich bleibe hier und kümmere mich um Mrs. Buchanan. Ich habe ihr etwas Laudanum gegeben, damit sie ruhig bleibt.«

»Was ist denn nur in sie gefahren?« fragte Perfy.

»Ich weiß es nicht. Irgendein Anfall.« Sie sah sich um, ob auch niemand sie belauschte, dann fuhr sie fort: »Sieht mir verdächtig nach Säuferwahnsinn aus. Von Zeit zu Zeit spricht sie dem Gin sehr zu. Aber sie wird schon wieder gesund werden, machen Sie sich keine Sorgen. Schade um Ihre Kleider. So hübsche Sachen, und alles verbrannt ...«

»Das ist doch gar nichts im Vergleich zu diesem verheerenden Unglück«, meinte Perfy.

»Ja, da haben Sie wohl recht. Auf Twin Hills wird man Ihnen mit neuen Kleidern aushelfen. Die Chesters sind eine große Familie, und ein paar von den Töchtern sind in Ihrem Alter.«

»Ach, die Chesters wohnen dort? Ich habe sie bei dem Hausfest auf Merri Creek kennengelernt.«

»Das trifft sich gut«, sagte Mae, doch Perfy hatte ihre Zweifel. Die Chesters würden sicherlich auf die Verlobung mit Ben zu sprechen kommen.

Die Pferde wurden gesattelt, und Ben kam, um die beiden Frauen zu verabschieden. Er nahm Perfy beiseite. »Willst du wirklich nicht mit der Kutsche fahren?«

»Nein, ich reite lieber.«

»Na gut. Ich muß hier einiges erledigen, dann komme ich zu dir nach Twin Hills.«

»Ich bleibe nicht dort«, sagte sie. »Ich reise zu meiner Mutter.«

»Ja, das kannst du ja, aber ich komme mit. Das Haus muß so schnell wie möglich wieder aufgebaut werden, und ich muß in Bowen das nötige Material besorgen und ein paar Zimmerleute anstellen.«

Perfy wußte wohl, daß der Zeitpunkt ungünstig gewählt war, um ihm die Nachricht zu unterbreiten, doch sie konnte es nicht ändern. »Ben, ich bin zu dem Schluß gekommen, daß es ein Fehler wäre, wenn wir heiraten würden. Ich kann dich nicht heiraten. Unsere Verlobung ist aufgelöst.«

Er nahm ihre Hand. »Sei nicht töricht. Das Unglück hat dich sicher etwas mitgenommen. Aber ich habe das Haus im Nu wieder aufgebaut. Du bist im Augenblick nur ein wenig durcheinander.«

»Nein, keineswegs«, erwiderte sie mit fester Stimme. »Ich habe meine Entscheidung schon vor Tagen getroffen. Ich will nicht heiraten.«

»Aber warum denn nicht? Das ist doch albern.«

Er hatte ein Recht auf eine Antwort, sie brachte es aber nicht über sich, ihm den wahren Grund zu sagen.

»Frag deine Mutter«, entgegnete sie und wandte sich ab, doch er hielt sie fest.

»Was ist mit meiner Mutter? Was hat sie gesagt?«

»Ach, nichts.« Perfy versuchte sich von ihm loszumachen. »Sprich doch mit ihr, sie kann dir alles erklären. Ich kann es nicht.« Sie riß sich los. »Laß mich gehen.«

Eine Gruppe von Leuten hatte sich um die beiden versammelt, und er wagte nicht, sie zurückzuhalten. Er half ihr aufs Pferd und sagte: »Wir treffen uns dann in Bowen. Dort besprechen wir alles in Ruhe.«

»Das glaube ich kaum«, erwiderte Perfy. »Leb wohl, Ben. Das mit dem Haus tut mir wirklich leid.«

Und das stimmte. Ben war tatsächlich zu bemitleiden. Er hatte sein Haus und seine Braut verloren. Und seine Geliebte, dachte sie bitter.

Die anderen Fahrgäste in der Kutsche waren Gus und Mary Hallam und ihre beiden heranwachsenden Söhne. Die Hallams besaßen eine Farm draußen am Gilbert River und wollten den Sommer in Sydney verbringen. Mit einer Kutsche reisten sie zum ersten Mal.

»Ich auch«, meinte Perfy. Sie war froh, daß sie sich in Gesellschaft fremder Menschen befand. Die Kutsche rollte zur Stadt hinaus und den Hügel hinunter und beschleunigte, als sie die Ebene erreichte. Während Perfy auf den Hufschlag der Pferde hörte, spürte sie, wie sie auch innerlich Abstand von all den Sorgen gewann, die sie in letzter Zeit so geplagt hatten. Freunde der Buchanans hatten sie freundlicherweise von einer Farm zur nächsten begleitet, bis sie und Diamond schließlich Charters Towers erreicht hatten. Dort hatte Perfy sich sogleich von ihr getrennt.

»Hier sind zwanzig Pfund«, sagte sie. »Damit wirst du über die Runden kommen, bis du Arbeit gefunden hast.« Diamond hatte sich bedankt und war ohne ein weiteres Wort davonmarschiert. Ein wenig neidisch beobachtete Perfy, wie zahlreiche Leute sich auf der Straße nach Diamond umdrehten. Sie wußte, es lag nicht nur daran, daß Diamond ein hübsch gekleidetes schwarzes Mädchen war, wie man es selten sah. Diamonds Bewegungen waren fließend und anmutig, sie ging mit der Geschmeidigkeit einer Katze und wirkte ebenso stolz und selbstsicher.

Perfy fragte sich, wohin Diamond gehen und was sie tun würde, doch dann verbannte sie diesen Gedanken aus ihrem Kopf. Diamond und Ben und ihr schmutziges Verhältnis, einfach widerlich! Und dann diese verrückte Mrs. Buchanan! Perfy war überzeugt, daß Cornelia dem Wahnsinn verfallen war. Und die Männer waren derselben Meinung. Sie hatte gehört, wie einer von denen, die Cornelia mit Gewalt aus dem brennenden Haus zerren mußten, bemerkt hatte: »Die ist völlig übergeschnappt.« Das fand sie auch. Überhaupt waren alle auf dieser Farm verrückt. Sie wollte nie wieder einen von ihnen sehen.

Perfy lehnte den Kopf gegen die hartgepolsterte Lederbank und schloß die Augen. Sie war auf dem Weg nach Hause. Mit Caravale wollte sie nichts mehr zu tun haben. Sie würde ihren Anteil an der Farm verkaufen, an irgend jemanden, nur nicht an die Buchanans; denen würde sie ihn auf gar keinen Fall überlassen. Sie erschrak bei dem Gedanken, Ben hätte sie nur heiraten wollen, um die Farm zusammenzuhalten, doch es hätte immerhin möglich sein können. Wie auch immer, all das war jetzt nicht mehr von Bedeutung, sie war den Buchanans entkommen und wollte keinen Gedanken mehr an sie verschwenden.

Die Kutsche holperte und schaukelte die Straße entlang, das Pferdegeschirr klirrte, die Peitsche knallte und die eisenbeschlagenen Wagenräder knirschten. Jeder der gleichmäßigen Hufschläge bedeutete für Perfy eine Erleichterung, brachte er sie doch weiter weg von den verwirrenden Ereignissen der letzten Monate. Die Asche der Vergangenheit zerstreute sich im Wind. Man hatte den Fahrgästen mitgeteilt, daß sie am großen Fluß mit einer Fähre übersetzen und dann in eine andere Kutsche umsteigen mußten, die sie nach Townsville bringen würde. Dort konnte Perfy ein Schiff nach Bowen nehmen. Wie reizvoll, einmal allein zu reisen! Sie war unternehmungslustig, sie brauchte Leben um sich herum. Deshalb hatte ihr auch Caravale so zugesagt. Caravale ... dort war ihr Vater beerdigt worden. Tapfer schluckte sie die aufsteigenden Tränen hinunter.

Aber sie mußte in die Zukunft blicken. Wenigstens war ihr Vater in dem Bewußtsein gestorben, daß seine Frau und seine Tochter gut versorgt waren. In den Augen ihrer Eltern war Perfy wohlhabend. Doch im Haus des Gouverneurs hatte sie genug Damen mit prächtigen Kleidern und kostbarem Schmuck gesehen, um zu wissen, daß sie auch nach dem Verkauf ihres Anteils an Caravale lediglich ein größeres Bankguthaben aufzuweisen haben würde. Diese Leute verstanden unter Reichtum etwas anderes.

Wie würde es also weitergehen? Heiraten und am vornehmen Stadtrand von Bowen ein eintöniges Leben führen, dessen Höhepunkte in Konzertbesuchen bestanden? Sie hing dem müßigen Gedanken nach, was es bedeutete, wirklich reich zu sein – Häuser auf dem Land und an der Küste zu besitzen, prächtige Bälle zu geben und zu großartigen Ausflügen einzuladen, aufregende und reizvolle Menschen kennenzulernen …

Trotz der holprigen Fahrt nickte Perfy ein.

Zwanzig Pfund. Diamond seufzte. Mrs. Beckmann hatte ihr zehn Pfund gegeben, und sie hatte sie mit Liebe gegeben. Von Perfy hatte sie zwanzig Pfund erhalten, doch verächtlich und nur aus Pflichtgefühl. Jetzt war sie wirklich allein auf der Welt. Allein in der geschäftigsten Stadt, die sie je gesehen hatte. Sie hatte gehört, daß in den letzten beiden Monaten mehr als zweitausend Neuankömmlinge Charters Towers überflutet hatten. Das konnte sie sich gut vorstellen, denn in den wenigen Straßen drängten sich wahre Menschenmassen. An zahlreichen weiteren Stellen im ferneren Umkreis der Stadt war Gold gefunden worden, was dazu führte, daß hier schon morgens soviel Betrieb herrschte wie in Brisbane nur an Samstagabenden. Doch im Grunde genommen war Charters Towers lediglich eine Stadt wie viele andere im Landesinneren, mit einer breiten Hauptstraße, einigen Läden und vielen Schenken. Letzteres hielt Diamond für ein gutes Zeichen; es sollte ihr eigentlich nicht schwerfallen, in einer davon Arbeit zu bekommen.

Nachdem sie an die Küchentüren mehrerer Hotels geklopft hatte und immer wieder abgewiesen worden war, begriff sie aber, daß niemand einem schwarzen Mädchen Arbeit geben würde. Also beschloß sie, sich zuerst ein Zimmer zu suchen. Wie sie befürchtet hatte, war nirgendwo etwas frei, doch zweimal sagte man ihr auch offen ins Gesicht, daß man an Schwarze ohnehin nicht vermieten würde. Als sie um die Mittagszeit unschlüssig auf der Straße stand, entdeckte sie das Werbeschild eines kleinen Cafés: »Kuchen mit Tee oder Kaffee, 40 Pence«, und sie ging hinein.

Die Frau hinter dem Tresen starrte sie an. »Was willst du?«

»Einen Kuchen und eine Tasse Tee, bitte.«

»Hast du denn Geld?«

»Natürlich.«

Die Frau zögerte. »Na schön, aber hier drinnen kannst du nicht essen. Geh hinter in den Hof.«

Diamond nickte gleichgültig und marschierte hinter das Haus, wo sie zwischen Kistenstapeln ihr Mittagessen verzehrte. Der Hof grenzte an die Rückseite eines Ladens, vor dem zwei Männer einen Wagen entluden. Sie trat auf sie zu und fragte: »Entschuldigen Sie, können Sie mir sagen, wo ich ein Zimmer finden könnte?« Einer der beiden, ein Grauhaariger in einem verschwitzten Flanellhemd, lachte. »Unten am Fluß ist ein Niggerdorf, Herzchen.«

Diamond funkelte ihn an. »Verstehen Sie kein Englisch? Ich habe Sie nach einem Zimmer gefragt.«

Er schulterte einen Sack Mehl und zwinkerte seinem Kameraden zu. »Ach so, dann muß ich mich wohl verhört haben. Na, mal überlegen ...«

»Ein Gästehaus«, fügte Diamond hinzu.

»Geh doch mal zu dem Chinesen an der Turpin Lane.«

»Ist das ein Gästehaus?«

»So was Ähnliches.«

»Danke«, sagte sie, »ich versuche es. Wie komme ich hin?«

»An der nächsten Ecke links und dann noch mal links«, antwortete er und deutete die Hauptstraße hinunter.

Ohne Schwierigkeiten fand sie das zweistöckige Gebäude, dessen vordere Veranda mit buntem Glas verkleidet war, so daß man durch den Seiteneingang eintreten mußte. Eine große plumpe Frau fegte die mit Teppich ausgelegte Eingangshalle, wobei sie mehr Staub aufwirbelte als entfernte.

»Kann ich hier ein Zimmer bekommen?« fragte Diamond.

Ohne ihre Arbeit zu unterbrechen, erwiderte die Frau: »Frag den Chef.«

»Wo finde ich ihn?«

»Erste Tür hinter dem Salon. Und benimm dich. Klopf vorher an.«

»Ja, bitte?« rief eine Stimme, als sie angeklopft hatte. Sie öffnete die Tür und stand plötzlich vor einem großen, reichverzierten chinesischen Wandschirm. Verwirrt spähte sie daran vorbei, doch geblendet von dem Licht, das durch das vergitterte Fenster hereindrang, erkannte sie lediglich die Umrisse eines Mannes, der an einem langen Schreibtisch saß. Sie blinzelte.

»Nur herein«, forderte der Mann sie auf, und verlegen trat sie näher. Unter ihren Füßen spürte sie einen weichen Teppich. »Ich bin auf der Suche nach einem Zimmer.«

»So so, ein Zimmer«, erwiderte er unbestimmt. Er schien sie zu mustern. An jedem Tischende stand eine Messinglampe mit dunkelblauem Schirm, mehrere Bücher und Papiere lagen offen vor ihm. »Erinnerst du dich nicht mehr an mich, Diamond?« sagte er zu ihrer Verblüffung.

»Tut mir leid ...«, fing sie an, doch dann sah sie ihn deutlicher, seine feinen Gesichtszüge, den langen herabhängenden Schnurrbart. »Lieber Himmel! Mr. Chin!«

Er stand auf und verbeugte sich. »Höchstpersönlich. Ich bin erfreut, daß ich nicht so schnell in Vergessenheit geraten bin. Aber nimm doch bitte Platz.«

Mr. Chin schickte nach Tee, und sie begannen sich zu unterhalten. Er schien alle Zeit der Welt zu haben, und da Diamond ohnehin nirgendwo sonst hingehen konnte, genoß sie es, mit ihm zu plaudern. Natürlich wollte er wissen, warum sie nicht mehr für Miss Middleton arbeitete; Diamond erwiderte lediglich, Perfy brauche ihre Dienste nicht mehr.

»Dann wird sie also den Gentleman von der Farm heiraten?« fragte er.

»Das wollte sie zuerst. Dann hat sie ihre Meinung geändert und ist nach Bowen zurückgekehrt.«

Glücklicherweise schien er nicht näher auf Perfys Liebesabenteuer eingehen zu wollen. Statt dessen wollte er mehr über Diamond erfahren, wer sie war, woher sie kam, welche Erziehung sie genossen hatte. Sie fand es angenehm, mit diesem ruhigen Mann zu sprechen. Ehe sie sich versah, erzählte sie ihm von den Irukandji und der Suche nach ihrem Volk, und er nickte verständnisvoll, als sie über ihre gegenwärtigen Schwierigkeiten sprach. Sie mußte ein Zimmer und Arbeit finden, doch für ein schwarzes Mädchen war das nicht einfach.

»Das Wichtigste ist ein Einkommen«, murmelte er.

»Das weiß ich«, erwiderte sie betrübt. »Aber selbst wenn ich Arbeit bekomme, dann nur für Unterkunft und Verpflegung. Schwarze werden nicht mit Geld bezahlt.«

Zum ersten Mal in ihrem Leben redete Diamond offen über die Ungerechtigkeit ihrer Lage und die Benachteiligungen, unter denen sie seit Jahren litt. Vor ihr saß ein Mann, der bereit war, sich mit diesem Thema zu beschäftigen.

Er bestellte noch einmal Tee.

»Wenn ich deine Lage richtig beurteile, kannst du als Dienstmädchen kein Geld verdienen, und ansonsten gibt es kaum Möglichkeiten.«

Angesichts dieser nüchternen Einschätzung erkannte Diamond, wie düster ihre Zukunft war. »Es gibt überhaupt keine«, meinte sie niedergeschlagen.

»Brauchst du Geld?« erkundigte er sich, doch sie schüttelte den Kopf.

»Danke, Mr. Chin, aber ich könnte es nicht zurückzahlen.«

»O doch, das könntest du. Hier bei mir kannst du eine Menge Geld verdienen.«

Diamond erinnerte sich, daß die Männer dreckig gegrinst hatten, als sie sie hierherschickten. Sie starrte Mr. Chin an. »Das ist kein Gästehaus, nicht wahr?«

Er lächelte sie so gütig an, als sei sie sein Lieblingskind.

»Nein, Diamond, in diesem Haus verdienen einige junge hübsche Mädchen gutes Geld.«

Diamond rang nach Atem. Einen Augenblick zögerte sie, dann brach sie jedoch in Gelächter aus. »Meine Güte, was bin ich nur für eine Närrin!«

Er nippte an seinem Tee. »Ich halte dich keineswegs für eine Närrin. Du bist ein vernünftiges Mädchen und hast zudem das große Glück, daß die Natur dich mit einem anmutigen Gesicht und einer sehr ansehnlichen Figur bedacht hat. Du solltest das Beste daraus machen.« Er legte die Hände mit den manikürten Nägeln auf den Tisch. »Die Entscheidung liegt bei dir. Wenn du hierbleiben willst, werde ich mich darum kümmern, daß für dein Wohlergehen und deinen Schutz gesorgt wird. Dieses Haus ist verschwiegen und taktvoll, der Pöbel hat hier nichts zu suchen.«

Diamond fühlte sich wie betäubt von der eintönigen, ruhigen Stimme. Sie sprachen über Prostitution, als handle es sich um eine ganz gewöhnliche Arbeit. Doch welche andere Anstellung konnte sie sonst bekommen? Und welcher andere Arbeitgeber würde sich überhaupt auf ein Gespräch mit einem schwarzen Mädchen einlassen? Sie mochte Mr. Chin. Bei ihm fühlte sie sich sicher und geborgen.

»Du mußt dich nicht sofort entscheiden«, meinte er. »Du kannst auch ein andermal wiederkommen.«

»Ich habe mich schon entschieden«, sagte sie kühn. »Ich bleibe. Zumindest für eine Weile, wenn Ihnen das recht ist.«

»Selbstverständlich.« Er läutete, und eine junge Chinesin kam herein und verbeugte sich. »Das ist Fan Su. Sie wird dich ins Badehaus bringen und dich auf deine Arbeit vorbereiten.« Er gab ihr auf chinesisch Anweisungen. »Außerdem wird sie dir zu einem etwas weiblicheren Erscheinungsbild verhelfen und dir dein Zimmer zeigen.« Lächelnd fügte er hinzu: »Siehst du, jetzt hast du ein eigenes Zimmer. Deshalb bist du doch gekommen, nicht wahr?«

Diamond wußte, daß er ihr ein wenig von der Aufregung nehmen wollte, die sie plötzlich überkommen hatte. Worauf hatte sie sich nur eingelassen? Was würde Mrs. Beckmann dazu sagen? Mit welchen Männern würde sie zu tun haben? Ein Schauer rieselte ihr über den Rücken, und sie wäre am liebsten fortgelaufen. Aber wohin?

»Du sehnst dich nach Sicherheit«, bemerkte er. »Und die einzige wirkliche Sicherheit kann dir nur Geld geben, Diamond. Hier wirst du Geld verdienen, und ich werde dir zeigen, wie du es anlegen und mehr daraus machen kannst.«

»Danke«, murmelte sie. Es kam ihr alles so unwirklich vor.

»Ich werde dich zur besonderen Dame meines Hauses machen, denn du bist etwas Besonderes. Und wie dein Name Diamond schon sagt«, fügte er lächelnd hinzu, ehe er sie Fan Sus Obhut übergab, »bist du ein wahrer Schatz.«

5

Edmund Gaunt ging es inzwischen besser. Mit Billy Kemp durch das Land zu ziehen, war ziemlich anstrengend gewesen, denn mit so einem Energiebündel konnte kein Mensch Schritt halten.

Billy betrachtete jeden Tag als den letzten Tag vor dem »großen Treffer«, dem Glückstreffer, der dann doch nie kam. In der Nähe von Gympie hatten sie Gold gewaschen, und es war nicht schlecht gelaufen, aber Billy hatte bald die Nase voll.

»Wieso sollen wir uns für ein paar Pfund abrackern?« sagte er. »Man muß das Leben genießen, Eddie. Zehn Pfund, fünfzig Pfund – das sind doch alles kleine Fische. Wir müssen 'nen richtigen Volltreffer landen. Nur einmal das große Los ziehen, und wir sind gemachte Leute. Sag nicht immer, daß das nicht geht, Kumpel, wir haben es doch mit eigenen Augen gesehen.«

Reden konnte Billy, das mußte man ihm lassen, und mit ein paar schönen Worten hatte er ihnen schon oft eine kostenlose Mahlzeit verschafft, wenn sie wieder einmal pleite waren. Aber beim Goldsuchen hatte ihnen sein Geschwätz auch nicht viel geholfen. Eines Tages hatten sie dann vom Cape River gehört. »Junge, wir hauen ab! Den Misthaufen hier können sie behalten. Auf in den Norden! Die Firma Kemp und Gaunt segelt in wärmere Gefilde!«

Nur segelten sie nicht. Sie gingen zu Fuß mit ihrem Gepäck auf dem Rücken.

»Nur ein paar hundert Kilometer«, hatte Billy gemeint. Es hörte sich so einfach an, aber es war alles andere als das. Die Stiefel durchgelaufen bis zum Oberleder. Mitfahrgelegenheiten auf Wagen erbetteln, tagsüber in der sengenden Hitze die Überlandstrecke entlang marschieren, nachts frieren. Sich Goldgräberbanden anschließen und zusehen, daß man etwas abbekam von dem gestohlenen Rind oder Schaf, das sie gleich am Wegrand schlachteten. Und sich vor den Gewehrkugeln der aufgebrachten Viehzüchter in acht nehmen. Diese Geizhälse! Als ob sie einen Stier oder zwei nicht verschmerzen könnten.

Als sie den Cape River erreichten, war Eddie völlig ausgemergelt und dürr wie eine Bohnenstange. Aber Billy erwies sich als echter Freund. Er fand immer etwas Eßbares und kümmerte sich um Eddie, der sich unter einem Palmblätterdach ausruhte. Irgendwie gelang es Billy sogar, das Geld für die Anmeldung eines Claims aufzutreiben, und so machten sie sich wieder an die Arbeit. Sie nannten ihr abgestecktes Gebiet »Taipan-Loch«; ein verrückter Name, dachte Eddie, bis Billy ihm erklärte, daß der Name Diebe abschrecken würde. Die Taipans waren die gefährlichsten Giftschlangen weit und breit, und Billy streute das Gerücht aus, daß es auf ihrem Claim von diesen

Biestern nur so wimmelte. Der Plan funktionierte; niemand wagte sich in ihre Nähe.

Und so fing alles wieder von vorne an: Wenn sie etwas Gold fanden, verjubelten sie es sofort und schürften dann weiter. Wie gewonnen, so zerronnen. Aber die Hoffnung, einmal doch auf Goldklumpen oder eine neue Ader zu stoßen, hielt sie aufrecht.

Doch statt dessen entdeckten sie eines Tages Charters Towers, wo es den beiden auf Anhieb gefiel. Gar kein Vergleich zu dem stinkenden kleine Gympie oder den Drecksnestern, durch die sie auf ihrem Weg nach Norden gekommen waren. In Charters war immer etwas los, hier aber tobte das Leben. Und wie schnell der Ort wuchs! Jedesmal, wenn sie wieder in die Stadt kamen, trauten sie kaum ihren Augen: noch mehr Schenken, Bordelle, Läden und Erzmühlen, in denen das goldhaltige Gestein verarbeitet wurde. Inzwischen gab es Konzertsäle, Banken, Speiselokale und Spielkasinos wie Sand am Meer, und auf den Pferdemärkten wurden die besten Tiere angeboten, die Eddie und Billy je gesehen hatten.

Dank der zahlreichen neu entdeckten Goldfelder in der Umgebung schien Charters zu explodieren wie eine Ladung Dynamit. Aus dem gottverlassenen Nest war über Nacht eine reiche Stadt geworden. Und für die Leute hier war Charters der Nabel der Welt. Ein herrlicher Ort, aber auch ein gefährliches und ein teures Pflaster; Billy und Eddie kehrten immer erst dann zu den Goldfeldern zurück, wenn sie keinen einzigen Penny mehr in der Tasche hatten.

Eddie seufzte. Es hatte keinen Sinn zu klagen. Schließlich hatten sie ihren Spaß und lebten in den Tag hinein – bis er dann das Fieber bekommen hatte und sich sterbenselend fühlte.

Billy traute den Quacksalbern nicht, die sich an den Goldfeldern niederließen und Unsummen für ihre Dienste verlangten. Statt dessen hatte er Eddie auf einen Ochsenwagen gesetzt und ihn zu einem richtigen Arzt nach Charters gebracht. Und hier mußte Eddie monatelang bleiben, denn er war zu krank zum Arbeiten, während Billy die Rechnungen bezahlte. Aber es war nicht nur das Fieber, der Arzt hatte auch Schwindsucht festgestellt.

Was für ein Pech! Billy auf der Tasche zu liegen und den lieben langen Tag in der Sonne zu sitzen und sich in der Stadt herumzutreiben, war ihm eigentlich zuwider. Aber er war noch nicht imstande, zu den Goldfeldern zurückzukehren.

Und so suchte er sich leichte Gelegenheitsarbeiten, putzte mal in einer Schenke oder machte sich in einem Stall nützlich.

Wenn ein paar Schillinge dabei heraussprangen, war er sich für keine Arbeit zu schade. Eines Tages sprach er im Bordell des Chinesen vor und wurde sogar vom Besitzer persönlich empfangen. Er hieß Mr. Chin.

»Ich habe Arbeit für Sie«, hatte der Chinese gesagt, »und ich bezahle Sie gut, aber Sie müssen den Mund halten.«

»Ich bin verschwiegen wie ein Grab, Sir«, hatte Eddie geantwortet. »Sie können auf mich zählen.«

Und jetzt saß er hier in Georgetown und hatte die leichteste Arbeit, die man sich vorstellen konnte. Er brauchte nichts zu tun außer sich ein wenig umzuhören, und dafür erhielt er fünf Schilling pro Tag sowie eine zusätzliche Prämie nach seiner Rückkehr. Der Chinese hatte ihm sogar ein gutes Pferd und Verpflegung für die Reise nach Georgetown gegeben, einem kleinen Kaff, das draußen im Westen auf der Strecke zu den Goldfeldern am Gilbert River lag.

Die Sache hatte natürlich einen Haken. Mr. Chin hatte ihm seine beiden Diener vorgestellt, die widerlichsten Schlitzaugen, die Eddie je gesehen hatte, richtiges Mördergesindel. »Falls Sie sich nicht an unsere Abmachungen halten«, hatte Chin ihm gedroht, »werden meine Diener Sie suchen, und sie werden Sie finden.«

»Sie können sich ganz auf mich verlassen«, hatte Eddie ihm versichert. »Ich bin ein Ehrenmann.« Und das stimmte. Er hatte nicht einmal Billy gesagt, wohin er ging, nur eine Nachricht hinterlassen, daß er in Kürze zurück sein würde.

In Kürze? Seit fast zwei Monaten lungerte er nun in Georgetown herum. Einer der chinesischen Diener war einmal vorbeigekommen, um zu sehen, ob Eddie auch auf seinem Posten war, und um ihm noch etwas Geld zu geben. Doch ansonsten ließ man ihn in Ruhe. Seine Aufgabe bestand darin, in Georgetown auf die Rückkehr einer Gruppe zu warten, die von einem gewissen Mr. Mulligan angeführt wurde. Dann sollte er herausfinden, ob und wo Mulligan neue Goldfelder entdeckt hatte, und Mr. Chin umgehend davon in Kenntnis setzen.

Hier in Georgetown schien jeder diesen Mulligan zu kennen, also brauchte er nur abzuwarten. Was, fragte sich Eddie, wenn Mulligan nun überhaupt nicht zurückkam? Aber das konnte ihm gleichgültig sein, es war Sache des Chinesen. Solange der ihn bezahlte, blieb er hier. Die unfreiwillige Ruhepause und die geregelten Mahlzeiten bekamen ihm bestens, und zudem fand er Gefallen an seiner Rolle als Spion. Diese Chinesen waren schon gerissene Burschen.

Als er eines Mittags auf der Vortreppe der Red-Dog-Schenke döste, vernahm er plötzlich den Ruf, Mulligan sei zurück. Jetzt galt es herauszufinden, was Mulligan sagte. Und wenn er nun gar nichts sagte, nichts sagen wollte? Wie auch immer, seine Aufgabe war es, dem Chinesen Bescheid zu sagen, und das würde er tun. Es war ohnehin an der Zeit, nach Charters zurückzukehren, Billy würde sich allmählich Sorgen machen.

Eddie rannte auf die Straße und gesellte sich zu den Männern, die Mulligans Ankunft erwarteten. Ein Blick genügte, und Eddie wußte, daß diese drei bärtigen Männer tatsächlich aus dem tiefsten Busch kamen. Sie trugen zwar abgewetzte Hirschlederhosen, doch die Stiefel und Westen waren aus Känguruhleder. Eddie lief ein Schauer über den Rücken. Dieser Mulligan und seine beiden Kameraden, das waren richtige Pioniere.

Schwer bewaffnet mit Gewehren, Pistolen und langen Messern, Patronengurte um die Schultern geschnallt, ritten die drei nebeneinander die Straße entlang und erwiderten die freudigen Willkommensrufe der Leute, die ihnen hinterherrannten wie die Kinder dem Rattenfänger.

»Was gibt es Neues, Mulligan?« wurden die Männer gefragt, doch sie ritten schweigend weiter bis zum Büro des Goldbeauftragten. Dort stiegen sie von ihren Pferden ab und gingen hinein.

Stille trat ein, und die neugierige Menge blieb wie angewurzelt stehen. Wenn jetzt ein Wirbelsturm über den Ort hereinbrechen würde, kam es Eddie in den Sinn, würde keiner auch nur einen Finger rühren. Spannung lag in der Luft.

Der Bürovorsteher kam heraus und schien eine Ewigkeit zu brauchen, ehe er mit ungerührter Miene einen handgeschriebenen Zettel an der Wand befestigt hatte.

Eddie sprang vor und erhaschte einen Blick auf das sorgfältig beschriebene Blatt, ehe er von der ungestümen Menge abgedrängt wurde.

Von weiter hinten rief jemand: »Was steht denn da?«, dann brach ein anderer in einen Jubelschrei aus.

»Mulligan, du bist ein Teufelskerl!«

»Hier steht was von Gold!«

»Wo denn? Wo?«

»Beträchtliche Goldvorkommen am Palmer River, steht da!«

»Palmer? Wo ist denn das?«

»Weiß ich doch nicht!«

Da trat der Ire selbst aus der Tür, und augenblicklich herrschte Stille. Er stand auf der obersten Stufe der Holztreppe und hakte die Daumen in seinen Patronengurt ein. Seine dunklen Augen spähten unter den buschigen Brauen hervor, als musterte er die Menge. »Hört mir noch einen Augenblick zu, Leute, ehe ihr euch völlig verrückt macht.« Er hatte einen faustgroßen Klumpen Gold in der Hand und hielt ihn hoch.

»Den habe ich im Palmer River gefunden, und ich und meine Kameraden haben einen Claim abgesteckt, aber da ist noch viel mehr zu holen. Der Beamte hat den Palmer offiziell zum Goldfeld erklärt.«

»Wo ist denn dieser Fluß?« rief jemand inmitten der Jubelschreie, doch Mulligans Antwort ging im Lärm der johlenden Menge unter. Die Männer warfen vor Freude ihre Hüte in die Luft, einer schlug auf der staubigen Straße ein Rad, und ein anderer packte Eddie und wirbelte ihn in einem ausgelassenen Tanz herum.

»Reißt euch zusammen, Leute«, fuhr Mulligan grinsend fort. »Hört lieber zu, was ich euch noch zu sagen habe. Der Palmer liegt ungefähr vier- oder fünfhundert Kilometer nordöstlich von hier. Und jetzt paßt auf: Weichlinge sollten lieber zu Hause bleiben, denn das ist eine ziemlich rauhe Gegend. Die Aborigines dort sind alles andere als freundlich gesonnen.«

»Ach, die jagen wir zum Teufel!« schrie einer.

»Da wäre ich mir nicht so sicher«, warnte Mulligan ihn. »Und noch was. Nehmt euch unbedingt genug Verpflegung mit, sonst geht ihr vor die Hunde. Das hier ist der letzte Vorposten, dann müßt ihr vier große Flüsse überqueren, den Lynd, den Tate, den Walsh und den Mitchell, und das bedeutet, daß es während der Regenzeit kein Zurück gibt. Dann sitzt ihr da draußen fest, und ohne Vorräte verhungert ihr.«

Die Menge wurde ungeduldig, Mulligans Warnungen waren für sie belanglos. Ein paar Männer drängten sich bereits an ihm vorbei, um die Karten im Büro des Goldbeauftragten zu studieren. Mulligans Stimme wurde lauter. »Ich werde eine gut ausgerüstete Expedition leiten, und ich bin bereit, hundert Goldsucher mitzunehmen. Wahrscheinlich will der eine oder andere seine Familie mitnehmen, aber ich muß davon abraten. Ich ruhe mich jetzt eine Weile aus, dann bereite ich die Expedition vor. Wir rüsten uns mit Pferden, mindestens hundert Ochsen und mehreren Wagenladungen Lebensmitteln aus ...«

Seine Stimme verlor sich, als er sah, daß einige Männer schon davonrannten.

Der Wettlauf um das Gold des Palmer hatte bereits begonnen. »Der Himmel stehe euch allen bei«, fügte er kopfschüttelnd hinzu.

Eddie trat näher heran, als Mulligan mit dem Bürovorsteher sprach. »Der Palmer ist voller Gold, ich habe so etwas noch nie gesehen. Aber nur die Tapferen, die Verzweifelten und die Ahnungslosen werden es schaffen, und das ist eine gefährliche Mischung.«

Doch sogar der Büroleiter war von der allgemeinen Begeisterung angesteckt. »Ist da wirklich soviel zu holen?«

Mulligan seufzte. »Ich habe versucht, das Ganze vor den Leuten ein bißchen herunterzuspielen, zu ihrem eigenen Wohl. Ich wollte, daß sie warten, bis eine ordentlich ausgerüstete Expedition loszieht. Aber es stimmt, der Palmer ist mehr als nur ein Goldfeld. Wenn sich herumgesprochen hat, wie es dort wirklich aussieht, dann ist in diesem Land der Teufel los. Ich sage Ihnen, im Palmer liegt das Gold nur so herum. Wir haben soviel mitgenommen, wie wir tragen konnten. Der Fluß ist voll von glitzerndem Gold, man muß es nur aufheben.«

Keine Stunde später saß Eddie auf seinem Pferd und ritt mit seiner aufsehenerregenden Neuigkeit ins dreihundert Kilometer südlich gelegene Charters Towers.

Nur mit Mühe war es ihm gelungen, die wenigen Vorräte, die er brauchte, zu bekommen. Die Läden im Ort hatten ihre gesamte Ware im Nu an die Männer verkauft, die unverzüglich zum Palmer aufbrechen wollten. Zelte wurden abgebaut und Packpferde beladen, und so mancher Reiter galoppierte eilig aus der Stadt hinaus. Eddie war der einzige, der nach Süden ritt. Er gab dem Pferd die Sporen und sann über die gute Nachricht nach. Zwar hatte er versprochen, den Mund zu halten, aber Billy konnte er es doch sagen. Das war endlich der große Fischzug, auf den er und Billy so lange gewartet hatten. Aber würde Billy auf Mulligans Warnungen hören? Das war ziemlich unwahrscheinlich. Der Ladenbesitzer hatte ihm gesagt, Mulligan würde mehrere Monate brauchen, bis er in einem abgelegenen Nest wie Georgetown die nötige Ausrüstung und das Vieh beisammen hatte. Sogar Eddie mußte zugeben, daß eine derartige Verzögerung verhängnisvoll wäre; bis die Expedition den Palmer erreichte, hatten andere ihnen das Gold womöglich schon weggeschnappt. Da fielen ihm Mulligans Worte ein: die Tapferen, die Verzweifelten und die Ahnungslosen.

Nun, tapfer war er nicht, und von der richtigen Wildnis hatte er auch keine Ahnung. Und verzweifelt? Offen gestanden war er nicht so verzweifelt hinter Gold her, daß er sich auf Kämpfe mit wilden Schwarzen einlassen oder sich der Gefahr des Hungertods aussetzen wollte, wenn er Hunderte von Kilometern vom nächsten Laden entfernt und durch reißende Flüsse von der Zivilisation abgeschnitten war. Vielleicht würde er Billy doch nichts erzählen. Ja, am besten behielt er das Ganze für sich. Doch der Chinese ließ sich auf kein Wagnis ein. Er dankte Eddie für den ordentlich ausgeführten Auftrag, zahlte ihm ein kleines Vermögen von fünfzig Pfund, und dann sperrte er ihn in einem vergitterten Kellerraum ein.

»Keine Angst, es wird Ihnen nichts geschehen«, versicherte ihm Mr. Chin. »Sie werden hier gut versorgt. Aber für mein weiteres Vorgehen ist es von größter Wichtigkeit, daß Sie für eine Weile keine Verbindung zur Außenwelt haben, bis die Nachricht vom Palmer-Gold diese Stadt erreicht hat. Ich brauche die Zeit, verstehen Sie?«

Nein, er verstand das überhaupt nicht, und das sagte er dem Chinesen auch, der sich als so mißtrauisch erwies. Hatte er sich etwa nicht an die Abmachung gehalten? Ihm sogar auf einer Karte ganz genau gezeigt, wo sich der Palmer befand? Er, Eddie Gaunt, war schließlich ein gebildeter Mensch, er konnte Karten ziemlich gut lesen, das hatte Käpt'n Beckmann ihm selbst beigebracht.

Doch Mr. Chin ging nicht auf seine Beschwerden ein, und so blieb Eddie eingesperrt, ein Gefangener in einem Bordell! Als sei er nicht schon genug gedemütigt worden, bedrohte ihn auch noch einer von den Yuang-Brüdern, Chins finsteren Handlangern, mit einem Dolch und warnte ihn, daß er ihm beim geringsten Laut die Kehle durchschneiden werde. Himmel! Der Kerl schien es tatsächlich ernst zu meinen.

Eine Aborigine-Frau brachte ihm regelmäßig zu essen, und er bot ihr fünf Pfund an, wenn sie ihn herausließ. Doch sie schüttelte den Kopf. Anfangs verhielt sie sich abweisend und schenkte seinen flehenden Worten keine Beachtung, doch dann neigte sie den Kopf zur Seite wie ein Vogel und hörte ihm zu.

»Du mußt mir helfen«, sagte er. »Hol mich hier raus. Was glotzt du denn so?«

Sie saß im Halbdunkel auf den Treppenstufen und erwiderte: »Deine Stimme, ich habe sie schon einmal gehört. Woher kommst du?«

Da er ohnehin nichts Besseres zu tun hatte, erzählte er ihr von seiner Seefahrerzeit, von dem Schiffbruch …

»Die *White Rose*«, unterbrach sie ihn. »Kapitän Beckmann.«

»Das stimmt. Woher weißt du das?«

Plötzlich war sie so aufgeregt, daß sie ihn am Hemdkragen packte und schüttelte. »Warst du an Bord, als sie ein schwarzes Mädchen aus dem Wasser gefischt haben?«

»Was für ein schwarzes Mädchen?« wimmerte er. »Laß mich in Ruhe.«

»Ein schwarzes Mädchen«, wiederholte sie. »Mrs. Beckmann war auch auf dem Schiff.«

»Ach ja, das ist Jahre her. Danach ist sie nie mehr mit uns gefahren. Meine Güte, der ist es vielleicht miserabel gegangen. Und mir auch, es war meine erste Fahrt. Aber ich hab's überstanden. Ist mir auch nichts anderes übriggeblieben. Als Matrose …«

»Erinnerst du dich nicht an ein Eingeborenenmädchen? Es war noch ziemlich jung. Ihr habt es irgendwo aus dem Meer gezogen.«

Er kratzte sich nachdenklich am Kopf. »Keine Ahnung. Manchmal haben die Kumpel heimlich schwarze Mädchen an Bord geholt. Wenn sie erwischt worden sind, war der Teufel los! Aber Augenblick mal, da war einmal ein Kind. Jetzt erinnere ich mich an sie ... Ja, du hast recht, wir haben mal ein schwarzes Mädchen an Bord geholt. Genau, und jetzt fällt's mir auch wieder ein. Ich habe sie im Wasser entdeckt.«

»Wo?«

»Na, im Wasser eben, halb ertrunken. Mitten auf dem Meer.«

Die Frau glaubte ihm kein Wort. »Wie hätte sie denn dorthin kommen sollen? Sie wird ja wohl kaum bei einem anderen Schiff über Bord gefallen sein. Du lügst! Sie ist bestimmt aus irgendeinem Dorf entführt worden.«

»Na, wen kümmert das schon?« Er trank den Tee, den sie ihm gebracht hatte. »Der Tee schmeckt ja nach gar nichts. Nächstes Mal mach ihn stärker.«

»Mache ich«, erwiderte sie bissig. »Und du beantwortest meine Fragen, oder muß ich erst Yuang Pan holen?«

»Mein Gott«, stöhnte er, »sind hier denn alle übergeschnappt? Ich habe dir schon gesagt, wir haben sie aus dem Meer gefischt. Es war wirklich so.«

»Warum habt ihr sie dann nicht an die Küste zurückgebracht?«

»Du machst wohl Witze! Da wollte keiner mehr hin, die verdammten Aborigines haben zwei von unseren Leuten mit Speeren durchbohrt.« Allmählich fügten sich die Bruchstücke seiner Erinnerung wieder zusammen. »Genau, das war zur selben Zeit. Zwei unserer Matrosen sind dort umgebracht worden, dabei wollten sie nur Wasser holen, die armen Kerle.«

»Wo war das, Eddie?« Ihre Stimme klang jetzt verändert, sie sprach sanfter und höflicher. »Erinnerst du dich daran?«

»Natürlich. Obwohl wir dort nie mehr vor Anker gegangen sind, das kannst du mir glauben.«

»Wo, Eddie? Komm, sag schon.«

»In der Whitsunday-Passage. Wir haben jedesmal eine Mordsangst gehabt, wenn wir vorübergesegelt sind.«

»Diese Gegend, hat sie einen Namen?«

»Klar, den kennt doch jeder. Endeavour River. Es war an der Mündung des Endeavour River.«

»Der Endeavour River«, wiederholte sie. »Und das liegt im Norden?«

»Ja.«

»Ist das weit von Townsville?«

Eddie hatte langsam genug. »Es ist nicht in der Nähe von Townsville. Was ist, läßt du mich jetzt hier raus? Ich gebe dir einen Zehner.«

Die Schwarze stand auf. »Ich tue dasselbe, was du für mich getan hast. Ich bringe dir dein Essen.«

Er starrte auf die verschlossene Tür. Was sollte das denn nun wieder bedeuten? Wahrscheinlich versuchte sie, den Preis in die Höhe zu treiben. Das nächste Mal mußte er mehr bieten. Wenn er nur Billy benachrichtigen könnte! Und er würde Billy haarklein erzählen, was es mit dem Palmer auf sich hatte. Das war die Rache dafür, daß der Chinese ihn aufs Kreuz gelegt hatte.

Chin Ying hatte alle Hände voll zu tun. Er entsandte Yuang Pan, um Lew Cavour mitzuteilen, daß er unverzüglich nach Charters Towers kommen sollte, dann mußte er alle Kulis zusammentreiben. Es war keine Zeit zu verlieren, Yuang Pan sollte sich mit den Kulis sofort auf den Weg nach Townsville machen. Nach eingehendem Studium der Karten war Ying zu dem Schluß gekommen, daß man den Palmer River am schnellsten mit dem Schiff erreichte. Zu den Goldfeldern waren es von der Küste aus nur noch rund einhundertfünfzig Kilometer landeinwärts, während man auf der gefährlichen und schwierigen Landstrecke achthundert Kilometer zurücklegen mußte. Yuang Fu würde unterdessen die beiden Häuser und die zahlreichen gepachteten Schürfstellen in der Nähe verkaufen, danach sollte er seinem Herrn zur Küste folgen. Ein chinesischer Freund wartete nur darauf, daß Ying das Bordell verkaufte, und für die Minen war auch noch ein ordentlicher Preis zu erzielen.

Das Bordell hatte seinen Zweck erfüllt. Noch immer waren Rassenunruhen ein ernsthaftes Problem, und erfolgreiche chinesische Goldschürfer mußten damit rechnen, von Weißen überfallen zu werden. Neid und Habgier entluden sich nicht nur in gehässigen Bemerkungen, sondern auch in blutigen Vergeltungsschlägen. Zwei von Yings Kulis waren in ihrer Mine ermordet, zwei andere ausgeraubt worden, ehe Yuang Pan ihre Tagesausbeute abholen konnte. Es war unumgänglich gewesen, die beiden Männer als abschreckendes Beispiel durch die Yuang-Brüder hinrichten zu lassen. Aber Ying wußte, daß er auch zu seinem eigenen Schutz Sicherheitsvorkehrungen treffen mußte, denn die Goldgräber hatten es besonders auf die chinesischen Anführer abgesehen; sie glaubten, wenn sie dem Drachen den Kopf abschlugen, blieben nur die Kulis als hilfloser Rumpf übrig. Darin irrten sie sich allerdings, denn die Kulis wurden einfach von anderen Chinesen übernommen. Wie auch immer, Leute wie Chin Ying konnten ohne Begleitschutz nirgendwohin reisen.

Als Ying zu beträchtlichem Reichtum gekommen war, hatte er beschlossen, ein erstklassiges Bordell zu eröffnen, um die Aufmerksamkeit der Weißen von sich abzulenken. Für die Liebesdienste seiner Damen verlangte er ungeheure Preise, doch das störte die Freier nicht. Sie brüsteten sich damit, im teuersten Bordell, das der »Nabel der Welt« zu bieten hatte, ein und aus zu gehen. Daß der Chinese sein Geld mit einem Bordell verdiente, sahen sie mit Wohlwollen; so war er in ihren Augen zumindest kein Rivale mehr. Die Tätigkeit des Chinesen war durchaus angesehen, er stellte wohlhabenden Herren Dienstleistungen zur Verfügung. Ying lächelte. Er erhielt nicht nur von seinen Schürfstellen ständigen Nachschub an Gold, die Goldgräber rannten ihm zudem fast die Türen ein, um für eine seiner acht hübschen Damen ihr Gold loszuwerden.

Überdies war es angenehmer, im Bordell zu wohnen als in einem verlausten Zelt bei den schmutzigen Goldfeldern. Beim bloßen Gedanken an die widrigen Lebensumstände dort draußen schauderte ihn. Doch der Palmer River würde ganz anders sein – eine saubere und unverdorbene Gegend für jene, die als erste ankamen. Bis die Masse der Goldsucher überhaupt wußte, wie sie dorthin gelangen konnte, wollte Ying mit seinen Kulis schon so viel Gold gesammelt haben, wie sie fortschaffen konnten. Wenn die anderen kamen und den Platz in eine stinkende Kloake verwandelten, wäre er schon längst wieder verschwunden.

Nach Charters Towers würde er nicht mehr zurückkehren. Er war jetzt so wohlhabend, daß er sich zur Ruhe setzen konnte, und das Palmer-Gold würde die Krönung seines ohnehin schon beachtlichen Vermögens sein.

Ying war mit dem Aussortieren der Papiere in seinen Schreibtischschubladen fertig und wandte sich gerade seinen beiden Tresoren zu, als er durch ein Klopfen an der Tür gestört wurde. Obwohl er nicht darauf antwortete, ging die Tür auf und Diamond trat ein. »Bitte entschuldigen Sie, Mr. Chin, aber ich muß mit Ihnen reden. Es ist wichtig.«

Ying seufzte. »Ich habe jetzt keine Zeit.« Er mochte Diamond; sie war ein kluges Mädchen, aber auch schwierig und nicht so fügsam wie seine anderen Frauen. Unter Fan Sus Anleitung war sie zu einer Schönheit geworden. Selbst bei Weißen, die nichts für schwarze Mädchen übrighatten, war sie begehrt.

Überrascht sah sie sich im Zimmer um. »Sie packen?«

»Ja.«

»Wohin gehen Sie?« Mißbilligend kniff Ying den Mund zusammen; er war diesem Mädchen schließlich keine Rechenschaft schuldig. »Was willst du, Diamond?«

»Ich wollte Ihnen sagen, daß ich fortgehen werde.«

»Gut.« An dem Bordell lag ihm ohnehin nichts mehr. »Heute abend werden alle ausbezahlt.«

»Danke.« Ihr Blick fiel auf die Landkarten, die auf dem Schreibtisch lagen. »Macht es Ihnen etwas aus, wenn ich mir Ihre Karten ansehe? Ich glaube, ich weiß jetzt, wo mein Volk lebt.«

Als sie näher herantrat, zog er ihr hastig die Karten weg.

»Entschuldige, sie sind vertraulich.« Ying hatte auf einer den Palmer River markiert.

»Ich möchte mir nur die Küste ansehen«, meinte sie. »Da ist doch nichts dabei.«

»Komm später wieder, ich habe gerade zu tun.«

Doch Diamond blieb reglos vor ihm stehen. »Mr. Chin, es ist für mich von größter Wichtigkeit. Ich brauche Ihre Hilfe. Wenn ich die Karten nicht anschauen darf, dann sehen Sie doch bitte selbst nach, wo der Endeavour River liegt. Mehr will ich gar nicht wissen.«

»Warum eigentlich?« fragte er verblüfft.

»Weil dort die Irukandji leben.«

»Tatsächlich?« Er setzte sich an den Tisch. Wo der Endeavour River war, wußte er sehr wohl. Genau dort wollte er auf seinem Weg zum Palmer vor Anker gehen. Er suchte eine Karte heraus, in die er nichts eingetragen hatte, und gab vor, sie zu studieren. »Ah, da haben wir ihn.«

Diamond lief um den Tisch herum und starrte auf die Karte. Inzwischen war sie eine Schönheit geworden; sie versteckte das Haar nicht mehr unter einem Turban, und die feinen Löckchen, die Fan Su ihr gelegt hatte, umrahmten anmutig das Gesicht. Das lange Haar am Hinterkopf war zusammengebunden und hochgesteckt. Tatsächlich ein entzückender Anblick.

»Da ist er!« rief sie und fiel ihm vor Freude um den Hals.

»Ich muß doch sehr bitten«, tadelte Ying und machte sich von ihr los.

»Verzeihen Sie, Mr. Ying, aber ich bin so froh. Jetzt weiß ich, wohin ich gehen muß.«

»Es ist aber ein ziemlich rauhes Land«, gab er ihr zu bedenken, »und kaum erforscht. Wenn du dein Volk gefunden hast, was dann? Sprichst du denn ihre Sprache?«

»An ein paar Worte erinnere ich mich noch, und der Rest fällt mir dann ganz bestimmt wieder ein.«

Ying nickte. Wenn sie recht hatte und der Ankerplatz tatsächlich im Gebiet der Irukandji lag, war es von unschätzbarem Vorteil, von einem Stammesmitglied begleitet zu werden, das ihre Sprache beherrschte und Führer beschaffen konnte. »Ich reise morgen nach Townsville«, murmelte er. »Wenn du mich begleiten willst, bitte sehr.«

Fan Su schloß die Tür auf und bat Lew Cavour herein. Dieser sah sich erstaunt in der Eingangshalle um, wo sich elegant gekleidete Herren in Plüschsesseln und auf Sofas räkelten und von einem hübschen chinesischen Mädchen Getränke und Zigarren reichen ließen. »Wünschen Sie Sekt, Sir?« fragte Fan Su. »Oder vielleicht Whisky?«

»Nein, danke«, erwiderte Lew und mußte ein Lachen unterdrücken. »Mr. Chin erwartet mich.« Er hätte nicht im Traum daran gedacht, daß Ying in einem Bordell wohnte – oder, was wohl eher zutraf, eines besaß. Von diesem vornehmen, namenlosen Haus, das immer nur »das Bordell des Chinesen« genannt wurde, hatte er schon gehört. Dann war also Chin Ying dieser Chinese! Der Bursche war doch immer für eine Überraschung gut …

Er öffnete die Tür zu Yings Räumen und fragte sich, wozu

der Wandschirm da war. Um das Gefühl von Privatheit zu vermitteln, oder wegen des Aberglaubens, daß das Böse sich immer auf einer geraden Linie fortbewegte, woran es durch den Wandschirm gehindert wurde?

»Ah, Lew! Sehr gut. Ich habe schon befürchtet, du würdest dich verspäten.« Ying schien sich nicht lange mit Begrüßungsfloskeln aufhalten zu wollen. »Ich habe wunderbare Neuigkeiten für dich.«

»Sag mal, ist das dein Haus? Du hast mir nie davon erzählt.«

»Warum auch? Das ist doch unwesentlich. Ich betrachte es lediglich als einen Ort, wo ich vor Gesindel sicher bin.«

»Und verdienst gleichzeitig noch ein bißchen dazu«, ergänzte Lew lachend. »Soll ziemlich teuer sein, wie man so hört.«

»Selbstverständlich.« Mit einer wegwerfenden Handbewegung tat Ying das Thema ab. »Möchtest du etwas trinken? Ich habe feinsten schottischen Whisky.«

»Da sage ich nicht nein. Durch das Gebräu, das man auf den Goldfeldern bekommt, sind meine Geschmacksnerven schon fast abgestorben.« Er sah sich um. »Du hast ja gepackt und schon alles reisefertig. Wir müssen uns also sputen?«

Zu Lews Erstaunen schenkte Ying selbst die Drinks ein. Was war aus dem chinesischen Edelmann geworden, der sonst jeden Handgriff von seinen Dienern ausführen ließ?

»Ich habe schon ungeduldig auf deine Ankunft gewartet«, sagte Ying. »Komm her und sieh dir diese Karten an. Wie ich erwartet habe, hat Mulligan tatsächlich Gold gefunden, einen ganzen Fluß voller Gold. Und bis jetzt weiß hier noch keiner etwas davon.«

Gespannt hörte Lew zu, wie Ying ihm beschrieb, wo der Palmer River lag und wie er ihn zu erreichen gedachte. Und schon spürte Lew auch wieder das Prickeln des Goldfiebers, das nach der mühsamen Schinderei auf den Goldfeldern am Cape vorübergehend nachgelassen hatte. Was Ying ihm da erzählte, klang zu schön, um wahr zu sein.

»Kommst du mit?« fragte Ying.

»Worauf du dich verlassen kannst«, erwiderte Lew begeistert.

»Was hast du denn mit deinem Claim am Cape gemacht?«

»Den habe ich meinem Partner Herbert Watlington überlassen.«

»Einfach so? Da hast du aber kein gutes Geschäft gemacht.«

»Das stimmt. Aber er ist kein schlechter Kerl und eigentlich ganz nett, wenn man ihn näher kennenlernt. Nur harte Arbeit liegt ihm nicht.«

»Wem liegt die schon?« bemerkte Ying.

»Du hast gut reden. Also, wenn es dort Gold gibt, dann muß man es sich holen. Herbert ist außerdem ganz froh, daß er mich los ist. Jetzt kann er herumtrödeln, wie es ihm paßt, und nebenan schürft eine Familie, die ihm zur Hand geht.«

»Habt ihr viel Gold gefunden?«

»Ich habe ein paar tausend Pfund auf der Bank. Für mich hat es sich also gelohnt.«

Wie er aus Yings Gesichtsausdruck schloß, war dieser anderer Ansicht, wenn er es auch aus Höflichkeit nicht sagte. Statt dessen wandte er sich den Karten zu. »Sobald wir in Townsville sind, mieten oder kaufen wir uns ein anständiges Schiff – wie ich gehört habe, gibt es in diesem Hafen genug davon – und fahren nach Norden. Wir müssen Pferde und ausreichend Vorräte mitnehmen.«

»Was ist mit deinen Kulis?«, fragte Lew.

»Sie sind bereits auf dem Weg nach Townsville.«

Lew pfiff anerkennend durch die Zähne. »Gute Arbeit. Aber glaubst du wirklich, daß in diesem Fluß so viel Gold zu finden ist?«

»Wenn Mr. Mulligan das sagt, können wir uns darauf verlassen.«

Er zog an einer Klingelkordel. »Ich habe dir ein ordentliches Essen zubereiten lassen. Fan Su wird es dir gleich servieren.«

Kurz darauf klopfte es an der Tür, und Fan Su brachte ein mit Speisen beladenes Tablett herein. Ihr folgte ein anderes Mädchen, das zwei dampfende Schüsseln trug. Lew riß erstaunt die Augen auf. Es war Diamond!

»Guten Abend, Mr. Cavour«, sagte sie ruhig und verließ gemeinsam mit Fan Su wieder das Zimmer.

»Was, zum Teufel, macht sie denn hier?« fuhr Lew seinen Freund an. »Erzähl mir bloß nicht, daß sie hier kocht! Dann hätte sie nämlich etwas anderes angehabt.« Diamond sah atemberaubend aus mit ihrem geblümten, pfirsichfarbenen Seidenkimono, der an einer Seite nur von Schnüren zusammengehalten wurde, und ihrem aufgesteckten, mit zarten Blüten geschmückten Haar.

»Diamond arbeitet gerne hier«, entgegnete Ying trotzig auf Lews entrüstete Bemerkung. »Seit wann hast du etwas gegen Prostitution?«

»Hab ich nicht, aber Diamond gehört doch nicht hierher.«

»So? Wohin gehört sie dann? Wie soll ein schwarzes Mädchen denn sonst sein Geld verdienen?«

»Herr im Himmel, das weiß ich nicht. Jedenfalls nicht hier.«

»Eure angelsächsischen Moralvorstellungen werden mir immer ein Rätsel bleiben. Die Männer, die hierher kommen, haben nichts gegen Huren, solange es sich nicht um ihre eigenen Töchter handelt. Sogar Stammkunden würden ihre Töchter lieber umbringen, als sie in einem Bordell arbeiten lassen.«

Lew goß sich ein weiteres Glas Whisky ein. »Verschone mich mit deinen klugen Worten. Jedenfalls sorge ich dafür, daß sie eine andere Stelle findet.«

»Wie nett von dir! Vermutlich möchtest du sie wieder als unbezahltes Dienstmädchen arbeiten lassen, wie? Sei doch nicht so töricht! Von einem solchen Vorschlag will sie heute nichts mehr wissen. Aber der Zufall ist dir ohnehin zuvorgekommen. Diamond will uns in den Norden begleiten, wo sie ihre Stammesangehörigen vermutet.«

»Solch ein Unsinn«, erwiderte Lew mit finsterer Miene.

»Dorthin können wir sie nicht mitnehmen.«

»Dann schlage ich vor, daß du dich mit ihr streitest und nicht mit mir.«

»Warum ist sie denn nicht mehr bei Perfy auf dieser Farm?«

»Meines Wissens haben sie sich in gegenseitigem Einverständnis getrennt. Miss Perfy ist übrigens auch nicht mehr dort, sie ist nach Bowen zurückgekehrt.« Ying warf einen prüfenden Blick auf Lew, als überlegte er, ob er ihm noch mehr erzählen sollte. »Du hast jetzt doch hoffentlich nicht vor, nach Bowen zu gehen?«

»Warum sollte ich? Sie hat sich doch mit Ben Buchanan verlobt und ist inzwischen wahrscheinlich verheiratet.«

»Die Hochzeit ist abgesagt worden.«

»Was?« Lew war verblüfft – und hocherfreut. »Warum denn?«

»Das weiß ich nicht. Erstaunlicherweise wollte Diamond darüber nicht sprechen. Ich habe das Gefühl, daß sie nicht in Freundschaft auseinandergegangen sind. Über ihre ehemalige Herrin verliert sie nämlich kein Wort.«

Lew verfiel in ein nachdenkliches Schweigen. Das änderte nun doch einiges. Am vernünftigsten wäre es, auf der Stelle nach Bowen zu reiten. Es klang so, als sei Perfy aus ihrem Traum vom herrlichen Leben auf dem Lande erwacht. Lew lachte. »Das ist eine sehr gute Nachricht! Was wohl passiert sein mag? Wie auch immer, sie ist jedenfalls nicht mehr in festen Händen. Vielleicht erhört sie mich jetzt.«

»Aber du kannst jetzt noch nicht nach Bowen fahren«, beharrte Ying. »Wir haben keine Zeit, und ich brauche dich dringend.«

»Ich weiß«, entgegnete Lew nachdenklich. Wenn das Palmer-Gold nun nichts als ein Hirngespinst war? Die Reise in den Norden würde ihn viel Geld kosten. Sollte er wirklich seine Ersparnisse dafür aufs Spiel setzen? Und er wäre monatelang fort. Würde er Perfy dadurch noch einmal verlieren? Doch die Beschreibung von einem Fluß voller Gold brachte sein Blut in Wallung. Er mußte in den Norden fahren; er wäre verrückt, wenn er sich diese einmalige Gelegenheit entgehen ließe. »Keine Sorge«, versicherte er Ying, »ich komme mit.«

6

Wo war Eddie bloß abgeblieben? Billy Kemp hatte es satt, noch länger zu warten. Offenbar dachten die Jungs in der Stadt, daß er eine Stelle bei einem Fuhrunternehmer angenommen hatte und jetzt mit einem Ochsengespann Vorräte von einem Depot zum nächsten karrte. Solche Unternehmer verdienten heutzutage ein Vermögen, selbst am Cape berechneten sie schon fünfundzwanzig Shilling, um eine Fuhre Waschgestein bis zum nächstbesten Flußlauf zu schaffen. Wenn das so weiterging, würde man sich bald nicht einmal mehr räuspern können, ohne dafür bezahlen zu müssen. Ihre Schürfstelle gab nichts mehr her, und Billy hatte sie für fünfzig Pfund an einen Neuankömmling verkauft – kein schlechtes Geschäft, wenn man bedachte, daß sie keinen Pfifferling mehr wert war. In der ganzen Gegend hatte man mittlerweile Goldadern entdeckt, doch inzwischen mußten die Schürfer in immer größere Tiefen vordringen, um noch fündig zu werden. Das bedeutete, daß man mit Dynamit sprengen und die Schächte abstützen mußte, was wiederum größere Kosten mit sich brachte.

Billy schlenderte zu einer Wellblechhütte, die als Schenke und Laden diente, und bestellte sich ein Glas Bier. Es hatte schon den ganzen Monat geregnet, und die Gegend, von der er eigentlich gedacht hatte, sie hätte noch nie einen Regentropfen gesehen, war ein einziger Morast. Seine Stiefel waren mit einer dicken Schlammschicht überkrustet.

»He, Billy«, rief ihm der Gastwirt zu. »Wo ist denn dein Freund Eddie?«

»Der Teufel soll mich holen, wenn ich das weiß«, entgegnete Billy wütend.

»Ich habe einen Brief für ihn. Der sieht ganz so aus, als wäre er einmal nach China und zurück gegangen.«

»Donnerwetter, gib her!«

Der Wirt suchte einen Umschlag heraus, der nicht nur zerknittert, sondern auch so durchweicht war, daß man die tintenverschmierte Anschrift kaum noch lesen konnte. Er kam von Eddies Vater und war schon Monate alt. Nachdem Billy die üblichen guten Wünsche, Bemerkungen über das Wetter und die Ermahnung, sein Sohn solle wieder zur See fahren, überflogen hatte, stieß er doch tatsächlich auf eine aufschlußreiche Neuigkeit. Die hübsche Nachbarin der Kemps mit dem seltsamen Namen, Perfection Middleton – Billy mußte lächeln bei dem Gedanken, wie er ihr einen Abschiedskuß gegeben hatte – war zu Geld gekommen. Ihr gehörte eine Farm im Hinterland namens Caravale, und die Middletons waren jetzt feine Leute.

Er setzte sich auf die schlammverschmierten Stufen und überlegte. Caravale war gar nicht so weit entfernt, nur ungefähr hundertfünfzig Kilometer im Osten. Er sollte dem Mädchen einen Besuch abstatten. Wo zum Teufel steckte nur Eddie? Er brauchte ihn, denn schließlich war Eddie ihr Nachbar. Vielleicht würde sich ein Besuch ja lohnen.

Nachdem er einige Tage geritten war, wies ihm jemand den Weg zum Sitz der Familie Buchanan. Dort fand Billy allerdings nur noch die Wirtschaftsgebäude vor; das Wohnhaus war abgebrannt. Auf dem Weg zu den Ställen hielt ihn jemand an, den er auf Anhieb als einen Viehbaron erkannte. »Was haben Sie hier zu suchen?«

»Ich will das Pferd tränken, Kumpel. Ihm hängt vor lauter Durst schon die Zunge aus dem Hals. Und wer sind Sie?«

»Buchanan. Ich bin hier der Besitzer. Suchen Sie Arbeit?«

»Nicht unbedingt. Ich wollte eine alte Freundin besuchen.«

»Wer soll das sein?«

»Miss Middleton. Soweit ich weiß, gehört ihr das hier alles. Oder etwa nicht?«

»Sie besitzt Anteile an der Farm. Und im Augenblick ist sie nicht da, denn sie ist nach Bowen zurückgekehrt.«

»Oh, das ist aber Pech! Ich hatte mich schon so gefreut, sie zu sehen. Wir sind alte Nachbarn aus Brisbane. Aber Sie haben ja selbst großes Pech gehabt, wie ich sehe.«

»Ja«, sagte Ben Buchanan, und seine Miene verfinsterte sich. »Und wir haben keine Leute. Suchen Sie nicht vielleicht doch Arbeit?«

»Nein, Mister. Bei den Rindern wäre ich Ihnen sowieso keine Hilfe, denn ich könnte mit dem Lasso nicht einmal einen Pfahl einfangen.«

»Ich brauche aber auch Zimmerleute. Wir wollen eine Behelfsunterkunft bauen, bis die Pläne für das neue Wohnhaus fertig sind.«

»Nun, in meiner Jugend habe ich schon mal gezimmert. Kost und Logis?«

»Ja«, sagte Ben. »In der Schlafbaracke ist noch ein Bett für Sie frei. Morgen können Sie anfangen.«

Billy grinste. »Alles klar, Mann.« Warum sollte er nicht mal ein Weilchen hier bleiben? Und so schickte er eine Nachricht an Eddies Adresse in Charters Towers, in der er ihn aufforderte, nach Caravale zu kommen. Vielleicht war Perfy Middleton bis dahin auch schon zurückgekehrt. Kein Wunder, daß sie sich verzogen hatte, nachdem das Wohnhaus abgebrannt war.

Gerade hatten sie die Hütte mit den vier Zimmern fertiggestellt, in dem die Haushälterin, Ben und seine Mutter – eine

Megäre, die über jedes Brett und jeden Nagel feilschte – wohnen sollten, als Eddie eintrudelte.

Dieser Vogel war zu nichts zu gebrauchen. Natürlich hatte er sich verirrt und war achtzig Kilometer in die falsche Richtung durch den verdorrten Busch geritten. Ohne Wasser und Vorräte hatte er Kreise gezogen, bis ihn ein paar Schwarze aufgelesen hatten.

»Du bist aber auch wirklich zu blöde«, schimpfte Billy ihn aus. »Wo warst du bloß?«

Eddie löffelte gierig seinen Teller Suppe leer und hielt ihn hoch, damit man ihn nachfüllte. »Du hältst dich vielleicht für besonders schlau, Billy Kemp«, knurrte Eddie. »Aber ich habe Sachen gehört, die du dir nicht vorstellen kannst. Deine Freunde hier würden alles darum geben, zu erfahren, was ich weiß.«

»Also, was ist es?« drängte Billy.

»Nicht hier«, sagte Eddie und blickte über den Tisch, an dem sich die Farmarbeiter drängten.

»Niemand hört uns zu«, meinte Billy. Tatsächlich waren die Männer einzig und allein damit beschäftigt, ihren gerechten Anteil am Rinderstew zu ergattern. Der Eintopf mit Kartoffeln, Mohrrüben, Pastinaken, Zwiebeln und Gemüse war das Leibgericht der Männer.

Doch Eddie murmelte nur: »Später.«

Als er dann mit seinem Bericht begann, war Billy eingedöst, noch bevor Eddie zum Kern der Sache gekommen war. Nicht der kleinste Windhauch wehte in dieser heißen Februarnacht, und so hatten sie es den meisten anderen Männern gleichgetan und ihre Strohmatratzen auf die Wiese vor der Schlafbaracke geschleppt, wo es nicht ganz so stickig war.

»Du hast gar nicht zugehört«, beschwerte sich Eddie.

»Doch. Der Chinese hat dich angestellt, und du bist zu diesem Kaff namens Georgetown geritten und fürs Nichtstun bezahlt worden. Dann bist du nach Charters Towers zurückgekehrt, und man hat dich in einem Bordell eingesperrt. Dein Glück möchte ich auch mal haben!«

»Von den Huren habe ich nicht viel gesehen; die haben mir nur das Essen gebracht. Als dieses unheimliche Schlitzauge mich endlich rausgelassen hat, hat er gedroht, er schneidet mir die Kehle durch, wenn ich nicht das Maul halte.«

»Und diesen ganzen Schwachsinn soll ich dir glauben?«

»Das würde ich an deiner Stelle ruhig tun!«

Eddie stieß ihm ärgerlich den Ellenbogen in die Seite. »Jetzt wird's nämlich spannend. Also, der Boß von den Schlitzaugen ist weggeritten und hat die schwarze Hure mitgenommen ...«

»Das ist ja unglaublich!«

Eddie beachtete ihn nicht. »Jedenfalls habe ich mich auf kein Wagnis eingelassen. Als ich zu meiner Bude komme, finde ich da deine Nachricht. Nun kann mich natürlich nichts mehr in Charters Towers halten, und außerdem möchte ich möglichst weit weg von dem blutrünstigen Schlitzauge. Und bis jetzt habe ich niemandem auch nur ein Sterbenswörtchen verraten.«

»Gratuliere!«

»Und willst du es gar nicht wissen?«

»Leg dich schlafen, Eddie.«

»Sie haben einen Fluß voller Gold gefunden, Billy! Einen ganzen Fluß, wo das Gold nur darauf wartet, daß man es aufhebt.«

Billy riß die Augen auf. Auch wenn er bisher nicht geglaubt hatte, daß an der Geschichte irgend etwas dran war, so hörte er jetzt doch aufmerksam zu. Er holte sich ein Zigarillo aus dem Päckchen, das er aus dem Lagerhaus hatte mitgehen lassen.

»Ach ja? Und ausgerechnet dir haben sie gesagt, wo der Goldfluß ist?«

»Mein Gott! Ich habe es dem Schlitzauge doch selbst gesagt. Und der ist dann weg wie der Blitz.«

»Wie heißt der Fluß?«

»Es ist der Palmer«, flüsterte Eddie. »Da, wo Bart Swallow und der andere Kerl von den Schwarzen um die Ecke gebracht worden sind.«

Billy erschauderte. Diese Geschichte würde er in seinem ganzen Leben nicht vergessen. »Das war nicht der Palmer, sondern die Mündung vom Endeavour River. Und keine zehn Pferde bringen mich da wieder hin, um alles Gold der Welt nicht.«

»Das müssen wir auch nicht«, sagte Eddie, der erleichtert feststellte, daß Billy nun endlich wach wurde.

»Der Palmer liegt etwa hundertfünfzig Kilometer im Inland auf dem gleichen Breitengrad. Wir könnten den Landweg nehmen.«

Dann erzählte Eddie von Mulligans Warnungen: Es wimmele dort von gefährlichen Schwarzen, man müsse viele Flüsse durchqueren und man dürfe auf keinen Fall vergessen, genug Proviant mitzunehmen.

Billy nickte. »Wir bräuchten einen Haufen Vorräte, Packpferde und Waffen ... und das kostet Geld. Laß mich mal nachdenken. Lange können Mulligan und seine Leute den Plan sicher nicht mehr geheimhalten.«

Geld! Auch wenn sie sich Mulligans Treck anschlossen, würden sie ihren Anteil an den Kosten tragen müssen. Dann lieber auf eigene Faust losziehen. Da fiel ihm Ben Buchanan ein. Er war der einzige, der so viel Geld lockermachen konnte. Billy hatte nicht lange gebraucht, um den gesamten Klatsch über die Buchanans zu erfahren. Perfy gehörten nicht, wie Ben Buchanan ihm erklärt hatte, einfach nur Anteile an der Farm, sondern sie besaß die Hälfte. Sie und Buchanan hatten heiraten wollen, wodurch die beiden Hälften des Besitzes wieder zusammengekommen wären. Doch dann hatte sie herausgefunden, daß Ben es mit einem schwarzen Mädchen trieb, und war Hals über Kopf abgereist. Geschah ihm recht, hatten die Männer gemeint, denn wer ist schon so dumm, sich erwischen zu lassen? Daß das Haus abgebrannt war, hing irgendwie mit dem alten Hausdrachen, mit Mrs. Buchanan, zusammen. Und jetzt, und das war der springende Punkt, der Billy nachdenklich machte, brauchte Buchanan dringend Geld, um Perfy auszahlen zu können. Und dieses Geld brauchte er so schnell wie möglich. Also mußte man ihm von den Goldfunden am Palmer erzählen und wie wichtig es sei, als erster dort einzutreffen. Ben Buchanan war nämlich ein vorzüglicher Buschläufer, ein Mann, der auf solch einer Expedition sein Gewicht in Gold wert wäre. In Billy begann ein Plan zu reifen, mit dem sie allen anderen Goldsuchern ein Schnippchen schlagen konnten.

Bei Sonnenaufgang wartete Billy vor den Duschen auf Ben. »Haben Sie einen Moment Zeit, Boß?«

Ben trocknete sich das Gesicht ab und legte sich das Handtuch über die Schulter. »Was gibt's?«

»Nichts besonderes. Ich wollte Ihnen nur ein Angebot machen.«

»Welches Angebot?«

»Um gleich zur Sache zu kommen«, sagte Billy schnell, als er die Ungeduld in Bens Stimme hörte, »ich weiß, wo man einen ganzen Haufen Gold finden kann.«

»Warum gehen Sie dann nicht hin und holen es sich?« Ben lachte.

»Weil es so weit draußen im Busch liegt, daß ich es allein nicht schaffe. Hören Sie mir zu, es dauert nur ein paar Minuten, bis ich alles erklärt habe.«

Bevor Ben sich abwenden konnte, begann Billy mit einem kurzen und knappen Bericht: Mulligan hatte das Gold entdeckt, und Eddie Gaunt, der sich in Georgetown aufhielt, hatte davon erfahren und war auf schnellstem Wege zu seinem Freund geritten, um ihm davon zu erzählen. »Wir reiten auf jeden Fall dorthin, aber ich schätze, wir brauchen noch vier bis sechs Mann, um uns durchzuschlagen.«

»Da haben Sie sicher recht«, meinte Ben. Dann erkundigte

er sich nach Einzelheiten. »Ich werde darüber nachdenken«, sagte er schließlich. »Erst mal muß ich die Karte studieren. Meine sind zwar alle verbrannt, aber Tom Mansfield kann mir welche leihen.«

Triumphierend kehrte Billy zu Eddie zurück. »Er hat angebissen. Du wirst sehen, er kommt mit.«

»Vielleicht. Wenn er sich nicht allein auf die Socken macht und uns hier sitzen läßt, jetzt, wo er Bescheid weiß.«

»So dumm ist er nicht. Er weiß selbst, daß er niemandem davon erzählen darf. Und wenn er glaubt«, fügte er mit einem Grinsen hinzu, »er kann Billy Kemp reinlegen, dann verbreite ich die Geschichte auf der ganzen Farm. Kein einziger Mann bleibt dann noch hier.«

Der Bauunternehmer Joe Flynn, der aus Sydney nach Caravale geholt worden war, freute sich über den zusätzlichen Helfer. Er ließ Eddie die Fußbodenbretter verlegen. »Paß auf, daß sie gerade sind«, sagte er, »oder die Missus zieht dir das Fell über die Ohren.«

Billy lachte. Er hatte den Auftrag, das Gerüst für den Wassertank zu bauen, und konnte in einiger Entfernung von den anderen allein und ungestört arbeiten. Die untere Plattform wurde aus feinem Zedernholz gezimmert, eine ungeheure Verschwendung von gutem Baumaterial. Doch in ihrem Eifer, der alten Frau zu gefallen, hatten die Farmarbeiter mehr Holz gefällt und zurechtgesägt, als gebraucht wurde. Billy, der zufrieden vor sich hinwerkelte, sollte das nicht weiter stören. Heute war sein Glückstag. Wenn der Boß am Nachmittag zurückkehrte, würden sie bestimmt Pläne schmieden.

»Auf dem Weg dorthin muß man ein paar breite Flüsse überqueren«, sagte Ben. »Allein können die Pferde ja schwimmen, aber für die Packpferde wird es schwer. Und wir dürfen auf keinen Fall unsere Vorräte aufs Spiel setzen.«

»Dann nehmen wir eben ein Boot«, schlug Billy vor. »Ein Boot an einem Laufseil über den Fluß zu ziehen, dürfte auch nicht schwerer sein, als einen Wagen zu fahren. Eher sogar leichter. Ich habe schon gesehen, wie man Wagen, die mehr als eine Tonne wogen, auf diese Weise übergesetzt hat.«

Ben staunte. »Ein Boot?«

»Ja, darüber habe ich gelesen«, sagte Billy mit einem überlegenen Lächeln. »Die echten Entdecker damals, die keine Ahnung hatten, was vor ihnen lag, haben Boote mitgenommen.«

Ben nickte. »Ja, stimmt, davon habe ich auch schon gehört. Aber woher kriegen wir ein Boot?«

»Das haben wir im Handumdrehen gezimmert. Kümmern Sie sich nur um den Rest der Ausrüstung. Wie steht's mit ein paar wandelnden Steaks?«

»Keine Schwierigkeit. Ich treibe so an die fünfzig Stück Vieh zusammen, damit wir auch für Notfälle gerüstet sind.«

Ben war sich zwar bewußt, auf welch heikles Unternehmen er sich da einließ, doch er zweifelte keinen Augenblick daran, daß die Geschichte vom Gold am Palmer wahr war. Diesmal wollte er sich seinen gerechten Anteil holen, denn mit einer hübschen, kleinen Goldader wären all seine Probleme gelöst.

»Ich gehe für eine Zeitlang fort«, erklärte er seiner Mutter, die jetzt zähneknirschend in der Molkerei – Diamonds ehemaliger Unterkunft – wohnte. »In der Regenzeit kann ich sowieso nicht viel ausrichten.«

»Wenn es nur regnen würde!« murrte sie. »Diese paar Schauer kann man wohl kaum als Regenzeit bezeichnen. Wir kommen noch in die größten Schwierigkeiten, wenn es weiterhin so trocken bleibt.«

»Deshalb will ich ja weggehen. Es wird von neuen Goldfunden im Norden berichtet, und diesmal will ich dabeisein.«

Sie schüttelte den Kopf. »Du willst Gold schürfen? Bist du verrückt? Dein Platz ist hier. Du hast mir all diesen Ärger eingebrockt, und jetzt willst du mich auch noch allein zurücklassen!«

»Ich habe dir doch schon gesagt, Mutter, zieh für eine Weile nach Brisbane, wenn du magst.«

»Das würde dir vielleicht so passen! Mich von meinem Grund und Boden vertreiben, um mich loszuwerden!«

»Du könntest Mae zu deiner Gesellschaft mitnehmen und die Möbel für das neue Haus besorgen.«

»Welches neue Haus denn bitte? Ich glaube, du hast gar nicht die Absicht, hier ein richtiges Haus zu bauen. Und in diese Holzschuppen, die die Männer da aufstellen, bringen mich keine zehn Pferde. Die sind ja nicht besser als ein Schafstall.«

»Dann bleibst du in der Molkerei wohnen.«

Er hatte genug von ihr. Von ihr und von Caravale und den ganzen Schwierigkeiten. Eigentlich war das Goldschürfen willkommener Anlaß, all dem den Rücken zu kehren. Seit Darcys Tod hatte es nichts als Ärger gegeben, so daß er fast den Eindruck bekam, das Schicksal wolle ihn bestrafen.

Billy Kemp, der sich benahm, als wollten sie zu einem Ausflug zum Jahrmarkt in den Nachbarort aufbrechen, hatte ja keine Ahnung, wie das Land dort oben aussah. Ben hingegen hatte genug gehört, um zu wissen, daß es allein von ihrer Kraft und Geschicklichkeit abhängen würde, ob sie ihr Ziel in dem rauhen Land auch wirklich erreichten. So nah am Äquator ließ die Regenzeit, der Alptraum eines jeden Reisenden, nie lange auf sich warten, und vielleicht hatte sie sogar schon begonnen. Doch da er jede Plackerei als willkommene Strafe ansah, durch die er sich von seiner Schuld reinwaschen konnte, machte ihm das nichts aus.

»Wenn du dich nicht auf diese dreckige Eingeborene eingelassen hättest«, schrillte Cornelias Stimme in seinen Ohren, »wären uns all diese Sorgen erspart geblieben.«

Ben beachtete sie nicht. Bisher hatte er sein Verhältnis mit Diamond hartnäckig abgestritten, nicht weil er sich schämte, sondern um die Oberhand über seine Mutter zu behalten, indem er sie im unklaren ließ. Schließlich war es ihre Schuld, daß das Haus abgebrannt war.

Cornelia war sich jedoch keiner Schuld bewußt, sie stellte es noch immer als Mißgeschick hin, das jedem hätte passieren können. Gelegentlich hatte sie sogar die Stirn, das Feuer als Glücksfall zu betrachten, bot es ihr doch gegenüber Fremden eine glaubwürdige Erklärung für das plötzliche Fortgehen seiner Verlobten. Nach außen hin wahrte sie nämlich den Anschein, die Verlobung würde noch immer bestehen. Wie konnte er nur in solch einen Schlamassel geraten? Von seinem ersten Gedanken, Perfy nachzulaufen, war er abgekommen, als er die Verachtung in ihren Augen sah. Sie haßte ihn jetzt sicher ebensosehr, wie er Diamond haßte. Mein Gott, nie hätte er sich träumen lassen, Diamond würde Perfy ihr Verhältnis beichten. Von wegen beichten!

»Sie hat sich gebrüstet«, hatte Cornelia ihm erzählt, »und Perfy die Wahrheit schamlos ins Gesicht geschleudert.«

Kein Wunder, daß Perfy ihn verlassen hatte. Dem Gerücht nach arbeitete Diamond inzwischen als Prostituierte in einem Bordell in Charters Towers. Ihm machte die Vorstellung zu schaffen, wie sie dem anderen Pack in dem Bordell ihre Geschichte erzählte und sich über ihn lustig machte. Daß die Verlobung mit Perfy gelöst worden war, empfand er als Erleichterung. Er hatte sie nicht geliebt, doch in ihrer Hochnäsigkeit hatte sie ihm nie die Möglichkeit gegeben, ihr das auch zu erklären. Die eigentliche Verliererin war sie, versuchte er sich einzureden. Nun hatte sie auch die letzte Gelegenheit verpaßt, ihr langersehntes Ziel zu erreichen und Herrin von Caravale zu werden. Was machte es schon für einen Unterschied, ob sie nun mit ihm oder mit Darcy verheiratet war, wenn sie nur wie eine feine Dame leben konnte? Selbst in seiner Abwesenheit würde sie ihren Anteil nur unter großen Schwierigkeiten an einen Fremden verkaufen können, dafür würde Cornelia schon sorgen. Die Buchanans hingegen würden ihr nur den Mindestpreis zahlen. Sobald er erst einmal mit dem Gold zurückgekehrt war, wollte er sie mit einem Butterbrot abspeisen und wäre sie dann ein für allemal los. Von ihrer ersten Begegnung mit Darcy an hatte das Mädchen ihnen nichts als Ärger gemacht.

Was das Gold betraf, hatte er nicht die geringsten Zweifel, daß sie fündig werden würden, und das freute ihn, denn das Geld war für Caravale gedacht. Die Farm bedeutete ihm mehr als jede Frau, seine Mutter eingeschlossen. Am liebsten wäre er auch sie losgeworden. Obwohl sie es standhaft leugnete, war allen klar, daß sie betrunken gewesen war, als sie das Haus anzündete. Und jetzt mußte er dafür sorgen, daß sie so etwas nicht wieder tat. Nach seiner Rückkehr würde er sie nach Brisbane schicken, und dann sollte sie in Gottes Namen die ganze Stadt in Brand stecken.

Um den Palmer nicht erwähnen zu müssen, erklärte Ben seinen Männern, er wolle am Gilbert River nach Gold schürfen. Die Leute machten sich darüber lustig. »Das wird Ihnen noch leid tun«, sagten sie, als die kleine Truppe ihre Pferde sattelte. »Ist 'ne üble Gegend da draußen. Wenn die Banditen Sie nicht holen, dann tun es die Schlangen.«

»Ich hasse Schlangen«, brummte Billy Kemp, während er ein Pferd vor den Wagen mit dem Boot spannte.

Ben ließ die Bemerkung unbeantwortet. Die Schlangen waren sicher noch das kleinste Übel. Ihr Ziel lag auf der Cape-York-Halbinsel, und Kemp und sein Freund Eddie hatten noch immer keine Vorstellung von den Gefahren, die dort lauerten. In der Gegend nahe des Äquators konnte alles, was sich bewegte, gefährlich werden. Zuvor war Ben in die Berge geritten, um Tinbin zu besuchen, einen steinalten Aborigine, der Darcy und ihn praktisch von Geburt an kannte. Inzwischen mußte er neunzig Jahre alt sein. Tinbin genoß in der ganzen Umgebung als Ältester des Mian-Stammes – des Nachbarvolks der Ilba, die auf Caravale und in der nächsten Umgebung lebten – hohes

Ansehen. Früher war er ein großer Häuptling gewesen, doch inzwischen war er berühmt für seine Weisheit und seine magischen Kräfte. Für die beiden Jungen war er eigentlich immer nur ein häßlicher alter Schwarzer mit einem langen weißen Bart gewesen, der sie ständig mit Beeren und Nüssen fütterte. Kürzlich war Ben wieder eingefallen, daß sein Name »Wind aus dem Norden« bedeutete, und er wollte sich erkundigen, ob Tinbin ihm etwas über ihr Ziel erzählen konnte.

Er fand ihn vor seiner Höhle an einem erloschenen Feuer kauernd. Sein langes weißes Haar war verfilzt, doch seine wässrigen Augen funkelten ihm munter und neugierig entgegen. Zum Gruß hob er die vor Schmutz starrende Hand. »Lange Zeit nicht kommen zu Tinbin, Ben.«

»Ja, es ist lange her«, sagte Ben, während er das mitgebrachte gebratene Hähnchen, das Fladenbrot und die Kekse aus dem karierten Küchentuch wickelte.

Tinbin gluckste vor Vergnügen und riß sich einen Hühnerschenkel ab. »Jungen kommen nur für Spielen. Aber Männer kommen für etwas wollen. Was du wollen, Mister Ben?«

Ben lachte. »Du alter Schurke, dir entgeht aber auch gar nichts! Ich brauche deinen Rat, denn ich will in eine fremde Gegend.«

Tinbins zerfurchtes Gesicht verzog sich zu einem zahnlosen Grinsen. »Du suchen goldene Stein und setzen über große Fluß mit Kanu. Tinbin wissen.«

»Du alter Gauner, das haben dir deine Leute erzählt.« Ben mußte grinsen, denn er wußte, daß Tinbin seinen Platz nie verließ.

Unbeeindruckt gab Tinbin ihm recht. »Alles erzählen Geschichte.«

»Ich will aber nicht zum Gilbert River reiten, sondern ganz weit in den Norden hinein«, erläuterte Ben, und Tinbin nickte. »Ja, dort viel große Fluß.«

Ben wurde klar, daß er zwar die Weißen hinters Licht führen konnte, nicht aber die Schwarzen. Diese besaßen anscheinend einen besonderen Sinn für Wahrheit, den er mit dem Verstand nicht ergründen konnte. »Ja, das stimmt«, gab er zu. »Und ich möchte etwas über die Leute wissen, die dort leben. Über dein Volk. Welche Stämme gibt es dort?« Für das Gelingen ihres Unternehmens war es wichtig, zu wissen, welche Stämme freundlich und welche kriegerisch waren.

»Besser du bleiben hier«, warnte ihn Tinbin.

»Nein, ich muß gehen. Welcher Stamm lebt hinter dem Land der Mian?«

»Sie Volk von Kutjali«, antwortete Tinbin.

»Sind sie gut?«

Tinbin überlegte eine Weile und sagte dann: »Du nicht nehmen etwas. Du nicht jagen ein Opossum, nicht sammeln ihre Honig, dann du bleiben leben.«

»Ich will nur durch ihr Land reiten«, meinte Ben. »Und ihre Nahrung rühre ich nicht an. Dafür habe ich ja meine Vorräte.« Er zog eine Karte dieser Gegend heraus. »Und welcher Stamm kommt dann?«

»Sie Jangga. Sie große Medizinmänner. Viel magische Kraft.« Von diesem zurückgezogen lebenden, uralten Volk, das bei den Schwarzen hohes Ansehen genoß, hatte Ben schon gehört. Allem Anschein nach waren sie die Philosophen der schwarzen Kultur, die Schriftgelehrten. Sie würden ihm nicht in die Quere kommen. »Und weiter?«

»Hier Banjin«, zeigte ihm Tinbin, »und hier Kalkadoon.«

»Verdammt«, entfuhr es Ben.

Tinbin grinste zufrieden, nahm sich ein Stück Brot und wickelte den Rest der Mahlzeit in das Tuch. »Tinbin schon sagen, du besser bleiben hier. Viel große Stamm.«

Ben dachte nach. Als er so neben dem Alten saß, fühlte Ben sich in die Zeit zurückversetzt, als er mit Darcy hierhergekommen war. Damals hatten sie sich im Schneidersitz neben Tinbin gehockt und gespielt, sie seien Schwarze. Sie hatten über das Tal geblickt, und nach und nach waren ihnen alle Geräusche, selbst das Federrascheln oder das Glucksen eines Vogels, überdeutlich bewußt geworden. In ihrer Beständigkeit wurden diese Geräusche zu einem Teil der Stille. Und sie, die wißbegierigen kleinen Jungen, hätten alles darum gegeben, tiefer in Tinbins Welt der Mysterien eindringen zu können. »Würde es mir helfen, wenn ich ihr Land ganz schnell durchquere?« Schon während er den Satz aussprach, wußte Ben, wie dumm er war. Mit einer Rinderherde konnte man sich nicht beeilen, und wenn er die Tiere zurückließ, mußten die Reisenden verhungern. »Oder gibt es ein Totem?« fragte er Tinbin. »Wovor fürchten sie sich?«

Der alte Mann brach in ein heiseres, kehliges Lachen aus. Dann stieß er Ben an die Schulter. »Gewehre von weiße Mann«, krächzte er. »Sein gutes Totem.«

Ben fiel in sein Lachen ein. Er verhielt sich ja schon fast so schlimm wie die Schwarzen, wenn er die Antwort in der Magie suchte. Da war der alte Tinbin viel vernünftiger. Natürlich, je besser sie bewaffnet waren, um so sicherer konnten sie sich fühlen.

»Du hast recht.« Ben rückte näher an Tinbin heran. »Sieh dir das mal an. Nicht weit davon entfernt liegt der Fluß, den die Weißen Walsh nennen. Als nächstes kommt dann der Mitchell. Welche Stämme leben zwischen den beiden Flüssen?«

Tinbin fächelte sich mit einem Blätterbüschel Luft zu, um sich etwas Abkühlung zu verschaffen.

»Vor lange Zeit Tinbin wandern durch diese Land. Immer sicher, weil Magie viel stark. Totem sein Regenbogenschlange.« Er zwinkerte Ben zu. »Haben gute Geschenke. Tinbin geben Perlen und Muscheln, andere geben Tinbin Axt und Messer.«

Ben wußte, worauf Tinbin anspielte. Die Schwarzen verfügten über Handelspfade, die denen Marco Polos in nichts nachstanden. »Soll ich Geschenke mitnehmen?« erkundigte er sich. Als Geschenk konnte alles mögliche dienen, nur Waffen kamen nicht in Frage.

Tinbin spuckte aus. »Geschenke nicht gut. Kukabera jetzt schlechte Menschen.« Um zu unterstreichen, was er meinte, holte er wie mit einer Axt nach Ben aus. Blue, Bens Hund, sprang knurrend auf ihn zu.

Während Ben seine Hündin beruhigte, hing er besorgten Gedanken nach. »Wie viele von diesen Stämmen gibt es denn auf dem ganzen Weg?«

»Da noch Kunjin«, fuhr Tinbin fort. »Erst sein ganz nett. Schicken Mädchen für machen Liebe in Lager von neue Weiße. Aber später – pscht.« Er legte den Finger an die Lippen und erklärte Ben dann flüsternd von den Überraschungsangriffen der Männer dieses Stammes.

»Gibt es denn keinen freundlichen Stamm in dieser Gegend?«

»Nein, Tinbin wissen gut. Diese alle immer töten. Hier leben Merkin.« Er wies auf die Gegend östlich vom Palmer, und Ben schüttelte sich innerlich. Einigen Stämmen konnte er vielleicht noch aus dem Weg gehen, aber mit den Merkin mußte er zwangsläufig, ob er wollte oder nicht, zusammentreffen.

»Vielleicht sollte ich den Leuten ein paar kräftige Rinder schenken«, schlug er vor. »Dann können sie ein großes Fest feiern.«

Tinbin warf Ben einen finsteren Blick zu. »Du besser suchen deine Verstand. Bleiben zu Hause. Diese Merkin tragen Federn.« Er wies auf die Baumwipfel, in denen die Kakadus den Butcher-Birds zusetzten.

»Du meinst, sie tragen die Federn des weißen Kakadu?« fragte Ben nach.

Tinbin nickte. »Diese Krieger schneiden Kopf ab.«

Entsetzt fuhr Ben in die Höhe. »Herr im Himmel! Kopfjäger!« Er hatte schon gehört, daß es in Neu-Guinea Kopfjäger gab, aber in Australien.

Tinbin zuckte die Achseln. »Diese alle gute Krieger. Du nicht gehen in ihre Land, Ben.« Er nahm Bens Hand. »Dort immer schlechte Männer, viel mehr schlecht als Kunjin.« Der Druck seiner ausgemergelten Hand wurde fester. »Diese Männer Riesen, und wir nicht sprechen über sie. Bringen schlechte Geist. Tabu.«

Ben, der erkannt hatte, daß er mehr Männer als ursprünglich geplant mitnehmen mußte, stand auf.

»Ich muß jetzt gehen.« Ihm blieb nichts anderes übrig, als Goldsucher aus Georgetown anzuheuern. »Mach dir keine Sorgen, ich komme bestimmt zurück.«

Tinbin sah ihn ernst an. »Du müssen zurückkommen!« befahl er. »Weil Darcy sonst verloren. Bald seine Geist kehren nach Hause, und er warten auf Ben. Er sagen, die Zeit für Tränen sein vorüber. Alles werden besser.«

»Was willst du damit sagen?« fragte Ben besorgt.

Tinbin jedoch schloß die Augen und begann zu singen. Darcy und Ben hatten früher immer geschmunzelt über die Art und Weise, wie Tinbin seinen Besuchern begreiflich machte, daß für ihn das Gespräch beendet war. Er hoffte nur, der Alte würde bei den Geistern ein gutes Wort für ihn einlegen.

Teil 8

1

Sie waren zu acht, als sie schließlich nach dem ersten großen Ansturm auf die neuen Goldfelder Georgetown verließen. Allerdings hatten sie einen gewaltigen Vorsprung vor Mulligan, der seine Expedition mit großer Sorgfalt vorbereitete, was die Goldsucher, die viel Geld in diese Unternehmung gesteckt hatten, verärgerte. Ben hatte sich mit Mulligan unterhalten, um soviel wie möglich über das Gebiet im Norden in Erfahrung zu bringen, und dieser hatte beifällig genickt. »Sie sind gut vorbereitet«, hatte er gesagt, »aber denken Sie immer daran, daß Sie für Ihre Männer verantwortlich sind. Bleiben Sie zusammen und behalten Sie die Rinderherde immer in Ihrer Nähe, sonst sind die Treiber in Gefahr. Natürlich kommen Sie so langsamer voran, aber es ist sicherer.« Dann hatte er gelacht. »Genau dasselbe erzähle ich auch meinen ungeduldigen Männern. Erinnern Sie sich an das Märchen vom Hasen und vom Igel. Jetzt wissen alle vom Gold im Palmer, aber trotzdem können wir uns Zeit lassen. Also hetzen Sie sich nicht, mein Sohn, wir kommen gegen Ende der Regenzeit an und haben dann sechs Monate Zeit, bevor wir uns wirklich beeilen müssen.«

Ben verstand. Schließlich hatte er schon oft genug gesehen, wie der Burdekin, der in der Regenzeit gewaltige Wassermassen mit sich führte, über die Ufer trat, und bei den Flüssen im Norden würde es genauso sein. Freunde der Buchanans besaßen Rinderfarmen in diesem Gebiet, und in der Regenzeit waren sie oft monatelang von der Außenwelt abgeschnitten. Ben hatte vor, den Palmer spätestens im September wieder zu verlassen, möglichst schon früher. Wenn sie Glück hatten, würden ihre Vorräte so lange reichen. Ihn schauderte. Jemand, der zwischen den überfluteten Flüssen in der Falle saß, konnte zwar einige Monate überleben, wenn er genug Munition dabei hatte, um Buschtiere zu erlegen. Aber er wollte es lieber nicht darauf ankommen lassen.

Jack Kennedy, sein Viehtreiber, der schon seit Jahren auf Caravale arbeitete, war ihm eine große Hilfe. Ben hatte ihm erst bei der Ankunft in Georgetown mitgeteilt, daß ihre Reise sie nicht nach Westen, zu den Goldfeldern am Gilbert River, sondern zu denen am Palmer River führen würde, und Jack hatte sich entschieden, ihn zu begleiten. Dann hatte Ben vier weitere Männer angeheuert, zwei ehemalige Schafscherer aus Neusüdwales und zwei Goldgräber vom Cape River, die es allesamt kaum erwarten konnten aufzubrechen. Dankbar hatten sie die Gelegenheit ergriffen, sich einer Gruppe anzuschließen. Sie schienen verläßliche Kerle zu sein und waren begeistert von der Vorstellung, am Palmer Gold zu suchen. Nur Billy Kemps Kamerad Eddie machte ihm Sorgen. Ben hatte nicht den Eindruck, daß das schmächtige Kerlchen genug Ausdauer für solch ein Unternehmen mitbrachte, aber Billy versicherte ihm, daß Eddie es bestimmt schaffen würde.

Da sie nur langsam vorankamen, brachen unweigerlich Streitereien aus. Die Goldgräber wollten vorausreiten. Aber Ben blieb unerbittlich. »Wer geht, ist auf sich allein gestellt. Er soll bloß nicht denken, er kann zurückkommen und um Hilfe betteln.« Sie folgten einem Rinderpfad, der zu einer Farm im Hinterland führte, und überquerten einige Flüsse ohne größere Schwierigkeit. Als sie allerdings den Lynd erreichten, der weit über die Ufer getreten war, gab es kein Weiterkommen mehr, und so schlugen sie ihr Lager auf. Schon bald bekamen sie Besuch von John Galbraith, dem hiesigen Farmer, und seinen beiden Söhnen. Erleichtert stellten die drei fest, daß Bens Gruppe eigene Vorräte besaß. »Wir sind in einer scheußlichen

Zwickmühle«, erklärte der Farmer. »Wir können doch niemanden vor unseren Augen verhungern lassen, aber wir können auch nicht all die Goldgräber durchfüttern. Wenn sie jetzt schon keinen Proviant mehr haben, raten wir ihnen umzukehren.«

»Was ist mit Schwarzen?« fragte Ben. »Bisher haben wir kaum welche gesehen.«

»Wenn die Flüsse über die Ufer treten, gehen die meisten von ihnen auf Wanderung«, erwiderte Galbraith. »Von jetzt an müssen Sie allerdings aufpassen. Die Banjin und die Kalkadoons führen im Moment Krieg gegeneinander; sie sind also beschäftigt. Aber an sich sind die Schwarzen hier ganz schön blutrünstig. Ich kann schon gar nicht mehr zählen, wie oft sie unser Farmhaus angegriffen haben.« Er zeigte ihnen eine Stelle flußabwärts, wo man den Fluß am leichtesten überqueren konnte. »In ein paar Wochen hat sich der Lynd beruhigt«, meinte Galbraith zuversichtlich. »Versuchen Sie nicht, vorher rüberzugehn. Das Schlimmste ist zwar vorbei, aber die Strömung ist immer noch gefährlich.«

»In ein paar Wochen«, knurrte Billy Kemp verärgert. »Wir können doch nicht die ganze Zeit hier rumsitzen und Däumchen drehen. Reiten wir lieber nach Osten und umgehen den Fluß.«

»Die Kletterei in den Bergen ist es nicht wert«, wandte Galbraith ein.

Auch nach einigen Wochen erwies sich die Überquerung des Lynd als gewagtes Unternehmen. Zwei Ochsen wurden von den tobenden Wassermassen abgetrieben. Jack Kennedy wurde aus dem Sattel gerissen; doch da er ein guter Schwimmer war, ließ er sich von der Strömung treiben und rettete sich weiter flußabwärts ans Ufer. Bei Einbruch der Nacht sammelten sie sich erschöpft auf der gegenüberliegenden Seite. Dennoch machten sie sich am nächsten Tag auf den Weg. Es war ein wundervolles Land, fand Ben, mit riesigen Eukalyptusbäumen und spärlichem Unterholz. Kein Wunder, daß die Viehzüchter hier ausharrten, denn es gab Weideland im Überfluß. So ritten sie zwei Tage lang, bis Jack Ben darauf aufmerksam machte, daß sie von Schwarzen verfolgt wurden. Um die Eingeborenen zu besänftigen, schlachteten sie einen Ochsen und ließen ihn liegen. In der nächsten Nacht stellten sie eine Wache auf, doch die konnte nicht verhindern, daß ihnen bald von allen Seiten die Speere um die Ohren flogen. Die Schwarzen hatten ihren Überraschungsangriff gut geplant und schon längst wieder das Weite gesucht, als die Männer zum Gewehr griffen und das Feuer erwiderten. Ben rief laut nach den beiden Schafscherern, die zur Wache eingeteilt waren, und hörte erleichtert, wie sie antworteten. »Tut mir leid, Boß!« meldete sich der Scherer Jim Forbes. »Wir haben nichts gesehn und nichts gehört! Mein Gott! Ist jemand verletzt?«

»Ich glaube nicht«, erwiderte Ben, als die anderen Männer aus dem Dunkel auftauchten. Eddie Gaunt jedoch packte angstschlotternd Bens Arm.

»Fred ist verletzt, Boß.« Fred war einer der Goldgräber. »Er ist noch im Zelt. Ein Speer ist durch die Plane gedrungen.«

Sie zündeten eine Laterne an und stürzten in das Zelt. »Der ist nicht bloß verletzt«, meinte Billy. Der schwere Speer hatte die Zeltplane durchstoßen, sich in Freds Rücken gebohrt und ihn zu Boden geworfen. Der Goldsucher war tot.

Am Morgen stellten sie fest, daß die Schwarzen neun von den Rindern abgeschlachtet und liegengelassen hatten.

»Undankbares Pack«, kommentierte Billy kühl. »Die kriegen so schnell nichts mehr.«

»Das ist jetzt nicht der richtige Zeitpunkt für dumme Witze«, zischte Ben wütend. Der andere Goldgräber, Daniel Carmody, und Eddie Gaunt sprachen bereits vom Umkehren, aber nun hatten sie nur noch etwa zweihundert Kilometer vor sich.

Ben würde nicht zulassen, daß sich die Männer allein auf den Rückweg machten.

Nach wenigen Tagen stießen sie auf andere Goldsucher. Einige hatten ihre Familien mitgenommen und waren froh über die Sicherheit, die ihnen die größere Gruppe bot, auch wenn sie nur langsam vorankamen. Sie waren ebenfalls von Schwarzen angegriffen worden und hatten Opfer zu beklagen. Bens Treck geriet in Unordnung. Es machte ihn zornig, daß er nicht länger die Leitung innehatte und mit mehr als vierzig fremden, schießwütigen Menschen unterwegs war, die ständig ins Gebüsch feuerten und seine Rinder erschreckten. Alle waren unruhig. Zwar steuerte man dasselbe Ziel an, doch statt gemeinsam an einem Strang zu ziehen, bekämpften sie sich rücksichtslos – die alles verzehrende Gier nach Gold forderte ihren Tribut. Hinzu kam, daß sich die Goldsucher unentwegt durch dichtes Gestrüpp und hüfthohes Gras kämpfen mußten, und die Stimmung wurde von Tag zu Tag schlechter. Erst gab es Streit um die Lebensmittelrationen, dann konnte man sich nicht über die Richtung einigen. Sogar Ausrüstungsgegenstände wurden gestohlen. Mehrere Männer, die von Schlangen gebissen wurden, erholten sich wieder, doch eine Frau starb und fand in einem einsamen Grab in der Wildnis ihre letzte Ruhestätte.

Auf das Regenwetter folgte eine unsägliche Hitze. Wie glühend die Sonne jetzt auf die Erde niederbrannte, erschreckte selbst Ben. Die hohen, weißen Bäume – einzige Abwechslung in dieser eintönigen Landschaft – boten keinen Schatten mehr. Niedergeschlagen mußte Ben erkennen, daß sich dieses Hügelland bis zum Palmer River hinziehen würde. Das Boot und die zwei Wagen erwiesen sich als äußerst hinderlich. An manchen Stellen war die Erde zu Staub verwittert, und man sank bis zu den Knien ein. Diese Staubverwehungen waren schlimmer als Treibsand. Auch die Wagenräder blieben immer wieder stecken. Das Boot konnten sie nicht zurücklassen, denn bevor sie den Palmer erreichten, mußten sie noch auf dem Mitchell River übersetzen. Und anstatt auf der kürzesten Strecke durch den Busch zu ziehen, mußten sie die Berge umrunden und gewaltigen umgestürzten Bäumen ausweichen, die ihnen den Weg versperrten. An einem Tag legten sie kaum mehr als acht oder neun Kilometer zurück.

Eines Vormittags wandte sich Jack Kennedy an Ben. »Wir müssen das anders machen, Boß.«

»Was ist denn jetzt schon wieder?« fragte Ben ungehalten.

»Diese verdammte Hitze bringt uns noch um. Wir müssen um die Mittagszeit ein paar Stunden Pause machen, sonst kriegen wir noch 'nen Hitzschlag.«

Ben seufzte. Er hatte sich schon ähnliche Gedanken gemacht. Die Pferde lahmten und die Männer stolperten dahin oder ließen sich von den ohnehin schon überladenen Wagen ein Stück mitnehmen. »Noch nie im Leben habe ich so geschwitzt. Wir müssen über vierzig Grad haben.«

»Bestimmt mehr«, meinte Jack. Er hatte ein Thermometer mitgenommen, das er wie seinen Augapfel hütete. »Schauen Sie.«

Angestrengt starrte Ben auf das Thermometer. Es zeigte vierundvierzig Grad.

»Wir gehen nach Norden, also wird's bestimmt noch schlimmer«, erklärte Jack. »Wir müssen mehr Wasser mitnehmen, sonst trocknen wir aus.« Die Frage, ob in den heißesten Stunden des Tages eine Pause eingelegt werden sollte, spaltete die Gruppe in zwei Lager.

»Ich bin dafür, daß wir das Boot und die Wagen zurücklassen, denn dann kommen wir schneller vorwärts«, rief einer der Männer. Die Mehrheit stimmte ihm zu, darunter einer der Wagenlenker. Er spannte die Pferde aus und lud soviel Vorräte wie möglich auf eines der Ersatzpferde.

»Vielleicht hat er recht«, raunte Billy Kemp Ben zu. »Die Rinder halten uns schon genug auf. Nie hätte ich gedacht, daß das Boot so hinderlich ist.«

»Nein, wir behalten es«, beharrte Ben.

»Hören Sie, diese Kerle haben die Flüsse immer ohne Boot überquert. Sie haben sich einfach ein Floß gebaut.«

»Mag sein. Aber denken Sie dran, was sie erzählt haben. Ein paar Männer sind ertrunken. Und was war mit den Vorräten? Die haben schon ganz schön was verloren, wir dagegen nicht ein einziges Gramm.«

Die Goldsucher, die beschlossen hatten, zu Fuß weiterzuziehen, wanderten über die Hügel davon und überließen Ben und seine kleine Gruppe dem Schicksal. Bei ihm blieben außer Jack Kennedy, Billy Kemp und Eddie Gaunt nur der zweite Wagenbesitzer, ein stämmiger Schotte, mit seiner Frau.

Jock McFeat, der Schotte, grinste Ben an. »Denen brauchen wir keine Träne nachzuweinen, mein Junge.« Er kletterte vom Kutschbock und begann den verlassenen Wagen zu durchstöbern. Das Bettzeug reichte er an seine Frau weiter. »Ich bin der Meinung, daß meine Frau im Wagen am sichersten ist, falls wir angegriffen werden, also bleiben wir bei euch.«

Tagelang quälten sie sich mühsam voran. Der nächste Angriff, den sie abwehren mußten, kam nicht von Schwarzen. Als Ben an der Spitze des Trecks durch eine Schlucht ritt, sah er sich plötzlich zwei maskierten Reitern gegenüber. Der eine richtete sein Gewehr auf Ben und befahl: »Wirf deine Waffe weg. Und sag deinen Kumpels, sie sollen dasselbe tun.«

Eddie Gaunt, der hinter Ben geritten war, schnallte verängstigt seinen Pistolengürtel ab und ließ ihn zu Boden fallen. Ben tat mit seinen Waffen das gleiche. »Was wollt ihr?«

»Unsere Jungs haben einen gewaltigen Kohldampf«, lautete die Erklärung des Buschkleppers. Ben erkannte die Stimme eines seiner ehemaligen Weggenossen, konnte sich jedoch nicht genau entsinnen, wem sie gehörte. »Den Wagen könnt ihr behalten, aber die Rinder nehmen wir mit.« Er nickte den McFeats zu. »Ihr zwei kommt von eurem Wagen runter, oder euer Boß kriegt eine Kugel zwischen die Rippen.«

Der zweite Buschräuber saß beinahe unbeteiligt auf seinem Pferd, das Gewehr lässig in der Hand. Ben und Eddie hatten keine andere Wahl als abzusteigen. Ben machte sich mehr Sorgen um ihr Leben als um das Vieh. Die Verfolgung der Viehdiebe würden sie ohne weiteres aufnehmen können, wenn man ihnen nur die Pferde ließ. Wenn man sie überhaupt am Leben ließ ... Plötzlich knallte ein Schuß. Der Buschklepper riß die Flinte nach oben und feuerte einen Schuß ab. Im nächsten Augenblick schrie er auf und fiel mit blutüberströmten Gesicht rücklings vom Pferd. Wie gelähmt starrte der zweite auf seinen Kameraden. Dann riß er sein Pferd herum und galoppierte davon, als wäre der Teufel hinter ihm her.

Verblüfft blickte Ben sich um. Jack Kennedy konnte den Schuß nicht abgegeben haben, denn er war bei der Herde geblieben. Doch da kam auch schon Billy Kemp vom Hügel herab. »Wie gut, daß ich aufgepaßt habe«, rief er lachend. »Hab mir schon gedacht, daß die zurückkommen und sich das Essen holen.« Er ging zu dem Toten hinüber und stieß ihn mit dem Fuß in die Seite. »Der tut keinen Mucks mehr.«

»Er hätte mich umbringen können!« brüllte Ben, der immer noch wie betäubt dastand. »Der hatte den Finger am Abzug, Sie verdammter Idiot!«

»Das mußte ich in Kauf nehmen«, meinte Billy achselzuckend. »Ich glaube, er hätte Sie sowieso umgelegt.«

»Sie hätten sich von hinten an die beiden ranschleichen können.« Der Schotte ergriff Partei für Billy. »Dazu wäre vielleicht nicht genug Zeit gewesen, mein Guter. Wir schulden Billy was. Ein ausgezeichneter Schuß, hätt ich auch nicht besser hingekriegt.«

»Ach was, nur ein Glückstreffer«, schmollte Ben.

Von nun an rasteten sie in der glühenden Mittagshitze und stellten in jeder Nacht Wachtposten auf. Von den anderen Goldsuchern konnten sie weit und breit kein Lebenszeichen entdecken; die weite, öde Landschaft schien sie verschluckt zu haben.

Am Mitchell River verloren sie wertvolle Zeit, als sie das Ufer nach einer Stelle absuchten, an der sie mit dem Wagen übersetzen konnten. Bens Männer schimpften jetzt über McFeat mit seinem Fuhrwerk, aber der Schotte war ein sturer Mann und ließ sich durch nichts aus der Ruhe bringen. Ben beneidete ihn um seine Entschlossenheit.

Inzwischen machte es ihm nichts mehr aus, daß McFeat die Führung des Trecks übernommen hatte. Bens Kräfte ließen nach, weil er kaum mehr schlafen konnte. Und wenn er schlief, plagten ihn Alpträume. Beim Aufwachen wußte er im ersten Augenblick nicht, wo er sich überhaupt befand, und danach fühlte er sich verzweifelt und niedergeschlagen. Deshalb schlug Ben vor, ein paar Tage Pause einzulegen, als sie den Mitchell überquert hatten. Die anderen Männer überstimmten ihn. Der Palmer war nicht mehr weit. Der sagenumwobene Palmer! Nur Agnes McFeat unterstützte Bens Vorschlag. »Wir sollten eine etwas längere Rast einlegen, Jock. Ben und Eddie können nicht mehr.«

Ben war gekränkt, daß man ihn mit Eddie Gaunt in einen Topf warf, der sich zu jeder Gelegenheit im Wagen verkroch und vorgab, vom Sonnenstich bis hin zum Gelbfieber an allen nur erdenklichen Krankheiten zu leiden. Es war schwer zu beurteilen, ob er wirklich krank war oder nicht. Da er ansonsten zu nichts zu gebrauchen war, kümmerte sich am Ende niemand mehr um ihn.

»Mir geht's gut«, meinte Ben zu den anderen. »Wenn Sie weiterziehen wollen, ist mir das nur recht.«

Als sie aufbrachen, ritten Ben und Jack Kennedy allein voraus, um einen leichteren Weg zu suchen. Bei ihrer Rückkehr trafen sie zunächst nur auf Billy, der Wache hielt. Fröhlich grinsend teilte er ihnen mit: »Unsere Schotten haben Besuch gekriegt. Sieht so aus, als wären die Schwarzen auf dieser Seite des Flusses zur Abwechslung mal freundlich gesinnt.«

Jock und Agnes McFeat und Eddie Gaunt unterhielten sich gerade mit einer Gruppe kichernder schwarzer Frauen und Kinder, reichten ihnen dünne Scheiben des in Asche gebackenen Brotes und gestatteten ihnen, den Finger in die Sirupdosen zu tauchen. Aufmunternd lächelten sie auf die nackten Eingeborenen herab.

»Schaut«, rief Agnes ihnen zu. »Das sind sanfte, freundliche Menschen. Verhaltet euch still, Jungs, und erschreckt sie nicht.«

Kennedy gehorchte. Langsam stieg er vom Pferd und wand die Zügel um einen Ast, während er die Neuankömmlinge unentwegt anlächelte. Die Frauen wurden unruhig, liefen aber nicht davon.

Ben, der auf seinem Pferd sitzen blieb, versuchte den Grund für seine Unruhe zu erforschen. Warum sollten sich diese Schwarzen bei der ersten Begegnung mit Weißen anders verhalten als die anderen? Wo hatten sie überhaupt schon Weiße kennengelernt? War dieser Stamm wirklich freundlich? Seit sie den Mitchell River hinter sich gelassen hatten, waren ihnen keine Eingeborenen mehr begegnet, doch der Schein ihrer Feuer in den Hügeln hatte sie stets begleitet. Was hatte ihm der alte Tinbin doch noch erzählt? Er schob seinen Hut ins Genick und fuhr sich mit den Fingern durchs verfilzte Haar. Dabei fragte er sich, wie er mit dem zottigen Haar und dem wilden Bart jetzt wohl aussehen mochte. Agnes hatte sich erboten, den Männern die Haare zu schneiden, aber mit einer langen Mähne war man besser gegen die stechende Sonne geschützt. Agnes mit ihrem kastanienbraunen Haar und der hellen, sommersprossigen Haut diente einzig der Hut als Schutz gegen die Sonne, aber erstaunlicherweise bekam sie nie einen Sonnenbrand. Es wunderte ihn auch, wie sie es schaffte, immer sauber und adrett auszusehen und diesen Treck scheinbar ohne Schwierigkeiten zu meistern. Sie konnte den Wagen ebensogut lenken wie ihr Mann und auf dem Lagerfeuer die schmackhaftesten Gerichte kochen. Weder die allgegenwärtigen Mückenschwärme noch das trübe Wasser der Bäche, mit dem sie zum Teekochen vorliebnehmen mußten, schienen ihr etwas auszumachen. Während er die Schwarzen ratlos betrachtete, erinnerte er sich plötzlich. Merkin. Der Stamm der Merkin. Und die Kunjin. Tinbin hatte ihn vor diesem grausamen Stamm gewarnt, der seine Mädchen zu den Reisenden schickte, um sie in Sicherheit zu wiegen. Allmächtiger Gott! Wenn das nun eine Falle war?

Er packte sein Gewehr, feuerte in die Luft und sprang neben dem Wagen vom Pferd. Die Eingeborenen stoben in alle Richtungen davon. »Weg mit euch!« brüllte er. Sein Pferd bäumte sich auf, die Frauen kreischten vor Angst, packten ihre Kinder und suchten Deckung im Busch.

Agnes rannte ihm entgegen. »Hören Sie auf, Ben! Sind Sie denn vollkommen verrückt geworden?«

Ben versuchte, den anderen sein Vorgehen zu erklären, doch sie teilten seinen Verdacht nicht. Selbst Kennedy war der Meinung, man sollte die Schwarzen lieber nicht reizen, sondern jede Gelegenheit nutzen, um mit ihnen Freundschaft zu schließen.

»Sie haben uns in Gefahr gebracht«, sagte Jock anklagend. »Machen Sie das nicht noch einmal!«

Ben hatte das Gefühl, auf den Platz eines Treibers verwiesen worden zu sein, und so blieb er mit Jack Kennedy zurück, um sich um die immer kleiner werdende Herde zu kümmern.

Nur einen Tag später stießen sie auf einen verlassenen Lagerplatz. Die Zelte standen noch, aber die Glut der Lagerfeuer war erloschen, und ein Teekessel schaukelte einsam über der Feuerstelle.

»Hier stinkt's«, meinte Billy, als sie durch das Lager ritten. Ben nickte. Der Verwesungsgeruch war unverkennbar.

Im Gebüsch fanden sie die Leichen von sechs Goldgräbern.

Sie waren skalpiert; der grausige Beweis für einen Überfall der Aborigines.

»Wenn Sie diese Niggermädchen nicht weggejagt hätten«, schimpfte Billy, »hätten wir vielleicht mit den Schwarzen was aushandeln können.«

»Die Mädchen waren nur Lockvögel«, beharrte Ben. »Nichts als Lockvögel!«

Aber er hatte keine Beweise dafür. Von seinen Begleitern hatte er die Nase voll. Außerdem fühlte er sich krank. Er litt unter stechenden Kopfschmerzen und schwitzte übermäßig viel. Um den Feuchtigkeitsverlust seines Körpers auszugleichen, trank er soviel Wasser, wie er konnte, aber er wußte, daß es nicht ausreichte. Zudem wurde in diesem Gebiet das Wasser knapp.

Da Eddie die ganze Zeit im Wagen blieb, wandte sich Agnes eines Tages an Ben. »Wozu haben Sie diesen Kerl überhaupt mitgenommen? Er hustet Blut. Er hat die Schwindsucht und braucht einen Arzt.«

Ich brauche auch einen Arzt, dachte Ben. Was ist, wenn wir Gold finden? Wie, zum Teufel, sollen wir jemals den Rückweg bewältigen? Ben hatte so stark abgenommen, daß er neue Löcher in einen Gürtel stanzen mußte, und die Hose schlotterte ihm um die Hüften. Er dachte an Caravale. Es schien unendlich weit entfernt zu sein. Und Perfy. Er hätte ihr nach Bowen nachreisen und sich mit ihr aussprechen sollen. Die Wahrheit sagen und sich entschuldigen. Einen Waffenstillstand schließen. Er hätte sie bitten sollen, ihm Zeit zu geben, damit er Darcys Anteil an Caravale zurückkaufen konnte, in Darcys Namen und aus Achtung vor Darcy. Das hätte sie verstanden. Und Diamond? Müde ritt er neben der Herde her. Die Pferde hatten sich nun an das schwierige Gelände gewöhnt und suchten sich wie die Rinder allein ihren Weg durch das niedrige Dickicht. Aus der Ferne wirkte es undurchdringlich, doch wenn man näher kam, war man erstaunt, wie licht es eigentlich war. Dieser Eindruck wurde von der Weite der Landschaft hervorgerufen. Der blaue Himmel, die vor Hitze flirrende Luft, schlaff herabhängende Blätter und weiße, abgestorbene Baumstümpfe, die aus dem gelben Stoppelgras ragten – sie waren umgeben von einer endlosen, furchteinflößenden Ödnis, ganz gleich, in welche Richtung sie blickten. Hier konnte man verdammt leicht in die Irre gehen. Um sich zu beruhigen, tastete Ben nach dem Kompaß.

Diamond war also eine Hure geworden. Aber warum nicht? Zu was war sie denn sonst noch nutze? Und doch wurde ihm übel bei der Vorstellung, daß andere Männer sie berührten oder gar mit ihr schliefen.

Jack Kennedy war zäh wie Leder. Tag für Tag schwang er sich frohgemut aufs Pferd, als habe es die Strapazen vom Vortag nicht gegeben. Er prüfte sein wohlgehütetes Thermometer, äußerte sich besorgt über die Hitze und kümmerte sich um die Rinder, um Wasser und ihre Versorgung. Mittlerweile hatte die Herde die Führung übernommen und bahnte sich einen Weg durchs Unterholz. Morgens suchten die Leittiere noch nach Wasser, doch am Abend, wenn sie plötzlich langsamer wurden und anklagend brüllten, benahmen sie sich wie widerspenstige Kinder.

Jack pfiff nach Ben. »Da sind Lichter vor uns«, murmelte er. »Lagerfeuer.«

Sie ließen die Herde anhalten und blinzelten gegen die letzten purpurroten Strahlen der untergehenden Sonne an. In der Ferne konnten sie den Schein von Lagerfeuern entdecken. Ben, der erschöpft war, seufzte. Wenn es sich um Schwarze handelte, mußten sie wieder einen Umweg machen.

Er folgte Jack auf eine Bergkuppe und blickte in die mittlerweile pechschwarze Nacht. In diesem Land gab es keine Dämmerung. Bis auf das Brüllen der Ochsen war kein Laut zu vernehmen.

»Zu viele«, meinte Jack warnend, als er immer mehr Lichtpunkte im Tal aufleuchten sah. »Wir müssen bis zum Morgen warten.«

»Ich frage mich, wo all die anderen Goldsucher geblieben sind«, fügte er hinzu. »Die sind wie vom Erdboden verschluckt.«

»Das Schicksal von sechs Leuten kennen wir ja bereits«, entgegnete Ben. In dem verlassenen Lager hatten sie die Besitztümer von einigen ihrer ehemaligen Mitreisenden entdeckt. Da aber die Gesichter der Toten schon von Maden zerfressen waren, hatte niemand mehr Lust verspürt, sie näher zu untersuchen. Man hatte sie unverzüglich begraben.

Als Ben und Jack zum Wagen und dem weitgereisten Boot zurückkehrten, vernahmen sie ein seltsames Geräusch.

»Was war das?« fragte Ben.

Jack hielt inne. Bis auf das Schnauben der Rinder war es totenstill. Doch dann hörten sie wieder dieses seltsame dünne Quäken. Sie lauschten gebannt. Die Temperatur war nur um etwa zehn Grad gefallen, aber der sternenübersäte Himmel wirkte frisch und kühl. Ben wünschte, er könnte diese schreckliche Welt verlassen und zu den Sternen am Himmel fliegen. Er fragte sich, ob Darcy vielleicht irgendwo dort oben war. Ob es ihm leid tat, daß er ihn geschlagen hatte, damals in Brisbane – es schien Jahrzehnte her zu sein –, nur weil er irgendeine dumme Bemerkung über Perfy gemacht hatte? Aber das alles war jetzt bedeutungslos.

Plötzlich lachte Jack Kennedy laut auf und schlug Ben auf die Schulter »Hören Sie's nicht? Das ist Musik! Hören Sie? Musik! Heilige Mutter Gottes, gelobt sei Dein Name! Das ist 'ne Quetschkommode! Wir sind da, Boß! Das ist der Palmer!«

Jetzt bin ich plötzlich wieder der Boß, dachte Ben, der die Bedeutung dieses dünnen Tons noch nicht erfaßt hatte. Aber für Jack gab es kein Halten mehr. Unbekümmert stürmte er den Hügel hinab und schrie die gute Nachricht heraus. »Der

Palmer!« drang seine Stimme durch die Nacht. »Der Palmer, Leute, wir haben's geschafft!«

Am nächsten Morgen hätte Ben sich gern von der allgemeinen Begeisterung anstecken lassen, aber um ihn drehte sich alles. Mühsam stapfte er neben seinem Pferd her und mußte sich am Sattel festhalten. Nur seine Hündin Blue, die sich eng an seiner Seite hielt, fühlte seinen Schmerz, winselte, wenn Ben stolperte, und schnappte nach den Rindern, wenn sie ihm zu nahe kamen. Die anderen stürmten voran, als ob sie nichts mehr aufhalten könnte. Jock McFeat ritt neben seinem Wagen her, während Agnes die erschöpften Pferde anfeuerte. Eddie saß quer auf dem Boot und schien sich von der Begeisterung anstekken zu lassen. Obwohl sich nichts verändert hatte und sie sich immer noch mühsam durch das struppige Gras kämpfen mußten, hatten alle gute Laune.

Zwanzig kräftige Männer mit dichten Bärten und harten Gesichtszügen kamen ihnen entgegengeritten. Sie grüßten freundlich, schüttelten Jock und Billy die Hand und lüfteten den Hut vor Agnes McFeat.

»Ist dies der Palmer?« stieß sie, etwas nach Atem ringend, hervor.

»Habt ihr Gold gefunden?« rief Billy.

»Mehr als man in einem Leben verbrauchen kann«, hörte Ben einen der Männer antworten, und er fühlte einen Funken Freude in sich aufsteigen. Sobald es ihm wieder besser ging, würde er ihre Ankunft feiern.

Die Männer, die sie willkommen geheißen hatten, zogen eine Flasche Whisky hervor, und sogar Agnes nahm einen Schluck. »Warum nicht!« rief sie aus. »Heute ist ein Freudentag!«

»Ist Mulligans Gruppe schon angekommen?« fragte Ben.

»Mulligan!« sagte der Sprecher lachend. »Der wartet, bis sie Schienen hierher verlegt haben. Also, Jungs, wem gehören die Rinder?«

»Mir.« Ben richtete sich auf und blickte den Männern ins

Gesicht. Er fragte sich, ob sein allgemeines Unwohlsein der einzige Grund für das plötzliche nervöse Zucken im Magen war.

»Freut mich, Sie kennenzulernen, Kumpel.« Der Fremde ließ sich vom Pferd gleiten und streckte Ben die Hand entgegen. »Mein Name ist Dibble, Jim Dibble.«

Ben schüttelte ihm die Hand. »Buchanan«, erwiderte er müde. »Nun liegt es bei Ihnen«, begann Dibble. »Endlich ein Treck mit Vieh. Sie sind der erste, der Rinder zum Palmer bringt, und wir sind Ihnen verflucht dankbar.« Er drehte sich zu seinen Begleitern um. »Nicht wahr, Jungs?«

Statt einer Antwort brachen die Männer in ungeduldige Hochrufe aus.

»Lassen Sie uns also vom Geschäft reden«, fuhr Dibble fort. »Wieviel wollen Sie für die Rinder?«

»Sie sind unverkäuflich«, sagte Ben entschieden.

»Zwanzig Dollar pro Stück«, bot Dibble. »In Gold.«

»Nichts zu machen«, entgegnete Ben mit fester Stimme. »Ich gebe Ihnen ein paar Rinder, damit Sie zurechtkommen, aber wir wollen den ganzen Winter hier bleiben.«

»Sie brauchen nicht alle.«

»Nicht alle?« warf Kennedy ein. »Uns sind nur noch ein paar Dutzend geblieben.«

Dibble beachtete ihn nicht. »Dreißig Pfund«, erhöhte er sein Angebot.

»Tut mir leid.« Ben winkte ab. »Ich verkaufe nicht. Wenn Sie Fleisch essen wollen, hätten Sie selbst welches mitbringen sollen.«

»Ich glaube, Sie verstehen nicht recht, Mr. Buchanan«. Dibble senkte die Stimme. »Hier gibt es keinen Laden, wo man Fleisch kaufen kann. Also, wie schon gesagt, wir sind bereit, zu bezahlen. Wenn Sie Schwierigkeiten machen, gibt es natürlich auch einen anderen Weg. Das Gebot steht bei dreißig Pfund pro Stück, und damit machen Sie einen guten Gewinn. Vier können Sie behalten. Treibt sie zusammen, Jungs!«

»Sechs!« rief Billy Kemp.

Dibble lachte. »In Ordnung, dann behalten Sie eben sechs. Mein Gott, schaut euch das an! Die haben ja ein Boot dabei! Wollen Sie es verkaufen?«

»Nein!« schrie Billy. »Das Boot gehört mir!«

Das Boot war Ben gleichgültig, doch er ärgerte sich gewaltig über den Verlust der Rinder. Billy verlangte sofortige Bezahlung, und so mußte Ben hilflos mitansehen, wie sich die Käufer anstellten und Jock das Gold sorgfältig abwog. »Sie haben achthundert Pfund verdient, mein Junge«, sagte er fröhlich. »Kein schlechtes Geschäft.«

»Erzählen Sie mir das, wenn Sie wurmzerfressenes Känguruhfleisch essen müssen«, zischte Ben.

Sie folgten den Männern zur Siedlung der Goldgräber auf einer gerodeten Lichtung an einem Bergkamm mit Blick auf den Fluß. Dieser unterschied sich in nichts von den Flüssen, die sie bisher überquert hatten. An jedem Wasserlauf, an jedem Rinnsal hatten sie sich umgeschaut, in der Hoffnung, vielleicht Gold zu finden. Doch aus einem unerklärlichen Grund schien allein der Palmer von der Natur so reich bedacht zu sein. Unten am Flußufer konnten sie die Goldwäscher sehen. Billy Kemp, der leicht Freundschaften schloß, wandte sich sofort an ein paar Männer und erkundigte sich nach ihren Goldfunden. Die Männer zeigten sich jedoch nicht besonders gesprächig, sie grinsten lediglich, strichen sich den Bart glatt und machten sich aus dem Staub. »Es ist das beste, hier bei uns zu bleiben«, riet Dibble Ben.

»Ist dieser Platz die ganzen Strapazen des Trecks wert?« fragte Ben.

»Hier geht niemand mit leeren Taschen nach Hause, wenn er es denn bis nach Hause schafft«, entgegnete Dibble. »Unser Lager haben wir aus Sicherheitsgründen hier oben aufgeschlagen. Bleiben Sie nicht die Nacht über bei Ihren Schürfstellen.«

»Schwarze?« wollte Ben wissen.

»Nicht nur Schwarze. Drei Männer sind schon ermordet worden, als sie durch den Busch zum Lager zurückgingen, und ihr Gold ist spurlos verschwunden. Die Aborigines nehmen kein Gold. Einen alten Goldgräber haben wir mit einem Speer im Rücken gefunden, und es hat beinahe einen Aufstand gegeben, bis wir gemerkt haben, daß der Speer nur ein Einschußloch verdecken sollte. Hier hält jeder den Mund und erzählt keinem, was der Tag gebracht hat.« Dann lachte er. »Allerdings hat ein Mann unweigerlich dieses Lächeln im Gesicht, wenn er seine Taschen gerade mit Gold gefüllt hat.«

»Aber wieso kehren sie nicht zurück, wenn sie Gold gefunden haben? Warum bringen sie sich nicht in Sicherheit?«

Dibble starrte ihn an. »Man merkt, daß Sie gerade erst angekommen sind! Warum sich mit einem Stückchen begnügen, wenn man den ganzen Kuchen haben kann? Mulligan hatte recht. Der Palmer ist mit Gold gepflastert, und keiner gibt auf, solange es noch etwas zu finden gibt.«

»Doch, ich tu's«, erwiderte Ben. »Ich brauche nur eine bestimmte Summe, und wenn ich die habe, mach ich mich wieder auf.«

»Nein, es ist wie beim Pokern. Es geht nicht ums Gewinnen, sondern um das Spiel selbst«, entgegnete Dibble.

Ben war zum Rand des Bergkamms geschlendert und folgte dem Lauf des Palmer River mit dem Blirck, als Jock McFeat zu ihm trat. »Gott schütze uns, Junge«, murmelte er, während er auf die Hügelkette am Horizont starrte. »Nimmt dieses Land denn gar kein Ende?«

Ben, der an große Entfernungen gewöhnt war, ließ sein Auge prüfend über die zerfurchte Gegend wandern. Die Uferböschung war nur etwa viereinhalb Meter hoch. Gegenüber an einer verwitterten Klippe konnte er eine rote, feuchte Wassermarke erkennen, die noch einmal viereinhalb Meter höher lag als der Punkt, an dem er stand. In der Regenzeit würde das Lager wahrscheinlich überschwemmt werden.

Er betrachtete die versetzt stehenden Bäume, deren Zweige bis auf den dicht bewachsenen Uferstreifen herabhingen, wo sich dicke Wurzeln aus der Erde wanden und die dunkelgrünen Blätter der Mangroven glänzten. Schlangennester, dachte er bei sich, dort lebten bestimmt Pythons. Fische glitten durch das träge dahinfließende Wasser. An einer seichten Stelle hatte sich ein Schilfgürtel angesiedelt und wucherte fast bis zur Flußmitte. Ein guter Platz, um Krustentiere wie Süßwasserkrabben, Hummer und Langusten zu fangen. Am jenseitigen Ufer hatte sich eine Akazie kühn zwischen die Eukalyptusbäume gedrängt, und dahinter erkannte Ben die unverwechselbaren Blätter eines einheimischen Nußbaums, die denen der Stechpalme glichen und aussahen, als seien sie mit einer Wachsschicht überzogen. Ben drehte sich um, um Jock auf den Baum aufmerksam zu machen. Diese Nüsse waren nicht nur nahrhaft, sondern auch wohlschmeckend. Aber Jock war schon zu seinem Wagen zurückgegangen.

In der Nähe des Lagers war das Ufer mit Sand und Steinen bedeckt; hie und da ragten Gestrüppstreifen hervor, auf denen nun mit Pfählen und Seilen Claims abgesteckt waren, die ihn an eine Zeile von Marktbuden erinnerten. Jeder behelfsmäßige Zaun war mit kleinen Fähnchen besteckt. Der überall verstreute Hausrat, die aufgehängten Hemden, Pfannen, Wasserbeutel, Stiefel und Kleinigkeiten verrieten, daß hier Menschen lebten und arbeiteten. In dieser Flußlandschaft wirkten sie jedoch vollkommen fehl am Platz. Ben, der gefürchtet hatte, hier öde Schluchten vorzufinden, war erleichtert. Diese Gegend erinnerte ihn an zu Hause. Nur die Bäume waren größer, und der Busch wirkte dichter, undurchdringlicher.

Wie er so zum jenseitigen Ufer spähte, zu dem die Goldsucher noch nicht vorgedrungen waren, glaubte er eine Bewegung wahrzunehmen, als ob die Bäume durch eine schwache

Erschütterung kaum merklich zitterten. Er heftete seinen Blick eine Zeitlang auf einen bestimmten Baum. Da sah er sie. Zwischen den Bäumen standen regungslos hochgewachsene Schwarze, deren Hautfarbe mit dem Grau der Baumstämme verschwamm. Er konnte zwar nicht erkennen, wie viele es waren, aber dennoch sträubte sich ihm das Haar im Nacken. Diese Männer waren anders als die Schwarzen, die einem lediglich zur Last fielen, weil sie aus Hunger oder Neugierde in die Lager der Weißen kamen. Es waren Krieger, die man nicht mit einer Mahlzeit besänftigen konnte, denn ihr Land schenkte ihnen Nahrung im Überfluß.

Er beschloß, nichts über die Eingeborenen verlauten zu lassen. Es hätte ohnehin keinen Sinn gehabt. Was würden die Goldsucher schon unternehmen? Blindlings in den Busch feuern und den Schwarzen einen Grund zum Angriff geben? Ganz gleich, was Dibble gesagt hatte, Ben würde aufbrechen, sobald er eine angemessene Menge Gold gefunden hatte. Diese Gegend war ihm einfach zu gefährlich. Er betete, das Palmer-Gold möge reichen, bis auch er sein Glück gemacht hatte. Als er sich wieder den anderen anschloß, ärgerte er sich über diese Dummköpfe, die im Busch glatt verhungern würden. Nun, da er sich ein Bild von der Gegend gemacht hatte, erkannte er, daß man auch ohne das Rindfleisch überleben konnte; der Fluß bot genug Nahrung. Natürlich mußte man sich vor Skorbut schützen. Aber alle hatten es so eilig gehabt, ihm die Rinder wegzunehmen, daß ihn niemand nach eßbaren Pflanzen gefragt hatte. »Na gut, Leute«, murmelte er bei sich, während er den Männern zusah, die von der Arbeit auf ihren Claims zurückkehrten, »das ist euer Problem.« Ben wußte, wo es Buschspinat und ungiftige Beeren gab, die grünen Samen, die Darcy und er »Plumpudding« genannt hatten, und die Hülsenfrüchte, deren Geschmack an grüne Erbsen erinnerte. Er konnte die fetthaltigen, nahrhaften Maden aufspüren, die nach Nüssen schmeckten. Aber diese Nahrungssuche nahm viel Zeit in

Anspruch; er hatte nicht die Absicht, das ganze Lager zu versorgen.

Da die Reise nun zu Ende war, schlief Ben in dieser Nacht gut. Billy Kemp war schon bei Morgendämmerung auf den Beinen und weckte in seiner Aufregung die anderen. Sie ließen Eddie in der Obhut von Mrs. McFeat zurück und schoben das Boot bergab zum Fluß. Billy und Jock ruderten, während Ben scheinbar müßig hinter ihnen saß. Doch im Grunde beobachtete er unentwegt das Ufer. Das Zirpen der Insekten kündigte einen weiteren glühendheißen Tag an. Ben ließ seine Hand ins klare Wasser hängen, aber zu seiner Enttäuschung war es lauwarm und wenig einladend. Sie ließen sich flußabwärts treiben, fort von den abgesteckten Claims, und folgten der Flußbiegung.

»Hier sieht doch alles gleich aus«, meinte Billy. »Lassen Sie uns lieber zurückrudern, Jock. Wir verschwenden nur unsere Zeit.«

»Nein, fahren Sie weiter«, befahl Ben. »Ich will wissen, was dort vorne ist.«

»Wen kümmert das schon?« begehrte Billy auf. »Schließlich sind wir keine Forscher.«

»Es schadet aber nichts, es zu wissen«, gab Jock zu bedenken.

»Achte auf Einbuchtungen am Ufer; mir hat mal ein Mann erzählt, daß die kleinen Bäche und Wasserrinnen hübsche Schatzgruben sind.«

»Und was soll da zu heben sein? Blutegel vielleicht?« brauste Billy auf.

Ben setzte sich aufrecht hin. »Er hat recht! Dort werden die größeren Steine angeschwemmt.« Seine Aufmerksamkeit richtete sich auf die Wasseroberfläche. »Sie müssen auf Krokodile aufpassen.«

Beide Männer zogen gleichzeitig die Ruder aus dem Wasser und drehten sich erschrocken zu Ben um.

»Krokodile?« rief Billy, und Jocks Gesicht nahm ein ungesundes Grau an. »Keiner hat was von Krokodilen gesagt!«

»Vielleicht sind auch keine da«, erklärte Ben, »aber wir müssen damit rechnen, daß es hier welche gibt. Also halten Sie die Augen offen, denn die Biester sind verdammt schnell.«

»O Gott!« stieß Billy hervor.

Jock packte ihn am Arm. »Sachte, Junge, dreh hier nach links.«

»Weswegen?« Billy wollte kein Risiko mehr eingehen.

»Nicht wegen der Krokodile«, sagte Jock lachend. »Schau, die Strömung ändert sich hier.« Er wies Billy an, bis zu einem abzweigenden Bachlauf zu rudern, dessen Mündung fast völlig von herabhängenden Ästen verdeckt war. »Schauen wir mal, was hier so rumliegt.« Als sie die Zweige beiseiteschoben, erhob sich eine Wolke von Moskitos. Wild um sich schlagend manövrierten sie das Boot in den schmalen Bachlauf und zogen es an das mit Gestrüpp bewachsene Ufer. Unter den hoch aufragenden Bäumen des Urwalds stiegen die Männer vorsichtig ans Ufer und blickten sich um. Die ausgetrockneten Ränder des Bachbetts waren mit rundgewaschenen Kieselsteinen überhäuft, so daß sie einer mit Kopfstein gepflasterten Straße glichen.

Ben war der erste, der Gold fand. Er konnte es kaum fassen. Im flachen Wasser sah er etwas blinken und tippte es müßig mit einem Ast an. Kleine Fische huschten vorbei und lenkten ihn einen Augenblick lang ab. Dann bückte er sich, um es aufzuheben, ein kleines, gelbes, unförmiges Stück, aber schwer und so groß wie ein Daumen. Überwältigt starrte er es an und wollte schon die anderen rufen, doch die Angst, sich zum Narren zu machen, hielt ihn zurück. Wieder spähte er in das steinige Flußbett. Sanft kräuselten sich kleine Wellen über der Fundstelle, die nur etwa dreißig Zentimeter unter der Wasseroberfläche lag. Wieder das gelbe Glitzern. Jetzt bewegte sich Ben verstohlen, als ob ihm etwas entschlüpfen könnte, und hob ehrfurchtsvoll einen zweiten Goldklumpen auf, massives Gold, hart wie Stein, das allen äußeren Einflüssen standgehalten hatte. Das Wasser hatte es in dieses Bachbett getragen, ihm aber nichts anhaben können. Und nun blinkte es in seiner Hand in der Sonne.

»Hier!« krächzte er überwältigt den anderen zu, die ihm den Rücken zukehrten. Aber weiter flußabwärts stürzte sich auch Billy unvermittelt auf einen Stein.

»Mein Gott!« rief er. »Allmächtiger Gott, kommen Sie und sehn Sie sich's an!« Er machte einen triumphierenden Luftsprung und hielt dabei einen kleinen Goldklumpen in die Höhe. Dann warf er sich der Länge nach ins Wasser und lachte wie irr. »Es ist Gold! Wir haben's gefunden! Hier ist überall Gold! Leute, wir sind reich!« Seine Stimme schallte durch den Busch, bis Jock zu ihm rannte und ihn zu beruhigen versuchte. »Willst du, daß alle es mitkriegen?«

»Sie können uns doch gar nicht hören«, meinte Billy, immer noch lachend. »Die sind meilenweit weg. Wir haben's geschafft, Jock, Sie brummiger alter Schotte, wir sind reich!«

Als sich die erste Begeisterung etwas legte, gewann die Vorsicht die Oberhand. »Wenn sie uns das Vieh wegnehmen, ist auch das Gold nicht vor ihnen sicher«, gab Jock zu bedenken. »Wir stecken am besten nicht nur hier unsere Claims ab, sondern auch am Fluß, um sie irrezuführen. Wir müssen verdammt vorsichtig sein, Jungs. Sonst kommen wir hier nicht mehr lebend raus.«

»Er hat recht«, stimmte Ben zu. »Wir vergraben das, was wir heute gefunden haben, und tun so, als wäre nichts geschehen. Außerdem sollten wir die Mündung des Bachs gut verstecken.«

»Geben wir ihm doch einen Namen«, schlug Billy vor. »Ich bin dafür, daß wir ihn den Schottischen Bach nennen. Schließlich hat Jock ihn zuerst entdeckt.«

Ben grinste. Sonst war Billy keineswegs so großzügig, aber

heute konnte er sich diese Geste leisten. Was für ein Tag! Ben fühlte sich ausgesprochen wohl in seiner Haut. Die Strapazen hatten sich gelohnt. Wieviel Gold wohl noch in diesem Bach lag? Es quälte ihn, das Ausmaß ihres Fundes nicht überblikken zu können. Am liebsten wäre er dort geblieben, um ihren kostbaren Bach zu bewachen und so lange nach Gold zu suchen, bis er genug beisammen hatte. Noch nie in seinem Leben hatte er so eine wahnsinnige Erregung verspürt. Er und Billy hätten alle Bedenken in den Wind geschlagen und bis Sonnenuntergang weitergesucht, wenn Jock nicht darauf bestanden hätte, diesen Platz zu verlassen. »Wir müssen vorsichtig sein, Jungs.«

Abwechselnd standen sie Wache und gingen am Bach auf und ab, während zwei von ihnen arbeiteten. Sie gruben, wuschen den Sand aus und folgten dem schmalen gekrümmten Bachlauf, der zu niedrig für das Boot war, weiter in den Dschungel hinein. Tagtäglich wuchsen ihre Goldvorräte. Ben hatte keine Ahnung, wieviel sein Gold wert war; es gab keine Waage, um angeschwemmtes Gold zu wiegen. Wie die anderen füllte er Marmeladeneimer, Tabakdosen und alles, was er finden konnte, mit Gold. Dann und wann ertönte ein Freudenschrei, wenn wieder ein großer Klumpen entdeckt worden war. Bislang hatte Jock den größten Goldklumpen entdeckt; sie schätzten sein Gewicht auf gut dreihundert Gramm. Nachts blickten sie flußaufwärts und fragten sich, wo die Hauptvorkommen liegen mochten. Sie hatten vor, flußaufwärts zu suchen, wenn der Schottische Bach leer war.

Die Hitze war allerdings schier unerträglich. Jack Kennedy verkündete, daß die Mittagstemperatur fünfundvierzig Grad betrage. Die Sonne brannte unbarmherzig durch die lichten Baumkronen, und das Land wurde mit der Zeit so trocken wie Zunder.

»Es hat keinen Zweck«, sagte Jock schließlich. »Hier ist es

wie in einem Treibhaus. Ich arbeite nur noch bis Mittag. Eddie ist schon halbtot.«

Nur Billy und Ben waren entschlossen, weiterzumachen. »Es ist überall heiß, ganz gleich, wohin man geht«, war Bens Ansicht.

»Nein, auf dem Bergkamm ist es kühler. Der Wagen bietet etwas Schatten.«

»Er hat recht«, räumte Jack ein. »Ich bringe die zwei ins Lager und hole Sie beide später ab.«

»Sehen Sie zu, daß Sie vor der Dämmerung kommen, sonst werden wir noch bei lebendigem Leib von Insekten gefressen.«

»In Ordnung.« Jack packte seine Ausrüstung zusammen. »Bis später.«

Es war das letzte Mal, daß sie Jack Kennedy lebend sahen. Die Schwarzen griffen das Lager auf dem Bergkamm nicht, wie erwartet, bei Nacht an, sondern um zwei Uhr nachmittags, als die meisten Goldsucher unten am Fluß arbeiteten und die Zurückgebliebenen erschöpft in den Zelten oder im Schatten der Bäume vor sich hin dösten. Leise huschten sie auf die Lichtung. Sie waren mit Speeren und Tomahawks bewaffnet und warfen brennende Zweige auf die Zelte und den Wagen. Als die Schreie ihrer Opfer durch das Tal hallten, kämpften sie sich den Weg in den schützenden Busch frei. Sie wandten sich flußaufwärts zu einer entfernten Stelle, an der sie ihre Kanus versteckt hatten, und brachten sich auf dem anderen Ufer in Sicherheit. Ihre graubemalten Gesichter strahlten triumphierend, und zum Zeichen ihres Sieges hatten sie sich weiße Kakadufedern ins Haar gesteckt. Der Krieg der Merkin hatte begonnen.

Sie hatten nicht genügend Zeit gehabt, um das Haar der Weißen als Trophäen mitzunehmen. Ohnehin hatten die Skalps an Wert eingebüßt, seitdem man festgestellt hatte, daß dieses Haar keine potenzsteigernde Wirkung besaß. Nur der junge Garangupurr trug seine Kriegsbeute an einem Stück Schnur um den Hals. Nachdem er die weiße Frau mit einem Schlag zu Boden gestreckt hatte, trennte er ihr in Sekundenschnelle die Haarrolle vom Hinterkopf. Unübersehbar fiel das rotbraune Haar in glänzenden Strähnen über seine Brust. Dies war wahrhaftig ein außergewöhnlicher Skalp.

Ben und Billy hörten zwar das Gewehrfeuer in der Ferne, doch sie ließen sich davon nicht aus der Ruhe bringen. Das mußte nichts weiter bedeuten, denn schießwütige Goldsucher schossen auf alles mögliche, und im Fall eines Streits auch auf den anderen. Als die Sonne den Himmel jedoch glühend rot färbte und hinter den Hügeln versank, machte Billy sich allmählich Sorgen.

Um sich vor den Schwärmen von Moskitos und Sandfliegen zu schützen, die die Schmeißfliegen bei Dämmerung ablösten, rieben sie sich mit Schlamm ein. Dann warteten sie am Flußufer auf das Boot. Aber nichts war zu sehen.

»Diese Bastarde!« fluchte Billy. »Ich wette, irgendein Mistkerl hat sich mein Boot unter den Nagel gerissen.«

»Hier können wir nicht bleiben«, sagte Ben schließlich. »Wir müssen laufen.« In der Finsternis tasteten sie sich am Flußlauf voran, stolperten über im Farndickicht verborgene Wasserrinnen, suchten am rutschigen Ufer nach Halt und kletterten über umgestürzte Bäume. Stunden später langten sie zerschrammt, blutend und mit zerrissenen Kleidern im Lager an.

Ben war fassungslos, als er von dem Massaker erfuhr. Neun Opfer, darunter Jack Kennedy, Mrs. McFeat und der junge Eddie Gaunt, waren zu beklagen. Billys tiefe Trauer erstaunte Ben. Er wußte nie, was er von Billy halten sollte. Ben war sich darüber im klaren, daß er bei seiner Gruppe nicht besonders beliebt war – sie nannten ihn spöttisch den »Rinderbaron« –, aber als einmal ein Raufbold ihn angriff und beschuldigte, seinen Tabak gestohlen zu haben, hatte Billy, ohne auch nur einen Moment zu zögern, mit einem Steigbügel auf den Mann eingeschlagen. Später hatte Billy schweigend den gestohlenen Tabak hervorgeholt und geraucht.

»Armer Eddie«, weinte er. »Er hatte nie eine richtige Chance. Und haben Sie gehört, was Jock gesagt hat? Eddie hätte wegrennen können, aber er ist zum Wagen zurückgelaufen, um Mrs. McFeat zu helfen. Jock hat gesehen, wie er sie aufgehoben hat, aber da bekam er einen Speer in den Rücken und wurde dann erschlagen. Jock hat alles mitangesehen!« Tränenüberströmt blickte Billy zu Ben auf. »Und wissen Sie was? Jock hat gesagt, sie war bereits tot.«

Ben sorgte sich um Jock. Ihn hatte es zuerst erwischt. Als er um den Wagen gegangen war, hatte ihn ein Speer in den Bauch getroffen und eine klaffende Wunde gerissen. Unfähig, sich zu bewegen, war er zu Boden gestürzt. Ein Aborigine verabreichte ihm im Vorbeilaufen einen weiteren Schlag und zerschmetterte damit Jocks rechtes Bein. Nach dem Überfall hatte man außer Jock noch einige andere Überlebende gefunden und eine behelfsmäßige Krankenstation eingerichtet. Die meisten würden wohl überleben, aber Jocks Verletzungen waren sehr schwer. Ein ehemaliger Apotheker operierte die Opfer und warnte vor Infektionen. Jocks Bein begann bereits zu eitern, und sein Zustand war äußerst bedenklich.

Die Goldgräber begruben die Toten und kehrten an ihre Arbeit zurück, während sich Ben und Billy um Jock kümmerten und versuchten, sein Fieber zu senken.

»Mir reicht's«, meinte Billy. »Ich bin dafür, daß wir uns mit dem Gold aus dem Staub machen.«

»Wir können Jock nicht allein lassen«, flüsterte Ben Billy zu und winkte ihn von dem Kranken weg.

»Er braucht seinen Anteil bestimmt nicht mehr«, meinte Billy. »Mit ihm ist's doch schon so gut wie aus. Begraben wir ihn neben seiner Frau und machen uns in der Nacht aus dem Staub. Dann folgt uns bestimmt niemand.«

»Mein Gott, Billy, Sie reden, als wäre er schon tot.«

»Mit dem Loch in seinen Eingeweiden und den anderen Verletzungen ist es doch nur noch eine Frage der Zeit. Er quält sich nur. Wir sollten ihm einen Gefallen tun und ihm eine Kugel durch den Kopf jagen.«

Entsetzt fuhr Ben zurück. »Wie können Sie nur so reden?«

»Ich habe gesehen, wie Sie ihre Rinder von Qualen erlöst haben. Warum wollen Sie es nicht für einen Kumpel tun?«

»Halten Sie's Maul«, zürnte Ben. »Das ist ein barbarischer Vorschlag. Schließlich ist er kein Tier.«

»In Ordnung, dann bleiben Sie hier sitzen und hören sich seine Schmerzensschreie an. Ich ertrage das nicht.«

Einige Tage lang ließ sich Billy nicht blicken. Einsam hielt Ben bei Jock Wache, errichtete eine kleine Hütte zu seinem Schutz und wusch die Wunden mit abgekochtem Wasser. Zu seiner Verzweiflung breitete sich die Entzündung jedoch weiter aus. Er setzte Maden auf das Geschwür am Bein, damit sie das verwesende Fleisch fraßen, aber der Geruch war ekelerregend. Jock litt Todesqualen, biß jedoch tapfer die Zähne zusammen. Nur selten kam ein Laut über seine Lippen. Bens Bewunderung für den Schotten wuchs. Manchmal schämte er sich, daß er seine Bemühungen als eine Art Wettstreit mit Billy ansah, dem er beweisen wollte, daß dieser unrecht hatte.

Erstaunlicherweise dachte er während all der Zeit nie an sein Leben daheim auf Caravale. Es war, als ob der Palmer sich seines Daseins bemächtigt hätte, dieser elende Ort, der für ihn zur einzigen Wirklichkeit geworden war. Noch nie war er der Hölle so nahe gekommen. Alles schien ihm feindlich gesinnt und zehrte an seinen letzten Kräften. Sogar das Heulen der Dingos in der Nacht zermürbte ihn, während ihm dieses Geräusch zu Hause selbstverständlich vorgekommen war.

Manchmal betete Jock, doch mehr als die Lippen bewegen konnte er nicht. Auch Ben betete, wenn er zum schlammigen Flußufer und wieder zurück watete. Dabei wußte er, daß er die Pfade, die durch die ständige Benutzung in Matsch verwandelt wurden, besser hätte vermeiden sollen. In diesem Klima entzündeten sich sogar die kleinsten Kratzer, wenn Schlamm in die Wunde geriet. Dennoch schleppte er eimerweise Wasser vom Fluß herauf, goß es durch ein Moskitonetz und kochte aus Buschhühnern Suppe. Er war entschlossen, Jock den Klauen des Todes zu entreißen.

Als er eines Nachmittags seine durchnäßten Stiefel auszog, entdeckte er ein schwarzes eiterndes Loch in seiner Fußsohle.

Erstaunlicherweise hatte er keinen Schmerz gespürt, obwohl sich das eiternde Geschwür tief ins Fleisch gefressen hatte. Als er ein Messer ausglühte und hineinschnitt, schrie er laut auf. Erst jetzt konnte er sich vorstellen, was Jock durchmachte. Niemand kann Schmerzen wirklich nachfühlen, sagte er sich; man glaubt nur, es zu können. Er ärgerte sich über sich selbst und verrückterweise auch über seinen alten Zahnarzt, der ihm vor Jahren einen Zahn gezogen und gesagt hatte: »Ganz ruhig, mein Junge, es tut überhaupt nicht weh.« In dieser Nacht träumte er in seiner Verzweiflung, er durchbohre den Zahnarzt mit glühenden Messern.

Eines Tages erschien unvermutet Billy Kemp wieder auf der Bildfläche. »Wie geht's ihm?«

»Ziemlich schlecht«, antwortete Ben und starrte auf Jocks graues, schweißüberströmtes Gesicht. Die behelfsmäßigen Verbände bestanden aus alten Hemden, die er sich zusammengebettelt oder gekauft hatte, nachdem der Wagen der McFeats in Flammen aufgegangen war.

Billy nickte. »Kann ich irgend etwas tun?«

»Nein.«

»Nun denn.« Billy war wieder ganz der alte. »Haben Sie schon die Neuigkeiten gehört?«

»Welche Neuigkeiten?«

»Flußaufwärts wimmelt es nur so von Goldgräbern. Man sagt, daß über Nacht Hunderte hier aufgetaucht sind.«

Ben konnte es kaum fassen. Seine Kopfschmerzen hatten sich wieder eingestellt. »Wo sind sie hergekommen?«

»Genau das ist ja das Interessante. Sie kommen von der Küste. Von hier sind's nur hundertsechzig Kilometer bis zum Meer. Ich habe mir immer geschworen, nie mehr in die Nähe dieses verfluchten Endeavour River zu kommen, und jetzt kann ich's kaum erwarten, ihn zu sehen. Dank der Goldsucher gibt es jetzt einen markierten Pfad. Wir können sofort aufbrechen.«

»Sobald's Jock besser geht.«

»Nein. Die Jungs stellen gerade einen Goldtransport für diese neue Strecke zusammen. Sie sagen, daß oben am Endeavour Harbour ein neuer Hafen mit Namen Cooktown entsteht. Ich bin dabei. Morgen geht's los. Sie können das Boot behalten.« Wie durch einen Nebel fragte sich Ben, warum Billy darauf bestand, daß das Boot ihm gehörte, obwohl Ben die Expedition bezahlt hatte. Aber eigentlich war ihm alles gleichgültig. Er war müde und wünschte sich, Billy möge verschwinden. Sollte er sich doch aus dem Staub machen! Sobald es ihm und Jock besser ging, würden sie wieder nach Gold suchen. Jetzt, da immer mehr Leute zum Palmer kamen, würde es hier sicherer sein. In Gesprächen mit anderen Goldgräbern hatte er gelernt, wie man den Wert des Goldes schätzte. Er hatte beinahe genug beisammen, um Perfys Anteil an Caravale zurückzukaufen. Der Palmer war groß und barg noch viel Gold. Bei diesem Gedanken zitterten ihm die Hände. Die Männer fanden mittlerweile auch größere Goldklumpen, von denen einige gut über anderthalb Kilo wogen. Wenn er ein paar solche fände ... Vor Aufregung atmete Ben schneller. Billy, der Narr, hatte einfach kein Durchhaltevermögen, er war zu rastlos. Aber nicht so Ben Buchanan, nein, mein Herr. Er würde als reicher Mann nach Hause kommen, Vorarbeiter unter Tom Mansfield einstellen und das tun, was er wirklich wollte: die politische Laufbahn einschlagen.

Mit dem Gewehr in der Hand hielt er Wache bei seinem

Patienten und den Beuteln voller Gold unter Jocks Bett. Der verstorbene Jack Kennedy, Jock und Ben hatten es dem Fluß entrissen. Es war ein Vermögen wert.

Die Ankunft von Mulligans Gruppe brachte einige Aufregung und unterbrach die tägliche Routine am Palmer. Aber Ben bemerkte es kaum, so beschäftigt war er. Mit beinahe fieberhaftem Eifer erfüllte er seine Pflichten, lehnte jede Hilfe ab und merkte nicht, daß diese Verbissenheit seine letzten Kräfte aufzehrte. Die Wochen vergingen, und Ben verlor jeden Sinn für die Wirklichkeit.

Oft ließ er den Hund als Wache zurück und schlug sich in den Busch, wo er nach eßbaren Pflanzen suchte. Die Beeren und wilden Trauben, die er unter einem Laubhaufen in einer Ecke der Hütte hortete, verfaulten schon. Die schmerzenden Geschwüre an seinen Beinen entlockten ihm nur ein grimmiges Lächeln; es war, als bestrafe er sich selbst, um seine Schuldgefühle zu lindern. Manchmal sah er nämlich Darcy auf dem Bett liegen, und dann wieder war es Jack Middleton, dessen Wunden er verarztete. Mit wachsender Verwirrung gelangte Ben zu der Überzeugung, daß es in seiner Macht stand, sie alle zu retten.

Die ganze Nacht ließ er die Laterne brennen und hielt Ausschau nach nächtlichen Besuchern. Er zertrat Spinnen, vertrieb Eidechsen und die hübschen neugierigen Geckos und stürzte sich mit Triumphgeheul auf die Schlangen.

Eines nach dem anderen verschwanden die Rinder und die Pferde, und in seiner Verwirrung war es dem »Einsiedler«, wie alle ihn nannten, nur recht. »Die Tiere brauchen Bewegung«, erklärte er Jock und vergaß, daß er sie nicht getränkt hatte. Die Männer, die sich seiner Pferde annahmen, meldeten schließlich Besitzansprüche an. Sie sagten, es geschehe aus Mitleid für die armen Tiere, denn kaum jemand hätte gewagt, ein Pferd zu stehlen.

Die Männer, die er gekannt hatte, zogen fort, und die Neuankömmlinge hatten keine Zeit für diesen zerlumpten, bärtigen Sonderling und seinen hohläugigen Patienten oder für den Hund, der sofort die Zähne fletschte, wenn Fremde sich ihm näherten. Die Menschen mieden das Lager, und Ben Buchanan geriet in Vergessenheit. Auch anderen Männern hatten die mörderische Hitze, das Fieber oder der Hunger auf dem Treck den Verstand geraubt, welche Rolle spielte da schon ein weiterer Irrer? Nur die Versorgung mit Nahrungsmitteln war inzwischen zu einem schwerwiegendem Problem geworden. Reiter hatten die verwesten Leichen von Männern entdeckt, die auf dem Weg zur Küste verhungert waren. Ihre Taschen waren noch voller Gold.

2

Mit einem Bündel Banknoten in der Tasche kehrte Herbert nach Bowen zurück. Jetzt konnte er seine Schulden bezahlen und sich in aller Ruhe überlegen, was er als nächstes unternehmen wollte. Eigentlich hätte er die ganze Angelegenheit am liebsten in Vergessenheit geraten lassen, doch die Leute in diesem Teil der Welt hatten ein außerordentlich gutes Gedächtnis und konnten einem säumigen Schuldner ziemlich auf den Leib rücken, wie Herbert festgestellt hatte. Zwar betrogen, bekämpften und bestahlen sie einander, aber man konnte in ernsthafte Schwierigkeiten geraten, wenn man sich vor seinen Spielschulden drückte. Jetzt, nach sechs Monaten im Busch, hatte Herbert das Gefühl, nach Hause zu kommen. Wo hätte er sonst auch hingehen sollen?

Im Palace Hotel mietete er sich ein Zimmer. Zu seiner freudigen Überraschung begrüßte ihn O'Keefe, der Gastwirt, wie einen guten Freund. »Schön, Sie wiederzusehen, Herbie. Sie waren Goldschürfen, habe ich gehört. Wie ist es gelaufen?«

»Außerordentlich gut, danke.«

»Man sagt, in Charters Towers karren sie das Gold noch immer wagenweise davon.«

»Das stimmt. Es wimmelt hier nur so von Goldgräbern, aber Glück muß man trotzdem haben. Wer zuerst kommt, mahlt zuerst, und danach ist es eine elende Knochenarbeit.« Er betrachtete seine schwieligen Hände und meinte lachend: »Mein alter Herr würde sich ganz schön wundern.«

»Es ist eine Schande, daß Sie sich Ihre wunderbaren Musikerhände so zerschunden haben, Herbie. Heutzutage spielt niemand mehr auf meinem Klavier. Bowen hat sich verändert, es ist hier ziemlich ruhig geworden.«

»Ja, in der Tat. Ich muß jetzt einige Herren aufsuchen und meine Schulden bezahlen. Sozusagen reinen Tisch machen, Sie verstehen?« Als Herbert sich nach drei Männern aus seiner ehemaligen Kartenspielerrunde erkundigte, grinste O'Keefe. »Patsy braucht Ihr Geld jetzt nicht mehr, er hat bei einer Schießerei mit Digger Grimes den kürzeren gezogen. Und Digger hat sich schleunigst aus dem Staub gemacht, keiner weiß, wohin. Und was Ihren anderen Freund betrifft, der wird mittlerweile die Spielsalons in Sydney unsicher machen. Ich denke, den können Sie ebenfalls vergessen.«

Eine überaus erfreuliche Heimkehr, dachte Herbert und genoß das Gefühl, wider Erwarten um redlich verdiente sechshundert Pfund reicher zu sein. Er ging auf sein Zimmer und warf sein Reisebündel aufs Bett. Jetzt mußte er nur noch seine Schulden bei dem Chinesen begleichen. Aber als erstes würde er sich anständige Kleider zulegen.

Nachdem Lew Herbert den Claim überlassen hatte, war Marie Bourke ihm beim Schürfen behilflich gewesen, und bald hatte er ihr gewinnendes Wesen schätzen gelernt. Zwar kommandierte sie ihn fast genauso herum wie Lew, doch ihre neckische, unbeschwerte Art gefiel ihm. Sie war immer gut gelaunt, mochte die Arbeit des Tages noch so anstrengend und unergiebig gewesen sein. Und sie hatte eine aufregende Figur, zwar schlank, aber mit vollen, festen Brüsten. Wenn ihr Vater nicht so wachsam gewesen wäre, hätte sie sich vielleicht auf ein Liebesabenteuer mit Herbert eingelassen. Jetzt bedauerte er, daß er es nicht einmal versucht hatte. Sie fehlte ihm.

Lew hatte durch einen berittenen Boten einen Brief an Herbert geschickt, in dem er ihm von neuen Goldfunden im Norden berichtete; wenn Herbert sich seiner Expedition anschließen wolle, solle er auf schnellstem Wege nach Townsville kommen. Aber er solle ja niemandem etwas davon erzählen.

Einige Tage darauf hatte er spät abends noch mit Jim Bourke bei einem Whisky zusammengesessen. »Haben Sie mal wieder was von Lew gehört?«

»Ja.«

»Was macht er denn jetzt?« fragte Bourke.

»Hat sich irgendwas Verrücktes in den Kopf gesetzt und ist in den Norden gefahren. Er hat mich gefragt, ob ich mitkomme, aber ich denke gar nicht daran. Mir reicht es hier schon, noch weiter rauf in den Norden muß wirklich nicht sein.«

»Was hat er sich denn in den Kopf gesetzt?«

»Ich darf es eigentlich niemandem sagen, also behalten Sie es für sich. Ihn hat wieder das Goldfieber gepackt.«

»Ich habe Gerüchte davon gehört«, meinte Bourke. »Hat er gesagt, wo?«

»Nein, nur daß sie von Townsville aus aufbrechen.« Bourke starrte ihn verblüfft an. »Von Townsville aus? Wieso denn das?«

Herbert lächelte. »Man muß nur zwei und zwei zusammenzählen, mein Lieber. Wenn Lew von Townsville aus loszieht, anstatt von Charters Towers, heißt das, daß unser guter Kapitän mit dem Schiff nach Norden fährt.«

»Was Sie nicht sagen«, murmelte Bourke. »Die Kulis von Chin sind auch weg, von einem Tag auf den anderen verschwunden.«

»Natürlich, er und Chin sind doch Partner. Waren sie schon von Anfang an.«

»Trinken Sie noch einen Schluck, Herbie.« Bourke schenkte Herbert großzügig nach. »Wissen Sie, unsere Schürfstellen geben nicht mehr viel her.«

»Da haben Sie recht. Was halten Sie davon, wenn wir uns neue Claims abstecken, die näher bei Charters Towers liegen?«

Bourke kaute nachdenklich an seinem Daumennagel. »Es wäre gescheiter, sich an Lew zu halten. Neue Goldfelder! Und mit dem Schiff hinzufahren ist wirklich eine prächtige Idee. Meinen Sie, er würde uns mitnehmen?«

»Uns? Ich gehe auf keinen Fall. Auf mich brauchen Sie nicht zu zählen.«

»Dann eben die Bourkes. Ich kann mir nicht vorstellen, daß Lew uns diese Bitte abschlägt. Gleich morgen früh packen wir und machen uns auf den Weg nach Townsville.«

»Das ist doch verrückt, Jim. Wir können ebensogut hier bleiben und neue Schürfstellen pachten. Hier wissen wir wenigstens, was wir haben.«

»Ja, schäbige Reste. Wenn Lew und der Chinese ihre Leute abgezogen haben, dann haben sie was Großes vor, und wir wären dumm, hier weiter zu buddeln. Wir fahren nach Townsville, mein Freund, und der Himmel stehe uns bei, daß es nicht schon zu spät ist. Sie hätten mir früher Bescheid sagen sollen. Wir haben wertvolle Tage vergeudet.«

»Ich hätte es Ihnen eigentlich gar nicht sagen dürfen.« Warum zum Teufel hatte er nur alles ausgeplaudert? Das kam von dem verfluchten Whisky.

Sie waren nach Townsville geritten, wo sie Lew und seine Chinesen trafen, die damit beschäftigt waren, ihren gemieteten Schoner zu beladen. Erst wollte Lew nicht verraten, wohin die Reise ging, doch dann verbreitete sich die Nachricht über das Gold des Palmer wie ein Lauffeuer in der Stadt.

Lew war damit einverstanden, Jim Bourke, aber nicht die Frauen mitzunehmen. Schließlich gelang es Marie jedoch, ihn zu überreden. »Lew, denken Sie etwa, wir wissen nicht, wie es auf den Goldfeldern zugeht? Mutter und ich waren ein Jahr lang am Cape.«

»Wo mein Mann hingeht, da gehe ich auch hin«, fügte Marjorie entschlossen hinzu.

Jim Bourke ließ ebenfalls nicht locker. »Wenn Sie uns nicht mitnehmen, Lew, werden wir eben ein anderes Schiff finden, aber wir würden lieber mit Ihren Leuten fahren.«

»Kommen Sie jetzt mit oder nicht?« hatte Lew Herbert gefragt, der etwas unschlüssig wurde, als er sah, daß alle wegfuhren und er allein zurückblieb. Nur auf sich selbst gestellt wollte er jedenfalls nicht zum Cape zurückkehren.

»Nein«, erwiderte er trotzig. »Das ist doch ein aberwitziges Unternehmen. Mich können Sie nicht überreden.«

»Wer sagt denn, daß ich Sie überreden will? Machen Sie doch, was Sie wollen.«

»Das werde ich auch. Ich habe beschlossen, nach Bowen zurückzufahren.« Diesen Entschluß hatte er aus einer Laune des Augenblicks heraus gefaßt, aber er wußte, daß er Lew damit ärgern konnte. Diamonds Anwesenheit an Bord, über die niemand ein Wort verlor, hatte Herberts Neugierde geweckt.

Doch inzwischen hatte er erfahren, daß Perfy ihre Verlobung aufgelöst hatte und wieder in Bowen weilte. Er konnte es kaum erwarten, sie wiederzusehen. »Ich werde Perfy von Ihnen grüßen«, hatte er Lew zum Abschied gesagt.

In der Bar berichteten ihm O'Keefe und der ortsansässige Polizist in allen Einzelheiten über den schrecklichen Tod von Jack Middleton; Diamond hatte lediglich erzählt, daß ein Krokodil ihn getötet hatte.

»Sie redet nicht gern darüber«, hatte Lew ihm erklärt.

»Offenbar hat sie es mit eigenen Augen mit angesehen. Aber ich habe Mrs. Middleton und Perfy gleich einen Beileidsbrief geschickt. Es ist wirklich furchtbar. Schade um ihn, er war ein feiner Kerl.«

Förmlich gekleidet mit einem neuen Tropenanzug aus hellem Leinen und einem gestärkten Hemd begab sich Herbert zum Haus der Middletons und versuchte, eine dem traurigen Ereignis entsprechende Betroffenheit an den Tag zu legen. Wie er feststellte, hatten sich die Frauen inzwischen mit dem Verlust abgefunden, wenngleich Herberts unerwartetes Erscheinen und seine Beileidsbezeugungen einige Tränen auslösten. Alice schien aus ihrem Witwenstand das Beste machen zu wollen. »Er fehlt uns sehr«, sagte sie. »Aber der Herr hat ihn zu sich gerufen, und es hat keinen Sinn, sich selbst zu bemitleiden. Ich habe eine Arbeit angenommen, natürlich aus freien Stükken. Ich arbeite jetzt als Pflegerin im Krankenhaus. Der arme Arzt ist völlig überlastet. Wir haben vor allem mit Fieberkranken und Unfallopfern zu tun. Perfy hilft manchmal auch mit.«

Herbert glaubte, einen versteckten Tadel in Alices Betonung des Wortes »manchmal« gehört zu haben. Offenbar war sie der Meinung, Perfy solle öfters kommen. »Lew hat uns einen Brief geschrieben«, wechselte Perfy das Thema, »aber wir konnten ihn nicht beantworten, weil keine Adresse angegeben war.«

»Er ist unterwegs zum Palmer River und wieder auf Goldsuche. Eine verrückte Idee, finde ich, und das habe ich ihm auch gesagt. Er wollte, daß ich ihn wieder begleite, aber diesmal habe ich mich nicht breitschlagen lassen. Soviel ich weiß, muß es die völlige Wildnis sein. Von unwirtlichen Lebensbedingungen habe ich erst mal genug. Ich kann Ihnen gar nicht sagen, wie ich es genossen habe, im Palace Hotel in einer Badewanne zu liegen. Und hier bei Ihnen an einem sauber gedeckten Tisch zu sitzen, ist die reinste Wohltat.«

»Haben Sie denn Gold gefunden, Herbert?« erkundigte sich Alice.

»Allerdings. Diesmal habe ich wesentlich mehr Erfolg gehabt. Bin mit einem hübschen Sümmchen nach Hause gekommen. Jetzt überlege ich mir, ob ich hier ein Geschäft eröffnen soll.«

»Was denn für eines?«

Herbert hatte keine Ahnung. Er wollte nur Eindruck schinden. »Da muß ich mich noch umsehen«, erwiderte er ausweichend.

»Der Mann, der Ihr Maklergeschäft übernommen hat, hat sich nicht lange halten können«, erzählte Alice ihm. »Schon nach wenigen Wochen hat er es wieder geschlossen. Wahrscheinlich hat er nicht so viel Erfahrung gehabt wie Sie.«

Und keine Glory Molloy, die ihm unter die Arme greift, dachte Herbert und lächelte versonnen. Dank Glorys Zungenfertigkeit hatte er einmal ein und dasselbe Stück Land an drei verschiedene Leute verkauft, und das innerhalb von drei Tagen. »O'Keefe meint, in dieser Branche ist heute kaum noch ein Geschäft zu machen.«

Während Alice und er munter weiterplauderten, schwieg Perfy. Er brannte darauf zu erfahren, warum ihre Verlobung in die Brüche gegangen war. Dieser Buchanan war offenbar vor keiner List zurückgeschreckt. Wie gut, daß Perfy das rechtzeitig durchschaut hatte! Herbert erinnerte sich noch sehr gut daran, daß Buchanan den Bankdirektor Tolley mit der Warnung zu ihm geschickt hatte, er solle nicht versuchen, Perfys Anteil an der Farm zu verkaufen. Was für eine unverschämte Drohung! »Haben Sie eigentlich noch Ihren Anteil an Caravale?« wandte er sich an Perfy.

»Ich habe ihn zum Verkauf angeboten«, antwortete sie. »Caravale ist für Perfy mit traurigen Erinnerungen verbunden«, erklärte Alice. »Jack ist dort begraben.«

Aber nicht nur deshalb, dachte Herbert. Er konnte seine Neugier kaum im Zaum halten, er mußte mit Perfy unter vier Augen sprechen. »Mrs. Middleton, wären Sie einverstanden, wenn ich Perfy heute abend zum Essen ins Palace einlade?« fragte er.

»Aber selbstverständlich, Herbert«, erwiderte sie. »Geh nur, Perfy. Es ist nicht gut für dich, wenn du immer nur hier herumsitzt.«

»Meinetwegen«, meinte Perfy mit einem Achselzucken. Herbert war beleidigt. »Wenn Sie keine Lust haben, können wir es auch auf ein andermal verschieben.«

Sie lächelte ihn an. »Entschuldigen Sie, Herbert. Das war sehr unhöflich von mir. Doch, ich würde mich freuen, mit Ihnen essen zu gehen.«

Herbert bestellte ein erstklassiges Essen, und zwar nicht, um Perfy zu beeindrucken, sondern zu seinem eigenen Vergnügen. Schließlich hatte er einen Grund zum Feiern; er besaß ein hübsches Konto auf der Bank, über das er frei verfügen konnte, und das war ein herrliches Gefühl. Mochte es auch nur vorübergehend sein, aber es würde sich schon wieder eine Gelegenheit zum Geldverdienen ergeben. Am Nachmittag hatte er seinen Eltern in einem Brief mitgeteilt, daß er jetzt in Bowen seßhaft geworden war, nachdem er am Cape River Gold gefunden hatte. Wenn er nur daran dachte, mußte er lachen. Seine Familie würde in helle Aufregung geraten und sich immer und immer wieder fragen, wieviel Gold er denn »gefunden« haben mochte. Das Wort war klug gewählt, wahrheitsgetreu und doch zweideutig, und es würde den überheblichen Clan der Watlingtons bis ins Mark treffen. Denn trotz ihres vornehmen Gehabes waren sie Geizhälse, die jeden Penny zweimal umdrehten. Daß Herbert Gold gefunden hatte, würde sie zutiefst erschüttern, und dieser Gedanke erfüllte ihn mit größter Genugtuung. Er war absichtlich nicht näher auf seinen »Fund« eingegangen und hatte lediglich hinzugefügt, daß er sich bester Gesundheit erfreue. Ach, war das Leben schön!

»Entschuldigen Sie, wenn ich mich in Ihre persönlichen

Angelegenheiten mische, Perfy, aber was haben Sie denn so gemacht? Wie ich gehört habe, waren Sie mit dem anderen Buchanan verlobt. Die Buchanans müssen ja eine besondere Anziehung auf Sie haben.«

Perfy starrte ihn an. »Wer hat Ihnen das gesagt?«

Herbert hatte seine Gründe, warum er Diamond noch nicht ins Spiel bringen wollte. »Lew. Wissen Sie, es kommen immer wieder mal Viehzüchter nach Charters Towers ...«

»Lew weiß davon? O Gott! Weiß er auch, daß ich die Verlobung rückgängig gemacht habe?«

»Ja ja. Aber warum eigentlich? Und wie sind Sie denn auf den Bruder gekommen?«

»Ich weiß nicht. Ich war völlig am Ende, als Daddy ... gestorben ist, und Ben war so nett zu mir. Und seine Mutter Cornelia auch. Ich war wochenlang krank, und dann hat es sich einfach so ergeben.«

»Ist Ihnen nicht in den Sinn gekommen, daß er Hintergedanken dabei hatte? Beispielsweise, sich Ihre Hälfte von Caravale zu sichern?«

»Damals nicht, aber inzwischen schon«, antwortete sie kurz angebunden. »Jetzt wird er sie jedenfalls nie mehr bekommen. Aber eigentlich möchte ich lieber nicht darüber reden. Ich freue mich wirklich, Sie wiederzusehen, Herbert. Hier ist es so langweilig, und ich fühle mich schrecklich einsam. Nur Mutter zuliebe bleibe ich da, sonst würde ich nach Brisbane gehen, wo ich wenigstens Bekannte habe. Aber Mutter gefällt es in Bowen und in unserem Haus. Manchmal plagen mich schreckliche Schuldgefühle. Vielleicht wäre Daddy noch am Leben, wenn ich nicht so versessen darauf gewesen wäre, Caravale zu sehen.«

Er nahm ihre Hand. »So etwas dürfen Sie nicht denken, Perfy. Ihr Vater brannte ebenso darauf, die Farm zu sehen, das war ihm sehr wichtig, und das hat er mir selbst erzählt.«

»Ja, ich glaube, er wollte den Wert der Farm schätzen. Armer Daddy, er hat es nur für mich getan.«

»Lassen Sie den Kopf nicht hängen, meine Liebe.« Herbert bestellte Sekt. »Ich glaube, das ist hier das Nationalgetränk, also sollten wir es uns schmecken lassen. Sie sehen hübscher aus als je zuvor. Auf Ihr Wohl!« Irgendwann würde er einen neuen Versuch wagen, sie nach ihren Erlebnissen auf Caravale auszufragen. Dieser Buchanan mußte es ziemlich ungeschickt angestellt haben. Da hatte er das Mädchen schon fast vor dem Traualtar und verpfuschte noch alles. Herbert fragte sich, was Perfy umgestimmt haben mochte. »Sagen Sie, meine Liebe, warum langweilen Sie sich denn hier? Sie sind doch wohlhabend, haben ein nettes Zuhause und eine reizende Mutter. Oder trauern Sie etwa immer noch diesem Buchanan nach? Ben Buchanan, meine ich.«

Erstaunt sah sie ihn an. »Wo denken Sie hin? Ich hasse ihn, und ich werde ihm nie verzeihen. Wir hätten besser gar nicht erst von ihm geredet. Nein, ich bin nur etwas unausgefüllt, ich habe nichts zu tun. Erzählen Sie mir jetzt nicht, ich soll mehr im Krankenhaus arbeiten, das drückt meine Stimmung nur noch mehr. Ich weiß selbst nicht, was zur Zeit mit mir los ist.«

Er lachte. »Ich schon. Sie brauchen einen Verehrer.«

»Seien Sie doch nicht albern.«

»Ich meine es ernst. Das ist doch ganz natürlich, vor allem für eine hübsche junge Dame. Ich werde mich darum kümmern, daß Sie ein bißchen mehr Ablenkung haben.«

Sie nickte schwach und wenig begeistert, wie Herbert feststellte. »Wie geht es Lew?« fragte sie. Na endlich! Auf diese Frage hatte er schon lange gewartet. »Gut. Er ist mit dieser Expedition beschäftigt.«

»Er muß mich ja für ein schrecklich dummes Ding halten, daß ich mich mit Ben Buchanan eingelassen habe. Was hat er denn dazu gesagt?«

»Nun, um ehrlich zu sein, er hat sich nicht gerade gefreut.« Sie blickte zu dem Akkordeonspieler hinüber, der zum Leidwesen der speisenden Gäste ständig falsche Töne anschlug. »Es weiß wohl jeder über meine Liebschaften auf dem Land Bescheid, wie?«

»Nein, nein, keineswegs. Wir haben natürlich gewußt, daß Sie nach Caravale gereist sind. Aber es war wohl Mr. Chin, der damals in Charters Towers gewohnt hat und übrigens ein beträchtliches Vermögen angesammelt hat und jetzt auch als Geldgeber für die Expedi ...«

»Herbert«, unterbrach sie ihn, »was wollten Sie mir eigentlich sagen?«

»Ach so, ja. Chin hat gehört, daß Sie mit Ben Buchanan verlobt sind, und zwar von Viehzüchtern, denn er pflegt den Umgang mit besseren Kreisen. Aber daß Sie die Verlobung aufgelöst haben und nach Bowen zurückgekehrt sind, hat Lew von Diamond erfahren.«

Seine Überraschung war ihm vollauf geglückt. Perfy errötete und stellte mit zitternder Hand ihr Glas ab. »Diamond? Wo haben Sie Diamond getroffen?«

»Auf dem Schoner. Habe ich Ihnen das nicht gesagt? Sie begleitet Lew zum Palmer.«

Allein in ihrem Zimmer brach Perfy in Tränen aus. Aus Wut? Oder aus Selbstmitleid? Was machte es schon für einen Unterschied! Jede Erklärung wäre ihr recht gewesen, wenn sie sich nur nicht hätte eingestehen müssen, daß sie Lew Cavour durch ihre eigene Dummheit verloren hatte. Als er vom Tod ihres Vaters erfahren hatte, hätte er die kurze Strecke nach Bowen zurücklegen und sie besuchen können. Aber er hatte sich nicht die Mühe gemacht. Wozu auch? Sie hatte Ben Buchanan vorgezogen und ihn damit vor den Kopf gestoßen. Wenn sie ihm nur erklären könnte, wie unwirklich ihr Aufenthalt auf dieser abgeschiedenen Farm gewesen war! Wenn sie sich nur entschuldigen und ihn um Verständnis bitten könnte! Wieder fing sie an zu weinen und hoffte inständig, Diamond würde ihm nie erzählen, warum sie, Perfy, sich von Ben Buchanan getrennt hatte; trotzdem würde Lew die zweite Wahl bleiben. Die Wahrheit … Wenn Diamond ihr nicht die Augen geöffnet hätte, wäre sie jetzt mit Ben verheiratet. »O mein Gott«, stieß sie unter Tränen hervor, »wie konnte ich nur so dumm sein?«

Der weitere Abend mit Herbert hatte sie größte Überwindung gekostet. Sie hatte sich nichts anmerken lassen dürfen und nicht gewagt, sich unter dem Vorwand von Kopfschmerzen zu entschuldigen, da Herbert sich so große Mühe gemacht hatte, den Abend nett zu gestalten. Dann hatten sich auch noch die O'Keefes zu ihnen gesellt und dem entzückten Herbert einen feinen Biskuitkuchen mit Schlagsahne und Passionsfrüchten darauf gebracht. Und wieso war Diamond überhaupt bei Lew? Wie konnte sie es wagen! Immer und immer wieder kreisten Perfys Gedanken um die beiden und raubten ihr den Schlaf. War Lew jetzt ihr Liebhaber? Warum auch nicht? Erst Ben, dann Lew. Sie stand auf und zündete die Lampe an. Ihr blieb nur eines. Sie mußte selbst zu diesem Palmer River. Andere Frauen hatten das auch schon geschafft. Herbert hatte ihr erzählt, daß auf Lews Schiff auch seine Freunde, die Bourkes, mitfuhren, auch die Mutter und die Tochter. Miss Bourke schien es Herbert recht angetan zu haben; er hatte sie als eine etwa zwanzigjährige, sehr anziehende Frau beschrieben. Frauen würde Lew also auch dort nicht entbehren müssen.

Perfy beschloß, Lew zu suchen und ihm alles zu erklären – daß sie Caravale verkaufen wollte, daß er von Anfang an recht gehabt hatte und sie gar nicht erst zu dieser Farm hätte fahren sollen.

Doch als die Morgendämmerung hereinbrach und den Himmel rötlich verfärbte, beruhigte Perfy sich und vermochte ihre Gedanken zu ordnen. Sie konnte nicht Hals über Kopf zum Palmer aufbrechen, das wäre eine weitere Fehlentscheidung. Herbert hatte recht, sie langweilte sich, weil ihr Liebe fehlte. Doch das hing nur von ihrer Einstellung ab. Als es draußen heller wurde, lauschte Perfy auf den Gesang der Vögel vor ihrem Fenster und lächelte. Es war an der Zeit, ihr Leben selbst in die Hand zu nehmen, anstatt immer andere für ihr Unglück verantwortlich zu machen; Zeit, erwachsen zu werden, ein eigenes Leben zu führen. Wenn sie Lew wirklich etwas bedeutete, würde er zurückkommen, und wenn nicht, dann war es eben vorbei.

Sam Tolley studierte den Brief von Cornelia Buchanan. Die Buchanans waren inzwischen die besten Kunden seiner Bank. Nachdem viele vermögende Viehzüchter zu anderen Banken in Townsville und Charters Towers abgewandert waren, hätte Tolley alles getan, um nicht auch noch Cornelia Buchanan zu verlieren. Aber das war schwierig. Perfy Middleton hatte alles durcheinandergebracht, und der Streit um Caravale würde sich zuspitzen. Tolley wollte keinesfalls zu den Verlierern gehören, und so beschloß er, Cornelia zu unterstützen, die eine gefährlichere Gegnerin als Perfy sein konnte.

Schon seit Wochen zerbrach er sich den Kopf, wie die Schwierigkeiten zu überwinden wären. Zwar wollte Perfy verkaufen, jedoch nicht an die Buchanans. Es waren ihm die verschiedensten Gerüchte zu Ohren gekommen. Es hieß, Jack Middletons Tod sei nicht auf einen Unfall zurückzuführen. Dann war auch eine finstere Geschichte im Umlauf, wonach Ben Buchanan etwas mit einem schwarzen Mädchen gehabt haben sollte, aber derlei Dinge hörte man hier oft. Und manche Leute behaupteten, jemand habe das Farmhaus absichtlich angezündet. Tolley hätte zu gern erfahren, was wirklich passiert war. Doch Perfy verlor darüber kein Wort, und wie er von seiner Frau erfahren hatte, war Alice einfach nur froh, daß ihre Tochter wieder zu Hause war. Aus Caravale machte sich die Mutter ohnehin nichts.

Er hatte Alice, der Vernünftigeren von beiden, vorgeschlagen, den Buchanans ein Vorkaufsrecht einzuräumen. Sie hörte ihm aufgeschlossen und vorbehaltlos zu, doch Perfy blieb unnachgiebig. Da war nichts zu machen.

Cornelia tat ihm leid. Ben hatte sich zu den Schürfstellen am Gilbert River aufgemacht und sie mit der ganzen Verantwortung für die Farm allein gelassen. Allerdings hatte er ihr alle Vollmachten gegeben, um Löhne und Rechnungen zu bezahlen, denn auf den Goldfeldern konnte einem leicht etwas zustoßen. Es war aber auch nicht das erste Mal; schon als die beiden Söhne in jenem tragischen Sommer nach Brisbane geritten waren, hatte Cornelia alle Bankvollmachten besessen. Anfangs hatten Cornelia und Ben sich geweigert, einen Kredit bei ihm aufzunehmen, mit dem sie die Middletons hätten auszahlen können. Vergeblich hatte er den beiden, die geradezu Angst vor Hypotheken hatten, zu erklären versucht, daß das Viehgeschäft durch den Goldrausch einen beachtlichen Aufschwung erleben werde. Tolley war mit Krediten sehr zurückhaltend, aber bei Viehzüchtern machte er in diesen Zeiten gerne eine Ausnahme. Viele von ihnen waren jetzt sogar in der Lage, das Land zu kaufen, das sie bislang nur gepachtet hatten.

Inzwischen war Cornelia jedoch damit einverstanden, einen größeren Kredit aufzunehmen. Seine Bank würde an den Zinsen ganz gut verdienen, aber diese störrische Perfy wollte einfach nicht an Cornelia verkaufen! Einige Viehzüchter hatten sich bereits bei ihm erkundigt, ob der riesige Besitz geteilt werden würde und die eine Hälfte dann zum Verkauf stünde. Aber für Cornelia kam das gar nicht in Frage. Sie drohte damit, Kaufwillige über den Haufen zu schießen, falls sie auch nur einen Fuß auf den Grund der Buchanans setzten. Außerdem hatten die benachbarten Viehzüchter den Buchanans ihre volle Unterstützung zugesagt. Sie hatten Mitleid mit Cornelia, die erst ihren Sohn, dann die Hälfte ihres Besitzes verloren hatte und hilflos mit ansehen mußte, wie Ben auf der verzweifelten Suche nach Gold die Farm im Stich ließ.

Die derzeitige Lage gefiel ihnen ganz und gar nicht, und sie hatten Tolley und anderen Geschäftsleuten in Bowen klar gemacht, daß sie in dieser Angelegenheit eine Klärung erwarteten. Mit Schaudern dachte Tolley daran, daß diese Viehzüchter Bowen in den Ruin treiben, es in eine Geisterstadt verwandeln konnten. Es ging ihm nicht nur um die Bank; er besaß auch Grundstücke, die unmittelbar an der Hauptstraße lagen.

Wenn die Viehzüchter samt ihren Angestellten und Familien der Stadt fern blieben, würden es alle zu spüren bekommen, die am Hafen und auf den Märkten ihr Geld verdienten.

Und all das nur wegen einer eigensinnigen jungen Frau. Na schön. Er hatte sie gewarnt. Der Erwerb des Hauses und die Haushaltskosten hatten die Ersparnisse der Middletons aufgezehrt. Zwar hatte er Perfy einen Kredit bewilligt, da sie Caravale als Sicherheit bieten konnte, aber jetzt war Schluß, jetzt würde er sie zur Kasse bitten. Perfy war allerdings ein zäher Verhandlungspartner. Sie hatte darauf hingewiesen, daß ihr die jährlichen Einnahmen der Farm zur Hälfte zustünden, und diese müßten jetzt ausbezahlt werden. Wie er einräumen mußte, hatte sie damit recht. Aber Cornelia redete sich darauf hinaus, daß die Buchführung Bens Angelegenheit sei und die Einnahmen erst nach seiner Rückkehr abgerechnet werden könnten. Perfy würde nur zu ihrem Geld kommen, wenn sie rechtliche Schritte einleitete.

Ihr Anwalt in Brisbane, Jauncy, hatte sich zur Ruhe gesetzt, und sein Partner Bascombe wollte sich nicht mit solchen Streitereien befassen. Er hatte ihr schlicht geraten, ihren Anteil zu verkaufen, wobei er einen Preis von zwölftausend Pfund für angemessen hielt; die jährliche Ausschüttung solle sie sich auszahlen lassen, wenn die Buchführung abgeschlossen sei. Aber was wußte denn schon ein Anwalt aus Brisbane? Auch ohne das Haus war Caravale mit seinem ganzen Viehbestand wesentlich mehr wert als vierundzwanzigtausend. Wenn es den Buchanans gelang, den Anteil zu dem Preis zurückzukaufen, den Bascombe genannt und Perfy gebilligt hatte, dann konnten sie von Glück reden. Doch der Preis selbst war schon problematisch. Hier wurde ein riesiges Stück Land zu einem Spottpreis angeboten, Und wenn der falsche Käufer zugriff, stand das Schicksal der ganzen Stadt auf dem Spiel.

Wie konnte Perfy es nur wagen, sich mit Cornelia Buchanan anzulegen! Tolley hielt große Stücke auf Cornelia, die mit gutem Recht ihr Land gegen solche Emporkömmlinge verteidigte. Wenn Jack Middleton noch am Leben gewesen wäre, hätte er diesem Unfug Einhalt geboten. Der Bankdirektor seufzte. Seine letzte Hoffnung war dieser Dummkopf Herbert, Perfys Freund. Er kam bei den Damen gut an, dieser Mr. Watlington. Wenn für ihn etwas dabei heraussprang, war er vielleicht genau der Richtige, um Perfy zu einem Geschäft zu überreden …

Ein dunkles Gefühl der Vorahnung beschlich den sonst so arglosen Herbert. Was konnte Tolley diesmal nur von ihm wollen? Er hatte keine Schulden. Es war, gelinde gesagt, ärgerlich, so früh geweckt und in Tolleys Büro gerufen zu werden. Der Kerl glaubte wohl, über Bowen und all seine Einwohner nach Lust und Laune verfügen zu können. Na, der sollte erst mal warten. Herbert kleidete sich sorgfältig an und nahm in aller Ruhe ein Frühstück ein, ehe er sich in die drückende Hitze des Morgens begab. Dieser ewig blaue Himmel wurde ihm langsam unerträglich. Er sehnte sich nach einem richtigen Winter. Würde er jemals wieder den Wechsel der Jahreszeiten erleben, sich über die ersten Vorboten des Frühlings freuen? Hier gab es keinen Frühling, oder zumindest hatte er noch nie etwas davon bemerkt.

Während er die Hauptstraße entlangging, versuchte er, die Ursache seines Trübsinns zu ergründen. Vielleicht hatte es wieder etwas mit Caravale zu tun. Was hatte Alice Middleton neulich zu ihm gesagt? »Ich glaube, die Leute schneiden uns in letzter Zeit, Herbert.«

Frauen kamen manchmal auf sonderbare Gedanken, aber das war doch ein starkes Stück. »Meine liebe Alice, wie kommen Sie denn auf diese Idee?« hatte er gefragt.

»Haben Sie zum Beispiel gewußt, daß man uns im Krankenhaus nicht mehr braucht?«

»Darüber können Sie sich doch nicht beklagen. Sie haben Ihre Arbeit eben getan.«

Aber Alice schüttelte den Kopf. »Es kommt niemand mehr bei uns vorbei, und wir werden von keinem mehr eingeladen.«

Herbert sah zu, wie sie den Tisch für den Nachmittagstee deckte. »Wenn ich mich recht entsinne, hat meine verwitwete Tante auch einmal etwas Ähnliches gesagt«, erzählte er fröhlich. »Als nach dem Tod ihres Ehemanns die Trauergäste verschwunden waren, stellte sie erstaunt fest, daß sie aus den gewohnten Kreisen ausgeschlossen wurde. Das liegt daran, daß die Gastgeberinnen unsinnigerweise darauf bedacht sind, immer ebenso viele Herren wie Damen an ihrem Tisch zu haben. Meine Tante Edith hat sich sehr darüber geärgert, sie hat sich beschwert, sie würde nur noch als halber Mensch angesehen werden.«

»Und wie ist es dann weitergegangen?«

»Das weiß ich nicht, ich habe zu dieser Zeit England verlassen. Aber vielleicht haben wir es hier mit derselben Erscheinung zu tun. Sie und Perfy sind recht hübsche Damen. Die armen Frauen der Gesellschaft in Bowen haben wahrscheinlich die Türen vernagelt vor lauter Angst, ihre Männer könnten Ihren Reizen erliegen.«

Alice lachte. »Sie sind wirklich zu nett, Herbert, aber ich glaube, man kann das nicht so einfach abtun. Eigentlich sollte ich mir über so etwas keine Gedanken machen, aber ich tue es trotzdem. Es war schön, Freunde hierzuhaben. Jetzt sind Sie der einzige, der noch vorbeikommt.«

»Das wird sich schon wieder ändern. Die Dorfleute haben manchmal ihre Marotten, das wissen Sie ja.«

Perfy kam herein. Sie hatte das Gespräch offenbar mitgehört. »Ihr seid beide Engländer, ich nicht«, sagte sie verärgert. »Ich weiß nichts über Dörfer, erzählt mir doch davon.«

Herbert war überrascht von Perfys bitterem Tonfall. Er stand auf, als sie sich an den Tisch setzte, und blickte Alice hilfesuchend an, doch diese wandte sich ab und goß den Tee ein.

»Mutter und ich waren am Sonntag auf dem Gemeindefest«, sagte Perfy wütend, »und alle haben uns geschnitten! Keiner, der mit uns geredet, sich zu uns gesetzt oder uns einen Platz angeboten hätte. Als ob wir unsichtbar wären! Hat sie Ihnen das auch erzählt?«

»Hm, nein ...« fing Herbert an, doch Perfy fiel ihm ins Wort. »Also, was habt ihr vorhin über Gastgeberinnen gesagt?«

Da mischte Alice sich ein. »Jetzt ist's aber genug! Entschuldigen Sie, Herbert, ich hätte gar nicht erst davon reden sollen. Wahrscheinlich bilden wir uns das alles nur ein.«

»Nicht, daß es von Bedeutung wäre«, meinte Perfy. »Mir sind diese Leute gleichgültig. Wir haben so schon genug Sorgen. Hast du Herbert gesagt, daß wir pleite sind, Mutter?«

Herbert betupfte sich mit seiner Serviette die Lippen. »Sie? Das kann doch gar nicht sein«, erwiderte er schließlich.

»Doch! Wir haben kein Geld mehr. Die Bank gewährt uns auf Caravale keinen Kredit mehr. Mit dem Geld, das wir hatten, haben wir dieses Haus gekauft und etwa ein Jahr lang unseren Lebensunterhalt bestritten. Ein richtiges Einkommen haben wir ja nicht. Der Anwalt in Brisbane verlangt seine Gebühren, und wir können in keinem einzigen Laden in der Stadt anschreiben lassen. So, und jetzt stehen wir da und haben keinen verdammten Penny mehr in der Tasche!«

»Perfy! Wie redest du denn!« ermahnte Alice ihre Tochter, die den Einwand jedoch mit einer Handbewegung abtat.

»Das Wasser steht uns bis zum Hals, oder wie würden Sie das nennen, Herbert?«

Er nickte und wünschte im selben Augenblick, er hätte mit

seinen Goldfunden nicht so geprahlt. Als Gentleman sollte er den Damen seine Hilfe anbieten, doch sein Bankguthaben belief sich nur noch auf wenige hundert Pfund. Er hatte sogar schon mit dem Gedanken gespielt, wieder zu den Goldfeldern zu ziehen. »Wäre Ihnen mit hundert Pfund geholfen?« hörte er sich sagen. »Dafür wären wir Ihnen sehr dankbar«, erwiderte Perfy. »Und Sie können sich darauf verlassen, daß Sie das Geld auch zurückbekommen.«

Für Herbert stand außer Zweifel, daß die mißliche Lage der Middletons mit dieser Farm zusammenhing. Vor ein paar Tagen waren einige Viehzüchter mit ihren Frauen in die Stadt gekommen und im Bellevue Hotel abgestiegen. Wie Herbert erfahren hatte, befand sich auch Mrs. Cornelia Buchanan unter ihnen. Er fragte sich, ob Perfy davon wußte, beschloß jedoch, dieses Thema nicht anzuschneiden.

Wollte Tolley ihn jetzt erneut davor warnen, Perfy beim Verkauf behilflich zu sein? Eine weitere Drohung in Ben Buchanans Namen aussprechen? Dieses unverschämte Pack! Wenn er einen Käufer auftreiben könnte, würde er ihn persönlich zu Perfys Haus tragen. Vielleicht war es tatsächlich keine Einbildung, wenn die beiden Frauen behaupteten, daß sie von allen so kühl behandelt wurden. Diese Rinderbarone besaßen viel Macht, es war anzunehmen, daß sie Druck ausübten, so wie es mancher Großgrundbesitzer auch zu Hause in England tat. Das würde auch erklären, warum Perfy von der Bank keinen Kredit mehr erhielt. »Allmächtiger!« sagte er leise zu sich und ärgerte sich, daß er an diese Möglichkeit nicht früher gedacht hatte. Er entschuldigte sich bei Tolley nicht dafür, daß er über eine Stunde zu spät kam. Doch das schien dem Bankdirektor bemerkenswerterweise nichts auszumachen. Im Gegenteil, er ließ Kaffee bringen und bot Herbert eine teure kubanische Zigarre an. »Nein, danke«, sagte Herbert. »Nun, worum geht es? Ich habe heute noch einiges zu erledigen.«

»Selbstverständlich«, flötete Tolley. »Kommen wir gleich zur Sache. Herbert, ich brauche Ihre Hilfe. Eine geschäftliche Vereinbarung, Sie verstehen. Für Ihre Mitarbeit würde ich mich natürlich erkenntlich zeigen.«

»Was für eine geschäftliche Vereinbarung?«

»Tja, nun ...« Tolley zündete seine Zigarre an. »Haben Sie gewußt, daß Mrs. Buchanan in der Stadt ist?«

»Ich habe davon gehört.«

»Gut. Im wesentlichen geht es um folgendes: Mrs. Buchanan möchte Perfy auszahlen, aber Perfy will nicht an sie verkaufen.«

Herbert grinste. »Ich nehme an, daß Perfy nicht besonders gut auf die Buchanans zu sprechen ist.«

»Was völlig albern ist. Es geht hier um eine sehr ernste Angelegenheit.« Seine Stimme senkte sich zu einem vertraulichen Flüstern. »Den Viehzüchtern, den Freunden der Buchanans, gefällt Perfys Einstellung gar nicht.«

»Tatsächlich?« erwiderte Herbert lächelnd. »Wie schade.«

»Jedenfalls«, fuhr Tolley unbeirrt fort, »habe ich ihr klarzumachen versucht, daß diese Stadt auf das Wohlwollen der Viehzüchter angewiesen ist, und wissen Sie, was sie darauf gesagt hat?«

»Ich habe keine Ahnung.«

»Sie hat gesagt, wir sollten uns nicht von den Buchanans und ihresgleichen herumkommandieren lassen. Sie hat nicht die geringste Vorstellung davon, in welche Schwierigkeiten sie uns bringt. Glücklicherweise gibt es einen Ausweg aus dieser Misere.«

»So?«

»Wir möchten, daß Sie ihren Anteil kaufen. Ihnen würde sie ihn geben.«

Herbert starrte ihn an, dann brach er in Gelächter aus. »Womit denn? Meinen Sie, sie läßt sich mit Kieselsteinen bezahlen?«

»Um das Geld brauchen Sie sich keine Sorgen zu machen. Ich kümmere mich darum.«

»Wollen Sie damit sagen, daß Sie mir aus reiner Menschenfreundlichkeit das Geld für eine halbe Farm geben?«

»Leihen«, berichtigte Tolley.

»Das ist ein beachtlicher Kredit, mein Guter. Welcher guten Fee verdanke ich denn dieses Glück?«

Tolley räusperte sich. »Es ist ganz einfach, Herbert. Sie bekommen von mir das Geld, um Perfy auszuzahlen. Inzwischen haben wir in Bowen ja unser eigenes Grundbuchamt, der Eigentümerwechsel kann also unverzüglich eingetragen werden. Dann verkaufen Sie wiederum an die Buchanans. Sie werden natürlich eine Prämie in angemessener Höhe erhalten.«

Herbert zog eine Augenbraue hoch. »Man bezeichnet den Gewinn aus einem rechtmäßigen Verkauf nicht als Prämie, mein Herr. Wie hoch wird Ihrer Ansicht nach der Gewinn bei einem Wiederverkauf sein?«

»Zweihundert Pfund«, erwiderte Tolley eifrig.

»Das ist nicht gerade viel für eine derartige Gefälligkeit«, murmelte Herbert.

»Zweihundertfünfzig«, bot Tolley an.

»Dreihundert«, sagte Herbert.

»Na schön, meinetwegen dreihundert. Ich habe den Vertrag zwischen Ihnen und Miss Middleton schon vorbereitet. Unterschreiben Sie hier. Dann lasse ich Perfy unterschreiben, und diese Schwierigkeit ist aus der Welt geschafft.« Er reichte Herbert einen Federhalter und sah zu, wie dieser seinen Namen unter den Vertrag setzte. »Sie werden es nicht bereuen, Herbert, glauben Sie mir.«

»Natürlich«, meinte Herbert. »Aber ich denke, es wäre klüger, wenn ich mich selbst an Perfy wende. Sonst wundert sie sich, warum ich ihr nicht schon vorher etwas von meinen Kaufabsichten gesagt habe.«

Tolley zögerte. »Da haben Sie wahrscheinlich recht.«

»Sie können doch nicht einfach bei ihr hereinplatzen und sie damit überfahren. Schreiben Sie mir nur den Scheck aus und geben Sie mir den Vertrag, und ich kaufe den Grund für Sie.« Samuel Tolley war sehr zufrieden.

Als Perfy den Vertrag gelesen hatte, schlug sie zornig mit der Faust auf den Küchentisch. »Für wie dumm halten Sie mich eigentlich, Herbert Watlington? Wieviel zahlt Ihnen Cornelia Buchanan dafür, daß Sie den Strohmann spielen und morgen an sie verkaufen?«

»Dreihundert Pfund«, erwiderte er lachend. »Leichtverdientes Geld. Sie wahren das Gesicht, die Stadt bleibt vom Zorn der Viehzüchter verschont und so weiter.«

»In Gottes Namen, Perfy, unterschreib«, drängte ihre Mutter. »Ich habe genug von all dem Ärger. Wir brauchen das Geld, wir können es uns nicht leisten, wählerisch zu sein.«

»Nein, ich unterschreibe nicht. Es würde schließlich auf dasselbe hinauslaufen. Tut mir leid, Herbert, ich hoffe, Sie verstehen mich.«

Herbert nickte freundlich. »Lassen Sie sich das Ganze ein paar Tage durch den Kopf gehen, dann sehen wir weiter. Treffen Sie keine vorschnellen Entscheidungen.«

»Ja, denk mal in Ruhe darüber nach, Perfy«, meinte auch Alice.

*

Als Herbert zu Tolley zurückschlenderte, um ihm mitzuteilen, daß Perfys Entscheidung noch ausstand, freute er sich schon darauf, ihm einen Denkzettel zu verpassen. Wie konnte er von ihm, Herbert Watlington, annehmen, daß er seine Freunde hintergehen würde? Und das zugunsten eines Kerls, der ihn einmal mit Drohungen einzuschüchtern versucht hatte? Herbert mochte es nicht, wenn man ihm drohte. Versonnen lächelte er vor sich hin. Nein, er würde Perfy und Alice unter keinen Umständen betrügen, aber wenn ihm erst einmal Caravale gehörte, würden Tolley und seine Bande es mit einem härteren Gegner zu tun haben als mit zwei wehrlosen Frauen.

Er tippte an seinen Hut, um im Vorbeigehen ein paar Bekannte zu grüßen. »Ehrenwerter Mr. Tolley«, sagte er zu sich, »man hat es nicht gern, wenn man unterschätzt wird. Am wenigsten von einem Kerl, der einmal als einfacher Kassierer angefangen hatte.«

Cornelia konnte ihren Aufenthalt in Bowen nicht genießen, obwohl die Hotelangestellten sehr zuvorkommend waren und sie und ihre Freunde hübsche Zimmer mit einem herrlichen Ausblick aufs Meer bewohnten. Solange die Sache mit Caravale nicht geregelt war, erschien ihr alles andere unwichtig. Die Chesters von der Twin-Hills-Farm verstanden es, schwungvolle Feste und nette Picknicks zu veranstalten, und Aggie Lamond von Merri Creek schien sich mit aufwendigen Tischgesellschaften und Tanzabenden hervortun zu wollen. Sie alle konnten nicht nachempfinden, was Cornelia durchgemacht hatte. Wenn sie sich auch bemühten, sie aufzumuntern, ging es ihnen letztlich nur um ihr eigenes Vergnügen; Cornelias Sorgen waren ihnen gleichgültig. Jim Chester hatte ihr gesagt, Samuel Tolley würde sich schon zu seinem eigenen Nutzen darum kümmern, die Sache in Ordnung zu bringen. Hoffentlich, aber wann? Jetzt hielten sie sich schon eine Woche in der Stadt auf, und es war noch immer nichts geschehen. Tolley meinte lediglich, die Verhandlungen seien im Gange.

Wie lange brauchte man, um einen Vertrag zu unterschreiben?

Hatte jemand dem Mädchen einen Wink gegeben? Nein, das war unwahrscheinlich. Tolley hatte Cornelia versichert, der Zwischenkäufer sei ein verläßlicher Mensch, ein junger Engländer ohne Geld und Arbeit. Geld bedeutete solchen Leuten alles, was Cornelia schon daran feststellte, daß der Bursche sich erdreistet hatte, eine Belohnung in Höhe von dreihundert Pfund zu verlangen. Dabei hatte sie Tolley angewiesen, höchstens bis zweihundert zu gehen. Aber darum würde sie sich später kümmern. Hatte der Engländer Perfy erst einmal ihren Anteil abgeluchst und ihn an die Buchanans weiterverkauft, würde sie ihm zweihundert Pfund geben, ob es ihm nun paßte oder nicht. Das war immer noch eine ganze Menge für jemanden, der nur als Mittelsmann aufzutreten brauchte. Für hundert Pfund konnte sich der Kerl hier schon zwei Häuser kaufen. Nein, auf seinen Wucherpreis würde sie sich nicht einlassen. Den ganzen Vormittag hatte Cornelia nun schon vergeblich auf eine Nachricht von Tolley gewartet, aber jetzt hatte sie genug. Sie würde selbst zu Perfy gehen. Wie man mit Miss Middleton umgehen mußte, wußte sie besser als diese Leisetreter.

Perfy erschien selbst an der Tür. »Mrs. B ... Buchanan!« stotterte sie überrascht.

»Ja, meine Liebe. Wie geht es Ihnen denn? Entschuldigen Sie, daß ich so unangemeldet vorbeikomme, aber ich habe mir gedacht, wenn ich schon in Bowen bin, muß ich Sie doch wenigstens besuchen.« Entschlossen trat sie vor, und Perfy hatte keine andere Wahl, als sie einzulassen.

»Kommen Sie doch bitte herein.«

»Danke, meine Liebe. Ein nettes Haus haben Sie, und so schöne hohe Decken. Ich beneide Sie wirklich um die frische Seeluft hier. Seit wir an der Küste sind, bin ich praktisch ständig auf den Beinen, all die gesellschaftlichen Verpflichtungen, wissen Sie.« Sie ließ sich von Perfy ins vordere Wohnzimmer geleiten. »Hier in Bowen ist soviel los, ständig Abendgesellschaften und alle möglichen Unterhaltungen. Ich habe nach Ihnen Ausschau gehalten, weil ich mir gedacht habe, so eine hübsche junge Dame müßte doch auch eingeladen werden.« Sie rückte sich die Kissen auf dem Sofa zurecht und setzte sich.

»Und so wunderbare Möbel haben Sie, richtige Meisterstücke. Wo haben Sie die denn gekauft?«

»Sie waren schon im Haus«, murmelte Perfy, ehe sie ihre ganze Kraft zusammennahm und fragte: »Mrs. Buchanan, was kann ich für Sie tun?«

»Meine Güte, Perfy, was ist denn das für eine Begrüßung? Setzen Sie sich erst mal, Sie sind ja ganz durcheinander. Ich sage Ihnen, auf der Farm haben Sie gesünder ausgesehen.«

Alice Middleton trat ein, und Perfy atmete erleichtert auf.

»Mutter, das ist Cornelia Buchanan.«

»Nennen Sie mich Cornelia. Ich freue mich, Sie kennenzulernen, Mrs. Middleton. Ich habe schon so viel von Ihnen gehört.« Perfys Mutter gab eine förmliche Erwiderung und setzte sich auf die Kante eines Stuhls; offensichtlich wollte sie sich nicht auf eine längere Unterhaltung einlassen. Sie blickte Perfy an, doch da ergriff Cornelia schon das Wort.

»Das letzte Jahr war für uns alle eine schreckliche Zeit; Sie, Mrs. Middleton, haben Ihren Mann verloren, und ich, die ich schon verwitwet bin, meinen liebsten Sohn, und deshalb wollte ich vorbeikommen und Ihnen meine Aufwartung machen.« Sie seufzte. »Aber es hat keinen Sinn, die Vergangenheit heraufzubeschwören. Es liegt mir aber auch besonders am Herzen, Ihnen, Perfy, zu sagen, daß ich Ihnen wegen der plötzlich aufgelösten Verlobung mit Ben nicht böse bin.« Sie machte eine müde, verzagte Handbewegung. »So etwas kommt selbst in den besten Kreisen vor.«

»Ja«, erwiderte Alice. Cornelia glaubte, einen schroffen Unterton herauszuhören.

Sie wandte sich an Perfy. »Nun, meine Liebe, wir müssen uns wirklich einmal über die Farm unterhalten. Sie waren ja schon auf und davon, ehe wir ausführlicher darüber reden konnten. Ich kann Ihnen, weiß Gott, keinen Vorwurf daraus machen, das Haus war ja zerstört. Es war einer von diesen abtrünnigen Schwarzen, wissen Sie? Ich war völlig außer mir,

Mrs. Middleton, als ich mitansehen mußte, wie über mir mein geliebtes Haus abgebrannt ist. Wilde Schwarze sind immer gefährlich, es war nicht die erste Farm, die sie niedergebrannt haben. Hier in Bowen sind Sie sicherer, Perfy. Wir im Westen haben gelernt, mit solchen Gefahren umzugehen.«

Keine der beiden Frauen erwiderte etwas darauf, und Cornelia empfand ihr eisiges Schweigen als Beleidigung. Sie hätte gern einen Schluck getrunken, man hätte ihr wenigstens einen Sherry anbieten können. Aber was konnte man von so ungehobelten Leuten schon erwarten?

»Schön, daß Sie Ihren Anteil an Caravale nun verkaufen wollen, Perfy. Glauben Sie mir, so ist es auch das Beste. Darcy hätte es auch so gewollt. Mein lieber Darcy, er fehlt mir so sehr.« Sie wischte mit einem spitzenbesetzten Taschentuch die Tränen aus ihren Augen und prüfte mit einem Blick in den Wandspiegel gegenüber den Sitz ihres vornehmen schwarzen Hutes. Er sah recht beeindruckend aus mit seiner breiten Krempe und den Bändern aus schwarzer Seide und dünnem Seidenkrepp; darüber prangte eine Goldbrosche mit einem kleinen Ring aus glänzenden schwarzen Perlen.

»Haben Sie noch den Vertrag, den Mr. Tolley Ihnen in meinem Namen gegeben hat?« fragte sie.

»Ach den, ja«, sagte Perfy kühl. »Es kommen ja dauernd irgendwelche Verträge ins Haus.«

»So? Davon weiß ich nichts, meine Liebe«, erwiderte Cornelia und achtete sorgfältig darauf, nichts von dem Engländer zu erwähnen, auf den sie nur im Notfall zurückgreifen wollte. »Aber es gibt nur einen Vertrag, den Sie in Betracht ziehen sollten, den, wonach Sie Ihren Besitz an die Buchanans zurückgeben.«

»An Ben Buchanan, wenn ich mich recht erinnere«, berichtigte Perfy.

»Genau. Wenn Sie jetzt so freundlich wären, ihn zu unterschreiben und mir zu geben, dann kümmere ich mich darum, daß Ihnen noch heute der gesamte Betrag ausgezahlt wird. Der Scheck ist voll gedeckt.« Mit einem gewinnenden Lächeln fügte sie hinzu: »Das ist eine Menge Geld. Sie und Ihre Mutter sind dann gut versorgt.«

Darüber hätte sich die Mutter freuen sollen, doch sie blieb ungerührt. Statt dessen sah sie Cornelia mit starrem Blick an. Die Frau kam ihr irgendwie bekannt vor, doch sie wußte nicht, woher. Vielleicht war es nur wegen ihrer abweisenden Haltung. Cornelia hatte vor Mae schon zahlreiche andere Haushälterinnen gehabt, die ihrer Herrin gegenüber meist ebenso feindselig eingestellt gewesen waren. Mrs. Middleton hatte ihr graues, drahtiges Haar zu einem Knoten aufgesteckt, der ihr überhaupt nicht stand, und ihre wettergegerbte Haut hatte offenbar noch nie einen Tupfer Creme gesehen, auf die eine Dame in diesem Land nicht verzichten konnte. Kein Wunder, daß sie sich unbehaglich fühlte, wenn sie einer gepflegten Frau gegenübersaß. »Das ist ein ganz wunderbarer Stoff an diesem Fenster«, bemerkte Cornelia. »Der braune Samt paßt gut zu den cremefarbenen Gardinen. Haben Sie sie selbst genäht?«

»Nein«, antwortete Alice trocken.

»Mrs. Buchanan«, sagte Perfy, »Sie wissen ganz genau, daß ich an Ben nicht verkaufe.«

»Soll das heißen, daß Sie mehr wollen?« fragte Cornelia in bewußt vorwurfsvollem Ton. »Mehr können Sie nicht verlangen, das wissen Sie doch.«

»Es ist nicht wegen des Geldes, sondern wegen seines Verhaltens. Ich verkaufe nicht an ihn. Sie beide haben versucht, mich hinters Licht zu führen, die Folgen haben Sie sich selbst zuzuschreiben. Sie glauben, Sie können sich rücksichtslos über alles und jeden hinwegsetzen, aber da haben Sie sich gewaltig geirrt.«

»Da bin ich allerdings anderer Ansicht«, erwiderte Cornelia gereizt und widerstand der Versuchung, ihre Handschuhe auszuziehen. »Wenn Sie nicht Vernunft annehmen wollen, werden Sie schon sehen, was Sie davon haben. Zufällig weiß ich, daß Sie kein Geld mehr haben und daß die Leute in der Stadt Ihnen übelnehmen, daß Sie ihnen solche Schwierigkeiten bereiten.« Ihr Tonfall wurde schärfer, doch das war ihr gleichgültig; wenn sie Perfy ein paar ungeschminkte Wahrheiten ins Gesicht sagte, würde diese sich zumindest eher auf das Geschäft mit dem Engländer einlassen. »Jeder weiß, daß Sie meinen Sohn Darcy kaum gekannt haben. Meine Söhne haben in den besten Kreisen von Queensland verkehrt, sogar mit dem Gouverneur höchstpersönlich. Und alle haben sich gefragt, wie es kommt, daß Darcy an ein Hausmädchen gerät!« Mit Genugtuung sah Cornelia, wie Perfy zusammenzuckte und errötete; jetzt würde sie mit ihr abrechnen. »Unsere Freunde fragen sich auch zu Recht, wie Sie meinen Sohn dazu gebracht haben, daß er Ihnen sein Erbe vermacht.« Drohend erhob sie den Zeigefinger. »Haben Sie Darcy etwa verführt? Ich neige zu der Vermutung, daß Sie gar nicht das brave kleine Mädchen sind, das Sie uns immer vorgespielt haben – zumal ich erfahren habe, daß Sie hier in Bowen noch einen anderen Mann gehabt haben, einen Seefahrer noch dazu.«

»Wie können Sie es wagen!« entsetzte sich Perfy, doch wider Erwarten schwieg ihre Mutter.

Cornelia fühlte sich durch das Schweigen bestätigt und fuhr fort: »Und wie war das mit Ben? Wahrscheinlich haben Sie auch ihn verführt. Das dürfte Ihnen unter unserem Dach auch nicht schwergefallen sein. Ich muß sagen, ich finde das alles sehr niederträchtig und gemein. Diese Sache mit Ihrem schwarzen Mädchen – keiner hat ihr auch nur ein Wort geglaubt, bloß Sie. Und ich weiß auch genau, warum. Weil Sie selbst mit Ben geschlafen haben, und Ihr stürmischer Abgang war nichts weiter als die Wut einer Eifersüchtigen.«

Blaß vor Entsetzen sprang Perfy auf. »Verlassen Sie auf der Stelle mein Haus!«, schrie sie. »Sie sind die abscheulichste ...«

»Nein, Augenblick mal«, wurde Perfy von ihrer Mutter unterbrochen. Lächelnd, ja sogar lachend, ging Alice zum Kaminsims, wo ihre Brille lag, setzte sie sich auf und nahm Cornelia in Augenschein. Schließlich brach sie in ein fröhliches, dröhnendes Gelächter aus. »Eine prächtige Vorstellung«, sagte sie schließlich zu Cornelia. »Du mußt ja jahrelang dafür geübt haben, Nellie.«

»Wie bitte?« erwiderte Cornelia herablassend.

»Ach, blas dich doch nicht so auf, Nellie«, entgegnete Alice. »Die ganze Zeit habe ich dagesessen und nachgedacht, woher ich dich kenne, und jetzt weiß ich's. Du bist Nellie Crabtree. Eine richtig feine Dame!« Sie wandte sich zu Perfy. »Sie ist weder fein noch eine Dame, sie kommt genau wie ich aus Bethnal Green. So ziemlich das schlimmste Elendsviertel in ganz London, so was hast du noch nie gesehen, Perfy. Unsere Nellie hier war unter anderem ein Langfinger, eine Taschendiebin.«

»Das muß ich mir wirklich nicht bieten lassen«, ereiferte sich Cornelia und griff nach ihrer Handtasche. »So unverschämte Lügen habe ich ja noch nie gehört.«

»Mach mal halblang! Vorhin hast du geredet, jetzt bin ich dran. Du und dein Freund Clem Bunn, ihr wart zwei richtig gemeine Schufte. Ich muß es ja wissen, Clem Bunn war schließlich mein Vetter. Du hast ihn geheiratet, oder es zumindest geglaubt. Tatsächlich war er schon mit Hetty Cornish verheiratet, aber als sie die Schwindsucht bekommen hat, hat er sie nicht mehr brauchen können. Und so hat er sich mit dir zusammengetan. Er hat von dir geschwärmt, du hättest Hände wie Samt. Als sie ihn erwischt haben, hat er dir ausrichten lassen, du sollst die Kaution stellen, damit er rauskommt. Aber du hast dich mit all seinen Sachen aus dem Staub gemacht.« Alice lachte. »Bist einfach mit seinem Geld durchgebrannt und hast ihn sitzenlassen. Was aus Clem dann geworden ist, weiß ich nicht.«

Erstaunt sah Perfy zu Cornelia. »Er ist auf Caravale begraben, nicht wahr? In diesem namenlosen Grab. Ich bin mir ganz sicher.«

Cornelia wankte zur Tür. Sie mußte weg von hier! Alices Enthüllung hatte sie so in Schrecken versetzt, daß sie schon fast vergessen hatte, warum sie eigentlich gekommen war. Clem Bunn war schon immer verheiratet gewesen! Jetzt erinnerte sie sich auch an die magere, kränkliche Hetty Cornish. Seine Frau! O Gott, nein! Und sie hatte ihn erschossen, obwohl es gar nicht nötig gewesen wäre. Sie war nie seine Frau, sie war rechtmäßig mit Teddy verheiratet gewesen!

Sie stürzte zur Haustür hinaus und rannte über die Veranda. Clem Bunn hatte für seine Lügen mit dem Leben bezahlt. Und der Mord an ihm hatte sie um Caravale gebracht!

Ein Mann kam ihr am Gartentor entgegen, doch sie schob ihn beiseite und stolperte auf die Straße hinaus. Mit gesenktem Kopf hastete sie weiter, blieb dann aber plötzlich vor einer Taverne stehen, wo sie einem Burschen Geld gab, damit er ihr eine Flasche Gin kaufte. Nachdem sie die Flasche bekommen und in ihrer großen Handtasche verstaut hatte, eilte sie ins Bellevue Hotel; die Leute, die sie in der Empfangshalle grüßten, beachtete sie gar nicht. Auf ihrem Zimmer bereitete sie sich einen starken Drink. Der Geist von Clem Bunn war wieder hinter ihr her, sie spürte seine teuflische Gegenwart überall. Jetzt wußte sie, daß Clem Bunn, der Geist von Clem Bunn, ihr Haus niedergebrannt hatte. Aber sie würde nicht klein beigeben. Wenn sie wieder nach Caravale zurückgekehrt war, würde sie sein Grab zerstören lassen. Mit zitternden Händen schenkte sie sich noch einmal ein.

»Wer in aller Welt war denn das?« fragte Herbert. »Die ist ja weggerannt, als wäre der Teufel hinter ihr her.«

»Der war auch hinter ihr her«, erwiderte Alice lachend. »Das war Cornelia Buchanan.«

»Aha. Ich nehme an, daß die Damen noch nicht handelseinig geworden sind.«

»So ist es«, bestätigte Perfy, die immer noch damit beschäftigt war, das eben Gehörte zu verdauen.

»Nein, Perfy«, verkündete ihre Mutter. »Ich habe genug von all dem. Ich bin froh, daß Sie gekommen sind, Herbert. Perfy ist jetzt bereit, den Vertrag zu unterschreiben.«

»Nein, ich werde nicht unterschreiben«, beharrte Perfy.

»Doch, das wirst du«, erwiderte Alice. »Cornelia hat nun ihre wohlverdiente Strafe bekommen, und das reicht. Herbert ist immer nett zu uns gewesen, und du solltest dich wenigstens dadurch erkenntlich zeigen, daß du an ihn verkaufst. So kann er immerhin einen kleinen Gewinn machen.« Trotz Perfys ungerührter Miene fuhr Alice fort: »Du hast mir nie erzählt, wie es zum Bruch zwischen dir und Ben gekommen ist, aber langsam komme ich dahinter. Also, entweder verkaufst du die Farm oder du ziehst hin und lebst dort. Ich möchte mein eigenes Leben führen. Wenn wir kein Geld haben, dann suche ich mir eben eine Arbeit, aber ich habe keine Lust, noch mal von vorne anzufangen.«

Perfy ließ sich schließlich erweichen. »Entschuldige, Mutter, es tut mir leid. Ich habe nicht gewußt, daß dir das so nahe geht.«

»Wir haben für dein Erbe teuer bezahlt, Perfy. Diese Farm hat uns nichts als Unglück gebracht, und jetzt muß Schluß sein. Sieh zu, daß du sie loswirst.«

In Herberts Anwesenheit unterschrieb Perfy den Vertrag. »Mutter hat recht. Ich bin froh, daß dann alles vorüber ist. Haben Sie den Scheck dabei, Herbert?«

»Natürlich«, sagte Herbert und zog seine Brieftasche heraus. »An Ihrer Stelle würde ich ihn sofort bei der Bank einlösen, ehe Mrs. Buchanan es sich noch anders überlegt.« Er überreichte Perfy einen Scheck über zwölftausend Pfund. »Ein gutes Gefühl, nicht wahr?«

»Wunderbar«, seufzte Alice. »Gott, wie bin ich erleichtert!«

Samuel Tolley war entzückt. Er ging sofort zu Cornelia, um ihr die gute Nachricht zu überbringen, daß ihr Plan geklappt hatte. Doch Cornelia war unpäßlich, und so schlenderte er ins Palace Hotel, wo Herbert die Gäste im Salon mit seinem Klavierspiel unterhielt. »O'Keefe zahlt Ihnen doch hoffentlich etwas für Ihre Darbietung?« erkundigte sich Tolley in ungewöhnlich liebenswürdigem Ton.

»Es würde mir nicht im Traum einfallen, etwas dafür zu verlangen«, meinte Herbert lächelnd. »Trinken Sie doch ein Gläschen Brandy mit mir. Er ist ganz ausgezeichnet.«

»Jetzt nicht, ich muß gleich wieder weg. Ich wollte Ihnen nur zu Ihrem Erfolg gratulieren. Ich habe von Anfang an gewußt, daß Sie es schaffen werden.«

»Es war nicht sonderlich schwierig, mein Lieber. Und wie geht es jetzt weiter?«

Tolley zog einen Stuhl heran und setzte sich neben Herbert. »Ich habe die Besitzurkunden als Sicherheit bei mir behalten. Die bekommt jetzt das Grundbuchamt, dort wird dann Ihr Name eingetragen. In den nächsten Tagen gehen Sie dann ins Amt – ich habe darauf gedrängt, daß die Papiere möglichst rasch fertiggestellt werden –, holen die Besitzurkunden ab und bringen sie zu mir, damit ich Ihren Verkauf an die Buchanans vorbereiten kann.«

»Und mir dreihundert Pfund zahlen«, erinnerte Herbert ihn.

»Selbstverständlich. Die bekommen Sie dann sofort.« Tolley erhob sich. In seiner Hochstimmung überlegte er sich, ob er nicht doch noch einen Schluck mit Herbert trinken sollte, doch es war Zeit, die Bank zu schließen. Er klopfte Herbert auf die Schulter. »Ein hübsches Stück spielen Sie da. Was ist das?« Herbert fuhr mit dem Chopin-Walzer fort. »Ach, das habe ich mal geschrieben. Freut mich, wenn es Ihnen gefällt, Samuel.«

Es war an der Zeit, in die Heimat zurückzukehren. Er vermißte London und auch die anderen europäischen Großstädte, die ihn immer schon in ihren Bann gezogen hatten. Dieses Land war für seinen Geschmack zu rauh, zu unzivilisiert. Da ihm lange Abschiede verhaßt waren, nahm er sich vor, Perfy und ihrer Mutter von unterwegs zu schreiben und ihnen alles Gute zu wünschen.

Gleich nachdem er mit Tolley zum erstenmal über den Verkauf der Farm gesprochen hatte, hatte Herbert sich nach den Abfahrtszeiten der Schiffe, die im Hafen lagen, erkundigt. Wie er erfahren hatte, sollte das Handelsschiff *Goodwill*, das über Batavia nach Kalkutta fuhr, in wenigen Tagen ablegen. Also bliebe ihm noch genügend Zeit, um sein letztes Geschäft in Australien abzuschließen.

Als die *Goodwill* den Hafen verließ und in Richtung Norden auf die Whitsundays zusteuerte, bat Herbert den ersten Offizier, er möge ihn darauf aufmerksam machen, wenn der Endeavour River und das neugegründete Dorf Cooktown in Sicht kamen.

»Wir werden dort aber nicht vor Anker gehen, Sir«, gab der Offizier zu bedenken. »Unter gar keinen Umständen. Durch diesen neuen Hafen wird das ganze Palmer-Gold hinausgeschleust. Angeblich gibt es in diesem Fluß Gold in rauhen Mengen. Wenn wir dort anlegen, verschwindet die halbe Mannschaft auf Nimmerwiedersehen.«

»Ich hatte eigentlich nicht vor, an Land zu gehen«, erwiderte Herbert. »Wollte nur zum Abschied hinüberwinken. Als Geste sozusagen. Ich habe Freunde dort.« Er lächelte milde. »Ich hoffe, Sie haben einen größeren Vorrat an guten Weinen. Ich bin nämlich sehr wählerisch.«

»Sie werden bestimmt zufrieden sein, Sir. Unser Käpt'n ist Holländer und legt Wert darauf, daß es an nichts fehlt.«

»Ein Holländer, sehr aufschlußreich. Ich freue mich schon, ihn kennenzulernen. Amsterdam soll heutzutage ja einiges an Vergnügungen zu bieten haben.«

»Ja, Sir, wenn man Geld hat.«

Herbert nickte wehmütig. »Tja, daran scheitert es meistens.« Es war besser, wenn die Mannschaft nichts von dem Gold erfuhr, das er hinter einem Verschlag in seiner abgesperrten Kabine versteckt hatte.

Während der Offizier sich wieder an seine Arbeit machte, lehnte sich Herbert an die Reling und betrachtete lächelnd den grünen Streifen Land, dem er so viel verdankte. Zu gern hätte er Tolleys Gesicht gesehen, wenn dieser herausfand, daß sein »Strohmann« die Besitzurkunden für Caravale abgeholt und Perfys ehemaligen Anteil noch am selben Tag weiterverkauft hatte. Fung Wu, der alte Chinese, der ihm und Lew einmal Geld geliehen hatte, zögerte nicht lange, wenn er ein gutes Geschäft witterte. Trotzdem hatten sie noch tagelang über den Preis gefeilscht. Und als Herbert dem Chinesen die Besitzurkunden vorlegte, beharrte dieser darauf, erst deren Rechtmäßigkeit überprüfen zu lassen.

»Das ist Ihr gutes Recht«, hatte Herbert in freundlichem Ton erwidert, als sich Fung Wu für diese Unhöflichkeit entschuldigte. »Ich nehme es Ihnen nicht übel, aber beeilen Sie sich bitte.« Die *Goodwill* sollte nämlich noch am selben Tag auslaufen.

Schließlich hatten sie sich auf einen Preis von zwanzigtausend Pfund geeinigt, der in Gold ausgezahlt werden sollte, weil der Chinese den Banken nicht traute.

Herbert hatte seine Aufregung kaum noch verbergen können, als die chinesischen Diener das Gold mit kleinen Messingwaagen abwogen und seltsame Eintragungen in ihre Schriftrollen pinselten. Um Herbert eine Gefälligkeit zu erweisen, verstauten sie die Nuggets sorgfältig in einer kleinen Ledertasche. Dann unterzeichneten beide Seiten den Vertrag, wobei Fung Wu seinen Namen sogar auf Englisch schrieb. Zuvor hatte er zwei Passanten hereingebeten, um die Unterschriften zu bezeugen. Herbert zeigte sich beeindruckt von Fung Wus Vorsicht. Die beiden fühlten sich geschmeichelt, als Zeugen unterschreiben zu dürfen; und vollends zufrieden waren sie, als Fung Wu jedem ein Schälchen vorzüglichen Schnapses anbot, um auf den Vertragsabschluß anzustoßen.

Als die beiden gegangen waren, verbeugte sich Fung Wu vor Herbert. »Ich möchte Sie nicht länger aufhalten. Wenn Sie Ihr Schiff verpassen, könnten Sie in ernsthafte Schwierigkeiten geraten, und dies gilt es zu vermeiden.«

»Was für ein Schiff?« fragte Herbert unschuldig.

»Mr. Watlington«, erwiderte Fung Wu geduldig, »Ihre Angelegenheiten sind auch die meinen. Aber das sollte Sie nicht weiter beunruhigen. Zwei meiner Männer werden Sie zum Hafen begleiten, damit Sie mit dem Gold unbehelligt das Schiff erreichen. Und ich habe mit dem Kapitän vereinbart, daß er unverzüglich nach Ihrer Ankunft ablegt.«

Er geleitete Herbert an die Tür seines Hauses, das er in der Nähe des Mondtors erbaut hatte. »Ich würde Ihnen nicht raten, jemals zurückzukehren, Mr. Watlington«, sagte er. Plötzlich wurde Herbert von Gewissensbissen gequält. Er mochte diesen schlauen alten Mann.

»Ich hoffe, ich habe Sie nicht in Schwierigkeiten gebracht.«

»Um mich brauchen Sie sich keine Sorgen zu machen. Wenn Sie mit irgendwelchen anderen Herren seltsame Abmachungen treffen, so ist das Ihre Sache. Meine Geschäfte sind völlig rechtmäßig. Dies ist ein großer Tag für meine Familie, die nun Teilhaber an einem so angesehenen Unternehmen ist. Ich habe über diese Farm Erkundigungen eingezogen. Ich glaube, so viele Rinder gibt es in ganz China nicht.«

Und er hatte natürlich recht gehabt. Als Herbert an Bord war, legte die *Goodwill* ab.

Teil 9

1

Sie waren keineswegs die ersten. Als sich der Schoner langsam in die Mündung des Endeavour River vortastete, konnte Lew die Geschicklichkeit des Kapitäns nur bewundern. Er ließ ein Beiboot vorausfahren, das die Wassertiefe auslotete. Das war ein kniffliges Unterfangen, und Lew erkannte neidlos an, daß selbst er es nicht besser hätte machen können.

Das Südufer des Endeavour war bereits übersät mit Zelten und roh gezimmerten Hütten. Einige der in der Mündung liegenden Schiffe stammten aus China. Aber das war zu erwarten gewesen, dachte Lew. Die Chinesen mußten bei ihrer Fahrt entlang der Küste nach jedem Anzeichen auf eine Siedlung Ausschau gehalten haben, und dies war die erste nach Somerset. Ohne es zu wissen, hatten sie mit diesem Ort das große Los gezogen. Landeinwärts flimmerten grüne Berge unter der sengenden Sonne, und Lew lief ein Schauer über den Rücken. Wieder überkam ihn diese eigenartige Erregung, als er daran dachte, daß hinter der Bergkette schon der Palmer River lag. Es war eine Ironie des Schicksals, daß er und Chin Ying auf ihrer Fahrt von China nach Australien an genau dieser Stelle vorbeigesegelt waren. Die Passagiere hatten die kurze Reise gut überstanden. Die mageren, aber zähen Kulis hockten auf dem Deck beisammen und plauderten, während sie die wenigen Auserwählten beobachteten, die sich um die Pferde kümmern durften, was als große Ehre galt. Ihr unablässiger Frohsinn beeindruckte Lew. In China hatte er das als selbstverständlich hingenommen, doch in dieser veränderten Umgebung kam ihm ihre stille Schicksalsergebenheit nicht mehr erbärmlich, sondern bewundernswert vor. Dennoch konnte er verstehen, daß Perfy sich bei ihrer ersten Begegnung mit diesen Männern darüber entsetzt hatte, daß sie allem Anschein nach wie Lasttiere behandelt wurden. Perfy konnte sich eben einfach nicht vorstellen, welche Menschenmassen in China lebten. Ein Kuli schätzte sich glücklich, wenn er Arbeit hatte; denn ansonsten war er vom Hungertod bedroht, und kaum einem gelang es, in einen höheren Stand aufzusteigen.

Die Aborigines in diesem Land würden niemals Kulis werden; den Europäern hier war diese Vorstellung fremd, und die Eingeborenen waren voller Groll auf die Weißen und deswegen kaum gewillt, für sie zu arbeiten. Viele Schwarze bekämpften die Eindringlinge noch immer bis aufs Blut und machten den Weißen am Rande der Siedlungsgrenze mit ihren Überfällen das Leben zur Hölle. Erstaunlicherweise schien die übrige Welt nichts von den erbitterten Kämpfen zu wissen, die im australischen Hinterland tobten. Lew fragte sich, wie die Schwarzen in dieser Region sich den Goldsuchern gegenüber verhalten würden. Hoffentlich waren sie ihnen freundlich gesonnen. Denn diesmal gab es keine erprobte Route. Sie würden sich allein zum Palmer durchschlagen und sich mit den Eingeborenen gut stellen müssen, falls sie welchen begegneten.

Er betrachtete Diamond, die vorne am Bug des Schiffes stand und den Blick über die Küste schweifen ließ. Vielleicht lebte ihr Volk wirklich in dieser Gegend. Ying hielt es für möglich, doch Diamond war sich inzwischen selbst nicht mehr sicher. Da die Küste überall gleich aussah, würde es ihr schwerfallen, allein mit ihren Kindheitserinnerungen eine bestimmte Stelle wiederzuerkennen. Über Perfy hatte sie kaum etwas zu sagen gehabt, nur daß die beiden beschlossen hatten, sich zu trennen. Aber Lew war sich sicher, daß mehr dahintersteckte. Perfy hätte Diamond doch nicht einfach so im Stich gelassen! Andererseits betonte Ying, Diamond habe sich aus freien Stükken zur Prostitution entschlossen. »Jeder braucht Geld«, hatte er gesagt. »Warum sollte eine Schönheit wie sie sich mit dem unwürdigen Dasein eines unbezahlten Dienstmädchens zufriedengeben? Sie verfügt über den Reiz des Fremden. In China wäre sie nicht nur ein Diamant, sondern eine kostbare schwarze Perle, und sie könnte dort eine äußerst angesehene Konkubine werden.«

Lew sah zu Chin Ying hinüber, der wie üblich Hof hielt. Diesmal waren es die Bourkes, die hingebungsvoll seinen Weisheiten lauschten. Der Mann hätte Lehrer werden sollen, dachte Lew; sein Freund liebte den »Diskurs«, wie er es nannte, mit Fremden. Lew ärgerte sich noch immer darüber, daß die beiden Bourke-Frauen darauf bestanden hatten, mitzukommen. Hier war einfach nicht der richtige Platz für sie. Aber Cooktown würde sich sicher rasch zu einer Goldgräberstadt entwickeln, und dann würden die beiden Frauen bestimmt genug weibliche Gesellschaft finden.

Inzwischen wurde das Schiff von einigen verspielten Tümmlern begleitet, und als Lew nach achtern ging, um sie besser beobachten zu können, geriet er unversehens in Hörweite der anderen Reisenden. Sie sprachen über Diamond.

»Dieses Mädchen macht mir Angst«, sagte Mrs. Bourke. »Ich möchte ihr lieber nicht in die Quere kommen.«

»Das ist doch Unsinn«, widersprach ihre Tochter Marie. »Ich finde sie sehr nett und auch immer ausgesprochen höflich.«

»Das schon«, entgegnete ihre Mutter. »Aber sie hat etwas Furchteinflößendes an sich. Etwas Böses …«

Chin Ying hob abwehrend die Hände. »Nein, nein! Nichts Böses. Was Sie abstößt, ist lediglich ihre andersartige sittliche Haltung. Sie teilt nicht Ihre christliche Grundeinstellung. Diamonds Verhaltensweise ist unvermittelter und ursprünglicher.«

»Das habe ich ja gemeint«, pflichtete Mrs. Bourke ihm eilends bei. »Sie ist eine Heidin.«

Lew, der ihnen den Rücken zugewandt hatte, mußte grinsen. Jetzt war sie Ying auf den Leim gegangen. Er hörte, wie der Chinese seufzte und erwiderte: »Ich gehöre ebenfalls nicht dem christlichen Glauben an. Würden Sie mich auch als Heiden bezeichnen?«

Mrs. Bourke, die sich ihrer taktlosen Bemerkung bewußt wurde, murmelte verlegen eine Entschuldigung. Lew wandte sich ab.

»Nun, Diamond?« sagte er, als er sich zu ihr an den Bug gesellte. »Ist das deine Heimat?«

Diamonds Blicke wanderten aufgeregt hin und her. »Ich glaube schon. Doch, ich bin mir beinahe sicher. Von der Küstenlandschaft her kann ich es nicht sagen, sie sieht überall gleich aus, aber nur ein kleines Stück weiter im Landesinneren müßte ein großer Wasserfall sein. Und wenn ich mich nicht irre, ist es dieser Fluß ... Geben Sie acht, halten Sie sich von diesem Fluß fern.«

»Was meinst du?« fragte Lew. Schließlich hatten er und Ying vor, mit dem Beiboot zuerst den Endeavour River zu erkunden. Auf diese Weise könnten sie am schnellsten eine geeignete Route ausarbeiten, falls die Goldgräber, die schon früher angekommen waren, noch keine gefunden hatten. Lew befürchtete, daß Ying und ihm nichts anderes übrigbleiben würde, als auf gut Glück einen Weg ins Landesinnere zu suchen.

»Krokodile«, antwortete Diamond. »Wenn das der Fluß ist, den ich meine, dann wimmelt es hier von diesen Bestien.« Sie erschauderte. »Das, was dem armen Mr. Middleton zugestoßen ist, möchte ich nicht noch einmal miterleben müssen.«

»Nun«, meinte Lew, »wir werden sehen.«

Da sich die Nachricht vom Gold des Palmer durch den Telegraphen in Windeseile verbreitet hatte, war Cooktown praktisch über Nacht aus dem Boden geschossen. Einige Tage vor Yings und Lews Ankunft hatte bereits der Dampfer *Leichhardt* an die hundert Goldgräber an Land gesetzt, und gerade fuhr auch der bewaffnete Schoner *Pearl* in die Flußmündung ein. Die Regierung handelte rasch; mittlerweile wußten die Behörden in Queensland, wie bei einem Goldrausch vorzugehen war. Der Regierungsbeauftragte Howard St. George war schon im Amt und wurde von einer Polizeitruppe unterstützt. Doch trotz der Anwesenheit der Ordnungskräfte herrschte große Aufregung in der Stadt, denn die Eingeborenen hatten sich als alles andere als friedfertig erwiesen. Schon einige der leichtsinnigen Goldgräber, die sich zu weit von ihren Lagern entfernt hatten, waren unbekannten Angreifern zum Opfer gefallen.

Nachts flackerten auf den umliegenden Hügeln zu Hunderten die Feuer der Eingeborenen – eine offene Herausforderung an die weißen Eindringlinge.

Während Yings Kulis das Schiff entluden und die Zelte aufschlugen, berief Ying eine Versammlung seiner Gruppe ein. Er verkündete, daß er die Frauen unter keinen Umständen noch weiter mitnehmen würde, und damit meinte er auch Diamond. Die Gefahren, erklärte er, seien weitaus größer, als er angenommen hatte.

»Die Frauen können doch nicht alleine zurückbleiben«, wandte Bourke ein.

»Dann bleiben Sie mit ihnen hier, Jim. Das ist Ihre Sache, nicht meine.«

Der Regierungsbeauftragte MacMillan, der eine Vorhut anführen und den Weg von Cooktown zum Palmer markieren sollte, weigerte sich ebenfalls, Marjorie und Marie Bourke mitzunehmen. Und so saß die Familie Bourke in Cooktown vorübergehend fest.

Zufrieden beobachtete Lew, wie die erste Expedition loszog; für ihn und Ying würde es bequemer sein, wenn sie nach dem Ausladen der Vorräte und der Ausrüstung nur der Fährte dieser Männer folgen mußten. MacMillan ritt mit ein paar

Männern voran, und die größere Anzahl der Goldsucher folgte ihnen zu Fuß. Alle waren sie mit Snider-Gewehren und Colts bewaffnet und trugen ihre schweren Reisebündel und Werkzeuge auf dem Rücken. Wagen wurden nicht mitgenommen, denn sie würden die Gruppe nur behindern. Besorgt dachte Lew daran, daß Ying nicht genügend Feuerwaffen für die Kulis mitgenommen hatte.

Ying blieb jedoch ungerührt. »Die Kulis werden von uns beschützt, und meine Diener werden sie alle mit Messern ausrüsten. Was mir mehr Kopfzerbrechen bereitet, sind die Vorräte. Ich frage mich, ob sie ausreichen.«

»Es sind nur zweihundertfünfzig Kilometer«, meinte Lew. »Das müßte in einer Woche zu schaffen sein. Wenn ein Goldrausch ausbricht, werden schon bald darauf Läden und Gasthäuser eröffnet. Wir können dann zurückkommen und uns mit neuen Vorräten eindecken. Heute sind bereits weitere Schiffe angekommen, in der Flußmündung herrscht schon fast soviel Betrieb wie in einer Hafenstadt.«

Später, als sie sich auf dem anstrengenden Marsch zum Palmer durch den Busch kämpften, mußte Lew an seine zuversichtlichen Worte zurückdenken.

»Und was ist mit Diamond?« fragte Ying. »Ich bin froh, daß die anderen Frauen hierbleiben. Diamond müssen wir aber mitnehmen, weil sie uns von Nutzen sein kann.«

»Kommt gar nicht in Frage. Sie bleibt hier.«

»Ich komme auf jeden Fall mit«, beharrte Diamond. »Sie können mich nicht aufhalten, Lew.«

»Rede keinen Unsinn, Diamond. Weißt du denn, wo du hier bist? Du kannst nicht einfach so durch den Busch laufen und die Gegend erkunden, wenn dich keiner beschützt. Und wir dürfen keine Zeit verlieren.«

»Wenn ich vielleicht doch jemanden von meinem Volk finde ...«

»Um Himmels willen, sieh dich mal um, Diamond. Wir sind

nicht in Townsville oder Charters Towers. Hier ist kein einziger Aborigine, und wenn wir auf einen stoßen, wird er seinen Speer für sich sprechen lassen. Es ist zu spät, Diamond, sogar wenn das dein Volk sein sollte. Am besten winkst du ihnen zum Abschied aus der Ferne zu und bereitest dich auf deine Heimreise vor.«

In jener Nacht saß Diamond allein vor dem Lagerfeuer. Sie hatte furchtbare Angst, nicht nur um sich selbst, sondern um all die Menschen, die in den Bergen lebten. Sie hatte das Gerede dieser grausamen Männer gehört, als sie ihre Gewehre poliert und geladen hatten; alle prahlten sie damit, wie viele Aborigines sie bei den bevorstehenden Gemetzeln abschlachten würden. »Von den schwarzen Bastarden soll mir bloß keiner in die Quere kommen! Die würden sich wundern, wie wenig sie mit ihren Speeren gegen Gewehre ausrichten können!«

Diamond haßte sie alle, auch Lew Cavour. Nur Mr. Chin war klüger, er wollte mit Diamonds Hilfe eine Verbindung zu diesem Volk aufnehmen, mit ihnen sprechen und eine Vereinbarung treffen, wonach seine Leute das Stammesgebiet ungehindert durchqueren durften. Daß dies durchaus möglich wäre, stand für Diamond außer Frage. Doch Lew hatte kein Vertrauen zu ihr. Als sie sich darüber bei Mr. Chin beschwerte, wollte dieser keine Beschwerde über Lew hören.

»Er ist nur um deine Sicherheit besorgt. Ich war einfach zu blauäugig. Ich habe gedacht, wir würden hier wie in den Städten auf Schwarze stoßen, die uns Auskunft über dein Volk geben könnten. Aber wie du siehst, haben wir keine Möglichkeit, mit den hiesigen Stämmen eine Verbindung aufzunehmen. Es ist traurig, aber ich glaube, Lew hat recht. Bleib lieber bei den Bourkes, bis wir mehr darüber wissen, wem dieses Land gehört.«

Diamond lächelte. »Wem dieses Land gehört«, hatte er gesagt, und dafür war sie ihm dankbar. Es war das erste Mal, daß jemand, der kein Aborigine war, die Dinge beim Namen nannte. Dieses Land gehörte einem Stamm, und wenn nicht den Irukandji, dann einem anderen. Mr. Chin erkannte das an. Im Gegensatz zu den anderen hatte er begriffen, daß dies das Land der Aborigines war. Er wollte lediglich das für die Eingeborenen ohnehin wertlose Gold holen und sie ansonsten in Frieden lassen. Für die anderen Goldgräber hatte Diamond nur Verachtung übrig. Mitleid und Erbarmen kannten sie nicht; und sie würden ihren Weg zum Palmer notfalls auch mit Leichen pflastern.

Das fahle Licht des aufgehenden Mondes ließ die weißen Zelte vor dem dunklen Hintergrund der Berge aufleuchten; Diamond erschienen sie in dieser heißen, schwülen Nacht wie Fremdkörper am Rande des Urwalds. Im Lager herrschte jetzt Ruhe, denn die Männer waren müde. Sie arbeiteten hart, fällten Bäume, hackten und sägten Holz und schleppten Frachtgut von den Schiffen. Weiße, denen die Hitze zu schaffen macht, dachte Diamond. Sie lauschte auf die Geräusche des Urwalds, das Quieken kleiner Tiere, den gelegentlichen Warnschrei aufgeschreckter Vögel, das Quaken der Frösche. Als ein paar betrunkene Goldgräber vorüberwankten, hielt Diamond sich ganz still und griff nach ihrem Messer. Doch die Männer bemerkten sie nicht. In der Ferne hörte sie das Tosen der Meeresbrandung, das ihr jetzt jedoch näher erschien und irgendwie anders vorkam, eher wie ein langes, fortwährendes Rauschen. Sie lauschte auf dieses Geräusch, das in der Stille der Nacht deutlich zu vernehmen war. Das war der Wasserfall, der große Wasserfall bei den beiden Schwester-Felsen, ganz ohne Zweifel!

Leise schlich sie in das Zelt, das ihr Mr. Chin zur Verfügung gestellt hatte. Nicht einmal hier gab es für sie einen Platz unter den Weißen, nicht bei den Frauen und schon gar nicht bei den Männern. Doch das kümmerte sie jetzt nicht mehr. Sie leerte ihre Leinentasche aus und ging damit zum Vorratszelt, wo sie beinahe mit Yuang Fu zusammengestoßen wäre, der sein Gewehr auf sie gerichtet hatte.

»Ich bin's nur«, rief sie und wich erschrocken zurück. Der Diener sah so grimmig aus wie ein asiatischer Ringkämpfer.

»Ich brauche Proviant«, erklärte sie. Zu ihrer Erleichterung senkte er die Waffe, blieb jedoch vor dem Zelteingang stehen. »Bitte sagen Sie Mr. Chin, daß ich fortgegangen bin, um mein Volk zu suchen. Sie müssen ihn deshalb nicht aufwecken. Sagen Sie es ihm morgen früh, er wird es verstehen. Hören Sie mir eigentlich zu, Mr. Yuang?« fragte sie den ausdruckslos dreinblickenden Chinesen.

»Ja, Miss.«

»Kann ich also etwas zu essen mitnehmen?«

Er trat beiseite und reichte ihr eine brennende Laterne. »Was wollen Sie denn haben, Miss?«

»Tja, ich weiß auch nicht ...« Unschlüssig blieb sie in dem großen Zelt vor den hoch aufgetürmten Kisten und Packen stehen, doch schließlich nahm sie sich etwas Pökelfleisch, Äpfel und Orangen, einen Laib Brot und ein paar Keksdosen. Das würde genügen. Daß sie wie zu einem Picknick aufbrach, mochte leichtsinnig erscheinen, doch Diamond wußte, welche Gefahren ihr drohten.

»Sagen Sie Mr. Chin, daß ich zurückkomme, sobald ich kann«, meinte sie, bevor sie sich abwandte, dann fügte sie noch hinzu: »Wenn ich nicht zurückkomme, würden Sie ihm in meinem Namen für alles danken, was er für mich getan hat?«

»Ja, Miss.«

Allerdings erfuhr Chin Ying von ihrem Fortgehen, noch ehe Diamond im Busch verschwand, der die Siedlung von der Außenwelt abschnitt. Nachdem seine Diener ihn so leise geweckt hatten, daß der daneben schlafende Lew Cavour nicht wach geworden war, trat der Chinese vor das Zelt und blickte zu den unheilverkündenden Feuern hinauf, die in der Finsternis wie tiefstehende Sterne funkelten. »Du hast richtig gehandelt«, sagte er zu Yuang Fu. »Es ist ihre Bestimmung. Niemand kann sagen, was am Ende dabei herauskommt.«

Als Lew am Morgen feststellte, daß Diamond verschwunden war, geriet er außer sich. Im ganzen Lager suchte er nach ihr. In der Annahme, es hätte sie vielleicht jemand verschleppt, rüttelte er mehrere mürrische Matrosen und verärgerte Goldgräber aus dem Schlaf. Doch letztlich mußte er einsehen, daß sie aus freien Stücken in den Busch gegangen war.

Er war verzweifelt. »Sie werden sie umbringen. Wenn ich wüßte, welche Richtung sie eingeschlagen hat, würde ich ihr nachgehen, aber wo soll ich denn in diesem schrecklichen Urwald nach ihr suchen?«

»Vielleicht ist es gut so«, versuchte Marie Bourke ihn zu trösten. Sie hatte Lew schon immer weitaus anziehender und reizvoller gefunden als Herbert.

»Es ist dumm und gefährlich«, fuhr er sie an. »Womöglich kommt sie da draußen ums Leben!«

Gerade in diesem Augenblick erkannte Marie Bourke, daß sie nun einen ihrer größten Fehler begangen hatte. Sie hätte sich an Herbert halten sollen, der ein Auge auf sie geworfen hatte. Aber sie hatte sich ja unbedingt Lew Cavour in den Kopf gesetzt. Ihre Mutter hatte recht gehabt. »Wenn überhaupt, dann bekommt den nur eine ganz besondere Frau unter die Haube. Du solltest dich mit Herbert zufriedengeben. Er ist ein Gentleman und nicht so schwierig wie Lew.«

Sie fragte sich, wo Herbert nun wohl sein mochte.

2

Ein einsamer Falke schwebte am blassen Morgenhimmel. Auf seinen Schwingen ließ er sich von der warmen Luft emportragen und spähte auf sein Revier hinab. Den scharfen Augen eines Falken entgeht nichts, dachte Diamond. Mit vorsichtigen Schritten bewegte sie sich durch die hohen Farne und das moosbewachsene Unterholz und kletterte durch den Regenwald hinauf zu den Wasserfällen. Sie fragte sich, wie lange es dauern würde, bis die wachsamen Männer ihres Stammes die unverhoffte Besucherin bemerken würden.

Als sie sich im Mondlicht mühsam einen Weg durch das Gestrüpp des Tieflands gebahnt hatte, war sie noch ängstlich gewesen und bei jedem Geräusch zusammengezuckt. Doch als das erste Licht der Morgendämmerung durch die Bäume fiel und sie mit dem Aufstieg begann, überkam sie Heiterkeit. Sie, Kagari, erkannte nun die vertrauten Gerüche wieder, den süßen Duft, der in der Luft lag. Mit geübter Leichtigkeit wich sie den heimtückischen Gruben und Wasserläufen aus, die oft von Farn überwuchert waren. Schon manches Kind, erinnerte sie sich, war schreiend in eine dieser Fallen gestürzt; es mußte rasch wieder herausgeholt werden, da dort unten oft Schlangen lauerten. Bedrückt dachte sie daran, daß diese Löcher auch unschuldigen Pferden, die man darüber hinweg trieb, zum Verhängnis werden konnten.

Kookaburras schrien einander zu, und Kagari erwiderte ihre Jubelrufe. Endlich kam sie nach Hause! Es hatte so lange gedauert, aber bald würde sie ihre Familie und ihre Stammesgenossen wiedersehen. Welch eine Freude würde herrschen! Sie malte sich aus, wie sie mit offenen Armen und Freudentränen empfangen wurde, wie sich alle aufgeregt und erstaunt um sie drängten. An vereinzelten Felsblöcken vorbei, die aus der lang vergangenen Traumzeit stammten, erreichte sie die Weggabelung; hier wußte jedes Kind, daß der eine Pfad zu den Ungeheuern des Flusses führte, und der andere, den sie gekommen war, zum Meer.

Die riesigen grauen Granitfelsen wirkten furchteinflößend, und es kostete Kagari erstaunlich viel Mühe, zwischen ihnen hindurch zu klettern. Als sie keuchend weiterstolperte, wich ihre Zuversicht einer bangen Unruhe. Wenn sie nun an Fremde geriet? Könnte sie sich überhaupt verständlich machen? Und würde man ihr zuhören? In diesen Kleidern konnte man sie leicht für eine Weiße halten. Was wußte ihr Volk von Hautfarben? Sie wunderte sich, daß sie daran nicht schon früher gedacht hatte. Rasch zog sie ihr Kleid und ihre Bluse sowie Schuhe und Strümpfe aus und verbarg sie zwischen den Wurzeln eines alten Feigenbaums, dessen Stamm sie mit ihrem Messer kennzeichnete. Sie riß den breiten Spitzensaum von ihrem Unterrock und blickte sich verschämt um. Ihn, das ärmellose Baumwollunterhemd und den Schlüpfer wollte sie wenigstens anbehalten, da sie nicht den Mut aufbrachte, sich noch weiter auszuziehen. Da erinnerte sie sich, wie sie ihre Kleider in Fetzen gerissen hatte, damit Ben bei seinem verzweifelten Versuch, Mr. Middleton zu retten, Verbandsstoff hatte. Als sie daran dachte, wie sie ihre Brüste entblößt hatte, errötete sie. Aber das war schließlich ein Notfall gewesen.

Ben. Noch immer dachte sie voller Wehmut an ihn zurück. Bei den Männern in Mr. Chins Haus hatte sie immer nach einer ähnlichen Leidenschaft gesucht, doch niemals gefunden. Und so war es für sie bald zu einer bedeutungslosen Angelegenheit geworden, mit diesen Männern zu schlafen, die nur möglichst rasch ihr Verlangen befriedigt haben wollten. Seltsamerweise fanden sie es aufregender, ihr beim Ausziehen zuzusehen, als ihren nackten Körper zu betrachten. Keiner von ihnen konnte sich mit Ben vergleichen. Nur er hatte sie mit wahrer Leidenschaft geliebt. Womöglich hatte sie ihm doch etwas bedeutet, zumindest ein wenig.

Nachdem sie einen Apfel gegessen hatte, machte sie sich wieder auf den Weg. Ständig auf der Hut vor möglichen Überraschungen zog sie sich an den Baumstämmen die steile Böschung hinauf. Wenn sie den Gipfel des Wasserfalls erreicht hatte, würde sie zu den Höhlen weitergehen. Alles, was die Aborigines brauchten, waren Nahrung und ein Unterschlupf, sinnierte sie, doch in der Welt der Weißen benötigte man so vieles mehr, in erster Linie Geld. Sie schob einige dicht herabhängende Zweige beiseite und schrie auf. Ein weiß bemaltes Gesicht starrte ihr entgegen!

Der Mann packte sie grob am Arm und drängte sie gegen einen Baum. Dann griff seine große Faust nach ihrem Unterhemd, und er schüttelte sie hin und her.

»Halt«, rief sie unwillkürlich auf Englisch und schubste den verwirrten jungen Schwarzen zurück. »Irukandji!« herrschte sie ihn an. Er ließ von ihr ab und sah sie erstaunt an.

»Irukandji«, rief sie noch einmal, diesmal schwang jedoch Angst in ihrer Stimme mit. Was, wenn er kein Irukandji war? Wenn er dieses Wort noch nie gehört hatte? Wie konnte sie ihm entkommen?

Aufgeregt fuhr er mit der Zunge über seine Lippen und nickte. »Irukandji«, dann fragend: »Irukandji?«

»Ja, ja, ja.« Kagari fiel ihm lachend um den Hals. »Irukandji. Ich bin Kagari.«

Verunsichert machte er sich von ihr los. Er war vielleicht sechzehn Jahre alt und zu jung, um sich an sie zu erinnern. Außerdem wußte er offenbar nicht, wie er sich unter diesen Umständen verhalten sollte. Doch gleich hatte er seine Fassung wiedergewonnen und richtete seinen Speer auf sie.

Um ihn zu beruhigen, lächelte sie ihn an und gab ihm mit ausgebreiteten Armen zu verstehen, daß er nichts von ihr zu befürchten hatte. Doch der junge Mann versetzte ihr unvermittelt einen kräftigen Stoß, der sie rücklings zu Boden warf. Im selben Augenblick packte er ihr Bein, verdrehte es mit einem heftigen Ruck und nahm ihr das Messer ab. Ihre Schulter schmerzte von dem Aufprall, und als sie versuchte, ihr Knie zu beugen, traten ihr Tränen in die Augen. »Mistkerl«, murmelte sie auf Englisch. Er stieß Kagari mit dem Speer an und bedeutete ihr, aufzustehen. Mit sichtlicher Zufriedenheit sah er, wie sie sich mühsam an einem Baumstamm hochzog, und sie erkannte, daß er sie absichtlich verletzt hatte, damit sie nicht weglaufen konnte. Der kräftig gebaute und schlanke Bursche war etwa so groß wie sie und trug lediglich um die Hüften ein gebundenes Schnurgeflecht. Brust und Gesicht waren mit Schlamm beschmiert und mit großen weißen Punkten bemalt. Inzwischen wirkte er nicht mehr so furchteinflößend auf Kagari, doch sie wußte, daß sie auf der Hut sein mußte. Ihre Anwesenheit hatte ihn in Unruhe versetzt, und immer wieder spähte er in den Busch, um sich zu vergewissern, ob sie allein gekommen war.

Verzweifelt suchte sie nach Worten aus der Sprache ihrer Kindheit, doch sie wollten ihr einfach nicht einfallen. Und so humpelte sie weiter, vorangetrieben von der Speerspitze, die sich ihr in den Rücken bohrte. Die Schmerzen in ihrem Knie waren kaum auszuhalten und wurden durch die Steigung des Weges noch schlimmer, doch sie biß die Zähne zusammen. Mehrmals fiel sie hin, aber ihr Bewacher machte keine Anstalten, ihr aufzuhelfen. Was bin ich nur für eine Närrin, schalt sie sich. Sie hätte warten sollen, bis jemand mit den Aborigines in Verbindung trat. Dieser ungeduldige junge Kundschafter oder Krieger hatte noch nicht einmal deutlich gemacht, zu welchem Stamm er gehörte, er hatte lediglich das Wort »Irukandji« erkannt. Womöglich brachte er sie zu einem fremden Stamm. Aber sie mußte zu ihrer Familie, zu jemandem, der sie kannte.

Sie betrachtete ihre blutigen Hände, die sie sich aufgekratzt hatte, als sie im Dornengestrüpp nach Halt gesucht hatte. »Wogaburra«, sagte sie plötzlich und wandte sich zu dem Krieger um. Und mit einem mal sprudelten die vergessenen Worte aus ihr hervor. »Bring mich zu Wogaburra. Ich bin seine Tochter Kagari.«

Für ihn schien es offenbar ganz selbstverständlich, daß sie in seiner Sprache redete. »Dieser Mann ist tot. Geh weiter.«

»O nein«, seufzte sie. Zwar hatte sie diese Möglichkeit in Betracht gezogen, aber sie war trotzdem betroffen. »Luka, meine Mutter – kennst du sie?«

»Ja. Luka ist nicht tot.«

»Dann bring mich zu Luka.«

Er schüttelte den Kopf. »Du lügst.«

Sie richtete sich auf und blickte ihm in die Augen. »Dann führe mich zu Tajatella«, befahl sie kühn und hoffte insgeheim, daß dieser noch am Leben war. »Er ist mein Freund, und er wird dich bestrafen, wenn du mir etwas antust.«

Diese Worte gaben ihm zu denken. Verunsichert hielt er inne und stieß schließlich einen schrillen Pfiff ähnlich dem eines Vogels aus. Dann warteten sie.

Wie ein Spuk tauchten nach einer Weile weitere Männer aus dem Busch auf. Alle waren sie bemalt, und manche hatten zum Zeichen ihres Ranges kleine Knochen durch die Nase gebohrt. Erst standen sie nur da und betrachteten Kagari, dann stellten sie sich etwas abseits und tuschelten miteinander. Kurz darauf setzten Kagari und ihre Bewacher ihren Marsch fort.

Sie saß im kühlen Halbdunkel der Höhle, als der Mann am blätterumrankten Eingang auftauchte. Er wirkte noch furchteinflößender als die ohnehin schon wild und bedrohlich dreinblickenden Männer. Sein graues, zu einem Knoten aufgebundenes drahtiges Haar ließ den stechenden, grausamen Blick, den er auf Kagari gerichtet hatte, noch härter erscheinen. Gesicht und Brust wiesen tiefe, von Aufnahmeriten herrührende Narben auf, die durch weiße und gelbe Farbe hervorgehoben wurden. Um die Hüften hatte er einen schmalen Lendenschurz aus Fell gebunden, dicke Schilfgebinde zierten Hand- und Fußgelenke. Als er nähertrat, zeigte er mit seinem langen, stachelbewehrten Speer auf Kagari.

Um ihm ihre Ehrerbietung zu erweisen, stand sie auf. Sie hoffte, daß dies Tajatella war, an dessen Aussehen sie sich kaum noch erinnern konnte.

»Wer bist du?« fragte er, während sich die anderen Männer neugierig in die Höhle drängten.

»Kagari«, erwiderte sie. »Die Tochter von Wogaburra.« Blitzschnell schoß seine Hand vor und schlug Kagari ins Gesicht. »Wie kannst du es wagen, von den Toten zu sprechen! Du bist böse.«

Benommen von dem Schlag taumelte sie zurück, doch dann trat sie dem Mann mutig gegenüber. »Kagari ist nicht tot. Ich bin Kagari, und ich bin zurückgekehrt.«

Mit einem Zischen mißbilligten die Zuhörer, daß sie es wagte, dem Häuptling zu widersprechen.

»Ich war noch ein kleines Mädchen«, erzählte sie und deutete die Körpergröße mit der Hand an, »als ich ins Meer hinausgetrieben und von weißen Männern mitgenommen wurde. An jenem lang vergangenen Tag sind Weiße an die Küste gekommen.« Sie blickte den Häuptling flehentlich an. Plötzlich fiel es ihr wieder schwer, sich in dieser Sprache auszudrükken.

»Viele weiße Männer sind vom Meer her gekommen«, erwiderte er gereizt. »Du bist ein böser Geist, den die Weißen geschickt haben.«

»Nein, nein. Sieh mich an. Ich bin Irukandji, von eurem Volk.« Eine rundliche, nackte Frau mit verfilztem Haar wurde nach vorne geschubst. Im ersten Augenblick erkannte Kagari ihre Mutter kaum wieder, dann streckte sie ihr lächelnd die Hände entgegen. »Sag ihnen, daß ich Kagari bin, deine Tochter.«

Die Frau wich jedoch entsetzt vor ihr zurück und schüttelte den Kopf. Der Häuptling nickte zufrieden. Er entblößte seine Zähne und schrie: »Hinfort mit diesem bösen Wesen!«

Da kam Unruhe in die Menge, und sie ließ einen anderen Stammesangehörigen vortreten. »Tajatella ist ein großer Häuptling, doch ich habe die besondere Gabe des Gehörs. Ich höre diese Frau sprechen, und ich allein kenne ihre Stimme. Sie ist Kagari, die von den Toten zurückgekehrt ist. Ich kann es beweisen. Wie ist mein Name, Frau?«

Kagari atmete erleichtert auf. »Du bist Meebal, mein Bruder«, antwortete sie, »dessen Augen vergiftet wurden und erblindeten.« Die Zuhörer zischten und murmelten, teils verwundert, teils erschrocken.

»Ich bin kein Geist, Meebal«, beharrte sie. »Kein Geist.« Sie hielt es für besser, ihr Auftauchen nun mit etwas anderen Worten zu erklären. »Ich bin von den weißen Männern gefangengenommen worden, als du noch ein Junge warst. Aber nun bin ich ihnen entkommen.«

Luka, ihre Mutter, tat einige zögernde Schritte auf sie zu. Tajatella war des Gesprächs müde. Schließlich handelte es sich nur um eine Frau.

»Mag es so sein«, verkündete er und schritt mit seinem Gefolge davon.

3

Noch nie in seinem Leben hatte Lew so entsetzliche Schreie gehört. Als er mit den anderen Goldgräbern hinab zum Fluß lief, kam ihnen ein Pferd entgegen. Panisch raste es direkt auf die Menschen zu. Für den Fall, daß Diamonds Warnung vor den Krokodilen ernstzunehmen war, hatte Lew sein eigenes Lager in einiger Entfernung vom Fluß aufgeschlagen. Ein paar andere Goldgräber lebten hingegen recht nahe am Ufer.

Da ertönte ein Schuß. Gleich darauf erschien ein Mann zwischen dem Gebüsch am Flußufer. »Gehen Sie nicht runter«, rief er. »Bleiben Sie weg vom Fluß.«

»Was, in Gottes Namen, ist denn passiert?« fragte Lew.

»Es war schrecklich«, antwortete der Mann. »Auf einmal sind diese riesigen Krokodile aufgetaucht und haben sich auf das Pferd von meinem Kumpel gestürzt. Das arme Tier hat furchtbar geschrien, aber wir konnten es nicht retten. Die Bestien haben es im Nu in den Fluß gezerrt, und da hat mein Kumpel ihm den Gnadenschuß gegeben. Das arme Vieh. Diese Biester waren wie im Blutrausch.« Chin Ying war sehr aufgeregt und betrachtete das Ereignis als böses Omen.

»Nein, das glaube ich nicht«, sagte Lew mit fester Stimme. Er würde nicht zulassen, daß seine Expedition am Aberglauben der Chinesen scheiterte. »Wir müssen einfach aufpassen, wo wir die Pferde anbinden. Ich wußte nicht, daß die Krokodile hier so groß sind, daß sie sogar Pferde angreifen.«

Am nächsten Morgen begann der Aufstieg. Die Gruppe folgte den Markierungen an den Bäumen, die MacMillans Vorhut angebracht hatte. In der Ferne war das unverkennbare Rauschen eines Wasserfalls zu vernehmen. Lew fragte sich, ob es derjenige war, von dem Diamond ihm erzählt hatte. Wo sie wohl geblieben war? In dieser Gegend gab es bestimmt viele Wasserfälle. Vielleicht war sie diesem Pfad gefolgt; er führte allerdings vom Wasserfall weg.

Lew hatte geglaubt, den Marsch in einer Woche bewältigen zu können, aber diese Einschätzung erwies sich als falsch. Der Weg führte sie durch dichten, unwegsamen Regenwald. Am Fuße jedes Hügels mußten sie kleine Flußläufe überqueren, und mit der Zeit wurden die Hügel immer höher und die Flußläufe immer breiter. Nach vier Tagen hatten sie erst neunzig Kilometer zurückgelegt.

»Nach meinen Berechnungen«, bemerkte Ying, »kommen wir zu weit nach Norden ab. Das ist äußerst bedenklich.«

»Der Pfad wurde von erfahrenen Männern markiert«, beruhigte ihn Lew. »Wir können nicht auf eigene Faust losziehen. Wir müssen ihm folgen.«

In dieser Nacht wurden sie zum ersten Mal angegriffen. Von allen Seiten prasselten Speere und brennende Zweige auf sie ein. Es herrschte ein furchtbares Durcheinander. Die Goldgräber schossen blindlings ins Unterholz, da sie keinen der

Angreifer sehen konnten. Nach einer Viertelstunde war der Kampf vorüber, doch Lew war es wie eine Ewigkeit erschienen. Ungeachtet der Gefahr nahm er danach eine Laterne und begann, nach Opfern zu suchen. Zwei Goldgräber vom hinteren Teil des Lagers waren getötet und zwei verletzt worden. Auch ein Kuli war tot, und seine Kameraden brachen in lautes Wehklagen aus. Lew machte sich auf die Suche nach den Brüdern Yuan, und zu seiner Überraschung fand er sie in Yings Zelt.

»Was ist denn hier los?« fragte er.

»Der Meister wurde von einem Speer am Arm getroffen, Sir«, erwiderten die beiden. »Ein furchtbares Verhängnis.«

»Wann ist es denn passiert?« Im Schutz der Bäume hatte Lew auf die Angreifer gefeuert und hatte dabei direkt neben Ying gestanden, jedoch keinen Aufschrei gehört. »Laßt mich mal sehen.«

Ying hatte eine tiefe, klaffende Wunde im Oberarm. »Zum Glück«, erklärte er Lew, »wurde der Speer langsamer, als er in meinen Arm drang, der ihm dummerweise in die Quere kam. Ich konnte ihn mit einem heftigen Ruck herausziehen, aber das war äußerst unangenehm.«

»Das glaube ich dir aufs Wort«, bemerkte Lew trocken. »Paß auf, daß sich die Wunde nicht entzündet. Wenn die Jungs fertig sind mit dem Verbinden, schick sie bitte runter, damit sie sich um die anderen Verletzten kümmern.« Nach diesem Zwischenfall verschlechterte sich ihre Lage zusehends. Lew fragte sich, ob ihre Expedition zum Scheitern verurteilt war. Ständig zischten Speere an ihnen vorbei. Fallen aus Schlingpflanzen lauerten auf die Männer und ihre Pferde, und dornige Zweige hingen plötzlich von den Bäumen herab. Kam man mit den Dornen in Berührung, verursachten sie einen äußerst schmerzhaften, brennenden Hautausschlag. Riesige Steine stürzten wie von Geisterhand bewegt auf sie herab. Einmal wurden sie sogar mit Schlangen beworfen, worauf die Pferde durchgingen und auch die Kulis ihre Lasten fallenließen und sich schreiend in den Busch flüchteten.

Überall entlang des Pfades warteten die Schwarzen schon auf sie. Lew stellte verwundert fest, daß Nahrungsmittel im Gebüsch verstreut lagen, die andere Goldgräber dort hingeworfen hatten, sogar Segeltuch und andere Ausrüstungsgegenstände, Laternen und Beutel mit kostbarem Salz und Mehl. Sie kamen an mehreren Gräbern vorbei, was die Kulis noch mehr in Angst versetzte. Nach dem Zwischenfall mit den Schlangen mußten die Brüder Yuan die Kulis mit der Peitsche zur Vernunft bringen, und Lew befürchtete, daß eine Meuterei kurz bevorstand. Zwei Männer begegneten ihnen, die einen Verwundeten auf einer Trage mit sich führten.

»Kehren Sie um, Kamerad«, rieten sie Lew. »Das ist ein Marsch in den Tod. Es lohnt sich nicht. Sie müssen die Bergkette überqueren, eine andere Möglichkeit gibt es nicht. Wir sind dort oben von Hunderten von Schwarzen angegriffen worden. Ein richtiger Großangriff. Und uns hat man gesagt, hier würde niemand leben. Von wegen! In dieser Gegend gibt es Tausende von Schwarzen.«

Lew fragte sie nach den Gegenständen, die er am Wegrand gefunden hatte.

»Das stammt von Nachzüglern. Sie mußten die Sachen wegwerfen, weil sie nicht Schritt halten konnten und es lebensgefährlich ist zurückzubleiben. Und dann hat sich unsere Gruppe auch noch getrennt«, erwiderte einer der Männer verbittert. »Viele von den Reitern sind abgehauen, sie wollten nicht auf uns warten, diese Dreckskerle. Haben Sie schon Männer verloren?«

Lew nickte.

Auch Chin Ying hatte die eindringliche Warnung der Fremden gehört, nahm sie jedoch gelassen hin. »Diese Männer hatten keine andere Wahl als umzukehren«, sagte er zu Lew. »Ihr Freund hat sich das Bein gebrochen. Sie übertreiben die Gefahren, weil sie sich nicht eingestehen wollen, daß sie versagt haben.«

»Da bin ich nicht so sicher«, entgegnete Lew. »Es gibt genügend Beweise dafür, daß sie recht haben. Man muß schon sehr verzweifelt sein, wenn man seinen Proviant wegwirft, nur um schneller rennen zu können.«

»Und ziemlich dumm. Es wäre doch folgerichtiger, nach Cooktown zurückzukehren, da es vor uns keine Versorgungsmöglichkeiten mehr gibt. Nein, ich meine, sie waren zu faul und zu schwach, ihr Gepäck zu tragen. Dieses Problem haben wir nicht.«

»Das kann ich nicht beurteilen. Ich fühle mich für die Leute verantwortlich und will sie nicht in Gefahr bringen.«

»Du bist nicht für sie verantwortlich. Die Goldsucher, die sich uns angeschlossen haben, gehen dich gar nichts an, und die Kulis gehören mir. Nur um deine eigene Haut solltest du dir Gedanken machen.«

So zogen sie weiter. Bald kamen sie an einer großen Lagune vorbei, wo sie sich an Fisch und Wildenten gütlich taten. Dann drangen sie wieder tief in den dichten Regenwald ein, den letzten, wie Lew hoffte; jenseits der Berge würden sie durch offenes Grasland reisen.

Sie führten nur drei Pferde mit sich, je eines für Ying und ihn selbst sowie ein Packpferd. Während die Brüder Yuang bei der Hauptgruppe blieben, ritten Lew und Ying voraus, um nach den markierten Bäumen Ausschau zu halten. Als Lew von einem Erkundungsritt zurückkam, war die Kolonne zum Stillstand gekommen. Die Goldsucher murrten und wollten weiterziehen, doch Ying hatte diese Pause angeordnet, um nach dem Verbleib zweier Kulis zu forschen, die die Nachhut gebildet hatten.

Lew bemerkte, daß einigen der Kulis nun die schweren Lasten und die drückende Hitze zu schaffen machten; ihre Knöchel waren geschwollen. Sobald sie die Bergkette überwunden hatten, würde er darauf bestehen, daß ein paar Tage Rast eingelegt wurden.

Er saß ab und ging mit Yuang Fu ein Stück des Pfades zurück. Doch obwohl sie mehr als zwei Kilometer zurücklegten, fanden sie nirgends eine Spur von den zwei verschwundenen Kulis. »Vielleicht haben sie sich einfach zur Küste abgesetzt«, meinte Lew, Yuang Fu schüttelte jedoch den Kopf.

»Dann hätten sie ihre Körbe nicht mitgenommen.« Argwöhnisch blickte er sich um. »Es ist sehr schwer, einen Feind zu bekämpfen, den man nicht sehen kann.«

»Allerdings«, stimmte Lew zu. Kein Wunder, daß sich der arme Kerl in großer Verwirrung befand. Er war ein Meister in allen asiatischen Kampfsportarten, aber diese Fähigkeiten nützten ihm im Augenblick wenig. Noch nie hatten sie einem Eingeborenen von Angesicht zu Angesicht gegenübergestanden; sie hatten bestenfalls schattenhafte Gestalten oder eine Bewegung im Gebüsch wahrgenommen. Schließlich gaben sie ihre Suche auf und kehrten zum Lager zurück.

»Wir müssen sie finden«, verkündete Ying. »Diese erbärmlichen Schufte haben sich vielleicht bloß im Gebüsch versteckt und warten, bis wir weiterziehen. Sie müssen gefangen und bestraft werden, damit dieses schlechte Beispiel nicht Schule macht.« Er befahl, das Lager für die Nacht aufzuschlagen. Am nächsten Morgen schickte er seine beiden Diener los, die den Busch nach den zwei Kulis durchkämmen sollten.

Lew sah, wie sie gegen Mittag zurückkamen und sich mit Ying besprachen. Als Lew nähertrat, verstummte die Unterhaltung plötzlich.

»Sie sind nirgends zu finden«, sagte Ying. »Sie müssen im Schutz der Dunkelheit umgekehrt sein.«

»Und auch ihre Körbe habt ihr nicht entdeckt?«

»Nein, Sir«, entgegnete Yuang Fu.

Erst später fiel es Lew auf, daß die Brüder mittags zurückgekehrt waren, obwohl Ying ihnen befohlen hatte, bis zur Dämmerung zu suchen. Sie befolgten doch sonst immer seine Anweisungen, wunderte er sich.

Als sie am nächsten Nachmittag eine Strecke mit vielen Kurven und Biegungen zurücklegten, verschwanden abermals zwei Kulis, und wieder die letzten zwei. Die Zurückbleibenden drängten sich ängstlich zusammen, spähten in den drohenden Busch und schrien durcheinander. Doch keiner hatte etwas gehört oder gesehen; die beiden Träger hatten sich ebenso in Luft aufgelöst wie die anderen. Die letzten zehn Goldgräber, die noch mit ihnen reisten, packten ihre Bündel und zogen trotz Lews Mahnung, lieber zusammenzubleiben, davon. Sie behaupteten, die Chinesen brächten nur Unglück.

»O mein Gott!« stöhnte Lew. »Jetzt werden die auch noch abergläubisch!«

Chin Ying schien es nichts auszumachen, daß die Goldsucher ohne sie vorausgingen. »Ich glaube nicht, daß es etwas ausmacht«, war seine Ansicht. »Vielleicht greifen die Wilden nun zuerst sie an und lassen uns in Ruhe. Die Schwarzen sind klug, sie spielen mit uns Katz und Maus.« Das war nur allzu wahr, und die ständig lauernde Gefahr zermürbte sie langsam aber sicher. Sie hatten genug damit zu tun, mit den Widrigkeiten des Dschungels fertig zu werden. Insekten plagten sie, Bienenschwärme griffen sie an, Dingos hetzten ihre Pferde, und alle litten unter der mörderischen Hitze. Täglich ereigneten sich Unfälle. Lew war in einem Dornenbusch hängengeblieben; Nacken und Arme brannten ihm wie Feuer. Außerdem hinkte er stark, da er sich in einem Graben den Knöchel verstaucht hatte. Er band seinen Stiefel fester, um den Knöchel zu stützen, und war heilfroh, daß er ein Pferd besaß. Wegen der ständigen Unglücksfälle, der Angst, der unsäglichen Strapazen und des Schlafmangels kam es schließlich auch zu Spannungen zwischen Lew und Ying. Nicht einmal über Kleinigkeiten konnten sie sich mehr einigen. Als Lew verkündete, er wolle den ganzen Busch nach den beiden Kulis durchkämmen lassen, untersagte Ying seinen Männern, an der Suche teilzunehmen.

»Du kannst dich einfach nie entscheiden«, schrie Lew ihn an. »Letztes Mal hast du uns losgeschickt, um sie zu suchen, und jetzt ist es dir gleich, was aus ihnen geworden ist. Schließlich sind es deine Leute, und wir müssen sie finden! Mein Gott, Ying, vielleicht sind sie irgendwo abgestürzt und warten auf Rettung!«

»Es wird keine Suche geben.« Yings Stimme war fest. »Wir gehen weiter.«

»Den Teufel werden wir tun! Gib mir deine Männer, nur für einen Tag. Wir werden gemeinsam den Busch durchkämmen. So finden wir sie vielleicht.«

»Nein.«

»Dann erzähle ich den Kulis, was für ein schlechter Herr du bist. Daß es dir gleichgültig ist, was aus ihnen wird. Ich bitte sie selbst um Hilfe.«

»Mit deinem verletzten Knöchel kannst du ohnehin nicht weit gehen.«

»Das kann ich sehr wohl, und ich werde es auch.«

Ying seufzte und winkte die Brüder Yuang herbei, die in der Nähe standen. »Ihr könnt euch zusammen mit dem Herrn Kapitän auf die Suche nach unseren verlorenen Brüdern machen.« Dann wandte er sich wieder an Lew. »Nur meine Diener dürfen dich begleiten, sonst niemand. Aber zuerst sollten wir Wachen rund ums Lager aufstellen.«

»Aber sicher«, antwortete Lew höhnisch. »Bevor wir aufbrechen, kümmere ich mich darum, daß du auch bestimmt gut bewacht wirst.«

Schwer bewaffnet machten sich die drei Männer auf den Weg. Immer weiter dehnten sie ihre Suche aus, bis Yuang Pan sie schließlich entdeckte. Anstatt, wie verabredet, einen Schuß abzugeben, kehrte er schweigend zu Lew zurück und führte ihn zu einer kleinen Lichtung vor einem Höhleneingang. Yuang Fu folgte ihnen. Keiner der Brüder sagte ein Wort, als Lew voller Entsetzen auf das Bild starrte, das sich seinen Augen bot. Zurück im Lager stürmte er sofort in Yings Zelt. »Du hast es gewußt!« schrie er. »Verdammt noch mal, du hast es genau gewußt! Den beiden anderen armen Teufeln ist dasselbe widerfahren, nicht wahr? Und du sitzt nur faul auf deinem Hintern und unternimmst nichts!«

»Was kann ich denn schon tun? Soll ich den anderen sagen, was wirklich geschehen ist? Willst du sie vollkommen verrückt machen? Trink einen Whisky, er wird dich beruhigen. Es sei denn, du willst dein Mitgefühl auf die Art zeigen, daß du den sowieso schon zu Tode verängstigten Kulis die Wahrheit erzählst.«

Mit zitternden Händen nahm Lew die Tasse mit Whisky und trank sie in einem Zug aus. »Du hättest mich einweihen sollen«, murmelte er erschöpft.

»Durch mein Schweigen habe ich dir nur einen Gefallen getan. Seit dem ersten Zwischenfall hat Yuang Pan die Nachhut bewacht, aber er mußte nach vorne kommen, als zwei Trägern der Korb zerbrochen war.«

Lew goß noch einen Whisky hinunter und fühlte sich immer elender. Wenn Yuang Pan dabeigewesen wäre, hätte er die beiden armen Teufel vielleicht retten können.

»Das war ein Glück«, fuhr Ying fort. »Der geheimnisvolle Feind schleicht sich so leise heran, daß er auch Yuang Pan hätte töten können. Das wäre sehr unangenehm für mich gewesen.«

»O mein Gott!« seufzte Lew und füllte die Tasse erneut. Warum hatte er sich nur auf diesen Alptraum eingelassen? Zwei Führer, deren Ansichten meilenweit auseinanderlagen, wenn es um Leben und Tod ging, und die in dieser grünen Hölle herumirrten. Der Whisky schwappte über, und die Tasse entglitt seiner Hand …

»Legt ihn auf sein Bett«, hörte er Ying wie durch dichten Nebel sagen, und während ihm schwarz vor Augen wurde, schoß ihm noch durch den Kopf, daß der Chinese irgend etwas in den Whisky getan haben mußte.

4

Mit der Zeit verlor Luka die Scheu vor ihrer Tochter. Schließlich erlaubte sie sogar, daß Kagari sie berührte, ihre Hand nahm und ihr mit leiser Stimme von der Vergangenheit erzählte. Allerdings weigerte sie sich, Kagari zu glauben, als diese von ihrem Verschwinden berichtete. Wenn sich die anderen Frauen neugierig um Luka scharten, prahlte sie mit ihrer Tochter, die aus der Traumzeit zurückgekehrt war. War nicht ihr Vater ein Mann mit großen Zauberkräften gewesen?

Inzwischen wußte Kagari, daß es ein nahezu unverzeihlicher Fehler gewesen war, als sie den Namen ihres Vaters laut ausgesprochen hatte. Niemand erwähnte die Namen der Toten. Das hätte sie wissen müssen, denn dieses Gesetz galt auch bei anderen Stämmen, die sie kennengelernt hatte. Was war sie nur für eine Närrin! Kein Wunder, daß Tajatella sie geschlagen hatte. Ein uraltes Volk, das an den Sitten seiner Vorfahren festhielt. Kagari fühlte sich gleichzeitig zu ihnen hingezogen und abgestoßen, und sie fragte sich, ob sich die Aborigines in Brisbane oder auf Caravale an Stämme wie diesen erinnerten. Obwohl die Weißen schon vor hundert Jahren in dieses Land gekommen waren, hatten die wilden Stämme im Norden keinerlei Vorstellung von der Kultur der Europäer. Sie wußten nur, daß die Weißen ihnen ihr Land wegnahmen, und das machte sie zornig. Aufgeregt unterhielten sich die Frauen über den Krieg, den ersten seit vielen Generationen. Sie mischten die

Farben, sammelten besondere Nahrung für die Krieger und riefen sich die legendären Kriegsgesänge wieder ins Gedächtnis. In dieser wichtigen Zeit im Leben des Stammes sorgte Kagaris Erscheinen nur kurze Zeit für Aufsehen. Da sie schweigsam neben Luka und Meebal in der Höhle hockte und lieber zuhörte als sprach, achtete bald niemand mehr auf sie.

In der riesigen, verrauchten Höhle lebten viele Menschen, von denen die meisten mit Luka verwandt oder befreundet waren oder zum selben Totem gehörten. Luka war nun wieder verheiratet – mit einem Greis, den sie mit zwei anderen Frauen teilen mußte. Da er zu alt war, um noch selbst auf die Jagd zu gehen, war es ihre Aufgabe, ihn mit Nahrung zu versorgen. Zuerst hatte Kagari geglaubt, an der rauchgeschwängerten Luft ersticken zu müssen, aber schließlich gewöhnte sie sich an den Gestank nach verbranntem Fell, der daher rührte, daß man Beutetiere ungehäutet im Feuer röstete. Endlich hatte sie das gefunden, wonach sie sich jahrelang gesehnt hatte. Und doch wußte sie, daß sie hier nicht bleiben konnte. Die Stammesangehörigen waren stolz auf ihre kräftigen Körper, die sie unbekleidet zur Schau stellten, und die alten Frauen schüttelten mißbilligend die Köpfe über die jungen Leute. Es berührte Kagari unangenehm, daß Luka ständig die weiblichen Reize ihrer Tochter anpries. Man hatte ihr die Baumwollunterwäsche weggenommen, aber nach einiger Zeit fand sie die Sachen wieder und wusch sie zur großen Erheiterung von Lukas Freunden in der Quelle.

Alles erschien ihr wie ein seltsamer Traum, in dem die Zeit stillzustehen schien, und sie ließ sich treiben. Luka wurde besitzergreifender. Jedesmal, wenn sie Kagari ansah, strahlte sie vor Freude, und diese wußte, daß es richtig gewesen war heimzukehren.

Sie bürstete Lukas Haar, rieb ihr die rauhe Haut mit Kokosöl ein und saß im Schneidersitz bei ihr. Zusammen schuppten sie Fische, zerstießen Wurzeln zu feinem Mehl und lasen die

Nüsse und Beeren aus, die sie auf ihren täglichen Streifzügen gesammelt hatten. So versuchte Kagari nach besten Kräften, ihrer Mutter eine Freude zu machen.

Kagari haßte die Höhle, doch tagsüber, wenn sie fernab der Kriegspfade den Wald erkundete, genoß sie das Leben in vollen Zügen. Freunde begleiteten sie, und wenn sie auf ihren Wanderungen anderen Eingeborenen begegneten, wurde Kagari willkommen geheißen wie ein neugeborenes Kind. Überall tollten die gut genährten Kinder ausgelassen herum. Die Familien hüteten sie wie ihren Augapfel, und niemals wurden sie geschlagen, ganz gleich wie frech und ungezogen sie auch sein mochten. Bis zum Eintritt der Geschlechtsreife wurden sie von der rauhen Wirklichkeit ferngehalten. Nun wurde Kagari klar, warum sie so erschüttert gewesen war, als die Haushälterin im Haus des Gouverneurs sie geohrfeigt hatte. Doch das war jetzt nicht mehr so wichtig. Die Haushälterin hatte einen Fehler gemacht, und nun war sie tot. Kagari überlegte, ob sie ihrer Mutter davon erzählen sollte, aber diese würde es wohl nicht verstehen. Überhaupt verstanden Luka und Meebal nichts von dem, was Kagari ihnen von der Welt der Weißen erzählte. Also sagte sie einfach, daß sie aus der Traumzeit kam. Allerdings sang sie Meebal die Lieder der Weißen vor, die Mrs. Beckmann ihr beigebracht hatte und die man in Perfys Haus in Bowen mit Klavierbegleitung gesungen hatte. Wie verzaubert lauschte er, und sein Gesicht verklärte sich. Er glaubte, Musik aus der Traumzeit zu hören, in die er eines Tages eingehen würde, weil er sich trotz seiner Blindheit in der Stammesgemeinschaft bewährt hatte.

»Immer hatte ich Angst vor dem Tod«, gestand er ihr, »weil es für einen Blinden so schwer ist, sich seinen Platz zu verdienen. Ich tauge nicht zum Krieger, nicht einmal zum Kundschafter, und keine Frau will mich. Ich lebe bei den Frauen. Was sollten die Geister mit einem nutzlosen Menschen wie mir anfangen? Aber nun, da ich dich singen höre, Schwester, weiß ich, daß du für mich ein gutes Wort eingelegt hast. Sag mir die Wahrheit, gibt es für mich einen Platz in der Traumzeit?«

Kagari traten die Tränen in die Augen, doch ihre Stimme blieb fest. »Du wirst sogar einen Ehrenplatz bekommen«, antwortete sie, »denn du hast viel gelitten und dir dein gutes Herz bewahrt. Wir brauchen Menschen, die die wundersame Musik um uns herum hören und das erkennen, was sehende Menschen oft nicht bemerken. Du allein hast meine Stimme wiedererkannt. Die Geister der Traumzeit lieben dich sehr.«

Fast hörte Kagari Mrs. Beckmann sprechen. Wie oft hatte die gute Frau gesagt, Schwierigkeiten seien nur dazu da, uns zu prüfen! Aber das spielte jetzt keine Rolle. Meebal umarmte sie; er würde in Frieden sterben, wenn seine Zeit gekommen war.

Eines Tages führte Luka ihre Tochter zur Spitze der Hügelkette, von der aus sie, Herrschern gleich, weit über das umliegende Land blicken konnten. Die Landschaft ähnelte der rauhen, häßlichen Gegend um Townsville, wo es nur Bäume, Termitenhügel und hüfthohes Speergras gab.

»Da unten«, Luka spuckte verächtlich aus, »leben die Merkin. Sie sind böse. Aber auch sie kämpfen nun gegen die Weißen. Die Weißen sind schmutzig«, fuhr sie fort. »Sie lassen ihren Kot offen herumliegen und graben ihn nicht ein.« Dann lachte sie. »Sie sind leicht aufzuspüren, nicht wahr? Man muß nur dem Gestank nachgehen!«

Kagari und sie saßen auf einem hohen, vorspringenden Granitfelsen.

»Luka, weißt du, warum die Weißen hierher gekommen sind?«

»O ja«, erwiderte Luka von oben herab. »Sie wollen uns die Nahrung wegnehmen und unsere Frauen stehlen. Jeder weiß, daß die Irukandji-Frauen die besten Kinder der Welt bekommen. Aber wir lassen sie nicht hier rauf. Hier bist du sicher.«

»Was ist das für ein Tal dort unten?«

»Das ist Merkin-Land«, antwortete Luka ein wenig verstimmt, da sie sich wiederholen mußte. »Sie nennen den Fluß ihren goldenen Fluß. Aber der Fluß gehört uns. Unsere Berge bringen ihn hervor. Er entspringt zwischen den Felsen, die wir ›die zwei Schwestern‹ nennen.«

»Kannst du mich dorthin bringen?«

»Wohin?«

Manchmal war für Kagari alles sonnenklar, ganz als ob die Dinge um sie herum ihr etwas zurufen würden. Sie wußte nicht, ob ihr dieses Wissen angeboren war. Vielleicht hatte sie auch nur die richtigen Schlüsse gezogen, aber etwas sagte ihr, daß vor ihr das Quellgebiet des Flusses lag, den Lew und Mr. Chin suchten. Sie hatte die Karten gesehen und genau studiert.

»Warum nennen sie ihn den goldenen Fluß?«

»Das weiß ich nicht«, entgegnete ihre Mutter. »Ihre Sprache ist schwer zu verstehen. Willst du auf die andere Seite der Berge?«

»Nein, nur zum Fluß.«

Luka lachte. »Wenn der Regen in unseren Bergen den Fluß anschwellen läßt, schwemmt er viel Wasser ins Merkin-Land hinab und bringt Kunde von den unbesiegbaren Irukandji. Dann wissen sie, daß sie uns lieber nicht zu nahe kommen sollen.«

»Luka, weißt du, was Gold ist?«

»Dieses Wort kenne ich nicht.« Es dauerte lange, bis sie den Fluß erreichten. Luka wollte ihre Tochter in die Geheimnisse des Landes einweihen, damit Kagari sie nach Lukas Tod weitergeben konnte. Dazu mußten sie den Rufen des Kookaburras – ihres Totems – folgen und ließen fette Würmer und kleine Eidechsen als Opfergabe für die Kookaburra-Eltern zurück. Schließlich wußte jeder, daß die Kookaburra-Eltern unermüdlich Futter für die hungrige Brut heranschaffen mußten, denn die gefräßigen Kookaburra-Jungen verließen das Nest erst, wenn sie schon fast zu schwer zum Fliegen waren.

Endlich kamen sie zum Fluß und kletterten die Schlucht hinab, die das Wasser in Millionen von Jahren tief in die Felsen gegraben hatte.

»Heute nacht werden wir hier schlafen«, sagte Luka. »Der Platz gefällt mir. Ich bin froh, daß wir hierhergekommen sind.«

Eigentlich hatte Kagari einen reißenden Wasserfall erwartet, doch statt dessen gab es nur einen Fluß, der dem natürlichen Verlauf der gekrümmten Hügel folgte und in sanften Kaskaden über die Felsen dahinplätscherte.

Sie tranken von dem kristallklaren Wasser, und Kagari badete in einem Felsenbecken. Dabei dachte sie an Ben. Immer wieder Ben.

Während ihre Mutter für das Abendessen Fische fing, hielt Kagari nach Gold Ausschau, nach jenen gelben Steinen, die die weiße Welt erträglich machten. Sie wußte, daß sie etwas finden würde. Wenn es im Palmer dort in der Ebene Gold gab, mußte es von hier oben kommen. In der Welt der Weißen schien man über nichts anderes als Gold zu sprechen; jeder tat so, als wäre er ein Fachmann. Knapp über der Wasseroberfläche sah sie einen breiten, gelben Streifen und schwamm näher, um ihn zu untersuchen.

Ton? Nein, dazu war er zu hart und auch wieder zu brüchig. Er glitzerte in dem sich kräuselnden Wasser. Mit dem Finger fuhr sie an der Ader entlang und lächelte.

Sie nahm ihr Messer und brach einen Goldklumpen nach dem anderen aus dem Gestein.

»Was machst du da?« Luka hatte sich zu ihr gesellt.

»Mutter, das ist Gold. Ich muß es haben. Aber ich bitte dich, erzähle niemandem etwas davon, denn das würde großes Unglück über alle bringen.«

Luka lächelte. Wenn es ihrer armen, kinderlosen Tochter eine Freude machte, sollte es ihr Geheimnis bleiben. Sie fragte sich, wann Kagari in die Traumzeit zurückkehren mußte; wahrscheinlich schon sehr bald. Sie würde sich in das Unausweichliche fügen. Man konnte sehen, daß die Götter Kagari liebten, denn sie hatten sich ihrer angenommen, Körper und Geist genährt und gestärkt. Das Mädchen war mit Klugheit gesegnet, und ihre Augen verrieten etwas von der Weisheit ihres Vaters. Vielleicht hatte er ihre Tochter zurückgeschickt, um die Bande der Trauer zu lösen, die ihr Herz seit dem Verlust ihres kleinen Mädchens gefangengehalten hatten. Nach all den Jahren hatten die guten Geister der Erde Mitleid mit ihr gehabt, und nun war sie von Dankbarkeit erfüllt.

Als sie zu den Höhlen zurückkehrten, erfuhren sie, daß eine furchtbare Tragödie über die Irukandji hereingebrochen war. Die Frauen klagten und schrien, ritzten sich mit scharfen Steinen die Brust auf und streuten sich Sand ins Gesicht, wo er sich mit ihren Tränen vermischte. Jenseits der heiligen Lagune hatte es einen heftigen Kampf mit den Eindringlingen gegeben. Tajatella hatte eine große Gruppe Krieger ausgeschickt, die die Weißen vernichten sollten, aber der Angriff war gescheitert, und viele Irukandji-Männer waren getötet worden. Väter, Brüder, Söhne – jede Familie hatte den Verlust mindestens eines Familienmitglieds zu beklagen. Als Luka erfuhr, daß ihr Bruder und ihr zweitältester Sohn unter den Gefallenen waren, sank sie ohnmächtig zu Boden. Nie wieder würde jemand ihren Namen aussprechen dürfen. Noch nie in der ruhmreichen Geschichte der Irukandji war ihnen ein solch großes Unglück widerfahren. Schon wenn ein einziger Stammesangehöriger starb, trauerte der ganze Stamm, und nun wußten sie nicht, wie sie diesen großen Verlust ertragen sollten.

Tajatella versuchte, seinem Stamm wieder Mut zu machen. Er rief eine Versammlung hoch oben auf dem Plateau ein, und Kagari folgte ihrer weinenden Familie durch den Wald. Vor Trauer wollte ihr schier das Herz brechen. Große Feuer wurden entfacht, und die Männer stampften und wiegten sich im Takt der Trauergesänge. Ihre Gesichter waren weiß bemalt, denn Weiß war die Farbe des Todes, und im Hintergrund sangen die Frauen und schlugen mit umwickelten Ästen auf hohle Baumstämme. Im Rhythmus der Trommeln verwandelte sich ihre Trauer in Wut.

Tajatella wirkte mit seinem hohen Kopfschmuck aus Ton und einer Kette aus Haifischzähnen noch furchterregender als sonst. Brustkorb, Arme und Beine hatte er mit weißer Farbe nachgezogen, so daß er in der Dunkelheit wie ein Gerippe aussah. Wild schwang er den Speer in alle Himmelsrichtungen, schwor blutige Rache und forderte sein Volk auf, gemeinsam den Feind zu vertreiben.

Nach der Zeremonie versammelten sich alle um die Feuer, um ein großes Fest zu feiern, das ihnen Kraft geben sollte. Hunderte und Aberhunderte von Irukandji nahmen daran teil. Kagari wartete bei den Frauen im Hintergrund, denn den Männern gebührte der Vortritt.

Obwohl die Frauen um Kagari immer noch weinten, sogen sie gierig den Duft des gebratenen Fleisches ein und hofften, auch noch etwas abzubekommen. Kagari blieb bei ihnen, obwohl sie nicht hungrig war; sie machte sich Gedanken über die Zukunft. Gegen die Gewehre würde ihr Stamm nichts ausrichten können. Sie täten besser daran, sich zu verstecken und die Goldgräber unbehelligt zum Palmer ziehen zu lassen. Nach dem Goldrausch würden die Weißen vielleicht wieder verschwinden. Aber sie wußte, solche Überlegungen waren sinnlos. Die Irukandji würden kämpfen. So war es immer gewesen, und nichts würde sie von den Sitten ihrer Vorväter abbringen.

Hungrig griffen die Frauen nach dem Fleisch, das auf den heißen Kohlen lag, und zogen sich dann zurück, um zusammen zu essen. Den Jägern mußte das Glück außerordentlich hold gewesen sein, dachte Kagari. Es gab viel Fleisch, Känguruhfleisch vermutlich. Dann sah sie genauer hin und wich entsetzt zurück. Das war kein Känguruhfleisch, auch nicht Opossum oder Fisch. Was ihre Stammesangehörigen hier mit solchem Genuß verzehrten, war zweifelsohne Menschenfleisch. Vereinzelt waren noch Arme und Beine zu erkennen. Entsetzt betrachtete sie eine Weile die Essenden, kämpfte sich dann durch die Menge und floh von Ekel geschüttelt in den Busch, wo sie würgend und schluchzend niedersank. Nun erinnerte sie sich wieder: Die Irukandji hatten doch schon immer ihre Feinde gegessen, nicht wahr? hämmerte eine Stimme in ihrem Kopf. Das hast du gewußt. Es war die letzte Demütigung, die man einem Feind antun konnte, und auf sie gründete sich der furchteinflößende Ruf dieses unbesiegbaren Stammes.

Mit aller Kraft versuchte sie zu vergessen, was sie eben gesehen hatte, doch das Entsetzen wollte nicht weichen. Schluchzend kauerte sie sich im anheimelnden Dunkel des Waldes zusammen. »O mein Gott!« schrie sie, wobei sie, ohne es zu bemerken, Mrs. Beckmanns Worte benutzte. Sehnsucht nach den glücklichen Tagen mit ihr und dem Käpt'n überkam sie. Was würde sie darum geben, Mrs. Beckmann wiederzusehen!

Luka nickte nur, als Kagari ihr am nächsten Morgen mitteilte, daß sie aufbrechen mußte. »Du gehst nun zu den Winden«, sagte sie lächelnd. »Die Geister haben mir eine große Ehre erwiesen.« Aus der Höhle holte sie einen schweren Beutel aus Opossumleder. »Hier, vergiß deine gelben Steine nicht. Damit kannst du den Geistern beweisen, daß du hier gewesen bist.«

»Danke«, erwiderte Kagari, immer noch wie betäubt. Über den Schrecken hatte sie das Gold ganz vergessen.

Schließlich umarmte sie ihre Mutter und die anderen, die sie traurig umringten. Der Abschied wurde jedoch von Meebal unterbrochen, der aufgeregt zu ihr eilte. »Du mußt gehen«, stieß er hervor. »Sie sagen, du bist ein böser Geist und hast dieses Unheil aus der Welt des Bösen mitgebracht. Beeil dich, oder sie werden dich töten!«

Kagari zögerte. Es war nicht der richtige Zeitpunkt, um

einen Streit anzufangen, aber wenn sie ohne ein Wort aufbrach, würde vielleicht Luka an ihrer Stelle bestraft werden. »Nein«, sagte sie so laut, daß alle es hören konnten. »Das ist nicht wahr. Ich gehe zu den guten Geistern, zu meinem Vater, um Hilfe für die guten Menschen dieses Stammes zu erflehen.« Sie hoffte, diese Behauptung würde ihre Mutter beschützen und die Stammesmitglieder so verunsichern, daß niemand wagen würde, Luka ein Haar zu krümmen.

Luka kreuzte stolz die Arme vor der Brust. »Hört ihr?« rief sie. »Meine Tochter wird für uns sprechen.«

»Komm weg hier«, zischte Meebal und packte Kagaris Arm. »Ich zeige dir den Weg.« So sicher wie ein Sehender führte der Blinde sie den Hügel hinab, durchwatete Wasserläufe und schob Gebüsch beiseite.

»Ich muß die großen Felsblöcke am Kreuzweg wiederfinden«, sagte sie zu ihm.

»Warum?«

»Dort liegen meine Kleider, die ich tragen muß.«

»Was für Kleider? Wozu mußt du sie anziehen?«

Müde schüttelte sie den Kopf. Sie waren schon den ganzen Tag unterwegs, und sie war zu erschöpft, um Erklärungen abzugeben. »Es ist notwendig«, sagte sie deshalb nur.

Endlich blieb Meebal stehen. »Hier halte ich mich oft auf«, erklärte er Kagari. »An dieser Stelle kann ich die Welt draußen sehen.«

»Sehen?« fragte sie zweifelnd. Sie befanden sich auf einem schroff abfallenden Felsgesims mit Blick auf die Küste.

»Ich spüre den Wind auf meinem Gesicht«, erwiderte er lächelnd, »und rieche das Meer. Nun kenne ich auch die Gerüche der weißen Lager und weiß, daß das Knallen, das ich manchmal höre, Gewehrfeuer ist. Diese Menschen kamen so schnell und in solch großer Zahl, daß unsere Krieger sie nicht aufhalten konnten. Aber dort oben sind wir sicher.«

Sie hoffte von ganzem Herzen, daß er recht behielt.

»Das ist mein Aussichtspunkt«, fuhr er fort. »Dort unten sind die Steine, bei denen wir als Kinder gespielt haben. Wenn du zurückkommst, rufe an dieser Stelle nach mir. Alles spricht zu mir. Ich werde es wissen, wenn du da bist.« Er streichelte ihre Wange.

»Ich werde es erleben, daß du noch einmal kommst. Und später wirst du wegen der gelben Steine wiederkommen. Ihr Zauber wird dich beschützen, nicht wahr?«

»Ja, Meebal, so ist es. Du bist sehr weise, und ich bin glücklich, daß ich dich wiedergefunden habe. Ich bin stolz auf meinen Bruder.«

5

Als Chin Ying aus seinem Zelt trat, fiel sein Blick auf einen Schwarm schwarzgefiederter Currawongs, die mit wütendem Kreischen die weißen Kakadus von ihren Bäumen vertrieben. Seufzend murmelte er: »Das ist der Lauf der Welt.«

Immer wieder stürzten sich die Vögel in wahrem Todesmut herab, bis die Kakadus schließlich unter lautem Protest das Weite suchten.

Als die Currawongs sich triumphierend auf den Ästen niederließen, richtete Chin Ying seine Aufmerksamkeit wieder auf die Erde.

Sie hatten die Bergkette im Norden umrundet, sich dann nach Südwesten gewandt und waren auf die Ebene gekommen. Vom Palmer trennten sie jetzt nur noch ungefähr achtzig Kilometer, doch auf dem flachen Land mußten sie mit weiteren Angriffen der wilden Schwarzen rechnen. Das letzte Wegstück würde also kein Zuckerschlecken werden.

Ying erwog allen Ernstes, Lew vorzuschlagen, die Pferde

zu besteigen und um ihr Leben zu reiten, während die Kulis unter der Aufsicht der Yuang-Brüder nachkamen. Doch er wußte, Lew würde sich weigern.

Dieser war noch immer nicht über das Schicksal der beiden Kulis hinweggekommen, die sie, aufgehängt an ihren Zöpfen, an einem Baum vorgefunden hatten. Ihnen fehlten einzelne Gliedmaßen, und klaffende Wunden wiesen darauf hin, daß ihnen große Fleischstücke vom Körper abgetrennt worden waren. Er hatte den Vorfall in seinem Tagebuch verzeichnet, zusammen mit einigen allgemeinen Betrachtungen über den Kannibalismus.

Am letzten Abend waren sie auf einige Reiter gestoßen, die vom Palmer kamen. Es waren anständige Männer, die ihre Goldfelder vorübergehend verlassen hatten, um den Schiffkapitänen in Cooktown schnellstmöglich eine Nachricht an die Beamten in Townsville mit auf den Weg zu geben: Die Lebensmittel wurden knapp. Wie erwartet, waren die ersten Goldsucher unverzüglich zum Palmer aufgebrochen, nachdem sich Mulligans Entdeckung herumgesprochen hatte. Zwar hockten diese Männer nun auf einem Berg aus Gold, aber sie mußten ihre Pferde schlachten und ihre Stiefel kochen, um überhaupt etwas zwischen die Zähne zu bekommen. Welche Ironie des Schicksals – diese Männer waren steinreich und mußten trotzdem in der Wildnis hungern.

Doch Chin Ying freute sich, daß Gold im Überfluß vorhanden war. Allerdings war er fest dazu entschlossen, eines zu vermeiden, nämlich den Kannibalen in die Hände zu fallen. Falls er, so die Götter ihm gnädig waren, den verheißenen Palmer erreichte, wollte er mit seinem Gold nicht auf dem gleichen Weg zurückkehren, auf dem er gekommen war.

Das Schiff hatte ihnen einen beträchtlichen Vorsprung vor dem großen Strom der Goldsucher verschafft, aber nun hatte es seine Schuldigkeit getan. Zurück würde er den Landweg nehmen, in gebührendem Abstand zum Gebiet der Kannibalen. Danach würde es dann an der Zeit sein, die Weichen für seine Zukunft zu stellen. Er hatte Heimweh nach China, seiner geliebten Heimat. Selbstverständlich konnte Fürst Cheong ihm immer noch gefährlich werden, ganz gleich, wo er sich auch niederlassen würde. Aber wenn er in diesem unzivilisierten Land blieb, würden ihm die Weißen sein Lebtag keine Ruhe mehr lassen. Also blieb ihm nur ein Ausweg: Er würde einen anderen Namen annehmen, nach China zurückkehren und ein völlig neues Leben beginnen.

In Stunden der Einsamkeit und Verzweiflung, wenn er unter Heimweh litt, hatte ihm einzig der Gedanke an die Zukunft Trost gespendet. Und gegen die Gefahren der australischen Wildnis nahmen sich Fürst Cheongs Drohungen harmlos aus. Er würde mit einem neuen Namen nach China zurückkehren und dort leben wie ein englischer Gentleman. Anders als Fürst Cheong würde er sich nicht mit einem großen Hofstaat belasten, der beschützt und ernährt sein wollte. Durch diese altmodische Lebensweise erregte man nur die Mißgunst seiner Feinde. Während seines Aufenthalts in einer britischen Kolonie hatte er in Gesprächen und durch die Lektüre von Zeitungen das europäische Bankensystem kennengelernt. Vermögende Engländer ließen ihr Geld für sich arbeiten, während sie es sich auf ihren Landsitzen gutgehen ließen.

Lew gesellte sich zu ihm. »Wir können aufbrechen. Yuang Pan übernimmt die Führung, und sein Bruder kümmert sich um das Ende des Zuges. Wir beide patrouillieren zu Pferde neben den Kulis, um sie zu decken. Die armen Kerle sind völlig erschöpft, aber ich habe ihnen versichert, daß wir es bald hinter uns haben und daß ein jeder seinen gerechten Lohn in Gold erhält.«

»So soll es sein«, stimmte Ying ihm zu, während sich in ihm alles sträubte, die untergeordnete Stellung eines berittenen Wächters einzunehmen. Doch wenn Lew tatsächlich sein Partner werden sollte, das Aushängeschild des großen Geldinstituts, das er in Hongkong gründen wollte, dann mußte er ihn gewähren lassen. Aber Ying betete zum Himmel, daß diese Prüfung bald vorüber sein möge und daß sie heil und gesund in die Zivilisation zurückkehren würden.

Ein Buschfeuer, das von den Aborigines gelegt worden war und den Wald in eine glühende Hölle verwandelte, zwang sie zu einem Umweg und verlängerte die schreckliche Reise um mehrere Tage. Zu diesem Zeitpunkt bekam Ying die Feinde auch zum erstenmal zu Gesicht, riesige schwarze Männer, auf deren glänzenden Körpern sich die glühende Feuersbrunst spiegelte. Sie trugen die Federn des weißen Kakadu im Haar. Drei von ihnen näherten sich ihm bis auf hundert Meter, und beim Anblick ihrer herausfordernden Haltung erstarrte er vor Angst. Fast kam ihm vor, als wollten sie ihn zu einem Angriff verleiten. Doch bevor er Yuang Pan zurufen konnte, er solle auf sie schießen, waren sie wie vom Erdboden verschluckt. Wie ihnen das gelungen war, konnte er sich nicht erklären. Die Eingeborenen wirkten, als seien sie nicht von dieser Welt. Ihr Volk, das ebenso alt und ebenso unberührt von der westlichen Zivilisation war wie seines, schien über magische Kräfte zu verfügen.

Doch als er versuchte, Lew seinen Eindruck zu schildern, widersprach dieser heftig.

»An ihnen ist nichts Besonderes, außer daß ihnen das Land vertraut ist und uns nicht. Außerdem sind sie Kannibalen, und das allein reicht schon aus, um einem eine Gänsehaut über den Rücken zu jagen.«

Als sie schließlich an das Ufer des Palmer River stolperten, waren sie völlig erschöpft. Ying war so abgemagert, daß ihm die zerfetzten Kleidungsstücke am Körper schlotterten. Er hatte sich wundgeritten und war am Ende seiner Kräfte.

Lew dagegen wirkte noch verhältnismäßig munter, und während Ying sich von seinem Diener frisches Wasser bringen und das Zelt aufstellen ließ, brach er zu einem Rundgang auf. Er wollte feststellen, ob der Palmer seinem Ruf auch gerecht wurde. Trotz seiner Erschöpfung wandte Ying sich einer vordringlicheren Aufgabe zu: Vier der Kulis waren auf dem Weg zusammengebrochen und hatten auf notdürftig zusammengezimmerten Tragen durch den Busch geschleppt werden müssen. Diese Leute hatten ihre Schuldigkeit getan, und in Lews Abwesenheit wollte Ying mit Yuang Pan das weitere Vorgehen besprechen. Zwei der Kranken sollten mittels einer »Kräutermedizin« von ihrem Leiden erlöst werden. Den beiden anderen würden sie erklären, daß sie das gleiche Schicksal ereilte, wenn sie nicht unverzüglich wieder auf die Beine kämen.

Ein bösartiges Lächeln umspielte Ching Yings Lippen, als Yuang Pan losging, um seine Anordnung auszuführen. Schon Fürst Cheong hatte auf diese Weise so manchem Drückeberger zu einer überraschend schnellen Genesung verholfen, und man konnte davon ausgehen, daß es auch diesmal wirken würde. Dann legte Ying sich in sein Zelt und wartete auf Lews Rückkehr. Jetzt kam die Stunde der Wahrheit, und nur der Palmer wußte, ob sie wohlhabend oder unermeßlich reich heimkehren würden. Um seine innere Unruhe zu besänftigen, leerte er einen Becher Wein nach dem anderen. Wenn er sich verschätzt hatte, war diese entsetzliche Reise umsonst gewesen, und er mußte möglicherweise noch Jahre in diesem Land bleiben, bis er wieder zu einem Vermögen gekommen war.

Lew, der in sein Zelt polterte, erlöste ihn aus seiner Schwermut. Er war so aufgeregt, daß er das Zelt beinahe umgerissen hätte. »Wir haben's geschafft, Ying! Du hast recht gehabt. Hier gibt es Gold im Überfluß, und alles von bester Qualität. Der Fluß ist voll davon. Der Regierungsbeauftragte sagt, sie schaffen es tonnenweise fort. Kannst du dir das vorstellen? Nicht pfundweise, sondern in Tonnen!«

Ying war noch nicht ganz überzeugt. »Es sind schon so viele Goldsucher hier. Und ich hatte gehofft, daß wir unter den ersten sind. Ist für uns überhaupt noch etwas übrig?«

»Keine Sorge! Bis jetzt gibt es nur wenige Lager, und der Fluß ist lang. Sie sammeln das Gold eimerweise ein. Hörst du, was ich sage? Man muß es einfach nur aufsammeln!«

Erleichtert ließ Ying sich zurücksinken. »Trink einen Schluck Wein. Ich glaube, ich bin schon ein wenig beschwipst, aber nun, da wir Grund zum Feiern haben, will ich mich richtig betrinken. Und morgen führst du mich herum, damit ich das Wunder mit eigenen Augen sehe. Auf unseren Fluß voller Gold! Und möge der Segen der Götter auf Mr. Mulligan ruhen!«

»Amen.«

Lächelnd hob Lew sein Glas. »Auf Mr. Mulligan!« Gemeinsam berechneten sie, daß sie mit ihren Kulis zwanzig Claims abstecken konnten, die sie unter verschiedenen Namen eintragen lassen würden. Für jeden erschöpften Claim würden sie einfach ein Stück flußabwärts einen neuen abstecken.

»Ein Goldsucher hat mir erzählt, er hätte an einer flachen Stelle die Nuggets wie Erbsen aufgeschaufelt«, rief Lew begeistert aus. »Es ist unvorstellbar.«

Am folgenden Tag steckten sie an einer einsamen Stelle ihre Claims ab und machten sich an die Arbeit. Lew konnte seine Begeisterung kaum zügeln, und auch Ying legte selbst mit Hand an. Fröhlich watete er barfuß durch das warme Wasser, siebte Sand und klaubte Steine auf. Seine Entscheidung war gefallen. Nach Hongkong würde er als Herr Wong Sun Lee zurückkehren, mit Papieren, die er sich bei einer entsprechenden Adresse in Brisbane besorgen wollte. Dann würde er sich einen angemessenen Herrensitz kaufen und Verbindung zu Finanzberatern aufnehmen. Diese sollten ihm helfen, eine florierende Reederei aufzubauen, die er Pan Pacific Company nennen wollte. Sie würde unter der Leitung eines vertrauenswürdigen Gentleman stehen, eines Mannes, dem sowohl die chinesische Lebensart vertraut war als auch die britische. Nun mußte er nur noch Lew Cavour überreden, mit ihm nach China zurückzukehren. Denn niemand war besser dazu geeignet, seine Reederei zu leiten, als er.

6

Bei ihrer Rückkehr nach Cooktown mußte Diamond feststellen, daß sich die ganze Gegend verändert hatte. In der Flußmündung drängten sich Schiffe, und am Ufer türmten sich Unmengen von Waren. Aus allen Ecken drang der Lärm von Hämmern und Sägen. Pferdegespanne zogen Balken hinter sich her, um die Hauptstraße zu ebnen, und überall herrschte ein reges Treiben. Diamond staunte, wie viele Pferde diese unternehmungslustigen Leute in der kurzen Zeit herbeigeschafft hatten, aber noch mehr verwunderte sie die Anzahl der Chinesen. Inzwischen schien es mehr von ihnen zu geben als Weiße. Hunderte von gutgekleideten Männern, die so ähnlich aussahen wie Mr. Chin, füllten die Straße. Ihnen folgten die Kulis, die sich, gebeugt unter der Last ihrer Bündel und Körbe, einen Weg durch das lärmende Getümmel bahnten.

Endlich hatte Diamond das kleine Verwaltungsgebäude gefunden und zwängte sich durch die schwitzenden Menschen, die vor der Tür herumstanden. Im Inneren herrschte eine glühende Hitze, und als Diamond aufblickte, erkannte sie auch, warum. Das Haus hatte ein Dach aus Wellblech, das inzwischen so heiß geworden war, daß man ein Ei hätte darauf braten können. Diese Leute werden es nie lernen, dachte sie, wobei sie das kühle Blätterdach eines Gunyah im Land der Irukandji vor Augen hatte. Dennoch fühlte sie sich nicht als Außenseiterin zwischen all den seltsam gekleideten Männern und Frauen. Die Kleider, die Diamond im Busch zurückgelassen hatte, waren von oben bis unten mit Schimmel bedeckt gewesen. Deswegen hatte sie sie in einem Bach auswaschen müssen, und jetzt waren sie völlig zerknittert. Doch als sie sich umsah, stellte sie fest, daß es offenbar nicht nur ihr so ergangen war, denn ein modriger Geruch lag in der Luft.

Das Regierungsbüro diente eigentlich eher als Nachrichtenbörse, und so dauerte es nicht lange, bis sie erfuhr, daß Lew und Mr. Chin Cooktown schon vor einiger Zeit verlassen hatten. Also machte sie sich auf die Suche nach der Familie Bourke. Jim Bourke baute gerade seinen Laden. Er hatte sich überlegt, daß er in diesem neuen Städtchen als Krämer am schnellsten zu Wohlstand kommen würde. Seine Frau war mit dem Schiff zurück nach Townsville gefahren, um Waren einzukaufen.

Marie Bourke freute sich, Diamond wiederzusehen. »Diamond! Wo bist du gewesen? Wir haben uns solche Sorgen gemacht!«

»Ich bin in den Bergen herumgestreift«, antwortete sie vorsichtig. Ihr Gold hatte sie vergraben, damit es nicht in die falschen Hände geriet.

»Was für ein Glück, daß sie dich nicht einen Kopf kürzer gemacht haben«, meinte Jim Bourke. »Diese Schwarzen sollen ja wahre Teufel sein.«

»Was ist mit deinem Volk? Hast du es gefunden?« erkundigte sich Marie.

Diamond schüttelte den Kopf. Vielleicht würde es gefährlich für sie werden, wenn die Leute herausfanden, daß sie eine der hiesigen Aborigines war. Man konnte schließlich nicht wissen, wie die Weißen das aufnehmen würden. »Nein, aber ich habe eine ganze Menge Eingeborene getroffen, die sehr freundlich zu mir waren. Ich verstehe nicht, warum sich alle so aufregen.«

»Na, du hast eben die richtige Hautfarbe«, meinte Jim Bourke.

»Kann ich Ihnen helfen, Mr. Bourke?« fragte Diamond. »Die Arbeit wächst Ihnen ja über den Kopf!«

»Arbeit habe ich mehr als genug, aber zahlen kann ich nicht.«

»Ich brauche keinen Lohn, nur ein Dach über dem Kopf. Ich könnte für Sie Fische fangen ...«

»Abgemacht«, schlug er ein.

Im Augenblick konnte sie mit ihrem Gold noch nichts anfangen. Wenigstens nicht, bis die ersten Männer mit ihren Funden vom Palmer zurückkehrten. Wenn sie das Gold jetzt schon herumzeigte, würden sich alle auf sie stürzen wie ein Rudel Dingos, um herauszufinden, woher sie es hatte. Und dann konnte es gefährlich für sie werden, da jeder daraus schließen konnte, daß sie nicht bei den Goldfeldern gewesen war. Am besten wartete sie also ab, bis Mr. Chin zurückkehrte, ehe sie unter seinem Schutz die Rückreise in den Süden antrat.

Marie Bourke hatte ihre Reisetasche aufbewahrt, so daß Diamond sich umziehen konnte. Darin befand sich auch die Geldbörse mit ihren Ersparnissen aus der Zeit in Mr. Chins Haus. Das würde für eine Weile reichen.

Jim Bourke deckte seinen Laden nicht mit Wellblech, sondern mit einem Dach aus Schindeln. Den Fußboden ebnete er ein, indem er den Staub einiger verlassener Termitenhügel mit Wasser vermengte und dann feststampfte. Schließlich malte er sein Ladenschild. Als seine Frau zurückkehrte, war alles fertig. Stolz führte er sie durch den Laden und die dahinterliegenden kleinen Wohnräume. Doch anstatt sich mit ihm zu freuen, kochte Mrs. Bourke vor Wut. »Was bist du doch für ein Trottel! Warum hast du das nicht verhindert?«

Mit diesen Worten wies sie auf das Nachbarhaus, ein ebenfalls neuerrichtetes Gebäude mit einer langen Veranda; davor hing ein Schild, das die schlichte Aufschrift »Zimmer frei« trug.

»Was stört dich daran?« fragte Jim unschuldig. Diamond mußte kichern. Jim wußte ebenso gut wie sie, daß die Frauen, die sich dort auf den Bänken räkelten, Prostituierte waren und daß dieses Haus von einer schwatzhaften blonden Frau namens Glory Molloy geführt wurde.

»Willst du mich für dumm verkaufen, Jim Bourke? Du weißt genau, wie diese Frauen ihr Geld verdienen. Und ich verlange, daß du sie fortschickst.«

»Und wie soll ich das machen?« fragte er. »Außerdem werden sie bei uns einkaufen.«

Und so begann die Fehde zwischen Glory Molloy und Mrs. Bourke. Glory setzte sich durch und blieb da; und ihr Geschäft gedieh ebenso wie das der Bourkes.

Während die Mädchen sangen und tanzten, saß Glory mit ihrer Kasse auf der Veranda und beobachtete zufrieden die Männer, die kamen und gingen. Manchmal verließ Diamond ihren Schuppen im Hof der Bourkes und gesellte sich zu Glory, die viel zu erzählen hatte.

»Warum lebst du dort drüben wie eine Dienstmagd?« fragte Glory. »Ein Prachtweib wie du könnte sich bei uns eine goldene Nase verdienen. Die Männer mögen farbige Frauen.«

»Ich weiß«, antwortete Diamond lachend. »Danke, nein, ich will nicht lange hierblieben. Ich warte nur noch auf jemanden, der mich zurückbegleitet.«

»Bist ein kluges Mädchen«, meinte Glory. »Für die Seeleute auf dem Schiff wärst du ein gefundenes Fressen, und glaub bloß nicht, die würden dir was zahlen!«

In einer der darauffolgenden Nächte hörte sie das Lachen. Es war jenes Lachen, das sie seit ihren Jugendtagen nie mehr vergessen hatte. Glory erklärte ihr, der Mann sei ein guter Kunde, der gerade mit Taschen voller Gold vom Palmer zurückgekommen sei. Nur mit Mühe konnte sich Diamond beherrschen. Doch nach dem Gespräch mit Glory richtete sie es so ein, daß sie ihm über den Weg laufen mußte. Dabei faßte sie an das Messer, das sie noch immer am Bein trug, denn auch jetzt fürchtete sie sich vor ihm. Als er sie ansprach, zitterte sie am ganzen Leibe, aber sie mußte sich zuerst vergewissern.

»Billy Kemp heiß ich«, sagte er grinsend. »Billy Kemp, der als einer der ersten am Palmer sein Glück gemacht hat. Meine Güte, du hast ganz schön was zu bieten! Erzähl mir bloß nicht, Glory, daß diese Augenweide nicht für dich arbeitet.«

Er lehnte sich gegen eine Mauer und schwenkte seine Whiskyflasche. »Wieviel? Ich zahle, was du willst.«

»Haben Sie schon immer nach Gold gesucht, Billy?« fragte Diamond in unbeteiligtem Ton.

»Hat man so was schon gehört?« Billys Grinsen erstreckte sich über das ganze Gesicht. »Spricht wie 'ne Dame.« Lachend verbeugte er sich. »Nein, Mylady, ich war Seemann. Als unser morscher Kahn gekentert ist, hab ich mir gesagt, Billy, jetzt ist Zeit, daß du aufhörst. Schließlich kommen die Haifische nicht zu dir ins Haus, also bleibst du besser auch von ihrem Meer weg.«

»Ihr Schiff ist untergegangen?« hakte Diamond nach. »Da haben Sie aber großes Glück gehabt. Wie hieß es denn?«

»Das Schiff? Ach, das war die *White Rose.* War'n verdammt guter Kahn. Ich war erster Maat, und unser Käpt'n Beckmann, Friede seiner Seele, hat mich wie seinen Bruder behandelt ...« Während Billy weiterredete, betrachtete Diamond den Mann, der sie überfallen hatte. Niemals würde sie diese entsetzlichen Minuten vergessen, in denen sie befürchtet hatte, daß die beiden Seeleute sie ertränken wollten. Mochte er den Schiffbruch auch überlebt haben, Kagaris Rache würde er nicht entrinnen. Glory Molloy unterbrach seinen Redeschwall. Sie mußte ihn zu den anderen Mädchen lotsen, bevor er sich nur noch mehr auf Diamond versteifte. Sie hakte ihn unter, so daß sein Arm ihre Brüste streifte. »Sie haben ja wirklich ein aufregendes Leben geführt, mein Süßer! Erzählen Sie Ihrer Glory doch mal, wie sie es geschafft haben, als einer der ersten am Palmer anzukommen?«

»Köpfchen, mein Goldstück. Ich hab mich mit 'nem Viehzüchter zusammengetan, einem gewissen Buchanan, der außerdem auch 'n hohes Tier ist. Gemeinsam haben wir 'ne vernünftige Ausrüstung zusammengestellt. Am wichtigsten war das Boot, das ich uns gezimmert habe, damit wir nicht durch die Flüsse aufgehalten wurden. Die anderen haben gedacht, ich spinne, aber wer zuletzt lacht, lacht am besten.« Als er sich schon mit Glory zum Weggehen wandte, trat Diamond noch einmal auf ihn zu. »Wie hieß der Viehzüchter, Billy? War es Buchanan? Buchanan von der Caravale-Farm?«

»Ja, genau, Ben Buchanan. Kennst du ihn?« Er stieß Glory in die Seite. »Hab gehört, schwarze Miezen sind sein ein und alles.«

»Ja, ich kenne ihn«, antwortete Diamond mit klopfendem Herzen. »Wo kann ich ihn finden? Hat er Sie hierher begleitet?«

»Nein, der arme Teufel ist am Palmer geblieben. Diese Sorte Kerle hat einfach keinen Mumm in den Knochen«, erklärte er Glory. »Als Großgrundbesitzer brauchte er zu Hause keinen Finger krummzumachen, und am Palmer hat er sich dann übernommen.«

»Oh, der arme Kerl«, meinte Glory mit geheuchelter Anteilnahme. »Ist er tot?«

»Nein, ich hab doch schon gesagt, er ist immer noch am Palmer, aber, um ehrlich zu sein, bei dem ist im Oberstübchen was durcheinandergeraten. Hat sich im Busch vergraben und sucht nicht einmal mehr nach Gold. Als ich ihn zuletzt gesehen habe, war er jedenfalls noch am Leben. Vielleicht liegt er jetzt schon unter der Erde. Wie es so schön heißt, wenn einer nicht will, dann ist auch der liebe Gott machtlos. Ich für meinen Teil hab ihn aufgegeben.«

Während Glory mit Billy weiterging, starrte Diamond den beiden nach. Diesmal war dieser unverschämte Seemann noch einmal mit dem Leben davongekommen; was sie gerade über

Ben Buchanan erfahren hatte, war viel wichtiger. Beim Gedanken an ihn traten ihr die Tränen in die Augen. Jetzt hatte er niemanden mehr, der sich um ihn kümmerte. Zwar wußte sie noch nicht, wie sie es anfangen sollte, doch ihr war klar, daß sie ihm helfen mußte. Allerdings mußte sie auf dem Weg zum Palmer das Land der Irukandji durchqueren, und allein bei dieser Vorstellung kroch ihr eine Gänsehaut über den Rücken. Wenn sie den Aborigines in die Hände fallen sollte, würde das ihren sicheren Tod bedeuten, einen grausamen, qualvollen Tod. Meebal hatte recht daran getan, sie zurückzuschicken, denn die Stammeshäuptlinge würden keine Gnade zeigen, besonders jetzt, da immer mehr Goldsucher in ihr Land eindrangen.

Meebal. Er hatte vorausgesagt, daß sie sich in diesem Leben wiedersehen würden. Diamond konnte über seine Weisheit nur staunen. Meebal würde sie führen.

»Blinde Augen können sehr nützlich sein«, sagte Meebal. »Die Nacht unterscheidet sich für mich nicht vom Tag.« Zwar hielt er nicht viel von ihrem Vorhaben, doch die Herausforderung reizte ihn. Meistens schlichen sie im Schutz der Dunkelheit voran und setzten ihren Weg nur dann tagsüber fort, wenn Meebal sicher war, daß sie nicht auf Gruppen von Kriegern stoßen würden, die es darauf abgesehen hatten, jeden Eindringling abzufangen. Ein paarmal überquerten sie die Pfade der Goldsucher, und hin und wieder sahen sie eine kleine Gruppe Männer, die sich mit ihren Lasten langsam voranquälten. Meebal führte sie mühelos über die Berge und benutzte dabei Pfade und Pässe, die auch den Goldsuchern den Weg beträchtlich erleichtert hätten, wären sie ihnen nur bekannt gewesen. Nach drei Tagen, also weitaus schneller als erwartet, stießen sie im Süden auf die markierte Route der Goldsucher, die um die Berge herumführte. »Hier liegt das Land der Merkin«, erklärte ihr Meebal. »Weiter darf ich nicht gehen. Außerdem kenne ich diese Gegend nicht mehr. Die Merkin waren schon immer verschlagen und grausam, doch jetzt haben sie noch mehr unter den vielen Eindringlingen zu leiden als unser großes Volk.«

»Vielleicht kann ich mich weißen Männern anschließen«, meinte sie, obwohl diese Aussicht auch nicht gerade beruhigend war.

»Die Gruppe, die wir gesehen haben, ist zu weit nach Westen abgekommen, und du müßtest das freie Land durchqueren, um sie zu erreichen.« Er lächelte bedauernd. »In der Nacht würdest du dich verlaufen, und außerdem müßtest du dann noch einen kleinen Fluß überqueren, bevor du auf den Fluß triffst, nach dem du suchst.«

»Dann muß ich mich eben beeilen«, sagte sie. »Ich wünschte, ich hätte einen Revolver mitgebracht.«

»Kannst du denn überhaupt damit umgehen?« Er war erstaunt.

»Natürlich, das ist nicht schwer.«

»All diese wundersamen Dinge, die du gelernt hast!« seufzte er. »Ich glaube, einem kleinen Menschen, der allein unterwegs ist, kann es gelingen, den Merkin aus dem Weg zu gehen. Sie sind viel zu beschäftigt, nach den Eindringlingen Ausschau zu halten, um sich um ein kleines Irukandji-Mädchen zu kümmern. Sie sprechen die gleiche Sprache wie wir. Wenn du ihnen begegnen solltest, sagst du ihnen, daß du die Tochter des großen Häuptlings Tajatella aus den Bergen bist. Und drehe ihnen niemals den Rücken zu. Sicher behandeln sie dich ebenso höflich wie du sie, aber trotzdem mußt du bei der ersten Gelegenheit fliehen.«

Diamond machte sich zum Aufbruch bereit.

»Die Sonne brennt mit voller Kraft«, fuhr Meebal fort. »Wenn du Wasser findest, dann trink so viel du kannst. Um dich zu stärken, iß nichts anderes als diese Nüsse.«

»Meebal, beantworte mir noch eine Frage, bevor ich gehe. Ist Mutter wirklich in Sicherheit?«

»Ich habe dir die Wahrheit gesagt. Luka verachtet deine Peiniger und spuckt auf sie. Und sie hat eine große Familie.«

»Dann bin ich froh.«

»Ich bleibe in dieser Gegend«, sagte er, »und warte auf dich.«

»Das ist lieb von dir, Meebal. Und es tut gut zu wissen, daß du auch diesmal mit meiner sicheren Rückkehr rechnest.«

Aber er schüttelte den Kopf. »Diesmal weiß ich es nicht, Schwester. Ich habe Angst um dich. Doch die Zeit bedeutet mir nichts, und ich werde warten, bis die Geister mir sagen, daß du nicht mehr kommst.«

Bevor Diamond zu ihrem Querfeldeinlauf durch das offene Gelände aufbrach, legte sie die hinderlichen Kleider ab und hängte sie sich in einem Beutel um die Schulter. Nur mit einem Lendenschurz bekleidet, machte sie sich dann auf den Weg. Ihre langen Beine verfielen in einen gleichmäßigen Rhythmus, während sie der Sonne entgegenstrebte. Dabei dachte sie nur an Meebals Ermahnung, keinen Lärm zu machen und sich von der brennenden Sonne nicht beirren zu lassen.

Da sie ihre Umgebung unausgesetzt im Auge behielt, bemerkte sie die Gruppe von Frauen und Kinder vom Stamm der Merkin, die sich auf dem Weg nach Norden befanden, rechtzeitig. So konnte sie sich hinter einigen dürren Bäumen verstecken und die Zeit nutzen, um wieder zu Atem zu kommen. Immer, wenn sie auf den Seitenarm eines Flusses stieß, tauchte sie ihren erhitzten Körper in das kühle Wasser. Nachts verbarg sie sich im hohen Gras und schlief jedesmal sofort ein, ohne auch nur einen Gedanken an Schlangen zu verschwenden. Wecken ließ sie sich vom Ruf der Kookaburras und war unterwegs, noch ehe der Morgen graute.

Schließlich kam sie an den ersten Fluß. Sie schwamm ans andere Ufer und wandte sich dann auf die Berge zu, die sie vom Flußtal des Palmer trennten. In dieser Nacht wagte sie nicht, sich schlafenzulegen, denn die Berghänge wurden von den

Lagerfeuern der Merkin erhellt. Angsterfüllt verbarg sie sich im hohlen Stamm eines alten Baums. Am Morgen kroch sie vorsichtig von einem Versteck zum nächsten. Sie hatte nicht das geringste Bedürfnis, den Merkin über den Weg zu laufen. Aus dem Gebüsch hörte sie von Zeit zu Zeit ihre Stimmen, später verloren sich ihre Rufe in der Ferne.

Als sie die ersten Pferde wiehern hörte, wußte sie, daß der Palmer nicht mehr fern war. Dieser Laut machte ihr noch einmal bewußt, daß sich die Weißen niemals vor den Aborigines verstecken konnten, obwohl sich die Eingeborenen über das Geräusch wundern würden, weil Pferde ihnen unbekannt waren. Diamond zog Rock und Bluse an, steckte ihr Haar hoch und ging zu der Koppel. Jetzt sah sie aus wie ein ganz gewöhnliches »zahmes« Eingeborenenmädchen in den Kleidern ihrer Missus. Niemand nahm von ihr Notiz, als sie zwischen den Zelten hindurch zum Flußufer ging. Wahrscheinlich dachten die Männer, sie würde zu einem von ihnen gehören.

In der Umgebung der Schürfstellen waren Hunderte von Zelten aufgeschlagen. Sie bekam Angst, als sie hörte, daß diese Ansiedlung »Oberes Camp« genannt wurde. Eigentlich hatte sie sich vorgestellt, alle Goldsucher wären beieinander geblieben. Doch nun gab es offenbar noch zahlreiche andere Lager.

Von einem Beamten im Zelt des Regierungsbeauftragten erfuhr sie, daß Lew Cavours Gruppe ein Stück weiter flußaufwärts schürfte, doch von einem Ben Buchanan hatte niemand etwas gehört. »Vielleicht ist er unten in Palmerville«, meinte der Beamte. »Die meisten, die auf dem Landweg gekommen sind, sind gleich dort geblieben.«

»Und wo liegt Palmerville?«

»Ungefähr fünfundvierzig Kilometer flußabwärts.«

Als sie zum Pfad am Flußufer hinunterging, fühlte sie sich unendlich einsam. War Ben noch am Leben? Wie würde er sie empfangen? Würde er sie beschimpfen? Außerdem hatte Billy Kemp womöglich gelogen, und Ben war gar nicht mehr hier. Die Sonne brannte erbarmungslos vom Himmel, und dichte Schlingpflanzen, deren Ranken schwer wie Blei waren, behinderten ihren Weg. In ihrem Kopf dröhnten Stimmen, die ihr rieten, diese ungewisse Suche aufzugeben und umzukehren.

»Jetzt hast du es leicht«, zischten sie ihr ins Ohr. »Lew Cavour und Mr. Chin sind hier. Bei ihnen bist du garantiert in Sicherheit. Du kannst dich bei ihnen ausruhen, solange du willst.«

Eine Stimme kam ihr besonders vertraut vor – das laute Zetern von Mrs. Buchanan. »Hände weg von meinem Sohn, du schwarze Hexe!«

Doch ausgerechnet diese Stimme trieb sie an, weiterzugehen. Anstatt sie einzuschüchtern, schürte sie ihren Widerspruchsgeist und damit auch ihre Kraft.

Ohne Vorwarnung stand sie plötzlich vor einem einsamen Zelt, und ein bärtiger Goldsucher grinste ihr freundlich entgegen. »Sieh mal einer an, was haben wir denn da an Land gezogen? Hast du dich verlaufen, Kleine?«

»Eigentlich nicht. Ich will nach Palmerville«, sagte sie.

»Du siehst aber reichlich mitgenommen aus. Komm, trink mit mir eine Tasse Tee. Ich wollte sowieso gerade meine Pfeife rauchen, und ein bißchen Gesellschaft wäre mir da gerade recht.« Dankbar nahm sie den süßen, starken Tee entgegen.

»Ich muß heute abend selbst noch nach Palmerville rüber«, sagte er. »Wenn du ein Weilchen wartest, nehme ich dich mit. Besonders angenehm ist es da ja nicht gerade, vor allem, wo sie jetzt diese Wahnsinnspreise verlangen. Hätte nie gedacht, daß ich noch den Tag erlebe, wo ein einfacher Nagel in Gold aufgewogen wird.« Er zog heftig an seiner Pfeife. »Vor allem hätte ich nie gedacht, daß ich das auch freiwillig bezahle. Aber dieser alte Fluß hier, der hat mich reich beschenkt. Ich komme aus London und habe alles verkauft, damit ich hier Gold suchen kann. Mein Gott, was haben die Leute mich ausgelacht!

Für verrückt erklärt haben sie mich. Aber wenn ich zurückkomme, dann ziehen sie lange Gesichter. Wenn ich überhaupt noch mal zurückkehre. Dieses Brisbane hat mir eigentlich ganz gut gefallen. Ich habe ...«

Diamond hatte sich einen Platz im Schatten ausgesucht und versuchte den Worten des Alten zu folgen, während sie sich erschöpft gegen einen Baumstumpf lehnte. Doch nach wenigen Sekunden sank sie in einen tiefen Schlummer.

Jeder kannte den Einsiedler, und alle wiesen sogleich auf seine abgelegene Hütte.

»Er hatte 'nen Kumpel dabei«, erklärte ihr einer der Goldsucher, »und hat sich abgerackert, um den armen Kerl wieder auf die Beine zu bringen, aber der Arme ist schließlich abgekratzt. Der Einsiedler hat das überhaupt nicht bemerkt. Erst als die Leiche anfing zu stinken, haben es die anderen gerochen. Mit Gewalt mußten sie ihn rausholen, und die ganze Zeit hat der Einsiedler gejammert und geplärrt, als ob sie ihn ermordet hätten.«

»Er will keinen Besuch«, warnte sie ein anderer. »Aber er ist harmlos.« Er lachte. »Wenigstens seit er keine Munition mehr hat. Er bleibt lieber allein und redet mit seiner Töle.«

Als erstes begegnete ihr Bens Schäferhündin Blue. Als sie Diamond entdeckte, stellte sie die Ohren auf und verharrte angriffsbereit. Diamond hockte sich hin und versuchte die Hündin zu streicheln, doch diese wich zurück und fletschte die Zähne. Offensichtlich hatte sie Diamond vergessen. Vorsichtig rutschte sie näher an das Tier heran. Da hörte sie aus der Blätterhütte ein Geräusch. »Ben«, rief sie. »Ben Buchanan. Ruf den Hund zurück! Komm raus, Ben!«

Auf diesen Ruf hin kam ein Mann mit drohend erhobenem Stock ins Freie gehumpelt, und die Hündin begann aufgeschreckt mit einem wütenden Gebell. Während dessen musterte Diamond fassungslos die Gestalt, die da vor ihr stand.

War dieser schmutzstarrende, gebeugte Mann mit den verfilzten Haaren und dem Bart, der fast das ganze Gesicht bedeckte, tatsächlich Ben Buchanan? »Was habt ihr hier zu suchen«, brüllte er. »Schert euch weg, ihr Diebesgesindel!« Er dachte wohl, sie sei nicht allein gekommen. »Ich bin's, Ben«, sagte sie gefaßt. »Diamond. Ich tu dir nichts.« Unstet suchten seine Augen die Gegend ab. Ein böses Lächeln umspielte seine Lippen. »Mir kann keiner was antun. Wer mein Land betritt, der kann was erleben!« Trotzdem drehte er sich unvermittelt um und ging zurück in die Hütte. Sie hörte ihn reden, als würde er jemandem von dem seltsamen Vorfall berichten.

Diamond, die aufgestanden war, trat auf die Hündin zu. »Sitz, Blue«, befahl sie, wobei sie mit dem Finger auf den Boden deutete. Das Tier weigerte sich zwar, ihr zu gehorchen, ließ Diamond aber vorbei und heftete sich an ihre Fersen.

In der Hütte türmte sich neben wild wuchernden Grasbüscheln jede Menge Unrat. An der einzigen soliden Wand stand ein Feldbett. Neben dem Bett hockte Ben und schien sich mit der leeren Matratze zu unterhalten. Diamond, die am Eingang stehengeblieben war und ihn ungläubig anstarrte, beachtete er nicht.

»Ich bin Diamond«, wiederholte sie. »Und ich soll für dich arbeiten.«

Als er nicht widersprach, begann sie, aufzuräumen. Wenn er sich erst einmal an sie gewöhnt hatte, würde er ihr vielleicht auch erlauben, ihn zu versorgen. So verkommen diese Hütte auch sein mochte, für sie zählte nur, daß sie Ben endlich gefunden hatte. Später würde sie ihn nach Hause bringen – wenn er dann noch lebte. Er war sehr krank und außerdem furchtbar abgemagert.

Im Laufe der Wochen erholte sich Ben Buchanan. Bei einem chinesischen Kräuterkundigen hatte Diamond eine Medizin gekauft, mit der sie ihn ruhigstellen konnte. Auf diese Weise war es ihr möglich, wieder Ordnung in sein Leben zu bringen.

Er betrachtete sie als seine Dienstmagd, die ihn wusch und fütterte, ihm die Haare schnitt und ihn rasierte. Doch ihr versetzte es einen Stich ins Herz, wenn sie seine eingefallenen Wangen und seine kränkliche Gesichtsfarbe sah. Seit er die Medizin nahm, war sein irrer Blick einer dumpfen Benommenheit gewichen. Also senkte sie die Dosis, die sie ihm in seinem Tee verabreichte.

Eines Tages fuhr er plötzlich auf, und als er sie anblickte, erkannte er zum erstenmal, wen er vor sich hatte. »Was tust du hier?« fragte er.

»Ich sorge für dich«, sagte sie fröhlich. »Ihr Buchanans könnt einfach nicht ohne Haushälterin auskommen.«

»Wir Buchanans«, wiederholte er, als ob dieser Name aus einer fernen Vergangenheit stammte. Dann sprang er mit einem Satz hoch und begann, unter seinem Bett zu kramen. »Du willst doch nur mein Gold.« Als er nicht fand, was er suchte, schrie er: »Mein Gold! Du hast mein Gold gestohlen!« Er griff nach seinem Stock und schwang ihn in ihre Richtung. Diamond wand ihm jedoch die Waffe aus der Hand und schob ihn zurück aufs Bett. »Geh wieder ins Bett«, befahl sie streng, als ob sie zu einem unartigen Kind sprechen würde.

»Mein Gold«, schluchzte er. »Du Hexe, du hast mein Gold gestohlen!«

Von Gold hatte sie bei ihm bisher keine Spur gesehen. »Wo hast du es denn versteckt?«

»Unter dem Bett«, jammerte er. Wenn er dort tatsächlich Gold versteckt gehabt hatte, dann war es schon längst nicht mehr da. Jeder hätte es sich nehmen können, wenn er beim Wasserholen war. Vielleicht hatten es auch die Männer eingesteckt, die den Leichnam fortgebracht hatten. Sie fragte sich, welche Ereignisse Ben so verändert hatten. Wahrscheinlich war die Krankheit daran schuld und vielleicht auch das Fieber, das die Weißen bekamen, weil sie die Hitze nicht vertrugen. In diesem Tal wehte nie auch nur der kleinste Windhauch. Damit

Ben nicht noch einmal zusammenbrach, mußte sie ihn fortbringen, sobald er sich einigermaßen erholt hatte. Sie selbst würde auch erst wieder aufatmen können, wenn sie diesen Ort verlassen hatte.

Ben schimpfte und jammerte den ganzen Tag, doch als sie ihm am Abend eine schmackhafte Fischmahlzeit vorsetzte, griff er hungrig zu. »Mir geht es schon wieder besser«, meinte er. »Morgen suchen wir Gold, und du kannst mir helfen. Sicher finden wir noch mehr.« Aufgeregt griff er nach ihrem Arm. »Ich werde reich, und Darcy kann die Farm führen. Mich braucht er dann nicht mehr.«

Traurig erkannte Diamond, daß sein Geist noch immer verwirrt war. Und dies bestärkte sie in ihrem Entschluß, ihn sobald wie möglich vom Palmer fortzubringen. Allerdings mußte sein Fuß erst einmal heilen. Sie wusch das eiternde Geschwür jeden Tag aus, doch noch immer klafften große Löcher in seinem Fleisch. Eines Tages waren die Wunden sicher verheilt, aber tiefe Narben würden zurückbleiben. Augenblicklich konnte er jedenfalls keine weite Strecke laufen, selbst mit seinem Stock humpelte er nur mühsam voran. Der chinesische Kräuterheiler war einmal in ihre Hütte gekommen und hatte den Fuß untersucht. Dann hatte er ihr ein Pulver gegeben, das sie über die Wunde streuen sollte. »Sehr schlimm, junge Frau«, hatte er gesagt. »Sie sind gerade noch rechtzeitig gekommen. Er hat großes Glück gehabt.«

An einem der nächsten Tage ging sie in das Büro des Regierungsbeauftragten, wo sie jedoch nur seinen Stellvertreter, Mr. John Perry, vorfand. Er erklärte sich sogleich bereit, mit ihr unter vier Augen zu sprechen. Erleichtert beschrieb sie ihm, wie es Ben Buchanan ergangen war.

»Ich stamme selbst aus Charters Towers«, erklärte er. »Und von den Buchanans habe ich schon gehört. Ben tut nur sehr leid. Ich hatte ja keine Ahnung, daß er der Einsiedler ist. Und was kann ich jetzt für Sie tun?«

»Ich brauche zwei Pferde«, sagte Diamond, »damit wir bis zu einer der ersten Farmen reiten können.«

»Zwei Pferde! Für alle guten Worte und alles Geld der Welt könnte ich Ihnen nicht mal eins besorgen. Niemand von uns gibt sein Pferd her!«

»Aber ich habe mir alles genau überlegt. Sie können uns die Pferde leihen. Wenn uns eine Eskorte von Soldaten begleitet, können die Männer die Pferde wieder zurückbringen.«

»Tut mir leid, das ist nicht möglich. Wenn ich einer Gruppe von nur zwei Personen eine Eskorte gewähre, setzt man mich an die Luft. Sie müssen warten, bis der nächste bewachte Goldtransport abrückt.«

»Aber ohne Pferde hat es keinen Sinn, denn Ben kann nicht so weit laufen.«

»Dann muß er eben hierbleiben, bis er laufen kann.«

Diamond blieb unschlüssig sitzen, obwohl sie wußte, daß das Gespräch für ihn beendet war und er nur darauf wartete, daß sie ging. Schließlich unternahm sie einen letzten Versuch. »Mr. Perry, ich könnte Ihnen einen anderen Weg nach Cooktown zeigen, der weiter südlich durch die Berge führt. Sie ersparen sich damit den Umweg um die Bergkette.«

Er lachte. »Und wo soll dieser Weg sein?«

»An der südlichen Grenze des Gebiets der Irukandji. Er ist außerdem auch viel sicherer, denn die Irukandji verlassen die Berge nicht gern. So könnten Sie Ihren Leuten viele Schwierigkeiten ersparen. Der jetzige Weg der Goldsucher führt mitten durch das Land dieses Stammes, und das wollen sich die Irukandji naturlich nicht gefallen lassen.«

Perry lehnte sich auf seinem wackligen Stuhl zurück. »Ich verstehe«, meinte er lächelnd. »Und woher wissen Sie das alles?«

»Weil ich eine Irukandji bin.«

Erschrocken fuhr er auf. »Das darf doch nicht wahr sein!«

»Wußten Sie, daß die Leute in den Bergen vom Stamm der Irukandji sind?«

»Ja«, antwortete er plötzlich sehr steif. »Das haben wir von den anderen Schwarzen erfahren, und wir wissen auch, daß sie Kannibalen sind.«

»Und was bedeutet das für Sie?«

»Das bedeutet, daß bei bösartigen Stämmen wie diesen Mitleid fehl am Platze ist. Sie müssen ausgelöscht werden.«

»Ach ja? Deshalb haben Sie wohl auch die freundlichen Stämme im Süden ausgelöscht?« Ihre Antwort ärgerte ihn, und da sie das nicht beabsichtigt hatte, lenkte sie ein. »Bitte, Mr. Perry, ich könnte Ihnen helfen.« Sie schenkte ihm ein Lächeln.

Mit einem Taschentuch tupfte er sich den Schweiß von der Stirn. »Wer garantiert mir, daß Sie wirklich von diesem Stamm sind? Wieso sprechen Sie so gut englisch?«

»Weil ich bei Weißen in Brisbane aufgewachsen bin. Ich wurde als Kind verschleppt.«

»Ich verstehe«, sagte er.

Mit einem verstohlenen Lächeln stand Diamond auf. Ja, du hast verstanden, dachte sie. Wenn es etwas half, hätte sie sich ihm sogar hingegeben. Glücklicherweise war dieser Mann zu einfältig, um ihre mißliche Lage auszunutzen.

»Es ist nett, daß Sie mich angehört haben«, sagte sie deshalb höflich. »Die Buchanans wären für jede Hilfe sicher sehr dankbar. Außerdem bekommen Sie vielleicht eine Auszeichnung, wenn Sie den Goldsuchern eine leichtere Route nach Cooktown zeigen.«

»Wie verläuft dieser Weg?«

Sie wollte es ihm schon erklären, doch dann entschloß sie sich dagegen. Schließlich war es ihr einziges Druckmittel. »Das zeige ich Ihnen«, sagte sie statt dessen.

Meebal konnte seine Wut kaum noch zügeln. »Du hast Weiße mitgebracht! Ich habe ihre Pferde gehört!«

»Nein, mein Bruder. Diese Leute haben mich auf dem Weg

durch das Land der Merkin beschützt. Sie warten unten am Lager auf deine Erlaubnis, den Weg zu benutzen, auf dem sie nach Cooktown gelangen, ohne unser Volk zu stören.«

»Warum bleiben Sie nicht ganz fort?«

»Meebal, wir können sie nicht aufhalten. Das kann niemand mehr. Und es ist besser so. Ich möchte, daß du mich begleitest und sie kennenlernst. Sie sollen wissen, daß die Irukandji gute Menschen sind.«

John Perry rümpfte die Nase. »Ein Verrückter und ein Blinder«, sagte er zu den Soldaten. »Wie konnte ich mich von dieser Frau nur derartig an der Nase herumführen lassen? Der Regierungsbeauftragte wird mich an die Luft setzen.«

Die Soldaten grinsten. Natürlich hatte inzwischen auch der letzte Mann mitgekriegt, daß dieser Buchanan nicht ganz richtig im Kopf war. Ungefähr ein dutzendmal war er von seinem Pferd abgesprungen und auf seinem kranken Fuß durch die Gegend gestolpert, weil er Gold suchen wollte. Und seine schwarze Freundin bemutterte ihn wie eine Glucke. »Wir haben mehr Gold als wir brauchen«, redete sie immer wieder auf ihn ein. »Es wartet auf uns in Cooktown.« Und der arme Tropf glaubte ihr aufs Wort. Wenn er es mal wieder vergessen hatte, erzählte sie ihm die ganze Geschichte geduldig von vorn. Gut sah sie ja aus mit ihrem großen, schlanken Körper und den vollen Brüsten. Für die Soldaten bestand kein Zweifel, daß sie mit dem jungen Perry das Bett geteilt hatte. Man sah ja, wie er sie mit seinen Blicken verschlang, weil er nicht genug von ihr kriegen konnte. Und deshalb war er jetzt mit ihr unterwegs und tat, was sie von ihm verlangte.

Und jetzt noch dieser schwarze Blinde, der mit Federschmuck und Kriegsbemalung erschienen war, um die Fremden zu begrüßen! Diamond hatte erklärt, dies sei ihr Bruder vom Stamm der Irukandji. Aber den Soldaten war das völlig gleichgültig; sie haßten dieses Land und dieses höllische Klima. Für diesen Ausflug hatten sie sich ohnehin nur deshalb freiwillig gemeldet, weil sie darin eine Möglichkeit sahen, nach Cooktown zurückzukehren, bevor die Regenzeit kam und das Gebiet am Palmer vollkommen von der Außenwelt abgeschnitten war. Und vielleicht kannte dieses Mädchen ja tatsächlich eine Abkürzung. Bis jetzt hatte Meebal immer angenommen, alle Weißen seien schreiende Teufel, und nun war er erstaunt über ihre ruhigen Stimmen. Sie faszinierten ihn. Seine Befangenheit wich bald einer kindlichen Neugier; er kostete ihr Essen und ließ sich sogar dazu bewegen, die weichen Nüstern der Tiere zu berühren, die sie Pferde nannten. So großen Tieren war er noch nie begegnet, lediglich ihren donnernden Hufschlag hatte er in letzter Zeit öfter gehört. Jetzt ließ er sich von ihren samtigen Lippen liebkosen und lachte über ihre schnaubende, prustende Sprache.

Diamond brachte ihm ein paar englische Worte bei, mit denen er sich später vor einem Angriff schützen konnte. Obwohl es ihm schwerfiel, sie zu lernen, wünschte sie, sie hätte das schon früher getan. Meebal, der von den Pferden begeistert war, wollte alles über diese Tiere erfahren und über nichts anderes mehr sprechen. Lächelnd dachte Diamond daran, wie er den Besuchern im Haus des Gouverneurs ähnelte, die die Koalas in den Bäumen bestaunten und unbedingt die Känguruhs sehen wollten.

»Die Weißen«, erklärte ihr Meebal, »sind auch nicht anders als wir. Aber diese Tiere, die die Menschenwesen so schnell wie der Wind durch das Land tragen, die sind ein großer Zauber. Es macht mich traurig, daß ich mich von ihnen verabschieden muß.«

Zu Perrys Erstaunen leitete der Blinde sie sicher über Pässe und durch Täler. »Diesen Weg sind wir aber nicht gekommen«, sagte Diamond zu ihrem Bruder. »Nein«, antwortete er. »Aber für diese wunderbaren Tieren ist er leichter. Ich habe den Weißen einen Weg gezeigt, und das muß reichen.«

Als sie aus dem Busch traten und sich vor ihnen die saphirblaue Bucht der Whitsunday erstreckte, brachen John Perry und seine Soldaten in Jubel aus. Begeistert klopften sie Meebal auf die Schulter. Dann überhäuften sie ihn mit Geschenken – mit den Resten ihrer Vorräte, mit Münzen, Halstüchern, Streichhölzern und Knöpfen – denn mit seiner Hilfe hatten sie einen Weg gefunden, der jetzt nur noch fünf Tage in Anspruch nahm. Doch Meebal bat lediglich um einen einzigen Gefallen: Er wollte die letzten verbleibenden Meilen auf einem Pferd zurücklegen.

Perry selbst stellte ihm sein Tier zur Verfügung. Er war sicher, daß er nun, nach der Entdeckung dieses neuen Weges, befördert werden würde. Und so führte er sein Pferd mit dem verzückten Meebal im Sattel den letzten Abhang hinunter.

»Dies ist der größte Tag in meinem Leben«, rief Meebal Diamond zu, die hinter ihm herritt und Bens Pferd am Zügel führte. »Die anderen Geschenke soll Luka bekommen. Sie wird sich sicher freuen. Ich soll dir sagen, wenn du mehr von diesen gelben Steinen brauchst, wird sie dir welche holen.«

Diamond, die vergessen hatte, daß die anderen ihn nicht verstehen konnten, blickte sich erschreckt um. Doch dann atmete sie beruhigt auf. »Danke, mein Bruder. Vielleicht brauche ich sie eines Tages. Aber du darfst niemandem davon erzählen. Auch vor diesen Leuten dürfen wir nicht darüber sprechen, denn diese Steine würden ganze Horden von Weißen in euer Land bringen. Sie müssen für immer verborgen bleiben.«

»Schwester, du bist eine gute Frau«, sagte er, als sie zum letztenmal Abschied nahmen. »Der Segen der Götter ruht auf dir. Sei freundlich zu diesen weißen Leuten, und vergiß deine Rache!« Unversehens sah sie das Gesicht der Haushälterin des Gouverneurs vor sich, hörte die schrille Stimme von Cornelia Buchanan und spürte die Gefahr, die einen Moment lang über Billy Kemp geschwebt hatte. Sie dachte an die Männer, die sie in einer Seitenstraße in Brisbane niedergestochen hatte, und an die vielen anderen, denen sie ihre Gemeinheiten heimgezahlt hatte. »Vergiß deine Rache, Kagari«, wiederholte er. »Hast du mich verstanden?«

»Ja«, sagte sie reumütig. »Ich will es versuchen.«

In der Obhut des Arztes, der seinem Patienten Ruhe und frische Luft verordnete, besserte sich Bens Leiden allmählich. Die kühle Brise, die vom Meer her wehte, trug das ihre dazu bei.

Allerdings war er noch immer schüchtern, wenn ihnen Fremde begegneten. Diamond ging mit ihm schwimmen, und er saß am Strand, wenn sie Kokosnüsse sammelte, die von fernen Ländern angeschwemmt worden waren. Sie forderte ihn auf, sie zu öffnen, ohne einen Tropfen ihrer Milch zu vergießen, und als sich herausstellte, daß es nicht möglich war, lachte er zum erstemal seit langer Zeit. Sie teilten sich die Stücke der Kokosnuß wie Kinder ihre Glasmurmeln.

Im Laufe der Zeit stellte er immer mehr Fragen über Cooktown und die Scharen aufgeregter Goldsucher, die mit jedem neuen Tag in den Hafen strömten.

»Am liebsten wäre ich auch dabei«, sagte er. »Es ist furchtbar, daß ich hier festsitze, wo ich doch weiß, daß man am Palmer ein Vermögen finden kann.«

»Du darfst dich nicht anstrengen«, ermahnte ihn Diamond. »Du mußt erst wieder ganz gesund werden.«

»Ich weiß. Aber es macht mich wütend, wenn ich daran denke, daß ich Gold hatte und man es mir unter der Nase weggestohlen hat!«

»Das ist anderen Goldgräbern auch passiert. Denk nicht mehr daran. Hier bist du in Sicherheit, und bald bist du wieder ganz gesund.«

»Genau«, sagte er grinsend, nahm ihren Arm und zog sie zu sich aufs Bett. »Lieb mich, Diamond! Eine bessere Medizin für einen kranken Mann gibt es nicht.«

Ihre gemeinsamen Wochen in der kleinen Hütte am Strand waren für Diamond das Paradies. Da sie sich nun nicht mehr zu verstecken brauchten, hatten sie alle Zeit der Welt, sich zu lieben, beieinanderzuliegen, die heißen, tropischen Nachmittage zu verträumen und die lauen, sternenklaren Nächte zu genießen. Zwar litt Ben noch unter gelegentlichen Anfällen von Schwermut, doch Diamond blieb geduldig und fröhlich. Sie war sicher, daß er bei diesem sorgenfreien Leben an Körper und Geist genesen würde. Allerdings konnte er sich an ihre Rückreise nach Cooktown und seine Zeit als Einsiedler kaum noch erinnern. Doch als sein Lebensmut zurückkehrte, wurde er gereizt und begann, an ihr herumzumäkeln. Sie wußte, daß ihn wieder die Sorgen um Caravale plagten, und machte ihm deswegen keinen Vorwurf. Schließlich konnten sie ja nicht für immer in Cooktown bleiben, bald würden sie wieder nach Süden fahren.

Eines Tages sprach er mit ihr über Caravale. »Ob es Mutter nun gefällt oder nicht«, sagte er, »ich muß bei der Bank ein Darlehen aufnehmen und Perfys Anteil zurückkaufen.« Dies war das erste Mal, daß er Perfys Namen erwähnte, und Diamond war froh, daß er so beiläufig von ihr sprechen konnte.

»Vielleicht hat sie ihre Anteile schon längst verkauft«, gab Diamond zu bedenken.

»Das würde sie nicht wagen«, knurrte er. »Und wenn du ihr nicht von uns erzählt hättest, säße ich jetzt nicht in der Patsche.« Diamond ließ diesen Vorwurf lieber unbeantwortet. Aus der Patsche konnte ihm herausgeholfen werden. Bisher hatte sie es noch nicht gewagt, ihm von ihrem Gold zu erzählen. Er hätte nicht eher Ruhe gegeben, als bis sie ihm beschrieben hätte, woher sie es hatte. Aber dadurch würde sie ihr Volk in Schwierigkeiten bringen, und außerdem mußte sie vermeiden, daß er wieder vom Goldfieber angesteckt wurde. Sollte er sich auf die Suche machen, würden die Krieger der Irukandji ihn töten. Sie lächelte. Wenn sie diese Versuchungen hinter sich gelassen hatten und sicher in Bowen angekommen waren, würde sie ihm von ihrem Gold erzählen. Er war ihre große Liebe, und sie malte sich in allen Einzelheiten aus, wie sehr er sich freuen würde, wenn sie ihm das Gold gab. Nicht als geschlagener Mann würde er nach Caravale zurückkehren, sondern im Triumph. Dann würde es auch nichts mehr ausmachen, wenn Perfy in ihrer Wut ihre Anteile verkauft hatte, denn mit ihrer Hilfe hätten die Buchanans das nötige Geld, einem neuen Besitzer jeden Preis zu bieten. Wie versprochen sollte ihr Luka, ihre Mutter, mehr von den Steinen geben. Am besten vereinbarte sie mit ihr eine Zusammenkunft bei den Wasserfällen. Dann brauchte sie nicht noch einmal das Land der Irukandji zu betreten, wo Tajatella sie mit seinem Haß verfolgte.

Doch schon am nächsten Tag platzten ihre Träume wie eine Seifenblase.

»Wem gehört diese Hütte?« fragte Ben.

»Dem Arzt. Er hat sie nach seiner Ankunft in Cooktown gebaut. Als die Stadt wuchs, brauchte er auch ein größeres Haus.«

»Alle Leute verdienen Geld, nur ich nicht«, stöhnte Ben. »Ich bin pleite.«

»Nein, das bist du nicht«, sagte Diamond vorsichtig.

»Du hast leicht reden. Zum Glück kann mich der Name Buchanan retten. Der Leiter der Bank hat mir einen Kredit für meine Schiffspassage angeboten, aber abgesehen davon bin ich völlig pleite.«

»Du warst auf der Bank?« fragte sie beunruhigt. Er hatte von »seiner« Schiffspassage gesprochen. Und was war mit ihr?

»Natürlich. Der Arzt hat mich den Leuten vorgestellt. Weißt du, was ich am meisten hasse? Daß diese Emporkömmlinge mich bedauern, wenn ich wie ein Krüppel durch den Ort humpele. Sie reden mit mir wie mit einem Irren. Der arme Buchanan! Schicken wir den Kerl doch besser nach Hause!«

»Das stimmt nicht, Ben! Der Arzt ist sehr nett und hat sich sehr um dich gekümmert.«

»Was du nicht sagst!« Seine Stimme triefte vor Hohn. »Sie alle wissen, daß ich kein Geld habe.«

»Ja, jetzt im Augenblick«, erwiderte sie. Sie biß sich auf die Lippen, um ihm nichts von dem Gold zu erzählen.

»Natürlich, im Augenblick. Sie wissen schon, wo was zu holen ist. Selbst in diesem gottverlassenen Ort hat sich rumgesprochen, wer die Buchanans sind. Aber sie wissen auch, wer die Rechnungen zahlt, oder etwa nicht?«

»Welche Rechnungen?« fragte sie betroffen.

»Ach, stell dich nicht dumm, Diamond! Ich bin doch nicht blöd! Wir leben hier nicht von Luft und Liebe. Wer kauft die Lebensmittel? Wer hat mir Kleider besorgt? Wer zahlt die Arztrechnungen? Und erzähl mir nicht, daß dein Freund Bourke uns aus reiner Nächstenliebe auf Kredit leben läßt. Also, wer hat das alles bezahlt?«

»Ben, sei nicht undankbar. Ich habe es gern getan.«

»Das kann ich mir denken! Aber woher stammt das Geld? Wieso verfügt eine Schwarze plötzlich über Geld?«

Diamond versuchte zu lächeln. »Ach, Ben, das ist doch gleichgültig. Hauptsache, es geht dir wieder gut.«

»Natürlich. Aber du hast mir noch nicht gesagt, woher das Geld kommt.« Er packte sie am Arm und zog sie zu sich heran. »Woher hast du es?«

»Das habe ich mir verdient«, flüsterte sie.

»Genau. Hast du gedacht, ich habe das nicht gewußt? Als Hure hast du es dir verdient, in Charters Towers. Und du scheinst dich ja mit Glory Molloy ausgezeichnet zu verstehen. Hast du auch für sie gearbeitet?«

»Nein«, stammelte Diamond. »Bestimmt nicht, Ben.«

»Warum nicht? Auf ein paar Kunden mehr kommt es doch nicht an.«

Sie sah ihm ins Gesicht und legte ihm die Arme um den Hals. »Laß das, Ben! Was macht es schon aus?« Sie küßte ihn und nestelte an seinem Hemd. »Diese schreckliche Zeit liegt jetzt hinter uns. Nimm es nicht so wichtig, du darfst dich nicht aufregen.« Als sie ihn zärtlich liebkoste, beruhigte er sich allmählich. Doch sie bemerkte erschrocken, daß sie ihn verführte, wie sie es bei den tolpatschigen, unbeholfenen Kunden im Bordell gelernt hatte. Mit langsamen, sinnlichen Bewegungen streifte sie die Kleider ab und räkelte ihren schlanken Körper auf dem Bett, bis er seinen Widerstand aufgab. Als er sie liebte, tat er es ohne Gefühle und Leidenschaft. Er nahm sie wie eine Fremde – oder wie eine Hure. »Ich liebe dich«, flüsterte sie in ihrem Verlangen, die Zärtlichkeit wiederzufinden, die früher zwischen ihnen geherrscht hatte. Doch sie war nicht mehr da. Als er sich von ihr abwandte, weinte sie bittere Tränen.

»So«, sagte er, »es wird Zeit, daß ich mich auf den Weg mache. Tut mir leid, daß ich gestern abend so grob war, Diamond. Muß wohl am Alkohol liegen. Ich bin dir nämlich wirklich dankbar, daß du mich aus diesem Rattenloch rausgeholt hast. Der Himmel allein weiß, wie du das geschafft hast! Ich kann mich an nichts mehr erinnern.«

Er war ausgesprochen gutgelaunt. Die ganze Nacht hatte er sich ausgiebig ihres Körpers bedient, während sie vergeblich versucht hatte, einen Zugang zu seinem Herzen zu finden.

Trotz seiner Grobheit hatte sie sich ihm immer wieder hingegeben, hatten ihre warmen Lippen ihn gestreichelt. Sie wollte für ihn unentbehrlich sein.

Jetzt gab er ihr einen Klaps. »Mein Gott, du wirst mir fehlen!« Er lachte. »Im Bett kann es keine mit dir aufnehmen.«

Vorsichtig setzte sie an. »Aber wir müssen uns doch nicht trennen, Ben. Du weißt, daß wir gut zusammenpassen. Ich gehöre zu dir.«

Ben achtete nicht auf sie. »Ich muß zum Hafen gehen und mir meine Überfahrt besorgen. Wenigstens gibt es genügend Kojen auf den Schiffen, denn sie fahren ja sowieso alle leer zurück.« Diamond holte tief Luft. Jetzt oder nie. »Ich will nicht allein hierbleiben. Ich möchte mit dir gehen.«

»Ach du meine Güte, Diamond, fang doch nicht wieder damit an! Wir hatten eine gute Zeit zusammen, aber das ist jetzt vorbei. Warum kannst du das nicht endlich einsehen?«

Schweigend setzte sie sich aufs Bett. Als sie das Rauschen der Brandung hörte, wünschte sie, sie hätte den Mut, ins Meer hinauszugehen und nie mehr zurückzukommen. Doch sie trug eine Verantwortung. Der ewige Kreislauf der Erde hatte dafür gesorgt, daß ein neues Leben in ihr wuchs, Lukas Enkelkind. Und jetzt klammerte sie sich nur noch an den Gedanken, daß sie Luka davon berichten mußte. Luka, die sie bedauert hatte, weil sie so viele Jahre nach der Geschlechtsreife noch immer kinderlos war.

»Hör mir mal gut zu«, sagte Ben währenddessen. »Du mußt die Dinge sehen, wie sie sind. Wenn ich schon keine weiße Hure mit nach Hause bringen kann, dann gilt das erst recht für eine schwarze. Aber wenigstens wissen die weißen Huren das und machen nicht solch ein Theater! Frag Glory Molloy. Wenn ich dich nicht zur Vernunft bringen kann, schafft sie es vielleicht.«

»Und was soll ich deiner Meinung nach tun?« fragte sie. Gespannt wartete sie auf seine Antwort, geradezu überwältigend war ihr Verlangen, diesen Mann endlich als das zu sehen, was er war. Sie wußte, daß er sie jetzt verletzen würde, doch offensichtlich brauchte sie das, um ihn ein für allemal aus ihrem Herzen zu verbannen.

»Bleib in Cooktown. Hier geht's dir doch gut.« Er grinste. »Meine Süße, so wie du aussiehst, wirst du niemals Hunger leiden. Den Goldsuchern, die hier ankommen, brennt das Geld in den Taschen.«

»Ich soll also wieder als Prostituierte arbeiten?«

»Zieh doch nicht solch ein Gesicht! Schließlich verstehst du was von dem Geschäft. Ich bin nicht für dich verantwortlich.«

»Nein, das bist du nicht«, schleuderte sie ihm entgegen, »aber du bist ein Bastard!«

»Na, na, ruhig«, lachte er. »Das kannst du mir nun wirklich nicht anhängen.«

»Doch, das kann ich. Dieses Grab ohne Namen auf deinem heißgeliebten Caravale – frag doch mal deine Mutter, wer dort liegt!«

»Das ist alles vergessen und vorbei. Das war ein Kerl, der sie angegriffen hat.«

»Er hieß Clem Bunn und war ihr Ehemann.«

»Du bist wahnsinnig! Woher willst du das wissen?«

»Ich weiß es eben. Und die ganze Zeit frage ich mich schon, wie sie deinen Vater heiraten konnte.«

Er holte zu einem Schlag aus. »Du Hexe, du lügst!« Sie wich ihm rasch aus und hatte im nächsten Moment ihr Messer gezogen, ein neues scharfes Messer, das sie sich gekauft hatte, um sich in den überfüllten Straßen von Cooktown verteidigen zu können. Während er einen Schritt zurücktrat, fühlte sie eine solche Wut in sich aufsteigen, daß sie am liebsten zugestochen hätte. Da fielen ihr Meebals Worte ein. »Vergiß deine Rache!« Und sie wußte, wenn sie Ben tötete, ja auch nur verwundete, wäre das ihr Ende. In der Welt der Weißen gäbe es dann keinen Platz mehr für sie und ihr Kind.

»Mach, daß du rauskommst«, zischte sie.

Wieder mutiger geworden, griff er nach seinem Hut und eilte zur Tür. »Wenn du mich noch einmal bedrohst, schlage ich dich grün und blau. Es wird Zeit, daß du lernst, wo du hingehörst. Ich erledige jetzt in der Stadt meine Geschäfte, und wenn ich zurückkomme, steht das Essen auf dem Tisch! Hast du mich verstanden?«

Sie ließ das Messer fallen. »Ja.«

»Gut so.« Er zog eine Zigarre aus der Tasche und steckte sie an, um seinen Triumph noch eine Weile zu genießen. »Du willst einfach nicht wahrhaben, Diamond, daß du auch nur eine primitive Schwarze bist.«

Sobald er die Hütte verlassen hatte, packte sie ihre Sachen. Stundenlang schlenderte sie durch den warmen Sand am Strand entlang und versuchte, das Vorgefallene zu verstehen. Seltsamerweise war der Schmerz nicht so groß wie damals, als Ben sie das erstemal so schmachvoll zurückgewiesen hatte. Vielleicht hatte sie auch schon immer gewußt, daß es eines Tages so kommen würde. Doch jetzt gab es viel zu tun. Sie würde ihre Reisetasche bei Marie Bourke unterbringen und in den Busch gehen, um den anderen, von der Mutter geflochtenen Beutel zu holen. Kein Mensch würde auf eine Schwarze mit einem schäbigen, handgearbeiteten Beutel achten, und niemand würde fragen, was er enthielt. Dann würde sie eine Überfahrt auf einem großen, anständigen Passagierschiff buchen, die hier inzwischen anlegten und Goldgräber an Land brachten. Dort bräuchte sie um ihre Sicherheit nicht zu fürchten. Und das Schiff sollte sie nach Brisbane bringen – denn wenigstens wußte sie jetzt, wo ihre Heimat war. Ihre Heimat war der Ort, an dem sie aufgewachsen war und den sie so gut kannte. Jannalis Bruder hatte recht gehabt, als er sich an die Stirn getippt und gesagt hatte, sie wüßte ganz genau, wo ihre Heimat liegt. Nur hatte sie sehr lange gebraucht, um dies zu erkennen. Während ihre Füße von sanften Wellen umspielt wurden, dachte sie an das kleine Mädchen, das vor vielen Jahren an dieser Küste gefischt hatte.

7

Bowen. Als die grüne, schimmernde Stadt vor ihm lag, ließ Lew das Schiff betont langsam in den Hafen gleiten, um den Anblick in aller Ruhe genießen zu können. Der warme, sanfte Regen spülte den Staub von den Straßen und perlte glänzend von den Blättern. Was hätten die Leute, die sich auf den Trecks über das verkarstete Land vom Palmer nach Charters Towers oder weiter östlich nach Townsville befanden, für diesen Regen gegeben! Der letzte Abschnitt war der schlimmste, wenn man vom staubigen, roten Land an die Küste kam und in Townsville gerade Wassermangel herrschte. Was mochte wohl die Natur bewogen haben, diese beiden tropischen Küstenstädte so unterschiedlich auszustatten? Townsville, das nach Regen lechzte, und Bowen mit seinen unzähligen frischen Quellen, großzügig bedacht von den ersten Schauern der Regenzeit.

Chin Ying trat mit einem Regenschirm an Deck. »Ich nehme an, du kannst es kaum erwarten, Miss Middleton deine Aufwartung zu machen?«

»Stimmt. Diesmal werde ich es aber richtig anfangen. Perfy war immer sehr beeindruckt von Herberts elegantem Aufzug. Also gehe ich zuerst in die Stadt und lasse mir die Haare schneiden, dann besorge ich nur einen guten Anzug und kaufe die besten Stiefel, die man für Geld kriegen kann.«

Ying lächelte. »Und das soll der Seefahrer sein, der sich immer über meine feinen Kleider lustig gemacht hat?«

»Ich tue das nicht freiwillig, mein Freund. Ich will sie überraschen.«

»Hast du dir mein Angebot noch einmal durch den Kopf gehen lassen?«

»Ja, und ich fühle mich geehrt, daß du mich für würdig erachtest, Teilhaber eines so aussichtsreichen Geschäfts zu werden.

Es erfüllt mich mit Stolz, daß du mir so viel Vertrauen schenkst, mir den Posten des geschäftsführenden Direktors anzubieten. Das meine ich ehrlich, Ying. Wie immer meine Entscheidung auch ausfällt, ich werde auf jeden Fall in deine Firma investieren.«

»Entschuldige bitte, aber das wird nicht möglich sein. Wenn du den Posten als geschäftsführender Direktor ausschlägst, dann halte ich es für besser, wenn du deiner eigenen Wege gehst. Leisten kannst du es dir. Meine Gesellschaft soll allein von zwei Direktoren geführt werden, denn ich will vermeiden, daß andere Investoren sich einmischen. Wenn du mein Angebot ausschlägst, muß ich mir einen anderen Engländer suchen, der Chinesisch spricht und einen einwandfreien Leumund hat. Außerdem sollte er etwas von Schiffen verstehen«, fügte er hinzu. »Wie du siehst, brauche ich einen Mann mit genau deinen Fähigkeiten.«

Lew schüttelte bedauernd den Kopf. »Natürlich ist das eine einmalige Gelegenheit für mich. Außerdem habe ich zu meiner Überraschung festgestellt, daß ich Sehnsucht nach China habe. Ich vermisse das Gewimmel und Geschnatter und die vielen undurchschaubaren Bräuche.« Er lachte. »Und ich würde dich und deine abwegige Denkweise vermissen. Aber ich will Perfy um ihre Hand bitten. Wenn sie einverstanden ist, hängt alles von ihrer Entscheidung ab. Wir dürfen nicht noch einmal verschiedener Wege gehen, und wie unsere Zukunft aussehen soll, entscheiden wir gemeinsam. Vielleicht möchte Miss Middleton nicht in Hongkong leben.«

Ying schüttelte ein paar Wassertropfen von seinem Regenschirm. »Ich kann nur schwer hinnehmen, daß meine Zukunft von einer Frau abhängen soll. Die Welt ist voll von schönen Frauen.«

»Das stimmt«, gab Lew zu. »Aber ich will nur diese eine.«

»Du hast wohl noch immer nicht richtig verstanden, was ich dir da anbiete. Lew Cavour wird Taipan!«

»Taipan!« stieß Lew atemlos hervor. Das Wort hallte ihm in den Ohren. Natürlich, Taipan! Der Direktor einer ausländischen Kapitalgesellschaft war Taipan, ein angesehener, hochgeachteter Kaufmann. Konnte er da noch nein sagen? »Ich muß erst mit Perfy sprechen«, beharrte er trotzdem.

»Ach du lieber Himmel, das ist ja Mr. Chin!« rief Alice Middleton aus. »Bitte, kommen Sie doch herein. Geben Sie mir Ihren Regenschirm. Perfy, sieh doch mal, wer hier ist! Wie schön, Sie wiederzusehen! Was für eine nette Überraschung!«

Die Frauen führten ihn in den Salon und servierten ihm Tee, der viel zu stark war und einen unangenehmen Beigeschmack hatte. Taktvoll verkniff Ying sich eine Bemerkung.

Anschließend erzählte er ihnen von ihrer Expedition zum Palmer, wobei er die unangenehmen Dinge verschwieg, dafür um so stärker Lew Cavours Taten herausstrich. Schmunzelnd bemerkte er, daß die hübsche Tochter gar nicht genug davon hören konnte.

»Es muß dort schrecklich sein«, meinte Perfy. »War das alles nicht sehr anstrengend?«

»Am schlimmsten war die Hitze«, antwortete er. »Manchmal herrschten mehr als vierzig Grad im Schatten.«

»Allmächtiger!« staunte Alice. »Daß so was überhaupt möglich ist. Na, Gott sei Dank sind Sie ja heil zurückgekommen. Ich hoffe, Sie nehmen mir die Frage nicht übel, aber haben Sie Gold gefunden, Mr. Chin?«

Daß sie so geradeheraus fragte, gab ihm die Möglichkeiten, von ihrem Erfolg zu sprechen, ohne daß es peinlich gewirkt hätte. Allerdings ließ er dabei aus, daß er, dank der unermüdlichen Arbeit seiner Kulis, bei seinem Aufbruch vom Palmer noch viel reicher war als all die anderen Goldgräber.

Dann berichtete er von seiner Absicht, nach China zurückzukehren und nutzte die Gelegenheit, die Schönheit des Hongkonger Hafens in den prächtigsten Farben zu malen. »Vom

Castle Peak aus bietet sich dem Betrachter ein atemberaubender Anblick«, murmelte er.

Miss Middleton wirkte erwachsener als früher; sie war ernster geworden und spach nicht mehr so unüberlegt. Ihre Züge wirkten gefestigt, und die blauen Augen hatten an Tiefe gewonnen. Die blonden Haare trug sie inzwischen hochgesteckt.

Ying bemerkte zufrieden, daß sie durch die vergangenen Ereignisse gereift war. Als er dann auf den Grund seines Besuches zu sprechen kam, hörten ihn die beiden Frauen höflich an, bis er geendet hatte.

Noch bevor Chin Ying aufbrach, eilte Perfy aus dem Zimmer. Sie mußte sich umziehen, denn schließlich wollte sie den Mann, der gleich um ihre Hand anhalten würde, auch gebührend empfangen.

»Und was ist mit Ihnen, Mrs. Middleton?« erkundigte sich Ying. »Glauben Sie, Hongkong könnte Ihnen gefallen?«

»Ich bleibe hier, Mr. Chin. Dies ist meine Heimat. Wir hatten zwar eine schwere Zeit mit den Eingeborenen, aber das ist ja nun vorbei. Man kann verstehen, daß sie Angst vor uns hatten. Und ich fühle mich hier zu Hause.« Chin Ying war anderer Meinung. »Das schickt sich nicht. Sie sind das weibliche Oberhaupt der Familie, denn Mr. Cavour hat keine Angehörigen mehr.«

»Nun, das wird sich ja bald ändern«, sagte sie mit einem Lächeln. »Hier bin ich glücklich, also will ich auch meinen Lebensabend hier verbringen. Ich kann die beiden ja hin und wieder besuchen. Und Sie fangen ja nun auch ein neues Leben an. Ich freue mich schon auf die Nachrichten aus China – wenn Sie eine Frau gefunden haben und sich Nachwuchs ankündigt. Ich weiß, daß die Chinesen ihren Familien sehr verbunden sind, aber Sie haben nie von Ihren Angehörigen gesprochen. Ich nehme an, Sie haben ebenso Ihre Rückschläge erlitten wie wir auch.«

Daß Mrs. Middleton so einfühlsam war, rührte Ying. »Ja, es

ist sehr schmerzlich für mich, daß ich mich von meinen Vorfahren abwenden muß«, gab er zu. »Mit dieser Frage habe ich mich viele Nächte lang auseinandergesetzt. Doch ich will überleben. Mein Vater hat mir Feinde hinterlassen, die niemals Ruhe geben werden. Und deshalb muß Chin Ying untertauchen.«

Alice Middleton saß schweigend da. Weder bedauerte sie ihn noch gab sie gute Ratschläge. Sie war zwar in England aufgewachsen und hatte ein schweres Leben geführt, aber sie bewies die gleiche Würde wie eine weise chinesische Matrone nobler Herkunft. »Möchten Sie mein Gewächshaus sehen?« fragte sie schließlich. »Ich habe einige wunderschöne Orchideen. Es gibt hier so viele verschiedenen Sorten. Ich glaube, sie würden Ihnen gefallen.«

»Ja, gern«, antwortete er und verbeugte sich vor ihr.

Perfy saß in einem Schaukelstuhl auf der Veranda. Sie hatte ihr bestes Sonntagskleid aus feinem, weißen Batist mit einem üppigen Spitzenbesatz am Saum angezogen. Die Taille zierte ein grünes Samtband. Das Leibchen, das sich eng an ihre schlanke Büste schmiegte, war mit einer gerüschten, gefälteten Bordüre aus englischer Stickerei besetzt. Die Haare trug sie jetzt offen, so daß ihr die langen Locken, nur von einem schmalen grünen Samtband zusammengehalten, weich auf die Schulter fielen. Am Mieder prangte das einzige Schmuckstück, das sie besaß, die Jadebrosche, die Mr. Chin ihr als Glücksbringer geschenkt hatte.

Als sie Lew in seinem feinen Anzug durch den strömenden Regen auf das Haus zulaufen sah, mußte sie sich das Lachen verkneifen.

Damit sein neuer Panamahut nicht naß wurde, hielt er ihn an die Brust gepreßt. Offensichtlich machte es ihm nichts aus, daß ihm von seinem dunklen Krauskopf, den normalerweise eine abgetragene Seemannskappe zierte, der Regen ins Gesicht tropfte.

»Meine Güte«, rief er, als er unter das Dach der Veranda flüchtete, »jetzt habe ich mir einen neuen Anzug gekauft und nun dies! Ich bin naß bis auf die Knochen, und bestimmt läuft er ein.«

Welch eine romantische Einleitung, dachte sie. Doch wie immer wirkte er ungeheuer anziehend, so braungebrannt und gutaussehend!

Warum hatte sie sich nur von ihm abgewandt? Perfy erhob sich zur Begrüßung.

»Oh, Perfy!« seufzte er und nahm sie in die Arme. Daß dadurch ihr Kleid naß wurde, und sie völlig überrumpelt war, beachtete er nicht. »Du hast mir so gefehlt! Wenn du einen Verehrer hast, schick ihn auf der Stelle fort, hast du mich verstanden?« Er küßte sie immer wieder. »Du kannst dir nicht vorstellen, wie sehr du mir gefehlt hast. Ich liebe dich. Und ich habe dich immer geliebt. Aber das weißt du ja schon ...«

Seine leidenschaftliche Begrüßung gab ihr keine Möglichkeit, die kurze Rede zu halten, die sie sich zurechtgelegt hatte. Aneinandergeschmiegt saßen sie auf der Veranda und blickten hinaus in den strömenden Regen.

»Liebst du mich, Perfy?« fragte er drängend.

»Natürlich tu ich das, du Dummkopf«, antwortete sie. »Sonst würde ich nicht mit dir auf der Veranda sitzen und für all unsere Nachbarn dieses Schauspiel aufführen.«

»Dann muß ich mit dir etwas Ernstes besprechen. Du hast doch keinen Verehrer, oder? Ist dies hier vielleicht Herberts Stammplatz?«

»Herbert?« Perfy mußte lachen. »Oh, Lew, hast du denn nicht gehört, daß Herbert fortgegangen ist?«

»Nein, aber über ihn wollte ich auch gar nicht reden.« Er nahm ihren Arm und trat mit ihr in die geräumige Eingangshalle. »Also, Chin Ying hat mir einen Vorschlag gemacht ...«

»Du meinst wohl Mr. Wong Sun Lee?«

Verwundert blieb er stehen. »Woher kennst du diesen

Namen?« Sie lachte. »Weil er hier ist, draußen im Garten. Er läßt sich von meiner Mutter seltene Orchideen zeigen. Komm, wir gehen zu ihnen. Ich weiß, das Leben in Hongkong wird wunderbar.«

8

Die dralle deutsche Frau eilte an Bord des eleganten neuen Segelschiffs *Bremen.* Hastig bahnte sie sich ihren Weg durch die Menge und rief dem Träger über die Schulter immer neue Anweisungen zu. Die anderen Passagiere verabschiedeten sich unter Tränen von ihren Verwandten, denn gleich mußten die Zurückbleibenden das Schiff verlassen. Als dann die Rufe der Seeleute ankündigten, daß die Segel gehißt wurden, war unter den Hunderten von Emigranten, die sich auf dem Weg in die neue Welt befanden, die Aufregung groß. Alle drängten sich an die Reling, um noch einen letzten Blick auf die Verwandten am Kai zu erhaschen.

Augusta hatte niemanden, der ihr nachwinkte, und so folgte sie dem Steward in ihre Erste-Klasse-Kabine. Solange die meisten Passagiere noch an Deck waren, konnte er sich voll und ganz ihr widmen. Neugierig musterte er sie, während sie ihre Koffer zählte.

»Ist die Kabine zu Ihrer Zufriedenheit, gnädige Frau?«

»Wunderschön! Welch ein Luxus!«

»In dieser Ausstattung gibt es nur vier auf dem Schiff«, entgegnete er stolz. »Es wird eine lange Überfahrt werden, aber in einer solchen Kabine ist es für Sie bestimmt weniger strapaziös.«

»Für eine Frau in meinem Alter«, ergänzte sie lächelnd. »Wollen Sie sich über mich lustig machen, mein Junge? Mein lieber Mann war ein berühmter Hochseekapitän und genoß in Australien hohes Ansehen.«

»Ach so, dann sind Sie also auf Entdeckungsreise und wollen sich das Land ansehen, das Ihr Mann so gut kannte?«

»Keineswegs. Ich fahre nach Hause. Ich kenne diese Route bestens.«

Er war beeindruckt. »Wenn Sie etwas brauchen, klingeln Sie. Ich würde gern mehr über dieses neue Land erfahren, denn ich habe mir schon überlegt, ob ich nicht auch auswandern soll.«

»Gut, dann wird uns ja in den kommenden Monaten der Gesprächsstoff nicht ausgehen. Früher bin ich seekrank geworden, aber das habe ich jetzt wohl überwunden. Erst mal will ich mich ein wenig ausruhen. Würden sie mich zum Abendessen wecken?«

»Gewiß, gnädige Frau.«

Als er den Raum verlassen hatte, gab Augusta ihre aufgesetzte Fröhlichkeit auf. Sie setzte sich aufs Bett und hing ihren düsteren Gedanken nach. Obwohl das Schiff in Hamburg ablegte, hatte es ihre Schwiegertochter nicht für nötig gehalten, sie zum Hafen zu begleiten. Noch viel mehr betrübte sie, daß nicht einmal die beiden Kinder ihr nachwinken durften. Ihren Enkelkindern hätte es sicher großen Spaß gemacht, dieses prächtigste Schiff der deutschen Flotte zu erkunden. Aber nein! Helga, die ihr in den letzten Jahren jeden Bissen mißgönnt und sie in ein dunkles Hinterzimmer verbannt hatte, war nur froh, daß sie fortging.

»Gut«, sagte sie zu sich. »Das hätten wir also hinter uns.«

Sie nestelte an ihrer großen Handtasche und kramte zwischen Taschentüchern, Pillendöschen und Zetteln einen Brief hervor. Als sie ihn öffnete, seufzte sie laut auf. Das tat sie immer, wenn sie ihn las, und wie üblich zitterte auch wieder ihre Unterlippe. Der Brief war so abgegriffen, daß er an den Falzstellen schon brüchig wurde, aber das machte ihr nichts aus, denn sie kannte ihn ohnehin schon auswendig. Jedesmal, wenn sie ihn wieder las, wurde sie von einer tiefen, unbändigen Freude erfaßt. Der Brief hatte sie gerettet, gerade als sie gedacht hatte, daß ihr Leben sinnlos geworden sei, als sie mit dem Gedanken gespielt hatte, ins Meer hinauszuwaten und sich von den Wogen forttragen zu lassen. Es war schon schlimm genug gewesen, sich als unnützen Esser behandeln lassen zu müssen. Doch nie hätte Augusta gedacht, daß es noch schlimmer kommen konnte, daß sie plötzlich Helga, die sie mit Drohungen zu vertreiben suchte, allein gegenüberstehen würde.

Zufrieden las sie den Brief ein weiteres Mal:

Haus Nummer Vier
Kangaroo Point
Stadt Brisbane

Liebe Missus

Ihr Brief, in dem Sie mir berichteten, daß Ihr Sohn unsere Welt verlassen hat, erfüllt mich mit tiefer Trauer. Aber auch mit großer Sorge. Ich kann Ihre Verzweiflung nachfühlen. Es ist eine Schande, daß Sie Ihrer Schwiegertochter ausgeliefert sind, die keinerlei Achtung vor Ihnen hat. Bitte verzweifeln Sie nicht. Ich liebe und achte Sie wegen der Großzügigkeit, mit der Sie mich aufgenommen haben, und diese Gefühle werden sich bis an mein Lebensende nicht ändern. Das Glück war mir auf eine Weise hold, die ich jetzt nicht erklären kann. Ihr Mädchen ist reich, sehr reich sogar. Aber das muß unter uns bleiben. Die Herren auf der Bank haben mir eine Geldanweisung für Sie ausgestellt, die ich diesem Brief beifüge. Sie beläuft sich auf eintausend Pfund. Ich hoffe, Sie nutzen diese Summe, um eine Überfahrt nach Brisbane zu buchen. Ich habe unter obiger Adresse ein Haus gekauft und möchte Sie bitten, nach Hause zu kommen und bei mir zu bleiben. Das Haus wird Ihnen sicher gefallen, es hat viele Zimmer und einen Ausblick aufs Meer. Sicher gefällt Ihnen auch mein kleiner Sohn Ben, denn er ist ein hübsches Kind. Wie Ihr kleines Mädchen hat auch er etwas von beiden Welten in sich. Wissen Sie noch, daß der Kapitän immer sagte, sie waren eine gute Lehrerin? Er hatte recht. Und Ben könnte sich glücklich schätzen, Sie zur Großmutter zu haben. Wenn Sie lieber in Deutschland bleiben möchten, werde ich dafür sorgen, daß Sie eine geeignete Wohnung bekommen und daß Sie nie wieder Mangel leiden müssen. Aber eigentlich hoffe ich, daß Sie zu uns kommen.

Ich verbleibe mit freundlichen Grüßen

Diamond

EPILOG

Im Kampf um das Gold am Palmer kamen mindestens fünfhundert chinesische und europäische Goldsucher und zehnmal so viele Aborigines ums Leben.

Im Zollbüro von Cooktown wurden innerhalb der ersten drei Jahre insgesamt dreißig Tonnen Gold als vom Palmer stammend angemeldet. Hinzu kamen die Funde aus den angrenzenden Gebieten. Wieviel Gold aus der Region herausgeschmuggelt wurde, kann niemand abschätzen.

Eine Volkszählung im Jahre 1877 ergab, daß 17 000 Chinesen an den Goldfeldern des Palmer lebten. Das waren fast ebenso viele, wie die gesamte weiße Bevölkerung von North Queensland zu jener Zeit ausmachte.

Cooktown entwickelte sich schnell zu einer blühenden Stadt. Es war der dritte Hafen der Kolonie Queensland, und bald gab es dort eine Unzahl von Hotels und Banken. Wohlhabende Bürger bauten sich prächtige Häuser im britischen Kolonialstil und stellten chinesische Dienstboten ein. Nach dem Goldrausch fiel die Stadt jedoch in einen Dornröschenschlaf. Feuer- und Flutkatastrophen sowie gewaltige Wirbelstürme nagten an ihr, und als die Zivilbevölkerung im Zweiten Weltkrieg evakuiert werden mußte, bestand die Gefahr, daß Cooktown zu einer Geisterstadt wurde.

Mittlerweile erlebt der Ort einen neuen Aufschwung als Touristenattraktion. An der Mündung des Endeavour River gibt es unberührte Sandstrände; hinzu kommen die üppigen Wälder, atemberaubende Wasserfälle und ein artenreiches Tierleben, vor allem natürlich die unvermeidlichen Krokodile.

Die Eingeborenenstämme wurden entweder ausgelöscht oder bis auf wenige hundert Mitglieder dezimiert. Inzwischen haben ihre Nachkommen allerdings den ihnen zukommenden Platz in der Gesellschaft gefunden und führen den Besuchern stolz ihre einzigartigen alten Bräuche vor.

PATRICIA SHAW

LEUCHTENDES LAND

Roman

Aus dem Englischen
von Susanne Goga-Klinkenberg

Weltbild

Cromwell, bei deinem Heil,
wirf Ehrsucht von Dir!
Die Sünde hat die Engel
selbst betört.

Shakespeare, *Heinrich VIII.*

1. KAPITEL

Jeder an Bord wünschte, die lange Reise möge enden; das heißt jeder außer Clem Price, der das herrliche Abenteuer genoß. Der Junge liebte das Schiff – von der gemütlichen kleinen Kabine in dessen Bauch bis zum schwankenden Deck hoch über ihm, auf dem er sich ebenso behende bewegen konnte wie die Seeleute. Jeder Tag brachte neue, aufregende Erlebnisse. Bei gutem Wetter war dort oben eine Menge los. Einige Passagiere spielten Ringwerfen oder Decktennis, andere vollführten Turnübungen, schlenderten umher oder setzten sich in Liegestühle, um zu lesen oder miteinander zu plaudern, während die Mannschaft unter dem wachsamen Auge des Kapitäns ihre Arbeit verrichtete. Bei schlechtem Wetter blieben die Passagiere unter Deck, quetschten sich zu den Mahlzeiten an die langen Messetische oder vertrödelten die Zeit in ihren Kojen. Clem hingegen war immer in Bewegung. Er zog mit den Stewards durch das Schiff oder schlüpfte in die Kombüse, um mit dem Koch zu plaudern, der stets einen Apfelschnitz oder ein Stück Brot mit Bratenfett für den Jungen bereithielt.

Und dann war da der Ozean selbst, der Clem grenzenlose Freude bereitete. Er klammerte sich an die Reling, ließ seine Blicke über die endlosen Wogen schweifen und genoß die Launen des Meeres. Er war dabei, als zum ersten Mal Delphine gesichtet wurden, und würde niemals den ungeheuren Wal vergessen, der wie eine riesige Dampflok in der Nähe des Schiffes aus der Tiefe hervorgebrochen war. Clems Vater hatte seinen Sohn festgehalten, weil er gedacht hatte, er fürchte sich. Der Junge aber hatte ihn weggestoßen, da er nicht eine Sekunde dieses ehrfurchtgebietenden Schauspiels hatte versäumen wollen.

Wenn er nachts in seiner Koje lag, lauschte Clem gespannt auf die Geräusche des Schiffes. Zu Hause auf der Farm waren die Nächte still und reglos, doch hier begann die Dunkelheit zu leben. Er konnte das Tosen und Gurgeln der See hören, das Knarren der Planken, das Klirren der Stahlringe am Mast, die Rufe der Wachen, das schaurige Heulen des Windes, der bei Tag so viel fröhlicher klang. Clem machte es Spaß, diese vielen neuen Geräusche den Dingen, die sie erzeugten, zuzuordnen und in sein Repertoire aufzunehmen, als gelte es, die Instrumente eines Orchesters voneinander zu unterscheiden.

Diese Töne wurden von den weniger angenehmen Geräuschen seiner Mitpassagiere überlagert: den lauten Stimmen und dem Gelächter beim gemeinsamen Singen, manchmal aber auch von wütenden Schreien oder dem Gemurmel ernsthafter Gespräche. All das vermittelte dem Jungen Geborgenheit und sagte ihm, der schöne Clipper mit den drei hohen Masten werde ihn so sicher wie eine Vogelschwinge über die Meere tragen. Eines Nachts verstummten die Stimmen. Verstört von der plötzlichen Stille spitzte Clem die Ohren. Einen Moment lang dachte er, die Welt sei stehengeblieben, doch das Schiff pflügte weiter durchs Meer, hob und senkte sich, und die Stimme des Ozeans klang lauter denn je.

Er setzte sich in seiner Koje auf und spähte in die Dunkelheit. Seine Eltern und seine Schwester Alice waren noch nicht im Bett. Alice war schon neun und durfte, da sie drei Jahre älter war, länger aufbleiben als er, doch selbst sie hätte um diese Zeit schlafen müssen. Langsam glitt Clem aus seinem Bett und öffnete die Kabinentür, um einen Blick in den schmalen Gang zu werfen. Er entdeckte zwei Frauen, die sich leise unterhielten und dann in ihren Kabinen verschwanden. Wenigstens war er nicht allein an Bord.

Obwohl ihn das nicht ganz beruhigte, kehrte er in seine Koje zurück und ließ sich vom tröstenden Flüstern des Ozeans in den Schlaf wiegen, anstatt der unterschwelligen Angst nachzugeben, die sich in ihm regte.

Am Morgen weckte ihn sein Vater Noah mit einem Becher dünnem Tee und ließ sich schwer auf die Koje fallen, um mit ihm zu reden.

So etwas geschah nur selten, und Clem spürte ein gewisses Unbehagen. »Wo ist Mutter?«

»Du weißt, daß deine Mutter krank war«, sagte Noah seufzend. Clem nickte und nahm einen Schluck Tee.

»So krank, daß sie die letzte Woche im Krankenrevier verbracht hat«, fuhr sein Vater fort.

Clem hörte Alice schniefen, als weine sie, und er spähte zu ihrer Koje hoch. »Was ist mit Alice los?«

»Sie ist aufgeregt, laß sie in Ruhe. Ich will mit dir sprechen. Hier, trink deinen Tee aus.« Noah hielt ihm den klobigen Becher hin, und Clem trank den Rest. »So ist es gut. Nun, Clem, es fällt mir furchtbar schwer, aber ich muß dir sagen, daß deine liebe Mutter in den Himmel gegangen ist. Gott hat ihr Leiden gesehen und sie in seiner Güte zu sich gerufen, damit sie in Frieden ruhen kann.«

Clem starrte ihn an. Er glaubte kein Wort und war wütend, weil sein Vater ihm solch eine Lüge erzählte.

Über ihm war Alice in lautes Schluchzen ausgebrochen. Clem wünschte, sie würde damit aufhören. Sie mochte ein großes Mädchen sein, aber manchmal heulte sie wie ein Kleinkind. Sein Vater redete, erklärte, entschuldigte sich noch immer, und Clem wagte nicht, ihm zu widersprechen. Noah war ein Riese mit einer lauten Stimme, den man besser nicht verärgerte. Daher schwieg der Junge und nickte teilnahmslos, so daß er aussah wie Alices Puppe mit dem losen Kopf. Schließlich suchte Noah Zuflucht im Gebet und kniete mit seinen beiden Kindern an der Seite über die Koje gebeugt nieder.

Frauen näherten sich der Tür, flüsterten, besprachen sich

mit Noah, drängten sich in die Kabine, tätschelten Clems Kopf und nannten ihn einen tapferen Jungen. Sie sagten auch, Alice sei ein tapferes Mädchen – was nicht stimmte, da sie die ganze Zeit heulte –, und Clem traute keiner von ihnen über den Weg.

Als er endlich den erstickenden Umarmungen, Streicheleien und schönen Reden entwischen konnte, rannte er geradewegs in Richtung Deck und prallte mit dem Kapitän zusammen. Etwas Besseres hätte ihm an diesem Morgen gar nicht passieren können. Der Kapitän nahm ihn mit ins Ruderhaus, zu dem der Zutritt den Passagieren eigentlich verboten war, und ließ ihn das Schiff steuern. Er redete jedenfalls nicht die ganze Zeit von Himmel und Tod, weil er Wichtigeres zu tun hatte, und Clem wußte dies zu schätzen. Er stand auf einem Hocker und steuerte das Schiff behutsam durch die steilen Wellen, um zu beweisen, wie ernsthaft und pflichtbewußt er war. Der Kapitän stand neben ihm und rauchte mit geduldigem Respekt seine Pfeife.

Am nächsten Tag erschien Alice in einem glänzenden schwarzen Kleid. Clem starrte sie an. Das Kleid war häßlich, hatte einen schiefen Kragen, der wie ein Lappen herunterhing, und einen unordentlichen Saum, der auf einer Seite über den Boden schleifte.

»Woher hast du das komische Kleid?« fragte er.

»Einige der Frauen an Bord haben es für mich gemacht.«

»Zieh es aus, du siehst aus wie eine alte Zwergenfrau.«

Zu seinem Erstaunen brach Alice in Tränen aus.

»Du siehst nicht aus wie eine alte Zwergenfrau, ehrlich nicht«, lenkte er ein, doch sie ließ sich nicht trösten.

»Du hast recht. Das Kleid ist scheußlich, aber ich muß es tragen, weil wir in Trauer sind. Von jetzt an werde ich immer häßlich sein.«

Er zupfte an dem Kleid. »Du bist nicht häßlich, Alice. Ich habe die Frauen sagen hören, du wärst ein hübsches Mädchen.«

»Tatsächlich?« Sie schaute ihn freudig überrascht an.

»Ja, ganz ehrlich.« Das hatten sie auch gesagt, dann aber hinzugefügt: »Bis auf ...« Clem war jedoch klar, daß er dies besser nicht wiederholen sollte, wenn er seine dumme Bemerkung von vorhin wieder gutmachen wollte.

Clem wünschte, seine Mutter wäre nicht in den Himmel gegangen. Bei ihr hätte Alice dieses Kleid nicht tragen müssen. Doch sie war tatsächlich dorthin gegangen. Zunächst hatte er im Krankenrevier nachgeschaut und anschließend das ganze Schiff nach ihr abgesucht. Überall hatte er nachgesehen. Da er klein war, konnte er ungestört in den Kabinen und tief im Schiffsinneren herumspionieren. Er hoffte, daß es ihr im Himmel gut ginge, vermißte sie jedoch sehr, da er ihr Liebling gewesen war.

Jedenfalls war es schade, daß sie Alice nicht mitgenommen hatte. Er und Pa kamen schon zurecht, aber Alice litt sehr. Sie weinte viel, möglicherweise, weil die Familie aus dem Gleichgewicht geraten war und nun aus zwei Männern – ihn mitgerechnet – und nur einem Mädchen bestand. Niemand konnte Alice die Haare flechten, Kleider für sie anfertigen oder mit ihr zusammen nähen. Die ganzen Frauensachen mußte sie nun allein erledigen. Arme Alice.

»Keine Sorge, Alice«, sagte er beherzt, »ich werde mich um dich kümmern. Wenn ich groß bin, passe ich immer auf dich auf.«

»Welche Frau hat gesagt, ich sei hübsch?«

»Mrs. Cathcart, und die anderen haben ihr zugestimmt. Es ist wahr, ehrlich.«

Trotz seiner mutigen Worte war er es, der sich an Alice klammerte, als das Schiff in Fremantle vor Anker ging. Dies war der erste australische Hafen, der angelaufen wurde, und Clem stand inmitten des verwirrenden Lärms am Kai, ein kleiner Junge, eingeschüchtert vom Krach und den Menschenmassen.

Er und Alice warteten eine Ewigkeit und starrten auf die Lagerschuppen, während sich ihr Vater davon überzeugte, daß ihr gesamtes Gepäck an Land geschafft worden war. Zu ihrem Erstaunen mußten sie sich danach in eine Schlange einreihen, um an Bord eines Bootes zu gelangen.

»Wohin fahren wir, Papa?« fragte Alice nervös. »Ich dachte, wir seien da.«

»Sind wir auch, Mädchen. Von hier aus fahren wir stromaufwärts in die Stadt Perth. Das hier ist nur der Hafen.«

Alice war müde und döste an Noah gelehnt vor sich hin, während das Boot den Fluß hinauffuhr. Clem hingegen rannte hin und her und betrachtete die grünen Wälder zu beiden Seiten des breiten, ruhigen Stromes. Stunden später kamen sie um eine Biegung, und vor ihnen lag Perth.

Noah weckte Alice. »Sieh nur, wir sind da. Die Reise ist vorbei.«

Die Mitreisenden brachten ein dreifaches Hurra auf die Ankunft aus, und alle sahen aufgeregt zu den verstreut liegenden weißen Häusern zwischen den staubgrünen Bäumen hinüber.

»Sieht nicht gerade wie eine Stadt aus«, klagte eine Frau, doch Noah lachte.

»Das ist ja das Schöne daran. Ein unberührtes Land und Platz für alle. Eine Stadt muß nicht nur aus Rauch und Lärm bestehen.«

Nachdem sie von Bord gegangen waren, hatten Noah und Alice viel zu tun. Von irgendwoher tauchte ein Wagen auf. Jemand sagte Clem, er solle schon einmal hineinklettern und warten, doch sie ließen ihn dort so lange in seinem Matrosenanzug sitzen, daß ihm irgendwann der Verdacht kam, sie hätten ihn vergessen. Voller Panik kämpfte er sich auf der Suche nach seiner Familie durch ein Gewirr aus Gepäckstücken und Reifröcken.

Alice rannte mit ihrem komischen schwankenden Schritt

hinter ihm her. Einer ihrer Füße war krumm gewachsen. Noah sagte immer, der Fuß sei vollkommen in Ordnung, er schaue nur lieber den anderen Fuß an, als nach vorn zu blicken, doch Alice schämte sich dafür. Sie versteckte ihn deshalb stets unter zu langen Kleidern, doch die guten Frauen auf dem Schiff hatten beim Nähen des Trauerkleides keine Rücksicht darauf genommen, so daß Alices seltsame schwarze Stiefel für jedermann sichtbar waren.

Ihr Bruder seufzte. Sie trug nun auch noch einen schwarzen Schal und eine schwarze Mütze zu dem unförmigen Kleid, so daß sie wie eine kleine alte Frau wirkte. Dazu schwieg er jedoch lieber.

»Na los, Clem«, keuchte sie und riß an seinem Arm, »du solltest doch auf dem Wagen bleiben.«

»Ihr wart so lange weg! Wo seid ihr gewesen?«

»Wir mußten viele Papiere ausfüllen, dann gab es noch einen Streit wegen dem Pferd und dem Wagen. Ein Mann behauptete, sie würden ihm gehören, doch Pa hat sich nicht darauf eingelassen, weil er den Wagen schon lange im voraus bestellt hatte. Ohne den Wagen hätten wir schön in der Patsche gesessen mit unserem ganzen Zeug.«

»Wo sind unsere Sachen überhaupt?«

»Sie kommen mit dem nächsten Schiff. Wir gehen jetzt zurück zum Wagen, und du setzt dich rein. Ich hole dir einen Himbeersaft vom Kiosk an der Mole.«

Clem setzte sich nicht hin, sondern blieb auf dem hohen Wagen stehen und sah zu, wie die Leute ihre Siebensachen zusammensuchten und nach Umarmungen, Küssen und tränenreichem Abschied in Richtung Stadt loszogen. Aus irgendeinem Grund erinnerte ihn das an seine Mutter, und er hoffte, daß sie wußte, wo sich ihre Familie befand.

Noah hingegen schien genau zu wissen, wo sie sich befanden. Zügig hatte er den Wagen so hoch beladen, wie es ging. Die restlichen Möbel, die nicht mehr daraufpaßten, wurden erst einmal in einem Lager untergestellt. Wenig später machten sie sich auf den Weg. Sie fuhren langsam durch die sandigen Straßen bis an den Stadtrand von Perth. Dort hielt Noah vor einem Straßenlokal und kaufte drei Schalen dampfende, kräftige Suppe.

»Wir müssen ein Dankgebet sprechen«, erklärte er seinen Kindern.

Gehorsam falteten Alice und Clem die Hände und senkten die Köpfe, während er betete.

»Herr, wir danken dir für die erste Mahlzeit in diesem Land. Es war ein gutes Mahl, und wir danken dir, daß du uns sicher an dieses Ufer geführt hast. Wir bitten dich, unsere liebe verstorbene Frau und Mutter Lottie Price so sehr in deinem Herzen zu tragen, wie wir es immer tun werden. Segne meine kleine Familie in ihrem neuen Leben. Amen.«

Er setzte den Hut auf und schenkte seinen Kindern ein breites Grinsen. »Kommt jetzt. Wir fahren zu unserem neuen Heim. Der Hof ist zehnmal größer als das größte Gut in unserer alten Heimat, und es gibt dort schon ein fertiges Haus. Schade, daß wir England verlassen mußten, aber in der neuen Welt können wir reich werden.«

Clem hörte die Aufregung in Noahs Stimme, als er ihn und seine Schwester auf den Wagen hob, die Zügel ergriff und das neue Pferd antrieb. Er grinste ebenfalls und freute sich, daß sein Vater so gut gelaunt war.

Doch sie hatten den Hof noch nicht gesehen.

Noah richtete sich nach der Landkarte, die man ihm zugeschickt hatte, und erkundigte sich unterwegs mehrmals nach dem Weg. Schließlich stieß er am Ende eines Buschpfades, der kaum den Namen Straße verdiente, auf sein Land. Da war es – ein Schild, festgenagelt an einem Pfosten, verkündete: »Winslow Farm«,

Inzwischen hatte Noahs Stimmung sich verdüstert, doch

Clem glaubte, das läge an der langen Fahrt und dem Einbruch der Dunkelheit.

»Wo ist das Haus?« wollte er wissen.

»Nicht mehr weit«, antwortete Noah. Sie folgten einem holprigen Pfad und orientierten sich dabei an Pfeilen, die an Baumstämme genagelt worden waren, bis sie auf eine Ansammlung baufälliger Schuppen stießen.

»Wo ist das Haus?« fragte Alice. Statt zu antworten, drückte ihr Noah die Zügel in die Hand. »Wartet hier. Ich sehe mich mal um.«

Als er zurückkam, sah er aus, als würde er gleich explodieren, und die Kinder zuckten zusammen. »Das ist es. Steigt aus.«

»Sieht aber nicht so toll aus«, bemerkte Clem, doch Alice hieß ihn zu schweigen. »Sei still. Meinst du etwa, Pa wüßte das nicht?«

Entsetzt folgten sie Noah zum nächstgelegenen Schuppen. Im Licht der Laterne erkannten sie, daß dies tatsächlich ihr neues Heim war. Es bestand aus einem einzigen großen Raum mit vier Fenstern ohne Scheiben. Statt dessen hatte jemand grobes Sackleinen über die Fensteröffnungen gespannt. Über ihren Köpfen befand sich nacktes Wellblech, unter ihren Füßen festgestampfte Erde. Das Mobiliar umfaßte schmutzige Wandbetten, einen kahlen Tisch mit Stühlen, der beim offenen Kamin am anderen Ende des Raumes stand, und zu ihrer Überraschung einen neuen Küchenschrank aus Kiefernholz.

Clem schnüffelte. Hier stank es, und er spürte unter seinen Füßen den knirschenden Kot irgendwelcher Tiere, vermutlich von Ratten oder Mäusen. Er schaute zu Noah hinüber, der mit verschränkten Armen ihr armseliges Heim betrachtete und vor Wut kochte.

Plötzlich wurde er aktiv. »Es hat keinen Sinn, hier nur herumzustehen und zu glotzen«, sagte er. »Wir müssen die Nacht hier verbringen und werden zunächst einmal Feuer anzünden und dann gründlich saubermachen.«

Während sie kehrten und Staub wischten, Eimer mit Wasser vom Brunnen herbeischleppten, um den Dreck abzuwaschen, die muffigen Matratzen hinauswarfen und das Nötigste aus dem Wagen hereinbrachten, machte Clem sich Gedanken. Er hatte Hunger.

»In diesem Haus gibt es nichts zu essen. Was machen wir jetzt?«

Alice quälte sich ein Lächeln ab. »Keine Sorge. Pa hat eine Kiste Proviant bei einem Händler an der Mole gekauft. Den Rest besorgt er morgen. Hier muß es irgendwo einen Laden geben.«

An diesem Abend sprachen sie weder vor noch nach dem Mahl aus Brot und Speck ein Dankgebet, weil ihr Vater nicht in der Stimmung war, irgend jemandem zu danken.

Clem schlief unruhig. Ihn plagten Sorgen, und er wußte, daß sein Vater ebenfalls kein Auge zutat – deutlich konnte er hören, wie Noah sich auf seinem quietschenden hölzernen Wandbett hin- und herwarf. Am Morgen weckten ihn kreischende Vögel. Die anderen waren schon auf. Clem roch Toast, und das munterte ihn ein wenig auf.

»Was gibt es zum Frühstück?« fragte er seine Schwester, die sich am Kamin zu schaffen machte.

»Gebratene Eier«, erwiderte sie knapp, und Clem schoß plötzlich im Bett hoch.

»Mit wem redet Pa? Wer ist da draußen?«

»Psst. Mit sich selbst.«

»Wieso?«

»Er ist böse.«

Clem fand das eigenartig und hielt es für klug, sich nicht vom Fleck zu rühren, bis man ihn rufen würde. Noahs Zorn konnte furchtbare Ausmaße annehmen.

Als sein Vater hereinkam, bebte er noch immer vor Zorn. Er aß rasch sein Frühstück, kippte den Tee hinterher und erhob sich.

»Ich muß in die Stadt. Ihr seid hier sicher, aber lauft nicht in der Gegend herum. Ich komme so schnell wie möglich zurück.«

Er nahm seinen Stadthut und stürmte zur Tür hinaus. Dann drehte er sich noch einmal um und schaute sie an. Sein zerfurchtes Gesicht wirkte ungewohnt weich. »Seid brav.«

Er hatte es wirklich eilig. Wenige Minuten später galoppierte er bereits über die buckeligen Felder davon.

Die Kinder ließen in einer großen Pfanne Speck aus und gaben Eier und das übriggebliebene Brot hinein.

»Jetzt bin ich die Köchin«, sagte Alice feierlich. »Ich hätte Pa eine Liste mitgeben sollen, damit er weiß, was wir brauchen.«

»Das schafft er schon«, sagte Clem. »Aber warum mußte er bis in die Stadt reiten, um Vorräte zu kaufen? Gibt es denn keine Geschäfte in der Nähe?«

»Ich weiß es nicht. Eigentlich müßte es welche geben. Wenn er eins in der Nähe findet, kommt er schneller zurück.«

Sie erforschten die leere Scheune und die kleineren Schuppen. Der heruntergekommene Hof beeindruckte sie nicht weiter, da es noch kein Vieh gab. Zudem war es ein heißer Tag, und so verkrochen sie sich schließlich niedergeschlagen in der Hütte.

Noah brachte einen Mann mit nach Hause. Und hielt ihn mit dem Gewehr in Schach!

Die Kinder schauten verblüfft zu, als er dem Mann befahl, vom Pferd zu steigen und mit ihm über die Felder zu gehen. Sie rannten hinter den beiden her, während Noah den Mann mehr als eine Meile weit vor sich her trieb, zuerst in die eine, dann in die andere Richtung. Entsetzen packte sie, als der Mann stolperte und hinfiel und Noah überhaupt keine Rücksicht auf die feinen Stadtkleider des Fremden nahm. Schließlich stieß er das Gesicht des Mannes mit dem Stiefel in den Dreck.

»Probier mal, du Bastard! Probier das Land, das du mir verkauft hast! Schmeckt salzig, was? Und wieso? Weil es fast nur aus Sand besteht. Und wieso? Weil es zu nah am Meer liegt. Ich wette, dieses Land war mal von Wasser bedeckt, und du hast es gewußt.«

Der Mann lief rot an und spuckte. »Lassen Sie mich los, Price! Ich hetze ihnen die Polizei auf den Hals!«

»O nein. Für solchen Unsinn habe ich keine Zeit. Ich werde nicht jahrelang warten, bis mir ein Hai wie Sie mein Geld zurückgibt. Ich kenne diese Tricks. Notfalls erschieße ich Sie hier und jetzt.«

»Pa! Nein!« schrie Alice.

»Dieser Gentleman hier«, wandte Noah sich an seine Kinder, »heißt Mr. Clive Garten. Er hat dieses Land, die ganzen fünfzehnhundert Morgen, umsonst bekommen, weil er als Beamter für die Regierung arbeitet. Dann wurde ihm klar, daß es schlechter Boden ist, unbrauchbar für die Landwirtschaft, und was hat er wohl gemacht?«

Der Fremde, der noch immer am Boden lag, versuchte wie ein Krebs seitwärts davonzukriechen. Als Noah den Hahn spannte und das Gewehr auf ihn richtete, hielt er inne.

»Hier konnte er es nicht verkaufen, weil die Leute Bescheid wissen. Also hat er es in einer Londoner Zeitung als bestes Ackerland angepriesen. In der Nähe von Perth gelegen und mit einem Cottage als Draufgabe.«

Noah warf einen Blick über die Schulter. »Nun ist diese Hütte da weder ein Cottage noch ein Bauernhaus, aber damit könnte ich leben. Ich könnte uns ein anständiges Haus bauen. Am Boden kann ich aber nichts ändern.«

Er stieß sein Opfer mit dem Gewehr an. »Ich kann weder Wasser in Wein noch Sand in gutes Ackerland verwandeln. Siehst du, Alice. Man hat uns Anfänger schlicht und einfach reingelegt. Wir werden hier draußen verhungern. Und das alles nur wegen ihm.«

»Erschieß ihn, Pa!« rief Clem, und selbst Alice wurde unschlüssig.

»Es gibt noch einen anderen Ausweg.« Noahs Stimme klang nun ruhiger. »Nur wenn ich mein Geld auf Heller und Pfennig zurückbekomme, werden Sie, Mr. Clive Garten, diesen Tag lebend überstehen.«

»Damit kommen Sie nicht durch.«

»O doch. Ich hatte Zeit, darüber nachzudenken. Entweder geben Sie mir einen Schuldschein, oder Sie sterben hier draußen. Falls Sie Ihr Versprechen nicht halten, komme ich in die Stadt und erschieße Sie mitten auf der Hauptstraße. Das schwöre ich feierlich – und ich stehe zu meinem Wort.«

In der Hütte unterzeichnete Garten den Schuldschein, und Noah forderte ihn auf, seine goldene Uhr als Sicherheit dazulassen.

Sobald Noah sein Geld erhalten und die Uhr zurückgegeben hatte, beluden sie den Wagen und zogen weiter. Diesmal würde Noah sein Land selbst auswählen.

Sie legten einen langen, langen Weg zurück. Tagaus, tagein ging es endlos geradeaus durch das weite Land hinter der Küste und dann in Richtung Westen. Denn Noah wollte möglichst viel Grund und Boden erwerben und auch den Preis dafür bestimmen – und Landmangel herrschte in diesen gewaltigen Ebenen keiner.

Sie erreichten ein kleines Dorf namens York und zogen von dort aus noch weiter nach Westen, bis Noah fand, was er gesucht hatte.

Er erwarb Grund und Boden, baute ein Haus aus Stein, kaufte Schafe und nannte den Besitz »Lancoorie«. Er bezeichnete ihn immer als seinen Hof, doch die Kinder bestanden später darauf, daß es eine Schaffarm sei. Ihr Vater interessierte sich nicht weiter für den Namen, sondern kaufte immer mehr Land, weil diese wilde Weite schier endlos schien.

2. KAPITEL

Es war die Zeit der Schafschur. Noah war es gelungen, genügend Geld zusammenzukratzen, um drei Scherer anzustellen. Mit ihrer Hilfe konnten er und Clem die Arbeit vollenden, solange das Wetter noch schön war. Nachdem im Jahr zuvor siebzig frisch geschorene Schafe nach einem plötzlichen Kälteeinbruch gestorben waren, hatten sie nur noch etwa fünfhundert zu scheren. Sie gingen ihre Arbeit zügig an, und auch Alice half mit, indem sie die Tiere in das Laufgatter trieb und immer wieder hereinkam, um die Vliese aufzusammeln und zu stapeln.

Clem liebte die Schafschur und war selbst ein guter Scherer. Er mochte den Geruch von Schweiß und Staub, den Lärm und das Knipsen der Scheren, die gebeugten Rücken der Männer, ihre Gespräche, ihre Flüche und ihr respektloses Lachen. All das schien in der Luft zu tanzen, zusammen mit dem flirrenden Sonnenlicht, das durch das hohe Fenster fiel. Es war ein guter Arbeitstag, an dem alles glattlief. Als einer der Männer vom Außenklo kam, bemerkte er, daß ein fremdes Pferd am Geländer angebunden war.

»Hast du Besuch, Noah?«

»Ja. Vikar Petchley. Kerle wie er sind verdammte Kletten.«

»Will er dich etwa bekehren?«

»Von wegen!«

Clem sah, wie sich die Männer zuwinkerten. Er grinste, weil er das Gefühl hatte, er gehöre dazu, auch wenn er nicht so recht wußte, wozu. Die Scherer hielten gerne ein Schwätzchen und waren stets zu Scherzen bereit. »Du solltest dir seine Predigten anhören, Noah. Es könnte dir nicht schaden.«

»Ich habe keine Zeit für Predigten.«

»Er könnte dir seine letzte vortragen, wenn er schon hier ist. Eine Predigt umsonst, und ein Teller geht auch nicht rum.«

»Umsonst ist gar nichts. Ich schätze, er spekuliert auf eine Mahlzeit.«

»Das ist nicht nett von dir, Noah. Der arme Kerl verbreitet schließlich das Wort Gottes.«

Noah ließ seinen Schafbock los, schubste ihn zur Tür hinaus und streckte sich. »Na ja, bei mir verbreitet er es jedenfalls nicht.« Er stieß ein tiefes, kehliges Lachen aus. »Soll er es bei Dora verbreiten. Sie kann es brauchen. Was ist er überhaupt? Zu welcher verdammten Kirche gehört er?«

»Man sagt, er sei Methodist.«

»Nie gehört.« Noah zog eine selbstgedrehte Zigarette hinter dem Ohr hervor und ging nach draußen, um eine Pause zu machen.

Die Männer grinsten wieder, und Clem spürte ein nervöses Ziehen im Magen.

»Dieser Vikar verbreitet sich wirklich ganz schön«, meinte einer augenzwinkernd.

»Fällt ihm schwer, ihn in der Hose zu behalten, sagt man.«

»Nett zu den Frauen, was?« Ein lüsternes Grinsen.

»Furchtbar nett. Ein schmales Hemdchen, aber er muß was an sich haben. Gibt viele, die seine Art, sich zu verbreiten, mögen.«

»Im Moment verbreitet er sich bestimmt bei Dora.«

Noah stand in der Tür. Er füllte den Rahmen völlig aus und nahm den anderen das Licht. Er sagte nichts. Das war auch nicht nötig. Sie spürten, wie sein Zorn in den Schuppen strömte. Dann wandte er sich um und rannte davon.

Clem ließ sein Tier los. »Ihr verdammten Idioten! Seht nur, was ihr angerichtet habt!« Er schoß hinter seinem Vater her.

»Hör nicht auf sie, Pa. Du weißt doch, wie sie sind. Von dem, was sie sagen, stimmt nicht einmal die Hälfte, und die andere kannst du auch nicht glauben.«

Es war eine Farce. Wie das alberne Theaterstück, das sie in

York gesehen hatten. Damals hatten sie es sich noch leisten können, ins Dorf zu fahren.

Während er über die Weide rannte, brüllte Noah: »Was geht da vor? Mein Gott, du bist minderwertiger als jeder Dingo! Wenn du meine Frau anfaßt, verarbeite ich dich zu Hackfleisch!«

»Halt den Mund, Pa!« rief Clem und rannte neben ihm her. Er schenkte dem Gerede keinen Glauben. »Um Himmels willen, er ist ein Vikar! Er würde nichts Unrechtes tun. Er ist ein Mann der Kirche! Hör doch zu!«

Doch als sie die Hintertreppe hinaufstürmten, entwischte der Vikar gerade mit flatternden Hemdschößen aus der Vordertür. Und Doras Bluse war verrutscht, so daß man eine ihrer üppigen Brüste erspähen konnte, als sie sich ins Schlafzimmer flüchtete.

»O nein, das tust du nicht«, schrie Noah. »Was hast du da?«

Sie umklammerte ein Stück Stoff, doch er riß es ihr aus der Hand. Clem blieb der Mund offen stehen, als sein Vater den Fund in die Höhe hielt. Ihre Unterhose! Sie hatten wirklich nichts Gutes im Schilde geführt, die beiden! Noah war erzürnt, weil der Vikar seine Frau angefaßt hatte. Er versetzte Dora einen heftigen Schlag, so daß sie quer durchs Zimmer flog, riß sie wieder in die Höhe, entblößte ihren dicken Hintern und drückte ihr die Unterhose ins Gesicht. »Du verdammte Hure! Wo gehört die wohl hin? Jedenfalls nicht auf den verfluchten Boden, wenn wir einen Vikar im Hause haben, oder? Du Hure! Bei Gott, um dich kümmere ich mich später, wenn ich wieder nach Hause komme.«

Clem ließ sich dieses Schauspiel nicht entgehen. Seit Jahren hatte er darauf gewartet, daß der alte Mann erkannte, was für ein Früchtchen Dora war. Und dann auch noch mit einem Vikar! Er wünschte sich, Alice hätte gesehen, wie Dora schließlich die verdiente Strafe erhielt. Er lachte, als Noah die Verfolgung des Vikars aufnahm. Der Mann würde diesen Distrikt nie wieder betreten, wenn Noah mit ihm fertig war!

»Pech gehabt, was?« sagte er zu der weinenden Dora und machte sich dann auf die Suche nach Alice, um ihr die gute Neuigkeit zu überbringen.

Die Scherer fanden seine Leiche. »Er hat sich das Genick gebrochen«, erfuhr Clem von einem der Männer. Dann scharrte der Mann mit den Füßen und wandte traurig die Augen ab. »Er hat nicht gelitten, Clem. Ist auf den Boden geschlagen. Bums! Und aus! Wenn einer so schnell reitet ... und querfeldein. Das Pferd ist gestolpert. Hat sich eine Fessel gebrochen. Mußten es erschießen. Tut uns wirklich leid, Kumpel. Ehrlich. Komm mit mir zurück, die Jungs bringen deinen Pa heim.«

»Nein, ich bringe ihn selbst zurück.«

»Schätze, wir reiten besser zum Haus. Wir müssen der Missus und Alice die Nachricht überbringen. Die kleine Alice sollte es am besten von dir erfahren.«

»Die Missus kann meinetwegen zur Hölle fahren, und einen Weg, es Alice schonend beizubringen, gibt es nicht. Sie wird auf jeden Fall einen Schock erleiden. Er ist mein Pa, also muß ich bei ihm bleiben.«

Später wünschte er sich, er wäre nicht so eigensinnig gewesen. Er kämpfte gegen eine Ohnmacht, als er beobachtete, wie die Männer den schlaffen Körper seines Vaters, Noah Wolverton Price, wie einen großen, unhandlichen Sack über den Rücken eines Pferdes legten. Das verschreckte Tier wehrte sich gegen die Last. Als sie die Leiche festschnallen wollten, scheute und bockte es und schnappte wütend nach ihnen. Nach dem zweiten Versuch fluchten sie leise, um die Gefühle des trauernden Sohnes an ihrer Seite nicht zu verletzen. Die Unwürdigkeit der Szene war ihnen peinlich bewußt. Schließlich gelang es ihnen mit Clems Hilfe, die Leiche seines Vaters sicher zu befestigen und mit der Satteldecke zu verhüllen. Vor ihnen lag ein 19-Meilen-Ritt.

Noah hatte anscheinend gewußt, daß sein altes Pferd es nicht mit dem edlen Tier des Vikars aufnehmen konnte, und daher die Straße verlassen, um Petchley auf der westlichen Route nach York den Weg abzuschneiden. »Offensichtlich hat er den Bastard nicht erwischt«, dachte Clem grimmig. »Aber ich werde ihn eines Tages finden. Nicht wegen Dora, sondern weil mein Vater die Jagd mit seinem Leben bezahlt hat.«

Während er der kleinen Prozession hinterherritt, blickte er auf das weite, flache Land hinaus. »Flach wie ein Brett«, hatte Noah immer wieder kopfschüttelnd bemerkt. »Flach bis zum Horizont, wohin man auch sieht. Verdammt langweilig, aber ausgezeichnetes Weideland.«

Clem hatte nie weiter darüber nachgedacht, da er nichts anderes kannte. Als Bewohner des Outbacks nahm er die Unermeßlichkeit des Landes als selbstverständlich hin. Nur das Wasser bereitete zuweilen Probleme. Nun jedoch sah er zum gewölbten blaßblauen Himmel empor und fragte sich, was er mit diesem Boden und vor allem mit dem noch unberührten Buschland anfangen sollte. Er fand die Gegend öde. Manchmal konnte er zehn Meilen in Gedanken versunken dahinreiten. Schaute er wieder hoch, hätte er schwören können, daß sich nichts verändert hatte.

Andere Bauern hatten riesige Weizenfelder angelegt. Auch Noah hatte daran gedacht, Getreide anzubauen, und sich mit Clem darüber beraten, dann aber gesagt, er sei Schafzüchter. Seine Familie habe seit Generationen Schafe gezüchtet, und dabei könne es auch bleiben.

»Du rodest das Land, aber die verdammten Bäume kommen immer wieder«, hatte er zu Clem gesagt. »Wenn du versuchst, sie abzubrennen, wachsen sie noch besser als zuvor.«

»Nicht, wenn man gründlich rodet. Du mußt alle Wurzeln entfernen.«

»Und das kostet Geld. Wir würden eine Armee von Männern brauchen, um Lancoorie zu roden.«

»Man könnte sich Morgen für Morgen vornehmen.«

»Mal sehen, wann wir ein bißchen Geld übrig haben.«

Doch es war nie Geld übrig, weil Dora und das Haus die geringen Einnahmen verschlangen.

Alice kam ihnen mit flatternden Haaren und wehenden Röcken entgegengelaufen. Dann blieb sie so plötzlich stehen, daß sie fast über ihre eigenen Füße fiel. »Habt ihr Pa gefunden?«

Clem sprang vom Pferd und half ihr hoch. »Komm mit, Liebes, Pa hat einen Unfall gehabt.« Doch sie riß sich los und rannte zu dem anderen Pferd hinüber. Mit offenem Mund starrte sie auf Noahs Kopf, der in einem grotesken Winkel an der Flanke des Tieres herunterbaumelte. Das weiße, von Schweiß und Schmutz verklebte Haar sah aus wie ein zweiter Bart am falschen Ende des Kopfes. Seine Augen waren weit aufgerissen.

»Er ist tot!« schrie sie, als Clem nach ihr griff. »Was hat dieser schreckliche Mann mit ihm gemacht?«

»Nichts. Pa hat ihn wohl gar nicht erwischt. Wir beide trinken jetzt eine Tasse Tee. Sie bringen Pa in den Schuppen.«

»Das werden sie nicht tun. Tragt ihn ins Haus.«

»Wäre das richtig?« fragte Clem unsicher.

Sie nickte und mußte sich auf ihn stützen, während sie an den drei großen Eichen vorüberstolperten, die Noah aus englischem Samen gezogen hatte. Er hatte ursprünglich eine ganze Reihe von Bäumen zum Schutz vor den heißen, trockenen Winden, die im Sommer über die Ebene hinwegfegten, pflanzen wollen, doch lediglich drei der Bäume hatten überlebt. Und dies auch nur dank Alices ständiger Pflege.

»Wir kommen morgen wieder«, sagten die Scherer zu Alice. Nachdem sie ihre traurige Pflicht erfüllt hatten, hielten sie ihre Hüte umklammert. Dora lag ausgestreckt auf der Couch und bejammerte lauthals den Verlust ihres Gatten.

»Nein«, unterbrach Clem ihre Vorstellung. »Wir gehen in den Schuppen zurück. Wir müssen fertig werden.«

»Du grausamer Junge!« kreischte Dora. »Hast du keine Achtung vor dem Toten? Laß sie gehen!«

»Ab in den Schuppen«, sagte Clem. Die Scherer nickten, denn als praktisch veranlagte Männer wußten sie, daß er recht hatte.

Bald kamen andere Frauen ins Haus, um den Leichnam herzurichten und während der Vorbereitungen für das Begräbnis lange, geheimnisvolle Unterhaltungen mit Alice – von Frau zu Frau – zu führen. Dora hingegen setzte sich in ihrem besten schwarzen Taftkleid mit den goldenen Streifen stocksteif auf die Veranda und schniefte in ein großes Taschentuch. Die Männer hatten nichts Besonderes zu tun und gingen überall zur Hand. Sie molken die Kühe, flickten Zäune, reparierten das Rad am Pferdewagen und das Dach des Vorratsschuppens und schoren die streunenden Tiere, die noch eingefangen werden konnten. Sie packten die Wollballen zusammen und deckten sie ab, bis die Fuhrleute kamen und sie nach York brachten. Mit ihren Frauen und Kindern hatten sie in der Nähe ein kleines Zeltlager aufgeschlagen. Sie wollten die kleine Familie in dem langgestreckten, steinernen Farmhaus nicht stören, doch Clem spürte ihre Kraft, so als wären sie ganz dicht bei ihm und Alice. Das erstaunte ihn. Obwohl er mit Noah zusammen oft ähnliche Hilfe geleistet hatte, überraschte es ihn, daß diese Leute sich mit den Prices abgaben, die verglichen mit den anderen Farmern und den Stadtbewohnern doch einen recht ärmlichen Eindruck machten. Sie standen kaum über den Kleinfarmern, die sich abrackerten, um auf ihren handtuchgroßen Grundstücken, die noch dazu trocken wie Pergament waren, zu überleben.

In Clem wuchs ein neuer Stolz, als man ihn bat, einen Ort für den Familienfriedhof auszuwählen. Bei der Beerdigung traten mehrere Männer vor und sprachen in warmen Worten von

Noah Price. »Ein ehrlicher Mann, aufrecht und treu«, sagten sie. »Ein fleißiger Mann, der uns noch lange als Pionier dieses Distrikts in Erinnerung bleiben wird. Er wurde uns zu früh genommen.« Alle nickten. »Ein großer Verlust.«

Die Frauen wahrten Dora gegenüber höfliche Distanz und bezeichneten sie als Noahs Haushälterin, wofür ihnen Clem ewig dankbar sein würde. Als sie ihre Körbe packten, erinnerten sie Clem und Alice daran, daß sie bei ihnen jederzeit willkommen seien.

»Ihr jungen Leute dürft euch jetzt nicht verkriechen«, meinte Mrs. Gorden Swift. »Ihr könnt gerne zu den Tanzabenden in den Gemeindesaal kommen.«

Alice errötete, da sie an ihren Fuß denken mußte, und Clem half ihr rasch aus der Verlegenheit. »Ich kann nicht tanzen.«

Mrs. Swift lachte. »Nun, Clem Price, das kann keiner, bevor er es nicht versucht hat. In York gibt es viele hübsche Mädchen. Sie werden Schlange stehen, um einen feinen Burschen wie dich das Tanzen zu lehren. Wie alt bist du jetzt? Achtzehn?«

»Ja, Ma'am.«

»Dann erwarten wir dich. Ihr jungen Leute solltet am gesellschaftlichen Leben teilhaben.«

Clem sagte zu. Dabei ging ihm durch den Kopf, daß er unbedingt ein neues Paar Stiefel brauchte, wenn er sich überhaupt bei einem Gesellschaftsabend zeigen wollte.

»Was machen wir mit *ihr*?« fragte Alice, als die letzten Trauergäste davongeritten waren.

»Sie loswerden.«

»Sie weigert sich zu gehen.«

»Tatsächlich?« Clem marschierte in die Küche, wo sich Dora an den Resten eines gespendeten Obstkuchens gütlich tat. »Morgen verschwindest du. Pack deine Sachen. Ich will dich hier nicht mehr sehen!«

»Das ist mein Haus, ich bleibe! Mein Bruder wird kommen

und hier mit mir wohnen. Einer muß sich ja um den Hof kümmern.«

»Falls du bis Sonnenaufgang fertig bist, bringe ich dich im Pferdewagen nach York. Falls nicht, werfe ich deinen Kram in die Einfahrt, und du kannst zu Fuß gehen.«

Dora erlitt einen ihrer Anfälle und stieß wüste Beschimpfungen gegen Clem und Alice aus, die ihr keinerlei Beachtung schenkten. Als sie sich kratzend und beißend auf Clem stürzen wollte, schlug er ihr hart ins Gesicht. »Das ist für Noah. Ein Vorgeschmack auf das, was dich morgen erwartet, wenn du nicht beim ersten Hahnenschrei im Wagen sitzt. Geh jetzt packen.«

»Paß gut auf, was sie mitnimmt«, warnte er Alice. »Sonst hast du keine Pfanne mehr im Haus.«

»Ich passe schon auf. Sie bekommt nichts aus der Küche, aber den Nippes aus dem Wohnzimmer kann sie geschenkt haben. Ich bin froh, das Zeug loszuwerden.«

Nachdem die beiden Frauen an diesem Abend zu Bett gegangen waren, holte Clem Noahs alte Seekiste hervor. Die Unordnung in den Büchern und Papieren überraschte ihn nicht sonderlich. Dora hatte überall herumgestöbert und nach Wertsachen gesucht, doch da sie nicht lesen konnte, hatte keines der Schriftstücke ihr Interesse geweckt. Er fand die Grundstücksurkunden, die säuberlich mit Bändern verschnürt waren, und versank in Erinnerungen, als er auf Alices und seine alten Schulbücher stieß. Natürlich war er nie zur Schule gegangen. Alice hatte ihren jüngeren Bruder unterrichtet, und abends hatte Noah mit seinen Kindern am Küchentisch gesessen und sie Lesen, Schreiben und Rechnen gelehrt. Er hatte ihre »Schulausbildung« sehr ernst genommen. Nur am Wochenende waren sie von den lästigen Aufgaben befreit gewesen. Clem lächelte. Alice war gut in Rechtschreibung, doch im Rechnen hatte *er* schließlich Vater und Schwester überflügelt.

Als er den großen alten Stuhl am Kamin betrachtete, in dem Noah immer gesessen hatte, wurde ihm die Ungeheuerlichkeit des Ereignisses bewußt. Noah war tot. Ihr Vater. Clem konnte sich ein Leben ohne ihn gar nicht vorstellen. Bis jetzt hatte er noch keine Zeit gehabt, in Ruhe darüber nachzudenken. Alles war so plötzlich geschehen. Er erinnerte sich noch, wie er gelacht hatte, als Noah die Verfolgung des Vikars aufgenommen hatte. Wie hätte er ahnen sollen, daß er seinen Pa zum letzten Mal lebend sah? Noah. Seinen Pa. Gott, wie würde er ihn vermissen. Clem knallte die Kiste zu, als könne er damit die aufsteigenden Tränen zurückdrängen.

»Verdammt noch mal, Noah«, murmelte er in sich hinein, »als du Dora ins Haus geholt hast, hast du uns das Familienleben gründlich verdorben – und es war uns nur noch so wenig Zeit vergönnt. Doch sie wird uns nicht mehr länger auf der Pelle sitzen.«

Es war nicht leicht, sie loszuwerden. Nachdem sie ihre Sachen im Schuppen eines Freundes neben der Brücke untergestellt hatte, marschierte sie geradewegs aufs Polizeirevier und verlangte die Verhaftung von Clem Price, der sie aus ihrem Haus geworfen habe. Wachtmeister Fearley, dem sichtlich unwohl war, betrat mit Dora im Schlepptau die Bank, um Clem dort abzufangen.

Die Bank war Clems erste Anlaufstelle in der Stadt. Mit Mr. Tanner konnte er vermutlich am besten über die Farm sprechen.

»Tut mir leid, das von deinem Vater zu hören«, sagte Tanner. »Ich habe Noah immer gemocht. Ich konnte leider nicht zur Beerdigung kommen, denn dann hätte ich die Bank für einen Tag schließen müssen.«

»Schon gut, Mr. Tanner. Ich wollte fragen, wie die Dinge stehen ... mit uns.« Ihm war nicht ganz klar, was er eigentlich wissen wollte.

»Ja, ich habe dich schon erwartet. Dich oder Alice. Carty hat den Totenschein ausgestellt und wird eine Abschrift für dich herbringen. Hier ist die Bankerklärung. Alice muß einige Papiere unterschreiben ...«

»Das mache ich.«

»Du bist noch minderjährig, mein Sohn. Wie alt ist Alice?«

»Zweiundzwanzig.«

»In Ordnung. Ist sie mitgekommen?«

»Nein. Sie muß melken. Wir haben keine Hilfen.« Während Clem sprach, ließ er den Blick über die ordentlichen Zahlenkolonnen auf dem Blatt schweifen und stutzte bei der letzten Zeile. »Was bedeutet das? Da steht fünfhundert Pfund, drei Shilling und sieben Pence.«

»Richtig. Euer Guthaben.«

»Ich dachte, wir sind pleite.«

»Seien pleite«, berichtigte Tanner. »O nein. Euer Dad bezeichnete diese fünfhundert Pfund als seinen ›Notgroschen‹. Er hat sie für schlechte Jahre zurückgelegt. Des öfteren hat er das Geld anbrechen müssen und dann immer gedacht, das Ende der Welt sei gekommen. Ich sagte ihm, wir würden ihm Kredit geben, aber dein Dad war ein stolzer Mann. Hat niemanden um etwas gebeten.«

»Nur seine Kinder«, erwiderte Clem zornig.

Tanner strich sich über seinen dunklen Bart und stützte das Kinn in die Hand. »Hat es euch an irgend etwas gefehlt, Clem?« fragte er leise.

»Wir hatten zu essen, lebten aber ärmlich«, antwortete Clem trotzig. Er schaute sich um, ob auch keiner lauschte. »Sehen Sie mich an! Es ist mir peinlich, in meiner Arbeitskleidung in die Stadt zu kommen, von den alten Stiefeln ganz zu schweigen.«

Tanner zuckte die Achseln. »Den Wert eines Mannes mißt man nicht an seiner Kleidung. Das wirst du noch lernen.«

»Wir brauchen Farmarbeiter. Unsere tausend Morgen da draußen werden vergeudet.«

»Das ist mir klar, aber Noah war ein vorsichtiger Mann. Zu

viele sind untergegangen, weil sie immer mehr Farmland gekauft haben. Die weiten Ebenen können in der Trockenzeit gefährlich werden.«

»Und was ist mit denen, die nicht untergegangen sind? Den Pedlows, den O'Mearas und den Cadmans? Wie steht es mit ihren großen Weizenfeldern? Sie sind reich geworden, statt unterzugehen.«

»Auch sie haben schwere Zeiten erlebt. Die Farm der Pedlows ist vor Jahren beinahe den Buschbränden zum Opfer gefallen. Eines Tages werde ich dir erzählen, was auf den großen Farmen während der letzten zwanzig Jahre passiert ist.«

»Ganz bestimmt«, drängte Clem. »Eins möchte ich aber wissen. Wie haben sie ihre Probleme gelöst?«

»Mit Darlehen. Hypotheken. Ich darf nicht über einzelne Kunden sprechen, aber viele Farmer haben Schulden. Für Noah waren Schulden immer wie ein rotes Tuch. Verstehst du das?«

»Nicht richtig. Es ist mir noch nicht ganz klar. Ich möchte schwarz auf weiß sehen, was es mit so einem Darlehen auf sich hat. Könnten Sie es mir erklären?«

In diesem Moment stürmte Dora in die Bank und drängte die anderen Kunden mit ihrem Reifrock beiseite. »Da ist er, Wachtmeister! Verhaften Sie ihn!«

Clem blieb ungerührt sitzen und betrachtete ein Bild an der hinteren Wand, das die Hauptstraße von Perth zeigte. Tanner hingegen stand auf und strich sich die Rockschöße glatt.

»Was hat das zu bedeuten?«

»Er hat mich rausgeworfen«, schnappte Dora. »Mich von Haus und Hof vertrieben, dieses verdammte Ekel. Mein Ehemann stirbt, und ich werde behandelt wie ein Niemand.«

Wachtmeister Fearley schaltete sich ein. »Sie möchte eine Klage vorbringen, Mr. Tanner.«

»Ich war bisher der Annahme, Sie seien nicht mit Noah Price verheiratet gewesen«, bemerkte Tanner.

»Doch, war ich.«

»Nein, war sie nicht«, sagte Clem und schaute weiterhin das Bild von Perth an. Er hatte die Stadt nicht mehr betreten, seit sie die erste erbärmliche Farm verlassen hatten. Es kam ihm vor, als seien hundert Jahre vergangen. Er war damals noch ein kleiner Junge gewesen.

»Besitzen Sie eine Heiratsurkunde?« erkundigte sich Tanner.

»Ja, irgendwo habe ich eine.«

»Hat sie nicht«, warf Clem ein.

»Noah hat mich geliebt!« schrie Dora. »Ich war seine Frau, mit allen Rechten und Pflichten. Wo ist sein Testament? Das möchte ich gerne wissen. Wartet ab, bis ihr sein Testament seht. Er hätte mich niemals übergangen. Nicht Noah. Seine Kinder haben ihn nie interessiert.« Sie schlug mit ihren dicken Händen, die in schwarze Spitzenhandschuhe gezwängt waren, auf den Schreibtisch.

»Hast du das Testament deines Vaters mitgebracht?« wollte Tanner von Clem wissen.

»Es gibt kein Testament. Er hat keins gemacht. Wieso auch? Er hat nicht damit gerechnet, während der Schur zu sterben. Oder während der Jagd auf diesen dreckigen Bastard, der *sie* gebumst hat.«

Tanner erstarrte. »Das reicht, Clem! Solche Wörter möchte ich hier nicht hören. Da es anscheinend kein Testament gibt – und auch nie eine Heirat stattgefunden hat, denn ich hätte davon erfahren –, würde ich vorschlagen, Wachtmeister, daß Sie diese Frau hinausbegleiten.«

»Ihr Männer seid alle gleich!« Dora wedelte mit ihrem verblichenen Sonnenschirm drohend in Richtung des Bankdirektors. Tränen gruben schmutzige Rinnsale in den Staub, der sich während der langen Stunden auf der Straße in ihrem Gesicht angesammelt hatte. »Ihr denkt, ihr könnt uns Frauen benutzen und danach wegwerfen. Nun, ich sage euch, Noah war anders! Er hätte nie geduldet, daß man mich beleidigt und auf die Straße setzt. Ich will, was mir zusteht.«

Fearley ergriff ihren Arm. »Das ist Erregung öffentlichen Ärgernisses, Dora«, warnte er sie. »Bitte beruhigen Sie sich. Ich möchte Sie nicht verhaften müssen.«

»Nehmen Sie mich doch mit«, entgegnete sie unter Tränen. »Dann habe ich wenigstens ein Dach über dem Kopf.«

Clem empfand kein Mitleid mit ihr. »Du kannst bei deiner Freundin Mrs. Penny wohnen. Als Pa noch lebte, hat es dir nie an Ausreden gemangelt, um in die Stadt fahren zu können. Sie ist ein Schluckspecht wie du. An Gesellschaft wird es dir jedenfalls nicht fehlen.«

»Nun, nun«, warf Tanner nervös ein. Er befürchtete wohl, Clem könne in Anwesenheit der Polizei eine weitere Indiskretion begehen, denn Mrs. Penny pflegte bekanntermaßen ungewöhnlich viele Männerfreundschaften. »Hier führe ich die Geschäfte, Wachtmeister ...«

Der Polizist verstand den Hinweis und ging hinaus, wo er auf Dora wartete, die unbedingt das letzte Wort haben mußte. »Clem Price, du tust mir etwas Schreckliches an!« zischte sie. »Ich habe wie eine Mutter für dich und deine Schwester gesorgt. Grins mich nicht so höhnisch an! Du wirst deinem Pa nie das Wasser reichen können.«

Sie drängte sich zwischen drei neugierigen Kunden hindurch, die sich am Eingang eingefunden hatten und entzückt dem pikanten kleinen Schauspiel beiwohnten. Dann fegte sie quer über die sandige Straße und stieß dabei wütend mit dem Sonnenschirm auf den Boden.

»Vielleicht könntest du später noch einmal wiederkommen«, meinte Tanner zu Clem und deutete auf die Menschenschlange, die sich in der Bank mittlerweile gebildet hatte.

»Ja, morgen früh.« Er war froh, daß er die Bank verlassen und alles, was der Tag sonst noch zu bieten hatte, auf sich zukommen lassen konnte.

Auf dem Weg zum *Duke of York Hotel* verspürte er den Drang, seinen Hut in die Luft zu werfen und an Ort und Stelle einen Freudentanz hinzulegen. Er war nicht nur Dora losgeworden, ihm gehörte auch Lancoorie, und er hatte Geld auf der Bank! Er war reich! Was für ein Geizkragen war Noah doch gewesen. Hatte die ganze Zeit Geld gehabt, während alle geglaubt hatten, er sei pleite. Einschließlich Dora. Gut, daß sie die Wahrheit nicht erfahren hatte, sonst wäre ihr Auftritt noch dramatischer ausgefallen. Sie hatte kein Geld von Clem verlangt, weil sie glaubte, er habe keins.

Clem blieb stehen, um sich die Stiefel zu schnüren – Noahs Stiefel. Er hatte Tanner gegenüber nicht zugeben wollen, daß sein Pa seine Stiefel so oft neu besohlt hatte, daß die Oberseite über die Jahre altersgrau und rissig geworden war. »Eigentlich hätte ich Mr. Tanner um ein paar Pfund aus Noahs Notreserve bitten können. Schließlich muß ich hier übernachten. Falls Noah Geld im Haus aufbewahrt hat, ist es sicher in Doras Tasche gelandet. Alice hat jedenfalls nichts gefunden. Nun stehe ich hier ohne einen Penny in der Tasche.«

Ursprünglich hatte er Dora absetzen, umgehend nach Lancoorie zurückfahren und unterwegs im Wagen seinen Proviant essen wollen. Doch nun konnte er ruhig einen oder zwei Tage in der Stadt bleiben. Alice würde schon zurechtkommen.

Er nahm allen Mut zusammen, betrat die dämmrige Hotelbar und bestellte ein Bier.

»Schreiben Sie es an, Chas«, sagte er zum Wirt. »Ich bleibe eine Weile in der Stadt. Haben Sie ein Zimmer für mich?«

»Natürlich, Clem«, antwortete der Mann freundlich und schob ein Bier über die Theke. »Das geht aufs Haus. Tut mir wirklich leid um deinen Vater, mein Junge. Der alte Noah war ein anständiger Kerl.«

Clem zog alle Aufmerksamkeit auf sich. Freunde wie Fremde erwiesen dem trauernden jungen Mann den nötigen Respekt. Er hatte nie mit den anderen Burschen »durch den Distrikt ziehen« dürfen, wie Noah sich auszudrücken pflegte, und besaß daher keine Freunde in seinem Alter.

Als Les und Andy Postle hereinschwankten, behandelten sie ihn wie ihren ältesten Freund, nicht wie einen Nachbarn, dessen Farm immerhin zweiunddreißig Meilen von ihrer entfernt lag. Zum Glück, denn Noah hatte die beiden als »ein Paar wilder Tiere« bezeichnet und damit auf ihre allgemein bekannte Lüsternheit angespielt – ohne zu berücksichtigen, daß auch er kein Kind von Traurigkeit war.

»Waisen!« klagte Les nach einigen mitleidvollen Runden. »Mein Gott, Clem, das wird mir jetzt erst klar! Ihr zwei seid ja Waisen. Ihr armen Schweine.« Fasziniert breitete er sich über dieses Thema aus, bis sein Bruder dem rührseligen Gerede ein Ende setzte.

»Halt die Klappe, Les. Wir sollten den alten Clem aufheitern, sonst fühlt er sich noch schlechter. Komm schon, Clem. Trink noch einen.«

Als das Pub zumachte, zogen sie sich mit zwei Flaschen Bier und einer Flasche Whisky in Clems Zimmer zurück. Clem hatte die Getränke unbekümmert auf seinen Namen anschreiben lassen, weil er in seinem alkoholisierten Zustand überaus dankbar war für seine neugewonnenen Freunde.

Wie durch ein Wunder erschien kurz darauf das Schankmädchen mit einer eigenen Flasche Bier. Es hieß Jocelyn. Clem sagte ihr mehrmals, was für einen schönen Namen sie doch habe und machte auf dem Bett Platz für sie. Ihr Körper war kurvenreich. Sie schien die älteste in dieser Runde zu sein, eine hübsche Frau mit rosigen Wangen und dichtem, glänzendem schwarzem Haar, die verspielt war wie ein junges Kätzchen. Sie tranken aus ihren Flaschen, lachten und neckten sie, und Jocelyn wußte sich schlagfertig zu wehren.

Clem hoffte, er würde das Rennen machen, doch schließlich ging Andy als erster durchs Ziel. Er wurde immer zudringlicher, flüsterte ihr ins Ohr, zupfte an den Knöpfen ihrer weißen Bluse und schaffte es sogar, einige davon zu öffnen, ohne daß Jocelyn sich beschwerte. Clem schaute eifersüchtig zu und stritt dabei mit Les über die Vor- und Nachteile des Weizenanbaus. Als Jocelyn und Andy nach hinten aufs Bett kippten, miteinander rangen und kicherten, machten sie ihnen ein wenig Platz.

Les kümmerte sich nicht weiter um die Kapriolen der beiden. Clem versuchte ebenfalls so zu tun, als sei es für ihn ein alltäglicher Anblick, wenn ein Mann und eine Frau direkt neben ihm knutschten und schmusten. Im Vergleich zu der überaus wichtigen Unterhaltung mit Les Postle war es auch eine Bagatelle, denn dabei ging es um das Schicksal von Lancoorie. Dennoch beobachtete er aus dem Augenwinkel Jocelyns offene Bluse und Andy Postles Hand, die sich heftig darin bewegte. Es war heiß im Zimmer. Clem stand der Schweiß auf der Stirn, und er rutschte unbehaglich hin und her.

»Du kommst schon noch dran.« Les zwinkerte ihm zu, und Clem zuckte entsetzt zusammen. Er war noch nie mit einer Frau zusammengewesen und würde zu Eis erstarren, falls er es vor diesen beiden hier versuchen sollte. Wenn er sich zum Narren machte, würden sie die Nachricht überall verbreiten.

»Ich muß mal pinkeln«, sagte er und schoß zur Tür hinaus.

Langsam ging er die Treppe hinunter und wieder hinauf, schlich im Gang umher und suchte nach einer Ausrede, um nicht in sein Zimmer zurückzumüssen. Er wünschte, er wäre nach Hause gefahren, doch ihn erwartete noch seine geschäftliche Besprechung mit Mr. Tanner. Außerdem mußte er den Urkundsbeamten des Gerichts aufsuchen. Les hatte ihm einen interessanten Tip gegeben: »Wenn du dir keine Hilfsarbeiter leisten kannst, besorgst du dir Sträflinge. Hier in der Gegend gibt es noch welche, und sie sind nicht schlimmer als die anderen Herumtreiber, die es zu uns verschlägt. Wir hatten mal einen. Bis er dann meine Schwester geschwängert hat.«

»Wen? Elsie?«

»Ja. Pa hat ihn mit der Pferdepeitsche verjagt und Elsie nach Perth verfrachtet.«

Clem war verblüfft. Elsie war ihm immer so langweilig und gesetzt erschienen. Als er vor der Tür stand, dachte er immer noch über Elsie nach, bis ihm schließlich auffiel, daß in seinem Zimmer ein Streit ausgebrochen war. Wenn sie weiterhin solchen Krach schlugen, würde man ihn noch hinauswerfen.

Jocelyn saß mit untergeschlagenen Beinen auf dem Kissen am Kopfende des breiten Bettes. Sie fauchte die beiden Männer an wie eine wütende Katze. »Andy Postle, ich habe nein gesagt, also verschwinde!«

»Du hast es so gewollt«, schnappte Andy zurück. Mit Schwung hob er sie hoch und warf sie wieder aufs Bett, schob ihr die Röcke über den Kopf und ließ sich ungeschickt auf sie fallen.

Clem starrte Les an, der zurückgelehnt auf einem Stuhl saß, die langen Beine gegen den Toilettentisch gestemmt. »Wie wär's mit einer Wette, Clem? Ich setze fünf zu eins auf Andy.«

Wenigstens war der Lärm verstummt. Man hörte nur noch erstickte Kampfgeräusche vom Bett.

»Sie wird sich schon beruhigen«, meinte Les so lässig, als spräche er von einer Stute, die beschält werden sollte. Clem spürte Abscheu in sich aufsteigen. Er wußte nicht, was er tun sollte, und ging zum Bett hinüber.

»Geht es dir gut?« fragte er die Frau, die unter ihren Röcken und Andys kräftigem Rücken beinahe erstickte. »Natürlich nicht«, erklang ihre Stimme. »Schaff diesen Bastard von mir runter.«

Und Clem tat, wie ihm geheißen. Es war eher ein Reflex als eine kalkulierte Handlung. Er kannte die Spielregeln nicht. Also griff er rasch nach Andys Beinen und zog ihn zum Fußende des hohen Bettes hinunter. Dann versetzte er ihm einen heftigen Stoß, so daß Andy polternd zu Boden krachte.

Sein neuer Freund schnellte hoch und umklammerte dabei seine Hosen. »Price, du Wahnsinniger, dafür wirst du mir büßen! Ich hätte mir das Rückgrat brechen können.«

»Versuch's doch«, erwiderte Clem und ging in Angriffsstellung. Er hatte die Nase voll von Dora, von Noahs Heuchelei, von der Last einer großen Farm, die wie ein Bauernhof in der Vorstadt geführt wurde – einfach von allem!

»Versuch's doch«, warnte er Andy, der ihm an Größe und Körperkraft unterlegen war, »dann bekommst du die Prügel deines Lebens.«

»Hör ihn dir an«, lachte Les, der ältere der beiden. Ihn schien einfach alles zu amüsieren. »Ich schätze, er könnte es dir zeigen, altes Haus. Aber nicht hier, wenn es geht. Jocelyn ist nicht in der Stimmung, wir sollten besser zu Mrs. Penny gehen, bevor sie den Laden schließt.«

Nachdem sie ihre Bluse zugeknöpft hatte, glitt Jocelyn vom Bett. Sie kochte vor Wut. »Zur Hölle mit dir, Andy Postle!«

Heftig stieß sie Les' Beine beiseite, um einen Blick in den Frisierspiegel werfen zu können. Sie brachte hastig ihr Haar in Ordnung und war kurz darauf verschwunden.

»Nun, wie sieht's aus?« fragte Les und ergriff seinen Hut.

»Kommt ihr beide mit, oder wollt ihr euren Streit unten im Hof austragen?«

»Ich kriege dich schon«, drohte Andy und schloß sich damit stillschweigend dem Vorschlag seines Bruders an. Clem fühlte Panik in sich aufsteigen, als er an Mrs. Penny dachte. Das Freudenhaus an sich war schon schlimm, aber wenn er nun Dora dort begegnete? Les würde sich köstlich amüsieren. Ganz zu schweigen von den Folgen, die ein weiterer Zusammenstoß mit Dora haben würde. Zum zweiten Mal an diesem Abend stieg Clem die Treppenstufen vor dem Hotel hinunter und fiel plötzlich der Länge nach zu Boden.

Les hob ihn hoch, ließ ihn aber wieder fallen. »Verdammt, er hat schlappgemacht.«

»Der könnte nicht mal saufen, wenn's um sein Leben ginge«, meinte Andy fröhlich.

»Wir sollten ihn besser nach oben bringen.«

»Vergiß es. Laß ihn hier. Markiert den großen Mann, wo sein Alter noch warm ist. Und dann diese billige Nutte im Haus. Ich wette, er hat sich schon mit ihr eingelassen.«

»Keine Sorge. Ich habe gehört, daß er sie schon rausgeworfen hat.«

»Na, los!« Andy stieß Clem mit dem Stiefel an. »Vor einer Minute war er noch nicht so blau. Spielt uns bestimmt was vor. Diese verdammten Prices sind arm wie die Kirchenmäuse. Er könnte sich die paar Kröten für die Huren gar nicht leisten.« Andy trat fester zu, aber Clem biß die Zähne zusammen, als der Schmerz seine Brust durchzuckte, und blieb reglos liegen. Andy hatte recht. Bisher war ihm nicht klargewesen, daß er gar kein Geld für eine Hure hatte.

Als die Postle-Brüder gegangen waren, rappelte er sich auf und kehrte in sein Zimmer zurück. Er war vollkommen niedergeschlagen. Doch mitten in der Nacht fühlte er Jocelyn zu sich ins Bett schlüpfen. Trotz seiner schmerzenden Rippen glitt er mit sanfter Wollust aus seinen Träumen, bis ihm schließlich klar wurde, daß sie wirklich bei ihm war. Greifbar nah. Und nackt! Sie schien keinerlei Scham zu empfinden. Ihre Absichten waren unmißverständlich. Leidenschaftlich küßte sie jeden Fleck seines Körpers, so wild, daß es ihn in Erstaunen versetzte. Er hatte immer geglaubt, Frauen wollten sanft umschmeichelt werden, doch sie war anders. Diese wunderbare Wendung, die die Ereignisse genommen hatten, löste eine heftige Erregung in ihm aus. Er rollte sich auf sie und legte los, als habe er Angst, sie könne ihre Meinung in letzter Sekunde ändern.

Am Morgen lag er im Halbdunkel auf dem zerwühlten Bett. Die Jalousien waren noch geschlossen. Im Geiste erlebte er jeden Augenblick ihres Zusammenseins noch einmal. Sie war lange bei ihm geblieben, und sie hatten sich wieder und wieder geliebt. Darin lag für ihn eine weitere Offenbarung. Clem fühlte sich stark und war stolz auf sich, denn beim Abschied hatte sie ihm zugeflüstert: »Du hast einen wunderschönen Körper, Clem Price. Ich wußte, du würdest gut sein.«

Er grinste zufrieden. Hatte sie gemerkt, daß er zum ersten Mal mit einer Frau geschlafen hatte? Hoffentlich nicht. Es war jetzt auch egal. Boshaft fragte er sich, wie es wohl den Postle-Brüdern bei Mrs. Penny ergangen war. Etwas Besseres als er konnten sie einfach nicht erlebt haben, doch damit zu prahlen wäre zwar spaßig, aber kaum klug. Auf den unvermeidlichen Klatsch konnte er gut verzichten.

Als er aus dem Duschraum neben der Wäscherei trat und sich das dunkle Haar trockenrieb, entdeckte er zu seinem Erstaunen Jocelyn, die gerade Wäsche aufhängte. Er wußte nicht, was er zu ihr sagen sollte. Was wäre richtig? Doch sie winkte ihm nur zu, als sei nichts geschehen, und fuhr mit ihrer Arbeit fort. Clem nickte erleichtert, steckte sich das Hemd in die Hose und stapfte barfuß zur Hintertreppe. Hier hatte Andy ihn getreten, doch auch das war ihm jetzt egal. Schließlich hatte er den Kampf gewonnen.

Bevor die Bank öffnete, wurde er im Gerichtsgebäude vorstellig, um sich zu erkundigen, ob man tatsächlich Sträflinge als Farmarbeiter einstellen konnte. Vielleicht hatte Les ja auch bloß dummes Zeug geredet.

Ein Todesfall in der Familie beeinflußt auch das Verhalten der Leute. Der Beamte wußte von Clems Verlust und behandelte ihn freundlich und rücksichtsvoll. Er war ein geschäftiger kleiner Bursche, in den mittleren Jahren und arbeitete in einem winzigen Büro. Aus den offenen Regalen quollen Berge von Papier hervor.

»Mal sehen, was wir für dich tun können, Clem. Die Antragsformulare müßten irgendwo hier sein.« Beim Suchen redete er weiter: »Schade um deinen Vater. Wirklich schade.

Was ist aus Vikar Petchley geworden? Ich hörte, er sei an jenem Tag draußen auf Lancoorie gewesen.«

»Keine Ahnung«, erwiderte Clem kurz angebunden.

»Habe ihn seither nicht mehr gesehen«, murmelte der Beamte, während Clem reglos und schweigend dastand.

»Da sind sie ja. Diese Formulare müssen in dreifacher Ausfertigung ausgefüllt werden. Alice muß sie unterzeichnen. Sie hat nichts dagegen, mit Sträflingen zu arbeiten?«

»Nein.«

»Na, gut, dann wird es wohl in Ordnung sein. Wir werden schon ein paar brauchbare Burschen für euch finden. Wie viele brauchst du?«

»Weiß nicht. Hm, zwei. Versuchen wir es mal mit zweien.«

»Das halte ich für sehr vernünftig, denn ihr seid allein auf der Farm. Sonst fallen sie noch über euch her.«

Clem war sich nicht sicher, ob er überhaupt Sträflinge einstellen wollte, brauchte aber dringend Hilfe. Auf dem Heimweg würde er bei Ted Cornish vorbeischauen und fragen, wie es bei ihm zur Zeit aussah. Nicht, daß er sich einen bezahlten Arbeiter hätte leisten können, aber es schadete nicht, zu wissen, an wen man sich im Notfall wenden konnte.

»Im Augenblick erhalten die Sträflinge Unterkunft und Verpflegung und bekommen zwei Shilling sechs Pence pro Woche«, erklärte ihm der Beamte und legte ihm ein weiteres Formular vor. »Dies sind die Vorschriften zur Beschäftigung von Staatsgefangenen. Ich verstehe nicht, warum sie die Transporte eingestellt haben. Sträflinge bildeten doch stets einen wesentlichen Bestandteil unserer Arbeitskräfte. Ohne sie wären wir niemals zurechtgekommen. Und wir brauchen sie im Grunde immer noch, denn dieses Land ist riesig und wird mehr und mehr erschlossen.«

Schließlich war Clem wieder unterwegs. In einer Pappmappe, die mit einer dünnen roten Kordel verschnürt war, hatte er nun eine verwirrende Sammlung von Formularen dabei.

Dr. Carty trank in der Bank gerade eine Tasse Tee mit Mr. Tanner. »Ach, Clem. Auf dich habe ich gewartet. Alles in Ordnung mit dir?«

»Ja.«

»Und mit Alice?«

»Vielen Dank, Doktor, es geht ihr gut.«

»Ich habe den Totenschein für euch.«

»Wie bitte?«

Clem hatte Mühe, sich innerlich von Jocelyn und der verlockenden Vorstellung loszureißen, er könne sich vielleicht bald Geld von dieser Bank leihen. Er hörte kaum auf das, was Dr. Carty sagte.

»Den Totenschein für deinen verstorbenen Vater, Clem. Wenn es dir recht ist, lasse ich ihn bei Mr. Tanner.«

»Ich benötige ihn, um die Urkunden für Lancoorie auf dich und Alice umzuschreiben«, erläuterte Tanner.

»Ach ja, natürlich.«

»Bleibst du heute abend in der Stadt?« fragte Carty. Clem zuckte ein wenig schuldbewußt zusammen. Hatten sie erfahren, was in der letzten Nacht geschehen war? Unmöglich! Er hatte schon längst im Sinn, eine weitere Nacht hier zu verbringen, wenn Jocelyn zur Verfügung stand. Hinter seinem Unschuldsblick tanzte ein schelmisches Lächeln. Er würde auch eine Woche bleiben, wenn er ihrer Gesellschaft sicher sein konnte.

»Ich weiß es nicht«, entgegnete er. »Habe noch nicht darüber nachgedacht. Ich habe noch einiges mit Mr. Tanner zu regeln. Und ich muß Vorräte für Alice besorgen.« Er zermarterte sich das Hirn nach weiteren Entschuldigungen. »Und ich muß einige Besuche machen, um mich bei den Leuten zu bedanken. Vor allem bei den Frauen, die zur Beerdigung gekommen sind. Sie waren sehr freundlich, haben das ganze Essen mitgebracht und so.«

Carty nickte erfreut. »Das solltest du wirklich tun. Gute Manieren scheinen heutzutage Seltenheitswert zu haben.«

Tanner lieferte ihm noch einen weiteren Grund. »Vergiß nicht den Grabstein, Clem. Der alte Henty, der Steinmetz, hat schon nachgefragt. Er macht seine Arbeit gut und würde dir den bestmöglichen Preis machen.«

»Ja, das muß ich auch noch erledigen, nicht wahr?«

»Also abgemacht. Du wirst hierbleiben. Ich habe dich danach gefragt, weil Mrs. Carty Geburtstag hat und wir heute abend eine Party für sie geben. Bei uns zu Hause. Ich weiß zwar, daß du in Trauer bist, Clem, aber weder der Herr noch dein lieber verstorbener Vater würden etwas dagegen haben, wenn du auch kämst. Du bist so selten in der Stadt und hast ein Recht auf ein bißchen Unterhaltung. Du hast viel durchgemacht. Wir würden uns freuen, dich bei uns begrüßen zu dürfen.«

Clem starrte ihn an. Er hatte Carty nie besonders gemocht. Er war ein kleiner, stämmiger Mann mit vollem weißem Haar und femininen roten Lippen, die durch seine dünnen weißen Koteletten noch betont wurden. Seine Augen blickten kalt. Blaßblau und kalt wie die eines Fisches. Wurde man krank, so erzählten sich die Leute, führe er sich auf, als würde man ihn auf unverschämteste Weise belästigen. Er war sehr reich, einer der reichsten Männer im Distrikt, und besaß nicht nur Land, sondern auch das lukrative Fuhrunternehmen *Carty Coach and Carrying Company.*

»Er wird kommen«, antwortete Mr. Tanner an Clems Stelle.

»Schön. Wir erwarten dich um fünf«, meinte Carty. »Du brauchst kein Geschenk mitzubringen, das ist nicht nötig.«

»Was hat das alles zu bedeuten?« fragte Clem den Bankdirektor, nachdem der Arzt gegangen war. »Ich kenne ihn kaum und bin seiner Frau noch nie begegnet.«

Tanner lachte und räumte die Teetassen ab. »Denk mal scharf nach. Du hast da draußen einen ansehnlichen Besitz.«

»Wer sagt das? Drei Viertel davon sind noch immer Buschland. Die Wolle hält uns gerade am Leben. Besser als ich dachte, das muß ich zugeben, aber das macht mich noch nicht zu seinemgleichen.«

»Seinesgleichen«, berichtigte ihn Tanner. »Du mußt auf eine korrekte Sprache achten. Noah legte Wert darauf, und du solltest es ihm gleichtun. Es ist nur eine Frage der Disziplin.«

Clem ließ sich auf einen Stuhl fallen. »Reden wir nun über Carty oder über meine Sprache?«

»Über beides. Du wirst in wenigen Monaten neunzehn und bist Landbesitzer. Lancoorie mag zwar unterentwickelt sein, ist aber trotz allem eine beachtliche Schaffarm. Du solltest dich nicht unterschätzen, vor allem nicht, wenn du es mit Männern wie Carty zu tun hast. Er hat drei Töchter im heiratsfähigen Alter. Ich vermute, er hat dich als möglichen Schwiegersohn ins Auge gefaßt. So viele alleinstehende junge Männer gibt es hier nicht. Und von denen würde Carty sehr wenige für eine seiner Töchter auch nur in Betracht ziehen.«

»Und er denkt dabei an mich?«

»Ich glaube schon.«

»Mein Gott, das kommt aber unerwartet.«

»Mag sein. Und du solltest aufpassen, in welche Gesellschaft du dich begibst, Clem. Ich habe gehört, du hättest gestern abend im *Duke of York* mit den Postle-Jungen getrunken. An deiner Stelle würde ich ihnen in Zukunft aus dem Weg gehen. Sie sind vermutlich harmlos, aber kannst du dir vorstellen, daß Dr. Carty ihnen eine seiner Töchter anvertrauen würde?«

»Wohl kaum.«

»Noah mag streng gewesen sein, aber du verdankst ihm einen guten Ruf, und den solltest du wahren. Ich hoffe, das klingt jetzt nicht wie eine Predigt ...«

»Sie machen es schon ganz gut«, meinte Clem grinsend. Tanner lehnte sich in seinem Stuhl zurück.

»Freut mich, daß du nicht beleidigt bist. Wenn es meinen

Kunden gut geht, habe auch ich etwas davon. Verstehst du? Eine Bank ist ein Unternehmen, genau wie eine Schaffarm. Es liegt in unser beider Interesse, daß du deine Sache gut machst.«

Zum ersten Mal faßte Clem sein Gegenüber genauer ins Auge: Da stand ein Bankdirektor vor ihm, der in York hohes Ansehen genoß, ein wichtiger Mann. Sein sozialer Status schien unerreichbar. Der sorgsam gestutzte Bart und der seriöse dunkle Anzug trugen ihren Teil zu diesem Eindruck bei. Clem sah aber noch etwas anderes in ihm. Von Mann zu Mann hatte er mit ihm gesprochen, um Himmels willen! Er mußte Alice von diesem Ereignis berichten. Tanner war auch nur ein Mensch.

»Meinen Sie, ich sollte hingehen?«

»Auf jeden Fall. Meine Frau und ich werden auch dort sein. Wir haben keine Kinder, um die wir uns sorgen müssen, also ist das nicht mein Beweggrund.« Er öffnete eine Dose Pfefferminzbonbons und bot Clem eins an. »Du wirst mich doch nicht im Stich lassen?«

»Ich kann nicht hingehen. Ich habe keine anständigen Kleider. Außerdem bin ich gestern ohne einen Penny aus der Bank gewandert und mußte im *Duke of York* anschreiben lassen. Könnte ich von Noahs Geld etwas abheben?«

»Nicht, bevor Alice die Papiere unterzeichnet hat, aber ich gebe dir einen Vorschuß.«

»Da bin ich aber erleichtert. Könnten Sie mir soviel geben, daß ich mir Kleider kaufen kann? So wie ich jetzt aussehe, kann ich mich nicht bei Dr. Carty blicken lassen.«

»Wir treffen uns in der Mittagszeit drüben beim Tuchhändler und kleiden dich ein. Vorher solltest du Henty aufsuchen. Bestell für Noah einen schönen Grabstein, das würde ihm gefallen.«

Tanner stand auf. Damit signalisierte er einem Kunden gewöhnlich, daß er entlassen war. Auch Clem erhob sich, doch dann fiel ihm noch etwas ein. »Da wäre noch eins, Mr. Tanner. Wenn ich alles geregelt habe, möchte ich mir Geld leihen, um die Farm zu erweitern. Ich habe mich gegen den Getreideanbau entschieden.«

»Das ist recht und billig. Halte dich an das, was du kennst.«

»Und Sie würden mir ein Darlehen geben? Dann könnte ich noch etwas in Reserve behalten.«

»Wir werden sehen.«

»Ich habe Sträflinge beantragt, um ein Stück Land zu roden.«

Tanner war sichtlich erfreut. »Tatsächlich? Eine gute Idee. Ich wollte das schon vorschlagen. Ich werde ein gutes Wort für dich einlegen.«

»Und noch etwas.« Clem verlor allmählich sein Selbstvertrauen. »Ich möchte nicht allein zum Doktor gehen. Könnte ich um fünf Uhr herkommen und mich Ihnen und Mrs. Tanner anschließen?«

»Selbstverständlich. Die Bank ist dann geschlossen. Wir wohnen im Haus dahinter. Von dort machen wir uns gemeinsam auf den Weg.«

»Ich bin mir immer noch nicht ganz sicher dabei. Ich war noch nie auf einer Party.«

»Keine Sorge. Niemand wird dich beißen. Und jetzt los.«

Da man ihn vorgewarnt hatte, machte sich Clem darauf gefaßt, den Avancen dreier heiratswilliger Mädchen widerstehen zu müssen, doch er hätte sich keine Sorgen zu machen brauchen, da sie kaum Notiz von ihm nahmen. Stolz trug er seine neuen Hosen, das gestreifte Hemd mit dem steifen Kragen, die Fliege und seinen neuen Haarschnitt zur Schau. Im Nacken und an den Seiten war das Haar so kurz geschnitten, daß er sich wie ein geschorenes Schaf vorkam, doch man hatte ihm versichert, dieser Schnitt sei der letzte Schrei. Daß er mit den Tanners zusammen eintraf, stärkte sein Selbstvertrauen. Sobald sie durchs Tor traten, strömten von überall Menschen herbei, die sich mit dem Bankdirektor gutstellen wollten. Clem fragte sich, wer von ihnen wohl durch Hypotheken an das Institut gebunden war.

Beim Haus der Cartys handelte es sich um ein imposantes zweistöckiges Backsteingebäude mit einem kleinen Portal, unter dem Dr. und Mrs. Carty samt den drei Töchtern ihre Gäste empfingen, nachdem diese sich bis zur Haustür durchgekämpft hatten.

Die Mädchen kamen Clem vage bekannt vor, da er ihnen im Laufe der Jahre sicher hier und dort begegnet war. Ihr Vater rief ihm die Namen ins Gedächtnis. »Clem, du kennst doch Thora, Lettice und Felicia?«

Die Mädchen knicksten nacheinander, senkten den Blick und flöteten: »Herzliches Beileid zum Tod deines Vaters, Clem.« Es klang auswendig gelernt.

Die drei trugen hübsche weiße Kleider mit bunten Schärpen und langen Volants, die über den blank gebohnerten Boden schleiften. Sie sahen wirklich sehr anmutig aus. Thora, die größte der Schwestern, hatte die langen blonden Haare und kühlen blauen Augen ihrer Mutter geerbt und wirkte insgesamt sehr reserviert. Sie hat Stil, dachte Clem. Lettice und Felicia bestachen durch lockiges Haar, frische Wangen und einen rosigen Schmollmund. Sie waren alle in Clems Alter. Er ging mit den anderen Gästen durch den Flur in den hinteren Bereich des Hauses, wo die eigentliche Party stattfand, und konnte einen Blick in zwei geräumige Wohnzimmer und ein prachtvolles Eßzimmer werfen. Dann kam er an einer Treppe mit weißem Geländer und einer großen Küche vorbei, in der sich geschäftige Frauen drängten. Sollte er jemals vor der Wahl stehen, würde er sich für Lettice entscheiden. Als er weitergegangen war, hatte sie den nächsten Gast fröhlich begrüßt und mit ihren braunen Augen gezwinkert. Thora hatte Distanz gewahrt und knapp genickt. Es gab nur ein Problem mit Lettice: Wie konnte man jemanden heiraten, der wirklich und wahrhaftig den Namen einer Salatpflanze trug? Die Kinder im Distrikt hatten ständig Witze darüber gerissen.

Mrs. Tanner verschwand in der Küche, und Clem trat mit

seinen Begleitern auf die große rückwärtige Veranda, wo bereits die Tische für das Abendessen aufgestellt waren. Die Bäume im Hof dahinter hatte man mit bunten Bändern und japanischen Lampions geschmückt, die allerdings noch nicht brannten. Selbst die Außentoilette, deren spitzes rotes Dach über eine blumengeschmückte Hecke lugte, sah festlich aus.

Clem war beeindruckt und konnte sich einer gewissen Ehrfurcht nicht erwehren. Noch nie hatte er solch eine Pracht gesehen und war so vielen elegant gekleideten Menschen begegnet. Vor allem die Frauen, deren Reifröcke wie bunte Pilzkolonien aus dem Boden wuchsen! Er folgte Mr. Tanner dorthin, wo sich die Männer um ein Bierfaß versammelt hatten und ein Kellner in weißer Jacke Schnaps und Wein ausschenkte. Hier blieb er fast den ganzen Abend. Zwischendurch suchte er nur die Tafel und die Toilette auf, um sich anschließend gleich wieder zu den anderen jungen Männern zu gesellen. Er bestaunte die Mädchen und lauschte Witzen und anzüglichen Bemerkungen. Langeweile überkam ihn. Er dachte an Jocelyn.

Irgendwann forderte Mrs. Carty die jungen Männer auf, sich zu den jungen Damen zu gesellen, die sich an der Hintertreppe versammelt hatten und ihre Scheu hinter wildem Gekicher zu verbergen suchten.

Clem gelang es, sich in der Nähe der mittleren Carty-Tochter zu postieren. Er war entschlossen, sich in Gegenwart der Mädchen gut zu verkaufen.

»Wie geht es dir, Lettice?« fragte er so selbstsicher, als sei dies nicht seine erste Party.

»Mir geht es sehr gut, vielen Dank. Wie geht es Alice?«

»Auch sehr gut.«

»Du hättest sie mitbringen sollen.«

»Dazu war keine Zeit.«

»Dann eben ein anderes Mal.«

Ihre Schwester unterbrach sie: »Lettice, Mutter braucht dich in der Küche.«

Zu seiner Überraschung berührte ihn Lettice am Arm und zuckte enttäuscht die Achseln. »Ich sehe besser nach, was sie möchte.«

Einer der Burschen stieß ihn an. »Du machst deine Sache gut, Clem. Sie mag dich.«

Einen flüchtigen Moment lang hatte auch Clem diesen Eindruck und bedauerte, daß sie weggegangen war. Er könnte Lettice durchaus liebgewinnen.

Plötzlich erklangen laute Stimmen aus dem Inneren des Hauses. Die Leute drehten sich neugierig um und suchten nach einer Erklärung für diesen Lärm.

»Was ist los?« erkundigte sich Clem bei dem Mädchen, das den Platz an seiner Seite eingenommen hatte.

»Thora ist weg«, flüsterte sie. »Dr. Carty ist unheimlich wütend.«

»Weg?«

»Ja, sie hat einen Freund, und er war nicht eingeladen. Lettice vermutet, sie habe sich fortgestohlen, um ihn zu treffen.«

»Thora?« meinte Clem erstaunt.

»Ja. Sie hat ein Auge auf Matt Spencer geworfen. Kennst du ihn?«

»Nein.«

»Sieht nicht übel aus, aber er ist nur Stallbursche in Dr. Cartys Fuhrunternehmen und findet daher vor dessen Augen keine Gnade. Man sagt, der Doktor habe gedroht, ihn auszupeitschen, sollte er sich noch einmal in Thoras Nähe wagen.«

»Und Thora hat sich mit ihm getroffen?«

»Ich denke schon. Ich wette, er setzt Lettice und Felicia hart zu, aber aus ihnen wird er kein Wort herausbekommen.«

Thora kam nicht wieder, und Clem schlenderte in der Hoffnung davon, Lettice würde sich später weiter mit ihm unterhalten, doch er wartete vergebens. Schließlich hielt er es für angebracht, sich von den mittlerweile rauflustig wirkenden Burschen zu verabschieden, von denen manch einer nicht mehr gerade stehen konnte. Er bedankte sich bei seinen Gastgebern und trat – ein Muster an Wohlerzogenheit – mit den Tanners den Heimweg an.

»Hast du dich amüsiert, Clem?« fragte Mrs. Tanner.

»Ja, vielen Dank. Ist Thora zurückgekommen?«

Sie preßte die Lippen aufeinander. »Es steht uns nicht an, darüber zu sprechen.«

»Oh! Vermutlich nicht«, murmelte er kleinlaut.

»Mir hat der Abend gut gefallen«, meinte Tanner fröhlich und blieb stehen, um seine Pfeife neu zu stopfen. Clem grinste vor sich hin, denn der Bankdirektor wirkte ein wenig beschwipst.

»Zu viel Alkohol«, bemerkte seine Frau und schnüffelte mißbilligend. »Ich verstehe nicht, warum Menschen Alkohol brauchen, um sich zu amüsieren. Dr. Carty sollte es eigentlich besser wissen.«

»Komm schon.« Tanner schnaufte vernehmlich. »Es steht uns nicht an, darüber zu sprechen.«

Sie drehte sich zu ihm um. »Machst du dich über mich lustig, Mr. Tanner?«

»Keineswegs, meine Liebe.«

Ärgerlich beschleunigte sie ihren Schritt. Die beiden Männer gingen ebenfalls schneller, um sie einzuholen. Ihre Schritte hallten laut in der nächtlichen Stille. Als sie in eine Seitenstraße einbogen, schlug ein Hund an, und Tanner bellte zurück. Clem lachte.

Sie gingen zum Haus des Bankdirektors, das hinter dem Bankgebäude lag. Nun war für Mrs. Tanner die Stunde der Rache gekommen.

»Du rauchst deine Pfeife hier draußen zu Ende«, wies sie ihren Mann an. »Du weißt, daß ich den Geruch im Haus nicht vertragen kann. Ich wünsche dir eine gute Nacht, Clem, und möchte dir ans Herz legen, so oft wie möglich mit deiner Schwester die Kirche zu besuchen.«

»Ja, Ma'am, das werde ich tun«, antwortete er, um sie zufriedenzustellen. Ein Kirchenbesuch bedeutete einen Tagesausflug im Pferdewagen von Lancoorie bis York, der kaum Sinn machte, weil an diesem Tag die Geschäfte geschlossen waren. Reiten ging schneller, aber in Sonntagskleidern? Alice wäre entsetzt. Ihm fiel ein, daß sie eigentlich gar keine Sonntagskleider besaß. Darum mußte er sich ebenfalls kümmern.

»Warst du bei Henty?« fragte Tanner und lehnte sich gegen den Zaun. Bis die Pfeife erlosch, blieb noch Zeit für eine kleine Plauderei. Clem stand auf glühenden Kohlen, denn er wollte auf dem schnellsten Weg ins Hotel zurück. Vielleicht war Jocelyn noch wach.

»Ja, es ist alles besprochen. Wenn der Grabstein fertig ist, liefert er ihn nach Lancoorie.«

»Gut. Du solltest im übrigen nicht zu schlecht von Noah denken, wegen dieser Dora, meine ich. Männer fühlen sich manchmal einsam, und für eine richtige Brautschau fehlte ihm die Zeit. Er war ein guter Mensch.«

Clem schaute ihn neugierig an. »Ich wußte nicht, daß Sie ihn so gut kannten.«

»Er hat mir vor langer Zeit einmal einen Gefallen getan. Als ich gerade hier angekommen war.«

»Was für einen Gefallen?«

»Ich steckte in Schwierigkeiten, und er hat mir herausgeholfen.«

»In was für Schwierigkeiten?« fragte Clem unverblümt.

Tanner zögerte kurz und zuckte dann die Achseln. »Geldschwierigkeiten. Spielschulden. Ich hatte mich zeitweise nicht unter Kontrolle, hatte zu viel beim Kartenspiel verloren und konnte das Geld nicht zurückzahlen.« Er redete sich in Fahrt. »Ich stand vor einem ernsthaften Problem, das mich meine Stelle hätte kosten können. Und just im richtigen Augenblick marschierte Noah Price in die Bank. Er kam nur alle Jubeljahre, es muß mein Glückstag gewesen sein. Und da er kaum

Bekannte in der Stadt hatte, brauchte ich keinen Klatsch zu fürchten. Jedenfalls habe ich bei ihm mein Glück versucht. Ich sagte ihm offen, in welcher Lage ich mich befand, und erwähnte beiläufig, daß mir ein Darlehen sehr gelegen käme.«

»Hätten Sie sich das Geld nicht von der Bank leihen können?«

»Habe ich ja. Wahnsinn. Für einen Bankangestellten, der die Prüfer stets im Nacken sitzen hat, der sichere Weg in den Ruin. Ich mußte das Geld schnellstens ersetzen.«

»Ich wette, Noah war ziemlich überrascht.«

»Allerdings. Er lieh mir das Geld und weigerte sich, Zinsen dafür zu nehmen, weil das unchristlich sei. Ich mußte jedoch eine Predigt über mich ergehen lassen, in der er mir mein Fehlverhalten vorhielt. Ich weiß noch, daß er sagte: ›Es gibt eine Zeit des Säens …‹«

»›… und eine Zeit des Erntens‹«, vollendete Clem. »Das habe ich oft genug zu hören bekommen.«

»Ja. Damals wußte ich nicht, worauf er hinauswollte, da ich kein Farmer bin. Er sagte, ein Farmer rieche an der Luft, rieche an der Erde und wisse dann genau, wann er die Saat ausbringen müsse. So solle ich es auch mit meinem Geschäft halten. Ich habe das Glücksspiel sofort aufgegeben, was mir nach dem Schrecken nicht sonderlich schwerfiel, und schließlich begriffen, was Noah gemeint hatte. Ich befaßte mich intensiv mit dem Bankwesen, anstatt meine Tätigkeit als Bankier nur als irgendeine Arbeit zu betrachten. Inzwischen habe ich ein gutes Gespür für die Luft und die Kunden, die einen fruchtbaren Boden abgeben.«

Clem nutzte die Gelegenheit. »Halten Sie mich für einen Boden, der fruchtbar genug ist, um mir ein Darlehen zu geben?«

»Das kann ich noch nicht sagen. Kühn genug bist du. Aber ich bin es deinem Vater schuldig, mir die Sache reiflich zu überlegen.«

Clem schlief gut. Daß Jocelyn ihn in dieser Nacht nicht erneut besuchte, schien nichts auszumachen. Er wollte nur noch nach Lancoorie zurück.

Am Morgen bezahlte er seine Hotelrechnung, besorgte beim Tuchhändler Geschenke für Alice und fuhr dann im Pferdewagen zum Kolonialwarengeschäft, wo er großzügig Lebensmittel einkaufte, um seiner Schwester eine Freude zu machen. Er hatte sich in der Stadt hervorragend amüsiert und wollte seine Erlebnisse mit Alice teilen, die immerhin allein auf der Farm zurückgeblieben war. So viel hatte er ihr zu erzählen – nur die Nacht mit den Postle-Brüdern und Jocelyn würde er verschweigen. Er wurde rot. Seine Dora! Wenn man es recht betrachtete, war Jocelyn aus demselben Holz geschnitzt wie sie. Er konnte es beinahe hören, wie sein Vater darüber lachte.

Alice traute ihren Augen nicht, als Clem den Wagen auslud und die Geschenke vor ihr auftürmte. Er hatte ihr ein blaues Kleid mit Haube gekauft und Leinen für den Haushalt, damit sie die verblichenen, immer wieder geflickten Laken und Handtücher ersetzen konnte. Der Stoff reichte für ein Dutzend davon und natürlich auch noch für Kissen- und Bettbezüge. Lachend lud er solche Stoffberge auf ihre Arme, daß die Hälfte auf den staubigen Boden fiel und Alice umherstolperte, um die kostbare Beute zu retten.

»Um Gottes willen, Clem. Was hast du getan? Eine Bank ausgeraubt?«

»Nicht nötig, Schwesterherz! Wir sind gar nicht pleite, absolut nicht. Noah hat uns etwas vorgemacht.«

Er schleppte eine Kiste herbei und packte Schinken, Marmelade, Dosenpfirsiche, Bonbons, Kuchen und süße Brötchen aus sowie rote Äpfel für sie beide und grüne für die Pferde.

»Oh, Clem, was soll das alles?«

»Ich war auch im Kolonialwarenladen.«

»Das sehe ich. Das nächste Mal möchte ich aber selbst einkaufen. Wir brauchen Tee, Mehl und Zucker, und du bringst diese Delikatessen mit!«

»Magst du sie nicht? Der Schinken ist mit Zucker geräuchert, das Beste vom Besten.«

»Ja, natürlich, aber ...«

»Keine Sorge. Hilf mir beim Auspacken, und ich werde dir alles erklären. Bei einer Party.«

»Einer was?«

»Einer Party. Alice Price, wir beide werden eine Party feiern. Seit ich in York auf einer gewesen bin, weiß ich jetzt alles über Partys.« Er reichte ihr eine bauchige Weinflasche. »Den haben sie dort serviert, daher habe ich für dich auch eine gekauft.«

Alice runzelte die Stirn. »Bist du vielleicht immer noch ein wenig betrunken?«

»Keineswegs. Ich bin stocknüchtern. Und schau mal hier ...« Er holte zwei unhandliche Pakete hervor. »Decken. Nicht wie die alten, grauen Dinger, die hier sind aus echter Wolle. Eine für dich und eine für mich. Wenn es dir recht ist, würde ich gern in Pa's Zimmer umziehen. Meins ist nur eine bessere Abstellkammer. Wir können es ja für Besucher herrichten.«

»Welche Besucher?«

»Man weiß ja nie. Vielleicht kommen mal Leute zu Besuch.«

»Clem, wir schaffen dieses ganze Zeug erst mal ins Haus. Oder sollen wir es wieder einladen, damit du dir dein Geld zurückholen kannst? Ich hätte dich niemals allein in die Stadt fahren lassen dürfen. Ich habe mir solche Sorgen gemacht.«

Alice saß wie versteinert am Küchentisch, während er die Köstlichkeiten für die Party auspackte, den Schinken anschnitt, eine Dose Pfirsiche mit dem Messer öffnete, klebrige Bonbons auf einem Blechteller anrichtete und die zerdrückten Brötchen hervorholte. »Ich hätte eine Tischdecke kaufen sollen«, meinte er beiläufig. »Früher hatten wir hübsche Tischdecken, die unsere Mutter selbst bestickt hatte.«

»Sie waren irgendwann abgenutzt.«

»Sicher. Wir hatten früher viele schöne Dinge.«

»Ach ja?«

Er entkorkte den Wein. »Diesen Rotwein nennt man Claret. Es ist der gleiche, den Dr. Carty seinen Gästen vorzusetzen pflegt.«

Er ergriff zwei klobige Wassergläser. »Wir müssen unseren Claret wohl hieraus trinken … Dr. Carty hat den Wein in hübschen Gläsern aufgetragen. In einer Vitrine im Laden habe ich schöne Gläser gesehen. Es gab zwei aus echtem Kristall. Sie sahen aus wie unsere Rosenschale. Mrs. Hannigan hat sie mir gezeigt. Sie klingen, wenn man mit dem Finger dagegenschnippt. Sie sind ein bißchen teuer, aber eines Tages werde ich dir diese Kristallgläser kaufen, Alice. Im Moment allerdings …«

Clem schenkte ihr Wein ein.

Seufzend ergriff sie ihr Glas. »Falls du die Rosenschale im Wohnzimmer meinst, die Mutter und Pa zur Hochzeit bekommen haben – die ist nur aus geschliffenem Glas. Und jetzt will ich die ganze Wahrheit hören.«

Clem berichtete ihr von seinem Besuch in York einschließlich der guten und der schlechten Neuigkeiten. Alice ärgerte sich, als sie hörte, daß Noah Geld auf der Bank gehabt hatte. Sie ärgerte sich mehr, als Clem erwartet hatte. Er selbst war zunächst überrascht gewesen, dann hatte sich eine leichte Gereiztheit und schließlich pure Freude eingestellt. Alice jedoch wirkte verletzt.

»Das war grausam von ihm.«

»Ich schätze, er konnte Dora nichts abschlagen und wollte das Geld daher in Sicherheit wissen.«

»Ich habe über vieles nachzudenken, Clem.«

»Stimmt«, sagte er beflissen, »wir haben über so vieles nachzudenken. Ich muß diese ganzen Papiere unterzeichnen. Ich meine natürlich, du mußt es tun, weil ich noch minderjährig bin. Und ich habe beantragt, daß man uns zwei Sträflinge als Arbeiter zuteilt.«

Dies bedurfte einer genaueren Erklärung.

»Das verstehe ich nicht«, meinte Alice. »Wir geben ihnen hier draußen Arbeit. Meilenweit von jeder Stadt entfernt. Sie sind nicht eingesperrt. Werden sie denn nicht einfach davonlaufen?«

»Wohin sollten sie denn? In all den Jahren ist nur ein einziger Sträfling aus Westaustralien entflohen, ein irischer Politiker. Dabei hat ihm aber auch jemand geholfen. Er wurde auf einem Schiff versteckt, das nach Amerika fuhr. Jeder kennt diese verrückte Geschichte.«

»Aber diese Burschen? Warum laufen sie nicht weg?«

»Ich sagte es dir doch bereits: Wohin sollten sie denn? Nimm mich zum Beispiel, Alice«, begann er großartig und nahm noch einen großen Schluck von dem ausgezeichneten Claret. Hätte er sich auf Cartys Party doch an dieses Zeug statt an Bier gehalten. Nächstes Mal würde er Bescheid wissen. »Wo war ich stehengeblieben? Genau. Ich kenne den Busch in- und auswendig. Ich habe hier gelebt, seit ich sechs Jahre alt bin. Wenn ich nun auf der Flucht wäre, wo würde ich wohl hinlaufen?«

Fasziniert beugte sie sich vor und nippte an dem Wein, während sie über die Frage nachdachte. Es war ihr anzusehen, daß sie im Geiste alle Möglichkeiten durchspielte. »Nicht nach Osten. Da ist nur endlose Wüste.«

»Nach Norden?« fragte ihr Bruder.

»Zu gefährlich. Selbst von York aus. Du würdest ein Gewehr und Munition brauchen und müßtest wissen, wie du dich da draußen ernähren kannst. Wo also würdest du es versuchen?«

»Du hast vollkommen recht. Es wären tausend Meilen bis zur Küste, falls einen die Abos nicht vorher erwischen. Was ist mit dem Süden?«

»Ein Mann könnte sich in den großen Wäldern dort unten verstecken ...«

»Für immer?«

»... und sich zum Hafen von Albany durchschlagen.«

»Nach Hunderten von Meilen Fußmarsch würde ein Fremder in einer Kleinstadt wie dieser sofort auffallen.«

Sie lächelte. »Gut. Ich würde nach Perth gehen.«

»Fein. Das sind nur hundert Meilen. Doch auch auf dieser Strecke mußt du dich verpflegen und darüber hinaus würde jeder Mann mit seinem Hund nach dir suchen. Die Polizei hätte dich in kürzester Zeit geschnappt. Da das alles nicht unser Problem ist, sollten wir uns heitereren Dingen zuwenden.«

»Das finde ich nicht richtig, wo Pa doch gerade erst begraben ist.«

»Er hätte nicht gewollt, daß wir unglücklich sind.«

»Noch hätte er gewollt, daß wir seine Ersparnisse auf diese Weise verschleudern. Er hätte erwartet, daß wir mit dem Geld ebenso sorgsam umgehen wie er.«

»Genau das ist es, Alice, unser Geld. Es gehört jetzt uns, und dort, wo es herkommt, gibt es noch mehr.«

»Gott im Himmel! Wie ist das möglich?«

Während er den Schinken in Scheiben schnitt, berichtete Clem von seinem Gespräch mit dem Bankdirektor. »Wie du siehst, würde uns Mr. Tanner ein Darlehen gewähren, wenn wir ihn darum bitten.«

»Du denkst an eine Hypothek? Pa hatte immer Angst vor Hypotheken.«

»Nur so kommen wir zu etwas. Jeder nimmt heutzutage Darlehen auf, dafür sind die Banken doch da.«

»Darüber muß ich erst nachdenken.«

»Natürlich. Wir müssen entscheiden, wie wir ein Darlehen am besten nutzen können.«

Es gab Schinkensandwiches, noch mehr Wein, Kuchen und

Brötchen. Alice hatte sich wieder beruhigt, und Clem amüsierte sie mit dem Klatsch aus York, bis sie lauthals lachte.

»Für eines können wir dankbar sein«, meinte sie beschwipst, »nämlich dafür, daß Pa kein Testament gemacht hat. Ich hatte solche Angst, es könnte eines bei der Bank deponiert gewesen sein. Er hätte bestimmt für Dora vorgesorgt, er kam einfach nicht von ihr los. Bis zum letzten Tag nicht.«

»Er hat vorgesorgt.«

»Wie bitte?«

»Er hat Dora in seinem Testament bedacht, hat ihr die Hälfte von allem hinterlassen.«

Alice starrte ihn verblüfft an.

»Ich dachte, er hätte kein Testament gemacht.«

»Ich habe gelogen. Es lag in seiner Kiste, versteckt in der Bibel. Ich habe es verbrannt.«

»O mein Gott! Du hast ihnen in die Augen gesehen und einfach gelogen!«

»Nicht direkt. Ich habe ein paar wirklich üble Bemerkungen über Dora und den Vikar fallenlassen. Mr. Tanner hat sich derart aufgeregt, daß er die Unterhaltung so schnell wie möglich beendet hat. Er hatte Angst, man würde mich verhaften, da der Wachtmeister unmittelbar daneben stand.«

Alice errötete. »Du hast doch wohl nicht erwähnt, was die beiden hier getrieben haben?«

»Natürlich habe ich das. Es hat solches Aufsehen erregt, daß sie schlichtweg vergessen haben, mir auf den Zahn zu fühlen. Sie haben gar nicht weitergefragt, ob es ein Testament gibt.«

»Warum hast du mir nicht erzählt, daß du es gefunden hast?«

»Weil du mich vielleicht davon abgehalten hättest, es zu vernichten. Nun ist es zu spät. Es sei denn, du wolltest mich in echte Schwierigkeiten bringen.« Er schaute seine Schwester ernst an. Sie war wirklich recht hübsch und glich ihrer lieben verstorbenen Mutter, die das gleiche herzförmige Gesicht mit den großen braunen Augen hatte, wie man auf einer alten Fotografie von ihr sehen konnte. Zugegeben, statt deren zarter englischer Haut hatte Alices Gesicht lauter Sommersprossen und war braun gebrannt, doch das machte nichts. Die meisten Mädchen hier draußen sahen so aus. Falls nicht schon die Sonne ihre Haut gerbte, tat es der Wind. Clem hingegen hatte die hohen Wangenknochen, die Adlernase und den breiten Mund mit den kräftigen ebenmäßigen Zähnen von Noah geerbt. Noah hatte immer damit geprahlt, daß er in seinem Alter noch alle Zähne besaß. Clem hoffte, er würde dies später auch von sich sagen können. Falsche Zähne hatten für ihn etwas Unheimliches.

»Jetzt hör mir mal gut zu, Clem Price«, sagte Alice schließlich. »Du mußt mir versprechen so etwas nie wieder zu tun.«

»Was denn?«

»Vor einem Polizisten übel daherreden. Man hätte dich tatsächlich verhaften können.«

Am nächsten Morgen unternahm er einen Spaziergang, um in Ruhe nachzudenken.

Da war zum einen das Haus, ein langgestrecktes, niedriges Gebäude mit einem Blechdach und einer schattenspendenden Markise an der Vorderfront.

Einige wenige Farmer besaßen Ziegel- oder Holzhäuser mit zwei Stockwerken, die an die eleganten Gebäude in York erinnerten. Zahlreiche Familien hausten allerdings noch in Bretterhütten, kaum besser als Kuhställe. Das waren die ganz armen Siedler, wie beispielsweise Ted Cornish, dem man ein nutzloses Stück Land als Schafweide verkauft hatte. Es lag an der Ostgrenze von Lancoorie im allertrockensten Gebiet. Ted war Schäfer, wie es vor ihm bereits sein Vater und vermutlich auch sein Großvater und sein Urgroßvater gewesen war. Er war kein Farmer und hätte es nie probieren sollen, hatte aber, auch ohne irgend jemand um Rat zu fragen, einfach Land gekauft, den Traum so vieler Männer wahrzumachen versucht.

Für all diese Leute aus England war Land zugleich Raum, nicht nur schlichter Boden. Etwas anderes gab es hier draußen auch nicht. Eine unendliche Weite, hinter der sich weitere Millionen von Morgen erstreckten. Man brauchte nur verrückt genug zu sein und einfach immer weiter zu gehen. Und das taten sie.

»Eine verdammte Schande«, hatte Noah angesichts des Mißgeschicks von Ted Cornish bemerkt. »Er sitzt in der Klemme. Das Land ist zu karg, als daß es genügend Schafe ernähren könnte, und zu klein, um es zu verkaufen. Auch er wird irgendwann abwandern.«

Und doch hatte Noah selbst über dreitausend Morgen hier draußen gekauft, mehr Land, als er hätte nutzen können, einfach, weil es so billig gewesen war. Clem fragte sich, ob er tausend Morgen davon verkaufen sollte, um Bargeld in die Kasse zu bekommen.

Zu Beginn hatte das Wohnhaus von Lancoorie einen Lehmboden gehabt, eine steinharte Mischung aus Termitenschlamm und Wasser, die zwar pflegeleicht, aber für Dora nicht gut genug gewesen war. Sie verlangte Bodenbretter bis unter die Markise hinaus, weil sie eine richtige Veranda haben wollte. Vor diesen Extraausgaben scheute Noah sich allerdings. Doch im Haus selbst bekam sie ihren Dielenboden, den Alice fortan bohnern mußte. Dann wünschte Dora sich ein Wohnzimmer, und Noah baute eines hinter der Küche, zimmerte eine Bank und Stühle und erlaubte ihr, allen möglichen Tand aus Katalogen zu bestellen, mit dem sie dann das Zimmer dekorierte. Er selbst jedoch bevorzugte nach wie vor seinen großen schweren Sessel vor dem Küchenkamin, und abends saß die Familie weiterhin um den Küchentisch, wie sie es schon immer getan hatte.

Das Wohnzimmer hieß dann irgendwann »Doras Zimmer«. Für neue Kleidung hatten sie kein Geld. Clem trug Noahs abgelegte Sachen, und Alice litt darunter, Doras farbenfrohen Ausschuß auftragen zu müssen. Doch ihre Klagen stießen auf taube Ohren. In Noahs Augen konnte man Kleider tragen, bis sie völlig abgenutzt waren. Sie aßen dreimal am Tag Hammel – warm, kalt und in der Suppe mit dem Gemüse, das Alice in ihrem kleinen Garten zog. Dora schien sich nicht im geringsten um ihre Ernährung zu kümmern, solange sie nur ihren Grog und die Keksdosen und Süßigkeiten hatte, die sie unter dem Bett zu verstecken pflegte.

Nachdem sie das Wohnzimmer von Bildern und alten Kalendern, Tüchern und Schals, kitschigen Puppen und Musikdosen, blechernen Spucknäpfen, Nippes aus Porzellan, Bergen von Pralinenschachteln und Doras restlichem Nachlaß befreit hatten, wirkte der Raum zwar kahl, aber frisch und sauber. Clem wünschte, er hätte so ausgesehen, als die Nachbarn zur Beerdigung gekommen waren.

Er wandte sich um und ließ den Blick über das gerodete Land bis zum Busch schweifen, jener Wand aus Bäumen, die stets niedrig wuchsen, um in diesem ausgedörrten Land zu überleben. Dahinter lagen Wasserstellen, von denen die meisten jedoch Salzwasser enthielten. Früher hatten er und Noah einmal das Salz gesammelt und beutelweise verkauft, doch dann waren zu viele andere Farmer auf die Idee gekommen, und die harte Arbeit hatte sich nicht mehr gelohnt.

Er lehnte sich an den Zaun und pfiff sein Pferd herbei. Das Tier trabte auf ihn zu und beäugte ihn neugierig.

»Ich werde schon Geld bekommen«, sagte Clem. »Ich nehme eine Hypothek auf. Dann habe ich Geld, um die Arbeiter zu bezahlen. Was aber machen wir dann? Land roden? Mehr Schafe züchten? Und wenn dann wieder trockene Jahre auf uns zukommen? Das war schon immer das Problem.«

Er hatte sich oft mit Noah darüber gestritten, ob man nicht einen Stausee bauen sollte. Doch sein Vater hatte behauptet, es regne nicht genug, um ihn zu füllen. Sein Sohn war sich dessen jedoch nicht so sicher. Er war Noahs *Countryman*-Zeitschriften durchgegangen und dabei auf eine Statistik der Regenfälle in den vergangenen Jahren gestoßen. Selbst wenn man die Verdunstung berücksichtigte, ließ sich ein Stausee sicherlich unterhalten.

Er zuckte die Achseln und ging zum Wollschuppen, um die Ballen für den Transport vorzubereiten. Noch eine andere wichtige Frage quälte ihn: Weizen? Die Jahreszeiten trugen hier die Namen Sommer, Winter und Hölle. Die Hölle war der Hochsommer, wenn die Temperaturen über die Vierzig-Grad-Marke stiegen und Staubstürme, Blitze und Feuer das Regiment übernahmen. Aus dem Busch konnten ohne Vorwarnung hohe Flammen emporschießen. Die Farmer mußten hilflos zusehen, wie die Feuer wüteten und schließlich wieder von selbst erloschen. Clem hatte selbst schon Weizenfelder abbrennen sehen und bemitleidete die Farmer. Die ganze Arbeit für nichts. Und jedes Jahr saß einem aufs neue die Angst in den Knochen.

Alice kam, um ihm zu helfen. Während sie auf ihn zuhinkte, steckte sie ihre langen Haare hoch und band sich ein kariertes Tuch um den Kopf.

»Weißt du, Alice«, sagte er müde wie ein alter Mann, »ich hätte nichts dagegen, all das hier zu verkaufen und nach Perth zu ziehen.«

»Was sollen wir in Perth?«

»Da liegt das Problem. Ich weiß es nicht. Aber ich kann mich nicht mit dem Gedanken anfreunden, mir bis ans Ende meines Lebens den Rücken kaputtzuroden, nur um ihn mir bei der Schur noch ganz zu ruinieren.«

Sie lachte. »Mehr Schafe bedeuten mehr Geld, und Geld ist Sicherheit, sagt man. Ich bin nicht scharf darauf, Lancoorie zu verkaufen, und glaube, später würde es uns noch leid tun … Aber, Clem, ich würde so gern einmal nach Perth fahren. Man sagt, es sei eine schöne Stadt geworden, das Juwel des Westens.«

Clem schaute seine Schwester überrascht an. Es paßte nicht zu ihr, solche Träume, überhaupt irgendwelche Träume zu hegen. Alice war zu schwerfällig, zu sachlich, zu konventionell, um zu träumen. Er spürte eine Welle von Zärtlichkeit in sich aufsteigen und freute sich, daß sie ihn ins Vertrauen gezogen hatte. Schließlich hatte sie mit ihrem Fuß keine allzu großen Heiratschancen, und er vermutete, daß sie ihr Leben mit ihm verbringen werde. Daher war es seine Pflicht, sich um sie zu kümmern.

»Wir fahren demnächst hin, Al«, sagte er und kam sich vor wie ein galanter Ritter. »Wir beide fahren dorthin und machen Ferien.«

»Wo werden wir wohnen?«

»In einem Hotel, dem *Grand Hotel.* Und dann schauen wir uns das Meer an. Wir haben es nicht mehr gesehen, seit wir damals von Bord gegangen sind. Wie würde dir das gefallen?«

Alice liebte Lancoorie und das Leben in dieser atemberaubenden Weite. Sie war seinerzeit alt genug gewesen, um sich an die bittere Kälte und Feuchtigkeit ihres alten Hauses in England zu erinnern – und an die ständigen Kämpfe und Auseinandersetzungen ihrer Eltern. Die Idee auszuwandern stammte nicht von Noah, nein, Lottie Price hatte nach Westaustralien gewollt. Sie hatte in einer Zeitschrift darüber gelesen und ihr Herz an die Vorstellung gehängt, in einem sonnigen Klima zu leben. Noah hatte versucht, ihr zu erklären, daß Australien in Wirklichkeit bei weitem nicht so traumhaft war, wie sie glaubte, doch sie hatte nicht auf ihn hören wollen. Sic nicht. Lottic hatte es sich in den Kopf gesetzt, auszuwandern. Es war etwas Großartiges, mit dem sie ihre Nachbarn in den Schatten stellen würde. So dachte sie jedenfalls. Alice wußte, daß dies der Kern der Sache gewesen war und nicht die Frage, ob sich ein so einschneidender Schritt überhaupt lohnte. Lottie hatte lediglich angeben wollen. Sie hatte sich nicht die Möglichkeit entgehen lassen wollen, Freunden und Verwandten zu schreiben, wieviel besser es ihr doch ging.

Grandma hatte es ihr offen ins Gesicht gesagt. »Du bist eine hinterlistige Frau, Lottie. Egal, wie gut oder schlecht es dir ergehen wird, du wirst uns das Leben jenseits des Meeres in den leuchtendsten Farben schildern. Du scherst dich keinen Deut um deine Kinder und deinen Mann. Und du hast einen ordentlichen Mann, der gut für seine Kinder sorgt. Deine kleinen Bälger werden aufwachsen, ohne ihre Großeltern zu kennen, und ich sage, das ist falsch.«

»Noah muß die Entscheidung treffen«, hatte Lottie sich gewehrt.

»So nennst du das also? Quälst den armen Mann Tag und Nacht, schmollst, bekommst regelmäßig deinen Koller. Ich habe dich durchschaut, meine Liebe. Seit Alice auf der Welt ist, hast du gejammert, dich für sie geschämt und geglaubt, daß dich die Leute wegen ihres schlimmen Fußes verachten.«

Alice hörte, wie ihre Mutter mit den Pfannen klapperte, um damit die Stimme der Großmutter zu übertönen. »Du willst im Rampenlicht stehen, meine Liebe, und meidest das Kind, weil ...«

»Halt den Mund! Halt den Mund!« kreischte Lottie. »Laß mich in Ruhe. Du bist nur eifersüchtig, jawohl!«

Alice krümmte sich draußen vor dem Fenster. Sie hatte immer gewußt, daß ihre Mutter sich ihrer schämte, stets ein Stück vor ihr herging, als wolle sie nichts mit ihr zu tun haben. Es war auch ihre Idee gewesen, ihrer Tochter überlange Röcke zu nähen. Das alles konnte Alice verstehen, es machte ihr nichts aus. Doch es verletzte sie, daß ihre Großmutter es so offen aussprach. Gedemütigt kauerte sie sich an die Wand.

Lottie bekam ihren Willen, und sie packten die Sachen für die Seereise zusammen. Noah konnte es mit seiner Frau damals ebensowenig aufnehmen wie Jahre später mit Dora. Er war ein starker Mann mit festen Ansichten, konnte sich jedoch bei den Frauen, die das Bett mit ihm teilten, nicht durchsetzen.

Alice haßte die Frau, die ihr Vater nach dem Tod ihrer Mutter ins Haus gebracht hatte, noch mehr als Clem, hielt aber ihre Zunge im Zaum, da sie die Gefahr erkannte. Noah hatte sich von seiner Familie losgesagt, weil seine Frau es so gewollt hatte. Für Dora würde er dasselbe tun, falls ihn seine erwachsenen Kinder vor die Entscheidung stellten. Und gab ihr dieses ungeheuerliche Testament nicht nachträglich recht? Alice bewegte sich flink durch den Schuppen, öffnete die Fensterläden aus Baumrinde und sicherte sie mit Stöcken. Dabei nickte sie immer wieder mit dem Kopf. Für seinen geschickten Schachzug würde sie Clem auf ewig dankbar sein. Er hatte das Problem, das eigentlich nicht durch Dora, sondern durch ihren Vater entstanden war, gelöst. Sie fragte sich, ob er sich später wohl auch von einer Frau auf der Nase herumtanzen lassen würde wie einst Noah. Hoffentlich nicht. Obwohl sie davon träumte, daß sie eines Tages ein hübscher Freier vom Fleck weg heiraten würde, wußte sie doch insgeheim, daß ihre Heiratschancen äußerst begrenzt waren. Sollte Clem eine Frau mit nach Hause bringen, befände sie sich wieder in der gleichen Situation wie noch vor kurzem. Doch nun gehörte ihr Lancoorie zur Hälfte, sie war eine begüterte Frau und fest entschlossen, dies auch zu bleiben.

Sie hatte diese Farm von Anfang an geliebt, obwohl sie bis zur Fertigstellung des Hauses in einem Zelt hatten leben müssen. Clem und ihr hatte das nichts ausgemacht. Es hatte sogar Spaß gemacht, und das Zelt war auf jeden Fall besser gewesen als das erste düstere Farmhaus, in dem es gestunken hatte und Ratten gehaust hatten. Nichts würde jemals die Erinnerungen an jenen ersten Morgen auf Lancoorie zerstören. Als sie damals erwacht war, war alles ruhig gewesen. Noah hatte sich in der Nähe aufgehalten, Clem noch geschlafen. Alice war im flirrenden Morgenlicht aus dem Zelt getreten. Was für eine wunderbare Wandlung hatte der Busch, den sie nach der ermüdenden Wagenfahrt über die Ebenen nach Osten bereits gut kannte, durchlaufen! Er bildete einen einzigen bunten Teppich, der sich in alle Richtungen erstreckte. In diesem Land, wo alles auf dem Kopf stand, entfaltete der Frühling im September seine Pracht. Überall blühten Wildblumen – gelb und rosa, purpurn und blau in unzähligen Nuancen –, die das öde Unterholz in ein Märchenland verwandelten.

Voller Freude war das Mädchen in seinem weißen Nachthemd und mit wehenden Haaren in diese Schönheit hineingelaufen, mitten in dieses romantischste, herrlichste Ereignis seines Lebens.

Und seither hatte sie auch nichts Schöneres erlebt, dachte Alice. Inzwischen kannte sie die Namen all dieser zarten Blumen, die gefransten Lilien, die Korallenreben, die Königin-von-Saba-Orchideen, die wilden Gladiolen und die anderen ... die ganze Blütenfülle des australischen Westens. Jedes Jahr freute sie sich auf deren Wiederkehr. Tausende von Blumen wuchsen im Busch. Selbst wenn man einen ganzen Korb voll pflückte, um sie mit ins Haus zu nehmen, wäre das nicht weiter aufgefallen. Jahr für Jahr lächelten sie einen an und ließen einem warm ums Herz werden. Selbst nach dem Roden tauchten die schelmischen Farbtupfer wieder neben den sandigen Straßen auf. Wenn Alice sie erblickte, vermeinte sie die Stimme der kleinen Strolche triumphieren zu hören: »Da sind wir wieder.«

Die einheimischen Frauen brüsteten sich oftmals mit ihren Wildblumen-Sammlungen, toten Wesen, die sie auf Buchseiten geklebt hatten, doch Alice fühlte sich von ihrem gefühllosen Tun abgestoßen. Für sie war das Blumenpressen ebenso abscheulich wie das Sammeln der herrlichen Schmetterlinge, die über den Blüten der Wildblumen tanzten. Die Leute stahlen ihnen ihr kurzes, zerbrechliches Leben und spießten sie auf Pergament. Seit Jahren weigerte sich Alice nun schon, auch nur eine einzige Wildblume zu pflücken, dieser Farbenpracht auch nur einen Tupfer zu rauben. Schließlich waren es keine Gartenblumen, sondern wilde, freie Geschöpfe, die nicht eingefangen und ins Dunkel gesperrt werden durften.

O ja, das war Lancoorie. Ihr Lancoorie. Und sie hatte noch andere kleine Geheimnisse, die sie mit niemandem teilte. Clem war zu jung, Noah zu beschäftigt gewesen. Außerdem hatte Alice sich immer bemüht, mütterlich zu wirken, hilfsbereit, nicht wie ein albernes Mädchen, obwohl noch viel Kindliches in ihr steckte. Eine geheime Kindlichkeit, die man auch als Romantik bezeichnen könnte.

Eines Tages – das Haus war noch im Bau gewesen – war sie bei der Pferdetränke einem Känguruh begegnet. Sie hatte solche Tiere schon von weitem gesehen, wenn sie querfeldein hüpften, doch noch nie hatte sie einem ausgewachsenen Känguruh so nahe gegenübergestanden.

Das Känguruh trank und schaute dann zu ihr hoch, nicht erschreckt, sondern ein wenig neugierig.

Wie immer, wenn jemand sie anschaute, verbarg Alice ihren verdrehten Fuß, doch eine heftige Kopfbewegung des Känguruhs klärte sie darüber auf, daß es dieses Manöver bemerkt hatte. Es starrte sie an, und Alice wurde plötzlich vorwitzig.

»Wohin starrst du?« fragte sie kühn. »Du siehst selbst ganz schön komisch aus. Deine Beine sind völlig krumm. Deine Knie stehen nach hinten.«

Das Känguruh blieb ruhig stehen, und auch Alice rührte sich nicht mehr von der Stelle. In diesem Augenblick empfand sie eine unendliche Liebe zu diesem sanftmütigen Tier, das es nicht wagte, die Kluft zwischen ihnen zu überbrücken. Echte Liebe. Die Welt war so nüchtern, und sie fühlte sich darin so einsam. Alice verlangte es danach, das Tier zu streicheln, es zu liebkosen, doch sie traute sich nicht. Schließlich bewegte sie sich, und das Känguruh hüpfte davon.

Alices Liebe zur Natur hatte ihre Jugend auf Lancoorie geprägt. Sie hatte Hunde, Lämmer, junge Känguruhs, Kookaburras und Elstern als Haustiere gehabt. Aber als Noah einmal einen jungen Dingo bei ihr gefunden hatte, hatte er ihn getötet und damit, ohne es zu ahnen, seine Tochter verloren.

Und jetzt war er selbst weg, ebenso wie diese dumme Frau. Niemand hatte bemerkt, daß Alice beim Tod ihres Vaters keine Träne vergossen hatte. Als das ältere der beiden Kinder hatte sie schon immer Haltung zeigen müssen. Das wurde einfach von ihr erwartet.

Hinter der Freundlichkeit der Nachbarinnen, die ihnen in der Not zu Hilfe gekommen waren, verbarg sich auch Mitleid. Die Frauen bedauerten Alice, weil sie glaubten, sie sei aufgrund ihrer Behinderung dazu bestimmt, eine alte Jungfer zu werden. Alice kannte sich aus mit der Aufzucht von Tieren: Um den Bestand zu erhalten, wurden Defekte ausgemerzt. Sie durften nicht weitervererbt werden. Ihre Nachbarn, die Postles, hatten eine ältliche Tante mit zusammengewachsenen Fingern. Selbstverständlich war sie unverheiratet. Die Aborigines, die in kleinen Clans das Land durchwanderten, das einst ihnen gehört hatte, korrigierten die Natur noch weitaus unerbittlicher. Sie töteten mißgebildete Babys gleich nach der Geburt. Die alte Sadie, eine Aborigine-Frau, die gelegentlich mit ihrer zusammengewürfelten Sippe das Farmhaus besuchte, hatte mit einem Blick auf Alices Fuß einmal verwundert festgestellt, daß sie überlebt hatte.

»Herrin hat viele gute Geister, was?«

»Ja, Sadie. Ich habe viele davon. Paß also besser auf. Mach mich nicht wütend, verstanden?«

»Nein, Herrin. Keine Angst.«

Obwohl keine Straftäter mehr nach Australien deportiert wurden, gab es immer noch welche, die hier den Rest ihrer Strafe verbüßten. Manche von ihnen saßen im gefürchteten Gefängnis von Fremantle, während die weniger gefährlichen und vertrauenswürdigeren Sträflinge auf Bewährung entlassen wurden und für ausgewählte Arbeitgeber tätig werden durften.

Dem Antrag von Alice Price, den Mr. Tanner und Dr. Carty als Zeugen unterschrieben hatten, wurde stattgegeben. Und so lieferte Wachtmeister Fearley feierlich zwei Sträflinge auf Lancoorie ab. Er wies sie an, im offenen Wagen zu bleiben, bis er den Papierkram erledigt habe.

Alice hielt es für übertrieben, erwachsene Männer wie Kinder zu behandeln, doch die beiden grinsten nur, tippten sich an die Mütze und holten Tabakdosen hervor. Sie eilte hinter Clem und dem Wachtmeister in die Küche.

Da sie volljährig war, war es Alices Aufgabe, die Dokumente im Namen der Besitzer von Lancoorie zu unterzeichnen. Sie bestand darauf, sie vorher sorgfältig durchzulesen.

»Welcher ist welcher?« wollte sie wissen, als sie die Namen der beiden Sträflinge entdeckt hatte. Sie betrachtete die beiden schweigenden Männer durch die Tür.

»Der große Bursche heißt George Gunne und der etwas kleinere Rothaarige ist Mike Deagan.«

Alice fragte nervös: »Was haben sie getan?«

»Es steht alles da drin. Sie haben eine Kopie ihrer Akten, die im übrigen weitergeführt werden müssen. Im Hinblick auf ihr Benehmen und so weiter. Das kann Clem übernehmen.« Fearley wandte sich an den Herrn des Hauses. »Clem, ich brauche dir wohl nicht zu sagen, daß sie auch ihre Rechte haben, selbst wenn es Schurken sind. Gib ihnen harte, aber nicht zu harte Arbeit. Das gleiche gilt für das Essen. Sie sollten vernünftig beköstigt werden. Habt ihr Waffen im Haus?«

»Ja.«

»Dann solltet ihr sie tunlichst außer Reichweite der beiden aufbewahren. Bei solchen Typen muß man gewisse Vorsichtsmaßnahmen ergreifen.«

Alice schaute erschrocken hoch. »Sie sind doch nicht gefährlich, oder?«

»Man muß sich vor allen Fremden hüten«, gab Fearley vorsichtig zurück.

»Aber nicht alle Fremden sind Verbrecher. In Mr. Gunnes Papieren steht, daß er wegen tätlichen Angriffs und Raub deportiert worden ist. Seine Bewährung wurde zweimal wegen Diebstahls widerrufen.«

Fearley zuckte die Achseln. »Was erwarten Sie denn? Nur die harten Burschen sind noch übrig. Die Mehrheit hat ihre Strafe verbüßt und ist frei, und die Schwerverbrecher werden das Gefängnis von Fremantle niemals verlassen. Bleiben also nur Burschen wie diese hier. Wir nennen sie Schlußlichter – es sind zwar Kriminelle, aber recht harmlose. Beiden ist eine Strafverlängerung aufgebrummt worden, aber der Richter wollte ihnen eine letzte Chance geben. Sollten sie noch einmal gegen das Gesetz verstoßen, landen sie für weitere sieben Jahre im Bau. Wie Sie sehen, liegt es ganz bei ihnen.«

»Davon hast du mir nichts gesagt«, wandte sich Alice vorwurfsvoll an ihren Bruder.

»Ich wollte dich nicht beunruhigen. Es wird schon gut gehen. Es liegt in ihrem eigenen Interesse, sich vernünftig zu benehmen.«

»Stimmt genau«, warf Fearley ein.

»Aber sie sind soviel älter als Clem. Diese Männer müssen schon um die vierzig sein.«

»Das macht doch keinen Unterschied«, schnappte Clem. »Sie sind hier, weil wir sie brauchen.«

Alice war noch nicht überzeugt und blätterte besorgt die Papiere durch. »Hier steht, daß der eine von ihnen, Mr. Deagan, als Fenier deportiert wurde. Was ist ein Fenier?«

»Ein irischer Unruhestifter«, antwortete Fearley. »Sechsundfünfzig von ihnen wurden lebenslänglich nach Australien verbannt. Dieser dort hat ein großes Mundwerk und kennt seine Rechte, aber Sie sollten ihm keine Beachtung schenken. Er hat eine zusätzliche Strafe wegen eines Fluchtversuchs abgesessen.«

»Und wegen einiger anderer Dinge«, bemerkte Alice steif. Er war während seiner Arbeit in Perth mehrmals wegen Fälschung verurteilt worden, doch sie war sich nicht im klaren darüber, welchen Nutzen er daraus hätte ziehen können.

Sie folgte Clem nach draußen und sah zu, wie Fearley ihm die beiden Arbeiter offiziell übergab. Er ermahnte sie zu Gehorsam und Fleiß. Die Männer hörten sichtlich gelangweilt zu. Dann holten sie ihre Bündel aus dem Wagen und warteten lustlos auf weitere Befehle. In Alices Augen wirkten sie nicht so sehr wie Schurken, sondern wie Männer, die gelernt hatten, Demütigungen einzustecken und sich trotzdem nicht unterkriegen zu lassen. Sie freute sich darüber und trat mit ausgestreckter Hand auf die beiden zu, da der Wachtmeister sie nur mit Clem bekannt gemacht hatte.

»Ich bin Miss Price.«

Überrascht wischte sich Gunne die staubige Hand an der Hose ab und antwortete: »Erfreut, Sie kennenzulernen, Miss.«

Deagan tat es ihm nach. »Ebenso, Miss Price.«

»Das Essen ist fertig«, sagte sie und schaute sich unsicher um, da sie nicht wußte, was die Regeln für diese Situation vorsahen. Schließlich fiel ihr Blick auf die abgenutzten Rohrstühle, die in einer Ecke der Veranda standen. »Wenn die Herren bitte dort Platz nehmen würden. Es dauert nicht lange. Und du, Clem, führst Mr. Fearley bitte ins Haus.«

Zum ersten Mal erhielt Alice die Gelegenheit, ihre neue Rolle als Hausherrin auszuprobieren. »Ich hoffe, Sie werden sich bei uns wohl fühlen«, sagte sie zu den Sträflingen, nachdem die beiden anderen Männer ins Haus gegangen waren. »Wir wissen es wirklich zu schätzen, daß sie uns helfen wollen.«

»Ehrlich gesagt, Miss, blieb uns eigentlich keine andere Wahl«, bemerkte Deagan grinsend. »Aber es ist nett, daß Sie uns willkommen heißen.«

Alice schaute ihn neugierig an. »Ich weiß, daß Sie keine echten Freiwilligen sind, aber haben Sie etwas gegen Farmarbeit?«

»Selbst wenn, würde es keinen großen Unterschied machen.«

»Das habe ich Sie nicht gefragt.«

Der Ire nickte. »Stimmt. Drücken wir es so aus, Miss Price:

Farmarbeit ist eine Ecke besser als Straßenbau, und Straßenbau ist eine Ecke besser als die Steinbrüche, und die Steinbrüche sind eine Ecke besser als die kalten Zellen in Fremantle. Das ist die beste Antwort, die ich Ihnen anbieten kann. Doch da nun einmal nicht alle Menschen gleich sind, sollten Sie sich keine Gedanken machen. Wir werden schon für den Burschen arbeiten.« Gut, daß Clem das nicht gehört hatte. Er nahm seine neue Rolle als Boß sehr ernst. »Vielen Dank, Mr. Deagan. Eines sollten Sie sich jedoch merken. Meinen Bruder darf man trotz seiner Jugend nicht unterschätzen.« Diese Behauptung war reine Augenwischerei, um Deagan an seinen Platz zu verweisen. Sie hoffte, daß sie recht hatte, denn Clem war unerfahren in seiner neuen Position.

Alice servierte ihnen Kohlsuppe, eine Pastete aus Speck und Eiern und Karamelpudding mit Milchsoße. Sie hatte bewußt auf Hammel verzichtet, da der Wachtmeister in der Stadt sicher schwatzen würde und daher keinesfalls der Eindruck entstehen sollte, die Prices könnten sich kein anständiges Essen leisten. Er saß mit Clem am Küchentisch, während Alice den Arbeitern ihre Mahlzeit auf einem Tablett hinausbrachte. Sie war froh, daß sich die Männer bereits eine klapprige alte Bank geholt hatten, die seit Jahren auf der Veranda stand und verstaubte.

Jim Fearley war zufrieden mit dem bisherigen Verlauf des Tages. »Sie kochen prima, Alice, das muß ich Ihnen lassen. So gutes Essen hätte ich nicht erwartet. Auf den meisten Farmen bekommt man um diese Tageszeit bloß einen Teller kaltes Fleisch vorgesetzt. Wenn man Glück hat! Aber ich gebe Ihnen einen guten Rat. Sie sollten den Sträflingen das Essen zur Hintertür hinausreichen …«

»Da draußen gibt es keinen Schatten«, wandte sie ein, doch er hatte sich schon wieder zu ihrem Bruder umgedreht.

»Es ist auch nicht nötig, ihnen mehrere Gänge zu servieren. Ein Teller Eintopf und eine Scheibe Brot reichen völlig. Sie kennen es ja nicht anders. Wenn ihr sie so weiterfüttert, wie es deine Schwester eben getan hat, wirst du im Bankrott enden.« Fearley lehnte sich zurück und stopfte seine Pfeife. »Denk daran, junger Mann: Wenn du ihnen den kleinen Finger gibst, nehmen sie gleich die ganze Hand. Ich kenne diese Burschen, die können sehr hinterhältig sein. Paß gut auf. Jetzt kann ich dir ja erzählen, daß der Polizeirichter gar nicht scharf darauf war, jungen Leuten wie euch solche Arbeiter zu schicken. Doch Mr. Tanner sagte, ihr wärt ein Sonderfall, da ihr gerade euren Dad verloren hättet. Er sagte, von Rechts wegen stünden euch die Arbeiter zu. Dieser Typ mag Bankdirektor sein, aber er hat etwas von einem Buschadvokaten. Ich vermute, er kennt genügend ...« Er warf einen Blick auf Alice, die Tee kochte. »Könnten Sie mir wohl das Rezept für die Pastete geben, Alice? Ich würde es gern meiner Frau geben. Wir hatten noch nie eine Pastete aus Eiern und Speck, das wäre mal was Neues.«

»Natürlich.« Sie lächelte und bemerkte, daß ihr Bruder vor Wut kochte. Sie würde ihren Arbeitern zu essen geben, so viel und an welchem Ort sie wollte. Und vom Boß, den man soeben als »jungen Mann« bezeichnet hatte, würde sie sich nicht hineinreden lassen. Alice war zu dem Schluß gekommen, daß es unbedingt erforderlich sei, sich mit den beiden Sträflingen zu verständigen. Die Ansichten eines Polizisten änderten nichts an ihrer Situation, die ohnehin so verzweifelt war, daß sie Sträflinge hatten einstellen müssen. Mit Honig kommt man weiter als mit Essig, hatte Alice gedacht und einen Geräteschuppen zur Schlafkammer umfunktioniert, ihn mit neuen Matratzen und Decken, einem Tisch mit Stühlen, einer guten Lampe und einem Stapel von Noahs alten *Countryman*-Magazinen ausgestattet. Auf dem Tisch lag sogar eine Decke, und darauf standen zwei Aschenbecher, die mit Hilfe eines glühenden Drahtes aus Flaschenböden ausgeschnitten worden waren.

Beim Abschied erinnerte Fearley sie daran, daß man ihre Nachbarn, die Postles, von der Ankunft der Sträflinge auf Lancoorie in Kenntnis gesetzt hatte. »Falls es irgendwelche Probleme gibt, junger Mann, dann reitest du wie der Teufel zu Charlie Postle hinüber. Der wird ihnen schon zeigen, wo's langgeht.«

Clem erlebte eine aufregende Zeit. Dies war sein Besitz, waren seine Arbeiter. Er hatte sich entschieden, bei der Schafzucht zu bleiben. Es war leichter und billiger, Weideland zu roden, als Äcker anzulegen. Er beabsichtigte noch immer, einen Stausee zu bauen, und würde zusätzliche Zäune und größere Schuppen benötigen, aber für die Weizenfarmer, die ihre Felder erweitern wollten, galt das gleiche. Er hoffte inständig, daß dieser Weg der richtige war.

Er besichtigte mit Deagan und Gunne einen Teil des Grundbesitzes und ritt mit ihnen zu den Salzseen, wo die Pferde trübselig am weißverkrusteten Ufer standen und in das flache, grünliche Wasser starrten.

»Nicht gerade berauschend hier«, sagte Gunne, der ebenso wenig beeindruckt war wie die Pferde, die sich gegen die hartnäckigen Buschfliegen wehrten.

»Nein«, gab Clem zurück, doch ihm war bewußt, daß Gunne eigentlich den gesamten Besitz meinte, und das ärgerte ihn. »Ich will nur, daß ihr euch auskennt. Mit diesem Land ist alles in Ordnung. Wenn es erst gerodet ist, gibt es ausgezeichnetes Ackerland ab.«

»Mit Salzwasser?«

»In der Nähe des Hauses gibt es auch Süßwasser. Hier draußen werde ich einen Stausee anlegen. *Wir* werden einen Stausee anlegen, sobald wir weiteres Land gerodet haben.«

Deagan lachte. »Na, nun wirst du den Besitz dieses Mannes nicht mehr schlecht machen, was, Georgie? Wohin jetzt, Boß?«

An einem kleinen Wasserloch neben einigen Granitfelsen, die aus dem Boden ragten, legten sie eine Pause ein. Sie tranken Tee und aßen Brote. Clem erfuhr auf diesem Ausritt viel über die beiden Männer. Sie nannten ihn trotz des beträchtlichen Altersunterschieds automatisch Boß. Zuletzt waren sie Vorarbeiter bei einer Eisenbahngesellschaft gewesen, doch dann hatte man sie aus unerfindlichen Gründen nach Lancoorie abkommandiert.

»Du reichst deine Bewerbung ein«, meinte Deagan, »und ein kleiner Bursche im Büro pikst mit einer Nadel in deinen Namen. Schon sind wir da. Ihn hat es nicht weiter interessiert, daß es in unserem Bautrupp ohnehin schon an Arbeitskräften fehlte. Sie genießen das Gefühl, die Leute herumzuschubsen.«

»Würdet ihr lieber bei der Eisenbahn arbeiten?« fragte Clem.

»Gott, nein!« erwiderte Gunne. Weiter sagte er nichts dazu. Deagan war der große Redner, das Sprachrohr der beiden. Und auch der neugierigere. Er wollte wissen, wie es die Prices hierher verschlagen hatte. Was mit ihrem Dad geschehen war.

Clem lieferte eine zensierte Antwort. »Wurde getötet, als er vom Pferd stürzte.«

»Oh, das ist Pech. Schlimm für Sie und die Miss. Wieviel Land müssen wir roden?«

So lief es mit Deagan. Clem nannte ihn Mike, den anderen George.

Mike spickte harmlose Unterhaltungen unablässig mit seinen Fragen, ohne jemals auf die Antwort einzugehen. Als würde er die ganze Zeit Dinge gegeneinander abwägen. Clem blieb auf der Hut. Er wußte nie genau, was Mike gerade dachte, doch dessen Gehirn stand niemals still und nahm alles auf. George hingegen wirkte eher gleichgültig und akzeptierte sein Schicksal mit einem Schulterzucken.

Immerhin konnten die beiden hart arbeiten. Sie schienen dafür geboren zu sein. Als sie auf dem eingefriedeten Land im Westen mit dem Roden begannen, kamen die beiden mit ihren Äxten und Brecheisen so stetig voran, daß Clem kaum mit ihnen Schritt halten konnte. Erst Wochen später erwähnte Gunne, daß er jahrelang in der Gegend von Bunbury den Busch gerodet und dort auch Mike kennengelernt hatte.

Alice konnte vom Haus aus die Rauchsäulen aufsteigen sehen, wenn die Männer das Gestrüpp abbrannten, und mußte lächeln. Das Leben hatte eine völlig neue Dimension gewonnen. Als Herrin des Hauses verfügte sie nun frei über ihre Zeit. Es gab keine Dora mehr, die rumnörgelte und sie kritisierte, und sie mußte auch nicht mehr Noahs Gereiztheit ertragen, wenn sich Dora bei ihm über die Faulheit seiner Tochter beschwert hatte. Seltsamerweise hatte sich ihre Haltung völlig gewandelt. Sie ging entschlossen an die Arbeit und schaffte sie in der Hälfte der Zeit, die sie früher aufgewendet hatte. Sie war stolz auf das blitzblanke Haus und betrachtete dessen Sauberkeit als Tribut an ihren neuen Status.

Clem hatte beiläufig erwähnt, er wolle in das größere Schlafzimmer ziehen, das Noah früher bewohnt hatte. Sanft, aber bestimmt hatte Alice die Angelegenheit ins Komische gezogen und vorgeschlagen, sie sollten eine Münze werfen. Sie hatte gewonnen. Das größte Schlafzimmer gehörte nun ihr, und Clem hatte ihr das kleine Erfolgserlebnis gegönnt.

»Ist schon recht«, hatte er gesagt und die Sache vergessen. In Alice hingegen, die den Raum gründlich gescheuert und gelüftet hatte, wuchs die Entschlossenheit, mehr zu sein als Clems unverheiratete Schwester.

Die beiden Farmarbeiter – sie weigerte sich, die Männer als Sträflinge zu betrachten – hatten sich gut eingelebt. Es waren muntere Kerle, die richtig witzig sein konnten und bereitwillig jede Arbeit übernahmen. Oft waren die Kühe schon gemolken, wenn Alice in den Stall ging, und George interessierte sich für ihren Gemüsegarten.

Am Sonntagmorgen werkelte er gerne darin herum. »Wenigstens was zu tun«, murmelte er, als Alice ihn zum ersten Mal beim Umgraben und Unkrautjäten entdeckte. Dann wurde die Gärtnerei für ihn zu einem Hobby, und er bot ihr an, die Gartenfläche zu verdoppeln.

Mike zog ihn unerbittlich damit auf und behauptete, er verwandle sich in einen chinesischen Gärtner, doch George kümmerte sich nicht weiter darum.

»Es prallt einfach an ihm ab«, bemerkte Clem grinsend. »So geht es die ganze Zeit«, sagte er zu seiner Schwester. »Mike stichelt gerne. Wenn es nicht George trifft, dann mich.«

»Und er macht dir keine Schwierigkeiten?« wollte Alice wissen. Ihr Bruder schüttelte den Kopf. »Ganz und gar nicht. Es ist nur seine Art, sich die Zeit zu vertreiben. Ich glaube, die Arbeit hier langweilt ihn. Er ist ein kluger Kopf. Gebildet.«

»Aber nicht gebildet genug, um dem Gefängnis zu entgehen«, meinte Alice ein wenig herablassend. Damit versuchte sie allerdings nur zu kaschieren, daß sie den Iren im Grunde gern mochte. Er war groß und schlank, und seine dichten kastanienbraunen Haare, die Fearley fälschlicherweise als rot bezeichnet hatte und die ebenso unbezähmbar schienen wie der Mann selbst, fielen ihm lockig ins Gesicht. Außerdem hatte er ein fröhliches Lächeln. Insgeheim fand sie ihn so charmant, daß sie sich zwingen mußte, nicht dauernd an ihn zu denken. Wenn die Hausarbeiten erledigt waren, ritt Alice aus, um nach den Schafen zu sehen. Sie nahm die Hunde mit, da die Weiden nicht eingezäunt waren. Oft fiel es ihr schwer, sich auf die Arbeit zu konzentrieren, weil sie in Gedanken bei den Männern weilte, die das Buschwerk rodeten.

Da es ihr seltsam erschien, daß sie und Clem das Sonntagsessen allein in der Küche einnahmen, während George draußen im Garten arbeitete, lud sie die beiden Männer ein, mit ihnen zu essen. Sie war froh, daß Clem nichts dagegen hatte.

»Du bist die Köchin«, sagte er. »Mach es, wie es dir gefällt. Mir kam es schon immer komisch vor, sie draußen auf der Veranda abzuspeisen, während wir hier drinnen saßen.«

»Tut mir leid, ich dachte, es sei richtig so.«

»Es sind Fearleys Regeln, nicht meine.«

Dann wurde ihr bewußt, daß Clem gern in Gesellschaft aß, da sich die Geschwister nicht allzuviel zu erzählen hatten. Das

Sonntagsessen war nur der Anfang. Bald nahmen sie alle Mahlzeiten gemeinsam in der Küche ein. Schließlich machte das die Sache auch viel einfacher.

Auf Lancoorie wird es lebendiger, dachte Alice, während sie Kartoffelbrei über das Hackfleisch in der großen Auflaufform verteilte. Dies war Mikes Lieblingsessen.

Erst letzte Nacht hatte sie in dem großen Doppelbett von ihm geträumt. Er hatte sie in die Arme genommen, geküßt, und sie war voller Freude erwacht. Nun endlich wußte sie, daß sie ihn wahnsinnig liebte.

Als ihre drei lärmenden Männer hereinkamen, hatte sie das Gefühl, sie sei die glücklichste und zufriedenste aller Frauen. Doch sie verbarg ihre Empfindungen, da sie Clems Mißbilligung fürchtete. Vor allem aber sollte Mike sie nicht für töricht halten. Bisher hatte er sie ebenso höflich und freundlich behandelt wie George. Vielleicht würde er sie eines Tages in einem anderen Licht sehen. Es gab ja keinen Grund zur Eile.

Und dann kam eines Sonntags Dr. Carty zu Besuch.

3. KAPITEL

Clem und Alice traten zögernd aus dem Haus, als Carty dem eleganten schwarzen Gig mit dem glänzenden Verdeck entstieg. Beide fühlten sich gehemmt durch eine Nervosität, die fast an Schuldbewußtsein grenzte, und sie hatten keine Ahnung, was der Doktor von ihnen wollte. Hatte er etwa das Geheimnis um Noahs Testament gelüftet? Alice ließ ihrem Bruder den Vortritt. Als der Doktor seinen weichen schwarzen Hut glattstrich und mit einem fröhlichen Lächeln auf sie zukam, war Clems Erleichterung förmlich spürbar. Dr. Carty warf einen schnellen Blick auf das Farmhaus.

»Die Farm sieht gut aus, Clem. Ich habe gehört, ihr macht eure Sache gut.«

Alice bereitete den Morgentee und trug ihn mit etwas Gebäck im Wohnzimmer auf, das sie glücklicherweise erst am Tag zuvor gereinigt hatte. Sie entschuldigte sich für die angeschlagenen Tassen. »Wenn ich das nächste Mal in York bin, werde ich ein neues Service kaufen«, sagte sie zu Carty. »Bisher hatten wir zu viel zu tun.«

Wie es sich für einen höflichen Gast gehört, erklärte Carty, daß ihm das gar nichts ausmache, bestärkte sie aber in ihrem Vorhaben, neues Porzellan zu kaufen. »Das sollten Sie tun. Teeservices sind nicht teuer. Im Laden gibt es ganz passables Geschirr. Die Kleinigkeiten machen oft den großen Unterschied, junge Dame.«

Vielleicht hatte er Clems mißbilligenden Blick aufgefangen, dem es anscheinend peinlich war, daß Alice das Thema überhaupt angeschnitten hatte – jedenfalls überschlug Carty sich plötzlich vor Höflichkeit und machte Alice Komplimente wegen ihrer ausgezeichneten Haushaltsführung. »Eine echte Tugend bei einer so jungen Frau, die keine Mutter mehr hat, die sie anleiten könnte.«

Doch Alice blieb mißtrauisch. Was wollte er von ihnen? Warum war er überhaupt gekommen? Sie wünschte, er würde zur Sache kommen, anstatt Clem über den Besitz und die Arbeit mit den Sträflingen auszufragen. Mike und George hatten sich vorsorglich in ihre Schlafkammer zurückgezogen, und Alice hoffte, daß sie dort bleiben würden. Was fiel diesem Doktor ein, die Nase in ihren Haushalt zu stecken?

»Ist hier in der Nähe jemand krank?« fragte sie daher.

»Meines Wissens nur Großmutter Postle«, antwortete Carty. »Sie ist wieder einmal gestürzt, und die Jungen kamen wie die Teufel zu mir geritten. Als ich auf die Farm kam, hatte sie sich allerdings bereits wieder erholt.«

»Es heißt, sie habe nichts gegen ein Gläschen Brandy«,

bemerkte Clem lachend, doch Alice war schockiert. »Eine Frau von neunzig? Nie im Leben!«

»Vermutlich ist sie nur deshalb überhaupt neunzig geworden«, gab der Arzt zurück. »Sie hatte mehr Unfälle als ein Zirkusartist, aber sie läßt sich nicht kleinkriegen.« Er betupfte sich die Mundwinkel mit einem säuberlich gefalteten Taschentuch. »Wie wäre es mit einem Spaziergang, Clem? Ich muß mir ein bißchen die Füße vertreten, bevor ich heimfahre.«

Clem griff eilig nach seinem Hut, bemüht, dem Doktor zu gefallen. Alice schaute nachdenklich hinter ihnen her, als sie das Haus verließen. Sie spülte ab und goß dann den kleinen Garten vor der Hintertür mit dem Abwaschwasser. Sie war so in Gedanken versunken, daß ihr die Schüssel in die Hortensie fiel. Wie aus dem Nichts tauchte Mike auf, bückte sich danach und gab sie ihr zurück.

»Der da zu Besuch gekommen ist – ist das der Doktor?«

»Ja. Das ist Dr. Carty.«

»Ich hoffe, niemand ist krank.«

Sie schüttelte den Kopf. »Nein. Es ist wohl nur ein nachbarschaftlicher Besuch.«

Er grinste. »Na ja, wer's glaubt, wird selig.«

»Stimmt wohl«, sagte Alice und lächelte gequält. »Ich kann mir einfach nicht vorstellen, was er mit Clem Geheimes zu besprechen hat.«

»Vielleicht will er sich einfach nur die Zeit vertreiben.«

»Nicht Dr. Carty. Der macht nichts, wofür er nicht bezahlt wird.«

»Läßt er sich das hier etwa auch bezahlen? Sie sollten sich nicht Ihren hübschen Kopf darüber zerbrechen. Es gibt nichts, worüber Sie sich Sorgen machen müßten. Lassen Sie das Stirnrunzeln sein. Vielleicht kommt ja etwas Interessantes bei dem Gespräch heraus. Clem wird Ihnen sicherlich darüber berichten.«

Alice eilte mit pochendem Herzen in ihr Zimmer. Hatte

Mike sie tatsächlich hübsch genannt? Während sie prüfte, wie das Stirnrunzeln ihr Gesicht veränderte, vergaß sie Clem und Carty. Sie schwor sich, niemals wieder diese faltige Miene aufzusetzen und ihre hübschen Züge zu entstellen. Was für ein netter Mann Mike doch war!

Bei Männern schien immer alles damit zu enden, daß sie die Pferde musterten, dachte Clem, während sie über die Farm gingen. Ansonsten gab es in diesem flachen Land nicht viel zu sehen. Auch Dr. Carty stand nun an der Koppel und zündete seine Pfeife an.

»Sind in guter Verfassung«, bemerkte er. »Du hast den Postles ein paar Tiere abgekauft?«

»Ja, ich brauchte sie, da wir nun zwei festangestellte Farmarbeiter haben. Pa's Pferd haben wir erschießen müssen.«

»Verstehe. Da fällt mir ein, Clem, daß ich etwas mit dir besprechen wollte.«

»Sir, das hatte ich bereits vermutet.«

»Ich habe mich gefragt, ob ein gutsituierter junger Mann wie du schon mal ans Heiraten gedacht hat.«

»I-ich?« stammelte Clem, während der Gedanke an Lettice Carty wie ein Blitz durch sein Hirn schoß. »Nein. Bis jetzt noch nicht.«

»Du bist neunzehn?« fragte Carty.

»Kommenden Monat. Ich wurde Heiligabend geboren.«

»Na, bitte. Ich pflege immer zu sagen: Das schönste Geschenk, ein Christkind, macht allen Freude außer dem Doktor. Doch das nur nebenbei. Ich will offen mit dir sprechen, Clem. Würdest du zu diesem Zeitpunkt eine Heirat in Betracht ziehen, wenn dir das richtige Mädchen über den Weg liefe?«

»Ich weiß es nicht.«

»Sagen wir, ein Mädchen mit einer anständigen Mitgift?«

»Ach so, Sie wollen mir zu verstehen geben, daß ich bei meiner Heirat auf einer Mitgift bestehen soll. Darüber habe ich noch nicht nachgedacht. Meiner Ansicht nach sollte in erster Linie das Mädchen zählen, wenn ein Mann heiratet.« Er scharrte unbehaglich mit den Füßen. »Und natürlich, ob es mich haben will«, fügte er finster hinzu.

Der Doktor seufzte. »Ihr jungen Leute seid alle gleich. Ihr braucht ein bißchen Nachhilfe in diesem Geschäft. Ihr seid einfach zu schüchtern.«

»Na ja, ich habe wohl noch etwas Zeit«, meinte Clem und hoffte, das Thema sei damit erledigt. Selbst wenn es um Lettice ginge, zöge er eine Heirat zum jetzigen Zeitpunkt noch gar nicht in Betracht. Er kannte sie doch kaum.

Doch der Doktor hatte andere Vorstellungen. »Wir sind doch immer Freunde gewesen, nicht wahr, Clem?« Clem war dies neu, doch er nickte gehorsam.

»Dann will ich meine Karten offen auf den Tisch legen und dir die Entscheidung überlassen. Du stammst aus einer guten Familie, und gegen dich als Schwiegersohn hätte ich nichts einzuwenden. Ich könnte dir in gesellschaftlicher und finanzieller Hinsicht von großem Nutzen sein. Das solltest du dir auf jeden Fall merken. Leider war meine Ehe nicht mit einem Sohn gesegnet ...«, fügte er klagend hinzu, »doch ich habe drei Töchter ...«

Während er sich weiter über seine Vatersorgen ausließ, erinnerte sich Clem an die Andeutungen des Bankdirektors. Er konnte es kaum erwarten, Mr. Tanner zu bestätigen, daß dieser recht gehabt hatte und Carty ihn in eine Ehe mit Lettice lotsen wollte. Clem konnte sich das Lachen kaum verkneifen, versuchte aber, sich nichts anmerken zu lassen.

»Nehmen wir einmal meine Thora«, setzte der Möchtegern-Schwiegervater an und schreckte Clem damit aus seinen Überlegungen auf.

Clem riß sich zusammen und überlegte sich eine höfliche Antwort, während Carty noch Thoras Vorzüge ins Feld führte: ein charmantes Mädchen, gutaussehend, mit ausgezeichneten Manieren und allen gesellschaftlichen Tugenden, eine hervorragende Hausfrau …

»Dr. Carty, Sie vergessen, daß Thora älter ist als ich.«

»Guter Gott, Mann, doch nur ein Jahr. Das macht gar keinen Unterschied.«

»Aber sie kennt mich kaum.«

»Sie kennt dich gut genug. Viele Ehen werden arrangiert, obwohl sich das Paar nie zuvor begegnet ist. Auch sie werden glücklich.«

Clem war eingeschüchtert. Er wagte nicht zu sagen, daß ihm Lettice lieber wäre. Vielleicht wollte sie ihn auch gar nicht haben. Der Gedanke daran, einen Korb zu bekommen, war einfach zu peinlich. Dennoch lieferte er ihm ein neues Argument.

»Sie meinen es sicher gut, Dr. Carty, und ich fühle mich überaus geschmeichelt, daß Sie mich in Betracht ziehen, aber was würde Thora davon halten?«

»Sie ist einverstanden.«

»Wie bitte?« fragte Clem verblüfft. Irgend etwas stimmte hier nicht. Etwas war faul. Wieso sollte ausgerechnet die hochmütige Thora ihn heiraten wollen? Sie hatte doch bereits einen Freund. Plötzlich fühlte er sich älter, war nicht mehr der Junge, mit dem Carty zu sprechen glaubte, und er begriff, daß größte Vorsicht geboten war.

»Weshalb?« fragte er.

»Weshalb was?« Die Gegenfrage des Doktors klang unschuldig, doch Clem spürte seine Unaufrichtigkeit.

»Weshalb sollte Thora mich heiraten wollen? War es ihre Idee? Ist sie plötzlich zu Ihnen gekommen und hat gesagt, sie möchte Clem Price heiraten, der draußen auf Lancoorie lebt?«

»Dem Lancoorie gehört«, merkte der Doktor an.

»Selbst wenn. Ich kann einfach nicht verstehen, wieso Thora ausgerechnet mich wollen sollte.«

»Du darfst dich nicht unterschätzen, Clem.«

»Ich glaube nicht, daß ich mich unterschätze. Worum geht es wirklich, Doktor? Ist sie in anderen Umständen?«

Die flammende Röte, die plötzlich in Cartys rosiges Gesicht stieg, sagte mehr als alle Worte. Der Mann tat Clem leid, da er ohne Pomp und Gehabe ziemlich kläglich wirkte.

»Ich habe Claret im Haus. Darf ich Ihnen ein Glas anbieten, Doktor?«

»Bloß keinen Claret«, stöhnte dieser. »In meinem Wagen habe ich einen anständigen Scotch. Würdest du mir die Flasche holen, mein Junge?«

Dann saßen sie im kühlen Wohnzimmer mit Biergläsern, einer Karaffe Wasser und der Whiskyflasche. Clem hatte bemerkt, wie verärgert seine Schwester war, weil sie wieder einmal ausgeschlossen blieb, doch er konnte nichts daran ändern. Später würde er ihr alles erklären.

»Du siehst, in welcher Lage ich mich befinde«, sagte Carty und trank einen großen Schluck Whisky.

»Ist das Kind von Matt Spencer? Ich hörte, er sei mit Thora befreundet.«

»Ja, er ist der Vater und hat sich verdrückt. Clem, bisher weiß noch keiner von dieser Sache, niemand außer Mrs. Carty, mir und diesem verdammten Bastard. Und jetzt dir. Ich rechne mit deiner Diskretion.«

Clem trank ebenfalls seinen Whisky. Ein guter Tropfen. Der beste, den er je gekostet hatte. »Schauen Sie, ich will Ihnen ja nicht zu nahe treten, aber Sie sind Arzt. Könnten Sie nicht … ich meine … etwas für Thora tun?«

»Auf keinen Fall! Es verstößt gegen all meine Prinzipien. Völlig ausgeschlossen.«

»Tut mir leid. Wie gesagt, ich wollte Ihnen nicht zu nahe treten.«

»Schon gut. Clem, Sie würde dir eine gute Frau sein …«

»Aber was hat Thora zu diesem Vorschlag gesagt?«

»Sie war natürlich ziemlich verwirrt. Ich nannte ihr mehrere junge Männer aus der Gegend, an die ich herantreten könnte ...«

»Die arme Thora. War das nicht grausam?«

»Ihr bleibt nichts anderes übrig!« schnappte ihr Vater. »Aber ich kann dir sagen, daß sie dir freundlich gesonnen ist, Clem. Offensichtlich haben andere Mädchen auf unserer Party einen guten Eindruck von dir gewonnen. Du weißt ja, wie die jungen Dinger reden.«

Das war zwar nicht der Fall, doch Clem freute sich über diese Mitteilung.

»Wenn du damit einverstanden bist, Thora zu heiraten, rettest du ihren Ruf und bekommst gleichzeitig eine gute Frau.«

»Und was ist mit meinem guten Ruf?«

»Wie bitte?« Nun war es an Carty, überrascht zu sein.

»Die Leute werden es bald an fünf Fingern abzählen können, daß Thora vor der Eheschließung schwanger war. Und schon ist mein Ruf hin.«

»Ich werde mich erkenntlich zeigen, Clem.«

Im nun folgenden Schweigen, das nur vom fernen Kreischen eines Kakadus unterbrochen wurde, konzentrierten sich die beiden Männer auf ihre Argumente. Clem war versucht, das Angebot anzunehmen, da ihn die Mitgift lockte, doch im Herzen wußte er, daß dies ein erbärmlicher Grund für eine Heirat war. Ihm mißfiel die Vorstellung, gekauft zu werden, und genau das sagte er auch.

»Dr. Carty, ich habe den Eindruck, hier geht es nicht um eine Mitgift, sondern um eine Bestechungssumme, was ich nicht gerade als Kompliment empfinde. Für wen halten Sie mich eigentlich?«

Cartys Antwort brachte die erhoffte Beschwichtigung. Ein sanftes Streicheln über Clems gesträubtes Gefieder, unter dem wilde Aufregung herrschte. Was für ein Erfolg, wenn er Thora Carty für sich gewinnen könnte! Sie war zwar schwanger, aber keineswegs häßlich und würde ihm größeren Nutzen bringen als jedes andere Mädchen aus seinem Bekanntenkreis.

»Verzeih mir, mein lieber Junge«, sagte Carty. »Ich hege den höchsten Respekt für dich. Ich bin diese delikate Angelegenheit wohl zu plump angegangen. Jede meiner Töchter würde eine Mitgift erhalten, und ich wünsche mir, daß du die Sache auch unter diesem Gesichtspunkt betrachtest. Wenn Noah noch lebte, würde ich mit ihm darüber sprechen ... Clem, es ist ein ganz vernünftiges Arrangement. Du darfst nicht denken, daß ich dich demütigen will. Ich hatte gehofft, du würdest es als Kompliment auffassen, daß Mrs. Carty und ich dich in unsere Familie aufnehmen wollen.«

»Aha, ich verstehe«, sagte Clem und fügte nachdrücklich hinzu: »Auch ich wünschte, Noah wäre hier und könnte mir sagen, ob ich richtig handle. Sie sehen mich ein wenig verwirrt.« Diesen Ausdruck hatte er von Mike Deagan aufgeschnappt und fand ihn ganz passend für diese Gelegenheit.

»Du wirst also darüber nachdenken?« fragte Carty ernst und griff nach dem Whisky.

»Ich möchte lieber zuerst mit Thora sprechen.«

»Das sollst du auch. Ich bringe sie morgen her. Nein.« Er sah sich um. »Wenn ich es recht bedenke, wäre ich dir zu Dank verpflichtet, wenn du uns morgen besuchen könntest, Clem. Versteh mich bitte nicht falsch, aber diesem Haus könnten einige ... hm ... Änderungen nicht schaden.«

»Als da wären?« frage Clem aufrichtig interessiert.

»Nur ein bißchen was hier und da, du weißt ja, wie Frauen sind. Es ist ein solides Haus, das man ohne Schwierigkeiten ein wenig herausputzen kann. Das ginge übrigens auf meine Kosten. Du kommst also morgen nach York?«

»Ich muß Alice mitbringen. Es wäre nicht recht, sie allein mit den Männern hierzulassen.«

»Aber sicher doch. Du bringst Alice mit, und ihr bleibt über Nacht. Ist dir bewußt, wie sehr du auch Alice damit helfen würdest? Sie ist eine hübsche junge Dame, lebt aber sehr abgeschieden. Meine Mädchen würden sie in der Familie willkommen heißen.«

Stimmt, dachte Clem. Die Carty-Mädchen wären ausgezeichnete Gefährtinnen für Alice. Auch ihr würde sich durch diese Heirat eine ganz neue Welt eröffnen.

Dr. Carty verabschiedete sich mit einer herzlichen Umarmung von Alice, die ganz verdattert in der Küche stehenblieb, während Clem den Doktor zum Wagen begleitete.

»Falls die Frage nicht zu unhöflich erscheint, wüßte ich gern, im wievielten Monat Thora schwanger ist.«

Dr. Carty schaute ihn gequält an. »Im zweiten. Mrs. Carty ist außer sich vor Sorge. Auch um ihretwillen hoffe ich, daß wir diese Sache bald geregelt haben werden.«

»Wenn ich mit Thora gesprochen habe«, entgegnete Clem entschlossener, als er eigentlich war. Nachdem die Sache nun so weit gediehen war, fürchtete er sich, Thora gegenüberzutreten. Vor seinem inneren Auge erschien das Bild dieses großen blonden Mädchens, das ihn ansah, als sei er wie ein blinder Käfer unter einem Felsen hervorgekrochen.

»Ich bin mir durchaus bewußt, daß du auf deinen Ruf achten mußt«, sagte der Doktor, als er sein Pferd zum Wassertrog führte und zusah, wie es gierig trank. »Ich bewundere deine Haltung. In der Tat hat mir dieses Gespräch gezeigt, aus welchem Holz du geschnitzt bist. Du bist durch und durch Noahs Sohn. Er war ein anständiger Mann. Ich meinerseits bin gehalten, dir eine Mitgift zu zahlen, die du vorhin mißverständlicherweise als Bestechungsgeld bezeichnet hast. Thora wird zweihundert Pfund mit in die Ehe bringen sowie ein Stück Land in Birimbi. Kennst du den Distrikt?«

Was für eine Frage! Birimbi galt als das fruchtbarste und begehrteste Land im Umkreis von Perth. Clem nickte, als habe er nichts anderes erwartet. Wußte Carty nicht, daß ihm auch das Bargeld gereicht hätte? Besaß dieser Mann eine Gans, die goldene Eier legte?

Er blieb am Tor stehen, bis Carty verschwunden war, und rannte dann zu Alice in die Küche, um ihr die Neuigkeiten zu überbringen.

Der Sonntagabendtee glich eher einem Kriegsrat. Alle wollten etwas dazu sagen, nur George Gunne blieb schweigsam wie immer.

Alice war entsetzt. »Sie benutzen dich, Clem. Machen einen Narren aus dir. Die Leute werden glauben, du hättest sie geschwängert!«

»Das habe ich ihm auch gesagt. Er hat sich entschuldigt. Sagte, er würde mich dafür entschädigen.«

»Wie denn? Mit einer überstürzten Hochzeit?«

»Nein. Mit einer großen Mitgift.«

»Du willst dich verkaufen? Du bist zu jung für eine Ehe, Clem, und außerdem liebt ihr euch nicht. Ich kenne Thora besser als du. Sie ist schrecklich arrogant.«

»Jetzt nicht mehr«, grinste Clem. »Wer hoch steigt, wird tief fallen!«

»Hör ihn dir an. Tief fallen ist genau der richtige Ausdruck. Sie fällt tief, wenn sie dich zum Mann nimmt.«

Clem geriet in Wut. »Willst du sagen, ich sei nicht gut genug für sie?«

»Ich sage, du bist zu gut für Frauen wie Thora Carty, aber sie wird es anders sehen.«

»Aber sie will mich doch heiraten.«

»In ihrer Situation würde sie jeden heiraten.«

»Einen Moment mal«, warf Mike ein, nachdem er sein kaltes gepökeltes Hammelfleisch gegessen und Messer und Gabel fein säuberlich neben den Teller gelegt hatte. »Ihr solltet euch deswegen nicht streiten. Gehen wir die Sache mal ruhig an. Wie ist diese Thora denn so?«

Alice ergriff nur zu gern die Gelegenheit. »Sie ist groß und dünn, hat helles Haar und trägt ihre Nase hoch, als würde es weiter unten schlecht riechen.«

»Versuchen wir es noch einmal«, drängte Mike sie mit einem Lächeln. »Sieht sie gut aus? Oder wollen sie dir eine häßliche Frau andrehen, Clem? Bitte antworte mir, Alice.«

So weh es auch tat, Alice mußte zugeben, daß Thora von den drei Carty-Töchtern am besten aussah und vermutlich das hübscheste Mädchen von ganz York war.

»Eher elegant als hübsch«, erklärte Clem. »Ich hätte nie gedacht, daß ich je in ihre Nähe gelangen würde. Sei ehrlich, Alice, sie hat eine Haut wie Sahne ohne eine einzige Sommersprosse, und das weiß sie verdammt genau. Sie hat langes, glattes weizengelbes Haar.«

»Das nennt man blond!«

»Mit anderen Worten, sie wäre ein guter Fang«, sagte Mike. »Du hast selbst gesagt, sie wäre sonst völlig außerhalb deiner Reichweite.«

»Ein leicht beschädigter Fang«, meinte Alice abschätzig.

»Alice, nun hab doch ein wenig Mitleid mit dem Mädchen. Bist du so herzlos, daß du ihr nicht einmal Schutz gewähren willst? Kannst du dir nicht vorstellen, wie es jetzt in ihr aussieht? Versetz dich in ihre Lage. Wärst du nicht auch dankbar für ein freundliches Wort von einem anständigen jungen Mann wie Clem? Stell dir vor, wie ihre ehrgeizigen Eltern sie ins Gebet genommen haben! Verstehst du nicht, welch eine Zuflucht ihr Lancoorie bieten könnte, Lancoorie und das Leben mit einem anständigen Mann und einer netten jungen Frau wie dir? Sie braucht ihn ebensosehr wie dich und wird deine Freundschaft zu schätzen wissen. Sie könnte dir eine Schwester sein, die sich auf deine Stärke verläßt, wenn du ihr sagst: ›Zum Teufel mit dem ganzen Tratsch und Klatsch‹.«

Staunend verfolgte Clem, wie Alices Widerstand allmählich schwand. Er wußte, daß Mike ein Fenier war und daß dies irgend etwas mit Politik zu tun hatte. Bei der Arbeit hatten sie sich schon so manchen Sermon anhören müssen, doch die gingen bei allen zu dem einen Ohr hinein und zu dem anderen wieder hinaus. Noch nie zuvor hatte er Mike eine echte Rede halten hören, und nun stellte er fest, daß sein Charisma auch ihn mitriß. Wenigstens für diesen Augenblick.

Da Carty den Whisky dagelassen hatte, setzten sich Clem und Mike auf die Veranda, um die Flasche zu leeren.

»Was ist nun mit der Mitgift?« wollte Mike wissen.

Clem war dankbar für seine Gesellschaft. »Er sagt, sie bringe zweihundert Pfund und Land mit in die Ehe. Eine wahrhaft königliche Mitgift, Mike. Wie könnte man da nein sagen?«

»Du brauchst nicht nein zu sagen. Aber du solltest alles schriftlich festlegen.«

»Was willst du damit sagen? Er würde sein Angebot nicht widerrufen.«

»Ist alles schon vorgekommen. Dein alter Herr hätte ein Dokument verlangt.«

»Meinst du wirklich?«

»Paß gut auf, Junge, und laß es dir schriftlich geben. Sie sollen das Land auf deinen Namen überschreiben, nicht auf den von Thora. Ich will dich nicht entmutigen, glaube aber dennoch, daß sie dich ausnutzen. Was passiert, wenn sie das Baby bekommt und heim zu Mama läuft? Behauptet, du seist ein schlechter Ehemann. Keiner von euch beiden ist katholisch. Sie kann sich legal von dir scheiden lassen und ihren Anteil einfordern. Womit wir dann wieder am Anfang wären.«

»Aber eine Frau gehört zu ihrem Mann.«

»Vorübergehend, mein Junge. Schwangerschaften dauern nun mal nicht ewig. Immerhin tust du dieser hochnäsigen Familie einen Gefallen und solltest dafür einen anständigen Preis fordern.«

»Meinst du, ich sollte sie heiraten?«

Mike hob sein Glas. »Laß das Gewäsch, mein Sohn, du hast

doch daran gedacht, seit das Wort Mitgift fiel. Du und ich, wir werden uns bestimmt noch eine Weile gemeinsam durchs Leben schlagen.«

Seine guten Manieren hielten Clem davon ab, den Sträfling zu fragen, was er damit meinte, doch als er später mit Carty über die Mitgift verhandelte, erinnerte er sich an Mikes Warnung.

»Wenn ihr zum Kern der Sache kommt, solltest du dem Beispiel deines Vaters folgen und dich ebenso unnachgiebig zeigen, wie er es getan hätte.«

Alice fand, es sei kaum zum Aushalten. Sie fühlte sich unbehaglich, da sie ein Zimmer mit Lettice Carty teilen mußte, und wäre überall lieber gewesen als in diesem straff geführten Haushalt, wo Dienstmädchen herumhuschten, die Eltern sich wie gekränkte königliche Hoheiten betrugen und Töchter heimlich in den Ecken kicherten. Thora hatte ein eigenes Zimmer und überhaupt nichts zu sagen. Bei der Ankunft von Clem und Alice tauchte sie in einem herrlichen Sommerkleid auf, schien aber mit den Gedanken ganz woanders zu sein.

Das Kleid war gelb – aus Schweizer Organza, wie ihre Schwestern erklärten – und mit winzigen Blumensträußen bestickt. Unter einer breiten Schärpe wölbte sich der Rock wie ein Blütenkelch. Das Oberteil hatte einen runden Halsausschnitt und anstelle eines Kragens eine romantische Rüsche aus Georgette.

Neben dieser Frau, die noch dazu ihr Haar im klassischen Stil aufgesteckt trug, wie es älteren Frauen zustand, kam Alice sich schäbig vor. Und dann noch die Perlenkette! Alice war den Tränen nahe.

Doch würde Clem auf sie hören? Bestimmt nicht. Man hatte ihn anstandshalber bei Mr. und Mrs. Tanner einquartiert, und er war mit dem Versprechen, später wiederzukommen, erst einmal dorthin gegangen.

Mrs. Carty fragte Alice, ob sie nach dem Essen ruhen wolle, und sie bejahte die Frage, obwohl sie ihr ein wenig seltsam vorkam. Aber sie hatte eine lange Fahrt hinter sich und war froh, als sie endlich im Unterrock auf Lettices Bett lag. Schließlich ertönte von draußen die Stimme ihres Bruders. Sie kleidete sich rasch wieder an und ging hinunter.

Obwohl sie ihm zuflüsterte, daß sie gern mit ihm allein einen Spaziergang durch die Stadt unternehmen würde, weigerte er sich und zischte zurück: »Nicht jetzt, Alice, bitte.«

Also kehrte sie ins Schlafzimmer zurück und blieb dort trübsinnig sitzen, während die jüngeren Mädchen im Garten Ball spielten. Von allen vergessen fragte sie sich, was wohl im Wohnzimmer vor sich gehen mochte.

Mrs. Carty war bei Clems erster Unterhaltung mit Thora zugegen, obwohl dieser nicht genau wußte, woran er mit seiner Zukünftigen war. Thora wirkte noch nervöser als er selbst.

Er rang ihr immerhin die Aussage ab, daß sie ihn gerne heiraten würde. Mrs. Carty in ihrem schwarzen, perlenbesetzten Kleid indessen gab ihm das Gefühl, als schwebte eine drohende Wolke im Raum.

Sie dominierte die Unterhaltung, erklärte ihnen, wie gut sie doch zueinander paßten und wie glücklich die Familie sei, wenn sich eine Verbindung ergäbe. Viel heiße Luft, dachte Clem, aber er hatte plötzlich nur noch Augen für Thora. Sie wirkte wie die Eisprinzessin im Märchen. Wie dreist mußte Matt Spencer gewesen sein, daß er es hatte wagen können, sich diesem Geschöpf zu nähern, einmal abgesehen davon, was er ihr angetan hatte. Es war schier unmöglich, sich das überhaupt vorzustellen, vor allem, da Thora noch so jungfräulich aussah.

Es gab nur eine Chance, dieses Affentheater zu beenden. Als sich Mrs. Carty auf die Suche nach ihrem Mann machte, der vermutlich unmittelbar hinter der Tür lauerte, sah Thora Clem ängstlich an.

»Clem, du mußt es nicht tun, wenn du nicht möchtest.« In

diesem Moment flog ihr sein Herz entgegen. »Thora, was möchtest *du* denn?«

»Ich weiß nicht, was ich tun soll. Es ist ein schreckliches Durcheinander, nicht wahr?«

Clem schaute sie an. »Das sollte es nicht sein. Du bist wunderschön, das meine ich ganz ehrlich. Als ich dich heute sah, war ich völlig aus dem Häuschen. Ich hätte nie gedacht, daß ich bei dir eine Chance hätte.«

»Hattest du auch nicht, bis meine Eltern mich dir angeboten hatten. Ich hasse sie.«

Clem ging zur Tür und verriegelte sie. »So, nun werden wir uns allein unterhalten.«

»Gut, du hast sie ausgesperrt!« Sie lief zur Tür und lehnte sich dagegen. »O Gott, es ist alles so furchtbar.«

»Setz dich, Thora. Was können wir tun? Soll ich Matt Spencer suchen und hierher bringen?«

»Auf gar keinen Fall! Clem, das würdest du mir doch nicht antun, oder? Als ich es ihm sagte, war er so grausam ...« Ihre Augen schwammen in Tränen. »Er hat Dinge gesagt ...«

»Denk jetzt nicht daran. Er ist offensichtlich verschwunden. Allerdings weiß ich nicht, was ich nun machen soll. Das kam alles ein wenig plötzlich.«

»Natürlich. Ich schätze, sie haben dir ein beachtliches Angebot gemacht, damit du sie von mir befreist. Es ist ihnen furchtbar peinlich, was mit mir passiert ist.«

»Meinst du, mir ist die ganze Angelegenheit nicht peinlich? Ich mag dich, Thora, aber du warst bisher vollkommen unerreichbar für mich.«

»Jetzt nicht mehr?«

Clem fiel ein, daß Alice eine ähnliche Bemerkung gemacht hatte, doch er versuchte, nicht daran zu denken. Er hatte nur Augen für dieses wunderbare Mädchen. Er begehrte Thora mehr, als er je eine Frau begehrt hatte, und sagte sich, zur Hölle mit ihren Eltern. Und mit Matt Spencer. Sie könnte seine Frau werden, wenn es ihm nur gelang, sie davon zu überzeugen, daß er ihre Aufmerksamkeit verdiente und nicht bloß irgendein Kerl war, den man für den Notfall herbeigeschafft hatte.

»Thora, wir beide sind hier aufgewachsen. Wir kennen uns zwar nicht besonders gut, weil die Menschen hier so weit voneinander entfernt leben, aber ich weiß, wer du bist. Falls jemand schlecht von mir gesprochen hat, solltest du es mir sagen.«

»Das ist nicht der Fall.«

»Dann möchte ich dich bitten, daß du mir die Ehre erweist und meine Frau wirst.«

»Obwohl ich das Kind eines anderen Mannes erwarte? Schämst du dich nicht für mich?«

Clem trat ans Fenster und schaute auf die Straße hinaus. »Du hast das Recht, mir diese Frage zu stellen. Ich habe mich das selbst schon gefragt, hatte aber noch nicht genügend Muße, darüber nachzudenken. Deine Mitgift ist nicht zu verachten, aber deine Schwestern würden das gleiche erhalten. Im Falle eines gutsituierten Bewerbers vielleicht sogar mehr, wenn du verstehst, was ich meine. Mit anderen Worten, deine Eltern nutzen uns beide aus. Sie denken, wir würden uns billig abspeisen lassen – ich mit Geld, du mit dem erstbesten Heiratskandidaten.«

Er kehrte zu seinem Sessel zurück und setzte sich ihr so dicht gegenüber, daß sich ihre Knie beinahe berührten. »Wir können aber auch eigene Regeln aufstellen. Ich möchte dich wirklich heiraten und verspreche, daß ich gut zu dir sein werde. Und was wünschst du dir?«

»Ich möchte dieses Kind bekommen«, entgegnete sie heftig. »Hat mein Vater dir erzählt, er habe die Schwangerschaft nicht unterbrechen können?«

»Ja, natürlich.«

»Dann bist du bereits auf ihn hereingefallen.»Sie brach in Tränen aus. »Er hat gelogen. Er versuchte mich zu einer Abtreibung zu drängen.«

»Das ist nun vorbei.« Wie gern hätte er dem verzweifelten

Mädchen übers Gesicht gestreichelt, die ängstlichen Augen mit einem Kuß getröstet, doch sie schüchterte ihn noch immer ein und wirkte wie ein Tier, das sich von aller Welt bedrängt und umzingelt fühlt.

»Warum versuchen wir es nicht, Thora? Du weißt doch sicher, was die Aborigines hier in der Gegend sagen: ›Du gehst von Sonnenuntergang zu Sonnenuntergang. Ein Tag folgt auf den anderen.‹ Wir können ebensogut zusammen gehen. Was haben wir denn zu verlieren?«

Als Clem ihre Eltern hereinließ, hatte Thora aufgehört zu weinen und wirkte gefaßt. Scheinbar galt die Angelegenheit nun als erledigt, doch Clem war entschlossen, aus diesem erbarmungslosen Vater noch mehr herauszuholen. Diesem Vater, der ihn belogen hatte.

Die Cartys hatten wirklich keine Zeit vergeudet. Im Eßzimmer wartete bereits ein Priester, der die Trauung vorbereiten sollte. Man führte das Paar zu ihm hinein, damit es sich mit ihm beraten – oder besser gesagt ihm zuhören – konnte, da Dr. und Mrs. Carty den Ort, an dem die Veranstaltung stattfinden sollte, bereits mit ihm vereinbart hatten. Man hatte eine kleine, ländliche Kirche ausgewählt, draußen an der Straße nach Westen, die auch an Lancoorie vorbeiführte.

»Es ist so eine hübsche kleine Kirche«, begeisterte sich Mrs. Carty. »Ich könnte mir gar nichts Schöneres vorstellen.«

Clem schaute zu Thora hinüber, weil er sehen wollte, wie sie reagierte, doch sie hielt die Augen gesenkt und die Hände im Schoß gefaltet.

»Warum sollen wir nicht in der anglikanischen Kirche hier im Ort heiraten?« wollte er wissen. »Es ist ein repräsentatives Gebäude, auf das die Leute von York stolz sein können. Man sagt, es sei die schönste Kirche außerhalb von Perth.«

»Ich halte St. Luke's dennoch für geeigneter«, erwiderte Mrs. Carty ruhig. »Außerdem liegt die Kirche ganz in deiner Nähe.«

»Aus den Augen, aus dem Sinn, meinen Sie?« fragte Clem scharf. »Falls Sie glauben, damit den Klatsch unterbinden zu können, können Sie das vergessen. Thora und ich werden heiraten, und dafür brauchen wir uns nicht zu schämen.« Er wandte sich an den Priester. »Mit allem gebührlichen Respekt, Sir, aber meine Frau und ich möchten erhobenen Hauptes aus der Kirche treten. Wir brauchen uns nicht draußen im Busch zu verstecken. Ich würde es vorziehen, in York zu heiraten.«

»Das verstehe ich nicht, Clem«, sagte Mrs. Carty. »Eine Hochzeit in der Stadt bedeutet einen großen Empfang. Wir müßten Einladungen verschicken, alles wäre sehr aufwendig und würde viel Zeit in Anspruch nehmen.«

»Dann verzichten wir eben auf den Empfang. Für meinen Teil reicht eine Feier im Kreise der Familie völlig aus. Was Sie sagen, klingt wie eine Ausrede.« Er schaute Thora an. »Was sagst du dazu?«

»St. Luke's ist in Ordnung«, flüsterte sie.

Ihre Antwort erzürnte ihn, doch er wollte nicht in Gegenwart der anderen mit ihr streiten. »Na gut. Wenn du es so möchtest.«

»Es ist der große Tag der Braut«, bemerkte der Priester fröhlich, senkte dann aber den Kopf und griff nach seinem Buch, um Clem nicht in die Augen sehen zu müssen. »Tatsächlich? Wie man sich doch täuschen kann!« dachte Clem.

Tief im Herzen wußte er, daß er einen Fehler beging. Einen schwerwiegenden Fehler. Zugegeben, Thora war in Panik wegen ihrer Schwangerschaft und fürchtete sich vor einem Menschenauflauf, aber schämte sie sich vielleicht auch wegen ihm? Wenn sie auch nur ein Fünkchen Verstand hatte, würde sie versuchen, die Sache erhobenen Hauptes durchzustehen, und sich von ihm helfen lassen. Doch sie wollte es anders, und dieser Mißklang sollte sich wie ein roter Faden durch ihre Ehe ziehen. Clem war verletzt; er hatte ihr Freundschaft und Unterstützung angeboten, und sie war nicht Frau genug, seinen starken Arm zu ergreifen.

Später lud Dr. Carty ihn ein, das Geschäft mit einem Glas seines ausgezeichneten schottischen Whiskys zu besiegeln. Das Eßzimmer wirkte auf einmal größer, da Clem und Dr. Carty sich jetzt allein darin befanden; der lange, polierte Tisch, an dem bequem zwölf Leute Platz nehmen konnten, stand wie eine Barriere zwischen ihnen.

»Nun«, setzte Carty an, »ich glaube, damit wäre alles besprochen. Ich habe Thora einen Scheck über hundert Pfund gegeben, den sie als angemessen betrachten dürfte. Clem, ich kann dir sagen, es war für uns alle eine schwere Zeit, aber ihr beide werdet glücklich miteinander werden.«

»Sie sagten zweihundert«, sagte Clem fest.

»Tatsächlich? Ich vermute, in dem Durcheinander habe ich mich ein wenig geirrt.«

»Das vermute ich auch. Sie können den Scheck mit den anderen hundert auf mich ausstellen.«

»Wie bitte?«

»So wie es sich anhört, haben Sie durch mich eine Menge Geld gespart, da ich auf den Empfang verzichte. Ich bin nach wie vor nicht glücklich mit dieser Heirat draußen im Busch. Es ist eine feige Lösung, und das wissen Sie ganz genau.«

»Aber du wirst nicht von der Vereinbarung zurücktreten?«

»Nicht, wenn Sie es nicht tun. Und dann ist da noch das Haus. Es war Ihre Idee, es für Thora herzurichten, und ich bin ganz Ihrer Meinung. Thora verläßt ein so schönes Zuhause – da müssen wir auf Lancoorie schon für ein wenig Komfort sorgen. Wir haben ja Zeit. Erst muß das Aufgebot bestellt werden.«

»Ich schicke einige Handwerker hinaus, die sich die Sache ansehen können«, entgegnete Carty widerwillig.

»Dann ist da noch das Land in Birimbi.«

»Ja, das habe ich nicht vergessen. Das Kind wird mein erstes Enkelkind sein. Du mußt dich um Thora kümmern und dafür sorgen, daß sie genügend Ruhe hat. Schließlich hat sie das alles sehr mitgenommen. Wenn das Baby geboren ist, werde ich das Land überschreiben. Und zwar anläßlich der Taufe.« Dann fügte er noch hinzu: »Natürlich auf Thora, als Mutter des Kindes.«

»Ich werde der Vater des Kindes sein, Dr. Carty. Das Land muß auf meinen Namen überschrieben werden. Und ich möchte, daß Sie diese Vereinbarung schriftlich bei Mr. Tanner hinterlegen, bevor ich morgen die Stadt verlasse.«

Carty erhob sich. »Clem, du überschreitest ein wenig deine Grenzen.«

»Keineswegs. Denken Sie daran, daß alles Ihre Idee gewesen ist. Falls die Mitgiftvereinbarung bis morgen nicht ordnungsgemäß niedergelegt ist, blase ich die Hochzeit ab. Dann können Sie die Suche nach einem Ehemann wieder von vorn beginnen. Wenn Sie nicht darauf bestanden hätten, diese Heirat geheimzuhalten, als sei ich irgendein hergelaufener Kerl, hätte ich es Ihnen leichter gemacht, aber so ...« Er zuckte die Achseln. »Geschäft ist Geschäft.«

Clem bluffte, doch der Ärger hatte ihm genügend Mut gemacht, um Mike Deagans Rat zu befolgen und nicht von seiner Meinung abzurücken.

»Es wird erledigt«, sagte Carty steif. »Wenn du mich nun entschuldigen würdest. Ich habe noch einige Besuche zu machen.«

Alice wehrte sich nicht dagegen, wieder ihr altes Zimmer zu beziehen. Angesichts der Lage schien es unvermeidlich zu sein.

»Das hat ja nicht lange gedauert«, seufzte sie. Clem gab ihr einen Kuß auf die Wange. »Du bist ein Schatz, Al.«

Der Schatz verkniff sich auch jeden Kommentar, als Carty mit einigen Zimmerleuten eintraf und mit Clem den Umbau des Hauses besprach. Niemand fragte sie um Rat, doch das störte sie nicht weiter, da sie sich seit dem Tag, an dem die Hochzeit beschlossen worden war, völlig verwirrt fühlte. Sie mißbilligte die ganzen Arrangements, von der Hochzeit draußen vor der Stadt bis hin zu den Geschäften zwischen ihrem Bruder und dem Doktor, hielt sich jedoch aus Loyalität zu Clem zurück. Denn mit dieser Heirat war noch ein weit schwerwiegenderes Problem verbunden – eine andere Frau kam ins Haus. Ausgerechnet Thora Carty, die während Alices Aufenthalt im Haus der Carty's kaum ein Wort mit ihr gewechselt hatte.

Beim Abschied hatte sich Alice einen Ruck gegeben. »Ich würde mich freuen dich auf Lancoorie begrüßen zu können, Thora. Wir werden uns gut verstehen.«

Thora hatte sich auf die Lippe gebissen, genickt und ihr gedankt. Das war alles gewesen.

»Ein wunderbarer Anfang«, dachte Alice verbittert. »Was soll nur aus uns werden?«

Die Männer beschlossen, die lange Veranda vollständig zu schließen und sie in einen Wohnraum mit Kippfenstern zu verwandeln, die einen schönen Ausblick boten. Alice lächelte. Es war nur eine Erweiterung dessen, was Dora sich gewünscht hatte. Sie hörte, daß man das alte Waschhaus durch ein Badezimmer ersetzen würde. Dagegen war nichts einzuwenden. Fasziniert lauschte sie, als Carty und Clem darüber diskutierten, was erforderlich war und was nicht. Allmählich dämmerte ihr, daß die beiden es genossen, wie Pferdehändler um den besten Preis zu feilschen, und hätte sie sich nicht erst eine eigene Meinung über alles bilden wollen, so hätte sie Mitleid mit Thora empfunden.

Die Hochzeit war eine Katastrophe. Noch dazu wälzte sich vom frühen Morgen an ein heftiger Staubsturm durch die Ebene und überzog alles mit einem Mantel aus feinem Sandstaub. Dadurch wurde die Hitze noch unerträglicher. Frische Blumen welkten bei diesem Wetter sofort. Die Frau des Pastors hatte ihr Bestes getan, indem sie verstaubte Gummibäume vor dem Kirchenportal aufgestellt hatte. Auf Alice wirkte diese Maßnahme eher wie die Vorbereitung eines Freudenfeuers.

Sie spürte den Drang, hysterisch zu lachen, als sie mit Clem und den Postles draußen vor der windumtosten Kapelle wartete, Meilen von jeder menschlichen Siedlung entfernt, vor ihnen nur die endlose sandige Straße, die wie die Spur einer Gewehrkugel von der Küste schnurgerade ins Landesinnere drang. »Das ist nicht komisch«, sagte sie sich und drängte sich mit den anderen dichter an die Seitenwand der Kirche, doch sie konnte das aufsteigende Gelächter kaum unterdrücken.

Sie schluckte und wandte sich an Les Postle, der Clems Trauzeuge sein würde. Es war eine recht armselige Wahl – Mike Deagan wäre besser gewesen –, doch wenn ein Sträfling mit Clem vor den Altar getreten wäre, hätten die Cartys dies vermutlich als Beleidigung aufgefaßt.

»Wohin führt diese Straße, Les?« fragte sie.

»Weiß nich'. Geht immer Richtung Osten. Die Siedler bauen sie weiter. Irgendwo da draußen hört sie dann auf.«

Alice brach in Gelächter aus, das sie schnell als Hustenanfall tarnte. Les klopfte ihr hilfsbereit auf den Rücken. »Alles klar? Dieser verdammte Staub.«

Sie nickte und dachte insgeheim, wie nett es doch gewesen wäre, diese Leute, die ihren kleinen Bruder zu dieser würdelosen Farce überredet hatten, durch die Einladung eines Sträflings zu verärgern.

Nach einiger Zeit tauchte die Gesellschaft wie eine Wüstenkarawane aus den Staubwirbeln auf. Zuerst kam das Gig, dann eine von Cartys Passagierkutschen.

Der schneidende Wind brachte das Protokoll durcheinander, und alle drängten gleichzeitig in die Kirche. Schließlich tauchte auch Thora aus der Menge auf, und Alice seufzte tief. Noch nie hatte sie eine so schöne Frau gesehen.

»O mein Gott«, flüsterte sie und machte sich Sorgen um ihren Bruder.

Als sie damals bei den Cartys übernachtet und mit den jüngeren Töchtern über die Heirat gesprochen hatte, war es Lettice gewesen, die von Thoras Entschluß berichtet hatte, trotz allem in Weiß zu heiraten. Ihre Mutter war völlig entsetzt gewesen.

»Nur Jungfrauen heiraten in Weiß«, hatte Lettice geflüstert.

Doch Thora hatte sich durchgesetzt. Trotz Hitze, Sand, Wind und den vertrockneten Gummibäumen, die den kurzen Gang schmückten, wirkte Thora Carty wie ein eiskalter Engel. Ihr duftiger Schleier, der von einem Band aus winzigen Rosen gehalten wurde, verlieh ihr ein ätherisches Aussehen. Am Arm ihres Vaters schwebte sie zum Altar. Die Männer in ihren Sonntagsanzügen und die Frauen mit den wohlgehüteten Festhauben wichen ehrfürchtig zurück, aber Alice starrte nur zu Clem hinüber.

Auf Musik mußten sie verzichten, da St. Luke's keine Orgel besaß. Clem hatte sich umgedreht und blickte Thora entgegen, die auf ihn zuschritt. Seine Miene zeigte zunächst Erstaunen, dann helle Freude. Unwillkürlich trat er mit ausgestreckten Händen auf sie zu, doch Les war entschlossen, das Protokoll zu wahren und riß ihn zurück.

Lettice trippelte in einem entzückenden rosa Kleid hinter der Braut her. Sie mußte lediglich hübsch aussehen, da sie keine Schleppe zu tragen hatte.

Im Nu war die Zeremonie vorüber. Die Gäste verließen die Kapelle und mußten von neuem dem beißenden Wind trotzen.

Mrs. Carty rief die aufgeregten Mädchen zur Ordnung. »Kommt jetzt. Wir müssen heimfahren.«

Alice sagte verstimmt: »Aber ich habe ein Hochzeitsfrühstück vorbereitet.«

»Das wäre doch nicht nötig gewesen, meine Liebe«, antwortete die ältere Frau und wandte sich ab.

»Ich habe es für nötig befunden!« Tagelang hatte sie gebakken, und Clem hatte für diese Gelegenheit wunderschönes Porzellan und Silberbesteck gekauft.

»Macht euch keine Sorgen um uns«, warf Dr. Carty ein. »Ihr jungen Leute solltet euch allein amüsieren.«

Hastig scharte er seine Familie und Freunde um sich, winkte dem Brautpaar zu, das in seinem Gig nach Lancoorie fahren würde, und strebte dann auf seine Kutsche zu, die den Rest der Hochzeitsgesellschaft zurück nach York bringen sollte.

»Ich muß schon sagen – so eine Frechheit!« entrüstete sich Mrs. Postle, während sie versuchte, ihren Hut mit einem Musselintuch zu befestigen. »Mach dir nichts draus, Alice. Ich habe schon immer gesagt, die Leute aus der Stadt haben keine Manieren. Laß sie fahren. Les bringt dich in eurem Buggy nach Hause, und wir folgen euch.«

Ihr Mann wirkte unentschlossen. »Sind wir denn noch willkommen, Alice?«

»Selbstverständlich.«

Er forderte seine Söhne mit einem Pfiff auf, mit den Buggys vorzufahren. Währenddessen bedankte sich Alice beim Priester. »Pastor Dodds, es war eine schöne Hochzeit. Sie und Mrs. Dodds sind herzlich zum Hochzeitsfrühstück eingeladen.«

»Das ist sehr nett von Ihnen, Miss Price, aber wir möchten nicht stören. Ich hoffe, Sie behalten uns in guter Erinnerung. St. Luke's ist von Ihnen aus gesehen die nächste Kirche, und wir würden uns geehrt fühlen, Sie als Gemeindemitglied begrüßen zu dürfen. Wenn es recht ist, würden wir Ihnen bei Gelegenheit gerne unsere Aufwartung machen.«

»Sie sind beide herzlich willkommen.« Es lag ihr auf der Zunge zu sagen, daß es in Kürze eine Taufe zu feiern gäbe, sie konnte sich aber gerade noch zurückhalten.

Niemand schien Anstoß daran zu nehmen, daß sie George und Mike zu dem erlesenen Frühstück eingeladen hatte, das auf der funkelnagelneuen Veranda mit dem blank gebohnerten Fußboden serviert wurde. Nach einigen Drinks kredenzte Clem den Champagner, und das Frühstück entwickelte sich zu einer ausgelassenen Party.

Seitdem die »Städter« weg waren, war die Stimmung weitaus entspannter. Selbst Thora rang sich dann und wann ein Lächeln ab.

»Keine Flitterwochen?« flüsterte Mike zu Alice hinüber.

»Das Thema wurde nicht angesprochen«, erwiderte sie achselzuckend.

Ein anderes Paar, das an diesem Tag in seinem Wagen an St. Luke's vorbeifuhr, hielt kurz an, um die Ansammlung von Fahrzeugen vor der kleinen Kirche zu betrachten.

»Was geht da vor sich?« fragte Lil Cornish ihren Mann.

»'ne Hochzeit. Clem Price kommt unter die Haube.«

»Wen heiratet er?«

»Eine von Dr. Cartys Töchtern.«

»Was du nicht sagst! Können wir hineingehen und zusehen?«

»Nein, zum Teufel mit ihnen«, brummte Ted und fuhr weiter, »Clem kommt immer, wenn er Hilfe braucht, ist sich aber zu fein, um mich zu seiner Hochzeit einzuladen.«

»Welches Carty-Mädchen ist es denn?« wollte Lil mit einem sehnsüchtigen Blick zurück wissen.

»Thora, die Älteste. Und er hat sie nur gekriegt, weil sie dieselben Beschwerden hat wie du.« Er lachte und deutete auf Lils Bauch.

Sie war verblüfft. »Clem Price hat sie geschwängert?«

»Angeblich nicht. Es heißt, es wäre Matt Spencers Kind, und Clem sollte bloß eine ehrbare Frau aus ihr machen.«

»Was du so alles weißt! Es geschehen noch Zeichen und Wunder.«

»Das kannst du laut sagen. Man sagt, er wäre zu Geld gekommen. Wenn er mich das nächste Mal braucht, kann er auch anständig dafür bezahlen. Mich kriegt er nicht mehr im Sonderangebot.«

4. KAPITEL

Als pflichtbewußte Ehefrau gestattete Thora Clem in der Hochzeitsnacht, sie zu lieben. Doch er war nervös und ungeschickt. Die nächsten Nächte lief es kaum besser, weil Thora so angespannt war. Er wollte mit ihr darüber sprechen, fand aber nicht die richtigen Worte. Außerdem fürchtete er, sie würde wegen des Babys vielleicht gar nicht mehr mit ihm schlafen wollen. Am Ende nahm er sie in die Arme und blieb still neben ihr liegen, sagte ihr, wie sehr er sie liebe und wie glücklich sie miteinander sein würden. Er erzählte ihr von seinen Plänen zur Erweiterung von Lancoorie und versprach ihr, nach der Geburt des Babys mit ihr Urlaub in Perth zu machen.

Er nahm an, sie höre ihm zu, und hoffte, seine sanfte Annäherung könne helfen, ihre Anspannung zu lösen. Vielleicht würde sie sich ihm zuwenden und ihn ausnahmsweise einmal freiwillig küssen. Als er feststellte, daß sie eingeschlafen war, war er enttäuscht. Um sie nicht zu stören, blieb er still liegen und dachte an die Hochzeit zurück. Wie hatte er nur je auf die Idee kommen können, sie sei unscheinbarer als ihre Schwestern?

Die Wochen vergingen, und Thora wurde immer teilnahmsloser, lag noch im Bett, wenn er aus dem Haus ging, und legte sich gerade nieder, wenn er zurückkam. »Es ist fast so, als würde sie überhaupt nicht hier leben«, beklagte er sich bei Alice. »Selbst an Sonntagen unternimmt sie nichts mit uns, sondern liegt wie ein sterbender Schwan auf der Veranda.«

»Um Himmels willen«, meinte seine Schwester lächelnd, »laß sie doch in Ruhe. Ihr ist morgens immer furchtbar übel, und die Hitze macht es auch nicht besser.«

»Warum hat sie mir das nicht gesagt?«

»Du solltest es nicht wissen. Sie muß sich die ganze Zeit übergeben, und das ist ihr peinlich. Das legt sich in den nächsten Wochen von selbst.«

Doch die Übelkeit verging nicht. Clem wollte nach Dr. Carty schicken, doch Thora ließ es nicht zu.

»So schlecht geht es mir gar nicht, Clem. Mein Vater kann auch nichts daran ändern, es ist ganz normal.«

Als Carty zu Besuch kam, sagte er das gleiche, doch Clem machte sich dennoch Sorgen. »Vielleicht sollte Thora mit dir in die Stadt fahren und eine Weile dort bleiben. Das würde ihr guttun.«

»Unsinn. Es gibt keinen Grund zur Sorge. Sie büßt nur für ihre Sünden, das wird ihr eine Lehre sein.«

Clem geriet in Wut. »Das ist eine verdammt abscheuliche Bemerkung! So etwas will Arzt sein!«

»Mein Beruf hat nichts damit zu tun. Und du solltest deine Zunge im Zaum halten. Ich bin schließlich gut zu dir gewesen.«

»Ich habe nur dein Angebot angenommen. Wäre es nicht an der Zeit für dich zu gehen?«

»Willst du mich etwa hinauswerfen, du Lümmel?«

»Dies hier ist Thoras Zuhause. Sie ist eine Dame und hat es nicht nötig, sich in ihrem eigenen Heim beleidigen zu lassen. Ich hoffe, du denkst daran, wenn du uns das nächste Mal auf Lancoorie besuchst.«

Nachdem er gegangen war, nahm Thora Clem beiseite. »Ich habe gehört, was du zu meinem Vater gesagt hast. Ich möchte dir danken, Clem.« Sie lachte. »Noch nie ist ihm jemand so entschieden entgegengetreten. Es war herrlich.«

Und mit diesen Worten küßte sie ihn auf die Wange.

»Bei Gott, dir muß es wirklich besser gehen. Es ist wie ein Wunder, dich lachen zu hören«, sagte er fröhlich.

»Tut mir leid, daß ich euch zur Last fallen muß. Ihr seid so freundlich, und ich wünschte, ich könnte euch mehr helfen.«

»Deine Aufgabe ist es, auf das Baby achtzugeben.«

Thora sah ihn überrascht an. »Freust du dich auf das Baby?«

»Natürlich. Du etwa nicht?«

»O doch. Ich liebe Babys, und es muß herrlich sein, wenn wir erst unser eigenes haben.«

Er hatte bisher nicht gewußt, wie zärtlich sie sein konnte, doch die Freude darüber wurde überschattet von ihrer Bemerkung über »unser« Baby. Clem wagte nicht, Thora darauf aufmerksam zu machen und damit die Stimmung zu verderben. Ihr Baby war nun kein verschwommenes Etwas mehr für ihn, das irgendwann einmal zur Welt kommen würde, sondern es war greifbare Wirklichkeit.

Thoras Gesundheitszustand verbesserte sich nicht. Alice pflegte sie, so gut es ging, saß bei ihr auf der Veranda, während sie gemeinsam Babykleidung nähten, ging mit ihr spazieren und kochte ihr magenschonende Mahlzeiten. Als der Sommer vergangen war, wurde Thora anfällig für Erkältungen, und Mrs. Postle kam mit Kräutertränken und Eukalyptusbalsam herüber, um den quälenden Husten der werdenden Mutter zu lindern. Dr. Carty führte die monatliche Routineuntersuchung durch und konstatierte, die Patientin sei zwar ein wenig dünn, aber durchaus gesund. »Zu dieser Jahreszeit erkältet sich jeder«, sagte er. »Das ist beileibe nichts Ungewöhnliches. Das Baby liegt gut, es gibt keinen Grund zur Besorgnis.«

Doch Alice machte sich Sorgen. Sie konsultierte sogar die alte, mütterliche Sadie, als diese das nächste Mal mit ihrer Familie zum Wohnhaus kam.

»Ist dünn. Hat wenig Milch. Schicke Mädchen her, wenn Zeit gekommen.« Sadie deutete mit dem Daumen auf ihr Gefolge. Die Stammesangehörigen hatten sich unter einem Baum niedergelassen. Unter ihnen entdeckte Alice zwei schwangere Frauen. »Meine Mädchen viel Milch«, fügte sie stolz hinzu.

»Sadie hat etwas für dich«, flüsterte Alice Thora ins Ohr. »Sie möchte es dir selbst geben. Was auch immer es sein mag, du brauchst es nicht zu verwenden.«

»Ich probiere alles aus«, meinte Thora. »Ich mache mir solche Sorgen, Alice. Ich bin doch schon im sechsten Monat und sollte mich eigentlich besser fühlen.«

Sie nahm Sadies Geschenk höflich entgegen und rieb sich später wie angewiesen den Bauch mit der Mischung aus schlammigen Blättern ein.

»Mein Gott, das stinkt vielleicht!« stöhnte Alice, doch Thora glaubte wie alle Buschfrauen an die Heilkraft der Aborigine-Medizin und mußte es einfach versuchen. Zu ihrer Enttäuschung half auch dieses Mittel nicht.

Als Thora im siebten Monat war und sich noch immer nicht wohl fühlte, schickte Alice ihren Bruder nach Dr. Carty. Doch Thoras Familie hatte ihren jährlichen Urlaub in Narrogin angetreten und würde frühestens in einem Monat heimkehren. Auch war der Stellvertreter des Arztes nicht wie geplant eingetroffen.

Clem fand Mr. Tanner in heller Aufregung vor. »Gold«, flüsterte er ihm zu. »Aber behalte es für dich. Ich habe von der Zentrale in Perth gehört, daß man in Fly Flat Gold gefunden hat. Ich warte noch auf die Bestätigung, erst dann können wir beurteilen, wie bedeutend der Fund ist.«

»Ach, irgend jemand redet immer von Gold«, meinte Clem unbeeindruckt, »und dann kommt doch nichts dabei heraus. Das Gold liegt in den östlichen Staaten. Wo ist dieses Fly Flat denn überhaupt?«

Tanner tippte mit dem Finger auf eine Landkarte. »Nur hundertzwanzig Meilen südlich der Stadt Southern Cross. Gleich da draußen!«

»Gleich da draußen?« wiederholte Clem. »Es liegt über vierhundert Meilen östlich von hier, und zwar in der Wüste, wenn ich mich nicht irre! Man muß schon verrückt sein, um dort hinauszureiten, nur weil dort möglicherweise der eine oder andere Krümel zu finden ist.«

»Wir werden sehen«, meinte Tanner mit gespielter Ruhe, doch der Glanz in seinen Augen erinnerte Clem daran, daß er einen ehemaligen Glücksspieler vor sich hatte. Allerdings fragte er sich, was Goldfunde mit der Bank einer kleinen Landsiedlung wie York zu tun haben sollten. Zuvor schon hatte es in Westaustralien Goldvorkommen gegeben, die sich alle als wenig ergiebig erwiesen hatten.

In der Apotheke kaufte er eine große Flasche der Medizin, die man Thora empfohlen hatte, und einige Mineralsalze zum Baden. Sie wirkten entspannend, versicherte man ihm. Dann suchte er nach einem Geschenk. Schließlich fand er ein Stück süß duftender Seife und machte sich gleich darauf in nachdenklicher Stimmung auf den langen, einsamen Heimritt.

Gold! Er fragte sich, was geschehen würde, wenn sie in Fly Flat tatsächlich einen bedeutenden Fund machten. Ein Goldrausch! Tausende von Menschen aus aller Welt würden sich auf den beschwerlichen Weg zu den Goldfeldern machen. Er hatte erstaunliche Geschichten über die Menschenmassen gelesen, die in den Hafen von Melbourne drängten und zu den Goldfeldern von Victoria strömten. Würde sich hier das gleiche abspielen?

Clem schauderte. Um keinen Preis würde er sich auf die Reise begeben und mit dem Pferd Hunderte Meilen ausgedörrten Wegs in ein furchtbares Land zurücklegen, in dem man nur hier und da Proviant kaufen konnte. Am Ende der Reise gäbe es gar nichts mehr. Man würde genausoviel Wasser wie Zähne in einem Hühnerschnabel finden.

Während das Pferd gemächlich die Straße entlangtrabte, wälzte Clem Gedanken. Er konnte sich nicht von dem Goldfund losreißen. Es mußte schon etwas Wahres dran sein, wenn Tanner so aufgeregt war.

Man könnte ein Vermögen verdienen, wenn man dort Wasser verkaufte. Dann grinste er. Welches Wasser denn?

Ihm kam der Gedanke, daß Lancoorie ausgesprochen günstig lag, da die Reisenden aus Perth erst die ausgedehnten Weidegründe durchqueren mußten, bevor sie ans Ziel gelangten.

»Ob es wohl einen Versuch lohnt?« murmelte er vor sich hin.

Er kannte das Land wie seine Westentasche und überlegte, welche Vorräte er brauchen würde. Zunächst einmal zwei neue Pferde. Packpferde. Und Grundnahrungsmittel wie Tee, Zucker und Mehl für mindestens drei Monate. Eine Schürfausrüstung ...

»Und wofür das alles?« fragte er sich leise. »Wenn ich nun scheitere? Dann habe ich meine Zeit verschwendet, nichts erreicht, dafür aber in der Hölle geschmort.«

Clem Price war kein Glücksspieler. Er wußte, daß die Goldsuche mehr erforderte als Muskeln und Schweiß; man mußte das Glück auf seiner Seite haben, und dafür gab es keine Garantie.

Dennoch mußte es eine Möglichkeit geben, an einem eventuellen Goldrausch etwas zu verdienen.

Nach einigen Meilen brachte er das Pferd ruckartig zum Stehen. Er stieg ab, um sich zu sammeln und seine Gedanken zu sortieren, nahm einen Schluck Wasser aus seiner Trinkflasche und goß etwas in seinen Hut. Während das Pferd dankbar seinen Teil daraus trank, entschloß er sich, nach York zurückzukehren.

Tanner war überrascht, ihn so schnell wiederzusehen. »Ich wollte gerade schließen. Heute war ein ruhiger Tag.«

»Noch keine Neuigkeiten?«

»Nein, aber ich spüre es in den Knochen, Clem. Ich wette, es gibt Gold.«

»Darüber mußte ich die ganze Zeit nachdenken. Wenn es einen Goldrausch gibt, würde sich das doch auch auf die Stadt auswirken, oder? Die Leute müßten sich Geld leihen, um Proviant und Ausrüstung zu kaufen.«

»Zweifellos.«

Clem nickte. »Mir scheint, eine Bank kann nur eine bestimmte Summe verleihen. Ich meine, Sie können nicht unbegrenzt Darlehen gewähren.«

»Sehr richtig.«

»Dann würde ich gern jetzt ein Darlehen aufnehmen. Ich bin kein Goldsucher, sondern Schafzüchter und brauche das Geld, um Lancoorie zu erweitern.«

Tanner zündete sich eine Zigarre an und blies das Streichholz aus. »Du willst es gar nicht mit dem Gold versuchen?« fragte er ungläubig.

»Keine Sorge. Solange es mit der Farm gut läuft, möchte ich mir tausend Pfund für Lancoorie leihen. Ich investiere lieber in sichere Dinge, als mein Geld für Seifenblasen auszugeben.«

»Ich bewundere deine Standhaftigkeit, Clem. Gold ist etwas sehr Verlockendes. Du könntest schnell reich werden, indem du in eine Mine investierst. Doch wenn du fest entschlossen bist, weiter auf Lancoorie zu setzen, können wir es natürlich bei unserer ursprünglichen Abmachung belassen. Du hast recht, das Darlehen jetzt aufzunehmen. Sind tausend Pfund denn genug?«

Clem starrte ihn an. »Genug? Sie meinen, ich könnte mir noch mehr leihen?«

»Zweitausend sind auch in Ordnung«, erwiderte Tanner fröhlich. Clem erklärte sich einverstanden, obwohl ihn etwas an diesem Arrangement störte.

»Gut, dann also zweitausend«, sagte er nervös.

Tanner zog eine Mappe aus einer akkurat aufgeräumten Schublade. »Du mußt einige Dokumente unterzeichnen, dann wird das Geld auf dein Konto überwiesen. Du kannst es abheben, wann immer du willst.«

»Mein Gott! Vielen Dank, Mr. Tanner. Das ist wunderbar. Ich werde Sie bestimmt nicht enttäuschen, versprochen.« Er unterzeichnete die Dokumente auf den gepunkteten Linien und sah zu, wie Tanner ebenfalls seine Unterschrift darunter setzte.

»Wie geht es Thora?« fragte er.

»Nicht so gut. Ich habe Medizin für sie besorgt, aber ich

bezweifle, daß sie viel bewirken wird. Alice kümmert sich um sie. Ich bin in die Stadt gekommen, weil ich ihren Vater zu Rate ziehen wollte, aber der Mistkerl ist nicht da. Konnte nicht einmal den einen Monat warten, bis das Baby geboren ist. Und sein Stellvertreter ist noch nicht aufgetaucht.«

»Ich habe schon ein Telegramm geschickt. Niemand scheint etwas über einen Stellvertreter zu wissen. Wußte Carty nicht, wie Thora sich fühlt?«

»O doch.«

»Verstehe.«

Was versteht er?, fragte sich Clem, während Tanner vor seinen Augen die Vordertür abschloß.

»Ich lasse dich zur Hintertür hinaus«, sagte er.

»Sie haben so seltsam geschaut, als Sie das sagten. Meinen Sie, daß sich Carty nicht für Thoras Wohlergehen interessiert?«

»Seltsame Zeit jedenfalls, um an die Küste zu fahren«, meinte Tanner. »Gewöhnlich fahren die Cartys im Sommer dorthin. Ich würde dem Schweinehund alles zutrauen.« Er schob Clem durch die Hintertür, sicherte sie mit einem Vorhängeschloß und schüttelte ihm die Hand. »Viel Glück. Schöne Grüße an Thora und Kopf hoch. Es dauert ja nicht mehr lange.«

Clem kam erst spätabends nach Hause. Er erwähnte nichts von dem Geld und erfand eine Entschuldigung für Carty, um Thora nicht unnötig aufzuregen, doch innerlich kochte er vor Wut. Hatte Carty seine Tochter absichtlich ohne ärztliche Hilfe zurückgelassen? Der Bankdirektor schien dieser Ansicht zu sein. Doch das konnte er nicht ernst meinen. Babys und auch Mütter starben oftmals bei der Geburt, wenn die entsprechende Betreuung fehlte, und manchmal nützte selbst die nichts mehr. Carty konnte einfach nicht so heimtückisch sein zu hoffen, daß seine Tochter auf diese Weise die gerechte Strafe ereilen würde. Wollte er sie und das Baby aus dem Weg schaffen? Auf diese Weise dem Skandal ein Ende bereiten? Nichts war unmöglich. Außer dem Doktor hatte nicht ein einziges Familienmitglied Thora auf Lancoorie besucht. Zu weit, hatte Carty gesagt, und Thora hatte sich nicht beklagt. Sie schien sich damit abgefunden zu haben, daß ihre Familie sich von ihr distanziert hatte, so wie sie auch das Verhalten ihres Vaters widerspruchslos akzeptierte.

»Nicht mit mir«, murmelte Clem, während er für seine Frau auf dem Küchenherd Kakao kochte. »Thora wird das alles überstehen und ihr Baby bekommen. Und dann rechne ich mit dir ab, Carty. Irgendwann kriege ich dich zu fassen.«

Er blieb die ganze Nacht bei Thora sitzen, beruhigte sie, stopfte das Federbett fest, damit ihr nicht kalt wurde, hielt ihre Hand und sprach ruhig auf sie ein, als sie im Schlaf aufschrie.

Auf Lancoorie herrschte nun geschäftiges Treiben. Clem heuerte die beiden Postle-Brüder an, damit sie ihm beim Dammbau halfen. Er wollte den Staudamm so bald wie möglich fertigstellen. Dann ritt er zu einer anderen Farm und kaufte hundert Schafe, die Ted Cornish für ihn nach Lancoorie treiben sollte.

»Ich kriege jetzt sechs Shilling am Tag«, grollte Ted. »Ich habe schließlich eine Familie zu ernähren.«

Clem warf einen Blick auf Mrs. Cornish, die Hühner über den Hof scheuchte. Man hatte ihn nie mit ihr bekannt gemacht. Obwohl auch sie hochschwanger war, wirkte sie gesund und kräftig, und er konnte sich eines gewissen Neidgefühls nicht erwehren.

»Deiner Frau geht es gut, nicht wahr?«

»Sicher. Es gibt nichts, was eine ordentliche Tracht Prügel nicht heilen könnte. Verdammte Frauen, können nur jammern und stöhnen. Ich sag' ihr immer, sie weiß gar nicht, wie gut sie's hat. Genügend Futter und ein Dach über dem Kopf, sollte sich ein Beispiel an den Abos nehmen. Kriegen Kinder, wie Hühner Eier legen. Brauchen keinen Wohnkomfort, um es sich gemütlich zu machen.«

In Clems Augen bot die Hütte der Cornishs keineswegs übertriebenen Komfort. Er bedauerte das Kind dieses dreckigen Mistkerls schon jetzt.

»Sechs Shilling am Tag«, stimmte Clem schließlich zu.

»Bring die Schafe nach Lancoorie, dann habe ich noch eine Aufgabe für dich.«

»Du hast hundert von Cochranes Schafen gekauft. Keine gute Entscheidung. Seine Wolle ist schlecht.«

»Mach dir keine Gedanken, sondern bring sie rüber. Aber in Ruhe, es hat keine Eile.«

Die nächsten zwei Wochen durchkämmte Clem den gesamten Distrikt und kaufte so viele Schafe, wie er bekommen konnte.

»Es werden allmählich zu viele«, mahnte ihn seine Schwester. »Ich habe die Männer reden hören. Sie glauben, du seist verrückt geworden. Für die Schur brauchst du einen Vollzeit-Sachverständigen im Wollschuppen. Bei vielen Tieren lohnt sich das Scheren überhaupt nicht. Ich frage mich, was du damit bezweckst. Wenn du noch mehr anschaffst, werden sie verhungern. Wir haben zu wenig Weideland.«

»Keine Sorge, Alice. Wenn wir genügend Tiere haben, gehe ich mit Ted auf Trieb. Wir bringen sie auf das Land in Birimbi; schließlich liegt es brach.«

»Aber es gehört dir nicht. Es ist immer noch Dr. Cartys Grund und Boden.«

»Es wird mir aber gehören, und Carty ist ohnehin nicht da. Wie sollte er davon erfahren? Ich brauche das Land *jetzt*.«

»Wie willst du es finden?«

»Tanner hat mir den Weg beschrieben. Es klingt alles sehr vielversprechend. Außerdem liegt es in der Nähe von Northam.«

»Was hat das damit zu tun?«

»Die Straße nach Fly Flat führt durch Northam.«

»Na und?«

»Wart's ab.«

»Wenn es zum Schlimmsten kommt, kann ich sie mästen und verkaufen, und nur die besten Wollieferanten bleiben auf Lancoorie«, dachte Clem. »Vielleicht verliere ich ein bißchen, aber man muß den Versuch wagen.«

Schließlich machten er und Ted sich mit tausend Schafen und drei Hunden auf den Weg. Als sie das Gelände namens Carty Downs erreichten und sahen, daß es bereits eingezäunt war, machte Clem vor lauter Freude einen Luftsprung.

»Gehört dir das Land?« erkundigte sich Ted.

»Nein, ich habe es gepachtet«, erwiderte Clem. »Treiben wir sie hinein.«

Es war tatsächlich schön gelegen. Nach Osten erstreckten sich die weiten Weideländer, und Northam lag nur wenige Meilen entfernt. Clem hätte sich die kleine Stadt gern angeschaut, doch er sorgte sich um Thora und wollte so schnell wie möglich nach Hause.

Sein Helfer war anderer Meinung. Clem wußte, daß auch Lil Cornish jeden Tag niederkommen konnte, doch ihren Mann schien es nicht weiter zu kümmern.

»Die Abos kommen vorbei, wenn sie Hilfe braucht. Die wissen immer, was gerade so passiert. Sie kann doch nicht von mir erwarten, daß ich daneben stehe. Außerdem wollte ich gar kein Kind.«

Clem betrachtete den schlaksigen Mann mit dem ungepflegten Bart, der sein dichtes Haar mit einer Kordel zusammengebunden trug, und fragte sich, wie eine Frau diesen Kerl überhaupt hatte heiraten können. Am liebsten hätte er ihn gepackt und ihm seine Wolle abgeschoren, um einmal das Gesicht zu sehen, das sich hinter dem Gestrüpp verbarg.

»Du redest gerade so, als hättest du nichts damit zu tun.«

»Hm ... Frauen sollten eigentlich Bescheid wissen.«

Angewidert wandte Clem sich ab. »Du bleibst hier. Ich reite zu dem Haus auf dem Hügel dort drüben und stelle mich vor. Sie werden sich fragen, was wir hier eigentlich treiben.«

»Wir könnten auf einen Drink nach Northam reiten.«

»Nein, wir werden heute nacht hier unser Lager aufschlagen und morgen früh nach Hause zurückkehren.«

»Wie lange willst du die Herde hierlassen?«

»Das habe ich noch nicht entschieden.«

Er war froh, Ted wenigstens für eine Weile los zu sein und beschloß, beim nächsten Mal einen seiner eigenen Männer mitzunehmen. Sie würden ihm besser Gesellschaft leisten als diese Kreatur.

Auch Lil Cornish war froh, ihren Ehemann eine Weile nicht ertragen zu müssen. Sie holte einen klapprigen Stuhl aus ihrer Hütte, die kaum besser war als ein Schuppen, und stellte ihn vor die Hintertür in die Sonne. Dann legte sie sich eine Decke über ihre Knie und überließ sich ihren Träumen.

Ihre Eltern waren Treiber. Solange sie denken konnte, zogen sie die Viehrouten im Südwesten des Staates entlang und trieben Schafe über große Entfernungen hinweg zu Farmen und Viehhöfen. Als zuverlässige Treiber hatten Bud und Bonnie Roper immer genug zu tun. Sie lebten unter dem Dach der Sterne, und ihre Heimat war ihr Wagen.

Ihre Tochter hatten sie überall mit hingenommen. Als Lil sieben war, hatte sie schon ihr eigenes Pferd besessen, eine ruhige Stute, die genau zu wissen schien, daß sie ein Kind auf ihrem Rücken trug. Lil erinnerte sich gern an die gute, alte Floss, wie sie hinter dem Wagen hergetrabt war und sich nicht darum gekümmert hatte, wenn das Mädchen den Männern im wilden Galopp hatte folgen wollen. Und traurig dachte sie an den schrecklichen Morgen, als Floss tot in einem Feld voller purpurroter Wildblumen gelegen hatte.

»Sie hatte ein gutes Leben, Lil«, hatte ihr Vater gesagt, um sie zu trösten. »Sieh dich um. Sie ist ganz ruhig und friedlich eingeschlafen.«

Damals war Lil zehn, und als Ersatz für Floss erhielt sie ein richtiges Treiberpferd namens Pip.

Dieser Pip konnte vielleicht rennen. Er war nicht zu halten und genoß den Trieb genauso wie seine Reiterin.

Von da an gehörte Lil zum Team. Sie ritt gut und verstand sich auf ihre Arbeit. Sie befahl den Hunden mit Pfiffen, die Herde bei dem langen Trieb durch die Wälder zusammenzuhalten, kundschaftete die Ebenen aus und war in der Lage, sich von jeder Position aus mit ihren Eltern zu verständigen. Meist waren sie nur zu dritt, doch bei größeren Herden heuerte ihr Vater zusätzliche Treiber an, die mit ihnen auf Wanderschaft gingen.

»Es war ein gutes Leben«, murmelte sie vor sich hin und sah den mageren Küken zu, die vor ihr am Boden scharrten. »Mum und Dad waren gern unterwegs. Abends am Lagerfeuer erzählten sie Geschichten von all den Leuten, denen sie begegnet waren. Wenn andere Treiber dabei waren, hatten wir viel Spaß, haben gesungen, Witze gerissen und noch mehr Geschichten erzählt. Wir hatten überhaupt keine Sorgen.«

Doch als sie älter wurde, hatte Lil sich nach einem richtigen Zuhause gesehnt, das ihr allein gehörte. Vor allem, wenn sie die gepflegten Wohnhäuser sah, die einen vor Regen und Kälte schützten, oder Mädchen ihres Alters, die so selbstsicher wirkten, weil sie wußten, wohin sie gehörten. Wie gern wäre auch Lil Teil einer solchen Gemeinschaft gewesen.

Dann trafen sie einige Treiber auf der Great Eastern Road. Lil haßte Straßen wie diese, weil es dort nichts zu sehen gab als endlose Ebenen, in denen man nirgends Schutz vor dem Wind fand. Im Sommer glühten sie vor Hitze, im Winter herrschte hier beißende Kälte. Im Süden hingegen waren Landschaft und Klima viel lieblicher.

Einer der Treiber war Ted Cornish. Da es Bud an Leuten fehlte, stellte er Ted an, der gern bereit war, mit Buds neuer

Herde nach Süden zu ziehen, obwohl er angeblich eine Farm in der Nähe von York besaß.

Als er anfing, Lil zu umwerben, war sie zunächst wenig beeindruckt, doch Ted blieb hartnäckig bei der Sache. Immerhin nannte er eine Farm mit einem dazugehörigen Wohnhaus sein eigen.

»Der Nestbauinstinkt schlägt bei ihr durch«, bemerkte ihr Vater lachend, doch ihre Mutter war vorsichtig. »Lil, du brauchst es nicht übers Knie zu brechen. Warte doch noch, du bist erst achtzehn.«

»Ihr habt etwas gegen Ted«, beklagte sich Lil.

»Ich sage ja nicht, daß ich ihn nicht mag. Er wirkt recht höflich, aber ich kenne ihn überhaupt nicht.«

»Wie soll ich jemanden kennenlernen, wenn wir die ganze Zeit durch die Gegend ziehen?«

Ihre Mutter seufzte. »Du hast dich also entschlossen?«

»Ja.«

»Dann kannst du dich verloben. Um die Hochzeit kümmern wir uns später.«

»Nein! Ted kehrt nach Hause zurück, wenn dieser Trieb beendet ist. Er möchte, daß ich mitkomme.«

Sie heirateten in einem kleinen Dorf namens Brookton. Ihre Flitterwochen bestanden aus einem langen, gemütlichen Ritt zu Teds Farm, die angeblich im Avon Valley lag.

»Am äußersten Rande!« sagte sie verbittert und schaute sich um. »O ja, er ist höflich gewesen«, fügte sie hinzu, »bis wir hier ankamen. Dann hat er sich in den Boß verwandelt und ich mich in seine Dienstmagd.«

Sie hatte damals nicht erwartet, daß Ted ein tolles Haus besaß, doch seine Hütte versetzte ihr einen echten Schock. »Hier können wir doch nicht leben«, rief sie. »Alles ist verdreckt.«

»Hier hat lange keiner gewohnt«, entgegnete er wütend. »Was hattest du denn erwartet?«

»Nach deinen Reden jedenfalls etwas Besseres als das hier.«

»So eine Frechheit! Was hattest du denn vorher? Nichts! Nichts außer einem alten Wagen. Du hast noch nie in deinem Leben ein Dach über dem Kopf gehabt und beklagst dich jetzt über mein Haus. Na ja, wenn es so schlimm ist, kannst du es ja saubermachen. Ich besorge inzwischen Vorräte in York.«

Lil mußte zugeben, daß er auf seine Weise recht hatte. Außenstehenden mochte der Lebensstil der Ropers ziemlich seltsam erscheinen. Und hatte sie sich nicht selbst letztendlich ein richtiges Zuhause gewünscht? Sie konnte ihm einfach nicht begreiflich machen, daß keines ihrer provisorischen Lager je in einem derart ungepflegten Zustand gewesen war wie dieses Haus. Da sie keinen Streit wünschte, machte sie sich ans Werk, sobald Ted davongeritten war.

Wie hart sie gearbeitet hatte! Ihr neues Heim war ein Schuppen, der aus mit Lehm beworfenem Flechtwerk, einem Blechdach und einem Fußboden aus ungehobelten Brettern bestand. Es gab nur ein Zimmer, das mit einer Segeltuchpritsche, die als Bett diente, einem Küchentisch mit vier Stühlen eingerichtet war und einen riesigen gemauerten Kamin hatte, über dem einige verrußte Kochtöpfe hingen. Zu beiden Seiten des Kamins gab es tiefe Schränke, in denen jedoch nur Essensreste, alte Kleidung und Wäsche aufbewahrt wurden. Lil fand einige Bücher und eine Dartscheibe, die den früheren Bewohnern gehört hatten. Zum Glück stieß sie draußen im Waschhaus auf einen Eimer, Seife und einen abgenutzten Besen.

»Das muß reichen«, sagte sie entschlossen und fing an, die Spinnweben zu entfernen. Sie kochte die Kessel aus, um anschließend die Schmiere aus den Töpfen zu entfernen, und reinigte den offenen Kamin. Dann schrubbte sie das Haus von oben bis unten. Die Arbeit gab ihr wieder neuen Mut, und noch Jahre später verlegte sie sich aufs Saubermachen, wenn sie wütend war, schuftete, bis ihr jeder Muskel weh tat, und reagierte sich auf diese Weise ab.

Als Ted spät am Abend nach Hause kam, teilte sie ihm in unmißverständlicher Weise mit, daß sie am nächsten Tag nach York fahren und eine ordentliche Matratze, etwas Wäsche und einige andere notwendige Dinge fürs Haus bestellen würde. Er könne in der Zwischenzeit den Hof aufräumen.

»Das ging aber schnell«, bemerkte er, als sie am Nachmittag heimkehrte.

»Ich hänge nicht in den Pubs herum«, erwiderte sie, während sie das Pferd absattelte. »Du hast nicht gerade viel geschafft. Das Unkraut auf dem Hof ist noch nicht gejätet. Ich möchte, daß er vernünftig gesäubert wird, denn hier wird ein Hühnerhof angelegt.«

»Wer sagt das?«

»Ich sage das.«

Lil rutschte auf ihrem Stuhl herum, weil der dicke Bauch sie störte. Sie hatte der Hebamme gesagt, voraussichtlich wäre es Ende dieses Monats soweit, doch sie fürchtete, das Kind werde früher kommen. Wenn Ted nach Hause kam, würde sie ihn nach St. Luke's schicken, um der Frau des dortigen Pfarrers Bescheid zu sagen. Sie galt als ausgezeichnete Hebamme.

»Der faule Mistkerl«, stöhnte sie beim Gedanken an ihren Ehemann. Er arbeitete nur auf dem Feld, wenn sie ihn dazu zwang und dablieb, um ihn anzutreiben. Die Farm brachte nicht viel ein, doch ein bißchen war besser als gar nichts. Als Gegenleistung erwartete er, daß sie alle sogenannten Hausarbeiten übernahm – die Aufzucht der Küken, das Melken, das Kochen und die anderen Aufgaben, die einer Farmersfrau zukamen. Das Leben mit Ted war ein ständiger Kampf, vor allem seitdem er wußte, daß sie ein Kind erwartete. Diese Nachricht hatte zu einer neuen Auseinandersetzung geführt. Ihre Mutter hatte gesagt, sie könne jederzeit zu ihnen zurückkehren, doch ihr Stolz zwang sie, auf der einsamen Farm zu bleiben. Lil wollte um keinen Preis eingestehen, daß sie einen

Fehler begangen hatte, und betrachtete die Farm überdies als ihr neues Zuhause. Wenn Ted mit den Schafen unterwegs war, gefiel ihr das Leben auf der Farm sogar recht gut, und seine Arbeit brachte zusätzliches und dringend benötigtes Geld in die Kasse.

Lil hing gerne den Erinnerungen an ihren Hochzeitstag nach. Sie hatte im Haus einer Freundin vor dem Spiegel gestanden und zugeschaut, wie zwei Frauen sie von einer Viehtreiberin mit ausgebeulten Hosen und einem alten Hemd in eine hübsche junge Dame verwandelt hatten. Es war wie ein Wunder gewesen! Sie hatten ihr braunes Haar, das sie gewöhnlich zu Zöpfen geflochten trug, gewaschen und so lange gebürstet, bis es geglänzt hatte und in natürlichen Wellen über ihre Schultern gefallen war. Ihre Freundin Mrs. Barell hatte Lil ein zartes weißes Musselinkleid mit einem Spitzenoberteil und drei satinbesetzten Röcken genäht. Das Tüpfelchen auf dem i war ein wunderschöner Strohhut gewesen. Er war passend zum Brautstrauß mit Wildblumen geschmückt gewesen.

»Sie ist so schön!« hatte Mrs. Barell staunend erklärt.

»Klare Haut, ebenmäßige Züge und kornblumenblaue Augen. Viele Mädchen würden alles dafür geben, so auszusehen wie Lil.«

»Sie ist zu gut für ihn«, hatte Bonnie Roper gemurmelt, doch Lil hatte es geflissentlich überhört. Sie war viel zu aufgeregt gewesen.

Auch Ted hatte einen beachtlichen Bräutigam abgegeben. Alle hatten das gesagt. Sein Bart war ordentlich gestutzt gewesen, und sein widerspenstiges Haar hatte glatt am Kopf angelegen. In dem geliehenen schwarzen Anzug, dem gestreiften Hemd und der Fliege hatte er wirklich elegant ausgesehen.

Zu Lils großer Enttäuschung war der bestellte Fotograf nicht aufgetaucht, so daß niemand ein Erinnerungsfoto der jungen Eheleute hatte aufnehmen können. Ein Foto jenes

Tages, an dem sie hübscher als je zuvor in ihrem Leben ausgesehen hatte.

»Na ja«, seufzte sie, »es läßt sich nicht ändern. Wenn das Baby erst mal da ist, wird alles anders werden.« Sie wollte Ted zwingen, die Farm zu verkaufen, zu welchem Preis auch immer. Es reichte ohnehin nur gerade zum Überleben.

Sie wollte in eine Stadt ziehen, in der sie eine Stelle finden und arbeiten konnte, während er mit den Schafen auf Trieb ging. »Hier arbeite ich umsonst«, dachte Lil. »Wenn ich eine Stelle hätte, könnte ich Geld sparen, damit wir uns ein neues Haus leisten können. Er wird verkaufen, egal wie lange ich ihm damit auf die Nerven gehen muß.«

Während die Sonne übers Haus zog, reiste Lil in ihr zukünftiges Traumhaus. Sie sah sich mit dem Baby in der Tür eines gepflegten Cottages stehen, das tief in den herrlichen Gummibaumwäldern lag. In einem anderen Tagtraum plauderte sie über den Zaun hinweg mit ihren Nachbarn, die wie sie eines der Doppelhäuser in der Stadtmitte von Perth bewohnten. Oder sie träumte sich in ein weißes Cottage aus Stein, das hoch oben auf einem Hügel lag und den Blick auf den Indischen Ozean freigab, in dem die Wale spielten und der von einer so wilden Schönheit war. Das Baby begleitete sie auf diesen Traumreisen, doch Ted war nicht dabei. Er hatte sich noch keinen Platz in ihrem geheimen Leben verdient.

Der Bau des Stausees machte Fortschritte, die Grube wurde unter dem wachsamen Blick des selbsternannten Vorarbeiters Charlie Postle mit jedem Tag tiefer und breiter. Er ritt alle paar Tage hinüber, um die Arbeiten zu prüfen.

»Jungs«, sagte er zu seinen Söhnen und Clem, »ihr habt ja keine Ahnung, wie man einen Stausee anlegt. Ebensowenig wie die beiden Knastbrüder, die für dich arbeiten, Clem. Ich hab' mein ganzes Leben lang Stauseen gegraben. Ich zeig' euch, wie's geht.«

Er bestand auch darauf, daß die vier Männer unter der Woche auf der Baustelle ihr Lager aufschlugen. »Du mußt die Männer bei der Arbeit halten, Clem! Es geht nicht an, daß sie die Hälfte des Tages damit verbringen, hierher und wieder nach Hause zu reiten. Zeit ist Geld, und wenn der Regen spät kommt, habt ihr eine Chance, vorher mit dem Ding fertig zu werden. Ihr müßt die Wände verstärken, solange das Wetter noch mitspielt. Denkt dran, die Arbeit geht schneller voran, wenn der Boß in der Nähe ist.«

»Es geht nicht, Charlie, ich habe noch andere Dinge zu erledigen«, erwiderte Clem.

»Ja, hab' gehört, du kaufst Schafe fürs Schlachthaus und treibst sie in der Gegend rum. Was ist in dich gefahren, Junge?«

Clem brachte ein paar vage Ausreden vor, da er für Postles Hilfe zwar dankbar war, sich ihm deswegen aber noch lange nicht anvertrauen wollte. Nachdem er die Schafe auf das Land der Cartys getrieben hatte, hatte er sich einige Tage in der Nähe des Hauses aufgehalten, da er sich um Thora sorgte. Sie schien Schmerzen zu leiden und verbrachte die meiste Zeit im Bett.

»Ich glaube, es ist bald so weit«, erfuhr er von Alice.

»Das Kind hat sich gesenkt.«

»Das ist aber noch zu früh.«

»Babys können auch mal früher kommen. Du solltest mit ihr reden. Auf mich will sie nicht hören.«

Er setzte sich zu Thora. »Soll ich in die Stadt reiten und nachsehen, ob dein Vater zurück ist?«

»Nein!« wehrte sie sich mit heiserer, müder Stimme. »Ich will ihn nicht hier haben. Alice muß es dir doch gesagt haben. Ich will ihn nicht in meiner Nähe haben!«

»Schon gut. Reg dich nicht auf. Ich werde Mrs. Dodds, die Hebamme, holen. Du kannst dich doch noch an die Frau des Pastors von St. Luke's erinnern? Es heißt, sie mache ihre Arbeit sehr ordentlich.«

»Ich will sie nicht sehen. Es ist noch zu früh.«

»Es könnte aber früher kommen, Thora.«

Sie brach in Tränen aus. »Nein. Es ist noch nicht so weit. Die Leute werden reden. Sie darf nicht herkommen.«

Alice wartete draußen vor der Tür. »Ich habe es dir ja gesagt. Sie hat sich die alberne Idee in den Kopf gesetzt, das Kind müsse so spät wie möglich nach der Hochzeit geboren werden. Ich verstehe allerdings nicht, welchen Unterschied das noch machen sollte.«

»Glaubst du, ich soll die Hebamme rufen?«

»Ja, ich würde mich besser fühlen, selbst wenn es sich um einen falschen Alarm handelt.«

»Ich möchte sie nicht umsonst herbringen. Steht die Geburt nun bevor oder nicht?«

»Ich glaube schon.«

»Gut, ich werde sie holen.«

Als Lil Cornish an diesem Morgen aufwachte, hatte sie keine Zweifel mehr.

Sie weckte Ted. »Schnell, hol den Wagen. Du mußt mich nach St. Luke's bringen.«

»Wieso?«

»Wieso wohl? Das Baby kommt bald, und es geht schneller, als wenn du Mrs. Dodds herbringst.«

»Was stört dich daran, wenn ich sie herbringe? Schämst du dich für unser Haus?«

»Nein«, erwiderte Lil, obwohl er mit seiner Vermutung gar nicht so falsch lag. Doch außerdem hatte sie vor kurzem gehört, daß bei einer Frau, die auf dem Heimweg aus der Stadt gewesen war, die Wehen eingesetzt hatten und Mrs. Dodds das Baby in ihrem eigenen Haus hinter der Kirche entbunden und sich noch einige Tage um die Mutter gekümmert hatte. Diese Aussicht erschien Lil einfach himmlisch, da sie sich nur ungern auf Teds Hilfe verlassen wollte.

»Bring mich einfach hin. Beeil dich.«

Doch als sie dort ankamen, war Mrs. Dodds nicht zu Hause.

»Sie ist heute morgen losgefahren, um nach der jungen Mrs. Trafford unten im Süden zu sehen. Ich erwarte sie heute nicht mehr zurück. Mrs. Trafford geht es nicht gut, sie ist gestürzt«, erklärte ihr Ehemann.

»Was sollen wir jetzt machen?« fragte Ted wütend.

»Tu einfach dein Bestes, Ted. Leider wird Mrs. Dodds auch beschäftigt sein, wenn sie nach Hause kommt; Clem Price hat ebenfalls nach ihr gesucht. Sie muß zuerst nach Lancoorie fahren.«

»Klar tut sie das. Leute mit Geld kommen eher dran, ist doch immer so.«

»Ted, das war eine sehr unangebrachte Bemerkung. Meine Frau kann nicht an zwei Orten gleichzeitig sein. Clem war als erster hier.«

Dodds ging mit Ted nach draußen zum Wagen, und Lil brach in Tränen aus, als sie die Neuigkeit erfuhr. »Aber ich brauche sie doch. Das Kind kann jeden Moment kommen. Was sollen wir jetzt machen?«

Dodds überlegte kurz. »Ted, fahr mit deiner Frau nach Lancoorie. Alice hat genügend Platz und wird nichts dagegen haben. Immerhin ist dies ein Notfall. Sobald meine Frau kommt, schicke ich sie rüber.«

»Wir sind doch gerade dort vorbeigefahren«, beklagte sich Ted.

»Na und?« fragte Lil gequält. »Irgendwo muß ich doch hin, und dort kann mir wenigstens Miss Price zur Seite stehen.«

»Ist das Ihr erstes Kind, meine Liebe?« fragte Dodds. Doch Lil konnte nur nicken, die Wehen hatten ihre Kräfte aufgezehrt.

Für Alice wurden dies die beiden aufregendsten Tage ihres Lebens. Sie bewährte sich glänzend. Sie war selbst überrascht gewesen, wie ruhig sie geblieben war und wie sie sich verhalten hatte, nachdem die Hebamme ausgeblieben war. Sie erinnerte sich, wie vielen Kühen und Schafen sie bei der Geburt geholfen hatte. Das Wichtigste war, die Mütter zur Mitarbeit zu mahnen, ohne daß diese jedoch ihre Kraft vergeudeten.

Die arme Lil Cornish hatte es am schwersten, da sie dünn und schlecht ernährt war. Die Wehen hatten sie völlig erschöpft, doch Alice streichelte sie und redete ihr gut zu, kühlte ihr rotes, verquollenes Gesicht mit kalten Tüchern und half ihr, sich an den Eisenstäben am Kopfende des Bettes festzuklammern. Als das Baby dann endlich kam, wäre Alice beinahe ohnmächtig geworden.

»O Gott«, betete sie, »hilf mir jetzt. Und hilf dieser armen Frau.« Sie durchtrennte die Nabelschnur, wickelte das Kind, ein kleines Mädchen, in ein Tuch und rannte zur Tür hinaus.

Von Ted war nichts zu sehen, aber ihr Bruder lief draußen auf und ab.

»Komm schnell herein, Clem.«

»Ich?« rief er entsetzt und wich zurück.

»Ja, du. Komm schon. Du mußt das Baby halten. Sie bekommt noch eins. Es sind Zwillinge. O Gott! O Gott!«

Sie kehrte zu der erschöpften, weinenden Mutter zurück. »Du schaffst es, Lil. Du hast es einmal geschafft und wirst es noch mal schaffen. Tief Luft holen, ganz tief, und ausatmen. Und jetzt pressen. Gut so, weiter pressen.«

»Ich kann nicht mehr«, weinte Lil. »Laß mich in Ruhe. Es ist vorbei.«

»Nein, nein, nein! Es ist noch nicht vorbei. Du bekommst noch ein Baby. Komm schon, Lil. Pressen. Halt durch.«

Schweißgebadet schaute Alice zur Tür und hoffte, daß Mrs. Dodds endlich kommen und die Führung übernehmen möge. Als sich die Tür öffnete, wollte sie schon erleichtert seufzen, doch nicht die Hebamme, sondern die alte Sadie kam herein.

Die dickliche Aborigine-Frau drängte sich an Clem vorbei, um sich einen Überblick zu verschaffen.

»Sie macht dauernd schlapp«, flüsterte Alice und war froh über die Unterstützung von einer anderen Frau.

Wortlos kletterte Sadie hinter Lil aufs Bett und zog sie zwischen ihre gespreizten Beine. Sie hielt sie in ihren starken Armen, so daß Lils Kopf auf ihrer breiten Brust ruhte, drückte die Frau an sich und flüsterte ihr Worte in ihrer eigenen Sprache zu. Dann ergriff sie Lils Hände und verlieh ihr dadurch neue Kraft.

Die Wehen setzten wieder ein, und Lil hatte noch genug Energiereserven, um zu pressen, bis Alice einen Freudenschrei ausstieß. »Es kommt, Lil. Es ist fast vorbei.«

Und so gebar Lil ihr zweites Kind.

Clem machte sich auf die Suche nach Ted.

»Herzlichen Glückwunsch! Das hast du gut gemacht. Es sind zwei hübsche Mädchen.«

»Was soll das heißen?«

»Mrs. Cornish hat Zwillinge bekommen.«

»Zwillinge? Verdammt noch mal! Was sollen wir mit zweien? Wir können uns nicht mal eins leisten.«

»Das wird schon. Willst du sie dir ansehen?«

»Später.«

Clem kehrte achselzuckend ins Haus zurück und traf unterwegs Sadie und eine andere Aborigine-Frau.

»Wo wollt ihr beiden hin?«

»Eure Frauen nicht gut füttern, Mr. Clem. Sie hier füttert zweites Baby.« Sie warf Clem einen finsteren Blick zu, als trage er die Schuld an dieser Situation. »Ich sie bringe, um zu füttern dein Kind. Was machen jetzt?«

»Immer langsam, Sadie. Darüber können wir uns noch Gedanken machen, wenn es soweit ist.« Er lachte. Sadie hatte unrecht. Thoras Brüste waren angeschwollen, und sie würde ihr Kind selbst stillen können.

Doch Sadie vertrat ihm den Weg und sah ihn forschend an. »Weißt nicht viel. Deine Missus bekommt Baby heute nacht.«

Er rannte zu Thora hinein. »Wie geht es dir?«

»Ich weiß es nicht«, antwortete sie teilnahmslos. »Hat die andere Frau ihr Kind bekommen? Sie sah so unglücklich aus. Ich kann verstehen, wie sie sich fühlt.«

»Ja.« Er erwähnte die Zwillinge nicht, um sie nicht zu erschrecken. »Ihr geht es gut.«

»Ich fühle mich so unbehaglich. Könntest du mir etwas Tee bringen?«

»Ja, natürlich.«

Als Mrs. Dodds schließlich eintraf, waren alle erleichtert. Thoras Wehen setzten um neun Uhr abends ein, und die Hebamme und Alice blieben bei ihr.

Clem saß in der Küche und machte sich Sorgen, weil alles so lange dauerte. Ted döste in Noahs altem Stuhl vor sich hin. Clem tat Teds Frau leid, die schwach und in weinerlicher Stimmung war und angesichts der schlechten Laune ihres Mannes nur noch mehr litt. Clem hatte nichts dagegen gehabt, daß sie hergekommen waren, hatte es im Gegenteil sogar für eine vernünftige Idee gehalten. Mrs. Cornish wäre sogar in offensichtliche Gefahr geraten, wenn sich ihr nicht gerade zärtlicher Ehemann um sie gekümmert hätte. Doch nun wünschte er sich, die beiden würden sich aufmachen und ihn mit Frau und Kind allein lassen.

Alice überbrachte ihm tränenüberströmt die Nachricht. »Clem, Thora hat ein kleines Mädchen geboren, aber es kam tot zur Welt.«

Clem war entsetzt. »Das kann nicht wahr sein! Was ist passiert?«

Alice schüttelte den Kopf. »Ich bin nur froh, daß Mrs. Dodds dabei war, sonst hätte ich mir die Schuld gegeben. Sie sagte, es käme von der Nabelschnur, die sich irgendwie verschlungen hatte. Es lief zuerst alles so gut, viel besser als bei Teds Frau. Und dann ...« Sie brach in hemmungsloses Schluchzen aus.

»Wie geht es Thora? Kann ich zu ihr?«

»Noch nicht. Mrs. Dodds sagt, wir sollen sie schlafen lassen. Sie hat ihr Laudanum gegeben. Mrs. Dodds will drinnen alles selbst in Ordnung bringen ... Die arme Thora, sie wird am Boden zerstört sein.«

»Gib ihr eins von meinen«, grollte Ted. Alice drehte sich zu ihm um. »Wie können Sie so grausam sein!«

Thora erwachte Stunden später und schrie, Alice solle ihr das Baby bringen, schlief aber gleich darauf wieder ein.

»Es wird sie sehr hart treffen«, sagte Mrs. Dodds, und Alice war derselben Meinung. Sie hatte allerdings Zeit zum Nachdenken gehabt und mit Ted eine lange Unterredung geführt.

Als Clem zu ihnen kam und ihm der Vorschlag unterbreitet wurde, nahm er ihn zunächst nicht ernst. »Ted, deine Frau wäre niemals damit einverstanden.«

Alice ging mit ihrem Bruder ins Wohnzimmer, um die Angelegenheit unter vier Augen zu besprechen. »Wenn sich Mrs. Cornish bereit erklärt, eines ihrer Kinder zur Adoption freizugeben, wäre das wie ein Gottesgeschenk für Thora. Sie ist sehr sensibel. Der Verlust des Kindes würde sie furchtbar treffen, nachdem sie schon so viel durchgemacht hat.«

»Würde sie denn das Kind einer anderen Frau akzeptieren?« fragte Clem verwirrt.

»Wir sagen es ihr nicht.«

»Das müssen wir aber!«

»Nicht unbedingt.«

Daß seine Schwester in einer solchen Situation einen so kühlen Kopf bewahrte, erstaunte Clem.

»Was für einen Unterschied macht es für dich, wenn du eines dieser Babys aufziehst? Thoras Kind war ohnehin nicht von dir.«

»Und was ist mit Mrs. Dodds? Was wird sie zu alldem sagen?«

Alice lächelte. »Keine Sorge, sie wird dich für einen Heiligen halten. Du weißt doch noch, daß sie die Frau des Pastors ist? Und eine sehr strenge, moralische Frau obendrein. Empfand nicht viel Mitgefühl für die arme Thora. Hat etwas vom Preis der Sünde gemurmelt. Es klang so gemein, und ich hoffe, Thora hat sie nicht gehört. Einmal hätte ich sie beinahe deswegen angefahren. Aber wir brauchen sie, und ich werde mit ihr sprechen.«

Mrs. Dodds trank ihren Tee und nickte nachdenklich. »Ich glaube, hier ist Gottes Hand am Werk. Dein Bruder würde einem dieser kleinen Mädchen einen großen Gefallen tun, wenn er es bei sich aufnähme. So wäre wenigstens für dieses Kind die Zukunft gesichert. Ich habe gesehen, wie die Cornishs leben.«

Alice seufzte. »Ich fürchte nur, daß Dr. Carty Einwände gegen die Adoption eines fremden Kindes vorbringen könnte.«

»Was hat er damit zu tun? Warum ist er nicht hiergeblieben, statt in Urlaub zu fahren? Seine Vertretung ist noch immer nicht eingetroffen, und ich mußte quer übers Land zu den Frauen fahren, die er hätte betreuen sollen. Wenn er zurückkehrt, werde ich ihm die Meinung sagen. Dennoch glaube ich, daß der gute Herr hier am Werk gewesen ist und alles richten wird, Alice.«

»Es sieht ganz so aus.«

»Es ist so. Das kleine Baby, das gestorben ist, war nicht Clems Kind.« Sie rümpfte die Nase. »Dessen bin ich mir durchaus bewußt. Gott hat ihn gebeten, vorzutreten und der Vater zu sein, und er hat es getan. Nun bittet Gott ihn wieder, sein Diener zu sein und für ein anderes Kind zu sorgen. Er kann sich nicht weigern. In der Tat habe ich schon mit diesem Ted Cornish gesprochen und halte ihn für unfähig, auch nur ein Kind aufzuziehen. Im Namen des Herren – wir müssen wenigstens ein Baby erretten.«

»Alles hängt von Mrs. Cornish ab«, bemerkte Alice.

»Nein, von Gott. Laß uns dafür beten, Alice.«

Ihre Stimmen drangen undeutlich durch den Vorhang ihrer furchtbaren Müdigkeit und zermalmten Lil, als wären sie Wagenräder, die über sie hinwegrollten. Mrs. Dodds argumentierte und betete, Ted jammerte und pochte auf sein Recht, und Miss Price hielt die Adoption für die beste Lösung.

»Es sind entzückende kleine Mädchen«, sagte Mrs. Dodds, »aber das kleinere benötigt besondere Pflege. Sie möchten für Ihre Kinder doch das Richtige tun, nicht wahr?«

»Wenn du willst, verkaufe ich die Farm«, glaubte sie Ted sagen zu hören.

Lil war verwirrt. Sie hatte von Mädchen gehört, die ihr einziges Kind zur Adoption freigaben, eine schreckliche Vorstellung. Herzzerreißend. Endlich hörte sie sich selbst sagen: »Dann bleibt mir wenigstens eins.« Und sie preßte ihr Baby an die Brust, als wolle man ihr auch dieses nehmen.

»Sie sind eine gläubige junge Frau«, schmeichelte Mrs. Dodds. »Gott wird Sie beschützen, weil Sie Mrs. Price in ihrer schwersten Stunde Barmherzigkeit erweisen. Und er wird Sie belohnen, da bin ich mir sicher.«

Als alles besprochen war, wurde Lil von der Euphorie der anderen angesteckt. Sie war stolz auf sich, weil sie stark genug war, die richtige Entscheidung zu treffen. Sie dankte Gott dafür, daß ihre beiden Babys von ihren jeweiligen Müttern geliebt werden würden. Sie selbst würde mit einem Kind besser zurechtkommen. Und sie hatte Teds Versprechen, die Farm zu verkaufen, keineswegs vergessen.

Lil entschied sich, das andere Kind gar nicht erst anzusehen, da sie Angst hatte, in ihrem einmal gefaßten Entschluß wankend zu werden. Es hieß, Mrs. Price gehe es nicht gut, sie sei hochgradig erregt und habe sich auch während der Schwangerschaft nicht gut gefühlt. Lil nickte. Das klang ganz nach Thora, der Treibhausblume.

Alice war so glücklich über Lils Entscheidung, daß sie ihr zwei wunderschöne Babygarnituren und eine Decke für ihre Tochter schenkte, die den Namen Caroline erhalten sollte. Alle fanden ihn schön, und Lil strahlte vor Stolz. Während ihrer dritten und letzten Nacht auf Lancoorie versank sie wieder in ihren Zukunftsträumen. Ted hatte sein Versprechen gehalten, die elende Farm war bereits an Clem Price verkauft, dessen Besitz daran grenzte. Sie würden von hier wegziehen.

»Mrs. Dodds hatte recht«, dachte Lil. »Gott ist gut.« Sie war nie sehr gläubig gewesen, doch durch die Erlebnisse der letzten Tage hatte sich ihre Einstellung geändert. Sie besaß jetzt eine eigene Bibel. Die Hebamme hatte sie ihr geschenkt. In einer stillen Zeremonie tauften die beiden Frauen das Baby auf den Namen Caroline Cornish und dankten dem Herrn auf Knien. Mrs. Dodds las Lil einige Psalmen vor, aus deren Worten die Freude widerhallte. Zum Glück war Ted nicht dabei, denn er hätte die kleine Feier nur verdorben. Lil war froh und aufgeregt, denn nun würde sie den Weg einer echten Christin beschreiten.

»Wieviel willst du für eure Farm haben?« erkundigte sich Clem.

Ted warf ihm einen verschlagenen Blick zu. »Nun, darüber müssen wir uns unterhalten, nicht wahr? Ich gehe davon aus, daß wir wegziehen sollen?«

»Ja. Ich denke, das wäre unter diesen Umständen das Richtige.«

»Wird dich was kosten. Wir haben ein großes Opfer für deine Missus gebracht.«

»Wieviel?«

»Fünfzig Mäuse für die Farm.«

»Die ist sie nicht wert!«

»Für dich schon. Unter diesen Umständen, um mit deinen Worten zu reden. Dann sind da noch unsere Fahrkarten.«

»Welche Fahrkarten?«

»Ich habe einen Vetter. Ihm gehört eine große Schaffarm

außerhalb von Adelaide. Ich wollte schon immer mal nach Adelaide.« Er grinste. »Ist das weit genug für dich? Wir wollen doch nicht, daß es sich meine Frau noch mal überlegt und hier angetrabt kommt, oder?«

Clem hatte vorgehabt, dem Paar etwas Geld für die Reise zu schenken, und war nicht weiter überrascht, daß Ted soviel wie möglich herausschlagen wollte. Dieser Mann hätte beide Kinder verkauft, wenn man ihn darum gebeten hätte. Doch Clem wollte auf Nummer Sicher gehen, und Adelaide war wirklich weit entfernt.

»In Ordnung. Ich bezahle eure Reise nach Adelaide.«

»Erster Klasse.«

»Schon recht, die Fahrt ist ja nicht lang. Ich schreibe an die Zentrale meiner Bank in Perth, und sie werden die Fahrkarten für euch kaufen.«

»Du bist ein guter Mann, Clem Price. Hab' ich schon immer gesagt. Das mit der Hebamme regelst du, nehme ich an?«

»Ja, keine Sorge.«

»Schön, dann wäre da nur noch meine Missus. Sie hat nichts. Sie braucht Kleider und alles, was man auf einem großen Schiff nötig hat.«

»Wieviel?«

»Na ja, fünfzig für die Farm und fünfzig für sie. Hat schließlich die ganze Arbeit gehabt. Ist ein verdammt gesundes Baby.«

»Wie du willst. Du mußt allerdings in Gegenwart von Mrs. Dodds einige Papiere unterzeichnen.«

»Kein Problem. Her mit dem Griffel, Junge.«

Nachdem sie ihren Wagen mit Vorräten und den hübschen Geschenken für Caroline beladen und sich auf den Weg gemacht hatten, schaute Lil mit einem stummen Abschiedsgruß an ihr zweites Baby zum Haus zurück. Mrs. Price war noch bettlägerig, doch es hieß, sie könne am nächsten Tag wieder aufstehen. Lil wußte, daß ihr Baby bei Thora und Clem

Price gut aufgehoben war, und auch Alice hatte versprochen, für das kleine Mädchen zu sorgen.

Sie freute sich, daß ihre Tochter bei den Besitzern dieser stattlichen Farm aufwachsen und es ihr an nichts fehlen würde.

Zu ihrer Überraschung hatte Clem Price ihr einen Umschlag in die Hand gedrückt.

»Was ist das?«

»Das ist für Sie. Passen Sie gut auf sich und das Baby auf, Mrs. Cornish. Und auf das Geld.«

Lil wußte, wie unvorteilhaft sie in dem weiten Baumwollkleid aussah. Ihr Gesicht war noch immer verquollen, und sie wand sich innerlich vor Scham. In den letzten Tagen hatte sie kaum auf Clem Price geachtet, doch nun fielen ihr sein gutes Aussehen und das sanfte Lächeln auf. Dieser Mann hatte die schwangere Thora Carty geheiratet, um sie vor einem Skandal zu bewahren. Ein wirklich gottesfürchtiger Mann, hatte Mrs. Dodds bemerkt, ein Gentleman. Und das stimmte auch. Lil wünschte sich, Clem Price hätte *sie* an ihrem Hochzeitstag sehen können, die wahre Lil Cornish.

Ihr Mann gab dem Pferd wütend die Peitsche. »Was hat er dir geschenkt?«

Als der Wagen die lange Auffahrt entlangrollte, öffnete sie den Umschlag. »Du lieber Himmel! Es sind fünfzig Pfund. Fünfzig Pfund!«

»Sie gehören mir!« schrie Ted und versuchte, ihr den Umschlag zu entreißen. »Das ist das Geld für die Farm.«

»Nein, du lügst. Miss Price hat mir erzählt, daß sie dich schon für die Farm bezahlt haben. Und unsere Schiffspassage nach Adelaide übernehmen sie auch. Warum fahren wir überhaupt nach Adelaide?«

»Weil ich dort einen Vetter habe. Wir können auf seiner Schaffarm arbeiten.«

»Ich habe nichts dagegen, nach Adelaide zu fahren. Ich wollte schon immer mal eine Seereise machen. Ich hoffe nur, du sagst die Wahrheit, Ted Cornish, sonst möge Gott dir beistehen. Wir werden von nun an ein christliches Leben führen.«

»Mein Gott! Was ist denn in dich gefahren?«

»Nichts. Fahr bitte langsamer, sonst weckst du das Baby auf.«

Alice war so aufgeregt, ein Baby im Haus zu haben, daß sie sich nur noch um Mutter und Kind kümmerte.

Mrs. Dodds hatte das totgeborene Baby mit zu ihrem Mann genommen, damit er es bei der Kirche in geweihter Erde begraben konnte. »Baby Cornish« würde als zweites Mitglied der Gemeinde auf dem neuen Friedhof bestattet werden.

Als die Männer aus dem Lager am Staudamm zurückkehrten, präsentierte Alice ihnen das Baby so stolz, als sei es ihr eigenes, doch dann erschien Thora und verdarb alles, indem sie das Kind mitnahm.

Mike war darüber nicht böse. »Auf mein Wort, Mrs. Price sieht wieder richtig gut aus. Das Baby hat sie zum Strahlen gebracht.«

Selbst George gab murmelnd seine Zustimmung, als sie in ihre Unterkunft gingen, um sich vor dem Essen zu waschen.

Natürlich hatten die beiden recht. Thora war nicht mehr hinfällig. Sie war regelrecht aufgeblüht – eine schöne Mutter, die viel Zeit für ihr Äußeres aufwendete. Sie wusch sich ihr Haar, das sie offen trug, mit Regenwasser und bürstete es, bis es glänzte. Sie badete jeden Tag in nach Lavendel duftendem Wasser. Haut und Körper pflegte sie mit zarter Creme, Rosenwasser und Glyzerin. In ihrer kleinen Reisetasche bewahrte sie einen besonderen Balsam für ihre Hände auf und feilte und polierte Tag für Tag ihre hübschen Nägel.

Eigentlich hat sich nichts geändert, sinnierte Alice.

Vorher hatte sich Thora zu unwohl gefühlt, um im Haus zu helfen, und nun war sie nur noch mit sich und dem Baby beschäftigt. Clem liebte seine Frau vielleicht noch mehr als vor der Geburt, und Thora betrachtete seine Aufmerksamkeiten als Selbstverständlichkeit. Alice hatte keine Einwände, da sie den Haushalt gern allein führte. Hauptsache, Clem war glücklich. Doch allmählich dämmerte ihr, daß Thora einer leeren Hülle glich. Vermutlich reichten ihre Zurückhaltung und statuenhafte Schönheit aus, um Männern den Kopf zu verdrehen, dachte Alice mißbilligend, denn sonst hatte diese Frau nichts Anziehendes zu bieten. Sie war eine unerquickliche Gesprächspartnerin und interessierte sich nicht einmal für Lancoorie oder Clems gegenwärtige Aktivitäten. Sie sprach nicht von ihrer Familie und fragte nie nach Clems Vergangenheit. Ihre Lektüre beschränkte sich auf Frauenzeitschriften, und auf die Idee, zu kochen, kam sie gar nicht erst.

»Wir hatten immer Köchinnen«, sagte sie zu Alice. Die Bemerkung war nicht herablassend gemeint und bewies nur, daß Thora sich damit zufriedengab, mit ihrem Baby in duftigen Kleidern durchs Haus zu schweben.

Wenn Clem zum Essen kam, saß sie artig neben ihm und gratulierte Alice zu ihren Kochkünsten. Clem freute sich darüber. Ansonsten sprach seine Frau nicht viel.

»Thora kann gut zuhören«, sagte er zu Alice. »Das muß ich ihr lassen.«

Es geht zum einen Ohr hinein und zum anderen hinaus, dachte Alice im stillen.

Es war unmöglich, Thora nicht zu mögen, da sie so glatt war und keine Angriffsflächen bot. Bis auf ihre Eitelkeit war sie einfach die brave, kleine Ehefrau. Ich bin gespannt, wie lange es gutgeht, dachte Alice.

Zu Alices Belustigung hatte Thora das Baby Lydia May getauft.

»Warum nicht Lydia April?«

»Ich wäre dir dankbar, wenn du dich nicht über mich lustig machen würdest«, gab Thora beleidigt zurück, und Alice fiel ein, daß ihre Schwägerin keinerlei Sinn für Humor hatte.

»Tut mir leid, Thora. Lydia ist wirklich ein hübscher Name.«

Beim Sonntagsessen bemerkte sie jedoch, daß Thora über Mike Deagans Witze durchaus lachen konnte, egal, ob sie sie verstanden hatte oder nicht. In solchen Momenten kam sie sich neben dieser eleganten Frau unscheinbar und fade vor.

Der Carty-Clan traf bald darauf in einer Pferdekutsche des Doktors ein. Die meisten von ihnen waren auch bei der Hochzeit gewesen. Sie bewunderten das Baby, überschütteten es mit Geschenken, flatterten um Mutter und Tochter herum und beglückwünschten Clem, der seine Frau so ausgiebig herzte und küßte, daß es Alice peinlich war. Manchmal schien ihm Thora auszuweichen, doch er war so verrückt nach ihr, daß er es nicht bemerkte.

Alle waren glücklich. Dr. Carty freute sich über sein Enkelkind und erklärte, Lydia sehe aus wie seine Schwester. Mrs. Carty hingegen war der Ansicht, das Baby gleiche Lettice.

Thora lächelte voller Mutterstolz, noch immer im Glauben, sie hätte dieses hübsche Kind geboren, und weder Clem noch Alice mochten ihr diese Illusion rauben. Ihnen lachte das Herz, als sie sahen, wie Thora ihrer Familie trotzte, als sage sie zu ihren Angehörigen: »Na, bitte! Ich hatte recht. Dieses Baby gehört mir ganz allein.«

Dr. Carty überreichte Clem ohne Murren die Eigentumsurkunden für das Land in Birimbi. »Wir sind dir alle sehr dankbar, Clem. Es ist eine Freude, Thora so glücklich zu sehen. Du wirst meiner Enkelin ein guter Vater sein. Die Taufe sollten wir in der Stadt feiern.«

»Sobald wir den Staudamm fertiggestellt haben«, erklärte Clem. »Es kann nicht mehr lange dauern.«

Doch dann überstürzten sich die Ereignisse, so daß sie erst einmal nicht dazu kamen, die Taufe vorzubereiten.

Während der Bauarbeiten hatte es bisher nur gelegentlich

geregnet, doch angesichts der drohenden Unwetter trieben sie die Arbeit an den Mauern fieberhaft voran.

»Hab' selten einen so guten Staudamm gesehen«, bemerkte Mike, als sie die letzten Steine setzten.

»Stimmt wohl.« Clem grinste. »Ich wollte schon immer einen bauen, aber mein alter Herr hatte nichts damit im Sinn. Jetzt kann ich mehr Schafe hier weiden lassen.«

»Bringst du die andere Herde zurück?«

»Wohl kaum. Ich will weitere Tiere kaufen.«

»Man sagt, du hättest mehr Geld als Verstand, Boß ...«

»Ich weiß.« Clem wandte sich an die anderen Männer. »Das habt ihr gut gemacht. Was haltet ihr davon, wenn ihr mit mir nach Hause kommt und den Damm begießt?«

»Wird das eine Party?« fragte Charlie Postle. »Du kannst mit uns rechnen. Dann kannst du auch die Jungs bezahlen, bevor wir heimreiten.«

Als sich die sechs Männer auf den Weg zum Haus machten, brach das erste Unwetter los, und der Regen peitschte über die flachen Weidegründe. Sie waren in übermütiger Stimmung, bejubelten den strömenden Regen und genossen den seltenen Triumph, der Natur ein Schnippchen geschlagen zu haben.

Clem entdeckte vor dem Haus den leichten Wagen von Pastor Dodds und grollte: »Was will der denn hier?« Er befürchtete, der Geistliche könne die Wahrheit über Thoras Baby ausplaudern. Die anderen achteten nicht auf seine Nervosität, da sie mit den Pferden beschäftigt waren.

Alice lief ihnen entgegen. »Was ist los? Ist etwas passiert?«

Andy Postle nahm sie in die Arme und drehte sie im Kreis. »Wir wollen feiern. Clem hat seinen Damm fertig, und wir sind alle mächtig durstig. Bist du dabei, Alice?«

Sie entwand sich lachend seinem Griff. »Natürlich, das ist ja herrlich. Kommt alle mit ins Haus. Clem, Pastor Dodds hat Neuigkeiten für dich.«

»Worum geht es?« fragte ihr Bruder mißtrauisch.

»Ich weiß es nicht. Ich wollte ihn gerade ausquetschen, als ich euch zum Tor hereinkommen sah. Er möchte es dir selber sagen.«

Clem ging neben ihr her. »Ist alles in Ordnung? Er hat doch nicht mit Thora gesprochen, oder?«

»O doch, er hat das Baby bewundert, aber es geht wohl um etwas anderes. Er ist bester Laune.«

Was immer Dodds auch zu sagen hatte, er spannte sie zunächst auf die Folter, gratulierte ihnen zu ihrem Werk und erklärte sich einverstanden, ein Glas darauf zu trinken.

»Sie möchten mich sprechen?« fragte Clem besorgt. »Wir können ins Wohnzimmer gehen, dort ist es ruhiger.«

»Nein, Clem, meine Neuigkeiten sind für alle Ohren bestimmt.« Er hob die Stimme. »Wie ich sehe, war dieser Tage keiner von euch in York.«

»Nein. Warum denn?« fragten alle wie aus einem Mund.

»Die ganze Stadt steht Kopf. Westlich von hier, in Fly Flat, hat es bedeutende Goldfunde gegeben! Es heißt, das ganze Gebiet sei äußerst vielversprechend. Endlich wird Westaustralien seinen Platz auf den Landkarten erobern.«

»Von York ganz zu schweigen«, fügte Charlie Postle hinzu. »Bei Gott, dadurch wird sich hier in der Gegend einiges ändern.«

»Warum hier bei uns?« fragte Les seinen Vater.

»Weil ein Goldrausch bedeutet, daß Tausende von Schürfern hier auftauchen werden. Die Preise werden in ungeahnte Höhen steigen. Wir sollten besser gleich morgen in die Stadt fahren und so viele Vorräte wie möglich kaufen.«

»Mann, ich würde lieber nach Fly Flat reiten«, sagte Andy. »Ich will auch was von dem Gold.«

»Wie sieht es in York aus?« erkundigte sich Clem beim Pastor.

»Das reine Chaos. Die Männer lassen alles stehen und liegen und ziehen los. Sogar ein Bankdirektor ist darunter.«

»Welcher Bankdirektor?« fragte Clem.

»Mr. Tanner. Ich bin wirklich schockiert. Hat einfach die Bank geschlossen und ist verschwunden. Seine Frau ist außer sich.«

»Tanner, der Glücksspieler«, dachte Clem. Ihm fiel ein, wie aufgeregt der Bankdirektor bei den ersten Nachrichten vom Goldrausch gewesen war, und er begriff nun auch, weshalb ihm Tanner so bereitwillig dieses Darlehen eingeräumt hatte. Er hatte geahnt, daß er nicht mehr dafür geradestehen müßte, falls Clem zahlungsunfähig würde, weil er dann nicht mehr in York sein würde.

»Mr. Tanner ist auch gegangen?« fragte Alice erstaunt.

»Meine Liebe, das Goldfieber kennt keine Unterschiede«, versetzte Dodds. »Es befällt alle Menschen, gleich welcher Couleur.«

Thora war zu ihnen getreten. »Warum ist Mrs. Tanner denn so außer sich? Sie sollte sich doch freuen, wenn er mit Gold heimkehrt. Clem, du solltest auch gehen! Stell dir vor, du würdest Gold mit nach Hause bringen, das wäre doch herrlich.«

»Nicht für Mrs. Tanner«, meinte Dodds. »Ihr Mann muß schon vorher von den Goldfunden gewußt haben, denn angeblich hatte er einige Pferde in Crombies Stallungen bereitstehen. Er hinterließ seiner Frau eine Art Abschiedsbrief. Er ist nicht einfach zu den Goldfeldern geritten ... er hat Mrs. Tanner verlassen. Und alle Ersparnisse mitgenommen.«

»Was ist mit der Bank?« wollte Clem wissen. »Wird sie wieder geöffnet?«

»Sicher. Wie ich erfuhr, ist ein Ersatz für Tanner bereits unterwegs. Allerdings wird seine Frau ausziehen müssen, da ihr Haus der Bank gehört. So eine Schande. Die arme Frau tut mir aufrichtig leid.«

»Sie hat ihn ziemlich herumkommandiert«, warf Clem ein.

»Er hat es offensichtlich gebraucht«, meinte Dodds.

Als der Pastor gegangen war, brachen heftige Diskussionen

los. Die beiden Postle-Brüder wollten am liebsten auf der Stelle zu den Goldfeldern aufbrechen, doch ihr Vater war strikt dagegen.

Auch Mike juckte es in den Fingern.

»Das geht nicht!« erklärte sein Boß. »Du hast einen Vertrag und mußt hier bleiben.«

»Nicht, wenn George und ich mit dir zusammen gehen. Du bist und bleibst der Boß. Das ist eine einmalige Chance, Clem, wir würden als Team arbeiten.«

»Und was soll aus der Farm werden?« schrie Alice.

»Ach, bis zur Schur gibt es hier doch nicht viel zu tun«, meinte Thora. »Mike hat recht. Es wäre goldrichtig.« Sie kicherte über ihren eigenen Scherz. »Clem, wir könnten reich werden.«

»Was weißt du schon von Lancoorie«, gab Alice bissig zurück.

»Du lieber Himmel, sie gehen ja nicht für immer fort«, antwortete Thora. »Sie müßten nur ein Stück nach Osten reiten ...«

»Hunderte von Meilen«, berichtigte Alice.

»Ach ja? Wir sind doch schon in der richtigen Gegend, so schwer kann es doch nicht sein. Sie könnten zu dritt nach Gold suchen und im Nu wieder zu Hause sein.«

»Wir gehen nicht«, sagte Clem, »Schluß, aus!«

Und dies war auch das Ende der Party. Der Streit beeinträchtigte zwar nicht den Appetit, mit dem sie sich an Alices Fleischpasteten in Soße gütlich taten, die mit großen Brotstükken serviert wurden, doch hatte sich eine dumpfe Stille ausgebreitet. Sie wurde nur von gelegentlichen Donnerschlägen unterbrochen, die durch den strömenden Regen dröhnten.

Als sie später zu Bett gingen, brachte Thora das Thema erneut zur Sprache. »Du solltest noch einmal darüber nachdenken, Clem. Hier kannst du nicht viel verdienen. Es wäre eine Chance, reich zu werden. Die beiden Männer können dir helfen. Was willst du mehr?«

Clem löschte das Licht aus. »Widersprich mir nie wieder in Gegenwart anderer Leute!«

Am nächsten Tag fühlte Clem sich bemüßigt, sich bei Thora zu entschuldigen, da er ihre verärgerte Miene und ihr Schweigen nicht ertragen konnte.

»Du siehst wunderschön aus, Liebling. Laß uns spazierengehen.«

»Mir ist nicht danach. Ich muß mich um Lydia kümmern.«

»Sie schläft. Alice wird nach ihr schauen. Komm, sei nicht böse, nimm deinen Schal, und geh mit mir hinaus. Ich mag ab und zu etwas brummig sein, aber ich möchte dir um nichts in der Welt weh tun.«

Sie schlugen den Buschpfad hinter dem Haus ein, der zu einem Wäldchen aus Zitroneneukalyptus führte. Dort war die Luft von einem süßen Duft erfüllt.

»Ich muß eine Weile fortgehen.«

»Wohin? Doch zu den Goldfeldern?« Thora vergaß zu schmollen.

»Nein, nach Northam. Ich miete dort einen Wollschuppen. Sobald das Wetter besser und die Sonne wärmer ist, können wir auf Lancoorie mit der Schur beginnen. Wenn die Scherer dort fertig sind, bringe ich sie zu der Herde auf unserem neuen Grundstück.«

»Ach ja, Carty Downs. Mein Vater weiß, daß du dort Schafe weiden läßt. Ein Nachbar hat es ihm gesagt.«

»Und?«

»Nichts und. Es ist mir egal. Das Land gehört jetzt uns, und ich möchte, daß wir den Namen ändern.«

»Selbstverständlich. Woran hattest du gedacht?«

»An meinen Namen. Nennen wir es Thora Downs.«

Clem schüttelte den Kopf. »Das gefällt mir nicht. Wie steht es mit Thoravale?«

»Wunderbar!« Sie gab ihm einen Kuß auf die Wange.

»Bringst du ein Schild mit dem Namen über dem Tor an? Ein großes Schild!«

»Wird gemacht. Ich möchte dir erklären, daß ich die Schafe nicht nur aus Spaß kaufe. Infolge des Goldrauschs kann ich die Tiere in Northam verkaufen, sobald sie geschoren sind. Die Preise steigen unaufhörlich. Ich glaube nicht …«

Thora fiel ihm ins Wort. »Ich werde ein bogenförmiges Schild entwerfen, auf dem in großen Buchstaben ›Thoravale‹ steht.«

»In Ordnung, mach das. Wenn mein Plan funktioniert, werde ich mit den Schafen einen schönen Profit erzielen. Vielleicht habe ich sogar genügend Zeit, um …«

»Wenn du das Schild machst, solltest du den Namen nicht aufmalen, da sich die Farbe abwäscht. Ich möchte, daß die Buchstaben eingebrannt werden. Solche Schilder sehen sehr beeindruckend aus. Meine Schwestern werden sicher ganz grün vor Neid.«

Clem betrachtete sie liebevoll. Thora war so süß und wirkte so weiblich. Warum sollte sie sich auch sein langweiliges Gerede von Schafen und Preisen anhören? Er ergriff ihren Arm und führte sie um eine felsige Stelle herum, die von Banksien mit messerscharfen Blättern überwuchert war. Clem war auf der Hut vor Schlangen, die sich gern an solchen Orten verbargen. »Ich weiß, ich habe dir eine Reise nach Perth versprochen. Wenn ich aus Northam zurückkomme, könnten wir eigentlich fahren.«

»O nein, nicht solange ich noch das Baby stille. Das wäre zu umständlich, und ich hätte überhaupt keinen Spaß in der Stadt. Außerdem kann ich mir keine Kleider kaufen, solange meine Brüste so schrecklich geschwollen sind.«

Er lächelte und betastete sanft ihre Brüste. »Ich finde sie nicht schrecklich. Sie sind hübsch, weich und sexy.«

Thora schob ihn weg. »Sei nicht vulgär. Ist Thoravale ein schönes Gelände?«

»Auf mein Wort. Es ist eine hübsche Gegend, das Beste, was der Distrikt zu bieten hat.«

»Gut. Ich habe mir gedacht, wir könnten dort ein anständiges Haus bauen und dorthin umziehen. Lancoorie ist viel zu groß und abgelegen. Wir wären dann viel näher an Perth.«

»Das geht nicht, es ist eigentlich nur Ackerland. Dein Vater hat es als Spekulationsobjekt gekauft. Als Weidegrund ist es geeignet, könnte aber nur eine kleine Farm ernähren. Da es am Fluß liegt, würde man dort am besten eine Molkerei errichten und eine kleine Herde Milchvieh halten.«

»Oder ein hübsches Haus bauen«, schmollte Thora. »Das Land ließe sich bestimmt gärtnerisch gestalten. Wir würden gar kein Vieh brauchen.«

Clem lachte. »Welch eine Verschwendung!«

»Du sollst nicht über mich lachen. Leute wie die Forrests haben veritable Paläste auf ihren Besitzungen. Sie bauen herrliche Häuser und ruinieren sich die Umgebung nicht mit stinkendem Vieh.«

»Die Forrests! Guter Gott, Thora! Sir John Forrest ist der Premierminister von Westaustralien. Sein Haus ist Regierungssitz.«

»Er ist nicht der einzige. Mein Vater sagt, sechs Familien würden diesen Staat regieren, und alle haben wunderbare Residenzen. Ich verstehe nicht, warum wir darauf verzichten sollten. Ich habe immer geglaubt, du seist wohlhabend.«

»Sei nicht albern, Thora. Das ist nicht unsere Größenordnung und wird es auch niemals sein. Ich bin keineswegs ›wohlhabend‹, wie du es auszudrücken pflegst.«

»Mein Vater sagt, du wärst es, wenn du Lancoorie verkaufen würdest.«

»Der Rat deines Vaters interessiert mich nicht. Seit wann scherst du dich um das, was er sagt?«

»Seit ich begriffen habe, daß es hier mehr Land gibt, als du jemals brauchen wirst. Und du willst in dieser Einöde bleiben, statt dich um meine Wünsche zu kümmern.«

Sie brach in Tränen aus, und Clem versuchte sie zu trösten. »Das stimmt nicht, Liebste. Ich wollte dir eben erklären, daß ich Lancoorie zu ...«

»Laß mich in Ruhe!« Thora riß sich los und rannte den Pfad zurück, wobei sie auf einer glitschigen Wurzel ausrutschte. Clem eilte ihr nach. »Bitte, Thora. Möchtest du für eine Weile nach York zu deiner Familie fahren?«

»York? Niemals! Dort werde ich nicht mehr hinfahren, so lange ich lebe! Sie lachen und klatschen nur über mich. Ich begreife nicht, wie du so etwas vorschlagen kannst.«

Hilflos und bedrückt ging er hinter ihr her. Er wünschte sich, er könne ihr verständlich machen, daß er ehrgeizig war und auch ohne den Verkauf von Lancoorie zurechtkommen würde, wenn sie ihm nur genügend Zeit ließe. Er schmiedete seine Pläne mit Sorgfalt und arbeitete hart. Zwar würde er die Früchte seiner Unternehmungen nicht so bald ernten können, doch er war auf dem richtigen Weg. Clem hoffte, mit der zusätzlichen Schafherde einen schönen Gewinn zu erzielen, den er wieder investieren konnte. Er grinste. Dank Mr. Tanner hatte er sich gerade rechtzeitig ins Geschäft stürzen können.

Als sie sich dem Haus näherten, folgte er Thora mit neuem Schwung, kitzelte und neckte sie. »Komm schon, meine Liebe. Sei glücklich! Ich will dich lächeln sehen.«

Sie wehrte ihn ab. »Laß das Theater! Wenn du mich wirklich gern hättest, würdest du mir zuhören und mich nicht albern nennen.«

»Das war doch nicht so gemeint, Thora. Ich sage dir etwas. Wir behalten Thoravale, und ich baue dir dort eines Tages ein Haus, ein geräumiges Haus, ein Herrenhaus, wenn du möchtest.«

»Darf ich es selbst entwerfen?«

»Natürlich. Warum nicht?«

»Gut. Wir bauen ein Haus, wie das meiner Familie in York, nur schöner und doppelt so groß, mit richtigen Empfangsräumen und einem Gästeflügel. Wäre das nicht herrlich? Wir könnten Leute zu Hauspartys einladen und vielleicht noch einen Tennisplatz anlegen, das ist jetzt das Allerneueste ...«

Clem hörte ihr nicht mehr zu. Ihm fiel der Überziehungskredit ein, den er weidlich genutzt hatte. Vermutlich wäre es klug, nach dem Verkauf der Schafe einen symbolischen Betrag zurückzuzahlen, um den neuen Bankdirektor bei Laune zu halten. Den größten Teil des Geldes aber würde Clem erneut investieren. Doch in welchen Geschäften sollte er sich engagieren? Das war die Frage. Er hatte gehört, daß Carty sein Fuhrunternehmen für einen lächerlichen Preis verkaufen wollte, weil die Eisenbahnlinie von Northam nach York weitergeführt wurde. Ob es wohl Sinn machte, diese Firma zu erwerben? Er könnte abgelegene Distrikte anfahren und Passagiere zum Bahnhof in York bringen. Dann schüttelte er den Kopf. Carty hatte bestimmt schon selbst daran gedacht und die Idee vermutlich verworfen.

»Na ja«, murmelte er, während er das Tor hinter sich schloß. »Mir wird schon etwas einfallen.«

5. KAPITEL

Der Auktionator kam zu Clem und Mike herüber, als sie ihre große Schafherde auf den Viehhof von Northam trieben.

»Bei Gott, da tun einem ja die Augen weh! Wo kommt ihr denn her?«

»Aus York. Ich bin Clem Price, Besitzer der Lancoorie-Farm, und das ist Mike Deagan.«

Er hatte Mike mitgenommen, damit dieser ihm beim Scheren helfen konnte. Nun war alles erledigt. Clem hatte die anderen Scherer bezahlt, die Wollballen befanden sich im Lagerhaus am Schienenkopf, wo sie versteigert werden sollten, und jetzt mußten sie nur noch die Schafe loswerden. Clem sah sich um. Obwohl der Freitag ein Verkaufstag war, wirkte das Angebot dürftig – nur wenige Schafe und Rinder, einige Schweine und überhaupt keine Pferde.

»Sind wir zu früh?« fragte er unschuldig. »Oder ist es heute einfach ruhig?«

»Ruhig?« donnerte der Auktionator. »Es ist hoffnungslos. Ich habe mehr Käufer als Ware. Sie kommen aus Southern Cross und sogar aus Coolgardie.«

»Wo liegt denn Coolgardie?« wollte Mike wissen.

»Himmel, wo seid ihr beide bloß gewesen? Fly Flat wurde zur Stadt erklärt und in Coolgardie umbenannt. Ist der alte Abo-Name für den Ort. Sie haben ihn nach irgendeinem Burschen benannt, der dort ein Wasserloch gefunden hat.«

»Dann können Sie meine Schafe also verkaufen?« erkundigte sich Clem.

»Die Pferde auch, wenn's sein muß.«

»Ich möchte einen anständigen Preis erzielen. Hat mich viel Mühe gekostet, die Herde herzutreiben.«

»Keine Sorge, Kumpel. Hier ziehen Massen von Diggern durch, und es ist kein Ende abzusehen. Manche schleppen sogar ihre armen Familien mit. Sie sind wie eine Heuschreckenplage, sie fressen alles, was ihnen vor die Kiefer kommt. Du kannst problemlos drei Pfund pro Tier erzielen.«

»Sagen wir vier«, meinte Clem. »Ich verlange vier Pfund pro Kopf. Sie sind alle frisch geschoren.« Er konnte seine Aufregung kaum verbergen. Er hatte die meisten Tiere für weniger als fünf Shilling gekauft, doch das gute Futter auf Thoravale hatte seine Spuren hinterlassen, so daß sie nicht mehr ganz so erbärmlich aussahen.

»Ich werde mein Bestes tun«, versicherte der Auktionator.

»Ich habe Zeit. Der Rausch fängt ja gerade erst an. Die Zeitungen berichten ausführlich von Goldvorkommen in Fly Flat oder Coolgardie oder wie auch immer es heißen mag. Wenn sie jetzt nicht kaufen, bezahlen sie nächste Woche noch mehr und dann noch mehr. Das sollten die Leute eigentlich wissen.«

Clem und Mike suchten das nächste Pub auf und ließen sich an der überfüllten Theke nieder. Auch dort waren die Goldfunde das einzige Gesprächsthema.

»Ich habe schon die ganze Zeit vermutet, daß du etwas mit dem Gold im Sinn hast. Deshalb also hast du die ganzen Schafe gekauft.«

»Mir war ein Gerücht zu Ohren gekommen.«

»Wie es aussieht, wirst du heute eine Menge verdienen.«

Der Wirt hatte ihr Gespräch mit angehört. »Seid ihr die Burschen mit der Herde, die heute morgen angekommen ist?«

»Ja.«

»Dann solltet ihr euch in acht nehmen, Jungs. Besteht auf Bargeld. Auf dieser Straße treiben sich mehr Gauner herum als im Gefängnis von Fremantle. Ich bin mehr als einmal hereingefallen und nehme kein Papierzeugs mehr an. Die Hälfte der Leute, die heutzutage auf dem Viehhof mitbieten, sind gar keine echten Käufer oder Metzger, es sind einfach krumme Hunde. Sie treiben die Schafe weit weg von der Straße in die Einöde und verkaufen sie an saudumme Goldgräber, denen das Futter ausgegangen ist.«

»Wie viele Städte gibt es zwischen hier und Coolgardie?« wollte Mike wissen.

»Auf den ganzen vierhundert Meilen nur zwei, die der Rede wert sind – Merredin und Southern Cross. Es heißt, dort sei die Hölle los.«

»Aber die Leute finden viel Gold?«

»Sicher. Und sie bezahlen einen Haufen Geld für Wasser –

und dafür, vielleicht an Typhus zu sterben.« Lachend wischte er die Theke ab. »Es heißt, die eine Hälfte der Goldgräber sei damit beschäftigt, die andere Hälfte zu begraben.«

»Netter Ort!« bemerkte Clem, doch Mike war noch immer scharf darauf, dort hinzugehen.

»Mit einem Wagen und den Vorräten aus Lancoorie könntest du es schaffen«, drängte er Clem. »Ich komme mit. George kann sich derweil um die Frauen und die Farm kümmern. Wir sind so nah dran, daß es Wahnsinn wäre, es nicht auch zu probieren.«

»Vierhundert Meilen finde ich nicht gerade nah. Und du wirst dich wundern, wie hart das Graben in dieser Gegend ist.«

»Meinst du, Sträflinge seien nicht an harte Arbeit gewöhnt?« erwiderte Mike bitter.

Clem lachte. »Mir kommen die Tränen. Wir gehen nicht, basta. Ich kann nichts dafür, daß du noch Bewährung hast. Wenn deine Zeit um ist, kannst du gehen, wohin du willst.«

»Dann ist kein Gold mehr übrig.«

Eine Glocke ertönte, und sie drängten sich mit den anderen in den kleinen Speisesaal, aus dem man die Tische und Stühle entfernt hatte. Statt dessen stand eine Bank neben der Küchentür, auf der den hungrigen Gästen Brote, gekochte Eier und Kartoffeln angeboten wurden. Schließlich gelang es Clem und Mike, noch bevor die Vorräte ganz aufgezehrt waren, einige Kartoffeln zu ergattern. Doch beim Verlassen des Pubs waren sie keineswegs satt.

»Ich dachte, wir würden hier etwas Anständiges zu essen bekommen«, beklagte sich Mike. »Ich bin so ausgehungert, daß ich meine Stiefel anknabbern könnte.«

Clem sagte nichts dazu. Sein Gefährte hatte soeben einen Vorgeschmack bekommen, mit welchen Gefahren und Strapazen er auf dem langen Weg zu den Goldfeldern zu rechnen hätte. Verglichen damit war Northam geradezu ein Paradies.

Die beiden Männer vergaßen ihre Auseinandersetzung, als die Versteigerung der Schafe begann. Es gab ebenso viele Käufer wie Zuschauer. Clem erkannte die Kenner, die sich Zeit genommen und die Schafe genau angesehen hatten, auf den ersten Blick. Sie hielten sich noch zurück, da die besten Tiere erst zum Schluß drankamen. Die anderen Bieter gierten so verzweifelt nach Hammelfleisch, daß sie die Preise in die Höhe trieben. Schließlich waren sie bei fünf Pfund pro Kopf angelangt.

Clem sprach mit dem Auktionator und wies ihn an, nur Bargeld entgegenzunehmen, doch selbst diese Reglementierung hatte keinerlei Einfluß auf die horrenden Gebote. Die Männer drängten und schubsten, um sich Gehör zu verschaffen.

Mike genoß die ganze Veranstaltung, feuerte die Käufer mit Zurufen an und bot ab und zu mit, um den Verkauf zu beschleunigen. Clem lauschte verwundert, wie der Preis für seine Schafe erst auf sechs, dann auf sieben Pfund emporschnellte, und wünschte sich, er hätte noch mehr Tiere gekauft. Bei den letzten Schafen schoß der Preis auf acht, dann sogar auf zehn Pfund hoch. In der Menge brach Streit aus, weil da einige Spekulanten angeblich die Chancen der ehrlichen Käufer ruinierten.

Das Bargeld floß in Strömen, und Clem war dankbar für Mikes Gesellschaft, als sie sich mit Gewehren bewaffnet im Schuppen des Auktionators einfanden, um den Erlös abzuholen.

Auch der Auktionator hatte Wachen bei sich, als er seine Provision einstrich und die Eigentümer des an diesem Tag verkauften Viehs auszahlte.

»Ist gut gelaufen für euch«, grinste er und zählte Clem über dreitausend Pfund in zerknitterten Banknoten auf den Tisch. »Habt ihr noch mehr, Jungs?«

»Natürlich«, antwortete Mike eifrig.

»Nein, habe ich nicht«, gab Clem zurück. »Ich züchte Wollschafe, und die sind zu schade fürs Schlachthaus.«

»Bei diesen Preisen?«

»Bei jedem Preis. Ich werde nicht meinen gesamten Viehbestand verkaufen.«

Sie bündelten die Geldscheine mit Gummibändern und verstauten sie in Geldsäcken, die Clem wiederum in seine lederne Satteltasche stapelte. »Na, los«, sagte er zu Mike, »ich muß das hier auf dem schnellsten Weg zur Bank bringen.«

Sie rannten übermütig zu ihren Pferden und lachten und jauchzten wie Schuljungen.

»Mein Gott, du hast es geschafft!« strahlte Mike. »Welch ein Profit! Ich und George haben uns schon gefragt, wozu du die ganzen Schafe gekauft hast. Sie hatten nicht so ausgesehen, als würden sie etwas einbringen. Wir hatten vermutet, daß du auf einen hohen Preis spekuliertest, aber das hier hatten wir nicht erwartet.«

»Ich auch nicht. Es hätte mich nicht überrascht, wenn die Hälfte der Käufer kein Geld gehabt hätte, aber nun steckt es in meiner Satteltasche. Wir bringen es zur Bank und übernachten in Northam. Mir ist nach Feiern zumute.«

Als sie in die Hauptstraße von Northam einbogen, drängte sich eine große Menschenmenge vor den Geschäften.

»Die scheinen auch zu feiern«, meinte Clem und zügelte sein Pferd.

»Sieht eher nach einem Protest aus!«

Sie lenkten ihre Pferde an den Rand der Menge, in deren Mitte ein Mann auf einer Kiste stand und eine Rede hielt. Er wirkte eigenartig mit seinem hageren Gesicht und den langen, glatten Haaren.

»Immer mit der Ruhe, Freunde! Ihr könnt das Recht nicht selbst in die Hand nehmen. Irgendwann werdet ihr es noch bereuen.«

Stimmen aus der Menge versuchten ihn niederzubrüllen, doch der Redner setzte sich durch. »Zwischen hier und Coolgardie liegt vieles im argen. Zeigt den Bossen in Perth, daß ihr kein Abschaum seid, sonst werdet ihr nichts bekommen.«

Mike drehte sich zu Clem um. »Die Lage scheint ziemlich brenzlig zu sein. Sieh nur, alle Geschäfte sind geschlossen und verriegelt. Auch die Banken.«

»O nein«, stöhnte Clem. »Wer ist der Typ?« fragte er einen Mann, der neben ihm stand.

»Heißt Vosper, Fred Vosper. Ist wohl Reporter. Keine Ahnung, wieso er sich hier einmischt. Die Leute haben die Nase voll.«

»Wovon?«

Die Antwort ging im Lärm unter. Steine prasselten nieder, und Vosper duckte sich, doch die Werfer zielten nicht auf ihn. Sie zerschmetterten die Schaufenster der Geschäfte, während der Mob grölte.

Vosper ließ sich nicht beirren. »Hört auf!« schrie er. »Ihr macht die Sache nur noch schlimmer! Ihr gehört hier zu den ersten, doch jedes Schiff bringt neue Goldsucher aus den Staaten im Osten. Der Mangel an Waren wird noch viel gravierendere Ausmaße annehmen.«

Seine Stimme war so durchdringend, daß er sich erneut Gehör verschaffen konnte. »Wenn ihr diese Stadt zerstört, habt ihr die Bosse gegen euch. Damit meine ich die Politiker in Perth. Sie werden euch keine Hilfe, sondern Soldaten schikken.«

»Wie sollten sie uns schon helfen?« rief ein Mann.

»Sie sitzen auf dem Geld, Junge. Ihr habt keins. Sie können in Coolgardie Brunnen bohren. Dann zahlt ihr dort für Wasser mehr als für Whisky! Wenn ihr glaubt, die Nahrungsmittelpreise seien Wucher, dann wartet ab, was noch kommen wird. Sie können die Eisenbahn von hier bis York verlängern. Ich aber sage, sie sollte nach Southern Cross und weiter nach Coolgardie führen, damit es auf der furchtbaren Straße nach Osten endlich zu keinen Tragödien mehr kommt.«

»Du bist wahnsinnig«, brüllte ein Mann, der unmittelbar neben Mike stand.

»Ist er nicht«, widersprach dieser. »Er will euch nur klarmachen, daß sie auf euch hören werden, wenn ihr gemeinsam auf eure Rechte pocht. Es geht nur darum, eure Lage zu verbessern.«

»Was weißt du denn schon, Rotbart?« stieß der Mann hervor und drängte sich nach vorn. »Ich sage, wir müssen dieser Stadt eine Lektion erteilen«, brüllte er und schwenkte einen dicken Knüppel. »Wir sind noch nicht mal halb in Coolgardie, und diese Bastarde quetschen uns schon bis aufs Blut aus. Jeder Krümel kostet hier ein Vermögen. Wir verhungern draußen auf der Straße, wenn wir auf diesen verrückten Vosper und seine leeren Phrasen hören.«

»Es sind keine leeren Phrasen«, gab dieser zurück. »Ich war auf den Goldfeldern im Osten, wir sollten unsere Lehren aus den dortigen Zuständen ziehen. Aufruhr hat gar keinen Sinn ...«

»Laß uns verschwinden«, drängte Mike, als sich die Menge in Bewegung setzte, um die Metzgerei zu stürmen, doch Clem machte sich Sorgen um den Redner.

»Wird er das heil überstehen? Diese Kerle reißen ihn von seiner Kiste.«

»Ist doch nicht unser Problem.« Mike packte Clems Pferd am Zügel und zog ihn mit sich.

Innerhalb weniger Minuten war ein Aufstand, wie er im Buche steht, im Gang. Wurfgeschosse flogen in alle Richtungen. Fackeln landeten in der Metzgerei, die kurz darauf in Flammen aufging. In Windeseile sprang das Feuer auf die angrenzenden Gebäude über, darunter auch die *Bank of Western Australia,* die Clems ursprüngliches Ziel gewesen war.

»Sie drehen völlig durch!« sagte Clem aufgeregt. »Wozu um Himmels willen soll das gut sein?«

»Zu gar nichts. Die Lage wird sich höchstens noch verschlimmern. Aber sie fühlen sich besser, wenn sie jemanden bestraft haben, den sie für ihr Unglück verantwortlich machen.«

»Und mit dieser Meute wolltest du losziehen? Der reinste Abschaum!«

»Sie sind nur verwirrt.«

»Sag das mal den armen Leuten, denen die Geschäfte gehören. Der Metzger muß bei den Viehauktionen alle anderen überbieten; kein Wunder, daß das Fleisch so teuer ist.«

»Wenn du das zu laut sagst, fallen sie auch über dich her.«

»Was hätte ich denn tun sollen? Den Käufern erklären, daß ich nur zu den alten Preisen aus der Zeit vor dem Goldrausch verkaufe?«

»Versuch bloß nicht, die Geheimnisse der Wirtschaft zu durchschauen. Wir sollten uns besser auf den Heimweg machen.«

»Den Heimweg? Wir haben seit einer Woche im Zelt geschlafen, und wir wollten uns doch heute ein Hotelzimmer nehmen und feiern. Das haben wir uns verdient.«

»Und was machen wir mit dem ganzen Geld?«

»Wir behalten es bei uns und zahlen es morgen früh auf der anderen Bank ein. Im Hotel sind wir sicherer, schließlich haben uns viele Leute mit dem Geld gesehen. Wenn wir jetzt nach Hause aufbrechen, werden wir unterwegs vielleicht überfallen.«

»Wir könnten schnell nach York reiten und dort übernachten.«

»Wirklich, Mike. Man könnte glauben, es sei dein Geld. Ich werde die Satteltasche nicht aus den Augen lassen. Wir gehen ins Pub, essen und trinken und gönnen uns ein paar Stunden Schlaf. Morgen früh brechen wir auf, bevor diese Irren hier ein Auge auftun.«

Sie fanden ein Hotel mit Pub. Der Wirt hatte es gerade wieder eröffnet. Er war zwar nervös, aber vor allem erleichtert, daß der Aufruhr nicht bis zu ihm vorgedrungen war.

»Seid ihr Goldsucher?« fragte er.

»In der Tat«, antwortete Mike, der lieber nicht zugeben wollte, daß sie sich in der Stadt die Taschen gefüllt hatten.

»Wo kommt ihr her?«

»Aus Perth. Sind unterwegs zu den Goldfeldern. Unangenehme Sache heute. Kommt das öfter vor?«

»Nein.«

»Worum ging es eigentlich?« fragte Mike hartnäckig, doch der Wirt war auf der Hut. »Frag mich nicht. Was wollt ihr trinken?«

»Bier.«

»Gibt's nicht mehr. Rum oder Whisky?«

»Whisky. Können wir hier übernachten?«

»Tut mir leid, Kumpel. Bin bis unters Dach ausgebucht.«

»Sieht so aus, als müßten wir nach Hause reiten«, folgerte Clem. Der Wirt schaute ihn fragend an.

Mike versuchte, den Versprecher zu überspielen. »Was soll ich nur mit ihm anfangen? Der erste Rückschlag, und schon will er zurück nach Perth. Hat mich schon genug Mühe gekostet, ihn bis nach Coolgardie zu locken. Da draußen gibt es doch Gold, nicht wahr?«

»Mehr, als die meisten Leute wissen«, flüsterte der Wirt verschwörerisch. »Es heißt, hinter Coolgardie sammeln sie zig Unzen mit bloßen Händen auf. Hier wohnt ein Schreiberling namens Vosper und meint, sie hätten den größten Goldfund der Welt gemacht.«

»Woher will er das wissen?« fragte Clem, der inzwischen begriffen hatte, daß es klüger war, das Thema Aufruhr nicht mehr anzuschneiden. Hoffentlich lebte Vosper noch. Clem fühlte sich schuldig, weil er den armen Teufel in den Händen dieser Meute zurückgelassen hatte.

»Weiß nicht. Vielleicht von den Geologen.«

»Aber hinter Coolgardie gibt es nur noch Wüste, oder nicht?« erkundigte sich Clem.

»Man muß sich schon ein bißchen Mühe geben«, warf Mike ein. »Wir nehmen noch einen Whisky.«

»Könnt ihr überhaupt ein Bett bezahlen?« fragte der Wirt, als er ihre Drinks einschenkte.

»Denke schon.«

»Dann bleibt hier, und ich höre mich um. Wollt ihr essen?«

»Ich könnte ein Pferd verdrücken«, antwortete Clem. »Gut, das macht zehn Shilling. Meine Missus bringt euch Hammeleintopf und Kartoffeln. Das ist alles, was wir haben. Ihr Goldgräber müßt verstehen, daß wir alle in einem Boot sitzen. Ich muß schon ein Vermögen bezahlen, um meine Familie zu ernähren.«

»Das Pub läuft doch gut«, sagte Mike bedächtig, als die Gäste von der Straße hereinströmten, aber der Wirt war schon weggegangen.

Clem folgte Mike zum Ende der Bar, wo sie sich mit dem Rücken zur Wand niederließen. »Hier können wir uns schon mal entspannen. Wenn er kein Zimmer für uns auftreibt, schlafen wir einfach hier. Wenigstens gibt es etwas zu essen. Und der Whisky ist gar nicht mal so schlecht.«

Mike faßte die anderen Gäste scharf ins Auge.

Plötzlich sah Clem nach unten. »Guter Gott! Was zum Teufel fällt dir ein? Du kannst doch kein geladenes Gewehr mit dir herumtragen! Ich weiß ja nicht, woher du kommst, aber in diesem Land ist das strengstens verboten. Versteck es!«

»Tu ich doch. Ganz ruhig. Du hast das Geld. Ich passe darauf auf, das ist alles. Du hast dein Gewehr ja im Stall bei den Pferden gelassen.«

»Wo deins auch sein sollte.«

»Hat mir aber keiner gesagt, oder?«

Clem genoß es, einfach nur dazusitzen. Weder er noch Mike tranken viel; sie blieben mit ihrem Whisky an der Bar und beobachteten die anderen Gäste, lauter hoffnungsvolle Goldgräber. Die Einheimischen hielten sich an diesem Tag fern, um dem Zorn der Menge zu entgehen.

Sie hatten bereits die zweite Portion des wäßrigen Hammeleintopfs gegessen, als sich der Wirt wieder an sie erinnerte.

»Ihr könntet ein Bett im *Avon Hotel* haben. Ist mitten in der Stadt, aber der Besitzer will keinen Ärger und hat deshalb heute geschlossen. Das Zimmer ist anständig. Es hat zwei Betten und kostet zwei Pfund. Ich habe ihm gesagt, ihr wärt zwei ehrliche Burschen, die keine Unruhe stiften. Er hat keine Schanklizenz, aber wenn ihr wollt, könnt ihr euch bei mir eindecken und eine Flasche mitnehmen. Geht zur Hintertür und sagt, ich hätte euch geschickt. Heißt Barclay. Ach ja, und keine Frauen aufs Zimmer!« Er sah zu den Prostituierten hinüber, die sich unter die Gäste gemischt hatten. Zwei der übermütigen jungen Frauen hatten offensichtlich ein Auge auf Clem und Mike geworfen.

»Das ist aber schade«, sagte Mike und stieß Clem an. »Die Damen sind ganz wild darauf mitzugehen.«

»Auf gar keinen Fall!« wehrte Clem prüde ab.

»Hab doch Mitleid mit mir! Weißt du eigentlich, wie lange ich nicht mehr mit einer Frau geschlafen habe?«

Clem tat, als habe er nichts gehört, wuchtete die Satteltasche auf die Schulter und ging zur Tür. Mike folgte ihm, wobei er das Gewehr lässig unter dem Arm trug.

»Ich glaube, eure Vorschriften sind ein bißchen überholt«, bemerkte er. »Einige Männer da drin waren bewaffnet. Liegt wohl an den Zeiten.«

»Oder der Wirt war zu beschäftigt, um es zu sehen.«

Die Straße lag im Dämmerlicht. Zwei klaffende Öffnungen, die einmal Schaufenster gewesen waren, zeugten von den Ereignissen des Tages. Überall lagen Trümmer herum, und der Geruch nach verbranntem Holz hing über der Stadt. Wie angekündigt, war das *Avon Hotel* geschlossen und verriegelt. Sie nahmen eine Seitenstraße, die zum Hintereingang führte, doch das Tor zu den Stallungen und dem Hof war mit einer Kette versperrt.

»Verdammt!« Clem ritt am Zaun entlang und versuchte, die Aufmerksamkeit des Besitzers auf sich zu lenken.

»Ich glaube nicht, daß Rufen etwas bringt«, sagte Mike. »Warte hier, ich wecke Barclay schon auf.« Er stieg ab, gab Clem die Zügel in die Hand, nahm Anlauf und sprang über den Zaun.

Das Hotel war ein schönes, zweistöckiges Backsteingebäude. »Kein Wunder, daß der Besitzer es heute geschlossen hat«, dachte Clem. »Aber wenigstens bekommen wir ein anständiges Zimmer.«

»Was treibt ihr da?« Ein Mann bog im Laufschritt um die Ecke.

Clem drehte sich im Sattel um. »Schon gut, Kumpel. Ich warte nur, daß man mich reinläßt. Wir wohnen hier.«

Der Schlag traf ihn völlig überraschend. Er hatte den zweiten Mann, der sich von hinten angeschlichen hatte, nicht bemerkt. Als der schwere Knüppel auf seinen Nacken niedersauste, klammerte Clem sich in einem Reflex an die Zügel. Sein Pferd bäumte sich auf, weil das Gebiß in sein Maul schnitt, und Clem stürzte unter einem weiteren brutalen Schlag zu Boden. Die beiden Männer zerrten die Pferde weg, während Clem versuchte, sich an den Lederriemen festzuhalten und über den unebenen Boden geschleift wurde.

Seine Hände waren glitschig – ob vor lauter Blut oder vor lauter Schweiß, wußte er nicht – und die Riemen entglitten ihm. Er hörte nur noch, wie sie mit seinen Pferden davonrannten! Er wollte schreien, doch aus seiner Kehle drang nur ein Krächzen.

Die Kette rasselte, und das schwere Tor schwang auf. Für Clem schien es in unerreichbarer Ferne zu liegen.

»Wo zum Teufel steckt er?« ertönte Mikes Stimme.

»Vor einer Minute war er doch noch hier …«

»Vielleicht ist er wieder nach vorn gegangen«, antwortete eine andere Stimme.

»Nein. Warum sollte er das tun? He, Clem! Wo bist du?«

»Wer liegt denn da am Zaun?« fragte die fremde Stimme. Clem stöhnte.

»Heilige Mutter Gottes, Boß, was ist passiert? Wo sind die Pferde?«

Wie betäubt und gestützt von den beiden Männern taumelte Clem ins Hotel.

»Haben sie meine Satteltasche mitgenommen?«

»Ja, als nette Zugabe. Mr. Barclay hier vermutet, daß sie es auf die Pferde abgesehen hatten.«

Clem ächzte. Seine Handgelenke waren fast ausgerenkt und blutig. Sein Schädel fühlte sich an, als klaffe ein Loch darin. »Wir müssen ihnen nach!«

»Zu Fuß?« fragte Mike. »Wir flicken dich zusammen, dann solltest du ein bißchen schlafen. Hat keinen Sinn, heute nacht zur Polizei zu gehen. Die Pferde tragen dein Brandzeichen, das könnte ein Pluspunkt für uns sein.«

»Ich kann neue Pferde kaufen«, sagte Clem.

»Nicht in dieser Gegend«, antwortete der Wirt. »Sie haben da eine häßliche Wunde am Kopf. Soll ich einen Arzt holen?«

»Nein«, erwiderte Clem wütend.

Zwei Tage später erfuhren sie, daß man ihre Pferde im Gebüsch bei der Straße nach Perth gefunden hatte, doch von Clems Satteltasche gab es keine Spur. Berittene Polizisten würden die Tiere zurückbringen.

»Das war's dann wohl«, sagte Mike. »Die dachten, sie hätten zwei anständige Pferde erbeutet, doch dann haben sie das Bargeld entdeckt und die Tiere wegen der Brandzeichen laufenlassen. Sie sind auf Nimmerwiedersehen verschwunden! Das war wohl echtes Pech!«

»Mehr hast du nicht zu sagen? Pech? Mein Gott, ich bin ruiniert, und du redest, als hätte ich gerade mal ein paar Pfund verloren!«

»Wir haben doch noch die Pferde. Wenigstens müssen wir nicht nach Hause laufen«, tröstete ihn Mike.

»Laß mich in Ruhe. Und hör auf, dich als meinen Partner zu bezeichnen. Jeder, der hier reinkommt, nennt dich so. Es geht mir mächtig auf die Nerven.«

Mike zuckte die Achseln. »Da ich die ganze Zeit rede und erkläre und mit den Polizisten durch die Gegend reite, gehen sie selbstverständlich davon aus, daß ich dein Partner bin. Ich selbst habe nie etwas Derartiges gesagt. Du tust dir keinen Gefallen, wenn du dich hier drinnen verkriechst und dich aufregst. Deine Verletzungen sind nun wirklich nicht allzu schwer. Daß aber offensichtlich dein Stolz schwer was abgekriegt hat, solltest du nicht an mir auslassen.«

Clem wußte, daß Mike recht hatte. Er hatte Geld verdient und es aus purer Unachtsamkeit verloren. Er hätte vorsichtiger sein sollen. »Mein Gott, ich war sogar bewaffnet«, dachte er voller Zorn. »Das hätte einfach nicht passieren dürfen. Reinste Dummheit! Hätten sie Mike ausgeraubt, dann hätte er noch ein paar Hiebe von mir einstecken können. Aber so kann ich niemandem die Schuld geben außer mir selbst.«

Was ihn noch mehr ärgerte, war die Tatsache, daß der ältere Mann, der als Sträfling harte Zeiten in diesem Land erlebt hatte, den beiden Gaunern vermutlich gar nicht erst zum Opfer gefallen wäre. Es hätte ihn nicht überrascht, wenn Deagan heimlich über ihn gelacht hätte. Was für eine Geschichte konnte er seinem Kumpel George erzählen, wenn sie wieder zu Hause wären!

Clem hatte zunächst mit dem Gedanken gespielt, den Frauen nichts davon zu sagen, doch schien es ihm letztendlich besser, wenn sie es von ihm selbst erfuhren. Von seiner Frau und seiner Schwester konnte er wenigstens Mitgefühl erwarten.

»Aber bei Gott«, murmelte er heftig, »das wird mir nie wieder passieren! Ich werde es zu etwas bringen, koste es, was es wolle. Ich habe es Thora versprochen und werde mein Versprechen halten. Nie wieder werde ich mich über den Tisch ziehen lassen.«

Er quälte sich noch immer mit Vorwürfen wegen des Überfalls, als ein mitleidiger Besucher auftauchte.

Es handelte sich um den Reporter Fred Vosper. Er stellte sich vor und überreichte Clem eine Flasche Brandy.

»Hab' mir gedacht, ich sollte Ihnen mein Beileid aussprechen. Na los, nehmen Sie einen Schluck, der wird Sie aufmuntern.«

Clem starrte Vosper an, als dieser aus den Taschen seines glänzenden, schwarzen Mantels zwei Gläser hervorholte und sie ordentlich voll goß.

»Haben Sie nicht vor dem Aufruhr zu der Menge gesprochen?«

»In der Tat.«

»Ich dachte, die würden Sie lynchen. Habe mir Sorgen gemacht.«

»Mich doch nicht. Ich weiß, wann ich mich verdrücken muß. Aber es ist wirklich edelmütig von Ihnen, sich um mich zu sorgen, Mr. Price.« Er nahm den Hut ab, und das längste Haar, das Clem je bei einem Mann gesehen hatte, fiel ihm über die Schultern. »Verstehen Sie meine Haartracht bitte nicht falsch, Sir. Die Bosse haben mich auf den Goldfeldern von Queensland eingebuchtet, weil ich die Wahrheit über die schändliche Behandlung der Goldgräber geschrieben habe. Ich habe geschworen, mir aus Protest nicht mehr die Haare zu schneiden.«

»Verstehe«, sagte Clem verblüfft.

»Mr. Price, Sie sind jetzt berühmt. Ich habe Ihre Geschichte niedergeschrieben. Habe berichtet, daß die Bosse letztlich für die katastrophalen Zustände auf dieser Goldroute verantwortlich sind, weil sie keine zusätzlichen Polizisten bezahlen und dadurch ehrliche Bürger wie Sie den Angriffen von Schurken aussetzen. Ihnen wurde eine große Geldsumme gestohlen. Die Schuld daran gebe ich den Bossen.«

»Sie wollen mich in die Zeitung bringen?« Clem wurde übel.

»Auf mein Wort. Schon passiert. Zehntausend Pfund von Buschräubern auf den ungesicherten Straßen gestohlen ...«

»Es waren nicht zehn, sondern drei, und ich befand mich am Hintereingang dieses Hotels.«

»Macht doch keinen Unterschied. Das ist erst der Anfang. Die Straßen sind nicht sicher. Die Banken mußten schließen, um nicht am hellichten Tag ausgeraubt zu werden, während die örtliche Polizei außerhalb der Stadt für Ordnung sorgen sollte. Das Gesetz war in Northam nicht mehr vertreten.«

Fasziniert lauschte Clem Vospers Schmährede auf die Politiker, die in Perth gemütlich auf ihrem Hintern saßen und das angenehme Leben genossen. Dabei konnte jeder Idiot sehen, welche Tragödien unterwegs auf die Goldgräber und ihre Familien warteten, die sich mühsam nach Coolgardie durchzuschlagen versuchten.

»Sind Sie da draußen gewesen? In Coolgardie, meine ich?«

»Natürlich. Meine Informationen stammen immer aus erster Hand. Deshalb mußte ich Sie auch unbedingt aufsuchen.«

»Aber Sie sagten doch, Sie hätten die Story bereits geschrieben?«

»Sicher, Ihr Partner hat mir alle Einzelheiten berichtet. Er sagte, Sie seien ein reicher Schaffarmer, und der Verlust von zehntausend Pfund sei nur eine Bagatelle für Sie.«

»Hat er das tatsächlich gesagt?«

»Ja, aber darum geht es hier nicht. Sie sind ein angesehener Bürger und haben das Recht, an höchster Stelle eine Beschwerde vorzubringen, beim Premierminister persönlich. Er ist schuld an allem. Ich schreibe in Ihrem Namen einen offenen Brief an den Premierminister. Er wird in der *Perth Western*

Mail erscheinen. Sie müssen verlangen, daß ihnen Schutz gewährt wird, daß der Nachschub an Vorräten, Wasser und so weiter effizienter organisiert wird, und zwar nicht nur für Sie selbst, sondern für alle hier draußen …«

Clem trank den Brandy, um seine pochenden Kopfschmerzen zu betäuben, die durch Vospers Ausführungen nur noch verstärkt wurden. Doch der Mann hatte auch interessante Informationen zu bieten.

»Werden die Goldfunde anhalten?« warf Clem dazwischen.

»Verlassen Sie sich darauf. Und vierundzwanzig Meilen weiter ist man auf eine weitere Ader gestoßen. Der Ort heißt Kalgoorlie. In dem Land steckt eine ganze Meile Gold.

Man muß nur genau hinschauen. Wind und Wetter waschen den Boden aus, bis das Gold einfach blank daliegt.«

»Warum schürfen Sie nicht auch?«

»Weil ich Journalist und Patriot bin. Das ist meine Berufung. Ich könnte Sie das gleiche fragen. Sie sind viel jünger, als ich gedacht hatte. Aber Sie wollen nicht losziehen, weil Sie eine Familie und Ihre Farm haben, nicht wahr?«

»Es könnte schon Spaß machen.«

»Lassen Sie mich Ihnen eines sagen, Mr. Price: Die Goldsuche ist alles andere als ein Spaß. Selbst wenn Sie einen bedeutenden Fund machen, ist das nur eine Fahrkarte aus der Hölle.«

»Was sagten Sie gestern doch gleich über die Eisenbahnlinie?«

»Die Sache ist ganz klar: Man wird die Trasse jetzt nicht mehr durch York bauen, weil ich und die ganzen Goldsucher die Regierung zwingen werden, die Schienen durch Southern Cross und weiter bis nach Coolgardie zu verlegen. Denken Sie an meine Worte.«

»Ich dachte, auf die Goldsucher würde keiner hören.«

»Nun, wenn die Regierung sieht, wie viel Gold da draußen zu finden ist, wird sie investieren. Das kommt auch uns zugute. Ich möchte die Sache nur beschleunigen, um den armen Teufeln auf den Straßen einen Gefallen zu tun.«

Sie unterhielten sich, bis die Flasche leer war. »Morgen schreiben wir den Brief, Ihren offenen Brief an Forrest, den reichen und geldgierigen Premierminister.«

»Geht klar«, murmelte Clem. Doch als man ihm mitteilte, daß seine Pferde in Northam eingetroffen waren, informierte er Mike, daß sie bei Sonnenaufgang nach Lancoorie reiten würden.

»Freut mich zu hören«, sagte Mike. »Du erreichst nichts, wenn du hier herumsitzt.«

»Da wäre ich mir nicht so sicher«, brummte sein Boß.

Lancoorie wirkte mit seinen weidenden Schafen so friedlich, daß Clem eine nostalgische Sehnsucht nach den sorglosen Tagen seiner Kindheit verspürte, als er allein mit Noah und Alice hier in wohlgeordneter Einsamkeit gelebt hatte. Doch diese Tage waren endgültig vorüber, und er mußte eine neue Saat ausbringen. Er hatte eine Mißernte erlebt, Noahs »Sparstrumpf« war leer, und auf Lancoorie lastete nun eine Hypothek.

Alice war verblüfft, als sie seine Geschichte von Erfolg und Niederlage hörte, gab sich aber optimistisch. »Wir haben noch die Schecks von der Wolle, Clem. Die von Lancoorie und den Schafen, die du auf dem Carty-Besitz gehalten hast. Wir kommen schon zurecht.«

Seine Frau sah die Sache ganz anders. Thora erlitt einen Tobsuchtsanfall. »Du hast alle Schafe verkauft und dich ausrauben lassen? Warst du betrunken? Hast du überhaupt keinen Verstand? Dreitausend Pfund, das ist ja ein Vermögen! Ich kann einfach nicht glauben, daß du so dumm gewesen bist. Und jetzt erfahre ich, daß du die Farm mit einer Hypothek belastet hast. Das hat mir niemand gesagt. Du scheinst gar keine Ahnung davon zu haben, wie man einen solchen Besitz leitet. Clem, ich muß mit meinem Vater sprechen.«

»Das werde ich übernehmen, Thora. Mach dir keine Sorgen. Es wird alles gut.«

Als Lydia schließlich eingeschlafen und Clem mit seiner Frau allein im Schlafzimmer war, nahm er sie in die Arme.

»Du bist wunderschön. Jedes Mal, wenn ich ein paar Tage weg war, erscheinst du mir noch schöner. Mutter zu sein bekommt dir gut.«

»Hast du getan, worum ich dich gebeten hatte? Hast du das Schild angebracht? Das Schild, auf dem ›Thoravale‹ steht?«

»Ja«, log er, um sie nicht noch mehr aufzubringen.

»Und die Buchstaben sind ins Holz eingebrannt?«

»Ja, es macht einen äußerst imponierenden Eindruck.«

»Gut. Dann hast du ja wenigstens etwas richtig gemacht. Wann zeigst du es mir?«

»Sobald ich Zeit habe. Es ist ein langer, ermüdender Ritt dorthin.«

»Ich weiß. Mußt du mich so quetschen?«

»Ich habe dich sehr vermißt. Du fühlst dich so weich und zart an. Warum mußt du immer diese riesigen Nachthemden tragen? Ich kann dich in all dem Stoff überhaupt nicht finden.«

Thora versteifte sich. »Du trägst ja nicht einmal einen Pyjama! Was ist, wenn jemand hereinkommt?«

»Niemand wird hereinkommen«, erwiderte Clem lachend, kitzelte und küßte sie und schob das Nachthemd hoch. »Komm schon, zieh das aus, Liebling, wir können ganz gut darauf verzichten. Die Nacht ist wunderbar warm.«

Durch Neckerei und sanfte Überredungskunst brachte er sie letztlich dazu, das Nachthemd abzustreifen. Es kümmerte ihn nicht, daß Thora versuchte, sich sofort wieder fest in die Bettdecke einzuwickeln. »Ist das nicht besser so?« flüsterte er. »Wir sollten uns so sehen, wie wir sind, wie die Natur uns geschaffen hat.«

»Nein«, entgegnete sie wütend, »das ist vulgär. Du willst mich absichtlich demütigen.«

Als sie sich erneut verhüllte, zog er ihr mit leichter Hand die Decke wieder weg. Ihr langer, schlanker Körper mit den vollen Brüsten vermittelte ihm nach der Katastrophe von Northam endlich ein Gefühl von Geborgenheit. »Niemand will dich demütigen«, sagte Clem lächelnd. »Du bist nur schüchtern, das kann ich gut verstehen. Dennoch solltest du auf deinen Körper stolz sein, der soviel Freude schenken kann.«

Er versuchte, sie sanft und spielerisch zu streicheln, damit auch sie Spaß daran finden und sich schließlich der Erregung überlassen würde. »Ich möchte, daß du dich einfach gehenläßt«, flüsterte er, während seine Hände behutsam ihren Körper erforschten. »Dann wirst du sicher Gefallen daran finden und mehr wollen.«

»Laß das«, erwiderte Thora und schob ihn weg. »Du bist so gewöhnlich. Wenn du auf deinen Rechten bestehst, dann nimm sie dir um Himmels willen. Ich möchte nur vorher nicht diese ganzen vulgären Dinge erdulden.«

»Was hast du gesagt?« fragte er.

»Ich weiß es nicht mehr. Tu es einfach, Clem. Ich möchte endlich schlafen.«

»Hast du gesagt, ich sei gewöhnlich?«

Nachdem er sie losgelassen hatte, wandte sich Thora mit einem hörbaren Seufzer ab.

Nach all den Enttäuschungen der letzten Tage geriet Clem in Zorn. »Ich bin also gewöhnlich?« knurrte er, riß die Bettdecke beiseite, warf sich ohne die geringste Zärtlichkeit auf sie und drang in sie ein.

»Das ist Sex, Thora, nichts anderes. Je schneller du das begreifst, desto besser.«

Am Morgen jedoch floh er voller Reue aus dem Schlafzimmer. Er wußte, daß es sinnlos war, sie um Verzeihung zu bitten.

Alice bemerkte, daß Thora sich Clem gegenüber kühl, wenn nicht sogar abweisend verhielt, und fand es ausgesprochen ungerecht, daß ihre Schwägerin ihn für den Verlust des Geldes bestrafte. Es war wirklich nicht seine Schuld gewesen, schließlich trieb sich in diesen Zeiten lauter Gesindel auf den Straßen herum.

Thora machte die Sache noch schlimmer, indem sie tagelang indiskrete Bemerkungen vor eben jenen Arbeitern fallenließ, die sie kürzlich noch verachtet hatte, weil sie Sträflinge waren. Alice wußte, daß Thora ihren Mann vor den Männern schlechtmachte, weil sie ihm etwas heimzahlen wollte.

»Wenn Clem so weitermacht, landen wir bald alle im Armenhaus«, hatte sie erst am Tag zuvor beim Abendessen hämisch eingeworfen.

Da ihr Bruder nicht die geringste Reaktion gezeigt hatte, hatte auch Alice nichts dazu gesagt, was vermutlich auch am besten gewesen war. Auf derart gehässige Bemerkungen durfte man gar nicht erst eingehen.

Es gab noch etwas anderes, das Alice störte. Es gefiel ihr nicht, wie Mike Thora in letzter Zeit anschaute. Sie hoffte, sie bilde sich nur ein, daß mehr dahintersteckte, doch er schien auf Thoras Tändeleien einzugehen und diese sogar zu genießen. Sie mußte zugeben, daß ihre Schwägerin eine schöne Frau war, deren Aufmerksamkeiten den Arbeitern durchaus schmeichelten, doch Mike sollte sie nicht auch noch ermutigen.

Clem plante, einige Tage nach York zu fahren. Alice schlug vor, er solle Thora und das Baby mitnehmen.

»Sie will nicht fahren«, gab Clem kurz angebunden zurück. »Sie möchte lieber reiten lernen. Ich denke, das wird ihr guttun. Wenn sie frei umherreiten kann, wird sie Lancoorie besser kennenlernen.«

»Ja, natürlich«, antwortete Alice und schrubbte weiter den Boden. Doch insgeheim fragte sie sich, wie es zu diesem Entschluß gekommen war. Noch nie zuvor hatte Thora erwähnt, daß sie gerne reiten würde. »Doch immer noch besser, als die ganze Zeit untätig im Haus herumzusitzen«, dachte Alice.

Nach kurzem Galopp zügelte Clem sein Pferd, bis es in Trab fiel. Er war froh, Lancoorie zu verlassen, hatte es aber nicht besonders eilig, nach York zu kommen, da er in Ruhe nachdenken wollte. Thora sprach immer noch nicht mit ihm und hatte sogar ein Polster in den Mittelgraben ihres Doppelbetts gelegt, um ihn an seinen Platz zu verweisen.

Ihm wäre es lieber gewesen, wenn sie ihn angeschrien oder überhaupt irgend etwas gesagt hätte. Ihr Schweigen hingegen war unerträglich. Er hatte doch noch versucht, sich zu entschuldigen: »Thora, was letzte Nacht angeht, es tut mir leid, ich wollte nicht ...« Doch sie war an ihm vorbeigerauscht, als sei er gar nicht vorhanden.

Als er ihr angeboten hatte, sie mit nach York zu nehmen, hatte er nur einen verächtlichen Blick geerntet. Von ihrem Plan, reiten zu lernen, hatte er nur erfahren, weil er zufällig mitbekommen hatte, wie sie sich mit George unterhalten und sich dann für die kastanienbraune Stute entschieden hatte. Daraufhin hatte Clem das Tier stillschweigend gestriegelt, den leichten Sattel blank poliert und mit einer neuen Decke an die Stalltür gehängt, um Thora einen Gefallen zu tun.

Er war so deprimiert, daß er kaum über die Zukunft nachdenken konnte. Vielleicht sollte er besser auf Lancoorie bleiben und nicht allzuviel vom Leben erwarten. Doch ihm war auch klar, daß er sich den drohenden Forderungen der Bank und den Versprechen, die er Thora gegeben hatte, nicht entziehen konnte. Ein Teil des Darlehens war noch vorhanden, und er würde ihn einsetzen. Diesmal allerdings durfte nichts schiefgehen.

Als er in York angekommen war, suchte Clem zunächst Dr. Carty auf. Auf den ersten Blick war dies lediglich ein Höflichkeitsbesuch. Immerhin war er ein pflichtbewußter Schwiegersohn.

Carty schien sich zu freuen. Ein breites Grinsen auf dem feisten Gesicht, und Clem war gewarnt.

»Ich habe gehört, du hattest Schwierigkeiten«, sagte Carty und schenkte ihm einen Whisky ein. Dieses Mal allerdings nicht von der guten Marke.

»Ja.«

»Es stand in der Zeitung, mein Sohn. Es heißt, du hättest ein Vermögen verloren.«

»Und außerdem eine Tracht Prügel bezogen.«

»Ihr jungen Leute! Geratet ständig in Schwierigkeiten. Mir hätte keiner soviel Geld gestohlen. Du hattest diese Schafe also auf meinem Land versteckt!«

»Meinem Land«, korrigierte Clem.

»Egal. Wenn ich davon gewußt hätte, wäre dir meine Hilfe sicher gewesen. Ich hätte den Verkauf besser organisiert und geplant. Was hast du dir dabei gedacht, mit dem ganzen Geld und einem Sträfling als Begleitung durch die Gegend zu ziehen ...«

Clem ertrug die Lektion, die ihm auf so herablassende Weise erteilt wurde, mit Geduld.

»Wie läuft es mit deinen Passagierkutschen? Thora sagt, du wolltest den Fuhrpark verkaufen.«

»Ja. Wenn die Eisenbahn nach York kommt, bringt das Unternehmen nichts mehr ein.«

»Warum nicht? Ich verstehe nicht, weshalb du verkaufen willst. Man wird auch weiterhin Pferde-Busse brauchen, um die Leute aus den entfernten Orten zum Bahnhof zu bringen.«

Clem beobachtete seinen Schwiegervater aufmerksam. Er wußte, daß sein Vorschlag nicht besonders überzeugend klang, da die meisten Leute eigene Pferde und Wagen besaßen und die Gegend überdies nur dünn bevölkert war. Es war eine Sache, Passagiere von York bis nach Northam zu fahren, wo sie in den Zug nach Perth steigen konnten, und eine ganz andere Sache, sich darum bemühen zu müssen, überhaupt genügend Fahrgäste für die Strecke nach York zusammenzubekommen. Doch er bemerkte, daß Cartys Miene sich änderte.

»Du hast natürlich recht«, sagte der Doktor. »Aber um die Wahrheit zu sagen, Clem, bin ich das Geschäft leid. Ich bin zu alt, um mich weiter damit herumzuschlagen.«

»Es gibt nicht viel, mit dem du dich herumschlagen mußt. Soweit ich weiß, ist dein Geschäftsführer ein fähiger Mann.«

»Sicher doch, aber Mrs. Carty wünscht ebenfalls, daß ich verkaufe.«

Schweigend saßen sie in dem dämmrigen Zimmer. Carty füllte ihre Gläser nach.

»Es wäre schade, wenn die Familie eine so solide Firma aus den Händen geben würde«, sagte Clem. »Hast du schon einen Käufer?«

»Noch nicht. Alle ziehen auf die Goldfelder. Wenn sich ihnen eine gute Chance bietet, erkennen sie sie selbst dann nicht, wenn sie darüber stolpern.«

»Wenn du die Firma wirklich loswerden möchtest, könntest du sie an mich verkaufen.«

»An dich? Hast du denn noch Geld übrig?«

»Ein bißchen. Ich habe nicht alles verloren.«

»Ach nein? Wie hast du das gemacht? Das Bargeld aufgeteilt? Etwas bei dir behalten?«

»So in der Art.«

Plötzlich war die *Coach and Carrying Company* die bestgehende Firma Westaustraliens.

Clem lauschte mit Unschuldsmiene den Anpreisungen. Carty erläuterte, wie wenig Ausgaben erforderlich seien, um ein Fuhrunternehmen profitabel zu betreiben. Clems Interesse schien zu wachsen.

»Ich werde darüber nachdenken. Natürlich muß ich erst einen Blick in die Bücher und auf die Busse werfen, nicht wahr?«

»Sag nicht Busse. Es sind Kutschen. Der Unterschied ist der, daß man oben auf dem Dach mitfahren kann, das ist billiger. Warum bleibst du nicht zum Abendessen?«

»Es geht nicht. Ich habe noch Geschäfte zu erledigen. Ich wohne über dem Pub.«

Jocelyn, das Schankmädchen, freute sich, Clem wiederzusehen. Sie winkte ihm zu und deutete an, daß sie mit ihm reden wolle, sobald sie Zeit erübrigen könne.

Clem bestellte etwas zu trinken und stellte sich ans Ende der Theke, wo er mit einigen Männern ins Gespräch kam, die zu den Goldfeldern unterwegs waren. Sie waren mehr als hundert Meilen zu Fuß gelaufen und wollten querfeldein zur großen Straße nach Osten marschieren.

»Wir hätten York beinahe verpaßt«, erzählte ihm einer der Goldsucher. »Wir hatten diese endlose Straße erreicht und zogen nach Osten, dem Sonnenaufgang entgegen. Irgendwann begriffen wir, daß die Stadt schon hinter uns lag. Hat uns einen ganzen Tag gekostet. Sind Sie auch unterwegs zu den Goldfeldern, Mister?«

»Ich spiele mit dem Gedanken.«

Seit er Northam verlassen hatte, war ihm das Gold nicht mehr aus dem Sinn gegangen, doch die Möglichkeit des Scheiterns wog schwer. Von seinem Hotelfenster aus hatte er die endlose Prozession von Glücksrittern gesehen, die auf die Goldfelder zogen. Männer, die ihre Reisebündel ebenso umklammerten wie diese Digger hier; andere, die sich auf ihren Pferden unter Karren und Kutschen mischten. Manche kamen sogar mit Schubkarren. Einige brachten ihre Familien mit, Frauen und Kinder mit müden, ausdruckslosen Gesichtern und staubbedeckten Kleidern, die schon erschöpft waren von der langen Reise über die Ebenen und keine Vorstellung von den Strapazen hatten, die sie noch erwarteten.

Und er hatte die gefederten Wagen gesehen, die jeweils von zwei Pferden gezogen und von sechs berittenen und bewaffneten Männern eskortiert wurden. Sie fuhren schnell, da sie ihre Goldladung so bald wie möglich in Perth abliefern wollten. Die Marschierenden jubelten ihnen zu, weil ihnen ihr Anblick neue Zuversicht verlieh.

Andererseits hatte Clem jedoch auch die Verlierer des Goldrauschs gesehen, die gegen den Strom nach Westen zogen und als gescheiterte Existenzen nach Hause zurückkehrten.

Auch die hoffnungsfrohen Männer an der Theke zeigten bereits erste Anzeichen von Erschöpfung. Ihre Kleider sahen schäbig aus, die Stiefel hatten bessere Zeiten erlebt, und es war offensichtlich, daß sie sich gedankenlos und ohne das nötige Kleingeld auf den Weg gemacht hatten. Es handelte sich um drei Fischer, einen Bankangestellten, einen Schneider und einen Bäckerlehrling, die alle aus einer kleinen Stadt an der Küste stammten. Clem wurde bald klar, daß sich keiner von ihnen im Busch auskannte.

Doch da er sich in der Gesellschaft von Fremden wohl fühlte und gern von weit entfernten Orten hörte, blieb er bei ihnen und hielt sich ebenso wie sie an zwei Drinks fest.

Auch in York hatten sich die Zeiten geändert. Zuvor hatte dieses Hotel das Essen in einem hübschen Raum neben der Bar serviert, doch unter dem Ansturm der Gäste hatte man die Tische beiseite geschoben und schenkte nun auch im Nebenzimmer Alkohol aus. Als die Uhr sechs schlug, wurden Würstchen und Eintopf auf die Schnelle über die Theke verkauft.

»Riecht gut«, sagte ein Goldsucher, doch die anderen runzelten die Stirn. »Wir können uns das Essen hier nicht leisten. Gehen wir ins Lager zurück.«

»York ist berühmt für seine Schweinswürstchen«, sagte Clem lächelnd und fühlte Mitleid mit den Männern. »Sie müssen sie versuchen. Ich gebe einen aus.«

»Das können wir nicht annehmen«, erwiderte der Schneider und nahm seinen Hut, doch als Clem darauf bestand, willigten sie ein.

»Wir sind Ihnen sehr verbunden, Sir«, sagte der Schneider. »Tausend Dank.«

»Keine Ursache«, antwortete Clem. Da entdeckte er Jocelyn, die ihm ein Zeichen machte. »Denken Sie freundlich an York zurück.«

Jocelyn hatte eine halbe Stunde Pause, und sie setzten sich an einen Tisch draußen vor dem Hotel. Sie verschlang einen riesigen Teller Eintopf.

»Es ist schön, dich wiederzusehen, Clem. So viele Leute sind zu den Goldfeldern gezogen. Sogar Les und Andy.«

»Habe ich gehört. Es war kaum ein Bekannter in der Bar.«

»Wir arbeiten uns die Füße wund. Die Leute sind wie die Heuschrecken, sie essen alles auf, was ihnen in die Hände fällt. Ich habe gehört, du hattest eine Pechsträhne in Northam?«

»Ja, diese Schweine haben mir übel mitgespielt.«

»Warum suchst du nicht auch nach Gold? Wenn ich könnte, würde ich selbst auf die Goldfelder ziehen.«

Er lachte. »Was würdest du da wollen?«

»Ich bin stark. Mit dem richtigen Partner könnte ich auch graben.«

»Nein, es würde dich umbringen. Du bleibst hier, meine Liebe.«

Jocelyn sah ihn mit einem schüchternen Augenzwinkern an. »Reitest du heute noch nach Hause?«

»Nein. Ich übernachte hier, wenn ihr ein freies Zimmer für mich habt.«

»Haben wir. Die Heuschrecken können sich keine Zimmer leisten. Vielleicht sehen wir uns noch.«

Und so war es auch. Diesmal klopfte Jocelyn an. Clem ließ sie ein und genoß die Gesellschaft einer Frau, die keine Hemmungen hatte. Sie schliefen miteinander und redeten. Mit Jocelyn konnte er sich gut unterhalten. Er sprach von den Goldfeldern und der schrecklichen Reise, die den Leuten noch bevorstand.

»Man muß gründlich vorbereitet sein«, erklärte er, »muß

Vorräte, Ausrüstung und Wasser mit sich führen. Ein Wagen mit zwei Pferden ist unverzichtbar.«

Jocelyn hörte sich seine Ideen für eine gutgeplante Expedition an und lachte dann. »Du gehst! Du gehst ganz sicher! Du weißt nur noch nicht genau, wann.«

»Ich glaube, du hast recht.«

»Natürlich. Was wird deine Frau dazu sagen?«

»Sie ist durchaus dafür.«

»Ach, so sieht es also aus? Dann solltest du besser aufbrechen, solange es noch Gold gibt. Ich komme mit.«

»Nein, das wirst du nicht«, antwortete er lachend und zog sie an sich. »Vergiß das Gold, du selbst bist viel interessanter.«

Der Morgen brachte die Entscheidung, und die Entscheidung steigerte die Begeisterung, da Clem für sein Leben gern Pläne schmiedete. Die Lethargie der vergangenen Wochen wurde von hektischer Aktivität abgelöst. Er kaufte dem Wirt drei große, leere Bierfässer ab, in denen er Wasser transportieren wollte. Dies war das Allerwichtigste auf dem ausgedörrten Weg nach Coolgardie.

Dann begab er sich zu Cartys Fuhrunternehmen und sprach lange mit dem Geschäftsführer. Er war dankbar für dessen Warnung, daß die Firma bankrott machen würde, wenn die Eisenbahnlinie erst durch York verliefe. »Sie bringen sich selbst um Ihre Stelle. Wenn Carty nicht verkaufen kann, muß er schließen.«

»Ich möchte mein Gewissen nicht belasten, egal an wen er verkaufen wird«, antwortete der Geschäftsführer. »Es geht gegen meine Ehre zu lügen, was der Boß auch sagen mag, aber wenn Sie möchten, kann ich Sie gerne herumführen. Treffen Sie die Entscheidung selbst.«

Clem kaufte Unmengen von Vorräten ein und lagerte sie im Schuppen des Hotels. Er mied die Bank, da er einem ungemütlichen Gespräch mit dem neuen Direktor aus dem Weg gehen wollte.

Nicht der Bankdirektor, sondern Mrs. Carty erspähte ihn auf der Hauptstraße und eilte zu ihm hinüber. »Ich bin so froh, dich zu sehen, Clem. Ich hoffe, du reitest heute nicht nach Hause. Du mußt unbedingt bei uns wohnen. Was sollen die Leute denken, wenn unser Schwiegersohn in einem Hotel übernachtet?«

Clem durchschaute das wahre Motiv für diese übereifrige Einladung und nahm sie an. »Vielen Dank. Ich komme später vorbei.«

Er aß mit der Familie und hörte sich kommentarlos ihre Gespräche über die Stadt, den Goldrausch und die seltsamen Gestalten an, die durch York zogen. Die Gänge wurden rasch nacheinander serviert und die Mädchen unmittelbar nach dem Dessert aus eingekochten Äpfeln mit Sahne aus dem Zimmer geschickt.

Carty konnte es kaum erwarten. »Wie ich höre, hast du dir die Kutschen angesehen.«

»Und die Bücher.«

»Sie sind in Ordnung.«

»Ja, es ist zweifellos eine solide Firma.«

»Selbstverständlich. Du könntest keine bessere Geldquelle auftun.«

»Man kann sich nicht nur auf die Landwirtschaft verlassen«, warf Mrs. Carty ein. »Du bist stets abhängig vom Wetter. Ein junger Mann wie du sollte seine Interessen streuen, so wie Dr. Carty es immer getan hat.«

»Das stimmt«, gab Clem zu. Er ließ sich aufs Handeln ein, änderte seine Meinung, nahm seine Kaufabsicht zurück, erklärte, er habe Zweifel an der Standfestigkeit der Firma, wenn die Schienen bis York verlegt würden. Allmählich ging Carty mit dem Preis herunter. Nicht ohne mehrfach zu versichern, daß er auf einen Verkauf nicht angewiesen sei und nur wegen ihrer familiären Beziehung Zugeständnisse machen würde.

Später diskutierte Clem mit ihm über den Wert der sechs

Kutschen und der Pferde, über die Instandhaltungs- und Futterkosten sowie den Wert der Depots, die dringend gestrichen werden mußten, und erklärte sich letztendlich bereit, vierhundertfünfzig Pfund zu zahlen. Dies war weniger als die Hälfte des Preises, den Carty ursprünglich gefordert hatte.

»Ich schätze, Alice wird damit einverstanden sein. Wenn du den Vertrag bis morgen aufsetzen kannst, nehme ich ihn mit nach Lancoorie.«

»Alice?« fragte Mrs. Carty überrascht.

»Ja. Alice wird die Firma kaufen.«

»Aber ich dachte, das Geschäft sollte in der Familie bleiben.«

»Alice gehört zur Familie«, entgegnete Clem fest.

»Was hast du dir eigentlich dabei gedacht?« fragte Alice und starrte fassungslos auf den Vertrag. »Jeder weiß, daß diese Firma bankrott gehen wird.«

»Das wird sie nicht«, erwiderte er ruhig. »Aber behalte es bitte für dich. Die Eisenbahnlinie wird nicht bis York gebaut werden, sondern von Northam direkt nach Coolgardie verlaufen. Die Goldfelder sind wichtiger als York.«

»Guter Gott! Hättest du das Dr. Carty nicht sagen müssen?«

»Nein, er hat doch solch einen Spaß daran, mich für einen Trottel zu halten. Ich bin mir ja nicht hundertprozentig sicher, ob die Eisenbahn tatsächlich nach Coolgardie fahren wird. Warum sollte ich es erwähnen? Unterschreibe den Vertrag, und dir gehört eine solide Firma mit einem ehrlichen Geschäftsführer. Du kannst jederzeit in die Stadt fahren und dich mit ihm unterhalten. Danach kannst du entscheiden, inwieweit du Einfluß auf die Geschäfte nehmen möchtest.«

»Warum hast du den Vertrag nicht auf uns beide ausgestellt?«

»Weil ich bald fort sein werde. Du mußt die volle Kontrolle über die Firma haben.«

Alice war verwirrt. »Wo willst du denn hin? Schafe sind nicht mehr zu den alten Preisen zu bekommen.«

»Ich gehe auf die Goldfelder.«

»O nein! So dumm kannst du doch nicht sein!«

»Ich muß einfach dorthin, Alice, du kannst es mir nicht mehr ausreden. Ich habe alles sorgfältig geplant und werde George mitnehmen.«

»George? Wieso nicht Mike?«

»Weil ich bei ihm nie weiß, woran ich bin. George hingegen tut, was immer man von ihm verlangt. Außerdem scheinst du unseren Mr. Deagan zu mögen, und von daher dürftest du mit ihm keine Schwierigkeiten haben.«

Doch Alice sträubte sich noch. »Laß mich erst einmal den Vertrag lesen.«

Clems Frau hatte sich während seiner Abwesenheit ausgesprochen schlecht benommen. An den beiden vergangenen Abenden hatte sie Spaziergänge mit Mike unternommen. Alice mußte sich zwar eingestehen, daß dies nicht weiter anstößig war, hatte aber ein ungutes Gefühl dabei. Und sie war eifersüchtig. Mit ihr war Mike nie spazierengegangen, weder abends noch sonst irgendwann. Was würde geschehen, wenn Clem verschwand und sie monatelang mit den beiden allein ließ?

Schließlich unterzeichnete sie den Vertrag und sah Clem nachdenklich an. »Ich hätte lieber George hier bei mir. Er ist nützlicher. Wenn die beiden freihaben, legt Mike die Beine hoch oder liest ein Buch, was ihm natürlich auch zusteht. George hingegen arbeitet gerne im Küchengarten, und wir ernten mehr Gemüse als je zuvor, denn er hat einen grünen Daumen. Ihm macht es auch nichts aus, im Haus zu helfen ...«

»Also hast du nichts dagegen, wenn ich gehe?« Clem war es offensichtlich egal, wer ihn begleitete, solange Alice glücklich war.

»Wenn es sein muß. Aber paß bitte auf dich auf, Clem. Es

heißt, die Goldfelder seien gefährlich. Du hast in Northam schon einen Vorgeschmack davon bekommen.«

Er umarmte seine Schwester. »Ich werde vorsichtig sein, keine Sorge. Bete für mich, damit auch ich Glück habe.«

Seine Frau entdeckte, daß sie nun doch ein gemeinsames Gesprächsthema hatten.

»Wie lange bleibst du weg?«

»Drei Monate. Keinen Tag länger.«

»Und du glaubst, du findest Gold?«

»Wieso nicht? Andere finden auch welches.«

»Wunderbar! Bring mir etwas mit. Wann brichst du auf?«

»Sobald ich einen Vorrat an Pökelfleisch und Konserven angelegt habe. Alice fängt morgen an einzukochen. Ich werde so viele Lebensmittel mitnehmen, wie in den Wagen passen. In der Zwischenzeit sollten wir uns um Lydias Taufe kümmern. Deine Familie wird uns besuchen.«

»Warum? Ich kann gut auf sie verzichten.«

»Die Taufe ist ein wichtiges Ereignis. Es wird ein glücklicher Tag für uns beide werden, Thora. Ach ja, ich habe übrigens das Fuhrunternehmen deines Vaters gekauft.«

»O mein Gott, was bist du für ein Trottel! Warum hast du dich von ihm beschwatzen lassen?«

»Keine Sorge, alles wird gut. Es ist eine gute Kapitalanlage.«

Thora schüttelte nur den Kopf und wandte sich dem Baby zu. Clem fühlte sich erleichtert, da sie nun wenigstens miteinander gesprochen hatten. Vor seinem Aufbruch würde er die letzten Risse mit einer Entschuldigung und dem hübschen Goldanhänger kitten, den er in York für Thora gekauft hatte. Ihr Zorn war verraucht, und Clem schwor sich, sie nie wieder mit Gewalt zu nehmen. In der letzten aufregenden Nacht mit Jocelyn hatte er begriffen, daß Thora sexuell unreif war. »Ich muß Geduld üben und darf sie nicht noch einmal verärgern, bevor ich aufbreche«, dachte er. »Es wäre unerträglich, wenn wir uns im Streit trennen würden.«

Seine Sorgen waren überflüssig. Thora war so fasziniert von dem Gedanken an das Gold, daß sie Alice sogar half, haltbare Kuchen zu backen und in Blechdosen zu verpacken.

»Mrs. Price, ich schwöre, das Goldfieber hat auch Sie erwischt«, neckte Mike sie. Thora kicherte.

»Wenn ich ein Mann wäre, würde ich selbst hinreiten und mir nichts, dir nichts die Goldnuggets aufsammeln. Ein wahrer Traum!«

»Es ist schon ein bißchen schwieriger als Blumen zu pflükken«, bemerkte Clem lächelnd.

»Unsinn. Ich habe gehört, die Straßen seien mit Gold gepflastert.«

»Welche Straßen?« murmelte Alice, während sie Scheiben von ausgebeintem gepökelten Hammelfleisch in Musselinstreifen wickelte.

Lydias Taufe, die zu Hause stattfand, entwickelte sich zu einer fröhlichen Feier. Die Frauen hätschelten und tätschelten das hübsche Baby, und Dr. Carty paffte genüßlich seine Zigarre. Voller Glück, die Firma los zu sein, strahlte er die neue Besitzerin an. Alle interessierten sich brennend für Clems und Mikes Reisevorbereitungen.

»Weißt du wirklich, was du dir da vorgenommen hast?« fragte Carty.

»Nein«, lachte Clem, »aber ich muß es einfach versuchen.«

»Ich meine, du nimmst immerhin einen Sträfling als Partner mit. Er könnte dich im Stich lassen.«

»Nein, das wird er nicht. Er ist ebenso scharf auf das Gold wie ich. Außerdem beteilige ich ihn zur Hälfte an jedem Fund.«

»Bist du von Sinnen? Von Rechts wegen steht ihm nur sein Lohn zu.«

»In diesem Fall würde er mit Sicherheit weglaufen.«

Clem hatte seinen Wagen gegen ein solideres Gefährt deutscher Bauart eingetauscht. Am Tag der Abreise waren die beiden Pferde gut ausgeruht und witterten ebenso wie ihre Herren den Hauch von Abenteuer, so daß sie sich anstandslos das Geschirr anlegen ließen. Der Wagen war so geschickt mit Proviant und Ausrüstung beladen worden, daß sie noch Platz für die Sachen hatten, die Clem aus dem Lagerhaus in York holen wollte. Alice prüfte das Gepäck gleich zweimal anhand ihrer Liste, damit auch ja nichts fehlte.

George überreichte ihnen einen Beutel Kürbisse, die sich monatelang halten würden. Von Thora erhielten sie selbstgestrickte Wollmützen. Sogar die alte Sadie fand sich samt ihrem Gefolge ein, um die Goldsucher zu verabschieden. Sie nahm Clem beiseite und bestand darauf, daß er einen Nachrichtenstab als Geschenk akzeptierte. Es handelte sich um ein flaches Stück Holz von ungefähr dreißig Zentimetern Länge, das mit seltsamen Malereien verziert war.

»Vielen Dank, Sadie«, sagte er höflich, »das ist sehr hübsch.«

»Was heißen hübsch?« schnappte sie beleidigt. »Schützt dich vor Schwarzen da draußen. Sind wütend, weil weiße Leute sie vertreiben.«

»Woher weißt du das?«

»Leute wissen. Stab sagt, du guter Mann, Mr. Clem.« Sie brach in Tränen aus. »Du nicht gehen und töten lassen von bösen Schwarzen. Behalte Nachrichtenstab.«

Clem nahm die korpulente schwarze Frau in die Arme und küßte sie, ohne auf Thoras Stirnrunzeln zu achten. »Was würde ich nur ohne dich anfangen? Mach dir keine Sorgen, und kümmere dich während meiner Abwesenheit um meine drei Mädels.«

Dann umarmte er Alice. Als er sah, wie sie bei Mikes Umarmung errötete, mußte er grinsen. Zum Schluß gab er Thora einen Abschiedskuß. »Leb wohl, mein Liebling, wünsch mir Glück.« Er freute sich, daß sie seinen Kuß erwiderte und spontan die Arme um ihn schlang. Auch sie errötete, als Mike sie auf die Wange küßte, und Clem spürte bei diesem gefühlvollen Abschied einen Kloß im Hals. Er würde sie alle vermissen.

Mike stieg auf den Fahrersitz, gab George ein Zeichen, die Pferde loszulassen, und Clem schwang sich neben ihn auf den Bock.

Mit einem »Hühott!« von Mike setzten sich die Pferde in Bewegung. Clem drehte sich um und winkte, doch sein Partner schaute stur nach vorn.

»Na los, Boß, holen wir uns das Gold.«

6. KAPITEL

Lil Cornish sehnte sich noch immer nach dem zweiten Baby, das sie zurückgelassen hatte. Wie oft sie sich auch sagen mochte, daß dies für das Kind das Beste gewesen war, es half einfach nichts. Mit Ted konnte sie nicht darüber sprechen, da er in seiner Herzlosigkeit nicht verstand, warum sie so sehr litt. Sie empfand den Verlust sogar körperlich, denn jedes Mal, wenn sie an ihr kleines Mädchen dachte, spürte sie ein schmerzhaftes Ziehen im Bauch. Es war der gleiche Schmerz, den sie beim Stillen von Caroline empfand.

Als sie Perth erreichten, untersagte Ted ihr schließlich, das andere Kind jemals wieder zu erwähnen.

»Ich habe genug von deinem Gejammer. Du kannst dich um Caroline kümmern, das ist mehr als genug. Du beklagst dich, du hättest nicht genügend Milch. Wie wolltest du dann überhaupt zwei Kinder füttern? Das eine schreit ja schon die ganze Zeit. Bring das erst einmal zur Ruhe.«

Caroline weinte tatsächlich viel. Sie hatten ein billiges Zimmer in Perth gemietet und warteten dort auf das Schiff nach Adelaide. Lil freute sich auf die Seereise. Sie hatten es Mr. Price zu verdanken, daß sie wirklich stilvoll reisen würden, doch das Baby machte Lil Sorgen. Andere Bewohner des Hauses beschwerten sich über Carolines ständiges Geschrei, und Lil legte sie oft die ganze Nacht hindurch an ihre Brust, um sie zu trösten. Sie fragte sich häufig, ob das Baby wohl unter dem Verlust seiner Schwester litt, mit der es die ganze Zeit im Mutterleib zusammengewesen war. Doch sie wagte nicht, diesen Gedanken auszusprechen, weil sie sich vor Teds Spott fürchtete.

Ted trieb sich jeden Tag in den Kneipen herum, während Lil mit dem Baby im Zimmer saß oder es in seinem Korb um den Block trug. Sie mochte sich nicht zu weit vom Haus entfernen, um nicht eventuelle Neuigkeiten von der Schiffahrtsgesellschaft zu verpassen.

Wenn sie erst einmal unterwegs nach Adelaide waren, würde alles gut werden. Die Babys so weit wie möglich voneinander zu trennen kam dem Eintritt in eine andere Welt, ja einer zweiten Geburt gleich, ähnlich der, die Lil durch den Glauben erlebt hatte. Sie würde ihrem bisherigen Leben Adieu sagen und sich dem Willen Gottes fügen.

Sonntags wagte sie sich etwas weiter in die ruhigen Straßen vor und besuchte mit Caroline die Allerheiligen-Kirche, wo sie sich im Einklang mit Gott fühlte. Sie betete, daß auch Ted bekehrt werden möge. Ihr Ehemann warf sein Leben einfach weg, trieb sich in Kneipen und Spielhöllen herum und verpraßte das kürzlich erworbene Geld, als sei es unerschöpflich. Trotz seiner wütenden Attacken hatte Lil ihren eigenen Anteil für sich behalten, doch die Kosten für die Unterkunft fraßen ein großes Loch in den Etat. Sie tröstete sich mit dem Gedanken, daß dieses Leben bald ein Ende haben würde.

Nach der Messe trug sie das Baby im Korb zum Flußufer hinunter und hing dort im Schatten der roten Gummibäume ihren Träumen nach. Sie genoß dabei den Anblick des breit dahinströmenden Flusses mit seinen schwarzen Schwänen. Lil hatte erfahren, daß sie zunächst mit einem Kutter flußabwärts bis Fremantle fahren und dort erst an Bord des Schiffes gehen würden.

Sie freute sich auf die Fahrt zum Indischen Ozean, der ihr von den Reisen mit ihrer Familie her vertraut war. Bald würde sie die wunderschöne Küstenlandschaft erstmals vom Deck eines Schiffes aus betrachten können. Wie oft war sie als Kind über den Strand gelaufen. Damals hatte sie im Traum nicht daran gedacht, daß sie ihn je aus anderer Perspektive sehen würde.

Die Sonntage übten stets eine beruhigende Wirkung auf sie aus und halfen ihr, mit den Ängsten fertig zu werden, die sie während der langen, einsamen Tage im Zimmer plagten.

»Ich bin einfach kein Stadtmensch«, sagte sie sich. »Ich vermisse den Busch, daher wird es mir auf der Schaffarm von Teds Cousin gleich besser gehen. Dort kann ich kochen und reiten und mein Wissen über Schafzucht anwenden. Wenn es sein muß, kann ich sogar Geld verdienen.«

Als der Brief eintraf, in dem Ted aufgefordert wurde, die Fahrkarten abzuholen, ließ Lil das Baby bei ihrer Vermieterin und begleitete ihren Mann. Mit neu gewonnenem Selbstvertrauen ging sie durch die breiten Straßen, die von imposanten Gebäuden gesäumt wurden. Im Schiffahrtsbüro in der Barrack Street händigte man ihnen Zweiter-Klasse-Fahrkarten aus. Sie würden auf der *SS Silverton* segeln.

»Wir sollten erster Klasse fahren«, brummte Ted.

»Du hast gehört, was der Mann gesagt hat. Die meisten Schiffe kommen aus England, und die Passagiere darauf wollen fast alle nach Osten reisen. Wir können froh sein, daß wir überhaupt Plätze bekommen haben.«

»Wir hätten lieber warten sollen.«

»Bis in alle Ewigkeit? Außerdem ist die zweite Klasse immer noch sehr viel angenehmer als das Zwischendeck. Wir haben Glück gehabt. Wann segeln wir?«

»Nächsten Freitag, glaube ich.«

In einem Café lud Lil Ted zu Fleischpasteten und Pudding ein. Danach besichtigten sie die wichtigsten Sehenswürdigkeiten von Perth, darunter das gewaltige Rathaus mit seinem Uhrenturm und das elegante zweistöckige Gebäude der *National Bank.* Sie erhaschten sogar einen Blick auf den Regierungssitz und bestaunten ehrfürchtig den Palast, in dem ein einziger Mann leben sollte. Es war der schönste Tag, den Lil seit ihrer Heirat erlebt hatte, und sie spürte, daß sie an einem Wendepunkt angelangt war. Die Zukunft der kleinen Familie Cornish schien gesichert. Ted hatte keine Einwände, als sie sich auf dem Heimweg einen Mantel und einen Strohhut für die Seereise kaufte.

Die letzte Woche bis zur Abreise genoß Ted in vollen Zügen. Er kam nicht einmal zu den Mahlzeiten nach Hause, obwohl sie dafür bezahlten. Als er eines Nachts betrunken hereinwankte und das gesamte Haus aufweckte, hatte Lil genug. Um die anderen Bewohner nicht noch weiter zu stören, hob sie sich ihre Predigt jedoch bis zum Morgen auf.

»Wenn du so weitermachst, haben wir bald kein Geld mehr«, schrie sie zornig. »Wage es nicht, noch einmal um diese Zeit nach Hause zu kommen! Und die Trinkerei muß auch aufhören!«

»Halt den Mund!« Mit diesen Worten zog sich Ted die Decke über den Kopf. »Hau ab, du blöde Kuh. Ich bin müde.«

»Das überrascht mich nicht. Schlafe von mir aus eine Stunde, aber dann gehen wir im Kings Park spazieren. Auch ich habe ein Recht darauf, etwas von der Stadt zu sehen.«

Im Waschhaus wurde sie von der Vermieterin zur Rede gestellt. »Sagen Sie Ihrem Mann, das hier ist ein anständiges Haus. Ich erwarte, daß meine Gäste zu vernünftigen Zeiten nach Hause kommen. Und zwar nüchtern.«

»Es tut mir leid. Ich habe mit ihm gesprochen. Es wird nicht wieder vorkommen.«

Die hochgewachsene, hagere Frau schüttelte den Kopf. »Das habe ich schon öfter gehört. Sie sollten lieber darauf achten, in welcher Gesellschaft sich Ihr Mann herumtreibt.«

Lil seufzte. »Kneipen! Ich weiß nicht, warum manche Männer ihr halbes Leben in Kneipen verbringen!«

»Sie sollten ihn lieber fragen, wohin er geht, wenn die Kneipen schließen.«

Lil sah sie überrascht an. »Was wollen Sie damit sagen?«

»Ich rede nicht gern um den heißen Brei herum. Ich meine es gut mit Ihnen. Mr. Cornish ist mit leichten Mädchen in der Stadt gesehen worden. Eine von ihnen, Polly, wohnte sogar noch hier, als Sie einzogen, Mrs. Cornish.«

»Ein dunkelhaariges Mädchen, ziemlich herausgeputzt?«

»Genau. Ich habe sie hinausgeworfen, weil sie so eine war.«

»Eine Prostituierte?«

»Ja. Es tut mir leid.«

Lil ließ die Wäsche Wäsche sein und rannte zu Ted, um ihn zur Rede zu stellen. Er stritt jede Bekanntschaft mit Polly ab.

»Wo gehst du denn hin, wenn die Pubs schließen?«

»Mal dahin, mal dorthin«, erwiderte er unwillig. »Es gibt immer Partys. Was anderes hat ein Mann hier ja nicht zu tun. Und jetzt laß mich in Ruhe.«

»Ich möchte ausgehen.«

»Dann geh doch. Ich halte dich nicht davon ab.«

»Du könntest mitkommen.«

Er wandte Lil den Rücken zu. Sie kochte vor Wut. Später überredete sie jedoch die Vermieterin, auf Caroline aufzupassen, während sie den berühmten Park allein besichtigen wollte. Der Weg führte den Hügel hinauf und war ziemlich anstrengend, doch die hübschen Gartenanlagen und der herrliche Blick über die Stadt am Fluß belohnten den mühsamen Aufstieg. Inmitten der einheimischen Bäume, die ihr so vertraut vorkamen, fühlte sie sich unbeschwerter. Lil hatte das Gefühl, als sei sie in den Busch zurückgekehrt, in dem nur die Vogelstimmen die Stille unterbrachen. Von hier oben sah Perth wunderschön aus.

»Nur noch ein paar Tage«, sprach sie sich Mut zu, »und wir verlassen dieses Leben für immer. Wenn Ted erst einmal arbeitet, hat er keine Zeit mehr, sich in schlechter Gesellschaft herumzutreiben.«

Vom Gedanken an Caroline getrieben, eilte sie nach Hause, wo sie das Baby in tiefem Schlaf vorfand.

»Die Kleine war so unruhig, hatte wohl Hunger«, erklärte die Vermieterin. »Also haben wir ihr eine Flasche gegeben.«

»Aber sie trinkt nicht aus der Flasche. Sie wird gestillt.«

»Jetzt trinkt sie aus der Flasche. Ich und die anderen Damen waren der Meinung, das Kind sei hungrig, und daß es jetzt friedlich schläft, ist der Beweis. Sie sollten zufüttern, damit die Kleine an Gewicht zulegt.«

Schon bevor sie das Zimmer betrat, spürte Lil, daß Unheil in der Luft lag. Der Morgen war aber auch zu schön gewesen. Sie riß die Tür auf. Ted war weg. Nicht einfach ausgegangen, sondern ausgezogen. Sein Seesack, der am Bettpfosten gehangen hatte, fehlte ebenso wie Rasierbecher und -pinsel. Lil hängte ihren Hut an den Haken, an dem vor kurzem noch Teds Winterjacke gehangen hatte, und legte das Baby auf das knarrende Bett. Sorgfältig überprüfte sie die Schubladen der Frisierkommode außer der obersten, in der ihre Unterwäsche lag.

Er hatte seine sämtlichen Kleider mitgenommen. Dann zog sie mit geschlossenen Augen ahnungsvoll die oberste Schublade auf und traute sich kaum hineinzusehen. Ihre gebügelten Unterröcke und Unterhosen waren durchwühlt worden. Lil tastete vergeblich nach den wertvollen Fahrkarten für die *SS Silverton,* die sie einem neuen Leben auf einer südaustralischen Schaffarm entgegenschippern sollte. Ted hatte auch sie mitgenommen.

»Kein Wunder, ich hab' Sie doch gewarnt«, sagte die Vermieterin.

»Ein bißchen spät«, schnappte Lil.

»Nicht so frech! Tragen Sie die Nase nicht so hoch, und hören sie auf, mich zu beschuldigen!«

»Es tut mir leid, das war nicht meine Absicht. Ich werde zur Polizei gehen.«

»Das wird nicht viel helfen. Gehen Sie zur Schiffahrtsgesellschaft und sagen Sie, Ihre eigene Fahrkarte sei verlorengegangen. Sie möchten Ihnen eine neue ausstellen. So kann er sie zumindest nicht hier zurücklassen. Falls Sie den Kerl tatsächlich noch wollen.«

»Ich muß einfach dorthin.«

Lil spurtete los. Selbst in der Stadtkleidung rannte sie so schnell, daß sie ein wenig damenhaftes Bild abgab. Sie sauste zwischen den Fußgängern hindurch, schoß quer über geschäftige Straßen, immer getrieben vom Gedanken an Caroline und ihr anderes Baby. Ihr Herz hing an dem Plan, die beiden so weit wie möglich voneinander entfernt aufwachsen zu lassen, damit die mystische Verbindung gekappt wurde und sie ein unabhängiges, erfülltes Leben führen konnten. In ihrer Verwirrung glaubte Lil tatsächlich, sie renne um das Leben ihrer Kinder.

Das Schiffahrtsbüro war überfüllt. Die Leute schubsten sie, und sie schubste zurück, bis sie sich zur Theke vorgearbeitet hatte. Dort erfuhr sie, daß sie in der falschen Schlange stand; im Hafen lag noch ein anderes. Den nächsten Angestellten mußte sie erst anbrüllen, bevor er sich herablassend zu ihrem Anliegen äußerte.

»Ich würde vorschlagen, Sie gehen nach Hause und suchen Ihre Fahrkarte, Madam.«

»Jetzt hören Sie mir mal zu, Sie verdammte Vogelscheuche«, zischte sie den schwarz gekleideten Mann an, »ich habe eine Passage auf der *Silverton* gebucht. Wenn ich meine Fahrkarte nicht verloren hätte, wäre ich nicht hier. Ohne Fahrkarte komme ich nicht an Bord. Wenn Sie sie mir nicht sofort ersetzen, möchte ich Ihren Vorgesetzten sprechen.«

»Ich nehme an, die Überfahrt wurde bereits bezahlt?« fragte er.

»Hätte ich sonst eine Fahrkarte besessen?«

»Na gut. Warten Sie einen Moment. Wie war doch gleich der Name?«

»Cornish. Mrs. Ted Cornish.«

»Das ist eigentlich gegen die Vorschriften.« Er zog einen Ordner aus dem hölzernen Aktenschrank, der hinter ihm stand. »Cornish. Zweite Klasse. Hier ist die Passagierliste. Ich muß jetzt die Nummer der Fahrkarte überprüfen. Selbst dann kann ich Ihnen nur ein Duplikat ausstellen.«

»Komme ich damit an Bord?«

»Ich denke schon.« Anscheinend hatte er gefunden, was er suchte. Dennoch besprach er sich lang und breit mit einem Kollegen und verkündete dann hochmütig: »Mrs. Cornish, ich weiß nicht, was Sie sich denken, aber es funktioniert nicht. Ihr Mann hat diese Fahrkarten heute morgen zurückgegeben.« Er schob ein Blatt über den Schalter. »Hier ist seine Unterschrift. Der nächste, bitte.«

Gedemütigt schlich Lil durch die Menge nach draußen. Sie kämpfte mit den Tränen.

Sie konnte unmöglich zu ihrer Familie zurückkehren, denn sie wollte sich um keinen Preis eingestehen, daß Ted sie verlassen hatte. Wochenlang antwortete sie vergeblich auf Stellenangebote. Schließlich fand sie eine Stelle mit Logis. Eine schäbige kleine Arbeitsvermittlung auf einem Hinterhof hatte sie ihr angeboten.

»Hier sind zwei Pfund für die Reise flußaufwärts«, sagte man ihr. »Auf dem Zettel stehen Name und Adresse. Das Kind können Sie mitnehmen, Mr. Warburton stört es nicht. Hat ein paar schwarze Frauen da, die Ihnen helfen können. Sind ohnehin nur gut fürs Kinderhüten.«

»Und ich arbeite als Milchmagd?«

»Ja. Sie können doch Kühe melken, oder nicht?« fragte der Angestellte gelangweilt.

»Sicher.«

»Gut. Die Entscheidung liegt bei Ihnen.«

»Wie ist dieser Mr. Warburton denn so?«

»Wen interessiert das schon? Er hat dort oben eine große Farm und ein verdammt prächtiges Haus, von dem Sie allerdings nicht viel zu sehen bekommen werden.«

»Haben Sie keine bessere Stelle? Ich hatte auf eine Arbeit in der Stadt gehofft.«

»Mit einem Kind? Vergessen Sie es. Wollen Sie nun die Stelle oder nicht?«

»Ja, vielen Dank.«

Auf dem Heimweg ging Lil in die Kirche, um für ihre Undankbarkeit Abbitte zu leisten.

Draußen hatte sie ein Schild mit den Worten »Gott liebt die Großzügigen« gesehen. »Nun«, wandte sie sich an den Herrn, »ich versuche ja, eine gute Christin zu sein, aber du machst es mir ganz schön schwer. Mir ist nur Caroline geblieben ... Ich habe weder Ehemann noch Heim. Selbst die schöne Seereise bleibt mir verwehrt. Aber Caroline wird mir keiner nehmen. Nun ist es an der Zeit, daß auch du dich großzügig zeigst.«

Lil fand einige lose Blätter mit Gebetstexten und las diese ehrfürchtig durch. Da sie ihr gefielen, steckte sie sie in ihre Handtasche. »Blicke freundlich auf uns herab, Herr! Hilf mir, mich in meinem neuen Leben zurechtzufinden! Ich bin sehr niedergeschlagen.«

Trotz ihrer Enttäuschung genoß Lil die Fahrt flußaufwärts in vollen Zügen. Der einmastige Segelkutter glitt leicht und elegant um die weiten Biegungen. Die sieben Passagiere, die zuvor bei achtunddreißig Grad im Schatten am Pier gewartet hatten, freuten sich über die frische Brise.

Lil erfuhr, daß Minchfield House, ihre neue Arbeitsstätte, erst die vorletzte Anlegestelle war, so daß sie in aller Ruhe die

Landschaft betrachten und zusehen konnte, wie die anderen Passagiere nacheinander mit ihrem Gepäck an Land gingen. Am Swan River lagen weit verstreut einige herrliche Anwesen, doch keines konnte es mit dem Herrenhaus aufnehmen, das nun vor ihren Augen auftauchte. Das zweistöckige Gebäude aus roten Ziegeln wurde von einer breiten Veranda mit schlanken weißen Säulen gesäumt und lag inmitten eines wunderbaren Parks. Voller Ehrfurcht schaute Lil zu dem gepflegten Rasen und den Gartenanlagen hinüber.

»Sind wir hier richtig?«

»Ja, Missus, hier steigen Sie aus«, erwiderte ein Bootsmann.

»Ich dachte, es sei eine Farm.«

»Ist es auch. Mr. Warburton gehört die halbe Gegend. Kommen Sie, ich nehme die Kleine.«

Auch an dieser Anlegestelle warteten Leute. Lil spürte, daß sie beim Aussteigen alle Blicke auf sich zog.

Ein stämmiger Mann trat auf sie zu. »Sind Sie Mrs. Cornish? Ich bin Jordan, der Vorarbeiter. Sie sind als Milchmagd eingestellt worden. Haben Sie Erfahrung mit dem Melken?«

»Ja«, log Lil und kreuzte heimlich die Finger.

»Prima.« Er gab einem schwarzen Mädchen ein Zeichen. »Hier, hilf der jungen Frau mit dem Koffer. Wie heißen Sie mit Vornamen?«

»Lil.«

»Prima, Lil. Mercy zeigt dir dein Quartier. Heute abend fängst du mit dem Melken an.«

Sie nahmen einen Pfad, der im Bogen um das Herrenhaus herum und zu einer offenen Weide führte, auf der friedlich Kühe grasten. Dann gingen sie an einem langen Zaun entlang, vorbei an imposanten Nebengebäuden an der Rückseite des Hauses, immer weiter und weiter …

»Nicht mehr weit«, sagte Mercy und schwang Lils Koffer in der Hand.

Das Mädchen war hager, hatte strähniges Haar und trug

den üblichen Baumwollkittel, der den »Haus-Schwarzen« zustand. Doch es strahlte Selbstvertrauen aus, als wüßte es, daß es einen festen Platz im Leben besaß. Lil beneidete Mercy ein wenig.

Endlich tauchte vor ihnen ein langgestrecktes, mit Schindeln gedecktes Gebäude auf, unter dessen Vordach eine Reihe von Türen zu erkennen war. Lil vermutete, daß dies die Personalunterkünfte seien, da sie die Gestaltung von den großen Schaffarmen im Outback kannte.

Mercy öffnete die erste Tür und stellte Lils Koffer ab. »Dies ist Ihr Zimmer. Kann ich das Baby jetzt halten?«

»Natürlich.« Mit einem stolzen Lächeln reichte sie ihr Caroline, die auf dem Boot lange geschlafen hatte, inzwischen jedoch aufgewacht war.

»Sie ist so hübsch«, strahlte Mercy und spielte mit den winzigen Fingern.

»Auch wenn ich nicht ihre Mutter wäre, müßte ich dir zustimmen. Sie heißt Caroline. Schau dir nur das weiche Haar, die dunklen Augen und das Grübchen an.«

»Zwei Grübchen«, bemerkte Mercy und setzte sich auf eines der beiden Betten, um das Baby in den Armen zu wiegen.

»Wer wohnt hier noch außer mir?« wollte Lil wissen.

»Keiner. Der Melker ist weggelaufen.«

Das gefiel Lil nicht. »Warum?«

»Gold. Ist Gold suchen gegangen.« Mercy grinste. »Sie sind das erste Milchmädchen hier. Konnten keine Männer mehr finden.«

»Verstehe.« Lil begriff, warum man ihr den Job trotz des Babys gegeben hatte. Sie diente als Notnagel! Andere Mädchen aus Perth hätten die Stelle abgelehnt, vor allem deshalb, weil Minchfield House so weit von der Stadt entfernt war.

»Ich hoffe, ich muß nicht die Arbeit von zwei Männern verrichten.«

»Nein, ich und Beth werden Ihnen helfen.«

»Wer ist Beth?«

»Eines der Hausmädchen. Und da ist noch Tom, auch ein Melker, aber alt. Deshalb ist er nicht weggelaufen.«

Der Raum machte einen überraschend gepflegten Eindruck. Lil hatte bereits ganz fürchterliche Unterkünfte erlebt, doch trotz der spärlichen Möblierung brauchten sich die Eigentümer für dieses Zimmer nicht zu schämen. Selbst die Schüssel und der Krug auf dem Waschtisch waren makellos sauber.

Als sie ihre kargen Besitztümer einräumen wollte, stellte sie fest, daß die Kommode mit weißem Papier ausgelegt war und die Moskitonetze über den Betten aus frischem Musselin bestanden. Das Zimmer, das sie mit Ted in Perth bewohnt hatte, hielt einem Vergleich mit diesem nicht stand.

»Wenigstens ist es hier hübsch und sauber«, sagte sie im Plauderton.

»Ja. Und es sollte besser so bleiben, sonst kriegen Sie es mit Miss Lavinia zu tun.«

»Wer ist Miss Lavinia?«

»Schwester vom Boß. Alte Jungfer. Komisch im Kopf.«

Lil lächelte. »Wenn sie alles so gut in Schuß hält, kann sie so schlimm nicht sein.«

Ein ergrauter Arbeiter spähte zur offenen Tür herein. »Sie sind Miss Cornish?«

»Ja. Sie können mich Lil nennen.«

»Ich bin Tom. Was treibst du hier, Mercy?«

Sie verzog das Gesicht. »Passe auf Baby auf.«

»Miss Cornish hat eine lange Reise hinter sich. Hast du ihr etwas zu essen gebracht?«

»Es geht schon«, sagte Lil, da sie keine Umstände machen wollte, doch sie spürte einen nagenden Hunger.

Tom achtete nicht auf ihren Einwurf. »Hol Miss Cornish den Nachmittagstee«, wies er Mercy an. »Sie muß bald mit der Arbeit beginnen.«

»Ich kann selbst gehen«, sagte Lil, doch Mercy hatte das

Baby bereits auf ein Kissen gelegt und zuckte die Achseln. »Und wenn die Köchin nichts hat?«

»Geh jetzt!« sagte Tom drohend, und sie sauste davon.

»Wo essen wir gewöhnlich?«

»Hinter der Küche gibt es einen Speisesaal für das Personal. Ich bringe dich hin, wenn wir mit dem Melken fertig sind.« Er sah auf ihre Hände. »Die sehen mir nicht nach Arbeitshänden aus, Missus. Bist du sicher, daß du das kannst?«

Sie lachte. »In letzter Zeit hatten meine Hände nicht viel zu tun. Aber keine Sorge, ich bin die Tochter eines Viehtreibers.«

»Tatsächlich?« fragte er mit einem anerkennenden Lächeln und drehte sich eine Zigarette. »Bin selbst jahrelang Treiber gewesen. Wurde irgendwann zu alt für den Sattel.« Er warf einen Blick auf Caroline, die allmählich auch Hunger bekam.

»Wo ist dein Mann?«

»Verschwunden.«

»Gold?«

»Vermutlich. Ist einfach abgehauen.«

»Er wird ja wohl nicht herkommen, oder?«

»Nein. Er weiß gar nicht, wo ich bin.« Sie schob ihren Koffer unters Bett. »Und er kann bleiben, wo er ist.«

Tom nickte. »So ist's richtig, Mädchen. Gib dem Schweinehund keine zweite Chance. Ich glaube, wir werden gut miteinander auskommen. In einer Stunde hole ich dich ab.«

Als Mercy mit dem Tee und Sardinensandwiches zurückkam, war Lil gerade am Stillen. Sie ließ sich aber nicht davon abhalten, ihr Mahl zu genießen. »Ich werde mich wohl ein bißchen ausruhen«, sagte sie. Mercy verstand den Wink. Sie sah sich im Zimmer um. »Ich würde ja mit dem Baby spazieren gehen, aber wir haben keinen Kinderwagen.«

»Meine Freunde in Perth schicken mir einen.« Merle, ihre Vermieterin, hatte darauf bestanden, ihr einen guten gebrauchten Kinderwagen auf dem Samstagsmarkt zu besorgen.

»Mit dem Boot?« fragte Mercy begeistert. »Ich sehe nach. Bringe ihn für Sie her.«

Wie Lil später herausfand, war es Mercys liebster Zeitvertreib, von der Anlegestelle aus die Boote zu beobachten. Der Kinderwagen verschaffte ihr nun einen neuen Grund, um sich dort aufzuhalten.

Eine Woche später war Lil zu dem Schluß gekommen, daß diese Stelle für den Moment das richtige war. Die Melkarbeit und die Erfüllung ihrer anderen täglichen Pflichten kamen sie hart an, doch Tom war ihr ein guter Freund geworden, der darauf achtete, daß sie genügend Zeit mit Caroline verbringen konnte. Die anderen Frauen, die im Haus arbeiteten – eine Köchin und vier Hausmädchen – erklärten sich gern bereit, in ihrer Freizeit nach dem Baby zu sehen. Zur Belustigung der anderen Frauen stritten sich Beth und Mercy beinahe um das Privileg, Caroline betreuen zu dürfen. Obwohl sie wie die Nonnen in nebeneinanderliegenden Zimmern lebten, kamen sie gut miteinander aus und hatten viel Spaß.

Lil war Mr. Warburton noch nicht begegnet und hatte auch das Herrenhaus noch nicht von innen gesehen. Sie kannte nur einen kleinen Teil der Farm und ihrer Bewohner, doch das würde sich im Laufe der Zeit sicher ändern. Einmal erschien Miss Lavinia zur Inspektion von Lils Unterkunft, und diese sah schweigend zu, wie ihre Arbeitgeberin ins Zimmer rauschte und in jeden Winkel spähte.

Miss Lavinia war eine hochgewachsene, hagere Frau mit grauem Haar, das sie in einem Knoten trug, und scharfen Augen, denen nichts entging. Unter dem schwarzen Kleid, an dessen Gürtel ein Schlüsselbund baumelte, trug sie einen altmodischen Reifrock. Die Hitze schien ihr nicht das geringste auszumachen.

»Wer bist du?« fragte sie Lil.

»Mrs. Cornish, Madam.«

»Woher?«

»Aus York.«

»Nicht mit diesem Akzent.«

Lil blinzelte. »Es liegt im Avon Valley, Madam.«

»Unsinn.« Sie zog die Schubladen auf, faßte deren Inhalt ins Auge und nahm die Blätter mit den Gebetstexten heraus, die Lil aus Perth mitgebracht hatte. Miss Lavinia studierte sie eingehend, als suche sie nach unzüchtigen Passagen. »Du bist eine gute Christin?«

»Ich tue mein Bestes, Madam.«

»Man tut nicht sein Bestes. Man ist eine gute Christin, oder man ist es nicht. Ich beispielsweise bin eine und lüge daher nicht.«

Mit diesen Worten drehte sie sich auf dem Absatz um und rauschte wieder hinaus.

Lil war verblüfft. Die Frau konnte unmöglich das Baby übersehen haben, das friedlich auf dem freien Bett schlief, hatte es aber keines Blickes gewürdigt. Lil hatte nichts gegen die Inspektion ihres Zimmers einzuwenden, mißbilligte aber Miss Lavinias Haltung gegenüber ihrem Kind. Wie die meisten Mütter erwartete sie, daß jede Frau ein Lächeln für ein so niedliches Geschöpf übrig haben müsse.

»Verdammt, wenn sie eine gute Christin ist, dann bin ich Bischof!«

Doch wenigstens hatte sie die Prüfung bestanden, und das allein zählte. Sie hatte bald herausgefunden, daß die berüchtigte Miss Lavinia die wahre Herrin des Hauses war, während sich Mr. Warburton in der Bibliothek dem Sammeln von Briefmarken und anderen Beschäftigungen widmete, die einem Gentleman gut zu Gesicht standen. Lil hatte den eleganten weißhaarigen Herrn mit dem Ziegenbart ein paarmal aus der Ferne im Rosengarten gesehen. Die Bediensteten erwähnten ihn selten, weil sie viel zu sehr damit beschäftigt waren, seine Schwester bei Laune zu halten.

»Das dürfte mir nicht schwerfallen«, dachte Lil. »Ich muß nur brav den Blick senken, reinlich sein und die Bibel unter dem Arm tragen.« Lils Ehrgeiz war geweckt. Sie wollte sich von der Kuhmagd zur Haushälterin emporarbeiten, und um dieses Ziel zu erreichen, brauchte sie die Unterstützung von Miss Lavinia.

Das Geschenk von Merle – der Kinderwagen mit Babydekke – traf wie angekündigt ein. Nun genoß Lil größere Bewegungsfreiheit und lebte sich rasch auf der Minchfield Farm ein. Das Leben war leichter geworden ohne die bedrückende Gegenwart von Ted Cornish. Sie verdiente nun ihr eigenes Geld. Die harte Arbeit störte sie nicht, sondern stärkte ihre Kräfte und ihre Gesundheit. Nach einigen Monaten wurde ihr klar, daß sie gerne auf der Farm arbeitete, die ihr Unterkunft und ein regelmäßiges Einkommen bot.

Alles lief gut – bis zu dem Tag, an dem sie das Hausmädchen Beth zusammengekrümmt in einer Ecke der Molkerei liegen fand. Man hatte es furchtbar verprügelt.

7. KAPITEL

Mit dem Wagen kamen sie auf der Hunderte von Meilen langen Strecke über die ausgetrockneten Ebenen nur quälend lang sam voran. Eine weitere Behinderung stellten die liegengebliebenen Fahrzeuge und die Massen von Fußgängern dar.

»Ist wie der Rückzug aus Moskau«, bemerkte Mike. »Nur Kettensträflinge sehen noch erbärmlicher aus als dieser Haufen. Wir hätten reiten sollen, dann wären wir schon am Ziel.«

Insgeheim teilte Clem diese Meinung, doch er hielt beharrlich an seinem Wagen und den kostbaren Vorräten fest, auch wenn sie diese für das Zehnfache ihres Werts hätten verkaufen können. Entlang der Strecke durchsuchten zerlumpte Gestalten den Abfall. Es gab nicht nur leere Kartons und Flaschen, sondern auch eine erstaunliche Ansammlung der verschiedensten Gegenstände, die man als überflüssigen Ballast zurückgelassen hatte. Stühle, Bettgestelle und andere Möbelstücke säumten den endlosen Weg, leere Blechkisten gähnten gen Himmel, bunte Kleider flatterten im brennend heißen Wind. Clem haßte den Anblick der traurigen Überbleibsel, Mike hingegen amüsierte sich darüber. Es war wirklich ein Witz, was die Leute alles in die Wüste schleppten. Wenn sie in der Nähe eines solchen Abfallhaufens anhielten, machte er sich einen Spaß und veranstaltete zur Belustigung der anderen Goldsucher »Auktionen«, auf denen er das Gefundene zu utopischen Preisen versteigerte.

Doch wenn Leute darum baten, auf dem Wagen mitfahren zu dürfen, lehnte er dies trotz Clems Hilfsbereitschaft kategorisch ab. »Sei kein Narr. Sie sind zu Fuß unterwegs und haben kaum Gepäck. Was ist, wenn wir unser Lager aufschlagen? Sollen sie zusehen, während wir essen? Und wir würden sie bis zu den Feldern nicht mehr los. Außerdem würden sie eine zusätzliche Last für die Pferde bedeuten.«

Sie brauchten beinahe drei Wochen, bis sie den letzten Außenposten, das Dorf Southern Cross, erreichten. Hier herrschte eine Art Belagerungszustand. Clem wartete in einer Schlange, um die letzten Lebensmittel zu kaufen, die noch zu haben waren. Mike stand in einer anderen Schlange, um ihre Wasservorräte aufzufüllen. Draußen vor der Stadt stießen sie auf das nächste Hindernis. Berittene Polizisten versperrten die Straße und zwangen Fahrzeuge und Fußgänger zu halten.

Clem gab sich nicht mit Informationen aus zweiter Hand zufrieden und lief nach vorn. Er stieg über ein Seil und wandte sich an einen der Polizisten.

»Worauf warten wir?«

»Wir überprüfen jeden, der den Ort verläßt.«

»Warum?«

»Weil es von hier aus über hundert Meilen bis Coolgardie sind. Sie sterben unterwegs wie die Fliegen. Sie werden die Gräber mit eigenen Augen sehen, mein Freund. Wer nicht genügend Wasser und Nahrungsmittel mit sich führt, kommt nicht aus Southern Cross hinaus.«

»Mein Partner und ich haben einen Wagen und jede Menge Wasser. Würden Sie uns durchlassen?«

Der Polizist stieg ab und band sein Pferd an einen dicken Pfosten, der neben dem Weg in die Erde gerammt war. »Ich komme mit Ihnen und werfe einen Blick in den Wagen.« Er gab den anderen Polizisten ein Zeichen, damit sie seinen Posten im Auge behielten, und folgte Clem nach hinten.

Unterwegs blieb er neben einem staubbedeckten Wagen stehen, in dem ein Paar mit einem kleinen Jungen saß. »Wieviel Wasser haben Sie?«

»Unsere drei Beutel sind voll.«

»Dann werden Sie keinen Meter weiterfahren. Zuerst verdurstet Ihr Pferd, dann sterben Sie. Sie können sofort umkehren.«

»Verstehen Sie, was ich meine?« fragte er Clem.

Als er die drei Fässer erblickte, lachte er. »Mein Gott! Haben Sie etwa Bier mitgebracht?«

»Nein, da ist Wasser drin. Außerdem haben wir Lebensmittel und ein Zelt.«

»Gut, Sie können nach vorn fahren, müssen aber noch eine Weile warten.«

»Wieso denn diesmal?«

»Wir lassen Sie nicht einzeln in die Wüste laufen. Es werden Gruppen von sechzig Leuten gebildet. Einige von Ihnen müssen Fahrzeuge dabeihaben, damit in Notfällen eine Transportmöglichkeit besteht. Ein Weg ist praktisch nicht vorhanden ...«

»Das hatte ich auch nicht angenommen.«

»Woher kommen Sie?«

»Aus York.«

»Na gut, dann können Sie sich ungefähr vorstellen, was Sie erwartet. Unter den Leuten hier sind allerdings viele Städter, die glauben, sie müßten einfach nur nach Osten laufen. Sie schwärmen wie die Bienen über die ganze Gegend aus und verlieren die Orientierung, dem müssen wir ein Ende machen. Sind Ihre Pferde in Form?«

»Ja, wir haben sie geschont.« Clem war sich allerdings in diesem Punkt nicht ganz sicher, da man die Tiere auf dem steinigen Boden kaum schonen konnte.

»Gibt es Führer?« wollte er wissen.

»Nein, Sie sind ganz auf sich gestellt. Achten Sie auf den ausgefahrenen Weg und fahren Sie nie bei Nacht, auch wenn es dann kühler ist. Vielen hat das den Hals gebrochen.«

Während sie warteten, beobachteten sie die zornigen und nicht selten gewalttätigen Auseinandersetzungen zwischen Polizei und Diggern, die sich bitter darüber beklagten, daß sie um ihr Glück gebracht würden. Sie warfen der Polizei vor, sie habe kein Recht, ihnen den Weg zu versperren, doch die Ordnungshüter blieben eisern und ritten jeden nieder, der die Reihen durchbrach.

Nachdem Clem und Mike sich endlich wieder in Bewegung gesetzt hatten, behielten sie ein langsames Tempo bei, um die Pferde zu schonen, und achteten darauf, in Sichtweite ihrer Mitreisenden zu bleiben. Mike betrachtete das rauhe, öde Land und schüttelte den Kopf. »Mein Gott«, stöhnte er und wischte sich den Schweiß aus dem Gesicht, »das ist ja das Ende der Welt! Kaum ein Baum zu sehen, nichts als verdammte Felsen. Wenn das hier schon schlimm ist, wie mag es wohl hundert Meilen weiter aussehen?«

»Ich weiß nicht, wovon Sie sprechen, Dr. Carty, und ich möchte Sie bitten, die Stimme zu senken. Das Baby schläft.« Alice deckte den Tisch für den Morgentee, den sie ihrem unerwarteten Gast servieren wollte.

»Wie lange bleibt Thora weg?« fragte er leiser.

»Eine ganze Weile, schätze ich. Sie ist erst vor einer halben Stunde zu den Postles geritten, um sich zu erkundigen, ob es Neuigkeiten von den Jungs gibt.«

»Zu den Postles!« schnaubte er. »Früher hätte Thora sich nicht in ihrer Gesellschaft blicken lassen.«

»Mag sein. Doch sie weiß ihren Vorteil zu nutzen.«

»Wollen Sie meine Tochter kritisieren?«

»Ganz und gar nicht. Wir beide hoffen auf Nachricht von den Goldfeldern. Clem sollte inzwischen dort angekommen sein.«

Der Doktor schob seine Tasse beiseite und faltete die Hände vor sich auf dem Tisch. »Alice, der Vertrag, den Sie unterzeichnet haben, ist rechtswidrig zustande gekommen. Ich bin jedoch bereit, Ihnen den Kaufpreis für mein Fuhrunternehmen zurückzuzahlen und den Vorfall zu vergessen.«

»In welcher Hinsicht ist er rechtswidrig zustande gekommen?«

Carty seufzte. »Das will ich Ihnen doch gerade erklären. Es ist offensichtlich, daß Ihr Bruder über einen Wissensvorsprung verfügte. Mit anderen Worten, er hat gewußt, daß man den Plan, die Bahnlinie bis York auszubauen, ad acta gelegt hatte. Folglich hat er die Firma unter Vorspiegelung falscher Tatsachen erworben.«

»Das ist eine unschöne Anschuldigung, Dr. Carty. Wir alle haben erwartet, daß die Eisenbahn nach York kommen würde. Wir haben Ihre Firma unter der Zusicherung gekauft, daß sie selbst dann noch profitabel sein würde, wenn man neue Routen würde befahren müssen.«

»Wäre sie auch. Aber Ihr Bruder hat mich getäuscht, und das lasse ich mir nicht bieten. Ich will die Firma zurückhaben.«

»Milch?« fragte sie und hielt ihm den Krug unter die Nase.

»Nein. Ja, doch. Ein wenig. Alice, Sie brauchen nur den Vertrag zu zerreißen. Betrachten wir es als kleines Mißverständnis.«

»Tut mir leid, das ist nicht möglich.«

»Wieso nicht? Ihr Bruder hat mich mit unlauteren Mitteln zum Verkauf überredet. Er ist ein verdammter Betrüger. Wenn Sie den Vertrag nicht vernichten, verklage ich ihn.«

»Verklagen können Sie nur mich. Sie haben *mir* die Firma verkauft und wollen mich doch wohl nicht als Betrügerin bezeichnen.«

»Das will ich nicht gesagt haben, aber Sie müssen sich der Tatsache bewußt sein, daß Ihr Bruder Sie in eine unangenehme Situation gebracht hat. Eine junge Dame wie Sie möchte doch nicht vor Gericht erscheinen, oder?«

»Du lieber Himmel, nein.«

»Dann bleibt Ihnen keine andere Wahl. Vergessen wir einfach das ganze Geschäft.«

Alice knabberte an einem Keks. »Das wäre mir nicht recht, Dr. Carty. Ich begreife nicht, was daran unzulässig sein sollte.«

»Sie verstehen nichts vom Geschäft, das ist der Grund. Clem hätte Sie nie in diese Lage bringen dürfen.«

»Warten wir doch einfach ab!«

»Was sollen wir abwarten?« fuhr er sie an. »Verschwenden Sie nicht meine Zeit, Mädchen. Ich habe Ihnen schon einen Gefallen getan, indem ich hierher geritten bin. Ich hätte meine Anwälte auch sofort darauf ansetzen können.«

»Vielen Dank für Ihre Gefälligkeit, aber ich muß abwarten, was Clem dazu sagt.«

Cartys Argumente prallten an Alices Standhaftigkeit ab. Endlich stürmte er aus dem Haus.

»Sie werden noch von mir hören!« brüllte er.

Sie kehrte an den Tisch zurück und schenkte sich noch eine Tasse Tee ein. Er blufft nur, dachte sie und hoffte, daß sie sich nicht irrte. Seine Entrüstung hatte sehr echt gewirkt.

Die Wochen vergingen. Thora erhielt einen Brief von Clem, der von ihrer Ankunft in Kalgoorlie und der bisher erfolglosen Suche auf ihrem Claim berichtete.

»Weshalb sind sie nicht in Coolgardie geblieben?« jammerte Thora. »Die Postle-Jungs sind auch dort und haben Gold gefunden. Sie haben zwar nicht gesagt, wie viel, doch es muß sich um einen beträchtlichen Fund handeln. Wenn sie als reiche Männer nach Hause kommen und Clem nicht, fange ich an zu schreien.«

»Laß ihnen Zeit«, sagte Alice beschwichtigend. »Sie haben gerade erst mit der Suche begonnen.«

»Aber das Gold könnte zu Ende gehen. Mrs. Postle sagt, daß schon jetzt unanständig reiche Männer über York nach Hause zurückkehren.«

»Was willst du damit sagen?«

»Na ja, wenn noch mehr Gold da wäre, würden sie doch bleiben, nicht wahr?«

»Ich vermute, sie arbeiten so lange in ihren Minen, bis diese erschöpft sind. Dann müssen sie einen neuen Claim kaufen. Clem schrieb, es sei ein fürchterlicher Ort, ohne Schatten und mit Temperaturen von über vierzig Grad.«

Thora zuckte die Achseln. »Sie haben doch ihre Zelte. Heißer als hier kann es dort auch nicht sein. Der Sommer war schrecklich, und dann diese Fliegenplage.«

In ihrem Brief an Clem berichtete Alice von ihrem Alltag und der erfreulichen Tatsache, daß sein Stausee noch Wasser enthielt. Sie fügte eine Extraseite bei, auf der sie ihm die letzten Neuigkeiten von seiner Tochter berichtete, die ihr so sehr ans Herz gewachsen war. Dr. Cartys Besuch hingegen erwähnte sie nicht.

Als ein amtlich wirkender Brief eintraf, befürchtete Alice, daß Carty nun doch zu einem Anwalt gegangen sei, stellte aber fest, daß der Absender der neue Bankdirektor war. Dies machte sie nur noch unruhiger, da sie bislang zwar einen Teil der

Hypothek zurückgezahlt hatte, jedoch noch nicht die eigentlich zu zahlende Summe.

Beim Lesen schnappte sie aufgeregt nach Luft. Der Bankdirektor hatte einen erfolgreichen Goldsucher als Kunden, der nach einer Investitionsmöglichkeit in York suchte. Er schlug Alice vor, Lancoorie zu einem guten Preis an diesen Herrn zu verkaufen, und fragte nach, ob dieser die Farm besichtigen könne. Daß sie mit dem Verkauf einverstanden war, schien er vorauszusetzen.

Alice verschwendete keine Zeit und schrieb umgehend zurück, daß Lancoorie keineswegs zum Verkauf stünde. Dann fügte sie noch hinzu, daß dies jedoch nicht für das Fuhrunternehmen gelte, und nannte einen horrenden Preis für diese »ausgezeichnete Investitionsmöglichkeit«.

Nach nur einem Monat hatte Alice die ehemalige *Carty's Coach and Carrying Company* für fünfzehnhundert Pfund an den Herrn verkauft, der außerdem noch ein Vermögen für das *Victoria Hotel* bezahlt hatte, da sich die beiden Geschäfte seiner Ansicht nach ausgezeichnet ergänzten.

»Wieviel bekommen wir für das Fuhrunternehmen?« wollte Thora wissen.

»Genug, um unsere Ausgaben wieder reinzubekommen«, murmelte Alice vorsichtig. »Der Zorn deines Vaters hat mir keine Ruhe gelassen.«

»Auf ihn solltest du wirklich keine Rücksicht nehmen! Wenn die Schienen erst einmal bis nach York verlegt sind, ist die Firma ohnehin wertlos.«

»Thora! Der Bau der Eisenbahn wurde verschoben, das weißt du doch.«

»Woher sollte ich das wissen? Was gibt es zum Mittagessen?«

Alice starrte sie an. »Mittagessen? Wir haben doch gerade erst gegessen!«

Thora hielt eine Tischdecke in der Hand. Sie stopfte sie daraufhin schnell wieder in die Schublade und eilte hinaus.

»Also wirklich, wo dieses Mädchen bloß seine Gedanken hat!« Alice holte das Tischtuch wieder aus der Schublade und faltete es ordentlich zusammen.

Die Reisegesellschaft fiel bald auseinander. Einer nach dem anderen kehrten die Männer, die ihre Habe in Schubkarren beförderten, um; manche ließen dabei sogar die unhandlichen Gefährte zurück. Dann machten die Fußgänger vor Erschöpfung schlapp. Einige waren so vernünftig, den Rückweg in Gruppen anzutreten, während andere immer wieder am Wegesrand zu Boden sanken und eine Ruhepause verlangten, wodurch sie die beiden Wagen aufhielten und hitzige Wortgefechte auslösten. Schließlich erklärten sich Clem und der andere Wagenbesitzer bereit, die Reisebündel zu transportieren, doch als nacheinander zwei Männer zusammenbrachen, mußten sie diese ebenfalls mitnehmen. Daß einzelne Reiter, die ihre Kameraden offensichtlich im Stich gelassen hatten, an ihren vorübergaloppierten, machte alles nur noch schlimmer. Während einer weiteren Zwangspause zog auch noch eine mit Vorräten beladene Kamelkarawane an ihnen vorüber. Die afghanischen Treiber winkten fröhlich zu ihnen hinunter.

Mike sah ihnen neidvoll hinterher. »Kamele! Warum sind wir nicht selbst darauf gekommen?«

Clem machte sich nicht die Mühe zu antworten. Er forderte die Fußwanderer zum Weitermarschieren auf, da ihm das quälend langsame Reisetempo immer mehr auf die Nerven ging. Der andere Fahrer fürchtete eine Katastrophe und traf bereits Vorbereitungen zur Flucht. Sie hatten erst die Hälfte der Strecke zurückgelegt, und der Anblick zweier Holzkreuze, die in Steinhaufen steckten, hatte ihn in Panik versetzt. Der Fahrer hatte seine Frau, zwei Kinder und einen kranken Mann in seinem Wagen, die besonders unter der brennenden Hitze litten.

»Wenn er geht, gehen wir auch«, sagte Mike, doch Clem

schaute sich besorgt nach den Fußgängern um. »Das können wir nicht tun. Diese Burschen sind halb tot.«

»Na und? Sollen wir sie nacheinander von der Straße auflesen? Die Polizisten wußten genau, was passieren würde. Deshalb haben sie Wagen und Fußwanderer in Gruppen zusammengefaßt.«

Die Entscheidung war grausam, doch sie konnten es sich nicht leisten, noch mehr Zeit durch wiederholtes Warten zu verlieren. Die stärkeren, entschlosseneren Fußgänger konnten mit ihnen Schritt halten, die übrigen ließ man zurück. Sie sollten sich einen Tag ausruhen und auf die nächste Gruppe warten. Als sie die chaotischen Goldfelder von Coolgardie erreichten, waren nur zwölf Fußwanderer übrig geblieben. Keiner ihrer Reisegefährten wollte weiterziehen, doch Clem und seinen Partner drängte es auf die neueren Goldfelder, auf denen es weniger Konkurrenz geben sollte.

Die Weiterfahrt endete mit einer Enttäuschung. Tausende von Menschen hatten schon vor ihnen den Weg nach Kalgoorlie gefunden. Sie bogen in einen Weg ein, der ihnen wie die Hauptstraße einer geschäftigen Zeltstadt vorkam, aber eigentlich eher ein breiter, staubiger Trampelpfad war. Später erfuhren sie, daß diese Schneise den Kamelgespannen zum Wenden diente.

»Hauptsache, wir haben es geschafft«, sagte Clem, um sich selbst Mut zu machen. Er betrachtete die zahlreichen Schilder, die die Straße säumten. »Fahr dort hinüber, Mike. Da gibt es was zu trinken. Ich habe noch nie in meinem Leben solchen Durst gehabt.«

»Frag mich mal. Sie nennen ihre kleine Wasserstelle das *Welcome Inn.* Noch nie war mir ein Gasthaus willkommener.«

Sie schlugen draußen vor der Stadt ihr Lager auf und verbrachten einen Tag damit, Kalgoorlie zu erforschen. Hinter den zusammengewürfelten Geschäften und roh behauenen Unterkünften erstreckten sich die Goldfelder, dichtgedrängte Ameisenhaufen in einer Gegend, die flach war wie ein Brett.

Männer krochen insektengleich darin herum, verschwanden in engen Gruben und beugten sich mit dem Aushub über Siebe und Goldwaschrinnen. Bei Einbruch der Dunkelheit kehrten sie in der improvisierten Kneipe ein.

Abends wurde in Kalgoorlie erzählt und aufmerksam zugehört, da jeder hoffte, einen wertvollen Hinweis auf mögliche Fundstellen zu erhaschen. Wieder und wieder hörten Clem und Mike von Männern, die Kalgoorlie mit prallgefüllten Satteltaschen verlassen hatten. Von ungebändigtem Optimismus beflügelt, rannten sie am nächsten Tag los und steckten ihren Claim ab.

Das Leben hier verlief in einem atemberaubenden Tempo. Jeden Morgen stolperten sie in aller Herrgottsfrühe aus ihrem Zelt, nahmen hastig Tee und aufgewärmten Porridge zu sich, um dann sogleich zu ihrem Claim zu eilen. Ihre Nachbarn erteilten großzügig Ratschläge, so daß das Graben und Suchen bald zur Routine wurde. Wasser war Mangelware und nur gegen teures Geld zu bekommen. So mußten sie auf Waschrinnen verzichten und die Kunst des Trocken-Blasens erlernen. Ihr Trinkwasser mußten sie bei Leuten kaufen, die es mit Hilfe von Kondensierungsanlagen aus brackigen Tümpeln gewannen. Ein unablässiges Gewirr guter und schlechter Nachrichten, kommentiert mit Freudenschreien und Flüchen, begleitete Clem und Mike bei ihrer Arbeit. Ungeachtet dessen gruben sie immer weiter, bohrten sich durch die trockene, braune Oberfläche bis in die darunter liegende graue Schicht – ohne auch nur einen Goldschimmer zu entdecken. Es kam zu unvermeidlichen Streitereien über die Frage, ob sie auf diesem Claim weitersuchen oder ihr Glück mit einem anderen versuchen sollten. Aus Angst, den größten Fehler seines Lebens zu begehen, wagte keiner eine Entscheidung zu treffen, und so wühlten sie sich bei brütender Hitze weiter mit Hacke und Schaufel in die Erde.

Als Clem schließlich Spuren von Gold in seinem Sieb fand,

hielt sich ihre Begeisterung in Grenzen, da sich nun die Frage stellte, wie groß die Ausbeute werden würde. Sie hatten genügend Kerle erlebt, die beim Anblick winzigster Goldpartikelchen völlig durchdrehten.

»Na ja«, sagte Mike bedächtig und fischte ein klitzekleines Goldkorn heraus, »es ist jedenfalls ein Anfang. Wir sollten wohl besser noch eine Weile hierbleiben.«

Im Laufe der Zeit erwiesen sich ihre Funde als grausamer Scherz. Mehr und mehr Fremde strömten in die Stadt. Jeden Abend platzte ein glücklicher Finder ins *Welcome Inn,* das man zu einem langgestreckten Wellblechschuppen ausgebaut hatte, und gab eine Lokalrunde. Clem und Mike warfen sich neiderfüllte Blicke zu. Wie viele andere auch fanden sie kaum genügend Seifengold, um ihre Kosten zu decken.

Seltsamerweise hatte sich ihre jeweilige Haltung ins Gegenteil verkehrt. Bei ihrer Ankunft war Mike der stets zu Scherzen aufgelegte Ire gewesen, der sich mit anderen Diggern angefreundet und die »Damen« bezirzt hatte. Eines Nachts hatte er darauf bestanden, Clem auf eine Studienreise durch sämtliche Bordelle mitzuschleppen, so daß sie am nächsten Morgen noch zu betrunken gewesen waren, um zu arbeiten. Doch irgendwann hatte die Wandlung begonnen. Mike verlor allmählich das Interesse am Feiern und sogar an den Frauen und zog es vor, sich mit einer Flasche Bier in das vergleichbar ruhige Lager zu verkriechen.

»Ich langweile mich sehr schnell«, erklärte er Clem. »Diese Typen gehen mir mächtig auf die Nerven.«

»Aber du kannst doch nicht ganz allein hier rumsitzen. Wir arbeiten hart und haben uns ein bißchen Unterhaltung verdient.«

»Meiner Ansicht nach arbeiten wir keineswegs hart genug. Am Anfang haben wir bis zur Dämmerung durchgegraben, jetzt legen wir schon am frühen Nachmittag das Werkzeug aus der Hand ...«

»Mein Gott, Mike!« amüsierte sich Clem. »In dem Tempo fallen wir vor Durst bald tot um.«

»Das Bier macht dir zu schaffen, Kumpel. Und der Spaß, den du Abend für Abend hast. An Wasser fehlt es uns nicht, aber du gibst unser ganzes Geld aus. Ich bin zum Goldsuchen hier, nicht wegen dieser verfluchten Stadt.«

»Geht es darum, daß dich dieser Typ erkannt und herumerzählt hat, du seist ein Sträfling?«

Mike schüttelte den Kopf. »Du hörst mir gar nicht zu.«

Clem wollte ihm auch nicht zuhören. Noch nie im Leben hatte er sich so gut amüsiert, noch nie war er so vielen interessanten Menschen begegnet. Ungeachtet Mikes Zurückhaltung, fand er ihre Gesellschaft sehr anregend, vor allem die der erfahrenen Goldsucher aus dem Osten, die in großer Zahl nach Kalgoorlie strömten. Er hing an ihren Lippen, wenn sie von den weit entfernten Staaten erzählten, über die er nur wenig wußte. Clem genoß auch die Aufmerksamkeit der Frauen, die ihn wegen seines guten Aussehens umschmeichelten und ihn liebevoll »Yorkey« riefen. Seine derzeitigen Lebensumstände bereiteten ihm keine Probleme, tat er das alles doch nur um Thoras willen. Schließlich arbeitete er immer noch hart in seiner Mine und verzichtete auf die Annehmlichkeiten von Lancoorie. Daß er dann und wann einen lustigen Abend ohne sie verbrachte, tat seiner Liebe zu Thora keinen Abbruch.

Kalgoorlie veränderte sich zusehends. Als sich die Grabungen bis in eine Region namens Boulder ausbreiteten, wurde jeder Baum und Strauch in der Umgebung zum Bauen und Verfeuern abgeholzt. Die Hauptstraße war schon nach kürzester Zeit kaum noch wiederzuerkennen. Tag für Tag schossen neue Geschäfte, Banken und sogar eine Viehbörse aus dem Boden. Das *Welcome Inn* wurde mit vorbereitetem Bauholz, das man per Kamelkarawane in die Stadt geschafft hatte, zu einer richtigen Gastwirtschaft ausgebaut. Nun erschien auch eine Zeitung namens *The Miner,* die von niemand anderem als

Fred Vosper herausgegeben wurde. Clem rannte ins Lager, um Mike davon zu berichten. Seine Freunde waren überaus beeindruckt von seiner Bekanntschaft mit dem rasenden Reporter.

Dann setzten die Regenfälle ein. Die Neuankömmlinge in diesem ausgedörrten Land liefen auf die Straßen, sprangen aus ihren Minen hervor und traten vor die Zelte, um dem Herrn für seine längst überfällige Gabe zu danken. Der kostbare Regen füllte ihre Wassertanks, zu ihrem Leidwesen aber auch die Minen. Dennoch wurde stürmisch gefeiert. Schlammkämpfe hatten Hochkonjunktur. Es wurden Partys im strömenden Regen abgehalten, bei denen Männer wie Frauen unter dem begeisterten Applaus der Zuschauer sämtliche Kleider ablegten. Die Menschen brachten dem Regengott ihren orgiastischen Dank dar. Niemand verschwendete einen Gedanken daran, daß es in der Umgebung keine Flußläufe gab. Es war einfach eine herrliche Zeit. Nur eine Stunde, bevor die Flut über sie hereinbrach, lief Clem in durchweichten Hosen und mit nacktem Oberkörper durch die Hauptstraße.

Jetzt wurde Wasser kostbarer als Gold. Clem und Mike holten die leeren Bierfässer hervor und schöpften Wasser aus ihrer überfluteten Mine hinein. Doch ebensoschnell, wie es gefallen war, verdunstete das Wasser. Die rote Erde platzte wieder auf. Bevor sie die Mine leergeschöpft hatten, war das kostbare Naß schon versickert. Mike untersuchte die glitschigen Wände.

»Es ist an der Zeit weiterzuziehen.«

»Ja, aber ich würde es gern noch ein Stück weiter draußen probieren. Wir könnten einen neuen Claim abstecken, und du fängst schon an zu graben.«

»Geht in Ordnung.«

Drei Tage später ritt Clem nordöstlich von Kalgoorlie in den Busch. Er hatte genügend Proviant für zehn Tage bei sich. Ihm spukten die Geschichten von Männern wie Bayley aus Coolgardie und Paddy Hannah aus Kalgoorlie im Kopf herum, die das Buschland durchkämmt und genügend Oberflächengold gefunden hatten, um diesen Goldrausch auszulösen. Clem als erfahrener Buschbewohner sah sich schon als zweiten Bayley, der mit Satteltaschen voller Nuggets in die Stadt zurückkehren würde.

Er begann seine Suche zwanzig Meilen vor der Stadt und grub im Halbkreis von einem zentralen Punkt aus. Das Land war einsam und öde, ein drohender Vorbote der dahinter liegenden Wüste.

Am dritten Tag entdeckte er in einer Felsformation eine Höhle und beschloß, dort vor dem kalten Nachtwind Schutz zu suchen. Beim Näherkommen änderte er jedoch seine Meinung, da eine Felszeichnung der Aborigines über dem Höhleneingang prangte. Verwundert starrte Clem sie an und trat ein. Die große Figur in Ocker und Weiß, die die Decke der Höhle schmückte, ragte mindestens vier Meter hoch. Das Gesicht mit den riesigen weißen Augen starrte den Fremden drohend an. Clem hätte gerne die anderen Zeichnungen an den Höhlenwänden untersucht, wußte aber, daß diese Stätten als heilig galten. Er wollte sich nicht mit den einheimischen Stämmen anlegen und schlug daher sein Lager fünf Meilen davon entfernt auf.

Am Morgen durchstöberte er den Busch und suchte nach Goldspuren, drehte Felsbrocken um, zog junge Büsche heraus und hackte mit seinem Beil in die geborstene Erde. Clem war so in seine Suche vertieft, daß er die Aborigines erst bemerkte, als er eine Ruhepause einlegte. Vor Schwarzen hatte er keine Angst, da sie oft über sein Land zogen. Clem stand lächelnd auf und nickte den fünf bemalten Männern, die einige Meter entfernt in einer Reihe vor ihm standen, respektvoll zu.

»'n Tag«, sagte er fröhlich, erhielt aber keine Antwort.

Sie trugen Stirnbänder im filzigen Haar, lange Bärte und als einzige Kleidungsstücke schmale Pelzgürtel. Noch nie war Clem derart wild aussehenden Eingeborenen begegnet.

Er wartete ab, während sie ihn eingehend musterten. Die langen Jagdspeere hielten sie aufrecht neben sich. Ihre Gesichter zeigten keine Regung. Um die Situation zu entspannen, trat er einen Schritt vor und legte sein Beil auf den Boden.

»Für dich«, sagte er zu einem hochgewachsenen Mann mit grauem Haar, da ältere Menschen traditionell als Respektspersonen galten, doch die Aborigines reagierten noch immer nicht.

Clem zog sein Hemd aus der Hose und drehte die Handflächen nach oben, um zu zeigen, daß er unbewaffnet war. »Freund«, beteuerte er lächelnd, »Freund.«

Der grauhaarige Anführer bedeutete einem seiner Leute, das Beil an sich zu nehmen.

Clem gab durch Zeichen zu verstehen, sie sollten in sein Lager mitkommen, wo sie gemeinsam essen würden.

»Ich habe Essen im Lager. Ihr seid willkommen. Essen!«

Der Ältere nickte und machte ihm ein Zeichen, er solle vorgehen. Um zu prüfen, ob er die Aufforderung auch richtig verstanden hatte, drehte Clem sich nach einigen Schritten um. Erleichtert nahm er ihr Winken zur Kenntnis. Daß er seine Vorräte nun mit fünf Schwarzen teilen mußte, bedeutete das Ende seiner Expedition, doch es ließ sich nicht ändern. Er befand sich auf ihrem Land und mußte ihnen seinen Tribut entrichten.

Als er plötzlich niederstürzte, dachte er zunächst, sie hätten ihm einen Schlag versetzt. Dann jedoch breitete sich ein brennender Schmerz in Clems Rücken aus. Ein Speer hatte ihn getroffen. Bei der kleinsten Bewegung wurde der Schmerz unerträglich. Aus dem Augenwinkel konnte er sehen, wie die Waffe über ihm zitterte. Er versuchte liegen zu bleiben, so ruhig wie möglich zu atmen und dabei genügend Mut zu sammeln, um sich irgendwie von diesem Ding zu befreien.

Das Problem löste sich von selbst. Schwarze Füße traten hinter ihn und rissen den Speer mit einem Ruck heraus. Clem schrie auf und spürte warmes Blut über seinen Rücken rinnen. Doch man ließ ihn allein, und schon bald krabbelten Ameisen über seinen Körper. Er versuchte sich hochzustemmen, fiel aber nur in ein noch tieferes Loch. Er schloß die Augen. Schließlich verlor er das Bewußtsein.

Die Aborigines durchstöberten Clems Lager. Mit dem Beil zerteilten sie die Konservendosen, schütteten den Inhalt in die hohle Hand und aßen ihn genüßlich auf. Seine Decken schnürten sie zu Bündeln, in denen sie Werkzeug, Kochtopf und Wasserflaschen verstauten. Sie leerten seine Packtasche, warfen Notizbücher, Stifte und Kleidung weg und fanden zu guter Letzt den Nachrichtenstab.

Er wanderte von einer Hand zur anderen. Die Schwarzen schauten ihn erstaunt an und brachen dann in Gelächter aus. Sie bogen sich vor Lachen, warfen den Stab in die Luft, schauten ihn wieder an und feixten, bis der ältere Mann einschritt.

Traurig schüttelte er den Kopf. Nachrichtenstäbe wurden über Generationen von Stamm zu Stamm weitergegeben, selbst wenn die Stämme verschiedene Sprachen sprachen. Von alters her erzählten die Zeichen auf diesen Stäben von Versammlungen und Feiern, von Händlern und sogar vom Krieg. Sie warnten vor etwas oder erbaten die Erlaubnis, fremdes Land betreten zu dürfen. Eine Antwort wurde auf die gleiche Weise übermittelt. Jede Kerbe und jedes Zeichen hatte eine bestimmte Bedeutung.

Was aber war das hier? Offensichtlich stammte der Absender von einem weit entfernten Stamm, der die Kunst des Stabschnitzens nie erlernt oder bereits vergessen hatte. Für Mulwalla lag darin eine Tragödie, ein weiterer Beweis für die Zerstörung ihrer Kultur durch die Flut weißer Männer, die nun sogar die Aborigines im Landesinneren bedrohten.

Er fand den Nachrichtenstab keineswegs komisch. Obwohl auf diesem Ding lediglich ein Haufen zusammenhangloser Zeichen zu sehen war, las er aus ihm heraus, daß jemand ein gutes Wort für den weißen Mann einlegen wollte. Es gab vage Hinweise darauf, daß dieser Jemand dem Empfänger eine sichere Reise hatte wünschen wollen. Na ja, dafür war es ein wenig spät, doch als ehrenwerter Mann hatte Mulwalla die Pflicht, sich an das Gesetz zu halten. Er wies seine Männer an, das Pferd zu holen.

Nachdem es ihnen gelungen war, dem scheuenden Tier die Fußfesseln abzunehmen, legten sie ihm unter Mulwallas Aufsicht das Zaumzeug an.

Der vertraute Ledergeruch des Sattels trug dazu bei, daß sich das Pferd beruhigte und sich den ungeschickten Händen überließ. Mulwalla war stolz, daß sie diese ungewohnte Arbeit erfolgreich hinter sich gebracht hatten.

Clem war nicht ganz bei sich, als sie ihn aufhoben und durch den Busch trugen. Sie ließen es an der nötigen Behutsamkeit fehlen, und als sie ihn über den Sattel warfen, hatte er das Gefühl, er schlage mit zerschmetterten Knochen auf dem Grund einer tiefen Grube auf.

Mit Hilfe seiner Zeltschnüre banden sie ihn auf dem Pferd fest. Einer der Männer ergriff die Zügel und lief in gleichmäßigem Rhythmus auf die Siedlung der Weißen zu. Mühelos legte er eine Meile nach der anderen zurück und schenkte dem Stöhnen des weißen Mannes keine Beachtung.

Wenige Meilen vor dem Grabungsgebiet schob er den Nachrichtenstab unter Clems Körper, band das Zaumzeug an den Sattelknauf und versetzte dem Pferd einen Klaps aufs Hinterteil. Das Tier trabte davon, und der Schwarze wandte sich achselzuckend nach Osten, ohne den Mann auf dem Pferderücken auch nur noch eines Blickes zu würdigen. Er hatte die Anweisungen des Anführers ausgeführt und mußte nun seine Leute einholen.

Das Pferd trottete auf die Minen zu, da es Wasser witterte. Die Zügel schleiften lose hinter ihm her. Männer liefen auf das Tier zu. Verwirrt und mit geblähten Nüstern wandte es sich ruckartig zur Seite, und seine Last rutschte beinahe hinunter. Der Nachrichtenstab fiel unbeachtet zu Boden.

Ein Mann bekam die Zügel zu packen und beruhigte das Tier mit sanfter Stimme. »Braves Pferd, ganz brav. Bleib stehen. Wen bringst du denn da mit?«

Hilfreiche Hände durchtrennten die Schnüre und hoben die schwere Last herunter.

»Wer ist das?«

»Weg da, er lebt noch.«

»Was ist geschehen?«

»Bringt ihn in mein Zelt.«

»Jemand muß einen Arzt holen.«

»Wo, um Himmels willen, ist er hergekommen?«

»Wer hat ihn so zugerichtet?«

»Irgendein Schwein hat ihn schwer am Rücken verletzt.«

»Holt doch endlich einen Arzt!«

Die Neuigkeit verbreitete sich wie ein Lauffeuer. Fred Vosper erschien noch vor dem Arzt auf der Bildfläche und drängte sich durch die neugierigen Zuschauer. Ein stämmiger Goldgräber verperrte ihm den Zelteingang. »Weg da. Hier ist kein Platz für Schnüffler. Meine Freunde kümmern sich um ihn. Sieht schlecht aus.«

»Wurde er angeschossen?«

»Nein, aber er hat eine schlimme Wunde am Rücken. Sieht wie eine Stichverletzung aus.«

Die Menge erschauerte. Sie waren an Faustkämpfe und mörderische Prügeleien mit Schlagwaffen jeglicher Art gewöhnt, doch Messerstechereien galten als unfair und wurden nicht geduldet.

Fred nahm den Schürfer beiseite. »Es sollte mich sehr überraschen, wenn die Wunde von einem Messer stammte. Es heißt, sein Pferd sei mit ihm aus dem Busch gekommen. Das klingt mir eher nach einem Speer.«

»Woher wollen Sie das wissen?«

»Ich stamme aus Queensland und habe viele Speerwunden gesehen. Lassen Sie mich lieber einen Blick darauf werfen. Mehr als ich kann Ihnen auch der Arzt nicht sagen.«

»Was macht es für einen Unterschied? Er ist schwer verletzt.«

Doch der langhaarige Journalist verschaffte sich Zutritt zum Zelt und beugte sich über den Patienten.

»Mein Gott, ich kenne den Mann! Das ist Clem Price aus York.«

Die besorgten Digger hatten ihren Patienten ausgezogen und gewaschen. Er lag bewußtlos auf einer Pritsche. Durch den Verband um seinen Brustkorb sickerte noch immer Blut. Fred entschied, es sei besser, auf den Arzt zu warten. Da er Clem kannte, durfte er im Zelt bleiben.

»Kein Zweifel«, sagte er, während der junge Arzt die häßliche, bereits entzündete Wunde untersuchte, »die stammt von einem Speer. Das Gewebe wurde zerrissen, als man die Spitze herausgezogen hat. Das muß höllisch weh getan haben.«

»Sie haben vermutlich recht. Er hat viel Blut verloren und fiebert. Ich muß ihn ins Krankenhaus bringen, damit ich die Wunde nähen kann.«

Fred kannte die Zustände in dem schäbigen Hospital, das auch als »Totenhaus« bekannt war und Männern, die an Entkräftung, Unterernährung oder Erschöpfung starben, eine letzte Zuflucht bot. Leider gab es keine Alternative, und so machte er sich auf die Suche nach Clems Partner, dem Iren.

Mike vermied es zunächst, einen Brief an Thora zu schreiben. Wenn ihr Mann überlebte, würde er ihn nach Hause bringen, damit er sich bei sorgfältiger Pflege und anständigem Essen erholen konnte. Das Fieber, das bereits eine Woche andauerte, nahm seinen Körper schwer mit. Clem redete irre und stand noch immer unter Schock, wie der Arzt sagte. Wenn er nicht durchkäme, würde Thora es früh genug erfahren. Mike wollte ihr und Alice keine unnötigen Sorgen bereiten.

Mike erfuhr, daß ein Mädchen den Patienten besucht habe, eine der Prostituierten aus dem *Black Cat*. Er fand ihre Sorge um Clem rührend. Bei seinem nächsten Besuch saß sie an Clems Bett.

»Sie haben für ihn auf Lancoorie gearbeitet«, sagte sie.

Mike schaute sie überrascht an. »Woher wissen Sie das?«

»Ich stamme aus York. Ich hörte, Clem hätte einen seiner ... seiner Farmarbeiter mitgebracht.«

»Einen seiner Galgenvögel, wollten Sie sagen.«

»Tut mir leid.«

»Schon gut. Tatsächlich habe ich meine glorreiche Karriere als Gast Seiner Majestät schon vor einer Weile beendet, doch der Junge weiß nichts davon. Es schien mir nicht weiter wichtig zu sein.«

»Wie hoch war Ihre Strafe?«

»Lebenslänglich. Als das Urteil aufgehoben wurde, habe ich mich so danebenbenommen, daß die Bewährungsfrist immer wieder verlängert wurde.«

»Sie müssen bei Ihrer Verurteilung sehr jung gewesen sein.«

»Mit fünfzehn war ich bereits ein Meisterfälscher«, grinste er. »Sie sehen, wozu Schulbildung gut ist. Die Deportation hat mir nichts ausgemacht. Ich war so schlau, daß ich dachte, ich könne das System überlisten.«

»Das haben Sie ja auch. Sie haben überlebt.«

»Und Zeit verschwendet«, gab Mike zu. »Jetzt habe ich endlich die Chance, etwas aus meinem Leben zu machen. Sie sind Jocelyn, nicht wahr?«

»Ja, ich bin eine Freundin von Clem.« Sie betrachtete sehnsüchtig die reglose Gestalt im Bett. »Er ist ein wunderbarer Junge. Meinen Sie, er erholt sich wieder?«

»Sicher.« Mike wischte Clem mit einem feuchten Tuch übers Gesicht. »Komm schon, Boß, aufwachen. Wir haben noch zu arbeiten.«

Der Patient murmelte etwas Unverständliches. Seine Freunde warteten besorgt, bis der Arzt auftauchte und ihnen mitteilte, daß der Heilungsprozeß eingesetzt habe. »Die Wunde sieht schon besser aus. Wir müssen nur noch warten, bis sich das Fieber gelegt hat.«

Er nahm zuerst den Geruch wahr, einen unangenehmen und abgestandenen Geruch, doch war da auch noch ein Anflug von Karbolsäure. Nein, es roch stärker. Clem warf seinen Arm übers Gesicht, um den Gestank abzuwehren. Dabei schoß ein scharfer Schmerz durch seinen Körper. Weshalb? Er versuchte, sich auf die Quelle des Schmerzes zu konzentrieren, wurde müde und glitt wieder in den Schlaf hinüber.

Mike haßte dieses Krankenhaus. Selbst in Gefängnissen hatte er bessere Schlafsäle gesehen. Wenigstens waren sie dort einheitlich eingerichtet. Hier gab es Betten in jeder Form und Größe. Vermutlich hatte man sie auf irgendeiner Müllhalde aufgelesen. An den hölzernen Wänden drängten sich schmiedeeiserne Betten, flache Pritschen, mit Segeltuch bespannte Klappliegen und klapprige Holzgestelle. In jedem von ihnen erduldeten bemitleidenswerte Patienten die Gluthitze, die sich unter dem Wellblechdach staute. Mike hätte Clem gerne an einen anderen Ort gebracht, doch zuvor mußte er fieberfrei sein und wieder klar denken können. Mike betete, daß es bald geschehen möge, denn Fieber war tückisch und unberechenbar …

Er sah, daß Clems Nasenflügel zitterten. Sein Arm zuckte unruhig, sein Gesicht war schmerzverzerrt. »Bei Gott, du bist da«, rief Mike, »ich weiß, daß du da bist. Du mußt jetzt aufwachen, damit ich dich von hier wegbringen kann. Die Mine bekennt Farbe, sie ist besser als die erste. Bisher fülle ich zwar nur Streichholzschachteln mit dem Staub, aber in dieser Woche habe ich schon zwölf Pfund verdient. Außerdem warten eine Menge Leute auf dich, mein Junge, Freunde aus York. Jocelyn und die Postle-Jungs. Die beiden können nicht länger warten. Sie haben massenhaft Nuggets entdeckt – die sind ein Vermögen wert – und wollen nach Haus, sobald sie wieder nüchtern sind. Da war auch noch ein Bursche namens Tanner, der in der Zeitung über dich gelesen hatte. Ist ein feiner Pinkel, ein Börsenmakler, der hier ein Büro mit allem Drum und Dran eröffnet hat. Die größen Minen-Syndikate kaufen große Pachtgrundstücke auf. Er sagt, im Vermittlungsgeschäft ließe sich mehr Geld verdienen.«

Mike entdeckte den Arzt, der am anderen Ende des Raumes seine Visite begann. »Dann gibt es da noch unseren Freund Fred Vosper. Er ist auch hiergewesen und setzt nun alle Hebel in Bewegung, damit die Regierung ein anständiges Krankenhaus baut. An Zielen fehlt es ihm nie. Er verlangt, daß die Goldgräber in Zukunft im Parlament vertreten sind. Wenn ich mir ansehe, wie rasend schnell die Bevölkerung hier wächst, sollte es mich nicht wundern, wenn er sich damit durchsetzt. Geh nicht weg, ich komme sofort wieder.«

Er trat auf den Arzt zu. »Könnten Sie einen Moment zu Clem kommen, Sir? Ich glaube, er wacht auf.«

Der Mann zuckte nur müde die Achseln. »Mal sehen. Sie sollten die Hoffnung nicht aufgeben.«

»Er ist noch nicht gewaschen worden, das würde ihn sicher abkühlen. Könnten Sie eine der Frauen darum bitten?«

»Sie haben zu tun. Er muß warten, bis er an der Reihe ist. Wir haben nicht genügend Krankenschwestern für so viele Patienten.«

»Stellen Sie mehr ein!«

»Übernehmen Sie die Gehälter?« fragte der Arzt zurück. Dann beugte er sich über Clem, maß die Körpertemperatur und warf einen Blick auf seine Notizen.

»Das Fieber ist gesunken, ein gutes Zeichen.«

Auf den dringenden Ruf einer Krankenschwester hin eilte er zu ihr. Mike sah, wie die beiden einen Wandschirm vor das Bett eines anderen Patienten stellten.

Er ging nach draußen und sprach eine Krankenschwester an, die einen tüchtigen Eindruck machte. »Kennen Sie den Patienten Clem Price?«

»Ja.«

»Er muß dringend gewaschen werden. Hier sind zehn Shilling. Ich möchte, daß er von nun an zweimal am Tag gewaschen wird und frische Bettwäsche erhält. Dafür gibt es jedes Mal zehn Shilling bar auf die Hand. In Ordnung?«

»Natürlich«, erwiderte sie grinsend und steckte das Geld in ihre Schürzentasche.

»Gott segne Sie.«

Vor dem gelben Licht, das durchs Fenster fiel, erkannte er die Silhouette einer Frau, die neben dem Bett saß. Clem seufzte erleichtert. Sie hielt seine Hand, tröstete ihn, half ihm aus dieser finsteren Wirrnis und sagte, alles sei gut.

Er war unendlich dankbar für ihre bloße Gegenwart.

»Thora«, flüsterte er und fragte sich, weshalb seine Zunge sich auf einmal zu groß für seinen Mund anfühlte. Er umklammerte ihre Hand und versuchte es noch einmal. »Thora, Liebste.«

»Was hat Sie nur an diesen furchtbaren Ort verschlagen?« fragte Mike, während sie vorsichtig den Lastwagen auswichen. Sie lieferten Baumaterial für die Arbeiter, die im Zentrum von Kalgoorlie eine richtige Straße, die Hannan Street, anlegen sollten.

Jocelyn ergriff seinen Arm. »Ich wollte Gold suchen, hatte mein Herz daran gehängt. Ich habe sogar Clem gefragt, ob er mich mitnimmt, doch er hat abgelehnt.«

»Ich kann mir gar nicht vorstellen, wieso«, grinste Mike.

Sie betraten eine kleine Kneipe neben dem *Black Cat.*

Das Bordell war als eine der ersten Einrichtungen aus einem Zelt in ein festes Haus gezogen. Sie gingen durch die schäbige Bar und setzten sich draußen unter ein aufgespanntes Dach aus Segeltuch.

Jocelyn schien einfach jeden zu kennen. Mike bestellte zwei Ale und setzte sich auf einen Baumstamm, der als Bank diente, während sich seine Begleiterin mit der ungehobelten Kundschaft unterhielt. Wie jede andere Kneipe auf den Goldfeldern machte auch diese schwindelerregende Umsätze. Mike sah sich neidisch um. Es war immer sein Ehrgeiz gewesen, ein eigenes Pub zu besitzen, und diese rappelvolle Bruchbude ließ sein Herz höher schlagen. Doch die Verwirklichung seines Traumes mußte noch warten. Es war einfach zu teuer, den Alkohol an diesen gottverlassenen Ort zu schaffen. Das spiegelte sich in den astronomischen Preisen wider. Wehmütig schaute er auf sein Bierglas – das Pint hatte ihn zwei Shilling sechs Pence gekostet – und spielte mit dem Gedanken, auch Jocelyns Glas zu leeren, besann sich dann aber auf seine guten Manieren.

Nachdem sie ihre Runde gemacht hatte, setzte Jocelyn sich zu ihm. »Wir können umsonst trinken. Mein Kumpel Teddy, der Engländer dort drüben, hat heute sein Glück gemacht und gibt eine Runde Champagner aus.« Mit diesen Worten kippte sie das kostbare Ale auf den Boden, ergriff Mikes großen Emaillebecher und schoß davon, um ihn mit prickelndem französischem Champagner zu füllen. Währenddessen stand ihr Kumpel Teddy, ein junger, hochgewachsener Mann, auf einem Baumstumpf und sang seinen Triumph in die Welt hinaus.

»Ich war nicht immer eine Hure«, sagte Jocelyn zu Mike.

»Davon gehe ich aus.«

»Ich meine, es ist nicht meine Schuld«, erklärte sie beharrlich. »Ich bin zum Goldsuchen hergekommen. Mit Joe Parsons, den ich in York kennengelernt habe. Wir haben zusammen auf seinem Claim gearbeitet. Nun sehen Sie mich doch nicht so ungläubig an.«

»Ich gucke nur interessiert, nicht ungläubig.«

»Trinken wir auf den armen Clem«, verkündete Jocelyn. »Nun, wie ich sagte … Joe und ich haben hart gearbeitet. Wir fanden ein wenig Goldstaub, der uns Mut machte, und dann ist Joe eines Tages einfach abgehauen. Hat mich sitzenlassen. Den Claim verkauft. Ich wußte nicht, wohin. Und so bin ich im *Black Cat* gelandet. Mir fehlte sogar das Geld, um mir etwas zu essen zu kaufen, von einer Rückkehr nach Hause ganz zu schweigen. War das nicht grausam von ihm?«

»In der Tat.«

Mike hing seinen Gedanken nach, während Jocelyn von ihrem neuen Zuhause erzählte. Clem mußte um jeden Preis aus diesem Krankenhaus geschafft werden. In der Stadt kursierten Gerüchte über ansteckende Krankheiten, die Clem in seinem geschwächten Zustand zum Verhängnis werden konnten. Andererseits hatte Mike keine andere Möglichkeit, als ihn ins Zelt zu bringen und dort sich selbst zu überlassen, während er arbeitete. Ihnen fehlte es an Bargeld, und das Seifengold reichte gerade aus, um ihre Kosten zu decken. Er hatte schon mit dem Gedanken gespielt, die Pferde zu verkaufen. Da Weideland hier draußen extrem knapp war, mußte er sogar Heu für die Tiere kaufen.

Um die Frauen auf Lancoorie nicht zu beunruhigen, teilte er ihnen mit, daß Clem sich an der Hand verletzt habe und er daher das Schreiben übernommen habe.

»Das *Black Cat* ist eine üble Kaschemme«, berichtete Jocelyn soeben. »Den Fusel, den sie da servieren, würde ich nicht mal einem Hund vorsetzen. Wenn ich an das hübsche Hotel in York denke, wo alles so sauber und ordentlich war, könnte ich heulen. Und unsere Zimmer! Die Bettlaken waren immer frisch gewaschen und gebügelt, die Matratze absolut fleckenlos. Wenn ich wollte, könnte ich Ihnen noch viel mehr über das *Black Cat* erzählen ...«, fügte sie geheimnisvoll hinzu. »Madam Glory – welch ein Name für die alte Hexe – kümmert sich keinen Deut darum. Ihren wahren Namen kennt übrigens niemand. Sie spielt Karten, mit einer Zigarre im Mundwinkel wie ein Mann, während wir arbeiten. Manche sagen, sie sei tatsächlich ein Mann. Sollte mich nicht wundern. Sie weiß einfach nicht, wie man den Laden sauberhält. Einige der anderen Mädchen sind echte Huren. Sie haben erzählt, in anständigen Freudenhäusern gäbe es Badezimmer und Hausmädchen und Wäschereien, und alles wäre ordentlich. Und wir hausen in diesem Rattennest!«

Jocelyn betrachtete das Haus aus unbehauenem Holz, dessen Fenster schon hell erleuchtet waren.

»Es heißt, eines Tages würde die Polizei kommen und Madam Glory mitnehmen. Was soll dann aus uns werden? Die anderen Bordelle haben ihre eigenen Mädchen.«

»Weshalb sollte sie sie denn mitnehmen? Das Betreiben eines Bordells verstößt hier nicht gegen das Gesetz.«

»Sie hören mir nicht richtig zu. Ich sagte doch, außer uns bezahlt sie keinen. Sie verspielt ihr Geld, bezahlt weder für den Fusel noch für diesen billigen Fraß, den die Köchin unseren Kunden vorsetzt. Dabei verdient sie mindestens tausend Pfund pro Woche und wirft noch schlimmer damit um sich als unser Teddy hier ...«

Mike horchte auf. »Wieviel nimmt sie ein?«

»Bisher waren es tausend, aber die anderen Bordelle haben sie aus dem Rennen geworfen. Die Kunden werden allmählich wählerisch. Ich habe ihr gesagt, wir würden die besseren Leute nicht verlieren, wenn das Haus ordentlicher wäre, aber sie wollte nicht auf mich hören. Wissen Sie, was sie zu mir gesagt hat? ›Dreh das Licht runter, dann merken sie es nicht.‹ Und die Mädchen werden genauso schlampig.

Wenn sie nur das Hotel in York erlebt hätte, wüßte sie, wie man so ein Haus führt.« Während sich Jocelyn weiter über die Vorzüge des Hotels ausließ, in dem man angeblich vom Boden essen konnte, interessierte Mike sich mehr für ihre derzeitige Chefin.

»Hört sich an, als habe Madam Glory ihr Interesse am Geschäft verloren. Warum verkauft sie es nicht?«

»Das befürchten wir ja. Die Bank will das Grundstück kaufen, weil es so zentral liegt. Vom Geschäft an sich will man dort nichts wissen. Und das Gebäude soll abgerissen werden. Allerdings bieten sie ihr einen lächerlichen Preis für das Grundstück. Unbebaut ist es nicht mehr wert als fünfzehn Pfund.«

»Noch ist es nicht so weit«, murmelte er. »Ich nehme an, das da drüben ist Ihre Chefin. Warum machen Sie uns nicht miteinander bekannt?«

Jocelyn lachte. »Sie ist alt, hat aber einen Blick für gutaussehende Männer.«

Mike schnitt eine Grimasse. Wie taktlos war doch die Jugend! Madam Glory war höchstens vierzig, so alt wie er selbst.

Als er am nächsten Morgen in Glorys Salon Platz nahm, mußte Mike Jocelyn recht geben. Bei Tageslicht sah der Raum schäbig und schmutzig aus.

»Reden wir Klartext«, sagte die Chefin. »Sie wollen das Bordell kaufen?«

»Nein, hier gibt es schon zu viele derartige Etablissements. Ich möchte das Gebäude kaufen und darin eine Pension eröffnen.«

»Damit werden Sie nicht viel verdienen.«

»Das weiß ich. Aber in zehn Jahren wird dieser Häuserblock eine Menge wert sein.«

»In zehn Jahren! Was interessiert Sie das? Bis dahin liegen

Sie vielleicht schon unter der Erde. Nehmen Sie eine Zigarre, Mike. Wenn Sie wirklich Geld machen wollen, kommen Sie mit mir nach Perth und eröffnen dort ein Bordell.« Sie lehnte sich zurück und paffte ihre Zigarre. »Ich sage Ihnen, in zehn Jahren gehört dieser Ort wieder den Abos. Kalgoorlie wird nichts als ein Haufen Sand sein, genau wie früher, aber Perth ist eine richtige Stadt.«

Er kratzte sich am Kopf. »Mag sein, aber ich muß klein anfangen. Ein Haus in Perth kann ich mir nicht leisten.«

»Aber das *Black Cat* wollen Sie kaufen?«

»Das Gebäude«, korrigierte er.

Sie feilschten den ganzen Morgen bei einer Flasche Whisky, die seinen Kater noch verschlimmerte. Er gab sich den Anschein, als sei er leicht betrunken, was dazu führte, daß Glory ihn unterschätzte.

Als sie die Summe von zweitausend Pfund erwähnte, lachte er nur und wies sie darauf hin, daß ihr die Bank nur fünfzehn angeboten habe, was sie wiederum belustigte. Sie hatten beide ihren Spaß am Handeln.

»Würden Sie einen Scheck akzeptieren?« fragte Mike.

»Sehe ich so aus?«

»Also Bargeld. Fünfhundert Pfund. Mein letztes Wort.«

»Fünfhundert? Mehr haben Sie nicht?«

»Das ist alles.«

»Dann kommen wir auch nicht ins Geschäft. Meine Schulden sind höher als der Kaufpreis. Nach der Rückzahlung stünde ich mit leeren Händen da.«

»Das tut mir aber leid. Fünfhundert Pfund sind eine Menge Geld; ich dachte, es reiche für einen guten Start in Perth.«

»Dachte ich auch, aber mit Ihrem letzten Angebot komme ich nicht weg von hier. Wie ich dieses fliegengeplagte Kaff hasse. Wir hocken hier wirklich am Ende der Welt.«

Mike drückte sein Mitgefühl aus. »Das ist auch kein Ort für Damen. Um die fünfhundert Pfund aufzubringen, müßte ich allerdings einen Scheck ausstellen und warten, bis die Bank ihn gutgeschrieben hat. Erst dann kann ich über Bargeld verfügen.«

»Wie gesagt, diese Summe würde mir nicht helfen.«

»Und wenn wir den Verkauf stillschweigend erledigen? Zweitausend bekommen Sie nie im Leben.«

»Und?«

»Und ich treffe heimlich Vorbereitungen, damit eine gewisse Dame auf direktem Weg bis Northam reisen kann. Die Nachschubtransporte nehmen Passagiere mit und haben genügend Wasser und Proviant dabei, um die Reise erträglich zu gestalten. Sie könnten dabeisein.«

Ein Grinsen breitete sich über ihrem gepuderten Gesicht aus. »Sie meinen, ich könnte einfach fahren?«

»Die Fahrer kennen sich aus. Sie brechen vor Tagesanbruch auf, um der Hitze zu entgehen.«

»Mike, Sie sind ein Gauner«, flötete Glory. »Keiner erfährt etwas, bevor ich weg bin.«

»Genau. Und Sie haben fünfhundert Pfund in der Tasche.«

Glory lehnte sich auf dem schäbigen Sofa zurück und strahlte. »Verkauft.«

»Dann sollten Sie besser verbreiten, daß Sie sich gegen einen Verkauf entschieden haben, damit die Gläubiger nicht herumschnüffeln. Morgen habe ich den Vertrag fertig.«

Beschwingt machte Mike sich auf den Weg zum Zelt. »Genau wie in den alten Zeiten«, dachte er.

Er durchsuchte Clems Habseligkeiten, bis er den Antrag für den Claim gefunden hatte, auf dem Clems Unterschrift prangte. Dann übte er in seinem Notizbuch den Schriftzug »C. Price«.

»Ein Kinderspiel«, murmelte er vor sich hin.

Er hoffte nur, daß Clem wenigstens den Deckungsbetrag für die Schecksumme auf seinem Konto in York hatte, ansonsten würde die arme Glory nirgendwo hinfahren.

Schwungvoll setzte Glory ihren richtigen Namen unter den Kaufvertrag, wodurch das *Black Cat* in den Besitz der Firma Deagan und Price überging.

»Wer ist Price?« wollte sie wissen.

»Mein Partner. Er wurde von den Schwarzen mit einem Speer niedergestreckt, befindet sich aber auf dem Weg der Besserung. Heute abend hole ich ihn aus dem Krankenhaus. Sie sollten übrigens morgen früh keinesfalls verschlafen. Der Fahrer erwartet Sie spätestens um halb fünf bei Padgetts Mietställen.«

Glory faltete die Banknoten säuberlich zusammen, steckte sie in eine Brokatbörse und gab Mike einen Kuß auf die Wange. »Ich werde dort sein. Sie sind ein echter Freund. Kommen Sie mich besuchen, wenn es Sie einmal nach Perth verschlägt.«

Zwei Tage später bereitete er das Frühstück für seinen Patienten zu und begann, das Werkzeug für die Arbeit in der Mine zusammenzupacken.

»Ich kann dir gar nicht genug danken, Mike. Du hast so gut für mich gesorgt«, sagte Clem, der sich auf einen Zeltpfosten stützte. »Ich müßte eigentlich mit dir gehen.«

»Wirst du auch. Sobald du wieder sicher auf den Füßen stehst, drücke ich dir die Hacke in die Hand.«

»Ich kann es kaum erwarten. Dieses untätige Herumsitzen macht mich verrückt.«

»Schreib ein paar Briefe.«

»Ich tue doch nichts anderes. Thora habe ich geschrieben, ich hätte einen Unfall gehabt und mich dabei am Arm verletzt. Du hast den Speer in deinem Brief an Alice auch nicht erwähnt, oder?«

»Ich wollte ihnen unnötige Sorgen ersparen.«

»Das war gut so. Wenn ich nach Hause komme, habe ich wenigstens etwas zu erzählen. Die Narbe auf meinem Rücken werden sie wohl kaum übersehen. Ich frage mich noch immer, wieso mich die Schwarzen zuerst beinahe getötet und dann auf mein Pferd gebunden haben.«

»Vielleicht zur Abschreckung.« Mike stand unschlüssig mit Hacke und Schaufel da. Clem machte ihm ein Zeichen.

»Tut mir leid, ich wollte dich nicht aufhalten. Wenigstens einer von uns sollte etwas tun.«

»Du machst gar nichts, werde erst mal wieder gesund. Und geh nicht in die Sonne, sonst wird dir schwindlig. Ich habe ein paar Bücher aufgetrieben, falls dir nach Lesen zumute sein sollte. Sie liegen unter meinem Bett. Und jetzt mache ich uns beide reich.«

Clem sah ihm nach und schaute sich dann um. Zwischen den verlassen daliegenden Zelten kam er sich ungeheuer einsam vor. Alle anderen Digger waren zu den Goldfeldern aufgebrochen, so daß er jetzt der einzige in diesem schäbigen Lager war. Der Geruch von Staub vermischte sich mit dem Gestank der primitiven Unterkünfte. Bisher hatte er es nicht bemerkt, da er frühmorgens losgezogen und abends erschöpft heimgekehrt war, doch nun sah er seine derzeitige Umgebung zum ersten Mal als das, was sie wirklich war: eine Ansammlung zerlumpter, verblichener Zelte, umgeben von einem wachsenden Müllhaufen. Nicht ein Baum weit und breit, kein Fleckchen Grün. Keine Vogelstimmen, kein Aufblitzen von bunten Papageienflügeln, keine schwarzweißen Elstern, die ihr Territorium markierten und deren Krächzen die Luft durchzog. Clem vermißte den vertrauten Anblick seiner Heimat. Er ging ein paar Schritte den Weg entlang, um seine Beine zu kräftigen, doch der Anblick von Ratten, die zwischen leeren Büchsen und Flaschen umherhuschten und an den Zelten schnüffelten, trieb ihn zurück.

»Ich fühle mich nur noch schwach und niedergeschlagen«, haderte er mit sich. »Zwei Dinge machen mir zu schaffen: Mike tut die ganze Arbeit, und keiner von uns hat es bisher zu etwas gebracht.«

Dann riß er sich zusammen und trat ins Zelt. Ihm fielen die Streckübungen ein, die Noah ihm als Kind beigebracht hatte, und er begann, seine Muskeln zu dehnen.

»Ich komme wieder in Form«, ermunterte er sich. »Ich werde in dieser Mine arbeiten wie ein Stier. Hier sind schon ganz andere reich geworden. Ich werde erst nach Hause zurückkehren, wenn es auch mir gelungen ist.«

Die Tatsache, daß die Postles Gold gefunden hatten, spielte eine entscheidende Rolle bei Clems Entschluß, in Kalgoorlie zu bleiben. Er hatte sich in Thoras Augen bereits zum Narren gemacht, als man ihn ausgeraubt hatte. Nun fürchtete er, noch einmal als Versager nach Lancoorie heimzukehren und zum Gespött von Leuten wie Les und Andy Postle zu werden. Thora würde ihm das niemals verzeihen.

Von dem Bargeld, das er mitgebracht hatte, waren nur wenige Pfund übriggeblieben. Sie hatten von den spärlichen Seifengold-Funden gelebt, die Mike der Mine entrissen hatte. Nachdem sie die Rechnungen für die ärztliche Behandlung bezahlt hatten, waren sie praktisch mittellos. Clem begriff, daß er noch mehr Geld von der Bank abheben mußte. Der Kontoauszug wiederum würde Alice verraten, daß ihre Unternehmung weniger erfolgreich war als erwartet.

»Ich muß mir eine Entschuldigung einfallen lassen«, dachte Clem. »Ich möchte Alice zwar nicht belügen, aber Thora wird meinen Brief ebenfalls lesen wollen ...«

Nach den anstrengenden Übungen mußte er sich ausruhen, trank einen Schluck Wasser und legte sich auf sein Bett. Die aufkeimende Verzweiflung verdrängte er, indem er im Geiste draußen bei den neuen Goldfeldern einen neuen Claim absteckte.

Ein ausgetretener Pfad führte über einen steinigen Abhang zur ersten Mine hinunter und schlängelte sich dann weiter durch die zerwühlte Landschaft, bis er zu einer bloßen Furche zwischen Hügeln von Menschenhand geschrumpft war. Ein anderer, von Wagenrädern ausgefahrener Weg zog sich bis in die Stadt. Diesen wählte Mike. Seine Werkzeuge ließ er unterwegs bei einem Freund in der Kondensierungsanlage zurück.

Im *Black Cat* traf er Jocelyn. Sie lief ihm ganz aufgeregt entgegen.

»Mike, stell dir vor, was passiert ist! Glory hat sich aus dem Staub gemacht!«

Einige andere Mädchen waren zu ihnen getreten. Die Neuigkeit hatte sie vollkommen durcheinander gebracht.

»Wir haben sie seit Tagen nicht mehr gesehen«, rief ein zierliches dunkelhaariges Mädchen. »Was sollen wir jetzt machen? Man wird uns hinauswerfen.«

Mike hielt die Schlüssel in die Höhe. »Keine Sorge. Das Etablissement befindet sich lediglich unter neuer Leitung. Ihr braucht euch gar keine Sorgen zu machen. Jocelyn, hätten Sie eine Minute Zeit für mich?«

Sie sah ihm erstaunt nach, als er durch die Eingangshalle ging und die Tür zum Salon öffnete.

Sie wich einen Schritt zurück. »Das ist Glorys Zimmer.«

»Das *war* Glorys Zimmer. Kommen Sie herein.«

Bevor sie ihn mit Fragen bombardieren konnte, bot er ihr einen Platz an. »Wenn Sie mir gut zuhören, erfahren Sie auch, wie es weitergeht. Glory hat das Geschäft verkauft. An mich. Also befindet sich das *Black Cat* von nun an unter neuer Leitung. Einige Dinge werden sich ändern.«

»Wo ist Glory denn?«

»Irgendwo in der Stadt, vermute ich. Ich weiß jedoch nicht, wo sie sich genau aufhält, aber das soll auch nicht unsere Sorge sein.«

»Sie haben das Geschäft gekauft?«

»Wie ich bereits sagte. Darf ich Ihnen jetzt erzählen, was ich vorhabe?«

»Aber natürlich doch.«

»Erstens wird das *Black Cat* weiterlaufen, zweitens sollen Sie es für mich leiten. Sie sind von nun an die Chefin. Fühlen Sie sich dazu in der Lage?«

»Ich?«

Jocelyn sah ihn beinahe ehrfürchtig an, als er erklärte, daß das Haus für eine Woche schließen werde, die Mädchen aber weiterhin ihr Geld bekommen sollten. In dieser Woche sollten alle bei der Generalreinigung helfen.

»Ich möchte, daß es aussieht wie Ihr Hotel in York«, grinste Mike. »Sie haben zehn Hausmädchen draußen. Sie werden ihnen das Schrubben schon beibringen, nicht wahr?«

»Sicher doch.«

»Wer nicht an den Reinigungsarbeiten teilnehmen möchte, fliegt raus.«

Allmählich erholte sich Jocelyn von dem Schock. »Sie werden arbeiten«, verkündete sie entschlossen. »Dafür sorge ich schon. Aber hier gibt es Vorhänge, Bettwäsche und anderen Kram, den auch eine Reinigung nicht mehr retten kann.«

»Dann ersetzen Sie die Sachen. Lassen Sie es auf das *Black Cat* anschreiben. Wenn wir erst wieder Geld einnehmen, können wir die Schulden mühelos zurückzahlen.«

Sie besprachen die Renovierung des heruntergekommenen Etablissements, bis Jocelyn sich auf Mikes ursprüngliches Angebot besann.

»Ich soll die Madame werden?«

»Wieso nicht? Sie werden gut bezahlt.«

»Und ich muß selbst keine Kunden bedienen?«

»Natürlich nicht.«

Sie zögerte und sprang dann auf, um ihn zu umarmen. »O Mike, vielen Dank. Ich verspreche, ich werde Sie nicht enttäuschen. Das hier wird das beste Haus am Platz. Wir spucken in die Hände und putzen es prächtig heraus. Nur die besten Kunden werden uns besuchen.«

Mike befreite sich aus ihren Armen. »Genau das hatte ich

im Sinn. Wenn wir erst richtig Geld verdienen, machen wir hieraus einen Palast.«

Nachdem Mike fast alle ihre Fragen beantwortet hatte, wollte er zur Mine zurückkehren, doch dann fiel ihm noch etwas ein.

»Wenn Sie das Haus bis nächsten Samstag in Ordnung haben, könnten Sie ein Schild aufstellen: ›Große Wiedereröffnung‹. Wie hört sich das an?«

»Wunderbar! Aber wie soll ich mich nennen? ›Madame Jocelyn‹ klingt nicht besonders.«

Mike brach in Gelächter aus. »Lassen Sie sich etwas einfallen.«

»Vielleicht einfach ›Madame‹«, sinnierte sie. »Ja, das ist es. Das hört sich seriös an, und jeder weiß, wer hier das Sagen hat. Warten Sie ab, bis die Mädchen davon hören, sie werden umfallen ...«

»Im Augenblick soll niemand erfahren, daß ich der neue Eigentümer bin. Es wird sich noch früh genug herumsprechen.«

»Ich werde kein Wort sagen, ehrlich. Vielleicht ist ›Madame‹ doch nicht das richtige ...«

Mike überließ sie ihren Überlegungen und kehrte zu seiner eigentlichen Arbeit zurück. In Kalgoorlie lag noch immer eine Menge Gold im Boden.

Das *Black Cat* wurde wiedereröffnet und machte unter der Leitung von ›Madame Jolie‹, wie Jocelyn sich nun nannte, glänzende Geschäfte. Clem arbeitete wieder. Da die Mine inzwischen ordentliche Mengen an Seifengold lieferte, waren sie guten Mutes und beschlossen, an diesem Claim weiterzuarbeiten.

Allerdings kehrte Clem nun abends umgehend ins Lager zurück, da ihn Partys nicht mehr interessierten und er bereits zuviel Zeit vergeudet hatte.

Als sie eines Abends am Lagerfeuer saßen und Hammelfleisch mit Kartoffeln aßen, kamen sie über Umwege auf das Thema *Black Cat* zu sprechen.

Clem fragte Mike: »Weißt du, was ich mir wünsche? Ein Haus am Meer. Seit meiner Kindheit habe ich das Meer nicht mehr gesehen. Ich kann mich aber noch an den Ozean erinnern. Vom Schiff aus sah er so tief und klar aus, mit kleinen Schaumkronen, die auf den Wellen tanzten. Es wäre herrlich, wenn man einfach aus dem Haus laufen und sich in die Fluten stürzen könnte.«

»Sicher.«

»An diesem Ort hier fühle ich mich nie sauber. Was würde ich darum geben, eine Stunde im Meer zu baden!«

»Wieso kommst du nicht mit in die Stadt und nimmst ein Bad?«

»In drei Zoll Wasser? Aber es wäre wohl besser als gar nichts. Ja, ich komme mit.«

»Ich wüßte schon, wo wir ein Vollbad nehmen könnten.«

»Wo?«

»Im *Black Cat.*«

»In diesem Rattenloch? Nein, danke!«

»Hab dich doch nicht so. Seit Glory verschwunden ist, leitet deine Freundin Jocelyn das Haus.«

»Jocelyn! Ich habe meinen Ohren nicht getraut, als sie mir erzählte, daß sie in einem Bordell arbeitet.«

»Sie war sehr gut zu dir, als du krank warst, und würde dich gerne wiedersehen. Das *Black Cat* hat sich gewaltig gemausert.«

Doch Clem zögerte noch. »Ich habe viel über Thora nachgedacht. Ich möchte nicht mehr ins Bordell gehen, es erscheint mir nicht richtig.«

»Du willst nur baden, dagegen kann sie doch nichts haben«, erwiderte Mike lachend. »Ich glaube nicht, daß sie dich in deinem gegenwärtigen Zustand willkommen heißen würde. Komm, laß uns hingehen.«

Kurz hinter der Kondensierungsanlage entschloß sich Mike, die Bombe platzen zu lassen.

Clem blieb so abrupt stehen, daß die Männer, die hinter ihm hergegangen waren, mit ihm zusammenprallten.

»Wir haben was?«

»Du warst zu schwach und krank, um irgendwelche Entscheidungen zu treffen. Daher habe ich sie für dich mitgetroffen. Das ist alles.«

»Das ist doch ein Witz, oder?«

»Nein, ganz im Gegenteil. Wir werden reich damit.«

»Woher hattest du das Bargeld? Hast du mich über die Erträge der Mine belogen?«

»Nein. Die Mine wirft nach wie vor nur Kleingeld ab, aber das *Black Cat* bringt uns tonnenweise Profit. Da drüben ist ein Pub. Dort werde ich dir bei einem Drink alles erklären.«

»Nein, erkläre es mir auf der Stelle. Woher hattest du das Geld?«

»Ich habe einen Scheck ausgestellt.«

»Wie? Du hast doch gar kein Bankkonto.«

»Ich nicht, aber du.«

Clem packte ihn am Kragen. »Was hast du getan, du Schweinehund? Wie konntest du einen Scheck auf mein Konto ausstellen? Mein Lancoorie-Konto, das einzige, das ich habe ...« Dann dämmerte es ihm. »Du verdammter Bastard! Hast du etwa meine Unterschrift gefälscht?«

Die anderen Goldsucher hörten interessiert zu, entschlossen sich dann aber, angesichts der Temperaturen lieber einen Drink in der Stadt zu nehmen.

Mike versuchte Clem zu beruhigen.

»Das ist schlecht für deine Gesundheit, Junge.«

»Ich bringe dich um, du gemeiner Dieb!«

»Hör auf, du kannst es nicht mit mir aufnehmen. Außerdem ist es viel zu heiß, um sich zu schlagen.«

Clem boxte in seiner Wut und Verwirrung auf Mike ein,

ohne ihn zu treffen. Schließlich sank er vollkommen erschöpft in die Knie.

Ein Goldgräber half Mike, ihn ins nächste Pub zu bringen, wo sie ihn auf der Veranda auf einen Stuhl bugsierten und ihm einen Whisky in die Hand drückten. Allmählich kam Clem wieder zu sich. Aus dem Pub drangen laute Stimmen auf die Straße. Auf der Fensterbank standen Gläser. Ein Fuhrwerk rumpelte vorbei. In der Ferne hörte er den Lärm der Brecher, die Tag und Nacht arbeiteten. Mike saß neben ihm und redete auf ihn ein, doch Clem weigerte sich zuzuhören.

»Ich bringe dich um«, sagte er erneut, als sein Kopf dank des Whiskys wieder klar wurde. »Wieviel hast du mir gestohlen?«

»Die Sache hat uns fünfhundert Pfund gekostet.«

»Ich bringe dich wieder ins Gefängnis. Deine Bewährung kannst du vergessen.«

»Von wegen Bewährung. Ich bin schon seit längerem ein freier Mann. Versuch doch, mich zu verstehen. Wenn du deinen Partner ins Gefängnis schickst, erfährt die ganze Welt, daß wir ein Bordell besitzen. Ich habe mich bisher bemüht, deinen Namen aus der Sache herauszuhalten.«

»Herauszuhalten? Mein Name steht auf der Besitzurkunde eines Puffs! Willst du mich ruinieren?«

»Denk nur daran, wieviel Geld wir verdienen können.«

»Wir? Du kaufst in meinem Namen ein Drecksbordell und hast noch die Stirn, ›wir‹ zu sagen. Du bist verrückt. Ich sorge dafür, daß du in der finstersten Zelle des Gefängnisses von Fremantle landest und nie wieder rauskommst.«

Das Schlimmste war, daß Mike Clems Ausbrüche völlig kaltließen. Es war wie Schattenboxen.

»Dein Geld, meine Idee«, bemerkte Mike und schob sich das rote Haar aus der Stirn. »Fair ist fair. Die Gewinne werden für uns beide reichen. Wenn du dich trotzdem über den Tisch gezogen fühlst, gebe ich dir bei Gelegenheit die fünfhundert Pfund zurück. Aber ich lasse mir meinen Anteil nicht abkaufen.«

Clem brüllte los. »Abkaufen? Ich will dieses verfluchte Bordell nicht haben! Ich schließe es, genau das werde ich tun. Und dann zeige ich dich wegen Urkundenfälschung an.«

»Das wirst du nicht tun. Warte, bis du siehst, welche Gewinne es erwirtschaftet. Die gute Jocelyn führt ausgezeichnet Buch. Komm mit, ich zeige es dir.«

»Ich werde dieses Haus nicht betreten. Du bist ein verdammter Scheißkerl!«

»Und was ist mit dem Dank dafür, daß ich mich um dich gekümmert habe?«

Clem erhob sich von seinem Stuhl. »Du bist ein Verbrecher. Ein verurteilter Verbrecher. Ich will nichts mehr mit dir zu tun haben!«

Er stürmte in die Bar und drängte sich zur Theke vor, wo er einen weiteren Whisky bestellte. Der zweite schmeckte schon besser, aber er kochte noch immer vor Wut und war fest entschlossen, Mike wegen Urkundenfälschung anzuzeigen. Und tief in seinem Inneren quälte ihn das Entsetzen darüber, daß er nun der Besitzer eines dreckigen Bordells war. Er hatte genug gehört, um sicher zu sein, daß der Anwalt, über den Mike den Verkauf abgewickelt hatte, Bescheid wußte; daß auch die schwatzhaften Bankbeamten hier in Kalgoorlie im Bilde waren. Und Jocelyn, die Puffmutter, war seine Angestellte. Wie lange würde es dauern, bis sich diese Neuigkeiten auch in York verbreiteten? Selbst wenn er dieses Etablissement verkaufte, was Mike ohnehin unterbinden würde, konnte er die Katastrophe nicht mehr aufhalten.

»O mein Gott!« stöhnte er und zuckte nervös zusammen, als ihn der Barkeeper ansprach.

»Noch mal dasselbe?«

»Nein.«

Clem taumelte zurück zum Lager, vorbei an den Zelten, die

Schatten warfen, und den Männern, die sich am verglühenden Lagerfeuer unterhielten. Er achtete nicht auf ihre Einladungen, sondern tastete sich bis zu seinem eigenen Zelt vor. Dann entzündete er die Lampe und warf sich halb tot vor Scham auf sein Bett. Er war ein angesehener Schafzüchter. Der Besitzer von Lancoorie. Und nun Inhaber eines berüchtigten Bordells! Was würde Thora dazu sagen, falls sie überhaupt wußte, was ein Bordell war? Sie würde vor Scham in den Boden versinken und ihren Mann vermutlich verlassen, was ihr gutes Recht war.

Der Gedanke an die Reaktion seiner Frau, ihrer Familie und der Leute in York raubte ihm den Schlaf.

8. KAPITEL

»Kühe sind sympathische Geschöpfe«, dachte Lil und drückte ihren Kopf gegen die warme Flanke eines der Tiere. Sie spürte, wie die Kuh erleichtert seufzte, als sie mit dem Melken begann.

»Braves Mädchen«, lobte sie die Kuh und fügte mit finsterer Stimme hinzu: »Nicht so wie die zweibeinigen Kühe, mit denen ich tagtäglich zu tun habe.«

Von der anfänglichen Herzlichkeit und Neugier der anderen Bediensteten war kaum noch etwas zu spüren. Schuld daran trug nicht die Arbeit, die ihr eigentlich recht gut gefiel. Tom hatte sogar ihr Geschick im Umgang mit den Milchkühen gelobt, die herbeikamen, sobald sie Lil sahen. Sie hielt die Molkerei makellos sauber. Wer etwas verschüttete, beim Buttern zu nachlässig war oder die Milch sauer werden ließ, wurde streng ermahnt. Auch Miss Lavinia wußte Lils Arbeit zu schätzen. Eben dies hatte zu den Schwierigkeiten geführt.

Mercy hatte ihr vorgeworfen, sie sei ebenso herrisch wie Miss Lavinia. »Früher hat sie uns angeschrien, das hat sie nun nicht mehr nötig. Diesen Part hast du ja übernommen!«

»Das ist nicht wahr. Ich muß nur zusehen, daß alles seine Ordnung hat.«

»Wieso? Du bist hier nicht der Boß!« rief Beth.

Lils Hände bewegten sich rhythmisch beim Melken. Beth war aber auch zu undankbar! Wer hatte sich denn um sie gekümmert, als man sie verprügelt hatte? Lil. Wer hatte versucht herauszufinden, wer der Schuldige war? Wiederum Lil. Doch niemand hatte ein Wort über die Sache verloren, nicht einmal das Mädchen selbst, einige Tage später hatte es vielmehr sogar gelogen und behauptet, es sei das Flußufer hinuntergestürzt. Kein Sturz konnte derartige Striemen an Rücken und Beinen hinterlassen. Was tatsächlich passiert war, blieb ein Geheimnis, und die anderen hatten Lil klargemacht, daß es sie nichts anging. Daß sie eine Außenseiterin war.

»Was kümmert es mich?« fragte Lil die Kuh, die sie daraufhin mit großen, treuen Augen anschaute. »Meinetwegen sollen sie sich allesamt verprügeln lassen.« An einem Sonntagmorgen war das sonst so vorlaute Küchenmädchen in Tränen aufgelöst gewesen und hatte dennoch kein Wort sagen wollen. Alle hatten auf ihren Plätzen im Dienstbotensaal gesessen, Porridge gegessen, getratscht und sich keinen Deut um das Mädchen geschert. Auch Lil hatte nichts gesagt.

Das mit dem Dienstbotensaal war auch so eine Sache. Miss Lavinia bestand darauf, daß der Tisch zu jeder Mahlzeit anständig gedeckt war und das Personal beste Tischmanieren an den Tag legte.

Nach einer Weile bemerkte Lil, daß die anderen sie auslachten, weil sie so etwas nie gelernt hatte. In ihrem bisherigen Leben war sie auch ohne den richtigen Gebrauch der verschiedenen Messer und Gabeln zurechtgekommen. Schließlich saßen sie ja nicht im feinen Speisezimmer bei Mr. Warburton oder Miss Lavinia! Als sie begriff, worüber die anderen lachten, verlegte Lil sich aufs Beobachten. Sie zog es vor, auf diese Weise zu lernen statt zu fragen. Als Miss Lavinia eines Morgens den Dienstbotensaal betrat, hörte Lil auf zu essen, da sie fürchtete sich zu blamieren.

»Stillst du dein Kind noch?« erkundigte sich Miss Lavinia.

»Ja, Miss.«

»Dann solltest du mehr essen.«

»Ja, Miss.«

Lil seufzte erleichtert, doch am nächsten Tag erwartete Miss Lavinia sie am Tor zu den Dienstbotenunterkünften.

»Es wird Zeit, das Baby abzustillen. Ich habe früher oft Babys gepflegt. Hier sind einige schriftliche Anweisungen.«

»Ja, Miss.«

»Lies sie sorgfältig durch. Zuerst gibst du der Kleinen mit Wasser im angegebenen Mischverhältnis verdünnte Milch. Du kannst die Milch in der Küche warm machen. Verstanden?«

»Ja. Vielen Dank, Miss.«

Lil kochte innerlich vor Zorn. Was gab dieser alten Jungfer das Recht, ihr Vorschriften über den Umgang mit ihrem eigenen Baby zu machen? Die Antwort war nicht schwer: ihre Macht. Entweder gehorchte man Miss Lavinia oder man landete ohne Zeugnis im nächsten Boot.

Die neuen Regeln trugen Lil Ärger mit der Köchin ein, die nur ungern Fremde in ihrer Küche duldete, ganz zu schweigen von Lil, die mehrmals am Tag Milch auf dem Herd erhitzen wollte. Da sie sich nicht bei ihrer Herrin beschweren konnte, machte die Köchin Lil das Leben so schwer wie möglich, ließ sie warten oder schubste sie mit dem Ellbogen beiseite.

»Es wird dir nichts bringen, wenn du dich bei Miss Lavinia einschmeichelst«, bemerkte sie hämisch. »Sie ist total verrückt.«

»Und du fährst stromabwärts, wenn ich ihr das erzähle«, fuhr Lil die Köchin an.

Diese ließ eine schwere Pfanne auf den Tisch plumpsen. »Das wagst du nicht!«

»Ach nein? Darauf würde ich mich aber nicht verlassen.«

Von nun an hatte Lil in der zweitmächtigsten Frau im Haus eine Verbündete. Sie verteidigte Lil, wenn die anderen über ihre ständigen religiösen Ergüsse lachten, und legte bei Miss Lavinia ein gutes Wort für sie ein.

Als Lil an diesem Tag mit dem Melken fertig war und die Kühe wieder auf die Weide getrieben wurden, spürte sie einen Anflug von Traurigkeit. Sie würde die Tiere vermissen. Denn dank Mrs. Morgan, der Köchin, hatte man sie zum Hausmädchen befördert, wobei sie auf eigenen Wunsch die Verantwortung für die Molkerei behielt.

Sich bei Miss Lavinia einschmeicheln? Lächelnd zog sie die Schürze und die schweren Stiefel aus und trat hinaus in die Abendstille. Diese Zeit des Tages, wenn die untergehende Sonne das schöne Haus und den Park in warmes Dämmerlicht tauchte, gefiel ihr am besten. Natürlich machte sie sich lieb Kind bei Miss Lavinia, wieso auch nicht? Lil wußte, daß ihrer Herrin ihr Fleiß und ihre fröhliche Art nicht entgangen waren. Nie mußte man ihr sagen, sie solle arbeiten statt zu klatschen, da sie sich absichtlich von den anderen Dienstboten fernhielt.

Lil Cornish wurde bald erstes Hausmädchen. Sie sorgte dafür, daß Mr. Warburton und Miss Lavinia ein angenehmes Leben führen konnten und keinen Grund zur Klage hatten.

Ihr Liebling Caroline machte gar keine Mühe. Der Kinderwagen mit dem Moskitonetz stand entweder auf dem Hinterhof unter den Glyzinien oder an kühleren Tagen im Dienstbotenzimmer. Miss Lavinia kam oft vorbei. Zwar nahm sie das Baby niemals auf den Arm, verfolgte aber zufrieden dessen Fortschritte, die sie natürlich ihrem eigenen Ernährungsplan zuschrieb.

Mr. Warburton selbst wirkte ziemlich geistesabwesend. Die

Dienstboten schien er gar nicht wahrzunehmen und hätte vermutlich nicht einen von ihnen beim Namen rufen können.

So sehr sich Lil auch bemühte – es gelang ihr nicht, Miss Lavinia aus der Reserve zu locken. Sie blieb streng und distanziert, außer bei frommen Unterweisungen. Lil bedauerte inzwischen, daß sie überhaupt religiösen Eifer gezeigt hatte, denn Miss Lavinia ging ihr allmählich auf die Nerven. Jeden Sonntag wurde im Rosengarten oder auf der geschützten Veranda eine Messe für die Warburtons gelesen. Man erwartete von den Dienstboten, daß sie daran teilnahmen. Lil ertrug klaglos die sonntäglichen Gottesdienste, wurde danach aber noch zu ihrer Herrin gerufen, die ein Kapitel aus dem Alten Testament auswählte und sie anwies, es auswendig zu lernen.

Sicher meinte Miss Lavinia es gut, doch Lil fand diese Studien unerträglich. Die Geschichten verwirrten sie – in der Bibel gab es einige überaus seltsame Gestalten –, und je mehr sie sich bemühte, desto weniger verstand sie. Tatsächlich erlosch der plötzlich aufgeflammte Glaubensfunke, den Mrs. Dodds in ihr entzündet hatte, zusehends. Lil wurde allmählich wieder sie selbst und vertraute einfach auf Gott den Allmächtigen, der das Rad der Jahreszeiten drehte und Herr über das Leben war.

Dennoch, gestand sie Baby Caroline, durfte sie in ihrem religiösen Eifer nicht nachlassen, da in Miss Lavinias Augen das ständige Zitieren der Heiligen Schrift als Zeichen von Frömmigkeit galt. Folglich konnte sie es sich nicht erlauben, ihre Herrin durch mangelnden Glauben zu verärgern. Auch das Personal beobachtete Lil aufmerksam, so daß sie sich keinen Schnitzer leisten konnte. Und so ertrug sie diese lästige Lektüre, fügte sich den trockenen Sonntagsmessen und dem unverständlichen Singsang der Predigten, die der örtliche anglikanische Geistliche von sich gab.

Um ihren Aufstieg im Haus weiter zu beschleunigen, verstärkte Lil ihren missionarischen Eifer und verkündete, es sei ihre Pflicht, die anderen Frauen näher zu Gott zu bringen. Von deren Ungeduld und den Versuchen, ihren prüden Predigten zu entgehen, ließ sie sich nicht entmutigen. Nach einer Weile hatte sie sich daran gewöhnt, als Bibel schwingende Frömmlerin zu gelten, denn Minchfield empfand sie als ihr neues Zuhause, das sie um keinen Preis verlieren wollte.

Als ranghöchstes Hausmädchen gelangte sie nun in die herrlichen Räume, schlich auf Zehenspitzen durch die blank gebohnerten Flure und die breite Treppe aus Zedernholz hinauf. Lil verliebte sich in das Haus mit seinen prächtigen Möbeln, Kronleuchtern, Gemälden, dem Silber, kostbaren Porzellan und den anderen sündhaft teuren Dingen, in deren Mitte sie sich wie in einer Kathedrale fühlte. Sie ließ allem eine liebevolle Pflege angedeihen, die sich nach und nach zu einer förmlichen Besessenheit entwickelte. Nichts entging ihrem scharfen Blick, kein Fleck auf dem Spiegel, kein Fingerabdruck auf poliertem Holz, keine Porzellanfigurine, die nicht genau an ihrem Platz stand. So, wie sie zuvor die Milchmägde angetrieben hatte, bekamen nun die Hausmädchen und Serviererinnen ihren Zorn zu spüren, wenn sie nicht spurten. Es war, als sei Minchfield House an die Stelle Gottes getreten – ein Idol, das man sehen und berühren konnte.

Wenn das Baby unruhig war, schlüpfte Lil gelegentlich in die Küche und wärmte ein wenig Milch auf. In dieser Nacht zerrte ein starker Wind an den Bäumen, als sie ohne Lampe zur Küchentür lief und leise eintrat. Sie kannte den Raum so gut, daß ihr das blasse Mondlicht genügte, um sich zurechtzufinden. Sie stellte den kleinen Topf auf den Herd, in dem noch Asche glühte. Als sie die Milch aus der Speisekammer nehmen wollte, ertönte über ihr im Speisezimmer ein lautes Krachen.

Eine Sekunde lang fürchtete sie sich, vermutete dann aber, daß sich nur ein Fensterladen gelöst hatte. Lil lief die steinerne Treppe hinauf, um ihn zu befestigen, bevor der Lärm Miss Lavinia wecken würde, die unmittelbar über dem Speisezimmer schlief.

Zwischen dem Treppenabsatz und dem Zimmer befand sich eine Schwingtür mit einer Glasscheibe, die den Serviererinnen ihre Arbeit erleichtern sollte. Als Lil die Tür aufdrücken wollte, bemerkte sie, daß sich in dem dämmrigen Raum etwas bewegte, und fuhr schuldbewußt zurück. Miss Lavinia war bereits in dem Zimmer. Doch Lils Neugier gewann die Oberhand, denn es war nicht die Miss Lavinia, die sie kannte. Im Licht einer winzigen roten Lampe auf dem Tisch erspähte Lil eine ältere Frau in einem langen weißen Nachthemd, deren Haar wild vom Kopf abstand.

Sie unterdrückte ein Kichern. Miss Lavinia hatte auf ihrem Weg zum Fenster einen Stuhl umgeworfen und taumelte jetzt auf die Anrichte zu.

Interessiert sah Lil zu, wie sich ihre Herrin vorbeugte, um die Tür der Anrichte zu öffnen und dabei das Gleichgewicht verlor. Sie murmelte wütend vor sich hin.

Noch bevor sie nach der Flasche greifen konnte, wußte Lil Bescheid. Die alte Gaunerin war betrunken!

Verwundert starrte Lil durch die Glasscheibe. Mit Trinkern kannte sie sich bestens aus. Schließlich war sie mit einem Trinker verheiratet gewesen und hatte auch schon viele Frauen erlebt, die diesem Laster verfallen waren. Aber keine reichen Frauen! Vornehme Damen wie Miss Warburton nippten beim Essen an ihrem Wein, doch sie schütteten ihn nicht in sich hinein. Und schon gar nicht nachts.

Sie trat einen Schritt zurück, behielt die Frau aber im Auge. Miss Lavinia saß auf dem Boden und nahm nun einen Schluck aus der Flasche. Was sie trank, konnte Lil nicht erkennen, aber es mußte Schnaps sein, da der Wein immer in Karaffen auf der Anrichte stand.

Schließlich rappelte sich ihre Herrin auf. Dabei fiel eine Porzellanfigurine zu Boden. Lil zuckte zusammen, als habe sie selbst die kostbare Schäferin zerbrochen. Miss Lavinia schob die Scherben unter die Anrichte und trat dann mit der Flasche in der Hand den Rückzug aus dem Speisezimmer an. Den Stuhl stellte sie mit übertriebener Sorgfalt wieder an seinen Platz, löschte die Lampe und ging in den Salon, während sie wirres Zeug vor sich hin murmelte. Dann war der Spuk vorbei.

Lil wärmte die Milch auf und fragte sich, ob Mr. Warburton den Lärm ebenfalls gehört hatte. Vermutlich nicht. Seine Räume lagen am anderen Ende des Hauses über der Bibliothek und dem großen Wohnzimmer. In ihrer Unterkunft gab sie dem Baby die Milch. Bald darauf schlief es friedlich ein.

Als Lil wieder ins Bett stieg, lächelte sie noch immer ungläubig. Ihr fiel ein, daß die Köchin Miss Lavinia als verrückt bezeichnet hatte, und sie fragte sich, was wirklich damit gemeint war.

Am nächsten Morgen ging der Ärger los.

Das gesamte Hauspersonal wurde ins Speisezimmer zitiert, wo Miss Lavinia wutentbrannt mit ihrem Stock auf das zerbrochene Porzellan deutete, das sie unter der Anrichte hervorgeholt hatte.

»Wer war das?« rief sie. »Ich verlange den Namen des Schuldigen.«

Während die anderen den Kopf schüttelten, schaute Lil mit gespielter Gleichgültigkeit zu Boden.

Sie mußten nacheinander vortreten, während die Herrin des Hauses ihren Stock schwang. Nun begriff Lil, wer die Mädchen mißhandelt hatte. Sie hatte schon länger den Verdacht gehegt, daß es Miss Lavinia gewesen sein könnte, diese Vermutung aber angesichts deren Umsicht und Frömmigkeit von sich gewiesen. Statt dessen hatte sie auf Jordan, den Vorarbeiter der Farm, getippt, der als jähzornig bekannt war und die Hausmädchen im Lagerhaus oft beim Auspacken von Obst und Gemüse helfen ließ. Als sie ihre Stelle angetreten hatte, hatte er sie scharf beobachtet, dann aber in Ruhe gelassen, da sie keinen Anlaß zu Beschwerden gab. In letzter Zeit hatte sie nicht viel mit ihm zu tun gehabt, da man sie ins Haus versetzt hatte. Er war nicht so begeistert von dieser Entscheidung gewesen, doch was hätte er Miss Lavinia entgegensetzen können.

»Gut«, sagte Miss Lavinia und gestattete der Köchin zu gehen, da sich diese ohnehin nie im Speisezimmer aufhielt. »Ihr anderen werdet so lange bestraft, bis sich der Lügner meldet und mir die Wahrheit sagt.«

Grollend und schimpfend zogen sich die Dienstboten in ihre Räume zurück. Anschuldigungen schwirrten durch die Luft.

»Wir alle bekommen nur Wasser und Brot, bis sich jemand meldet«, teilte Lil der Köchin mit.

»Und sie zieht uns am Ende des Monats vier Shilling vom Lohn ab.«

»Das ist Pech.«

Lil empfand das Vorgehen ihrer Herrin als empörend. Die karge Ernährung störte sie nicht weiter, da Mrs. Morgan schon für sie sorgen würde, doch der Verlust von vier Shilling traf sie hart. Wenn diese boshafte alte Frau, die mehr Geld besaß, als sie ausgeben konnte, ihrem Personal mehr als ein Pfund abnahm, kam dies einem Diebstahl gleich. »Sie ist eine Trinkerin, Diebin und Tyrannin«, murmelte Lil vor sich hin.

Falls sie den anderen von den Erlebnissen der letzten Nacht erzählte, konnte sie sich umgehend eine Fahrkarte zurück nach Perth kaufen.

»Ich war es nicht«, verkündete sie auf einer Zusammenkunft hungriger Mäuler, die an diesem Abend unter dem Baum vor der Frauenunterkunft stattfand. »Es ist ungerecht, daß auch ich leiden soll. Hätte ich nicht das Baby, würde ich auf der Stelle kündigen.«

Lil las in den Augen der anderen Frauen, daß sie diese Möglichkeit bereits erwogen hatten.

Mrs. Morgan meldete sich zu Wort. »Wer auch immer die Figur zerbrochen hat, sollte es sagen. Das erspart uns anderen eine Menge Ärger. Man wird schlimmstenfalls entlassen, aber Jordan wird trotzdem ein Zeugnis ausstellen.«

»Du hast noch keine Tracht Prügel bezogen!« schrie Beth. »Wenn sich nicht bald jemand meldet, trifft es mich, das weiß ich genau.«

Mrs. Morgan beeilte sich, diese Bemerkung zu überspielen, die den anderen sichtlich unangenehm war.

»Es hat keinen Sinn, in der Vergangenheit zu wühlen. Wir müssen herausfinden, wer das Ding zerbrochen hat, und die Sache hinter uns bringen.«

»Was weißt du denn schon?« höhnte Mercy. »Miss Lavinia greift nach ihrem Stock, wann immer sie Lust hat, und keiner sagt ein Wort, weil alle solche Angst vor ihr haben. Du und deine verdammten Zeugnisse! Niemand gibt Abos Zeugnisse. Ich und meine Mum verschwinden von hier.«

Ihre Mutter, die still unter dem Baum gesessen hatte, schoß hoch. »Nein, Mercy, nein! Sie hat es nicht so gemeint. Sie ist nur wütend. Mercy war es nicht.« Sie wandte sich an ihre Tochter. »Komm schon, misch dich nicht in die Angelegenheiten weißer Frauen.«

»Ich werde nicht den Mund halten«, entgegnete Mercy. »Ich habe genug von diesem Haus. Ihr jammert alle wegen eurer verfluchten Arbeit, bekommt aber wenigstens Geld dafür. Wir kriegen nichts. Wir leben einfach nur hier! Und tut nicht so, als ob ihr das nicht wüßtet. Ihr wißt es alle. Auch du, Predigerin! Wir gehen jetzt unseren eigenen Weg, ohne Boot. Fahrt zur Hölle, alle miteinander!«

»Sag das nicht!« schrie ihre Mutter, doch Mercy, das heranwachsende Aborigine-Mädchen, hatte plötzlich zu sich selbst gefunden. »Meine Mum und mich hat sie oft genug geschlagen. Beth hat recht. Und ich sag' euch noch was: Wenn sie keine Prügel kriegt, bekomme ich sie, und darauf warte ich nicht!«

Erhobenen Hauptes griff Mercy nach dem Arm ihrer Mutter und marschierte mit ihr davon. Bald waren die beiden in der Dunkelheit verschwunden.

»Wie traurig das ist«, bemerkte Lil, doch eine Serviererin stand auf und trat vor sie hin.

»Warum hältst du nicht einfach den Mund? Ich habe deine Predigten satt. Und die der alten Schachtel auch. Sie hält uns hier wie Gefangene! Und sonntags dürfen wir im Kreis marschieren.«

»Du bekommst hier mehr Geld als irgendwo sonst«, warf Mrs. Morgan ein.

»Sicher doch, weil sie sonst gar keine Dienstboten finden würde. Ich kündige.«

Lil stand auf. »Bitte, Vera, tu das nicht. Wenn du gehst, gehen alle anderen auch. Du könntest sie hier halten.«

»Wieso denn das?« keifte Vera. »*Du* bist doch die Musterschülerin. Am Freitag nehme ich das verdammte Boot. In der Stadt werde ich der Stellenvermittlung berichten, was hier vorgeht. Beth, du solltest besser mitkommen. Ich kenne die Gesetze. Du hättest die Alte mit einer Klage wegen Körperverletzung drankriegen können, wenn du nur früher den Mund aufgemacht hättest.«

»Träum du nur weiter«, gluckste Mrs. Morgan.

Die nächsten Tage verliefen chaotisch. Bei jeder Mahlzeit mit Brot und Wasser brach eine neue Meuterei aus. Mrs. Morgan versuchte die Wogen zu glätten, indem sie heimlich die Vorratskammer öffnete und kalte Pasteten und Kuchen servierte, doch die Dienstboten ließen sich nicht beschwichtigen. Das Küchenmädchen klapperte laut mit den Töpfen und putzte das Gemüse überaus nachlässig. Wertvolle Teppiche blieben draußen im Regen auf der Teppichstange hängen. Fenster standen offen, der Staub sammelte sich in allen Ecken. Vorhänge wurden zum Waschen abgenommen und nicht mehr aufgehängt. Vor den Augen von Mr. Warburton und seiner Schwester wurden die ohnehin schon fleckigen Tischtücher bekleckert, und bei jeder Mahlzeit fehlte etwas, sei es nun Salz, Zucker oder Mrs. Morgans unvergleichlicher Yorkshire-Pudding.

Mr. Warburton brachte eine seiner seltenen Beschwerden vor, während Miss Lavinia durchs Haus stürmte, mit ihrem Stock gegen Türen und Wände schlug und wilde Drohungen ausstieß. Kurzum, alle Gesetze wurden übertreten.

Lil beobachtete die Entwicklung mit Argusaugen und wartete auf den großen Knall, der sich bei Trinkern zwangsläufig irgendwann ereignete. Da sie einen gewaltsamen Ausbruch befürchtete, blieb sie ständig auf der Hut. Doch es kam nicht dazu.

Am Freitagmorgen versammelte sich das gesamte Hauspersonal vor Jordan, um seinen Lohn abzüglich vier Shilling in Empfang zu nehmen. Danach verließen alle außer Lil und der Köchin ohne zu kündigen das Haus.

Sie packten ihre Siebensachen zusammen, rannten fröhlich zum Boot hinunter und riefen Jordan zu, er könne seiner Missus nun alleine dienen.

Lil weigerte sich, an diesem Abend bei Tisch zu bedienen.

»Ich bin keine Serviererin. Ich weiß nicht, wie das geht.«

Also stieg die arme dickliche Mrs. Morgan die Treppen hinauf, um ihrer Herrschaft, die in ihrer Anwesenheit eisiges Schweigen bewahrte, vier Gänge aufzutragen.

»Was haben sie gesagt?« wollte Lil wissen.

»Nichts, nicht ein Wort. Aber ich wette, der Herr zieht ihr die Ohren lang, wenn ich nicht dabei bin. Jordan wird ihm gesagt haben, warum alle gegangen sind. Der ganze Distrikt wird sich das Maul über uns zerreißen. Der Klatsch reist mit dem Boot über den Fluß.«

»Warum haben sich alle so bedeckt gehalten, als es um die Prügel ging? Irgend jemand hätte dem Herrn davon erzählen sollen.«

»Das haben sie auch getan, doch er wollte sich nicht einmischen. Er ist seiner Schwester treu ergeben, weil sie ihm das

Haus führt. Vielleicht hat sie versprochen, es würde nicht mehr vorkommen. Außerdem hat Miss Lavinia das letzte Mädchen, das sich beschwert hat, umgehend entlassen. Möchtest du etwa noch für sie arbeiten, wenn du sie bei ihrem Bruder angeschwärzt hättest?«

»Vermutlich nicht.« Lils vage Pläne fielen in sich zusammen. Sie hatte gehofft, Lavinia noch einmal betrunken zu ertappen und Mr. Warburton dann davon zu berichten. Doch wenn er so loyal zu seiner Schwester stand, würde sie sich damit nur schaden.

Dennoch war sie neugierig, wie Lavinia auf die Ereignisse des Tages reagieren würde, die ihre Eitelkeit verletzt haben mußten. Nicht jeden Tag verlor eine Hausherrin auf einen Schlag beinahe ihr gesamtes Personal. Gab es eine günstigere Gelegenheit für den Griff zur Flasche?

Später am Abend klopfte Lil an die Tür der Köchin. »Mir ist es unheimlich, da wir beide nun allein sind. Würdest du auf Caroline aufpassen, während ich ihr Milch aus der Küche hole?«

»Natürlich. Bring mir den kleinen Liebling.«

»Hast du schon den Frühstückstisch gedeckt?«

Mrs. Morgan schlug sich mit der Hand vor den Mund. »Du lieber Himmel, das habe ich ganz vergessen. Ich kann doch nicht an alles denken.«

»Macht nichts, ich übernehme das, während die Milch auf dem Herd steht.«

Als sie Mrs. Morgan den hellwachen Säugling überreichte, erinnerte die Köchin sie an ihre Aufgabe: »Denk daran, das irische Porzellan und das einfache Silberbesteck.«

»Ich werde es nicht vergessen.«

Nun hatte sie eine Erklärung für Miss Lavinia parat, falls diese sie im Speisezimmer erwischen sollte.

Auf dem Weg zum Haus betete Lil, daß die alte Frau Durst bekommen möge und runterkäme – und wenn nicht heute nacht, dann vielleicht morgen nacht. Lil würde auf der Hut bleiben. Dabei wußte sie nicht einmal genau, was sie eigentlich wollte, doch sie würde sich von niemandem einfach vier Shilling wegnehmen lassen.

Diesmal zündete sie die Lampe am Ende der Küche an und stellte das Frühstücksgeschirr auf das Tablett, während die Milch warm wurde. Im Haus war kein Laut zu hören. Sie wollte schon aufgeben und den Rückzug antreten, als sie über sich im Speisezimmer ein Geräusch vernahm. Lil schoß die Treppe hinauf und spähte durch die Glasscheibe in der Tür. Der Anblick enttäuschte sie nicht.

Miss Lavinia war mit einer Kerze heruntergekommen und hatte diese auf einen Tisch gestellt. Sie schenkte den Kristallkaraffen keine Beachtung und wandte sich der Tür der Anrichte zu. Verschlossen. Wo mochte der Schlüssel sein?

»In der obersten Schublade der Anrichte«, soufflierte Lil im Geiste. »Dort, wo er immer ist, dumme alte Krähe.«

Doch Lavinia klopfte und kratzte an der Tür und versuchte es sogar mit einem Messer. Lil fragte sich, welchen Schnaps sie wohl mit nach oben nehmen und wie sie die Flasche am nächsten Morgen loswerden würde.

Endlich erhob sich ihre Dienstherrin keuchend vom Boden, stützte sich auf den Stock und sah sich im Zimmer um.

Ihr Blick fiel auf die Karaffen.

Sie griff nach dem nächstbesten Wasserglas, füllte es randvoll und kippte den Inhalt in einem Zug hinunter. Als sie sich nachschenken wollte, trat Lil ins Zimmer und stellte seelenruhig ihre Lampe auf einen kleinen Tisch am Fenster.

»Was hast du hier zu suchen?« schrie Lavinia aufgebracht. Ihre Aussprache war alles andere als deutlich.

»Ich brauche nicht lange, Madam«, erwiderte Lil. »Ich decke nur den Frühstückstisch.«

Sie holte das Tablett und machte sich in aller Gemütsruhe ans Werk.

»Raus hier! Du spionierst mir nach!«

»Warum sollte ich das tun?« fragte Lil ruhig und fuhr mit ihrer Arbeit fort.

Sie hatte das Niedersausen des schweren Stocks vorausgeahnt und sprang zur Seite, wobei sie allerdings eine große Kristallvase mit Rosen zu Boden riß.

Lil bereute ihre törichte Einmischung, doch nun gab es kein Zurück mehr.

»Sieh, was du angerichtet hast«, zischte Miss Lavinia. »Dafür wirst du teuer bezahlen.«

»Nein, das werde ich nicht«, entgegnete Lil und brachte sich auf der anderen Seite des Tisches in Sicherheit. »Sie sind völlig betrunken. Legen Sie den Stock weg!«

»Wie kannst du es wagen, so mit mir zu sprechen!«

Der Stock sauste erneut durch die Luft und krachte auf den Tisch nieder. Miss Lavinia verlor dabei das Gleichgewicht und taumelte gegen den Beistelltisch. Lils Lampe fiel zu Boden und entzündete die Vorhänge, die die Glastüren zur Veranda verdeckten.

»Vorsicht, die Vorhänge brennen!« schrie Lil.

Lavinia, die mit dem Rücken zur Veranda stand, nahm die Warnung gar nicht wahr.

»Raus hier«, befahl sie, »ich werde mich morgen früh schon um dich kümmern.«

»Seien Sie nicht töricht!« rief Lil. »Die Vorhänge stehen in Flammen!«

Der trockene alte Stoff brannte wie Zunder. Lil sah sich in Panik um, riß einen kleinen Teppich vom Boden hoch und versuchte damit die Flammen zu ersticken. Lavinia sah in ihrer Verwirrung nur den Teppich.

»Das ist ein Perserteppich! Leg ihn sofort wieder hin!« kreischte sie.

Da trat Mr. Warburton ins Zimmer.

»Was für ein Lärm zu dieser Stunde!« beklagte er sich.

»Feuer!« schrie Lil. »Sehen Sie das denn nicht?«

Die Flammen züngelten bereits bis zur Decke empor und setzten die schweren Seitenvorhänge ebenfalls in Brand. Lil warf den Teppich weg und begann, die Möbel von den Wänden zu rücken. Es war kaum zu fassen, wie schnell sich dieses Feuer ausbreitete.

Obwohl sie noch ganz durcheinander war, rief Lavinia ihr Anweisungen zu. »Nicht diesen Stuhl! Den anderen! Nimm das Bild von der Wand. Mach die Glastüren auf!«

»Das geht nicht«, keuchte Lil. Der Rauch drang ihr in die Kehle, die Hitze war einfach zu groß. Es gelang ihr nicht, die schwere Anrichte, die bereits versengt war, beiseite zu schieben. Die Politur warf Blasen, und scharfe Dämpfe stiegen auf, so daß sie nur die tiefe Schublade mit dem kostbaren Tafelsilber herausziehen und im Flur abstellen konnte. Als sie die zweite Schublade holen wollte, sah sie Lavinia auf die Glastüren zulaufen, deren Rahmen sich schon verzogen. Die Scheiben barsten, und Glassplitter regneten auf den Boden.

»Nein!« schrie Lil und verfluchte das überflüssige Mobiliar, während sie sich zu ihrer Herrin durchkämpfte. In der Ferne ertönte die Feuerglocke und vermischte sich mit Lavinias Schmerzensschreien. Sie hatte einen glühenden Türgriff aus Messing angefaßt. Durch den dichten Rauch sah Lil, wie die entsetzte Frau ihre Hand umklammert hielt und nicht einmal zu bemerken schien, daß ihr Rock Feuer gefangen hatte.

»Kommen Sie zurück!« brüllte Lil und zog sich in Erinnerung an lang vergangene Buschbrände Rock und Unterröcke aus. Sie wickelte sich den weichen Kaliko-Unterrock um den Kopf, holte tief Luft und stürzte sich in das Feuer, das inzwischen das halbe Zimmer erobert hatte. Sie packte ihre Dienstherrin um die Taille und warf sich mit ihr durch die zerborstene Tür. Sie prallten auf die Fliesen der Veranda, deren Decke ebenfalls schon in Flammen stand.

Lil rollte Lavinia über den Boden, um das Feuer zu erstikken. Männer kamen schreiend auf sie zugelaufen.

Jordan, der Vorarbeiter, hob Lavinia auf und trug sie auf den Rasen hinaus. Lil eilte hinter ihm her. Ihre Schulter schmerzte von dem Sturz auf die Veranda, Kehle und Brust brannten von dem eingeatmeten Rauch.

»Holt eine Trage!« schrie Jordan und setzte seine Wiederbelebungsversuche fort. Er beugte sich über die bewußtlose Frau und blies ihr seinen Atem in den Hals, bis sie hustete und würgte. Er verzog das Gesicht und wich zurück.

»Hat sie wieder gesüffelt?« fragte er Lil im Flüsterton, die daraufhin nickte.

»Ist auch gut so«, sagte Jordan leise, während er Lavinia untersuchte. »Sie hat schlimme Brandwunden, spürt sie aber noch nicht. Außerdem steht sie unter Schock. Bei dir alles in Ordnung?«

»Ja«, sagte Lil und schluckte. »Ich habe nur Rauch eingeatmet und mir die Schulter geprellt.«

Jordan schaute sie neugierig an. »Warum bist du mit ihr durch die Glastür gerannt? Ihr hättet doch den anderen Ausgang nehmen können. Es brennt nur an der Fensterseite.«

»Mir blieb keine Wahl. Sie ist einfach auf die Glastüren zugelaufen. Sieh dir ihre Hand an. Sie hat den Türgriff angefaßt und konnte sich nicht mehr von der Stelle rühren.« Lil holte tief Luft. »Ich hoffe, ich habe ihr nicht zusätzlich weh getan, aber dieser Weg erschien mir am kürzesten.«

»Gut gemacht. Bleib bei ihr, bis sie die Trage bringen. Sie sollen sie in mein Haus schaffen. Auf keinen Fall darf jemand versuchen sie auszuziehen, die Kleider kleben vermutlich am Körper fest. Ihr müßt unbedingt auf den Arzt warten.«

Lil beobachtete, wie der von Pferden gezogene Wasserwagen zum Haus fuhr und Männer mit Schläuchen und Eimern das Feuer bekämpften. Zu ihrem Entsetzen hatte sich der Brand noch weiter ausgebreitet. Welch eine Schande für dieses herrliche Haus!

Sie hörte Miss Lavinia stöhnen und sprach beruhigend auf sie ein, wagte allerdings nicht, sie zu berühren.

Erst auf dem Weg zu Jordans Haus wurde Lil bewußt, daß sie nur eine Bluse, Unterhosen und zerrissene Strümpfe trug. Peinlich berührt hielt sie sich hinter den Männern mit der Trage, die zum Glück in dieser Situation von anzüglichen Bemerkungen absahen. Bevor sie Miss Lavinia auf Jordans Bett legten, schnappte Lil sich eine Decke und wickelte sich darin ein.

»Wenn wir hier nichts mehr tun können, Miss, kehren wir zum Haus zurück.«

»Geht nur. Ich bleibe hier und warte auf den Arzt. Er lebt auf dem Nachbargut und müßte bald kommen.«

Lil saß niedergeschlagen in dem säuberlich aufgeräumten Schlafzimmer. Nach dem Streit mit ihrer Herrin waren ihre Tage auf Minchfield sicherlich gezählt. Wohin sollte sie nun gehen? Sie hätte sich am liebsten zu Mrs. Morgan und dem Baby geflüchtet und dort Trost gesucht. Erschöpft von den Strapazen wünschte sie sich, sie wäre in ihrer Unterkunft geblieben und hätte sich nicht in fremde Angelegenheiten gemischt. Dann wäre all das nicht passiert.

Zum Glück war Mr. Warburton anderer Ansicht. Er drückte Lil dafür, daß sie sich so mutig ins Feuer gestürzt hatte, um seine Schwester zu retten, seinen Dank aus.

»Ohne Sie wäre vielleicht das ganze Haus abgebrannt«, sagte er herzlich.

Lils Version, nach der sie in der Küche ein klirrendes Geräusch gehört und bald darauf Rauch gerochen habe, wurde allgemein akzeptiert, doch sie mußte später noch Miss Lavinia gegenübertreten.

Lil und die Köchin waren an diesem Morgen ganz allein im Haus, da Mr. Warburton und der Arzt Miss Lavinia ins Krankenhaus nach Perth brachten. Der Ostflügel des Hauses lag in Schutt und Asche, während Küche und Vorratskammer verschont geblieben waren, da sie aus Stein gebaut waren und tiefer lagen als das Hauptgebäude.

»Ich vermute, das hier ist noch ein Teil des ursprünglichen Cottages«, bemerkte die Köchin bei einer Tasse Tee. »Erst als die Warburtons zu Geld gekommen waren, haben sie das eigentliche Herrenhaus gebaut.«

Lils Neugier war geweckt. »Wie sind sie so schnell zu Geld gekommen? Miss Lavinia ist erst um die fünfzig, ihr Bruder nur wenig älter.«

»Nicht sie haben den Reichtum erworben, sondern ihr Onkel Thomas G. Warburton. Er war Importkaufmann und besaß riesige Lagerhäuser in Fremantle. Ihm gehörte die halbe Hay Street. Sie befindet sich noch immer im Familienbesitz. Er kaufte damals das Ackerland hier draußen und lebte mit seiner Frau im Cottage, bis sie das große Haus errichteten. Angeblich wollte er sie damit für die Jahre der Armut entschädigen, in denen er den Grundstein für sein späteres Vermögen gelegt hatte. Sie sollte das schönste Haus weit und breit bekommen.«

Mrs. Morgan seufzte. »Der arme Mann würde sich im Grabe umdrehen, wenn er die Bescherung hier sehen könnte. Wie das Leben so spielt, Lil – die arme Mrs. Warburton hat nicht lange genug gelebt, um sich an ihrem Haus erfreuen zu können.« Mrs. Morgan senkte die Stimme. »Es heißt, sie wäre an Krebs gestorben.«

»Ach nein!«

»Wenn ich es dir sage. Sie hat ein Jahr lang gelitten. Damals ist Miss Lavinia hergekommen und hat sie bis zum Ende gepflegt. Aber der alte Herr hat sich die Sache so zu Herzen genommen, daß er ihr schon bald ins Grab gefolgt ist.«

Jordan steckte den Kopf zur Tür herein. »Hast du eine Tasse Tee für mich, Köchin?«

»Natürlich. Wie steht es mit dem Frühstück?«

»Hab' schon gegessen, aber wir müssen auch den Arbeitern etwas bringen, um sie bei der Stange zu halten.«

Er zog einen Stuhl heran und setzte sich. »Wie geht es dir, Lil? Das war vielleicht eine Nacht!«

»Vielen Dank, Jordan, mir geht es gut. Hoffentlich erholt sich Miss Lavinia wieder.«

»Sie bekommt die beste Pflege, mehr kann man nicht verlangen. Mr. Warburton bleibt eine Weile in Perth, so daß ich hier alles in Ordnung halten muß.«

»Wie soll das gehen?« fragte Mrs. Morgan. »Lil kann sich um den unversehrten Teil des Hauses kümmern, aber die Zimmer an der Treppe sind nur noch ein Trümmerhaufen.«

»Wir räumen auf, sehen nach, was noch brauchbar ist, und reißen den ganzen Flügel ab. Er muß völlig neu aufgebaut werden.«

»O Gott«, stöhnte Mrs. Morgan, »ist es wirklich so schlimm?«

»Ja. Und da wir Erntezeit haben und ich meine Arbeiter nicht entbehren kann, müssen wir Leute aus Perth kommen lassen. Darüber wollte ich mit euch reden. Da die anderen Frauen gekündigt haben, werden wir die Handwerker in den Personalunterkünften unterbringen.« Mrs. Morgan legte sich quer. »Wir können doch nicht mit fremden Männern dort unten leben! Sie könnten uns in unseren Betten ermorden. Oder uns noch etwas Schlimmeres antun.«

Jordan grinste. »Für euch ist dort kein Platz mehr. Du und Lil, ihr werdet ins Haus ziehen müssen.«

»Nach oben?« fragte Mrs. Morgan voller Ehrfurcht.

»Natürlich nicht in die Familienräume, aber es sind jede Menge Gästezimmer vorhanden.«

»Du lieber Himmel!«

Jordan diskutierte mit der Köchin die anstehenden Probleme. Er mußte Handwerker finden, die nicht dem Lockruf des Goldes gefolgt waren, das notwendige Baumaterial auftreiben, damit Minchfield House in altem Glanz wieder auferstehen konnte, und genügend Vorräte beschaffen, um einen Haufen Männer mehrere Monate lang zu ernähren. Lil überdachte ihre Lage und beschloß, noch eine Weile zu bleiben und den Luxus des Hauses zu genießen, bis Miss Lavinia heimkehrte und sie entließ. Es schien klug, sich mit Jordan gut zu stellen, damit er ihr ein anständiges Zeugnis ausstellte.

»Ich kann der Köchin helfen und mich um den Rest des Hauses kümmern«, bot sie an. »Aber wie steht es mit dem Melken?«

»Das sind die einzigen guten Neuigkeiten, die ich im Moment habe. Der ganze Distrikt war so entsetzt über den Brand und Miss Lavinias Schicksal, daß wir genügend freiwillige Helfer haben. Wenn so etwas passiert ist, sind gute Nachbarn unbezahlbar. Wir werden zurechtkommen, bis wir Zeit haben, uns nach neuem Personal umzusehen.«

Er goß seinen Tee in die Untertasse, kippte ihn rasch hinunter und stopfte den Pudding in sich hinein, den ihm Mrs. Morgan vorgesetzt hatte. Dann brach er beinahe grußlos auf und stürzte sich in die Arbeit.

»Er mag dich«, flüsterte die Köchin. »Du solltest ihm eine Chance geben. Er ist Witwer und hat ein hübsches Cottage da unten.«

»Ja, das habe ich gesehen. Aber du vergißt, daß ich noch immer eine verheiratete Frau bin«, entgegnete Lil.

»Solche Fehler kann man ausbügeln. Du sagst, dein Mann sei ein Nichtsnutz gewesen. Von Jordan kann man das nun wirklich nicht behaupten.«

Lil schüttelte den Kopf und ging hinaus, um zuzuschauen, wie die freiwilligen Helfer verkohlte und durchnäßte Möbel auf den Rasen schleppten. Das Gebäude wirkte verkrüppelt, als halte es sich mühsam aufrecht, und Lil verspürte tiefes Mitleid mit dem geliebten Haus.

Was Jordan betraf, mußte sie Mrs. Morgan recht geben. Er

war letzte Nacht so freundlich gewesen, hatte sie in ihre Unterkunft gebracht, nachdem Ruhe eingekehrt war, und sich sogar nach Caroline erkundigt, die noch bei der Köchin gewesen war. Jordan war ins Haus gelaufen, um Milch aus der Küche zu holen. Heute morgen hatte er vor Mr. Warburton ein Loblied auf Lil gesungen. Dennoch fühlte sie sich nicht zu ihm hingezogen, obwohl sie längst bemerkt hatte, daß er ihr gegenüber immer sehr freundlich war. Wie würde er sich verhalten, wenn Miss Lavinia zurückkehrte und sie beschuldigte? Würde er sich auf Lils Seite stellen und sie gegen seine eigene Arbeitgeberin verteidigen? Wohl kaum. Er hatte sich auch nicht für die Mädchen eingesetzt, die Miss Lavinia verprügelt hatte.

»Nein«, sagte sie sich, »ich brauche keinen Schönwetterfreund, Jordan. Du kannst mir nicht nützen.« Ihre Gedanken wanderten zurück zu Clem Price, dem Besitzer von Lancoorie und Adoptivvater ihres anderen Babys. Er war groß, hatte ein gut geschnittenes, hübsches Gesicht und unterschied sich beträchtlich von dem rauhen Jordan, der kaum mehr war als ein ausgewachsener Bauernjunge. Clem Price hatte Klasse. Bis heute konnte Lil nicht begreifen, daß ausgerechnet dieser Mann eine prüde Zicke wie Thora Carty geheiratet hatte, doch dann fiel ihr ein, daß Thora in anderen Umständen gewesen war. Manchmal traf es diejenigen, von denen man es am wenigsten erwartete.

Lil betrat Minchfield House durch das Hauptportal und ging die prächtige Treppe aus Zedernholz hinauf, die das Feuer zum Glück verschont hatte. Sie wandte sich von dem klaffenden Loch am Ende des Flurs ab und untersuchte die übrigen Räume, bis sie schließlich in Mr. Warburtons Suite gelangte.

Liebevoll erforschte sie die einzelnen Zimmer, berührte das breite Mahagonibett und das dazu passende Mobiliar, den exquisiten Intarsientisch, das erlesene Porzellan im Badezimmer und den großen Schaukelstuhl im Wohnzimmer, von dem aus sich ein prächtiger Blick auf den Fluß bot.

Wie lebte es sich wohl, wenn man so reich war? Wenn ein Teil des Hauses niederbrannte und man einfach nur die Anweisung geben mußte, ihn wieder aufzubauen? Wie lebte es sich in solchen Zimmern und mit Dienstboten, die einem jeden Wunsch von den Augen ablasen?

Mr. Warburton wohnte bei Freunden in Perth, kam aber einmal wöchentlich nach Minchfield, um den Fortschritt der Arbeiten zu begutachten und sich mit Jordan zu besprechen. Die Mahlzeiten nahm er in der Bibliothek ein. Das Hämmern und Klopfen am anderen Ende des Hauses machten ihm offenbar nichts aus.

Wenn Lil ihm das Essen servierte, war er stets in Papiere vertieft, die auf dem ganzen Tisch verstreut lagen und die er einfach beiseite schob, damit sie ihr Tablett abstellen konnte. Er schien es zu genießen, soviel Beschäftigung zu haben. Sein Lebensstil war längst nicht mehr so beschaulich wie früher. Lil berichtete Mrs. Morgan, er habe sogar recht fröhlich gewirkt.

Sie erkundigte sich bei jedem dieser Besuche nach Miss Lavinia, deren Rückkehr wie ein Damoklesschwert über ihr hing, doch Mr. Warburtons Antworten klangen verwirrend. Er pflegte den Kopf zu schütteln und zu murmeln: »Oh, die arme Miss Lavinia.« Die schrecklichen Brandwunden heilten zwar, doch sei sie noch immer ernsthaft krank.

Lil und die Köchin brüteten über diesen Nachrichten.

»Muß wohl die Brust sein«, meinte Mrs. Morgan. »Hat zuviel Rauch eingeatmet und sich die Lunge verbrannt.«

»Davon müßte sie sich aber inzwischen erholt haben. Vielleicht hat sie eine Lungenentzündung bekommen, aber das hätte er mir doch sagen können.«

»In diesen Krankenhäusern weiß man ja nie. Mag sein, daß sie sich eine ansteckende Krankheit geholt hat, die Ärmste. Als ob die Verbrennungen nicht schon schlimm genug wären.«

Lil vermutete, die Köchin habe recht, fürchtete aber dennoch Mr. Warburtons Besuche bei seiner Schwester. Miss Lavinia mußte schon sehr krank sein, sonst hätte sie Lils Entlassung auch vom Krankenbett aus in die Wege leiten können. Eine Frau wie sie konnte nur im Sterben liegen, wenn sie sich von solchen Dingen abhalten ließ, und das wiederum konnte Lil nicht so recht glauben.

Dann endlich war es so weit. Mr. Warburton ließ nach Lil rufen, nachdem er in Begleitung eines weiteren Gentleman aus Perth eingetroffen war.

Beide erwarteten sie in der Bibliothek und wirkten sehr ernst. Auf ihre Aufforderung hin nahm Lil zitternd Platz.

Wie sich herausstellte, war der andere Mann ein Anwalt, der ihr einige Fragen stellen wollte.

»Ich möchte, daß Sie wahrheitsgemäß antworten, Mrs. Cornish«, sagte Mr. Warburton freundlich. »Sie brauchen keine Angst zu haben. Wir möchten nur einige Dinge klarstellen.«

Die beiden Männer nahmen ihr gegenüber Platz, und der Anwalt warf einen Blick auf seine Notizen. »Nun, Mrs. Cornish, Sie sind in der Brandnacht aus der Küche heraufgekommen, weil Sie den Rauch bemerkt haben?« Lil nickte wie versteinert.

»Konnten Sie sofort feststellen, wodurch der Brand entstanden war?«

»Durch die Lampe«, flüsterte sie. »Sie war umgefallen und zerbrochen. Die Vorhänge hatten Feuer gefangen und brannten wie Zunder.«

»Wer hatte die Lampe zerbrochen?«

Lil schaute Mr. Warburton an, der ihr ein schwaches Lächeln schenkte. »Sie müssen wahrheitsgemäß antworten, meine Liebe.«

»Miss Lavinia«, erwiderte sie nervös.

»Denken Sie genau nach«, ermahnte sie der Anwalt, nachdem er ihre Antworten sorgfältig auf einem Formular notiert hatte. »Würden Sie sagen, Miss Warburton befand sich zu diesem Zeitpunkt in einem angetrunkenen Zustand?«

Lil holte tief Luft. Sie spürte, daß ihre Zeit auf Minchfield vorüber war. Da konnte sie ebensogut die Wahrheit sagen.

»Ja.«

Er nickte und schrieb weiter. »Haben Sie Miss Warburton früher schon in angetrunkenem Zustand erlebt?«

»Ja, einmal, als ich Milch für mein Baby geholt habe. Sie hielt sich im Speisezimmer auf und war betrunken.« Lil setzte sich aufrecht hin und warf Mr. Warburton einen entschlossenen Blick zu. »Tatsächlich hörte ich jemanden im Speisezimmer und sah durch die Glasscheibe in der Tür, was sich abspielte. Miss Lavinia zerbrach eine Figurine aus Porzellan. Später behauptete sie, jemand vom Personal sei es gewesen.«

»Warum haben Sie damals nichts gesagt?« fragte ihr Arbeitgeber.

Lil antwortete ausweichend. »Würden Sie Miss Warburton als Lügnerin bezeichnen?«

Der Anwalt hustete und beugte sich über seine Papiere. »Hat deshalb das gesamte Personal außer Ihnen und der Köchin gekündigt?«

»Teilweise. Sie hatten genug von ihr. Von ihr und den Prügeln.«

Dies schien den Anwalt zu interessieren. Er ließ sich von Lil die Einzelheiten berichten und schrieb diese sorgfältig nieder.

Endlich war die Befragung zu Ende, und Lil wurde gebeten, ihre Aussage zu unterzeichnen. Inzwischen war sie sehr neugierig geworden, worum es sich bei dem offiziell wirkenden Formular handeln mochte, und fingerte am Füllfederhalter herum, um Zeit zu gewinnen. Ihre Antworten standen unter einem vorgedruckten Abschnitt, über dem sie die Überschrift »Nervenheilanstalt Perth« entdeckte. Sofort wurde ihr klar, was die beiden im Schilde führten, doch sie ließ sich nichts anmerken und setzte ihren Namen unter das Dokument.

»Ist das alles wirklich nötig?« fragte sie mit Unschuldsmiene. »Das Feuer war doch nur ein Unfall.«

»Eine reine Formalität«, entgegnete Mr. Warburton und unterschrieb das Blatt ebenfalls. Dann wurde es vom Anwalt gegengezeichnet. »Es ist eine Privatangelegenheit. Würden Sie bitte auch die anderen Papiere unterzeichnen – als Zeugin?«

»Gern.«

Bei diesen »anderen Papieren« handelte es sich um Rechtsurkunden, die in rosa Aktendeckel eingebunden waren. Lil überflog sie rasch. Sie hielt ihren Kopf respektvoll gesenkt. Was sie las, erstaunte sie. »Der als Minchfield Farm bekannte Besitz wird von Miss Lavinia Grace Warburton auf ihren Bruder Robert Jamieson Warburton überschrieben ...« Sie sperrten die alte Lavinia ein! Offensichtlich gehörte ihrem Bruder rein gar nichts auf Minchfield. Was hatte die Köchin doch gleich erzählt? Miss Lavinia war nach Minchfield gekommen, um ihre Tante zu pflegen. Ihren Onkel vermutlich auch, der ihr daraufhin seinen gesamten Besitz hinterlassen hatte. Von Mr. Warburton war keine Rede gewesen.

Kein Wunder, daß sich Mr. Warburton nie gegen seine Schwester gestellt hatte. Sie hätte ihn einfach hinauswerfen können.

Es war an der Zeit zu gehen. Lil wurde mit Dank entlassen und von Mr. Warburton zur Tür begleitet. Dort blieb sie unvermittelt stehen.

»Sir, ich habe mir über die Zukunft Gedanken gemacht. Wenn alles wieder hergerichtet ist, werden Sie vermutlich neues Personal einstellen, nicht wahr?«

»Sicher doch.«

»Dürfte ich mich in diesem Fall um die Stelle als Haushälterin bewerben? Ich liebe dieses Haus und würde es gut leiten.«

Jetzt war es ausgesprochen.

Zweifellos war Mr. Warburton mit dem Werk dieses Morgens überaus zufrieden. Er lächelte wohlwollend. »Ja, das dürfen Sie. Ich wollte Ihnen die Stelle ohnehin anbieten.«

»Als Haushälterin kann ich kaum in der Personalunterkunft wohnen. Ich müßte ein Zimmer im Haus beziehen.«

»Selbstverständlich«, antwortete er jovial. »Wenn der Ostflügel fertig gestellt ist, wird man Ihnen ein angemessenes Schlafzimmer und ein Wohnzimmer zur Verfügung stellen.«

»Vielen Dank, Sir, das ist sehr freundlich von Ihnen.«

»Was wollten sie von dir?« fragte die Köchin neugierig.

»Nichts Besonderes. Sie stellen eine Liste der Möbel auf, die vom Feuer zerstört worden sind. Ich konnte mich kaum an den ganzen Kram erinnern, der in diesen Zimmern stand.«

»Geht wohl um die Versicherung. Reiche Leute kriegen ihr Geld zurück, wenn etwas verbrannt ist; die Armen müssen einfach so zurechtkommen. Irgendwie ist das nicht richtig.«

Als die Bauarbeiten Monate später vollendet, die Zimmer verputzt und tapeziert waren und das neue Mobiliar geliefert wurde, nahm sich die Köchin zwei Tage frei und fuhr nach Perth.

Bei ihrer Rückkehr hatte sie für Lil eine aufregende Neuigkeit.

»Sie haben Miss Lavinia eingesperrt! Wirklich! Ich habe es in der Stadt gehört!«

»Was meinst du mit ›eingesperrt‹?«

»Versteh doch, die haben sie in die Klapsmühle gesteckt, angeblich ist sie geisteskrank.«

»Du lieber Himmel! Der Brand muß sie um den Verstand gebracht haben.«

»Wohl kaum. Das würde nicht zu ihr passen. Es heißt, sie hätte getrunken. So eine Schande! Nur weil sich eine Frau ab und zu einen genehmigt, braucht man sie doch nicht gleich einzusperren. Dahinter steckt mehr, denk an meine Worte.«

Lil kannte die Hintergründe, behielt sie aber für sich. Sie wollte warten, bis Mr. Warburton wieder eingezogen war.

»Wie lange soll ich denn noch auf ihn warten?« beklagte sich Thora bei ihrer Schwägerin. »Er hat gesagt, er bleibt nur ein paar Monate, und nun ist er schon fast ein halbes Jahr weg. Ich bin eine richtige Strohwitwe, und das in meinem Alter! Das ist wirklich tragisch!«

Alice lächelte in sich hinein. ›Tragisch‹ war das neue Lieblingswort ihrer Schwägerin. Einfach alles war tragisch: das Schniefen des Babys, ein Schlammfleck auf ihrem Rock, verbrannter Toast. »Ich weiß, daß es schlimm für dich ist«, sagte sie tröstend, »aber Clem wird sicher bald heimkehren. Dann geht wieder alles seinen gewohnten Gang.«

»Eben davor habe ich ja Angst«, schmollte Thora. »In seinen Briefen schreibt er, er könne es gar nicht erwarten, nach Lancoorie zu kommen ...«

»Und zu dir, meine Liebe!«

»Ja, ja, wie auch immer ... Er wird so froh sein, diese schrecklichen Goldfelder endlich verlassen zu können, daß er sich nie mehr von hier wegbewegen wird. Dann sitze ich an diesem Fleck ein für allemal fest.«

Thora fing immer wieder damit an, und Alice war allmählich beunruhigt, weil die Drohungen ihrer Schwägerin, Lancoorie zu verlassen, immer ernsthafter klangen. Daher versuchte sie das Thema zu wechseln.

»Der arme Clem arbeitet offensichtlich sehr hart. Vergiß nicht, daß er einige Rückschläge einstecken mußte. Immerhin hat er verletzt im Krankenhaus gelegen. Zum Glück habe ich das damals nicht gewußt, sonst hätte ich mir furchtbare Sorgen um ihn gemacht.«

»Dann hätte er eben nach Hause kommen sollen!«

»Ich bezweifle, daß er in seinem Zustand hätte reisen können. Inzwischen scheint er ganz erfolgreich zu sein, denn er hat bereits zwei Zahlungsanweisungen über jeweils fünfhundert Pfund geschickt. Und er schreibt, es kämen noch mehr. Ist das nicht aufregend?«

Thora stand an der Eingangstür und starrte auf den Weg zur Straße, als hoffe sie auf einen Besucher. Auf irgendeine Menschenseele.

»Es ist einfach nicht das gleiche«, jammerte sie. »Die Postles haben Gold mit nach Hause gebracht. Ich hatte erwartet, er würde auch mit Gold heimkommen.«

Es störte Alice ungeheuer, daß Thora Clem immer nur als »ihn« bezeichnete, anstatt ihn beim Namen zu nennen, aber sie schwieg um des lieben Friedens willen. Es war nicht leicht, mit Thora zusammenzuleben.

»Die Postle-Jungs haben den größten Teil ihres Goldes in Coolgardie verkauft. Clem wird sicher auch einige Nuggets mitbringen. Thora, das Schlimmste haben wir überstanden. Clem schreibt, daß die Mine sehr ergiebig sei. Ich soll die Zahlungsanweisungen zur Bank bringen. Das ist doch großartig. Denn das bedeutet, daß noch mehr folgen wird. Ich bin sicher, daß er nach Hause kommt, sobald diese Mine erschöpft ist, weil er dich schrecklich vermißt.«

»Er vermißt wohl eher Lancoorie.« Thora drehte sich unvermittelt zu Alice um. »Es hat keinen Sinn. Ich habe mich entschlossen, mit Lydia dieses Haus zu verlassen. Ich bin ein Stadtmensch und halte es hier weder mit ihm noch ohne ihn aus. Wir haben seit Wochen keinen Besuch mehr gehabt, und beim letzten Mal sind auch nur die Postles gekommen.«

Alice war am Boden zerstört, versuchte aber, ihr Entsetzen zu verbergen. »Willst du nach York fahren, um deine Familie zu besuchen?«

»Nein! Sie haben sich nie wieder die Mühe gemacht herzukommen. Lettice schreibt mir, das ist alles. Und du weißt genau, daß mein Vater noch immer wütend wegen des Fuhrunternehmens ist. Mich stört das nicht weiter, schließlich haben wir an dem Geschäft gut verdient.«

»Wenn du dich hier draußen so einsam fühlst, Thora, könnten wir nach York fahren und eine Woche im Hotel wohnen. Du könntest deine Freunde besuchen und ihnen Lydia vorstellen. Sie ist so ein hübsches Kind, sie werden von ihr begeistert sein.«

Thora runzelte die Stirn. »Alice, wir reden die ganze Zeit aneinander vorbei. Es hat keinen Sinn.« Sie stützte sich auf die Rückenlehne eines Stuhl, der wie eine Barriere zwischen ihnen stand. »Du solltest wissen, daß ich niemals Freunde hatte. Ich bin kein sehr offener Mensch.« Sie errötete leicht. »Mit meiner Familie habe ich mich nie sehr gut verstanden, von Lettice einmal abgesehen – die kommt aber ohnehin mit jedem zurecht.«

Thora seufzte. »Was ich zu sagen versuche ist, daß du ein liebenswerter Mensch bist. Wirklich nett. O Gott, mir ist das alles so peinlich, weil du zu mir und Lydia so gut gewesen bist. Ich möchte dir dafür danken, bevor ich gehe. Du sollst nicht schlecht von mir denken.« Überrascht sprang Alice auf und schloß Thora in die Arme. »Du meine Güte, du gehörst doch zur Familie, und ich habe dich sehr gern.«

Doch Thora war in Tränen ausgebrochen. »Dies hier ist dein Haus, Alice, nicht meins. Ich hatte zuerst Angst, du würdest mich schlecht behandeln, doch du hast dich immer anständig verhalten. Du liebst diese Farm, ich hasse sie, und deshalb muß ich fort von hier.« Sie schniefte in ihr Taschentuch. »Könnte ich ein Glas Wein haben? Es ist schon nach fünf.«

»Wir könnten beide etwas vertragen. Wie wäre es mit dem Claret? Dein Lieblingswein wird uns schon wieder aufmuntern.«

Während Alice Karaffe, Gläser und Salzgebäck auf dem Tablett mit dem weißen Damasttuch anordnete, wie Thora es ihr für die Bewirtung von Gästen beigebracht hatte, betete sie innerlich, Clem möge umgehend heimkehren. Ihr war klar, daß ihr die Situation allmählich über den Kopf wuchs. Andererseits kannte sie ihren Bruder gut genug, um zu wissen, daß er seine Pläne stets hartnäckig zu verfolgen pflegte. Wenn er mit dem Segen seiner Frau auf die Goldfelder gezogen war, um reich zu werden, würde er dort bleiben, bis er sein Ziel erreicht hatte. Aus der Tatsache, daß er vor einigen Monaten Geld von dem Konto abgehoben hatte, war ersichtlich, daß er gewisse Anfangsschwierigkeiten gehabt haben mußte, doch nun hatte sich das Blatt offensichtlich gewendet. Clem wußte ganz genau, daß Thora sich mehr vom Leben erhoffte, als sich auf einer einsamen Schaffarm zu langweilen, und für dieses Ziel arbeitete er. Wäre seine Frau nicht gewesen, hätte er sich vermutlich gar nicht für das Gold interessiert. Alice hütete sich jedoch, dieses Argument bei Thora anzuführen, weil sie keinen Keil zwischen die beiden treiben wollte. Clem befand sich so oder so in einer wenig beneidenswerten Lage. Wenn er jetzt nach Hause zurückkehrte, würde das Leben auf Lancoorie weitergehen wie gewohnt. Sie würden bedeutend mehr Land bewässern müssen, um mehr Schafe ernähren und den Besitz vergrößern zu können, was Jahre in Anspruch nehmen würde.

Doch falls er weiter nach Gold suchte, würde er seine Frau verlieren.

Alice schenkte den Wein ein. »Auf uns beide«, sagte sie fröhlich, doch ihr Toast stieß nur auf Schweigen.

»George müßte bald kommen«, bemerkte Thora gedankenverloren.

»Nein, er zäunt den Besitz der Postles ein. Sie können sich jetzt einen Mitarbeiter leisten; wir teilen uns George mit ihnen. Er bleibt über Nacht dort.«

»Oh.«

Alice trank den gehaltvollen Claret. Eigentlich zog sie mittlerweile einen leichten Weißwein vor, doch was tat man nicht alles um des lieben Friedens willen.

»Reden wir Klartext miteinander. Du möchtest irgendwohin fahren, aber York kommt nicht in Frage. Wohin willst du denn?«

»Nach Perth, ich möchte in Perth leben. Ich miete dort ein Haus, bis er mir eins kauft.«

»Mein Gott, Thora. Das wäre nicht nur teuer, sondern auch egoistisch. Hast du dabei einmal an mich gedacht? Ich kann doch nicht allein mit George hier draußen leben. Nicht daß ich prüde wäre, aber das ist ein bißchen zu viel des Guten. Um mit deinen Worten zu sprechen: Was würden die Leute sagen?«

»Keine Sorge, darüber habe ich schon nachgedacht. Du kommst einfach mit. Wir drei machen uns eine schöne Zeit.«

»Ich mag Städte nicht.«

»Ach, komm schon. Du hast es nie versucht, und alle sagen, Perth sei die schönste Stadt der Welt. Alle bedeutenden Familien des Westens leben dort.«

Alice schüttelte den Kopf. »Du weißt, daß ich das nicht tun würde.«

Thora zuckte die Achseln. »Schade, Alice, aber mein Angebot steht. Ich möchte, daß du mitkommst. Wenn nicht, ist es auch gut. Ich werde so bald wie möglich packen und mit dem Baby nach Perth ziehen. Natürlich werde ich dich wissen lassen, wo wir wohnen. Ich gehe in ein Hotel, bis ich etwas Passendes gefunden habe.«

»Und womit willst du deinen Lebensunterhalt bestreiten?«

Thoras Gesichtszüge verhärteten sich. »Bisher hast immer du die finanziellen Angelegenheiten geregelt, und mein Ehemann schien damit einverstanden. Als Herrin von Lancoorie erwarte ich nun die Zahlung eines angemessenen Unterhalts.«

»Einverstanden.«

»Die beiden Beträge, die mein Mann aus Kalgoorlie überwiesen hat, stellen eine beträchtliche Summe dar. Die Hälfte davon steht mir wohl zu. Alice, du darfst mich nicht im Stich lassen. Ich kann einfach nicht hierbleiben, und du bist nicht der Mensch, der mich aus finanziellen Gründen an der Abreise hindern würde. Ich werde in Perth einen so bescheidenen Lebensstil pflegen, wie ich ihn von hier gewohnt bin.«

»O mein Gott! Was wird Clem nur dazu sagen?«

»Das soll nicht deine Sorge sein. Du kannst ihm mitteilen, wo er mich und unser Baby in Perth findet.«

»Willst du denn nicht wenigstens bleiben, bis er nach Hause kommt?«

»Nein.«

Beim Abschied war Alice in Tränen aufgelöst. Nicht genug, daß die Familie auseinanderbrach, Alice liebte auch ihre kleine Nichte so sehr, daß sie das Baby schrecklich vermissen würde. Thora verspürte Mitleid mit ihrer Schwägerin. Dennoch konnte sie nichts für sie tun, oder vielleicht doch?

George hatte sich bereit erklärt, sie nach York zu fahren. Auch er bedauerte Thoras Entscheidung und ergriff unterwegs die Gelegenheit, ihr noch einmal ins Gewissen zu reden.

»Es ist nicht recht, Mrs. Price. Wenn Sie unglücklich sind, sollten Sie warten, bis Clem nach Hause kommt und sich mit ihm aussprechen.«

Thora, die Börse voller Geldscheine und in Hochstimmung, beschloß, dies nicht als Affront zu werten. »O George, nun nehmen Sie es doch nicht so tragisch! Wer sagt denn, daß ich unglücklich bin? Ich fahre einfach nur nach Perth. Das ist doch nicht aus der Welt.«

George starrte mürrisch geradeaus. »Aber auch nicht gleich nebenan, Missus. Clem ist Hunderte von Meilen weit weg und wird das gar nicht gerne sehen.«

»Unsinn!« Thora band die Schleife ihrer besten blauen Haube neu und schenkte ihm ein strahlendes Lächeln. »Er wird sich freuen, wieder die Lichter der Großstadt zu sehen. Andererseits können die Goldfelder kaum schlimmer sein als die Gegend hier – der Staub ist dieses Jahr einfach unerträglich. Wir brauchen dringend Regen.« Sie lachte. »Nur nicht gerade jetzt. Dieses Kostüm möchte ich mir keinesfalls ruinieren.«

Während das Gig über die sandige Straße rollte, die sich durch die monotone Ebene zog, versank Thora in Schweigen. Erst als sie nach York hineinfuhren, hob sich ihre Stimmung.

»Ich habe Alice angeboten mitzukommen, doch die werte Miss Price wollte Lancoorie nicht verlassen.«

»Sie weiß, wohin sie gehört«, brummte George. Da hatte Thora plötzlich eine Idee. Daß sie nicht schon früher darauf gekommen war! Wenn sie jetzt noch etwas erreichen wollte, mußte sie sich beeilen.

»Alice ist eine nette Frau«, setzte sie geschickt an.

»Das stimmt.«

»Sie wird sich bestimmt ein wenig unbehaglich fühlen, so allein mit Ihnen. Vor allem, wenn mein Ehemann nach Perth reist.«

George preßte die Lippen aufeinander und knallte mit den Zügeln, doch Thora ließ sich nicht so leicht entmutigen.

»Mögen Sie Alice?«

»Wer würde das nicht?« schnappte er.

»Das schon, aber das arme Ding scheint zu einem einsamen Leben verurteilt zu sein.«

»Sie sieht das wohl anders.«

»Natürlich. Aber es wird ihr schwerfallen, einen Ehemann zu finden, da sie so selten unter Leute geht. Und dann ist da noch das Hinken.«

»Was hat denn das damit zu tun?«

Thora lächelte ihn engelhaft an. »Nichts, so lange es Männer wie Sie gibt. Warum heiraten Sie Alice nicht?«

Er schoß wie von der Tarantel gestochen von seinem Sitz hoch. »Was? Ich soll Miss Price heiraten? Wie kommen Sie darauf, Missus? Das paßt doch nicht.«

»Warum denn nicht? Wir sind doch nicht mehr in unserer

alten Heimat. Sie würden gut zueinander passen, das habe ich durchaus bemerkt.«

»Was zählt, ist Miss Prices Meinung, nicht Ihre.«

»Ha, wußte ich's doch! Sie interessieren sich für sie! Nun, ich habe meinen Teil dazu gesagt. Selbst wenn Alice jemand anderen heiraten sollte, würde sie sehr unter dem Abschied von Lancoorie leiden. Eine Ehe mit Ihnen könnte ihr diesen Schmerz ersparen.«

Als sie in die Hauptstraße von York einbogen, konnte Thora ihm die Erleichterung, sie bald los zu sein, förmlich ansehen. Sie sagte nichts mehr und lehnte sich in ihrem eleganten blauen Kostüm im Sitz zurück, während sie an bekannten Gesichtern vorbeifuhren.

Thora hatte ihren Aufbruch auf den Fahrplan der Kutsche nach Northam abgestimmt, damit ihr ein Besuch zu Hause erspart blieb. Um nichts in der Welt hätte sie zugegeben, daß sie sich auf Lancoorie zu Tode langweilte. Ihre Familie hätte sie mit Fragen gelöchert und sich gewundert, was sie ohne ihren Ehemann in Perth machte. Es würde mehr Spaß machen, sie mit Postkarten aus der Stadt zu überraschen. Ihre Schwestern würden vor Neid erblassen.

Als sie schließlich einen guten Platz in Fahrtrichtung ergattert hatte, lächelte Thora zufrieden. Sie betete, George und Alice würden heiraten. Dann hätte sie eine perfekte Ausrede dafür, warum sie nicht mehr auf Lancoorie leben wollte. Sie kannte Clem. Wenn er heimkam, würde er sich sofort auf ihre Spur begeben. Falls die Heirat dann schon beschlossene Sache war, brauchte sie sich um ihre Zukunft fern der Schaffarm keine Sorgen mehr zu machen.

Thora sah auf Lydia hinunter, die zum Entzücken der weiblichen Mitreisenden in ihrem Korb fröhlich vor sich hin gluckste. Als die Kutsche sich in raschem Tempo auf Northam zubewegte, beugte sich eine der Frauen vor. »Waren Sie auch zu Besuch in York, meine Liebe?«

»Nein, ich nehme den Zug nach Perth.«

»Ganz allein mit Ihrem Baby?«

»Ja.«

Die Frau rückte ihre Brille zurecht und spähte mißbilligend zu Thora hinüber. »Ich weiß nicht, wohin das noch führen soll. Zu meiner Zeit sind junge Damen nie ohne Begleitung gereist.«

Thora sah ihr fest in die Augen. »Es ist alles in Ordnung. Die Zugfahrt soll sehr angenehm sein.«

»Tatsächlich? Dann sind Sie aber vollkommen falsch informiert. Vor dem Goldrausch mag das der Fall gewesen sein, aber inzwischen hat sich das Zugfahren in einen Alptraum verwandelt. Die Züge sind hoffnungslos überfüllt.«

»Keine Sorge, ich reise erster Klasse.«

»Dann werden Sie die Gesellschaft erstklassiger Gauner und vulgärer Gestalten genießen können, die von den Goldfeldern heimkehren. Die anderen Wagen sind vollgestopft mit den Unglücklichen, die im Westen alles verloren haben und gerade noch genügend Geld zusammenkratzen konnten, um die Zugfahrt zu bezahlen. Hören Sie auf meinen Rat, und fahren Sie mit der nächsten Kutsche nach Hause.«

»Das geht nicht«, erwiderte Thora knapp.

»Wo ist denn Ihr Ehemann?«

»In Perth«, log sie.

»Dann sollten Sie ihm besser telegrafieren, damit er Sie abholen kommt. Meine Schwester hier, Mrs. Cowper, hätte sicher nichts dagegen, wenn wir Sie bis dahin in unserem Haus in Northam aufnehmen. Ein Mädchen vom Land wie Sie kann man doch nicht allein durch die Straßen laufen lassen ...«

»Auf keinen Fall«, stimmte Mrs. Cowper ihrer Schwester zu. »Vor allem nicht mit dem kleinen Kind. Selbst wenn Sie ein Hotelzimmer fänden, wäre es nicht angemessen.«

Thora hatte ein wenig an Selbstvertrauen verloren, da man sie als Mädchen vom Land bezeichnet hatte, während sie sich doch nach der neuesten Mode gekleidet wähnte. Die Warnungen machten sie allmählich nervös, doch sie war immer noch fest entschlossen, nach Perth zu reisen.

Dankbar verbrachte sie einige Stunden im Haus der beiden Damen, das ganz in der Nähe des Bahnhofs lag. Sie erfrischte sich und fütterte Lydia. Zwischenzeitlich hatten ihre Gastgeberinnen herausgefunden, daß der Zug nach Perth mit Verspätung eintreffen würde. Nur durch Mrs. Cowpers Verbindungen erhielt Thora überhaupt eine Fahrkarte für den überfüllten Zug. Als die beiden Frauen ihr beim Einsteigen halfen, verließ sie beinahe der Mut.

Sie reiste mit einem wilden Haufen, in dem manch einer verdächtig nach Schnaps roch. Die Männer bildeten eine bunt zusammengewürfelte Truppe, einige trugen staubige Kleidung, andere elegante Anzüge bis hin zum Zylinder. Die Frauen benahmen sich laut und übermütig, und ihre schrillen Kleider und riesigen Hüte schienen in Thoras Augen eher ins Theater als in einen Zug zu passen.

»Reden Sie mit niemandem«, flüsterte ihr Mrs. Cowper zu.

»Und nehmen Sie keine Erfrischungen von diesen Leuten an«, warnte ihre Schwester. »Wenn es Schwierigkeiten gibt, ziehen Sie einfach an der roten Kordel und halten damit den Zug an.« Ein Pfiff ertönte, und die beiden Damen traten zurück, um Thora hinterherzuwinken.

Sie schaute zu der roten Kordel hoch. Selbst wenn es Mord und Totschlag geben sollte, würde sie nicht wagen, daran zu ziehen. Sie kauerte sich in ihre Ecke und versuchte die Tatsache zu ignorieren, daß sämtliche Mitreisenden ihre Schnapsflaschen hervorholten.

Wie gewöhnlich erregte Lydia Aufmerksamkeit, auf die ihre Mutter in dieser Gesellschaft allerdings gern verzichtet hätte. Eine auffallend geschminkte Frau machte Anstalten, sich mit der jungen Dame und ihrer »Kleinen« anzufreunden, was Thora unerhört peinlich war.

Die Frauen haben recht gehabt, dachte sie niedergeschlagen,

das hier sind wirklich die vulgärsten Leute, denen ich je begegnet bin. Ausnahmsweise fühlte sie sich auch von den Aufmerksamkeiten der Männer, die sie zum Mitfeiern einluden, sie »meine Schöne« nannten und andere veranlaßten, sie mit kaum verhohlener Begierde anzustarren, keineswegs geschmeichelt.

Thora lächelte nur, schüttelte den Kopf und preßte Lydia an sich. Als die Gesellschaft zu singen begann, fing das Baby, das solchen Lärm nicht gewöhnt war, an zu weinen, und hörte erst auf, als es vor lauter Erschöpfung eingeschlafen war. Da Thora nichts Besseres zu tun hatte, starrte sie hinaus in die eintönige Ebene.

Sie fragte sich, was diese Frauen auf den Goldfeldern zu suchen hatten. Clems Briefe hatten in ihr nämlich den Eindruck erweckt, das Goldschürfen dort am Rand der Wüste sei eine Männerdomäne. Thora wagte das, was sie vermutlich taten, nicht einmal in Gedanken beim Namen zu nennen, doch diese Frauen waren bestimmt nur darauf aus, Männer ins Unglück zu treiben. Sie lärmten, sangen lauthals, waren in Satin und Seide gekleidet, trugen teure, wenn auch ordinär aufgeputzte Hüte. Wozu brauchten sie in der Wüste solchen Tand? Wo wohnten sie? Bei näherer Betrachtung bemerkte Thora, daß einige von ihnen nicht älter als sie selbst und auch recht hübsch waren. Sie spürte einen leisen Stich; Eifersucht kam auf. Gaben auch Clem und Mike sich mit solchen Weibern ab? Hatte er es deshalb nicht eilig, nach Hause zu kommen?

Als sie Alice ihre Pläne darlegte, hatte sich alles so einfach angehört.

»Ich muß einfach aus dem Bahnhof von Perth marschieren und eine Pferdedroschke nehmen. Auf Fotos habe ich gesehen, daß die Kutschen zu Dutzenden vor dem Bahnhof stehen und auf Passagiere warten. Damit fahre ich dann zum *Palace Hotel*, dem besten Haus am Platz, nehme mir ein hübsches Zimmer und habe genügend Leute zur Verfügung, die mir mit Lydia helfen. Nichts einfacher als das. Ich wünschte, du würdest dich nicht so aufregen. Man könnte glauben, ich sei eine Unschuld vom Lande, die sich in der Stadt nicht zurechtfindet.«

Als der Zug in den Bahnhof von Perth einfuhr, stürzten die Betrunkenen aus dem Abteil, ohne sich um Thora zu kümmern. Sie mußte sich samt dem Baby allein aus dem Wagen kämpfen und einen Gepäckträger suchen.

Bei Einbruch der Dunkelheit stand sie im strömenden Regen vor dem Bahnhof, wo sie eigentlich die Droschken vorzufinden erwartet hatte, doch die waren bereits verschwunden. Niedergeschlagen wartete sie am Bordstein, bis ihr ein mitleidiger Gepäckträger einen Wagen besorgte.

Eine Uhr schlug sechs, und Lydia fing wieder an zu weinen, als der freundliche Kutscher sie im geschäftigen Foyer ihres Traumhotels ablieferte. Damen in herrlichen Toiletten rauschten an ihr vorüber, während die Herren in Abendkleidung einen Bogen um die Frau machten, die mit einem Baby auf dem Arm verloren inmitten eines Gepäckbergs stand. Thora machte eine schöne Treppe und einen herrlichen Kronleuchter aus, doch sie steckte mitten im Gewühl und konnte sich nur mit größter Mühe zur Rezeption durchkämpfen. Dort teilte man ihr schließlich mit, daß das Hotel vollkommen belegt sei und sie sich nach einer anderen Unterkunft umsehen müsse.

»Wo denn?« fragte sie verzweifelt, doch niemand antwortete ihr. Dann bemerkte sie, daß auch die anderen Leute lautstark Zimmer verlangten und dem Empfangschef sogar Geld dafür boten.

Sie ließ sich auf einem Sofa an der Wand nieder und versuchte, das Baby zu beruhigen.

Ein Page trat auf sie zu. »Entschuldigen Sie, Madam, ist das Ihr Gepäck?«

»Ja. Ich hätte gern ein Zimmer, bitte.«

»Man hat Ihnen vermutlich bereits gesagt, daß kein Zimmer mehr frei ist. Das Gepäck steht im Weg.«

Sie stellte fest, daß ihr Korb, die Hutschachtel und zwei schwere Koffer die anderen Gäste in der Tat behinderten. Geschieht ihnen recht, wenn sie darüber stolpern, dachte Thora.

»Wenn es so ist«, erwiderte sie herablassend, »schieben Sie es besser zur Seite.«

»Ich rufe Ihnen eine Droschke. Dann werden Sie Ihr Gepäck nehmen und dieses Hotel verlassen«, entgegnete der Page.

Thora war schockiert. »Wie können Sie es wagen, mich hinauszuweisen? Wohin soll ich denn gehen? Gibt es in dieser Stadt noch andere anständige Hotels?«

»Keine, die am Samstagabend ein freies Zimmer hätten«, antwortete er gelassen. »Dürfte ich eine Pension vorschlagen?«

»Eine Pension!« rief Thora entsetzt. Die einzige Pension in York beherbergte Wanderarbeiter! Sie brach in Tränen aus.

Der livrierte Page sah sich hilflos um und hoffte offensichtlich, daß kein anderer Gast dieses kleine Drama miterlebt hatte. Doch dann trat ein Gentleman auf sie zu und sah die weinende Frau an.

»Du lieber Himmel, Thora Price! Was ist denn geschehen?«

Thora schaute zu dem eleganten Herrn mit den grauen Schläfen und dem schmalen Schnurrbart empor. »Ich glaube, ich kenne Sie nicht, Sir.«

»Natürlich tun Sie das! Edgar Tanner, immer zu Diensten! Kann ich Ihnen behilflich sein?«

Nun erkannte sie ihn. Es war Mr. Tanner, der Bankdirektor aus York! Der seiner Frau davongelaufen war! Doch er wirkte viel weltmännischer und wohlhabender als früher. Nun ja, dachte sie, in der Not …

»O Mr. Tanner, ich freue mich so, Sie zu sehen. Ich bin furchtbar in der Klemme.« Er hörte ruhig zu, während sie ihm ihr Herz ausschüttete, und unterbreitete ihr einen Vorschlag.

»Wir können Sie nicht mit der kleinen Miss Price in die Nacht hinausschicken. Thora, Sie können meine Suite haben.«

»Vielen Dank, aber das kann ich nicht annehmen. Wo wollen Sie denn schlafen?«

»Keine Sorge, ich ziehe zu jemand anderem. Wir sind alle gute Freunde hier.«

Wie von Zauberhand gelangte sie in seine Suite, deren Wohnzimmer und Schlafraum genau ihren Vorstellungen entsprachen. Tanner bestellte sogar ein Kinderbett und packte die notwendigen Dinge für die Nacht zusammen.

»Ich nehme an, Clem verdient gut«, bemerkte er.

»Ja, die Goldmine bringt gute Erträge. Es wurde auch Zeit. Ich hatte beinahe die Hoffnung aufgegeben.«

Tanner hustete. »Ach, die Goldmine? Ich muß bei ihm vorbeischauen, wenn ich wieder auf die Felder zurückkehre.«

»Haben Sie Clem dort getroffen?« wollte Thora wissen.

»O ja, mehrmals sogar. Ich habe ihn im Krankenhaus besucht, als er die Speerwunde auskurierte, und ihn auch danach noch des öfteren getroffen, soweit es meine Zeit erlaubte.«

»Die was?«

»Hm, da bin ich wohl ins Fettnäpfchen getreten. Wußten Sie nichts davon?«

»Er hat sich nur am Arm verletzt.«

»Es war schon etwas mehr als das, aber jetzt geht es ihm wieder gut. Warum machen Sie und das Baby es sich nicht für die Nacht bequem? Sagen Sie den Mädchen, was Sie brauchen. Sie können Ihnen auch ein nettes kleines Abendessen heraufbringen.«

»Das wäre himmlisch! Ich weiß gar nicht, wie ich Ihnen danken soll.«

»Keine Ursache.« Er ergriff ihre Hand. »Alte Freunde sollten zusammenhalten. Warum essen Sie nicht morgen mit mir zu Mittag? Dann können wir alle Neuigkeiten austauschen.«

Thora war begeistert. »Sehr gern, aber das Baby ...«

»Sprechen Sie mit den Mädchen, die werden schon jemanden ausfindig machen, der sich um das Baby kümmert. Darf ich Sie um ein Uhr abholen?«

»Ja, sehr gern.«

Als er gegangen war, schwebte Thora wie auf Wolken durch das geräumige Wohnzimmer. Endlich in der Stadt! So hatte sie sich das Leben in Perth vorgestellt. Sie wandte sich der nächsten wichtigen Frage zu: Welches Kleid sollte sie morgen mittag tragen? Sie würde sicher viele elegante Leute treffen. Mr. Tanner hatte es seit den Tagen in York zu etwas gebracht, vielleicht ebenfalls durch Goldfunde. So aufregend hatte sie sich Perth immer vorgestellt!

9. KAPITEL

Mike Deagan stand am Rand ihrer Mine, die die Bezeichnung S Block 75 trug, und sah zu, wie der Schürfer den tiefen Graben untersuchte.

»Verkauf sie doch an den armen Teufel«, sagte er zu Clem.

»Nein, man verkauft nicht einfach sein Glück.«

»Welches Glück denn? Damit kannst du nur verhungern. Mein Gott, wir brauchen das Geld nicht, das *Black Cat* ist die wahre Goldmine.«

Damit traf Mike bei Clem noch immer einen wunden Punkt. In der Tat warf das Bordell einen schönen Profit ab – und Jocelyn war eine ausgezeichnete Geschäftsführerin. Wochenlang hatte Clem sich mit der Vorstellung gequält, an einem derartigen Unternehmen beteiligt zu sein, hatte sich aber nicht überwinden können, auf seinen Anteil zu verzichten, da Mike ihm ungeahnte Gewinne versprochen hatte. Also fügte er sich den

Arrangements und akzeptierte Mike als gleichberechtigten Partner, als dieser ihm feierlich zweihundertfünfzig Pfund überreichte, die er sich von irgend jemandem geliehen hatte. Diese Summe würde er mühelos von den Gewinnen der ersten Monate zurückzahlen können.

Clem wußte, daß ihm selbst die alleinige Inhaberschaft zugestanden hätte, da Mike das Etablissement mit Clems Geld erworben hatte, doch mit dem Abtreten einer Hälfte erleichterte er ein wenig sein Gewissen. Außerdem erwies sich Mike als derart geselliger Charakter, daß man das *Black Cat* bald nur noch als »Mikes Bordell« bezeichnete und sein Partner allmählich in Vergessenheit geriet. Clem, der sich dort nicht mehr blicken ließ, war darüber alles andere als traurig.

Am Monatsende erfuhr er zu seinem Erstaunen, daß sich Mikes Prophezeiungen als richtig erwiesen hatten und das Bordell einen Umsatz von tausend Pfund pro Woche machte. Clem begann, Alice Geldanweisungen zu schicken, die er mit den steigenden Erträgen seiner Mine begründete.

Doch dann kam Mike eine andere Idee. »Wir müssen ein neues Bordell bauen, Clem, sonst nehmen uns die anderen die Kunden weg. Kalgoorlie wird allmählich zu reich für diese alte Bude.«

»Es wirft doch genug ab, oder nicht?«

»Komm schon. Du siehst doch, was in der Stadt geschieht. In einem Zeltlager wirkten weiß gestrichene Wellblechwände vielleicht elegant, aber die Zeiten sind vorbei. Die Leute werden uns untreu, sobald jemand ein anständiges Bordell eröffnet ...«

»Gibt es so etwas überhaupt?«

Mike überging diese Bemerkung. »Es gibt Bauingenieure und eine Menge Arbeiter, die mit dem Gold kein Glück gehabt haben. Wir haben genügend Bargeld, um ein schönes zweistöckiges Haus mit einer Veranda zur Hauptstraße zu bauen. Setz einfach eine Weile mit den Geldanweisungen aus. Später kannst du sie verdoppeln.«

Der Disput zog sich über Tage hin. Mike forderte Clem erneut auf, ihn auszuzahlen, damit er ungehindert bauen konnte, doch dieser weigerte sich noch immer. »Tu, was du willst!« rief er nur, wußte aber insgeheim, daß Mikes Plan vom finanziellen Standpunkt her äußerst vielversprechend war.

»Ich gebe euch fünf Mäuse dafür!« rief der Schürfer aus dem Graben.

»So siehst du aus«, antwortete Clem. »Die Mine wirft noch immer was ab.«

»Warum willst du dann verkaufen?«

»Weil er sie nicht braucht«, entgegnete Mike.

Doch Clem blieb hartnäckig. »Zwanzig.«

»Ich gebe dir zehn. Mehr nicht.«

»Abgemacht«, warf Mike ein.

Clem zuckte die Achseln. »Also gut, dann eben zehn.«

Als die Dokumente unterzeichnet waren, nahm Clem seinen Partner beiseite. »Hol die Pferde, ich möchte dir etwas zeigen.«

»Was denn?«

»Wart ab. Während du die Bauleute aufgetrieben hast, war ich auf Goldsuche. Ich habe einen neuen Claim zehn Meilen südlich von Kalgoorlie abgesteckt.«

»Doch nicht wieder im Gebiet der Schwarzen?«

»Nein. Aber ich habe dir auch mehr als einmal gesagt, daß ich an der Verletzung selber schuld war. Ich habe einen ihrer heiligen Orte betreten.«

»Das mag ja sein, aber viele Schwarze da draußen sind noch immer nicht davon begeistert, daß wir ihnen die Jagdgründe weggenommen haben.«

»Willst du den Claim nun sehen oder nicht?«

»Ich gehe wohl besser mit, du gibst ja ohnehin keine Ruhe.«

»Das mußt gerade du sagen! Seit du das *Black Cat* übernommen hast, quälst du mich jeden Tag mit anderen Plänen. Wir sind immer noch Goldgräber, oder nicht?«

Sie ritten durch hügeliges Buschland, in dem einzelne Gummibäume wuchsen, vorbei an den traurigen Überresten einsamer Goldgräberlager, wo schon andere ihr Glück gesucht hatten und gescheitert waren.

»Wozu soll das gut sein?« wollte Mike wissen. »Dieses Gelände ist bereits komplett umgegraben worden.«

»Ich bin noch ein wenig weiter geritten.«

In der Nähe eines niedrigen Granithügels deutete Clem auf einen flachen Tümpel. »Wie du siehst, haben wir sogar Wasser. Deshalb hatte ich hier auch angehalten und mich umgesehen.«

Sie stiegen ab, und Clem ging zu einer markierten Stelle hinüber. Er hatte dort ein altes Hemd an einen Zweig gebunden. »Komm schon, es sind nur noch hundert Meter in östlicher Richtung.«

Er schritt kräftig aus und redete dabei weiter, während Mike ihm zögernd folgte. »Ich bin nur so herumgelaufen, ohne etwas Interessantes zu sehen, und habe mich schließlich hingesetzt und ein paar Steine abgeklopft. Ich wollte schon aufgeben und habe bloß noch einige Quarzbrocken losgeschlagen.« Er beugte sich vor und grub zwei Steinbrocken aus. »Dann habe ich diesen Burschen in der Mitte gespalten – und schnell wieder eingegraben. Sieh nur.«

»Gott steh mir bei!« Mike hätte sich beinahe auf den weißen Quarz mit den goldenen Adern gestürzt. »Mein Gott, du hast es geschafft! Gibt es noch mehr davon?«

»Ich habe noch nicht nachgesehen.« Clem hüpfte vor Aufregung, nachdem er Mike sein Geheimnis enthüllt hatte. »Aber es war einen Claim wert, nicht wahr?«

»Genau hier? Du hast es genau hier gefunden?«

»Ja. Ich schätze, wir sollten ein Loch in den Quarz bohren und ein Feuer zum Schmelzen anzünden, damit wir sehen, wieviel wir wirklich haben.«

»Allmächtiger Gott! Wann hast du das gefunden?«

»Vor einer Weile. Aber ich wollte die erste Mine zunächst verkaufen, damit die anderen keinen Verdacht schöpfen. Niemand soll uns hierher folgen. Ich habe mit dem Aufseher gesprochen und einen Morgen beansprucht.«

»Einen Morgen? Was willst du mit dem ganzen Land anfangen?«

»Eine reine Vorsichtsmaßnahme. Ich habe eine große Skizze angefertigt, auf der die Bäume eingezeichnet sind. Bist du dabei?«

»Versuch mal, mich davon abzuhalten.«

Clem war zufrieden mit sich und der Welt. »Ich habe den Claim Yorkey getauft.«

»Das wird harte Arbeit«, warnte Mike und stampfte auf den felsigen Boden, »aber es ist den Versuch wert, mein Junge. Ich schätze, der eine Brocken allein bringt schon mehrere hundert Pfund. Wir sollten den Fund besser eine Weile geheimhalten.«

Am nächsten Tag beluden sie ihren Wagen und verließen die Zeltstadt, fuhren gemächlich durch Kalgoorlie und bogen dann nach Süden ab, um den Yorkey-Claim in Angriff zu nehmen.

An einer Seite des Lochs entdeckten sie eine ähnliche Bank aus goldhaltigem Quarz. Sie griffen nach der Picke, und schon bald war die Yorkey-Mine Wirklichkeit geworden. Aus Sicherheitsgründen wurden die gesammelten Steine in einiger Entfernung von dem Tümpel im Gebüsch versteckt. Der Vorrat wuchs mit jedem Tag.

Die Arbeit in dem felsigen Boden war mühsam und manchmal ebenso enttäuschend wie in der ersten Mine. Die erste gute Bank versiegte bald, doch sie arbeiteten unbeirrt weiter und suchten unermüdlich nach noch so kleinen Quarzklümpchen, wobei sie die Launen der Natur verfluchten.

»Warum konnte Gott nicht alles am selben Ort deponieren?« stöhnte Mike.

»Das hat er vielleicht sogar getan, aber dann hat die Erde gebebt, um es uns ein bißchen schwerer zu machen.«

Einmal pro Woche ritt einer in die Stadt, um Vorräte zu kaufen, während der andere den Quarzvorrat bewachte. Wenn Clem an der Reihe war, gab er bei der Gelegenheit auch seine Briefe auf und hielt vergeblich Ausschau nach Post von Thora. Der einzige Umschlag, der ihm gewöhnlich überreicht wurde, enthielt nur Alices Wochenbericht. Er hinterließ beim Kolonialwarenhändler seine Bestellung – unter anderem orderte er neue Picken, da Yorkey das Werkzeug ebenso sehr beanspruchte wie ihre Muskeln – und inspizierte die Baustelle. Sich selbst gestand er seine Neugier ein, nach außen hin gab er aber vor, lediglich Mikes Anweisungen zu gehorchen. Dieser hatte gedroht, die Lage der Mine hinauszuposaunen, falls Clem seinen Pflichten als Mitinhaber des *Black Cat* nicht nachkäme.

Als er vor dem rasch emporwachsenden Skelett des Hauses stand, war Clem beeindruckt vom Tempo der Bauarbeiter. Nachdem er den Plan gesehen hatte, war er zunächst der Ansicht gewesen, es würde Monate dauern, bis der Rohbau stünde, da gutes Holz Mangelware war. Doch nun fiel ihm wieder ein, daß Mike irgendwelche Geschäfte mit den afghanischen Kameltreibern angedeutet hatte, die schwere Ladungen nach Kalgoorlie brachten.

»Dieser Schurke hat sie bestochen«, murmelte Clem, während er die Baustelle besichtigte, das Holz prüfte und sich insgeheim fragte, wieviel Mike den Arbeitern bezahlt haben mochte.

»Clem, wie schön, dich zu sehen! Wo steckt denn Mike? Gott, siehst du gut aus! Dabei haben wir vor einer Weile noch gefürchtet, du würdest uns wegsterben. Ich glaube, du siehst besser aus als je zuvor.« Jocelyn ergriff seine Arme. »Du hast ja ganz neue Muskeln bekommen.«

Er bemerkte das Grinsen der Arbeiter, als die stadtbekannte Madam mit dem riesigen federbesetzten Hut und dem dazu passenden schwarz-grünen Kleid auftauchte und solch ein Theater um ihn veranstaltete.

»Wir schürfen«, sagte er und wollte weitergehen, doch Jocelyn hatte andere Pläne.

»Komm mit auf einen Drink«, erwiderte sie fröhlich und nahm seinen Arm. »Du warst viel zu zurückhaltend in letzter Zeit.«

Sie spürte sein Zögern. »Komm schon, ich bestehe darauf. Ohne dich hätte ich niemals diese Stelle bekommen. Ich weiß, daß du Mike gesagt hast, er solle mich fragen. Die ganze Sache trägt deine Handschrift. Mike steht zwar im Blickpunkt, aber du bist der Kopf des Unternehmens. Natürlich verrate ich es keinem, weil Mike meint, daß du dich lieber im Hintergrund halten möchtest. Die Leute in York würden in Ohnmacht fallen, wenn sie von unserem Erfolg wüßten.«

In diesem Punkt mußte Clem ihr recht geben. »Und ob sie das würden. Was hast du nur deiner Familie erzählt?«

»Daß ich in einem Hotel koche. Was hast du denn Thora gesagt?«

»Ach, nichts Besonderes. Mike hat mich in die ganze Sache hineingezogen.«

»Egal, wir sind doch Freunde. Dein Geheimnis ist bei mir gut aufgehoben. Es ist hochanständig vor dir, daß du die Mädchen weiter bezahlst, während das *Black Cat* geschlossen ist. Es sind die besten, und ich möchte sie nicht verlieren.«

»Tue ich das?« fragte er und ließ sich widerstandslos in ein neues Hotel auf der anderen Straßenseite ziehen. Einen weiteren öffentlichen Disput mit Jocelyn wollte er um jeden Preis vermeiden.

Clem versuchte, einen Rest an Würde zu bewahren, und bestand darauf, in der eleganten Bar, die sich neben dem normalen Schankraum befand, die Drinks zu bezahlen. Ihm fiel auf, daß der Grundriß des Hotels bis auf die Räume an der

Straßenseite mit dem seines Neubaus identisch war. In ersterem lagen dort die beiden Bars, während »sein« Gebäude an dieser Stelle ein kleines Foyer und mehrere als Empfangsräume bezeichnete Zimmer zu beiden Seiten der Eingangstür aufwies. Das *Black Cat* ließe sich mühelos in ein Hotel verwandeln, doch war auch ihm klar, daß in einer Stadt, in der es zwanzigmal mehr Männer als Frauen gab, ein Bordell eine weitaus bessere Investition darstellte.

»Wo schürft ihr denn?« wollte Jocelyn wissen.

»Vor der Stadt.«

Sie lachte. »Das war eine dumme Frage, nicht wahr? Bleibst du über Nacht?«

»Nein, ich muß zurück.« Er trank den brennend scharfen Fusel – er hatte vergessen, ausdrücklich den »guten« Whisky zu verlangen – und erhob sich. »Tut mir leid, Jocelyn, aber ich muß unsere Vorräte abholen.« Er bemerkte ihre Enttäuschung und klopfte ihr tröstend auf die Schulter. »Mike sagt, du machst deine Sache ausgezeichnet.«

Dieses Lob tat ihr offensichtlich gut. »Vielen Dank, Clem, das freut mich. Du kannst mir vertrauen. Ich betrüge dich nicht, wie es viele andere hier draußen tun würden. Ich nehme mir meinen Anteil und bringe den Rest auf die Bank.«

»Etwas anderes hätte ich von dir auch nicht erwartet. Du kannst dich auf eine Weihnachtsgratifikation freuen.«

Grinsend trat er auf die Straße hinaus. Wenn Mike das Geld zum Fenster hinauswarf, konnte er dasselbe tun. Und Jocelyn war immerhin *seine* Freundin. Es war wichtig, sie auf seiner Seite zu wissen.

Sie spielten mit dem Gedanken, einen primitiven Brennofen zu bauen, um das Gold selbst aus dem Gestein zu schmelzen, hätten in diesem Fall aber Arbeiter für die Grabungen einstellen müssen, was die Eigentumsfrage im Hinblick auf zukünftige Goldfunde verkompliziert hätte. Folglich blieb ihnen nichts anderes übrig, als ihre kostbaren Steine in eine von der Regierung betriebene Schmelzanlage in Kalgoorlie zu bringen. Sie mieteten Pferd und Wagen und transportierten die erste Ladung an jenem Tag in die Stadt, an dem das neue *Black Cat* eröffnet werden sollte.

Es war ein schönes Gebäude mit weißer Fassade und braunen Dachrinnen, Verandapfosten und -geländern, das nichts von seinem frivolen Innenleben erahnen ließ. Angesichts der Unmengen von rotem Plüsch zuckte Clem zusammen, doch Jocelyn beruhigte ihn mit der Versicherung, es sei ganz billiges Zeug.

»Die Mädchen haben es selbst gefärbt«, erklärte sie. »Die Stadt ist so fade, daß sich die Jungs über ein bißchen Farbe freuen.«

Durch den blendendweißen Anstrich wirkte das Haus von außen größer, als es eigentlich war, paßte jedoch stilistisch gut zu den Neubauten an der Hannan Street.

Um Jocelyn eine Freude zu machen, blieb Clem eine Weile bei der Feier und mischte sich unter die Gäste. Mike genoß seine Rolle als Conférencier. Begleitet wurde er von einem Pianisten, der auf sein blechern klingendes Klavier einhämmerte, und einem Geiger, der sein eigenes Tempo spielte. Mike stellte sämtliche Mädchen vor, die ihre schönsten Kleider trugen und kostenloses, selbstgekochtes Essen servierten, und erteilte denjenigen, die nach Freigetränken verlangten, lachend eine Abfuhr.

»Ihr macht wohl Witze. Ich will das Haus doch nicht am ersten Abend in den Bankrott treiben.«

Nachdem er seine Pflicht erfüllt hatte, zog Clem sich in das Pub auf der anderen Straßenseite zurück. Dort hatte er ein Zimmer gemietet, in dem er in Ruhe die für ihn weitaus interessanteren Prüfungsergebnisse seiner Gesteinsfunde abwarten konnte.

Obwohl sich die Yorkey-Mine als weitaus ergiebiger erwies als der frühere Claim, war Clem bei der Rückgabe des Erzes enttäuscht.

»Warum so ein langes Gesicht?« wollte der Leiter der Anlage wissen. »Sie haben einen großen Fund gemacht, Clem. Dreihundert Unzen reines Gold! Wie lange arbeiten Sie schon in dieser Mine?«

»Schon eine ganze Weile«, antwortete Clem und berechnete im Kopf, wieviel er bei der Bank für das Gold bekommen würde. Vermutlich um die tausend Pfund. Vom Glanz geblendet, hatten sie gehofft, ihr Quarz würde sehr viel mehr Gold enthalten.

Er erhielt genau zwölfhundert Pfund und neun Shilling in bar, kehrte in die Anlage zurück und entlohnte den Leiter. Danach kaufte er sich eine Pastete zum Frühstück und ließ sich auf einer Bank nieder, um sie zu verzehren.

»Das ist die Habgier«, sagte er zu sich selbst, während er seine Pastete in sich hineinstopfte. »Die reine Habgier.«

Er war niedergeschlagen, wußte jedoch, daß er sich vor Freude überschlagen hätte, wenn die erste Mine solche Erträge geliefert hätte. Zwölfhundert Pfund waren eine Menge Geld. Normalerweise träumte jeder davon, von der Erde so großzügig beschenkt zu werden, doch in dieser Stadt mit ihrem unablässigen Gerede über Geld und Gold gab es keine Normalität mehr. Hinzu kam, daß die Gewinne aus dem *Black Cat* die Golderträge weit in den Schatten stellten. Clem wußte, daß ihm das rechte Maß abhanden gekommen war. Er war zu einem der habgierigsten Goldsucher in Kalgoorlie geworden, der unbekümmert mit einem Vermögen in der Tasche vor der Bäckerei saß.

Er traf eine Entscheidung und stand auf. »Ich kehre heim«, dachte er. »Es ist wirklich an der Zeit zu gehen. Ich habe mich Thora gegenüber ungerecht verhalten.«

In Kalgoorlie strömten Männer aus aller Herren Länder

zusammen. Sie alle hatten ihre Familien zurückgelassen. Manche von ihnen würden Jahre fortbleiben. Zeit hatte bei der Suche nach Gold überhaupt keine Bedeutung. Allein das Ergebnis zählte. Bisher hatte Clem kaum darüber nachgedacht, nach Hause zurückzukehren, und seine Abreise von Monat zu Monat aufgeschoben. So war Kalgoorlie eben. Nur die Verlierer gaben auf, bevor das Rennen gelaufen war.

»Das war's«, schwor er sich und machte sich auf die Suche nach Mike. »Meine Zeit ist um. Ich will weg von hier.«

Thora Price war noch immer nicht über ihre würdelose Ankunft im Hotel hinweggekommen und entschlossen, die Schmach an diesem herrlichen Sonntagmorgen wieder wettzumachen. Sie stand früh auf und fragte die Zimmermädchen aus.

Sie erfuhr, daß das Hotel sonntags ein Mittagessen und einen Sechs-Uhr-Tee servierte, der zu ihrer großen Freude als gesellschaftliches Ereignis galt.

»Am Sonntag kommt jeder, der etwas darstellt, ins *Palace*«, erklärte man ihr stolz. »Und die Damen übertrumpfen sich an Eleganz.«

»Früher waren wir für unsere Nachmittagstees berühmt«, sagte eine ältere Bedienstete. »Sie verliefen in so gepflegter Atmosphäre, aber die Zeiten sind nun vorbei. Die Herren mit dem großen Geld bleiben über die Mittagszeit hinaus bei Tisch. Das Gold ist an allem schuld. Entweder kommen sie gerade von den Goldfeldern, oder sie haben durch die großen Firmen damit zu tun.«

Sie wurden von der Hausdame unterbrochen, die sich als Miss Devane vorstellte, eine selbstsichere, stilvoll gekleidete grauhaarige Frau, die so gar nicht Thoras Vorstellung von einer Hausdame entsprach.

Miss Devane war von dem seltsamen Arrangement hinsichtlich dieser Suite wenig angetan.

»Dürfte ich fragen, wer Zimmer 26 bewohnt? Sie, Madam, oder Mr. Tanner?«

»Ich.«

»Warum sind dann seine persönlichen Sachen noch hier?«

Thora wußte, daß sie sich von dieser Frau auf keinen Fall einschüchtern lassen durfte, und beschloß, ganz ruhig zu bleiben. Obwohl die autoritäre Art von Miss Devane, die letztlich doch nur eine Hotelangestellte war, sie abstieß, antwortete sie mit beinahe übertriebener Höflichkeit.

»Oh, Miss Devane, ich bin ja so froh, Sie zu sehen. Ich befinde mich in einer schrecklichen Lage. Und dann muß ich mich auch noch um mein Kind kümmern.«

»Ja, ich hörte bereits, daß Sie ein Kind bei sich haben«, antwortete die Hotelangestellte knapp, und Thora begriff, daß hinter ihrer ablehnenden Haltung mehr stecken mußte.

»Oh«, sagte sie verblüfft, »du lieber Himmel, Sie haben doch wohl nicht gedacht, daß wir dieses Zimmer gemeinsam bewohnen?«

»Ich weiß nicht, was ich denken soll.«

»Aber nicht doch! Ich bin gestern abend nach einer langen Zugfahrt hier angekommen und hatte mich auf ein schönes Zimmer im *Palace* gefreut, erfuhr aber, daß keines mehr frei war. Ich war völlig erschöpft. In dieser Situation kam mir freundlicherweise Mr. Tanner zu Hilfe und gestattete mir die Benutzung seiner Räume. Er selbst hat eine andere Unterkunft bezogen.«

»Sie sind mit dem Zug gekommen? Von wo?«

»Aus Northam.«

»Ich verstehe. Von den Goldfeldern?«

Thora war schockiert und zornig. Offensichtlich warf diese Person sie mit jenen Frauen in einen Topf, die sie im Zug hatte ertragen müssen. Wie konnte sie es wagen? Dennoch bewahrte Thora die Ruhe, da sie fest entschlossen war, in diesem Hotel zu bleiben.

»Von den Goldfeldern? Welch eine furchtbare Vorstellung! Meinem Ehemann und mir gehört die Lancoorie-Schaffarm in der Nähe von York. Es ist bedauerlich, daß Leuten vom Land in Perth offensichtlich keinerlei Respekt mehr entgegengebracht wird. Statt dessen zwänge ich mich in eine Eingangshalle, in der es zugeht wie auf einer Viehauktion. Vermutlich ist es meine Schuld. Mein Ehemann ist furchtbar beschäftigt – ich bin vorausgefahren und wollte im *Palace* absteigen. Wir möchten noch ein weiteres Haus in Perth erwerben, doch das nur nebenbei. Nun habe ich alles verdorben. Ich höre ihn schon … ›Das habe ich dir doch gleich gesagt‹. Aber ich habe es zumindest versucht. Frauen sollten die Dinge selbst in die Hand nehmen, nicht wahr?«

Miss Devanes Miene entspannte sich. »Sie stammen aus York? Mein Vater war dort einmal Bürgermeister.«

»Mir kam der Name gleich bekannt vor«, log Thora.

»Das war lange vor Ihrer Zeit, Mrs. Price.«

»Vielleicht kann sich Dr. Carty, mein Vater, noch an ihn erinnern.«

»Du lieber Himmel, Dr. Carty! Wie könnte ich ihn vergessen? Er hat meinen lieben Vater behandelt, und Ihre Mutter war immer sehr freundlich zu mir. Sie hatte damals ein kleines Baby …«

»Das muß ich gewesen sein, ich bin die Älteste«, antwortete Thora eifrig. »Wie klein doch die Welt ist.«

»Ich war Halbwaise. Als auch mein Vater starb, bin ich nach Perth gegangen, um meinen Lebensunterhalt zu verdienen. Männer, die wie er ihr ganzes Leben dem öffentlichen Wohl widmen, hinterlassen ihren Familien meist nur wenig.« Sie winkte ab. »Aber im Westen war die Welt früher wirklich klein. Damals kannte jeder jeden, doch seit dem Goldrausch werden die Fremden hier zu einer Landplage. Woche für Woche treffen sie zu Tausenden hier ein und ziehen auf die Goldfelder. Und dann kommen sie mit den Taschen voller

Geld zurück – man traut sich kaum zu sagen, in welchem Zustand.«

Von diesem Tag an war das *Palace Hotel* für Thora der Himmel auf Erden. Miss Devane sorgte dafür, daß sie die Suite behalten konnte, da Mr. Price in Kürze eintreffen würde. Thora hatte zwar nicht damit gerechnet, für ein Doppelzimmer bezahlen zu müssen, doch da ihre neue Freundin einen Mitarbeiter der Buchhaltung angewiesen hatte, alle Rechnungen über York nach Lancoorie zu schicken, machte sie sich keine großen Gedanken darüber. Sie mußte einfach nur unterschreiben. Miss Devane hatte sie auch darüber aufgeklärt, daß Mütter von Babys gewöhnlich Kindermädchen beschäftigten, die in der Personalunterkunft neben dem Hotel untergebracht wurden.

Miss Devane ging ihre Liste mit dem Aushilfspersonal durch und fand ein junges Mädchen namens Netta, das Lydia betreuen sollte.

In der Zwischenzeit mußten noch andere Dinge geklärt werden. Die Hausdame erkundigte sich neugierig nach Mr. Tanner.

»Kennen Sie diesen Herrn näher?«

»Natürlich. Er war unser Bankdirektor in York.«

»Warum haben Sie das nicht gleich gesagt? Mit Fremden dürfen Sie sich auf keinen Fall einlassen. Nicht, daß ich etwas gegen Mr. Tanner hätte – sein Angebot war sehr freundlich, und es ist eine anständige Suite. Als Börsenmakler ist er in Perth eine bekannte Persönlichkeit.«

»Ist er das? Ich war so außer mir, daß ich mich gar nicht nach seiner derzeitigen Beschäftigung erkundigt habe.« Thora konnte ein Kichern kaum unterdrücken. Offensichtlich hatte ihre neue Vertraute keine Verbindung mehr nach York, sonst hätte sie gewußt, daß Mr. Tanner seiner Frau davongelaufen war. Thora brachte durchaus Verständnis für seine Flucht auf, da Mrs. Tanner bei den Carty-Mädchen immer als ausgesprochener Drache gegolten hatte.

Sie sah zu, wie unter Miss Devanes Anleitung Mr. Tanners

Gepäck abgeholt und ihre eigenen Kleider ausgepackt, gebügelt und in den Schrank geräumt wurden.

Thora genoß den Luxus und vergaß darüber, daß sie auch zu Hause auf Lancoorie keinen Finger rührte und Alice diese Aufgaben überließ.

Ein weiteres Mädchen übernahm für einen Tag die Kinderbetreuung, wofür Thora sehr dankbar war.

»Wir setzen alles auf Ihre Rechnung«, meinte Miss Devane achselzuckend. »Haben Sie sonst noch Wünsche?«

»Ja, ich hoffe, Sie nehmen mir diese Bitte nicht übel. Mr. Tanner hat mich für heute mittag zum Essen eingeladen. Ich habe erfahren, daß sich die Damen für solche Gelegenheiten sehr elegant kleiden, und weiß nun nicht so recht, was ich anziehen soll. Vielleicht können Sie mir einen Rat geben.«

Miss Devane scheute vor dieser Herausforderung keineswegs zurück, marschierte ins Schlafzimmer und öffnete den Kleiderschrank.

»Lassen Sie mich sehen.«

Während die Hausdame ihre Garderobe prüfte, fügte Thora hinzu: »Ich möchte nicht wie eine Landpomeranze aussehen.«

»Das wird Ihnen mit diesen Kleidern auch nicht passieren. Im Gegensatz zu vielen anderen Gästen haben Sie einen ausgezeichneten Geschmack.«

»Ich bestelle sie aus dem Katalog und lasse sie von meiner Schwägerin ändern.«

»Wie wäre es damit?« Miss Devane nahm ein cremefarbenes Seidenkleid aus dem Schrank, das bis zu dem hohen Spitzenkragen durchgeknöpft war. Es hatte ein schmal geschnittenes Oberteil und einen weiten, weich fließenden Rock.

»Finden Sie es nicht reichlich schlicht?«

»Nicht schlicht, meine Liebe, sondern elegant. Haben Sie einen passenden Hut dazu?«

»Mehrere sogar.«

Als Edgar Tanner die Treppe hinaufstieg, um Thora Price abzuholen, spürte er ein gewisses Bedauern.

Nicht, daß er seiner Suite nachgetrauert hätte – er hatte inzwischen ein schönes Zimmer mit Veranda gefunden, das weitaus billiger war als die Räume im *Palace Hotel.* Nein, er bedauerte, daß er sie für diesen Sonntag zum Essen eingeladen hatte. Als er die Einladung ausgesprochen hatte, war er leicht angetrunken gewesen.

Dieses Sonntagsessen war überaus wichtig, da Lord Kengally anwesend sein würde. Er gehörte zu jenen englischen Aristokraten, die die großen Syndikate vertraten, und war kürzlich im Gefolge von Lord Fingall in Perth eingetroffen. Dieser hatte Gelder in die sagenumwobene Londonderry-Mine südlich von Coolgardie investiert.

Tanner hatte festgestellt, daß es ihm beim Schürfen sowohl an Muskelkraft als auch an Ausdauer mangelte, und sich daher dem Bereich Börsenhandel und Firmengründungen zugewandt. Unter der hochtrabenden Bezeichnung E.G. Tanner & Co. unterhielt er Büros in Kalgoorlie und Perth. Er machte gute Geschäfte, doch fehlte ihm bisher noch der ganz dicke Fisch. Mit dem Optimismus des geborenen Spielers hoffte er auf seine große Chance und bemühte sich, die Aufmerksamkeit von Männern wie Kengally auf seine Projekte zu lenken. Dazu mußte er den Neuankömmling jedoch bei Laune halten.

Tanner hatte bald erkannt, daß Kengally ein lebenslustiger Mensch war, der gutes Essen, Wein und fröhliche Gesellschaft schätzte. Daher hatte er ihn für diesen Sonntag zum Mittagessen eingeladen. Bei den drei anderen Gästen handelte er sich um hochrangige Beamte des Bergbauministeriums, die auch nichts gegen eine schöne Umgebung, Spaß und kostenlose Mahlzeiten hatten – vor allem nicht, wenn der Gastgeber ihre Freundinnen mit einlud und verlauten ließ, er werde auch eine Dame für Lord Kengally mitbringen. Tanner kannte diese

Frauen schon längere Zeit. Man konnte sie kaum seiner Mutter vorstellen, doch sie waren sehr unterhaltsam.

Und nun Thora Price! Guter Gott! Was war nur in ihn gefahren? Sie würde sich in dieser Gesellschaft völlig fehl am Platz fühlen, da sie selbst in York, wo sie außer Konkurrenz lief, nicht gerade für ihren Esprit berühmt war.

Doch nun gab es kein Zurück mehr, und er klopfte leise an ihre Tür.

Als sie öffnete, trat er verblüfft einen Schritt zurück. Die in Tränen aufgelöste Frau mit dem Baby hatte sich in eine gelassene, graziöse Schönheit verwandelt. Sie war schon immer ein hübsches Mädchen gewesen, doch nun sah sie einfach himmlisch aus. Tanner fragte sich, ob wohl Ehe und Mutterschaft diesen Wandel bewirkt hatten.

»Meine Liebe, Sie sehen bezaubernd aus«, sagte er spontan.

»Vielen Dank, Mr. Tanner, sehr freundlich von Ihnen.«

Er bemerkte, wie aufgeregt sie war. Ihre makellose Haut war von einer leichten Röte überzogen, und die blauen Augen blitzten, doch Thoras Stimme verriet nichts davon, daß dieses Mädchen vom Land zum ersten Mal in Perth ausging.

Als sie die Treppe hinuntergingen, spürte Tanner, wieviel Aufsehen die elegante Blondine mit dem cremefarbenen Kleid und dem großen Hut, der mit einem Kranz aprikosenfarbener Rosen verziert war, erregte. Die Frauen starrten sie an, die Männer lächelten ihr zu, und alle Augen folgten ihnen, als sie den Speisesaal betraten.

»Ich habe noch einige andere Gäste, darunter befindet sich auch ein englischer Lord. Ich hoffe, es stört Sie nicht.«

Das war ein Fehler gewesen, denn Thora zuckte ängstlich zusammen. »Ein was? Das hätten Sie mir doch sagen müssen. Ich weiß gar nicht, worüber ich mich mit ihm unterhalten soll.«

»Lächeln Sie einfach nur.« Edgar mußte sie beinahe durch den Raum ziehen. Sorgfältig überprüfte er den Tisch. »Was halten Sie davon? Sieht es gut aus?«

Sie starrte die Tafel mit der eleganten Tischwäsche und dem Silberbesteck an, die für zehn Personen gedeckt war. »Es sieht märchenhaft aus.«

»Setzen wir uns hierher. Lord Kengally wird an Ihrer Seite Platz nehmen.«

»Nein, setzen Sie ihn bitte ans andere Ende«, rief Thora entsetzt.

»Das kann ich nicht, er ist schließlich der Ehrengast. Da kommt er schon.« Tanner deutete mit einem Nicken in Richtung des Oberkellners, der eine Gruppe von Leuten zu ihrem Tisch führte.

»Welcher ist es?« flüsterte Thora.

»Der alte Knabe in dem komischen weißen Anzug. Ich glaube, das ist die übliche englische Tropenbekleidung. Übersehen Sie sie geflissentlich.«

»Selbstverständlich.«

Tanner bemerkte, daß sie noch immer sehr nervös war, als sich die anderen an den Tisch setzten. Sie spielte mit ihren Handschuhen und betrachtete dabei die anderen Frauen, die sich herausgeputzt hatten, um in dem Farbenmeer der Kleider aufzufallen.

»Ich komme mir so unscheinbar vor«, flüsterte sie hinter vorgehaltenem Taschentuch. Tanner tröstete sie: »Es ist genau umgekehrt. Sie sehen besser aus als alle anderen.«

Zum Glück war Lord Kengally der gleichen Ansicht und schien die Gesellschaft der Dame, die er für seine Tischdame hielt, weitaus mehr zu genießen als die der anderen Frauen an der Tafel. Zu Edgars großer Erleichterung ließ Thora nur dann und wann eine höfliche Bemerkung fallen.

Als der Hauptgang, gebratene Ente, aufgetragen wurde, entspannte er sich allmählich. Im Gegensatz zu der Frau, die an seiner anderen Seite saß, sprach das Mädchen aus York dem Alkohol nur mäßig zu. Tatsächlich blamierte sie die anderen Frauen bis zu einem gewissen Grad mit ihrem ruhigen, würdevollen Verhalten. Edgar erinnerte sich grinsend an den früheren Hochmut des Carty-Mädchens, das nun in seiner Ehrfurcht vor dem hohen Gast überaus anziehend wirkte.

Als sich die fröhliche Gesellschaft auflöste, war Edgar bester Laune. Er hatte ein weiteres Treffen mit Lord Kengally und seinen Partnern vereinbart, um die vielversprechenden Aussichten der Lady-Luck-Mine in Kalgoorlie zu besprechen. Edgar hatte den vier Besitzern versprochen, er werde einen Käufer finden, der eine Firma gründen und die Mine im großen Stil ausbeuten könne, falls sie Stillschweigen über ihren Fund bewahrten. Es lag noch immer soviel Gold in den Hügeln von Kalgoorlie, daß die Tage der kleineren Minenbesitzer gezählt waren. Schon jetzt kauften Firmen große Pachtgrundstücke auf, die Fördergerüste am Horizont sahen wie Skelette aus, und an den Ufern der Salzseen drängten sich riesige Kondensierungsanlagen. Tanner erklärte Kengally nachdrücklich, daß die Erde noch immer ungeahnte Goldreserven berge, die in größerer Tiefe nur von Firmen mit der nötigen Ausrüstung und genügend Mitarbeitern gefördert werden konnten.

Lady Luck war sein bestes Pferd im Stall. Er hoffte, daß Kengally nicht nur die Mine, sondern auch das umliegende Pachtland samt den laufenden Verträgen kaufen und danach an die Börse gehen würde, um genügend Anleger für das Großprojekt zu gewinnen, das Edgar im Kopf herumspukte. Doch die Schlacht war noch nicht gewonnen. Vermittler gab es überall, und Kengally war bereits von mehreren Konkurrenten angesprochen worden.

Der Prüfer sollte an diesem Abend in Perth eintreffen und Edgar einen Bericht vorlegen, aufgrund dessen das Geschäft hoffentlich zum Abschluß käme.

»Ein wunderbarer Tag, Edgar«, sagte Kengally. »Die Ente à l'orange war die beste, die ich je gegessen habe. Das nächste Mal sind Sie mein Gast in diesem Haus. Bitte bringen Sie auch die charmante Mrs. Price mit.«

»Es wäre mir eine Freude«, antwortete Edgar ein wenig zu schnell, und Kengally runzelte die Stirn. »Falls Mr. Price bis dahin eingetroffen sein sollte«, fuhr der Engländer mit Nachdruck fort, »würde ich gern seine Bekanntschaft machen.«

Edgar begriff, daß er einen schweren Fehler begangen hatte. Er hätte seinem wichtigen Gast keine verheiratete Tischdame präsentieren dürfen. Doch anscheinend war Kengally willens, diesen Fauxpas zu übersehen.

Sie verabredeten für den nächsten Morgen einen Termin bei der *National Bank.*

»Um zehn Uhr. Paßt Ihnen das?« fragte Kengally. »Der Direktor hat uns freundlicherweise die Benutzung seines Konferenzraums gestattet.«

»Ja, das paßt mir ausgezeichnet«, antwortete Edgar. »Bis dahin habe ich gute Neuigkeiten für Sie.«

Kengally wandte sich an Thora. »Nun, Mrs. Price, wir sind beide fremd in Perth. Vielleicht sollten wir morgen nachmittag gemeinsam die Stadt erkunden. Falls Edgar die Zeit erübrigen kann, um uns zu begleiten.«

»Das würde ich sehr gern. Vielen Dank für die freundliche Einladung. Wohin wollen wir gehen?«

Edgar war begeistert. Je mehr Zeit er mit diesem Mann verbringen konnte, desto weniger Chancen hatten seine Konkurrenten. »Der Kings Park ist zu dieser Jahreszeit sehr schön. Die Wildblumen stehen in Blüte.«

»Wunderbar«, stimmte Kengally zu. »Sie müssen wissen, daß ich Hobby-Botaniker bin.«

»Dann werden Sie den Kings Park überaus interessant finden«, bemerkte Edgar. »Wir könnten gemütlich hindurchfahren und am Nachmittag vielleicht ein Picknick veranstalten.«

»Ich liebe Picknicks«, warf Thora ein, »aber was soll ich mitbringen? Ich weiß nicht, wie ich hier im Hotel etwas vorbereiten kann.«

Edgar lachte. »Das Hotel stellt die Körbe für uns zusammen. Wäre Ihnen zwei Uhr genehm, Mrs. Price?«

An diesem Abend schrieb Thora einen Brief an Alice, in dem sie ihr mitteilte, daß sie wohlbehalten in Perth angekommen und allen Warnungen zum Trotz keinerlei Schwierigkeiten begegnet sei. Zwei freundliche Damen aus Northam hätten sie und Lydia zum Zug gebracht. Die Reise nach Perth habe sich als überaus angenehm erwiesen. Thora kaute immer wieder auf ihrem Füllfederhalter, während sie mit ihrem Bericht fortfuhr.

Es war weder Lüge noch Wahrheit, sinnierte sie. Ob nun Urlaub oder endgültiger Umzug, alles gehörte zu ihrem Tagtraum, und da sie diesen Traum nun einmal wirklich lebte, sah sie keine Veranlassung, das Knäuel ihrer Gedanken zu entwirren. Das Leben hier war einfach herrlich, und sie weigerte sich, über den nächsten Tag hinauszudenken. Hätte sie Alice die Wahrheit geschrieben – daß sie gleich am zweiten Tag mit einem englischen Lord gespeist hatte –, wäre ihr dies als Lüge ausgelegt worden. Schriebe sie hingegen, daß es kein Problem gewesen sei, diese schönen Zimmer im *Palace Hotel* zu buchen, würde man dies als Wahrheit akzeptieren.

»Nun«, sagte Thora zu dem vor ihr liegenden Blatt, »ich weiß selbst nicht mehr, was wirklich ist und was nicht. Ich sollte eigentlich einen Ehemann haben, doch er hat mich verlassen. Allerdings hat mir das Eheleben ohnehin nicht so gut gefallen. Ich bin zwar Mutter, doch Alice war Lydia eine weitaus bessere Mutter, als ich es je sein werde. Die Kleine vermißt Alice bestimmt. Vielleicht hätte ich das arme Kind bei ihr lassen sollen, anstatt es hierherzubringen. Aus irgendeinem Grund scheint sie mehr zu Alice als zu mir zu gehören.«

Thora wußte, daß sie sich in einem Zustand der Verwirrung befand. Schon länger war ihr aufgefallen, daß sie manchmal Gedächtnislücken von mehreren Stunden hatte. Sie verirrte sich im Busch und mußte sich darauf verlassen, daß das Pferd den Heimweg fand. Sie glaubte, ein Mann liege in ihrem Bett, doch nie war es Clem. Entweder teilte sie das Bett mit dem freundlichen, lustigen Mike oder Matt Spencer, der sie vergewaltigt und verlassen hatte. Noch immer litt sie seinetwegen unter Alpträumen.

Sie hatten eines Abends im Park geschmust und sich geküßt. Matt war ein hübscher Bursche, der allen Mädchen gefiel, obwohl er als einfacher Stallknecht arbeitete. Er war stark und leidenschaftlich, manche Mädchen fanden ihn »sexy«, doch Thora mochte dieses Wort nicht. Ihr gefiel einfach seine ganz besondere Ausstrahlung.

Irgendwann war er in Wut geraten und hatte behauptet, sie spiele nur mit ihm. Es war still geworden im Park, und auch sie hatte nach Hause gehen wollen, doch Matt hatte sie festgehalten. Thora hatte sich zu sehr geschämt, als daß sie um Hilfe gerufen hätte. Er hatte sie zu Boden gedrückt, ihre Kleider zerrissen und sich auf sie geworfen. Als sie sich danach hochgerappelt hatte und weggelaufen war, hatte er nur gelacht.

Sie hatte ihre Tränen unterdrücken müssen, um zu Hause unangenehmen Fragen aus dem Weg zu gehen.

Thora strich sich übers Gesicht, als wolle sie die schreckliche Erinnerung fortwischen. Nie wieder wollte sie daran denken. Es war vorbei. Endgültig. Begraben. Nur Lydia, die friedlich in ihrem Bett schlief, diente als ständige Erinnerung an die Schmach, die sie durch Matt Spencer erlitten hatte. Manchmal fragte sie sich, ob es nicht klüger gewesen wäre, die von ihrem Vater vorgeschlagene Abtreibung vornehmen zu lassen, doch ihre Eltern hatten ihr so zugesetzt, daß sie das Gefühl gehabt hatte, sich weigern zu müssen. Und in ihrem Hang zu Tagträumen hatte sie auch nie so recht geglaubt, daß sie ein Kind bekommen würde.

Lüge und Wahrheit. Der Vorwurf der Sünde war eine ungeheuerliche Lüge. Eine Wahrheit war jedoch, daß selbst ihre Träume sie belogen und ihr zuflüsterten, Lydia sei gar nicht ihr Kind. Thora war erleichtert, wenn sie ihnen einmal entrinnen konnte.

Sie wandte sich wieder ihrem Brief zu und versank erneut lächelnd in ihren Tagträumen. Was würden sie sagen, wenn sie erführen, daß der berüchtigte Edgar Tanner sie in der Hotelhalle gerettet und eingeladen hatte, bei einem göttlichen Sonntagsessen im Speisesaal des *Palace Hotel* in Perth die Tischdame zu spielen? Und daß sie bei einem neuen Freund, dem englischen Lord, einen positiven Eindruck hinterlassen hatte?

»Sie«, das waren die Leute in Lancoorie und York und sogar Clem. Warum sollte sie ihnen überhaupt etwas von ihren Erlebnissen erzählen, ihnen Einlaß in diese Welt ihrer Träume gewähren? Schließlich hatten die Bewohner dieser verhaßten Kleinstadt über Edgar Tanner hergezogen. Was ging es sie an, ob er seiner schrecklichen Frau tatsächlich weggelaufen und aus York geflohen war! Sie sah in diesem Mann, der so gewandt und höflich war, auf einmal eine verwandte Seele. Ihre Mutter, eine seiner erklärten Feindinnen, hätte alles darum gegeben, Freunde zu haben, wie er sie besaß.

O ja, sie und Edgar hatten tatsächlich viel gemeinsam.

Sie nahm wieder den Füllfederhalter zur Hand und schilderte ihren ersten Tag in Perth in den leuchtendsten Farben, berichtete von dem herrlichen Hotel mit seinen zahllosen Zimmermädchen, die einem alle Arbeiten abnahmen, und den Einladungen, die sie erhalten hatte.

Am nächsten Morgen, so schrieb sie begeistert, würde sie die als Kings Park bekannten botanischen Gärten besuchen.

Man sagt, sie seien einfach himmlisch. Wie schade, daß ich diese Freude nicht mit dir teilen kann.

Als der Brief fertig war, überzeugte sie sich selbst davon, daß sie die Wahrheit geschrieben hatte. Sie fühlte sich äußerst entspannt nach diesem so erfreulich verlaufenen Tag. Vermutlich ließ sich ihre frühere Verwirrung auf eine vorübergehende nervliche Anspannung zurückführen. Was hatte sie in York nicht alles durchgemacht? Da war der Schock der Schwangerschaft gewesen. Ihr guter Ruf war zerstört. Dann die übereilte Heirat draußen in der Einöde. Und alles Übrige.

Nun würde sie ihr strapaziertes Nervenkostüm wieder in Ordnung bringen. Thora wünschte sich, sie wäre schon früher nach Perth gekommen. Das isolierte Leben auf Lancoorie hatte sie nur noch stärker in die Grübeleien über ihre Demütigung getrieben. In dieser Nacht schlief sie zum ersten Mal seit langer Zeit tief und fest.

Der geschätzte Besucher war hingerissen vom Kings Park und bezeichnete das weite Gelände, von dem aus man ganz Perth überblicken konnte, als Traum eines jeden Botanikers. Dies hier war kein herkömmlicher, symmetrisch angelegter Park. Hier hatte man der natürlichen Flora ihren Raum gelassen. Es war so wenig wie möglich in die Vegetation eingegriffen worden, und man hatte einheimische Pflanzen und Büsche nah an die Wege gepflanzt, damit der Besucher sie ungehindert betrachten konnte. Dennoch erweckte die Gartenanlage den Eindruck, als wachse alles an seinem ursprünglichen Ort.

Kurz nach ihrer Ankunft war Kengally aus dem Gig gesprungen, um all diese fremdartigen Pflanzen zu untersuchen. Seine Begleiter gesellten sich zu ihm.

Edgar strahlte übers ganze Gesicht. Er hatte eine gelungene Besprechung hinter sich, in deren Verlauf sein Bericht als erfolgversprechend akzeptiert worden war. Seinetwegen konnte Kengally sich den ganzen Nachmittag in diesem Park aufhalten. Nun mußte Edgar ihn dazu bringen, eine Entscheidung zu treffen und mit ihm auf die Goldfelder zu fahren. Doch der Engländer übte Vorsicht.

»Ich glaube, die Reise ist lang und anstrengend, Tanner. Mit allem Respekt, aber wir können uns nicht Hals über Kopf ins

Risiko stürzen. Sind Sie sicher, daß wir genügend Land pachten können, damit sich ein großangelegtes Unternehmen lohnt?«

»Gewiß. Wie sich dem Kartenausschnitt entnehmen läßt, stehen in der Umgebung der Lady-Luck-Mine noch einige Morgen zur Verfügung. Innerhalb der Grenzen liegen nur einige Minen, die einzelnen Schürfern gehören. Meine Hauptsorge besteht darin, daß uns die anderen großen Firmen zuvorkommen könnten.«

»Dieses Risiko müssen wir eingehen. Die Inhaber der Lady-Luck-Mine sind doch mit dem Verkauf einverstanden, oder? Haben Sie das schriftlich?«

»O ja. Eine Kopie der Kaufoption befindet sich unter den Papieren, die ich bei Ihrem Angestellten hinterlassen habe. Dazu noch eine Mitteilung des Aufsichtsbeamten, daß unserem Antrag auf einen Claim stattgegeben wird.«

»Was aber ist mit den kleineren Minen, die sich auf unserem Pachtland befinden? Wenn ihre Eigentümer nun nicht verkaufen möchten?«

»Männer, die für sich allein arbeiten, dürfen auf Firmenland nicht tiefer als hundert Fuß graben. Soweit ich weiß, soll die Grenze auf zehn Fuß gesenkt werden. Damit sind wir sie los.«

»Und handeln uns eine Menge Ärger ein«, murmelte Kengally. »Wäre es nicht besser, ihnen das Land abzukaufen? Sehen Sie, was sich machen läßt, mein Junge.«

Edgar wußte, daß er am besten selbst hinfahren sollte, doch der enge Kontakt zu Kengally war momentan von entscheidender Bedeutung. »Aus den Augen, aus dem Sinn«, sagte er sich. Er löste das Problem, indem er die Eigentümer der Mine telegrafisch anwies, sich ein wenig bei ihren Nachbarn umzuhören.

Kengally war zwar kräftig gebaut, bewegte sich dafür aber erstaunlich flink und hüpfte förmlich von einer exotischen Pflanze zur nächsten. Thora trippelte gehorsam neben ihm her. Sie sah überaus anmutig aus in ihrem weißen Kleid und dem

Strohhut mit blauen Bändern, die über ihr blondes Haar fielen. Edgar ließ sie nicht aus den Augen.

»Wohnen Sie in einem Hotel?« fragte sie Kengally.

»Nein, meine Liebe. Ein Freund war so großzügig, mir sein Haus während meines Aufenthalts in Perth zur Verfügung zu stellen. Ein bezauberndes Anwesen.«

»Wo ist er denn?«

»Er macht mit seiner Familie Urlaub in London.«

»Wie schön, dorthin werde ich vielleicht auch bald reisen.«

Edgar zog die Augenbrauen hoch. Clem mußte sehr gute Geschäfte machen. Ihm fiel auf, daß Thora ihren Mann nie erwähnte. Was also tat sie *wirklich* allein in dieser Stadt, in der sie überdies niemanden zu kennen schien?

Kengally sammelte einige Wildblumen, doch als er Thora erklärte, daß er sie pressen und aufbewahren wollte, verzog sie schmerzlich das Gesicht.

»Alice sagt, das sei grausam.«

Edgar erstarrte, doch Kengally nahm es gutmütig auf. »Oh, Ihre Alice muß eine sehr empfindsame Dame sein«, erwiderte er lächelnd. »Doch Sie würden es mir sicherlich nicht übelnehmen, wenn ich zu Hause einigen Leuten diese außergewöhnlichen Pflanzen zeigte, oder?«

»O nein.«

Sie verbrachten einen angenehmen Nachmittag. Thora war zerstreut und verlor die Blumen, die zu tragen sie angeboten hatte, doch in Kengallys Augen machte sie das nur noch liebenswerter. Edgar ging es ähnlich, wenn auch seine Zuneigung anders gelagert war. Während Kengally Thora gegenüber eine väterliche Haltung einnahm, sehnte Edgar sich danach, ihr langes Haar zu streicheln, seine Hände um ihre Taille zu legen und ihren warmen Körper zu spüren.

Als sie Thora im Hotel absetzten, sprach Kengally eine weitere Einladung aus. »Einer meiner Freunde besitzt eine wunderschöne Yacht. Am Donnerstag fahren wir flußaufwärts, um mit einem anderen alten Freund zu Mittag zu essen, einem Mr. Warburton. Ich habe ihn seit Jahren nicht gesehen. Würden Sie uns begleiten, Mrs. Price?«

Sie nickte geistesabwesend. »Ich glaube, ich habe Zeit. Das wäre sehr nett. Machen wir wieder ein Picknick?«

»Wohl kaum. Er besitzt meines Wissens ein großartiges Haus.« Dann wandte er sich an Edgar, als habe er etwas vergessen. »Tanner, Sie sind natürlich ebenfalls eingeladen.«

Obwohl er wußte, daß Kengally ihn nur aus Höflichkeit hinzugebeten hatte, nahm Edgar an. »Es wäre mir eine Freude.«

Am Morgen nach der feierlichen Neueröffnung des *Black Cat* lud Jocelyn Clem zum Frühstück ein, ohne sich darum zu kümmern, daß einige ihrer Mädchen nur in Kimonos oder noch leichter bekleidet durchs Haus liefen.

»Nein, danke«, sagte er grinsend, »morgens sehen sie nicht mehr ganz so gut aus.«

»Haben eine schwere Nacht hinter sich«, gab sie boshaft zurück. »Du bist so ziemlich der einzige Bursche in dieser Stadt, der früh ins Bett gegangen ist. Wir werden mit unseren Einnahmen alle Rekorde brechen.«

»Das ist schön«, sagte Clem wenig begeistert, rang sich aber dennoch ein Lob für Jocelyn ab. »Du siehst jedenfalls gut aus, wenn man bedenkt, daß du so spät ins Bett gekommen bist.«

»Ich war noch gar nicht im Bett. Soeben habe ich den letzten Gast hinausgeworfen. Ich möchte, daß alles blitzsauber ist, bevor ich schlafen gehe. Suchst du nach Mike?«

»Wer führt meinen Namen im Munde?« Mike steckte den Kopf durch die Tür zur Küche, trat ein und küßte Jocelyn auf die Wange. »Gut gemacht, Lady. Das war die Party des Jahres. Und was willst du mit diesem Burschen anfangen, der sich heimlich davongemacht hat?«

Sie war so klug, sich die Antwort darauf zu sparen.

»Ich habe die Papiere, um die du gebeten hattest«, sagte Clem zu Mike und deutete mit dem Kopf nach draußen. Mike folgte ihm auf die Straße. »Was für Papiere denn?«

»Für den Verkauf des Goldes.«

»Du warst deswegen schon unterwegs? Wie lautet das Ergebnis?«

»Dreihundert Unzen.«

»Was? Das ist ja hervorragend!« Mike klopfte Clem auf die Schulter. »Gott segne dich und Yorkey, ich hätte nicht mal mit der Hälfte gerechnet. Warte, bis ich meine Sachen zusammengepackt habe. Jetzt müssen wir die Mine ununterbrochen bewachen.«

»Falls es da draußen noch weiteres Gold gibt.«

»Was willst du damit sagen? Natürlich gibt es noch mehr. Eine Menge.«

»Letzte Woche haben wir kaum was gefunden.«

»Das will nichts heißen, das weißt du so gut wie ich. Was ist los mit dir, Junge? Mit diesem netten Geschäft hier und Yorkey da draußen werden wir bald im Geld schwimmen.«

»Ich gehe heim«, platzte Clem heraus.

»Dein gutes Recht. Ist auch an der Zeit, sich um Thora zu kümmern. Du hast dein Ehebett ziemlich kalt werden lassen. Wenn wir erst einmal Yorkey ausgebeutet haben ...«

Clem unterbrach ihn. »Nein, heute, ich breche heute auf.«

»Und was ist mit der Mine?« fragte Mike entsetzt.

»Die juckt mich nicht.«

»Mein Gott, du bist dem Trübsinn verfallen! Komm, wir gehen ins Pub und reden über die Sache. Wohin bist du letzte Nacht eigentlich gelaufen, du verrückter Scheißkerl? Hast wohl allein einen gehoben, was?«

Über eine Stunde stritten sie sich – zur Belustigung der Passanten – vor dem *Black Cat.* Dieses Mal war es Mike, der seinem Partner vorwarf, er sei ein Betrüger, der ihn um die Gewinne bringe.

»Das Glück hat dir Yorkey beschert, dann mußt du auch dabeibleiben«, beharrte Mike.

»Sei nicht so abergläubisch. Ich habe die Nase voll von dieser Stadt. Ich möchte nach Hause.«

»Das wollen Tausend andere auch, aber jetzt ist nicht der geeignete Zeitpunkt dafür.«

»Ich verkaufe dir meinen Anteil.«

»Nein, das wirst du nicht. Du hast damit angefangen, nun bringst du es auch zu Ende. Schreib an Thora, daß du bald nach Hause kommst. Das wäre doch schon einmal ein Anfang.«

»Ich könnte meinen Anteil auch an jemand anderen verkaufen.«

»Und mir einen Weichling mit zarten Damenhänden ans Bein hängen, was? Zum Teufel damit. Wir sind keine Firma, und ohne meine Einwilligung kannst du deinen Anteil auch gar nicht verkaufen. Meine Unterschrift dafür bekommst du nie und nimmer.«

Clem verlegte sich aufs Bitten. »Du hast keine Familie. Ich schon.«

Letztendlich erklärte er sich bereit, noch einige Wochen zu bleiben, um zu sehen, ob Yorkey wirklich noch Gold abwarf. Die Bedingung war, daß ein Prüfer die Mine untersuchen und sein Urteil darüber abgeben würde. Der Anstoß dazu kam von Mike.

»Es geht nicht nur um deine Frau, denk mal an eure Tochter. Du und Thora mögt einander vermissen, aber du bist jung und hast alle Zeit der Welt. Willst du nicht etwas für Lydia erreichen? Das *Black Cat* wirft nicht bis in alle Ewigkeit soviel Geld ab. Wenn das Gold versiegt, stirbt auch diese Stadt. Du bist nicht wegen ein paar Pfund hergekommen, du wolltest das große Geld machen. Nun hast du die Chance, der Familie Price für Generationen eine gesicherte Basis zu schaffen.«

Bevor sie die Stadt verließen, suchte Clem das Postamt auf und stellte zu seiner Enttäuschung fest, daß in dieser Woche keinerlei Post für ihn eingetroffen war. Selbst Alice hatte nicht geschrieben. Er nahm sich Zeit für einen Brief an Thora, in dem er ihr seine baldige Heimkehr ankündigte und erklärte, wie sehr er sie vermisse.

Lydia habe kein Kindermädchen, sondern eine Nanny, belehrte Thora die Leute, seit sie das Wort bei Lord Kengally aufgeschnappt hatte. Überhaupt hatte die Nanny das Kommando übernommen, da Mrs. Price mit Einladungen förmlich überschüttet wurde.

An erster Stelle standen bei Thora ihre beiden »Verehrer«, wie sie die Herren insgeheim nannte. Lord Kengally war zwar schon älter, aber einfach göttlich, und Edgar mit seinem distinguierten Wesen war ein perfekter Begleiter! In seiner Gesellschaft fühlte sie sich entspannt und gut unterhalten, doch auch Lord Kengally war für einen Mann seines Alter überraschend amüsant. Ihr eigener Vater hätte sich, was gesellschaftlichen Stil anging, von beiden eine Scheibe abschneiden können. Er wäre tot umgefallen, wenn er gewußt hätte, wer seine Tochter in die feine Gesellschaft von Perth eingeführt hatte.

Im Hotel hatte sich die Nachricht, Mrs. Price sei eine Freundin des adligen Engländers, wie ein Lauffeuer verbreitet, und am Dienstagmorgen trafen elegante Visitenkarten und Einladungen bei ihr ein. Thora kannte diese Menschen nicht, ließ sie aber in ihre Traumwelt ein und machte sie zu ihren Freunden. Sie ging einkaufen und pickte sich nur die modischsten Kleider, Schuhe und Hüte heraus, während ihr die Damen in den eleganten Geschäften schmeichelten und zu ihrem exzellenten Geschmack gratulierten. Auf Edgars Rat hin ließ sie die Rechnungen ins Hotel und von dort aus nach Lancoorie schikken. Tanner leistete ihr gern Gesellschaft bei den Einkaufsbummeln und lud sie hinterher zum Essen ein. Schließlich brauchte sie als alleinlebende Frau in der Großstadt einen männlichen Begleiter.

Nachdem Thora handgefertigtes Briefpapier mit aufgemalten Wildblumen gekauft hatte, sagte sie unbekümmert allen Einladungen zu Mittagessen, Tees und Abendgesellschaften zu. Eines Morgens fand sie sich von einigen Damen umgeben beim Tee im Speisesaal des Hotels wieder. Dies sollte die erste und letzte Teegesellschaft sein, die sie besuchte.

Sie konnte sich nicht mehr genau erinnern, wie sie hergekommen war, doch all diese Frauen waren so liebenswürdig. Sie wurde zu ihrem Platz am besten Tisch geführt, der mit Rosen geschmückt war. Sie sammelten im Namen der St. John-Wohltätigkeitsgesellschaft Geld für den Bau eines Hospitals. Als es ans Spenden ging, gab Thora großzügig hundert Pfund und erhielt dafür tosenden Beifall.

Danach versammelten sich die Damen in ihrer Nähe, da sie bestrebt waren, ihr vorgestellt zu werden. Alles lief wunderbar, bis irgendeine Person auf Thora zutrat und fragte: »Sind Sie nicht Thora Carty aus York?«

Sie drehte sich um und kreischte: »Wie können Sie es wagen! Ich kenne Sie nicht! Ich stamme nicht aus York! Wie können Sie so etwas sagen! Wer ist diese Person?«

Als sie sich später für ein intimes Abendessen zu zweit mit Edgar umzog, erinnerte sie sich an das tödliche Schweigen in einem parfümgeschwängerten Raum, in dem die Zeit stehengeblieben war. Hundert Augenpaare hatten sie aus unerfindlichen Gründen angegafft, doch sie hatte es mit einem Achselzucken abgetan. So viele Frauen hatten sie kennenlernen wollen, daß ein wenig Lampenfieber nur verständlich war. Schließlich war sie nun eine Berühmtheit.

Der Donnerstagmorgen begann mit einer Katastrophe. Thora wachte vom Rauschen des Regens auf und lief ans Fenster. »O nein!«

Daher war es nicht weiter überraschend, als man ihr eine Nachricht von Lord Kengally mit einem Strauß Rosen überbrachte. Er entschuldigte sich für die Absage des Ausflugs nach

Minchfield House, der aufgrund des Wetters verschoben werden müsse. Um sie zu entschädigen, könne er sie vielleicht zu einem Essen im *Palace* überreden.

Thora nahm die Einladung an und fragte sich, warum sie beim Gedanken ans Betreten des Speisesaals eine leichte Nervosität verspürte.

Als Thora in einer gutgeschnittenen blauen Seidenrobe mit weich fließendem Rock auf ihn zukam, dachte Edgar voller Neid an Clem Price. Ihr blondes Haar war unter einem jener Riesenhüte verschwunden, die gerade der letzte Schrei waren. Nur wenigen Frauen standen diese Hüte, doch Thora gehörte zu diesen Glücklichen.

»Beim Zeus!« sagte Kengally beeindruckt, und Edgar nickte kurz, bevor er auf Thora zueilte. »Sie ist schon etwas Besonderes, nicht wahr?«

Sie waren nur zu dritt, und Edgar genoß das Privileg, die Dame, die alle Blicke auf sich zog, durch den Raum zu geleiten. Kengally erhob sich fasziniert von seinem Stuhl.

»Meine Liebe, wäre ich bloß zwanzig Jahre jünger!«

»Was wäre dann?« fragte Thora unschuldig. Edgar begriff, daß sie wieder einmal völlig zerstreut war, und stöhnte innerlich. Sie war sein Maskottchen und mußte ihre Rolle spielen, anstatt geistesabwesende Bemerkungen von sich zu geben, bei denen Kengally in Gelächter ausbrach. Dieser liebte ihre Naivität, während Edgar sie lediglich benutzte: Sie sollte den Engländer bei Laune halten. Die Antwort aus Kalgoorlie war negativ gewesen: »Keine Chance für weitere Pacht. Stop. Wann bekommen wir unser Geld? Stop.«

Begriffen diese Narren denn nicht, daß der Verkauf von der Verfügbarkeit der angrenzenden Pachtgrundstücke abhing? Er hatte gehofft, Kengally würde diesen Punkt übersehen, da sich seine Firma auf den Tiefbau konzentrieren wollte. Und was sollte die Frage nach dem Geld? Sie hatten die Option unterzeichnet und würden ihr Geld erhalten, sobald der Kaufvertrag mit Kengally unter Dach und Fach war.

Um Kengally zu beruhigen, hatte Edgar ein »Ersatztelegramm« verfaßt, demzufolge die Besitzer der angrenzenden Minen einen Verkauf begrüßten. Er hatte es Kengally ausgehändigt, bevor Thora den Saal betreten hatte.

Sie gab zu verstehen, daß sie beschlossen habe, an diesem Tag nur Champagner zu trinken.

»Das sollen Sie auch«, sagte Kengally. »Das ist das Mindeste, womit ich Sie für den ruinierten Tag entschädigen kann.«

»Es war nicht Ihre Schuld«, rief sie. »Der Regen hat ihn verdorben. Ich hätte meine anderen Verabredungen absagen sollen, doch ich habe es völlig vergessen.«

Kengally fand diese Bemerkung überaus witzig, doch Edgar hegte gewisse Zweifel. Vielleicht war ihm die Pointe entgangen. Ihre Antwort mußte scherzhaft gemeint gewesen sein, da sie überhaupt keinen Sinn ergab. Die einzige abgesagte Verabredung war die für den Ausflug auf dem Fluß.

Sie genossen ihren Champagner. Als sie soeben das Essen bestellt hatten, ließ Kengally die Bombe platzen. »Tanner, ich habe einen weiteren Prüfer zur Lady-Luck-Mine geschickt. Ich bin sicher, daß Sie in gutem Glauben handeln, aber in seinem Telegramm steht, Lady Luck sei eine recht unsichere Investition. Ich werde es Ihnen später erklären.«

»Das ist doch Unsinn. Lady Luck ist ertragreich und birgt noch weitere Funde in größerer Tiefe.«

»Wir reden morgen darüber, alter Knabe. Müssen uns die Sache einmal genauer anschauen.«

Edgar war am Boden zerstört. Er wußte, daß Lady Luck eine lohnende Mine war, er wußte es ganz genau. Bestimmt hatte irgend jemand mehr geboten, und die Besitzer versuchten sich mit diesem Trick aus der Affäre zu ziehen. Aber sie hatten immerhin die Option unterschrieben. Mein Gott, er würde sie bei der Stange halten. Doch wie stand es mit Kengally, der inzwischen Thora seine ganze Aufmerksamkeit zugewandt hatte? Er hörte gern zu, wenn sie von der Schaffarm erzählte, die ihm allein aufgrund der ungeheuren Ausmaße ebenso exotisch erschien wie die Flora im Kings Park.

Der Champagner floß in Strömen, und Kengally bestand als Gastgeber darauf, daß man ihnen nur die besten Tropfen auftrug. Der Alkohol löste Thoras Zunge. Edgar kamen die beiden, die während der gesamten Mahlzeit angeregt plauderten, wie zwei Jugendliche vor, während er mit sorgenvoller Miene daneben saß und eifersüchtig feststellte, daß Thora ihm keinerlei Aufmerksamkeit schenkte.

Edgar versuchte, das Gespräch wieder in ein ernsteres Fahrwasser zu lenken. »Lord Kengally, haben Sie schon gehört, daß in England ein wahrer Ansturm auf die Londonderry-Aktien stattfindet?«

»Was ist Londonderry?« wollte Thora wissen.

»Eine Goldmine.«

Sie lachte. »Ach, Sie beide können auch über nichts anderes als Gold reden. Wenn Sie Gold wollen, sollten Sie mit meinem Mann sprechen.«

»Ist er an einer Investition interessiert?« fragte Kengally.

»Warum sollte er? Er besitzt eine eigene Mine. Eine märchenhafte Goldmine. Er schickt Alice immer große Geldsummen.«

»Ist Alice Ihre Schwägerin?«

»Ja, sie kümmert sich um die Bankgeschäfte.«

Kengally blieb neugierig. »Ich dachte, die Farm gehöre Mr. Price?«

»Das ist wahr, aber er mußte einfach auf die Goldfelder. Es wäre dumm gewesen, nicht mitzugehen.«

»Natürlich. Und er hatte Erfolg?«

Tanner schüttelte leicht verärgert den Kopf. »Als ich Clem das letzte Mal gesehen habe, schlug er sich mit Seifengold herum. Er sollte besser bei seinen Schafen bleiben.«

»Und das zeigt«, gab Thora keß zurück, »wie wenig Sie auf dem laufenden sind, Edgar. Clem hat jetzt eine neue Mine namens Yorkey, in der er jede Menge Gold findet. Doch das muß ein Geheimnis bleiben.«

»Es ist sicher bei uns«, erwiderte Tanner grinsend. »Wo liegt sie denn?«

»Du lieber Himmel, das weiß ich doch nicht. Irgendwo da draußen.« Sie wandte sich wieder an Kengally. »Er schreibt, die Goldfelder seien ganz fürchterlich. Ich kann nicht glauben, daß Sie dort hingehen werden, Lord Kengally.«

»Wenn das Geschäft es verlangt, meine Liebe.«

Später unterhielt er sich mit Edgar unter vier Augen. »Geheimnisse interessieren mich. Vielleicht sollten wir uns um weitere Informationen bemühen.«

»Ich könnte ein Telegramm an einen Freund in Kalgoorlie schicken. Dort hielt sich Price auf, als ich ihm das letzte Mal begegnet bin. Ich lasse Nachforschungen anstellen.«

»Damit es die ganze Welt erfährt? Telegramme sind bekanntermaßen eine indiskrete Angelegenheit. Sie kennen Price, wieso fahren Sie nicht hin und suchen ihn persönlich auf?«

»Und was ist mit Lady Luck?«

»Die Option läuft noch drei Wochen. Das sollte reichen, um etwas über diese Yorkey-Mine in Erfahrung zu bringen. Sie können mir die Ergebnisse Ihrer Nachforschungen telegrafieren, aber bitte verschlüsselt.«

So leicht ließ sich Edgar nicht abspeisen. Auch glaubte er Thora nicht so ganz. Sie neigte zu Übertreibungen. Bisher hatte es ihn nicht gestört, solange sie Kengally damit nur bei Laune hielt.

»Warum fahren wir nicht gemeinsam? Wir könnten beide Minen besichtigen und vor Ort mit den Prüfern sprechen.«

»Geht leider nicht, mein Junge. Ich habe schon Arrangements fürs Wochenende getroffen. Werde Warburton besuchen. Am besten, Sie fahren vor, und ich komme am Montag nach. Von unterwegs können sie mir eine Reiseroute kabeln, denn der Weg ist meines Wissens sehr gefährlich.«

»Ja, wenn man sich nicht auskennt, bedarf es einiger Vorbereitungen. Sie haben mit dem Bau der Bahnstrecke nach Southern Cross begonnen, aber es wird noch lange dauern, bis sie befahrbar ist.« Tanner jubelte innerlich und beschloß, Thora ein Geschenk zu machen. »Ich buche Ihnen Hotelzimmer in Northam, Southern Cross und Kalgoorlie, dann können Sie in drei Etappen reisen. Können Sie reiten?«

»Dafür bin ich noch nicht zu alt«, grinste Kengally. »Ich bin geritten, bevor ich laufen konnte. Sie arrangieren die Safari, und ich sitze Montag morgen im Zug. Das wird ein Abenteuer, was?«

Überaus zufrieden mit dem Verlauf dieses Tages kehrte Edgar ins Büro zurück und schickte seinen Angestellten los, um Pralinen für Thora zu kaufen. Um sieben Uhr war er mit der liegengebliebenen Arbeit durch und eilte ins Hotel zurück. Einen ständigen Aufenthalt im *Palace*, dem Mittelpunkt des gesellschaftlichen Lebens von Perth, konnte er sich nicht leisten. Für einige Shilling versorgten die Gepäckträger ihn jedoch mit den notwendigen Informationen über die jeweiligen Gäste. Die Investition hatte sich bereits bezahlt gemacht, da er auf diese Weise im Billardzimmer auch Lord Kengally kennengelernt hatte. Auch das *Albert Hotel* in Kalgoorlie diente ihm als sprudelnde Informationsquelle. Edgar selbst hatte im Grunde keinen festen Wohnsitz.

Im Flur traf er Lydias Nanny. »Ist Mrs. Price da?«

Das Mädchen schaute ihn besorgt an. »Sie ist immer da.« Das kam Edgar seltsam vor. Er zwinkerte ihr zu und klopfte an.

Die Nanny hieß Henrietta Barnes, wurde jedoch allgemein Netta gerufen. Sie hatte sich um eine Stelle als Hausmädchen beworben und war vorübergehend bei Thora gelandet. Miss Devane hatte sich für sie entschieden, da sie ausgezeichnete Zeugnisse vorweisen konnte und als ältestes von acht Kindern an den Umgang mit Babys gewöhnt war. Miss Devane war mit ihr zufrieden, da sie mit Lydia so gut zurechtkam. Hingegen wußte sie nicht, was sie von Lydias Mutter halten sollte, die ihr ziemlich sonderbar erschien.

Netta hatte lange genug als Dienstbotin gearbeitet, um zu wissen, daß sie ihre Arbeitgeber niemals kritisieren durfte, weil sie unweigerlich davon erfahren würden. Die Bemerkung gegenüber Mr. Tanner war ihr einfach herausgerutscht. An seinem Blick hatte sie gemerkt, daß sie ihm seltsam vorgekommen war.

Sie hatte damit lediglich sagen wollen, daß Mrs. Price selten das Zimmer verließ. Am Morgen beantwortete sie die Einladungen und brachte die Briefe zur Post. Mrs. Price nahm alle Einladungen mit Freude an, kam ihnen jedoch niemals nach – abgesehen von der einen morgendlichen Teegesellschaft. Sie ging nur mit ihren beiden »Verehrern« aus, doch beanspruchten diese keineswegs ihre gesamte Zeit.

Und in ebendieser Zeit, in der sie nicht ausging, verhielt sie sich so seltsam. Sie saß stets auf einem Stuhl am Fenster. Unterwegs mit den Elfen, pflegte Netta zu sich selbst zu sagen, da die Frau sich dann nicht für ihr Kind interessierte, nicht las, nicht redete und auch nichts aß. Wenn Netta anbot, ihr etwas zu bestellen, lehnte sie ab.

Sie hätte beispielsweise schwören können, daß Mrs. Price am Donnerstag überhaupt nichts zu sich genommen hatte. Vielleicht war die arme Frau einfach zu schüchtern, um allein im Speisesaal zu essen, doch selbst als sie ihr angeboten hatte, ein schönes Essen hochbringen zu lassen, hatte Mrs. Price ihr hochmütig geantwortet: »Daran würde ich im Traum nicht denken. Ich habe so viele gesellschaftliche Verpflichtungen, daß ich gar nicht allen nachkommen kann.«

Netta war einer Auseinandersetzung aus dem Weg gegangen. Und so war Mrs. Price auf ihrem Stuhl sitzen geblieben und in einer anderen Welt versunken.

Netta hatte an diesem Tag vorgeschlagen, daß sie Lydia in deren neuem Kinderwagen spazieren fahren könnten, doch die Missus war zum Lunch verabredet. Netta war froh, daß sie etwas essen würde und sie selbst dem Zimmer entfliehen konnte.

Und mit etwas Glück würde Mr. Tanner ihre Herrin jetzt auch zum Abendessen entführen.

Thora war nicht überrascht, ihn zu sehen, und freute sich so über die Pralinen, daß sie Tanners herzlichen Wangenkuß gar nicht zu bemerken schien.

»Wohin gehen wir heute abend?« erkundigte sie sich.

Er hatte eigentlich nicht vorgehabt, Thora an diesem Abend auszuführen, da er am nächsten Morgen aufbrechen wollte. Unten in der Bar saßen überdies einige seiner Kunden, mit denen er in Kontakt bleiben mußte, doch Thora sah einfach himmlisch aus und wühlte schon in einem Berg von Hüten.

Schließlich entschied sie sich für einen Hut aus braunem Velours, und sie machten sich auf den Weg.

Tanner führte sie in ein kleines Café am Flußufer, wo sie eine ruhige Mahlzeit einnahmen.

»Sie wirken müde«, bemerkte Edgar. »Mir geht es ähnlich. Habe zuviel Champagner zum Mittagessen getrunken.«

»Es war auch eine anstrengende Woche.«

Sie schlenderten durch den Garten, der mit japanischen Laternen geschmückt war. Edgar ergriff ihre Hand. »Habe ich Ihnen schon gesagt, wie schön Sie sind?«

»Nein, aber ich gestatte es Ihnen«, erwiderte sie sittsam. Edgar konnte nicht widerstehen – er nahm sie sanft in die Arme und küßte sie. Thora sah lächelnd zu ihm auf. »Ist das nicht romantisch?«

»Sie selbst sind durch und durch romantisch«, murmelte er und küßte sie noch einmal, doch dann trat ein anderes Paar aus dem Café, und er löste sich von ihr.

Auf dem Heimweg teilte Edgar ihr mit, daß er am nächsten Morgen nach Kalgoorlie reisen würde, und mußte zu seiner Enttäuschung feststellen, daß es sie nicht weiter zu berühren schien.

»Ach, Sie Armer, diese schreckliche Zugfahrt«, sagte sie lediglich, als sie vor der Tür ihres Zimmers standen. »Denken Sie daran, nicht mit fremden Leuten zu reden. Vielen Dank auch für die Pralinen, das war sehr lieb von Ihnen.«

Dann schloß sie leise die Tür hinter sich.

Alice brachte es einfach nicht über sich, Clem von Thoras Reise nach Perth zu berichten. Sie war der Ansicht, daß er es am besten von seiner Frau erfahren sollte, und schrieb am Ende der Woche noch einmal an ihre Schwägerin. In diesem Brief flehte sie Thora an, nach Hause zu kommen. Sicher war es gut und schön, daß Thora es so gut getroffen hatte, doch wenn Alices Brief sie erreichte, hielt sie sich bereits zwei Wochen in Perth auf. Das erschien Alice lang genug. Clem würde sicher in Wut geraten, wenn er von dieser Eskapade erfuhr, und es wäre beruhigend, ihm sagen zu können, daß Thora sich auf dem Heimweg befand.

Alice beendete den Brief. Sie hatte darauf verzichtet, Thora die Neuigkeiten mitzuteilen, da sie sie ohnehin nur abgelenkt hätten.

Der Brief an Clem fiel ihr auch nicht leichter, da es ihr unehrlich erschien, ihm das Verschwinden seiner Frau und seines Kindes zu verschweigen.

»O verdammt«, sagte sie schließlich, »ich bin nicht der Hüter deiner Frau.« Und so machte sie sich ans Werk. Clem sollte endlich erfahren, daß sie und George sich nach einem langen Gespräch zur Heirat entschlossen hatten. Sie würde allerdings nicht erwähnen, daß ihr erster Abend nach Thoras Abreise ausgesprochen verkrampft verlaufen war. Als sie George in dem einsamen Haus das Essen serviert hatte, hätte sie ihre Schwägerin erwürgen können. Sie hatte sogar mit dem Gedanken gespielt, Clem telegrafisch zur Rückkehr aufzufordern, doch dafür hätte sie ihm wiederum einen Grund nennen müssen.

»Hast du dir in letzter Zeit einmal unsere Papiere angesehen?« hatte George gefragt.

»Welche Papiere?«

»Unsere Bewährungspapiere.«

»Guter Gott, nein.« Warum mußte er ausgerechnet an diesem Abend dieses Thema anschneiden? Die Situation war ohnehin peinlich genug.

»Dann solltest du es tun«, antwortete er mit rotem Kopf. »Wenn du sie dir angesehen hättest, wüßtest du, daß Mike und ich freie Männer sind. Seine Bewährungsfrist ist kurz nach seinem Aufbruch mit Clem abgelaufen, meine vor einem Monat.«

»O George, das freut mich sehr für dich. Tut mir leid, das hätten wir feiern müssen. Aber warum sagst du es mir gerade jetzt? Willst du weggehen?« Diese verdammte Thora! Jetzt würden sie George verlieren, den besten Arbeiter, den Lancoorie je erlebt hatte. Er war nicht dumm und wußte selbst, daß ihr Zusammenleben Anlaß zu Gerede geben würde.

»Es liegt bei dir, Alice.« Er wechselte rasch das Thema und erzählte von seiner harten Jugend in Liverpool. »Ich will nichts beschönigen. Ich war ein schlimmer Bursche und hätte damals kaum mit einer Dame wie dir sprechen können.«

Alice vermutete, er rede nur, um ein peinliches Schweigen zu vermeiden.

Er sei mit einer Strafgefangenen aus London verheiratet gewesen, die er auf dem Sträflingsschiff kennengelernt habe. Man hatte sie zur Arbeit auf eine Farm nach Bunbury geschickt, wo man die Sträflinge schlimmer als Tiere behandelte.

»Wir versuchten durchzuhalten«, berichtete George, »aber Jane, meiner Frau, ging es nicht gut. Sie hat sich nie davon erholt, was sie auf diesem Schiff hat ertragen müssen. Und es war schon für Männer schier unerträglich.«

Er seufzte. »Jane wurde immer dünner und kränker, doch sie kämpfte weiter. Wir hatten erfahren, daß Sträflinge freikommen und in Australien ein gutes Auskommen finden konnten. Wir waren die letzten, die deportiert wurden, und wollten dieses Ziel erreichen. Am Ende war sie sogar zu schwach, um aufzustehen, doch dieser Schweinehund – entschuldige bitte meine Ausdrucksweise, aber er war …« Er schüttelte niedergeschlagen den Kopf. »Er entließ uns, obwohl ich Janes Arbeit im Obstgarten übernommen hatte. Ich sagte ihm, wir würden gehen, sobald sie wieder gesund sei, und bat ihn, einen Arzt zu holen. Er wollte, daß wir auf der Stelle gingen …«

George schob seinen Teller beiseite. »Jane ist in jener Nacht gestorben.«

»Das tut mir sehr leid.«

»Tat es ihm auch«, erwiderte George grimmig. »Mir war alles egal. Ich habe ihm die Prügel seines Lebens verpaßt, seine Küche nach Essen durchsucht, in einer Schublade ein Pfund gefunden und bin davongelaufen. Ich machte mich auf den Weg nach Süden. Dort wollte ich von einem Hafen aus als blinder Passagier reisen, doch sie fingen mich ein und warfen mich erneut ins Gefängnis von Fremantle. Die Anklage lautete genauso wie damals in England: Körperverletzung und Raub.« Er lächelte. »Eine schöne Geschichte, was?«

»Traurig.«

»Na ja, vergessen wir das. Irgendwann bin ich dann hier gelandet. Ich kann nicht sagen, daß ich die Prügel bedauere, die ich diesem Farmer verpaßt habe …«

»Das kann ich gut verstehen.«

»Die Sache ist so: Bei der Arbeit habe ich dieses Land liebgewonnen. Man fühlt sich frei, selbst wenn man gefangen ist, falls du verstehst, was ich meine.«

Sie verstand es nicht, nickte aber dennoch.

»Dann kam ich nach Lancoorie. Alice, ich will dir nur sagen, daß ich mich noch nirgendwo so wohl gefühlt habe. Das Gefängnis hat aus mir keinen besseren Menschen gemacht, aber hier habe ich so etwas wie Selbstachtung gewonnen. Verstehst du das?«

»Ja.«

Er schnitt eine Scheibe Brot ab und reichte sie ihr. »Es ist so«, setzte George schwerfällig an, »ich mag zwar nur ein Farmarbeiter sein, aber ich bin immerhin kein Verbrecher mehr. Siehst du das auch so?«

»Auf mein Wort, das tue ich.« Alice lächelte. »Und es steht auch in den Bewährungsakten.«

»Papiere sagen nicht immer die Wahrheit. Ich kenne Männer, die niemals ins Gefängnis gehört hätten, und andere, die man niemals hätte freilassen dürfen. Es geht jetzt um mich. Würdest du mich als anständigen Menschen bezeichnen?«

»Ohne jeden Zweifel. Und du bist nicht nur ein Farmarbeiter, sondern unser Freund.«

George sah sie ernst an. »Dann, Miss Price, hoffe ich, daß du meine Bitte nicht als Zumutung auffaßt. Wir beide verstehen uns doch gut. Ich habe mich gefragt, ob du mich heiraten und Mrs. Gunne werden würdest.«

Das Wochenende war einfach himmlisch. Alice genoß plötzlich die Einsamkeit, die Tatsache, daß niemand sic mit banalem Geplauder störte, so daß sie in Ruhe arbeiten und abends gemeinsam am Kamin sitzen konnten. Am Sonntagabend wollte George wie gewöhnlich seinen Kakao mit auf sein Zimmer nehmen, blieb dann aber unentschlossen in der Küchentür stehen.

»Du kannst dich noch anders entscheiden.«

»Das werde ich nicht tun, George.«

»Du weißt, daß ich dich liebe, oder?«

Alice küßte ihn sanft auf den Mund. »Du bist sehr nett, George. Es wäre mir eine Ehre, Mrs. Gunne zu werden.« Er grinste von einem Ohr zum anderen und erwiderte voller Begeisterung ihren Kuß. Alice lachte. »Paß auf, du verschüttest deinen Kakao.«

Am Montag gönnten sie sich einen freien Tag und fuhren in die Stadt. George sprach auf der Polizeiwache vor. Fearley unterschrieb und stempelte zwei Dokumentensätze, die ihn und Mike zu freien Männern erklärten, und wünschte ihm viel Glück.

»Wo steckt Ihr Kumpel?« erkundigte sich der Polizist.

»Ist mit dem Boß auf den Goldfeldern. Läuft ganz gut bei den beiden.«

Fearley seufzte. »Manchmal denke ich, ich sollte alles hinwerfen und auch mein Glück dort versuchen.«

»Sicher«, sagte George, für den in diesem Moment nur seine Freiheit zählte. Sogar Fearley brachte ihm nun Respekt entgegen. Das tat gut. Er ging in den Kolonialwarenladen, bestellte Vorräte für Lancoorie und hinterließ dann beim Viehhändler einen Aufruf, daß Lancoorie Scherer suche. Sie würden die Männer zwar erst in einigen Monaten brauchen, doch aufgrund des derzeitigen Mangels an Arbeitskräften mußte man sich frühzeitig darum kümmern.

Alice machte inzwischen Besorgungen. Da sie beide neue Kleider für die Hochzeit brauchten, trafen sie sich beim Tuchhändler. Alice hatte sich ein braunes Kleid und einen schönen Filzhut mit kupferfarbenen Bändern gekauft. Auf der Theke lagen zwei weiße Hemden und Hosen für George.

Sie nahm ihn beiseite. »Ich muß noch Strümpfe und andere Kleinigkeiten besorgen. Geh bitte nach nebenan zum Schuhmacher, und kaufe dir ein Paar Schuhe. Aber keine Stiefel, die kannst du in der Kirche nicht tragen.«

George nickte und bemerkte, daß der Tuchhändler sie neugierig betrachtete. Er staunte, daß Alice so gelassen ihren Geschäften nachging und keinerlei Anstalten machte, den

Besitzer des Ladens über ihre Pläne aufzuklären. Das war vielleicht eine Frau!

Erst als sie auf dem Heimweg waren und erwartungsvoll auf St. Luke's zusteuerten, um das Aufgebot zu bestellen, fiel Alice ein, daß sie gar nicht ins Postamt gegangen war und sich nach Briefen für Lancoorie erkundigt hatte.

»Macht nichts«, sagte sie, »wir werden uns gedulden. Clem müßte inzwischen schon wissen, daß Thora in Perth ist. Sie wird ihm wohl selbst geschrieben haben.«

Clem aber war völlig ahnungslos. Er arbeitete hart in der Yorkey-Mine und fand noch mehr goldhaltiges Quarz. Der Prüfer hatte ihnen bei seinem Besuch einen exzellenten Bericht ausgestellt, doch waren ihm andere Schürfer auf den Fersen gefolgt und hatten verärgert festgestellt, daß Clem seinen Morgen deutlich erkennbar abgesteckt hatte: Damit die Grenzen auch beachtet wurden, hatte Mike Lumpen an die Bäume gebunden, die ständig im Wind flatterten. Manche behaupteten, es sei illegal, ein solches Stück Land für sich zu beanspruchen. Da sie jedoch neu auf den Goldfeldern waren, kannten sie ihre Rechte nicht so genau und gruben um Clems Claim herum.

Als Tanner in Kalgoorlie eintraf, eröffnete er sein Büro im Erdgeschoß des *Albert Hotel* und stellte Nachforschungen über Clem Price an.

Er fand heraus, daß Clem und Mike die erste Mine verkauft hatten, doch die wirklich interessante Neuigkeit war die, daß Mike Deagan nun der Besitzer des *Black Cat* war. Vor Tanners Abreise hatte man das alte Gebäude abgerissen, doch er hatte kaum Notiz davon genommen, da er zu sehr mit seinen eigenen Angelegenheiten beschäftigt gewesen war. Es erforderte viel Zeit und große Hartnäckigkeit, um eine wirklich vielversprechende Mine ausfindig zu machen. Er mußte die Karten im Büro des Aufsichtsbeamten prüfen, sich in die Zeltlager der Goldgräber begeben und sich überall umhören und Tips geben lassen. Auf diese Weise war er auch auf die Lady-Luck-Mine gestoßen.

Wie war Deagan als Sträfling bloß an das Geld gekommen? Die Mine, in der er und Clem gearbeitet hatten, hatte nur geringe Goldmengen zu Tage gefördert, und dem neuen Besitzer erging es nicht besser. Und nun dieses prachtvolle Gebäude! Das improvisierte Bordell war einem hübschen zweistöckigen Haus gewichen, das überaus repräsentativ wirkte. Glory war ein echtes Schlitzohr! Sie hatte bestimmt einen netten Preis gefordert. Woher also hatte Deagan das Geld? Wie lange arbeiteten er und Clem schon in der Yorkey-Mine?

Tanner suchte das Gerichtsgebäude in der Hannan Street auf, um das Grundbuch einzusehen. Nachdem er die Eintragung gelesen hatte, lehnte er sich mit einem zufriedenen Lächeln zurück.

Clem! Er hatte das *Black Cat* gekauft und Deagan als Strohmann benutzt. Der Kredit, den er selbst Clem Price eingeräumt hatte, war ihm dabei zugute gekommen. Der Junge hatte wirklich Grips. Konnte es eine bessere Investition als ein gutes Bordell geben? Allerdings fiel es ihm schwer, sich Clem als Bordellbesitzer vorzustellen, doch die Menschen überraschten einen immer wieder. Immerhin war er so klug gewesen, die Sache nicht an die große Glocke zu hängen. Tanner hätte um jeden Einsatz gewettet, daß Thora keine Ahnung von dieser Investition hatte. Er lachte. Mein Gott, sie würde einen Anfall bekommen! Vielleicht stammte das ganze Geld, von dem sie in Perth gesprochen hatte, aus dem Bordell, und Yorkey war nur eine Finte. Nun, er würde der Sache genauer auf den Grund gehen …

»Dreihundert Unzen! Aus Yorkey?« Der Leiter der Prüfanlage wirkte belustigt. »Clem Price hat ausgesehen, als hätte ich ihm gesagt, seine Mine sei eine Niete. Er machte gar keinen begeisterten Eindruck. Ist schon ein seltsamer Vogel.«

Im Büro des Aufsichtsbeamten erfuhr Edgar die genaue Lage der Yorkey-Mine und brach am nächsten Morgen in aller Frühe auf, um seinen Freund Clem zu besuchen.

10. KAPITEL

Mrs. Morgan war noch immer entrüstet über Miss Lavinias Einweisung und kündigte. Die neue, von Lil eingestellte Köchin konnte Zeugnisse aus guten Hotels und Erfahrung mit »Großveranstaltungen« vorweisen, was Mr. Warburton sehr freuen würde. Er hatte Lil klargemacht, daß nun für Minchfield House eine neue Ära anbrechen werde. Sie würden des öfteren Gäste empfangen, und er gab Anweisung, den Weinkeller, von dessen Existenz Lil bisher nichts geahnt hatte, zu reinigen und aufzufüllen.

Warburtons erste Gartenparty war in Lils Augen eine reichlich steife Veranstaltung. Die Damen und Herren spazierten in ihrem Sonntagsstaat über den Rasen und wirkten ziemlich gelangweilt, bis die Erfrischungen aufgetragen wurden. Sogleich fielen sie wie die Heuschrecken über die Tische her. Danach machten viele einen Rundgang durchs Haus. Lil war wenig begeistert von der Neugier der Gäste. Aus den Unterhaltungen schloß sie, daß Miss Lavinias Schicksal allgemein bekannt war.

»Er hat seine Schwester einsperren lassen«, sagte eine Frau. »Und dann selbst den Besitz übernommen.«

Als Lil in die Bibliothek spähte, hörte sie jemanden flüstern: »Er ist selbst ein bißchen seltsam.« Sie begriff, daß es sich bei den Gästen keineswegs um Freunde des früher so zurückgezogen lebenden Warburton handelte, sondern um Leute, die in der Gegend wohnten und die Einladung aus purer Neugier angenommen hatten. Die meisten verließen die Party früh. Nur die durstigen Seelen bewiesen Sitzfleisch. Sie saßen in einer kleinen Gruppe zusammen, ließen sich die exzellenten Weine munden und ignorierten ihren Gastgeber.

Schließlich stürmte Mr. Warburton ins Haus und wies seine Haushälterin an, dafür zu sorgen, daß diese Leute sich entfernten.

»Wie?« wollte sie wissen.

»Räumen Sie den Wein ab!«

Lil wies die beiden Serviererinnen an, bei jedem Gang ins Haus einige Flaschen mitzunehmen, damit ihre Taktik nicht allzu offensichtlich wurde. Sie selbst war von der Party ebenso enttäuscht wie der Gastgeber. Die Vorbereitungen waren aufwendig gewesen, und Mr. Warburton hatte weder Kosten noch Mühe gescheut, um seinen Gästen etwas zu bieten. Doch Lil hatte ihn mehr als einmal allein und verwirrt irgendwo herumstehen sehen, als wisse er nicht, wie er sich verhalten solle.

»Sie sind kein guter Unterhalter, Sir«, dachte sie, als sie an der Tür zur Bibliothek vorüberging. Vielleicht wußte er einfach nicht mehr, wie man sich in Gesellschaft verhielt.

In der ersten Zeit nach Miss Lavinias Einweisung hatte Lil versucht, sie zu kopieren, und immer schwarze Kleider und einen Schlüsselbund am Gürtel getragen. Doch diese Farbe stand ihr überhaupt nicht. Auch der strenge Knoten paßte nicht zu ihr. Daher veränderte sie ihre Garderobe wieder: Eine Weile lang trug sie eine weiße, dann eine farbige Bluse, und zuletzt wagte sie sogar, sich in einem blau-weiß karierten Kleid mit weißen Manschetten und weißem Kragen zu zeigen. Inspiriert von den Frisuren, die sie bei den Damen, die auf der Party gewesen waren, gesehen hatte, schnitt sie sich einen Pony und steckte die Haare am Hinterkopf mit Kämmen auf.

Warburton bemerkte die Veränderungen durchaus. Er sah von seinem Frühstück auf, spähte über die Brille und erklärte: »Sie sehen heute hübsch aus, Mrs. Cornish.« Dann wandte er sich wieder seiner Zeitung zu.

Lil war begeistert. »Vielen Dank, Sir.« Doch er schien ihre Antwort nicht zu hören.

Lil entschied, daß sie ihre Mahlzeiten nicht mehr gemeinsam mit dem übrigen Personal einnehmen könne, da sie nicht in dessen Klatsch hineingezogen werden wollte. Küche und Speisezimmer kamen fürs Essen nicht in Frage. Daher ließ sie es sich in ihr kleines Wohnzimmer hinaufbringen, wo sie auch die Buchhaltung erledigte. Die Tatsache, daß Haushaltsführung mehr hieß, als einen ständigen Kampf gegen den Staub zu führen oder andere Mängel zu beseitigen, hatte sie zunächst verunsichert, doch bei der Durchsuchung von Miss Lavinias Zimmer war sie schon bald fündig geworden. Zu ihrer Überraschung hatte Miss Lavinia über viele Jahre hinweg sorgfältig Buch geführt. Diese Bücher enthielten nicht nur eine vollständige Inventarliste von allen Gegenständen, die sich im Haus befanden – angefangen bei der feinen Tischwäsche bis hin zur schlichtesten Teekanne –, sondern auch Aufzeichnungen über die Geschichte aller gekauften, reparierten oder ersetzten Möbelstücke, Kopien von Menüplänen, Rezepten und eine Fülle weiterer Informationen. Lil beschloß, mit dieser Tradition fortzufahren. Abend für Abend widmete sie sich dieser Aufgabe und führte die großen Hauptbücher mit der gewohnten Sorgfalt weiter. Sie stellte fest, daß es ihr viel Freude machte, alles in bester Ordnung zu wissen. Mr. Warburton sollte kein Anlaß geboten werden, sich über seine neue Haushälterin zu beschweren.

Schließlich überwand er die Enttäuschung über die mißlungene Gartenparty und fand wieder Freude am Alleinsein. Eines Tages traf er im Vorbeigehen auf Lil, die gerade Wäsche mangelte, und blieb nach wenigen Schritten stehen.

»Mrs. Cornish, ich habe mich gefragt, wo Sie Ihre Mahlzeiten einnehmen.«

»Auf meinem Zimmer, Sir. Ich hoffe, es ist Ihnen recht.«

»Durchaus, durchaus. Aber wäre es für Sie nicht angenehmer, im Speisezimmer zu essen?«

Lil fand diese Idee ziemlich töricht. Der Tisch wurde lange vor den Mahlzeiten für Warburton gedeckt, und sie würde warten müssen, bis er mit dem Essen fertig wäre.

»Wenn Sie es wünschen, Sir«, erwiderte sie gehorsam. »Ich werde mit dem Essen warten, bis Sie Ihre Mahlzeit beendet haben.«

»Nein, nein. Man soll für zwei decken. Es ist albern, daß wir beide jeweils allein essen. In Zukunft werden Sie die Mahlzeiten mit mir gemeinsam einnehmen, es sei denn, ich habe Gäste. Ich hoffe, Sie haben Verständnis dafür, daß ich in diesem Falle eine Ausnahme machen muß.«

Lil war glücklich. Das war mehr als eine Beförderung! In diesem Moment wußte sie, daß sie es geschafft hatte.

Eines Tages kam Warburton in heller Aufregung zu ihr. »Ein lieber Freund von mir ist in Perth eingetroffen. Es ist sein erster Besuch in Australien, und er wird mit einigen Freunden nach Minchfield House kommen. Ich werde ein großes Bankett veranstalten. Ich möchte, daß Lord Kengally Minchfield in vollem Glanz erlebt.«

Lil fiel beinahe in Ohnmacht. »Sagten Sie ›Lord‹, Sir? Der Herr ist ein Lord?«

»In der Tat. Während meines Aufenthaltes in London waren wir eng befreundet, und er hat mir viel Gutes getan. Sie und die Köchin werden ein hervorragendes sechsgängiges Menü zaubern, und ich werde mich um den Wein kümmern.«

Dieses Ereignis war für Mr. Warburton weitaus wichtiger als die Gartenparty, und er sauste hektisch durchs Haus, um überall nach dem Rechten zu sehen.

Am Mittwochabend war alles vorbereitet. Man hatte den Eßtisch ausgezogen, so daß er Platz für vierzehn Gäste bot, und ihn mit dem schönsten Besteck und Porzellan, das Minchfield zu bieten hatte, gedeckt. Die Gärtner hatten tagelang die Bäume und Büsche im Park gestutzt und beschnitten, so daß kein Blatt mehr aus der Reihe tanzte. Die Anlegestelle war mit roten, weißen und blauen Bändern geschmückt worden. Das Haus sah an diesem Abend noch majestätischer aus als sonst, und Lil war von der Pracht einfach hingerissen.

»Sie müssen sehr stolz sein, Sir«, sagte sie bewundernd.

»Das bin ich, Mrs. Cornish, und ich möchte Ihnen für Ihre Mühe danken. Es ist keine leichte Aufgabe, ein Haus dieser Größe in Ordnung zu halten.«

An diesem Abend stand Lil am geöffneten Fenster und atmete tief die Luft von draußen ein. Sie ahnte Schlimmes. Ein starker, salziger Wind wehte vom Meer her. Um Mitternacht, als sich die ersten Anzeichen des heftigen Sturms, der sich über dem Indischen Ozean zusammengebraut hatte, bemerkbar machten, stand sie noch einmal auf, um die Läden zu schließen. Die ganze Nacht heulte der Wind ums Haus. Am Morgen schließlich hatte der Sturm seinen Höhepunkt erreicht. Regen peitschte gegen die Fenster, Bäume wurden entwurzelt, das Dach der Personalunterkunft flog davon, der Fluß wurde zum reißenden Strom. Noch nie hatte Lil den Swan River so aufgewühlt erlebt. Sie fürchtete das Schlimmste.

»Sie werden nicht kommen«, sagte Mr. Warburton betrübt, während das Unwetter ums Haus tobte und ein Hagelschauer auf dem Rasen des Parks niederging. »Bei diesem Wetter kann keine Yacht flußaufwärts fahren.«

Ein durchnäßter Bote kämpfte sich bis Minchfield House und bestätigte Mr. Warburtons Befürchtungen. Lord Kengally hatte ein Telegramm geschickt, in dem er seinem Bedauern Ausdruck gab, daß der Ausflug nicht stattfinden könne.

Mr. Warburton war niedergeschmettert. Die Anlegestelle

sah erbärmlich aus, die zerrissenen Bänder flatterten traurig im Wind. Im Speisezimmer wartete der schön gedeckte Tisch noch immer auf die Gäste.

Mr. Warburton war den Tränen nahe. »Bringen Sie alles hinaus«, schrie er Lil an. »Räumen Sie den Tisch ab, werfen Sie das Essen weg. Ich will es nicht mehr sehen.«

»Wie Sie wünschen, Sir«, antwortete Lil und dachte dabei, daß die Dienstboten in den nächsten Tagen nie dagewesene Gaumenfreuden erleben würden.

»Warum geht bloß alles, was ich plane, daneben?« jammerte Warburton.

»Am Wetter können Sie nichts ändern. Das war einfach Pech.«

»Ich bin dieses Haus leid. Ich sollte es verkaufen und nach Perth ziehen. Keine Menschenseele ist in der Nähe. Ich bin von Bauerntölpeln mit großem Durst und schlechten Manieren umgeben.«

Lil bekam Angst. Minchfield verkaufen? Was sollte dann aus ihr und Caroline werden? Eine so gute Stelle würde sie nicht wieder finden. Als Respektsperson hatte sie überdies das Recht, die Hausmädchen zum Babysitten zu verpflichten. Diese brannten wiederum darauf, auf Caroline aufpassen zu dürfen, da sie so ihren alltäglichen Pflichten entgehen konnten. Sie fütterten die Kleine mit Begeisterung und machten mit ihr lange Spaziergänge im Park. Caroline wurde von ihnen nach Strich und Faden verwöhnt.

»Sie werden nicht mehr kommen«, mutmaßte Warburton. »Lord Kengally ist ein vielbeschäftiger Mann, der in Gold und Stahl und dergleichen investiert.«

Während der Donner grollte und der Regen an die Fensterscheiben klatschte, saß Mr. Warburton zusammengesunken an seinem Schreibtisch und bot ein Bild des Jammers. Lil beschloß, einen Vorstoß zu wagen, und legte den Arm um ihn. In seinem dünnen Jackett fühlte er sich kompakter an, als sie es von einem Mann erwartet hatte, der doppelt so alt war wie sie. »Nehmen Sie es nicht so schwer, Sir. So etwas passiert eben.«

»Ja, so etwas passiert *mir*!« Seine Stimme klang hart. »Wissen Sie, daß ich eigentlich Künstler werden wollte? Ich bin nach London gegangen, um zu studieren. Meine gesamte Familie mißbilligte diese Entscheidung. Mein Vater und mein Onkel, der dieses Haus erbaut hat, hatten ein Geschäft zusammen, doch keiner von beiden wollte mir auch nur einen Penny geben. Doch ich blieb standhaft, studierte weiter und verkaufte genügend Bilder, um hier und dort ein Pfund zu verdienen. Im übrigen lebte ich von dem, was mir meine Mutter schickte. Damals begegnete ich Gerald Kengally, der mich sehr ermutigt hat.« Er hielt inne. »Ich weiß nicht, warum ich Sie mit diesen Geschichten langweile, Mrs. Cornish.«

»O nein, das tun Sie keinesfalls. Ich hatte noch nie die Gelegenheit, mit jemandem zu sprechen, der einen anderen Kontinent besucht hat, von London ganz zu schweigen. Sir, würden Sie mir bei Gelegenheit von London erzählen?«

»Sie möchten wirklich etwas darüber hören?«

»Warum nicht?« fragte sie ehrlich überrascht. »Nun aber zurück zu Ihrem Freund, dem Lord. Er mag zwar ein vielbeschäftigter Mann sein, aber übers Wochenende sind alle Büros geschlossen. Warum schicken Sie ihm nicht ein Telegramm und laden ihn für Samstag und Sonntag ein?«

»Er erhält bestimmt zahlreiche Einladungen. Nein, er ist sicher ausgebucht.«

»Fragen kostet nichts. Wenn er keine Zeit hat, kommt er eben nicht. Der Sturm wird sich im übrigen bald legen.«

Mr. Warburton wirkte geistesabwesend und schaute mißbilligend zum Fenster hinaus. »Als mein Vater starb«, setzte er an, »kam meine Mutter nach England. Sie war so froh, mich zu sehen und in ihre Heimat reisen zu können. Ich habe zu spät erfahren, daß sie den Geschäftsanteil meines Vaters für ein paar hundert Pfund an unseren unausstehlichen Onkel verkauft hatte.«

»Hat er sie übers Ohr gehauen?« fragte Lil erstaunt.

»Ganz genau, meine Liebe«, antwortete Warburton düster.

Lil ging durch den Kopf, daß dies wohl in der Familie liegen müsse, da auch Mr. Warburton seine Schwester übers Ohr gehauen hatte, doch das ging sie im Grunde nichts an.

»Ich denke, Sie sollten Ihren Freund dennoch übers Wochenende einladen.«

Als der Sturm sich ausgetobt hatte, wurde die Stimmung im Haus zusehends fröhlicher. Lord Kengally hatte die Einladung angenommen und würde das Wochenende in Minchfield House verbringen.

Da der Inhalt eines Telegramms nun einmal quasi öffentlich ist, wußten am Donnerstagnachmittag bereits alle Nachbarn, daß ein bedeutender Mann Minchfield House besuchen werde. Plötzlich wurde Mr. Warburton mit Visitenkarten und Einladungen für eben dieses Wochenende förmlich überschüttet. Als er später am Abend mit Mrs. Cornish zu Abend aß, machte er sich einen Spaß daraus, diese Einladungen eine nach der anderen zu verbrennen. Dazu kosteten sie die Weine, die er seinem Freund servieren wollte.

Kein Wunder, dachte Lil später, daß er am Ende dieses Abends schließlich in ihrem Bett gelandet war. Seit er den Wunsch geäußert hatte, gemeinsam mit ihr zu essen, hatte sie geahnt, daß es über kurz oder lang dazu kommen würde.

Mrs. Cornish war sich darüber im klaren, welche Stellung sie im Haus hatte. Sie schaltete und waltete im Hintergrund, sorgte dafür, daß man den beiden Herren die köstlichsten Mahlzeiten auftischte, daß ihre Betten angewärmt und die Kristallkaraffen in der Bibliothek nachgefüllt wurden, daß man ihnen am Nachmittag warme Hörnchen mit Brombeermarmelade und Sahne servierte und daß die Kleidung des Gastes in Windeseile gewaschen und ihm anschließend makellos sauber aufs Zimmer gebracht wurde. Lil tat alles Menschenmögliche, um den beiden Männern dieses Wochenende so angenehm wie möglich zu gestalten. Als sie sie von ihrem Fenster aus ins Gespräch vertieft über die Felder marschieren sah – ganz wie es sich für alte Freunde gehörte –, mußte sie lächeln. Wenn sie von ihren Spaziergängen zurückkehrten, nahmen ihnen die Hausmädchen die Tweedmäntel und Wanderstöcke ab. Überall im Haus knisterten die Kaminfeuer.

Am Sonntagnachmittag sah Lil zu, wie sich die beiden Freunde an der Anlegestelle umarmten, und bemerkte das zufriedene Lächeln auf Mr. Warburtons Gesicht. Triumphierend trat er den Rückweg zum Haus an.

Mrs. Cornish wartete bereits auf ihn und fragte besorgt, ob alles wunschgemäß verlaufen sei.

An diesem Abend nahmen sie ihren Tee in der Bibliothek ein, und Robert Warburton schwelgte in seinen Erinnerungen an Lord Kengally.

»Er ist so ein guter Freund. Ein anständiger Mensch, den ich gar nicht genug loben kann. Ich fand es viel schöner, ihn für mich allein zu haben, als ihn, wie geplant, am letzten Donnerstag mit all den Leuten teilen zu müssen. Er hat sich sehr gefreut, daß ich ihn allein eingeladen habe. Der Besuch war für ihn eine willkommene Ablenkung von seinen geschäftlichen Angelegenheiten.«

Robert zündete sich eine Zigarre an und erzählte seiner eifrigen Zuhörerin ausführlich von London. »Ich wurde nicht im geringsten wie jemand aus den Kolonien behandelt, sondern so, als stünde ich über den gewöhnlichen Anglo-Australiern, die dort drüben auftauchten. Daher habe ich die Zeit in London in vollen Zügen genossen.«

»Hast du auch den Tower of London besucht?«

»Natürlich, ich bin mehr als einmal dort gewesen. Und man lud mich zu einer Gartenparty der Königin in den Palast ein.«

»Du lieber Himmel!«

»Doch, doch. Obwohl ich nur ein Künstler war, der hart um den Aufstieg kämpfte, gewann ich Gerald Kengally zum Freund. Er hat mich den richtigen Leuten vorgestellt. Wie er mir sagte, betätigt er sich noch immer als Kunstmäzen. Ich habe mich gefreut, ihm eine Abwechslung vom langweiligen Leben in Perth bieten zu können. Er fand, Minchfield sei ein herrlicher Ort, um sich zurückzuziehen. Bei der nächsten Gelegenheit werde ich euch miteinander bekannt machen.«

Robert nippte genüßlich an seinem Brandy, während Lil das Haus für die Nacht vorbereitete. Dann geleitete er sie nach oben in sein eigenes Zimmer, und von nun an teilte sie allnächtlich sein breites, bequemes Bett. Lil war sich des Geredes der Dienstboten durchaus bewußt, doch je mehr sie klatschten, desto eher würde es sich herumsprechen, wer hier das Sagen hatte.

Nachdem sie Alice geschrieben hatte, sie habe am vergangenen Sonntag die Messe in der Kathedrale besucht, glaubte Thora bald selbst daran. Zur großen Erleichterung der Nanny ging sie auch an diesem Morgen aus. Thora wunderte sich zwar, daß sie den Weg zur Kirche nicht mehr wußte, doch sie genoß den Spaziergang aufgrund des herrlichen Wetters und der Tatsache, daß der neue Hut so wunderbar zu ihrem marineblauen Reisekostüm paßte.

»Ich weiß gar nicht, warum ich immer in diesem Zimmer hocke«, dachte sie, als sie durch die stillen Straßen schlenderte. Sie machte einen Schaufensterbummel und lächelte den wenigen Passanten zu. »Ich muß nicht zur Kirche gehen. Hier in Perth kann ich tun und lassen, was ich will.«

Dennoch schmerzte es sie, daß Edgar und Lord Kengally sie im Stich gelassen hatten. »Nicht ein Wort von ihnen seit letzten Freitag«, murmelte sie vor sich hin. Sie hatte ganz vergessen, daß zumindest Tanner ihr von seiner bevorstehenden Reise auf die Goldfelder erzählt hatte. »Sie interessieren sich nicht mehr für mich. Haben am Wochenende bestimmt mit anderen Damen gefeiert. Ich werde kein Wort mehr mit ihnen wechseln.«

Sie bog in den Weg ein, der den Hügel hinunter zur Promenade führte, auf der sich weitere Spaziergänger tummelten. Es gab viel zu sehen – Fähren, kleine Yachten, spielende Kinder, Fischer, die in der Sonne dösten, während schwarze Schwäne an ihnen vorüberzogen – und doch konnte Thora sich einer gewissen Nervosität nicht erwehren. Sie zwang sich weiterzugehen und musterte dabei die anderen Damen, bis ihr auffiel, daß sie die einzige Frau ohne Begleitung war.

Gehetzt schaute sie sich um in der Hoffnung, wenigstens einen Bekannten zu treffen. Doch sie hörte lediglich das fröhliche Lachen der anderen, bezog es auf sich und fühlte sich verhöhnt. Thora beschleunigte ihren Schritt, um dem Lachen zu entfliehen, eilte den scheinbar endlosen Weg entlang, bis sie es nicht mehr aushielt und seitlich ins Gebüsch und hangaufwärts stolperte.

Ihr Rock verfing sich in den Büschen, die Strümpfe zerrissen, doch sie konnte nicht umkehren. Es drängte sie zurück in die gleichgültigen Straßen und ins Hotel, aber das Stadtzentrum lag bereits weit hinter ihr. Sie überquerte eine belebte Straße und hielt dabei ihren Hut fest, damit ihn der Wind nicht davonwehte. Inzwischen war sie in ein Wohngebiet gelangt und hastete ziellos durch die Straßen. Sie hatte sich hoffnungslos verirrt.

Als sie an die Tür eines großen Hauses klopfte und fragte, ob ein Lord Soundso dort wohne, starrte die Hausherrin die seltsame Person, die vor ihr stand, nur an.

»Nein! Wer sind Sie überhaupt? Was wollen Sie hier?«

»Ist es wirklich nicht sein Haus?« fragte Thora flehentlich.

Die Frau schlug ihr die Tür vor der Nase zu. Plötzlich war sich Thora sicher, daß ihre Mutter hinter dieser Tür stand, sie aussperrte, sich weigerte, ihr zuzuhören, sie in eine Welt mit lauter Fremden stieß.

Später an diesem Nachmittag ritt ein Polizist am Rathaus vorbei und entdeckte die Frau, die zusammengekauert auf den Stufen saß.

»Alles in Ordnung, Miss?«

Sie war überaus hübsch, wirkte aber verstört. »Mir ist der Absatz abgebrochen.«

Er stieg ab. »Lassen Sie mich mal sehen.«

Schüchtern zog Thora ihren Schuh aus und reichte ihn zusammen mit dem Absatz dem Polizisten.

Er trieb die Nägel wieder in die Sohle. »Er ist noch lose, Miss, aber fürs erste hält er. Wo wohnen Sie?«

Sie machte einige vage Handbewegungen und schaute sich verwirrt um, als wolle sie vor ihm fliehen, doch er blieb hartnäckig stehen, weil er spürte, daß mit ihr etwas nicht stimmte. Sie war einfach zu gut gekleidet, um sich allein in der Stadt herumzutreiben. »Ich bringe Sie nach Hause«, bot er an. »Wohnen Sie weit von hier?«

»Ich weiß es nicht«, flüsterte sie. »Wo ist mein Hut?«

Weit und breit war kein Hut zu sehen. »Muß weggeflogen sein. Ist ziemlich windig heute, was?«

»Ja.«

Er half ihr aufzustehen. »Ich habe keine Eile, Miss. Sonntags ist es immer ruhig. Dandy und ich bringen Sie zurück. Mögen Sie Pferde?«

»Ja, ich reite gern.«

»Das ist gut. Wo wohnen Sie doch gleich?«

Die vertraute Wärme des Tieres, das ihre Hand ableckte, wirkte tröstlich, und Thora spürte, wie sich der Nebel in ihrem Kopf lichtete.

»Im *Palace Hotel.*« Sie zwinkerte und schaute den Polizisten an. Sie war dankbar, daß er so entschlossen auftrat. »Ich hatte mich verlaufen«, fügte sie leise hinzu und fühlte sich sofort erleichtert. Zum ersten Mal hatte sie ihre Verwirrtheit eingestanden. Dennoch konnte sie nicht zugeben, daß in ihrem Gedächtnis eine Lücke von mehreren Stunden klaffte. Das letzte, woran sie sich erinnern konnte, war ihre überstürzte Flucht von der Promenade am Fluß.

Vor dem Hotelportal dankte sie dem Polizisten für seine Hilfsbereitschaft und humpelte auf ihr Zimmer, wo Lydias Nanny sie bereits erwartete.

»Oh, Mrs. Price! Da sind Sie ja endlich! Ich habe mir solche Sorgen gemacht. Du lieber Himmel, Sie sind ja ganz erschöpft. Was ist denn bloß passiert? Ich bringe Ihnen erst mal eine Tasse Tee.«

Für Thora war diese rührende Fürsorge einfach zuviel, und sie brach in Tränen aus.

An diesem Tag änderte sich ihr Leben. Die Nanny hatte es nun noch schwerer, weil Mrs. Price sich förmlich an sie klammerte. Es gab keine großen Essen mehr, da Mrs. Price ohne Netta nicht mehr ausging. Sie machten statt dessen lange Spaziergänge mit Lydia im Kinderwagen. Oft nahmen sie das Mittagessen oder den Tee in einem Café ein, doch alle andere Mahlzeiten wurden ihnen aufs Zimmer gebracht. Mrs. Price weigerte sich, ohne Begleitung den Speisesaal zu betreten, und da sie nicht mehr so häufig eingeladen wurde, blieb Netta keine andere Wahl, als Thora Gesellschaft zu leisten.

Wozu braucht sie mich eigentlich?, fragte sich Netta. Es ist verrückt, daß zwei Frauen den lieben langen Tag in diesem Zimmer sitzen und sich lediglich um ein kleines Kind kümmern. Vielleicht hält sie mich für unfähig und will es nicht offen sagen. Viel sagt sie ohnehin nicht. Entweder sitzt sie am Fenster und sieht hinaus oder liest die Frauenmagazine von vorn bis hinten durch. Wird ihr Ehemann bald kommen? Sie spricht nie von ihm. Sagt auch nicht, wie lange sie bleiben will. Ich für meinen Teil stelle mir einen Urlaub anders vor. Wozu ist sie bloß hierher gekommen?

Tanner kam mit seinen Ermittlungen über die Yorkey-Mine nur langsam voran. Er erkundigte sich bei jedem, der ihm über den Weg lief, und besuchte verschiedene Minen zwischen Kalgoorlie und Yorkey. Die Tatsache, daß die Goldfelder schwindelerregend groß waren und sich in alle Richtungen erstreckten, steigerte seinen Mißmut noch. Er war einer der ersten auf den Feldern gewesen, hatte aber keine märchenhaften Reichtümer entdeckt. Nachdem sich alle fünf Minen, die er gepachtet hatte, als Nieten erwiesen hatten, bestritt er seinen Lebensunterhalt, indem er mit Aktien handelte.

Die Finanzkrisen in Übersee hatten dazu geführt, daß die Investoren sich aus den unsicheren Bankgeschäften zurückzogen und Goldaktien kauften. Die Rohstoffpreise fielen, während der Goldpreis stabil blieb. Auch mit Brauereiaktien erzielte Tanner gute Profite. Das war alles schön und gut, doch den ganz großen Wurf hatte er bisher noch nicht landen können. Als leuchtendes Beispiel stand ihm die Golden-Hole-Mine vor Augen. Sie war von der Londonderry Company übernommen worden, und die Investoren standen Schlange, um Aktien zu erwerben, während die Preise in astronomische Höhen schossen.

»Bald mache auch ich mir ein schönes Leben«, sagte er sich. »Es ist nur eine Frage der Zeit.« Wie viele andere war Edgar davon überzeugt, daß diese gewaltige Hügelkette eine Schatztruhe voller Gold war, das selbst den südafrikanischen Rand in den Schatten stellen würde. Eine Straße außerhalb der Stadt trug bereits den Namen »Goldene Meile«.

Als Tanner Clem und dessen Freund in ihrem einsamen Lager aufstöberte, wußte er bereits genug über Yorkey, behielt dieses Wissen aber für sich.

»Ich war gerade in der Gegend, Clem. Ich hab' gehört, daß du dich hier aufhältst. Wie geht es denn so?«

Clem freute sich, ihn zu sehen, doch die Mine bereitete ihm Kopfzerbrechen. »Verdammt schlecht! Da wartet man monatelang auf Regen, und wenn er endlich kommt, dann gleich als Sintflut. Die verfluchte Mine steht unter Wasser.«

Mike Deagan lachte. »Wir haben das meiste abgeschöpft. Der Rest trocknet von selbst. Morgen gehen wir wieder an die Arbeit.«

»Habt ihr denn Erfolg?«

»Mehr oder weniger«, gestand Clem. »Mir geht nur diese Zeitverschwendung auf die Nerven.«

Clem führte ihn zu der verschlammten Mine hinüber, die von glitschigem Abgang umgeben war. »Sie werden noch von dieser Mine hören«, gab Clem schließlich zu. »Wir kommen ganz gut voran. Der erste Ertrag belief sich auf dreihundert Unzen pro Tonne, aber es war eine verdammt harte Arbeit ...«

»Dreihundert! Du bist auf der Gewinnerstraße, Clem!«

»Ich weiß, aber ich möchte wieder nach Hause. Bin schon zu lange fort gewesen. Mike will bleiben, aber er hat auch keine Frau, die zu Hause auf ihn wartet.«

Tanner war verwirrt. »Wo ist Thora denn?«

»Natürlich auf Lancoorie, zusammen mit Alice und George Gunne. Ich glaube, er leitet jetzt die Farm. Er und Mike Deagan haben sich als anständige Kerle erwiesen.« Clem schaute grinsend zu Mike hinüber. »Jedenfalls wenn man bedenkt, daß sie Exsträflinge sind.«

»Ex?«

»Ja, sie haben ihre Strafe verbüßt und sind nun freie Männer. Ich hoffe, George bleibt wenigstens, bis ich nach Hause komme.«

Edgar kratzte sich am Kopf und ging vorsichtig um die Mine herum. Wußte Clem denn nicht, daß sich seine Frau in Perth aufhielt? Am besten machte er um dieses Thema einen großen Bogen.

In der Hoffnung, etwas von ihnen zu erfahren, nahm er

Clems und Mikes Einladung, bei ihnen im Lager zu bleiben, an. Seine Chance kam beim Essen, als sie Dosenfleisch und Kartoffeln verspeisten. Tanner erzählte, er stehe in Verhandlungen mit britischen Investoren, die die Lady-Luck-Mine kaufen wollten, und erklärte mit Nachdruck, daß die jetzigen Besitzer nie wieder eine Schaufel in die Hand nehmen müßten. »Sie erhalten nicht nur Geld für die Mine, sondern auch ein Aktienpaket, das ihnen weiteren Profit garantiert. Das sind echte Glückspilze.«

»Dann finden Sie doch auch für uns britische Investoren«, meinte Clem finster.

»Wieviel würde man uns denn wohl für Yorkey zahlen?« erkundigte sich Mike.

»Dazu müßte ich mehr über die Mine wissen.«

Mike war auf der Hut. »Warum sollte ich verkaufen, wenn ich mein eigenes Gold fördern kann?«

»Da haben Sie recht«, entgegnete Tanner, »aber je tiefer Sie graben, desto härter und gefährlicher wird die Arbeit. Die großen Firmen lassen die Grabungen von Ingenieuren leiten. Außerdem stellen sie Bergleute ein. Auf diese Weise können sie bis in alle Ewigkeit schürfen. Wenn Sie jedoch glücklich mit Ihrer Mine sind, sollten Sie sie behalten. Die Unternehmen brauchen ohnehin viel Land, um ihre Anlagen aufzubauen.«

»Wäre ein Morgen genug?« erkundigte sich Clem.

»Davon gehe ich aus. Weshalb fragst du?«

»Weil er einen ganzen verdammten Morgen gepachtet hat«, warf Mike triumphierend ein. »Ich dachte damals, er hätte mehr Geld als Verstand. Ich wühle doch keinen Morgen durch wie ein Maulwurf! Aber wie dem auch sei, wir haben hier ein legal gepachtetes Stück Land von einem Morgen Größe.«

Tanner tat so, als sei er überrascht. »Von einem Morgen? Das glaube ich nicht!«

»Sicher doch«, bestätigte Clem. »Ich habe es mir vorsichtshalber reserviert für den Fall, daß Yorkey nichts abwirft. Daß das Stück so groß ist, scheint sich jetzt als nützlich zu erweisen. Warum sprechen Sie nicht einmal mit Ihren Firmenpartnern über unsere Mine?«

»Sie sind zu sehr auf Lady Luck fixiert, aber ich werde mich umhören, ob jemand anderer einen Blick auf Yorkey werfen möchte. Ich benötige die letzten Prüfberichte. Ihr arbeitet in der Zwischenzeit weiter, und ich sehe, was sich machen läßt.«

Kengally sah zu, wie ein Schwarm Wellensittiche sich in die Lüfte erhob. Grüne und gelbe Farbblitze zuckten auf, und dann schob sich der Schwarm wie ein dunkler Teppich vor die Sonne.

»Herrlich!« rief er. »Es müssen Abertausende sein, und doch bewegen sie sich in völligem Gleichklang. Wie kommt es, daß sie nicht aneinanderstoßen?«

»Sie bilden einen Schwarm«, erklärte Edgar geduldig. »Das ist ihr Ordnungssystem. Die Schwarzen behaupten, daß sie durch Schwarmbildung Raubvögel abschrecken.«

»Na, so was!« Kengally schaute den Vögeln nach, bis sie in der Ferne verschwunden waren. »Welch ein Anblick! Ich muß unbedingt dran denken, etwas darüber in mein Tagebuch zu schreiben.«

Edgar litt unter Kengallys Enthusiasmus und fand es schwierig, dessen Gedanken auf den Ankauf von Schürfpachten zu lenken. Die Zugfahrt hatte dem Engländer nichts ausgemacht. »Habe noch nie so viele verschiedene Menschen auf so kleinem Raum gesehen. War überaus interessant. Wie ich schon sagte: Der Lockruf des Goldes macht alle Menschen gleich!«

Selbst der anstrengende Ritt von Southern Cross nach Coolgardie konnte seine Begeisterung nicht bremsen, und auch das chaotische Kalgoorlie übte eine starke Faszination auf ihn aus. Allmählich bildete sich in dem Durcheinander von Zelten eine Art Ordnung, doch die wilden Gestalten, die sich in den wenigen breiten Straßen drängten, waren dieselben geblieben.

»Wie ich hörte, wohnen hier beinahe hunderttausend Menschen«, bemerkte Kengally. »Ist das nicht erstaunlich? Mitten in der Wüste ist eine ganze Stadt wie aus dem Boden gewachsen.«

»Das kann nicht stimmen«, meinte Tanner ungläubig.

»Wenn ich es Ihnen sage. Ich habe die Information von einem Beamten, dem ich im Zug begegnet bin. Die meisten Leute, die hier leben, sind arm. Überlegen Sie nur, welche Entbehrungen sie auf sich nehmen mußten, um überhaupt herzukommen. Viele von ihnen sind von der Küste bis hierher zu Fuß gelaufen ...«

»Niemand hat sie dazu gezwungen«, entgegnete Tanner, dem Kengallys Lerneifer allmählich auf die Nerven ging. Er führte sich auf wie ein Tourist.

»Das sagt sich so leicht«, gab der Engländer ernst zurück. »Ich finde, sie sind alle unglaublich tapfer.«

Wenn es jedoch darum ging, eine erfolgversprechende Mine ausfindig zu machen, zeigte Kengally sich weniger mitfühlend. Nachdem er in der Stadt Erkundigungen eingezogen hatte, besuchte er die Lady-Luck-Mine, stieg in die Schächte hinunter, stellte den Besitzern endlose Fragen und besichtigte die angrenzenden Minen – ohne viele Worte über seine Pläne zu verlieren. Diese Aufgabe war Edgar zugedacht. Sollte sich Kengally zum Kauf entschließen, würde Edgar die Bedingungen aushandeln, doch bisher war er noch nicht dazu aufgefordert worden.

»Was meinen Sie? Ist Lady Luck die richtige Wahl?«

»Vermutlich«, antwortete Kengally. »Aber wie steht es mit der Yorkey-Mine? Warum sind Sie plötzlich so verschwiegen, was dieses Thema angeht?«

Edgar hatte gehofft, Kengally würde sich für Lady Luck entscheiden und ihm damit die Chance eröffnen, andere Investoren für Yorkey zu finden. Nun bot sich ihm eine wunderbare Ausrede, um ein Treffen zwischen dem Lord und Clem

Price zu verhindern. Es hatte nämlich keinen Sinn, Lügen über die Erträge der Mine zu erfinden. Die Wahrheit war diesmal der einfachere Weg. »Da gibt es ein kleines Problem. Sie gehört Clem Price und seinem Partner. Ich habe mit den beiden gesprochen und war schockiert zu erfahren, daß Thoras Ehemann nichts von ihrem Aufenthalt in Perth weiß. Es wäre peinlich für Sie, wenn Sie sich mit ihm treffen und verschweigen würden, daß Sie seine Frau kennen.«

»Tatsächlich? Haben Sie denn nicht erwähnt, daß Sie Thora in Perth begegnet sind?«

»Guter Gott, nein. Ich wollte keine Unannehmlichkeiten. Clem will die Goldfelder ohnehin verlassen. Wenn ich ihm von Thora erzählt hätte, hätte er sich auf der Stelle davongemacht.«

»Wie kommen Sie eigentlich auf die Idee, mich für so taktlos zu halten? Thora ist eine sehr attraktive Frau. Wenn sie einen harmlosen kleinen Urlaub in Perth verbringen möchte, so ist das ihre Sache. Ich bin der letzte, der sich in ihre Angelegenheiten mischen würde. Haben *Sie* vielleicht etwas zu verbergen?«

»Nein! Ich kenne Thora und Clem seit ihrer Kindheit. Ich habe mich nur ein wenig um sie kümmern wollen. Sie ist ziemlich schüchtern.«

»Das glaube ich auch. Dennoch bin ich durchaus in der Lage, Geschäfte abzuschließen, ohne mich dabei in die Privatangelegenheiten anderer Leute zu mischen.«

Edgar litt ein wenig unter dieser Zurechtweisung, doch er war daran gewöhnt, getadelt zu werden: einst von seiner Frau und den Bankkunden, jetzt von Menschen, die stärker waren als er. Er biß die Zähne zusammen und schwor sich, daß der Tag kommen würde, an dem er sich von niemandem mehr Unverschämtheiten an den Kopf werfen lassen mußte.

Das Treffen mit Clem Price und seinem Partner verlief ausgesprochen freundschaftlich, nach Edgars Meinung beinahe zu freundschaftlich, da Clem seinen Wunsch, zu verkaufen, mehr als deutlich offenbarte. Mike Deagan hingegen spielte den Gleichgültigen, um einen möglichst hohen Verkaufspreis zu erzielen.

Kengally dankte ihnen, daß sie sich Zeit für ihn genommen hatten, und verließ die Mine. Als er und Edgar in die Stadt zurückritten, bombardierte er Tanner mit Fragen über die Mine. Über Clem Price gab er jedoch keinerlei Kommentar ab.

»Eins haben Sie mir nicht gesagt«, bemerkte Kengally und hielt sein Pferd vor einem Kolonialwarenladen an.

»Und das wäre?«

»Daß die Nächte hier verdammt kalt sind. Das hätte ich mitten in der Wüste nun doch nicht vermutet. Warten Sie bitte.«

Als er den Laden strahlend verließ, trug er eine dicke Schaffelljacke. »Ich hätte gerne ein aktuelles Gutachten über die Kapazitäten der Yorkey-Mine, und wenn dieser Bericht so gut ausfällt wie der erste, nehmen wir sie.« Später am Abend empfing er jedoch einen der Lady-Luck-Besitzer auf seinem Zimmer.

»Wieviel hat Tanner Ihnen geboten?«

»Fünfzehntausend Pfund, Sir«, erwiderte der Schürfer, sich an seinem schäbigen Hut festhaltend.

»Wie hoch ist sein Anteil?«

»Fünftausend, Sir.«

Kengally lächelte. »Ziemlich hohe Provision, nicht wahr?«

»Wirklich? Ich wußte das nicht, Sir, wir sind neu hier.«

»Zu viele Leute sind neu hier«, murmelte Kengally.

»Das ist kein Grund, sie auszunutzen.« Er setzte sich an den Schreibtisch, stellte einen Scheck über dreizehntausendfünfhundert Pfund aus und gab ihn dem Schürfer.

»Würden Sie zu diesem Preis verkaufen?«

Der Goldsucher starrte ihn an. »Ja! Mannomann, das würden wir. Aber was ist mit Mr. Tanner?«

»Ich bezahle ihm seine Provision. Machen Sie sich deswegen keine Sorgen. Er hat sich geschäftlich bereits anderweitig orientiert. Ich mache Sie darauf aufmerksam, daß Ihre Mine nun der Brompton Court Company aus London gehört. Daher ist es Ihnen untersagt weiterzugraben. Sie müssen die Mine umgehend schließen. Über den Preis verlieren Sie kein Wort. Morgen suchen zwei meiner Leute die Mine auf, prüfen alles und sprechen mit Ihren Nachbarn.«

Der Schürfer umklammerte das kostbare Stück Papier in seiner Hand.

»Folgen Sie meinem Rat«, sagte Kengally. »Wenn wir mit Lady Luck an die Börse gehen, erhalten Sie ein Aktienpaket. Belassen Sie es dabei, und gehen Sie mit Ihrem Geld nach Hause.«

»Das werden wir, Sir. Vielen Dank. Vielen, vielen Dank.« Nachdem der Schürfer gegangen war, wandte sich Kengally seinen Notizen über Yorkey zu. Diese Mine erschien ihm ebenso vielversprechend wie Lady Luck und wäre genau das richtige für seine anderen Auftraggeber, ein schottisches Syndikat namens Edinburgh United. Auch dort war er Aufsichtsratsvorsitzender. Die Entscheidung hing natürlich vom neuesten Prüfbericht ab, doch ließ sich die Sache ebenso gut an wie bei der berühmten Londonderry-Mine, die inzwischen nicht nur geschlossen, sondern auch mit Zement aufgefüllt worden war, um bis zum Beginn der eigentlichen Arbeiten illegales Schürfen zu verhindern.

Ihm war nicht entgangen, daß Clem Price Tanner vertraute. Clem war offensichtlich so erpicht darauf zu verkaufen, daß er leichtsinnig wurde. Sein irischer Partner war von einem anderen Kaliber. Auch er wollte verkaufen, schien aber ebenso clever wie dickköpfig zu sein. Interessanter Typ. Kengally fiel ein, daß Mike laut Tanner als einer der letzten Sträflinge nach Australien deportiert worden war. Diese Vorstellung faszinierte ihn.

Dieser Mr. Deagan würde Tanners überhöhte Provisionsforderung keinesfalls akzeptieren und seine Mine lieber in die

Luft jagen, als sich von Tanner und Konsorten über den Tisch ziehen zu lassen.

»Diesmal bleiben wir ehrlich, Edgar«, dachte Kengally belustigt.

»Mit unsauberen Geschäften gebe ich mich nicht gerne ab.«

»Zehn Prozent, nicht mehr«, sagte Mike. »Mir ist es egal, welche Arrangements Sie mit Clem getroffen haben. Er ist im Augenblick ziemlich durcheinander.«

»Sie können sich gar nicht vorstellen, wie schwierig es war, Kengally für die Mine zu interessieren«, verteidigte Tanner seine Forderung. »Und was es mich gekostet hat.«

»Das ist mir gleich. Sie haben den Mann hierhergebracht und können dafür einen angemessenen Anteil verlangen. Zehn Prozent sind üblich. Sie müssen sich entscheiden. Wo ein Käufer ist, steckt auch noch ein zweiter.«

»Mit *dem* Bargeld in der Tasche? Davon gibt es nicht viele, meine Freund.«

Mike zündete gemächlich seine Pfeife an. »Sie scheinen die Lage falsch einzuschätzen. Ich habe keine Eile. Mir gefällt es in Kalgoorlie, ich habe sogar ein Stück Land gekauft und werde mir bald ein schönes Haus bauen. Wird Zeit, daß ich seßhaft werde. Das hier könnte der richtige Ort sein.«

»Sie mögen es nicht eilig haben, Clem aber schon.«

»Das ist unsere Sache. Wenn er gehen will, kann er das tun. Wir werden schon eine Regelung finden.«

»Zwanzig Prozent!«

»Verschwenden Sie nicht meine Zeit. Zehn oder gar nichts.«

Als Clem erfuhr, daß das Geschäft besiegelt war und Tanner nur zehn Prozent von den achttausend Pfund erhalten würde, fiel ihm ein Stein vom Herzen. Allerdings enttäuschte es ihn, daß Mike Tanner so hart behandelt hatte.

»Er war sehr gut zu mir. Ein bißchen großzügiger hätten wir schon sein können.«

Mike zuckte nur die Achseln. »Wenn du willst, kannst du ihm noch was von deinem Anteil geben. Er hat die übliche Provision bekommen, das ist alles. Der Mann ist ein Filou. Er wollte uns betrügen.«

Zum ersten Mal seit sehr langer Zeit brach Clem in Gelächter aus.

»Und das aus deinem Mund!«

»Ich habe mich gebessert«, sagte Mike grinsend. »Was Geld doch aus einem Menschen machen kann.«

»Und du hast wirklich beschlossen, dich hier niederzulassen? Bist du im gleichen Maße durchgedreht, wie du dich gebessert hast?«

»Nicht im geringsten. Ich mag dieses Land. Nachdem ich so lange eingesperrt war, genieße ich die Weite der Landschaft. Und in dieser Stadt wird es einem niemals langweilig. Außerdem muß ich ein Auge aufs *Black Cat* haben.«

»Erinnere mich nicht daran«, stöhnte Clem. »Ich habe keine Ahnung, was ich damit anfangen soll.«

»Du brauchst gar nichts zu tun! Ich will ehrlich zu dir sein, Clem: Ich stehe tiefer in deiner Schuld, als ich zu sagen vermag, und du bist ein guter Freund. Solange das Geschäft läuft, wird jeder Penny, der dir zusteht, auf dein Konto überwiesen.«

Clem, der zurückhaltender war als der Ire, rang jetzt, wo es ans Abschiednehmen ging, nach Worten, um Mike zu sagen, daß er der beste Freund sei, den er je gehabt habe. Sie hatten es nicht leicht miteinander gehabt und sowohl unter der Anspannung als auch der Monotonie des Lageralltags gelitten, doch irgendwie hatten sie sich zusammengerauft und einander unterstützt.

»Kengally hat mir eine Flasche Whisky geschenkt. Sollen wir heute abend einen auf Yorkey trinken?«

»Der Lord hat sie *dir* geschenkt? Wieso nicht mir?«

»Vermutlich hielt er mich für einen anständigen Kerl«, spottete Clem.

»Raus mit der Sprache! Wo hast du sie versteckt?«

Der exzellente Whisky wärmte ihre Kehle, als sie am knisternden Lagerfeuer saßen.

»Sieh dir nur die Sterne an!« staunte Mike. »Als könne man das ganze Universum sehen.«

»Ich habe genug davon. Das Kreuz des Südens sieht man auf Lancoorie ebenso deutlich wie hier. Was willst du anfangen, wenn die Mine geschlossen wird? Du kannst doch nicht nur den Clown in diesem Bordell spielen.«

»Du hast mir nicht zugehört. Ich bleibe wegen der Stadt hier. Fürs Graben bin ich zu alt, aber es gibt ja noch andere Möglichkeiten. Kalgoorlie wächst, und ich habe geschäftlich einen Fuß in der Tür. Wenn erst die Eisenbahn hier durchfährt, wird der Aufstieg unaufhaltsam sein. Mehr Kneipen, mehr Geschäfte, mehr Land zu verkaufen. Ich gebe dir einen Tip, falls du investieren möchtest.«

»Nein, ich kehre endgültig heim. Die Hypothek ist abgelöst, Lancoorie damit schuldenfrei, und ich kann sogar weitere Zäune ziehen. Aber ich habe noch eine großartige Idee. Das Meer!« Er griff nach der Flasche und goß sich noch ein Glas ein. »Wann immer ich hier Staub gespuckt und mich verzweifelt nach der Wasserflasche gesehnt habe, dachte ich ans Meer. Sobald ich nach Hause komme und alles geregelt habe, lade ich Thora zu einem Überraschungsurlaub nach Perth ein. Ich werde ein Strandhaus mit Blick aufs Meer für sie bauen. Es wird wunderbar sein, dort den Sommer zu verbringen. Lydia wird sowohl in der Stadt als auch auf dem Land aufwachsen und beides von der schönsten Seite kennenlernen. Als Kind wollte ich immer ans Meer. Weißt du, daß Perth herrliche Strände hat, an denen ich noch nie gewesen bin?«

»Bin ich eingeladen?« fragte Mike.

»Jederzeit, Kumpel. Und wenn wir nicht da sind, hast du das Haus für dich.«

Auf diesen Tag hatte er gewartet. Ihm war, als habe er eine Ewigkeit in Kalgoorlie verbracht. Mike würde sich um den Prüfer kümmern, der in wenigen Tagen den Abschlußbericht über Yorkey verfassen sollte. Diese Verzögerung war der Tatsache zu verdanken, daß einfach zu wenig qualifizierte Prüfer für die ständig wachsende Zahl von Minen zur Verfügung standen. Clem störte sich nicht weiter daran, da das *Black Cat* als bestes Bordell der Stadt mehr Geld einbrachte, als er ausgeben konnte. Er war der Ansicht, daß Yorkey zu wenig Gewinn abgeworfen hätte, doch Mike, der unverbesserliche Optimist, behauptete, die Flaute ginge vorüber und die neuen Proben würden sich als ebenso wertvoll wie die ersten erweisen.

Mike hatte sich damit abgefunden, daß Clem die Stadt verlassen würde. Sollte der Prüfbericht enttäuschend ausfallen, würde er allein über die Zukunft der Mine entscheiden.

Clem hatte bei Tagesanbruch aufbrechen wollen und nicht damit gerechnet, daß Jocelyn und Mike im *Black Cat* eine Abschiedsparty für ihn organisieren würden. Das Fest wurde ein großer Erfolg. Keiner der Goldschürfer schien zu fehlen. Die Leute tanzten, sangen und wünschten Clem viel Glück für die Zukunft, bis er schließlich auf einem Sofa einschlief, während das Fest um ihn herum weitertobte. Ein paar Mal schlug er die Augen auf, um einen Blick auf die Feiernden zu werfen, und schlief dann friedlich wieder ein. Später erinnerte er sich vage an eine Schlägerei, doch das war unter Goldsuchern nichts Ungewöhnliches.

Jocelyn und Mike stolperten vor die Tür, um sich von ihm zu verabschieden. Jocelyn hatte dafür gesorgt, daß er genügend Proviant und Wasser für den anstrengenden Ritt nach Southern Cross mitnahm. Clem küßte sie zum Abschied, schüttelte Mike die Hand und machte sich auf den Weg. Am Postamt hielt er an, um zu fragen, ob Post für ihn eingetroffen war.

Nur ein Brief seiner Schwester wartete auf ihn. Auf die gute alte Alice konnte er sich verlassen. Vor der Tür stieß er auf weitere Bekannte, die sich von ihm verabschiedeten und ihm einen guten Heimritt wünschten.

Ein Mann warnte ihn: »Kauf dir Proviant in Southern Cross, Kumpel. In Northam müssen sie jetzt Horden von Eisenbahnarbeitern durchfüttern! Und noch dazu die ganzen Schürfer.«

»Das kümmert mich nicht weiter«, antwortete Clem.

»Von Southern Cross aus reite ich nach Süden. Ich kehre heim nach York.«

»Allein? Nimm dich in acht vor Buschräubern.«

»Diese Lektion habe ich bereits gelernt«, erwiderte Clem im Davonreiten. Er hatte lediglich Geld für Proviant eingesteckt und sein unhandliches Gewehr gegen eine Pistole eingetauscht.

Unterwegs öffnete er Alices Brief und überflog ihn rasch auf der Suche nach einer kurzen Mitteilung von Thora. Er fand jedoch nicht ihr übliches Postskriptum und begann seufzend zu lesen, was seine Schwester ihm geschrieben hatte.

Verheiratet! Er riß so heftig an den Zügeln, daß das Pferd zu stolpern drohte, und zwang es zurück in den Trab, damit er den Brief in Ruhe lesen konnte.

Alice hatte George geheiratet! Was hatte sie bloß dabei gedacht, einen Sträfling zum Mann zu nehmen? Er hatte nie darüber nachgedacht, daß seine Schwester heiraten könnte, weil er stets zu sehr mit sich selbst beschäftigt gewesen war. Clem war zornig, daß dieses wichtige Ereignis in seiner Abwesenheit stattgefunden hatte.

Sie hatte geschrieben: »... unter den gegebenen Umständen hielten wir es für das Beste, nicht länger zu warten.« Was meinte sie damit? Hatte dieser Bastard sie geschwängert? Nein, das würde Alice nicht passieren. Sie hätte sich auch nicht mit Gewalt zu einer Heirat zwingen lassen. So sanft sie war – sie hatte einen eisernen Willen und hätte sich gegen einen Angriff von George mit der Waffe verteidigt. Wütend trieb Clem sein Pferd an, so daß es in Galopp fiel. Meile um Meile legte er zurück. Die ganze Zeit über zerbrach er sich den Kopf über diese überstürzte Heirat.

Am dritten Tag seines einsamen Rittes hatte er sich wieder ein wenig beruhigt. Im Grunde hatte es Alice natürlich freigestanden zu heiraten, wen sie wollte. Vielleicht war George gar keine so schlechte Wahl. Was Clem daran störte, waren die seltsamen Umstände dieser Eheschließung. Hatten sie denn nicht den Brief erhalten, in dem er seine Heimkehr angekündigt hatte?

Andererseits mußte Clem sich eingestehen, daß er seine Rückkehr mehr als einmal in Aussicht gestellt hatte und dann doch auf den Goldfeldern geblieben war. Und Thora? Was hielt sie von der ganzen Sache? Nicht ein Wort hatte sie geschrieben, wo sie sich doch sonst in ihren Briefen stets darüber beklagt hatte, daß es nichts Interessantes zu berichten gebe.

Warum hatten sie nicht auf ihn gewartet? Nach wie vor ärgerte er sich darüber. Hatten sie ihn denn ganz vergessen? Es war unrecht, ihn bei einem so wichtigen Ereignis außen vor zu lassen. Sie hatten ihn um seinen großen Auftritt betrogen! Hier war ein Held auf dem Heimweg, und er hatte zu verkünden, daß sie dank Yorkey für alle Zeiten ausgesorgt hätten! Clem würde den Frauen erzählen, daß er seinen ganzen neugewonnenen Reichtum dieser und anderen Minen verdankte. Das *Black Cat* würde er mit keinem Wort erwähnen. Da Mike sich ebenfalls zur Verschwiegenheit verpflichtet hatte und Kalgoorlie meilenweit von Lancoorie entfernt war, würde niemand von Clems Beteiligung an dem Bordell erfahren.

In dieser Nacht schlief er schlecht. Er hatte darauf verzichtet, bei einer der weit verstreut liegenden Farmen, an denen er vorbeigeritten war, um Unterkunft zu bitten, und sich auf den harten Boden gelegt. Clem wollte die Farmer nicht noch zusätzlich belasten, da ohnehin viele Goldsucher bei ihnen um Nachtlager baten. Die Schürfer aus dem Osten gingen gewöhnlich bei Albany an Land und marschierten dann geradewegs nach Norden. Clem hatte auf den Straßen, die durch den Busch führten, einige von ihnen gesehen und war ihnen ausgewichen, indem er querfeldein geritten war. Er hatte genug von Fremden und wollte so schnell wie möglich nach Hause.

Nacht für Nacht quälten ihn schreckliche Sorgen. Hatte George seinen Platz als Familienoberhaupt eingenommen? Ihn verdrängt? Schließlich war Alice älter als er, und die Hälfte von Lancoorie gehörte ihr. Clem dämmerte allmählich, daß ihm George als Schwager gleichgestellt war. Er, Clem, war nicht mehr der Boß! Nach der entbehrungsreichen Zeit auf den Goldfeldern war er auf seinem eigenen Besitz zum zweiten Chef degradiert worden!

Was hatte Thora mit all dem zu tun? Wieso hatte sie ihm kein Telegramm geschickt? Hatte man auch sie verdrängt, ihr das einzige Doppelbett im Haus streitig gemacht? Bei Gott, darum würde er sich schon kümmern! Wenn Alice und George Thora beleidigt hatten, würden sie dafür büßen.

Die Tage zogen sich hin. Die Ebene vor ihm nahm kein Ende. Er konnte das Pferd nicht noch mehr antreiben und gewährte ihm nur widerwillig Ruhepausen. Währenddessen lief er nervös umher, schmiedete Pläne und machte sich Sorgen um Thora. Zwar würde er ein Vermögen nach Hause bringen, doch die Freude darüber konnte seine Enttäuschung nicht aufwiegen. Falls er sein Vorhaben, weiterhin Geld in die Entwicklung der Farm zu stecken, wahr machte, würde auch George davon profitieren. Niemals! Hatte dieser Kerl seine Schwester wegen ihres Geldes geheiratet? Vor gar nicht allzu langer Zeit, dachte Clem hämisch, hatte sie aufgrund ihrer Behinderung wenig Aussichten auf eine Heirat gehabt. Doch ein Mann wie George, der durch die Eheschließung vom armen Schlucker zum Landbesitzer aufgestiegen war, hatte ihr Hinken vermutlich nicht gestört.

Bedrückt ritt Clem durch York. Er hatte den Kragen hochgeschlagen und den Hut tief ins Gesicht gezogen, um nicht erkannt zu werden. Das Haus des Bürgermeisters stand zum Verkauf, und Clem fragte sich flüchtig, was wohl aus dem Mann geworden sei. Für sechzig Pfund sollte das Haus zu haben sein, so stand es auf dem Schild. Clem schüttelte angewidert den Kopf. Als sein Vater noch gelebt hatte, waren sechzig Pfund ein Vermögen gewesen. Und auch, als Tanner Clem den Überziehungskredit eingeräumt hatte, für den er eine Hypothek auf Lancoorie hatte aufnehmen müssen, waren sechzig Pfund viel Geld gewesen. Clem hatte nachts wach gelegen und an andere Farmer gedacht, die ihre Schulden nicht hatten zurückzahlen können. Nun konnte er sich ein Dutzend Häuser wie das des Bürgermeisters leisten, ohne den Ruin fürchten zu müssen, doch Clem war weder aufgeregt, noch freute er sich darüber, daß er als Gewinner heimkehrte. Selbst um dieses erhebende Gefühl hatten sie ihn betrogen.

Während Mike auf den Bericht des Prüfers wartete, grübelte er wütend über die Unterhaltung nach, die er auf Clems Party mit Tanner geführt hatte. Zu diesem Zeitpunkt hatten sie bereits alle tief ins Glas geschaut. Mike war auf der Suche nach Clem, weil dieser ein Lied mit ihnen singen sollte, als Tanner ihm mitteilte, der Ehrengast sei im Salon eingeschlafen.

»Wecken Sie ihn. Ich brauche ihn für unser Quartett.«

Tanner schüttelte den Kopf. »Lassen Sie ihn. Er hat morgen einen weiten Ritt vor sich.« Dann drohte er mit dem Finger. »Und er braucht seine ganze Kraft. Zu Hause erwartet ihn nämlich eine schöne Bescherung.«

»Was für eine Bescherung?«

»Wußten Sie etwa auch nichts davon? Seine Frau hat ihn verlassen.«

»Reden Sie keinen Quatsch.«

»Sie hat ihn verlassen, glauben Sie mir. Thora wohnt im *Palace Hotel* in Perth und macht sich dort eine schöne Zeit.«

»Woher wissen Sie das?«

»Weil ich auch dort abgestiegen bin. Kengally kennt sie ebenfalls und hält sie für einen Engel. Sie ist eine wirklich schöne Frau, die Damen der Gesellschaft könnten sich eine Scheibe von ihr abschneiden.«

Mike wurde augenblicklich nüchtern. »Warum hat Kengally nicht erwähnt, daß er sie kennt?«

»Aus Taktgefühl, mein Lieber. Es war offensichtlich, daß Clem keine Ahnung von den Eskapaden seiner Frau hat. Er sagte, sie warte zu Hause auf Lancoorie auf ihn. Wir wollten nicht mit ihm streiten.«

»Ich glaube Ihnen kein Wort.«

»Ach nein? Woher sollten wir denn dann von Yorkey wissen? Thora hat damit geprahlt, daß ihr Mann mit seiner Mine hier draußen ein Vermögen verdiene.« Tanner lachte. »Sie hat ihn endgültig verlassen. Wir haben uns gut amüsiert, Partys besucht und Picknicks veranstaltet.« Er knuffte Mike vertraulich. »Kengally gegenüber hat sie sich sehr ladylike verhalten, aber mir gegenüber … Thora war nie der Eiszapfen, der zu sein sie vorgibt. Ich meine, immerhin ist Matt Spencer ziemlich weit bei ihr gekommen. Sie war schwanger, als sie Clem heiratete.« Ein Seufzer entrang sich ihm, als er sich die Stunden, die er mit ihr verbracht hatte, ins Gedächtnis rief. »Ich habe es bedauert, sie in Perth zurücklassen zu müssen. Thora hat nichts gegen einen kleinen Klaps hier und ein Kitzeln da, glauben Sie mir.«

Mike versetzte ihm einen Hieb ins Gesicht. Tanner flog hintenüber auf einen Tisch und riß sämtliche Flaschen und Gläser, die darauf standen, mit sich zu Boden. Die Leute drängten sich schreiend ins Zimmer, doch Mike war schon dabei, ihn hochzuziehen und vor die Tür zu schleifen.

»Sie sind ein Schandmaul«, zischte er. »Raus hier!« Mit diesen Worten warf er Tanner auf die Straße.

Mike ließ Clem weiterschlafen. Der Behauptung, daß Thora sich in Perth aufhalte, mußte er wohl oder übel Glauben schenken, doch der Rest der Geschichte war sicher nicht mehr als die Prahlerei eines Betrunkenen. Thora flirtete gern – das wußte Mike aus eigener Erfahrung – und war vermutlich deshalb auch in Schwierigkeiten geraten, doch wirkte sie auch nervös und flatterhaft. Mike glaubte keine Sekunde, daß Tanner ihr tatsächlich nähergekommen war.

Was tun? Am Ende sagte Mike gar nichts. Wäre Clem nicht ohnehin an diesem Morgen aufgebrochen, hätte Mike sich verpflichtet gefühlt, ihm von Thoras Aufenthalt in Perth zu berichten, und ihn ermutigt, heimzukehren. Clem hatte recht, dachte Mike sorgenvoll, als sein Freund davonritt. Er war zu lange von zu Hause fort gewesen. Wahrscheinlich hatte Thora sich gelangweilt und war kurz entschlossen in Urlaub gefahren. Allerdings hätte sie vernünftig genug sein müssen, es ihrem Mann zu sagen. Daß sie das versäumt hatte, war hoffentlich alles.

Mike stand in der Schlange, die sich schon am frühen Morgen vor dem Schalter des überarbeiteten Angestellten im Prüfamt gebildet hatte. Zahlreiche Schürfer suchten Rat, wollten eine Wegbeschreibung, baten um Antragsformulare, Landkarten, Berichte und andere Informationen. Der Angestellte sauste nervös hin und her und vergrößerte das Chaos noch, indem er versuchte, mehrere Kunden gleichzeitig zu bedienen.

Mike sah sich eine Weile an, wie der Mann überquellende Aktenschränke, Kartons und Ablagekästen durchsuchte, während sich die Kunden um ihn drängten. Als jemand nach seinem Prüfbericht fragte, wandte sich der Angestellte einem Ablagekorb auf dem Schreibtisch zu. Er befeuchtete einen Finger und blätterte die Seiten durch, bis er den richtigen Bericht in der Hand hielt. Mike näherte sich dem Kasten ungeduldig.

Er beobachtete das Durchblättern angestrengt und erspähte schließlich auf einem der Blätter den Namen Yorkey. Sobald der Angestellte ihm den Rücken kehrte, bediente Mike sich selbst und verließ das Büro. Auf der Straße studierte er eifrig den Prüfbericht und blieb dann unvermittelt stehen.

Die Erträge waren dürftig. Das Yorkey-Quarz wies zwar immer noch Spuren von Gold auf, doch war der Goldanteil erheblich niedriger als bei den ersten Funden. Nach Ansicht des Prüfers war die Mine ausgeschöpft.

»Verdammt!« rief Mike. Sein Geschäft würde platzen.

Er wollte sich schon in das Unvermeidliche fügen, als ihm Kengally und Tanner einfielen. Er war noch immer wütend auf die beiden Männer, die – so sah es Mike – Clem zum Narren gehalten hatten. Immerhin hatten sie ihm verschwiegen, daß sie seine Frau kannten. Und Tanner! Dieser schleimige Mistkerl mit seinen anzüglichen Bemerkungen über Thora. Prahlte damit, er kenne sie besser, als statthaft war!

»Zur Hölle mit dem Taktgefühl«, knurrte Mike. Ihm fiel ein, daß Tanner bei seinem Besuch in Yorkey so getan hatte, als wisse er nichts von der Mine, obwohl Thora ihm zu diesem Zeitpunkt bereits davon erzählt hatte. Die Käufer hatten offensichtlich die Erträge prüfen lassen, bevor sie Yorkey besichtigt hatten.

»Ihr haltet euch für ganz schön schlau«, murmelte Mike vor sich hin.

Er kehrte ins Prüfamt zurück und bat den Angestellten um eine Landkarte des Boulder-Gebiets, eines Distrikts in der Nähe von Kalgoorlie, der märchenhafte Golderträge brachte.

Pflichtbewußt suchte der Mann im Schrank nach einer Karte und beklagte sich, die neuen Gebiete würden so schnell erschlossen, daß man auf dem Amt kaum hinterherkäme. Doch irgendwo müsse eine Karte vergraben sein. Während der Angestellte nach der Karte suchte, steckte Mike blitzschnell mehrere Blatt Papier mit dem offiziellen Briefkopf, auf dem das

Staatswappen zu sehen war, ein, das auch der Prüfer verwendete.

Als man ihm die Karte vorlegte, warf er einen Blick darauf und deutete mit dem Finger genau in die Mitte. »Vielen Dank, Kumpel, mehr wollte ich nicht wissen.«

Im nächsten Laden kaufte er einen guten Füllfederhalter und die gleiche schwarze Tinte, die der Angestellte im Prüfamt auf seinem Schreibtisch stehen hatte, und eilte ins *Black Cat*. Dort ließ er sich an Jocelyns Schreibtisch nieder und machte sich ans Werk.

Sobald der neue Bericht fertig war, verbrannte er den alten und eilte erneut ins Prüfamt.

Die Schlange stand inzwischen bis auf die Straße. Mike drängte sich zentimeterweise bis zum Ablagekorb vor, schob seinen Prüfbericht unbemerkt zwischen die anderen und verließ das Gebäude.

Als Tanner eintraf, um sich nach dem Yorkey-Bericht zu erkundigen, hatte sich der Ansturm auf das Prüfamt gelegt. Der Angestellte ging die Papiere durch und schaute auf. »Sie sind Mr. Tanner, nicht wahr?«

»Ja«, knurrte Tanner, der noch unter den Nachwirkungen des Alkohols und der Auseinandersetzung mit Mike Deagan litt. Sein Kiefer hatte am Morgen beträchtlich geschmerzt, und zwei Zähne saßen verdächtig locker.

»Bei Gott«, murmelte er, »das wirst du mir teuer bezahlen, Deagan.«

»Können Sie sich nicht mehr an mich erinnern?« fragte der Angestellte. »John Beardley. Ich habe im Grundbuchamt in York gearbeitet.«

»Nein, ich erinnere mich nicht«, schnaubte Tanner. »Bekomme ich nun diesen Bericht, oder soll ich selber danach suchen?«

»Er ist hier! Ich habe ihn heute morgen noch gesehen. Einen Moment.« Er fischte das Blatt aus dem Stapel Papier und gab es Tanner.

Dieser nahm den Bericht wortlos entgegen und nickte zufrieden, als er ihn durchging. Yorkey erfüllte all seine Erwartungen. Ein Volltreffer! Seine Laune besserte sich, und er machte sich auf den Weg zu Kengally.

Der Verkauf der Yorkey-Mine ging glatt über die Bühne, und Mike zahlte die Hälfte des Erlöses auf Clems Privatkonto ein.

»Im schlimmsten Fall müssen wir das Geld zurückgeben«, sinnierte Mike, »doch ruinieren wird uns das nicht. Hauptsache, Clem findet seine Frau.« Mike lachte. Und Tanner mit seinem großen Mundwerk würde sich für seine Auftraggeber eine gute Entschuldigung einfallen lassen müssen.

»Du hast sie vertrieben«, brüllte Clem. »Meine Frau! Du hast sie aus ihrem eigenen Haus vertrieben!«

Alice war in Tränen aufgelöst. Clem war seit zwei Tagen zu Hause, doch seine Wut hatte sich noch nicht gelegt. Sie hatte versucht, ihm zu erklären, was geschehen war, doch er wollte ihr einfach nicht zuhören.

»Mich wundert nur, daß ihr nicht auch unser Zimmer in Beschlag genommen habt. Doch das ist sicher nur eine Frage der Zeit.«

George trat in die Küche. »Sprich nicht so mit Alice«, fuhr er ihn grimmig an. »Ich habe genug von deiner schlechten Laune.«

»Nein, George, ist schon gut«, flehte Alice. »Das ist eine Sache zwischen Clem und mir.«

»Du kannst nicht von mir erwarten, daß ich mir anhöre, wie er dich anbrüllt. So kann kein Frieden einkehren.« Er wandte sich an Clem. »Falls du noch etwas zu sagen hast, sag es mir.«

»Dir habe ich nichts mehr zu sagen!«

»Gut, dann bin ich jetzt an der Reihe. Ich habe kein Mitleid mit dir. Deine Frau hat dich verlassen …«

»Nicht wirklich«, versuchte Alice zu beschwichtigen.

»Alice, sie *hat* ihn verlassen«, gab George ungehalten zurück. »Und er ist selbst daran schuld. Wie konnte er seine Frau so lange alleine lassen! Aber das hat nichts mit uns zu tun. Sie war längst weg, als wir zum ersten Mal ans Heiraten dachten. Tatsächlich war es sogar ihre Idee.«

»Was?« Selbst Alice war überrascht.

»Ja, sie wußte, daß sie uns in eine peinliche Lage brachte. Ich hätte mich nicht getraut, dir einen Antrag zu machen, wenn sie mich nicht ermutigt hätte.«

»Das glaube ich dir nicht«, erwiderte Clem voller Wut.

»Mich interessiert einen Dreck, was du glaubst«, erwiderte sein Schwager. »Tatsache ist, daß Alice und ich verheiratet sind und daß ich sie liebe. Falls du das nicht akzeptieren kannst, ist Schluß.«

»Was soll das heißen?« wollte Clem wissen.

»Wenn wir hier nicht in Frieden leben können, werden Alice und ich ausziehen.«

Sie sprang auf. »Nein! Das ist doch wohl nicht dein Ernst, George!«

»Natürlich nicht«, warf ihr Bruder ein. »Wovon solltet ihr denn leben? Er hat doch nichts.«

Doch George war fest entschlossen. »Ich meine, was ich sage. Alice, wir gehen weg von hier. Ich kann mir eine Stelle suchen und für dich sorgen.«

»Dann geht doch«, murmelte Clem. »Ich halte euch nicht auf.«

Alice schritt nun ein. »Tut mir leid, daß ich dich erst darauf hinweisen muß, aber hast du ganz vergessen, daß mir die Hälfte der Farm gehört?«

»Nein, und dein Mann hat es vermutlich auch nicht vergessen.«

Alice schlug ihm ins Gesicht, und er wich entsetzt zurück. »Benimm dich, Clem Price. Bevor dieser Streit noch weiter ausartet, entschuldigst du dich gefälligst bei George.«

»Warum sollte ich? Er hat dich hinter meinem Rücken geheiratet ...«

»Hinter deinem Rücken? Für wen hältst du dich eigentlich? Wir sind erwachsene Menschen und können unsere eigenen Entscheidungen treffen. Du hättest an jedem Mann etwas auszusetzen gehabt, weil du dich für den alleinigen Besitzer von Lancoorie hältst. Nun, das Gut gehört mir genauso gut wie dir. Je schneller du dir das wieder ins Gedächtnis rufst, desto besser.«

Clem stürmte ohne Entschuldigung aus dem Zimmer und schlug die Tür hinter sich zu.

»Nun, Liebling, wir sollten wohl besser packen«, meinte George.

Alice sah traurig zum Fenster hinaus. »Mir bricht es fast das Herz, Lancoorie zu verlassen. Andererseits hätte ich ohnehin von hier weggehen müssen, wenn ich einen Farmer geheiratet hätte.«

»Ich habe aber keine Farm«, meinte George niedergeschlagen.

»Irgendwann wird sich das ändern. Clem muß mich auszahlen. Zum Beispiel mit dem Geld, das er von den Goldfeldern nach Hause geschickt hat. Und mit unserem Anteil kaufen wir dann ein hübsches Gut für uns allein.«

»Meinst du das ernst? Ich wollte nicht deine Familie zerstören.«

»Das hast du auch nicht. Clem, dieser Sturkopf, hat es selbst getan.«

»Liebes, er wird sich schon wieder abregen.«

»Ja, und Thora zweifellos auch. Dies ist ihr Heim. Ich möchte nicht länger in die Auseinandersetzungen zwischen ihr und meinem Bruder hineingezogen werden. Ich wünsche mir ein eigenes Zuhause.«

»Du gehst also wirklich?« fragte Clem.

»Ja.«

»Aber ich habe mich bei George entschuldigt.«

»Darum geht es nicht mehr. Wir haben uns entschieden.«

»Und wenn ich euch bitte zu bleiben?«

»Clem, wir brauchen unser eigenes Heim. Wir können Freunde bleiben. Wir werden in diesem Distrikt wohnen bleiben und können uns gegenseitig besuchen. Das wäre sehr nett. Du hast doch nichts dagegen, mir meinen Anteil an Lancoorie auszuzahlen?«

Clem legte den Arm um seine Schwester. »Nein, das geht in Ordnung. Dennoch tut es mir leid, wenn ihr geht. Aber ich darf euch doch wenigstens helfen, eine gute Farm ausfindig zu machen, oder nicht? Sonst kauft ihr noch die Katze im Sack. Würdet ihr bleiben, bis der Kauf abgeschlossen ist?«

Alice lächelte. »Natürlich.« Sie schaute ihm in die Augen. »Und was ist nun mit Thora?« fragte sie besorgt. »Du hast ihr nicht einmal geschrieben.«

»Ich hatte zuviel mit der Einstellung von Aushilfen zu tun.«

»Aber du bist schon seit zwei Wochen hier. Wann fährst du nach Perth?«

»Überhaupt nicht.«

Alice war fassungslos. »Du kannst sie doch nicht einfach dort lassen!«

»Wieso nicht? Ich bezahle doch die Rechnungen. Sie kann bleiben, solange sie möchte. Wenn das *Palace* sie hinauswirft, kommt sie schon wieder nach Hause.«

»Das ist grausam. Ich bin sicher, daß sie nur weggefahren ist, weil sie auf sich aufmerksam machen wollte. Sie möchte, daß du sie holen kommst.«

»Sie wollte, daß ich mehr Geld verdiene, und das habe ich getan. Du sagst, sie sei einsam gewesen. Das war ich auch. Kalgoorlie ist nicht gerade das *Palace.* Ich glaube nicht, daß sich einer von euch vorstellen kann, wie das Leben in dieser stinkenden Zeltstadt aussieht.«

»Dafür siehst du eigentlich ganz gut aus«, erwiderte Alice

ungerührt. »Ich war erstaunt, dich nach deiner Krankheit so wohlauf zu sehen.«

»Wie dem auch sei, bei der monotonen Arbeit hat man viel Zeit zum Nachdenken.«

»Worüber?«

»Über Wasser und ein Zuhause. Darüber, daß dieses Staubloch die Hölle und Lancoorie das Paradies ist. Darüber, wie schön es wäre, zu dir und Thora heimzukehren. Jetzt bin ich zu Hause, und was finde ich vor? Nichts ist mehr so, wie es war. Du hättest mir schreiben sollen.«

»Das war Thoras Aufgabe. Ich hoffte, sie wäre vor deiner Heimkehr zurück.«

Sein Gesicht nahm einen harten Ausdruck an. »Nun, das hat nicht geklappt! Und meine Tochter hat sie auch mitgenommen. Lydia mag zwar ein Adoptivkind sein, aber ich habe ebenso ein Recht auf sie wie Thora. Wie kann sie es wagen, mein Kind aus seinem Zuhause zu reißen?«

»Das ist ungerecht. Sie hätte Lydia kaum hier zurücklassen können. Und du vergißt in deinem Zorn, daß Thora dieses Kind für ihr eigenes hält. Du mußt deine Worte vorsichtiger wählen.«

So sehr sich Alice auch bemühte – Clem ließ sich nicht zu einer Reise nach Perth überreden. So schrieb sie an Thora, daß Clem zu Hause auf sie warte, und wünschte ihr einen schönen Urlaub. Mehr konnte sie nicht tun. Clem wiederholte ständig, er habe, was Perth anginge, eigene, langfristige Pläne. Das war alles.

Die Arbeiter, die das Land einzäunten, machten gute Fortschritte. Sie waren nicht mehr jung und verfügten über langjährige Erfahrung, so daß Clem sie unbeaufsichtigt arbeiten lassen konnte. Das erleichterte ihn ungemein. Als er nach Hause ritt, kam er sich seltsam verloren vor. Das lag nicht nur an Thoras Abwesenheit, obwohl er fast ständig an sie dachte.

Lancoorie schien seinen Glanz eingebüßt zu haben. Er konnte sich nur schwer auf die Arbeit konzentrieren, obgleich sich nichts geändert hatte und das Leben wie immer dem Wechsel der Jahreszeiten unterworfen blieb. Dennoch spürte Clem, daß dies nicht mehr der Mittelpunkt seines Lebens war. Oft genug hatte er gejammert, weil das Leben in Kalgoorlie so hart gewesen war, doch hatte es ihm auch Abwechslung geboten, die Begegnung mit den verschiedensten Menschen ermöglicht, und er hatte erfahren, was Kameradschaft war. Alice und George mochte er seine Ruhelosigkeit nicht eingestehen, da sie ihn bestimmt auslachen und sagen würden, dann solle er eben seine Frau nach Hause holen.

Wenn sie nur wüßten, wie sehr er sie vermißte! Doch wenn er sich die Wahrheit eingestand, mußte er zugeben, daß er Angst hatte, ihr zu begegnen. Sie sollte aus freien Stücken heimkehren. Tief im Herzen wußte Clem, daß Thora ihn verlassen hatte und nicht etwa nur Urlaub machte, wie Alice ihm einreden wollte.

Offensichtlich hatte Alice keine Ahnung davon, daß ein Liebesleben in ihrer Ehe so gut wie nicht existiert hatte, denn Thora interessierte sich nicht im geringsten für Sex. Clem hatte sich Alices und Georges taktvolle Äußerungen über Ehebetten und die Erwartungen einer jungen Ehefrau geduldig angehört. Ihre Worte hatten geklungen, als habe er dem armen Mädchen Schlimmes zugefügt, indem er sich aus dessen Leben gestohlen hatte. Er hätte ihnen ins Gesicht lachen können! Falls Thora ihn überhaupt vermißt haben sollte, dann bestimmt nicht im Schlafzimmer.

Alice und George hatten sich ein eigenes Doppelbett gekauft und es flachsend, weil es darin nun auch doppelt eng war, in Alices kleinem Zimmer aufgestellt. Wie glücklich sie waren! Clem war es nicht entgangen, daß seine scheue Schwester förmlich aufblühte. Ihre Augen blitzten, und sie schenkte George ein liebevolles Lächeln, sobald er in ihre Nähe kam. Clem freute sich für die beiden, konnte aber ein Gefühl der Eifersucht nicht unterdrücken.

Warum konnte Thora nicht sein wie Alice? Schließlich hatte sie vor der Ehe sogar schon sexuelle Erfahrungen gesammelt.

»Du lieber Himmel«, murmelte er, als er sein Pferd zum Stausee führte, um es zu tränken, »Alice war Jungfrau, als sie heiratete, und jetzt genießt sie das Eheleben in vollen Zügen. Warum gelingt das Thora nicht?«

»Weil sie dich nicht liebt«, antwortete eine innere Stimme. »Bei dir hat sie lediglich Zuflucht gesucht, als alles um sie herum in Aufruhr war. Als verheiratete Frau ist sie gesellschaftlich nicht mehr stigmatisiert, und du hast deinen Zweck erfüllt. Sie hat dich verlassen. Und den Grund dafür hast du ihr auf einem Silbertablett gereicht.«

Er erschauerte. Deshalb hatte er Angst, ihr gegenüberzutreten. Und wenn er nun nach Perth fahren und auf ihre Rückkehr pochen würde? Doch eine Heimkehr unter Zwang würde nur einen weiteren Keil zwischen sie treiben. Schlimmstenfalls würde sie sich weigern mitzukommen. Was dann?

»Leute haben Speer in dich gesteckt, Boß!«

Clem fuhr herum und entdeckte die alte Sadie, die mit gekreuzten Beinen unter einem Baum saß.

»Woher weißt du das?«

Ein Lächeln entblößte die kräftigen, weißen Zähne in ihrem schwarzen Gesicht. »Reden von schwarzen Leuten. Was hast du mit Nachrichtenstab getan?«

»Tut mir leid, Sadie, ich muß ihn verloren haben. Was stand denn darauf?«

»Nicht sagen, nur lesen. Narr, du hast verloren! Deine Frau kranke Lady, ja?«

»Sie ist nicht krank, sie macht nur Urlaub in Perth.«

Sadie starrte ihn an. »Sie schon lange krank. Gib ihr noch Baby. Macht sie besser.«

»Gut, das werde ich machen«, sagte Clem, um sie zu beschwichtigen. Ein neues Baby war Sadies Allheilmittel gegen sämtliche Frauenleiden.

»Wo bist du gewesen? Wie geht es deiner Familie?« erkundigte sich Clem.

»Sie gut. Ich habe zwei Jungen. Du fragst George, ob er ihnen Weiße-Leute-Job gibt? Sie lernen, ich sage ihnen. Landleute weg.«

»Du meinst deine Enkel?« fragte er, die offensichtliche Tatsache, daß Sadie ihn nicht mehr als Boß betrachtete, überspielend. Hatte sie sich so an Georges Anwesenheit gewöhnt?

»Ja, gute Jungs. Klug.« Sie tippte sich an die Stirn. »Hier oben. Verlieren keine Schafe.«

»Sag ihnen, sie sollen sich bei mir vorstellen«, entgegnete er bestimmt, um seine Autorität unter Beweis zu stellen.

Sie schaute ihn mit ihren großen, samtschwarzen Augen, in denen uralte Geheimnisse verborgen zu sein schienen, eindringlich an. Clem wandte den Blick ab. Sie wirkte so alt wie die Hügel in der Ferne. Sie und ihre Sippschaft, die letzten Überlebenden ihres Stammes, hatten hier schon gelebt, lange bevor Noah das Land für sich beanspruchte. Clem kannte sie von Kindheit an. Er hatte gelernt, daß man ihren Worten nicht uneingeschränkt Glauben schenken durfte, doch manchmal ...

Beim Abendessen nahm er Alice in die Mangel: »Sag mir die Wahrheit. War Thora krank?«

»O nein, ihr ging es ausgezeichnet. Sie ist ab und zu geritten, und sie reitet wirklich gut. Seit deiner Abreise war sie nicht einen Tag krank. Ich selbst hatte eine schlimme Erkältung, doch Thora und Lydia haben sich pudelwohl gefühlt.«

Clem nickte und bedauerte, das Thema angesprochen zu haben, da Alice prompt die Gelegenheit ergriff und erneut für Thora eintrat. »Bitte, Clem, laß sie nicht allein in Perth. Fahr hin, und hol sie ab. Sie wird sich freuen, dich zu sehen.«

Er nahm sich Kartoffelbrei nach und sagte nichts.

George hörte ihnen zu. Seiner Ansicht nach hatte Clems Frau nicht alle Tassen im Schrank. Alice hielt sie lediglich für zerstreut, doch das stimmte nicht. Während seiner jahrelangen Gefangenschaft hatte George beobachten können, wie viele Arten von Wahnsinn das menschliche Hirn befallen können. Was Thora betraf, so hatten ihn ihre Geistesabwesenheit, ihre Aussetzer und eine seltsame Verwirrtheit alarmiert. Im Gefängnis galten solche Symptome als vorübergehende »Zustände« und wurden verdrängt, verspottet und ignoriert, da die Ärzte und Apotheker keinerlei Erfahrung damit hatten.

George hatte versucht, allein mit Thora zu sprechen, doch nur selten hatte sich eine Gelegenheit geboten. Außerdem erlaubte ihr Selbstverständnis als Herrin von Lancoorie ihr nicht, persönliche Probleme mit einem Farmarbeiter zu diskutieren. Auch der schlaue Blick, mit dem sie George vorgeschlagen hatte, Alice zu heiraten, war ihm nicht entgangen. Schwierig war der Umgang mit Geisteskranken deshalb, weil sie sich, vor allem, wenn sie ein bestimmtes Ziel verfolgten, vorübergehend oft ganz normal verhielten.

Nein, Thora war nicht richtig geisteskrank, doch gewisse Anzeichen ließen sich nicht verleugnen. Ihm als neuestem Familienmitglied stand es nur leider nicht zu, dies zu erwähnen. Er sah zu, wie Clem den Rest der Soße über seinen Kartoffelbrei goß, und seufzte. George war nicht besonders ehrgeizig und nahm das Leben, wie es kam. Aber ein bißchen mehr Soße hätte er schon gerne gehabt.

Im Speisesaal des *Palace* herrschte Aufruhr.

Mrs. Price war in traumhafter Garderobe hereingeschwebt. Sie trug ein weit ausgeschnittenes Kleid aus elfenbeinfarbenem Satin mit Tournüre und enggeschnürter Taille, das sie, wie Miss Devane später erfuhr, bei einem Einkaufsbummel mit Netta im teuersten Geschäft der Stadt erstanden hatte.

Ihr blondes Haar war zu einer Frisur arrangiert, die ihr hübsches Gesicht vorteilhaft betonte, und eine lange Locke fiel verführerisch auf ihre nackte Schulter. Sie trug keinen Schmuck, doch im Mieder ihres Kleides glitzerten blaue und goldene Perlen. An diesem Samstagabend waren alle Augen auf sie gerichtet. Die Leute drehten sich nach ihr um, als sie vom Oberkellner empfangen wurde. Es schien Schwierigkeiten zu geben.

Das Streichquartett spielte liebliche, romantische Weisen, und Thora stand lächelnd da, bis sich im Flüsterton die Nachricht verbreitete, man habe sie aus dem Saal gewiesen.

Ihre Stimme wurde lauter, und die Gäste spitzten die Ohren. Man rief den Geschäftsführer. Die hochgewachsene, elegante Frau mit den himmelblauen Augen behauptete sich allein, bis ihr ein freundlicher Herr in makellosem Abendanzug zu Hilfe kam.

»Madam«, sagte er, »es scheint ein Mißverständnis zu geben. Möchten Sie mit mir und meiner Familie zu Abend essen?«

»Vielen Dank«, erwiderte sie, kehrte dem Geschäftsführer den Rücken und ging hinter dem Herrn durch den Saal. Alle Blicke waren auf sie gerichtet.

Eine schwarzgekleidete Dame begrüßte sie freundlich, und ihre beiden halbwüchsigen Söhne sprangen auf, um einen fünften Stuhl zu holen. Mrs. Price hingegen starrte sie nur an.

»Wer sind Sie? Was wollen Sie an meinem Tisch? Dies hier ist mein Tisch. Ich kenne Sie nicht.«

Zum Entsetzen ihrer Helfer winkte sie den Oberkellner herbei.

Er segelte zwischen den voll besetzten Tischen hindurch auf sie zu. »Worum geht es, Madam?«

»Dies ist mein Tisch«, sagte Thora herrisch. »Schicken Sie diese Leute weg. Wenn Lord Kengally davon erfährt, wird er sich furchtbar aufregen.«

»Ich glaube, Sie irren sich«, flüsterte der Kellner. »Vielleicht hatten Sie an einem anderen Abend reserviert.«

»Setzen Sie sich, meine Liebe«, warf die Dame ein. »Sie erregen Aufsehen.«

»Ich errege kein Aufsehen. Ich möchte einfach nur an meinem Tisch sitzen. Ist das zuviel verlangt?«

Der Oberkellner klang nun entschlossener: »Es tut mir leid, Mrs. Price, aber ich muß Sie bitten zu gehen.«

Nach einigem Tumult führte die hilfsbereite Dame Thora aus dem Speisesaal.

»Sie ist nicht betrunken«, sagte sie mit fester Stimme zu Miss Devane, bei der sie Thora abgeliefert hatte. »Ich habe schon viele Betrunkene gesehen. Dieses Mädchen ist einfach verwirrt. Benachrichtigen Sie am besten ihren Ehemann.«

Miss Devane besprach die Angelegenheit mit dem Geschäftsführer des Hotels. Sie war ebenfalls der Ansicht, Thora müsse das Hotel verlassen, doch so einfach war das nicht. Für die führenden Hotels von Perth waren die Viehzüchter eine wichtige Einnahmequelle. Gewöhnlich verbrachten sie die Sommermonate mit ihren Familien in Perth, um der Hitze im Landesinneren zu entfliehen. Es waren anständige und zuverlässige Gäste. Sie kamen von den großen Rinderfarmen im Norden und den Schaffarmen im Süden und stiegen seit Generationen in ihren Stammhotels ab. Die Hotelangestellten schätzten ihren Humor und ihre Anspruchslosigkeit ebenso wie die soliden Schecks und Schuldscheine, die sie ihnen daließen – ganz im Gegensatz zur Zahlungsmoral der neureichen Goldsucher. Der Geschäftsführer des *Palace* war mehr als einmal von Herren übers Ohr gehauen worden, die eine noble Fassade zur Schau gestellt hatten. Mit den Viehzüchtern und ihren Frauen wollte er es sich allerdings auf keinen Fall verderben.

»Was würden Sie vorschlagen, Miss Devane?«

»Eines der Cottages wäre passend.« Auf dem Grundstück hinter dem Hauptgebäude, das ebenfalls zum Hotel gehörte, standen im Moment zwei Cottages, die im Sommer an Besucher vom Land und deren Familien vermietet wurden.

»Sie sind aber geschlossen.«

»Das läßt sich schnell ändern. Ich lasse eines von ihnen reinigen und lüften.«

»Vielleicht würde sie nur ungern dorthin umziehen.«

»Dann muß ich sie eben davon überzeugen. Sie kann nicht im Hotel bleiben und weiterhin solche Szenen veranstalten. Außerdem reagieren die Angestellten auf ihre Ansprüche zunehmend gereizt. Sie scheint zu glauben, das Personal hätte nichts Besseres zu tun, als ihr nach ihrer Lust und Laune Mahlzeiten hinaufzubringen. Manchmal denke ich, wir sollten ihr diesen Extraservice in Rechnung stellen.«

»Unmöglich! Das wäre ein Skandal.«

»Dann würde Mrs. Price vielleicht öfter den Speisesaal beehren, anstatt die Serviererinnen von ihrer eigentlichen Arbeit abzuhalten.«

»Mrs. Price noch öfter in meinem Speisesaal? Das möge Gott verhüten! Ich hoffe, Sie werden ihr irgendwie beibringen, daß die Cottages keinen Zimmerservice haben. Die Sommergäste bringen in der Regel ihre eigenen Köchinnen mit.«

Miss Devane nickte. »Ihre Nanny ist recht zuverlässig und kann diese Aufgabe übernehmen, falls Mrs. Price keine Köchin einstellen will. Ich glaube nicht, daß sie sich selbst die Hände schmutzig machen wird.«

Der Geschäftsführer wirkte wenig beeindruckt. »Warum sollen wir uns überhaupt die Mühe machen, das Cottage herzurichten? Sagen wir ihr doch einfach, wir seien ausgebucht und sie müsse in ein anderes Hotel umziehen.«

»Das geht nicht. Sie besteht darauf, im *Palace* zu wohnen. Aus Statusgründen, wissen Sie.«

»Wo steckt denn der verfluchte Ehemann?«

»Vermutlich noch immer draußen auf der Schaffarm. Die Rechnungen werden jedenfalls bezahlt. Vermutlich können wir auf ihn warten, bis wir schwarz werden. Außerdem kapriziert sie sich möglicherweise noch mehr, wenn sie erst Rückendeckung durch ihren Mann hat. Ich werde noch einmal mit ihr sprechen und sie davon überzeugen, daß die Cottages zum Hotel gehören.«

Der Geschäftsführer erhob sich und strich seine Weste glatt. »Sagen Sie ihr, daß sie einen Mietvertrag für das Cottage unterzeichnen muß. Drei Monate sind üblich, wir vermieten nicht tage- oder wochenweise. Vielleicht läßt sie sich davon abschrekken. Erklären Sie ihr, daß wir jede erdenkliche Mühe auf uns nehmen, um sie mit Kind und Nanny zu beherbergen, doch wenn sie nicht auf unseren Kompromißvorschlag eingehen wolle, müsse sie sich ein anderes Hotel suchen. Dann sieht es wenigstens so aus, als hätten wir alles Menschenmögliche getan.«

Mrs. Price stand furchtbare Ängste aus, doch den Grund dafür hatte sie vergessen. Ihre Panik hatte irgend etwas mit dem wunderbaren Satinkleid zu tun, das nun in Papier eingeschlagen in ihrem Koffer lag.

Auf Nannys Rat hin hatte sie ein Glas Kognak zum Essen getrunken, doch auch das hatte nicht geholfen. Erst als Miss Devane zum Plaudern heraufgekommen war, war Thora wieder eingefallen, daß sie ursprünglich nach Perth gekommen war, um ein Haus zu suchen. Ihr eigenes Haus.

Thora mochte Miss Devane, die so vernünftig und weltgewandt wirkte, und versuchte sich auf die Unterhaltung mit ihr zu konzentrieren. Das, was Miss Devane sagte, hatte etwas mit einem überfüllten Hotel zu tun und war leider sehr kompliziert. Jeder wußte, daß es in diesem Hotel geschäftig zuging. Aber es lag doch in der Natur der Sache, daß ein gutes Hotel viele Gäste hatte. Um Miss Devane eine Freude zu machen, unternahm Thora mit ihr einen Spaziergang um den Block. Sie sahen sich ein hübsches Cottage an, von dem aus man einen Blick auf den Park hatte.

»Das ist nett. Gehört es Ihnen?«

»Nein, es gehört zum Hotel. Wir haben es für unsere besten

Gäste reserviert. Für Leute, die nicht ununterbrochen von Fremden belästigt werden möchten. Kommen Sie, ich zeige es Ihnen einmal. Es verfügt über drei Schlafzimmer, eine Küche und einen Wohnraum, der auf die Veranda hinausgeht. Und es hat ein Badezimmer. Ich finde, für Damen ist es unangenehm, wenn sie sich ein Bad mit den anderen Gästen teilen müssen. Meinen Sie nicht auch?«

»Richtig tragisch«, stimmte Thora zu. »Ich finde es furchtbar, im Morgenmantel Schlange zu stehen, während sich eine andere Frau alle Zeit der Welt läßt. Ich habe ihnen gehörig meine Meinung gesagt.«

»Das hat man mir bereits gesagt«, murmelte Miss Devane. »Natürlich wohnen hier nur die ›richtigen‹ Leute, wenn sie verstehen, was ich meine. Die, die ein eigenes Badezimmer für hygienischer halten.«

»Selbstverständlich ist es das. Ich fand es schon immer abstoßend, das Bad mit anderen Gästen zu teilen. Wer wohnt hier zur Zeit?«

»Noch niemand. Wir werden bald die ersten Buchungen erhalten.«

Thora bewunderte die saubere Bettwäsche, die Landschaftsbilder, sogar die altmodischen Möbel im Wohnzimmer. Das Flair von Unberührtheit sprach sie an, und es kam ihr plötzlich vor, als sei dies das unbewohnte Haus, nach dem sie gesucht hatte. Sicher wollte Miss Devane wieder gehen, doch Thora konnte sich nicht von ihren Phantasien losreißen. Dies war ihr Heim. Sie würde nie wieder nach York zurückkehren müssen, wo sie so viele Demütigungen erduldet hatte. Lancoorie hatte sie inzwischen ganz vergessen, und auch die Erinnerung an ihr Hotelzimmer begann ihr zu entgleiten.

Als sie den Mietvertrag unterzeichnete, war ihr, als sei sie übergangslos von ihrem erbärmlichen Elternhaus in York in dieses kleine, himmlische Nest gelangt, das sich zwischen Wildgras und Eukalyptusbäume schmiegte. In ihren Augen war dies kein altes Arbeitercottage auf einem Grundstück, das man seit dem letzten Sommer sich selbst überlassen hatte. Als sie auf der Hintertreppe stand, die den Blick auf eine baufällige Wäscherei freigab, sah Thora lachend zu den roten und grünen Papageien empor, die durchs Geäst huschten. Dann fiel ihr Blick auf das Cottage nebenan.

»Wer wohnt dort?«

»Niemand, Mrs. Price.«

»Das ist gut. Ich möchte keine Besuche aus der Nachbarschaft. Sie sind so langweilig.«

Zur Freude des Geschäftsführers bezogen Mrs. Price, ihre Tochter und die Nanny am nächsten Morgen das Cottage. Der Umzug ging ohne Schwierigkeiten vonstatten. Auch weiterhin wurden die Rechnungen nach Lancoorie geschickt. Aus lauter Dankbarkeit lud der Geschäftsführer Miss Devane zum Abendessen ein.

Die Köchin behauptete, Mr. Warburton sei ein Künstlertyp, da er seit kurzem wieder zu Palette und Pinsel gegriffen und eine Staffelei am Flußufer aufgestellt hatte. Lil sagte nichts dazu.

Die Zeiten hatten sich geändert. Robert hatte nichts mit seiner Schwester gemein und interessierte sich nicht im geringsten für Lils Haushaltsführung, solange seinen Bedürfnissen Rechnung getragen wurde. Er gab nicht länger vor, Jordan bei der Leitung der Farm zu überwachen, und dank Jordan und Lil nutzte niemand diese Nachsicht aus.

Zu ihrer Überraschung stellte Lil fest, daß Robert ein schwacher Mensch war. Sein Desinteresse an seinen Nachbarn war nur vorgetäuscht. In Wirklichkeit wünschte er sich nichts sehnlicher, als gesellschaftlicher Mittelpunkt des Distrikts zu sein. Minchfield House war das eindrucksvollste Anwesen am Fluß, doch er wußte nichts aus diesem Vorteil zu machen. Als Lil vorschlug, er solle ausgewählte Gäste zu einer Dinnerparty einladen, stimmte er begeistert zu und machte im letzten Moment einen Rückzieher, erfand Entschuldigungen und jammerte über die Kreaturen, die zu unterhalten er gezwungen sein würde.

»Sie passen einfach nicht zu mir.«

Er beklagte sich auch über die hohe Rechnung für die Renovierungsarbeiten, die durch das Feuer verursacht worden waren. Lil pflichtete ihm bei, da die Preise des Bauunternehmers tatsächlich überzogen waren. Doch als es zum offenen Schlagabtausch zu kommen drohte, fügte sich Robert und bezahlte doch.

Ein schwacher Mann, sagte sich Lil. Ohne Rückgrat. Andererseits konnte sich das auch als nützlich erweisen. Sie wußte nun, weshalb Lavinia ein so strenges Regiment hatte führen können. Ihr Bruder hatte sich ihrem Willen gefügt, da er von ihr abhängig gewesen war, und ihre Exzesse geduldet, um nicht Gefahr zu laufen, das Dach über dem Kopf zu verlieren. Seine Schwester einweisen zu lassen war die härteste Maßnahme gewesen, zu der er sich je durchgerungen hatte, und auch das hatte er nur gewagt, weil sie im Krankenhaus gelegen hatte – weitab vom Schuß. Lil empfand nun seltsamerweise Respekt für Miss Lavinia und verachtete ihren eigenen Liebhaber, diesen weinerlichen Mann, der seine Zeit mit Nichtstun verschwendete. Er war weder der Gentleman-Farmer, der er Lord Kengally gegenüber zu sein vorgab, noch war er ein Künstler oder Intellektueller. Um sich weiterzubilden und Robert zu beeindrucken, hatte Lil Bücher aus der Bibliothek mitgenommen und dann in ihrem Zimmer entdeckt, daß viele Seiten verschimmelt und verklebt waren, weil niemand je darin las.

Der einzige regelmäßige Besucher war Henery Whipple, der einmal pro Woche aus Perth anreiste, um mit Robert geschäftliche Angelegenheiten zu besprechen. Er beriet ihn beim An- und Verkauf von Aktien. Whipple war ein großer, fülliger Mann mit einer dröhnenden Stimme, die, wie Robert Lil erklärte, eine Voraussetzung für seinen Beruf war. Er hatte als Auktionator begonnen und es bis zum Parlamentssprecher gebracht.

Mit seiner Glatze und seinem riesigen Schnurrbart sah er nicht nur komisch aus, er hatte auch die Angewohnheit, sich selbst am Klavier zu den albernsten Liedchen zu begleiten. Lil hatte sich zunächst über ihn amüsiert, jedoch bald herausgefunden, daß er keineswegs ein Narr war.

Robert und er waren in jeder Hinsicht grundverschieden, so daß Lil sich wunderte, daß die beiden Männer sich überhaupt miteinander angefreundet hatten. Irgendwann erfuhr sie, daß sie miteinander verwandt waren und, was noch interessanter war, Henery Whipple eine starke Abneigung gegen Miss Lavinia gehegt hatte.

In diesem Moment fiel es Lil wie Schuppen von den Augen. Während Lavinia im Krankenhaus gewesen war, hatte Robert bei Henery in Perth gewohnt und in dieser Umgebung die Kraft gefunden, sich von Lavinia zu befreien, um Herr auf Minchfield zu werden. Den Dank für seine Unterstützung erhielt Henery nun in Gestalt der Provisionen, die er als Börsenmakler kassierte. Lil war fasziniert von den Machenschaften der beiden Männer, und als geschickte Strategin beschloß sie, sich mit Henery gut zu stellen und ihm stets seine Lieblingsgerichte vorzusetzen.

Henery bemerkte bald, was sich zwischen Robert und seiner Haushälterin abspielte, und nahm es als gegeben hin. Er komponierte sogar Liedchen über die schöne Lillian, deren »Augen blau sind wie Enzian«. Von diesem Tag an hieß sie auch für Robert nur noch Lillian.

»Ich ziehe mich bald aus dem Parlament zurück«, verkündete Henery eines Tages. »Dann habe ich mehr Zeit für meine Geschäfte. In der Politik geht es um Macht, Geld kann ich dort nicht verdienen. Ich sollte mich mehr um den Aktienhandel kümmern, wo doch der Goldrausch seinen Höhepunkt erreicht hat. Robert, deine Stahlaktien werden durch den Eisenbahnbau in ungeahnte Höhen schießen.«

»Meinst du die Strecke nach Southern Cross?«

»Nicht nur nach Southern Cross, alter Freund. Ich habe aus zuverlässiger Quelle erfahren, daß die Strecke bis Coolgardie und weiter nach Kalgoorlie ausgebaut werden soll.«

»Wozu, um Himmels willen?« wollte Robert wissen. »In einem Jahr sind das nur noch Geisterstädte.«

»Vertrau mir, Robert. Ich habe selbst ein Paket Stahlaktien erworben. Im Rathaus werden sie ein Abschiedsfest für mich ausrichten. Du mußt unbedingt nach Perth kommen.«

»Das weiß ich noch nicht genau. Ich habe viel zu tun. Außerdem kenne ich dort niemanden.«

»Du kennst immerhin mich!«

»Als Ehrengast wirst du die ganze Zeit beschäftigt sein.«

»Das stimmt. Dann bring doch Lillian mit. Sie kann dir Gesellschaft leisten, bis ich meine offiziellen Pflichten erledigt habe.« Er wandte sich an Lillian. »Was sagen Sie dazu, meine Liebe? Ich glaube, so ein Fest würde Ihnen gut gefallen.«

Sie versuchte, ihre Aufregung zu verbergen. »Das liegt ganz bei Robert.«

»Wie sieht es aus? Sie ist eine schöne Frau. Du kannst sie doch nicht ewig hier verstecken.«

»Wenn sie möchte«, erwiderte Robert zaudernd.

»Ich würde so gern dabeisein. Vielen Dank, Henery. Für einen solchen Anlaß muß ich mir allerdings ein neues Kleid kaufen.«

»Also abgemacht. Ihr kommt beide zu mir und bleibt ein paar Tage. Das wird ein Spaß.«

Er drückte ihr herzlich die Hand, und Lillian wunderte sich, daß sie bis jetzt nicht bemerkt hatte, welche Absichten er tatsächlich hatte.

Später betrachtete sie sich in dem großen Spiegel in ihrem Zimmer. Zweifellos hatte sie sich, seitdem sie nicht mehr mit

Ted Cornish zusammen war, zu ihrem Vorteil verändert. Sie war nicht mehr das knochige, eingeschüchterte Mädchen von einst, sondern eine Frau mit wohlgerundetem Körper. Ihr dunkles Haar wirkte voller als früher. Sie trug die elegante Frisur jener Tage, bei der die Haare um Rollen gewickelt und seitlich am Kopf festgesteckt wurden. Auch ihre Augen wirkten dunkler und lebendiger. Sie bildeten einen reizvollen Kontrast zu ihrer weißen Haut, die sie nun bewußt nicht mehr der Sonne aussetzte. Neuerdings benutzte sie sogar ein wenig Puder und Lippenstift. Als Herrin von Minchfield mußte sie einen guten Eindruck hinterlassen. Sie wirbelte durchs Zimmer und bewunderte ihre enggeschnürte Wespentaille, die, glaubte man den Damenmagazinen, der letzte Schrei war.

»Du siehst wirklich gut aus«, sagte sie sich, »sonst würde ein Mann wie Henery Whipple dir keine Avancen machen oder dich auf seine Party mit seinen vornehmen Freunden einladen.«

Perth! Lillian tanzte vor Freude. Sie würde nach Perth fahren und dort vielen interessanten Menschen begegnen! Nun mußte sie besonders nett zu Robert sein, damit er seine Meinung nicht noch änderte.

Caroline würde bei Gladys, einem älteren Hausmädchen, in guten Händen sein. Obwohl sie sich nur ungern von ihrer Tochter trennte, durfte sie sich die Gelegenheit, in Perth als Mr. Warburtons Begleiterin zu erscheinen, keinesfalls entgehen lassen. Davon konnte ihre und Carolines Zukunft abhängen.

Er tauchte aus den Staubwirbeln auf wie der Geist eines längst verstorbenen Entdeckers und erschreckte Alice zu Tode. Wie versteinert stand sie hinter den Fensterläden und hoffte, daß dieses Gespenst mit der nachtschwarzen Kleidung wieder verschwinden möge, doch es steuerte geradewegs auf das Haus zu. Vom Hufgetrappel seines Pferdes drang kein Laut durch das Heulen des Sturms. Auch als sich die Erscheinung beim Näherkommen als seltsam aussehender Mann mit langem schwarzem Haar entpuppte, blieb Alice skeptisch.

»Du lieber Himmel«, flüsterte sie und fragte sich, ob noch genügend Zeit bliebe, um sich durch die Hintertür zu den Männern in den Schuppen zu flüchten, doch der Fremde war bereits vom Pferd gestiegen und kam mit großen Schritten auf sie zu. Der Saum seines schweren Mantels reichte fast bis zum Boden.

Alice trat die Flucht nach vorn an und ging auf die Veranda hinaus.

»Guten Tag, Sir. Suchen Sie jemanden?«

Er zog mit einer schwungvollen Bewegung den Hut. »Das tue ich in der Tat, Madam. Ist dies das Haus von Clem Price?«

»Ja.«

»Würden Sie ihm freundlicherweise mitteilen, daß F. C. B. Vosper ihn besuchen möchte?«

»Ja, natürlich. Kommen Sie doch herein, Mr. Vosper.«

Sie führte ihn ins Wohnzimmer und lief zum Schuppen.

»Na, so was!« staunte Clem. »Sie sind es tatsächlich, Vosper. Was tun Sie in dieser gottverlassenen Gegend?«

»Ich bin unterwegs nach Perth.«

»Sind wohl ein bißchen vom Weg abgekommen.«

»Durchaus nicht. Ich mußte nach York, und mir fiel ein, daß Sie in der Nähe wohnen.«

»Was machen Sie in York?«

»Das ist eine lange Geschichte.«

Alice beeilte sich mit dem Teekochen, um nichts zu verpassen, und lauschte fasziniert dem eigenartigen Fremdling, als er seine Geschichte erzählte.

»Habe die Zeitung verkauft. Zuviel Konkurrenz. Inzwischen erscheinen auf den Goldfeldern sechs Tageszeitungen und zehn Wochenblätter, die – abgesehen von meiner Zeitung – nur der Geldgier huldigen und ihre Seiten mit Berichten über Minen und Aktien füllen. Ich habe versucht, den Narren zu erklären, daß sie für ihre Rechte eintreten müssen und sich nicht von juwelenbehängten Spekulanten und ihren fetten Bossen in London und Sydney ausnehmen lassen dürfen. Leider haben sie nicht auf mich gehört.«

Er wandte sich an Alice. »Ausgezeichnete Plätzchen, Mrs. Gunne. Meine Lieblingssorte. Ich selbst bin übrigens auch kein übler Koch.«

Sie beobachtete ihn, während er sprach. Trotz seines seltsamen Aussehens und der ungewöhnlichen Frisur war Vosper ein interessanter Mann. Sie schätzte ihn auf dreißig. Er hatte das Land von den Goldfeldern im Osten bis zum wilden Westen bereist.

Mr. Vosper war der erste Mensch, den Alice kennenlernte, der sich mehr als nur flüchtig für Politik interessierte und eisern seine Meinung vertrat. Dies galt vor allem, wenn es um die Rechte der Schürfer ging, deren Interessen, wie er verkündete, im Parlament von niemandem vertreten wurden.

»Die hart arbeitenden Digger sind nichts wert. Hauptsache, sie buddeln das Gold für die Bosse aus. Es gibt da draußen verdammt wenig Wasser, und was unternimmt die Regierung dagegen? Nichts!« Er schlug mit der Faust auf den Tisch. »Die Männer sterben zu Dutzenden an Cholera und Typhus. Aber haben wir vernünftige Krankenhäuser? Von wegen. Ich habe gehört, daß Sie Yorkey verkauft haben, Clem. Sie haben recht daran getan. Die Firmen kaufen inzwischen Land auf, das bereits an Schürfer verpachtet ist!«

»Ist das schlimm?« fragte Clem. »Solange sie weitergraben können … Keiner, der alleine schürft, kann tiefer als hundert Fuß graben. Das wäre viel zu gefährlich. Warum also sollten die Firmen nicht von dieser Tiefe an die Förderung übernehmen? Sie haben die technischen Möglichkeiten und das Knowhow dazu.«

»Sie sind nicht mehr auf dem neuesten Stand, Clem. Die Gesetze haben sich geändert. Die Schürfer dürfen auf Firmenland nur noch zehn Fuß tief graben. Jedes Körnchen Gold, das darunter gefunden wird, gehört den Firmen.«

»Dann hat ein Schürfer doch gar keine Chance mehr. Und wenn er nun auf eine Ader gestoßen ist?«

»Pech gehabt. Denken Sie an meine Worte. Es wird rundgehen auf den Goldfeldern, wenn die Digger erst einmal aufwachen. Ich habe versucht, ihnen zu erklären, was auf sie zukommt und weshalb sie im Parlament vertreten sein müssen, bevor sich die Lage weiter zuspitzt. Meine Zeitung, der *Coolgardie Miner,* hat es ihnen unter die Nase gerieben, bis ich es satt hatte, um ihre Aufmerksamkeit zu buhlen. Deshalb besuche ich nun die Städte auf dem Land.«

»Was wollen Sie damit erreichen?« erkundigte sich Alice.

»Wen man nicht schlagen kann, mit dem muß man sich verbünden. Ich will fürs Parlament kandidieren, und ich werde es auch schaffen. Ich habe die Herausgeber der Provinzblätter aufgesucht und mich vorgestellt, damit sie auch drucken, was ich zu sagen habe.«

»Und, werden sie es veröffentlichen?« fragte Clem.

»O ja. Ich schreibe die Artikel selbst, das spart ihnen Zeit. Sie können damit die eine oder andere Spalte füllen und ihren Lesern etwas Neues bieten. Mein Name muß bekanntwerden.«

Sie luden Vosper ein, auf Lancoorie zu übernachten, und er nahm das Angebot dankend an. Nach dem Abendessen schwelgten er und Clem noch lange in Erinnerungen an die Goldfelder.

»Haben Sie sich wieder an das Farmerdasein gewöhnt?« fragte Vosper. »Kein Vergleich zu den wilden Zeiten auf den Goldfeldern, was?«

»Sicher. Ich finde das Leben hier ausgesprochen ruhig.«

»Dachte ich mir. Die Abenteuerlust wird man nicht mehr los. Warum kommen Sie nicht mit mir nach Perth?«

Clem lachte. »Ich würde Perth kaum als Abenteuer bezeichnen.«

»Ist aber mal was anderes. Sehen Sie sich's an. Sie könnten mir auch ein bißchen zur Hand gehen. Wenn Sie die Stadt satt haben, fahren Sie eben nach Hause.«

»Was soll ich denn tun?«

»Mit den Leuten reden. Sich um Unterstützung bemühen. Sie haben als Schürfer gearbeitet und wissen, wovon ich rede. Sie wären mir eine große Hilfe.«

»Verstehe. Ich muß darüber nachdenken.«

Doch Vosper hatte Clem schon beinahe überzeugt. Nun hatte er einen triftigen Grund, nach Perth zu fahren, und es würde nicht so aussehen, als jage er hinter Thora her.

Bei dieser Gelegenheit konnte er sich auch um das Strandhaus kümmern, von dem er George und Alice bereits erzählt hatte. Sie hielten es für eine wunderbare Idee, obwohl ihre Begeisterung natürlich von der Hoffnung geprägt war, ihn wieder mit seiner Frau vereint zu sehen. Das ärgerte ihn zwar, konnte ihn jedoch nicht zurückhalten. Schließlich war er sein eigener Herr. Mit Fred nach Perth zu fahren wäre sicher nicht das Schlechteste.

Erst als sie bereits in Perth eingetroffen und im *United Services Hotel* abgestiegen waren, verriet Clem seinem Bekannten, daß seine Frau sich mit ihrer Tochter in der Stadt aufhielt.

»Ich dachte mir doch, daß Sie irgendwo eine Frau haben«, sagte Fred. »Haben Sie sich getrennt?«

»Nein. Sie war es leid, so lange allein zu sein, und hat hier Ablenkung gesucht. Sie wohnt im *Palace*.«

»Guter Geschmack, ich muß schon sagen! Falls Sie lieber mit Ihrer Familie zusammen wohnen möchten, will ich Sie nicht abhalten ...«

»Nein, es ist eine lange Geschichte. Meine Frau möchte, daß sich alle Welt nur nach ihr richtet. Und ich habe es mißbilligt, daß sie nicht auf mich gewartet hat. Ich erwarte, daß sie zu mir kommt.«

Fred lachte. »Nun, das sollten Sie untereinander ausmachen. Ich habe viel zu organisieren.«

Statt geradewegs zum *Palace Hotel* zu gehen, lief Clem auf der Suche nach Kindheitserinnerungen durch die Straßen von Perth. Doch nur der Fluß schien ihm noch vertraut. Er konnte sich nicht einmal daran erinnern, wo genau sie damals an Land gegangen waren.

Clem versuchte sich selbst davon zu überzeugen, daß er sich erst in den geschäftigen, mit Gaslaternen beleuchteten Straßen zurechtfinden müsse, ehe er Thora gegenübertreten könne. Er wußte nicht, ob er sie überhaupt sehen wollte.

Dennoch war er froh, nun doch in Perth zu sein. Die Eleganz dieser Stadt beeindruckte ihn.

Möglicherweise ist dies die einsamste Metropole auf Gottes weiter Erde, dachte er. So jedenfalls spotteten die Leute aus dem Osten. Andererseits sind die Menschen hier wirklich stolz auf ihre Stadt.

Zum Teufel mit Thora! Wieviel schöner wäre diese Reise gewesen, wenn Thora auf ihn gewartet und die Sehenswürdigkeiten nun mit ihm gemeinsam genossen hätte. Womit verbrachte sie überhaupt ihre Zeit? Vermutlich mit Bekannten, denen er noch nie begegnet war. Clem ließ seinen Blick bewundernd über die Fassade eines schönen Gebäudes wandern, das halb hinter Bäumen verborgen lag. Dann trat er überrascht einen Schritt zurück. Er stand vor dem *Palace Hotel!*

Ohne nachzudenken, ging er durch die Tür und erkundigte sich an der Rezeption nach Mrs. Price.

Der Angestellte sah ihn seltsam an und schickte ihn dann zum »Cottage«, ohne auch nur einen Blick in das Gästebuch zu werfen.

»Das was?«

»Mrs. Price wohnt in einem der Nebengebäude, einem Cottage. Sie gehen nach draußen und biegen um die Ecke. In der Straße, die hinter dem Hotel vorbeiführt, finden Sie die Dame.«

»Vielen Dank.«

Clem war verunsichert. Er spielte mit dem Gedanken, Thora eine Nachricht zu hinterlassen und sie aufzufordern, zu ihm ins *United Services Hotel* zu kommen. Falls sie den Brief jedoch ignorierte … Besser wäre es, die Sache gleich hinter sich zu bringen.

»War noch etwas, Sir?« fragte der Mann an der Rezeption. Clem schüttelte den Kopf und verließ die Eingangshalle.

Nervös lief er die düstere Straße hinter dem Hotel entlang zum Cottage. Einen größeren Kontrast zu dem glanzvollen *Palace* konnte man sich gar nicht vorstellen.

»Nebengebäude«, sagte er voller Hohn, »ein schöner Name für ein heruntergekommenes Cottage, das nur noch auf das Abreißkommando wartet.«

Doch da war Thora. Durchs Fenster konnte er sie in einem Sessel sitzen sehen. Sie sah so hübsch aus, daß sein Herz einen Sprung machte. Das Licht der Lampe fiel weich auf ihr Haar. Das Bild, das sich Clem bot, strahlte soviel Behaglichkeit aus, als säße diese Frau in ihrem eigenen gemütlichen Wohnzimmer.

Er ging über die Veranda zur Tür. Die Bretter knarrten unter seinen Schritten. Ein junges Mädchen öffnete ihm. »Ich möchte bitte Mrs. Price sprechen.«

»Wen darf ich melden?«

»Mr. Price«, erwiderte er knapp.

»Oh, du bist es!« rief Thora, ohne sich aus ihrem Sessel zu erheben. »Wie geht es dir?«

Clem starrte sie fassungslos an. Als wäre er nur ein paar Stunden fort gewesen! Verwirrt sah er das Mädchen an, mit dem ihn Thora nicht einmal bekannt gemacht hatte.

»Ich bin Lydias Nanny«, sagte sie rasch. »Sie schläft, Mr. Price, aber ich kann sie gerne holen.«

»Schon gut«, murmelte er, »später.«

Sie knickste und zog sich zu seiner Erleichterung zurück.

»Was zum Teufel machst du in diesem Haus?« fuhr er seine Frau an. »Ich dachte, du würdest im Hotel wohnen.«

»Mir gefällt es hier. Setz dich, Clem, und mach nicht so ein Theater. Wir haben schon Tee getrunken. Soll Nanny dir etwas bringen?«

»Nein.«

»Auch gut. Nun erzähl mir von deinen Abenteuern.«

»Zum Henker mit meinen Abenteuern!« brach es aus ihm heraus. »Ich verlange eine Erklärung von dir! Wie kannst du es wagen, Lancoorie zu verlassen, ohne mir ein Wort zu sagen? Wie willst du das rechtfertigen? Du hast verdammtes Glück, daß ich noch immer deine hübschen Hotelrechnungen bezahle, sonst würdest du nämlich längst auf der Straße sitzen. Und wieviel kostet dich das Privileg, in diesem Schuppen zu leben?«

Thora brach in Tränen aus. »Schrei mich nicht an. Ich kann es nicht ertragen. Ich wünschte, du würdest mich in Ruhe lassen.«

»Ich soll was?« Er war so aufgebracht, daß ihr Weinen keinerlei Wirkung auf ihn hatte. »Deine Tränen werden dir auch nicht weiterhelfen. Sieh mich an, Thora! Ich will die Wahrheit wissen. Seit Monaten habe ich kein Wort mehr von dir gehört. Ich mußte sogar nach dir suchen. Ich verlange eine Erklärung, und zwar eine überzeugende.«

»Was für eine Erklärung denn? Ich wollte einfach in Perth leben. Was ist so schlimm daran?«

»Wie kannst du nur so dumm sein? Und seit wann brauchst du ein Kindermädchen für Lydia, wo du doch den ganzen Tag auf deinem Hintern sitzt? Oder bist du dir plötzlich zu gut für die Ausübung von Mutterpflichten?«

»Ich habe gesellschaftliche Verpflichtungen. Du kannst doch nicht von mir erwarten, daß ich allein in diesem Cottage lebe. Ich brauche eben eine Nanny.«

»Du brauchst nirgendwo allein zu leben!« schäumte Clem.

»Was ist mit uns? Ich bin immerhin dein Ehemann! Und wie werde ich hier begrüßt?«

»Es ist nicht meine Schuld«, schluchzte sie. »Ich wußte nicht, daß du kommst.«

»Hätte es denn einen Unterschied gemacht?« fragte er bitter. »Ich habe genug von alldem. Ich gehe. Du packst, und ich bringe dich und Lydia morgen in mein Hotel.«

Dies zeigte endlich Wirkung. »Ich werde nicht hier ausziehen. Nanny kann in Lydias Zimmer schlafen und du in ihrem, aber wir werden auf jeden Fall hierbleiben. Ich bin sehr glücklich in meinem Cottage. Bei Tageslicht wird es dir auch gefallen. Ich sehe nicht ein, wieso ich von einem Hotel ins andere ziehen sollte.«

Clem gab sich geschlagen, zog einen Stuhl heran, setzte sich neben Thora und ergriff ihre Hand. »Thora. Bedeute ich dir denn gar nichts mehr?«

»Natürlich, was für eine alberne Frage.«

»Warum tust mir das alles an? Ist es die Strafe dafür, daß ich so lange fort war? Wenn ja, tut es mir leid, aber ich konnte nichts daran ändern. Auch du wolltest, daß ich auf die Goldfelder gehe. Du weißt, daß ich dich liebe und immer lieben werde. Ich habe dich furchtbar vermißt.«

Einen Augenblick dachte er, er sei zu ihr durchgedrungen. Sie schaute ihn traurig an. »Ich liebe dich auch, Clem. Sei nicht böse mit mir.« Dann war der Augenblick vorüber. »Wie lange wirst du bleiben?«

Er stand so abrupt auf, daß der Stuhl umkippte. »Ich bin wieder da«, schrie er. »Mit den Goldfeldern ist Schluß. Je eher du das begreifst, desto besser. Wir sehen uns morgen früh.«

Doch als er am Morgen im Hotel vorsprach, um die Rechnung zu begleichen, mußte er erfahren, daß Thora das Cottage für drei Monate gemietet hatte. Es würde ihr noch zwei Monate zur Verfügung stehen.

Clem war so fassungslos, daß er wie blind ins Freie stolperte, hinaus aus der eleganten Halle, in der man so herablassend behandelt wurde und in der er sich ein zweites Mal zum Narren gemacht hatte.

Hatte nicht Alice steif und fest behauptet, daß Thora nur Urlaub mache und bald nach Hause kommen werde? Von wegen! Zögernd blieb er an der nächsten Ecke stehen. Thora hatte ihn verlassen.

Nein, das konnte nicht sein. Weshalb hätte sie ihn dann einladen sollen, mit ihr im Cottage zu wohnen, wenn auch in einem separaten Zimmer?

Wollte sie Zeit gewinnen? Seine Ankunft mußte sie völlig überrascht haben. Vermutlich war ihr auf die Schnelle nichts anderes eingefallen, um ihn zu beruhigen. Clem wußte, daß es am vernünftigsten gewesen wäre, diese lächerliche Miete zu bezahlen, Thoras Sachen zu packen und mit ihr nach Lancoorie zu fahren, wo sie in aller Ruhe ihre Probleme besprechen konnten.

Thora blieb an diesem Morgen im Bett liegen und schmollte. Wie konnte Clem einfach auftauchen, ein solches Theater veranstalten und alles verderben? Nanny hatte ihr den Morgentee gebracht und war mit Lydia in den Park gegangen, damit ihre Mutter Ruhe hatte. So still und friedlich es im Cottage war – Thora war nervös. Sie befürchtete, Clem könne zurückkehren.

Sie hatte die Zeit, die sie hier verbracht hatte, genossen, obwohl sie selten ausgegangen war. Ein Onkel und eine Tante von Thora wohnten in Perth. Sie hatte deren Adresse in ihrem Notizbuch entdeckt und einmal den Versuch unternommen, sie zu besuchen. Doch als sie aus der Droschke gestiegen war und vor dem Haus in der Wellington Street gestanden hatte, hatten ihre Nerven sie im Stich gelassen. Da sie nicht wußte, wohin, hatte sie sich vom Kutscher zur Kathedrale fahren lassen, wo sie vier Stunden reglos gesessen hatte.

Diese Fahrten wurden ihr zur Gewohnheit. Ihre gesellschaftlichen Verpflichtungen waren nichts anderes als ziellose Ausflüge. Jedes Mal nahm sie eine Droschke, ließ sich eine Weile umherfahren und dann zur Kathedrale bringen, von der aus sie später ohne allzu große Schwierigkeiten zurück zum Cottage fand. Manchmal, wenn sie in ihrer Verwirrung ins Hotel lief und ihr Zimmer nicht finden konnte, wurde sie von einem Angestellten nach Hause begleitet.

Thora erinnerte sich schwach an einen Hotelpagen, der einmal erwähnt hatte, daß eine bestimmte Frau schon wieder betrunken sei, doch das ging Mrs. Price nichts an. Sie verabscheute die Trunksucht.

Manchmal kamen Serviererinnen oder Zimmermädchen aus dem Hotel vorbei, um Nanny zu besuchen. Thora hörte sich liebend gern ihren Klatsch über das Leben im *Palace* an. Das gab ihr das Gefühl, ein Teil dieser großen Hotelfamilie zu sein.

Clem klopfte, trat ins Zimmer und zog die Vorhänge zurück, um das Tageslicht einzulassen.

»Laß das bitte sein, Clem. Ich habe solche Kopfschmerzen. Ich fühle mich nicht wohl.«

Ihre Worte weckten Schuldgefühle in ihm. Das sollten sie auch. »Was ist los mit dir? Soll ich einen Arzt rufen?«

»Wenn du meinen Vater holst, schreie ich laut.«

»Nicht deinen Vater. Einen Arzt aus der Stadt.«

»Das ist nicht nötig.«

Er setzte sich auf die Bettkante. »Dann solltest du aufstehen. Ein bißchen frische Luft wird dir gut tun.« Er beugte sich vor und küßte sie. Thora fühlte sich getröstet. Es war schön, ihn wiederzusehen. Er konnte so reizend sein.

»Ich werde später aufstehen.«

»Wir fahren heim, Thora. Wir können den Nachmittagszug noch erreichen. Dann fangen wir noch einmal von vorn an. Vergiß Perth.«

Sie schoß im Bett hoch. »Perth vergessen? Bist du verrückt? Du kannst fahren, ich bleibe. Ich muß bleiben.«

»Warum? Liegt es an mir? Gestern abend hast du gesagt, du würdest mich lieben. Wenn du mich liebst, dann laß um Gottes willen diesen Unsinn sein. Ich brauche dich, Thora.«

»Es liegt nicht an dir. Ich will einfach nicht dorthin zurück.«

»Warum nicht?« fragte er beharrlich. »Wegen Alice? Oder George? Haben sie dich verärgert?«

»Nein. Ich habe Alice eingeladen mitzukommen. Sie hätte eine schöne Zeit gehabt.«

»Wußtest du, daß Alice und George geheiratet haben?«

»Ja, sie hat es mir geschrieben.«

»Bist du darüber unglücklich?«

Thora spürte, daß ihre Nerven sie im Stich ließen, und bekam Angst. Sie wollte nicht, daß Clem einen ihrer Ausbrüche miterlebte. »Natürlich nicht. Warum machst du dich nicht auf die Suche nach Lydia? Sie würde sich freuen, dich zu sehen.«

»Gleich. Zuerst verlange ich eine ehrliche Antwort. Kommst du mit mir nach Lancoorie?«

»Nein«, flüsterte sie ängstlich.

»Und wenn ich darauf bestehe?«

»Laß mich in Ruhe. Wir müssen nicht dorthin zurückkehren. Du kannst hierbleiben.«

Er schalt, schmeichelte, nahm sie in die Arme, versuchte, mit ihr zu schlafen, doch sie stieß ihn weinend von sich.

Als er endlich ging, lag sie zusammengekrümmt unter der Decke. Sie hatte sich das Laken in den Mund gestopft, um ihre Schreie zu ersticken.

Er fand seine Tochter mit ihrer Nanny in dem kleinen Park gegenüber. Als Lydia ihn nicht erkannte, fühlte er sich noch niedergeschlagener. Sie war zu einem süßen kleinen Mädchen herangewachsen, hatte dunkle Locken und sanfte blaue Augen. Nanny nahm die Sache in die Hand: »Sieh mal, Liebchen, das ist dein Daddy.«

Bald war der Bann gebrochen. Glücklich plappernd zeigte

Lydia Clem ihre Puppe und ihren neuen Armreifen. Er versuchte sich mit der Nanny zu unterhalten und dabei peinliche Fragen über seine Frau zu vermeiden, doch sie konnte ohnehin über nichts anderes als Lydia sprechen, so daß er schließlich das Kind küßte und davonging.

Wohin jetzt? Ohne seine Frau würde er nicht nach Lancoorie fahren. Aber ebensowenig würde er klein beigeben und in dieses Cottage ziehen.

Thora war seine Frau, und er wollte sie nicht verlieren. Er würde in der Stadt bleiben, bis sie freiwillig mit ihm heimkehrte.

Am Nachmittag vertraute er sich Vosper an, mit dem ihn inzwischen echte Freundschaft verband. »Mir scheint, die Dame will dir eine Lektion erteilen, weil sie sich verlassen fühlt. Immerhin spricht sie noch mit dir. Warum gehst du nicht mit ihr aus? Wirbst noch einmal um sie? Vielleicht kannst du so ihr Herz zurückgewinnen.«

Clem dachte traurig, daß er selbst vor ihrer Hochzeit nicht um sie geworben hatte. Eine Hochzeitsreise hatten sie auch nicht gemacht. Damals war er zu schüchtern und zu beschäftigt gewesen, um eine solche Reise vorzuschlagen. Auch Thora hatte diese romantische Fortsetzung einer so überaus unromantischen Hochzeit offensichtlich nicht vermißt. Die Schuldgefühle erdrückten ihn beinahe. Thora war um alle Vergnügungen, die einer frischgebackenen Ehefrau zustanden, betrogen worden. Unter welchen Umständen die Ehe geschlossen worden war, spielte dabei keine Rolle. Clem würde versuchen, seine Fehler wiedergutzumachen.

Am nächsten Tag hatte er seinen großen Auftritt. Er hatte eine jener Pferdedroschken gemietet, die wie kleine Planwagen aussahen und als letzter Schrei galten. Clem wollte seine Familie einschließlich Netta zu einem Picknick einladen. Er bat Netta, das Essen vorzubereiten, und überredete Thora sich anzuziehen. Da sie schon länger in der Stadt lebte und die Sehenswürdigkeiten vermutlich kannte, hatte er einen Ausflug ans Meer geplant. Schon als Kind war es immer sein Herzenswunsch gewesen, ans Meer zu fahren. Nun konnte er seine Tochter mitnehmen.

»Wie wirst du den Weg finden?« fragte Thora.

»Der Kutscher kennt ihn. Mach dich fertig. Nanny packt den Korb, und dann können wir losfahren.«

Der Weg zum Cottersloe Beach führte über weite Strecken durch den Busch, doch das Pferd war geschickt und der Kutscher gut gelaunt. Clem mußte lachen, als Thora ihre Befürchtung äußerte, sie gingen verloren. Doch Lydia war die Hauptperson. Sie kletterte abwechselnd Clem, Nanny und Thora auf den Schoß und schien zu spüren, daß etwas im Gange war.

»Nimm du sie, Nanny«, sagte Thora, »sonst verknittert mein Kleid.«

»Gib sie mir.« Clem genoß es, seine Tochter auf dem Schoß zu halten, ließ sie aus dem Fenster schauen und erzählte ihr vom Meer, obwohl sie es noch gar nicht verstehen konnte.

Als sie die Sanddünen hinaufgestapft waren und der Ozean sich vor ihnen ausbreitete, vergaß Clem für einen Moment alle Sorgen. Ehrfürchtig sah er auf den weiten Strand hinunter, lauschte der donnernden Brandung und schmeckte das Salz auf den Lippen.

»Sieh sich das einer an!« staunte Nanny.

Clem wandte sich an Thora. »Was sagst du dazu? Schau nur, dieses Blau!«

»Ich finde es heiß hier oben.«

»Unten am Strand wird es kühler sein.«

»Ich kann da nicht runtergehen. Ich habe jetzt schon Sand in den Schuhen.«

»Dann zieh sie aus. Und die Strümpfe auch.«

Bald planschten sie im Wasser herum und rannten davon, wenn die Wellen an den Strand klatschten. Clem fand, daß sein erster Familienausflug ein voller Erfolg war. Trotz Thoras Befürchtung, er könne ertrinken, entschloß er sich schwimmen zu gehen. Aus Rücksicht auf Nanny entfernte er sich ein Stück von ihnen, bevor er die Kleider ablegte und sich in die Wogen stürzte. Bisher war er nur in schlammigen Flüssen und Stauseen geschwommen. Welch ein Genuß, sich nun in kristallklarem Wasser tummeln zu können.

Während er auf den Wellen schaukelte, spähte er zum Ufer hinüber und entdeckte am Rande eines Gebüschs zwei Bungalows. Genau dort würde er sein Strandhaus bauen, mit Blick aufs Meer und dem Strand direkt vor der Haustür. Offensichtlich zogen die Bürger von Perth den Fluß dem Ozean vor, da außer diesen beiden keine weiteren Häuser zu sehen waren. Um so besser, dann würde ein Grundstück billig zu haben sein. Der Buschweg ließe sich befestigen, notfalls würde er das selbst in die Hand nehmen. Aber erst, wenn er ein paar Grundstücke gekauft hätte. Niemand würde ihm hier etwas wegschnappen. Clem witterte schon eine neue, vielversprechende Investitionsmöglichkeit.

Dann rief Thora ihn zu sich, und er watete an den Strand. Sie warf ihm, peinlich berührt von seiner Nacktheit, ein Handtuch zu und ergriff die Flucht. Clem grinste. Auch das würde sich im Lauf der Zeit ändern.

Zwei Wochen später fielen Thoras frustriertem Ehemann seine allzu optimistischen Pläne wieder ein. An manchen Tagen war Thora zu lethargisch oder gleichgültig, um aus dem Haus zu gehen. Dann wieder wurde sie richtig aufgeregt, wenn er sie zum Essen einlud. Sie brauchte Stunden für ihre Toilette, hatte aber selbst nach einigen Gläsern Wein kaum ein Wort für ihn übrig. Es schien, als wäre sie in seiner Gegenwart immer auf der Hut. Als ewiger Zankapfel erwies sich die Wahl des Restaurants. Thora bestand jedes Mal darauf, im *Palace* zu essen, und Clem lehnte es jedes Mal rundheraus ab. Inzwischen haßte er diese Nobelherberge. Zum Glück hatte sie den Streit meist schon vergessen, wenn sie die Kutsche bestiegen.

»Es ist wirklich harte Arbeit, einer Frau den Hof zu machen«, berichtete Clem Fred. »Ich bin oft kurz davor, sie einfach zu packen und auf meine ehelichen Rechte zu bestehen.«

»Keine gute Idee. Damit machst du dir Thora zur Feindin. Meinst du, es ist ein anderer Mann im Spiel?«

Clem war verblüfft. »Nein!« Doch insgeheim hatte auch er schon daran gedacht. Thora hatte sich verändert. Sie konnte sich von einer Minute auf die andere von einer zuvorkommenden, warmherzigen Frau in jene kalte, harte Person verwandeln, die Clem in York flüchtig kennengelernt hatte. Sie schien seine Freundschaft zu schätzen, doch kam er sich oft vor wie ein Besucher, der zu lange geblieben war. Manchmal hatte er den Eindruck, daß ihm Netta, mit der er sich gut verstand, etwas sagen wollte. Sobald sich jedoch die Gelegenheit zu einem Gespräch unter vier Augen ergab, verschloß sie sich wie eine Auster. Dies weckte Clems Mißtrauen.

In der Zwischenzeit hatte Fred ihm im Ausschuß für Landwirtschaft und Bergbau eine Stelle verschafft.

»Was soll ich dort?« hatte er gefragt.

»Den Mund aufmachen! Du bist immerhin Schafzüchter. Es wird dir nicht schaden, deine eigenen Interessen im Auge zu behalten.«

»Das klingt gar nicht nach dir.«

»Mag sein.« Fred grinste. »Aber dieser Ausschuß ist zu schwerfällig geworden, nun, da sich die Pachten jeden Tag verdoppeln. Sie müssen ihn aufteilen. Du bist Schürfer und Schafzüchter in einer Person. Wenn du geschickt bist, angelst du dir den Posten als Vorsitzender des neuen Bergbauausschusses. Dann bist du direkt dem Parlament unterstellt. In dieser Position könntest du viel für deine Schürferkollegen tun.«

Da so vieles in diesem Staat sich in rasantem Wandel befand, wurden die Sitzungen, die Clem im übrigen sehr interessant fand, im wöchentlichen Turnus abgehalten. Die meisten Mitglieder des Ausschusses waren Viehzüchter im Ruhestand. Ihre Kenntnisse über die Bergbauindustrie waren entsprechend begrenzt. Clem brauchte nicht lange, um sich aufgrund seiner Kenntnisse einen Ruf zu erwerben. Dafür wurde er im Gegenzug mit Bergen von Papier eingedeckt, die es durchzuarbeiten galt.

Dennoch hatte er Cottersloe nicht vergessen. Er erwarb zehn große Grundstücke, die erst kürzlich vermessen worden waren, für jeweils fünfzehn Pfund, und nahm Kontakt zu einem Bauunternehmer auf.

Als er versuchte, Thora zu erklären, daß er ihr ein herrliches Haus mit Blick aufs Meer bauen wollte, mußte er verblüfft feststellen, daß sie sich nicht dafür interessierte.

»Wie nett«, war alles, was ihr zu dieser Neuigkeit einfiel.

Schließlich gab Clem nach.

»Wie du willst, Thora. Du hast gewonnen. Ich baue dir ein Haus hier in Perth. Mitten auf der Hauptstraße, wenn es sein muß.«

»Was habe ich gewonnen? Ich verstehe nicht, wovon du sprichst. Wenn du ein Haus kaufen willst, halte ich dich nicht davon ab.«

»Gut. Wirst du mit mir darin leben?«

Sie geriet in Aufregung, wie neuerdings so oft. »Ich weiß es nicht. Darüber muß ich erst nachdenken.«

Es passierte nicht von heute auf morgen. Allmählich hatte er es satt, daß sie ihm alles verweigerte, was über einen Kuß hinausging. Daß sie so unbeständig war und ihre Meinung dauernd änderte. Daß sie ihn zum Narren hielt. Es kam zu Auseinandersetzungen, die damit endeten, daß er vor Wut kochte und sie in Tränen ausbrach. Clem glitt allmählich hinüber in die Welt der Politik, in Fred Vospers Welt. Seine Arbeit führte ihn mit zahlreichen Geschäftsleuten zusammen und ließ ihm immer weniger Zeit, das Cottage aufzusuchen.

Als Tanner feststellte, daß Lord Kengally allein mit den Besitzern von Lady Luck ins Geschäft gekommen war, bekam er einen Wutanfall. Er hatte inzwischen noch weitere Eisen im Feuer und war daher nicht mehr so auf Kengally angewiesen, daß er diese Kränkung hätte unerwidert durchgehen lassen. Er konnte es sich nicht leisten, zum Gespött der Leute zu werden.

Tanner fand den Engländer im Billardzimmer seines Hotels.

»Sir, ich bin sehr enttäuscht von Ihnen. Von einem Mann in Ihrer Position hätte ich dieses Doppelspiel nicht erwartet.«

Kengally paffte unbeirrt seine Zigarre. »Ich habe es Ihnen nur mit gleicher Münze heimgezahlt, Edgar.«

»Und das heißt?«

»Das muß ich Ihnen doch wohl nicht erklären. Sie haben diese Schürfer betrogen. Die Provision, die Sie für den Verkauf der Mine erhalten haben, war exorbitant.«

»Was geht Sie das an? Die Männer waren einverstanden. Ich lasse mich von Ihnen nicht als Betrüger bezeichnen.«

»Aber mich beschuldigen Sie des Doppelspiels. Sie sollten Ihre Worte sorgfältiger wählen. Ich habe mich lediglich wegen Ihrer Torheiten von Ihnen distanziert. Wie Sie wissen, bin ich mit der Gründung von Aktiengesellschaften in London betraut. Die Gründungsgesellschafter müssen mir vertrauen können. Ich kann mir keine Fehltritte erlauben.«

»Gut, und wie steht es mit meiner Provision? Ich habe dieses Geschäft für Sie arrangiert!«

»Regen Sie sich ab. Ich zahle Ihnen eine Provision von zehn Prozent. Soviel haben Sie doch auch Deagan und Price in Rechnung gestellt, nicht wahr? Deshalb brauchen wir doch nicht ausfallend zu werden. Ich möchte Sie nur darum bitten, in Zukunft überlegter vorzugehen.«

Tanner lachte. »Sie sind ein harter Bursche, Kengally.«

Sobald er den Raum verlassen hatte, war seine gute Laune

wie weggeblasen. Er haßte die herablassende Art des Engländers. Kengally behandelte ihn wie einen ungezogenen Jungen, den man mit einer Ohrfeige zur Räson bringen konnte.

»Wer zuletzte lacht ...«, stieß er zwischen zusammengebissenen Zähnen hervor. »Dafür werden Sie teuer bezahlen!«

Es waren ihm Gerüchte über die sagenhafte Londonderry-Mine zu Ohren gekommen. Sie war zubetoniert worden und würde so lange bewacht werden, bis die Gesellschaft mit dem Abbau beginnen würde.

Die Schürfer hatten dort einen Klumpen Quarz gefunden, der zweihundertfünfzig Pfund wog und zu über einem Drittel aus Gold bestand. Diese Mine war so ergiebig, daß sie unter dem Namen »Goldgrube« berühmt wurde. An einem einzigen Tag im Juni gruben die Schürfer mehr von diesem glitzernd weißen Quarz aus, als ein kräftiger Mann auf die Waage der Bank heben konnte. Sie verkauften ihre Mine für einhundertachtzigtausend Pfund zuzüglich eines Sechstels der Aktien, die die Londonderry Gold Mine Company in London ausgeben würde. Wie viele andere hatte auch Tanner die Mine besucht, doch sie war durch einen hohen Zaun gesichert und wurde von zwei Männern bewacht. Er selbst hatte schon Aktien erworben und wieder verkauft. Kengally besaß ein ansehnliches Paket, doch inzwischen gelangten einige dieser Goldaktien in Coolgardie still und leise wieder auf den Markt.

Was war los? Die erste Aktienemission war überzeichnet gewesen. Die Mine zu schließen war ein geschickter Schachzug gewesen. Die Aktienkäufer wußten, daß sie auf der richtigen Fährte waren, da die Mine als wahre Schatztruhe galt. Londonderry war so sicher wie eine Bank.

Oder etwa doch nicht? Tanner wußte nichts Genaues, doch sagte ihm sein Gefühl, daß etwas im Busch war. Daher verkaufte er alle Anteile an dieser Mine gewinnbringend an eifrige Investoren, erwarb mit dem Erlös neue Aktien und stieß sie wieder ab. Besonders großzügig bedachte er die beiden Männer, mit denen er noch eine Rechnung zu begleichen hatte: Kengally und Mike Deagan.

Er durchkämmte ganz Coolgardie nach Londonderry-Aktien. Kengally verkaufte er einen Teil für tausend Pfund, während Deagan für die übrigen Aktien zweitausend Pfund hinblätterte.

»Ich bin nicht nachtragend«, hatte Tanner zu Mike Deagan gesagt. »War an diesem Abend nicht ganz bei mir. Ich möchte Ihnen jetzt zu einem guten Geschäft verhelfen.«

Mike grinste, da ihm solche Sinneswandlungen stets verdächtig erschienen. »Wer's glaubt, wird selig.«

»Ich habe ihm beinahe den Schädel eingeschlagen«, sagte er später zu Jocelyn. »Wieso will er mir dann zu einem guten Geschäft verhelfen?«

Und so suchte Mike einen anderen Börsenmakler auf, dem er alle Londonderry-Aktien gewinnbringend verkaufte.

»Warum wollen Sie diese Aktien loswerden?« fragte ihn der Makler.

»Ich baue gerade ein Haus. Kostet mich ein Vermögen. Ist doppelt so teuer wie ursprünglich geplant.«

»Ist es das nicht immer?« fragte der Makler philosophisch.

Zurück in Perth genoß Edgar Tanner die Segnungen der Zivilisation und den prickelnden Reiz der Börse. Wann immer er durch die Tür trat, durchzuckte es ihn wie ein Blitz: Hier bot sich ihm die Möglichkeit, das beste aller Glücksspiele zu spielen – es war solider als Poker, packender als Pferderennen –, und vor allem wußte er es zu gewinnen. Trotz seiner Differenzen mit Kengally genoß er in Perth einen guten Ruf, da er einer der wenigen Börsenmakler war, die sich auf den Goldfeldern auskannten und einen Riecher für gute Investitionen hatten. Oft bestürmten ihn andere Spekulanten schon vor der Tür mit Fragen.

Auch war die Börse der beste Ort, um nach neuen Kunden

Ausschau zu halten. Er sah Clem Price und Fred Vosper und erfuhr den neuesten Klatsch über ihre Pläne. Vosper wollte fürs Parlament kandidieren, was Tanner nicht weiter interessierte, da der Journalist nicht vermögend war. Bei Clem Price sah es jedoch ganz anders aus. Man sprach darüber, daß er sich als Mitglied einiger wichtiger Ausschüsse profiliert habe. Doch viel mehr schien niemand über ihn zu wissen.

Gut, sinnierte Edgar. Er würde Clem nicht in aller Öffentlichkeit ansprechen, sondern warten, bis er ihn allein erwischte. Sein junger Freund war ein reicher Mann geworden und somit ein vielversprechender Kunde. Nur schade, daß Thora nicht mehr allein in Perth lebte, da er die Bekanntschaft mit dieser reizenden Dame gern vertieft hätte.

Er bezog sein altes Zimmer im *Palace* und erfuhr bei dieser Gelegenheit eine wirklich interessante Neuigkeit: Mrs. Price wohnte noch immer im Hotel! Sie war mit Kind und Nanny, aber ohne Ehemann, in ein Cottage auf dem Hotelgrundstück gezogen.

Also hatte sie sich von Clem *getrennt*! Einen besseren Grund für einen Besuch bei ihr hätte Tanner gar nicht finden können: Er würde sich bei ihr erkundigen, wo in der Stadt Clem sich aufhielt.

Thora freute sich, ihn zu sehen, da sie ihn nicht mehr mit York in Verbindung brachte. Die Erinnerung an diese finstere Zeit verblaßte. Mr. Tanner gehörte genauso zu ihrem neuen Leben wie Clem. Wie nett es war, daß Clem sie immer besuchte und ausführte. Nur wenn er zudringlich und fordernd wurde, überkam sie diese schreckliche Nervosität. Mit ihm zu schlafen war für Thora gleichbedeutend mit einer Rückkehr nach Lancoorie und damit auch nach York. Wann immer er die Heimreise erwähnte, überfiel sie jene unsinnige Angst, die sie einfach nicht im Zaum halten konnte. Ihm zu erklären, was in ihr vorging, wagte sie jedoch nicht, da sie fürchtete, ihr Mann könne sie für verrückt halten.

Zunächst hatte sie mit ihm in den Speisesaal gehen wollen, sich dann aber anders besonnen. Eines Nachmittags, als sie mit Clem im Park saß, stiegen verschüttete Erinnerungen in ihr auf. Ihr fiel ein, daß sie im Speisesaal einen furchtbaren Tumult verursacht hatte. Im Geist sah sie die schockierten Gesichter der anderen Gäste, die sich von den Stühlen erhoben hatten, um nichts zu verpassen.

Thora preßte die Hand vor den Mund und zitterte am ganzen Körper, als sie sich erinnerte, daß man sie aus dem Speisesaal geführt hatte. Die Bilder waren so real, daß es sich einfach so abgespielt haben mußte. Aber wann? Inzwischen fühlte sie sich manchmal dem Wahnsinn nahe.

Die schreckliche Szene verschwand vor ihren Augen, ohne daß Clem etwas bemerkte, doch die Angst blieb. Sie griff nach seiner Hand und hielt sie fest in der ihren. Clem war da, alles war gut. Er würde sich um sie kümmern. Er war ein guter Mensch.

Clem legte strahlend den Arm um sie, und Thora wünschte sich, sie könnten für immer so sitzen bleiben.

In letzter Zeit war er allerdings seltener gekommen. Natürlich war Clem ein vielbeschäftigter Mann, der viele Termine hatte. Geschäftsleute führten nun einmal ein solches Leben. Thora grollte ihm deswegen nicht, doch sie war auf seine Gesellschaft angewiesen und fühlte sich einsam, wenn sie im Cottage auf ihn wartete.

Deshalb war sie auch so froh über den unerwarteten Besuch.

»Oh, Mr. Tanner! Kommen Sie herein. Wie schön, Sie zu sehen. Waren Sie verreist?«

Er grinste. »Wie schnell Sie mich vergessen haben, meine Liebe. Ja, ich war auf den Goldfeldern.«

»Lord Kengally auch?«

»Ja, er hat den Touristen gespielt. Ich bin sicher, daß er inzwischen ebenfalls zurückgekehrt ist und Sie aufsuchen wird.«

Beim Tee redete sie wie ein Wasserfall, überschüttete ihn mit dem neuesten Klatsch aus Perth, schwärmte von der Stadt, dem herrlichen Wetter und dem aufregenden gesellschaftlichen Leben. Später fragte er sich, ob sie tatsächlich gesagt hatte, sie *lebe* in Perth, kam aber zu dem Schluß, daß er sich verhört haben mußte. Schließlich gelang es ihm, das Gespräch auf ihren Ehemann zu lenken.

»Und wie geht es Clem?«

»Sehr gut. Er kommt vielleicht später vorbei. Sie müssen warten und ihn begrüßen.«

»Wohnt er nicht hier?«

»O nein, das geht nicht. Dieses Haus ist zu klein. Mir gefällt es hier, und ich lebe hier sehr bequem, aber es gibt nur drei Zimmer. Nanny und das Baby schlafen in den beiden anderen. Sie werden verstehen, daß es unmöglich ist.«

Tanner verstand es überhaupt nicht, nickte aber wissend. Er war davon überzeugt, daß Thora vertuschen wollte, daß sie sich von ihrem Mann getrennt hatte.

»Wo wohnt Clem?«

»Im *United Services Hotel*. Er hat sehr viel zu tun. Und er baut ein prächtiges Haus. Ich kann es gar nicht abwarten.«

Vielleicht sagte sie tatsächlich die Wahrheit. Vielleicht hielt dieses seltsame Paar das Cottage wirklich für zu klein. Im Grunde war es tatsächlich nur ein Ferienhaus. Dann jedoch sah Tanner im Spiegel über der Frisierkommode ein Doppelbett, das breit genug war für ein Ehepaar. Wirklich seltsam.

»Wo baut er denn das Haus?«

»Draußen vor der Stadt. Mit Blick auf den Ozean.«

»Auf den Hügeln?«

»Nein, Sie Dummer, am Strand. In Cottersloe. Es ist einfach göttlich. Wir haben dort ein Picknick veranstaltet und sind im Wasser herumgeplanscht.«

»Es ist weit draußen.«

»Schon, aber Clem bringt die Straße in Ordnung. Ich glaube, er hat dort viel Land gekauft.«

Das klang interessant. Tanner beschloß, der Sache nachzugehen: In Land zu investieren empfahl sich immer, vor allem, wenn es Meerblick und Strand zu bieten hatte. An Cottersloe hatte er noch gar nicht gedacht.

»Das paßt zu Clem«, bemerkte er. »Schon als ich ihm das erste Mal begegnete, wußte ich, daß er es weit bringen würde. Und ich habe mich nicht geirrt.«

Dann erkundigte er sich höflich nach Thoras Eltern.

»Es geht ihnen gut.«

»Clem hat Ihnen sicher erzählt, daß ich ihn in Kalgoorlie getroffen und den Verkauf seiner Yorkey-Mine arrangiert habe. Dieses Geschäft wird er nicht bereuen. Ich vermute, Sie wissen darüber Bescheid.«

»Ja, natürlich«, erwiderte sie nervös. »Er erzählte mir, Sie seien sehr hilfsbereit gewesen. Er mag Sie gern und sagt, Sie seien ihm stets ein guter Freund gewesen.«

»Das freut mich zu hören. Ich muß ihn besuchen, nun, da wir alle wieder in der Stadt sind. Kalgoorlie ist ein unglaublicher Ort. Wußten Sie, daß die Postle-Jungs dort Gold gefunden haben?«

»Wer?«

»Die Söhne der Postles. Waren Sie nicht Nachbarn?«

»Ich kann mich nicht erinnern«, erwiderte Thora unsicher.

Da Tanner die Gesprächsthemen allmählich ausgingen, hoffte er auf Clems Erscheinen.

»Lassen Sie mich überlegen, wer sonst noch aus York dort war«, sagte er, um Zeit zu gewinnen. »Jim Forgan und sein Sohn. Sie wissen doch, er war Schuhmacher. Mit dem Gold hatte er weniger Glück und so hat er in Kalgoorlie eine Schusterwerkstatt eröffnet. Damit verdient er mehr als je zuvor in York ...«

Thora erhob sich. Sie war leichenblaß. »Wenn Sie mich entschuldigen, Mr. Tanner. Ich muß mich ausruhen.«

Er stand hastig auf. »Natürlich.« Sie verschwand im Schlafzimmer, ohne ihn zur Tür zu begleiten.

Im Davongehen fragte er sich, womit er sie wohl aufgeregt haben mochte.

Und dann fiel es ihm ein! Wie konnte er nur so töricht sein? Über all seinen Bemühungen, Konversation zu machen, hatte er seine Frau völlig vergessen. Seitdem er nicht mehr in York war, hatte er kaum einen Gedanken an sie verschwendet. Er hätte York nicht erwähnen dürfen. Seine überstürzte Abreise hatte seinerzeit einen ungeheuren Skandal ausgelöst. Mit seinen Erzählungen über York hatte er Thora daran erinnert, daß er seine Frau im Stich gelassen hatte. Im Grunde hatte sich Thora sehr taktvoll verhalten, da sie seit ihrer Ankunft in Perth Mrs. Tanner nicht einmal erwähnt hatte.

Mist!

Andererseits war Thora so zerstreut, daß sie die Angelegenheit bald vergessen würde. Dennoch mußte er sich vor solchen Fauxpas in Zukunft hüten, denn Thora war eine unerfahrene junge Frau, in deren Gegenwart man anstößige Themen am besten vermied.

Er machte sich auf die Suche nach Clem und fand ihn im Aufenthaltsraum des *United Services Hotel.*

»Da bist du ja!« rief Tanner herzlich. »Ich war gerade bei Thora. Sie hat mich hergeschickt.«

»Woher wußten Sie, wo Thora wohnt?«

»Hat sie dir nicht erzählt, daß ich sie vor einem schrecklichen Schicksal bewahrt habe?«

»Nein. Was soll das heißen?«

Tanner lachte. »Typisch Frau. Ich wette, sie würde um keinen Preis zugeben, daß es, als sie im strömenden Regen in Perth eintraf, kein einziges Hotelzimmer gab.«

»Das hat sie mir in der Tat nicht erzählt.«

Tanner berichtete, daß er Thora in der Halle begegnet war und ihr sein Zimmer überlassen hatte.

»Ich stehe in Ihrer Schuld, Edgar«, erwiderte Clem. »Warum haben Sie mir nicht schon früher davon erzählt?«

»Wir hatten keine Zeit. Du hattest Kalgoorlie verlassen, und außerdem war Kengally da. Er hatte sich in Thora verguckt. Schließlich ist deine Frau überaus reizend.«

»Kengally?« fragte Clem. »Als ich erwähnte, daß er Yorkey gekauft hat, behauptete sie, ihn zu kennen. Ich habe ihr nicht geglaubt, da sie zu Übertreibungen neigt. Sie kennt ihn also wirklich?«

»Ja.«

Clem runzelte die Stirn. »Warum hat er mir nichts davon gesagt?«

»Weil er nicht zwei und zwei zusammengezählt hat«, log Edgar. »Dein Name ist nicht gerade selten. Ehrlich gesagt war er so begeistert von deiner Frau, daß ich ihm nicht unbedingt auf die Nase binden wollte, daß er mit ihrem Ehemann verhandelte. Sie selbst hatte ihm erzählt, du seist Viehzüchter, was ja auch stimmt. Ich bin gestern erst angekommen und konnte kaum erwarten, es dir zu erzählen.«

»Was? Daß meine Frau sich heimlich mit Kengally getroffen hat?«

»Nein. Daß er nicht gemerkt hat, daß Thora deine Frau ist.«

»Und Sie sagen, der alte Trottel habe ein Auge auf sie geworfen?«

»Und wie, aber Thora trifft keine Schuld. Im übrigen haben sie sich nicht heimlich getroffen, deine Frau ist nämlich sehr zurückhaltend. Er hat sie zum Essen eingeladen, doch sie bestand stets darauf, daß ich mitkam. Es gab keine Tête-à-têtes.«

»Soweit Sie wissen«, ergänzte Clem.

»Ich würde für Thora meine Hand ins Feuer legen.«

»Und für Kengally?«

»Er ist ein Lebemann und kann gut mit Frauen umgehen. Dann ist da noch der Titel und ...«

»Dieser Schurke! Sie hätten es mir sagen müssen.«

»Was gibt es da zu sagen? Ich hatte ihn soweit, daß er Yorkey kaufen wollte, und konnte nicht zulassen, daß private Differenzen dieses Geschäft verdarben.«

Nachdem er Tanner losgeworden war, stürmte Clem ins Cottage. Thora lag im Bett.

»Sie hatte einen ihrer Anfälle«, erklärte die Nanny.

»Was für Anfälle?«

»Mrs. Price regt sich dann furchtbar auf, und ihr wird schwindlig. Sie mußte sich hinlegen. Außerdem leidet sie unter Alpträumen und schreit manchmal im Schlaf.«

»Weshalb?«

»Wegen der Alpträume, nehme ich an.«

»War sie deswegen beim Arzt?«

»Sie hat mir verboten, einen Arzt zu rufen.«

Er ging zu Thora hinein und setzte sich auf die Bettkante. »Was ist los, Liebes?«

Als sie Clems Stimme hörte, ging es ihr sofort besser. Er würde sie trösten und die Dämonen, die sie quälten, vertreiben. Thora lächelte. »Ich habe nur Kopfschmerzen, das ist alles.«

»Soll ich einen Arzt rufen?«

»Um Himmels willen, nein. Frauen haben ab und zu Kopfschmerzen, Clem. Der Arzt würde dich nur auslachen.«

»Nanny sagt, du hättest Alpträume.«

Thora zuckte zusammen. Warum mußte Clem sie daran erinnern? Und wie konnte Nanny es wagen, hinter ihrem Rücken über sie zu sprechen? Waren denn alle gegen sie?

»So ein Unsinn. Du weißt doch, daß ich niemals träume. Nanny ist ein albernes Ding. Außerdem schnarcht sie. Sollte sich die Polypen entfernen lassen. Gib mir bitte meinen Morgenmantel, ich möchte ein Bad nehmen. Und da du gerade hier bist – im Vorgarten müßte Unkraut gejätet werden. Könntest du das übernehmen? Ich habe einen Gärtner bestellt, aber sie sind so nachlässig, daß es schon tragisch ist. Sei so lieb und bitte Nanny, den Kessel aufzusetzen.«

Er half ihr in den Morgenmantel. »Weißt du noch, daß du mir von deiner Bekanntschaft mit Lord Kengally erzählt hast?«

»Ja.«

»Ich wußte nicht, daß du ihn so gut kennst.«

»Du hörst mir ja nicht zu, weil du nur mit deinen eigenen Angelegenheiten und deinen neuen Freunden beschäftigt bist. Vielleicht geht es dir ja jetzt in den Kopf, daß auch ich Freunde habe.«

Es gab keine Gartenwerkzeuge, und der sogenannte Garten vor dem Haus war von dürrem, fest in der Erde verwurzeltem Gebüsch überwuchert.

»Welches Unkraut?« fragte sich Clem. »Auf diesem traurigen Fleckchen wächst nicht einmal anständiges Unkraut. Die Erde muß komplett ausgehoben und der Garten dann neu angelegt werden.«

Trotz Tanners Entschuldigungen wurde Clem nicht damit fertig, daß Kengally seine Bekanntschaft mit Thora verschwiegen hatte. Der leise Zweifel, der sich in seinem Herzen festgesetzt hatte, ließ sich nicht mehr vertreiben. Wie eng waren Thora und Kengally tatsächlich befreundet?

Clem versuchte, die Frage zu verdrängen. Obwohl sie sich oft merkwürdig verhielt, war Thora seine Frau und verdiente Vertrauen. Mißtrauen sollte sich gar nicht erst einschleichen. Ihre Ehe war so schon schwierig genug.

Natürlich überraschte es Clem nicht, daß Kengally sich von Thora angezogen fühlte. Sie war eine attraktive Frau. Doch jetzt, da ihr Ehemann auf der Bildfläche erschienen war, sollte sich der alte Bock gefälligst nach einer anderen Herzensdame umsehen, die er mit seinem Titel beeindrucken konnte.

In Gedanken war er schon wieder bei seinem neuen Haus, einem bescheidenen Bungalow mit offener Terrasse, die einen herrlichen Ausblick aufs Meer bot. Thora hingegen lebte in der Vorstellung, er habe ihr eine Art Palast hingestellt. Sooft er sie daran erinnern mochte, daß es sich lediglich um ein

Strandhaus handelte – sie konnte oder wollte es nicht begreifen. Sie hatte ihn auf der Suche nach den »richtigen« Möbeln bereits in verschiedene Geschäfte gezerrt, entschied sich jeden Tag um und bestand darauf, daß alles vom Besten sein mußte. Bisher hatte sie sich allerdings noch nicht einmal festgelegt, welche Vorhangstoffe sie haben wollte, ganz zu schweigen von den Polsterbezügen. Clem war zufrieden, solange Thora ihren Spaß hatte. Sie vertiefte sich mit Begeisterung in die Pläne, was Clem die Gelegenheit gab, von einem gemeinsamen Schlafzimmer zu sprechen. Zum Glück erhob sie keine Einwände dagegen.

Vosper hatte geschmunzelt, als er davon erfuhr. »Sieht aus, als würde es sich auszahlen, daß du ihr schöne Augen machst. Wenn ihr umzieht, solltest du Lydia und ihre Nanny noch ein paar Tage hierlassen, damit du deine Frau über die Schwelle tragen und deine Flitterwochen nachholen kannst.«

Clem grinste. »Daran habe ich auch schon gedacht.«

Dennoch nagten Sorgen an ihm. Thora war nervös und schreckhaft wie ein Fohlen. Wurde immer launischer. Schäumte sie im einen Moment über vor Begeisterung über das neue Haus, wirkte sie im nächsten geistesabwesend und gleichgültig. Clem wünschte seine Schwester herbei. Vielleicht hätte ihre Anwesenheit einen beruhigenden Einfluß auf Thora ausgeübt.

Thora war dazu übergegangen, das Strandhaus als ihr Heim zu bezeichnen. Clem gefiel das nicht. Nach wie vor betrachtete er Lancoorie als sein Zuhause. Er wußte, daß es ein Fehler gewesen war, eine Frau, die in York aufgewachsen war, übergangslos auf eine einsame Schaffarm zu verpflanzen. Nun versuchte er, diesen Fehler wiedergutzumachen.

Wenn sie nach Lancoorie zurückgekehrt waren, würden sie häufiger nach York und Perth fahren. Clem würde weitere Farmarbeiter einstellen, neue Unterkünfte errichten und einen Koch für sie anheuern, damit Thora und ihm das Personal nicht mehr auf der Pelle saß. Thora konnte gern die Nanny behalten, mit der sie sich gut verstand und die Lydia sehr gern hatte. Nicht mehr lange, und all diese Träume würden wahr. Doch zuvor, als krönenden Abschluß ihres Aufenthaltes in Perth, würden sie Urlaub im Strandhaus machen. Auch was Cottersloe betraf, war Clem fest entschlossen, aus seinen Fehlern zu lernen: In Cottersloe sollten Gäste stets willkommen sein.

Endlich war Thora angekleidet. Wie hübsch sie aussah! Überwältigt von seinen Gefühlen, brach Clem seine eigene Regel und beschloß, mit ihr im Hotel zu essen.

»Meine Liebe, du siehst wunderbar aus. Blau steht dir ausgezeichnet. Warum setzt du nicht einen Hut auf und kommst mit mir zum Essen ins Hotel?«

»In welches Hotel?«

»Ins *Palace* natürlich.«

Er sah, daß sie errötete, und entschuldigte sich. »Ich weiß, ich habe mich dumm angestellt. Man hört von allen Seiten, daß man dort hervorragend essen kann.«

»Ich möchte lieber nicht dorthin gehen.«

»Aber du hast doch gesagt, daß du gern im *Palace* essen möchtest. Wir haben genügend Zeit. Laß uns in aller Ruhe Fred abholen. Er wird sich uns gerne anschließen.«

»Du brauchst dir nicht soviel Mühe zu machen. Wir können hier im Haus essen.«

»Nein, ich bestehe darauf. Ich möchte mit meiner Frau angeben.«

Da auch Fred Vosper im *Palace* essen wollte, mußte sich Thora dem Willen der Männer fügen.

Als sie mit ihren Begleitern durch die Halle auf die Tür des Speisesaals zuging, überfiel sie eine beklemmende Furcht. Der hellerleuchtete Raum kam ihr vor wie ein höllischer Abgrund. Die Geräusche darin klangen wild und grausam. Sie ballte die

Hände zu Fäusten, bis die Fingernägel durch die Handschuhe drangen, und versuchte ruhig zu bleiben. Sagte sich, daß sie diesen Ort kenne, daß Clem und sein Freund sie beschützen konnten. Doch die Angst ließ sich nicht bezwingen, die Angst vor etwas, das hier geschehen war oder das sie sich eingebildet hatte.

Der Oberkellner, der sie ansprach, war eine schattenhafte Gestalt, die ebenso verzerrt wirkte wie die fratzenhaften Gesichter, die sie von überall her anstarrten. Thora stolperte. Clem fing sie auf und führte sie mitleidlos durch den riesigen Saal zu einem Tisch an der Wand.

Wie betäubt saß Thora zwischen den beiden Männern, die sich über das Essen unterhielten. Sie mußte die allmählich aufsteigende Panik niederkämpfen.

Kengally sah sie hereinkommen und wollte sie begrüßen, zögerte aber beim Gedanken an Yorkey. Es ärgerte ihn, daß er Clem Price gegenüber nicht ehrlich gewesen war und seine Bekanntschaft mit dessen Frau verschwiegen hatte. Einfach töricht. Selbst wenn Price nicht gewußt hatte, daß sie sich in Perth aufhielt – was ging ihn das an? Er hätte sich von Tanner nicht durcheinander bringen lassen dürfen.

Er erhob sich von seinem Stuhl, entschuldigte sich bei seinen Begleitern und ging zu Clem hinüber. Seine guten Manieren ließen ihm gar keine andere Wahl.

Mr. Price stand auf und machte ihn mit dem anderen Herrn bekannt, doch seine Stimme klang abweisend.

»Ich glaube, meine Frau kennen Sie schon.«

»Ja, ich hatte bereits die Ehre. Und daß ich Sie nun beide treffe, freut mich ganz besonders. Ihre Frau ist äußerst charmant, Mr. Price.« Er wandte sich an Thora. »Ich hoffe, es geht Ihnen gut, meine Liebe.«

»Vielen Dank.« Sie nickte und fügte dann unvermittelt hinzu: »Das Haus ist überaus angenehm. Vorne haben wir eine

Terrasse, wegen der Aussicht. Ich glaube, wir brauchen einen Windschutz, da sonst der Sand ins Haus weht, doch Clem meint, wir bräuchten uns darüber noch keine Gedanken machen. Ich muß gestehen, daß es eine Schande wäre, den herrlichen Blick zu versperren. Doch Staubstürme sind schon schlimm genug, von Sandstürmen ganz zu schweigen, und wir wohnen inmitten der Dünen ...«

Sie redete weiter, ohne zu bemerken, daß Kengally, der wie angewurzelt neben dem Tisch stand, sich fragen mußte, von welchem Haus sie eigentlich sprach. Schließlich unterbrach Clem sie sanft.

»Thora, wir können Lord Kengally ein andermal von unserem Haus erzählen. Seine Freunde warten sicher schon auf ihn.«

Sie hielt mitten im Satz inne, errötete und verfiel so unvermittelt in Schweigen, wie sie zu schwadronieren begonnen hatte.

Kengally versuchte die Situation zu retten. »Das klingt herrlich, Mrs. Price. Ich würde gern mehr darüber hören. Vielleicht könnten wir bei Gelegenheit ein gemeinsames Picknick im Kings Park veranstalten.« An Clem gewandt sagte er: »Es war mir eine Freude, Sie wiederzusehen. Der Vorschlag mit dem Picknick ist ernst gemeint. Ich bin ein großer Bewunderer dieser herrlichen Gärten.«

»Ich bin dabei«, warf Vosper ein und lenkte die Unterhaltung damit wieder in normale Bahnen. »Ich liebe Picknicks, werde aber nie zu welchen eingeladen.«

Kengally musterte die seltsame Erscheinung mit dem wehenden Haar und lächelte. »Mir geht es genauso, Sir. Ich setze Sie ganz oben auf meine Gästeliste.«

Als Kengally an seinen Tisch zurückkehrte, empfingen ihn seine Freunde neugierig.

»Kennen Sie diese Leute?« erkundigte sich eine Frau in mißbilligendem Ton.

»Sicher, sonst hätte ich wohl kaum mit ihnen gesprochen«, gab er zurück.

Zugegeben, die Unterhaltung hatte sich ein wenig problematisch gestaltet, doch Price war immerhin ein Geschäftspartner und Thora eine Freundin. Was also war schiefgelaufen? Price war von Thoras Redeschwall ebenso peinlich berührt gewesen wie er, hatte sich aber nicht dafür zu rechtfertigen versucht, was ihm Kengallys Sympathie eintrug.

»Ich hoffe, wir sehen Sie bald wieder«, hatte Price beim Abschied gesagt. Es klang aufrichtig. Doch was Thora betraf, hatte er ein ungutes Gefühl. Sie hatte nicht *mit* ihm gesprochen, sondern auf ihn eingeredet. In ihren schönen blauen Augen hatte es seltsam gefunkelt, und sie hatte geplappert, als ginge es um ihr Leben.

»Wer war der seltsame Vogel?« fragte jemand.

»Vosper, sein Name ist Vosper.«

»Das ist Vosper? Er ist bei der Zeitung. Hat sozialistische Neigungen und politische Ambitionen. Als wenn irgend jemand eine solche Witzfigur wählen würde.«

Gelächter kam auf. »Muß er sich die Haare schneiden, bevor sie ihn ins Parlament lassen?«

»Keine Sorge, dazu wird es nicht kommen.«

»Und wer ist die Frau?« wollte Gladys Hunnicutt, die Frau des stellvertretenden Premierministers, wissen.

»Mrs. Clem Price«, antwortete Kengally entnervt.

»Habe ich es Ihnen nicht gesagt? Sie ist berüchtigt. Durch und durch verwöhnt, wie es heißt. Sie hat hier einmal eine fürchterliche Szene hingelegt.«

»Was für eine Szene denn?« fragte ihr Gastgeber gereizt. »Nun, sie verlangte einen eigenen Tisch. Wollte, daß andere Leute ihr Platz machten. Es war unverschämt, einfach schrecklich!«

»Mrs. Price?« fragte Kengally ungläubig.

»Eben die. Und diese Frau sitzt jetzt da drüben. Mich wundert, daß man sie überhaupt hereingelassen hat.«

»Ich hätte sie auch hereingelassen«, entgegnete Hunnicutt grinsend. »Sie ist ein Traum auf zwei Beinen.«

Seine Frau runzelte die Stirn. »Damit hättest du einen großen Fehler begangen. Ich war an jenem Tag hier und habe sie kreischen hören. Man hat sie hinausgeworfen.«

»Hinausgeworfen?« fragte Kengally. »Mrs. Price?«

»Nun ja, nicht mit Gewalt. Man hat sie hinausgeführt, und alle waren froh, sie los zu sein. Gott weiß, wo sie überhaupt herkommt.«

»Aus York«, antwortete Kengally. »Sie besitzen dort draußen eine Schaffarm. Im übrigen ist Mrs. Price eine liebenswerte Dame und gute Freundin von mir.«

Hunnicutt starrte seine Frau an, während die anderen Gäste in betretenes Schweigen verfielen und sich erleichtert auf das Essen konzentrierten, das soeben serviert worden war.

»Was sollte das eben?« fragte Clem seine Frau, nachdem sie sich an der Ecke von Vosper verabschiedet hatten.

»Was meinst du denn?«

»Dieses ganze Geschwätz, das Kengally sich anhören mußte. Du hast dich benommen wie ein albernes Schulmädchen.«

»Das ist nicht wahr. Ich weiß gar nicht, wovon du sprichst.«

»Warum bist du so nervös geworden, als er herüberkam? Ich denke, ihr kennt euch so gut.«

Thora fiel wieder ein, daß Kengally am frühen Abend an ihrem Tisch gewesen war, doch sie war so nervös gewesen, daß sie jetzt keine Ahnung mehr hatte, was sie zu ihm gesagt hatte.

»Es muß am Wein gelegen haben«, antwortete sie fröhlich.

»Du hattest zu diesem Zeitpunkt noch keinen Tropfen getrunken.«

»Na ja, das habe ich später nachgeholt, nicht wahr?« Sie lachte und ergriff Clems Arm. »Sei nicht so streng mit mir!«

Nachdem sie erst einmal begriffen hatte, daß die Decke nicht über ihr einstürzen würde, war ihr Selbstvertrauen wieder zurückgekehrt. Der Wein hatte das seine dazu beigetragen. Sie hatte sich gut geschlagen, war stolz auf sich und glaubte, daß ihre Nerven nun endlich kuriert seien.

Clem war noch im Cottage, als sie sich zum Schlafengehen bereitmachte. Beim Gutenachtsagen entschuldigte er sich. »Es tut mir leid, ich wollte nicht streng mit dir sein. Ich bin nur schrecklich eifersüchtig, vor allem dann, wenn du so reizend aussiehst wie heute abend. Fred sagte, ich müsse ein sehr glücklicher Mann sein.«

»Hat er das wirklich gesagt?«

»Natürlich. Und er hat recht, mein Schatz.« Clem nahm sie in die Arme, küßte sie leidenschaftlich und schob sie in Richtung Bett.

»Nein, Clem, bitte nicht, Nanny könnte uns hören.«

»Das wird sie nicht. Ich habe sie nach Hause geschickt. Sie kommt erst morgen früh wieder.«

Der Gedanke, daß er auf Kengally eifersüchtig war, erregte sie und verlieh ihr ein Gefühl von Macht, das sie unwiederbringlich verloren geglaubt hatte. Sie sah zu, wie Clem sich auszog. »Er hat mich sehr gern, Lord Kengally, meine ich. Als wir uns zum ersten Mal begegneten, hat er die anderen Damen am Tisch gar nicht beachtet. Sie hatten nicht mein Format.«

»Wie könnten sie?« murmelte Clem und schlüpfte neben ihr ins Bett. »Wenigstens beweist Kengally Geschmack. Du bist herrlich. Ich liebe dich.«

Sie schliefen miteinander. Zunächst war Thora zurückhaltend, doch Clem verhielt sich so sanft und rücksichtsvoll, daß sie ihre Furcht in den Wind schoß, sich ihm leidenschaftlich hingab und seine Freude über ihre Ekstase genoß. Er bedeckte sie mit Küssen, flüsterte ihr zärtliche Worte ins Ohr, und sie klammerte sich an ihn, als wolle sie ihn nie mehr loslassen. Mochte diese Nacht, in der sie begriff, wie sehr sie Clem Price liebte, doch niemals enden.

Am Morgen brachte Nanny ihr lächelnd das Frühstück ans Bett, gefolgt von Clem, der in seinem offenen Hemd, das die Brust freigab, sehr männlich wirkte.

»Guten Morgen, Schlafmütze«, sagte er und küßte sie. »Ich habe schon gefrühstückt und reite heute morgen nach Cottersloe. Wenn du mitkommen möchtest, machen wir uns einen schönen Tag.«

»Nein«, antwortete sie lächelnd, »ich bin ein wenig müde. Ich werde mich ausruhen.«

»Tu das, Liebling, ich komme heute abend wieder her. Was hältst du von einem netten Abendessen zu zweit? Ich bringe dir ein hübsches Geschenk mit.«

Thora rekelte sich lustvoll im warmen Bett. Sie genoß dieses Liebesabenteuer. »Eine Schachtel Pralinen?«

»Die größte Schachtel, die ich in der Stadt auftreiben kann.« Er küßte sie noch einmal und verließ das Haus.

11. KAPITEL

Walter Addison war ein erfahrener Geologe und Mineraloge und arbeitete beim Ministerium für Landwirtschaft und Bergbau. Mit seiner hoch aufgeschossenen, hageren Gestalt vermittelte er den Eindruck, jeder Windstoß könne ihn umwerfen. Doch Walter, ein bescheidener, ruhiger Mann, hatte bereits die entlegensten Gegenden von Westaustralien durchmessen, von den Kimberleys oben im Norden bis zu den großen Wäldern des Südens. Er war Schürfern in die unwegsamen Tropenzonen gefolgt, um seine Meinung über den Wert von Mineralfunden abzugeben, und danach Hunderte von Meilen in die Zivilisation zurückgekehrt, um seine Berichte vorzulegen. Er hatte erlebt, wie Goldfunde gleich Blitzen das Land in gleißendes Licht tauchten, das genauso schnell, wie es entstanden war, wieder erlosch. Im Grunde seines Herzens war Walter jedoch immer ein Beamter geblieben. Die Leute mochten ihn für ein Genie halten, den Experten in ihm sehen, der er sicherlich war, denn er hatte sich sein Fachwissen durch jahrelanges Studium angeeignet – doch in der Arbeit vor Ort sah er lediglich eine Erweiterung seiner Schreibtischaufgaben, egal wie gefährlich sie sein mochte. Er hatte ein eigenes Büro im Regierungsgebäude in der St. Georges Terrace, auf das er sehr stolz war: Für ihn war es ein Statussymbol, auch wenn die Regale mit staubigem Gestein und Proben gefüllt waren und ständig der Geruch nach billigen Zigarren in der Luft hing.

Walter war in Perth an zwei Orten zu Hause: in seinem Büro und in dem Backsteinhaus in der Hay Street, das er und seine Frau von dem Geld gekauft hatten, das sie sich in zwanzig Jahren zusammengespart hatten. Ihr Lebensstil war bescheiden, sie waren zufrieden mit ihrem Leben und bei den Nachbarn beliebt, da sie als freundliche und ehrliche Leute galten.

Als der Goldrausch in Coolgardie ausbrach, versetzten seine Vorgesetzten Walter als staatlichen Prüfer in die dortige Aufsichtsbehörde. Eine weitere kleine Dienstreise ihres hochgeschätzten Mitarbeiters. Entgegen ihren Erwartungen legte sich der Goldrausch aber nicht. Mehr und mehr Gold wurde an die Küste gebracht, und immer mehr Goldsucher traten den Weg nach Westen an.

Weitere staatliche Prüfer reisten auf die Goldfelder, um Walter im Wettkampf gegen die privaten Prüfer zu unterstützen, die sich dort niedergelassen hatten, um die Goldregister immer auf aktuellem Stand halten zu können. Zunächst waren die Steuern, die auf die Goldfunde erhoben worden waren, nur spärlich geflossen, inzwischen strömten sie jedoch in die Kassen der Finanzverwaltung.

Der Goldrausch erfaßte auch Kalgoorlie. Die Stadt

schwamm im Geld. Die kränkelnde Wirtschaft erhielt Auftrieb, und das Finanzministerium kontrollierte mehr Einnahmen, als es sich in seinen kühnsten Träumen jemals erhofft hatte.

Der Bergbauminister stellte laufend neues Personal ein, das auf die Goldfelder entsandt wurde. Schließlich beschloß man, Walter Addison zum Hauptprüfer zu ernennen. Das hieß, er würde sich nun ständig in Kalgoorlie aufhalten.

Mr. und Mrs. Addison waren nicht gerade erfreut über diese Entwicklung, fügten sich aber ihrem Schicksal, schlossen das Haus in der Hay Street ab und bezogen eine kleine Wohnung in einem Häuserblock, den man auf die Schnelle für Regierungsangestellte errichtet hatte.

Nach einem Jahr anstrengender Arbeit beantragte Walter eine Woche Urlaub. Obwohl er in seinem Schreiben nichts davon erwähnte, verdiente seiner Ansicht nach vor allem seine Frau, die sich die ganze Zeit über so tapfer gehalten hatte, eine Erholungspause. Da er keine Antwort erhielt, verfaßte er einen weiteren, deutlicheren Brief, und der Urlaub wurde schließlich genehmigt.

Auf dem schnellsten Weg kehrten sie nach Perth in ihr Haus zurück. Wie sehr sie sich auf die wohlverdiente Ruhepause freuten! Am meisten hatte ihnen im ausgedörrten Westen der Swan River gefehlt. Sie liebten nichts mehr, als auf der Esplanade spazierenzugehen, sich dort auf eine Bank zu setzen und hinaus auf das ruhige Wasser zu blicken.

Als sie eines Nachmittags wieder dort saßen und nichts anderes taten, als sich ihres Daseins zu freuen, kam Lord Kengally vorbei. Er erkannte Walter und begrüßte ihn herzlich.

Überrascht sprang dieser auf und erwiderte die Begrüßung. Da er kein großer Redner war, stürzte er sich auf das einzige Gesprächsthema, das ihn mit dem englischen Gentleman verband.

»Das mit der Yorkey-Mine tut mir leid, Sir. Ich dachte, sie

wäre ein Hauptgewinn. Aber Lady Luck wird die Hoffnungen erfüllen.«

»Wie bitte?«

»Ich sagte, Lady Luck wird sich als gute Investition erweisen.«

»Nein, was Sie über Yorkey sagten, interessiert mich, Mr. Addison.«

»Ach so. Am Anfang sah alles so vielversprechend aus, aber so etwas kommt eben vor.«

»Wollen Sie damit sagen, Yorkey sei eine Niete?«

»Genau das meine ich.«

Kengally pflanzte seinen Spazierstock vor sich auf. »Sie müssen sich irren, Mr. Addison. Yorkey ist der Hauptgewinn, nicht Lady Luck.«

»Du lieber Himmel, nein, Sir. Ich selbst habe die Erträge sorgfältig geprüft und diesen Bericht verfaßt. Leider mußte ich Sie enttäuschen.«

»Aber ich habe den Bericht gelesen. Er befindet sich bei meinen Akten. Die Firma ist in London eingetragen, und wir bereiten gerade den Börsengang vor. Bis jetzt sind wir außerordentlich erfolgreich.«

Addison schüttelte den Kopf. »Ich würde Ihnen dringend davon abraten, Sir.«

Als er Kengallys Verwirrung bemerkte, wandte er sich an seine Frau. »Meine Liebe, würde es dir etwas ausmachen, wenn wir auf dem Heimweg im Büro vorbeischauen würden? Ich habe dort eine Kopie des fraglichen Berichts. Es wird nicht lange dauern.«

»Aber gern«, erwiderte sie lächelnd. Ach bin sicher, mein Mann kann diese Sache aufklären, Sir.«

Kengally überreichte ihm seine Karte. »Würden Sie mir die Ergebnisse bitte an diese Adresse senden?«

Walter war sich durchaus darüber im klaren, daß der Herr glaubte, ihm, Walter, sei ein Irrtum unterlaufen, doch er wußte auch, daß er gewöhnlich keine Fehler machte. »Ich werde mich umgehend darum kümmern.«

Als Kengally zu Hause ankam, eilte er sofort ins Arbeitszimmer und durchwühlte seine Unterlagen, bis er den von Walter Addison unterzeichneten Bericht fand. Erleichtert ließ er sich in einen Sessel fallen. »Mein Gott, der Trottel hat mich wirklich irritiert.«

Er goß sich einen Brandy ein und hatte sich gerade gemütlich hingesetzt, um ihn zu genießen, als der Kurier mit einem braunen Umschlag aus dem Bergbauministerium eintraf.

Entsetzt las Kengally den Bericht, der ebenfalls von Walter Addison unterzeichnet war und genauso aussah wie der, den er bereits hatte, aber grundlegend andere Ergebnisse enthielt.

»Was, in Gottes Namen, geht hier vor?«

Er rief eine Droschke und fuhr zunächst ins Bergbauministerium, wo man ihm Addisons Privatadresse mitteilte. Wenig später klopfte er bei ihm an die Tür.

»Ich weiß nicht, was das hier soll, Sir«, fauchte er und hielt dem Hauptprüfer die beiden Berichte unter die Nase.

Walter holte seine Brille und überflog die Seiten noch auf der Türschwelle. Lord Kengally war viel zu aufgebracht, um sich mit Begrüßungsfloskeln aufzuhalten.

»Dieser hier«, sagte Walter, »ist der richtige. Ich kann mich vage erinnern, daß ich über die mageren Erträge von Yorkey recht enttäuscht war. Zunächst hatte es so ausgesehen, als gäbe die Mine einiges her.« Dann betrachtete er fassungslos den anderen Bericht. »Ich weiß nicht, woher dieser hier stammt. Er ist völlig unzutreffend.«

»Aber Sie haben ihn doch unterschrieben, Mann. Der, den Sie als den richtigen bezeichnen, ist nur eine Kopie. Das hier hingegen ist das Original, das wir von Ihrem Mitarbeiter erhalten haben.«

»Lord Kengally, auch der andere Bericht ist von mir unterzeichnet. Ich fertige immer Kopien für mich selbst an, um sicherzugehen, daß keine Fehler passieren. Wie Sie sehen, habe ich in der rechten Ecke den Vermerk ›Kopie‹ und die Prüfungsnummer eingetragen.«

»Was soll dann das hier?«

Walter trat mit dem Bericht in der Hand ins pralle Sonnenlicht und sah sich das Schreiben aufmerksam an. »Eines kann ich Ihnen sagen. Yorkey ist versiegt, dessen bin ich sicher. Bei diesem Bericht handelt es sich, so leid es mir tut, um eine Fälschung.«

»Wie bitte?«

»Wenn Sie genau hinschauen, wird Ihnen auffallen, daß die Zahlen unterschiedlich geschrieben sind. Ich schreibe eine Zwei beispielsweise ganz anders. Auch die Achten sind nicht einheitlich.« Er seufzte tief. »Aber ich muß zugeben, daß meine Unterschrift hervorragend gefälscht worden ist. Vielleicht sollten Sie hereinkommen, damit wir die Angelegenheit in Ruhe besprechen können.«

Mrs. Addison servierte dem Engländer einen widerlich süßen Sherry, doch dieser nahm ihn dankbar an.

Er brauchte dringend Addisons Rat.

»Wie konnte das passieren?«

»Lassen Sie mich überlegen. Ich habe den Bericht fertiggestellt und meinem Mitarbeiter am Schalter übergeben, damit er ihn den rechtmäßigen Empfängern aushändigt.«

»Könnte er sich daran zu schaffen gemacht haben?«

»Nicht in diesem Ausmaß. Ich verzweifle schon so an seiner Handschrift.«

»Wer dann?«

»Wer hat ihn aus meinem Büro geholt?«

»Edgar Tanner. Er kam damit sofort zu mir.«

Walter seufzte. »Dann könnte Mr. Tanner vielleicht Licht in die Sache bringen. Sind Sie sicher, daß dies die einzige Fälschung ist, die Sie erhalten haben?«

»Das bin ich. Was soll ich jetzt unternehmen?«

»Ich fürchte, wir müssen die Polizei einschalten.«

»Immer mit der Ruhe. Könnte jemand nach Ihnen die Mine noch einmal überprüft haben und zu gegenteiligen Ergebnissen gelangt sein?«

»Nicht mit meiner Unterschrift darunter.«

»O Gott. Ich muß nach London telegrafieren, damit man dort umgehend den Verkauf der Yorkey-Aktien stoppt und die eingezahlten Gelder zurückgibt. Wie sieht es mit der Zahlung aus, die ich an die Besitzer der Mine geleistet habe? Das Geld steht mir doch wohl zu.«

»Haben Sie den Bericht gesehen? Den gefälschten, meine ich?«

»Ja, ich habe ihn Mike Deagan gezeigt, einem der Besitzer.«

»Dann hat er in gutem Glauben an Sie verkauft. Unter diesen Umständen gestaltet sich eine Auflösung des Vertrages schwierig.«

»Also habe ich eine wertlose Mine gekauft?«

»Ja. Dürfte ich jedoch anmerken, daß es in Ihrem Interesse sein könnte, diesen doch ziemlich großen Claim genau zu überprüfen? Möglicherweise finden Sie die Ader wieder. Trotzdem würde ich an Ihrer Stelle umgehend nach London telegrafieren. Immerhin haben Sie einen Ruf zu verlieren.«

»Und die Polizei?«

Walter beugte sich über den Tisch und legte seine langen Finger aneinander. »Sprechen Sie mit Mr. Tanner darüber. Finden Sie heraus, was geschehen ist. Wenn sich Ihre Firma entgegenkommend zeigt und das Geld aus dem Vorverkauf der Aktien zurückzahlt, droht Ihnen keine Klage. Es ist jedoch Ihr gutes Recht, die Polizei mit der Untersuchung dieser Angelegenheit zu betrauen. Fälschungen sind nichts Ungewöhnliches. Auf den Goldfeldern wird mit allen Tricks gearbeitet. Es tut mir leid, daß Ihnen dadurch solche Unannehmlichkeiten entstehen.«

Kengally schickte seinen Diener auf die Suche nach Tanner.

»Wo soll ich nachfragen, Sir?«

»In seinem Büro. Im *Palace Hotel.* In den Bars in der Nähe der Börse. Fragen Sie nach ihm! Und finden Sie ihn!«

Kengally brauchte mehrere Brandys, um seine Nerven zu beruhigen. Kurz vor Dienstschluß war er im Telegrafenamt eingetroffen, um seine Nachricht zu kabeln. Er brachte es kaum über sich, eine solche Mitteilung als Telegramm aufzugeben, doch ein Brief nach London hätte Monate gebraucht. Er war sich der durchdringenden Blicke der Mitarbeiter des Telegrafenamtes bewußt, die sich mit den Informationen, die sie bei der Arbeit erhaschten, bekanntermaßen etwas dazuverdienten. Kengally verwendete als Codewort »Kreuz«. Es wies auf eine negative Nachricht hin. »Herz« hingegen stand für eine bestätigende Mitteilung.

»Kreuz ist gespielt. Plan sofort aufgeben. Yorkey ist Hauptziel.«

Die drei Schlüsselwörter dieses Telegramms würden seine Kollegen in London in Alarmbereitschaft versetzen. Doch würden sie ihm genügend Zeit geben, die Sache noch einmal zu überprüfen. Morgen würde er seine Kollegen und die Börse offiziell darüber informieren müssen, ob Yorkey tatsächlich so vielversprechend war, wie er geglaubt hatte.

Und andere hatte glauben lassen, dachte er seufzend.

Tanner traf in bester Laune ein, da ihn Lord Kengally zum ersten Mal zu sich eingeladen hatte.

»Was kann ich für Sie tun?« fragte er herzlich und ergriff die Gelegenheit, sich umzusehen.

»Eine ganze Menge, glaube ich«, erwiderte Kengally. »Wissen Sie, daß Yorkey versiegt ist?«

»Wie kann das sein? Die Mine ist geschlossen.«

»Sie ist versiegt, bevor wir sie geschlossen haben.«

»Soll das ein Rätsel sein?«

»Keineswegs.« Kengally berichtete, was sich am Nachmittag abgespielt hatte, und überreichte Edgar den Prüfbericht. »Das hier ist eine Fälschung.«

Tanner kochte vor Wut. »Wer hat das behauptet? Das ist unser Bericht. Addison hat ihn mir persönlich überreicht. Was will er damit bewirken? Ist Ihnen klar, was das für Folgen haben kann? Wenn das hier bekannt wird, ist Yorkey mausetot. Ich kann einfach nicht glauben, daß Sie auf diesen Schwindel hereingefallen sind.«

»Sie halten es für einen Schwindel?« fragte Kengally.

»Sicher. Wenn Gerüchte in Umlauf gebracht werden, die Yorkey in ein falsches Licht setzen, fallen die Aktien ins Bodenlose. Derjenige, der hinter dieser angeblichen Fälschung steckt, wird die Mine für einen Spottpreis aufkaufen. Nein, das müssen wir unbedingt verhindern. Dies ist keine Fälschung, sondern das Original. Sie haben doch wohl noch nichts unternommen, oder?«

»Ich mußte. Ich habe nach London gekabelt, daß Yorkey ein Reinfall ist.«

»O Gott, warum haben Sie das getan? Man hat Ihnen Angst eingejagt. Jetzt könnte ich übrigens einen Drink vertragen.«

»Entschuldigen Sie bitte.« Kengally goß ihm geistesabwesend einen Brandy ein.

»Addison besteht darauf, daß es sich um eine Fälschung handelt. Er sagt, Yorkey sei versiegt und dies sei der echte Bericht, das heißt, eine Kopie davon.«

Tanner verglich die beiden Blätter. »Christus! Welcher ist welcher? Nein ... das ist unserer, der positive Bericht. Auf dem anderen steht nämlich ›Kopie‹.« Er sah sich die »Kopie« genau an. »So ein Unsinn! Wir haben das Original, alles andere ist Müll.«

Sie stritten, verglichen von neuem, untersuchten die Zahlen, rangen um eine Erklärung, bis die Diskussion in einen handfesten Streit mündete.

»Addison gibt zu, daß dieser Bericht nur eine Kopie ist«, rief Edgar. »Er hat einen Fehler begangen, die Kopie verhunzt.«

»Es geht nicht nur um die Berichte. Er besteht darauf, daß Yorkey versiegt und ausgebeutet sei, daß es sich bei diesem Bericht um eine Fälschung handle und das Ganze eine Angelegenheit für die Polizei sei.«

»Der Mann ist von Sinnen. Er nimmt so viele Prüfungen vor, daß er sie unmöglich auseinander halten kann. Wieso zum Teufel soll das eine Fälschung sein? Ich habe den Bericht selbst abgeholt und Ihnen ausgehändigt.«

»Das sagen Sie«, entgegnete Kengally. »Addison wird diese Sache nicht auf sich beruhen lassen. Er besteht darauf, daß er recht hat, und behauptet, jemand habe sich auf dem Weg zwischen seinem und meinem Büro an dem Bericht zu schaffen gemacht.«

Edgar knallte sein Glas auf die Anrichte. »Verdächtigen Sie etwa mich? Wollen Sie andeuten, daß ich diesen Bericht gefälscht habe?«

»Ich verdächtige niemanden. Ich kann mir nur einfach nicht vorstellen, wie es zu zwei so grundlegend verschiedenen Berichten kommen konnte.«

»Deagan und Price haben ihn bestochen«, antwortete Edgar boshaft. »Sie haben ihm vielleicht so viel bezahlt, daß er den Bericht nach ihren Wünschen abgefaßt hat.«

»Addison ist nicht der Typ für so etwas.«

»Wenn man genug zahlt, ist jeder der Typ.«

»Warum hätte Addison denn eine Kopie aufbewahren sollen, die seinem eigenen Bericht widerspricht?«

»Weil er dumm ist, ganz einfach.«

Kengally behielt das letzte Wort. »Morgen werde ich mich als erstes um diese Angelegenheit kümmern.« Er begleitete Edgar zur Tür. »Addison scheint mir ein ebenso fleißiger wie integrer Mann zu sein. Ich neige dazu, seiner Fälschungstheorie Glauben zu schenken.«

»Glauben Sie doch, was Sie wollen!« schäumte Edgar und stürmte aus dem Haus.

Fluchend kehrte er in die Stadt zurück. Es war zu früh, um einen Verdächtigen zu benennen, doch er wußte, wo er zu suchen hatte. Die einzig mögliche Erklärung war, daß Deagan und Price Addison gekauft hatten. Sie hatten ihn für einen positiven Bericht bezahlt, damit sie Yorkey verkaufen konnten. War Clem nicht überaus erpicht darauf gewesen, so schnell wie möglich nach Hause zu kommen?

»Und das nach allem, was ich für Clem Price getan habe!« tobte Tanner. »Diese Ratte! Nun, ab jetzt spielen wir ohne Regeln, mein Junge. Ich werde dich, deinen Kumpel und den ach so ehrenwerten Addison vorerst einbuchten lassen. Lancoorie siehst du so schnell nicht wieder, Clem Price! Wenn euer Bericht nicht echt ist, solltet ihr euch warm anziehen.«

Tanner verbrachte eine schlaflose Nacht. Er hatte zuviel getrunken und sich zu viele Sorgen gemacht, und das alles wegen eines Problems, das sich vielleicht in Luft auflösen würde. Am Morgen wollte er die Sache im Bergbauministerium überprüfen lassen. Es galt, die Sache nüchtern anzugehen und nicht, wie Kengally, in Panik zu geraten.

»Mr. Tanner« – das Zimmermädchen klopfte an die Tür – »Ihr Tee.«

»Verschwinden Sie«, brüllte er und warf sich im Bett herum. Er hatte noch nie verstanden, weshalb man in Hotels der Ansicht war, daß Gäste zu einer derart unchristlichen Zeit Tee und Gebäck benötigten. In den nächsten Stunden holte Tanner den Schlaf nach, den er nachts versäumt hatte, doch als die Tageshitze ins Zimmer drang, stieg er schwankend aus dem Bett.

»Zehn Uhr! Verdammt noch mal!« So lange hatte er nun auch wieder nicht schlafen wollen. Eigentlich hätte er schon längst mit seinen Nachforschungen über Yorkey begonnen haben müssen, auch wenn er die Angelegenheit im Licht des neuen Tages als weniger bedrohlich empfand.

Er kaufte sich eine Zeitung, warf geistesabwesend einen Blick auf die Schlagzeile und blieb abrupt stehen. Dann eilte er zurück ins Hotel und breitete die Zeitung auf einem Lesepult aus.

»Londonderry zusammengebrochen!«, schrien ihm die fetten Lettern entgegen. Edgar überflog den Artikel und beglückwünschte sich selbst.

»Habe ich es doch gewußt«, sagte er zu sich selbst. »Irgend etwas war im Busch.« Beim Weiterlesen erfuhr er, daß die Inhaber der Firma zur Wiedereröffnung der Mine eingetroffen waren und symbolisch den ersten Spatenstich getan hatten. In einem Hotel in Coolgardie war ein großes Mittagessen arrangiert worden. Bei dieser Gelegenheit sollte der Earl of Fingall verabschiedet werden, der seine Tätigkeit für das Syndikat beendet hatte.

Tanner las den Rest des Artikels. Das Stammkapital bestand aus siebenhunderttausend Aktien zu je einem Pfund. Ein Drittel davon wurde von Fingall und seinen Freunden gehalten. Bis dato hatte man Londonderry als reichste Mine der Welt gefeiert. Bei einer Versammlung im Londoner *Cannon Street Hotel* hatte der Earl of Fingall eine Rede gehalten und gesagt, daß die Mine nach Expertenschätzungen auf jeweils zwanzig Fuß Schachttiefe Gold im Wert von dreihunderttausend Pfund abwerfen würde. Bei einer geschätzten Adertiefe von tausend Fuß erziele man eine Ausbeute im Wert von sagenhaften fünfzehn Millionen Pfund.

Die Tageszeitung von Perth brachte sogar ein Foto von Fingall. Es war an der Londoner Charing Cross Station aufgenommen worden, wo man ihn verabschiedet hatte, als er nach Australien aufgebrochen war.

»Oh, Mann«, sagte Tanner grinsend, »ich wette, auf solche Publicity kann er jetzt gut verzichten.«

Der Zaun um die Mine war entfernt und diese wiedereröffnet worden, doch zu ihrer Überraschung waren Schürfer, die nach Arbeit suchten, abgewiesen worden. Ein Mantel des Schweigens legte sich über das, was in der Mine geschah, bis Fingall schließlich das Postamt von Coolgardie betrat und seine Hiobsbotschaft nach London telegrafierte.

»Wir bedauern zutiefst, Ihnen mitteilen zu müssen ...«

Tanner blätterte um. Schon wurden hitzige Diskussionen über das Schicksal der berühmten Mine geführt. Jemand sagte, Fingall und seine Firma seien betrogen worden, andere behaupteten, daß Londonderry geplündert worden sei. Manche gingen von einer glatten Fehleinschätzung der Mine aus. »Was auch immer schiefgelaufen ist«, las Tanner – hocherfreut, weil er seine eigenen Aktien abgestoßen hatte –, »angesichts dieses Skandals ist der Verleumdungsprozeß Queensberry gegen Oscar Wilde in London und Paris völlig in den Hintergrund getreten.«

Die Zeitung berichtete auf mehreren Seiten über die unglaublichen Neuigkeiten. Zu seinem Erstaunen las Edgar, daß Lord Fingall und zwei seiner Partner versprochen hatten, die Investoren aus eigener Tasche zu entschädigen. Der Herausgeber lobte dies als anständiges und ehrenwertes Verhalten, doch Tanner lachte verächtlich.

»Und was ist mit den ursprünglichen Besitzern der Mine? *Sie* sollten den Kaufpreis zurückerstatten.« Er selbst würde unter diesen Umständen keinen Penny zurückzahlen.

»Die Aktionäre kaufen auf eigenes Risiko«, murmelte er. Er befürchtete, daß Fingall mit seinem Vorschlag eine kostspielige Tradition begründen würde. »So ist es immer gewesen. Und was ist mit den ganzen Käufern, die wie ich ihre Aktien mit Gewinn verkauft haben? Wir sind der Katastrophe entgangen. Es trifft nur die Aktionäre, die nicht rechtzeitig verkauft haben. Ihr Pech.«

Er überflog den Rest des Kommentars und ärgerte sich über die Lobeshymnen auf diese Ehrenmänner. Dann warf er einen flüchtigen Blick auf den letzten Absatz. Er hatte genug von dieser Geschichte und noch eine Menge zu tun. Als allererstes würde er sich zur Börse aufmachen, wo die Londonderry-Aktien vermutlich wie Konfetti durch die Luft tanzten.

Die Investoren würden nach neuen Anlagemöglichkeiten suchen. Addison konnte warten. Zunächst mußte Tanner sich ums Geldverdienen kümmern.

Gerade als er die Zeitung zusammenfalten wollte, sprangen ihm die letzten Zeilen des Artikels ins Auge.

»Unbestätigte Gerüchte wecken Zweifel am Ertrag der Yorkey-Mine, die in letzter Zeit hier und in Übersee ebenfalls viel Aufmerksamkeit erregt hat.«

Fassungslos knallte er die Zeitung auf den Tisch, zerknüllte sie anschließend und warf sie in den Papierkorb.

»Woher zum Teufel haben die das?« knurrte er. »Natürlich, Kengallys verfluchtes Telegramm. Der Idiot hat die Nerven verloren. Von wegen kodierter Nachricht. Für die Morsespezialisten im Amt ist es ein Kinderspiel, die wahre Bedeutung einer Nachricht zu entschlüsseln.«

Unentschlossen stand er an der Vordertür des Hotels und überlegte, wohin er als erstes gehen sollte. Die Zeitung konnte er immer noch verklagen. Mit Rücksicht auf seine Aktien, die er an der Yorkey-Mine hielt, mußte er an der Börse zunächst Zuversicht verbreiten, doch dafür brauchte er Rückendeckung.

»Lord Kengally ist bereits hiergewesen«, teilte ihm Rivett, der Abteilungsleiter, in kühlem Ton mit. Der kleine, dickliche Mann mit den unecht wirkenden Locken hatte die Gestalt einer Bantamhenne, die die Brust vorstreckte, um ihre Wichtigkeit zu demonstrieren. Edgar empfand eine spontane Abneigung gegen ihn, versuchte seinen Ärger jedoch im Zaum zu halten.

»Das glaube ich Ihnen. Allerdings bin ich ein Geschäftspartner von Lord Kengally und habe noch nicht mit ihm sprechen können. Für Ihre geschätzte Meinung in Sachen Yorkey wäre ich Ihnen daher sehr verbunden. Vor allem nach diesem haarsträubenden Zeitungsartikel.«

»Ich nehme an, Sie sprechen vom Prüfbericht und der Entscheidung über den Wert des Yorkey-Quarzes.«

»Genau.«

»Mr. Tanner, dies ist eine überaus unangenehme Angelegenheit. Wir schätzen es nicht, wenn Gesellschafter unsere offiziellen Berichte in Frage stellen.«

»Hat Lord Kengally das getan?«

»In der Tat. Er schien der Ansicht zu sein, sein Titel verleihe ihm hier irgendwelche Rechte, aber ich versichere Ihnen, daß dem nicht so ist. Die Anträge werden nach Dringlichkeit und in der Reihenfolge ihres Eintreffens behandelt. Hier haben große Firmen nicht mehr Einfluß als ein einfacher Schürfer. Daran habe ich ihn erinnert.«

Während Tanner dem eifrigen Bürokraten lauschte und regelmäßig nickte, um ihm eine Freude zu machen, fiel ihm Fred Vosper und dessen Credo ein, der Knecht sei so gut wie der Herr. Er nahm sich fest vor, für Vospers Kampagne zu spenden.

»Warum hat Kengally den Bericht angefochten? Ich frage nur, weil ich heute morgen so was in der Zeitung gelesen habe. Gibt es irgendwelche stichhaltigen Gründe für diesen hämischen Artikel?«

»Ich kann Ihnen nur die Fakten mitteilen, die ich auch an meinen Minister weiterleiten werde, selbst wenn dieser zufällig ein Freund Lord Kengallys sein sollte. Angesichts zweier widersprüchlicher Berichte über die Yorkey-Mine, die mir dieser Herr vorgelegt hat, mußte ich Mr. Addison zu Rate ziehen.« Er seufzte schwer. »Wie Sie wissen, genießt Mr. Addison großes Ansehen in seiner Branche, hat aber zur Zeit Urlaub. Wenn man den armen Mr. Addison hierherkommen läßt, so belästigt man ihn meines Erachtens auf unzumutbare Weise.«

»Ich verstehe. Was also ist geschehen?«

»Mr. Addison hat in seinem Büro in Gegenwart Lord Kengallys, eines Friedensrichters und meiner Wenigkeit als Zeugen eine Erklärung abgegeben, die besagt, daß der Bericht, der sich in Händen des Yorkey-Syndikats befindet, tatsächlich eine Fälschung ist. Es tut mir leid, Ihnen diese unerfreuliche Neuigkeit mitteilen zu müssen, aber eines möchte ich dennoch klarstellen: Die Gerüchte, die heute morgen über die Zeitung verbreitet worden sind, sind nicht auf unserem Mist gewachsen. Wir sind uns durchaus unserer Verantwortung bewußt.

Wenn irgend jemand eine Erklärung zu dieser unschönen Angelegenheit abgeben sollte, dann der Minister persönlich.«

Tanner wünschte, Rivett würde endlich den Mund halten. Am liebsten wäre er davongelaufen.

»Eine Fälschung?« hauchte er. »Sind Sie sicher?«

»Es besteht kein Zweifel. Ich habe die Abweichungen selbst festgestellt, nachdem man mich darauf hingewiesen hatte.«

»Und was bedeutet das?« fragte Tanner, obwohl er die Antwort bereits kannte. Noch immer suchte er nach einer Erklärung.

»Ich möchte Ihnen nicht zu nahe treten – aber das bedeutet, daß Yorkey nicht das hält, was die Spekulanten versprechen. Sie sehen richtiggehend entsetzt aus.«

»Könnte Addison sich nicht geirrt haben?«

Rivett seufzte. »Bitte fangen Sie nicht damit an. Um die Sache vollständig zu klären, hat Mr. Addison seinen Urlaub abgebrochen. Er befindet sich bereits auf dem Rückweg nach Kalgoorlie, um die Ergebnisse dort noch einmal zu überprüfen. Er hat sich freiwillig dazu bereit erklärt, was ungemein großzügig ist, aber so ist unser Mr. Addison nun einmal.«

»Vielen Dank, daß Sie sich die Zeit genommen haben«, entgegnete Tanner niedergeschlagen. »Wie schätzen Sie selbst die Ergebnisse ein?«

»Die Yorkey-Mine ist ausgebeutet. Mr. Addison macht keine Fehler. Seine Prüfberichte sind immer korrekt.«

»Nein, ich meine die Fälschung. Sie kennen sich in diesen Dingen aus. Wie konnte das passieren?«

»Es kann nur passiert sein, nachdem der Bericht im Büro des Hauptprüfers in Kalgoorlie abgeholt worden war. Ich habe Lord Kengally geraten, seine Mitarbeiter zu überprüfen, wenn er, wie er sagt, tatsächlich nichts von der Fälschung wußte. Den Vorwurf, es liege unsererseits fehlerhaftes Verhalten vor, weise ich kategorisch zurück. Das werden Sie hoffentlich verstehen, Mr. Tanner.«

»Nein, das tue ich nicht«, knurrte dieser und ließ alle Höflichkeit fahren. Dieser aufgeblasene Besserwisser! »Meines Erachtens sollte man Ihre Mitarbeiter einmal kontrollieren. Keiner von Ihnen ist ein Krösus. Ihr beschwert euch ständig über die schlechte Bezahlung. Ein kleiner Nebenverdienst käme euch doch gar nicht so ungelegen, nicht wahr? Sagen Sie mir nicht, Ihr Mr. Addison sei über jeden Verdacht erhaben. Vielleicht stecken Sie ja sogar mit ihm unter einer Decke.« Er riß die Glastür auf und schrie im Hinausgehen: »Sie werden noch von mir hören!«

Das Dach von Mikes Haus war gerade erst gedeckt worden, als ihm auch schon ein neu in Kalgoorlie eingetroffener Arzt ein Kaufangebot unterbreitete.

»Nennen Sie mir einen Preis, Mr. Deagan, und ich werde versuchen, das Geld aufzubringen. Bis jetzt konnten meine Frau und ich einfach kein passendes Haus finden, in dem man sowohl wohnen als auch praktizieren kann. Um ehrlich zu sein, hat meine Frau bereits einen Blick in Ihr Haus geworfen und mir vorgeschwärmt, wie kühl es darin sei und wie modern es wirke. Von Kalgoorlie selbst ist sie nicht sonderlich beeindruckt, weil Hitze und Staub ihr schwer zu schaffen machen, aber in dieses Haus hat sie sich gleich verschossen.«

Mike stellte in Gedanken einige Berechnungen an und schüttelte dann mit einem stolzen Blick auf sein neues Heim den Kopf. »Ich kann Ihre Frau gut verstehen. Nachdem ich so lange hier gearbeitet habe, sehne ich mich auch nach Sauberkeit und Frische. In diesem Haus wird es keine üblen Gerüche und kein Ungeziefer geben. Außerdem sind alle Fenster mit Fliegendraht versehen, da uns die Viecher schwer zu schaffen machen.«

»Das habe ich bemerkt«, erwiderte der Arzt düster. »Für eine Arztpraxis ist Sauberkeit das Nonplusultra. Die Fliegen scheinen ein wahre Plage zu sein. Und Sie sind sich hundertprozentig sicher? Sie würden den Verkauf nicht bereuen.«

»Ich habe mich schon sehr auf den Einzug gefreut«, erwiderte Mike ebenso düster. »Es würde mich hart ankommen, wenn ich noch einmal von vorn beginnen müßte, selbst wenn ich ein ebenso gutes Grundstück fände. Das Schlimmste hier draußen ist die glühende Nachmittagssonne, aber wie Sie sehen, ist das Haus nach Osten gerichtet, so daß man in den Genuß der Morgensonne kommt. An kalten Wintermorgen ist das sehr angenehm.«

»Dort wollte ich die Praxis einrichten. Warum denken Sie nicht noch einmal in Ruhe über einen Verkauf nach? Ich komme morgen wieder.«

»Ich muß es mir sehr genau überlegen, ob ich dieses schöne Haus aufgebe. Wir werden sehen. Ein Tag Bedenkzeit ist angemessen.«

Er machte sich auf die Suche nach Jocelyn. »Sieht aus, als würde ich wieder bei dir einziehen.«

»Warum?«

»Weil ich einen Fisch an der Angel habe. Er will mein neues Haus kaufen.«

»Gott im Himmel, Mike. Du wirst doch nicht dein Haus verkaufen?«

»Alles hat seinen Preis, meine Schöne. Wenn er mir doppelt

soviel zahlt, wie es gekostet hat, gehört es ihm.« Er folgte ihr ins Büro.

»Ich bin froh, daß du gekommen bist. Ich möchte mit dir reden«, sagte Jocelyn.

»Worüber?«

»Über das *Black Cat*.«

»Ist etwas nicht in Ordnung?«

»Nein. Es geht um Clem. Er will seinen Anteil abstoßen ...«

Mike zündete sich eine Zigarre an. »Ich dachte, das wäre geregelt. Ich habe ihm geschrieben, daß du seinen Anteil kaufen wirst. Eigentlich sollte ihn das freuen. Ich möchte ebenfalls keinen anderen Partner.«

Sie schaute sich unglücklich um. »Mike, ich weiß das, was du tust, zu schätzen, aber ich möchte nicht meine gesamten Ersparnisse ins *Black Cat* stecken. Und außerdem hasse ich es, Schulden zu machen.«

»Was für Schulden? Ich habe doch gesagt, daß ich die Differenz übernehme. Du kannst mir das Geld bei Gelegenheit zurückzahlen.«

Jocelyn holte tief Luft. »Warum kaufst du nicht selbst Clems Anteil? Du kannst es dir leisten.«

Er streckte sich und legte die Füße auf einen Stuhl. »Was für eine Frage! Du bist das Herz dieses Etablissements. Ein hälftiger Anteil steht dir einfach zu. Es ist ungerecht, daß du nur ein Gehalt beziehst.« Er grinste. »Wir sind Freunde. Es ist eine gute Investition.«

»Tatsächlich? Oder willst du dich nur versichern, daß ich hierbleibe? Willst du deine Investition schützen?«

»So kann man es auch ausdrücken. Du mußt dich für die Zukunft absichern, Jossie, genau wie ich. Wenn du meine Geschäftspartnerin wirst und hierbleibst, wirst du eine reiche Frau.«

»Und was soll aus mir persönlich werden?«

»Hm?«

»Du hast mich ganz gut verstanden. Am Ende wäre ich eine alte Schachtel mit gefärbtem Haar, deren einziger Freund der Alkohol ist.«

»Nein, nicht du.«

»Was dann? Es war nie mein Traum, Hure oder Puffmutter zu werden. Ich hatte bloß keine Lust, Kellnerin zu werden und schließlich irgendeinen Bauernjungen zu heiraten. Etwas mehr wollte ich aus meinem Leben schon machen ...«

Er drückte die Zigarre aus und erhob sich. »Komm schon. Ist dir heute morgen eine Laus über die Leber gelaufen? Du hast doch was aus deinem Leben gemacht, und an Geld fehlt es dir auch nicht.«

»Geld ist nicht alles«, entgegnete sie traurig.

»Seit wann denn das?« Er ging um den Tisch und küßte sie auf die Wange. »Sag nicht, du willst aussteigen. Das wäre das Dümmste, was du tun könntest.«

»Meinst du?« Jocelyn trat ans Fenster und zog die Vorhänge zurück. »Sag mir eins, Mike. Du hast mit den Mädchen geschlafen, hattest sogar deine Favoritinnen, aber mich hast du nie angefaßt. Warum?«

Er fuhr sich mit der Hand durch die Haare. »Na ja, du bist der Boß, oder nicht? Sozusagen unberührbar.«

»Das würde ich nicht sagen. Nicht, wenn es um dich geht.«

»Komm schon, Jossie, was soll das alles? Wir waren immer Freunde. Ich dachte, es würde dir nichts ausmachen, daß ich ab und zu meinen Spaß habe. Außerdem war ich immer der Ansicht, du hättest ein Auge auf Clem geworfen.«

»Das war einmal so, aber ich bin erwachsen geworden. Dies ist kaum der richtige Ort für eine Romanze, und er hat meine Zuneigung auch nie bemerkt. Er hängt viel zu sehr an Thora.« Abweisend raffte sie ihr Schultertuch zusammen. Es sah aus, als wolle sie ihn aussperren. »Tut mir leid, Mike, ganz ehrlich. Ich will dich nicht im Stich lassen, aber ich gehe fort. Ich halte es hier nicht länger aus.«

Nachdem sich Jocelyn einmal entschlossen hatte, war sie immun gegen seine Einwände, sein Süßholzraspeln, seine Komplimente.

»Kannst du mich nicht verstehen? Ich komme aus einer anständigen Familie. Das Geld bedeutet mir nichts mehr. Zuerst fand ich es aufregend. Bevor ich hierher kam, hatte ich kein eigenes Bankkonto. Aber nun, da ich ein Gehalt beziehe und viele Anlagehinweise bekomme, kann ich es mir leisten, dieses Leben hinter mir zu lassen.«

Er folgte ihr quer durchs Zimmer. »Ist das der einzige Grund?«

»Warum nicht?« gab sie wütend zurück. »Ich will einfach nicht, daß mir mein Leben lang der Gestank eines Hurenhauses anhaftet.«

»Wohin willst du gehen?«

»Nach Osten. So weit weg wie möglich. In eine Gegend, in die mein Ruf noch nicht gedrungen ist. Es heißt, Melbourne sei eine schöne Stadt mit vielen Parks. Ich möchte ein Schiff besteigen und von einem Ende des Kontinents zum anderen segeln. Ich möchte etwas sehen von diesem Land. Und ich möchte sein wie andere Frauen auch – anständige Frauen.«

»Wer hat denn gesagt, du seist keine anständige Frau? Ich jedenfalls nicht. Geht es dir nur um einen Urlaub? Den sollst du haben. Ich halte dich nicht davon ab.«

»Mein Gott!« schrie sie. »Muß ich es dir erst einhämmern? Ich liebe dich, Mike Deagan. So, jetzt ist es heraus. Aber du kommst zu spät. Ich gehe, wie ich es gesagt habe.«

»Du hast mir nie eine Chance gegeben«, erwiderte er ruhig. »Ich bin zwanzig Jahre älter als du und Clem, und meine Vorstrafen sind nicht gerade eine Empfehlung. Mach mich nicht für etwas verantwortlich, was ich nicht ändern kann. Ich bin keine gute Partie, aber ich werde dir helfen, wenn du in den Osten gehen möchtest. Vergiß, daß es das *Black Cat* je gegeben hat.«

Sie ließ sich Zeit mit ihrer Antwort. »Also abgemacht«, sagte sie schließlich steif. »Ich kaufe mich nicht ins *Cat* ein. Und ich breche auf, sobald du eine Nachfolgerin für mich gefunden hast.«

»Du würdest mich einfach so verlassen?«

»Ja. Du wirst einmal einer der reichsten Männer hier draußen sein, aber du wirst auch für immer der Exsträfling bleiben. Und ich weiß auch, warum du auf den Goldfeldern bleiben möchtest: weil sich hier keiner um deine Vergangenheit schert. Weil Ansehen hier nichts bedeutet. Du lebst nicht hier, Mike Deagan, du versteckst dich bloß. Trotz deiner großen Reden fühlst du dich so gedemütigt, daß du nicht wagst, den Kopf zu heben. Und soll ich dir noch etwas sagen? Wenn ich bleibe, werde ich so wie du. Das könnte ich nicht ertragen. Ich will kein Leben in Schande führen.«

Sie brach in Tränen aus, und er nahm sie in die Arme. »Liebste, hör auf damit. Ist es so schlimm?«

»Ja, das ist es«, schluchzte sie.

In dieser Nacht unterhielten sie sich lange und liebevoll in Jocelyns Bett.

»Die Kosten steigen rapide«, erklärte Mike dem Arzt am nächsten Tag, »und ich begehe vermutlich einen Fehler, den ich mein Leben lang bereuen werde, aber meine Freunde haben mir gesagt, daß in dieser Stadt dringend ein Arzt gebraucht wird.«

»Sie verkaufen also?«

»Sieht so aus, als hätte ich keine andere Wahl.«

Mit dem Erlös aus dem Verkauf seines Hauses erwarb Mike Deagan eine Brosche in Form eines goldenen Hufeisens, die er seiner zukünftigen Frau schenken wollte. Dann suchte er einen Immobilienmakler auf, unterbreitete ihm, wieviel Umsatz das *Black Cat* machte, und ließ es zum Verkauf anbieten.

Der Makler starrte die Zahlen an. In seinen Augen, die unter einem jener in Banken und Geschäftskreisen so beliebten grünen Schirme hervorlugten, blitzte die Gier auf. »Überlassen Sie die Sache mir, Mr. Deagan. Ich werde sehen, was ich erreichen kann. Möglichst diskret natürlich, das versteht sich von selbst.«

Mike lächelte. Er kannte sich in der Stadt gut aus und hatte den Makler sorgfältig ausgewählt. »Natürlich. Diskretion geht über alles.«

Sechs Tage später kaufte der Immobilienmakler das *Black Cat.* Er wußte nicht, daß die Madame das Etablissement verlassen würde, doch als ihm diese Nachricht zu Ohren kam, schenkte er ihr kaum Beachtung. Mr. Deagan hatte ihm den Namen einer anderen Dame genannt, die kürzlich in Kalgoorlie eingetroffen war und ihm würde aushelfen können, da sie einschlägige Erfahrung hatte. Sie hieß Glory. Für die zukünftige Leiterin einer Goldgrube wie dem *Black Cat* war das ein passender Name, dachte der Makler erfreut. Man hatte ihm versichert, Glory sei die Diskretion in Person. Seine Frau, eine Säule der methodistischen Kirche, sollte von seiner Investition nichts erfahren. Doch immerhin würde sie in den Genuß der Erträge kommen.

Jocelyn sorgte dafür, daß ihr Hochzeitsempfang im kleinen Kreis im Gemeindesaal der neuen katholischen Kirche stattfand. Speisen und Getränke lieferten die Frauen des Müttervereins. Sentimentale Schürfer, die sie ungern ziehen sahen, schenkten ihnen verschiedenartigste Andenken aus Gold, von Ringen über winzige Hacken bis hin zu kleinen Nuggets.

Mr. und Mrs. Deagan reisten zunächst nach York und von dort aus nach Lancoorie, wo sie eine Weile bei Alice und George wohnten. Danach wollten sie nach Perth fahren, der letzten Station vor der aufregenden Seereise von Fremantle nach Melbourne.

Kengally bekam den Aufruhr wegen des Londonderry-Krachs und der Gerüchte über Yorkey an der Börse hautnah mit.

»Soweit ich weiß«, sagte er zu den Reportern und runzelte die Stirn, als er Tanner kommen sah, »soweit mir bekannt ist, gilt Yorkey nach wie vor als profitabel. Ich habe die Verhandlungen lediglich für einige Tage ausgesetzt, um offene Fragen zu klären. Wie Sie alle wissen, bin ich ein vorsichtiger Mann und muß im Interesse unserer Investoren sicherstellen, daß alles seine Richtigkeit hat.«

»Wollen Sie damit andeuten, daß hier mit gezinkten Karten gespielt wurde?« fragte ein Reporter eifrig.

»Ganz und gar nicht. Vielleicht habe ich meine Worte falsch gewählt. Ich würde eher von einem Mißverständnis sprechen. Hier kommt Mr. Tanner, fragen Sie ihn selbst.«

Alle stürzten sich auf den Neuankömmling. »Wie sieht es in Wirklichkeit aus?«

»Bisher kann ich nur sagen, daß ein Fehler gemacht worden ist. Ein Versehen des Prüfers, um es milde auszudrücken, und es ist nun an ihm, uns allen zu versichern, daß Yorkey so ertragreich ist wie angenommen. Ich werde Sie auf dem laufenden halten.«

Enttäuscht zerstreuten sich die Reporter.

»Warum machen Sie die Sache noch schlimmer?« wollte Tanner von Kengally wissen. »Addison hat lediglich die Berichte durcheinandergebracht.«

»Das glaube ich nicht. Ich war heute morgen bei seiner Behörde. Inzwischen bin ich davon überzeugt, daß unser Bericht eine Fälschung ist. Das Original besagt unmißverständlich, daß es sich nicht lohnt, in Yorkey zu investieren. Ich möchte wissen, wie es dazu kommen konnte.«

»Das ist doch klar! Der Täter sitzt in eben dieser Behörde. Dort müßte ermittelt werden.«

»Ermittlungen sind bereits im Gange. Und sie schicken einen weiteren Prüfer los, der die Mine noch einmal bewerten soll.

Ich mache mir keine Hoffnungen. Man hat uns betrogen, und ich bin unseren Investoren verpflichtet.«

»Welchen Investoren? Sie werden inzwischen Wind von der Sache bekommen haben. Wir sollten diesen Prüfer wegen Fälschung anzeigen.«

»Sie sollten nichts übereilen, sondern sich zunächst über Ihre eigene Position Gedanken machen. Ich habe diesen Bericht von Ihnen erhalten und auf dieser Grundlage gehandelt. Irgendwo wurden die Berichte ausgetauscht.«

»Nicht bei mir.«

»Wo denn sonst?« fragte Kengally zornig.

Ein Mann unterbrach sie. »Tanner, ich möchte mit Ihnen reden!« brüllte er. »Sie haben mir einen Haufen wertloser Londonderry-Aktien angedreht!«

»Ich habe Sie Ihnen in gutem Glauben verkauft!«

»Sicher doch! Und wie viele Aktien besitzen Sie selbst?«

»Das geht nur mich etwas an.«

»Gar keine! Sie halten nicht eine einzige Aktie, Sie Heimlichtuer! Und was ist mit dieser Yorkey-Sache? Stecken Sie auch dahinter?«

»Sie sollten aufpassen, was Sie sagen. Verleumdung kommt teuer«, gab Tanner zurück und stürmte davon.

Zur gleichen Zeit wurde in Kalgoorlie der Beamte John Beardley von seinen Vorgesetzten verhört, und zwar aufgrund eines Telegramms, das sie an diesem Morgen aus Perth erhalten hatten. Mr. Addisons Bericht stammte vom sechsten Juni, hatte also am siebten zum Abholen bereitgelegen. Sie mußten in Erfahrung bringen, wer das Dokument mitgenommen hatte.

John kratzte sich am Kopf. »Weiß nicht. Es gehen viele Berichte raus. Und es ist schon eine Weile her.«

»Denken Sie gut nach, es ist überaus wichtig. Mr. Addison schreibt seine Berichte und legt sie in den Ablagekorb da drüben. Sie kommen morgens als erster herein, schließen die Büros auf und was dann?«

»Ich schließe Mr. Addisons Büro auf, nehme den Korb raus, damit sich die Leute die Berichte abholen können, und schließe sein Büro wieder ab, bis er oder Sie, Sir, eintreffen.«

»Können Sie uns sagen, ob in seinem Büro eingebrochen wurde?«

»Nein, Sir. Das hätte ich bemerkt. In Mr. Addisons Büro ist es immer sehr ordentlich, auch die Fenster sind immer verriegelt, weil der Safe dort drinnen steht. Yorkey, sagten Sie? Die Yorkey-Mine?«

Er seufzte. »Irgend etwas war da doch. Yorkey. Jetzt fällt es mir wieder ein. *Er* hat den Bericht abgeholt. Mr. Tanner aus York. Er konnte sich nicht an mich erinnern, aber ich habe ihn wiedererkannt. Hat er gesagt, es sei jemand anderer gewesen?«

»Nein, wir wollen nur sicherstellen, daß von unserer Seite alles korrekt durchgeführt wurde. Es gab einige unglückliche Zwischenfälle, die Mr. Tanner hoffentlich aufklären kann. Das wäre alles.«

Der stellvertretende Hauptprüfer, der Minenbeauftragte und der Schriftführer lehnten sich zurück und starrten auf den leeren Stuhl, als könne er ihre Fragen beantworten.

»Wenn Mr. Addison sagt, die Berichte seien vertauscht worden, dann war es so«, erklärte der Prüfer. »Aber nicht in diesem Büro. Sie haben gehört, was Beardley gesagt hat. Er kann sich daran erinnern, Mr. Tanner den Bericht ausgehändigt zu haben. Also sind wir aus der Sache raus.«

»Dem Telegramm zufolge behauptet Tanner, daß diese sogenannte Fälschung aus diesem Büro abgeholt wurde«, warf der Schriftführer ein.

»Nicht ›sogenannte‹. Wir wissen, daß er Lord Kengally ein gefälschtes Dokument übergeben hat und damit die Verantwortung trägt. Ich möchte nicht, daß Vorwürfe gegen diese Behörde oder Mr. Addison laut werden.«

»Kein Grund zur Aufregung«, sagte der Minenbeauftragte. »Ich würde mein Geld darauf verwetten, daß Tanner derjenige welcher ist. Ich könnte ein ganzes Buch über die Betrügereien schreiben, die sich hier abspielen. Dieses Land ist voller Gauner, und manche dieser Scharlatane sind teuflisch clever.«

Der Schriftführer war noch immer besorgt. Er öffnete einen Knopf seines steifen Kragens und rieb sich den roten Streifen am Hals. »Meine Herren, Ihnen dürfte klar sein, daß wir uns nach dem Londonderry-Debakel in einer schwierigen Situation befinden. Wir können uns so etwas nicht leisten. Warum sollte Tanner eine derartige Gaunerei versuchen, wenn er weiß, daß der Verdacht sofort auf ihn fallen wird? Ich begreife das nicht.«

Der Minenbeauftragte winkte ab. »Er hält sich für besonders schlau. Das ist hier nichts Besonderes, unter diesem Gesindel gibt es Betrüger wie Sand am Meer. Ich schätze, Tanner wollte die Sache schnell über die Bühne bringen: Er fälscht den Bericht über Yorkey, ködert damit die Investoren und macht sich aus dem Staub. Ich wette, Kengally hat davon gewußt, aber dann hat Addison Wind bekommen und Alarm geschlagen.«

»Wie hat er es herausgefunden?« wollte die beiden anderen wissen.

»Keine Ahnung, aber es war ein Glück, daß es ihm gelungen ist, sonst befände sich diese Behörde in einer bedenklichen Lage. Wie es aussieht, werden die Prüfer in Coolgardie wegen Londonderry eine polizeiliche Untersuchung über sich ergehen lassen müssen.«

Der Prüfer war nervös. »Was also sollen wir tun?«

Der Schriftführer sah die anderen an. »Wenn Sie damit einverstanden sind, werde ich als dienstältester Beamter dem Minister berichten, daß unsere Ermittlungen Mr. Addison vollauf recht geben. Sollte ein Austausch stattgefunden haben, so kann dies nur geschehen sein, nachdem der Bericht dieses Büro verlassen hatte.«

Die anderen nickten zustimmend.

»Ich werde auch darauf hinweisen, daß der Beamte John Beardley sich deutlich daran erinnern kann, Mr. Tanner den Bericht übergeben zu haben. Mehr werde ich jedoch nicht sagen. Wir müssen uns vor Verleumdungsklagen schützen. Allerdings«, er wandte sich an den Hauptprüfer, »fordert der Minister eine offizielle Untersuchung der Yorkey-Mine. Daher sollten Sie sich so bald wie möglich auf den Weg dorthin machen. Nehmen Sie einen der jüngeren Prüfer mit, damit er Ihren Bericht gegenzeichnen kann. Wir können uns keine weiteren Fehler leisten. Mr. Addison wird ebenfalls nach Kalgoorlie zurückkehren.«

»Ich glaube nicht, daß Mr. Addison einen Fehler begangen hat!«

»Natürlich nicht. Aber wir wollen ganz sichergehen. Sollte sich Yorkey wider Erwarten als ertragreiche Mine erweisen, ist uns ein bedauerlicher Irrtum unterlaufen.«

»Gut, ich gehe, aber es ist eine verdammte Zeitverschwendung. Mr. Addison macht einfach keine Fehler!«

Tanner saß in seinem Büro und rechnete sich gerade aus, wieviel Verlust er mit Yorkey machen würde, als Kengally ihn erneut zur Rede stellte.

»Stimmt es, daß Sie bereits zu einem früheren Zeitpunkt Kenntnis von den Problemen der Londonderry-Mine hatten?«

»Du lieber Himmel, was soll ich denn noch alles getan haben? Ich kaufe und verkaufe ständig Aktien. Was werfen Sie mir eigentlich vor?«

»Alles mögliche.« Kengally ließ seinen Spazierstock auf Tanners Schreibtisch niedersausen. »Alles, was Sie tun, hat Auswirkungen auf meinen Ruf. Ich habe soeben im Bergbauministerium mit dem Minister höchstpersönlich gesprochen. Er hat eine Antwort von der Behörde in Kalgoorlie erhalten und besteht darauf, daß der Bericht, den man Ihnen übergeben hat, negativ war. Der Beamte kann sich sogar daran erinnern, daß er Sie wiedererkannt hat, weil Sie beide einmal in York gewohnt haben. Stimmt das?«

»Und wenn schon. Das hat gar nichts zu bedeuten. Setzen Sie sich. Es tut mir leid, daß ich so unfreundlich war, aber allmählich wird mir alles zu viel. Begreifen Sie nicht, daß man uns beide betrogen hat?«

Kengally blieb stehen. »Ich verstehe nur, daß man *mich* betrogen hat. Sie selbst haben zugegeben, daß Sie den Bericht auf dem Weg von der Behörde bis zu meinem Hotelzimmer als einziger in den Händen hatten. Das Bergbauministerium hat einen negativen Bericht ausgestellt, aber trotzdem konnten Sie mir märchenhafte Ergebnisse präsentieren, die mich veranlaßt haben, den Kauf zu tätigen. Haben Sie dieses Dokument in irgendeiner Weise manipuliert?«

»Nein!« Tanner war schockiert, daß Kengally ihm den Schwarzen Peter zuschieben wollte. »Denken Sie immer noch, ich hätte meine Hand im Spiel?«

»Wer sonst? Sie waren scharf auf die Provision. Hätte ich nicht zufällig Addison getroffen, wäre alles zu spät gewesen, bevor die Wahrheit ans Licht gekommen wäre. Vielleicht, wie im Falle Londonderrys, erst bei der Wiedereröffnung.«

»Und zu diesem Zeitpunkt wäre ich spurlos verschwunden gewesen?«

»So was in der Art.« Kengally zuckte die Achseln. »Wie es aussieht, haben Ihre Sperenzchen mich ein Vermögen gekostet. Sobald diese Mine eröffnet und bewertet ist, was nicht lange dauern wird, werde ich meine Entscheidung treffen.«

»Welche Entscheidung?« schnappte Edgar.

»Ich habe Mr. Addison als aufrechten Mann kennengelernt, was ich von Ihnen nicht gerade behaupten kann. Im Grunde brauche ich gar keine Neubewertung, um zu wissen, daß Yorkey eine Niete ist.«

»Welche Entscheidung?« bohrte Tanner weiter.

»Ich werde natürlich Anzeige gegen Sie erstatten: wegen Fälschung und Betrugs.«

Edgar überlief es kalt, doch er kämpfte die aufsteigende Angst nieder. »Wenn Sie das tun«, entgegnete er drohend, »dann werden *Sie* ein Vermögen an mich zahlen müssen: Schadenersatz und Schmerzensgeld wegen Rufschädigung. Ich werde Sie aus der Stadt vertreiben. Außerdem werde ich Sie verklagen, weil Sie hinter meinem Rücken ein Geschäft mit den Eigentümern der Lady-Luck-Mine abgeschlossen und mich damit um meine rechtmäßige Provison gebracht haben. Sie wollten mir eine Lektion erteilen, nicht wahr?«

Kengally wirkte entsetzt. »Das war nichts Unrechtes.«

»Das Gericht wird es anders sehen. Sie haben eine Genehmigung unterschrieben, die mich ermächtigt, in Ihrem Namen zu verhandeln.«

Edgar weidete sich an Kengallys offensichtlicher Erschütterung.

»Tun Sie, was Sie nicht lassen können«, erwiderte dieser.

»Das werde ich, Mylord, keine Sorge. Sie können sich auf mich verlassen. In der Zwischenzeit werde ich herausfinden, wer diesen verfluchten Bericht gefälscht hat. Trotz Ihres rührenden Vertrauens in die Moral der Beamten weiß ich genau, wo ich zu suchen habe. Addison war gekauft, Sie Narr, das ist so sicher wie das Amen in der Kirche. Price und Deagan wollten unbedingt verkaufen, haben Addison bestochen und dafür gesorgt, daß ich einen positiven Bericht erhielt.«

»Es fällt mir schwer, das zu glauben.«

»Natürlich. Es ist ja auch viel einfacher, mir die Schuld an allem zu geben. Sie möchten es sich nicht mit Ihrem Freund, dem Minister, verderben, nicht wahr? Hauen wir doch Tanner in die Pfanne. Aber nicht mit mir. Sie sind ganz und gar im

Unrecht, und ich werde es beweisen. Und dann haben Sie eine Verleumdungsklage am Hals!« Edgar stellte erfreut fest, daß Kengally bei dieser Attacke auf den Stuhl gesunken war, konnte sich aber nicht bremsen.

»Von mir aus können Sie den ganzen Tag da sitzen bleiben«, schrie er. »Wenn Sie eine Tasse Tee oder einen Brandy wollen, wenden Sie sich an meinen Sekretär. Sie werden den Tag, an dem Sie mich beschuldigt haben, noch verfluchen! Ihr Ruf! Was ist mit meinem? Wenn alle Welt erfährt, daß Sie sich an die Ehefrau von Clem Price, des Besitzers der Yorkey-Mine, herangemacht haben, sehen Sie gar nicht mehr gut aus! Den Reportern würde diese pikante Wendung gefallen.«

Tanner nahm seinen Hut von der Garderobe. »Übrigens weiß Clem schon von Thora und Ihnen. Wenn Sie lange genug da sitzen bleiben, erzähle ich Ihnen bei meiner Rückkehr, was wirklich mit Yorkey geschehen ist.«

Lord Kengally nahm den Brandy von Tanners zuvorkommendem jungen Sekretär, der den lautstarken Wortwechsel gehört hatte, an.

»Ist alles in Ordnung, Sir?« fragte er, als sich Kengally die Stirn mit einem seidenen Taschentuch abwischte.

»Ja, vielen Dank.«

»Wenn Sie noch etwas brauchen, rufen Sie mich bitte.«

»Vielen Dank, ich mache mich gleich auf den Weg. Ich möchte mich nur kurz erholen.«

Er blieb lange auf dem Stuhl sitzen und starrte in den makellos blauen Himmel. Ein Taube ließ sich auf der Fensterbank nieder und gurrte zufrieden, ohne sich durch den Lärm in den Straßen stören zu lassen. Gerald Kengally wünschte, er könnte sich ebenso gelassen wie diese Taube über alles hinwegsetzen.

Eigentlich hatte er diesen Posten gar nicht gewollt, aber seine Freunde hatten ihn dazu überredet. Sie hatten ihn zum Vorsitzenden ihrer Investmentfirmen gewählt und vertrauten blindlings auf seine Fähigkeit, ihre Geschäftsinteressen am anderen Ende der Welt zu vertreten.

Doch warum hatte er diese Aufgabe wirklich übernommen?

Ehrgeiz, sagte er sich, purer Ehrgeiz. Das Geld brauchte er nicht, er wollte sich lediglich in der Finanzwelt einen Namen machen. London war für ihn das Zentrum des Universums, und er hatte sich des Eindrucks nicht erwehren können, daß jüngere Männer in Bowler-Hüten ihn allmählich verdrängten. Die Goldfelder versprachen eine so gute Ausbeute und waren zwischenzeitlich so berühmt geworden, daß Kengally hoffte, sich durch den Umweg über Australien wieder ins Zentrum des Geschehens katapultieren und gleichzeitig seiner Stimme im Oberhaus mehr Gewicht verleihen zu können. Zuvor hatte er lediglich ein Hinterbänklerdasein geführt. Es war ihm nicht gelungen, ein Thema zu finden, das eines seiner Wissensgebiete berührte. Doch jetzt war er ein erfolgreicher Firmengründer, der dem Mutterland dringend benötigte Goldreserven verschaffte! Würde er nun zurückkehren, dann als Peer, der in dieser riesigen Kolonie unmittelbare Erfahrungen gesammelt hatte.

Daher hatte er Kontakt zu Regierungsmitgliedern aller Parteien aufgenommen und sich mehrfach mit dem Gouverneur, Sir Gerard Smith, und dem Premierminister, Sir John Forrest, getroffen.

Er glaubte, daß entgegen der in Westminster vorherrschenden Meinung die Bildung einer Föderation aller australischen Staaten – oder Kolonien, wie man zu Hause in England zu sagen pflegte – umittelbar bevorstand. Er freute sich auf seine Rückkehr, wurde sogar aufgeregt, wenn er daran dachte. Er würde sich im Oberhaus erheben und verkünden, daß man sich der Föderation nicht entgegenstellen dürfe, da sie nicht mehr zu verhindern sei. Andernfalls würde Großbritannien Australien genauso verlieren, wie es

Amerika verloren hatte. Zunächst würde man auf seine Rede mit Verachtung reagieren. Dann jedoch, wenn sich seine Prophezeiung als richtig erwiesen hätte, würde die Stimmung ins Gegenteil umschlagen. Gerald Kengally würde sich schließlich und endlich einen Ruf als Visionär erwerben. Eines Mannes, der vor Ort mit den Kolonialbürgern gesprochen hatte und begriffen hatte, daß sie, auch wenn sie ihre Interessen verfolgten, der Krone keinen Schaden zufügen wollten.

»Selbstsüchtige Hirngespinste«, dachte er verbittert und wünschte sich einen weiteren Brandy herbei, damit er noch eine Weile bleiben konnte. Lord Kengally wußte nämlich nicht genau, wohin er gehen sollte.

Niedergeschlagen verabschiedete er sich schließlich von dem Sekretär und trat auf die Straße hinaus. Er hatte eigentlich vorgehabt, mit einem Taxi auf dem schnellsten Weg ins Haus seines Freundes zurückzukehren und damit dem im Entstehen begriffenen Skandal zu entfliehen, doch statt dessen betrat er mit hoch erhobenem Kopf den *Perth Gentlemen's Club*, wo man ihn herzlich begrüßte. Er nahm sich eine Zeitung und ließ sich im Salon nieder. Dort begegnete er Henery Whipple, einem freundlichen Burschen, der Parlamentssprecher gewesen war und ihm das Versprechen abnahm, am kommenden Samstag zu seiner Abschiedsparty zu kommen.

»Mit Freuden, Henery«, sagte Kengally mit allem Enthusiasmus, den er gegenwärtig aufbringen konnte. »Soll ich jemanden mitbringen?«

»Nicht nötig, mein Freund. Kommen Sie einfach vorbei. Man sagte mir, es gäbe zuerst ein Essen und danach würde getanzt. Meine Freunde wissen, daß ich kein Freund von Förmlichkeiten bin. Wir machen uns einfach einen netten Abend. Sie sitzen selbstverständlich an meinem Tisch.«

»Das ist sehr freundlich von Ihnen.« Kengally überlegte, ob er ihn zum Mittagessen einladen sollte, doch Tanners Drohungen hatten ihn derart eingeschüchtert, daß er sich schon jetzt wie ein Ausgestoßener vorkam.

»Übrigens«, fügte Henery hinzu, »ein Freund von Ihnen wohnt zur Zeit bei mir. Robert Warburton.«

»Tatsächlich?« Diese Nachricht heiterte Kengally ein wenig auf. »Ich würde ihn gerne sehen.«

»Das sollen Sie auch. Kommen Sie mit zum Essen. Er müßte jeden Augenblick hier eintreffen.«

Noch nie hatte sich Gerald so gefreut, Robert zu sehen. Er hoffte verzweifelt auf eine Gelegenheit zu einem Gespräch unter vier Augen, bei dem er Warburton von seinen Schwierigkeiten berichten konnte. Robert würde ihn verstehen. Er war ein Mann, der sich nicht mit allen gemein machte und ein zurückgezogenes Leben führte.

Doch es sollte anders kommen. Robert hatte eine beträchtliche Zahl von Londonderry-Aktien gekauft und beklagte unermüdlich seine Verluste, während Henery versuchte, ihn aufzumuntern. Kengally hätte es als taktlos empfunden, noch mehr schlechte Nachrichten zu verbreiten, und lenkte die Unterhaltung in sicheres Fahrwasser. Statt über Aktien sprachen sie über Botanik, ihr gemeinsames Steckenpferd.

Da Edgar sicher war, daß Price und Deagan Addison oder einen anderen Beamten des Bergbauministeriums bestochen hatten, machte er sich auf die Suche nach Clem. Zunächst begab er sich ins *United Services Hotel*, dann in jenes lächerliche Cottage, das seine Frau bewohnte. Es freute ihn, daß Thora noch immer von ihrem Mann getrennt lebte, und er hoffte, daß sich daran nichts ändern würde. Ihre Art der Eheführung hatte sie beide zum Gespött von Perth gemacht. Man erzählte sich, Clem genieße bei seiner Frau lediglich Besuchsrecht. Geschieht ihm recht, dachte Edgar.

Wütend eilte er durch die Straßen, fest entschlossen, Clem nicht nur mit Anschuldigungen zu konfrontieren, sondern nötigenfalls auch die Polizei einzuschalten. Das Spiel war eröffnet, und falls Clem sich weigern sollte, seinen Betrug einzugestehen, mußte er auch die Konsequenzen tragen. Eine Nacht im Gefängnis würde seine Zunge schon lösen. Die Vorstellung, Deagan wieder ins Zuchthaus zu schicken, verlieh Edgar zusätzliche Energie.

Thora freute sich über seinen Besuch, machte sich aber Gedanken über sein schlechtes Aussehen. »Sie wirken müde. Hatten Sie viel zu tun? Sie müssen eine Tasse Tee mit mir trinken und Kuchen essen. Nanny hat heute morgen köstliche Hörnchen gebacken. Nehmen Sie doch hier am Fenster Platz. Ist das nicht ein herrlicher Tag?«

Sie war in Hochstimmung und rief sogar aus der Küche zu ihm herüber, während sie Tee kochte. Bevor er sich setzte, warf er einen Blick in den Flur und durch die Hintertür, wo die Nanny mit dem Kind spielte, doch von Clem war nichts zu sehen. Egal, eine Tasse Tee konnte er vertragen. Er wollte Kräfte sammeln für das Zusammentreffen mit Price und hatte außerdem nichts dagegen, ein wenig mit Thora allein zu sein.

Wer weiß?, dachte er, wenn sich die beiden auseinandergelebt haben und ihr Mann wegen Betrugs angeklagt wird, wird Thora dankbar sein für einen Freund, bei dem sie sich ausweinen kann. Edgar malte sich genüßlich aus, wie er sie trösten und vor dem Skandal schützen wollte, den ihr krimineller Ehemann in Kürze auslösen würde.

Doch Thora zerstörte seine Hoffnungen.

Als er sich nach Clem erkundigte – er behauptete, er wolle ihn geschäftlich sprechen –, schenkte sie ihm jenes liebliche, engelhafte Lächeln, bei dem sein Herz jedes Mal einen Sprung machte.

»Oh, Mr. Tanner, das tut mir leid. Clem wird erst heute nachmittag zurückkommen. Er ist nach Cottersloe geritten, wo er uns ein himmlisches Haus bauen wird. Ich kann es gar nicht abwarten. Diese Warterei ist wirklich furchtbar.«

Tanner mußte ihre Schwärmerei über sich ergehen lassen. Sie breitete den Plan vor ihm aus, beschwerte ihn mit der Zuckerdose, erklärte ihn bis in die kleinste Einzelheit und würzte ihren Monolog mit glühenden Lobpreisungen auf ihren Mann.

Er spürte, wie Zorn und Eifersucht in ihm wuchsen, als sie das Mobiliar beschrieb und sogar davoneilte, um Muster der Vorhang- und Polsterstoffe zu holen. Als er schließlich wieder zu Wort kam, versuchte er, sie auf den Boden der Tatsachen zurückzuholen.

»Wußten Sie, daß Yorkey ausgebeutet ist? Die Mine Ihres Mannes.«

»Tatsächlich?« fragte sie unbeeindruckt. »Was für ein Pech.«

»Ja. Es heißt, Clem sei dort draußen in krumme Geschäfte verwickelt gewesen.«

Thora stutzte und begann dann zu lachen. »So etwas würde Clem nicht tun. Sehen Sie sich dieses Muster an. Würden Sie dieses oder das dunklere Blau für die Vorhänge nehmen? Ich habe Spitzenvorhänge fürs Schlafzimmer ausgewählt. Sie sollen das Blau aufgreifen, das in den anderen Zimmern dominiert. Blau steht für das Meer, Sie verstehen. Clem sagt, das hellere Blau würde gut zu meinen Augen passen. Ist er nicht süß?«

»Er muß es ja wissen«, erwiderte Edgar hämisch. »Schließlich versteht er sich auf Frauen.«

Selbst Thora konnte diese Bemerkung nicht überhören. »Ja«, entgegnete sie zögernd, da sie nicht wußte, wie Edgars Worte gemeint waren, »er kann sehr charmant sein.«

»So sagt man«, grinste Tanner und blätterte lässig in einem Einrichtungskatalog herum. »Die Damen in Kalgoorlie sagen das jedenfalls. Sie vermissen ihn dort.«

Thora legte die Hand an die Kehle und spielte nervös mit einem Perlenknopf. »Das nehme ich an. Welche Damen übrigens? Im Zug habe ich den Eindruck gewonnen, daß dies kein Ort für Damen ist.«

»Da muß ich Ihnen beipflichten, meine Liebe, aber manche Männer erkennen eben nicht den Unterschied. Oder er stört sie nicht. Sie sind so weit von ihren Lieben entfernt.«

»Was hat das damit zu tun?« fragte sie nun voller Neugier.

Tanner lächelte. »Einer Dame wie Ihnen sollte ich nichts davon erzählen. Kalgoorlie ist nicht gerade zivilisiert; Sie würden gar nicht wissen wollen, was sich dort abspielt.«

»O doch. Was spielt sich ab? Sie können es mir ruhig sagen, ich möchte es wissen.«

»Nun, Sie kennen doch das Sprichwort ›Aus den Augen, aus dem Sinn‹. Damit sind die Ehefrauen gemeint. Seit ich mich von Mrs. Tanner getrennt habe, betrachte ich mich als ledigen Mann, und doch habe ich mich von den allabendlichen Orgien in Kalgoorlie ferngehalten.«

»Orgien? Du lieber Himmel! Ich hatte ja keine Ahnung!«

»Hat Clem Ihnen nicht darüber geschrieben?«

Thora schüttelte den Kopf. »Natürlich nicht. Mein Mann steht über solchen Dingen.«

»Wenn Sie meinen. Könnte ich noch eine Tasse Tee haben?«

Mit zitternder Hand hob sie die Kanne, und Edgar lächelte in sich hinein. Du weißt noch nicht einmal die Hälfte, meine Liebe, dachte er, während seine Rachepläne allmählich Gestalt annahmen.

»Mir haben die Ehefrauen oft leid getan«, sagte er mitfühlend. »Wie oft mußte ich mit ansehen, wie ihre Männer das ganze Geld für lose Mädchen ausgaben. Es ist ein echter Skandal. Es heißt, in Kalgoorlie gebe es mehr Freudenhäuser als in Perth.«

»Mehr was?«

Er seufzte. »Na, bitte, nun habe ich Sie doch schockiert.«

»Nein, das haben Sie nicht. Ich bin eine verheiratete Frau, kein kleines Kind.« Sie errötete und senkte die Stimme. »Ich habe von diesen Orten gehört. Wie genau sieht es dort aus? Mr. Tanner, ich bestehe darauf, daß Sie es mir sagen. Rasch, bevor Nanny hereinkommt.«

»Sie sollten Clem fragen. Ihm gehört eines davon.«

Sie nahm auf dem billigen, harten Sofa Haltung an. »Sie haben meine Frage nicht beantwortet. Was genau ist ein Freudenhaus?«

Er hüstelte. »In Ordnung, wenn Sie darauf bestehen. Ein Freudenhaus ist ein vollkommen unmoralischer Ort, wo Männer Partys besuchen, die ich nicht zu beschreiben wage. Sagen wir einfach, dort handelt man mit den Körpern der Frauen. Die Männer stehen dort zu Hunderten Schlange, um mit den abstoßendsten Huren zu schlafen. So, nun wissen Sie es.«

Thora preßte die Hände vor der Brust zusammen. »Ich glaube, ich wußte immer, daß es so etwas gibt«, sagte sie nervös, »aber es ist einfach zu furchtbar, um darüber nachzudenken.«

»Das stimmt. Sie brauchen nicht darüber nachzudenken. Nun, Thora, ich sollte jetzt gehen.«

»Bitte gehen Sie nicht, Mr. Tanner«, flüsterte sie, »noch nicht. Sie sagten, Clem gehöre eines dieser Häuser.«

»Ich habe bereits zuviel gesagt. Ich habe mich verplappert.«

»Ist es wahr oder nicht?«

»Versprechen Sie mir, nicht mit ihm darüber zu reden?«

»Natürlich.«

»Gut. Clem gehört das größte ...« – »und beste«, lag ihm schon auf der Zunge, er bremste sich aber – »... und schlimmste von ihnen. Es nennt sich *Black Cat* und liegt an der Hauptstraße von Kalgoorlie.«

Thora hatte Mühe, das zu verdauen. Sie wurde sehr still und erhob sich dann. »Ich muß mich bei Ihnen entschuldigen, Mr. Tanner, weil ich Sie zu dieser abscheulichen Unterhaltung genötigt habe, doch was Ihre Anschuldigungen gegen meinen Mann betrifft, so glaube ich Ihnen kein Wort. Verzeihen Sie, aber ich muß Sie bitten zu gehen.«

Ihr plötzlicher Sinneswandel erstaunte und ärgerte ihn. »Schon gut, schon gut. Ich wollte Sie keinesfalls beleidigen. Immerhin haben Sie mich ausgefragt. Ihr Frauen seid alle gleich. Ihr gebt gern das Geld eurer Männer aus, fragt aber nie, woher es stammt.«

»Mein Ehemann hat Gold gefunden.«

»Zum Teufel mit dem Gold! Mit seinen jämmerlichen Goldfunden hätte er weder Ihre Hüte noch Ihren unbegrenzten Aufenthalt im *Palace* finanzieren können. Wann werden Sie endlich erwachsen, Thora? Er ist kein Heiliger.«

Sie bemühte sich, Haltung zu bewahren. »Nur weil ihm eines dieser Häuser gehört, was ich bezweifle, sucht er sie noch lange nicht selber auf. Mein Mann ist anders.«

Tanners Lachen klang grausam. Er wußte, daß Clem diese Frau liebte. Nun war es an der Zeit, die Ehe ein für alle Mal zu zerstören. Dies war die gerechte Strafe für einen Mann, der einen alten Freund betrogen hatte. In seinem Zorn über die ungerechtfertigten Beschuldigungen in der Fälschungsaffäre hatte er sich in die Vorstellung hineingesteigert, er und Clem seien alte Freunde. Dabei hatte er sein Interesse an Clems Frau völlig außer acht gelassen.

»Das ist richtig«, höhnte er. »Halten Sie sich fein aus allem raus. Sie brauchen ja nicht zu wissen, daß Huren das Geld verdienen, das Sie ausgeben. Und natürlich würde Ihr braver Ehemann keine Hure anrühren! Er war ein guter Kunde, bevor er Jocelyn begegnete!«

»Wer ist Jocelyn?«

»Ha, jetzt interessiert es Sie doch. Sie kennen Jocelyn, meine Liebe, Jocelyn Russell, eine kleine Hure aus York. Sie ist mit Ihnen zur Schule gegangen. In York hat sie als Kellnerin gearbeitet. Sie war mit den jungen Poussierstengeln bestens bekannt.«

»Jocelyn Russell?« Thora schüttelte den Kopf. Sie wollte nichts mehr hören. Verwirrt wandte sie sich ab, sammelte Plan, Kataloge und die hübschen Muster ein und drückte sie an die Brust, als könnten sie ihr Schutz vor der erbarmungslos auf sie einredenden Stimme gewähren.

»Sie ist seine Lieblingshure«, fügte Tanner hinzu. »Sie hat ihm so gut gefallen, daß er ihr die Leitung des Bordells übertragen hat. Ihre alte Freundin Jocelyn führt ihm die Geschäfte und wärmt ihm das Bett. Dem Boß steht schließlich nur das Beste zu, nicht wahr?«

Thora blieb tapfer. »Mir war nicht klar, was für ein abscheulicher Mensch Sie sind. Verlassen Sie sofort mein Haus.«

Er zuckte die Achseln, nahm seinen Hut und spazierte seelenruhig zur Haustür hinaus.

Als er aus ihrem Blickfeld verschwunden war, rannte Thora ins Badezimmer, ließ Badewasser ein, riß sich die Kleider vom Leib und stieg in die Wanne, um sich von all diesem Schmutz zu reinigen – dem Schmutz, der Clem hieß.

Sie blieb so lange in der Wanne liegen, bis Nanny sie drängte, wieder herauszukommen. Anschließend hüllte sie Thora in Handtücher. »Sie werden sich erkälten, Madam. Sie zittern ja am ganzen Körper! Ziehen Sie den Morgenmantel an. Legen Sie sich ins Bett, damit Ihnen wieder warm wird. Ich mache Ihnen derweil eine schöne Tasse Schokolade.«

Thora versuchte zu schlafen, um das Grauen zu verdrängen, doch es gelang ihr nicht. Sie träumte, sie sei wieder in York, wo alle Leute sie verhöhnten und mit dem Finger auf sie zeigten. Sie lief halbnackt durch die Straßen und suchte verzweifelt nach ihren Kleidern, um sich damit zu bedecken. Ihr Vater schrie sie an, während ihre Mutter sich abwandte, weil sie sich für ihre Tochter schämte. Jocelyn Russell stand im Eingang des Hotels, hatte die Arme um Clem gelegt und beachtete Thora überhaupt nicht. Sie rannte auf die beiden zu und bat darum, ihr Zuflucht zu gewähren, doch Clem und Jocelyn konnten sie weder hören noch sehen. Ihre Schwestern bewarfen sie mit Steinen, und niemand hörte ihre Schreie.

»Was ist los, Madam?« fragte Nanny und schüttelte sie. »Psst, Sie haben schlecht geträumt. Lydia fürchtet sich.«

»Wer ist Lydia?« fragte Thora.

»Ihr kleines Mädchen«, antwortete Nanny entsetzt.

Thora umklammerte ihre Hand. »Sie ist nicht mein Kind, Nanny«, flüsterte sie. »Sie denken, ich wüßte es nicht. Aber ich weiß es doch. Mein Baby ist gestorben. Jetzt fällt es mir wieder ein. Vorher hatte ich alles durcheinandergebracht, aber nun kann ich mich erinnern. Mein Baby ist gestorben, und sie haben mir dieses gegeben.«

»O nein, Madam, das ist nicht wahr.«

»Doch, doch. Du mußt mir zuhören, Nanny, bevor sie kommen. Gib ihnen dieses kleine Mädchen zurück, bevor sie es herausfinden. Beeil dich.«

»Guter Gott, Madam, wem sollte ich es denn geben?«

»Ihrer Mutter natürlich. Sie war dort, ein dünnes, dunkelhaariges Mädchen. Sehr zerbrechlich. Sie sehnt sich nach ihrem Baby, und ich habe es gestohlen. Das war grausam, Nanny, grausam.«

»Gut, ich werde es tun. Ich finde sie, Madam. Jetzt müssen Sie aber schlafen. Mr. Price wird bald kommen und sich um alles kümmern.«

Thora setzte sich ruckartig im Bett auf. »Nein, sag ihm um Himmels willen nichts davon. Er darf es nicht erfahren.«

»Ich bringe Ihnen heiße Milch.« Nanny fachte das Feuer an und hantierte ungeduldig mit dem Topf, goß einen Schuß Brandy in die Milch und eilte wieder zu ihrer Herrin.

Dann nahm sie Lydia aus dem Bett und rannte ins Hotel, auf der Suche nach Miss Devane. Sie konnte mit niemand anderem über diese Angelegenheit sprechen. Leider war Miss Devane für zwei Tage verreist. Die arme Netta spielte mit dem Gedanken, einen Arzt zu rufen, wußte aber nicht, ob sie das Recht dazu hatte. Wäre es um Lydia gegangen, hätte sie sofort alle Hebel in Bewegung gesetzt. Doch im Falle von Mrs. Price würde das die Sache womöglich nur noch schlimmer machen.

»Ich kann nur hoffen, daß sie im Bett bleibt, bis Mr. Price

heimkommt.« Sie setzte sich das Kind auf die Hüfte und marschierte grimmig zum Cottage zurück.

Wie so oft unterlag Thora heftigen Stimmungsschwankungen, und ihre Furcht verwandelte sich in Zorn.

»Wieso verstecke ich mich hier? Nicht ich habe etwas Schlechtes getan, sondern er. Er ist schuld an meinen nervösen Zuständen. Das lasse ich mir nicht länger bieten.«

Sie durchwühlte die Schränke nach ihren farbenfrohsten Kleidungsstücken, fügte farblich unpassende Tücher und einen Schal hinzu und band sich die Haare mit schreiend bunten Bändern zusammen. Dann beschmierte sie sich Wangen und Mund mit Lippenrot, das sie sonst nur ganz sparsam verwendete.

»So waren die Frauen im Zug gekleidet und geschminkt. Clem mag es, wenn Frauen sich zur Schau stellen.« Zu ihrer Enttäuschung fehlten ihrer Garderobe die leuchtenden Purpur- und Rottöne, die diese Damen mit Vorliebe trugen, doch sie tat ihr Bestes, um aufzufallen. Sie würde ihm schon zeigen, daß sie ebenso attraktiv war wie diese Frauenzimmer.

»Warum starrst du mich so an?« fragte sie Nanny.

»Ach, nichts, Madam. Möchten Sie jetzt zu Mittag essen?«

»Ja, bitte. Ich nehme Rührei und ein Glas Wein.«

»Ein Glas Wein?« fragte Nanny mit aufgerissenen Augen.

»Du hast doch gehört, was ich gesagt habe. Oder bist du taub?«

»Nein, Madam.« Sie floh in die Küche.

Thora wartete einen langen, kalten Nachmittag lang. Eine Wolkenbank hing drohend über der Stadt, und von den Hügeln tönte fernes Donnergrollen, das Regen versprach, der am Ende doch nicht kam. Unablässig schlugen Zweige gegen die Fenster, und ein Hund bellte ängstlich. Nanny machte mit Lydia ein Nickerchen in deren Zimmer und fuhr sie danach im Kinderwagen spazieren, ohne Thora um Erlaubnis zu bitten. Thora indessen starrte noch immer auf die Tür. Eine Stickarbeit lag unberührt neben ihr.

Als Clem lachend hereinpolterte und sie auf die Wange küßte, erstarrte sie. Alles, was sie ihm hatte sagen wollen, blieb ihr in der Kehle stecken. Er enthielt sich jeden Kommentars über ihre Aufmachung, falls er sie überhaupt bemerkt hatte, und überreichte ihr eine große Pralinenschachtel mit roter Schleife.

»Das Haus sieht gut aus, die Gipser kommen gut voran. Nächste Woche lasse ich die Möbel rausfahren. Du kannst mitkommen und die Möbelpacker anweisen, wohin sie die Sachen stellen sollen. Willst du deine Pralinen nicht probieren?«

»Später.«

»Geht es dir auch gut? Du wirkst so still.«

»Ich habe Kopfschmerzen.«

»Du solltest etwas dagegen einnehmen. Man sagt, ein Magnesiumpräparat würde helfen.«

»Wer sagt das?«

»Keine Ahnung. Jeder.« Er zog den Mantel aus. »Ich habe nachgedacht. Warum soll ich im Hotel wohnen? Ich kann meine Sachen ebensogut herbringen.«

Thora schaute weg. »Nein. Ich möchte meinen Haushalt nicht durcheinanderbringen.«

»Sei nicht albern, Thora. Wie auch immer es in deinem Haushalt aussehen mag – ich werde ihn nicht durcheinanderbringen.« Er ging in die Küche, schnitt Brot ab, öffnete das Fleischfach und schmierte sich ein Brot. Er benahm sich, als wäre nichts geschehen. Als wäre er ein anständiger Ehemann und nicht der Besitzer eines Freudenhauses. Nicht der Liebhaber einer Hure, der auch noch die Stirn besaß, in ihr Bett zu kommen.

Endlich sah sie ihn, wie er wirklich war. Es lag ihr auf der Zunge, ihm das zu sagen, doch letztlich erschienen ihr die Anschuldigungen, die sie gegen ihn vorzubringen hatte, doch zu schrecklich, um sie in Worte zu fassen. Er merkte ihr nichts an. »Du hast dich so herausgeputzt. Hat das einen besonderen Grund?«

»Nein. Ich will, daß du gehst. Laß mich in Ruhe.«

»Was?« Er starrte sie mit offenem Mund an.

»Sind eigentlich alle Leute um mich herum taub?« fragte sie kalt. »Ich will, daß du gehst.«

»Was zum Teufel ist nun schon wieder los? Wir hatten uns gerade so gut verstanden. Thora, du bist letzte Nacht so zärtlich zu mir gewesen, daß ich dachte ...«

Der Gedanke an die vergangene Nacht machte sie fast krank. »Du hast mich ausgenutzt«, schrie sie. »Wage es nicht, die letzte Nacht je wieder zu erwähnen.« Sie schaute nervös zur Tür, weil sie fürchtete, daß Nanny zurückkehren und die Auseinandersetzung mitbekommen könnte.

»Ich werde es so oft erwähnen, wie es mir paßt«, knurrte Clem. »Wir sind verheiratet. So, wie du dich benimmst, könnte man glauben, wir hätten eine Sünde begangen.«

Wie konnte er von Sünde reden? Es war einfach zu viel. Thora sprang auf, rannte an ihm vorbei ins Schlafzimmer und knallte die Tür hinter sich zu. Clem folgte ihr.

»Raus!« kreischte sie, »verschwinde! Du kannst nicht einfach weggehen und mich verlassen und dich dann wieder in mein Leben drängen. Das geht einfach nicht.«

»O Gott, nicht das schon wieder! Ich dachte, das wäre ein für alle Mal erledigt.«

»Du sollst nicht fluchen. Wie kannst du es wagen, den Namen des Herrn zu mißbrauchen?«

Er stand völlig verwirrt auf der Schwelle. »Thora, ab jetzt werde ich in unserer Ehe ein Wörtchen mitreden. Ich habe mein Bestes für dich getan, und es ist an der Zeit, daß auch du etwas gibst.« Er packte sie am Arm und drückte sie aufs Bett. »Hör mir gut zu! Ich werde mir deine Launen nicht länger bieten lassen. Wenn du mich loswerden möchtest – ich kann mich durchaus alleine durchschlagen ...«

»Vermutlich mit einer anderen Frau«, schnappte Thora schlagfertiger, als sie sich zugetraut hätte.

»Wieso nicht? Ich verschwende mit dir nur meine Zeit. Wenn du mich sehen willst, findest du mich im *United Services Hotel*. Du bist die verwöhnteste, launischste Frau ...«

»Verschwinde«, schluchzte sie, »du hast alles verdorben.«

»Allmählich wird das zu einer schlechten Angewohnheit«, murmelte er, als er wieder einmal aus dem Cottage stürmte. »Das muß ein Ende haben. Zur Abwechslung kann sie mich jetzt einmal suchen kommen.«

Er ging zum Fluß hinunter, kaufte sich Bratfisch und Pommes frites an einer Bude am Pier und setzte sich niedergeschlagen auf eine Bank, um über Thoras neueste Laune nachzudenken. Er hatte es wirklich satt, ihren Lastern auch noch Vorschub zu leisten, und fragte sich zum ersten Mal, ob seine Ehe überhaupt eine Zukunft hatte.

Vermutlich war sie von Beginn an zum Scheitern verurteilt gewesen. Sie hat mich nie geliebt, dachte er, doch damals war ich so hingerissen von ihr, daß ich sie unbedingt haben wollte und mir eingeredet habe, mit der Zeit würde die Liebe schon kommen. Es gibt so viele arrangierte Ehen, die halten. Jedenfalls kommt es mir so vor.

Entschlossen, sie aus seinen Gedanken zu verbannen, lief Clem meilenweit am Flußufer entlang und genoß den kühlen Wind. Wäre er doch wieder auf Lancoorie! Auch von dieser Stadt hatte er inzwischen genug.

Schließlich holte er tief Luft und machte kehrt. Sobald das Haus fertig war, würde er mit Thora eine Woche dort verbringen und dann nach Hause fahren. Falls sie nicht mitkommen wollte, konnte sie dort bleiben und tun, was ihr gefiel. Das Spiel war vorbei und ihre Ehe gescheitert. Es interessierte ihn nicht mehr, da es ohnehin nie eine richtige Ehe gewesen war.

Er schlüpfte durch einen Seiteneingang ins Hotel, da er keine Lust auf Gesellschaft hatte, ging auf sein Zimmer, das er mit Fred Vosper teilte, und ließ sich aufs Bett fallen.

»Wo zum Teufel bist du gewesen?« fragte Vosper und rüttelte ihn wach.

Clem setzte sich benommen auf. Da er sich nur eine Weile hatte ausruhen wollen, hatte er nur die Stiefel abgestreift. »Wie spät ist es?«

»Acht Uhr, der Abend ist noch jung. Steh auf, Mann, die halbe Stadt sucht nach dir.«

»Wieso? Was ist los?«

Fred setzte sich auf Clems Bett. »Das wüßte ich gern von dir. Tanner ist auf der Suche nach dir. Er war schon hier und hat an die Tür geklopft. Hast du ihn nicht gehört?«

»Nein.«

»Ah, der Schlaf der Gerechten, ein gutes Zeichen. Hast du keine Zeitung gelesen?«

Clem wollte einfach nur schlafen. »Muß das sein?«

»Dann weißt du also nicht, daß Londonderry den Bach runtergegangen ist?«

»Um Gottes willen, Londonderry war die beste Mine von allen.«

»›War‹, in der Tat. Sie haben sie geöffnet – und nichts gefunden. Nun heißt es, auch Yorkey sei eine Niete.«

Clem war plötzlich hellwach. »Wer behauptet das? Woher hast du diese Geschichte? Yorkey bringt gute Erträge, sonst hätte Kengally sie nicht gekauft.«

»Jedenfalls braut sich etwas zusammen.« Vosper erklärte, daß er in der Zeitung darüber gelesen hatte. Da er Clem nicht hatte finden können, hatte er mit dem Herausgeber geplaudert und daraufhin Erkundigungen beim Bergbauministerium eingezogen.

»Es sind keine guten Nachrichten, Clem.«

»Unmöglich.«

»Der Hauptprüfer hielt sich in Perth auf und konnte sich

an den negativen Bericht über Yorkey erinnern. Er sagt, die Mine sei ausgebeutet. Es lohne sich nicht mehr, in sie zu investieren, da das Quarz nicht mehr genügend Gold enthalte.«

Clem klatschte sich das Gesicht mit kaltem Wasser ab, um einen klaren Kopf zu bekommen.

»Was hat das alles zu bedeuten? Ich habe noch nie solchen Unsinn gehört. Addison hat die Prüfung vorgenommen und folglich den Bericht verfaßt. Weshalb sollte er auf einmal seine Meinung ändern?«

»Ich weiß es nicht. Was meinst du, was könnte geschehen sein? Tanner kocht vor Wut, deshalb wollte er auch mit dir reden.«

»Kein Wunder, er hat den Verkauf in die Wege geleitet und hat Angst, daß er jetzt Schiffbruch erleidet. Und Kengally ist im Begriff, an die Börse zu gehen.«

»Das stimmt alles«, erwiderte Vosper leise, »aber das Bergbauministerium gibt Addison Rückendeckung. Kennst du ihn?«

»Ja, er ist der beste Prüfer. Deshalb habe ich ihn auch beauftragt. Etwas stimmt an der ganzen Sache nicht, vermutlich hat irgend jemand mal wieder ein Gerücht in die Welt gesetzt. Addison ändert seine Meinung nicht von heute auf morgen. Das würde er gar nicht fertigbringen.«

»Das muß er auch gar nicht. Er behauptet, der Bericht, den Kengally in Händen hält, sei eine Fälschung. Kengally stimmt ihm zu. Im Moment hat Tanner den Schwarzen Peter. Es heißt, er habe den Bericht gefälscht, um Kengally bei der Stange zu halten.«

»Sicher nicht!«

Vosper zuckte die Achseln. »Anscheinend will sich Tanner aus der Sache herauswinden. Er gibt dir die Schuld.«

»O nein, sind denn alle durchgedreht? Woran gibt er mir die Schuld?«

»Er behauptet, es handle sich um eine Verschwörung, an

der du, Deagan und Addison beteiligt wärt. Ihr hättet die Berichte frisiert, damit der Verkauf nicht platzt.«

Clem lachte. »Addison selbst! Das wird ihm gefallen.«

»O ja. Er hat Tanner mit einer Verleumdungsklage gedroht.«

Sie diskutierten noch eine weitere halbe Stunde über diese Angelegenheit, doch Clem machte sich nicht allzu viele Sorgen. »Ich gehe morgen ins Bergbauministerium und bringe die Sache in Ordnung. Es muß eine einfache Erklärung dafür geben. Schade nur, daß Kengally in Panik geraten ist, das wird seinen Aktien nicht gut tun. Ist für heute abend ein Kartenspiel angesagt?«

»Ja, wir sind schon zu dritt. Bist du dabei?«

»Aber sicher doch. Ich muß mich nur umziehen und rasieren.«

Vosper vertiefte sich währenddessen in eine Anglerzeitschrift, die er als passionierter Sportfischer abonniert hatte.

»Übrigens«, rief er, »ich habe zwei Eintrittskarten für die große Party morgen abend, das Abschiedsfest für Henery Whipple. Du könntest mit Thora hingehen. Es gibt einen Empfang, und hinterher wird getanzt.«

»Vergiß Thora. Sie hat wieder einen ihrer Zustände.«

»Aber ihr würde die Party mit all den feinen Leuten gefallen.«

»Gut, ich werde ihr hinterher davon erzählen.«

Sie trafen sich mit den beiden anderen Männer zu einer Partie Whist in einem kleinen Hinterzimmer des Hotels. Die Einsätze waren wie immer niedrig.

Sie ließen sich an einem runden Tisch nieder. McRae, ein bärtiger Gewerkschafter, mischte die Karten und grinste Clem an.

»Nun, Clemmie, mein Junge, was hast du getrieben?«

»Meinem Haus beim Wachsen zugeschaut. Du mußt kommen, wenn wir unseren Einzug feiern, Mac.«

»Nein, ich spreche von deiner Mine.«

»Er hat gar nichts getrieben!« empörte sich Fred. »Und jetzt gib endlich.«

»Schon gut«, meinte Clem. »Er hat ja nur gefragt. Ich habe als allerletzter von der Sache gehört. Ich weiß nur, daß Addison sich niemals auf krumme Geschäfte einlassen würde.«

»Und wie steht es mit Tanner?«

»Er ist auch in Ordnung.«

Der andere Mann mischte sich ein. »Ist er ein Kumpel von dir?«

»Ja.«

Fred sah, daß die beiden sich einen Blick zuwarfen. »War«, warnte er Clem. »Er behauptet, du hättest ihn reingelegt und ihm einen gefälschten Bericht zugespielt.«

»Wie denn? Ich war zu diesem Zeitpunkt ja nicht mal in der Stadt. Ich bin aufgebrochen, bevor der Verkauf abgeschlossen war.«

McRae nickte. »Damit bist du raus, Clem. An deiner Stelle würde ich trotzdem auf Tanner acht geben. War immer schon ein krummer Hund. Hat sich ein anständiges Darlehen ausgezahlt, ohne Sicherheiten nachzuweisen, und sich dann von der Yorker Bank verabschiedet.«

»Was?« Clem fiel das »anständige« Darlehen ein, das Tanner ihm genehmigt hatte. Er zuckte zusammen. »Davon wußte ich nichts. Dabei komme ich aus York.«

»Das konntest du auch nicht«, entgegnete McRae. »Über so was schweigen sich die Banken aus. Bankdirektoren gelten als Stützen der Gesellschaft, und man wäscht, was sie betrifft, keine schmutzige Wäsche in der Öffentlichkeit.«

»Ich wette, daß Tanner dahintersteckt«, sagte der andere Spieler. »Sieht aus, als hätte er den Bericht über deine Mine gefälscht, damit Kengally sie kauft. Daher solltest du den Leuten lieber nicht erzählen, er sei dein Kumpel, sonst steckst du mit drin.«

Clem griff nach seinen Karten. »Können wir dieses Thema jetzt beenden? Morgen werde ich herausfinden, was für ein Spiel hier gespielt worden ist.«

McRae schaute Vosper an. »Herz ist Trumpf, Partner.«

Er konzentrierte sich auf seine Karten, konnte sich eine letzte Bemerkung jedoch nicht verkneifen: »Im Bergbauministerium sagt man, es handle sich um eine überaus professionelle Fälschung. Addison konnte die Unterschiede der beiden Handschriften nur mit einer Lupe erkennen. Tut mir leid für dich, Clem.«

»Ich gebe die Sache noch nicht verloren.«

Clem versuchte, über dem Spiel die Angelegenheit zu vergessen. Noch immer war er davon überzeugt, daß ein Irrtum vorlag, doch irgend etwas an dem Gespräch hatte ihn stutzig gemacht. Nur was?

Erst als er an der Theke stand, um Getränke zu bestellen, traf ihn die Erkenntnis wie ein Hammerschlag.

»... eine überaus professionelle Fälschung.«

»O Gott, nur das nicht«, stöhnte er. »Das darf doch nicht wahr sein!?«

Addison war nach Kalgoorlie gefahren, doch Mr. Rivett vom Bergbauministerium erklärte sich bereit, Auskunft zu geben, da Clem sich höflich benahm und offensichtlich die Wahrheit herausfinden wollte.

»Ich klage niemanden an«, sagte Clem gepreßt.

»Das ist mal etwas Erfreuliches. Gestern hatte ich einen unangenehmen Tag, Mr. Price, es war kaum auszuhalten. Sie sagen, daß Sie und Ihr Partner die Yorkey-Mine entdeckt und an Lord Kengally verkauft haben.«

»In der Tat.«

»Haben Sie direkt an ihn verkauft oder einen Vermittler eingeschaltet?«

»Nein. Mr. Tanner hat den Verkauf nach meiner Abreise

mit meinem Partner abgewickelt. Ich hatte allerdings zuvor meine Zustimmung gegeben.«

»Und der Verkauf hing von dem Bericht des Prüfers ab?«

»Ja, natürlich«, erwiderte Clem vorsichtig.

»Und Mr. Tanner hat als Mittelsmann fungiert. Stand ihm eine Provision zu?«

»Ja, zehn Prozent vom Verkaufserlös. Die entsprechende Summe hat er auch erhalten.«

»Sehr gut.« Rivett führte Clem in ein kleines Büro und legte ihm zwei Blatt Papier vor. »Ich bitte Sie, diese Berichte sorgfältig zu prüfen.«

Mit klopfendem Herzen starrte Clem die beiden Yorkey-Berichte an, die die gleiche Unterschrift trugen.

»Mr. Addison sagt, dies sei der richtige?« fragte er beklommen.

»Ja. Nehmen Sie Platz, Mr. Price. Was sagen Sie dazu?«

Clem schüttelte den Kopf. »Yorkey war anfangs sehr ergiebig. Ich wußte, daß die Erträge zurückgingen, aber es fällt schwer, sich das einzugestehen, wenn man das Gold funkeln sieht. Wir arbeiteten weiter, wollten die endgültigen Ergebnisse pro Tonne abwarten. Wenn ich das hier sehe, wünschte ich, ich wäre länger in Kalgoorlie geblieben. Leider mußte ich mich um private Angelegenheiten kümmern. Ehrlich gesagt hätte ich mich über keinen der beiden Berichte gefreut.«

»Warum nicht?«

»Laut diesem hier war Yorkey ausgebeutet. Das ist natürlich sehr enttäuschend, wenn man, wie ich, anfangs davon überzeugt war, das große Los gezogen zu haben. An diesem Bericht wäre der Verkauf sicherlich gescheitert.«

»Meinen Sie, Mr. Addison hat einen Fehler gemacht?«

»Durchaus nicht. Aber er ist kein Schürfer. Meine Intuition sagt mir, daß die Goldader irgendwo weiterläuft. Wie auch immer, hinsichtlich des anderen Berichtes, den Mr. Addison als Fälschung bezeichnet, muß ich ihm zustimmen.«

»Tatsächlich?«

»Selbst ohne genaue Schriftanalyse hätte ich ihn als Fälschung erkannt.« Er grinste. »Dieser Bericht ist besser als der erste, der zu Beginn unserer Schürfarbeiten angefertigt wurde. Im ersten Moment wäre ich vielleicht versucht gewesen, den Verkauf abzublasen oder einen höheren Preis zu verlangen, aber der gesunde Menschenverstand hätte mich bald wieder auf den Boden der Tatsachen zurückgebracht. Ich habe selbst in dieser Mine geschürft. Sie kann unmöglich so reichhaltig gewesen sein, wie dieser Bericht behauptet. Er ist vollkommen lächerlich.«

»Dennoch hat er Lord Kengally zum Kauf veranlaßt.«

»Selbstverständlich.«

Mr. Rivett kratzte sich am Kopf. »Sie würden Mr. Addison den Rücken stärken?«

»Ja.«

»Nun, es freut mich, das aus dem Mund des ehemaligen Besitzers zu hören. Doch eine Frage bleibt noch, Mr. Price: Von wem stammt diese Fälschung?«

»Keine Ahnung«, log Clem. »Ohne das Bergbauministerium und Mr. Tanner in die Ermittlungen mit einzubeziehen, dürfte das schwierig herauszufinden sein.«

»Meine Leute hatten nichts damit zu tun!« rief Rivett.

»Soviel ich weiß, behauptet Tanner dasselbe von sich. Dasselbe gilt für meine Person, denn auch ich werde verdächtigt. Ich muß meinen guten Ruf wahren, genau wie Sie. Was diesen Punkt anbelangt, steht Ihr Wort gegen Tanners.«

»Er ist ein furchtbarer Mensch.«

»Und Verleumdung ist ein mieses Geschäft. Sie sollten Ihre Worte vorsichtig wählen. Wir müssen versuchen, die Situation in den Griff zu bekommen.« Clem war daran gelegen, Rivett und das Ministerium auf Trab zu halten, während er versuchte, einen Ausweg aus diesem Chaos zu finden.

»Ich gehe noch heute zu Kengally und gebe ihm sein Geld zurück. Das wäre doch ein Anfang, nicht wahr?«

»Allerdings. Sehr anständig von Ihnen, Mr. Price. Von Rechts wegen sind Sie nicht dazu verpflichtet, aber es würde seinen Zorn dämpfen.«

»Keiner von uns ist wirklich zu etwas verpflichtet, Mr. Rivett. Vielleicht wäre es sogar besser, wenn Sie ihm den Scheck überreichen würden. Natürlich abzüglich Tanners Provision, denn ich bin sicher, daß Mr. Tanner meinem Beispiel folgen wird. Wenn Kengally das Geld von Ihnen bekommt, erhält die Übergabe gleich offiziellen Charakter.«

»Und was ist mit der Fälschung?«

Clem lehnte sich in seinem Stuhl zurück und zündete seine Pfeife an, um Zeit zu schinden. Er suchte krampfhaft nach einer Antwort. Deagan wäre sofort etwas eingefallen, dieser Schweinehund hatte ein gottloses Mundwerk.

»Früher oder später wird die Wahrheit ans Licht kommen. Wenn ich auch nur irgend etwas darüber weiß, soll mich der Schlag treffen. Ich bin schon genug damit gestraft, daß ich das Geld zurückgeben muß. Das Risiko einer Verleumdungsklage gehe ich nicht ein. Und Sie sollten es auch nicht tun.«

Rivett seufzte erleichtert, als Clem den Scheck ausstellte. »Das war ein anstrengender Morgen für mich, Mr. Price. Seitdem ich die Tür aufgesperrt habe, rennen mir die Reporter das Haus ein – alle wollen etwas über diesen schrecklichen Einbruch der Londonderry-Aktien erfahren. Was halten Sie davon, wenn wir vor dem Essen im *Crown and Anchor* einen Drink zu uns nehmen?«

»Nur zu gern«, antwortete Clem erschöpft. Es war zwar nicht gerade sein Traum, mit Rivett zu Mittag zu essen, doch konnte es nicht schaden, wenn er sich mit ihm in diesem beliebten Hotel sehen ließ. Auf jeden Fall konnte er damit Gerüchten vorbeugen, daß es Probleme zwischen dem ehemaligen Besitzer von Yorkey und den Behörden gäbe.

Clem wartete, bis Rivett einen Boten losgeschickt hatte, der Lord Kengally zu einem nachmittäglichen Besuch einladen sollte. Dann schlenderten die beiden Männer über die Straße, beflügelt von dem Gedanken an einen Drink, der die Spannung lösen würde.

Clem hatte recht gehabt. Im *Crown* waren sie richtig. Das Hotel war nach dem Vorbild eines englischen Gasthofs gestaltet worden. Der Gastraum wurde von dunklen Holzbalken und glänzenden Messingbeschlägen beherrscht. Clem gefiel das Lokal ausgesprochen gut, doch er fragte sich, ob es in einem echten englischen Gasthof ebenso ruhig zuging wie hier. Den älteren Beamten und einflußreichen Geschäftsleuten, die hier hauptsächlich verkehrten, fehlte der Drang, sich ihrer Freundschaft lautstark zu versichern. In den anderen Kneipen von Perth herrschte eine viel volkstümlichere Atmosphäre. Clem war dankbar für die Ruhe. Er setzte sich mit Rivett in eine holzgetäfelte Nische ans Fenster, und augenblicklich tauchte ein Kellner mit gestreifter Schürze auf. Clem entnahm Rivetts reichlich blasierter Unterhaltung mit dem Kellner, daß dies sein Stammtisch war.

Andere Gäste blieben an Rivetts Tisch stehen, um mit ihm ein Schwätzchen über die Londonderry-Katastrophe zu halten. Dieses Ereignis wurde weitaus wichtiger genommen als das Problem mit der Yorkey-Mine. Rivett zeigte sich jedoch wie Clem darauf bedacht, mögliche Gerüchte über Yorkey bereits im Keim zu ersticken, und stellte Mr. Price seinen Bekannten vor. Clem mußte zugeben, daß der Beamte diplomatisches Geschick besaß.

Da es noch früh am Tag war, hielt Rivett in aller Ruhe hof. Clem genoß seinen Whisky und malte sich derweil aus, wie sich seine Hände um Mike Deagans Hals schlossen.

»Wieso nur?« fragte er sich unablässig. Er zweifelte nicht an Mikes Schuld, der im Gegensatz zu Tanner eine lange Karriere als Fälscher vorzuweisen hatte. Für Clem war Mike der Hauptverdächtige, so ungern er es sich auch eingestand. Rivett hingegen war nach wie vor davon überzeugt, daß Tanner den Bericht gefälscht hatte. Wieder und wieder hatten Rivett und Clem die Sache durchgekaut. Die Indizien sprachen am Ende jedes Mal gegen Tanner.

Doch was steckte wirklich dahinter? Clem zerbrach sich den Kopf. Er traute Tanner eine solche Dummheit einfach nicht zu. Tanner hätte gewußt, daß der Verdacht sofort auf ihn fallen würde. Zu Mitteln dieser Art griff man nur, wenn man schnelles Geld verdienen wollte und seinen Abgang schon vorbereitet hatte. Tanner hatte einfach kein Motiv.

Mike allerdings auch nicht! Clem wurde einem weiteren Bekannten vorgestellt und gab eine weitere Runde aus, was Rivett für eine Selbstverständlichkeit zu halten schien.

Mike war auf das Geld aus dem Verkauf von Yorkey nicht angewiesen. Was kümmerte es ihn, wenn die Mine versiegt war? Die ersten Funde hatten ihn und Clem für ihre Mühen durchaus entschädigt, doch das *Black Cat* war noch immer lukrativer als eine Goldmine. Wieder einmal ging Clem durch den Kopf, daß er froh war, das Bordell los zu sein. Schon witzig, daß Jocelyn seinen Anteil – offensichtlich mit Mikes Unterstützung – gekauft hatte.

In Gedanken wünschte Clem den beiden Glück. In seinem Leben hingegen hatte sich alles zum Schlechten gewandt. Zuerst hatte er sich nur auf die Suche nach Gold gemacht, um Lancoorie vergrößern zu können und Thora eine Freude zu machen. Dann war es ihm wie allen anderen gegangen: Er konnte nicht genug bekommen. Inzwischen war er dank der Goldfunde, des *Black Cat* und der ausgezeichneten Erträge von Lancoorie ein reicher Mann geworden. Außerdem hatte er sein Wissen über die Goldfelder in bare Münze umgesetzt, indem er erfolgreich in Goldaktien investiert hatte.

»Geld zieht Geld an«, dachte er, als Rivett vom Tisch aufstand, um seinem eigenen Boß, dem Staatssekretär, der gerade mit seinem Gefolge die Bar betrat, seine Ehrerbietung zu erweisen. Zweifellos wollte er ihm mitteilen, daß er mit dem früheren Yorkey-Besitzer hier saß.

Clem schaute sich um, nickte einigen Bekannten zu, die wie er in verschiedenen Ausschüssen tätig waren, und beschloß, in Zukunft häufiger herzukommen. Inzwischen ging es ihm nicht mehr ums Geld, sondern um die Karriere. Durch Vosper hatte er einen Eindruck davon gewonnen, wie es in der Welt der High-Society zuging – und Clem genoß es, sich unter den Mächtigen, der Elite von Perth, ja von ganz Westaustralien zu tummeln. An Vospers Kampf um einen Sitz im Parlament hatte er kein Interesse mehr. Er zog die Gesellschaft der Farmer, Siedler, Schaf- und Viehzüchter vor. Wenn er mit ihnen zusammen war, fühlte er sich wohl. Er kannte einige Männer, die aus dem Norden stammten und deren Anwesen als die größten der Welt galten. Bei dem Gedanken daran, daß ihm Mitglieder einflußreicher Familien wie der Forrests und der Duracks die Hand geschüttelt hatten, mußte er lächeln. Er gratulierte sich selbst zu seinem Einsatz gegen die Urbanisierung des Staates.

»Bei Ihnen dürfte das kaum eine Rolle spielen«, hatte er zu einem der jüngeren Duracks gesagt, der in seinem Alter war.

»Das stimmt, unser Problem sind die großen Entfernungen. Es fehlt uns an guten Häfen und Straßen, fachmännischer Unterstützung im Kampf gegen das Ungeziefer und an vielem mehr. Wir sind daher gezwungen, uns in Perth über die neuesten Entwicklungen auf dem laufenden zu halten. Man darf sich nicht auf seiner Schaffarm vergraben, muß aber trotzdem die Kontrolle darüber behalten. Zur Zeit unterstützt die Regierung blindlings alles, was mit Gold zu tun hat. Sie bauen die verdammte Eisenbahn nach Kalgoorlie, und es heißt, daß sie außerdem eine Wasserleitung von den Hügeln hier bei Perth bis auf die Goldfelder legen wollen.«

Clem war entsetzt. »Das kostet ein Vermögen und ist völlig überflüssig! Draußen auf den Goldfeldern regnet es ab und zu, aber das Wasser versickert einfach. Man könnte Dämme bauen oder Brunnen bohren. Es sind nur zusätzliche Kondensatoren vonnöten ...«

»Die Beamten in Perth interessiert das einen feuchten Kehricht, solange sie mit ihren Projekten Aufsehen erregen. Und zwar auf unsere Kosten.« Durack seufzte. »Clem, ich gebe Ihnen einen guten Rat: Sie dürfen Ihre Farm nicht im Stich lassen. Sie ist das Zentrum Ihres Lebens. Dennoch müssen Sie den Finger am Puls des Geschehens haben, hier, wo alle Entscheidungen getroffen werden, sonst landet Ihre Wolle in irgendeinem Lagerhaus am Hafen und vergammelt dort. Das Problem ist, daß Leute, die – wie Ihr Freund Vosper – ins Parlament wollen, nur an Tarifpolitik denken, während den Beamten nur das Gold im Kopf herumspukt. Wir zählen überhaupt nicht.«

Clem wußte, daß Duracks Rat vernünftig war. Doch er war sich ebenso darüber im klaren, daß es ihm Freude bereiten würde, Sprecher der Schafzüchter zu werden und mit den sechs angesehensten Familien seines Heimatstaates zusammenzuarbeiten.

Wie gerne hätte er all diese Dinge mit Thora besprochen, doch sie hörte ihm einfach nicht zu. Sobald er dazu ansetzte, ihr von den Visionären zu erzählen, die er bei diversen Versammlungen und Banketten getroffen hatte, versank sie in ihren Phantasien. Obwohl sie keinen von ihnen kannte, verachtete sie die Farmer, tat so, als stünden sie gesellschaftlich unter den Stadtbewohnern.

Rivett unterhielt sich immer noch mit seinem Vorgesetzten, und Clem bestellte einen weiteren Drink.

Allmählich dämmerte ihm, daß Thora eine sehr törichte Frau war. Sie mochte zwar die Tochter eines Arztes sein, doch offensichtlich hatte sich ihre Herkunft nicht auf ihren Verstand ausgewirkt. Während Clem daran gearbeitet hatte, sich in Perth einen guten Ruf zu erwerben, hatte sie sich wie eine Idiotin benommen und vorgegeben, im *Palace* zu wohnen, obwohl man sie längst in dieses lächerliche Cottage verbannt hatte.

Im vergangenen Monat hatte man ihn und seine Frau zu verschiedenen privaten Festen und Essen eingeladen, doch er hatte stets abgesagt und anderweitige Verpflichtungen vorgeschoben, weil er Angst gehabt hatte, sie würde sich weigern mitzukommen oder in letzter Minute ihre Meinung ändern, was noch schlimmer gewesen wäre. Wegen ihr lebte er in ständiger Sorge. Hatte Angst, daß sie ihn nicht liebte, wo sie ihm doch soviel bedeutete.

Oder vielleicht doch nicht? Allmählich war er mit seiner Geduld wirklich am Ende.

Thoras Begeisterung für das Strandhaus war ein weiteres Problem. Sie war regelrecht verrückt danach, dort einzuziehen. Von Perth aus erreichte man es in einigen Stunden, doch lag es in einer sehr einsamen Gegend. Dort tobte ebensowenig das Leben wie auf Lancoorie. Thora schien das bis jetzt nicht bemerkt zu haben und bezeichnete es bereits als ihr »Heim«.

»Mr. Price«, unterbrach Rivett seine Gedanken, »verzeihen Sie, aber der Minister ist eingetroffen.« Der Beamte strich sein graues Haar zurück. Seine Augen funkelten aufgeregt. »Ich hoffe, Sie vergeben mir, aber er hat mich zum Essen gebeten.«

Erst jetzt bemerkte Clem, daß die Manschetten an Rivetts Hemd verschlissen waren und daß sein abgewetzter Anzug glänzte. Er fühlte sich niedergeschlagen. »Nein«, antwortete er freundlich, »es macht mir gar nichts aus. Wir sind ja nur auf einen Drink hergekommen. Ich möchte Ihnen jedoch mitteilen, daß ich morgen nach Kalgoorlie fahre. Ich werde mich mit Mr. Addison treffen und nach einer erneuten Prüfung der Mine mit ihm zusammen eine Erklärung abgeben. Sie wird vermutlich dahingehend lauten, daß Yorkey nicht profitabel ist.

Sie können Lord Kengally entschädigen. Mehr kann ich nicht für ihn tun.«

»Das ist eine sehr ehrenwerte Haltung, Mr. Price, ich danke Ihnen vielmals und bin sicher, daß der Minister sehr erleichtert sein wird.«

Clem wußte, daß die Gefahr noch nicht vorüber war. Wenn sich herausstellte, daß sein früherer Partner den Bericht gefälscht hatte, würde kein Geschäftsmann von Perth mehr etwas von Clem wissen wollen. Wer würde ihm noch abnehmen, daß er nichts mit dem Betrug zu tun hatte? Zwei wichtige Fragen mußten daher geklärt werden: Wie hatte Mike den Austausch der Berichte bewerkstelligt? Und wie konnte Clem die Angelegenheit bereinigen, ohne seinen Partner und damit auch sich selbst zu belasten? Er konnte es nicht zulassen, daß man Tanner die Schuld gab.

»Wenn man vom Teufel spricht ...«, dachte er, als er Tanner die schweren Türen aufstoßen, sich umschauen und direkt auf Rivett zumarschieren sah.

»Ich werde Sie auspeitschen lassen, Sie Mistkerl!« schrie er Rivett an und zog ihn von seinem Stuhl hoch. »Ich bin also ein Betrüger, was? Das werden wir noch sehen!«

Rivetts Begleiter wichen fassungslos zurück, als Tanner den Beamten am Revers packte und schüttelte.

Clem eilte auf die beiden zu. Er wollte Tanner zwingen, den zappelnden Mann loszulassen. »Verschwinden Sie«, zischte Rivett, »Sie machen alles nur noch schlimmer.«

»Daß du nicht weit bist, hätte ich mir denken können«, brüllte Tanner. »Ihr steckt unter einer Decke. Du kommst auch noch dran.«

»Raus!« Clem packte Tanner am Arm und schob ihn durch die Menge nach draußen. Tanner war noch immer derart außer sich, daß er sofort eine Schlägerei beginnen wollte.

»Du versuchst, mich als Betrüger hinzustellen, Price«, knurrte er. »Damit kommst du nicht durch.«

»Benehmen Sie sich gefälligst«, rief Clem und stieß ihn beiseite. »Wenn Sie sich nicht zusammenreißen, schlage ich Sie zu Boden. Ich habe Sie nie als Betrüger bezeichnet und glaube auch nicht, daß Sie einer sind.«

Tanner hielt inne. »Was?«

»Für so dumm halte ich Sie nun auch wieder nicht«, fuhr Clem zornig fort. »Sie können ruhig aufhören, mich überall als Verschwörer zu verleumden. Ich bin nämlich auch nicht dumm.«

Verblüfft starrte Tanner ihn an. »Wer soll es denn sonst gewesen sein? Was zum Teufel ist passiert?«

»Ich habe nicht die geringste Ahnung, werde aber gleich morgen nach Kalgoorlie fahren und es herausfinden. Es hat irgendeine Verwechslung gegeben, doch zunächst muß ich einen Blick auf Yorkey werfen.«

»Sicher doch! Sie wollen mit Ihren Freunden sprechen, um die Geschichte hieb- und stichfest zu machen.«

»Übertreiben Sie es nicht, Tanner. Ich zweifle an Ihrer Schuld, aber Sie sollten mich nicht zu sehr provozieren. Sie sind auf mich angewiesen, wenn Sie aus diesem Schlamassel je wieder rauskommen wollen.«

Tanner mußte sich eingestehen, daß Clem recht hatte, doch er traute ihm nicht über den Weg. »Ich komme mit und passe auf, was Sie tun.«

Das ließ sich wohl kaum verhindern. »Wie Sie möchten. Wir treffen uns morgen früh an der Bahn.« Tanner konnte ihn beobachten, soviel er wollte, aber die Unterredung mit Mike Deagan würde unter vier Augen stattfinden.

Mr. und Mrs. Deagan blieben noch einige Tage in York bei Jocelyns Familie, bevor sie nach Perth aufbrachen. Sie hatten in der Gesellschaft von Alice und George einen kurzen Urlaub auf Lancoorie verbracht. Jocelyn mochte das jungvermählte Farmerpaar sehr und war begeistert über den herzlichen Empfang. Sie genoß Alices Gesellschaft und lachte, als George darauf bestand, daß Mike sich während seines Aufenthalts nützlich machen sollte.

»Egal, was er getan hat«, berichtete sie ihrer Mutter stolz, »er hat fürchterlich gestöhnt und George mangelnde Gastfreundschaft vorgeworfen, natürlich nur im Spaß.«

Mrs. Russell freute sich für ihre Tochter. Immerhin hatte sie einen erfolgreichen Goldsucher aus dem Westen geheiratet, der sie offensichtlich sehr liebte. Sie wußte von Mikes Vergangenheit, doch nachdem sie ihn kennengelernt hatte, fand sie nichts mehr an ihm auszusetzen. Schließlich hatte man auch ihren Großvater aus England deportiert, und wer im Glashaus saß, sollte nicht mit Steinen werfen. Mike war viel älter als ihre Tochter, doch er würde gut für sie sorgen, und das allein zählte. Es stimmte sie traurig, daß das junge Paar nach Melbourne ziehen wollte, aber die beiden mußten ihre eigenen Entscheidungen treffen und hatten versprochen, sie öfter zu besuchen.

Mike war in die Stadt gegangen, um Plätze in der Kutsche nach Northam zu reservieren. Sie wollten am nächsten Morgen aufbrechen. Als erstes kaufte er jedoch eine Zeitung und ging in ein Pub, um dort in Ruhe alles über den Londonderry-Zusammenbruch zu lesen. Im letzten Absatz des Artikels wurde die Yorkey-Mine erwähnt.

»Himmel«, murmelte er, »wie sind die bloß so schnell darauf gekommen?« Dann lachte er. Man würde Tanner die Schuld geben. Niemand würde darauf kommen, daß er seine Hand im Spiel gehabt hatte. Niemand außer Clem.

Diese eine Sorge nagte noch an ihm. Clem würde sich über seine Gaunerei mit Sicherheit nicht freuen. Daher wäre ein Besuch bei ihm vielleicht nicht angebracht.

Statt für die Kutsche nach Northam kaufte er zwei Tickets für den Omnibus nach Albany.

»Wieso Albany?« wollte Jocelyn wissen. »Ich dachte, wir fahren nach Perth.«

»So geht es schneller, Liebes. Wenn wir in Perth starten, müssen wir erst um die Spitze des Kontinents segeln, ehe wir nach Osten weiterfahren. Außerdem legt das Schiff ohnehin in Albany an. Man hat mir erzählt, daß die Südspitze sehr gefährlich ist, weil dort verschiedene Meeresströmungen aufeinander treffen. Schon viele Schiffe sind dort gesunken.«

»Ja, davon habe ich auch gehört«, sagte Mrs. Russell. »Man sagt, die Reise sei fürchterlich.«

»Aber wir wollten doch Clem in Perth besuchen.«

»Oh, er wird sicher nicht böse sein, wenn es nicht klappt.«

»Jocelyn«, warf ihre Mutter ein, »Mike hat recht. Ihr schifft euch besser in Albany ein. Ich mache mir sonst schreckliche Sorgen.«

Albany war viel weiter entfernt als Perth, doch verglichen mit der Tour von Kalgoorlie nach Lancoorie war die Fahrt nach Albany eine Erholungsreise. Der Südosten Westaustraliens war berühmt für seine landschaftliche Schönheit und die vielen hübschen Kleinstädte, die sich für Zwischenaufenthalte anboten.

Bevor sie abreisten, schrieb Mike eine Karte an Clem. Die großen Neuigkeiten – der Verkauf des *Black Cat*, seine Hochzeit und der bevorstehende Besuch in Perth – hatte er ihm bereits geschrieben, doch nun hielt er eine Erklärung für angebracht.

»Lieber Clem, tut mir leid, daß wir nicht nach Perth kommen können. Das mit Yorkey war nur ein Scherz. Brief folgt. Mike.«

Weil Clem nach der Auseinandersetzung mit Tanner nicht noch mehr Aufmerksamkeit auf sich ziehen wollte, kehrte er nicht ins *Crown*, sondern in sein Hotel zurück, wo er einen Brief von Mike vorfand. Er war in Lancoorie aufgegeben worden.

Er staunte über die Neuigkeiten, da er fest davon überzeugt

gewesen war, daß sein Partner es noch eine ganze Weile in Kalgoorlie und dem *Black Cat* aushalten würde.

Clem hatte die Einkünfte aus dem Bordell als eiserne Reserve auf ein eigenes Konto eingezahlt, damit Alice gar nicht erst in die Verlegenheit kam, Fragen zu stellen. Schließlich gingen immer wieder Zahlungen ein, nachdem er Kalgoorlie schon längst verlassen hatte. Nach wie vor bezog er Einnahmen aus Lancoorie, doch für Mike war das *Black Cat* die einzige Verdienstquelle. Er schüttelte den Kopf. Wunder über Wunder! Und nun waren Mike und Jocelyn auch noch verheiratet.

»Zur Abwechslung mal gute Neuigkeiten«, murmelte er, doch seine eigenen quälenden Sorgen wegen Thora und Yorkey ließen sich nicht verdrängen. Mike hatte Yorkey in seinem Brief gar nicht erwähnt und hielt sich überdies nicht mehr in Kalgoorlie auf.

Clem steckte gewaltig in der Klemme. Es würde seltsam aussehen, wenn er seinen Plan zur Untersuchung der Mine aufgab. Zudem hatte er eigentlich im Sinn gehabt, Mike bei dieser Gelegenheit auf den Zahn zu fühlen. Addison würde den Ertrag der Mine noch einmal berechnen. Vielleicht sollte Clem einfach warten, bis Mike und Jocelyn nach Perth kamen.

Jocelyn?

»O Gott!« Ihr Ruf als Geschäftsführerin des *Black Cat* hatte sich durch die zahllosen Schürfer und Geschäftsleute, die zwischen den Goldfeldern und Perth hin- und herreisten, auch hier in der Stadt verbreitet. Wie oft hatten Männer in seiner Gegenwart von ihr gesprochen, während er vorgegeben hatte, weder von dem Bordell noch von seiner Chefin je gehört zu haben. Und nun brachte Mike sie geradewegs ins *United Services Hotel.* Warum nur hatte Alice ihm gesagt, wo er und Fred abgestiegen waren?

Er wußte, daß dieser Vorwurf ungerechtfertigt war. Mike und Jocelyn hatten das *Black Cat* natürlich mit keinem Wort erwähnt. Dennoch hätte Alice sich denken müssen, daß eine

Frau wie Jocelyn, die sich nach und nach ebenso auffällige Kleidung zugelegt hatte wie Glory, nicht die passende Gesellschaft für Thora sein konnte.

Plötzlich hatte Clem sie alle satt. Es war an der Zeit, daß er sein Leben selbst in die Hand nahm. Man konnte weder von ihm erwarten, daß er Jocelyn mit offenen Armen empfangen würde – schließlich waren sie nicht im Busch –, noch daß er Mike schützte oder bei Tanner Händchen hielt. Und was Thora betraf, so konnte sie im Cottage wohnen bleiben, bis die Mietzeit abgelaufen war. Von diesem Tag an würde kein Geld mehr in die Kasse dieses Hotels fließen, nicht ein Penny. Sie würde entweder dort leben, wo er es wünschte, oder sie konnte zu ihren Eltern nach York zurückgehen. Er war es leid, sich von aller Welt zum Narren halten zu lassen.

Mit dem Gefühl, seine Probleme aus der Welt schaffen zu können, indem er mit Bestimmtheit auftrat, machte er sich auf den Weg zum Speisesaal. Er hatte Hunger bekommen. In der Luft hing der Geruch von brutzelndem Schweinebraten, seinem Lieblingsessen, das man hier mit viel knuspriger Kruste servierte.

Vosper saß bereits an einem Tisch und winkte ihm zu. »Wo hast du gesteckt? Du hast meine Wahlversammlung verpaßt.«

»Hatte zu tun«, erwiderte Clem knapp.

»Setz dich. Ich hoffe, du hast heute abend nicht auch zu tun.«

»Was gibt's denn heute abend?«

»Henery Whipples Abschiedsparty. Das große Fest.«

»Ach so.«

»Jeder, der in Perth etwas zu sagen hat, wird dasein. Hast du deine Meinung, was Thora betrifft, geändert?«

»Nein«, erwiderte Clem fest. »Ich werde mich vorerst von ihr fernhalten. Sie soll zu Hause bleiben und sich abkühlen.«

Vosper lächelte. »Mit allem Respekt vor Thora, aber ich bin erleichtert. Ich möchte das Fest auf keinen Fall versäumen, habe aber nur noch zwei Karten erwischt. Aber du kommst doch mit, nicht wahr? Wir machen uns einen richtig tollen Abend. Bei diesen Feierlichkeiten gibt es immer einen Überschuß an jungen Damen, die gerne tanzen.«

Clem wollte schon ablehnen, besann sich aber eines Besseren. »Wieso nicht? Ich habe schon seit ewigen Zeiten nicht mehr getanzt. Ich nehme an, wir müssen uns in Schale werfen?«

»Das Zimmermädchen bügelt bereits unsere Sonntagsanzüge«, sagte Vosper lachend. »Ich hatte mir schon gedacht, daß du nicht darauf verzichten würdest. Übrigens habe ich mir eines deiner Hemden geliehen.«

Die Kellnerin kam, um Clems Bestellung aufzunehmen. »Tut mir leid, Mr. Price, der Schweinebraten ist ausgegangen. Wir haben aber noch gebratenes Lamm.«

»Dann eben das«, sagte Clem und sah zu, wie Vosper seinen Schweinebraten verschlang. »Heute ist einfach nicht mein Tag.«

Thora wartete den ganzen Tag im Cottage auf Clem. Dank einer übelschmeckenden weißlichen Mixtur, die Nanny ihr besorgt hatte, hatte sie gut geschlafen und fühlte sich in der Lage, ihrem Mann gegenüberzutreten. Wie üblich würde er angekrochen kommen und sie anflehen, ihm zu verzeihen, doch diesmal würde sie standhaft bleiben. Sie würde ihm sagen, was sie wirklich von ihm hielt, und ihn leiden lassen. Sie würde ihn mit der Nachricht konfrontieren, daß sie von seinem bösen Haus und den Huren wußte, und ihn dann für immer aus ihrem Leben verbannen. In Gedanken spielte sie den Racheengel. Zuerst würde sie ihn zwingen, für seine Sünden zu büßen, und ihn dann von ihrer Schwelle weisen. Die dramatische Szene, die sich in ihrer Phantasie abspielte, erregte sie. Clem war tiefer gesunken, als sie sich hatte träumen lassen, und sie bezweifelte, daß Gott ihm vergeben würde.

In selbstgerechte Gedanken versunken, aß Thora sämtliche Gänge ihres Mittagessens auf: Suppe, kaltes Fleisch mit eingelegtem Gemüse und Karamelpudding. Nanny war sehr zufrieden mit ihrem Appetit. Thora nippte sogar an einem köstlichen Weißwein, der ihre Stimmung beträchtlich hob und ihr neues Selbstvertrauen verlieh.

»Wir ziehen bald um, Nanny. Ich möchte, daß du Miss Devane davon in Kenntnis setzt.«

»Das werde ich tun. Ist das Strandhaus fertig?«

»Mein Heim wird bald fertig sein«, korrigierte Thora.

Nanny war begeistert. »Wie aufregend, in einem Haus zu leben, wo man den Ozean gleich vor der Tür hat. Ich kann mit Lydia am Strand spielen. Und Mr. Price wird auf uns acht geben.«

»Wovon redest du eigentlich? Wir brauchen niemanden, der auf uns acht gibt. Ich jedenfalls nicht. Ich bin durchaus in der Lage, meinen Haushalt ohne ihn zu führen.«

»Natürlich, Madam. Ich meinte auch nur, daß es vielleicht schön für Sie wäre, wieder mit Ihrer Familie zusammenzuleben. Und das Haus ist soviel geräumiger als das Cottage.«

»Ja, hier leben wir reichlich beengt. Warte nur, bis du die herrlichen Möbel siehst, die ich bestellt habe. Unser neues Haus wird vollkommen sein. Du bekommst ein eigenes Zimmer und Lydia auch. Mein Zimmer wird richtig edel eingerichtet. Wir brauchen Mr. Price nicht. Er wird nicht mit in dieses Haus ziehen.«

Sie sah Nannys mißbilligenden Gesichtsausdruck und stieß einen mitleidsvollen Seufzer aus. »Du bist erst siebzehn und wirst noch erfahren, wie schlecht die Männer sind. Laß dich von einer Frau warnen, die es wissen muß. Halte dich fern von den Männern, sonst werden sie dich zerstören.«

»Das sagt meine Mum auch«, entgegnete Netta düster. »Sie redet von nichts anderem. Aber Mr. Price ist nett.«

»Da hast du's! Siehst du, wie leichtgläubig du bist? Er ist

nämlich einer von den Schlimmsten.« Thora lächelte zufrieden, als Nanny bei dieser Bemerkung den Mund aufriß.

Der Nachmittag zog sich dahin. Clem war noch immer nicht aufgetaucht, und Thora wurde immer aufgeregter. Sie beschloß, an Alice zu schreiben und ihr zu berichten, was sie Schreckliches in Erfahrung gebracht hatte. Sie wollte ihr erklären, daß sie mit einem so liederlichen Mann nicht zusammenleben konnte.

Den Brief begann sie mit den üblichen Begrüßungsfloskeln, in denen sie ihrer Hoffnung Ausdruck gab, daß Alice glücklich und auf Lancoorie alles in Ordnung sei, doch schon bald wurde Thora klar, daß sie Alices Heirat nicht ignorieren konnte. Sie hielt es für unverzichtbar, ihre Schwägerin, deren einzige wirkliche Freundin sie war, vor den Männern zu warnen. Alice verdiente Mitleid, da sie erniedrigende eheliche Pflichten zu erfüllen hatte, und Thora bot ihr Rat und Hilfe an. Sollte sie jemals eine Zuflucht benötigen, wäre sie in Thoras Strandhaus immer willkommen.

Thora füllte Seite um Seite. Sie berichtete über ihr göttliches Heim, das so neu und rein sei, unberührt von *ihnen*. Schrieb von Männern, an denen der Schmutz der Freudenhäuser klebte, die mit Huren schliefen, scheue junge Frauen verführten. Von Männern, die sich mit lauten, übermütigen Huren wie dieser Jocelyn einließen. Sie selbst habe sie im Zug gesehen, Nutten, leichte Mädchen, die Huren von Babylon. Gegen ihre abstoßende Zurschaustellung und die Art, wie sie die Männer verführten, war keine Frau gefeit.

Thoras Feder flog über das Papier. Hektisch verfaßte sie eine wilde Schmährede. Dabei verwechselte sie manchmal Clem mit Matt Spencer. Zugleich schwärmte sie von ihren Begegnungen mit wahren Gentlemen wie Lord Kengally. Doch allmählich drang die Wahrheit an die Oberfläche. Flüchtige Erinnerungen, grauenhafte Bilder, die wie Schatten zwischen den Worten lauerten, formten sich zu der Geschichte eines jungen Mädchens, das vergewaltigt worden war. Einer Geschichte von Entsetzen und Abscheu, Schmerz und nicht enden wollender Scham.

Nanny schaute zur Tür herein. »Ich habe mit Lydia die Mädchen im Hotel besucht. Sie freuen sich immer, wenn sie die Kleine sehen. Haben mir eine leckere Kartoffelpastete mitgegeben. Möchten Sie etwas davon, Madam? Sie ist noch heiß. Ich habe auch einen Becher Soße.«

Mrs. Price antwortete nicht. Sie schlug gerade eine Schlacht mit Tinte und Feder und konnte sich nicht um solche Kleinigkeiten kümmern.

Sie hatte völlig vergessen, daß sie an Alice schrieb. Von Schuldgefühlen und dem Wunsch, ein Geständnis abzulegen, getrieben, arbeitete sie sich schließlich bis in die Gegenwart vor, bis zu einem Mann, der sich als ihr Ehemann bezeichnete – einer abstoßenden Kreatur, die Huren beschäftigte und *solche Dinge* mit Huren wie Jocelyn Russell trieb.

Erschöpft legte Thora schließlich die Feder nieder. Sie warf noch einmal einen Blick auf die erste der zehn Seiten und bedauerte Alice, die nicht wußte, daß die Welt schlecht war.

Alice mußte Jocelyn Russell ebenfalls kennen, denn sie waren im selben Distrikt aufgewachsen. Diese ordinäre Kellnerin, deren Vater Straßengräben ausgehoben und deren Mutter anderer Leute Wäsche gewaschen hatte! Alice mußte erfahren, was ihr Bruder trieb und mit welchen Frauen er ins Bett ging, während er nach außen hin den treuen Ehemann spielte.

Die Dämmerung brach herein. Thora ließ ihren Brief auf dem Eßtisch liegen und ging zum Gartentor, da sie Clem jetzt jeden Moment erwartete. Doch auf der Straße war es vollkommen ruhig. Wo steckte er nur? Wie konnte er es wagen, seine Frau zu vernachlässigen? Glaubte er etwa, er könne sich mit einer billigen Schachtel Pralinen ihren Respekt erkaufen? Bei Jocelyn mochte er damit durchkommen, aber nicht bei einer anständigen Frau wie Thora.

Wie ein unwillkommener Gast schlich sich Jocelyn in Thoras Gedanken, kicherte verstohlen, lachte hinter ihrem Rücken leise über sie, schnitt ihr im Schlafzimmerspiegel häßliche Gesichter. Thora trat ihr entgegen.

»Du brauchst nicht zu glauben, daß ich hierbleibe und das ertrage. Ich werde ihn bei dir zur Rede stellen. Er wird mir zuhören, wart's nur ab. Ich lasse dich ins Gefängnis werfen. Da gehört eine Frau wie du hin!«

Sie rief Nanny. »Könntest du bitte kommen? Ich möchte, daß du mir beim Frisieren hilfst.«

Nanny bürstete Thoras langes Haar, bis es glänzte, legte es mit einer Lockenzange in sanfte Wellen, steckte es am Hinterkopf hoch und drehte die langen Strähnen zu weich herabfließenden Locken.

»O Madam, es sieht wunderbar aus. Ich werde immer besser. Gehen Sie aus?«

»Ja. Und nun bitte den weiten Unterrock mit der Spitze und das blaue Seidenkleid.«

Thoras elegante Erscheinung vertrieb Jocelyn aus dem Spiegel. Thora lächelte abschätzig. »Du kannst es nicht mit mir aufnehmen«, murmelte sie.

»Wie bitte?« fragte Nanny.

»Nichts. Hol meinen Mantel. Nein, nicht den für tagsüber, den dunkelblauen Samtmantel, er ist so schön weit.«

Thora wirbelte in ihren schwingenden Röcken durchs Wohnzimmer. »Wie sehe ich aus?«

»Wunderbar! Wann kommt Mr. Price?«

»Er kommt nicht. Ich gehe allein aus.«

»Aber es ist schon dunkel. Abends sind die Straßen für Frauen viel zu unsicher. Soll ich Ihnen eine Pferdedroschke holen?«

»Nein. Die Droschken fahren nie durch diese Straße. Außerdem brauche ich keine. Ich gehe zu Fuß.«

»Wohin?«

»Natürlich zum *United Services Hotel.* Dort wohnt er ja.«

Nanny versuchte, sie von diesem Vorhaben abzubringen, doch Thora ließ nicht mit sich reden. Sie rauschte so zielsicher hinaus, daß sie sich drohender Gefahren gar nicht bewußt wurde. Inzwischen kannte sie sich in der Stadt ganz gut aus. Mit entschlossenen Schritten machte sie sich auf den Weg ins Hotel.

In dem schäbigen Foyer roch es nach gekochtem Kohl und Tabak. Verglichen mit dem *Palace* war das hier eine drittklassige Absteige. Thora konnte es nicht fassen, daß Clem ihr vorgeschlagen hatte, sie solle hier einziehen. Unter der Treppe zu ihrer Linken standen einige Ledersessel, dazwischen ein welker Farn in einem Messingtopf und eine Lampe, deren Fuß aus einer rosa Gipsstatue bestand.

Die Wand zu ihrer Rechten war übersät mit Fotos, Plaketten und militärischen Andenken. Thora stand einsam und verlassen in der Halle und starrte die Wand an, unentschlossen, was sie jetzt tun sollte. Die beiden Türen, die von der Halle abgingen, führten laut Aufschrift in die Bar und ins Speisezimmer. Thora umklammerte den weichen Kragen ihres Mantels.

Es gab weder Pagen noch eine Rezeption, nur eine Art Büro, das durch eine Milchglasscheibe von der Halle abgetrennt war. Zaghaft klopfte Thora an die Scheibe. Eine dröhnende Stimme antwortete: »Das Büro ist geschlossen.«

»Das sehe ich«, antwortete sie und klopfte noch einmal.

Eine Weile war nichts zu hören, doch dann wurde ein kleines Fenster geöffnet, und ein pummeliger junger Mann schaute heraus. »Wir sind ausgebucht.« Er trug die durchgeknöpfte Uniform eines niederen Hotelangestellten. Offensichtlich hatte er es sich gerade mit einer Zeitung und einer Flasche Bier gemütlich gemacht, als Thora ihn gestört hatte.

»Habe ich denn nach einer Unterkunft gefragt?«

Er musterte sie von oben bis unten. »Nein, Miss, nein.

Tut mir leid.« Erfreut stellte Thora fest, daß er von ihr beeindruckt war.

Seine blassen Augen leuchteten auf, und er wurde plötzlich sehr zuvorkommend. »Haben Sie das Speisezimmer gesucht? Ich kann Sie hinführen.«

»Nein. Hier wohnt ein Mr. Price. Holen Sie ihn bitte.«

»Ach, Mr. Clem Price. Lassen Sie mich nachsehen. Vermutlich ist er im Speisezimmer. Nein, Moment mal, sie sind ausgegangen. Heute abend ist es sehr ruhig hier.«

»Wohin sind sie gegangen?«

»Zum großen Fest im Rathaus.«

Thora spürte, daß ihre Knie nachgaben. Sie hatte nicht damit gerechnet, daß er ausgegangen sein könnte. Um Selbstbeherrschung ringend, umklammerte sie den hölzernen Fenstersims. »Ja, das hatte ich ganz vergessen.«

Clem redete immer von irgendwelchen Veranstaltungen.

»Das Fest dürfte schon richtig im Gang sein«, sagte der junge Mann vertraulich.

»Was für ein Fest ist es?«

»Eine Party für irgendeinen Politiker. Ich wäre auch gern hingegangen. Unsere Köche haben das ganze Essen geliefert, köstliche Sachen. Mir läuft schon beim Gedanken daran das Wasser im Mund zusammen.«

»Wirklich?« fragte Thora. »Ist es ein offizielles Bankett?«

»Zunächst schon. Dann spielt ein Orchester, und es wird getanzt. Ein Ball, könnte man sagen. Sind Sie neu hier?«

»Ja. Und Mr. Price ist bestimmt dorthin gegangen?«

»Ich habe sie selbst gehen sehen. Hatten sich richtig in Schale geworfen. Habe Mr. Price sogar einige Zigarren besorgt.«

»Wie nett. Er raucht gern mal eine Zigarre.«

Der Hotelangestellte sah sie traurig an und fragte sich, wie er dieser Frau helfen könnte. »Sie müssen ihn knapp verpaßt haben. Wollen Sie ihm eine Nachricht hinterlassen?«

»Nein, ich warte auf ihn. In seinem Zimmer.«

Er sah sich nervös um. »Ich weiß nicht recht. Das ist gegen die Vorschriften.«

Thora schenkte ihm ein gewinnendes Lächeln. »Sie haben ganz recht. Aber keine Sorge, ich bin Mrs. Price. Bitte bringen Sie mich zu seinem Zimmer.« Als sie den Handschuh abstreifte, um in ihrem Portemonnaie nach einer Münze zu suchen, fiel sein Blick auf ihren Ehering.

»Nun, in diesem Fall ... ist es wohl in Ordnung. Es könnte allerdings sein, daß es spät wird bei ihm.«

»Nein, er weiß, daß ich komme«, log sie. »Er erwartet mich. Ich würde nur lieber in seinem Zimmer als hier in der Eingangshalle warten. Welche Zimmernummer hat er doch gleich?«

»Dreiunddreißig. Erster Stock, erster Gang rechts. Kann ich Ihnen eine Erfrischung bringen, Mrs. Price?«

»Nein, vielen Dank. Sie waren sehr freundlich.«

Sie fühlte seinen Blick auf sich ruhen, als sie voller Anmut die Treppe hinaufging. Sie fand Clems Zimmer ohne Schwierigkeiten und trat ein. Zu ihrer Erleichterung hatte er das Licht angelassen. Sie warf die Tür wütend hinter sich zu, lehnte sich dagegen und holte tief Luft, um ihr klopfendes Herz zu beruhigen. Beinahe wäre sie in Ohnmacht gefallen. So eine Beleidigung! Wie beschämend diese Unterhaltung gewesen war. Noch immer glühte ihr Gesicht. Der Bursche mußte im stillen über sie gelacht haben, so wie sie dagestanden hatte, auf der Suche nach ihrem Mann, der mit seiner Hure unterwegs war.

»Ich habe sie gehen sehen«, hatte er gesagt. Zweimal sogar, um sie die Demütigung spüren zu lassen. Er hatte über sie gelacht. *Sie.* Er war mit Jocelyn unterwegs, seiner Hure!

»Dafür wird er teuer bezahlen!« sagte sie, im Zimmer auf- und ablaufend.

Sie hatte ganz vergessen, daß Clem das Zimmer mit Vosper teilte. In ihren Augen gehörte alles, was darin herumstand oder -lag, ihm, dem Mann mit den zwei Gesichtern.

Und es standen zwei Betten im Zimmer.

Lebte Jocelyn hier mit ihm? Schlich sie sich Nacht für Nacht hier herein? Oder stolzierte er Arm in Arm mit diesem Flittchen die Treppe hinunter, gab mit ihr an, während seine anständige Ehefrau versteckt in einem Cottage leben mußte?

In einem hysterischen Anfall riß sie die Bezüge und Laken von den Betten herunter. Rache war süß. »Ich werde es ihm zeigen!« schrie sie und zerrte die Matratzen aus den Bettkästen.

Unter der einen fand sie eine Brieftasche. Da es nicht Clems war, mußte sie wohl *ihr* gehören. Sie flog aus dem Fenster.

Thora inspizierte das ganze Zimmer, riß Schubladen und Schränke auf und schleuderte deren Inhalt durch die Gegend. Sie fand sein Rasiermesser und zerschnitt mit der scharfen, dünnen Klinge wie rasend die Luft. Der Boden war mit Kleidungsstücken übersät. Teils zerschnitt, teils zerfetzte Thora sie und warf sie dann wieder weg.

In der Ecke hinter dem schweren Kleiderschrank erspähte sie zwei Angelruten, die auf einem Kasten standen. Da sie mit dem Rasiermesser nicht viel ausrichten konnte, zerbrach sie die Ruten kurzerhand über dem Knie. Dann bückte sie sich, öffnete den Kasten und fand darin zu ihrem Erstaunen einen Revolver und eine Schachtel Munition, die in grünen Filz eingeschlagen war.

»Sieh einer an!« höhnte sie. »Wie gut du auf deine Sachen acht gibst!« Er hatte die hölzerne Kassette, die einmal Noah gehört hatte, stets wie seinen Augapfel gehütet, das Holz regelmäßig poliert und die Lederriemen geölt. Nun sah sie schäbig und ramponiert aus und schien Silberfische zu beherbergen. Thora kam gar nicht auf die Idee, daß dies gar nicht Clems Kasten war, daß er gar keinen Grund hatte, überhaupt eine Waffe mit nach Perth zu bringen.

Sie lud den Revolver fachmännisch, wie man es ihr auf Lancoorie so oft gezeigt hatte, da man dort ständig vor Schlangen auf der Hut sein mußte. Allerdings hatte Alice sich meist der Schlangen annehmen müssen. Thora hingegen war gewöhnlich samt Baby schreiend vor ihnen davongelaufen. Doch wie man eine Waffe lud, hatte sie nicht verlernt.

»Vor Waffen habe ich keine Angst«, sagte sie stolz und strich sanft über den kalten Lauf und den glatten Holzgriff.

»Doch *er* wird sich fürchten, wenn er hereinkommt und eine Waffe auf sich gerichtet sieht. Diese Lektion wird er nicht vergessen. Alles, was er mir über diese Versammlungen erzählt hat, war gelogen. Es ging ihm nur darum, zu verschleiern, was er tatsächlich getrieben hat.«

Voller Vorfreude malte Thora sich Clems Rückkehr aus, das Entsetzen, das ihn packen würde. Doch es galt, alles sorgfältig vorzubereiten.

Sie legte die Waffe vorsichtig auf den Toilettentisch und sah sich um. Als erstes würde sein Blick aufs Bett fallen. Sie zerrte die Matratze wieder an ihren Platz, legte das weiße Laken über den häßlichen Drillich, glättete das Bettuch und ließ sich mit dem Revolver in der Hand auf dem Bett nieder, die Augen auf die Tür gerichtet. Dann arrangierte sie die Falten ihres dunkelblauen Mantels so vorteilhaft wie möglich auf dem weißen Bett. Sie hatte ihn vorne aufgeknöpft, so daß das helle Blau ihres Kleides hervorblitzte.

Zufrieden faltete Thora die Hände über dem Revolver in ihrem Schoß und wartete. Sobald er das Zimmer betrat, würde sie die Waffe auf ihn richten.

12. KAPITEL

Lillian hatte sich so an die Ausmaße von Minchfield House gewöhnt, daß der Anblick von Henery Whipples zweistöckigem Haus und des kleinen Gartens zunächst Enttäuschung in ihr auslöste. Sie hatte geglaubt, hier in St. Georges Terrace erwarte sie eine großartige Residenz. Doch schon bald wußten die Gäste die gemütliche Atmosphäre von Whipples Haus zu schätzen. Zu Roberts Ärger hatten Lil und er getrennte Zimmer. Doch Lil war überzeugt, daß auch ein gemeinsames Schlafzimmer ihm nicht recht gewesen wäre, denn Robert war ein notorischer Nörgler, der an allem etwas auszusetzen hatte.

»Henery weiß, wie wir zueinander stehen«, flüsterte er. »Und du weißt, daß ich ungern allein schlafe. Es ist schlecht für meine Verdauung. Sprich mit ihm.«

»Für den Augenblick wäre es besser, nichts zu sagen, mein Lieber. Henery wird sicher noch weitere Gäste empfangen und möchte ihnen vermutlich keinen Anlaß für Gerede bieten.«

»Das Gerede interessiert mich nicht«, knurrte Robert. »Man sollte sich nicht vom Klatsch des einfachen Volkes beunruhigen lassen. Du bringst mir doch vor dem Schlafengehen heiße Milch, Brandy und meine Massagelotion, ja? Ich hoffe, du hast sie eingepackt.«

»Ja. Geh jetzt, während ich deine Sachen auspacke.«

Zu Lillians großer Freude war Robert eifersüchtig. Er hatte natürlich bemerkt, wie herzlich Henery Lil nach der Landung umarmt und wie unverschämt lange er sie geküßt hatte.

»Lillian«, hatte Henery schmeichelnd gesagt, »Sie sehen aus wie das blühende Leben! Robert, du solltest besser ein Auge auf die Burschen in Perth haben, sonst bist du diese Schönheit los.«

Robert wäre vermutlich am liebsten sofort wieder an Bord

gegangen, doch Henerys Kutsche wartete bereits, um sie zu ihm nach Hause zu bringen.

Lillian gefiel das Zimmer, das Henery ihr gegeben hatte, ausnehmend gut. Es bot einen schönen Ausblick auf die Straße, in der es recht lebhaft zuging. Dieses Zimmer war nicht zu vergleichen mit jenem, das sie seinerzeit in Merles Pension bewohnt hatte. Lil war eigentlich ganz froh, daß sie es nicht mit Robert teilen mußte.

»Man könnte denken, er sei neunzig«, murmelte sie, »so, wie er seine Wehwehchen pflegt. Er braucht seinen Schlaf, aber mir zieht er ständig die Bettdecke weg und weckt mich mit seiner Schnarcherei. In diesem Zimmer hier fühle ich mich wie im Paradies.«

Natürlich dachte sie nicht im Traum daran, irgend etwas an ihrer Situation zu ändern. Minchfield war ihr und Carolines Zuhause. Ihre Tochter wuchs zu einem hübschen Mädchen heran, das fröhlich durch die Gegend sprang und vom Personal vergöttert wurde. Lillian fragte sich noch immer, ob es gut gewesen war, sie allein zu lassen, doch sie wußte sie bei der Köchin in besten Händen.

Robert interessierte sich kaum für das Kind, was Lillian ganz recht war. Auf die Einmischung eines Junggesellen, der keine Ahnung von Kindererziehung hatte, konnte sie gut verzichten. Caroline gehörte ihr allein. Sie sollte es im Leben einmal leichter haben als ihre Mutter. Um dieses Ziel zu erreichen, würde Lillian zur Not auch mit hundert Roberts schlafen. Caroline würde die besten Schulen besuchen und die richtigen Leute kennenlernen. Sollte sie je ihrer Schwester, die im Luxus von Lancoorie aufwuchs, begegnen, so dürfte sich bei Caroline nicht der Eindruck festsetzen, daß das Schicksal sie benachteiligt hätte. Manchmal hatte Lillian das Gefühl, sie müsse darum kämpfen, daß Caroline gegenüber ihrer Schwester nicht ins Hintertreffen geriet.

Ihre Tage in Perth waren ausgefüllt. Wenn Henery keine

Gäste hatte, gingen sie einkaufen, besichtigten die Sehenswürdigkeiten der Stadt, besuchten das Regierungsgebäude und wurden sogar zusammen mit hundert anderen Gästen zu einer Soiree ins prächtige Government House eingeladen. Henery führte sie zu einer Varietévorstellung ins Odeon-Theater, die Robert ebensosehr mißfiel, wie sie Lillian und ihren Gastgeber begeisterte. Die beiden lachten sich halbtot und stimmten fröhlich mit ein, als die Dame im grünen Kleid das Publikum zum Mitsingen animierte.

»Es ist mir unbegreiflich, daß ein Mann in deiner Position an einer derart gewöhnlichen Vorstellung Gefallen finden kann«, klagte Robert, als sie das Theater verließen, doch Henery lachte nur. »Das war die beste Show seit Jahren. Sei doch nicht immer so schlecht gelaunt. Sieh dir Lillian an, sie hat Bauchweh vor Lachen.«

Vor dem Schlafengehen rieb Lillian Robert den Rücken ein, der, so zankte er, vom Sitzen auf den harten Theaterstühlen völlig verspannt sei. Robert hatte eine fürchterliche Laune.

»Du scheinst dich gut mit Henery zu verstehen.«

»Das muß ich. Schließlich ist er unser Gastgeber.«

»Bei dieser Show hast du wie eine Hyäne gelacht!«

Sie drückte sein Gesicht ins Kissen, klatschte ihm die Lotion auf den Rücken und massierte sie sanft ein – vor allem, damit er sich endlich beruhigte, denn sein wabbliger, weißer Rücken bedurfte ihrer Behandlung eigentlich gar nicht.

»Ich habe den Eindruck, du hast Henery wirklich gern«, beklagte er sich. Lillian entgegnete offen: »Wieso nicht? Er ist unser Freund und ein überaus unterhaltsamer Gesellschafter. Du mußt zugeben, daß man sich mit ihm niemals langweilt. Er kennt so viele Leute. Die Menschen in Perth sind viel netter als unsere eingebildeten Nachbarn. Das hast du selbst gesagt.«

Er rappelte sich hoch. »Warum tust du mir das an? Habe ich etwa nicht für dich gesorgt? Habe ich mich nicht deiner angenommen?«

»Was tue ich dir an?« fragte sie unschuldig.

»Du bist lieber mit Henery als mit mir zusammen. Das ist ganz offensichtlich, und ich fühle mich gedemütigt. Glaube nicht, daß ich es nicht merke«, jammerte er, den Tränen nahe. »Er versucht, dich mir wegzunehmen. Seit dem Tod seiner Frau ist er ein sehr einsamer Mann. Eine Frau wie du könnte ihm das Haus besser führen als diese Hexen, die er beschäftigt. Und du ermutigst ihn auch noch.«

Lillian lehnte sich seufzend zurück. »Guter Gott, Robert. Du redest, als wollte ich dich verlassen. Ich muß zugeben, daß Henery hier in der Stadt ein aufregenderes Leben führt als wir in Minchfield, aber das sollte dich nicht beunruhigen.«

»Tut es aber. Wo ist dieser Cornish eigentlich abgeblieben?«

»Wer?« Die Frage überraschte sie.

»Dein Mann.«

»Ach so. Ich habe keine Ahnung. Ich habe dir ja schon einmal erzählt, daß er mich verlassen hat, worüber ich im nachhinein auch froh bin. Meine Mutter hatte mich von Anfang an vor ihm gewarnt.«

»Offensichtlich hatte deine Mutter mehr Verstand als du.«

»So ist es wohl. Darüber kann ich nicht mit dir streiten.«

»Ich streite ohnehin nicht gern.«

»Tut mir leid. Haben wir etwa gestritten? Was ist los mit dir, Liebster? Vielleicht hättest du auf die geschmorten Zwiebeln verzichten sollten, sie bekommen dir nicht.«

»Zum Teufel mit den Zwiebeln!« Er stieg aus dem Bett und zog seinen Morgenmantel an. »Ich sprach von diesem Kerl, mit dem du verheiratet bist. Ich möchte, daß du ihn loswirst.«

»Ich bin ihn los.«

»Aber du bist nicht offiziell von ihm geschieden. Ich werde mit dir einen Anwalt aufsuchen und der Sache ein Ende bereiten. Dein Mann hat dich immerhin verlassen.«

Lillian blieb äußerlich ruhig, doch ihr Herz schlug schneller. Schon oft hatte sie erwogen, sich scheiden zu lassen, doch wußte sie weder, wie man eine Scheidung in die Wege leitete, noch, was sie kosten würde. Ein Mann hatte es da viel leichter als eine Frau. In ihrem Fall würde sich jedoch ein wohlhabender Mann für sie einsetzen.

Sie schüttelte skeptisch den Kopf. »Ist das möglich?«

»Auf mein Wort. Am Montag gehen wir zu meinem Anwalt. Aber Henery darf nichts davon erfahren. Hast du gehört? Wir lassen uns eine Ausrede einfallen und gehen allein aus.«

»Robert, wenn du das für mich tust, bin ich dir unendlich dankbar.«

»Das solltest du auch sein. Es heißt aber nicht, daß du nach der Scheidung sofort zu Henery laufen und ihm davon erzählen sollst.«

»Warum denn nicht? Er wäre sehr verletzt, wenn wir ihn außen vor ließen.«

»Weil du nicht Henery, sondern mich heiraten wirst. Es geht ihn einfach nichts an.«

In dieser Nacht war es Lillian, die zur Abwechslung einmal die Initiative ergriff. Sie streichelte, liebkoste und erregte Robert mit einer Leidenschaft, die ihn vor Lust aufstöhnen ließ. In den frühen Morgenstunden schlich sie sich triumphierend in ihr Zimmer zurück. Wenn Robert nicht vor Eifersucht blind gewesen wäre, hätte er bemerkt, daß Henery ein wahrer Lüstling war, der seine Hände von keiner Frau lassen konnte.

Da unerwartet viele Gäste zugesagt hatten, fand der Abschiedsempfang nicht wie geplant im *Esplanade Hotel,* sondern im Rathaus statt. Henery war in Perth überaus beliebt. Zweihundert Personen waren zum Essen geladen. Anschließend würde man die Tische wegräumen, und dann sollte ein achtköpfiges Orchester aufspielen.

Schon Tage vorher hatte Robert Lampenfieber und veranstaltete beim Schneider ein großes Theater wegen seines

Anzugs. Er bestand darauf, Lillians Kleid auszusuchen. Sie erhob keine Einwände, da Robert in dieser Hinsicht einen ausgezeichneten Geschmack hatte. Er lehnte das rote Satinkleid, das die Besitzerin der exklusiven französischen Boutique vorschlug, kategorisch ab – denn es sei »gewöhnlich«. Auch das Argument, die Farbe betone Lillians dunkles Haar, ließ er nicht gelten. Die helleren Kleider bezeichnete er als »fade«. Der goldene Taft war ihm zu aufdringlich, und das weiße Kleid mit den roten Perlen erinnerte ihn angeblich an ein Varietékostüm.

Je störrischer sich Robert gebärdete, desto verzweifelter wurde Lillian. Allmählich wurde die Zeit knapp, und in allen anderen Geschäften waren sie schon gewesen.

»Nehmen wir das blaue«, sagte sie, »ich probiere es einmal an.«

Lillian hätte jedes dieser Kleider genommen. Noch nie in ihrem Leben hatte sie so prachtvolle Abendroben gesehen. Daß Robert sich der Besitzerin gegenüber so danebenbenahm, stieß Lillian ab.

Er setzte die Brille auf und sah sich das üppige Seidenkleid, dessen Mieder mit winzigen Perlen bestickt war, von allen Seiten an.

»Es ist wunderschön, Robert«, flüsterte Lillian.

»Lassen Sie mich sehen, was Sie sonst noch haben«, wies er die Besitzerin an. Als sie verschwunden war, um weitere Kleider aus dem Lager zu holen, wandte er sich an Lillian. »Sei so gut und überlasse mir die Entscheidung. Wir können das blaue nehmen, wenn es dir paßt, aber es ist einfach nicht das richtige. Wenn du meine Frau werden willst, darfst du nicht aussehen wie irgend jemand. Ich habe diesen blauen Fummel jeweils mit kleinen Abweichungen in jedem Schaufenster gesehen. Das Kleid ist einfach zu gewöhnlich, Lillian.«

Die Frau kehrte mit einer exquisiten Robe aus cremefarbe- Satin zurück.

»Allmählich kommen wir der Sache näher. Probier es an, Lillian.«

»Aber du magst doch keinen Satin.«

»Keinen roten Satin. Der hier ist champagnerfarben, das hier ist etwas völlig anderes. Sehr schlicht.«

Das elegante Kleid mit dem weiten Ausschnitt, der engen Taille, Tournüre und kurzer Schleppe verlieh Lillian ein ungeheures Selbstvertrauen. Als sie aus der Umkleidekabine trat und Roberts zufriedenes Lächeln sah, spürte sie auf einmal, welche Macht ihr ihre erotische Ausstrahlung verlieh. Ihre Brüste zeichneten sich unter dem üppigen Satin ab. Sie waren durch das Korsett derart hochgedrückt worden, daß ihr das Kleid beinahe zu gewagt erschien, doch Robert hatte keine Einwände.

»Hervorragend«, sagte er, »wir nehmen dieses Kleid. Muß etwas geändert werden?«

»Nein, Sir«, erwiderte die Ladenbesitzerin, »es paßt Madam perfekt. Es ist aus dem allerbesten Satin, was sich natürlich im Preis niederschlägt ...«

»Dachte ich mir«, sagte er laut zu Lillian, »das Beste heben sie sich für den Schluß auf, weil sie hoffen, daß wir etwas kaufen, was andere Leute nicht wollten.«

In der Umkleidekabine entschuldigte sich Lillian. »Es tut mir leid. Es ist einfach seine Art.«

»Sie sehen wunderbar aus, Madam. Das Kleid ist wie für sie gemacht. Und entschuldigen Sie sich nicht für den Herrn, er wird es schon wissen.«

Lillian warf der Boutiquebesitzerin einen dankbaren Blick zu und begriff, daß sie aus den Schwächen von Männern wie Robert Kapital schlug. Sie seufzte.

Henery Whipple war hingerissen von dem Kleid. »Es ist herrlich! Ziehen Sie es für mich an, Lillian, bitte.«

»Das ist nicht nötig«, warf Robert ein. »Du wirst es beim Fest sehen.«

»Warte einen Moment.« Henery eilte davon und kam mit einem Paar tropfenförmiger Diamantohrringe zurück. »Nehmen Sie diese, meine Liebe. Sie passen ausgezeichnet zu Ihrem Kleid. Sie haben meiner Mutter gehört, die sie wiederum meiner Frau vermacht hat. Jetzt möchte ich sie Ihnen schenken. Was hältst du davon, Robert? Sehen sie nicht großartig aus?«

Doch an Henerys großem Abend nahm Robert Lillian beiseite. Sie waren im Begriff aufzubrechen. Henery war bereits vorausgefahren.

»Du kannst die Ohrringe jetzt ausziehen, Lillian. Sie sind farblos. Nimm diese.«

Er reichte ihr ein Paar kleine, in Gold gefaßte Rubinohrringe.

»Sehr viel passender«, erklärte er. Lillian legte sie an, betrachtete sich im Spiegel und küßte ihn. »Du weißt immer, was das Beste ist, mein Lieber.«

Das Rathaus war mit Laub, Blumen und Luftballons geschmückt. »Sieht aus wie bei einem Scheunenfest«, bemerkte Robert.

Henery stand mit einigen Kollegen am Eingang und begrüßte die Gäste. Anschließend wurden sie in den überfüllten Rathaussaal geführt, wo sie dann steif und von Fremden umgeben an langen Tischen saßen und Austern, Suppe, Huhn mit Gemüse und Weincreme aßen. Dazu wurde in großen Mengen Wein ausgeschenkt.

Lillian fand alles herrlich: die große Tafel, an der wichtige Persönlichkeiten Platz genommen hatten, die Reden, die auf Henery gehalten wurden, die Huldigungen der Politiker, die darauf bestanden, ein paar Worte sagen zu dürfen. Sie war so stolz auf Henery, der all die Lobeshymnen so gelassen aufnahm, Scherze machte und sogar eines seiner Liedchen anstimmte, woraufhin die Gäste in Gelächter ausbrachen. Die Leute klatschten unermüdlich, bejubelten ihn und tranken auf das Wohl des guten alten Henery. Lillian platzte beinahe vor Aufregung.

Anders Robert, der das Essen ungenießbar, die Witze unpassend und Henerys Mangel an Taktgefühl absolut beschämend fand. Schlimmer als alles andere waren jedoch die Weine.

»Grauenhaft. Wie können sie es wagen, uns diesen billigen Fusel vorzusetzen?«

»Er ist immerhin umsonst«, bemerkte Lillian.

»Was hat das denn damit zu tun?«

»Weiß ich nicht«, seufzte sie. Sie haderte mit ihrem Schicksal, denn sie waren an einen Tisch gesetzt worden, wo niemand ihr herrliches Kleid beachtete. »Ein Rock und eine Bluse hätten es auch getan«, dachte sie.

Doch dann spielte das Orchester auf. Die Tische wurden beiseite geschoben, die Stühle längs der Wände aufgestellt. Der glatte Boden wurde gekehrt und dann mit Sägespänen bestreut.

Lillian versteckte sich hinter Robert, als Henery geradewegs auf sie zusteuerte. Als Ehrengast gebührte ihm das Privileg des Eröffnungstanzes, und schon streckte er Lillian die Hände entgegen.

Robert zeigte seine Mißbilligung deutlich, doch abgesehen davon verspürte Lillian einen Anflug von Schüchternheit. »Nein, Henery, ich kann nicht«, flüsterte sie ihm zu.

»Aber Sie müssen«, beharrte er. »Es ist mein Privileg, eine Dame meiner Wahl aufzufordern, und an unserer Lillian komme ich einfach nicht vorbei. Sie sehen so wundervoll aus, meine Liebe.«

Lächelnd führte er sie auf die Tanzfläche. »Jetzt können Sie endlich dieses herrliche Abendkleid vorführen.«

Der ganze Saal brach in spontanen Applaus aus, als Henery sich mit ihr im Walzerschritt drehte.

»Sie tanzen gut«, lobte er. »Wo haben Sie das gelernt?«

»Ich beherrsche nur die einfachen Tänze, die man auf dem Land tanzt«, murmelte sie, dankbar für Henerys ausgezeichnete Führung. Allmählich füllte sich die Tanzfläche, so daß es ihr erspart blieb, sich noch länger so zur Schau stellen zu müssen.

Als Henery sie nach dem Tanz zu Robert zurückbringen wollte, war dieser nicht zu sehen. Kurz darauf waren sie von gutgelaunten Menschen umringt, die sich mit Henery unterhalten wollten. Als die Musik wieder einsetzte, wurde Lillian von einem anderen Herrn zur Quadrille aufgefordert.

Verwirrt hielt sie Ausschau nach Robert. Da ihr keine Entschuldigung einfiel, nahm sie die Aufforderung an.

Quadrille zu tanzen machte immer Spaß. Mit dem Betreten der Tanzfläche wuchs Lillians Selbstvertrauen. Ausgelassen folgte sie den bekannten Formationen – bis sie ihm plötzlich gegenüberstand!

Ausgerechnet Clem Price! Er sah so gut aus in seinem Abendanzug.

Er schenkte ihr ein strahlendes Lächeln, als sie ihn umkreiste und zum nächsten Tanzpartner in der Reihe überwechselte. Sie errötete und fühlte sich auf einmal fehl am Platz. Dieser Mann schüchterte sie ein.

Als sie ihm wieder begegnete, ergriff er ihre Hand.

»Kennen wir uns nicht?«

»Ich glaube nicht«, erwiderte sie gepreßt und tanzte weiter. Ihr fiel wieder ein, daß sie und Ted Cornish ursprünglich nach Adelaide hatten ziehen wollen.

Der Tanz nahm kein Ende. Lillian betete darum, es möge endlich vorbei sein, doch wieder und wieder trafen sie sich, und immer lächelte er sie an.

»Darf ich fragen, wie Sie heißen?«

»Lillian, Lillian Warburton«, antwortete sie und versuchte seinem Blick auszuweichen.

Sie hielt den Kopf gesenkt und versuchte sich darüber klarzuwerden, was in ihr vorging. Sie wollte ihn beiseite nehmen und nach ihrer Tochter, Carolines Zwillingsschwester, fragen.

Wollte erfahren, ob auch sie zu einem hübschen kleinen Mädchen mit weichen, dunklen Locken herangewachsen war ... ob es ihr gut ging. Doch das durfte sie nicht tun. Nicht hier und nicht jetzt. Sie war so verwirrt, daß sie sich beim nächsten Ruf aus Versehen nach rechts statt nach links wandte, was allgemeine Belustigung hervorrief, doch Clem Price kam ihr zu Hilfe und drehte sie geschickt herum.

»Darf ich um den nächsten Tanz bitten, Miss Warburton?«

»Es geht nicht«, hauchte sie.

»Dann den übernächsten. Mein Name ist Clem Price. Wir haben gemeinsame Freunde.«

»Tatsächlich?« fragte sie erstaunt.

»Freunde von Mr. Whipple.«

Als sie mit ihrem Partner die Tanzfläche verließ, stand Clem Price wieder vor ihr. »Den übernächsten Tanz«, sagte er entschlossen.

Lillian stellte erleichtert fest, daß Robert noch immer nicht aufgetaucht war. Die Begegnung mit Clem hatte sie dermaßen erschüttert, daß sie von neuem darüber nachdachte. Warum fühlte sie sich so schuldig? Warum kam sie sich fehl am Platz vor? Was ging es Clem Price an, wo sie nun lebte? Gar nichts. Lillians angeborener Kampfgeist erwachte, und ihr wurde bewußt, daß sie gegen ihre Scham anging. Sie schämte sich des mageren Mädchens, das sie einmal gewesen war, schämte sich, daß sie sich von einem Nichtsnutz, der auf einer hoffnungslos kärglichen Farm lebte, hatte heiraten und schwängern lassen. Robert konnte sich gar nicht vorstellen, wie sie früher gelebt hatte, doch bei Clem Price sah es anders aus. Er kannte die Frau, die ihm eines ihrer Babys überlassen hatte.

Wo war überhaupt Thora Price? Wiederholt ließ Lillian ihre Blicke durch den Saal schweifen. Sie hatte Angst, Thora zu begegnen. Denn das eigentliche Problem war nicht Clem Price, sondern Thora ...

»Mein Gott«, flüsterte sie, »es wäre furchtbar, sie hier zu treffen. Dieser Snob. Sie würde mich schneiden, wenn sie mich sähe. Hoffentlich hat sie nie erfahren, daß man ihr mein Baby gegeben hat.«

Lillian beurteilte die Bedeutung von Mutterliebe nach ihren eigenen Maßstäben. Caroline war für sie der wichtigste Mensch auf der Welt. Sie liebte dieses Kind verzweifelt und betrauerte noch immer den Verlust ihrer zweiten Tochter. Doch die Umstände hatten sie zu dieser Entscheidung gezwungen, und sie sagte sich immer wieder, daß sie zum Besten ihrer Zwillinge getroffen worden und daher richtig gewesen war.

Am Ende des Saals sah sie Clem Price mit einigen Männern reden. Thora hatte sich weder auf der Tanzfläche blicken lassen, noch stand sie jetzt bei ihm. Lillian vermutete, daß er seine Frau nicht in die Stadt mitgenommen hatte. Dafür sprach auch, daß er so ausgiebig mit anderen Damen tanzte. Lillian fiel ein Stein vom Herzen.

Sie beschloß, ihren Eltern von diesem Ball zu schreiben und in ihrem Brief zu erwähnen, daß sie sogar mit Clem Price aus Lancoorie getanzt habe. Sie würden schwer beeindruckt sein.

Als die Musik wieder einsetzte und niemand sie aufforderte, machte sie sich auf die Suche nach Robert. Er stand schmollend draußen und rauchte eine Zigarre.

»Du lieber Himmel, Robert! Ich habe dich überall gesucht.«

»Ich wüßte nicht, weshalb. Du scheinst ja großen Gefallen daran zu finden, dich zur Schau zu stellen.«

»Wieso? Weil ich mit Henery getanzt habe? Das meinst du doch nicht ernst. Ich hatte schreckliche Angst.«

»Ich spreche nicht nur von Henery. Ich habe gesehen, wie du bei diesem ordinären Ringelreihen die Beine geworfen hast.«

»So nicht, mein Lieber. Du hast mich allein gelassen. Als mich ein Herr zum Tanz aufforderte, hatte ich keine Ausrede.«

Er zuckte die Achseln. »Ich fand es sehr schäbig von Henery, daß er uns mit diesen unbedeutenden Menschen an einen Tisch gesetzt hat.«

»Er hat uns doch erklärt, daß er mit seinen Kollegen an der Ehrentafel sitzen mußte.«

»Lord Kengally ist nicht einer von Henerys Kollegen, sondern *mein* Freund.«

»Das macht doch nichts, Liebster. Du hättest doch sicher nicht da oben auf diesem Podium sitzen und dich zur Schau stellen wollen. Das hast du nicht nötig.«

Lillian gelang es, ihn wieder in den Saal zu lotsen und ihn zu überreden, mit ihr den Pride of Erin zu tanzen, doch nach der Hälfte des Tanzes beklagte er sich, daß seine Schuhe zwickten, und er verließ die Tanzfläche.

»Diese Musiker spielen wie die letzten Menschen. Gott weiß, woher sie die haben. Ich kriege Kopfschmerzen von dem Lärm. Ich glaube nicht, daß ich es hier noch lange aushalte.«

Lillian war fassungslos. Dies war ihr erster großer Ball, und noch immer war sie wie betäubt von all der Pracht. Er konnte doch nicht von ihr verlangen, daß sie schon wieder gingen!

»Soll ich dir ein Glas Wasser holen?«

»Nein. Wo ist Henery? Wir können nicht gehen, ohne uns von ihm zu verabschieden.«

Glücklicherweise war Henery in der Menge untergetaucht.

»Im Foyer gibt es Erfrischungen«, sagte sie. »Soll ich dir einen Brandy holen? Gegen deine Kopfschmerzen.«

»Aus der Bar für die Herren? Wo denkst du hin? Ich gehe selbst. Henery steckt vermutlich auch dort.«

Sie schaute ihm nach. Er sah nicht so aus, als würden ihn die Füße schmerzen. Wenigstens war es ihr gelungen, den Aufbruch hinauszuzögern. Lillian schaute sich im Saal um, bewunderte die herrlichen Abendkleider und hielt gleichzeitig Ausschau nach Thora Price. Sollte sie auftauchen, würde sie nur allzu gern mit Robert den Rückzug antreten.

Dann kam Clem Price auf sie zu! Trotzig entschloß sie sich, mit ihm zu tanzen. Wenn es Robert nicht paßte – bitte schön. Diesen Mann hatte sie schon immer attraktiv gefunden. Sie hatte große Lust, mit ihm zu tanzen.

Doch was sollte sie sagen, wenn er sie wiedererkannte?

»Warte einfach ab, was geschieht, und genieße den Augenblick«, sagte sie sich.

»Kennst du eine Miss Warburton?« fragte Clem Vosper.

»Nein. Auf zur Bar. Heute abend wird gefeiert! Charlie Rogers hat mir soeben sein Wort gegeben, daß er und die Linken mich unterstützen werden. Jetzt habe ich genügend zusammen.«

»Genügend was?«

Er versetzte Clem einen Boxhieb. »Hör mir zu, mein Freund. Was ich sagen will, ist, daß ich am Montagabend der offizielle Kandidat der Labour Party für Perth-Süd sein werde.«

Clem freute sich mit ihm. »Gratuliere. Das sind gute Neuigkeiten. Was kommt als nächstes?«

»Die erste Hürde habe ich genommen, der Rest dürfte nicht schwierig sein. Mit den Arbeitern und Schürfern im Rücken ist mir der Sitz sicher. Forrest und seine großkotzigen Freunde werden sich wundern.« Vosper war so aufgeregt, daß er in die Hände klatschte und lauthals rief: »Ein Hoch auf die australische Labour Party!«

Einige antworteten mit Hurrarufen, doch die meisten starrten den seltsamen Vogel mit dem langen Zopf nur an und fragten sich, wovon er eigentlich sprach. Fred kümmerte sich nicht darum.

»Die kennen Vosper noch nicht.« Er grinste. »Bald werden sie erfahren, wer ich bin. Na los, Clem! Auf zur Bar!«

»Ich kann nicht. Ich habe diesen Tanz jemandem versprochen. Bist du sicher, daß du keine Miss Warburton kennst? Ich meine, ich kenne sie von irgendwoher. Sie ist die Dame, die mit Henery getanzt hat. Den ersten Walzer.«

»Wenn du ihr vorgestellt werden möchtest, sprich mit Henery.«

»Ich habe mich bereits selbst vorgestellt.«

»Wo liegt denn dann das Problem?«

Die Neuigkeit von Vospers Kandidatur hatte sich in Windeseile herumgesprochen, und einige Anhänger der Labour Party eilten nun herbei, um Fred zu gratulieren. Dann machten sich alle auf den Weg zur Bar.

»Kommst du mit, Clem?« fragte Fred.

»Nach diesem Tanz komme ich nach.«

Als Zeitungsreporter, der immer die Konsequenzen von bedeutenden und weniger bedeutenden Ereignissen bedachte und kommentierte, fragte Fred sich später, was wohl geschehen wäre, wenn Clem, statt zu tanzen, der Einladung in die Bar gefolgt wäre.

Thora wartete lange. Sie hatte es nicht eilig. Gelegentlich wandte sie sich um und warf einen Blick in den Frisierspiegel, ohne die Unordnung um sich herum zu bemerken. Allmählich verlor sich ihre aufgesetzte Heiterkeit, die sie wie eine Schutzhülle umgeben hatte. Zurück blieb – Thora wußte es – ein reines Nervenbündel.

Nur der Revolver verlieh ihr ein wenig Selbstsicherheit. Sie begann, auf ihn einzureden: »Es wird ihm noch leid tun, durch diese Tür zu kommen. Er hält mich für eine Närrin. Vermutlich hat er geglaubt, ich würde nie herausfinden, daß ihm ein Haus voller Huren gehört. Daß er sein Geld nicht mit Gold, sondern mit Sünden verdient hat. Das Geld, das auch ich ausgebe.«

Plötzlich wurde ihr die Ungeheuerlichkeit dieser Bemerkung bewußt.

»Um Gottes willen!« rief sie mit Tränen in den Augen. »Ist

es so weit mit mir gekommen? Bin ich ebenso schuldig wie er? Was werden die Leute sagen, wenn sie uns begegnen? Etwa: ›Da gehen die Prices, ihnen gehört ein Freudenhaus‹?«

Nun wußte Thora auch, wieso Mr. Tanner so grob zu ihr gewesen war. Er verachtete sie und ihren Ehemann, und das zu Recht.

Vor Angst wie von Sinnen, bemühte sie sich, einen klaren Kopf zu bekommen und die Sache noch einmal zu durchdenken. Sie wäre gern im Zimmer umhergegangen oder ans Fenster getreten, doch sie durfte sich auf keinen Fall von der Stelle rühren, obwohl sie selbst nicht wußte, warum.

Und wenn ihre Eltern nun davon erfuhren? Die Leute aus York, dieser verhaßten Stadt? Sie hatte geglaubt, den Demütigungen, die sie dort hatte erfahren müssen, entkommen zu sein, indem sie die größtmögliche Entfernung zwischen sich und ihre Heimat gelegt hatte, doch nun fing alles wieder von vorne an.

Thora schaute sich sorgenvoll im Spiegel an. Niemand kümmerte sich um sie, sie war einfach nur Thora Carty, die die schlimmste aller Sünden begangen hatte. Sie hatte sich schwängern lassen. Damit hatte alles Unglück begonnen. Sie würde nie darüber hinwegkommen.

»Vielleicht wäre es am besten, wenn ich der Sache ein Ende bereiten würde«, schluchzte sie. »Ich könnte mich erschießen. Es würde ohnehin niemanden interessieren.«

Mit einer dramatischen Geste drückte sie den Lauf des Revolvers gegen ihre Brust, schaute noch einmal in den Spiegel und entdeckte dort Jocelyns lachendes Gesicht. Zumindest hielt sie die Frau im Spiegel für Jocelyn. Ehrlich gesagt konnte sie sich an ihre Züge gar nicht mehr erinnern, doch das Gesicht kam ihr sehr vertraut vor. Es war ein Gesicht aus York.

»Nein, das wird dir nicht gelingen!« schrie sie. »Willst du mich etwa auf diese Weise loswerden? Frauen wie dich kenne ich. Du glaubst, du kannst ihn für dich behalten, wenn du mich erst aus dem Weg geschafft hast.«

»Wen behalten?« fragte der Spiegel.

Es fiel ihr schwer, seinen Namen auszusprechen. Sie nannte ihn so selten beim Namen. Mit einem nostalgischen Gefühl, wie man es empfindet, wenn ein altbekanntes Lied erklingt, erinnerte sie sich daran, daß sie ihn irgendwann vor langer Zeit einmal geliebt hatte. Wann, wußte sie nicht mehr genau.

»Clem Price«, antwortete sie entschlossen, »meinen Mann.«

»Das war einmal«, fuhr sie der Spiegel an. »Jetzt gehört er mir.«

Thora legte die Waffe nieder und betrachtete die Frau. Was hatte Clem nur dazu getrieben? Er war ein guter Mensch. Das hatte sie gleich am ersten Tag gemerkt, als er für sie eingetreten war und gefragt hatte, ob sie ihn wirklich heiraten wolle. Dieser Tag hatte sich wie ein Brandzeichen in ihre Seele gefressen. Ihre Eltern draußen vor der Tür, eifrig darauf bedacht, sie loszuwerden. Ihre Schwestern – sie lauschten. Und dann Clem, schüchtern, der die Situation nicht ganz durchschaute. Niemand verstand sie, weil sie es niemandem erklären konnte. Darüber konnte sie einfach nicht sprechen.

»Clem hat es versucht«, sagte sie. »Er hat versucht, mir zu helfen. Er baut das Haus am Meer, weil es weit weg ist von York. Damit will er mich glücklich machen.«

»Du bist eine bedauernswerte Närrin, Thora Carty. Das warst du immer.«

Wieder einmal fragte sie sich, wie sich Clem von einem netten Farmer, der sich nie um Kleinstadtklatsch gekümmert hatte, in einen Kompagnon der Huren hatte verwandeln können. Dann fiel es ihr ein. Jocelyn! Für Thora waren York und seine Bewohner die Wurzel allen Übels.

Jocelyn Russell stammte aus York. Sie hatte Thoras Ehemann verführt, ebenso wie Matt Spencer Thora verführt hatte.

»Du bist an allem schuld«, sagte sie. Endlich hatte sie einen Ausweg aus diesem Dilemma gefunden. Endlich wußte sie, wem sie die Schuld an allem geben konnte. Sie würde nicht zulassen, daß man Clem aus der Gesellschaft ausstieß, ihm das gleiche antat, was sie erlitten hatte. Er war nur vom rechten Weg abgekommen. Sie wollte ihm sagen, daß sie ihn verstand. Er war von dieser Frau verführt und in die Höhle des Lasters gelockt worden, ohne daß ihn jemand eines Besseren belehrt hätte. Doch Thora würde ihn erretten! Diese Aufgabe war ihr von Gott dem Herrn übertragen worden.

»Wir werden nicht zurückblicken«, sagte sie. »Wir schließen mit der Vergangenheit ab und ziehen in unser Haus am Meer.«

»Dein Haus?« fragte die Frau aus dem Spiegel. »Du vergißt da etwas. Du sitzt in diesem schäbigen Zimmer, während ich mit ihm auf dem Ball tanze. Du bedeutest ihm nichts mehr.«

Thora schlug sich die Hände vor den Mund. Es stimmte. Sie saß hier und machte sich zur Närrin. Suchte Entschuldigungen. Träumte in den Tag hinein, während er sich in aller Öffentlichkeit mit seiner Hure amüsierte.

»Ich sagte es doch schon: Du bist dumm, Thora Carty. Dieses Haus am Meer gehört nicht dir, sondern mir.«

»Nein«, wimmerte Thora, »bitte nicht. Tu mir das nicht an, Jocelyn.«

»Warum denn nicht? Du hast Clem nie etwas gegeben. Hast den einzigen Menschen verstoßen, der dich wirklich liebte. Ich weiß es. Er hat es mir selbst gesagt.«

»Das Haus. Du würdest doch nicht unser Haus betreten?« flehte Thora.

»Versuch doch, mich davon abzuhalten.«

Jetzt war der Spiegel leer. Thora konnte durch den Tränenschleier nicht einmal ihr eigenes Gesicht erkennen.

Sie blieb eine Weile reglos sitzen. Machte sich Sorgen. Erinnerte sich. Wer war Jocelyn Russell überhaupt? Ein Niemand. Eine billige Hure aus York. Jeder wußte, was für eine Art Frau sie war. Und sie, Thora Carty, war die älteste Tochter des Arztes, entstammte der angesehensten Familie des Distrikts. Sie war gebildet. Sah besser aus, als Jocelyn je aussehen würde, und war viel geschmackvoller gekleidet.

Allmählich wuchs Thora Cartys Selbstbewußtsein. In diesem Kampf standen sich letzten Endes Frauen von ganz unterschiedlicher Wesensart gegenüber: Frauen wie Jocelyn und Frauen wie Thora. Gäbe es Frauen wie Jocelyn nicht, wäre Matt Spencer nie auf die Idee gekommen, daß Thora ihm zu Willen sein würde. Dann gäbe es auch keine Bordelle, wo Männer wie Clem vom rechten Weg abkamen.

Sie tupfte sich mit ihrem Taschentuch die Augen trocken. Lächelte hart und entschlossen in den Spiegel.

»Du hast unrecht, Jocelyn«, sagte sie. »Du konntest und kannst es nicht mit mir aufnehmen. In der Schule wußtest du nicht einmal, wie man ›Ball‹ buchstabiert. Und mich hältst du für dumm? Das werden wir noch sehen!«

Thora erhob sich vom Bett, strich ihr Kleid glatt und trat mit entschlossenem Schritt auf den Flur hinaus. Stolz ging sie die Treppe hinunter. Leider war das Bürofenster wieder geschlossen. Die Nacht war klar, Tau hing in der Luft, frischer, reiner Tau, den sie als Wohltat empfand, da die Luft im Hotel sehr stickig gewesen war.

Thora raffte ihren Mantel mit der linken Hand zusammen und schritt ruhig die Straße entlang. Sie folgte dem Klang der fröhlichen Musik, die man bis auf die Straße hörte, und landete beim Rathaus, das hell erleuchtet war. Davor standen einige Männer. Als sie die Straße überquerte, wunderte sie sich, daß sie ihr Ziel so schnell erreicht hatte. Wieder einmal hatte ihr Gedächtnis sie im Stich gelassen. Sie konnte sich nicht erinnern, was geschehen war, seitdem sie das Hotel verlassen hatte.

Doch auch diese schwarzen Flecken in ihrem Bewußtsein würden verschwinden. Die neugierigen Blicke, die sich auf sie richteten, ignorierend, ging sie erhobenen Hauptes die Stufen zur Eingangshalle hinauf. Nach diesem Abend würden sich ihre Nerven endgültig erholen. Sie fühlte sich unendlich erleichtert.

Stolz und zuversichtlich betrat Thora die überfüllte Halle.

Gerade hatten die Musiker einen langsamen Walzer angestimmt, und die Paare betraten die Tanzfläche. Ein paar ziemlich ungehobelt wirkende Männer drängten zur Bar, und Lillian war enttäuscht, als sie sah, daß Clem Price sich unter ihnen befand. Sicher hatte er ihren Tanz vergessen. Oder hatte sie abgelehnt, mit ihm zu tanzen? Die Begegnung mit Clem hatte sie derart verwirrt, daß sie sich nicht mehr genau erinnern konnte, was sie zu ihm gesagt hatte.

Ein junger Mann trat auf sie zu und bat um den Tanz, doch aus dem Augenwinkel bemerkte sie, wie Mr. Price sich zu ihr umdrehte. Höflich lehnte Lillian ab.

»Ist dies unser Tanz, Miss Warburton?« fragte Clem, und sie nickte lächelnd. Endlich würde auch sie ihren wohlverdienten Spaß haben. Sie genoß das sanfte Dahingleiten im Walzerschritt.

»Leben Sie in Perth?« fragte er.

»Nein.«

»Woher kommen Sie denn?«

»Ich wohne flußaufwärts.«

»Aha.«

In ihren Augen verlieh die Tatsache, daß sie ihm keine Fragen zu stellen brauchte, da sie bestens über ihn informiert war, ihrer Konversation besondere Würze.

Er setzte zum zweiten Versuch an. »Sind Sie mit Mr. Whipple befreundet?«

»Ja. Ich bin bei ihm zu Besuch.«

»Tatsächlich? Ich habe ihn erst heute abend kennengelernt, meine Freunde sagten, er sei ein sehr netter Herr.«

»O ja, das ist er. Sehr charmant.«

Clem trat einen Schritt zurück, um sie zu betrachten.

»Darf ich Sie zu diesem Kleid beglückwünschen? Es steht Ihnen ausgezeichnet. Sind wir uns wirklich noch nie begegnet?«

»Vielleicht doch, Mr. Price.«

Er lachte. »Ich wünschte, Sie würden mir sagen, wo das war.«

»Es wird Ihnen schon noch einfallen«, antwortete Lillian geheimnisvoll. »Was für ein wunderbarer Abend. Ich weiß nicht, wann ich mich zum letzten Mal so gut amüsiert habe. Für Henery ist es der Tag seines Lebens.«

»Ja. Ich habe erst in allerletzter Minute eine Einladung bekommen. Ein Freund hat mich überredet mitzukommen, und ich muß sagen, daß ich es nicht bereue.«

Als der Walzer zu Ende war, standen sie am anderen Ende des Saals. Clem ergriff ihren Arm, um sie zu ihrem Platz zu begleiten. »Vielleicht dürfte ich Sie besuchen«, sagte er. »Wir könnten darüber nachdenken, woher wir uns kennen.«

Lillian antwortete nicht. Wie gebannt starrte sie auf die Tür.

Lord Kengally stand mit Henery und Robert Warburton an der Bar und sah sie hereinkommen. Allein.

»Was denn, das ist doch Thora!« sagte er und ging auf sie zu.

»Thora!« rief er, doch sie beachtete ihn nicht. Ihr langer Mantel schleifte über den Boden. Sie machte keine Anstalten, ihn abzulegen, sondern lief einfach in den Saal.

»Wer ist das?« wollte Robert wissen.

»Mrs. Price. Thora Price. Eine sehr charmante Frau. Ich habe ihren Ehemann heute abend hier gesehen und war überrascht, daß sie ihn nicht begleitete.«

Henery lachte. »Besser spät als nie.«

Lillian ergriff seinen Arm. »O mein Gott! Da ist Thora!«

»Wie bitte?« fragte er erstaunt. Woher kannte Miss Warburton den Namen seiner Frau?

Dann sah er sie auch.

Clem stöhnte. Was hatte sie hier zu suchen? Aus ihrer Haltung – sie marschierte hoch erhobenen Kopfes in den Saal – und ihren zusammengepreßten Lippen schloß er, daß sie wütend auf ihn war. Hoffentlich machte sie hier keine Szene. So, wie sie dort in ihrem viel zu warmen Mantel stand und ihn anstarrte, zog sie schon jetzt alle Blicke auf sich. Da die Höflichkeit gebot, daß er Miss Warburton an ihren Platz begleitete, trat er einen Schritt vor und ergriff Lillians Arm.

Seine einzige Chance bestand darin, Thora hinauszuschaffen. Draußen könnte sie so laut schreien, wie sie wollte. Dann würde er sie ins Cottage zurückbringen. Was für eine Katastrophe, daß sie hier aufgetaucht war. Indem sie die Rolle der vernachlässigten Ehefrau spielte, verdrehte sie völlig die Tatsachen. Typisch für sie! Doch Clem würde das nicht auf sich sitzen lassen.

Thora war zornig. Und sie triumphierte. Jetzt wußte sie, daß sie recht hatte. Ein Blick in das Gesicht der Frau hatte genügt. Diese Frau stammte aus York! Und sie hatte Thora augenblicklich erkannt. Thora hatte genau gesehen, wie die Frau aus lauter Angst Clems Arm umklammert hielt.

»O mein Gott! Da ist Thora!« hatte sie zu ihm gesagt. Selbstverständlich war das Jocelyn. Jocelyn, die Verführerin, die Hure, die sich in Satin gehüllt und mit Juwelen behängt hatte, die höchstwahrscheinlich Thoras Ehemann ihr gekauft hatte.

Sie hatte allen Grund, sich vor Clems Frau zu fürchten. Thora lächelte hämisch, als sie die Waffe unter ihrem Mantel hervorzog und auf sie zielte.

»Jetzt bin ich dran, Jocelyn!« rief sie mit zitternder Stimme.

Frauen schrien, deuteten auf die Waffe, Leute drängten aus dem Saal, während andere aus der Halle hereinströmten. Thora trat eine Schritt zurück, hielt den Revolver aber unablässig auf Jocelyn gerichtet.

Die Hure verbarg sich hinter Clem.

»Jetzt fällt dir nichts mehr ein, was?« fragte sie und sah zu, wie sich ihre Beute krümmte, doch Clem schrie sie an und streckte den Arm aus.

»Leg die Waffe weg, Thora!« rief er mit flehender Stimme. »Leg sie bitte weg.«

»Halt dich da raus«, befahl sie grimmig.

Dann hörte sie, wie ein Mann etwas rief. Seine Stimme klang ruhig, gebildet und freundlich. »Lillian«, rief er, »geh langsam weg. Ganz langsam. Laß die beiden allein.« Thora hatte keine Ahnung, wer Lillian war, doch das interessierte sie auch nicht. Sie hörte Gemurmel im Hintergrund, und eine Frau antworten: »Ich kann nicht.« Thora war verwirrt.

»Doch, du kannst«, erwiderte die Männerstimme. »Ich bin es, Robert. Ich hole dich.«

Ein fremder Mann trat aus der Menge hervor und ging mit ausgestreckten Händen auf Clem und Jocelyn zu, die allein auf der Tanzfläche standen.

»Gehen Sie weg«, rief Thora verunsichert. Dies ging ihn nichts an.

Noch während sie sprach, sah sie Jocelyn mit aschfahlem Gesicht hinter Clem auftauchen. Jocelyn wollte fliehen!

Thora richtete die Waffe auf sie, folgte ihr und feuerte mehrmals, ohne zu bemerken, daß Clem auf sie zugegangen war.

Die Schüsse hallten im Saal wider. Clem riß die Arme hoch. Er stand unmittelbar vor ihr, ein roter Fleck breitete sich auf seinem weißen Hemd aus, und einen Augenblick später stürzte er zu Boden. Thora nahm nichts davon wahr; sie suchte nach Jocelyn, doch die Frau war in der Menge untergetaucht. Ein Mann versetzte ihr von hinten einen brutalen Schlag und griff nach der Waffe, als sie auf die Knie sank.

Dann brach ein Chaos los. Menschen schrien. Noch nie hatte Thora einen solchen Tumult erlebt. »Laßt mich gehen«, schrie sie. »Dort liegt Clem. Ich muß mich um ihn kümmern.« Doch ein paar Männer hielten sie fest und zerrten sie davon.

»Sie haben schon genug angerichtet, Lady«, sagte einer von ihnen wütend.

Von allen Seiten drangen Menschen auf sie ein, so daß sie kaum noch Luft bekam. Sie schubsten und stießen sie. Jemand boxte sie in den Rücken, daß sie taumelte. Schwere Füße trampelten auf ihrem Mantel herum, der sie strangulierte, als sie sich aufrichten wollte, bis schließlich die Knöpfe absprangen. Der Mantel rutschte von ihren Schultern. Irgendwo in der Ferne hörte sie Leute nach einem Arzt und der Polizei rufen. Dann gaben ihre Füße unter ihr nach, und sie glaubte in die Hölle zu stürzen, doch man riß sie wieder hoch und stieß sie die Stufen vor dem Rathaus hinunter. Eine Frau spuckte sie an. Ein Mann in Uniform rief sie zur Ordnung.

Zwei Polizisten retteten sie vor dem Mob, drängten diese schrecklichen Menschen beiseite. Thora wäre beinahe in Ohnmacht gefallen und klammerte sich an den Beamten fest, bis man sie in eine Kutsche verfrachtete.

Sie ließ sich auf den Sitz fallen. Ihr Kleid war zerrissen, ein Schuh verlorengegangen, ihre Arme waren zerkratzt. Sie kauerte sich weinend in einer Ecke zusammen. Jemand sprang hinter ihr in die Kutsche und hielt ihr den Mantel hin.

»Er ist schmutzig«, schluchzte sie.

»Das macht nichts, meine Liebe. Legen Sie ihn um.«

Mißtrauisch musterte sie den Mann. Sie fürchtete sich vor einem erneuten Angriff.

»Ich bin es, Kengally«, sagte er ruhig. »Sie werden sich an mich erinnern. Ganz ruhig, es wird alles gut.«

»Gott sei Dank«, flüsterte sie, »bringen Sie mich bitte nach Hause. Ich möchte nach Hause.«

»Ja.« Er nickte. »Natürlich. Ich komme mit.«

Ein anhaltendes Glockengeklingel kündigte die Ankunft der Ambulanz an. Fred Vosper sprach beruhigend auf Clem ein, während der Arzt sich bemühte, die Blutung mit diversen von den Gästen zur Verfügung gestellten Kleidungsstücken zu stillen.

»Wir werden dich jetzt bewegen müssen«, sagte Fred, obwohl er nicht sicher war, daß Clem ihn hören konnte; er atmete zwar noch, war aber halb bewußtlos. »Es wird alles gut.« Fred schaute sich verzweifelt um.

»Warum brauchen sie so lange?«

Als er aufblickte, entdeckte er einen entsetzten Henery Whipple, der versuchte, die ebenso fassungslosen Gäste auf Distanz zu halten. Fred fragte sich, wie wohl die Schlagzeilen des Artikels über Henerys Abschiedsparty lauten würden.

»Wie geht es ihm?« erkundigte er sich zum wiederholten Mal.

»Schlecht. Dort kommen sie endlich mit der Trage.«

Zu Freds großer Erleichterung hatte der Kutscher des Sanitätswagens die aufgebrachte Menge am Haupteingang umfahren und die Pferde in die Seitengasse gelenkt, so daß sie Clem rasch durch die Küche hinaustragen konnten. Die Gasse mündete in die Straße hinter dem Rathaus. Sobald Clem eingeladen war, stiegen Fred und der Arzt in die Kutsche. Die Pferde jagten durch die verlassene Gegend, angetrieben vom schrillen Klang der Glocken.

»Wie heißt er?« wollte der Arzt wissen.

»Clem Price, Schafzüchter aus York.«

»Wer war die Frau?«

»Seine Ehefrau. Ich frage mich, was aus ihr geworden ist.«

Der Arzt zuckte die Achseln und wandte sich an den Sanitäter. »Muß er so schnell fahren? Mein Patient wird völlig durchgeschüttelt.«

»Wir sind bald da.«

»Ein Arzt ist schon vorausgefahren«, teilte Fred ihm mit. »Ich dachte mir, daß wir im Rathaus keine zwei brauchen.«

Der Arzt nickte zustimmend. »Das war eine gute Idee. Wir müssen sobald wie möglich operieren. Eine Kugel steckt in der Brust, die andere im Oberschenkel.«

»Wird er durchkommen?« fragte Fred besorgt. Der Arzt schwieg. Fred folgte den anderen ins Krankenhaus und sah plötzlich einige Reporter auf sich zukommen, die ebenfalls auf Henerys Party gewesen waren.

»Ich habe euch nichts mitzuteilen«, sagte er knapp und schob sie beiseite. Ein Mann lachte. »Komm schon, Fred. Wenn du noch deine Zeitung hättest, stündest du jetzt in der ersten Reihe. Wir wollen die Geschichte nur überprüfen.«

»Vermutlich will er sie selber schreiben«, warf ein anderer ein, wich aber zurück, als Fred auf ihn zutrat.

»Halt den Mund! Clem Price ist ein Freund von mir. Seine Frau hat auf ihn geschossen, das ist alles.«

»Von wegen alles. Hier handelt es sich um ein Verbrechen aus Leidenschaft. Wer war die andere Frau? Seine Geliebte?«

»Welche andere Frau?« Fred, der mit den anderen Gästen aus der Bar gestürmt war, nachdem er die Schüsse gehört hatte, war ehrlich überrascht. »Es gab keine andere Frau. Er war ohne Begleitung auf dem Ball.«

Doch sie ließen nicht locker, bestürmten ihn aus allen Richtungen mit Fragen.

»Das kannst du jemand anderem erzählen, Fred! Wer war die Frau?«

»Ich habe es genau gesehen. Sie hat nicht auf ihn, sondern auf seine Freundin geschossen.«

»Er ist ein Held! Er hat sich in die Schußlinie geworfen und hat die Kugeln abgefangen, die für sie bestimmt waren.«

»Wer ist Jocelyn?«

»Stimmt, er ist ein Held. Erzähl uns mehr über ihn.«

»Wieso ist er nicht mit seiner Frau gekommen, wenn er schon keine Freundin hat?«

»Sieht toll aus, die Frau. Kannst du uns ein paar Fotos besorgen?«

»Wie heißt seine Freundin?«

Als ein Polizist auftauchte, ergriff Fred die Gelegenheit zur Flucht und verschwand mit ihm in einem ruhigen Zimmer, um seine Aussage zu machen.

»Nach dem, was die Reporter sagen, scheint mehr dahinterzustecken, als ich glaubte«, sagte er verwirrt. »Sie sprechen von einer anderen Frau, doch davon weiß ich nichts. Clem hatte Streit mit seiner Frau, soviel ist mir klar, und sie hat ein aufbrausendes Temperament ...«

»Milde ausgedrückt«, bemerkte der Polizist trocken.

»Aber er war definitiv nicht mit einer anderen Frau dort. Seit wir in Perth sind, teile ich das Zimmer mit ihm. Es gibt keine andere Frau, das kann ich Ihnen versichern. Er liebt seine Ehefrau. Ich dulde nicht, daß man ihn in dieser Weise verleumdet. Sergeant, der Mann könnte sterben, lassen Sie ihm Gerechtigkeit widerfahren.«

Der Sergeant machte sich umständlich Notizen. »Dennoch sagen die Zeugen im Rathaus, daß die Ehefrau mit Absicht auf die andere Frau gezielt hat und nicht auf ihn.«

»Gut, sie war sicher nicht zurechnungsfähig. Ist durchgedreht. Kam zum Ball, sah ihn mit jemandem tanzen und schoß in einem Anfall von Eifersucht auf diese Frau, die sie überhaupt nicht kannte.«

Der Polizist ging seine Notizen durch. »Der Name der Frau ist Lillian Cornish. Kennen Sie sie?«

»Nie gehört. Clem kannte sie auch nicht. Mir fällt nämlich gerade ein, daß er sich nach der Frau erkundigte, die mit Henery Whipple den Ball eröffnet hat. Eine sehr attraktive Frau.«

»Das ist sie. Mit ihr hat er getanzt.«

»Mag sein, doch er kannte sie nicht. Hat mich nach ihr gefragt. Ich kannte sie auch nicht. Da haben Sie den Beweis.«

Plötzlich hielt er inne. »O Gott! Ihre Tochter! Was wird mit ihr geschehen? Sie ist noch so klein. Was soll aus ihr werden, wenn ihr Vater im Krankenhaus liegt und ihre Mutter im Gefängnis sitzt?«

Robert hatte den Arm um Lillian gelegt, als die Sanitäter das Opfer von der Tanzfläche trugen. Sowohl er als auch Lillian standen unter Schock und hielten sich von der Menge fern, die Thora Price bedrängte. Doch sie hatten viele Fragen.

Lillian zitterte noch immer am ganzen Körper. »Warum hast du das getan, Robert? Sie hätte dich erschießen können.« Noch nie hatte sich jemand einer solchen Gefahr ausgesetzt, um ihr das Leben zu retten. Eins stand fest: Robert Warburton war der mutigste Mann, dem sie je begegnet war. Diese eine Tat wog alle seine Fehler und Schwächen auf, seine Hypochondrie ebenso wie sein ewiges Gejammer. Nun, da der Ernstfall eingetreten war, hatte Robert seine Charakterstärke unter Beweis gestellt.

»Ich konnte dich doch in dieser Situation nicht allein lassen«, sagte er. »Ich mußte etwas unternehmen.«

Lillian weinte wie noch nie in ihrem Leben. Er mochte sie wirklich, und sie hatte ihn die ganze Zeit nur benutzt. Hatte geglaubt, für ihn nur eine nette Abwechslung, eine gute Haushälterin und Bettgenossin zu sein, die zu heiraten er sich gerade erst entschlossen hatte.

Noch nie hatte er gesagt, daß er sie liebte. Und auch sie hatte sich ihm gegenüber nie besonders leidenschaftlich verhalten.

Robert und Henery führten sie zur Garderobe.

»Komm schon, altes Mädchen«, sagte Robert, »Kopf hoch. Es ist vorbei.«

Lillian stammelte, an Henery gewandt: »Haben Sie gesehen,

was er getan hat? Als Thora mit der Waffe auf mich zielte? Er hätte sterben können.«

»Ich weiß, meine Liebe. Heute abend gibt es zwei Helden: Robert und Mr. Price. Leider wurde er getroffen. Sie sagten soeben ›Thora‹ – ich nehme an, das ist der Name seiner Frau. Woher kennen Sie sie?«

»Aus York. Es ist lange her. Allerdings muß sie mich mit jemandem verwechselt haben. Sie nannte mich Jocelyn, doch ich kenne niemanden, der so heißt. O Gott, Robert, sie wollte mich erschießen!« Lillians Stimme klang jetzt hysterisch. »Mir ist schlecht.«

»Henery, du solltest dich um deine Gäste kümmern«, sagte Robert. »Ich bringe Lillian zu dir nach Hause. Bist du so gut und verständigst einen Arzt? Nach diesem Schock braucht sie ein Beruhigungsmittel.«

»Sicher. Die Musiker haben mich gefragt, was sie tun sollen. Meinst du, sie sollten weiterspielen?«

»Es ist schade, daß dieser wunderbare Abend so enden muß, aber du solltest sie besser nach Hause schicken.«

Lillian hörte verwundert zu, wie Robert dem ehemaligen Parlamentssprecher, der völlig außer sich war, mit ruhiger Stimme einen Rat erteilte.

»Meinst du wirklich?«

»Ja. Die meisten Leute sind ohnehin im Aufbruch. Ich denke, man sollte die Nationalhymne spielen und das Fest damit offiziell beenden.«

Lillian liefen noch die Tränen die Wangen hinunter, als sie sich bereits auf dem Heimweg befanden. »Ich muß dir von Thora Price erzählen.«

»Nicht jetzt, Lillian, warte bis morgen. Dann fühlst du dich besser.«

Lillian fürchtete sich davor, ihm am kommenden Tag die ganze Wahrheit zu erzählen. Clem könnte sterben. Thora würde ins Gefängnis kommen. Was also würde mit ihrem Kind geschehen, mit Carolines Schwester? Selbst wenn man Thora freiließe, würde man ihr keinesfalls das Sorgerecht für ihre Tochter zusprechen. Immerhin war sie geisteskrank. Lillian wollte ihr Kind zurückhaben, doch mußte sie überaus vorsichtig und geschickt vorgehen, wenn sie dieses Ziel tatsächlich erreichen wollte. Vielleicht sollte sie Robert doch nicht alles erzählen. Er hatte sich an diesem Abend anständig und mutig verhalten, doch Lillian war sich darüber im klaren, daß er sich deswegen nicht von Grund auf ändern würde. Vermutlich hätte er keine große Lust, eine Frau zu heiraten, die ein zweites Kind mit in die Ehe bringen wollte.

Sie seufzte. Robert haßte öffentliches Aufsehen. Dank der verrückten Thora war seine Verlobte nun in ein Drama hineingezogen worden, von dem ganz Perth sprechen würde. Falls jemand herausfand, daß Thoras Baby in Wirklichkeit Lillians Tochter war, würden die Zeitungen die Geschichte genüßlich ausschlachten.

Auch Lord Kengally versuchte seiner Verwirrung Herr zu werden und Thora zu beschützen. Er hatte sie auf die Wache begleitet, wo man sie trotz seines Protestes in eine Zelle sperrte.

»Sehen Sie nicht, daß diese Frau krank ist? Sie befindet sich in einem beinahe katatonem Zustand und weiß überhaupt nicht, wo sie ist.«

Als sie in dem häßlichen Backsteingebäude ankamen, ging es dort ausgesprochen ruhig zu, doch das sollte sich ändern. Bald waren alle Polizisten von Perth auf den Beinen, um sich aus erster Hand über das Drama berichten zu lassen. Die Reporter drängten sich ebenfalls neugierig im Wachzimmer, und niemand fragte, ob sie überhaupt das Recht dazu hatten.

Schließlich traf der Chefinspektor ein. Er trug noch seinen Abendanzug und schien nicht gewillt, auf Kengallys Proteste zu reagieren.

»Was erwarten Sie von mir? Ich kann sie nicht freilassen. Sie wird angeklagt, vielleicht sogar des Mordes, das wird abzuwarten sein. Jedenfalls geht es ihr besser als ihrem Ehemann. Eine Nacht in der Zelle wird sie nicht umbringen.«

»Da haben Sie unrecht. Sie braucht einen Arzt.«

»Dann sollten Sie einen verständigen, Sir. Mir ist klar, daß für Ihre Bitte humanitäre Gründe ausschlaggebend sind, doch wäre ihr mit einem Anwalt besser gedient. Ich nehme an, Sie sind kein Verwandter?«

»Nein. Soweit ich weiß, ist ihr einziger Verwandter in dieser Stadt ihr Ehemann.«

Der Inspektor nickte. »Daran hätte sie denken sollen, bevor sie ihn niederschoß. Ich werde sie persönlich verhören.«

Natürlich, dachte Kengally ärgerlich, damit du in die Schlagzeilen kommst.

»Dürfte ich beim Verhör zugegen sein? Sie wird ohnehin keine vernünftige Aussage machen. Wenn sie nur eine Nacht schlafen könnte, würde sie sich vielleicht klarer an alles erinnern können.«

»Soll ich ihr etwa Zeit geben, sich eine gute Geschichte auszudenken?« erwiderte der Inspektor barsch. »Das ist wohl kaum im Sinne des Gesetzes.«

Er wandte sich an die Menge. »Wenn Sie sich in Geduld üben, werde ich in Kürze eine Erklärung abgeben.«

»Wie wird die Anklage lauten?« rief jemand.

»Versuchter Mord.«

»Wird sie hängen, wenn ihr Ehmann stirbt?«

»Das wird sie«, antwortete der Chefinspektor grimmig.

Kengally hielt den Inspektor auf, als dieser zur Zelle marschieren wollte. »Das ist ungeheuerlich! Sie haben ein Gerichtsurteil vorweggenommen, Sir! Falls sie überhaupt vor ein Gericht kommt.«

Der Inspektor band seine Fliege los und nahm den steifen Kragen ab. »Warum gehen Sie nicht nach Hause? Das hier ist nicht Ihre Angelegenheit.«

Doch Kengally blieb hartnäckig. »Gibt es hier Frauen, die sich um Mrs. Price kümmern können?«

»Was für Frauen? Du lieber Himmel, das hier ist eine Polizeiwache!«

Ein junger Polizist kicherte. »Sie sitzt mit einer in der Zelle. Die gute alte Maggie Ryan hat es heute nacht wieder erwischt. Schläft ihren Rausch aus.«

Verzweifelt drängte Kengally sich durch die Menge nach draußen und bestieg seine Kutsche. Er spielte mit dem Gedanken, den Gouverneur zu verständigen, doch ihn um diese Zeit zu belästigen wäre sicher nicht klug. Bis es ihm allerdings gelungen wäre, einen Anwalt und einen Arzt aufzutreiben, hätte der Inspektor sein sogenanntes Verhör längst beendet.

»Er wird es kurz machen«, murmelte er. »Dieser Emporkömmling kann es doch gar nicht erwarten, vor sein Publikum zu treten. Bis morgen früh kann ich nichts mehr unternehmen.«

Er hoffte, daß Thoras Freundinnen ihr frische Kleider und Toilettensachen bringen würden. Er wußte nicht, daß Thora gar keine Freundinnen hatte.

Fred blieb im Krankenhaus nichts mehr zu tun. Die Ärzte operierten Clem die Kugeln heraus. Im Wartezimmer saß nur noch ein dösender Reporter.

Vosper entschloß sich, auf der Wache nach Thora zu sehen. Außerdem wollte er herausfinden, wie es zu diesem Zwischenfall hatte kommen können. Sicherlich hatte sie Clem nicht deshalb angeschossen, weil er ohne sie auf eine Party gegangen war. Es mußte mehr dahinterstecken. Auch wollte Fred von ihr wissen, was mit ihrer Tochter geschehen sollte, denn es war offensichtlich, daß sie noch eine Weile im Gefängnis bleiben würde. »Bete, daß er überlebt, Thora«, murmelte er, »sonst landest du im Gefängnis von Fremantle, und das ist die Hölle auf Erden.«

Da er noch eine lange Nacht vor sich hatte, kehrte er ins Hotel zurück, um sich umzuziehen. Als er an sich hinuntersah, stellte er traurig fest, daß das weiße Hemd, das Clem ihm geliehen hatte, von dessen Blut befleckt war.

Die Verwüstung ihres Zimmers traf ihn wie ein Schlag. Ungläubig starrte er auf das Durcheinander.

»Wer zum Teufel war das?« fragte er entsetzt. Vorsichtig stieg er über die überall verstreuten Kleidungsstücke und Habseligkeiten. Als er es unter seinem Fuß leise knacken hörte und den Blick auf den Boden heftete, entdeckte er eine seiner Lieblingsangelruten, besser gesagt, ein Stück davon. Sogar sie war zerbrochen worden. Als er in die Ecke spähte, sah er, daß die Kiste, in der er seinen Revolver aufbewahrte, offenstand.

Er nickte wie betäubt. Nun brauchte er sie nicht mehr zu fragen, woher sie die Tatwaffe hatte.

Wütend stürmte er die Treppe hinunter und riß den Nachtportier, der in seinem winzigen Büro ein Nickerchen hielt, aus dem Schlaf.

»Haben Sie eine Frau in mein Zimmer gehen sehen?«

Der junge Mann spähte schläfrig aus dem Fenster. »Ja, Mrs. Price. Sie wollte oben auf ihren Mann warten. Was ist geschehen, Mr. Vosper? Sie sind ja voller Blut.«

»Holen Sie Ihren Boß!«

»Das geht nicht. Er schläft.«

»Holen Sie ihn, und zwar sofort.«

»Ja, Sir.«

Diese törichte Frau! Fred kochte vor Wut. Kein Wunder, daß Clem ihr keine vernünftigen Antworten abringen konnte. Wie konnte sie es wagen, sich an seinem Eigentum zu vergreifen.

Wie immer war Vosper knapp bei Kasse. Unter anderem hatten ihn finanzielle Gründe dazu bewogen, das Zimmer mit Clem zu teilen. Nun aber wurde ihm klar, daß es vielleicht doch keine so gute Idee gewesen war. Seine Kleider waren zerfetzt;

er bezweifelte, ob überhaupt noch irgend etwas davon zu gebrauchen war.

Fred ließ seinen Ärger am Hotelbesitzer aus, der ebenso entsetzt war wie er. »Wer hat das getan?«

»Mrs. Price, würde ich sagen, bevor sie ihren Ehemann niedergeschossen hat. Doch das ändert nichts an der Tatsache, daß mein Hab und Gut, das in meinem Zimmer angeblich sicher aufbewahrt war, quasi mit Ihrer Erlaubnis zerstört wurde. Ich mache das Hotel dafür verantwortlich. Ihr Bursche da hat diese Frau in mein Zimmer gelassen.«

Fred wußte, daß seine Argumentation nicht wasserdicht war, doch brauchte er dringend Geld für neue Kleider. Er machte erneut die Runde durchs Zimmer und bejammerte lauthals seinen Verlust, bis sich der verwirrte Hotelbesitzer entschuldigte und ihm ein neues Zimmer kostenlos anbot.

Über eines schwieg Fred sich jedoch aus – über den Verlust seines Revolvers. Bislang war er der einzige, der wußte, wo Thora die Tatwaffe herhatte. Das hieß, er hatte einen enormen Wissensvorsprung vor den anderen Journalisten.

Fred gab sich den Anschein, als hätten ihn die Bemühungen des Hotelbesitzers beschwichtigt, und bot einen Kompromiß an: »Ich nehme an, es ist in Ihrem Sinne, wenn Ihr Hotel heute noch nicht in den Zeitungen erwähnt wird. Polizei und Presse werden Ihnen ansonsten sofort die Bude einrennen, um die Verwüstung zu besichtigen, die Mrs. Price angerichtet hat, bevor sie versucht hat, ihren Mann umzubringen.«

Der Hotelbesitzer sah sich unglücklich um. »Gott bewahre! Mr. Vosper, ich wüßte es zu schätzen, wenn Sie das hier vertraulich behandeln würden.«

»Sie können sich auf mich verlassen. Allerdings muß ich diese Klamotten loswerden. Könnten Sie mir anständige Kleidung besorgen?«

»Wird gemacht.«

Später saß Fred in geborgten Kleidern in seinem neuen Zimmer und machte sich Notizen auf hoteleigenem Briefpapier. Diese Geschichte war nicht nur von lokalem Interesse. Er konnte sie auch an die Zeitungen im Osten verkaufen, vielleicht sogar bis nach London. Und es würde nicht bei ein oder zwei Artikeln bleiben, nein, er würde eine Serie daraus machen und alles von Anfang an erzählen. Skandalgeschichten wie diese wurden von den Lesern förmlich verschlungen.

Zunächst machte er sich auf zur Wache, wo sich noch immer ungewöhnlich viele Polizisten aufhielten, und bat um die Genehmigung für einen Besuch bei Mrs. Price.

»Keine Reporter, Mr. Vosper. Strikte Anweisung von oben«, sagte ein Sergeant.

»Ich bin kein Reporter. Meine Zeitung habe ich verkauft. Ich bin als persönlicher Freund von Mrs. Price hier. Wie geht es ihr?«

»Sie wirkt völlig betäubt. Der Chef konnte nichts aus ihr herausholen. Er weiß nicht mal, woher sie kommt, hat den Reportern aber den üblichen Stuß über eifersüchtige Ehefrauen erzählt, die die volle Kraft des Gesetzes zu spüren kriegen. Ich wollte ihm erklären, daß sie allem Anschein nach gar nicht den Ehemann erschießen wollte, doch er hat nicht zugehört. Hatte sich schon alles zurechtgelegt.«

Fred war hocherfreut. Je hartnäckiger der Chefinspektor an seiner Geschichte festhielt, desto größer war Vospers Chance, mit der Wahrheit groß herauszukommen.

»Wie heißen Sie?« erkundigte er sich. »Ich kenne Sie irgendwoher, Sergeant.«

»John Bonnington. Meine Freunde rufen mich Bonney. Ich war bei Ihrer Kundgebung. Gehöre zum Komitee, das eine Polizeigewerkschaft gründen will.«

»Ausgezeichnet. Sie werden auf Widerstand stoßen, aber eine Polizeigewerkschaft ist unverzichtbar. Machen Sie weiter so. Jetzt aber … ich bin ein Freund von Thora und Clem Price.«

Bonney grinste. »Sie heißt also Thora. Schon ein Anfang, was? Der Boß hat nicht einmal das herausgefunden. Meine Zeugen behaupten, sie habe ›Jocelyn‹ gerufen. Wissen Sie, wer das ist?«

»Ich habe darüber nachgedacht, und mir ist eine Idee gekommen, die mir plausibel erscheint.«

»War sie auf der Party?«

»Nein. Lassen Sie mich zu Thora rein, und ich liefere Ihnen den Hintergrund, bevor irgend jemand sonst ihn erfährt. Wie wäre das?«

»Abgemacht. Aber nur, wenn sie wach ist. Scheint eine nette Frau zu sein, und hübsch ist sie noch dazu. Hat ein bißchen Ruhe verdient.«

Er nahm die Schlüssel und führte Fred die Hintertreppe hinunter.

Thora saß in der kalten Zelle steif auf einem Stuhl, den Mantel eng um sich geschlungen, und schaute nicht einmal auf, als Fred eintrat.

»Sie sollten sich ausruhen, Thora«, sagte er sanft. »Legen Sie sich hin.«

Als sie nicht antwortete, ließ er sich auf der Pritsche nieder und sah sie an. »Ich bin Fred Vosper. Sie erinnern sich an mich? Ich möchte Ihnen helfen. Sie gehören nicht hierhin. Ich werde versuchen, Sie herauszuholen. Dürfte ich Ihnen eine Tasse Tee bringen?«

Er ergriff ihre Hand. Mit der fahlen Haut und den zerzausten Haaren sah sie furchtbar aus, doch Fred hatte schon viele Gefangene gesehen und war daher von ihrem Anblick nicht allzu schockiert.

»Fred«, fuhr er beharrlich fort, »wir haben uns im *Palace* gut amüsiert. Sie sahen wunderbar aus, waren die schönste Frau von allen.«

Thora nickte. »Ja. Fred.« Ängstlich umklammerte sie seine

Hand. »Wo ist Clem? Bringen Sie ihn zu mir? Ich mag sein Hotel nicht. Es ist schrecklich. Ich möchte nach Hause. Sagen Sie Clem, daß ich Furchtbares durchgemacht habe. Sehen Sie sich nur meinen Mantel an, er ist völlig ruiniert.«

Sie erhob sich. »Vielen Dank für Ihren Besuch, Fred. Ich wußte nicht, wie ich hier herauskommen sollte. Bringen Sie mich nach Hause, ich muß Clem alles erklären.«

»Was erklären?« fragte er vorsichtig.

»Daß es mir nichts mehr ausmacht. Ich kann verstehen, was mit ihm geschehen ist. Ich habe darüber nachgedacht und festgestellt, daß es nicht seine Schuld war.«

»Was ist denn mit Clem geschehen?«

Mit angstvollem Blick wich Thora zurück. »Das ist privat. Wir werden nie wieder darüber sprechen. Können wir jetzt gehen?«

Fred war von Mitleid überwältigt und bedauerte, daß er sie nicht gleich nach Hause bringen konnte, doch als er draußen vor der Wache stand, ärgerte er sich über sich selbst, da er sich bei seiner Arbeit von Gefühlen hatte beeinflussen lassen. Immerhin hatte sie auf ihren Mann geschossen und seine eigenen Sachen zerstört.

»Verdammt! Jetzt bin ich ebenso verwirrt wie sie«, murmelte er auf dem Weg zum Cottage vor sich hin.

Die ersten Sonnenstrahlen tauchten die ferne Hügelkette in goldenes Licht. Fred nickte. »Wenn das kein Symbol für die Schätze ist, die hinter diesen Bergen liegen.« Da er noch nicht lange im Westen lebte, sah er diesem Naturschauspiel immer wieder voller Ehrfurcht zu.

Hier ging die Sonne über den Bergen auf, anstatt sich aus dem Meer zu erheben wie im Osten. Schon oft war er ans Meer geritten, um zuzuschauen, wie die Sonne abends in den Ozean tauchte und die weite Wasserfläche mit einer ganzen Palette von Farben überzog. Sie changierten von Rot über Rosa bis zu Goldtönen. Fred wurde dieses Schauspiels niemals müde.

Von dem imposanten *Palace Hotel,* diesem von Menschenhand errichteten Wunder, auf das ganz Perth stolz war, ließ er sich hingegen nicht beeindrucken. Thora war es offensichtlich anders gegangen. Sie liebte dieses Haus, obgleich sie in das Cottage umgezogen war. Anscheinend hatte sie aber vor Clems Ankunft zunächst eine Weile im Hotel selbst gewohnt, was ihn eine Stange Geld gekostet haben dürfte.

Das Cottage lag in tiefer Ruhe. Fred setzte sich in den Park gegenüber und zündete seine Pfeife an. Er wollte die Nanny und das Kind nicht so früh wecken, und außerdem hatte er über vieles nachzudenken. Fred hatte nie ganz begriffen, weshalb Clem und Thora solche Probleme gehabt hatten. Möglicherweise hatte sie ihm übelgenommen, daß er sich so lange nicht zu Hause hatte blicken lassen, doch als Fred ihr begegnet war, hatte sie glücklich und zufrieden gewirkt. Die beiden gaben zweifellos ein hübsches Paar ab. Vielleicht ließe sich ein Foto von den beiden auftreiben? Mit schönen Menschen erzielte man höhere Auflagen als mit häßlichen. Er mußte Thora anständige Kleider besorgen und sie dann so vorteilhaft wie möglich ablichten.

Bei diesem Gedanken kamen ihm leichte Gewissensbisse, doch andererseits würde ihr ein solches Foto nicht schaden. Sie war eine stolze Frau und offensichtlich sehr auf ihr Aussehen bedacht. Womit er wieder bei dem Thema Geld angelangt war.

Thora kleidete sich gut und teuer, was sich durchaus als Beweis für Clems Großzügigkeit werten ließ.

Allerdings war Clem auch ein reicher Mann. Außenstehenden galt er als Besitzer einer großen Schaffarm, der den Rest seines Vermögens mit Gold und Börsengeschäften verdient hatte, doch Fred war kein Außenstehender. Er hatte für seine Artikel auf den Goldfeldern recherchiert und dabei auch vom *Black Cat* und den wahren Besitzverhältnissen erfahren.

Einmal hatte er Clem darauf angesprochen. »Ich nehme an, ein gewisses Haus in Kalgoorlie sollte ich lieber nicht erwähnen?«

»Dafür wäre ich dir sehr dankbar.«

»Dein Geheimnis ist bei mir sicher. Wie bist du Landei eigentlich zu diesem Geschäft gekommen?«

»Durch Zufall. Nachdem mich dieser Speer getroffen hatte, stellte sich heraus, daß unsere damalige Mine wertlos war. Mein Partner kam auf die glänzende Idee, Glory das *Black Cat* abzukaufen. Sie war ganz erpicht auf das Geschäft, da ihr hohe Spielschulden im Nacken saßen.«

»O ja, ich erinnere mich an Glory.«

»Als ich wieder unter die Lebenden zurückkehrte, mußte ich feststellen, daß mir ein halbes Bordell gehörte. Zunächst habe ich getobt, doch als ich sah, wieviel dieses Haus einbrachte, habe ich mir die Sache noch einmal überlegt.« Er hatte Fred treuherzig angeschaut. »Es war mir peinlich, aber andererseits ein zu einträgliches Geschäft, um darauf zu verzichten. Ein Sparstrumpf sozusagen, während ich mein Glück beim Schürfen versuchte.«

»Und was für ein Sparstrumpf!« hatte Fred lachend gerufen.

Erst vor einigen Wochen hatte Clem einen Schlußstrich unter die Sache gezogen und seine Anteile am *Black Cat* verkauft. An Madame Jolie alias Jocelyn Russell aus York.

Jocelyn! Fred zog an seiner Pfeife und blies den Rauch in die klare Morgenluft. Am besten würde er nach Kalgoorlie fahren, um mit ihr zu sprechen, wenn sich die Aufregung erst gelegt hätte. Niemand würde mit ihrem Namen etwas anfangen oder herausfinden können, wer sie war.

Dann schüttelte er den Kopf. Die Reporter würden in Clems Vergangenheit wühlen und über kurz oder lang entdecken, daß er am *Black Cat* beteiligt gewesen war.

Fred sprach ein Gebet für Clem, der um sein Leben kämpfte, und fügte hinzu: »Den Verkauf hättest du dir sparen können, Kumpel. Jetzt kommt ohnehin alles raus. Doch was bedeutet das schon, wenn die eigene Frau auf einen geschossen hat?«

Dann sah er, wie das Mädchen die Tür des Cottages öffnete und blinzelnd in die Sonne schaute. Sie wirkte derb und bodenständig, hatte ihr Haar zu Zöpfen geflochten und trug, wie jede anständige Nanny, eine unauffällige Bluse und einen schwarzen Rock.

»Tut mir leid, Sir,« sagte sie, als er näher kam, »außer mir und Lydia ist niemand zu Hause.« Offensichtlich war sie nicht gewillt, einem Fremden mitzuteilen, daß ihre Herrin in der vergangenen Nacht nicht nach Hause gekommen war.

»Fred Vosper«, stellte er sich vor. »Vielleicht haben Sie schon von mir gehört, Miss. Es hat Schwierigkeiten gegeben. Dürfte ich hereinkommen?«

Sie hieß Netta Barnes und war, wie erwartet, völlig entsetzt, als sie die Neuigkeiten hörte. Vosper beantwortete ihre Fragen so gut er konnte. Sie hatte eine mütterliche Ausstrahlung – die Kleine würde bei ihr in guten Händen sein. Das Cottage selbst war tadellos in Ordnung gehalten.

Fred kochte Tee und suchte Brot, Butter und Marmelade zusammen, während Netta weinend am Küchentisch saß.

»Ich war überrascht«, sagte sie schließlich, »als Mrs. Price gestern abend alleine ausging. Es war dunkel, und ich habe mir Sorgen gemacht. Ich wußte ja nicht, daß sie eine Waffe hatte!«

Fred ging nicht darauf ein. Über die Herkunft der Waffe würde er kein Wort verlieren. Aufmerksam hörte er sich an, was sie ihm zu erzählen hatte: »Ich habe sie frisiert und ihr Haar in Locken gelegt. Sie sah so schön aus. Ich dachte die ganze Zeit, daß Mr. Price sie abholen würde. Ich weiß nicht, wie sie von der großen Party in der Stadt erfahren hat. Mir gegenüber hat sie sich den ganzen Tag schweigsam verhalten. Hat einen langen Brief geschrieben und dort auf dem Tisch liegen lassen ...«

»Verstehe. Wo ist er jetzt?« fragte Fred behutsam.

»Es waren so viele Seiten. Ich habe sie beim Aufräumen in die Schublade dort drüben gelegt.«

Sie errötete, und Fred erriet sofort den Grund. »Haben Sie den Brief gelesen?«

»Nun ja, ich habe einen Blick darauf geworfen. Ich bin nicht neugierig, mir war nur langweilig. Ich habe aber nicht viel gelesen, weil nichts Interessantes darin stand. Er ist an jemanden namens Alice gerichtet.«

»Dürfte ich ihn sehen, Netta?«

»Ich weiß nicht so recht. Wäre das richtig?«

»Sagen wir so: Die Polizei wird hierherkommen, und Mrs. Price möchte sicher nicht, daß jemand ihre Privatbriefe findet. Die Lage ist schlimm genug. Ich werde den Brief aufbewahren. Ich kenne Alice.«

»Wirklich?«

»Ja, ich werde ihr den Brief geben. Sie sollten ihn mir besser aushändigen, bevor die Polizei kommt.«

Da sich die arme Netta mehr wegen der Polizei als um den Brief sorgte, gab sie ihn dem Besucher. »Ich will die Polizei nicht im Haus. Was soll ich denn sagen? Und was ist mit Mr. Price? Wird er sich wieder erholen? Wer kümmert sich im Gefängnis um sie? Und das arme kleine Mädchen da drinnen. Was soll aus ihr werden?«

»Keine Sorge«, murmelte Fred. Er mußte unbedingt Thoras Brief lesen. »Ich werde dafür sorgen, daß Sie und Lydia nicht belästigt werden. Sicher wird ihre Familie von der Farm anreisen. Das Wichtigste ist, daß Sie hierbleiben. Würden Sie das tun, Netta?«

»Ja. Ich muß mich doch um Lydia kümmern.« Sie brach wieder in Tränen aus. »Die arme Kleine.«

Fred überflog rasch Thoras Brief. Ihm wurde immer klarer,

daß diese Frau ernsthaft geisteskrank war. Ihre Probleme waren nicht plötzlich aufgetaucht. Der lange, weitschweifige, schwerverständliche Brief war ein einziger Hilfeschrei. Man würde sich eingehend damit beschäftigen müssen.

Noch bevor das Telegrafenamt öffnete, klopfte Vosper ungeduldig an die Tür. Wenige Minuten später hatte er eine Nachricht an George Gunne, Lancoorie, geschickt:

»Sie und Alice müssen dringend nach Perth kommen. Familie in Not. Fred Vosper. *United Services Hotel.*«

Auf diese Weise wollte er verhindern, daß ihre Identität sofort bekannt wurde. Sie würden ein paar Tage brauchen, bis sie in Perth eintrafen und in den Zeitungen lasen, was geschehen war. Fred hoffte, daß sie den Reportern aus dem Weg gehen konnten.

Dann machte er die Runde. Ging ins Krankenhaus, wo man ihm sagte, daß Clem die Operation überlebt habe, aber noch keinen Besuch empfangen dürfe. Die Entschuldigung des Arztes tat er mit einer Handbewegung ab. »Das ist schon in Ordnung. Halten Sie die Polizei von ihm fern. Sie wissen ja, daß er sich keinesfalls aufregen darf. Sollte sich sein Zustand verändern, senden Sie mir bitte eine Nachricht ins *United Services Hotel.*«

Die Vorfälle des vergangenen Abends hatten sich zu spät ereignet, als daß man bereits in den Morgenzeitungen darüber hätte berichten können. Lediglich der *Western Mail* brachte eine kurze Nachricht über die Schießerei. In dem Artikel wurden keine Namen genannt. Fred nickte. Um fünf Uhr nachmittags würde in Perth keine Abendzeitung mehr zu kriegen sein.

Er kehrte zurück ins Cottage und wurde dort von einer gewissen Miss Devane erwartet.

Fred war für seine schroffe Art bekannt, und im Moment hatte er nun wirklich keine Zeit, sich mit Frauen auseinanderzusetzen, die sich auch noch in die Sache einmischen wollten. »Wer sind Sie?« fragte er knapp.

»Sie ist die Hausdame des Hotels«, erklärte Netta. »Sie sagt, ich müsse mit Lydia ausziehen. Ich weiß nicht, wohin wir gehen sollen, Mr. Vosper.«

»Braves Mädchen. Nun, Madam, würden Sie bitte dieses Haus verlassen?«

»Tut mir leid, Sir, ich habe meine Anweisungen.«

»Die hatte Napoleons Armee auch, und sehen Sie, was aus ihr geworden ist. Raus mit Ihnen.«

Sie richtete sich zu voller Größe auf.

»Zweifellos sind Ihnen die unerfreulichen Ereignisse des gestrigen Abends bekannt«, sagte sie. »Folglich verlangt der Geschäftsführer, daß Mrs. Price diese Wohnung räumt.«

»Schlecht fürs Geschäft, was?«

»Ein derartiges Benehmen kann vom *Palace* nicht toleriert werden. Unsere Gäste dürfen mit einem solchen Skandal nicht in Verbindung gebracht werden.«

»Das werden sie auch nicht. Wie Sie sehen, hat Mrs. Price bereits das Haus verlassen. Genauer gesagt, sie sitzt im Gefängnis.«

Miss Devane zeigte keinerlei Reaktion. »Zur Zeit schon. Doch sie wird möglicherweise entlassen und ist dann in diesem Hotel nicht mehr willkommen.«

»Diese Klitsche hier können Sie wohl kaum als Hotel bezeichnen.«

»Ich habe klare und deutliche Anweisungen, Sir. Wir haben Mrs. Price nur einen Gefallen getan, als wir ihr dieses Cottage anboten. Mit ihren Anfällen hat sie im Hotel schon genug angerichtet.«

Was sollte das heißen? »Miss Devane, ich kann Ihre Position verstehen und werde mein Bestes tun, doch mißfällt mir Ihre Bemerkung über Mrs. Prices Anfälle. Würden Sie mir das bitte genauer erklären?«

Auf dieses Stichwort hatte sie gewartet. Er lauschte ihren Klagen über die anspruchsvolle Frau, die im Speisesaal eine schändliche Szene verursacht hatte und hinausgeführt werden mußte, die zudem bei privaten Festlichkeiten mehrere Damen grundlos beleidigt hatte. Der man aus purer Menschenfreundlichkeit das Cottage zur Verfügung gestellt hatte, wo sie auf ihren Ehemann gewartet hatte …

»Sind Sie nicht auf die Idee gekommen, daß diese Frau einen Zusammenbruch erlitten haben könnte?« fragte Fred sanft.

»Wäre mir diese Idee gekommen, hätte man sie noch früher hinausgeworfen. Das hier ist ein Hotel, keine Nervenheilanstalt«, erwiderte sie harsch.

»Verstehe. Ihre Freundlichkeit rührt mich zu Tränen. Sind die Rechnungen bis jetzt bezahlt worden?«

»Mrs. Price hat das Cottage gemietet«, sagte Netta mit einem trotzigen Blick auf Miss Devane.

»Aha, das ist interessant. Wie lange läuft der Mietvertrag noch?«

»Wir kündigen den Vertrag.«

»Wie lange noch?« beharrte Fred.

»Das Geld für die verbleibenden drei Wochen wird zurückerstattet. Falls wir jemanden finden, dem wir es aushändigen können.«

»Das ist nicht nötig«, erwiderte Fred. »Ihre Verwandten werden bald eintreffen und hier wohnen. Bestellen Sie Ihrem Geschäftsführer von mir, daß er seine Forderungen zurücknehmen soll. Ansonsten werde ich der Presse mitteilen, daß Mrs. Price Dauergast bei Ihnen ist.« Er wußte, daß die Journalisten ohnehin bald diese Meldung bringen würden. Sie würden Mrs. Price in der besten Suite des Hauses residieren lassen und das Cottage mit keinem Wort erwähnen. Schönheit und Reichtum waren aus journalistischer Sicht eine todsichere Kombination.

»Ich werde es ihm sagen. Allerdings bedauere ich Ihre Haltung sehr.«

»Es ist keine Haltung, sondern eine Tatsache«, stellte Fred fest. »Sie können die Namen von Mr. und Mrs. George Gunne in Ihr Gästebuch eintragen.«

»Sie haben sie ganz schön festgenagelt«, meinte Netta bewundernd. »Wo sollte ich denn ihrer Meinung nach mit dem Kind hingehen?«

»Das ist erst der Anfang, Netta«, erklärte er mitleidig. »Von nun an wird Mrs. Price zur Zielscheibe für viele boshafte Attakken werden, doch das darf Sie nicht stören. Die Schwester und der Schwager von Mr. Price werden bald eintreffen. Sie werden Ihnen gefallen. Nun möchte ich aber, daß Sie mir alles über Mrs. Price erzählen.«

Später kehrte er mit einem Koffer auf die Wache zurück, den die treue Nanny für Thora gepackt hatte.

Nachdem sie ihm von Thoras Nervenkrisen, ihren Depressionen und seltsamen Zuständen berichtet hatte, begann sich für Fred ein völlig neues Bild von dieser Frau abzuzeichnen. Addierte er im Geiste den Brief und Miss Devanes Erzählungen noch hinzu, so hatte er summa summarum eine ganz schön heikle Geschichte an der Angel. Die Fakten waren zugleich beunruhigend und faszinierend, und er hatte bei weitem noch nicht alles in Erfahrung gebracht. Eine solche Frau konnte man doch nicht vor Gericht stellen, oder?

Allmählich nahm eine Idee in ihm Gestalt an: Er würde zwei unterschiedliche Geschichten verfassen. Eine über die dramatischen Ereignisse auf dem Ball, die andere über Thoras Entwicklung. Diese Fallstudie über eine Frau, die eine Vergewaltigung hatte erdulden müssen und dadurch an den Rand des Wahnsinns getrieben worden war, erforderte sorgfältige Recherche. Denn daß Thora in ihrem Brief an Alice zwischen den Zeilen von ihrer Vergewaltigung berichtete, war sonnenklar. Fred hatte einige Aufsätze deutschsprachiger Autoren über Hysterie gelesen, die auf diesen Fall Anwendung finden konnten, doch würde er sich noch intensiver mit dem Thema beschäftigen müssen.

Über all das würde er später nachdenken, denn er konnte die Beschreibung von Thoras ganz persönlicher Hölle nie und nimmer unter ihrem Namen abdrucken. Es würde ihr den Rest geben.

Andererseits konnte ihr der Brief den Galgen ersparen, falls Clem sterben sollte.

Fred beschloß, ihn nur im Notfall rauszurücken. Er würde eine Kopie des Briefes anfertigen, darauf die Namen unkenntlich machen und das Original im Safe des Hotels hinterlegen. Die Kopie würde er als Grundlage für seine Nachforschungen benutzen.

Noch ein weiterer Freund war Thora geblieben. Lord Kengally freute sich sehr, Fred auf der Wache zu treffen, und war überaus erleichtert, daß jemand frische Kleidung und Toilettensachen für Thora besorgt hatte.

Ein Arzt hatte sie untersucht und zu Kengallys Empörung nichts weiter als einen Schock diagnostiziert. »Davon abgesehen ist Mrs. Price bei bester Gesundheit.«

»Dort draußen regiert der Haß«, berichtete Kengally. »Man könnte glauben, sie habe die Königin von England erschossen. Keine Spur von Mitleid.«

»Das war zu erwarten. Haß ist eine billige Droge. Können wir sie hier herausholen?«

»Ich glaube schon, doch wird sie in der Nähe bleiben müssen. Ich habe einen Anwalt beauftragt, der sich heute vor dem Amtsgericht für sie einsetzen wird. Sie wird zweifellos des versuchten Mordes angeklagt. Er wird auf geistige Unzurechnungsfähigkeit plädieren; das ist aber momentan nicht von Belang. Es besteht jedenfalls keine Hoffnung, daß sie auf Kaution freigelassen wird. Der Chefinspektor hat sich an diesem Fall festgebissen und würde Mrs. Price am liebsten öffentlich verbrennen, um sein Publikum zu erfreuen. Angeblich hat er noch nie von geistiger Unzurechnungsfähigkeit gehört.« Kengally nahm Fred beim Arm und führte ihn in eine ruhige Ecke. »Vielleicht sollte er einfach mal in den Spiegel schauen.«

Fred lachte. »So gefallen Sie mir. Wo könnten wir Thora bis zum Prozeß unterbringen?«

»In der Kaserne. Mehr können wir nicht tun. Dort muß sie wenigstens keine Zelle mit Säufern und Huren teilen. Das Gebäude ist riesig, so daß sie sich neugierigen Leuten entziehen kann. Außerdem arbeiten dort auch Frauen.«

Zu ihrem Erstaunen fanden diese beiden Männer, die entgegengesetzte politische Meinungen vertraten, ein gemeinsames Ziel in ihrem Anliegen, Clem und Thora beizustehen. Thora wurde durch die Ställe aus dem Wachgebäude geschmuggelt, da die Menge den Eingang blockierte, und in die nahe gelegene Militärkaserne eskortiert, wo früher einmal die Wachen der deportierten Sträflinge untergebracht waren.

Sergeant Bonnington erwartete sie unter dem großen Torbogen. »Meine Frau ist gekommen, um Mrs. Price zu helfen. Sie wird sich um sie kümmern und ihr zur Hand gehen, wenn sie sich für ihren Auftritt vor Gericht zurechtmacht.«

Er wandte sich an Fred. »Sie haben versprochen, mir zu helfen.«

»Das habe ich nicht vergessen. Mr. und Mrs. Price gehört eine Schaffarm namens Lancoorie in der Nähe von York. Seine Schwester und ihr Ehemann werden in die Stadt kommen und im Cottage des *Palace Hotel* wohnen, wo Mrs. Price ihren Urlaub verbracht hat.«

Bonnington holte sein Notizbuch heraus. »Namen?«

»Mr. und Mrs. George Gunne. Aber behandeln Sie diese Information vertraulich. Wir möchten den Gunnes keine Unannehmlichkeiten bereiten.«

»Gunne? George Gunne? Ein stämmiger Bursche? Engländer, um die vierzig?«

»Ja. Kennen Sie ihn?«

»Sieht ganz so aus. Er ist hier gut bekannt. Hat ein langes Strafregister vorzuweisen. Was hat er denn mit der Sache zu tun?«

Fred stöhnte. Mußte denn alles schiefgehen? »Eigentlich gar nichts. Schien mir ein anständiger Kerl zu sein. Er ist mit Alice Price verheiratet und führt ein vorbildliches Leben.«

»Wußten Sie nicht, daß er ein Deportierter ist?«

»Woher denn?«

Bonnington zuckte die Achseln. »Ich muß ihn überprüfen. Vom Gefängnis in Fremantle ins *Palace* – er hat es ganz schön weit gebracht.«

Chefinspektor Smythe hielt es für unverzichtbar, Mrs. Cornish persönlich zu vernehmen, da sie im Haus des ehemaligen Parlamentssprechers wohnte. Auch im Ruhestand galt Henery Whipple noch als einflußreicher Mann.

»Es freut mich, daß Sie persönlich gekommen sind«, sagte Henery und führte ihn in den Salon. »Meine Gäste sind es nicht gewohnt, in polizeiliche Untersuchungen hineingezogen zu werden. Diese furchtbare Schießerei hat uns alle sehr durcheinander gebracht.«

Smythe bekundete Henery sein Mitgefühl. »Ich kann Ihnen gar nicht sagen, wie sehr ich dieses schreckliche Ende Ihres Abschiedsfestes bedauere. Dies ist wirklich das gräßlichste Verbrechen, das mir seit langem untergekommen ist. Es ist kaum zu glauben, daß eine Frau sich ausgerechnet einen solch festlichen Rahmen für den Mord an ihrem Ehemann aussucht.«

»Ihrem Ehemann?« fragte Henery. »Sie hat nicht auf Mr. Price gezielt, sondern auf Mrs. Cornish, meinen Gast! Das ist eine verdammte Schande.«

»Da irren Sie sich, Henery. Sie war hinter ihrem Ehemann her. Ich bin gekommen, um Ihnen zu versichern, daß Ihr Gast nicht länger belästigt wird. Ich werde Mrs. Cornishs Aussage zu Protokoll nehmen und es dabei belassen. Sie braucht auch nicht vor Gericht zu erscheinen. Der Schock des gestrigen Abends war groß genug.«

»Einen Moment, bitte.« Henery verließ das Zimmer und kehrte mit seinen Gästen zurück. »Darf ich Ihnen Mr. Robert Warburton aus Minchfield House vorstellen?«

»Oh, ein wunderbares Anwesen. Ich freue mich sehr, Sie kennenzulernen, Sir.«

»Und seine Verlobte, Mrs. Cornish.«

Smythe verbeugte sich. Mrs. Cornish war eine attraktive Frau mit dunklem, glänzendem Haar und einer guten Figur. Sie mußte um einiges jünger sein als Warburton. Verständlicherweise wirkte sie sehr nervös.

»Sehr erfreut, Mrs. Cornish. Ich denke mit Entsetzen daran, wie Ihnen diese schreckliche Frau zugesetzt haben muß. Sie wird ihre gerechte Strafe erhalten.«

»Wie geht es Mr. Price?« wollte Lillian wissen.

»Er schwebt noch immer in Lebensgefahr. Wenn er stirbt, werden wir Anklage wegen Mordes erheben müssen.«

»Es tut mir so leid«, sagte sie.

»Wie auch immer, ich würde gerne auf die ursprüngliche Frage zurückkommen«, warf Henery ein. »Robert und ich haben uns ausführlich darüber unterhalten und sind zu dem Schluß gekommen, daß Mrs. Price versucht hat, Mrs. Cornish zu töten.«

Erstaunt schaute Lillian Warburton an. Sie hatte gehofft, man würde sie aus dieser Sache heraushalten. Bei ihrer Rückkehr von der Abschiedsparty hatte sich eine Menschenmenge vor Henerys Haus versammelt gehabt, und alle schienen der Meinung gewesen zu sein, daß es sich um ein Verbrechen aus Leidenschaft gehandelt habe. Daß Thora gekommen war, um ihren Ehemann zu erschießen.

»Aber du sagtest doch …« Sie wandte sich an Robert.

»Ja. Wir dachten, sie hätte auf Mr. Price gezielt, doch nachdem du zu Bett gegangen warst, habe ich noch einmal mit Henery über den Vorfall gesprochen.«

»Und wir sind zu einem definitiven Schluß gekommen«, fügte dieser hinzu. »Sie irren sich, Inspektor. Alle Zeugen sagen aus, daß sie den Namen einer Frau gerufen und auf Mrs. Cornish gezielt hat, als diese weglaufen wollte. Hätte Mr. Price nicht eingegriffen, wäre sie vermutlich das Opfer gewesen.«

Lillian wagte nichts zu sagen. Sie dachte fieberhaft nach. Bevor sie heiraten konnte, mußte die Scheidung ausgesprochen werden. Es war jetzt nicht an der Zeit, die Existenz eines zweiten Kindes bekanntzugeben. Andererseits würde es ihr viel Sympathie einbringen, wenn sie offen gestand, daß Thora ihr, Lillians, Kind betreute. Sie konnte behaupten, daß sie zu dem Zeitpunkt, als Thora das Baby zu sich nahm, selbst zu keiner Entscheidung fähig gewesen sei, da alle auf sie eingeredet hätten, sie solle ihre christliche Pflicht tun und sich von einem ihrer Kinder trennen. Sie konnte sogar aussagen, daß dies ein mögliches Motiv für Thoras Anschlag auf sie war – der Haß auf die leibliche Mutter ihres Adoptivkindes.

Während die Männer diskutierten, knüllte sie ihr Taschentuch im Schoß und konstruierte in Gedanken eine Geschichte, in der Thora nicht die Rolle der unglücklich Verheirateten, sondern der Grausamen, Berechnenden spielte.

Anscheinend war der Inspektor wenig begeistert von Henerys Einmischung.

»Darf ich davon ausgehen, daß Ihnen Mr. und Mrs. Price bekannt sind?« fragte er Lillian.

»Es sind keineswegs enge Freunde von uns«, warf Robert hastig ein. Lillian war auf Draht. Sie beschloß, ihre Geschichte einstweilen für sich zu behalten.

»Ich kenne sie«, antwortete sie mit Bedauern in der Stimme. »Es sind flüchtige Bekannte aus meiner Zeit in York. Gesellschaftlich haben wir nicht miteinander verkehrt. Thora Price ist die Tochter des Arztes und genoß keinen guten Ruf.«

»Wie meinen Sie das?« fragte Smythe weiter.

Lillian starrte auf das Teppichmuster, als wolle sie einer Antwort ausweichen.

»Man spricht nicht gern über solche Dinge. Sie verursachte einen Skandal, als sie schwanger wurde. Clem Price kam ihr zu Hilfe und rettete sie.«

»Was meinst du mit retten?« wollte Robert wissen.

»Nun, sie war in Schwierigkeiten. Er heiratete sie in einer Kirche außerhalb der Stadt, quasi im geheimen. Es war eine bescheidene Zeremonie. Ich kam an diesem Tag zufällig an der Kirche vorbei. Aus Mr. Prices Verhalten können Sie ersehen, daß er ein ehrenwerter Mann ist. Außerdem hat er mir offensichtlich das Leben gerettet.«

»Warum aber sollte Mrs. Price Sie erschießen wollen?«

»Ich habe nicht die leiseste Ahnung. Sie konnte nicht wissen, daß ich auf dem Fest war, und hätte sich auch nicht an mich erinnert. Sie ist einfach verrückt.«

»Na bitte«, sagte Robert, »jetzt kennen Sie die Geschichte, Inspektor. Mrs. Cornish tanzte mit Mr. Price, weil sie ihn von früher kannte. Ansonsten hat sie mit der Sache nichts zu tun.«

Der Inspektor kratzte sich am Ohr. »Mag sein. Aber diese Tatsache verkompliziert den Fall.«

»Durchaus nicht«, meinte Henery, »die Frau marschierte in den Saal und schoß auf Mrs. Cornish, da sie sie mit jemandem verwechselt hatte. Mit einer Frau namens Jocelyn. Soviel wir wissen, hatte auch das nichts mit dem Ehemann zu tun.«

»Das befürchte ich auch«, bemerkte der Inspektor unglücklich.

»Sie werden die Wahrheit schon herausfinden. Wenn das alles wäre … ich bin ziemlich erschöpft und muß mich ausruhen. Ich hätte nie geglaubt, daß meine Laufbahn mit einem derartigen Skandal enden würde.«

»Immerhin wird niemand so schnell Ihren Abschied vergessen.«

Robert mißfiel diese Bemerkung. »Ich kann mir kaum vorstellen, daß dies ein Trost für Mr. Whipple ist. Wir alle möchten diesen Abend am liebsten vergessen.«

»Ich verstehe, Mr. Warburton. Die Bemerkung war unpassend. Ich möchte Sie nicht länger stören.« Smythe zog sein Notizbuch heraus. »Mrs. Cornish, ich nehme an, Sie sind nur zu Besuch in unserer schönen Stadt. Würden Sie mir bitte Ihre Anschrift mitteilen?«

»Minchfield House.«

Er zögerte. »Verstehe. Nun, ich werde Sie nicht weiter belästigen, bis der Termin für die Verhandlung feststeht. Ich werde Sie davon in Kenntnis setzen.«

»Wieso?« fragte Robert aufgebracht. »Was hat Mrs. Cornish damit zu schaffen? Wir haben Ihnen doch erklärt, daß sie nur zufällig in diese Sache hineingeraten ist.«

»Wäre ich bei meiner ursprünglichen These geblieben, hätte es sich vermeiden lassen, sie vorzuladen«, entgegnete der Inspektor glatt. »Da Sie und Mr. Whipple jedoch darauf bestehen, daß Mrs. Price nicht auf ihren Mann, sondern auf eine Frau gezielt hat, wird Mrs. Cornish vor Gericht aussagen müssen.« Er nahm seine Mütze. »Mr. Whipple, ich kann Ihnen gar nicht sagen, wie leid es mir tut, daß dieses Höllenweib sich ausgerechnet Ihren großen Tag für ihr Verbrechen ausgesucht hat. Daß das Fest so enden mußte! Alle grämen sich darüber. Auch meine Frau möchte Ihnen ihr Bedauern aussprechen. Ich wünsche Ihnen einen guten Tag, Gentlemen. Mrs. Cornish.«

Nach all der Aufregung kam Robert und Lillian Minchfield House wie ein ruhiger Hafen vor. Caroline freute sich unbändig, ihre Mutter wiederzusehen, und zeigte ihr stolz die Stoffpuppe, die die Köchin für sie genäht hatte.

Robert hatte Lillian auf dem Boot strengste Anweisung erteilt, mit niemandem über die Schießerei zu sprechen. Aus Angst, ihn zu verärgern, gehorchte Lillian und hielt sich von dem endlosen Klatsch der Dienstboten über die Frau, die ihren Mann niedergeschossen hatte, fern.

Jeden Tag ging sie die Zeitungen durch und faltete sie danach wieder ordentlich zusammen, doch Robert warf nie einen Blick hinein. Er interessierte sich nicht für das, was um ihn herum vorging. Lillian hingegen verschlang jedes Wort. Über die Prices wurde viel geschrieben. Clems Zustand war noch immer kritisch. Seine Schwester Alice und ihr Mann wachten ständig an seinem Bett. Thora wartete in der Kaserne auf ihre Verhandlung. Sie war des versuchten Mordes angeklagt worden.

Mehrere Zeitungen brachten ein Foto von ihr. Darauf sah man sie, von Polizisten umgeben, auf den Stufen des Gerichtsgebäudes stehen. Lillian hätte sie kaum wiedererkannt. Das war nicht mehr das hoch aufgeschossene, schlanke Mädchen, das durch York stolziert war, bevor es Clem Price heiratete. Diese Frau sah einfach atemberaubend aus, wie die Mannequins in den Modejournalen. Seltsamerweise konnte Lillian sich nicht daran erinnern, wie Thora bei dem Fest im Rathaus ausgesehen hatte. Nur der Anblick der auf sie gerichteten Waffe hatte sich in ihr Gedächtnis gegraben. Wann immer sie an diese Augenblicke dachte, erschauerte sie, und häufig fuhr sie schreiend aus dem Schlaf hoch.

Auch dafür würde Thora Price bezahlen.

Dann fand sie es. Ein Bild von ihrer Tochter, Carolines Schwester, mit der Bildunterschrift: »Die Unschuldigen haben darunter zu leiden«.

Es war eine hübsche, ovale Fotografie, die ein richtiges kleines Engelsgesicht mit üppigen Locken und einem reizenden Lächeln zeigte – das Ebenbild von Caroline. Lillian brach in Tränen aus.

Diesmal zögerte sie nicht. Sie schnitt das Foto aus und verbrannte die Zeitung in der Hoffnung, daß Robert ihr Fehlen nicht bemerken würde.

Natürlich fanden auch noch andere Zeitungen den Weg ins

Haus, und Lillian wartete auf den Tag, an dem ein Dienstbote die Ähnlichkeit zwischen Caroline und der Tochter der Prices erwähnen würde, doch ihre Befürchtung bewahrheitete sich nie, und so konnte sie schließlich erleichtert aufatmen.

Jeden Tag wurde in den Zeitungen über die Schießerei im Rathaus berichtet. Manche Zeugenaussagen wirkten ziemlich weit hergeholt. Eine Frau behauptete sogar, daß die Schützin von einem Banditen beauftragt worden sei, den Damen die Juwelen zu rauben. Man diskutierte offen darüber, ob Thora Price gehängt werden sollte, selbst wenn ihr Mann überlebte. Die öffentliche Meinung richtete sich mehrheitlich gegen sie. Noch immer wurden im Gefängnis von Fremantle regelmäßig Hinrichtungen vollzogen. Keine Zeitung erwähnte je die mysteriöse Jocelyn oder Mrs. Cornish. Lillian vermutete, daß das Henery zu verdanken war. Lillian ging hinunter zur Anlegestelle und schaute auf das samtige, dunkle Wasser des Flusses.

»Was wäre mit meinen Kleinen geschehen, wenn mich diese Wahnsinnige erschossen hätte?«

Mrs. Cornish war in einer gefährlichen Stimmung, nur konnte sie im Gegensatz zu Thora Price völlig klar denken. Sie würde mit äußerster Sorgfalt vorgehen.

Über ihr schien ein kalter Mond, und die Sterne glitzerten wie Stecknadelköpfe. Sie erinnerten Lillian daran, daß sie sich darüber klarwerden mußte, was mit Robert nicht stimmte. Er hatte kein Wort über den Vorfall verloren und war allmählich wieder in seine frühere Lethargie versunken. Ganze Tage verbrachte er in der Bibliothek oder im Rosengarten. Ab und zu beriet er sich mit Jordan über die Leitung der Farm. Da nichts Ungewöhnliches passierte, konnte Lillian sich ihr Unbehagen nicht erklären, doch irgend etwas lag in der Luft, wenn Robert in der Nähe war, irgend etwas, das ihr kleine Nadelstiche zu versetzen schien. Sie versuchte, es als Einbildung abzutun.

Auch der nächste Tag versprach wieder heiß zu werden. Der

Sommer hatte mit aller Macht eingesetzt. Lillian war zum Fluß gegangen, weil dort eine leichte Brise wehte. Sie wünschte, sie könnte die Kleider ablegen, vor allem das verfluchte Korsett, und sich ins Wasser stürzen, wie sie es in jenen Tagen getan hatte, als sie noch frei von Sorgen mit ihren Eltern auf Schaftrieb gewesen war.

So heiß es auch sein mochte – in Minchfield House schwamm niemand im Fluß. Robert mißbilligte derartige Vergnügungen ebenso, wie Miss Lavinia es getan hatte.

Er haßte den Sommer. Vielleicht war dies der Grund für sein seltsames Verhalten. Trotz der Hitze bestand er darauf, sich wie ein Gentleman zu kleiden, sprich, Krawatte, Weste und Jackett anzuziehen. Darunter trug er noch ein seidenes Hemd und Flanellunterwäsche. »Selber schuld«, dachte Lillian.

Am folgenden Tag las sie einen Artikel über Chefinspektor Smythe, der die Publicity zu genießen schien, die ihm der Fall Price verschaffte, und einen Kommentar von einem Mann namens F. C. B. Vosper, der Thora zu einer Art heiliger Johanna stilisierte. Er behauptete, sie würde von einer sensationslüsternen Öffentlichkeit mit Schmutz beworfen, habe in Wirklichkeit jedoch einen Nervenzusammenbruch erlitten und sei nicht für ihre Taten verantwortlich.

»Wiederhole das, wenn man mit einer Waffe auf dich zielt«, knurrte Lillian. »Dann wird dir die Klugscheißerei schon vergehen.«

Sie las, daß Clem und Thora sich getrennt hatten. Sie hatte im *Palace* gewohnt, er im *United Services Hotel.*

»Ich wette, an diesem Punkt kommt Jocelyn ins Spiel.« Sie lächelte. »Clem hatte bestimmt eine Geliebte.«

Dann fiel ihr Blick auf eine andere Meldung. Eine Goldmine namens Yorkey, die dem Verletzten und seinem Partner gehört hatte, war unter mysteriösen Umständen versiegt. Lord Kengally hatte im Namen der jetzigen Besitzer Klage gegen einen Mr. Edgar Tanner wegen Fälschung und Betrugs erhoben. Bisher hatte Mr. Tanner sich jedoch den polizeilichen Ermittlungen entzogen. Man bemühte sich, jeden Schatten eines Verdachts von Clem Price abzuwenden.

»Das paßt auch nicht zu ihm«, bemerkte Lillian. Sie hätte ihn gern im Krankenhaus besucht, um sich zu bedanken, doch es hatte keinen Sinn, auch nur darüber nachzudenken. Robert wäre außer sich. Außerdem gehörte Clem Price, sollte er denn überleben, dem feindlichen Lager an, da er Lydia inzwischen als seine Tochter betrachtete.

»Held oder nicht, deine Frau ist jedenfalls verrückt. Ihr werdet mein Kind nicht behalten. Ich hätte mir nie träumen lassen, daß Caroline es einmal besser haben würde als ihre Schwester. Immerhin ist ihre Mutter keine Kriminelle.«

Drei Wochen waren vergangen. Weder Robert noch Lillan hatten Lillians Scheidung je wieder erwähnt. Sie wartete darauf, daß er sich wieder beruhigte. Wie alles, was Robert betraf, brauchte auch dies seine Zeit.

Eines Morgens – er hatte gerade seine Nierchen mit Speck gegessen – lehnte er sich zurück und sagte: »Du hast die Köchin gut ausgebildet, Lillian. Das Frühstück ist eine wahre Wonne. Die Nieren sind einfach köstlich, und die Soße genauso leicht, wie sie zu dieser frühen Stunde sein sollte. Ich habe mit dir zu reden.«

»Sicher, Robert. Noch Kaffee?«

»Bitte. Und einen Hauch Sahne.«

Lillian wartete.

»Ah, wunderbar«, sagte Robert, nachdem er an seinem Kaffee genippt hatte. »Ich muß dir gratulieren, meine Liebe. Deine Menüs werde ich wirklich vermissen. Ich habe mich nämlich entschlossen, für eine Weile wegzufahren. Ich reise recht gern.«

»Das wußte ich nicht.«

»Reisen erweitert den Horizont. Ich interessiere mich für

die schönen Künste und werde eine Studienreise unternehmen, nach Europa.«

»Nach Europa?«

»Natürlich. London als Ausgangspunkt, von da nach Paris und Florenz, das Herz der Kunstwelt.«

»Florenz? Wo liegt das?« Sie kam sich unsagbar dumm vor.

»In Italien, meine Liebe.«

»Und wann fährst du?«

»Sagte ich das nicht? Morgen. Ich habe mich mit einer Schifffahrtslinie in Verbindung gesetzt und eine Luxussuite auf der *Mandalay,* einem Schiff der East India Company, gebucht, das bald in Fremantle ausläuft. Ich weiß, daß es kurzfristig ist, doch das Packen des Schrankkoffers wird nicht lange dauern. Vielleicht könntest du einige Dinge aufschreiben, die ich noch in Perth besorgen muß.«

Lillian war wie betäubt. »Was ist mit mir?«, wollte sie fragen. »Was ist mit deinem Heiratsantrag?« Doch sie nickte nur. »Ja, natürlich.«

Wollte er sie auf den Arm nehmen? Vielleicht plante er doch, sie mitzunehmen?

Es hatte sich allerdings nicht so angehört.

Der Tag verging mit Reisevorbereitungen. Roberts Hemden mußten gestärkt, der Schrankkoffer gelüftet, die Abendanzüge gedämpft und gebügelt, die Schlafanzüge ordentlich gefaltet, Schuhe und Socken getrennt eingepackt werden. Die Taschentücher mit den Initialen wurden zusammen mit den Krawatten verstaut, die Manschettenknöpfe und perlenbesetzten Krawattennadeln kamen in kleine Schubladen. Während Lillian seinen schweinsledernen Koffer mit den notwendigen Dingen für den kurzen Zwischenaufenthalt in Perth packte, staute sich eine ungeheure Wut in ihr auf. Es war das zweite Mal, daß ein Mann sie verließ.

»Wann kommst du zurück?« fragte sie nervös.

»Wer weiß, meine Liebe? Wenn ich Europa leid bin, komme ich nach Minchfield zurück. Wie du weißt, langweile ich mich sehr schnell.«

»Verstehe. Soll ich bis dahin hierbleiben?«

»Natürlich. Niemand könnte Minchfield so gut leiten wie du. Ich habe veranlaßt, daß Jordan dir dein Gehalt zahlt, so daß du dir darum keine Sorgen zu machen brauchst.« Er ergriff ihre Hand. »Ich zähle auf dich, Lillian. Bitte laß mich nicht im Stich. Ich werde dir schreiben, und du mußt mir berichten, wie die Dinge hier stehen. Versprich mir das. Ich werde viele interessante Dinge erleben. Hier habe ich das Gefühl, auf der Stelle zu treten.«

Das gesamte Personal versammelte sich an der Anlegestelle, um Mr. Robert zu verabschieden. Als er inmitten seines Gepäcks im Boot stand, winkten und lächelten die Hausangestellten, als bedeute er ihnen etwas.

Auch Lillian tat, als freue sie sich für ihn und habe nicht bemerkt, daß er sich von ihr ebenso förmlich verabschiedet hatte wie von den übrigen Dienstboten. Als wäre ihr nicht bewußt, daß das Personal hinter ihrem Rücken über sie lachte. Sie hatte zwar mit dem Boß geschlafen, doch nun hatte er sie fallenlassen.

Sie lächelte und winkte. Als das Boot verschwunden war, raffte sie ihre Röcke, ging zum Haus zurück und rief alle Dienstboten zusammen.

»Nur weil Mr. Robert eine Weile abwesend sein wird, dürfen wir in unseren Bemühungen nicht nachlassen. Zugegeben, ohne den Herrn wird etwas weniger Arbeit anfallen ...« Sie sah das Grinsen auf den Gesichtern und hatte die entsprechende Antwort parat.

»... doch solange sich alle Mühe geben, werde ich niemanden entlassen.«

Das Grinsen erstarb.

Mrs. Cornish tat alles, um ihren Status aufrechtzuerhalten. Sie sorgte dafür, daß an diesem Abend der Tisch im Speisezimmer für sie gedeckt wurde, und aß an ihrem üblichen Platz. Dazu hatte sie eine Flasche des besten Rotweins dekantiert.

»Das wäre alles«, sagte sie zu der Serviererin, als diese das Hauptgericht aufgetragen hatte. »Sie können morgen früh abräumen.«

Dann genoß sie ihr einsames Mahl in vollen Zügen. Das Roastbeef und die Gemüsebeilage waren perfekt zubereitet. Auf dem Sideboard stand eine Fotografie von Robert in einem silbernen Rahmen, die, wie er ihr oft genug erklärt hatte, auf dem Gelände des Government House in Perth aufgenommen worden war. Sie erhob ihr Kristallglas und prostete ihm zu.

»Auf dich, du Bastard!«

»Ich lasse dich in dieser Situation nur ungern allein«, sagte George, doch Alice wollte nichts davon hören.

»Der Zug fährt in einer Minute ab, George. Steig bitte ein. Es ist Schurzeit. Du mußt auf Lancoorie sein, bevor die Scherer eintreffen.« Sie küßte ihn. »Vergiß nicht, Mrs. Postle schickt dir eine Köchin. Sie kann die Bestellungen aufgeben und wird wissen, was sie an Vorräten für die Scherer braucht. Und übernimm dich nicht.«

Er stieg erst in den Zug, als sich die Räder schon zu drehen begannen. »Schick mir ein Telegramm, wenn du mich brauchst. Laß dich nicht unterkriegen.«

»Keine Sorge, ich komme zurecht.«

Der Pfiff ertönte, und die Lokomotive stieß eine Rauchwolke aus, als der Zug aus dem Bahnhof fuhr. Alice wich vor dem beißenden Rauch zurück, blieb aber auf dem Bahnsteig stehen, bis der Zug nicht mehr zu sehen war. Sie wußte nicht, wie sie den Tag, der vor ihr lag, bewältigen sollte. Sie würde George schrecklich vermissen und fragte sich, wie sie ohne ihn zurechtkommen sollte. Die ganze Woche war er wie ein Fels in der Brandung gewesen und hatte in seiner ruhigen Art alle Hindernisse aus dem Weg geräumt.

Mr. Vospers Telegramm hatte ihr einen regelrechten Schock versetzt. Sie hatte nicht aus noch ein gewußt, doch George hatte darauf bestanden, daß sie sofort abreisten. Er hatte das Packen ihr überlassen, während er den Farmarbeitern letzte Anweisungen erteilte. Als er ins Haus zurückkehrte, lief Alice noch immer wie in Trance herum, und so nahm er das Packen selbst in die Hand. Dann verfrachtete er sie eilig in den Wagen.

»Wir fahren direkt nach Northam«, sagte er. »Wenn wir auf die Kutsche warten, verlieren wir einen ganzen Tag.«

Die ganze Fahrt über machte sie sich Gedanken. Einen Todesfall hätte Vosper doch wohl erwähnt. Was also war geschehen? »Familie in Not.« Es konnte nur um Clem, Thora und das Kind gehen.

»Was auch immer passiert ist«, sagte sie schließlich zu George, »Clem kommt bestimmt damit zurecht. Manche Leute geraten einfach zu schnell in Panik. Meinst du, Mr. Vosper regt sich vielleicht wegen irgendeiner Bagatelle so sehr auf?«

»Wir werden sehen.«

Sie verbrachten die Nacht in einem Hotel in Northam und waren bereits am frühen Morgen auf dem Bahnhof. George kaufte eine Zeitung und steckte sie in eine Tasche. Erst als sie bereits ihre Plätze eingenommen hatten, holte er sie wieder hervor. Zum Glück, denn sonst wäre Alice auf der Stelle in Ohnmacht gefallen.

»Schüsse im Rathaus!« lautete die fett gedruckte Schlagzeile.

»Du solltest das besser lesen«, hatte George gesagt.

Alice traute ihren Augen nicht. Thora hatte Clem niedergeschossen!

»Nein, das kann nicht wahr sein. So etwas würde sie nicht tun. Thora! Das kann ich einfach nicht glauben.«

Auf der langen Zugfahrt nach Perth las sie den Artikel wieder und wieder, weinte um Clem, betete für ihn, fragte sich nach Thoras Motiven und bemühte sich, den heftigen Zorn im Zaum zu halten, der sich in ihr anstaute.

»Das werde ich ihr nie verzeihen. Ich weiß, daß es schrecklich ist, so etwas zu sagen, aber ich hoffe, daß Gott sie für ihre Sünden bestraft. Sie wird doch ins Gefängnis kommen, oder?«

»Wir werden sehen.«

George war zwar ebenso entsetzt wie Alice, doch weitaus weniger überrascht. Er hatte schon lange vermutet, daß Thora nicht richtig im Kopf war, beschloß aber, Alice auch jetzt nichts davon zu erzählen. Er würde warten, bis sie die ganze Geschichte kannten. Die Zeitung berichtete alles Mögliche über den häßlichen Vorfall, ging aber mit keinem Wort auf die Motive ein, die Thora zu einer solchen Tat getrieben haben könnten. Über Clem erfuhren sie nur, daß er schwer verletzt war.

Obwohl Alice sich normalerweise bemühte, jedem Gerechtigkeit widerfahren zu lassen, brach sie über Thora sofort den Stab. George hörte ihr zu und war dankbar, daß seine Frau während der langen Zugfahrt ihren Gefühlen freien Lauf lassen konnte. Sie liebte ihren Bruder so sehr, daß sie nicht gezögert hätte, selbst eine Waffe auf Thora zu richten. Allmählich beruhigte sie sich jedoch. George ergriff ihre Hand.

»Du brauchst im Augenblick nur an Clem zu denken, alles andere wird sich von selbst ergeben. Versuch zu schlafen.«

Sie lächelte schwach und lehnte den Kopf an seine Schulter. »Du bist so gut zu mir, George.«

Fred Vosper holte sie am Zug ab und brachte sie auf dem schnellsten Weg ins Krankenhaus. Unterwegs berichtete er, daß man Clem je eine Kugel aus Brust und Oberschenkel entfernt hatte. Er war bei Bewußtsein, stand aber unter dem Einfluß starker Schmerzmittel. Alice begann zu weinen, als sie ihn sah, umklammerte seine Hand und sprach im Flüsterton mit ihm. Als sie sich schließlich verabschiedete, war sie auf Thora wieder genauso wütend wie vorher.

Die Reporter bedrängten sie und George mit Fragen, die sie beide nicht beantworten konnten. Mit gesenktem Kopf schoben sie sich schweigend durch die Menge – bis ein Mann George *die* Frage stellte: »Stimmt es, daß du ein Sträfling bist, Kumpel?«

»War«, sagte George ungerührt, doch Alice wandte sich voller Zorn an den Fragesteller.

»Wie können Sie es wagen, so mit Mr. Gunne zu sprechen!« Sie holte mit ihrer Handtasche aus. »Aus dem Weg, Sie Grobian!«

Man brachte sie ins Cottage. Unterwegs erfuhren sie zu ihrem Erstaunen, daß Clem und Thora nicht zusammengewohnt hatten.

»Clem hat das nie erwähnt«, meinte George, »ebensowenig Thora. Sie hat nicht mehr geschrieben, seit Clem in der Stadt war. Was ist denn geschehen?«

Vosper schüttelte den Kopf. »Ich habe Ihnen alles erzählt, was ich weiß. Sie schienen sich ganz gut zu verstehen und freuten sich auf den Umzug ins Strandhaus, doch vor einigen Tagen muß es Streit gegeben haben. Ich dachte, es sei nichts Ernstes.«

»Das war wohl ein Irrtum«, sagte George. »Kennen Sie Thora?«

»Ich habe sie ein paar Mal getroffen. Sie war charmant.«

»Und Sie haben keine Ahnung, was sie dazu getrieben hat?«

»Nein.«

Du lügst, dachte George, aber belassen wir es dabei. Clem wird es mir schon sagen können.

Vosper verabschiedete sich, als sie im Cottage angekommen waren, und Alice rannte mit ausgestreckten Armen auf Lydia zu. »Meine süße Kleine, ich bin es, Tante Alice. Kannst du dich an mich erinnern?«

Lydia konnte sich nicht erinnern, doch bald hatten die beiden wieder Freundschaft geschlossen. Alice umarmte die Nanny und dankte ihr überschwenglich dafür, daß sie sich unter so schwierigen Bedingungen um das Wohl des Kindes gekümmert hatte.

Während sie sich unterhielten, schlenderte George durchs Haus und suchte nach einem Hinweis, der Thoras Verhalten erklären konnte. Doch im Cottage herrschte peinliche Ordnung, genau wie in Thoras Zimmer zu Hause.

»Woher hatte sie die Waffe?« fragte er plötzlich. »Bewahrte sie sie hier im Haus auf?«

»Nein, Sir«, antwortete Netta. »Die Polizei hat mir diese Frage auch gestellt. Ich habe keine Ahnung, woher sie stammt. Was soll nur aus Lydia werden?«

»Wir nehmen sie mit nach Lancoorie«, erklärte Alice.

»Sie war dort glücklich, es ist ihr Zuhause. Würden Sie sich um sie kümmern, bis wir heimkehren, Netta?«

»Nur zu gern, Mrs. Gunne.«

Alice weigerte sich, Thora zu besuchen. »Ich verstehe nicht, wie du einen solchen Vorschlag machen kannst«, sagte sie zu George.

»Dann gehe ich allein.«

»Du? Warum denn? Wir wollen nichts mit ihr zu tun haben.«

»Irgend jemand muß gehen.«

»Sie hat mit ihren vornehmen Freunden geprahlt. Die können sie doch besuchen.«

»Ich will nach ihr sehen.«

George kannte die Kaserne nur zu gut. Nicht nur einmal war er dort gefangengehalten worden. Als er durch den hohen Torbogen schritt, überlief ihn ein Schauer. Es kostete ihn echte Mühe, freiwillig diese Schwelle zu überschreiten. Die Angst vor dem Eingesperrtsein steckte noch tief in ihm. Auf dem großen Appellplatz verfiel er unwillkürlich in den schlurfenden Schritt, den er sich seinerzeit wegen der Fußketten angewöhnt hatte. Als ihm dies bewußt wurde, blieb er stehen und holte erst einmal tief Luft, um seine Fassung wiederzugewinnen. Doch immer noch war er fest entschlossen, das zu tun, was er als seine Pflicht erachtete. Kaum einer wußte so gut wie George, wie schrecklich es im Zuchthaus war und welche Auswirkungen es auf Thora haben würde.

Wenn sie nicht alle ihre Sinne beisammen hatte, als man sie verhaftete, wird ihr das Gefängnis den Rest geben, sagte er sich. Eine so zerbrechliche Frau wie Thora würde es nicht überstehen. Ihre Mitgefangenen würden ihr das Leben zur Hölle machen. Er spürte tiefes Mitleid mit ihr.

George trat auf das Wachhäuschen zu und bat darum, Mrs. Price besuchen zu dürfen. Er sei ihr Schwager.

»Keine Besucher!« erwiderte die Wache.

»Wer hat das angeordnet?«

»Ist ein Befehl.«

»Das Gericht hat keine solche Entscheidung getroffen! Es ist gut und richtig, daß keine Reporter vorgelassen werden, aber ich gehöre zur Familie und habe ein Recht, Mrs. Price zu sehen.«

»Dann müssen Sie ein schriftliches Gesuch einreichen.«

»Kommen Sie mir nicht damit. Holen Sie Ihren Vorgesetzten.«

Nach einer längeren Auseinandersetzung mit einem jungen Leutnant, der Thoras Gegenwart offensichtlich als ständiges Ärgernis empfand und sich von ihr in seinem Tagesablauf gestört fühlte, wurde George zu ihr gelassen.

Zum Glück war sie allein in der Zelle. Er hatte schon Schlimmeres gesehen. Wenigstens lagen saubere Decken auf der Pritsche, und das vergitterte Fenster war so niedrig, daß sie auf den Hof hinausblicken konnte.

Thora umarmte ihn stürmisch. »Oh, George! Gott sei Dank, daß du gekommen bist. Wo ist Alice? Kannst du mich nach Hause bringen? Alle versprechen es mir, doch es geschieht nichts. Sie gehen weg und vergessen mich.«

Es gelang ihm, sie etwas zu beruhigen. Da die Zeit knapp war, fragte er sie ganz direkt: »Thora. Was soll das alles?«

Sie begann, hysterisch zu weinen, und faselte von der Grausamkeit, dem Essen, den Demütigungen, ihren Kleidern und davon, daß ihre Freunde sie allesamt im Stich gelassen hatten. Schließlich packte er sie und schüttelte sie energisch.

»Hör auf, Thora, hör um Gottes willen auf damit. Ich weiß, daß es hart ist, aber du mußt dich jetzt zusammenreißen.« Er holte ein Taschentuch hervor. »Hier, putz dir die Nase. Ganz ruhig, Mädchen. Ganz ruhig.«

»Du verstehst mich nicht, George«, wimmerte sie.

»Dieser Ort ist furchtbar. Wo ist Alice?«

»Man hat sie nicht hereingelassen. Hör mir jetzt zu. Was ist geschehen?«

Sie schüttelte den Kopf. »Ich weiß es nicht. Ganz bestimmt nicht.«

»O doch. Sag es mir.« Er wunderte sich, daß sie es geschafft hatte, sich unter den gegebenen Umständen so ordentlich, sogar elegant zurechtzumachen. Ihr Haar war gebürstet und am Hinterkopf hochgesteckt. Sie trug eine makellos weiße Bluse unter ihrem grauen Kostüm. Nur die dunklen Ringe unter ihren Augen verrieten, daß sie litt. »Du siehst gut aus, Thora«, sagte er, um ihr eine Freude zu machen. »Aber du bist ja schon immer eine Schönheit gewesen.«

»Meinst du, George? Ist das dein Ernst?«

»Auf mein Wort.«

»Clem findet das nicht. Sonst hätte er keine anderen Frauen.«

»Hast du deshalb auf ihn geschossen?«

Ensetzt fuhr sie zusammen. »Sag das nicht. Alle sagen das. Ich habe nicht auf Clem geschossen.«

»Wer dann? Jemand hat auf ihn geschossen.«

Sie sah ihn von der Seite an. »Habe ich, George?«

»Ja, Thora.«

»O Gott! Er ist doch nicht gestorben, oder? Sie sagen, er sei nicht tot. Ist das die Wahrheit?«

»Ja, aber er ist sehr krank.«

Thora seufzte. »Darf ich dir etwas sagen, George?«

»Alles, was du willst.«

»Es sind meine Nerven. Ich habe Probleme damit. Und ich vergesse Dinge. Ich tue etwas Dummes und vergesse es. Wenn es mir wieder einfällt, bekomme ich schreckliche Angst.«

»Kannst du dich daran erinnern, daß du auf Clem geschossen hast?«

»Ich glaube schon, aber ich wollte *sie* treffen, nicht ihn. Und jetzt weiß ich nicht mehr, wieso. Es wird mir wieder einfallen. Ich bin im Gefängnis, nicht wahr? Wirst du Clem ausrichten, daß es mir leid tut?«

Eine Wache hämmerte an die Tür. George sah Thora eindringlich an. »Wie fühlst du dich jetzt? Abgesehen davon, daß du in dieser Zelle sitzt? Wie sieht es mit deinen Nerven aus?«

»Ich bin am Ende. Was hast du erwartet?«

»Aber dein Kopf ist jetzt klar, oder?«

Sie schaute überrascht hoch. »Ja, das stimmt. Das mit den Nerven kommt und geht. Es ist richtig tragisch.«

»Ja. Nun hör mir genau zu. Was immer dir über die Schießerei wieder einfällt, sag es niemandem.«

»Wieso nicht? Du weißt nicht, wie fürchterlich es ist, wenn man sich an Dinge nicht erinnern kann.«

»Das stimmt. Es ist gut, daß du dich erinnerst, und mir kannst du es gerne erzählen, aber sonst keinem.« Er ergriff verzweifelt ihre Hände und hielt sie fest. »Sei klug, Thora. Du bist keine dumme Frau. Du bist im Gefängnis und wirst lange hierbleiben müssen, wenn du irgend etwas von dem, was sich ereignet hat, weitererzählst. Sag einfach, du könntest dich an überhaupt nichts erinnern. Nur so kannst du dich retten.«

Sie dachte eine Weile über seine Worte nach und erwiderte

schließlich mit Tränen in den Augen: »Sollen sie mich für verrückt halten?«

Er nickte. »Ja, es ist die einzige Möglichkeit.«

»Und hältst du mich auch für verrückt?«

»Ich glaube, daß deine Nerven dir übel mitgespielt haben. Doch jetzt bist du gesund, meinst du nicht auch?«

»Ich hoffe es.«

»Dann beweise es, Thora. Halt den Mund. Wenn du sagst, daß du dich nicht erinnern kannst, weiß ich, daß du nicht verrückt bist.«

Ihre Augen blitzten, als sie begriff. »Aber dann muß ich lügen.«

»Niemand wird wissen, daß du lügst, Thora. Du mußt dich selber retten. Niemand sonst kann das für dich tun. Bleib auf jeden Fall bei deiner Aussage, sonst wirst du viele Jahre im Gefängnis verbringen. Sprich mir nach: ›Ich kann mich nicht erinnern.‹«

»Aber ich will nicht, daß mich die Leute für verrückt halten«, jammerte sie.

»Sie tun es ohnehin schon. Du hast auf deinen Mann geschossen, selbst wenn du jemand anderen treffen wolltest. Das kommt aufs Gleiche hinaus. Sag es!«

»Ich kann mich nicht erinnern«, flüsterte sie. Dann lauter: »Ich kann mich wirklich nicht erinnern.«

»Gut, bleib dabei. Später werden wir die Wahrheit herausfinden, doch im Augenblick ist sie nicht von Bedeutung. Ich muß gehen, Thora. Doch ich werde wiederkommen, das verspreche ich dir.«

Als George beim Tor anlangte, war dort gerade eine Diskussion zwischen einem stattlichen Herrn mit Bowler-Hut und der Wache im Gang. Wieder drehte es sich darum, wer das Recht habe, Mrs. Price zu besuchen. George trat interessiert hinzu.

»Mein Name ist Thomas Forbes. Ich bin ihr Anwalt«, erklärte der Besucher. »Ich bestehe darauf, Mrs. Price zu sehen.«

»Sie hat bereits Besuch«, erwiderte die Wache. »Sie werden noch einmal kommen müssen. Und reichen Sie bitte einen schriftlichen Antrag ein.«

»Das habe ich bereits getan!«

George mischte sich ein und machte sich mit Forbes bekannt. »Ich war der Besucher. Sie können gern zu ihr hineingehen.«

Der Anwalt nahm ihn beiseite. »Familie, was? Freut mich sehr. Wie geht es Mrs. Price heute? Sie macht mir meine Arbeit nicht einfach. Da sie sehr deprimiert ist, mache ich überhaupt keine Fortschritte. Anscheinend versteht sie nicht, daß sie sich im Gefängnis befindet.«

»Nein. Sie war auch nicht in der Lage, mir zu erklären, was sich zugetragen hat. Das alles ist sehr eigenartig. Wie kann sie bloß vergessen, daß sie ihren Ehemann niedergeschossen hat?«

»O ja, das ist für einen Laien schwer einzusehen. Doch ich habe mich mit diesen Fällen beschäftigt. Es ist der Schock, müssen Sie wissen. Vor allem bei einer vornehmen Dame wie Mrs. Price. Sie ist eine Freundin Lord Kengallys, mit dem auch ich gut bekannt bin. Seine Lordschaft hat mich sofort hinzugezogen und gebeten, den Fall zu übernehmen.«

»Was geschieht, wenn sie sich an nichts erinnern kann? Werden Sie sie auch unter diesen Umständen vertreten?«

»Ich werde mein Bestes tun. Möglicherweise empfindet sie so starke Schuldgefühle, daß sie die Erinnerung an den Vorfall komplett verdrängt hat.«

»Tatsächlich? Sie wirkte gegen Ende unseres Gespräches ruhiger. Als ich eintraf, war sie sehr erregt, doch der Besuch eines Familienangehörigen hat ihr anscheinend gutgetan.«

»Wunderbar! Jede Hilfe ist willkommen, denn sie befindet sich in einer gefährlichen Lage.«

»Dürfte ich Sie morgen aufsuchen, Mr. Forbes?« erkundigte sich George. »Für meine Frau und mich ist das alles schwer zu verstehen, und der ganze Papierkram ist äußerst verwirrend. Für Ihren Rat wären wir Ihnen sehr dankbar.«

»Gewiß. Um elf Uhr? Mein Büro befindet sich in der Royal Arcade: *Forbes and Staybrook.* Doch eins müßte ich noch wissen, Mr. Gunne: Wer wird meine Rechnungen bezahlen? An ihren Ehemann werde ich sie wohl kaum schicken können.« Er hüstelte verlegen. »Eine heikle Situation, nicht wahr? Hat die Dame eigenes Vermögen?«

»Ich glaube nicht, aber ihr Vater wird ihr beistehen. Er ist wohlhabend und im Avon Valley gut bekannt. Sein Name ist Dr. Carty. Er wohnt in York.«

»Vielen Dank. Wenn Sie mich nun entschuldigen würden. Ich muß meine Klientin aufsuchen.«

George seufzte tief, als er die Straße entlangging. Das war vielleicht ein Schnösel. Und wer sollte nun tatsächlich Thoras Rechnungen bezahlen? Alice war kaum in der Stimmung dazu, und er bezweifelte, daß Carty besonders begeistert sein würde.

Beeindruckt von seiner eigenen Eloquenz zwang George sich ein Lächeln ab. Mike wäre stolz auf ihn gewesen. Doch wo steckten Mike und Jocelyn? Sie sollten längst in Perth sein! Er mußte jemanden finden, der ihm erklären konnte, weshalb Thora dermaßen die Beherrschung verloren hatte. Die ganze Geschichte war für alle Beteiligten so verwirrend, daß Alice bisher nicht einmal bemerkt hatte, daß ihr Gatte zum ersten Mal im Leben als freier Mann den Fuß in die Stadt gesetzt hatte.

»Seltsam«, dachte Thora, »daß von allen meinen Bekannten ausgerechnet der gute alte George Gunne derjenige ist, dem ich am meisten vertraue. Er ist ein einfacher Mann, der geborene Farmer, doch seine Anteilnahme ist aufrichtig. Ich konnte in seinen Augen sehen, daß er es ehrlich mit mir meint. Ich muß tun, was er mir geraten, nein, befohlen hat.«

Mr. Forbes war da gewesen und schien sehr zufrieden gewesen zu sein, daß sie sich nicht an die Schießerei erinnern konnte. Er hatte über dieses und jenes geredet und versucht, sie ruhig zu halten. Hatte ihr die baldige Freilassung versprochen, wie so viele andere auch.

Die Suppe schmeckte grauenhaft und der Eintopf noch schlimmer, doch Thora aß alles bis zum letzten Rest auf und wischte den Teller sogar noch mit altem Brot aus. Sie war fest entschlossen, nicht abzumagern und dadurch ihre gute Figur zu ruinieren.

Diese Zelle war der schlimmste aller Orte auf Erden, doch nun fühlte sie sich stark. Sie durfte sich nicht noch einmal der Verzweiflung überlassen. Es war sinnlos zu weinen.

Seit George sie geradeheraus gefragt hatte, ob sie auf Clem geschossen habe, waren einige Dinge wieder ins rechte Licht gerückt worden. Die Erinnerungen verflüchtigten sich nicht mehr, und die Bilder verschwammen nicht mehr vor ihren Augen. Thora entsann sich vielmehr ganz deutlich ihrer Tat. Und obgleich sie sich selbst in die größten Schwierigkeiten gebracht hatte, verspürte sie eine gewisse Erleichterung. Thora hielt sich selbst nicht mehr für verrückt. Sie hatte nur getan, was sie hatte tun müssen, und damit zugleich ihre Dämonen ausgetrieben. Seit sie auf der harten Pritsche des Gefängnisses schlafen mußte, hatte sie keinen einzigen Alptraum mehr gehabt. Das war ein Segen. Und für den Spatz in der Hand sollte man dankbar sein, sagte sie sich.

Mr. Forbes hatte über Reue gesprochen. Thora bereute ihre Tat zutiefst. Sie hatte niemals auf Clem schießen wollen, auch wenn er es verdient hatte. Was würde Alice sagen, wenn sie erfuhr, daß ihrem Bruder ein Freudenhaus gehörte?

Thora hatte lediglich versucht, Jocelyn zu erschießen, die Hure, die Frau, die Familien zerstörte. Doch Clem war zwischen die Fronten geraten, und das tat Thora aufrichtig leid.

Die letzten Tage waren sehr verwirrend für sie gewesen, da

sie von allen Seiten bedrängt, von der Polizei verhört und von häßlichen Gesichtern begafft worden war. Wenigstens war sie hier drinnen vor all diesen Leuten sicher. Heute morgen war ein älterer Polizist namens Smythe zu ihr gekommen, ein echter Gentleman. Er hatte wissen wollen, woher die Waffe stammte, was sie ehrlich gesagt selber nicht genau wußte, doch es würde ihr schon wieder einfallen. Bevor sie erneut in Tränen ausgebrochen war, hatte sie ihm nur mitteilen können, daß sie das Cottage verlassen hatte und ins Rathaus gegangen war.

Er hatte sie so oft nach einer Mrs. Cornish gefragt, daß Thora schließlich ärgerlich geworden war. »Warum lassen Sie mich nicht in Ruhe?« hatte sie geschrien. »Ich habe Ihnen doch gesagt, daß ich sie nicht kenne.«

Doch er war unnachgiebig geblieben. »Sie ist mit Mr. Robert Warburton verlobt. Vielleicht kennen Sie ihn?«

»Warum sollte ich? Wer sind diese Leute?«

Doch nun, da sie sich dank Georges Besuch ein wenig besser fühlte, kam ihr der Name irgendwie bekannt vor. »O Gott«, sagte sie ungeduldig, »ich habe Wichtigeres zu tun, als zu versuchen, mich an diese Frau zu erinnern. Der arme Clem! Ich wollte doch nicht auf ihn schießen. Ich bete zu Gott, daß es ihm bald besser geht.« Plötzlich fiel ihr ein, daß sie den Anwalt hätte bitten können, sie zu einem Besuch bei Clem zu begleiten. Bei dieser Gelegenheit hätte sie ihm den ganzen Vorfall erklären können.

Man würde ihr doch sicher erlauben, ihren Mann zu sehen, wenn er so schwer krank war. Das konnten sie ihr einfach nicht verwehren. »Wenn er das nächste Mal kommt, werde ich darauf bestehen. Wie dumm von mir, daß ich ihn nicht schon heute darum gebeten habe. Was müssen diese Leute von mir denken?«

Sie ließ sich auf die Pritsche sinken, starrte die weiß getünchten Wände an und versuchte, sich an die Ereignisse der letzten paar Tage zu erinnern. Sie wollte sich den Vorfall, den sie laut Georges Anweisung auf keinen Fall erwähnen durfte, ins Gedächtnis rufen. So schwer es ihr fiel – sie mußte sich darauf konzentrieren. Sie hatte Georges Warnung nicht vergessen. Nun, da Thora allmählich wieder einen Bezug zur Realität gewann, wurde ihr auch bewußt, daß es gefährlich für sie werden könnte, wenn sie nicht ganz genau aufpaßte, was sie tat.

»Du bist also doch zu ihr gegangen? Obwohl ich dich gebeten hatte, es nicht zu tun?« Alice kochte vor Wut. »Es kann nicht schaden«, meinte George und rührte in seinem Tee.

»Und was ist mit meinem Bruder, der um sein Leben kämpft? Hast du dabei auch an ihn gedacht? Macht Thora sich Sorgen um ihn?«

»Ja. Es tut ihr leid.«

»Ein bißchen spät! Und Lydia? Hat sie vor ihrer Tat vielleicht über dieses arme Kind nachgedacht? O nein. Sie schießt auf Clem, wird verhaftet, und das Kind bleibt bei Fremden zurück. Was sagt sie denn dazu?«

Nichts, dachte George. Sie hatte nicht einmal nach ihrer Tochter gefragt. Und auch er war mit seinen Gedanken woanders gewesen.

Er zuckte die Achseln. »Sie ist sehr durcheinander und kann sich kaum an etwas erinnern.«

»Eine wunderbare Entschuldigung!«

Vielleicht, dachte George, aber es ist auch ihre einzige.

»Ich habe Thoras Anwalt kennengelernt.«

»Und wer soll ihn bezahlen? Wir jedenfalls nicht.«

»Vermutlich nicht. Alice, ich möchte nichts hinter deinem Rücken tun. Deshalb sage ich dir gleich, daß ich Thora wieder besuchen werde. Und du weißt auch, warum.«

»Du verschwendest dein Mitleid!«

»Mich hat nie jemand besucht«, sagte er ruhig.

»Tu, was du willst!« rief Alice schließlich.

George besuchte Thora jeden Tag, hörte ihr zu, erfuhr, daß sie schon seit Jahren unter nervösen Zuständen gelitten hatte – was reichlich untertrieben klang. Sie erzählte ihm, daß ihr Freund Lord Kengally sich von ihr verabschiedet hatte, da er wieder nach England zurückkehren würde. George lauschte geduldig den vertrauten, tränenreichen Klagen über das Gefängnis, die Wachen und das Essen, ohne darauf hinzuweisen, daß Thora im Vergleich zu Sträflingen, die in einem echten Gefängnis saßen, eine erstklassige Behandlung genoß. Das hatte sie vermutlich Kengallys Einfluß zu verdanken. Doch zu keinem Zeitpunkt gab sie ihm irgendeinen Anhaltspunkt, weshalb sie auf Clem geschossen hatte.

Allmählich wurde die Zeit knapp. George würde bald nach Lancoorie zurückkehren müssen und begann daher, Druck auf sie auszuüben.

»Wenn es nicht Clem war, den du erschießen wolltest, mußt du auf seine Tanzpartnerin gezielt haben. Wieso? Du mußt es mir sagen.«

Thora kaute auf ihrem Taschentuch. »Das kann ich nicht. Es ist zu schrecklich. Du wärst schockiert.«

George grinste. »Das glaube ich kaum.«

»O doch. Du kannst ihn selbst fragen.«

»Weiß er es denn?«

Sie dachte nach. »Vielleicht weiß er nicht, daß ich es weiß«, erwiderte sie geheimnisvoll. »Deshalb möchte ich ihn besuchen, aber sie lassen mich nicht zu ihm. Es ist grausam von ihnen.«

»Mach dir darüber keine Sorgen. Warum hast du den Namen Jocelyn gerufen?«

Thora fuhr zusammen. »Kennst du sie?«

»Ja. Sie ist Mike Deagans Frau. Die beiden haben in Kalgoorlie geheiratet und sind in den Osten gezogen.«

Thora sprang auf. »Du lügst! Sie ist hier in Perth und hat mit Clem getanzt.«

»Nein, das hat sie nicht. Sie ist noch nie in Perth gewesen. Ich habe eine Karte von Mike gefunden. Er hat Clem geschrieben, daß sie nicht nach Perth kommen werden. Jocelyn und Mike sind schon vor Wochen aus Kalgoorlie abgereist.«

»Sie hat Mike geheiratet?«

»Stört dich das?«

Thoras Blick wurde trüb. »Er sagte, es sei Clem. Er sagte, sie sei seine … seine …«

»Wer sagte das?«

»Sie war überhaupt nicht hier?«

»Nein.«

»War der Rest auch gelogen? Ich dachte, ich hätte sie gesehen. Sie war mit mir in diesem Zimmer. Ich wollte einfach nur, daß sie geht. O Gott. Habe ich mir das alles nur eingebildet?«

Sie begann zu weinen, und George fragte sich besorgt, ob er sie noch mehr in Verwirrung gestürzt hatte. Er legte den Arm um sie. »Sei ganz ruhig, meine Liebe. Alles wird gut.«

Er blieb lange bei ihr, während sie in Gedanken versunken dasaß. Anscheinend hatte sie völlig vergessen, daß er da war. Bevor er ging, stellte er ihr eine letzte Frage.

»Wer hat dir diese Dinge über Jocelyn erzählt?«

»Ich weiß es nicht mehr«, flüsterte Thora. George war sich nicht sicher, ob sie die Wahrheit sagte.

Er suchte Forbes auf, der ihm keine große Hoffnung machte.

»Ich habe einen Strafverteidiger engagiert, Mr. Gunne, doch es ist ein schwieriger Fall. Es gab so viele Zeugen.«

»Könnte er denn nicht andersherum argumentieren: Sie hat nicht Clem treffen wollen, der Frau aber hat sie keinen Schaden zugefügt? Zwar hat sie in der Öffentlichkeit eine Waffe abgefeuert, doch das gilt nur als minder schweres Verbrechen.«

Forbes lächelte. »Ach, ihr Laienanwälte! Mrs. Price wurde wegen versuchten Mordes angeklagt. Ein Versuch beinhaltet eine Absicht. Darüber müssen wir uns Gedanken machen.«

»Wird sie sich schuldig bekennen?« fragte George unglücklich.

»Laut dem Strafverteidiger: nein. Mr. Conway hat vor, die Anklage anzufechten.«

»Wie soll das gehen? Bei all den Zeugen ...«

»Das bleibt abzuwarten«, antwortete Forbes vage, und George hatte den Eindruck, daß er nicht allzuviel Hoffnung hegte.

»Wird sie vor einem Geschworenengericht erscheinen müssen?«

»Selbstverständlich. Vor dem obersten Gerichtshof.«

»Die arme Thora. Nun, ich sollte besser gehen und meine Frau im Krankenhaus abholen.« George nahm seinen Hut. »Wer war übrigens die Frau, auf die Thora geschossen hat? Sie wird nicht in den Zeitungen erwähnt.«

»Die Dame hat bedeutende Freunde.« Forbes durchsuchte seine Unterlagen. »Da haben wir sie ja. Eine Mrs. Lillan Cornish aus Minchfield House, Verlobte von Mr. Robert Warburton. Eine bekannte Familie.«

George trat eilig den Rückzug an. Aus Angst, etwas Falsches zu sagen, hatte er seine Unterhaltung mit Thora nicht erwähnt, und nun das! Lillian Cornish, Teds Frau! War das möglich? Konnte es sich wirklich um diese Person handeln? Hoffentlich nicht.

George suchte ein Pub auf, in dem vor allem Arbeiter verkehrten. Dort konnte er an der Bar stehen und trinken, ohne daß irgend jemand etwas von ihm wollte. In der Zeitung war ein Foto von Alice und Lydia erschienen. Seitdem wurden sie ständig belästigt, und es war schwer, die Journalisten loszuwerden.

Das erste Pint löschte seinen Durst und löste ein Gefühl der Erleichterung in ihm aus, das, wie er wußte, nicht von Dauer sein würde.

»O je«, murmelte er, »Lil Cornish. Und ich hatte gedacht, ich könnte die Sache deichseln. Was zum Teufel hatte Thora vor? Allmählich bringt sie mich genauso durcheinander, wie sie selber ist.«

Er schaute auf die Straße hinaus. Es war so heiß, daß man hätte Eier auf dem Pflaster braten können. Seine Gedanken schweiften zurück in die Vergangenheit. Einst hatte er in Perth als Kettensträfling wie ein Pferd geschuftet, um der Peitsche zu entgehen. »Ich habe die Hälfte dieser ganzen verdammten Straßen gebaut«, sagte er zu sich. Noch immer hatte er sich nicht daran gewöhnt, daß er jetzt in aller Seelenruhe vom Fenster eines Pubs aus den Verkehr beobachten konnte.

Es waren schlimme Zeiten gewesen. Am besten vergaß man sie.

Ein Mann in einem schwarzen Gehrock eilte am Fenster vorbei. Erst als George das lange, dunkle Haar sah, erkannte er Fred Vosper. George stellte sein Glas auf die Theke und lief ihm nach.

»Vosper, warten Sie!«

»Ach, George. Wie geht es Ihnen?«

»Nicht so gut.«

»Wenigstens scheint Clem auf dem Weg der Besserung zu sein.«

»Wirklich? Seit wann?«

»Ich komme soeben aus dem Krankenhaus. Er ist bei Bewußtsein, steht aber noch unter dem Einfluß der starken Medikamente. Alice will nicht, daß er erfährt, was geschehen ist. Passen Sie gut auf, was Sie sagen.«

»Das werde ich tun. Ich habe übrigens Thora im Gefängnis besucht.«

»Tatsächlich? Nett von Ihnen. Ich wollte auch noch einmal zu ihr, habe aber nicht die Zeit gefunden.«

»Das sagte sie bereits«, erwiderte George trocken. »Jeder verspricht wiederzukommen, doch keiner hält sich daran.«

»Bleiben Sie dabei. Ich habe mein Bestes für Thora getan, bin aber zur Zeit voll beschäftigt. Der Wahltermin wurde gestern bekanntgegeben. Ich habe nur noch vier Wochen Zeit, um den Sitz zu erringen.«

»Ach, das hatte ich vergessen. Ich muß Sie aber um einen Gefallen bitten, Fred. Ich weiß nicht, an wen ich mich sonst wenden sollte.«

Man sah Vosper an, daß er andere Dinge im Kopf hatte, und George wußte, daß er ihn aufhielt. Doch so schwer ihm seine Bitte auch fiel – er mußte es einfach wissen.

»Noch einen Moment, bitte. Sie erinnern sich an die Frau, auf die Thora geschossen hat, Mrs. Cornish?«

»Ja. Ich kenne sie allerdings nicht persönlich.«

Vospers Antwort klang so vage, daß George sich fragte, auf wessen Seite er eigentlich stand.

»Das hat nichts zu sagen. Ich möchte nur wissen, wer sie ist. Könnten Sie das für mich herausfinden?«

»Wieso?« fragte Fred neugierig.

»Sie haben zu tun. Wir werden ein anderes Mal darüber sprechen. Ich muß nur wissen, ob sie ein Kind hat, ein kleines Mädchen von ungefähr einem Jahr.«

»Das ist eine seltsame Frage.«

»Ich weiß. Möglicherweise irre ich mich auch. Wenn Sie mir diese Frage beantworten können, hätte ich Gewißheit.«

Erst jetzt bemerkte George, daß Fred mit Freunden unterwegs war. »Geht schon voraus, Leute, ich will mich nur noch kurz mit Mr. Gunne unterhalten.«

»Was ist los, George? Gibt es irgendwelche Neuigkeiten?«

»Nein. Thora kann sich an gar nichts erinnern. Ich muß bloß wissen, wer diese Frau ist.«

»Wieso? Schnüffelt ihr Anwalt herum?«

»Nein, außer uns beiden stellt niemand Nachforschungen an. Sehen Sie, Fred, ich habe mich zu Hause äußerst unbeliebt gemacht, weil ich Thora besucht habe.«

»Das kann ich gut verstehen. Alice würde sie am nächsten Baum aufhängen, wenn es nach ihr ginge. Sie hat mir gar nicht gesagt, daß Sie Thora besuchen.«

George bemerkte Freds wissenden Blick und lächelte. »Sie wissen doch Bescheid, oder? Daß ich ein Exsträfling bin, meine ich.«

»Das geht nur Sie etwas an.«

»Nun, es ist lange her. Jedenfalls waren Thora und Clem sehr gut zu mir, und daher möchte ich nicht für eine Seite Partei ergreifen. Finden Sie heraus, was ich wissen will. Wenn es etwas mit dieser verdammten Geschichte zu tun hat, werde ich es Ihnen sagen.«

George log. Sollte diese Mrs. Cornish tatsächlich Lydias Mutter sein, durfte sie auf keinen Fall in den Blickpunkt des öffentlichen Interesses geraten. Zum Glück hatte sie einflußreiche Freunde und war augenscheinlich ebenfalls auf Diskretion bedacht.

Nach diesem Gespräch kehrte George zu seinem Bier zurück, doch inzwischen war es abgestanden.

George begegnete dem Arzt auf den Stufen des Krankenhauses. »Schön, Sie zu sehen, Mr. Gunne. Eine schlimme Zeit für Ihre Familie! Ich hörte, Sie hätten Mrs. Price besucht. Wie geht es ihr? Die Zeitungen kauen immer nur dasselbe wieder.«

George ärgerte sich über die Neugier des Arztes und wechselte das Thema. »Wie ich hörte, ist Mr. Price zu sich gekommen.«

»Wer hat das erzählt?«

»Fred Vosper.«

»Verstehe. Er sieht, was er sehen möchte. Auch, was die Politik angeht. Ein Dahergelaufener, der davon überzeugt ist, daß er unseren etablierten Abgeordneten einen Sitz im Parlament entreißen kann. Der Freund der Arbeiter! Du lieber Himmel, was wird als nächstes kommen?«

»Wollen Sie damit sagen, daß es Clem nicht bessergeht?«

»Nicht direkt. Mr. Price hat sich erholt, doch er fiebert. Er weiß nicht, wo er sich befindet. Gestern hat er phantasiert, er würde von Aborigines angegriffen, und heute waren es Haie. Ich habe versucht, ihn zu beruhigen. Er glaubt, er habe im Meer geschwommen, sei von einem Hai angegriffen worden und habe irgendwelche Leute in irgendeinem Haus um Hilfe gerufen. Mrs. Gunne sagt, ihm gehöre ein Strandhaus. Vielleicht geistert ihm das durch den Kopf.«

»Oder alles Mögliche andere, was ihn von der Wahrheit ablenkt«, meinte George. »Er hat Thora sehr geliebt. Vielleicht sucht er nach einer Erklärung, die es ihm erspart, sich mit den Tatsachen auseinanderzusetzen.«

Der Arzt hörte nicht mehr zu. Seine Zeit war zu kostbar, um solche Spekulationen anzustellen. Er stürmte davon, um ein älteres Paar zu begrüßen. »Herzlichen Glückwunsch, Sie haben einen Enkel ...«

George ging durch die Halle, lief an einer Dame, die mit einem ungebärdigen Jungen im Matrosenanzug kämpfte, vorbei, stieg die Treppe hinauf und gelangte dann in einen Flur, der mit eisernen Bettgestellen, Krücken und Wäschekörben vollgestellt war. Schließlich erreichte er den Ostflügel dieses Irrgartens. Dort lag Clems Zimmer.

Clem schlief. Alice saß an seinem Bett und sah so bleich und verhärmt aus, daß George ganz weh ums Herz wurde. Bisher war alles so glatt für sie beide gelaufen. Doch letztlich würde alles wieder in Ordnung kommen. Das war der Lauf der Dinge.

Er küßte Alice und legte Clem die Hand auf die Stirn. »Er fiebert noch immer. Gelingt es ihnen nicht, das Fieber zu senken?«

»Der Arzt ist sehr freundlich, er tut, was er kann.«

»Was ist mit dir? Soll ich dir eine Tasse Tee holen?«

Sie schüttelte müde den Kopf. »Nein, danke.«

George zog sich einen Stuhl heran. Er dachte über Gefängnisse nach. Clem war zur Zeit hier gefangen, doch Thora mußte gleich mit zwei Gefängnissen zu Rande kommen – dem realen und dem in ihrem Kopf. Aus letzterem würde sie sich noch lange nicht befreien können.

»Ich habe Fred Vosper getroffen«, sagte er, um überhaupt etwas zu sagen. »Er ist ganz aufgeregt wegen der Wahlen. Wäre schon komisch, wenn er gewinnen würde. In meinem ganzen Leben habe ich noch keinen Parlamentsabgeordneten kennengelernt.«

»Ja«, erwiderte seine Frau gleichgültig.

George fragte sich, wie sie wohl reagieren würde, wenn er Lil Cornish erwähnte. Obwohl niemand aus der Familie ihm und Mike erzählt hatte, daß Lydia nicht Thoras Tochter war, wußten sie es schon lange. Die alte Sadie hatte es ihnen verraten. Ihr entging nichts, was auf Lancoorie geschah.

Schließlich überredete er Alice, ins Cottage zurückzukehren und sich auszuruhen. »Wir können nach dem Tee wiederkommen.«

Sie gingen zu Fuß, machten einen kleinen Umweg am Fluß entlang und kamen am imposanten Eingang des *Palace Hotel* vorüber.

»Wenn ich mir dieses Ding anschaue«, meinte Alice, »dann könnte ich schreien. Sie hat nicht immer im Cottage gewohnt. In der ersten Zeit hat sie da drinnen residiert und Woche für Woche ein Vermögen ausgegeben.«

»Ja.«

»Wenn das *United Services Hotel* gut genug für Clem war, warum nicht für sie? Er war einfach zu nachgiebig, das war sein Fehler. Er hat sie schrecklich verwöhnt, und sie dachte, sie könne sich alles erlauben. Hat sie dir gesagt, weshalb sie auf Clem geschossen hat?«

»Es war keine Absicht.«

»Das sagst du dauernd. Warum wollte sie dann überhaupt

jemanden erschießen? Sie hätte keinen besseren Mann als Clem finden können. Er hätte ihr niemals weh getan.«

»Ich weiß es auch nicht.«

»Dann verstehe ich nicht, wieso du sie laufend besuchst. Worüber unterhaltet ihr euch?«

»Über nichts Besonderes. Wenn man im Gefängnis sitzt, hat man nicht viel zu sagen.«

Wütend beschleunigte Alice ihren Schritt, so daß George sich beeilen mußte, um mitzuhalten.

Als sie im Cottage ankamen, wurden sie von Dr. Carty und seiner Frau empfangen, die dort auf sie gewartet hatten. George stöhnte auf.

»O nein.« Er wußte nicht, wie Alice reagieren würde, und hielt sich daher im Hintergrund.

Das Gespräch verlief in angespannter Atmosphäre, die durch Lydias Gehversuche ein wenig aufgelockert wurde. Sie klammerte sich an Mrs. Carty fest und versuchte »Oma« zu sagen.

»Mein Gott, wie groß sie geworden ist!« sagte ihre Großmutter fortwährend. Dr. Carty hingegen interessierte sich mehr für Clems Gesundheitszustand.

»Ich würde ihn gern besuchen, Alice, wollte aber zunächst deine Erlaubnis einholen.«

George war sicher, daß Alice diese Bitte abgelehnt hätte, wenn Clems Schwiegervater einen anderen Beruf ausgeübt hätte. In diesem Fall hatte Clems Wohlergehen jedoch Vorrang. »Das wäre mir sehr lieb. Vielleicht können Sie etwas für ihn tun. Wir machen uns große Sorgen um ihn. Das Fieber will nicht sinken.«

»Das liegt am Klima«, meinte Carty. »In dieser Hitze sind die Leute besonders fieberanfällig.«

»Es tut uns so leid«, sagte seine Frau mit Tränen in den Augen. »Wir wissen nicht, was über Thora gekommen ist. Nervös war sie allerdings immer.«

Während die Cartys sich mit Alice unterhielten und diese zähneknirschend ihre Entschuldigungen annahm, machte George sich seine Gedanken. In seinen Augen empfanden der Arzt und seine Frau am meisten Mitleid für sich selbst. Sie jammerten über den Schock, den sie erlitten hatten, über die Zeitungsberichte und das Aufsehen, das der Fall in York erregt hatte.

»Wir waren froh, dort wegzukommen«, erklärte Mrs. Carty. »Hier wohnen wir bei meiner Schwester und ihrem Mann. Sie konnten es selbst kaum glauben. Können Sie sich vorstellen, daß Thora die ganze Zeit hier gelebt hat, ohne sie zu besuchen? Sie hat ihnen nicht einmal Lydia vorgestellt. In Anbetracht der Ereignisse vermute ich jedoch, daß sie im nachhinein froh darüber sind. Es sind angesehene Leute, die nichts mit einem solchen Skandal zu tun haben möchten.« Mrs. Carty wischte sich die Tränen aus den Augen. »Ich weiß nicht, ob ich je wieder meinen Nachbarn in die Augen blicken kann. Wenn ich mir vorstelle, daß meine Tochter mit einer Waffe in der Hand auf einen Ball gegangen ist, fühle ich mich einer Ohnmacht nahe.«

George nahm seine Pfeife und setzte sich auf die Veranda. Er hoffte, daß die Besucher nicht allzu lange bleiben würden. Alice hatte ihnen aus reiner Höflichkeit Tee angeboten, sie aber nicht gebeten, zum Essen zu bleiben, und er verspürte allmählich Hunger. Im Fleischfach lag ein Dutzend leckerer Würste. Um sich abzulenken, überließ er sich seinen Gedanken, die ihn in die Vergangenheit zurücktrugen, bis er plötzlich laute Stimmen hörte.

»Was ist denn jetzt los?« fragte er sich seufzend und hievte seinen Körper aus dem bequemen Stuhl.

»Das werden Sie nicht!« schrie Alice. »Ich lehne es kategorisch ab. George! Sprich du mit ihnen.«

»Worum geht es?«

»Um Lydia. Sie wollen sie mit nach York nehmen.«

»Es ist unser gutes Recht. Schließlich sind wir ihre Großeltern«, antwortete Mrs. Carty entschlossen.

»Was sagt Thora denn dazu?«

»Thora!« rief ihr Vater aufgebracht. »Sie hat alle Rechte an dem Kind verwirkt.«

»Haben Sie sie denn gefragt?«

»Nein. Mrs. Carty hat es nicht nötig, sich zu demütigen, indem sie Thora im Gefängnis besucht. Wir haben auch an unsere anderen Töchter zu denken. Ihr guter Ruf steht auf dem Spiel.«

»Aber Sie werden doch noch zu ihr gehen, Dr. Carty?«

»O ja, das können Sie mir glauben, und zwar als Vater und Arzt. Wer ein solches Verbrechen begeht, ist verrückt. Ich werde sie für geisteskrank erklären und einsperren lassen. Das wird den Spekulationen über ihre Schuld ein Ende bereiten. Ich werde sie so bald wie möglich einweisen lassen.«

George sah zu Alice hinüber, doch sie hatte nur Augen für Lydia.

»Das Kind bleibt bei mir. Sie kennt mich, Lancoorie ist ihr Zuhause. Sie haben sie ohnehin selten genug besucht. Wie können Sie es wagen, hier hereinzumarschieren und sie uns wegnehmen zu wollen? Lydia kennt Sie gar nicht. Außerdem sollten Sie nicht vergessen, daß sie auch Clems Tochter ist, und er wird es niemals zulassen. Sie tun dies alles nur, um Thora zu verletzen.«

»Mir ist gar nicht aufgefallen, daß Sie sich auch nur einen Deut um Thora scheren«, warf Mrs. Carty in eisigem Ton ein. »Clem wird auf uns hören. Warten Sie ab.«

»Darauf würde ich mich nicht verlassen«, sagte George schroff. Er hatte für diesen Tag genug geredet und ging zur Tür. Es hatte zu regnen begonnen, und das Wasser peitschte über die Veranda. Das Wetter hatte ihm die Flucht vorerst vereitelt.

13. KAPITEL

Clem wusste, dass etwas mit ihm nicht stimmte. Als er seine Brust berührte, tauchte seine Hand in rote Flüssigkeit. Er ließ den Kopf zurückfallen, da ihn diese geringe Anstrengung bereits erschöpft hatte. Dennoch zwang er sich nachzudenken.

»Wo bin ich? Was ist geschehen? Was geht mit mir vor?«

Er atmete flach, denn schon bei der kleinsten Bewegung loderte in seiner Brust ein flammender Schmerz auf. Er lag ganz still und hielt die Augen geschlossen. Dann wanderten seine Gedanken zurück in die Vergangenheit.

Der Speer! Das war es also. Die Eingeborenen hatten einen Speer nach ihm geworfen und ihn anschließend wieder herausgezogen. Er spürte noch immer den quälenden Schmerz. Hörte seinen eigenen Schmerzensschrei.

Verdammt sollten sie sein! Warum hatten sie ihm das angetan? Er hatte es nicht böse gemeint. Wo mochten sie jetzt sein? »Ich muß hier verschwinden, bevor sie mir den Rest geben.«

Hände hielten ihn nieder. Er schrie, fluchte, versuchte zu entkommen, doch der überwältigende Schmerz gab ihm zu verstehen, daß er den Kampf um die Freiheit würde teuer bezahlen müssen. Sie waren ohnehin in der Überzahl. Clem zog sich wieder in die Finsternis zurück. In der Stille der Nacht kam er wieder zu sich und lauschte argwöhnisch ihren Stimmen. Er weigerte sich, irgendeinen Laut von sich zu geben oder sich zu rühren, während sein Gehirn fieberhaft nach Antworten suchte. Ihm war heiß, er war dabei zu verbrennen. Er schwitzte. Das konnte nicht sein. Es war Nacht. Nachts war es kalt in der Wüste. Bitterkalt. Wo waren sie? Verschwunden?

Er hörte die Stimme seines Vaters.

»Natürlich sind sie weg, du Narr. Es ist schon lange her.

Wach auf! Ich weiß ohnehin nicht, was du hier draußen suchst. Lancoorie ist dir nicht gut genug, was?«

Clem schob ihn beiseite. Dies war nicht der richtige Zeitpunkt, um über diese Frage zu debattieren. Doch Noah hatte recht. Es war vor langer Zeit geschehen. Hatte sich die Wunde wieder geöffnet?

Er hörte das gleichmäßige Rauschen des Regens, es machte ihn froh, doch kein einziger Tropfen Wasser kühlte seine brennende Haut. Er drehte den Kopf, in der Hoffnung, die Flüssigkeit würde ihm Erleichterung verschaffen – vergebens.

Das Meer, dachte er dann, ich kann das Meer hören. Das Rauschen der Brandung, nicht den Regen. Ich liege am Strand. In der Nähe meines Hauses. Doch es ist dunkel. Deshalb kann mich keiner sehen.

Während er dort lag und Rettung herbeisehnte, schoß ihm ein Bild durch den Kopf, und er zuckte zusammen. Erst erstaunt, dann entsetzt. Er weigerte sich, dem Bild Glauben zu schenken.

Ich weiß, was geschehen ist, dachte er, löschte dann aber diese Erinnerung aus seinem Gedächtnis und ersetzte sie durch seine eigene Version dessen, was sich jüngst ereignet hatte. Ich bin geschwommen. Wurde von einem Hai angegriffen. Ich habe mich bis zum Strand geschleppt, bin aber nicht weitergekommen. Ich bin verletzt. Schwer verletzt. Kein Wunder, daß ich erst jetzt zu mir gekommen bin.

An den eigentlichen Angriff konnte er sich verständlicherweise nicht erinnern. Er hatte um sein Leben kämpfen müssen. Kämpfte immer noch.

»Hai!« schrie er. »Hai!«

»Nein«, sagte Alice, »nein, das war es nicht. Kannst du dich nicht erinnern, Clem?«

Da war es wieder. Irgend etwas. Nur eine Sekunde lang. Erschreckend. Falsch. Unmöglich! Er zuckte zurück, und der Schmerz flammte wieder auf, doch das war ihm egal.

»Hai!« erwiderte er trotzig. Seine Brust war zerfetzt, sein Bein ebenfalls. Konnte sie das denn nicht sehen?

Thora stand auf den Dünen. Ihr dunkelblauer Mantel flatterte im Wind, ihr schönes Haar tanzte wild um ihren Kopf. Sie schaute ihn nicht an. Er rief ihr etwas zu, doch seine Stimme war nur ein Schrei.

»Thora!«

Alice ergriff seine Hand und drückte sie an ihr Gesicht. Ihr weiches, warmes Gesicht. Das tröstete ihn. Vermittelte ihm das Gefühl der Geborgenheit.

»Hatte ich wieder einen Sonnenstich?«

»Nein, Clem. Du bist im Krankenhaus in Perth.«

»Was tust du hier?«

»Ich besuche dich. George ist auch hier.«

»Wo ist Thora?«

Als er keine Antwort erhielt, wurde ihm schwindlig, und er begriff, daß die Wahrheit schlimmer war als jeder Fiebertraum.

»Ich bin angeschossen worden«, gestand er sich endlich ein. Der betroffene Ausdruck auf ihren Gesichtern bestätigte es.

»Werde ich sterben?« fragte er. Es schien ihm fast die beste Lösung zu sein.

»Mein Gott, nein!« rief Alice. »Daran darfst du nicht einmal denken. Dir geht es schon wieder ganz gut. Die Ärzte sagen, du seist stark wie ein Ochse. Sie können gar nicht fassen, daß du dich so schnell erholt hast.«

»Das macht das gute Leben in Perth«, scherzte George.

»Ist er dir ein guter Ehemann?« wollte Clem wissen.

»Der beste«, entgegnete Alice lächelnd. »In letzter Zeit braucht er allerdings eine starke Hand.«

»Du machst das schon.«

Dann ruhte er sich aus. Niemand sagte etwas. Zumindest nichts, an das er sich hätte erinnern können.

Am nächsten Tag wurde er untersucht und an Brust und Rücken neu verbunden. Sie waren voller blutiger Stiche.

»Ist die Kugel durch mich hindurchgegangen?«

»Nein, Sir«, antwortete die Krankenschwester in sachlichem Ton. »Sie hat Ihre Lunge gestreift. Sie haben es von vorn versucht, sind aber nicht drangekommen, weil sie ziemlich weit hinten stecken geblieben war. Einige Rippen sind ebenfalls gebrochen. Vermutlich durch den Sturz.«

»Und mein Bein?«

»Die Kugel steckte in Ihrem rechten Oberschenkelmuskel. Für eine Weile dürfte Ihnen das ziemlich zu schaffen machen.«

Clem schaute hoch zu der Frau, deren graues Haar unter einem Schwesternhäubchen hervorlugte. Er fand sie sympathisch. »Sie kennen sich mit Schußwunden aus, was?«

»In der Tat, Mr. Price. Ich bin in den Kimberleys aufgewachsen, wo man als erstes lernt, wie man schießt, und dann, wie man die Kugeln wieder herausholt. Ich könnte den Ärzten das eine oder andere beibringen, doch sie wollen nicht auf den Rat einer Frau hören.«

Sie verband ihn fertig, glättete sein Laken und schüttelte das Kissen auf.

»Würden Sie mir einen Gefallen tun?« fragte er.

»Sicher.«

»Reden Sie mit mir.«

»Worüber?«

»Darüber, wer auf mich geschossen hat. Das Thema scheint hier tabu zu sein. Es war meine Frau, nicht wahr?«

»Ja.«

»Und?«

»Ich weiß auch nur, was in der Zeitung steht.«

»Das reicht mir schon.«

Er hatte genug. Sie entschuldigte sich und brachte ihm eine Tasse Kakao zur Beruhigung.

Clem dankte ihr. Sie hatte ihn über die Tatsachen aufgeklärt, so nüchtern, als wäre es das Normalste von der Welt, daß Frauen auf ihre Männer schossen. Vielleicht taten sie dies in ihrer Heimat, sinnierte er. Dann drehte er das Gesicht zur Wand und hielt verzweifelt Zwiesprache mit Thora.

»Warum haßt du mich so sehr?«

In den nächsten Tage erfuhr er weitere Einzelheiten, die ihn verwirrten und seinen Zorn entfachten. Wut war leichter zu ertragen als ein gebrochenes Herz. Die Polizei, Alice und das Ehepaar Carty kamen, die Nanny brachte die bedauernswerte kleine Lydia mit, und sogar Henery Whipple suchte ihn persönlich auf, um sein Mitgefühl zu bekunden und zu verkünden, daß er Clem für einen Tapferkeitsorden vorschlagen wolle.

»Das werden Sie nicht tun!«

Thora saß im Gefängnis, wo sie angeblich hingehörte. Niemand bemerkte, wie sehr ihn diese Behauptung verletzte, auch wenn er so wütend auf sie war. Ihm ging es nicht gut, dessen war er sich bewußt. Seine Gefühle fuhren Berg-und-Tal-Bahn. Manchmal haßte er Thora, dann wieder träumte er davon, wie er sie in seinen Armen hielt. Doch das konnte er ihnen nicht erzählen. Sie mußten ihn für einen Narren halten, wenn er sich nach einer Frau sehnte, die ihn beinahe getötet hätte.

Und Noah tauchte in seinen Träumen auf. Lachend. »Dora hätte nie auf mich geschossen.«

»Woher willst du das wissen?« gab Clem zurück. »Sie war nur deine Bettgefährtin.«

»Ach, wie sich die Zeiten ändern. Was wolltest du denn von Thora? Du hast sie begehrt, anstatt sie so zu lieben, wie es die Bibel lehrt. Für dich war sie eine Trophäe, du hast sie benutzt, um deinen Ehrgeiz zu befriedigen, etwas zu sein, was du nicht bist.«

»Ich kann alles sein, was ich sein möchte!« schrie Clem.

»Ja. Sieh, wohin dich das gebracht hat.«

Die Krankenschwester stand neben seinem Bett. »Mr. Price, Sie haben geträumt. Sie wecken die anderen Patienten.«

»Das tut mir leid«, entgegnete er, doch er wußte, daß er nicht träumte, daß er gerade anfing aufzuwachen und der Zukunft ins Gesicht sehen mußte.

Endlich ergab sich für George eine Gelegenheit, allein mit Clem zu sprechen. Er wollte ihm unbedingt noch einige Dinge über Thora sagen, doch Alice durfte nicht dabeisein. Sie mißbilligte seine Besuche in der Kaserne noch immer, und beide mieden dieses Thema. An diesem Tag war Alice mit Packen beschäftigt. George würde abreisen, da die Schafschur bevorstand.

Clem konnte inzwischen im Bett sitzen und drängte ungeduldig auf seine Entlassung. Doch die Ärzte wollten ihn noch nicht ziehen lassen.

»Kannst du nicht etwas unternehmen, George? Ich muß hier raus.«

»Nur noch ein paar Tage. Du brauchst noch Bettruhe. Wohin willst du denn gehen?«

»Einige Tage ins Hotel und dann mit Alice und der Kleinen ins Strandhaus, wenn dir das recht ist.«

»Natürlich. Alice sollte so lange wie nötig bleiben. Ich komme bald zurück.«

»Hast du gehört, was Thora im Hotel angerichtet hat?«

»Nein.«

»Gut, dann hat Vosper also Stillschweigen bewahrt. Ich wollte vor allem nicht, daß Alice davon erfährt. Sie ist ohnehin schon schlecht auf Thora zu sprechen.« Er berichtete George von der Verwüstung des Hotelzimmers. »Ich muß Vosper und das Hotel entschädigen, keine Frage, doch darf davon nichts an die Öffentlichkeit dringen. Thora hat schon genügend Schwierigkeiten.«

»Wie stehst du nun zu ihr?«

Clem seufzte. »Sie ist meine Frau, George. Für all das muß es eine Erklärung geben. Ich weiß einfach nicht, was in sie gefahren ist. Carty beharrt darauf, daß sie verrückt ist, und will sie einweisen lassen. Er drängt Alice, ihnen Lydia zu überlassen, doch das kommt nicht in Frage. Wenn Thoras Eltern nicht in der Lage sind, uns zu helfen, fahren sie am besten wieder nach Hause.«

»Was ist mit Thora?« hakte George nach.

»Ach ja. Ich mag der größte Trottel der Welt sein, aber ich liebe sie noch immer. Ich muß sie irgendwie aus diesem Schlamassel herausholen, doch kann ich zur Zeit nicht viel tun.«

»Ich bin froh, daß du das sagst. Thora ist es wert, daß man um sie kämpft.«

»Ich weiß von Vosper, daß du sie besuchst. Dafür bin ich dir sehr dankbar. Erzähl mir von ihr.«

George berichtete frank und frei über seine Besuche, hatte aber noch mehr auf dem Herzen. »Was hast du in Kalgoorlie getrieben? Jemand hat Thora etwas erzählt, was genau, kann ich jedoch nicht rauskriegen. Jedenfalls bin ich der Ansicht, daß es der Auslöser für ihren Ausbruch war. Sie sagt, du wüßtest, worum es sich handelt.«

»Was soll ich wissen?«

»Das möchte ich von dir hören. Jocelyn war eine Hure, nicht wahr?«

Clem sah ihn verblüfft an.

»Für wie naiv hältst du mich eigentlich?«

»Hast du Alice davon erzählt?«

»Unsinn!« erwiderte George ärgerlich. »Jocelyn ist Mikes Frau, die beiden haben uns besucht und Schluß, aus. Doch ich bin nicht dumm, ebensowenig wie Thora. Irgend jemand hat Thora von dir und Jocelyn erzählt und vielleicht noch einiges mehr. Thora ging es schon seit langem nicht gut …«

»Das hast du nie erwähnt. Was genau meinst du damit?«

»Geistig, wenn du es unbedingt wissen willst. Denk mal darüber nach. Ich weiß nicht, was zwischen euch hier in Perth vorgefallen ist – das geht nur euch etwas an –, doch ich vermute, daß du etwas verschweigst. Am Ende wird es doch herauskommen. Warum hast du nicht erwähnt, daß du mit Lil Cornish getanzt hast?«

»Das stimmt nicht! Du bringst etwas durcheinander.«

George schüttelte den Kopf. »Nein. Vosper hat sie für mich ausfindig gemacht. Sie hat auf einem Anwesen namens Minchfield House gearbeitet. Es ist flußaufwärts gelegen. Doch das wirst du ja wissen ...«

»Woher zum Teufel sollte ich das wissen? Diese Frau war eine Miss Warburton. Sie hat mir ihren Namen genannt. Wenn ich es mir allerdings recht überlege, kam sie mir bekannt vor.«

»Sie heißt nicht Miss Warburton. Die gute Frau hat dir einen Bären aufgebunden. Sie ist lediglich mit einem Robert Warburton verlobt. Es war Lil Cornish. Sie hat in Minchfield House als Warburtons Haushälterin gearbeitet. Er ist Junggeselle. So haben sie zusammengefunden.«

»Wie hat Vosper all das herausgefunden?«

»Über einen Mann, der hier in der Stadt Dienstbotenstellen vermittelt. Es ist definitiv Mrs. Cornish. Sie hatte ihr Kind bei sich.«

»Wo ist Ted?«

»Ein Ehemann wurde nicht erwähnt.«

»O Gott«, stöhnte Clem, »jetzt fällt es mir wieder ein. Sie hat Thora erkannt und ihren Namen gerufen.«

»Genau. So wie es aussieht, landete sie auf der Party, weil Mr. Warburton und Henery Whipple befreundet sind.«

Eine Krankenschwester kam herein und richtete Clems Bett. George sah solange aus dem Fenster, um sich die Neuigkeiten durch den Kopf gehen zu lassen. Er war erleichtert, daß Clem seine Tanzpartnerin nicht erkannt hatte. Das Gegenteil hätte die Sache verkompliziert und ihn gezwungen, Clems Aufrichtigkeit in Zweifel zu ziehen. Doch es blieben immer noch Jocelyn und das, was Clem verschwieg.

George setzte sich wieder zu Clem ans Bett. »Dir kam Lil

Cornish bekannt vor. Vielleicht ging es Thora ebenso. Doch sie hat einen Fehler gemacht: Sie hat Lil mit Jocelyn verwechselt. Warum war sie so zornig auf diese Frau, Clem? Du solltest darüber nachdenken.«

»Das tue ich doch. Thora ist nie viel ausgegangen. Wer immer sie so aufgeregt hat, muß sie im Cottage aufgesucht haben. George, frage Netta unbedingt, ob Thora Besuch hatte, bevor all das geschehen ist. Und noch etwas: Würdest du Thoras Anwalt herbitten? Ich muß dringend mit ihm sprechen. Wir können nicht zulassen, daß sie Thora ins Gefängnis stecken.«

»Gefängnis oder Irrenanstalt, was für eine Alternative«, dachte George auf dem Weg in die Stadt. Er wünschte sich, er hätte Thoras geistige Verwirrung früher zur Sprache gebracht, hätte nach Clem geschickt, irgend etwas unternommen. Nach einem Gespräch mit Netta hatte er ein klareres Bild von Thoras Verfall gewonnen. Auch ihr Anwalt wußte, was mit ihr los war. Was würde ihr Verteidiger aus der Sache machen?

»Ich habe mit Mr. Conway über Ihre Bitte gesprochen«, erklärte Forbes bei seinem zweiten Besuch im Krankenhaus. »Er ist dagegen und mißbilligt Ihren Wunsch, Ihre Frau hier zu sehen, auf das entschiedenste. Er gewinnt allmählich ihr Vertrauen und duldet keine Einmischung, da sie endlich zu sprechen beginnt.«

»Aber ich würde mich nicht einmischen. Sie braucht mich und meine Unterstützung. Seit George Gunne abgereist ist, erhält sie gar keinen Besuch mehr.«

»Mr. Vosper darf sie besuchen, unter der Bedingung, daß Mr. Conway oder ich anwesend sind. Wenn Sie Ihrer Frau wirklich helfen möchten, sollten Sie sich aus der Sache heraushalten und Mr. Conway den Fall auf seine Weise vorbereiten lassen.«

»Soll ich vielleicht warten, bis man sie verurteilt hat?« fragte Clem bitter.

»Mr. Conway ist ein ausgezeichneter Strafverteidiger.«

»Die Polizei war hier. Ich habe erklärt, daß ich nicht gegen meine Frau aussagen werde. Beweist das nicht, daß ich auf ihrer Seite stehe?«

»Das ist sehr löblich, doch Mr. Conway bleibt bei seiner Ablehnung. Es ist von großer Bedeutung, daß Sie sich nicht einmischen. Ich werde Mrs. Price Ihre guten Wünsche überbringen. Sie wissen wohl, daß ihr alles ausgesprochen leid tut.«

Alice war auf dem Rückweg vom Bahnhof. Sie würde George vermissen. Seine Besonnenheit hatte ihr so gutgetan. Es würde ihr schwerfallen, ab sofort alles allein regeln zu müssen. Andererseits war ihr sein starkes Interesse an Thora allmählich zuviel geworden.

»Verdammt sei die arme Thora! Sie hat Clem beinahe umgebracht, und nun soll ich auch noch Mitleid für sie empfinden. Sie wickelt jeden Mann um den Finger! Sogar Clem.«

Alice war entrüstet, daß Clem sich wegen Thora Sorgen machte, gerade so, als sei nichts geschehen. Nun, darüber mußte er hinwegkommen. Die Geschworenen würden sich mit Thora befassen, und zwar emotionslos und nüchtern. Die Anklage lautete auf versuchten Mord, daran war nicht zu rütteln.

Sobald Clem aus dem Krankenhaus entlassen wäre, würden sie in das vielgerühmte Strandhaus ziehen. Alice sehnte sich nach Abwechslung, denn im Grunde hatte sie in diesem blöden Cottage nichts anderes zu tun, als zu warten. Wenigstens würden im Strandhaus neue Aufgaben auf sie warten, so daß sie auf andere Gedanken käme. Es war gar nicht so einfach, einen Haushalt von A bis Z einzurichten. Sie mußte überprüfen, was bereits eingekauft worden war, und den Rest selbst besorgen. Alice lächelte. So wie sie ihren Bruder kannte, hatte er die Möbel gekauft und das Besteck vergessen.

Clem freute sich, sie zu sehen, wollte aber nicht über Thora oder den bevorstehenden Prozeß sprechen. »Das mit der Yorkey-Mine ist wirklich eine Schande«, sagte Alice. »Wenigstens hast du dein Geld verdient, bevor es dieses Durcheinander gab. Ich weiß gar nicht, wie er auf die Idee gekommen ist, daß er damit durchkommen könnte.«

»Wer?«

»Tanner natürlich.«

»Es war nicht Tanner«, erwiderte Clem müde. »Bestell ihm, daß ich ihn sprechen möchte.«

»Das geht nicht. Er ist weg. Hat sich mit dem Vermögen, das ihm überantwortet war, abgesetzt. Gut, daß wir ihn los sind. Du hättest dich ohnehin niemals mit ihm einlassen dürfen. Eins kann ich dir sagen, in York braucht er sich nicht mehr blicken zu lassen.«

»Ich bezweifle, daß er nach York zurückkehren würde.«

»Jemand muß die Berichte über Yorkey vertauscht haben. Wenn es nicht Tanner war, wer dann?«

»Mike. Vosper hat mir einen kurzen Brief von ihm mitgebracht, den er ans Hotel geschickt hat. Der verdammte Idiot hält das alles für einen Scherz.«

»Ein armseliger Scherz«, meinte Alice. »Wie hat er es angestellt? Er hatte doch überhaupt keine Gelegenheit dazu.«

»Das weiß nur Gott. Ich habe schon Verdacht geschöpft, als man mir sagte, es handle sich um eine ganz hervorragende Fälschung: Deagans Spezialgebiet!«

»O Gott. Jetzt aber zu etwas anderem: Ich habe alles zusammengepackt. Morgen hole ich dich aus dem Krankenhaus ab. Du kannst im Cottage übernachten, und übermorgen fahren wir gemeinsam ins Strandhaus. Fühlst du dich kräftig genug, um zu verreisen?«

»Darüber wollte ich mit dir reden, Alice …«

Doch sie hörte nicht zu. »Netta kommt nicht mit. Sie wurde von der Polizei belästigt und sogar von Thoras Anwalt. Wie dreist von ihm! Sie möchte zu ihrer Mutter nach Hause fahren, was ich ihr nicht verübeln kann. Für das Mädchen muß die letzte Zeit schrecklich gewesen sein. Dieser Forbes, der Anwalt, hat sie sogar über Thoras Männerbesuche ausgefragt, was für ein Skandal! Das arme Ding wußte nicht aus noch ein.«

»Hatte sie denn Männerbesuche, Alice?« fragte Clem ruhig.

»Nur einen, von diesem furchtbaren Tanner, doch er war eigentlich auf der Suche nach dir.«

»Tanner? O ja, er hat mich gesucht, weil er dachte, ich hätte ihn der Fälschung bezichtigt. Was hat er zu Thora gesagt?«

»Woher sollte Netta das wissen? Sie horcht nicht an der Tür. Das arme Mädchen hat Mr. Forbes wieder und wieder gesagt, daß sie Tanner nur hereinkommen und nach dir fragen hörte. Später hat sie Mrs. Price schreien hören. Sie war wütend. Wies ihn aus dem Haus. Wenigstens war Thora genügend auf Zack, um ihn hinauszuwerfen. Schade, daß sie nicht mehr Vernunft bewiesen hat ...«

»Ich dachte, wir wollten nicht über Thora sprechen.«

»Ich sage nur, was ich denke. Jedenfalls wird Netta morgen abreisen, doch das ist nicht weiter schlimm. Ich kann mich ab jetzt um Lydia kümmern. Morgen wirst du ja entlassen.«

Clem fragte sich, was Tanner Thora erzählt haben mochte. Wirklich den Kopf zerbrechen mußte man sich allerdings über Lil Cornish. Wie würde Lydias leibliche Mutter auf all das reagieren?

»Alice«, sagte er, »ich habe es mir anders überlegt. Thoras Fall wird erst später verhandelt. Ich halte es für besser, wenn du mit Lydia nach Lancoorie fährst, und zwar so bald wie möglich.«

»Ich dachte, wir sollten mit dir ins Strandhaus kommen. Ich hatte mich schon so darauf gefreut.«

»Ein anderes Mal. Das Kind ist schon soviel herumgeschoben worden. Es betrachtet Lancoorie als sein Zuhause und wird dort mit dir und George viel glücklicher sein.«

Alice war überrascht, aber nicht verärgert. »Ich denke schon eine ganze Weile, daß dies die bessere Lösung ist. Und was ist mit dir?«

»Ich komme schon zurecht. Ich ziehe zurück ins Hotel, bis ich wieder auf den Beinen bin. Der Arzt muß mich im Auge behalten.«

»Sieh zu, daß er das tut. Danach solltest du auch heimkehren. Clem, es war ein schrecklicher Schock für dich, du brauchst viel Ruhe.«

Er nickte. »Eins nach dem anderen. Ich würde mich schon viel besser fühlen, wenn du mit Lydia wieder zu Hause wärst.«

Weit weg von Lil Cornish, dachte er.

Die Skandalgeschichten über Thora Price waren inzwischen nicht mehr auf den Titelseiten zu finden, doch Lil stellte fest, daß sich vieles hinter den Kulissen abspielte.

Als Inspektor Smythe und ein weiterer Polizist den Landungssteg betraten, zerbrach ihre Hoffnung, inkognito bleiben zu können.

Sie führte die Herren in die Bibliothek. »Leider ist Mr. Warburton nicht da. Er hat eine Reise nach Übersee angetreten.«

»Das ist schon in Ordnung«, sagte Smythe und nahm an Roberts Schreibtisch Platz. »Er hat mich vor seiner Abreise angerufen, um eine Aussage zu machen, doch er hatte nicht viel anzubieten, nicht mehr als die anderen Zeugen. Ich hoffe, daß Sie mehr Licht in die Sache bringen können, Mrs. Cornish.«

»Ich habe Ihnen bereits alles gesagt.«

»Sicher, aber haben Sie bitte noch ein wenig Geduld. Es ist immer noch nicht klar, weshalb Mrs. Price auf Sie geschossen hat. Was auch immer sie gesagt und welchen Namen sie auch gerufen haben mag, sie hat direkt auf Sie gezielt und gefeuert. Das stimmt doch, oder nicht?«

»Vermutlich schon.«

»Wie gut kennen Sie Clem Price? Sie scheinen ihn zu schätzen. Könnte es sein, daß Mrs. Price eifersüchtig war?«

»Natürlich nicht. Wollen Sie etwa andeuten, daß Mr. Price und ich ein Verhältnis hatten?«

»Ich deute gar nichts an. Mir geht es um die Fakten, und Tatsache ist, daß Sie Mr. Price bereits kannten und mit ihm getanzt haben.«

»Unsinn! Er konnte sich nicht einmal an mich erinnern. Ich bin ihm zuvor nur ein einziges Mal begegnet.«

»Oh. Und wo war das?«

Lil zögerte. Sollte sie bisher noch irgendwelche Zweifel an den Gründen für Roberts überstürzte Abreise gehegt haben, so wurden diese Zweifel nun zerstreut. Er hatte mit Smythe gesprochen und erfahren, daß ihr eine weitere Vernehmung bevorstand und sie vermutlich sogar vor Gericht erscheinen mußte. Auch die Haltung des Polizisten hatte sich verändert. Er brauchte keine Angst mehr zu haben, Robert und Henery vor den Kopf zu stoßen, denn beide waren von der Bildfläche verschwunden.

Lil zerbrach sich den Kopf darüber, wieviel sie dem Inspektor erzählen sollte. Schließlich hatte sie mit diesem ganzen Zirkus eigentlich nichts zu tun. Die Presse hielt sich nur vorübergehend zurück. Spätestens zur Verhandlung würde der Rummel wieder losgehen. Sie wollte nicht, daß Robert zu viel über sie und das andere Kind erfuhr. Das gleiche galt für ihre Beziehung zu Clem und Thora Price. Lil zog es bei weitem vor, Robert nach seiner Heimkehr alles selbst zu berichten.

»Haben Sie mir zugehört, Mrs. Cornish«, fragte Smythe beharrlich. »Wo sind Sie Mr. Price begegnet?«

»In York.«

»Eine schöne Stadt. Ich werde in Kürze ebenfalls mal hinfahren. Wo genau in York? Bei welcher Gelegenheit?«

»Auf Lancoorie, seiner Schaffarm. Mein Ehemann hat dort gearbeitet.«

»Tatsächlich? Wie heißt Ihr Mann? Und als was war er bei Mr. Price angestellt?« Er bedeutete seinem Begleiter mit einem Nicken, er solle sich Notizen machen.

»Ted Cornish. Er hat als Farmarbeiter auf Lancoorie gearbeitet. Dann und wann.«

»Habe ich Sie richtig verstanden: Sie sind noch mit ihm verheiratet?«

»Ich werde die Scheidung einreichen.«

»Und dennoch bezeichnen Sie sich als Mr. Warburtons Verlobte?«

»Ich bezeichne mich als gar nichts«, entgegnete sie wütend. »Mr. Warburton hat mich als seine Verlobte vorgestellt, besser gesagt, Mr. Whipple hat es getan. Wir haben vor zu heiraten, sobald ich geschieden bin.«

»Wann wird das sein?«

»Das weiß ich nicht. Mr. Warburton wollte alles in die Wege leiten. Vermutlich werde ich mich gedulden müssen, bis er zurückgekehrt ist.«

Als Smythe mit der Zunge schnalzte, wurde sie plötzlich sehr nervös.

»Das kann dauern. Ich habe den Eindruck gewonnen, daß Mr. Warburton es nicht eilig hat mit seiner Rückkehr nach Australien. Im Gegenteil, er hat sogar sein Haus zum Verkauf angeboten.«

»Er hat was getan? Davon weiß ich nichts.«

»Zweifellos wird er Sie zu gegebener Zeit davon in Kenntnis setzen.«

Lil unterdrückte trotzig die aufsteigenden Tränen und schluckte krampfhaft. »Nun, das ist seine Entscheidung.« Jetzt spielte es keine Rolle mehr, was Smythe alles herausfand, doch er war Lil derart unsympathisch, daß sie nicht mit ihm kooperieren wollte.

»Sonst noch etwas?« fragte sie kurz angebunden. Jordan und die übrigen Dienstboten würden wissen wollen, was Robert ihnen allen angetan hatte.

»Ja«, antwortete Smythe. »Ich habe hier einen Brief von Mrs. Dodds, der Frau des Vikars von St. Luke's im Distrikt York. Sie hat ihn an den Bischof geschickt, und der hat ihn an mich weitergeleitet. Sie bittet um Vergebung für ihre Beteiligung an einer gewissen Sache. Sie meint, sie habe einen entsetzlichen Fehler gemacht und besteht darauf, daß Mrs. Price, nachdem sie dieses schreckliche Verbrechen begangen hat, nicht in der Lage sei, für ein Kind namens Lydia Price zu sorgen. Mrs. Dodds verlangt, daß man Lydia unter Amtsvormundschaft stellt.«

Er sah auf. »Auch Ihr Name wird erwähnt, Mrs. Cornish. Möchten Sie mir etwas dazu sagen? Was für eine Beziehung haben Sie zur Familie Price?«

Lil saß regungslos vor ihm. »Weiß Mr. Warburton von diesem Brief?«

»Ich habe ihn natürlich gefragt, ob er diese Leute kennt. Er war sehr schockiert, denn er hatte keine Ahnung, daß Sie mit Mr. und Mrs. Price mehr als nur oberflächlich bekannt waren.«

Lil lächelte bitter. »Schockiert? Doch nicht Robert. Er ist einfach nur selbstsüchtig. Was interessiert es ihn, wenn er sein Versprechen mir gegenüber bricht, obwohl ich nichts falsch gemacht habe? Und was soll aus dem ganzen Personal werden? Kein Wort hat er zu ihnen gesagt. Schleicht sich einfach davon, weil er nicht Manns genug ist, uns ins Gesicht zu sehen.«

Zu ihrer Überraschung nickte Smythe. »Diesen Eindruck hatte ich auch.« Dann führte er die Vernehmung in einem freundlicheren Ton fort. »Ich weiß nicht, ob es für den Fall überhaupt von Bedeutung ist, doch Sie müssen mir alles über Thora Price und das Kind Lydia sagen.«

Wie betäubt nickte Lil und berichtete, was in Lancoorie geschehen war. Sie erzählte auch, wie es sie nach Minchfield

House verschlagen hatte. Smythe hörte zu, ohne sie zu unterbrechen, wofür sie ihm sehr dankbar war.

»Wie Sie sehen«, schloß sie, »hat Thora mich ebensowenig erkannt wie Clem Price. Sie hielt mich für jemand anders.«

»Und Sie kennen niemanden namens Jocelyn?«

»Nein. Mag sein, daß Thora eine Frau dieses Namens aus ihrer Zeit in York kennt, doch ich kam erst nach meiner Heirat in die Stadt. Bevor das alles passierte, kannte ich Thora nur vom Sehen. Sie war stadtbekannt.« Sie unterhielten sich noch eine Weile, und Lil servierte den Polizisten schließlich Tee und Sandwiches, denn sie mußten auf die Rückkehr der Fähre warten.

»Man wird Lydia doch nicht unter Amtsvormundschaft stellen, oder?«

»Ich denke nicht. Sie sind hier, und Mr. Price ist ein ehrbarer Vormund. Ich gehe davon aus, daß keine offizielle Adoption stattgefunden hat?«

»Nein«, sagte Lil verzweifelt. »Als Thora diesen Anschlag beging, schwor ich mir, Lydia zurückzuverlangen. Da ich mit Mr. Warburton verlobt und, wie ich glaubte, finanziell abgesichert war, hätte ich mich selbst um sie kümmern können. Nun aber … Wenn dieses Haus verkauft wird, muß ich mich nach einer anderen Stelle umsehen. Mit einem Kind hat man es schon schwer genug. Alles ist zusammengebrochen.«

»Es tut mir leid, Mrs. Cornish. Vielleicht können Ihnen die neuen Eigentümer helfen.«

»Muß ich vor Gericht erscheinen?«

»Ja, als Zeugin der Anklage. Schließlich hat Mrs. Price auf Sie geschossen.«

»Irgend etwas muß sie furchtbar aufgeregt haben.«

»Das stimmt, doch wissen wir noch immer nicht, was es war. Ich neige dazu, Ihnen darin zuzustimmen, daß sie Sie mit jemandem verwechselt hat, mit dieser mysteriösen Jocelyn eben. Wenn wir sie finden, wissen wir die Antwort.«

»Was sagt Clem Price zu alldem?«

»Nichts. Er weigert sich auszusagen.«

Lil verbarg ein Lächeln. Sie wünschte, auch sie könnte die Aussage verweigern. Sie fürchtete sich davor, vor Gericht all diesen Leuten – und vor allem Thora Price – gegenübertreten zu müssen.

»Ich habe Warburton nie gemocht«, sagte Jordan zornig. »Der Mann ist gerissen, und er hat noch nie in seinem Leben für irgend etwas einen Finger gerührt.«

»Nun, wer auch immer hier einzieht, wird Personal benötigen. Ich weiß gar nicht, worüber du dir Sorgen machst«, warf die Köchin ein. Lil hingegen war sich nicht so sicher, daß sie ihre Stelle behalten würde. Minchfield House war das ideale Heim für eine Familie.

In diesem Falle würde die Dame des Hauses nur Dienstmädchen und keine Haushälterin mehr brauchen.

»Wie kann er das Haus mit all den kostbaren Dingen darin verkaufen? Mit all dem Silber, den Gemälden, den schönen Lampen und den ganzen Möbeln.«

Das sollten sie bald erfahren. Eines Tages stand ein Makler vor der Tür – »bewaffnet« mit einer schriftlichen Genehmigung von Robert Warburton, eine Inventarliste zu erstellen.

»Du lieber Himmel«, sagte er zu Lil. »Das wird eine Weile dauern. Ich bin noch nie zuvor in Minchfield House gewesen. Es ist großartig. Sieht aus, als müßten wir auch einen Schätzer herbestellen. Ich kann diese Dinge nicht versteigern, ohne zu wissen, was sie wert sind.«

»Versteigern?« fragte Lil entsetzt.

»Ja. Auf diesem Weg wird man die Einrichtung am besten los. Wir können all diese Dinge nicht einfach mit dem Haus verkaufen. Einen Teil des Mobiliars werden wir allerdings stehen lassen, als verkaufsfördernde Maßnahme. Bei der jetzigen

Wirtschaftslage ist es nicht leicht, ein Haus von dieser Größe zu verkaufen. Nicht nur der Kaufpreis, auch die Instandhaltungskosten sind hoch.«

»Dieses Haus zu unterhalten geht wirklich ins Geld«, stimmte Lil in der Hoffnung zu, potentielle Käufer würden sich dadurch abschrecken lassen.

Sie führte den Makler seinem Wunsch gemäß durch das Haus. Vom obersten Stock aus blickte er hinaus auf die Felder.

»Mr. Warburton hat recht. Das Haus ist eine schöne Sache. Doch wenn es mitsamt einer Farm verkauft werden soll, so wirft das gewisse Probleme auf. Ich stelle mir vor, daß eine Persönlichkeit des öffentlichen Lebens das Anwesen erwirbt, jemand, der gerne Gäste empfängt. Er sollte sich keine großen Gedanken über die Farm machen.«

Er öffnete eine Tür und spähte in Roberts Badezimmer. »Du lieber Himmel, das ist ja größer als mein Schlafzimmer! Ich muß meine Frau mal mitbringen, damit sie sich das ansieht! Wie ich schon sagte, man sollte die Farm separat verkaufen. Für das Haus mit dem ganzen Land wird man nicht viel bekommen. Es wäre sicher sehr viel besser, den Besitz aufzuteilen.«

»Das wäre aber schade«, antwortete Lil, doch der Makler hatte seine eigenen Vorstellungen.

»Überhaupt nicht. Solch ein riesiges Anwesen läßt sich kaum bewirtschaften. Parzellieren ist ein absolut üblicher Vorgang. Nun sollten wir uns besser an die Arbeit machen. Ich fange unten an.«

Sobald sie ihn los war, sauste Lil über die Felder, auf der Suche nach Jordan.

»Sie wollen den Besitz aufteilen«, keuchte sie. »Im Haus schnüffelt ein Makler herum. Er sagt, die Farm wird separat verkauft!«

»Wieso?« fragte Jordan verblüfft.

»Um mehr Geld für Warburton herauszuschlagen. Was sagst du dazu? Und alles, was nicht zum normalen Mobiliar zählt, wird versteigert. Der Kerl ist schon dabei, eine Inventarliste anzufertigen.«

»Dieser Schweinehund Warburton! Er hat sich nie für die Minchfield Farm interessiert. Er würde ganz schön dumm aus der Wäsche gucken, wenn Miss Lavinia zurückkäme.«

Genau wie ich, dachte Lil. Vom Regen in die Traufe. Finster kehrte sie mit Jordan in die Scheune zurück. Unterwegs räsonierte er über ihre Zukunft.

»Du bekommst eine neue Stelle«, sagte sie, »doch ich werde es nicht leicht haben. Ich kann nicht einmal Referenzen vorweisen.«

»Zum Teufel mit den Referenzen! Ich schreibe dir eine Empfehlung. Bei Gott, der alte Warburton würde sich im Grab umdrehen!«

Am nächsten Morgen entdeckte Mrs. Lillian Cornish zum ersten Mal ihren Namen in der Zeitung.

Die Titelseite war den Wahlergebnissen vorbehalten worden. Ein Mr. Vosper hatte einen langjährigen Abgeordneten der Konservativen aus dem Rennen geschlagen, und auch Henery Whipples Sitz war an einen Labour-Vertreter gefallen. Lil las den Artikel eigentlich nur, weil Henerys Name ihr ins Auge gesprungen war. Sie saß am Eßtisch und blätterte die Seiten durch, bis sie auf ihren eigenen Namen stieß.

Die Schlagzeile des kurzen Artikels lautete: »Eine Frau und ihre Tragödie«. Der Autor äußerte sich ausnahmsweise einmal wohlwollend über Thora. Die Tochter von Dr. J. Carty aus York, eine schöne junge Frau, sei in einem beschaulichen Landstädtchen aufgewachsen und habe Clem Price von der Lancoorie-Farm geheiratet.

Lil fand den Artikel uninteressant, da er lediglich Thoras biografischen Hintergrund darstellte und sie als liebende Mutter der kleinen Lydia darstellte. Sogar ihre Musikstunden wurden erwähnt.

»Was also hat sie dazu getrieben, den Rathaussaal zu stürmen und einen Mordanschlag auf Mrs. Lillian Cornish zu verüben?« fragte der Journalist – ohne eine Antwort anzubieten. Doch für Lil war ohnehin nur die Erwähnung ihres eigenen Namens von Belang.

»Jetzt helfen mir auch keine guten Referenzen mehr«, sagte sie zu sich. »Ich stecke bis zum Hals im Dreck. Und Dreck bleibt kleben.«

Bis zum späten Nachmittag wußten alle Bescheid. Die Mädchen bestürmten sie mit Fragen, die Lil ihnen in nüchternem Ton beantwortete. Alle waren zutiefst beeindruckt.

»Ich war einfach nur zur falschen Zeit am falschen Ort«, sagte sie.

»Haben Sie das Satinkleid getragen, das in Ihrem Schrank hängt?« fragte ein Hausmädchen und gestand damit zugleich ein, daß es in Lils Sachen geschnüffelt hatte, doch ihr war inzwischen alles egal. Ihre Tage als Haushälterin waren ohnehin gezählt.

»Du bist eine Berühmtheit«, staunte die Köchin. »Warum hast du uns nicht erzählt, daß Mr. Warburton mit dir auf diesen Ball gegangen ist?«

Selbst Jordan kam zu ihr. »Hast du diese Frau gekannt?«

»Gewissermaßen.«

»Weshalb wollte sie dich erschießen?«

»Ich habe nicht die geringste Ahnung.«

»Hat Warburton dich deshalb sitzenlassen?«

»Vermutlich. Du weißt schon, guter Ruf und all das. Trotzdem glaube ich, daß er diesen Verkauf langfristig geplant hat.«

»Der Schweinehund. Viele Leute hier im Distrikt waren ganz und gar nicht von der Art angetan, auf die er diesen Besitz an sich gerissen hat. Ich muß mit einigen Nachbarn sprechen.

Vielleicht läßt sich ja was machen. Minchfield wurde nicht ihm, sondern Lavinia hinterlassen.«

»Die im Irrenhaus sitzt.«

»Und wenn man sie wieder herausholen könnte?«

»O Gott!« Lil wollte nichts weiter davon hören und unternahm mit Caroline einen langen Spaziergang am Fluß. »Wir sollten die Zeit, die uns hier bleibt, in vollen Zügen genießen. Ich weiß nicht, wohin es uns noch verschlagen wird.«

Jordan hatte die Nachbarn ermutigt, aktiv zu werden. Sie beriefen eine öffentliche Versammlung ein, um nachträglich ihrer Entrüstung über die widerrechtliche Aneignung des Besitzes von Miss Lavinia Warburton durch Robert Warburton Ausdruck zu verleihen, der Minchfield House nun auch noch ohne ihre Zustimmung verkaufen wollte.

»Warum haben sie nicht früher den Mund aufgemacht?« fragte Lil Jordan.

»Weil alles gelaufen war, bevor sie es herausgefunden haben.«

»Aber Robert hat doch ihre Vollmacht oder wie immer man es auch nennt. Er ist rechtlich befugt zu verkaufen, sonst wäre dieser Makler nicht hier gewesen.«

»Die Vollmacht kann widerrufen werden«, erklärte Jordan fröhlich, »falls Lavinia geistig gesund ist. Der Hausarzt wird ihr mit einer Abordnung der Nachbarn einen Besuch abstatten. Und sein Anwalt sagt, du sollst dem Makler den Zutritt zum Haus verwehren, bis diese Angelegenheit geklärt ist.«

»Wie soll ich das machen?«

»Er schickt ihm einen Brief, der ihn dir eine Weile vom Hals halten wird.«

Lil war für jeden Aufschub dankbar. Sie verkaufte das herrliche Satinkleid für acht Pfund an eine Schneiderin aus der Umgebung und freute sich, es los zu sein, da es ihr kein Glück gebracht hatte.

»Ich werde nie wieder die Gelegenheit haben, es zu tragen«, sagte sie zur Köchin. »Das Geld hilft mir im Augenblick mehr.«

Wochen vergingen. Die Gehälter wurden weiterhin gezahlt, doch zwei Hausmädchen suchten sich eine neue, sicherere Arbeit, und ihre Stellen wurden nicht wieder besetzt. Der Makler kam nicht wieder, da es offensichtlich ungeklärte Eigentumsfragen gab, und Lil versank in Lethargie, da ihr die ganze Warterei einfach unerträglich erschien.

Als Jordan ihr mitteilte, daß der Arzt und seine Freunde Miss Lavinia besucht hatten und guter Hoffnung seien, daß sie entlassen werde, spielte Lil mit dem Gedanken, sofort zu packen, ließ sich dann aber von Jordan überreden zu bleiben. Er selbst besuchte Miss Lavinia und kehrte entsetzt nach Minchfield zurück.

»Sie sieht alt und abgemagert aus, völlig ausgelaugt, ist aber geistig ebenso gesund wie du und ich. Einen Ort wie diesen habe ich im Leben noch nicht gesehen. Ekelerregend, schmutzig, der Alptraum einer Irrenanstalt. Die Insassen liegen in ihrem Dreck, faseln, sabbern, kreischen, kneifen einander und prügeln sich. Ich hatte Angst um mein Leben.«

Lil mußte an Thora Price denken, und ein Schauer überlief sie. Es ging das Gerücht um, sie würde in die Irrenanstalt eingewiesen. So wie Jordan sich anhörte, war selbst das Gefängnis eine bessere Alternative.

»Sie fordern Lavinias Entlassung«, fuhr Jordan fort. »Reichen sogar beim Gouverneur eine Petition ein. Dein Mr. Warburton ist so beliebt wie eine ansteckende Krankheit.«

»Er ist nicht mein Mr. Warburton. Doch was ist mit mir? Ich habe seinerzeit die Einweisungspapiere mitunterzeichnet. Wenn Miss Lavinia herauskommt, bringt sie mich um.«

»Du hast unterschrieben, was er dir vorgelegt hat. Andernfalls hätte er dich entlassen. Ich habe mit Miss Lavinia gesprochen. Sie erinnert sich an dich.«

»Darauf wette ich.«

»Sie erinnert sich daran, daß du sie aus den Flammen gerettet hast. Ihre Hand ist ganz vernarbt.«

»Und der Rest?« fragte sich Lil. Vielleicht war Lavinia zu betrunken gewesen, um sich daran erinnern zu können, was vorher passiert war.

»Ich weiß nicht so recht. Wenn sie zurückkommt, fangen die Schwierigkeiten von vorne an. Sie war eine Tyrannin. Und grausam. Jordan, du kannst nicht so tun, als hättest du das vergessen.«

»Kannst du nicht noch eine Weile bleiben und es versuchen, Lil? Sie ist zu krank, um irgend jemanden zu tyrannisieren. Sie hat wie ein Kind geweint, als sie mich sah, und wollte alles über Minchfield House wissen.«

Lavinia kehrte ebenso plötzlich nach Minchfield House zurück, wie sie verschwunden war, diesmal in Begleitung eines Arztes und dessen Gattin, die der gebrochenen alten Frau aus dem Boot halfen.

Lil war in ihrem eigenen Interesse mit Caroline in das Cottage hinter der Küche gezogen, nachdem sie erfahren hatte, daß Miss Lavinia Chancen hatte, entlassen zu werden. Das Cottage gehörte definitiv nicht zum Hauptgebäude und war mit ihrer bisherigen Unterkunft gar nicht zu vergleichen, doch es war besser als die übrigen Dienstbotenquartiere. Ein Kompromiß eben. Sie wollte Miss Lavinia auf keinen Fall provozieren, und sie würde es sicher nicht gutheißen, wenn ein ehemaliges Dienstmädchen im Herrenhaus lebte.

Jordan legte sich ins Zeug, um das Cottage wieder bewohnbar zu machen. »Ich hatte gehofft, du würdest ausziehen, Lil, habe mich aber nicht getraut, es zu sagen.« Sie hängten neue Vorhänge auf, legten schwere Matten auf die Steinböden und ließen Möbel aus den Lagerräumen kommen. Lil war von ihrem neuen Zuhause sehr angetan, obgleich sie sich darüber im klaren war, daß es vielleicht nicht von Dauer sein würde.

Trotz Jordans Warnungen war sie nicht darauf gefaßt gewesen, daß Miss Lavinia sich so sehr verändert hatte. Die Frau war ausgemergelt. Ging gebeugt. Trug keinen Hut, so daß man die kahlen Stellen auf dem Kopf erkennen konnte. Ihr Gesicht war voller entzündeter Stellen, und sie roch nach Urin.

Der Arzt sah, daß Lil zusammenzuckte, und sagte im Flüsterton: »Wir haben unser Bestes getan. Eigentlich wollten wir sie zunächst zu Freunden bringen, doch sie bestand darauf, sofort nach Hause gefahren zu werden. Würden Sie ihr bitte ein heißes Bad einlassen, Mrs. Cornish? Und Badesalz zugeben, falls Sie welches haben.«

Als die alte Frau schließlich in ihrem eigenen Bett lag, brachte Lil ihr das Essen hinauf. Sie wollte Miss Lavinia die Chance geben, sie zu entlassen, doch ihre Arbeitgeberin sagte nichts. Sie lächelte schwach und starrte gierig auf die Hühnerbrühe, als warte sie auf eine Erlaubnis, mit dem Essen zu beginnen.

»Sie sollten sie trinken, solange sie heiß ist«, sagte Lil. Sie fühlte sich schuldig und hatte großes Mitleid mit der Frau.

Lil wurde Lavinias Pflegerin. Sie badete sie und kleidete sie an, überwachte ihre Ernährung und stellte sie allmählich von einer Krankendiät auf gehaltvollere Nahrung um, damit sie wieder zu Kräften kam. Sie half ihr hinaus in den Garten, wo sie gemeinsam mit Caroline saßen, und von dort aus begann Lavinia, sich die Welt wieder zu erobern, allerdings auf recht unerwartete Weise.

Die Frau, die Caroline als Baby ignoriert hatte, war begeistert von dem Kleinkind, das große Sympathie für sie hegte. Caroline lief die ganze Zeit um sie herum, brachte ihr Spielzeug, warf es ihr in den Schoß und versuchte sogar, auf ihre Knie zu klettern.

Als Lil sie bremsen wollte, hielt Lavinia sie zurück. »Nein, laß nur. Sie ist ein liebes kleines Mädchen.«

Lavinia amüsierte sich über Caroline, die Hand in Hand mit ihr spazierenging und sie aus unerfindlichen Gründen »May« nannte.

»Nein, das ist Miss Lavinia«, sagte Lil respektvoll.

»Du darfst nicht erwarten, daß sie dieses Wort schon aussprechen kann. May genügt vollkommen«, lachte Lavinia.

Lil bemerkte, das sie Lavinia nie zuvor lachen gehört hatte. Vermutlich hatte es in dieser Anstalt überhaupt nichts zu lachen gegeben, so daß jetzt schon der kleinste Anlaß genügte.

Mit fortschreitender Genesung interessierte sich Lavinia auch wieder mehr für das Haus. »Ich freue mich zu sehen, daß er das Anwesen in Schuß gehalten hat. Allerdings vermute ich, daß das in erster Linie dir zu verdanken ist«, sagte sie eines Tages zu Lil.

»Ich habe getan, was ich konnte. Soll ich Ihnen die Haushaltsbücher bringen?«

»Nein, ein anderes Mal.«

Doch nachdem Lavinia das Haus und die Farm inspiziert und alles zu ihrer Zufriedenheit vorgefunden hatte, wußte sie nicht mehr weiter. Sie überließ Lil die Haushaltsführung, saß stundenlang auf der Veranda und blickte auf den Fluß. Nur Caroline leistete ihr Gesellschaft. Auch abends saß sie oft dort, eine einsame alte Frau.

»Ich frage mich, wie lange dieser Zustand anhält«, sagte Lil zu Jordan. »Ich warte darauf, daß sie wieder das Zepter schwingt wie in alten Zeiten.«

»Es ist diese Anstalt. Sie hat ihre Persönlichkeit zerstört.«

»O nein. Manchmal schlägt ihr altes Wesen durch. Sie bekommt eine ganze Menge mit. Daß das Badezimmer einen neuen Anstrich braucht, daß Türknöpfe fehlen, daß der Kronleuchter schmutzig ist … Um all das soll ich mich kümmern. Aber immerhin trinkt sie nicht mehr.«

Anscheinend hatte sie auch nicht einfach nur herumgesessen und gegrübelt, denn eines Nachmittages bat sie Lil zu sich und deutete auf ein Flußboot, das gerade vorüberfuhr.

»Nicht alle Leute auf diesem Boot haben ein festes Reiseziel. Sie wollen einfach nur die Landschaft genießen. Mir ist aufgefallen, daß sie häufig dieses Haus anstarren.«

»Ja, Minchfield House ist eine echte Attraktion.«

»Das stimmt. Ich dachte daran, sie zum Tee einzuladen.«

Lil war verblüfft. »Sie wollen einen Nachmittagstee geben?«

»Ganz sicher nicht! Ich möchte ihnen morgens oder nachmittags Tee servieren und sie dafür bezahlen lassen. Der Salon ist der größte Raum und liegt direkt am Vordereingang. Ich könnte Tische hineinstellen und einen anständigen Tee servieren, mit Kuchen und allem, was dazugehört. Meinst du, die Köchin bekäme das hin?«

Das sollte sie, dachte Lil. Lavinias Frage hatte eher wie ein Befehl geklungen. Fasziniert hörte Lil zu, als Lavinia ihr den Plan in allen Einzelheiten erläuterte. Sogar über die Schiffer hatte sie sich Gedanken gemacht.

»Sie wären froh über die zusätzlichen Gäste, die ihnen die *Minchfield Tea Rooms* bringen würden. Und die Besucher hätten die Gelegenheit, sich Haus und Park aus der Nähe anzusehen. Sie würden sicher gern dafür bezahlen.«

»Wir brauchen kleinere Tische für den Raum«, sagte Lil, »mehr Stühle, eine Serviererin.« Sie wußte, daß sie eigentlich auf zwei neuen Hausmädchen hätte bestehen sollen, doch sie wollte sich nicht unbeliebt machen. Falls Miss Lavinia diese Idee in die Tat umsetzte, wäre ihre Stelle gesichert.

»Daran habe ich schon gedacht. Morgen stellen wir eine Liste zusammen. Das könnte eine interessante Sache werden – solange wir nur das Beste vom Besten servieren, so wie es sich für dieses Haus gehört.« Sie sah Lil über den Rand ihrer Brille prüfend an.

Der Arzt kam nicht mehr zu Besuch, doch seine Gattin und einige andere Frauen sprachen gelegentlich vor und erfuhren schließlich die Neuigkeit.

»Was ist das für eine Geschichte mit diesem Teesalon?« wollten sie von Lil wissen.

»Da müssen Sie sich an Miss Lavinia wenden.«

Später hörte Lil, wie die Frauen ihr gratulierten. »Das ist eine tolle Idee, Lavinia! Doch du wirst dich hoffentlich nicht auf Tagesausflügler beschränken. Du mußt uns gestatten, ebenfalls zu kommen.«

Offensichtlich verlieh Lavinia dieses Lob den nötigen Schwung für den nächsten Schritt. Bisher hatte sie nur zaghafte Erkundigungen beim Fährmann eingezogen und endlose Listen aufgestellt, bei denen nichts Handfestes herausgekommen war.

Nun fühlte sie sich bestätigt. Inzwischen kamen die Frauen fast täglich. Sie wirkten noch begeisterter als Lavinia selbst und halfen ihr, alles minutiös zu planen. Nach diesen Treffen strahlte die frischgebackene Wirtin über das ganze Gesicht. Sie hatte nicht nur eine neue Aufgabe, sondern auch Freunde gefunden.

Das Wohnzimmer verwandelte sich in einen eleganten Teesalon. Die kleinen, zierlichen Tische wurden mit gestärkten, weißen Servietten geschmückt, da Lavinia auf keinen Fall wollte, daß der Salon irgendwie rustikal aussah. Sie besprachen gerade das Eröffnungsdatum, als Lil die Ladung zum Prozeß gegen Mrs. Thora Price erhielt.

Ihr sank das Herz. Sie hatte gebetet, man möge sie vergessen, doch es hatte nicht sein sollen. Der lange gefürchtete Augenblick war da, und sie wagte nicht, die Ladung zu ignorieren. Nun mußte sie Lavinia nicht nur um Urlaub bitten, sondern ihr auch den Grund dafür angeben, was wiederum einem Eingeständnis der Tatsache gleichkam, daß sie mit Robert einen Ball besucht hatte.

Nun gut, ich werde in Merles Pension ziehen und mir von dort aus eine neue Stelle suchen, dachte sie.

Schließlich nahm sie allen Mut zusammen und bat Lavinia, ihr ein paar Tage freizugeben.

»Es geht um den Prozeß, nicht wahr?« fragte diese kalt.

Lil zuckte zusammen. »Ja, Ma'am.«

»Du brauchst mich nicht so dumm anzuschauen. Ich weiß Bescheid. Die Leute reden. Man riet mir sogar, dich zu entlassen, damit ich nicht in den Skandal verwickelt werde. Sollte ich das deiner Meinung nach tun?«

»Ich hoffe, sie werden es nicht tun, Ma'am. Ich arbeite gern hier.«

»Ja. Deine Leistungen beweisen es. Und ich brauche deine Unterstützung für mein neues Unternehmen.« Sie vertrieb eine Fliege von der Glastür und schloß diese dann fest. »Mir scheint, die Warburtons haben für ihre eigenen Skandale gesorgt, lange bevor du überhaupt zu uns gekommen bist. Ich selbst bin ein lebendiger Skandal.«

»Oh, Madam, das ist nicht wahr.«

»Ach nein? Meinst du, die Leute vergessen, daß ich in die Irrenanstalt eingeliefert worden bin? O nein. Deshalb kann ich hier auch nicht zurückgezogen leben. Ich gelte als die Irre von Minchfield! Wenn alle mich sehen, und zwar in der Öffentlichkeit, habe ich eine Chance, den guten Namen der Warburtons wiederherzustellen.«

»Oh!« Lil war von Lavinias Argumentation beeindruckt, aber zu nervös, um etwas dazu zu sagen. Die Unterredung war noch nicht vorüber.

»Du bist nur knapp dem Tod entronnen«, sagte Lavinia naserümpfend. »Schade, daß sie meinen Bruder verfehlt hat. Du mußt tun, was zu tun ist. Und jetzt möchte ich nichts mehr davon hören. Komm so bald wie möglich zurück.«

14. KAPITEL

Nachdem die Siegesfeiern vorüber waren, wurde Fred durch zahlreiche Zusammenkünfte mit Wählern und Delegationen auf Trab gehalten, obwohl die Parlamentssitzungen erst in einigen Monaten beginnen würden. Auch zerbrach er sich über seine Jungfernrede den Kopf. Alle paar Tage schrieb er sie um, wütend, daß ihm, dem professionellen Schreiberling, anscheinend nichts gelingen wollte.

»Es ist viel einfacher, für andere Reden zu schreiben«, erklärte Fred. »Früher habe ich immer gewußt, was Politiker sagen müssen.«

Dennoch hatte er die Familie Price und Thoras Brief nicht vergessen. Er suchte das Cottage auf, um Alice Gunne, der ursprünglichen Adressatin, den Brief zu übergeben, fand das Haus aber verschlossen vor. Seine Anfrage im *Palace* ergab, daß Mr. und Mrs. Gunne heimgekehrt waren. Das erleichterte Freds Gewissen. Ihm war schon lange klar, daß Alice keine Sympathien für Thora hegte. Es würde Thora nicht helfen, wenn Alice den Brief bekäme. Alice war fest davon überzeugt, daß Thora wahnsinnig war.

Schließlich entschied Fred, daß Clem den Brief lesen sollte. Es war wichtig, daß er mehr darüber erfuhr, was in Thora vorging. So würde er ihre Motive besser verstehen können. Hoffentlich würde er sanft mit ihr verfahren.

Fred hatte Thora besuchen wollen, um sich zu entschuldigen, daß er sich so lange nicht hatte blicken lassen, doch man teilte ihm mit, daß nur ihr Anwalt sie aufsuchen dürfe. Trotz seiner Proteste schickte man ihn unverrichteter Dinge weg. Allerdings hatte er bei dieser Gelegenheit erfahren, daß auch Clem sie nicht besuchte, was ihm eigenartig vorkam. Fred hatte Clem mehrmals im Hotel gesehen, ohne mit ihm sprechen oder sich bei ihm bedanken zu können. Clem hatte das Hotel auf Schadenersatz verklagt und seinem früheren Zimmergenossen einen Scheck hinterlassen. Inzwischen wußten die Behörden, daß Thora Freds Waffe aus dem Hotel entwendet hatte, doch der Rest der Geschichte war nicht an die Öffentlichkeit gedrungen, wofür der Hotelmanager sehr dankbar war.

»Zeit für einen freien Tag«, sagte sich Fred auf seinem Ritt nach Cottersloe. In seiner Satteltasche steckte eine Flasche Hennessy, die er Clem mit den Worten: »Für medizinische Zwecke« überreichte.

Das Haus gefiel ihm. Es hatte große Fenster, aber keine Vorhänge, so daß man den Eindruck hatte, inmitten der grasbewachsenen Dünen zu sitzen, und den herrlichen, unverbauten Blick auf den Ozean genießen konnte.

»Ich koche selbst, aber wenn du das Risiko eingehen willst, bist du herzlich eingeladen.

»Keine Frage«, antwortete Fred. »Wie geht es dir? Du siehst besser aus, hast wieder Farbe bekommen.«

»Das verdammte Pflaster klebt noch auf meiner Brust. Die Wunde heilt, aber sie juckt ganz schön. Das Bein ist die Hölle. Der zerfetzte Muskel heilt langsamer als die gebrochenen Rippen.«

»Geh einfach mit dem anderen Bein.«

»Vielen Dank, du bist mir wirklich eine große Hilfe.«

Clem öffnete den Kognak. »Ich hatte noch keine Gelegenheit, dir zu gratulieren, du warst immer von so vielen Leuten umgeben. Gut gemacht!«

Das Haus war bislang nur mit den notwendigsten Möbelstücken ausgestattet, doch die Männer saßen ohnehin lieber auf der breiten Vordertreppe. Sie sahen aufs Meer hinaus, während sie sich unterhielten. Später brieten sie Steaks, übergossen sie mit Worcester-Soße und legten sie zwischen dicke Scheiben Fladenbrot, das Clem am selben Tag gebacken hatte.

Schließlich fragte Fred, weshalb Clem seine Frau nicht besucht habe.

»Man hat es mir verboten«, antwortete Clem ungehalten. »Kannst du mit Conway sprechen, wenn du wieder in Perth bist? Es ist einfach unerhört. Ich sehe keinen Sinn in dieser Anweisung.«

»Vielleicht möchte sie dich nicht sehen.«

»Das glaube ich nicht. Fred, du verstehst mich doch. Ich muß mit ihr sprechen und herausfinden, was eigentlich geschehen ist.«

Fred dachte darüber nach. »Conway ist in Ordnung. Wenn er nicht will, daß du sie siehst, wird er seine Gründe haben. Ich weiß, daß es hart ist für Thora, aber er tüftelt gerade ihre Verteidigung aus. Der Fall ist spektakulär, und er will diesen Prozeß gewinnen.«

»Kann er das denn?« fragte Clem zweifelnd. »Sag mir die Wahrheit.«

Fred brachte es nicht übers Herz, seine Zweifel zu äußern. »Vielleicht versucht Conway herauszufinden, warum sie die Tat begangen hat. Mag sein, er denkt, du würdest Thora bei einem Besuch zu sehr ablenken. Die Situation ist wirklich verfahren. Sie hat den besten Anwalt der Stadt. Du mußt ihn nach seiner Fasson verfahren lassen.«

Fred kämpfte immer noch mit sich, ob er Clem den Brief wirklich zeigen sollte, wog das Für und Wider sorgsam ab und legte ihn schließlich auf den Tisch. Das Gewissen hatte über die Vernunft gesiegt.

»Dieser Brief lag im Cottage. Ich habe ihn an mich genommen, bevor die Polizei darüber stolpern konnte. Thora hat ihn unmittelbar vor dem Zwischenfall geschrieben.«

Clem entfaltete die Blätter. »Er ist an Alice gerichtet.«

»Ja, aber sie hat ihn noch nicht gelesen ...« Er lehnte sich zurück, als Clem zu lesen begann.

»Das ergibt nicht viel Sinn«, meinte dieser verwirrt und las die erste Seite noch einmal, doch Fred sagte nichts. Er ging nach draußen und beobachtete ein Schiff am Horizont.

»Sie wurde vergewaltigt«, sagte Clem niedergeschlagen. »Warum hat sie mir nichts davon erzählt?«

»Wie konnte sie? Es steht doch alles da drin. Wenn du mir verrätst, unter welchen Umständen eure Heirat zustande kam, können wir das Puzzle vielleicht gemeinsam zusammensetzen. Würde es dir etwas ausmachen?«

»Nein, ich möchte endlich darüber sprechen. George Gunne sagte mir, er habe schon früher vermutet, daß mit Thora etwas nicht stimmte. Dies hier scheint der Beweis dafür zu sein.«

»Es steckt noch mehr dahinter. Wußte sie vom *Black Cat*?«

»Ich vermute, daß Tanner ihr davon erzählt hat. Aus Rache, obwohl ich ihn gar nicht beschuldigt hatte. Aus seinem Mund wird es besonders schlimm geklungen haben.« Er stöhnte auf. »Ich wünschte, ich könnte die Zeit um ein Jahr zurückdrehen. Die arme Thora, mir wird ganz übel, wenn ich an das Gefängnis denke.«

»Du bist ihr nicht böse?«

»Natürlich nicht. Sie wußte nicht, was sie tat.«

Sie gingen den Brief Seite für Seite durch. Clem wurde aschfahl, als ihm das volle Ausmaß von Thoras Zusammenbruch bewußt wurde. Was in ihrem Bericht fehlte, konnte Clem ergänzen, angefangen bei seinem ersten Treffen mit Dr. Carty bis hin zum Tod von Thoras Baby.

»Sie hat es die ganze Zeit gewußt«, sagte er verzweifelt. »Trotzdem glaube ich immer noch, daß Lydia ein Trost für sie war. Sie hat nie über irgend etwas gesprochen und wirkte immer so gelassen, als habe sie überhaupt keine Sorgen.«

»Klingt nicht gerade nach Gelassenheit, wenn sie ihrem Ehemann den Sex verweigert.«

»Das kann man hinterher immer sagen.«

Fred hätte gern Clems Einladung, im Strandhaus zu übernachten, angenommen, hatte aber zu viele anderweitige Verpflichtungen. Wie Clem war auch er an die Stille des Buschs gewöhnt und fand diesen Ort am Meer keineswegs einsam. Im Grunde seines Herzens beneidete er Clem um diesen herrlichen Zufluchtsort.

»Würdest du dem Anwalt bitte Thoras Brief übergeben?« bat dieser.

»Bist du sicher, daß das richtig ist?«

»Nein, ich bin mir nicht sicher, aber Conway steht auf ihrer Seite. Er muß alle Fakten kennen.«

»Es könnte ihn dazu bewegen, auf Unzurechnungsfähigkeit wegen Geisteskrankheit zu plädieren. Dann würde sie in der Irrenanstalt enden.«

»Wäre das nicht besser als das Gefängnis?« fragte Clem bitter. »Dort könnte ich sie wenigstens besuchen. Und versuchen, sie herauszuholen.«

Der Brief machte Fred Sorgen, doch er tat, worum Clem ihn gebeten hatte. Er übergab das Schreiben dem Anwalt und sah enttäuscht zu, wie Conway es kommentarlos überflog. Viel mehr als für diesen Brief schien er sich für Clems Gesundheitszustand und seine Haltung Thora gegenüber zu interessieren. Er erkundigte sich, was Fred über Clems und Thoras Ehe, ihre Familien und ein gewisses Bordell wußte. Und über Jocelyn.

Da Fred wußte, daß Clem auf eine Zusammenarbeit zwischen ihm und Conway Wert legte, beantwortete er dessen Fragen so genau wie möglich. Was Thora in seinem Hotelzimmer angerichtet hatte, erwähnte er nicht, da Conway ihn nicht danach fragte. Wie Clem war Fred der Ansicht, daß sie ohnehin genügend Probleme habe und es um so besser sei, je weniger die Geschworenen erfuhren.

Am nächsten Tag besuchte er Thora mit Conway zusammen. Sie freute sich, als sie von Clems Entlassung aus dem Krankenhaus erfuhr, war aber enttäuscht, daß er nicht zu ihr kam.

»Die Behörden gestatten es nicht«, erklärte Fred. Conway hatte ihn eindringlich davor gewarnt, ihn in ihrer Gegenwart zu kritisieren, damit das so mühsam aufgebaute Vertrauensverhältnis zwischen ihm und seiner Klientin nicht zerstört würde.

»Er läßt Sie aber von ganzem Herzen grüßen«, fügte Fred hinzu.

»Oh, ja«, sagte sie traurig, »wie immer aus weiter Ferne.«

Der Gerichtssaal war überfüllt. Es war erstickend heiß. Draußen drängte sich eine riesige Menschenmenge. Als die Rathausuhr zehn schlug, betrat der Richter den Saal, und die Gespräche erstarben.

Fred Vosper schaute sich um, konnte Clem jedoch nirgends entdecken. Er hatte angedroht, sich über die Anweisungen hinwegzusetzen und zur Verhandlung zu erscheinen. Anscheinend hatte er sich dann doch eines Besseren besonnen.

Als Thora hereingeführt wurde, ging ein gedämpftes Raunen durch den Saal. Sie sah traurig, verhärmt, aber unglaublich schön aus. Erstaunlich schön. Hatte sich ganz in Weiß gekleidet. »Vermutlich nach den Anweisungen Conways«, dachte Fred, denn statt für eines ihrer teuren, eleganten Kleider hatte sie sich für ein schlichtes Musselinkleid entschieden. Sie trug keinen Hut, und ihr blondes Haar fiel offen über ihre Schultern. In der Hand hielt sie ein winziges Spitzentaschentuch.

Die Anklage wegen versuchten Mordes wurde vorgebracht, und die Räder der Justiz setzten sich langsam in Bewegung. Thora war angewiesen worden, auf der Anklagebank Platz zu nehmen. Sie schaute geradeaus und wandte sich nicht ein einziges Mal der Menge zu. Sicher eine weitere Vorsichtsmaßnahme Conways, dachte Fred und überlegte, wie lange sie wohl durchhalten würde.

Als der Staatsanwalt seine Eröffnungsrede hielt, zitterten ihre Lippen. Fred schaute zu den Geschworenen hinüber, die

Thoras Reaktion anscheinend gar nicht bemerkt hatten, so routinemäßig wurde die Anklage verlesen. Und trocken sollte es auch weitergehen. Bis zum Nachmittag war die Verhandlung beinahe uninteressant. Die Anklage legte den Fall dar und rief ihre Zeugen auf – und die Verteidigung schien angesichts der erdrückenden Faktenlage kein Bein auf den Boden zu bekommen. Fred fand Conways Eröffnungsrede schwach. Der Anwalt schwadronierte über Thoras guten Namen und erzählte, was für eine nette Frau und liebevolle Mutter sie sei.

Nachdem am nächsten Morgen die Vertreter der Polizei ausgesagt hatten, wirkte Thora entspannter, da sie die erste Nervenprobe ohne Zwischenfälle überstanden hatte. Dann jedoch wurde Mr. Clem Price in den Zeugenstand gerufen. Sie preßte die Hände vor den Mund und sah ihn flehentlich an. Doch was konnte er tun, außer ihr liebevoll zuzulächeln und weiterzugehen.

Sie weinte, während er die Fragen des Staatsanwalts steif und korrekt beantwortete, ohne sich zu irgendeinem Kommentar hinreißen zu lassen. Erstaunlicherweise verzichtete die Verteidigung darauf, Clem zu befragen, so daß seine Vernehmung schnell über die Bühne war. Seine Aussage hatte keine neuen Erkenntnisse geliefert.

Erst als Mrs. Cornish den Zeugenstand betrat, wurde das Publikum wieder munter. Den Geschworenen wurde mitgeteilt, daß Mrs. Price die Zeugin kannte und eine ihrer Zwillingstöchter kurz nach deren Geburt adoptiert hatte. Doch Mrs. Cornish war keine vorbildliche Zeugin. Entgegen den Anweisungen des Richters, nicht vom Thema abzuschweifen, beharrte sie darauf, daß alles nur ein Mißverständnis sei.

Der Verteidiger verfolgte eine andere Strategie als der Staatsanwalt. Conway nagelte Mrs. Cornish nur bei einem Punkt fest.

»Hat diese arme Frau tatsächlich ihr Baby verloren? Wurde es tot geboren?«

»Ja.«

»Das muß ein furchtbarer Schlag für eine Frau sein, nicht wahr?«

»Selbstverständlich. Ihr ging es nicht gut. Sie war außer sich.«

»Und stimmt es, daß man Mrs. Price sagte, Ihr Baby sei ihr eigenes Kind?«

»Ich denke schon.«

»Und doch wußte sie unterschwellig, daß dem nicht so war.«

»Wirklich?«

»Das kann ich Ihnen versichern. Ihre Familie drängte sie jedoch, dieses Kind als ihr eigenes anzunehmen. Sie sind selbst Mutter: Wären Sie unter diesen Umständen verwirrt?«

»Ja.«

»Und aufgebracht?«

»Ja.«

»Wir haben es also mit einer jungen Frau zu tun, die verwirrt und aufgebracht ist und eine Last mit sich herumschleppt, die ihr in der Vergangenheit aufgeladen wurde. Stimmt das?«

»Ich weiß nicht, wovon Sie sprechen.«

»O doch, das wissen Sie. War Ihnen nicht bekannt, daß Mrs. Price zur Zeit ihrer Eheschließung schwanger war? Daß ihre Familie sie zu dieser Hochzeit gezwungen hat?«

Conway nahm Lil unerbittlich in die Zange und rang ihr schließlich das Zugeständnis ab, daß Thora ein Opfer sei. Fred nickte zustimmend und fragte sich, ob Conway mit dieser Taktik durchkommen würde.

Thora war so schockiert, daß sie das Weinen vergaß, doch auf ihren Wangen erschienen zwei rote Flecken. Schamhaft sah sie zu Boden.

Nun ging Conway zum Angriff über. Er holte Alice in den Zeugenstand, vermutlich, weil sie Thoras guten Ruf untermauern sollte, doch Alice erwies sich als schlechte Zeugin. Ihre Abneigung gegen Thora war allzu offensichtlich.

Wie dumm von ihm, sie vorzuladen, dachte Fred, doch schon

bald hatte Conway sie so weit, daß sie zitternd auf ihrem Stuhl saß. »Haben Sie Mrs. Price je gesagt, daß Lydia nicht ihr Kind war?«

»Nein.«

»Sie haben versucht, diese verängstigte Frau, die unter Zwang in Ihr Haus gebracht worden war, noch mehr durcheinander zu bringen. Die mit anderen Worten abgeschoben worden war.«

»Nein, so war es nicht. Wir wollten nur das Beste.«

»Und ihr Ehemann ließ sie mehr als ein halbes Jahr allein mit Ihnen auf dieser gottverlassenen Farm?«

»Ja, aber ...«

»Eine jungverheiratete Frau, nicht an ein Leben in der Einsamkeit gewöhnt, in einer gutbürgerlichen Familie aufgewachsen, wurde einfach auf Ihre Farm verpflanzt. War sie dort glücklich?«

»Nicht wirklich, aber ...«

Conway wandte sich an die Geschworenen. »Meine Herren, allmählich bietet sich uns die andere Seite der Medaille dar. Sie haben natürlich das Recht zu fragen, was eine junge Dame zu dieser Tat bewegt hat. Das müssen Sie auch. Einige von Ihnen sind selber Väter. Wäre dies Ihre Tochter, würden Sie als erstes nach ihrem Motiv fragen.«

Alice wurde entlassen. Mit unsicherem Schritt verließ sie den Zeugenstand. Clem erwartete sie in der Eingangshalle. »Es tut mir so leid. Ich hatte nicht geahnt, daß es so schlimm werden würde.«

Sie stieß ihn wütend beiseite und lief weinend auf die Straße hinaus.

George Gunne erging es besser. Er ließ sich von den Attacken des Staatsanwalts, der seine Glaubwürdigkeit als Entlastungszeuge in Frage stellte, nicht aus der Ruhe bringen und gestand ruhig ein, daß er all die Straftaten, die nun noch einmal aufgezählt wurden, auch begangen hatte.

Fred wand sich währenddessen in seinem Stuhl. War den Vertretern der Anklage denn nicht bewußt, daß sie mit solchen persönlichen Angriffen der Verteidigung in die Hände spielten? Schon bald befragte der Verteidiger Mr. Gunne.

»Waren Sie der einzige Mann, der Mr. Prices Frau und Schwester Gesellschaft leistete, nachdem dieser für eine unbestimmte Zeit auf die Goldfelder gezogen war? Sie, ein vorbestrafter Krimineller?«

»Ja.« George wirkte völlig ungerührt. Fred gewann den Eindruck, daß George besser begriff, was hier vorging, als er selbst. Er unternahm keinerlei Versuch zu erklären, daß er inzwischen ein freier Mann war und Alice Price geheiratet hatte. Fred kam es vor, als wolle Conway Thora als Opfer aufbauen, um dann beweisen zu können, daß sie geisteskrank war.

Endlich kam er auf den Punkt. Fred fühlte sich erleichtert. Je schneller dies alles vorüber war, desto besser.

»Als Mrs. Price ohne ihren Ehemann auf der Schaffarm lebte, wie war da ihr Geisteszustand? Wie würden Sie ihn beschreiben, Mr. Gunne?«

»Ich bin kein Fachmann.«

»Nein, das sind Sie nicht. War sie reizbar?«

»Ja, und gekränkt. Wirkte geistesabwesend. Ihr schien alles Mögliche im Kopf herumzugehen.«

»Wirkte sie auch unglücklich?«

»Ja.«

Conway wandte sich an die Geschworenen. »Kein Wunder, nicht wahr? Eine junge, einsame Frau, der man das Kind einer anderen aufgedrängt hatte.«

Dann wieder zu George: »Haben Sie mit Mrs. Price gesprochen? Sie gefragt, weshalb sie unglücklich war?«

»Nein, das stand mir nicht zu.«

Conway nickte anerkennend. »Das stimmt, Mr. Gunne. Es stand Ihnen nicht zu. Es war Sache ihres Mannes, doch der war nicht da.«

Am schlimmsten traf es an diesem Tag Dr. Carty. Er hatte sich, wenn auch zögernd, bereit erklärt, dem Gericht zu bestätigen, daß Thora aus einer guten Familie stammte, eine hervorragende Ausbildung in York genossen hatte und eine gute Schülerin gewesen war.

»Würden Sie sagen, sie war ein wohlerzogenes Mädchen?«

»Ja, allerdings. Das gilt für alle meine Töchter.«

»Ist es dann nicht seltsam, daß sich eines dieser wohlerzogenen Mädchen so danebenbenommen haben soll, daß es schwanger wurde?«

»So etwas kommt vor«, meinte Carty ungerührt.

»Nicht in Familien wie der Ihren. Junge Damen aus dieser Gesellschaftsschicht sind doch eher auf zarte Romanzen aus.« Er lächelte den Geschworenen zu. »Sie können dabei völlig aus dem Häuschen geraten.«

Einige Geschworene nickten.

»Sie haben mir schon gesagt, daß Miss Thora von Ihren Töchtern die stolzeste war. Und überaus zurückhaltend.«

»Ja.«

»Ist Ihnen denn nicht in den Sinn gekommen, daß Miss Thora die Beziehung zu diesem Burschen, dessen Namen wir hier nicht erwähnen dürfen, nicht freiwillig eingegangen sein könnte? Daß der Schock für sie selbst weitaus größer war als für ihre Familie? Daß sie vergewaltigt worden sein könnte?«

Der Saal tobte.

Der Brief! Conway hatte ihn in seine Verteidigung eingebaut. Ein Beweis aus erster Hand. Fred sah zu Thora hinüber, die mit gebeugtem Kopf dasaß.

Nach einigen Diskussionen mit dem Richter durfte Conway sein gnadenloses Verhör fortsetzen.

»Haben Sie oder Ihre Frau Miss Thora je nach den Umständen gefragt, die zu ihrer Schwangerschaft führten? Oder haben Sie einfach nur mit dem Finger auf sie gezeigt? Haben Sie denn kein Vertrauen in Ihre eigenen Töchter?«

Carty errötete, bestritt, stimmte zu, suchte nach einem Ausweg. Dann versetzte Conway ihm den nächsten Hieb.

»Und stimmt es nicht auch, daß Sie als Arzt, der nur allzusehr auf die Wahrung seines guten Namens bedacht war, von ihrer Tochter die Zustimmung zu einer Abtreibung verlangten? Einer Abtreibung, die Sie selbst vornehmen wollten?«

»Nein!« brüllte Carty.

»Und sie hat sich geweigert?«

»Nein!«

»Sie meinen also, sie hat sich nicht geweigert?«

»Doch, das hat sie.« Carty war völlig verwirrt.

»Vielen Dank«, erwiderte Conway rasch. Im Gerichtssaal herrschte Totenstille.

Doch Conway war noch nicht fertig mit Carty. Fred machte sich Sorgen. Auch Clem würde nicht ungeschoren davonkommen.

Conway interpretierte die Mitgiftzahlung als Bestechung. Er brachte Carty dazu, einzugestehen, unter welchen Umständen die Hochzeit stattgefunden hatte, indem er ihm drohte, Alice Price erneut vorzuladen. Eingeschüchtert beschrieb Carty die freudlose Hochzeit seiner Tochter, die diesen Tag nicht einmal mit ihrer Familie hatte verbringen dürfen.

»Haben Sie oder andere Mitglieder Ihrer Familie sich nach dieser heimlichen Hochzeit in der einsamen Landkapelle zum Empfang begeben?«

»Zu welchem Empfang?«

»Beantworten Sie meine Frage, Dr. Carty. Ich meine den Empfang, den die Schwester des Bräutigams ausgerichtet hat.«

»Nein. Wir mußten zurück in die Stadt.«

George hat ihm das alles erzählt, dachte Fred fasziniert. Es kann nur George gewesen sein. Niemand sonst hätte daran gedacht.

»Somit haben Sie nicht nur Alice Price vor den Kopf gestoßen, die ihr Bestes getan und ein Hochzeitsfrühstück vorbereitet hatte, Sie haben auch Ihre Tochter blamiert! Ihre Hände in Unschuld gewaschen. Die Hochzeit ist vorbei – und wir sind sie los. Haben Sie auch nur die leiseste Ahnung, wie sehr Sie Ihre Tochter damit gedemütigt haben? Sie hat beim Hochzeitsfrühstück in einem fremden Haus gesessen, von Fremden umgeben – ihrer neuen Familie, einigen Nachbarn, die sie nie zuvor gesehen hatte, und den Farmarbeitern.«

Als Conway sich wieder an die Geschworenen wandte, schien er den Tränen nahe. »Dieses Mädchen ist vermutlich Jungfrau gewesen. Vergewaltigung ist ein furchtbares Verbrechen. Konnte sie mit ihrem Vater darüber sprechen? Mit ihrer Mutter? Nein. Thora Price hätte nicht gewußt, wie. Und nun sitzt sie hier, noch viel mehr gedemütigt als damals. Hat sich irgend jemand um diese zauberhafte Mädchen gekümmert? Anscheinend nicht. Ich bitte Sie, meine Herren Geschworenen, sich diese Frau anzusehen. Ich wäre stolz, wenn dies meine Tochter wäre. Sie ist der Inbegriff des schönen westaustralischen Mädchens, keine Hure aus irgendeinem Slum. Und was hat man ihr angetan? Denken Sie darüber nach, meine Herren.«

An diesem Abend traf sich Fred mit einer Gruppe Reporter in *Paddy's Bar*. Er hatte nur einen kleinen Teil der Artikel veröffentlicht, die er zum Fall Thora Price verfaßt hatte. Der Rest lag in seiner Schublade. Meist war er nicht übcr dic Rohfassungen hinausgekommen. Sein Wunsch zu helfen und die Angst, etwas zu zerstören, verhinderten, daß er den nötigen Abstand zum Thema gewann. Er sah nur wenig Hoffnung für Thora.

Die Reporter schlossen Wetten über das Urteil ab – Gefängnis oder Irrenanstalt.

Einige empfanden auch Mitleid. »Sie hat ein schweres Leben gehabt.«

»So ein Blödsinn!« rief ein Kollege. »Hat gelebt wie die Made im Speck. Meine Mutter hätte gern mit ihr getauscht.«

»Aber sie ist so schön«, schwärmte ein alter Reporter. »Ich habe mich in sie verliebt. Herr Richter, geben Sie sie mir!«

»Alter Trottel, sie würde dich nach zwei Sekunden erschießen.«

»Was soll der Kram mit der Vergewaltigung? Wer ist der Kerl? Da steckt noch eine andere Geschichte drin.«

»Sie hat einen Freund, Lord Kengally.«

»Es heißt, der Ehemann will nichts mit ihr zu tun haben.«

»Warum auch? Vielleicht vergißt er das nächste Mal, sich zu ducken.«

Ein junger Reporter aus Sydney hatte ebenfalls Gefallen an Thora gefunden. »Sie ist wunderbar. Ich muß sie die ganze Zeit anschauen«, sagte er zu Fred. »Den Geschworenen geht es genauso. Manche von ihnen sind richtig begeistert von ihr. Allerdings kommt ihr Anwalt nicht auf den Punkt. Ich meine, worauf will er eigentlich hinaus? Warum schüchtert er alle Leute ein, die etwas Gutes über sie zu sagen haben? Ich glaube, er macht die Falschen fertig.«

»Na und?« warf ein anderer ein. »Sie ist erledigt. An diesem ganzen Gerede verdienen nur die Anwälte. Sie war dort, um jemanden zu erschießen.«

Und genau das war die Crux, dachte Fred, als er an der Theke saß und eine Schweinepastete aß. Hatte sie es geplant? Oder nur auf all die Schicksalsschläge reagiert? War sie unzurechnungsfähig? Nein. Sie hatte mit Absicht geschossen.

Clem war wieder im Zeugenstand. Fred wurde sehr schnell klar, daß Dr. Carty noch Glück gehabt hatte. Clem wurde von Conway gekreuzigt. Kein Wunder, daß der Verteidiger keine Einmischung in den Fall geduldet hatte. Auf einmal war nicht Thora, sondern Clem Price der Täter. Thora schrie einige Male entsetzt auf und wollte ihren Mann verteidigen, doch Conway zeigte sich unerbittlich.

Er ließ sich von Clem darlegen, wie er Thora kennengelernt und unter welchen Umständen die Hochzeit stattgefunden hatte. Dann rang er Clem das Eingeständnis ab, daß sich seine Frau nicht für Sex interessierte.

»Und das bei einem angeblichen Flittchen, einem gefallenen Mädchen, das bei seiner Eheschließung keine Jungfrau mehr war? Ist Ihnen das nicht sonderbar vorgekommen? Haben Sie nicht den Rat ihres Vaters eingeholt? Immerhin ist er Arzt. Nein. Sie konnten ebensowenig über dieses Problem sprechen wie Ihre Frau über die Vergewaltigung.«

Nachdem Conway sich über die zahlreichen Demütigungen ausgelassen hatte, die diese Frau hatte ertragen müssen, stellte er Clem die unvermeidliche Frage, ob er Besitzer eines stadtbekannten Bordells, des *Black Cat* in Kalgoorlie, sei.

Dann wandte er sich an die Geschworenen. »Was würden Ihre Frauen sagen, wenn Sie entdeckten, daß Ihnen ein berühmt-berüchtigtes Freudenhaus gehört? Denken Sie darüber nach, meine Herren. Sie wären entsetzt. Fühlten sich gedemütigt. Bekämen Angst. Sorgten sich um Ihren guten Ruf und den Ihrer Kinder. Sie wären verwirrt. All dies hat Mrs. Price erleiden müssen. Hat sie von ihrem Ehemann erfahren, was Sache war? O nein. Sie mußte es von jemand anderem hören.«

Clem, der während dieser Schmährede das Gesicht in den Händen vergraben hatte, antwortete wahrheitsgemäß und ohne Umschweife.

Thora rief Conway zu, er solle aufhören, doch Clem zuckte nur die Achseln und schüttelte den Kopf. Dann setzte er mit monotoner Stimme seine Beichte fort.

»Wer also ist Jocelyn?« fragte Conway. »Mrs. Price hat weder Sie noch Mrs. Cornish beschuldigt, sie gedemütigt zu haben. Sie hat sich, wie wir von Mrs. Cornish gehört haben, geirrt. Die Alpträume, die sie ihrer Familie und den Prices zu verdanken hatte, machten ihr so zu schaffen, daß sie die Beherrschung verlor. Stimmt das?«

»Ja. Daran zweifle ich nicht.«

»Wer also ist Jocelyn?«

Der Gerichtssaal stand Kopf, als Clem eingestand, daß sie die Geschäftsführerin des *Black Cat* war oder gewesen war.

»Nicht Geschäftsführerin. Sie war die Madame, besser gesagt, die Puffmutter«, sagte Conway hart.

»Das habe ich bereits gesagt.«

»Und Ihre Frau hat sie gekannt?«

»Ja. Aus York.«

»Und hatten Sie jemals Sex mit dieser Frau? Dieser Hure?«

Clem zögerte.

Sag nein, flehte Fred innerlich, sag um Gottes willen nein. Wen geht das etwas an? Clem, du darfst dich nicht so fertigmachen lassen, es ist ungerecht.

»Ja«, antwortete Clem ruhig, »ja, das hatte ich.« Er sah zu Thora hinüber. »Und ich bitte meine Frau um Vergebung dafür.«

Alice und George waren auf dem schnellsten Weg nach Perth gefahren, nachdem ihnen der Termin für die Verhandlung mitgeteilt worden war. Daß Alice vor Gericht erscheinen sollte, machte sie sehr nervös.

»Warum ich? Was habe ich mit alldem zu tun?«

»Thoras Anwälte wollen beweisen, daß sie aus einer guten Familie stammt«, erklärte George. »Diese Hilfe kannst du ihnen nicht verweigern. Sonst denken die Leute, es wäre dir egal. Sie ist deine Schwägerin.«

»Leider.«

Sie weigerte sich, in einem der Stadthotels zu wohnen, und zog mit Lydia in eine ruhige Pension, die sich speziell auf Gäste, die vom Land kamen, eingestellt hatte.

»Wir sollten Lydia zu ihrer Mutter bringen«, sagte George.

»Ich habe dir bereits gesagt, daß ich keinen Fuß in dieses Gefängnis setzen werde.«

»Dann nehme ich sie mit. Und ich möchte mich nicht länger darüber streiten.«

Aus Angst, mit dem Kind abgewiesen zu werden, rief George den Anwalt an. Dieser erklärte sich bereit, sie zu begleiten, vorausgesetzt, es bliebe bei einem kurzen Besuch.

Thora war überglücklich. »Wie gut sie aussieht! Komm her, mein Schatz, komm zu deiner Mama. Sieh mal, von diesem Fenster aus kannst du die Soldaten der Königin sehen.«

Sie wandte sich an George. »Wenigstens weiß sie nicht, an was für einem Ort sie sich befindet. Meinst du, sie wird sich später daran erinnern?«

»Ich glaube nicht.«

Sie blieben über eine Stunde, bis Lydia sich zu langweilen und unruhig zu werden begann. »Es macht keinen Spaß, was? Du gehst jetzt mit George nach Hause.«

Bevor sie aufbrachen, erkundigte sich Thora nach Clem. »Hast du ihn gesehen? Geht es ihm gut? Sie lassen ihn nicht zu mir, das ist so grausam.«

»Mach dir keine Sorgen um ihn, Thora. Ihm geht es gut. Er ist damit beschäftigt, das Strandhaus fertigzustellen. Für dich.«

»Werde ich es denn je zu sehen bekommen?« fragte sie niedergeschlagen.

»Natürlich«, sagte Forbes zuversichtlich. »Sie müssen nur tapfer sein und diese Verhandlung durchstehen. Denken Sie an Mr. Conways Rat: Stellen Sie sich vor, Sie wären im Theater – sehen Sie nie ins Publikum.«

George grinste. »Komm schon, Thora. Ich kenne mich aus bei Gericht; es ist todlangweilig. Laß es einfach an dir ablaufen.«

Doch es war überhaupt nicht langweilig. Alice befand sich nach dem Verhandlungstag in einer furchtbaren Verfassung. Sie weigerte sich, mit Clem zu sprechen.

»Das verzeihe ich ihm nie«, schluchzte sie. »Er hat mich in

diesen Alptraum geschickt, und jetzt halten mich alle für einen schlechten Menschen.«

»Es hatte nichts mit dir zu tun«, protestierte George. »Er war ebenso durcheinander wie du.«

»Von wegen! Er ist dieser Frau hörig und interessiert sich für sonst niemanden. Mrs. Carty hatte vor dem Gerichtsgebäude einen hysterischen Anfall, weil man ihrem Mann so zugesetzt hat. Sie hat für immer mit Thora gebrochen.«

»Ich dachte, das wäre schon längst geschehen«, murmelte George. »Du solltest von nun an zu Hause bleiben. Ich glaube nicht, daß sie dich noch brauchen.«

»Keine zehn Pferde würden mich dorthin zurückbringen!«

Doch Alice las die Zeitung, und es dauerte nicht lange, bis sie erfuhr, daß ihrem Bruder ein berüchtigtes Bordell in Kalgoorlie gehört hatte, das von einer Miss Jocelyn Russell alias Madame Jolie geführt wurde.

»Du hast es gewußt!« schrie sie George an, als dieser aus dem Gericht zurückkehrte.

»Nein, das ist nicht wahr. Mäßige dich bitte, sonst wirft man uns hinaus.«

»Sie hat in unserem Haus gewohnt!« zischte Alice. »Mike hat diese Hure in unser Haus gebracht!«

»Sie ist keine Hure mehr, sondern seine Frau.«

»Was macht das für einen Unterschied? Lügen, alles Lügen. Clem hat sein Geld gar nicht mit Gold verdient, sondern mit diesem Bordell. Er und Thora haben einander wirklich verdient, einer ist so schlimm wie der andere. Mein Gott! Wenn ich gewußt hätte, daß ihm ein Bordell gehört, hätte ich ihn selbst erschossen.«

»Dann kannst du ja nachvollziehen, wie Thora sich gefühlt haben muß. Es war ein schrecklicher Schock für sie, als sie es herausfand. Und das nach allem, was sie durchgemacht hatte.«

Alice hielt sich die Ohren zu. »Sei still! Ich will nichts mehr hören, es ist einfach zu furchtbar. Können wir heimfahren, George?«

»Es dauert nicht mehr lange.«

Doch die Verhandlung zog sich hin. Schließlich faßte der Staatsanwalt die Anklage noch einmal zusammen und brachte erneut den gestohlenen Revolver zur Sprache, um zu belegen, daß Thora vorsätzlich gehandelt habe. Daß sie ruhig und gelassen mit einer geladenen Waffe ins Rathaus marschiert sei, ohne auch nur einen Gedanken an die Sicherheit der Gäste zu verschwenden. Daß sie auf eine unschuldige Frau, die Henery Whipple persönlich eingeladen hatte, gezielt und gefeuert habe in der Absicht, sie zu töten. Die Geschworenen hingen wie gebannt an den Lippen des Staatsanwalts, der wieder und wieder mit dem Finger auf Mrs. Price deutete, die erschöpft und mit gesenktem Kopf auf der Anklagebank saß.

Conway wirkte ruhiger, beinahe traurig. Er sprach voller Anteilnahme von all den Demütigungen, die diese junge Frau aus behüteten Verhältnissen hatte erdulden müssen, eine junge Frau, der eine große Zukunft bevorgestanden hatte, die mit Recht von sich überzeugt gewesen war, bevor sie von zahlreichen Schlägen niedergestreckt worden war. Schläge, die wohlgemerkt nicht nur von Seiten der Gesellschaft, sondern auch von ihrer eigenen Familie auf sie niedergingen. Ruhig und zuversichtlich führte Conway die Geschworenen durch das »Tal der Tränen«, wie er sagte, und George bemerkte, wie ein älterer Geschworener die Brille abnahm und sich eine Träne aus dem Auge wischte.

»Sie alle haben schon von Nervenzusammenbrüchen gehört«, sagte Conway. »Nun sehen Sie, wie es dazu kommt. Es geschieht nicht plötzlich, es ist ein schleichender Prozeß, der das Gemüt aushöhlt wie ein steter Tropfen einen Stein. Man merkt gar nicht, was mit einem passiert, doch es fällt einem von Tag zu Tag schwerer, die Last zu tragen.«

Er berichtete über Geschäftsleute, die unter dem Gewicht

beruflicher Belastungen zusammengebrochen waren und sich erschossen hatten. »Ich bin sicher nicht der einzige hier, der so etwas schon einmal aus nächster Nähe erleben mußte.

Es heißt immer, diese hätten in einem Zustand geistiger Verwirrung Selbstmord begangen. Mrs. Price jedoch hat sich gewehrt. Sie gab nicht auf: Irgend etwas tief in ihr kämpfte weiter. Sie war allein im Wasser, dem Ertrinken nahe, und niemand war da, um ihr zu helfen.

Mrs. Price kann sich an ihre Tat nicht erinnern. Kein Wunder, sie stand unter Schock. Normalerweise würde es ihr nie in den Sinn kommen, auf jemanden zu schießen, doch sie hatte gerade erst von den nichtswürdigen Aktivitäten ihres Mannes erfahren.

Befand sie sich in einem Zustand geistiger Verwirrung, als sie diese Tat beging?« fragte er schließlich. »Ja. So ist es. Meine Mandantin ist nicht die Dämonin, zu der sie die Anklage so gerne machen möchte ...«

George seufzte. Also Wahnsinn. Die arme Thora. Was sollte nun aus ihr werden? Man würde sie nie wieder freilassen.

»Befand sie sich in einem Zustand geistiger Verwirrung? Ja«, fuhr Conway fort. »Kein Wunder, denn sie wurde in diese Verwirrung hineingetrieben. Sie können ihr nicht noch weiteres Leid zufügen, denn Mrs. Price ist nicht schuldig.«

Ein Raunen ging durch den Saal. Der Verteidiger konzentrierte sich weiterhin nur auf die Geschworenen. »Sie wurde zu einer Tat getrieben, an die sie sich kaum noch erinnern kann. Sie ist von tiefer Reue erfüllt. Ihr Ehemann wurde verletzt, weiß aber, daß auch seine Frau tief verletzt wurde. Sie haben ihn gehört, meine Herren. Er selbst weist ihr keine Schuld zu, nein, er bittet sie statt dessen um Vergebung. Endlich bricht sich das Ehrgefühl Bahn! Das war ein erhebender Augenblick! Denken Sie daran zurück, wenn Sie sich beraten, denn ich bitte Sie um Vergebung für Mrs. Price. Das Ansehen der Gesellschaft steht auf dem Spiel. Folgen Sie Ihrem eigenen Ehrgefühl, und vergeben Sie Mrs. Price, denn sie ist keine Verbrecherin, sondern ein Opfer. Sie können nicht eine Frau für schuldig erklären, die unter der Last ihrer Probleme zusammengebrochen ist. Sie müssen Mitleid zeigen. Das Urteil muß ›nicht schuldig‹ lauten.«

Als Clem und Thora sich wiedersahen, spürte selbst der wackere George einen Kloß im Hals. Er hatte Clem in die Kaserne begleitet, wo Thora die Entscheidung der Geschworenen und damit ihr Schicksal erwartete.

Ihrer beider Schicksal, dachte George, als Clem seine Frau in die Arme nahm. Beide waren dem Zusammenbruch nahe und klammerten sich aneinander fest. George verließ mit der Wache zusammen die Zelle und blieb verlegen vor der offenen Tür stehen. Ihm fiel nichts ein, worüber er mit dem fremden Mann hätte sprechen können, und er machte sich Gedanken über das bevorstehende Urteil.

Als er sich umschaute, sah er die beiden vor dem vergitterten Fenster stehen, schweigend, vorübergehend sicher in den Armen des anderen. George seufzte. Es waren schon zu viele Worte gefallen.

Beim Verlassen des Gerichtsgebäudes war Lil Cornish nervös auf Clem zugegangen. »Es tut mir sehr leid, Mr. Price. Wirklich.«

»Danke«, murmelte er, aber sie hielt ihn zurück.

»Ich möchte bei Gelegenheit mit Ihnen sprechen.«

»Worüber?«

»Über Lydia.«

»Ihr geht es gut, Mrs. Cornish. Machen Sie sich keine Sorgen.«

»Ich weiß. Wir müssen uns dennoch unterhalten.«

»Jetzt nicht«, erwiderte er zornig und stieß sie beiseite.

George sah neue Wolken am Horizont aufziehen. Würde dieser Alptraum je ein Ende nehmen?

»Thora hält sich besser, als ich dachte«, sagte George zu Clem, als sie aus dem finsteren Gemäuer in das gleißende Sonnenlicht traten.

»Ich weiß nicht, wie sie da drin überlebt hat«, stöhnte Clem.

»Sie hat es noch immer nicht ganz begriffen«, warnte ihn George, doch Clem schien ihn nicht zu hören. Forbes hatte George erzählt, daß sie dem Gericht ein medizinisches Gutachten vorgelegt hatten, um zu verhindern, daß Thora in den Zeugenstand gerufen wurde, denn sie waren sich ihrer Aussage keineswegs sicher.

»Sie ist nicht berechnend«, hatte der Anwalt gesagt, »und könnte sich eben deshalb noch tiefer hineinreiten.«

»Sie wäre ohnehin zusammengebrochen«, meinte George. »Sie weint so viel, daß sie es gar nicht durchgestanden hätte.«

»Da bin ich mir nicht so sicher. Mrs. Price hat ab und an noch Anfälle von Geistesabwesenheit, und es wäre sicher nicht von Vorteil gewesen, wenn es alle mitbekommen hätten. Dennoch, Mr. Gunne, geht es ihr besser. Mr. Conway hat wie ein Beichtvater mit ihr gesprochen, und sie hat darauf reagiert. Sie mußte sich einmal alles vom Herzen reden, nicht wegen der Verhandlung, sondern um wieder Halt in sich selbst zu finden. Ich bin der Überzeugung, daß es nicht so weit gekommen wäre, wenn Mrs. Price schon früher einen Gesprächspartner wie Maurice Conway gehabt hätte.«

Sie kehrten ins Gericht zurück, doch die Geschworenen berieten sich immer noch.

»Warum brauchen sie so lange?« jammerte Clem. »Sie sind schon den ganzen Tag dort drinnen. Weshalb fällt ihnen die Entscheidung so schwer?«

»Solange sie diskutieren, ist noch nichts verloren. Komm, ich lade dich auf einen Drink ein.«

Bedrückt standen sie in einer ruhigen Bar und betrachteten die Bilder, die über den Flaschen an der Wand hingen. Prächtige Yachten waren darauf zu sehen.

»Wie geht es Alice?« wollte Clem wissen.

»Sie ist mißgelaunt«, antwortete George.

»Das kann ich mir vorstellen.«

»Du hast dort drinnen ganz schöne Prügel bezogen.«

Clem nickte. »Ja. Aber was soll's! Es stört mich nicht mehr. Hauptsache, Thora steht es durch.«

»Sieht ganz danach aus.«

»Wir werden sehen. Gehen wir zurück ins Gericht? Ich halte diese Warterei nicht länger aus.«

Am folgenden Nachmittag kehrten die Geschworenen in den vollgepfropften Saal zurück.

George war so nervös, daß er die Einleitungsrede kaum wahrnahm. Clem war draußen geblieben. Ihm war schlecht, und er wagte sich nicht einmal in die Nähe der Tür. An Conways Verhalten hatte sich nichts geändert. Er verfolgte das Geschehen, als stünde er über allem, während Forbes neben ihm unruhig auf seinem Stuhl herumrutschte. Mrs. Cornish hatte einen Platz hinten im Saal gefunden. Reporter drängten sich in der Nähe der Tür, um nach der Urteilsverkündung auf dem schnellsten Weg zum Telegrafenamt spurten zu können. Alice hatte sich natürlich geweigert zu kommen, und auch die Cartys ließen sich nicht blicken. Netta, die junge Nanny, stand zwischen den Reportern und schaute zu Thora hinauf.

Als der Richter den Sprecher der Geschworenen um deren Urteil bat, sah George unwillkürlich zu Thora hinüber. Sie trug ein elegantes blaues Kostüm im Marinestil. Ihr Haar, das in dem durch ein Fenster hereinfallenden Licht wunderbar glänzte, war zu einer modernen, dicken Rolle eingeschlagen. Sie war blaß, wirkte aber gefaßt, als würde sie über den Dingen stehen. George war froh, daß sie aufgrund dieses letzten öffentlichen Auftritts den Leuten als anmutige, elegante Frau in Erinnerung bleiben würde. Ihre Augen suchten den Saal nach Clem ab. George lächelte ihr aufmunternd zu, bezweifelte aber, daß sie ihn sehen konnte, denn plötzlich brach ein Tumult los.

»Was? Was?« fragte George verwirrt. Er hatte den Urteilsspruch verpaßt!

»Nicht schuldig!« riefen mehrere Leute. Die Menschen sprangen von den Stühlen auf. Rannten zur Tür. Zwei in Schwarz gekleidete Frauen jubelten und schwenkten ihre Sonnenschirme. »Eine verdammte Schande!« schrie eine Männerstimme, doch der Mann neben George murmelte: »Gut so. Sie hat es schwer gehabt.« Der Richter hämmerte auf sein Pult. George konnte es einfach nicht fassen. Die Leute kletterten über ihn hinweg zum Ausgang, als sei ein Feuer ausgebrochen.

Dann sah er, wie Conway mit ausgestreckten Händen auf Thora zuging.

15. KAPITEL

Und so wurde Thora entlassen. Als der Prozeß vorüber war, überkam Lil eine Traurigkeit, deren Ausmaß sie selbst überraschte. Niemals hätte sie sich träumen lassen, daß Thora Price ihr einmal leid tun würde, doch nach ihrem eigenen kurzen Auftritt vor Gericht konnte sie nachfühlen, welche Tortur Thora durchgestanden hatte. Vor allem, als in aller Öffentlichkeit schmutzige Wäsche gewaschen und von den Zeitungen alles wiedergekäut wurde. Letztendlich war sie froh, daß auch die Geschworenen Mitleid bewiesen hatten.

An ihrer Situation änderte es jedoch nichts.

»Ich will mein Kind zurück«, sagte sie zu sich, »und nun ist der Augenblick dafür gekommen.«

Zwar hatte sie Gewissensbisse, weil Thora unter dem Verlust von Lydia leiden würde, doch den Gedanken daran verdrängte sie. Das Gerichtsurteil bewahrte Thora lediglich vor dem Gefängnis oder der Irrenanstalt. Der Skandal, den sie verursacht hatte, würde ihr für immer anhängen, sie war verschrien und außerdem geistig gestört. Niemand hatte sie als »geheilt« bezeichnet. Falls die Prices sich weigerten, ihr Lydia zurückzugeben, würde Lil den Vorwurf erheben, daß Thora keine gute Mutter sei. Ihr fiel die Frau des Vikars ein, die Lydia unter Amtsvormundschaft stellen wollte. Soweit durfte es auf keinen Fall kommen!

Lil hatte schon im Gericht versucht, mit Clem Price zu sprechen, dafür aber den falschen Zeitpunkt gewählt. Das war ihr in dem Moment, als sie den Mund aufgemacht hatte, klargeworden. Dann hatte sie ihn aus den Augen verloren. Nach der Urteilsverkündung hatte sie inmitten der Menschenmenge vor dem Gerichtsgebäude auf Thora gewartet, doch von ihr und Clem war nichts zu sehen gewesen. Sie mußten durch die Hintertür verschwunden sein, um den sensationslüsternen Scharen zu entgehen. Lil hatte keine Ahnung, wo in Perth sie die Prices finden konnte.

Zumindest würden sie bald wieder auf Lancoorie anzutreffen sein, doch zuvor mußte Lil eine weitere Hürde nehmen. Miss Lavinia.

Lil hatte festgestellt, daß selbst ihre Arbeitgeberin ihre Neugier kaum verhehlen konnte. Sie bombardierte Lil mit Fragen.

»Weshalb hast du mir nicht gesagt, daß Caroline eine Zwillingsschwester hat? Ich möchte so etwas nicht aus den Zeitungen erfahren. Warum, um Himmels willen, hast du dein Baby weggegeben?«

Lil errötete. »Ich weiß es nicht. Vielleicht, weil wir so arm waren. Ich war verwirrt. Damals hielt ich es für Gottes Wille.«

»So ein Unsinn!« gab Lavinia unwirsch zurück.

Lil hatte zu ihrer Freude bemerkt, daß Miss Lavinia auch

ohne Gottes Hilfe zur Antialkoholikerin geworden war und ihren früheren religiösen Eifer über Bord geworfen hatte.

»Gottes Wille«, schäumte sie nun, »pure Heuchelei. Gott hat mir nicht geholfen, als ich ihn brauchte, weder er noch einer seiner schmierigen Stellvertreter auf Erden, die vor dem Leid der Menschen die Augen verschließen. Wie kam es dazu, daß du dein Kind zurückgelassen hast?«

Lil war es unangenehm, darüber zu sprechen, und sie verhaspelte sich ständig, brachte unter Miss Lavinias strengem Blick aber dennoch eine Erklärung zustande.

»Verstehe«, sagte diese nur. Sie schien mehr an der Gerichtsverhandlung interessiert.

»Wie ist diese Mrs. Price?«

»Ich weiß es nicht. Ich kenne sie kaum.«

»Sie hat wirklich Glück gehabt«, sagte Lavinia erschauernd. »Was für eine Dreistigkeit! Marschiert mit einer geladenen Waffe ins Rathaus. Ihr Ehemann wird sich hüten, sie ein zweites Mal zu betrügen.«

»Er stand die ganze Zeit auf ihrer Seite.«

»Wirklich? Den Eindruck haben mir die Zeitungsartikel aber nicht vermittelt.«

»Nein, sie haben ja auch über ihn hergezogen.«

»Nun, er hat es nicht anders gewollt. Doch was willst du nun machen? Es ist schrecklich, daß die kleine Caroline auf die Gesellschaft ihrer Schwester verzichten muß. Unerhört! Du hättest nie in diese Lage geraten dürfen.«

Du hast gut reden, dachte Lil unglücklich. Sie hatte ein schlechtes Gewissen. Ich bekenne mich schuldig.

»Das kann nicht so weitergehen«, fuhr Lavinia fort. »Ich möchte diesen Leuten ungern noch mehr Leid zufügen, doch es hätte nie soweit kommen dürfen. Du mußt die Kinder wieder zusammenbringen.«

Lil blinzelte. »Sie hätten nichts dagegen, wenn ich Lydia herbringen würde?«

»Warum sollte ich? Minchfield ist nicht gerade klein. Du bist ihre Mutter. Warum verhältst du dich hinsichtlich dieser Sache so zurückhaltend? Wie sehr würde Caroline sich über eine kleine Spielgefährtin freuen! Stell dir nur ihr Gesicht vor, wenn sie ihr begegnet.«

»Die Wege des Herren sind unergründlich«, sinnierte Lil. Caroline hatte diesen Sieg errungen, nicht Lil. Wäre sie ein weniger liebenswertes Kind gewesen, hätte Lavinia ihre Schwester sicher nicht willkommen geheißen.

»Du mußt die Sache so freundschaftlich wie möglich regeln. Schreibe ihnen einen netten Brief, in dem du deine gegenwärtige Situation erklärst. Ich stelle dir eine Referenz aus. Laß sie wissen, daß du jetzt in der Lage bist, dich selbst um deine Kinder zu kümmern. Du mußt betonen, daß die beiden nicht getrennt aufwachsen sollten.« Lavinia hielt inne. »Ach, überlaß mir die Sache, ich entwerfe einen Brief.«

Lil erwähnte nicht, daß sie durchaus in der Lage war, ihre Briefe selbst zu schreiben. Wenn sich Lavinia schon an dieser Sache festgebissen hatte, sollte sie sie ruhig in die Hand nehmen. Sie war ein Energiebündel.

Während Lil in Perth gewesen war, hatte man den Teesalon fertig gestellt. Am kommenden Sonntag sollte er eröffnet werden. Von Zeitverschwendung hielt Lavinia gar nichts.

Alice war entsetzt über die Schmähbriefe.

Thora war für nicht schuldig befunden worden, doch das schien die Verfasser dieser Schreiben nicht zu interessieren. Noch immer beschimpften sie Thora mit den übelsten Worten, natürlich anonym.

»Sie sind so schrecklich feige«, jammerte Alice, »mir wird ganz schlecht davon.«

»Dann lies sie nicht«, erwiderte George. »Wirf sie einfach weg.«

»Zum Glück bin ich hier und kann die Post sortieren. Alle

sind an Thora gerichtet. Der Himmel weiß, wie sie darauf reagieren würde.«

Alice war über das Urteil erleichtert gewesen, da es der Familie eine Chance eröffnete, wieder zusammenzufinden. Andererseits war sie noch immer zornig auf Clem und hatte Thora gegenüber große Vorbehalte. Sie hatte befürchtet, Clem würde Thora geradewegs nach Lancoorie bringen, doch er hatte erklärt, daß sie Ruhe benötige und sich im Strandhaus erholen wolle.

Alice war Thora nach der Verhandlung nicht begegnet. Man hatte sie auf Umwegen ins Haus ihres Anwalts gebracht. Währenddessen hatten Clem und George Alice vom Ende des Prozesses berichtet.

Diese Zusammenkunft hatte in frostiger Atmosphäre stattgefunden. Alice war gereizt gewesen und hatte verkünden wollen, daß sie nicht bereit sei, mit Thora unter einem Dach zu leben und notfalls mit George ausziehen werde. Clem hatte sie jedoch um einen Gefallen gebeten, den sie ihm nicht hatte abschlagen können.

»Würdest du Lydia bitte für eine Weile mit nach Lancoorie nehmen? Thora ist noch immer nervös, und wir brauchen Zeit für uns allein.«

»Das kann ich mir vorstellen«, antwortete Alice spitz. »Trotzdem ist es eine ausgezeichnete Idee. Auch Lydias Leben muß wieder in geregelte Bahnen kommen. Wir brechen morgen früh auf.«

Doch Alice machte sich noch immer Sorgen. Sie und George hingen völlig in der Luft. Sie würden auf Lancoorie festsitzen, bis Clem und Thora mit sich ins reine gekommen wären. Ein wenig kamen sie sich vor wie Hausmeister.

George hatte keine Eile, doch Alice sah nicht so gelassen in die Zukunft. Sie wollte ihr Leben leben und nicht untätig warten, bis sie erfuhr, ob sie auf Lancoorie bleiben konnte oder nicht.

Als der berittene Postbote seine Runde machte, teilte er ihr mit, daß neue Verordnungen in Kraft getreten waren: Die Farmer mußten von nun an Briefkästen am Tor anbringen.

»Dann muß ich zwei Meilen reiten, nur um in den Briefkasten zu schauen, selbst wenn gar keine Post gekommen ist«, beklagte sich Alice.

»Sie bekommen jeden Tag die Zeitung, Alice. Es hält mich einfach zu lange auf, wenn ich auf dem Weg zum Haus diese ganzen Tore öffnen und schließen muß. Auf den Weizenfarmen ist das etwas anderes.«

»Ich weiß nicht, wohin das noch alles führen soll!«

Er übergab ihr einen Packen Briefe. »Noch mehr Post für Thora«, sagte er, einen neugierigen Blick darauf werfend, doch Alice beachtete ihn nicht weiter.

Im Haus legte sie Thoras Briefe beiseite und wandte sich den Immobilienanzeigen in der Zeitung zu. Sie konnten ja ruhig schon einmal anfangen zu suchen.

Beinahe hätte Alice Georges Rat befolgt und die Briefe im Herd verbrannt, doch die Neugier gewann letztendlich die Oberhand. Zwei Verfasser ergingen sich wie üblich in Haßtiraden, doch der dritte Brief war höflich formuliert und ordentlich unterschrieben.

Alice starrte ihn fassungslos an.

Lillian Cornishs Name stand darunter! Wie konnte sie es wagen! Schlimm genug, daß sie sich überhaupt in Clems Leben eingeschlichen und mit ihm getanzt hatte. Als ob er sie nicht erkannt hätte – Alice war sicher, daß mehr dahintersteckte, als es den Anschein hatte, denn Clem war ein Meister des Versteckspiels. Diese Jocelyn war zum Glück mit Mike in den Osten gegangen und würde hoffentlich nie wieder in Lancoorie auftauchen ...

Alice wandte sich wieder dem Brief zu. »Was willst du denn jetzt noch?« fragte sie. »Mehr Geld, vermute ich.«

Doch als sie weiterlas, stiegen ihr die Tränen in die Augen. »O nein! Nicht Lydia! Das kann sie uns nicht antun.«

Zorn vertrieb die Tränen. Thora war an allem schuld. Wieviel Schaden würde sie der Familie noch zufügen? Mrs. Cornish hatte in ihrem Brief höflich um die Rückgabe des Kindes gebeten, doch die Drohung war offensichtlich. Den Skandal hatte sie mit keinem Wort erwähnt und damit das Wesentliche ausgelassen. Alice war sicher, daß sie nie wieder von dieser Frau gehört hätten, wenn Thora nicht diesen Skandal verursacht hätte.

Verbittert spielte sie mit dem Gedanken, den Brief zu verbrennen, doch er würde nicht der einzige bleiben. Sie verfluchte Thora und Lil in einem Atemzug. Durfte Lil das tun? Durfte sie Thora das geliebte Kind wegnehmen? Tief im Herzen wußte Alice, daß es möglich war.

Als George zum Mittagessen kam, warf sie ihm den Brief hin. »Lies das. Lydia kennt sie nicht einmal. Wie kann sie so grausam sein?«

»Ach ja«, sagte George, während er das Schreiben sorgfältig studierte. »Mrs. Cornish.«

»Das klingt, als hättest du so etwas erwartet.«

»Es lag auf der Hand.«

»Nun, was können wir unternehmen?«

»Clem den Brief schicken. Er muß sich darum kümmern.«

Clem traf sich im Teesalon des Rathauses mit Mrs. Cornish alias Miss Warburton.

»Ich dachte mir doch, daß ich Sie kenne.«

Lil seufzte. Was für ein charmanter Mann. »Geht es Ihnen wieder gut?«

»Noch ein bißchen kurzatmig, ansonsten bin ich gesund. Und wie geht es Ihnen?«

»Ich hatte schreckliche Angst. Ich weiß noch immer nicht genau, weshalb Mrs. Price auf mich gezielt hat«, log sie, um ihn zu schonen.

»Es ist eine lange Geschichte, die eigentlich nichts mit Ihnen zu tun hat. Wo ist Ted abgeblieben?«

»Er hat mich kurz nach unserer Ankunft in Perth verlassen.«

»Sie scheinen Ihr Leben gut im Griff zu haben.« Clem bestellte Tee und Hörnchen und kam direkt auf den Punkt. »Sie wollen Lydia zurückhaben?«

»Ja. So leid es mir tut.«

»Wir lieben sie sehr.«

»Das bezweifle ich nicht, aber es war alles ein furchtbarer Fehler, Mr. Price. Ich gebe niemand anders als mir die Schuld und bedauere es sehr, aber ich kann ohne sie nicht mehr leben. Wie ich bereits geschrieben habe, lebe ich in gesicherten Verhältnissen, und meine Arbeitgeberin, Miss Warburton ...«

»Die echte Miss Warburton?«

»Ja. Sie hat ein herrliches Haus und ist damit einverstanden, daß Carolines Zwillingsschwester ...«

»Sie heißt also Caroline?«

»Ja. Wir sind beide der Meinung, daß die Mädchen gemeinsam aufwachsen sollen.«

»Und Sie wissen auch, daß ich keinen Rechtsanspruch habe?«

»Ja.«

Die Kellnerin brachte heiße Hörnchen mit Erdbeermarmelade und geschlagener Sahne. Clem fiel hungrig darüber her, Lil hingegen hatte keinen Appetit. Sie staunte über sich selbst, wie ungezwungen sie sich mit Clem unterhalten konnte, denn sie hatte sich vor dieser Begegnung sehr gefürchtet.

»Laß dich nicht von ihm einschüchtern«, hatte Lavinia zu ihr gesagt. »Bleibe hart. Stelle dein Anliegen dar, und belasse es dabei. Debattiert braucht darüber gar nicht werden.«

Clem schüchterte sie nicht ein, schien aber auch nicht bereit, ihr Lydia kampflos zu überlassen.

Schließlich blieb ihr nichts anderes übrig, als ihn zu fragen: »Wann kann ich Lydia sehen?«

»Das werde ich Ihnen mitteilen. Kommen Sie mit mir zu Thora. Sie hat bei der Sache auch ein Wort mitzureden.«

»Thora?« fragte Lil fassungslos. »Ich bin mir nicht sicher. Muß das sein?«

»Sie wird weder beißen noch schießen«, sagte er müde. »Mir ist bewußt, daß Sie Lydia jederzeit zurückverlangen können, doch Sie werden das Kind nur bekommen, wenn Sie und Thora sich einigen. Sie hat viel durchgemacht, und ich dulde nicht, daß das Kind einfach verschwindet. Lydia befindet sich zur Zeit auf Lancoorie und ist dort in besten Händen. Sie müssen Thora aufsuchen, müssen ihr sagen, wer Sie sind und wo Sie leben, damit sie sich allmählich an den Gedanken gewöhnen kann. Sind Sie damit einverstanden?«

»Ich denke schon. Ja.«

Er erhob sich. »Dann müssen wir uns auf den Weg machen. Wir leben am Strand. Ich bringe Sie mit dem Wagen hin und hole Sie heute nachmittag wieder ab.«

Lil konnte den Ozean riechen, das Salz in der Luft schmekken. Früher hatte sie sich daran berauschen können, doch nun erfüllte sie der Geruch mit Angst. Clem Price hatte sie nicht eingeschüchtert, doch vor der Begegnung mit der eleganten, hochmütigen Thora fürchtete sie sich. Lil fühlte sich schon jetzt unterlegen. Hatte man ihr eine Falle gestellt? Hatte Clem erraten, daß Lil Cornish sich wieder in das elende Mädchen zurückverwandeln konnte, das mit seinem nichtsnutzigen Ehemann einst vor ihrer Tür gelandet war? Wie geschickt von ihm. Schon als der Wagen auf der sandigen Straße wendete, verließ sie der Mut, und sie hätte ihn am liebsten angefleht kehrtzumachen, doch selbst das traute sie sich nicht. Statt dessen blieb sie steif wie ein Stock neben ihm sitzen, als er das Pferd in Richtung Strandhaus lenkte.

Selbst wenn Thora nicht richtig im Kopf war, brauchte es doch eine gehörige Portion Mut, um mit einer Waffe in der Hand einen Ballsaal zu betreten. Würde sie sich überhaupt dazu herablassen, mit Lil zu sprechen? Oder würde sie einen Wutanfall bekommen? Lils Magen krampfte sich zusammen, als sie aus dem Gebüsch auf eine Lichtung fuhren. Vor ihnen tauchte ein kühl wirkender, weißer Bungalow mit grünem Dach auf.

Clem hielt den Wagen neben dem frisch gestrichenen Stall an und half ihr beim Aussteigen. »Passen Sie auf Ihr Kleid auf, Mrs. Cornish. Das Seegras ist scharf.«

Das weiß ich selbst, dachte sie mißbilligend. Ich bin keine Idiotin. Ihre feindselige Haltung entsprang dem Bedürfnis nach Selbstschutz. Doch sie nickte nur stumm und hielt ihre Röcke fest umklammert.

»Das ist nicht der Hintereingang«, sagte Clem, als er sie zu einer langen Holztreppe führte. »Wir haben das Haus so gebaut, daß wir den Blick aufs Meer und die frische Brise genießen können.«

Lil schluckte und holte tief Luft, doch von Thora war nichts zu sehen. Schon lag Lils Hand auf dem grün gestrichenen Geländer, das einen lebhaften Kontrast zu den weißen Stufen bildete, als Clem sagte: »Gehen Sie hinauf.«

Lil erstarrte. Vermutlich wollte er an diesem heißen Tag zuerst das Pferd tränken. Sie machte Anstalten, auf ihn zu warten, doch er winkte ab.

»Kommen Sie nicht mit?« fragte sie verzweifelt.

»Nein«, sagte Clem bestimmt. »Ihr seid die Mütter. Ihr macht es unter euch aus. Das wollten Sie doch, oder?«

»Aber ...«

»Ich habe gesagt, was ich zu sagen hatte. Gehen Sie. Thora erwartet Sie.«

Lil stieg die Stufen hinauf und gelangte auf eine Veranda, die mit einem Holzgeländer eingefaßt war. Auf Zehenspitzen schlich sie über die blank polierten Dielen und putzte sich die Schuhe ausgiebig auf der Matte ab, bevor sie an die offenstehende Tür klopfte – so schüchtern, wie man es von der Frau des Farmarbeiters Ted Cornish erwarten konnte.

Thora Price trat aus dem Schatten hervor und sah auf Lil hinunter. Sie war größer, als Lil sie in Erinnerung hatte. Das lange, blonde Haar wurde nur von einem blauen Band zusammengehalten. Sie trug ein schlichtes, blaues Musselinkleid, das einem Vergleich mit Lils bestem Reisekostüm aus beigefarbener Ripsseide nicht standhielt. Robert hatte es ihr im Rausch seiner kurzlebigen Heiratspläne gekauft. Doch gleichgültig, was Thora trug, dachte Lil niedergeschlagen, sie triumphierte immer, weil sie so verdammt elegant aussah. Lil berührte ihr dunkles Haar unter dem ausladenden, modischen Hut, der mit gerollten Bändern und Seidenblumen verziert war, und murmelte etwas Unverständliches, als Thora sie hereinbat. Sie folgte ihr in ein sonnendurchflutetes Zimmer mit Blick auf den Ozean.

»Das ist sehr hübsch.«

»Ja. Tee?«

»Nein, danke.« Lil war zu nervös, um eine Tasse in die Hand zu nehmen.

»Dann müssen Sie etwas Kaltes trinken. Wir haben Zitronenlimonade.«

»Das wäre schön.« Warum hatte sie das gesagt? Lil stöhnte innerlich. Warum nicht einfach nur: »Vielen Dank«?

Sie beobachtete Thora, als diese mit einem Krug und zwei Gläsern zurückkehrte. Sie wirkte nicht geistesgestört. Mit der makellosen Haut, den hohen Wangenknochen und den himmelblauen Augen sah Mrs. Price so schön und gelassen aus, daß Lil ein wenig eifersüchtig wurde. Kein Wunder, daß Clem Price so verrückt nach ihr war, daß er zu allem, was sie tat, ja und amen sagte. Hätte ich nur einen solchen Mann, dachte Lil sehnsüchtig.

»Vielen Dank, Mrs. Price.« Lil nahm die Limonade und versuchte, sich beim Trinken zu beherrschen, denn bei der Hitze hätte sie das Getränk am liebsten gierig hinuntergestürzt. Sie sah zum Strand hinunter und sah Clem Price durch den Sand laufen.

»Da ist Mr. Price«, sagte sie. Wie dumm. Als ob seine Frau das nicht wüßte.

»Ja«, erwiderte Thora, »ihn hat das alles sehr getroffen. Die Sache mit Lydia, meine ich. Mehr, als er eingestehen will. Er sagt mir immer, ich solle nichts in mich hineinfressen und über jede Kleinigkeit mit ihm sprechen, und nun sehen Sie sich das an! Er grübelt, macht sich Sorgen und will nicht eingestehen, daß ihn etwas quält. Grübeln Sie auch, Mrs. Cornish?«

»Oh, ich denke schon. Wahrscheinlich. Nein. Eigentlich versuche ich stets das Beste für mich zu erreichen, doch in der Regel geht es schief. Ich habe gelernt, die Dinge ruhiger anzugehen. Ich meine, im Moment ist alles in Ordnung.«

»Von Lydia einmal abgesehen.«

»Bitte denken Sie nicht schlecht von mir, Mrs. Price. Sie müssen den Grund meines Kommens verstehen. Es sind Zwillinge. Sie sollten zusammen aufwachsen. Damals wäre ich überfordert gewesen, wenn ich zwei Kinder hätte versorgen müssen, aber inzwischen bin ich dazu in der Lage.«

»Ja, das hat Clem mir erklärt.« Thora wirkte ruhig, doch ihre Wangen hatten sich leicht gerötet. »Ich denke überhaupt nicht schlecht von Ihnen. Ich kann mich inzwischen daran erinnern, was im Rathaussaal geschehen ist, an die eine oder andere Einzelheit jedenfalls, doch Sie sehe ich dabei nicht vor mir. Das ist die Wahrheit. Es tut mir so leid.«

Lil war peinlich berührt. Sie hatte gedacht, dieses Thema sei tabu.

»Das ist schon in Ordnung«, murmelte sie.

Thora schaute sich nervös im Zimmer um. »Ich weiß nicht,

ob es jemals in Ordnung sein wird, aber trotzdem vielen Dank. Ich habe Ihnen etwas Schreckliches angetan.«

»Ich möchte die ganze Sache am liebsten vergessen«, sagte Lil. »Auch für mich war es eine furchtbare Zeit. Mir ist alles schiefgegangen.«

»Was ist aus Ted geworden?«

»Er hat mich wenige Wochen nach unserer Ankunft in Perth verlassen, doch inzwischen bin ich darüber hinweg. Es ist kein Verlust. Ich werde so bald wie möglich die Scheidung einreichen. Ich bin sehr glücklich in Minchfield House, und meine Arbeitgeberin ist der Ansicht, daß auch Lydia bei uns leben sollte. Sie haben doch nichts dagegen, oder? Minchfield House ist wunderschön. Ich wünschte, Sie könnten es sich einmal ansehen.«

Thoras Antwort überraschte sie. »Das werden wir auch. Was Lydia betrifft, können wir keine Einwände erheben. Ich habe mich damit abgefunden und fühle mich nun, nachdem wir uns getroffen haben, besser. Clem wird mit Ihnen die Einzelheiten besprechen, doch bevor er kommt ...« Sie beugte sich vor. »Ich liebe Lydia, ehrlich. Dennoch bin ich froh, daß Sie gekommen sind. Wenn Sie es möglich machen können ...«

»Ich werde es möglich machen«, brach es aus Lil heraus. »Das schwöre ich.«

»Ja, Clem sagte, er wolle sich darum kümmern. Er möchte Ihnen finanzielle Unterstützung zukommen lassen.« Thora lächelte schwach. »Er sagt, Lydia habe ein Recht darauf. Ich hingegen glaube, daß Lydia ein Recht auf ihren eigenen Namen hat.«

»Ach, ja?« fragte Lil verständnislos.

»Ich möchte nicht, daß sie als Lydia Price aufwächst. Ihr Bild war sogar in der Zeitung – die Tochter der skandalumwitterten Verrückten. Es wird lange dauern, bis ich die Sache überwunden haben werde. Und das Kind wäre von vornherein mit einer grausamen Hypothek belastet.«

Lils Hände zitterten. Es wäre ihr allzu grausam erschienen, Thora zuzustimmen. Doch hatte sie nicht selbst schon daran gedacht?

»Ihr Name wird Lydia Cornish lauten«, sagte Thora eindringlich. »In Clems Gegenwart kann ich nicht darüber sprechen, es würde ihn zu sehr verletzen. Schließlich geht es auch um seinen Namen.«

»Sie müssen ihn sehr lieben.«

»Ich wußte nicht, wie sehr«, gestand Thora traurig ein, »bis ich ihn beinahe verloren habe.«

Beide sahen zu, wie er über die Dünen kam und die Treppe hinaufstieg. Thora ging ihm entgegen, und Lil sah den fragenden Ausdruck in seinem Gesicht.

Seine Frau nickte lächelnd, und er küßte sie. »Braves Mädchen.«

Beim Essen besprachen sie die Einzelheiten, wie Thora angekündigt hatte. Clem war freundlich, blieb aber unnachgiebig. Lydia halte sich zur Zeit bei Alice und George auf Lancoorie auf, die sie, so hoffe er, immer als Tante und Onkel betrachten würde. Sie würden die Kleine so bald wie möglich nach Perth bringen. Damit Lydia nicht von einem Tag auf den anderen aus ihrer alten Familie gerissen werde, solle eine Übergangsregelung getroffen werden.

Zunächst war Lil enttäuscht, denn sie hatte sich ihre triumphale Rückkehr mit Lydia bereits ausgemalt. Sie war einfach davon ausgegangen, daß das Kind überglücklich sein würde, sah jetzt jedoch ein, daß Clem recht hatte. Mit einem überforderten Kind wäre nur schwer zurechtzukommen.

»Lil sagt, dieses Minchfield House sei wunderschön, Thora. Wir sollten einmal dorthin fahren. Die Bootsfahrt würde dir gefallen. Und wir können Lydia mitnehmen. Das wäre ein Anfang.«

Clem wandte sich an Lil. »Und Sie müssen Caroline oft herbringen. Ich verspreche Ihnen, daß ich mit Lydia im Gegenzug einmal wöchentlich zu Ihnen nach Minchfield komme. Wir müssen die Übergabe Schritt für Schritt vorbereiten. Ich hoffe, Sie können akzeptieren, daß Lydia Sie erst einmal kennenlernen muß. Das wird die Sache für alle einfacher machen.«

Sie nickte.

»Ich weiß, daß es aussieht, als wollte ich die Sache hinauszögern, doch Sie müssen uns vertrauen, Lil. Lydia ist Ihre Tochter, Sie lieben sie. Es ist an Ihnen zu entscheiden, wann sie für immer zu Ihnen kommen wird.«

Bevor er nach Perth aufbrach, wandte Clem sich noch einmal an die beiden Frauen. »Denkt vor allem an die Zwillinge. Jetzt haben sie zwei Onkel und Tanten, die in sie vernarrt sind.«

Thora holte ein silbern gerahmtes Foto von Lydia und überreichte es Lil. »Das ist für Sie und Caroline.«

SCHLUSS

Keine fünf Jahre nach seiner Wahl ins Parlament starb F. C. B. Vosper. Er erhielt ein Staatsbegräbnis. Bei seiner Beerdigung war die Kathedrale bereits brechend voll, ehe sich der Chor der walisischen Bergleute neben der prachtvollen neuen Orgel versammelt hatte.

Hunderte von Menschen folgten Freds Trauerzug bis auf den Friedhof hinaus, als könnten sie sich nicht von ihm trennen, unter ihnen auch der Anwalt Maurice Conway. Er hatte Fred gut gekannt und ihn wegen seiner politischen Integrität respektiert, auch wenn er mit den schwärmerischen Ansichten des Abgeordneten nicht immer einverstanden gewesen war. Vosper hatte sich mit ganzem Herzen für die Arbeiter eingesetzt und vor allem die Rechte der Schürfer vertreten. Er war ihnen ein guter Anwalt gewesen. Auf den Goldfeldern im Westen herrschte Hochbetrieb. Unter diesem ausgedörrten Boden schienen unerschöpfliche Schätze verborgen zu liegen. Inzwischen konnte es sich keine Regierung mehr erlauben, die Frage, welche Rechte den Schürfern zustanden, zu ignorieren. Männern wie Vosper war es zu verdanken, daß die Politiker ihre Lehren aus den Ballarat-Aufständen gezogen hatten.

Während der Zeremonie am offenen Grab trat Conway in den spärlichen Schatten, den ein kümmerlicher Eukalyptusbaum bot. Er litt unter der Hitze, und der Blick auf den ausgetrockneten Friedhof mit den weißen Grabsteinen tat seinen Augen weh. Rauch hing in der Luft, und von den Hügeln wehte der vertraute, stechende Geruch der Buschfeuer herüber. Während der Geistliche die Gebete sprach und Weihwasser auf den Sarg spritzte, sah sich Conway in der Menge um und entdeckte das eine oder andere bekannte Gesicht. Eines jedoch konnte er nicht so recht einordnen – das eines schlanken Mannes mit dem sonnengebräunten Teint des Landbewohners. Der Mann stand etwas abseits, als halte er Zwiesprache mit dem Toten.

Erst als das Grab bereits mit der letzten Grassode bedeckt worden war und die Trauergemeinde sich auflöste, erkannte Conway den Mann und lief ihm auf dem sandigen Weg nach.

»Mr. Price! Schön, Sie zu sehen. Wie geht es Ihnen?«

Clem wandte sich um. »Mr. Conway! Ich habe Sie gar nicht bemerkt. Mir geht es gut, danke. Und Ihnen?«

»Wie soll es mir an diesem traurigen Tag schon gehen? Er war zu jung, um zu sterben, nicht wahr?«

»Ja, ein echter Verlust. Ich habe Fred immer gern gehabt und bin froh, daß ich rechtzeitig zum Begräbnis herkommen konnte.«

»Noch immer auf der Schaffarm?«

»Nein. Wir sind nie dorthin zurückgekehrt.«

»Aha.« Conway wollte es dabei belassen. Nach dem Prozeß waren Price und seine Frau verschwunden. Manche behaupteten, sie seien nach Übersee ausgewandert, doch er selbst hatte immer angenommen, daß sie letzten Endes nach Hause zurückgekehrt seien.

Clem ging neben ihm her zum Friedhofstor. »Meine Schwester und ihr Mann leben jetzt auf Lancoorie. Sie haben einen prächtigen Sohn, den sie Noah genannt haben, nach unserem Vater. Er hat das Land um Lancoorie erschlossen.«

Maurice lächelte. »Ach ja, Mr. und Mrs. Gunne. Haben sie mir wegen des Prozesses damals verziehen? Ich habe sie nicht geschont.«

»Ob wir alle ihnen verziehen haben, meinen Sie wohl«, grinste Clem. »George ist ein Gemütsmensch, doch Alice brauchte Zeit, um sich zu erholen. Die Mädchen, die Zwillinge, haben alles wieder ins Lot gebracht. Alice brach beinahe das Herz, als wir Lydia verloren, doch sie mußte den Tatsachen ins Auge sehen.

Letztlich hatte sie gar keine Wahl. Lil und die Mädchen stehen uns sehr nahe. Wir sind gute Freunde geworden, daher mußte Alice sich entscheiden. Da sie es nicht ertragen hätte, den Kontakt zu Lydia abzubrechen, entschied sie sich für die Freundschaft. Wenn uns die Gunnes heute besuchen, richte ich es immer so ein, daß die Zwillinge auch da sind. Es sind hübsche kleine Mädchen.«

»Das kann ich bestätigen. Ich sehe sie gelegentlich auch.«

»Tatsächlich?« fragte Clem erstaunt.

»Henery Whipple ist ein alter Freund von mir. Ich war in London, als er Lillian letztes Jahr geheiratet hat, doch seit meiner Rückkehr habe ich mich oft mit den beiden getroffen. Sie scheinen glücklich miteinander zu sein, und Henery ist ein wirklich liebevoller Stiefvater. Das letzte, was ich von ihm gehört habe, ist, daß er den Mädchen das Klavierspielen beibringt.« Er hielt inne. »Ich hoffe, ich habe nichts Falsches gesagt. Sie hegen doch keine Antipathien gegen ihn, oder?«

»Natürlich nicht. Ich war sehr erleichtert, als ich von Lils Scheidung hörte. Über ihren Exmann hatte ich mir schon länger Gedanken gemacht, denn ihn hätte ich nicht in der Nähe der Kinder geduldet. Henery hat wirklich der Himmel geschickt. Bei ihm sind die Zwillinge wohl behütet.«

Sie traten zwischen den eckigen Steinsäulen hindurch zum Friedhofstor, und Conway sah der Menge nach. »Sie halten eine Feier für Fred ab, fast alles Schürfer und Gewerkschafter«, sagte er. »Ich glaube, dort passe ich nicht hin. Würden Sie mit mir einen Drink in dem Pub dort drüben nehmen?«

»Nur zu gern.«

Andere Trauergäste hatten dieselbe Idee, so daß die Bar bald überfüllt war. Clem und Maurice stellten sich mit ihren Drinks an ein offenes Fenster und schauten zu, wie der leere Leichenwagen in die Straße einbog.

»Sie kannten Edgar Tanner gut, nicht wahr?« fragte Maurice.

»Ja. Weshalb fragen Sie?«

»Ich bereite seine Verteidigung vor. Er ist in mehreren Fällen des Betrugs angeklagt und ist von den Behörden in Adelaide ausgeliefert worden, um sich hier vor Gericht zu verantworten.«

»Tut mir leid, das zu hören. Ist er schuldig?«

»Das bleibt abzuwarten. Ich könnte allerdings einige Hintergrundinformationen brauchen. Da gab es doch diese Affäre um Ihre Yorkey-Mine. Was genau ist damals geschehen?«

»In dieser Sache war Tanner völlig unschuldig«, erklärte Clem. »Der Mann, der den Prüfbericht gefälscht hat, lebt nicht mehr in diesem Staat.«

»Wo lebt er denn jetzt?«

»Das weiß ich nicht. Er ist damals mit seiner Frau nach Melbourne gegangen. Ich erhielt einen Brief, in dem er mir versprach, seinen Anteil am Erlös von Yorkey zurückzuzahlen, aber dazu ist es nie gekommen. Ich habe schon vor Jahren den Kontakt zu ihm und seiner Frau verloren. Als ich Yorkey endlich verkauft habe, habe ich nicht viel dafür bekommen. Die Mine wurde erneut veräußert, und der dritte Eigentümer hat Gold gefunden und gut dabei verdient.«

»Das muß eine Enttäuschung für Sie gewesen sein.«

»O nein. Ich bin zu Beginn auch nicht schlecht mit der Mine gefahren und war ganz froh zu hören, daß sie wieder etwas abwarf.«

Conway grinste Clem an. »Ich vermute, Sie sind nicht daran interessiert, als Leumundszeuge für Tanner auszusagen.«

»Nachdem ich gesehen habe, was Sie mit Leumundszeugen veranstalten? O nein. Doch ganz davon abgesehen wissen wir beide, wie grausam Tanner sich Thora gegenüber verhalten hat, um sich an mir zu rächen. Das werde ich ihm nie verzeihen. Soll er doch im Gefängnis verrotten.«

Conway zuckte die Achseln. »Wir werden sehen.«

Clem stellte sein Glas auf der verwitterten Fensterbank ab. »Diesmal kann ich Ihnen kein Glück wünschen.« Er sah zu den Hügeln hinaus, über denen ein Dunstschleier lag, und sagte schwermütig: »Manchmal denke ich, daß Mike mit dieser Fälschung eine Menge auf dem Gewissen hat.«

»Mike wer?«

»Der Name tut nichts zur Sache. Aus irgendeinem Grund hegte er einen Groll gegen Tanner. Der gefälschte Prüfbericht war halb Scherz, halb Rache. Er wußte, daß man Tanner beschuldigen würde. Doch letztlich ist er auch verantwortlich dafür, daß Tanner sich an meine Fersen geheftet und uns in solche Schwierigkeiten gebracht hat.« Er seufzte. »Doch das ist alles längst vorbei. Ich sollte mich auf den Weg machen, ich habe noch einen langen Ritt vor mir.«

»Wohnen Sie nicht mehr in Cottersloe?«

»Nein, das ist nur unser Strandhaus. Wir haben ein Haus im Süden bei Bunbury gekauft. Herrliche Gegend.«

»Und Mrs. Price? Wie geht es ihr?«

»Dank Ihrer Hilfe hat sie sich gut erholt und ist dort sehr glücklich. Wir haben eigentlich nur Kontakt zur Familie, wozu ich auch Lil, Henery und die Zwillinge zähle. Unser Haus liegt nicht so abgeschieden wie Lancoorie und ist sehr viel malerischer. Thora hat geholfen, es auszusuchen, und ist sehr an allem interessiert.« Er lächelte. »Sie ist der Boß, könnte man sagen.«

»Haben Sie ihr je erzählt, daß ihr Vater sich geweigert hat, die Anwaltskosten zu bezahlen?«

»Nein. Und wenn ich Familie sage, zähle ich diesen Zweig nicht dazu.«

»Es war großzügig von Ihnen, die Kosten zu übernehmen.«

»Meine Frau wiederzubekommen war mir jeden einzelnen Penny wert. Wir stehen auf immer in Ihrer Schuld.«

Am verschlossenen Friedhofstor schüttelten sie einander die Hand, und Maurice ging zu seinem Wagen. Er tätschelte das geduldige Pferd, zog Mantel und Weste aus und legte sie ordentlich auf den Sitz. Der Form war für heute Genüge getan.

Kurz bevor er einstieg, um nach Hause zu fahren, drehte er sich noch einmal um. Er sah Clem wegreiten und fragte sich, ob Thora wirklich geheilt war. Er bezweifelte es.